中国古代文学教程

（第二版）

Zhongguo Gudai Wenxue Jiaocheng

郁贤皓 主编

张采民 钟振振 陈书录 程杰 参编

高等教育出版社·北京

内容简介

本书是由郁贤皓主编的供高等院校非汉语言文学专业本、专科学生"中国古代文学"课使用的基本教材，也可作为理工科专业中国古代文化、文学选修课的教学用书。本书介绍了中国古代文学的基础知识，包括一些重要的文学现象、文学流派、各个时期各种文学样式的发展演变过程，以及重要的作家、作品，注意吸收古代文学研究的最新成果。史的部分力求做到提纲挈领，简明扼要。本书在作品部分选录了文学史上各个时期的重要作家的代表作品及历代传诵的名篇佳作，注释简明、准确。本书最大的特色是文学史与文学作品的紧密结合，按照时代的顺序，先介绍某一文体的发展演变，然后附上相应的作品，互相印证，既脉络清楚，又具体可感，实用性很强。

图书在版编目（CIP）数据

中国古代文学教程／郁贤皓主编． －－2 版．－－北京：高等教育出版社，2015.8（2017.6重印）
ISBN 978－7－04－042020－3

Ⅰ. ①中… Ⅱ. ①郁… Ⅲ. ①古典文学－中国－高等学校－教材　Ⅳ. ①I206.2

中国版本图书馆 CIP 数据核字（2015）第 026465 号

策划编辑	刘纯鹏	责任编辑	刘纯鹏	封面设计	张　楠
责任校对	李大鹏	责任印制	尤　静	版式设计	童　丹

出版发行	高等教育出版社	网　　址	http://www.hep.edu.cn	
社　　址	北京市西城区德外大街4号		http://www.hep.com.cn	
邮政编码	100120	网上订购	http://www.landraco.com	
印　　刷	北京机工印刷厂		http://www.landraco.com.cn	
开　　本	787 mm × 1092 mm　1/16			
印　　张	34.75	版　　次	2007 年 7 月第 1 版	
			2015 年 8 月第 2 版	
字　　数	840 千字	印　　次	2017 年 6 月第 3 次印刷	
购书热线	010－58581118	定　　价	44.80 元	
咨询电话	400－810－0598			

本书如有缺页、倒页、脱页等质量问题，请到所购图书销售部门联系调换
版权所有　侵权必究
物　料　号　42020－00

编 写 说 明

本书是高等院校非汉语言文学专业本、专科学生"中国古代文学"课的基本教材,也可作为理工科专业中国古代文化、文学选修课的教学用书。

一、全书按时代先后顺序分为先秦文学、汉代文学、魏晋南北朝文学、隋唐五代文学、宋代文学、元明文学、清近代文学七个部分。

二、本书重点介绍中国古代文学的基础知识,包括一些重要的文学现象、文学流派、各个时期各种文学样式的发展演变过程,以及重要的作家、作品。文学史的介绍力求做到提纲挈领,简明扼要。作品选录了文学史上各个时期的重要作家的代表作品及历代传诵的名篇佳作。每一位作者或每一部专书都有简明扼要的作者介绍或专书介绍。每一篇作品都有"解题",介绍作品的写作背景、主旨、艺术特点等。作品的注释力求简明、准确。

三、本书最大的特色是文学史与文学作品的紧密结合,按照时代的顺序,先介绍某一文体的发展演变,然后附上相应的作品,互相印证,既脉络清楚,又具体可感,实用性很强。

四、在本书的编写过程中,吸收了许多古代文学研究和古籍整理的最新成果,由于是教材,不便一一注明,特此致谢。

五、本书由郁贤皓担任主编,张采民、钟振振、陈书录、程杰编写,具体分工如下:

先秦文学、汉代文学、魏晋南北朝文学、隋唐五代文学部分:张采民;宋代文学的词、话本小说部分:钟振振;宋代文学的概述、诗、文部分:程杰;元明文学、清近代文学部分:陈书录。

由于编者学识的限制,本书可能还存在一些不足和错误,恳请专家和读者批评指正。

目 录

先秦文学

概述 …………………………………… 3
上古神话概说 ………………………… 7
作品 …………………………………… 10
    《山海经》
        鲧禹治水/10
《诗经》概说 ………………………… 11
作品 …………………………………… 15
    关雎/15　载驰/15　氓/16　伯兮/18
    蒹葭/19　采薇/20
楚辞概说 ……………………………… 22
作品 …………………………………… 27
    屈原
        离骚/27　国殇/35　哀郢/36
    宋玉
        九辩（节选）/39
先秦历史散文概说 …………………… 41

作品 …………………………………… 46
    《左传》
        曹刿论战/46　秦晋殽之战（节选）/47
    《战国策》
        苏秦以连横说秦王/50　冯谖客孟尝君/53　触龙说赵太后/55
先秦诸子散文概说 …………………… 58
作品 …………………………………… 62
    《论语》
        侍坐章/62
    《孟子》
        齐桓晋文之事章/64
    《庄子》
        逍遥游/68

汉代文学

概述 …………………………………… 75
汉代诗歌概说 ………………………… 77
作品 …………………………………… 83
    汉乐府
        上邪/83　陌上桑/83　东门行/85
        焦仲卿妻/85
    古诗十九首
        行行重行行/89
汉赋概说 ……………………………… 91

作品 …………………………………… 94
    张衡
        归田赋/94
汉代散文概说 ………………………… 96
作品 …………………………………… 100
    司马迁
        项羽本纪（节选）/100　廉颇蔺相如列传（节选）/105
    班固
        苏武传（节选）/108

魏晋南北朝文学

概述 ………………………… 115
魏晋南北朝诗歌概说 ………… 119
作品 ………………………… 128
    曹操
        短歌行/128　步出夏门行/129
    曹植
        赠白马王彪并序/130
    阮籍
        咏怀（选一）/132
    左思
        咏史（其二）/133
    陶渊明
        读《山海经》（选一）/133　归园田居（选一）/134　饮酒（选一）/134
    谢灵运
        石壁精舍还湖中作/135
    谢朓
        晚登三山还望京/136
    庾信
        寄王琳/137
    南北朝乐府民歌
        西洲曲/138　敕勒歌/138　木兰诗/139
魏晋南北朝文概说 …………… 141
作品 ………………………… 143
    曹植
        洛神赋/143
    诸葛亮
        出师表/146
    陶渊明
        归去来兮辞并序/148　桃花源记/150
    郦道元
        三峡/151
魏晋小说概说 ………………… 152
作品 ………………………… 153
    《世说新语》
        王子猷居山阴/153

隋唐五代文学

概述 ………………………… 157
隋唐诗歌概说 ………………… 159
作品 ………………………… 179
    薛道衡
        人日思归/179
    杨广
        春江花月夜（选一）/180
    骆宾王
        在狱咏蝉/180
    王勃
        送杜少府之任蜀川/181
    杨炯
        从军行/182
    杜审言
        和晋陵陆丞早春游望/183
    宋之问
        渡汉江/184
    陈子昂
        感遇（选一）/185　登幽州台歌/185
    张若虚
        春江花月夜/186
    贺知章
        回乡偶书（选一）/187
    王翰
        凉州词/188
    王之涣
        凉州词/188

孟浩然
　　过故人庄/189
崔颢
　　黄鹤楼/190
王昌龄
　　出塞（选一）/191
高适
　　燕歌行并序/192
王维
　　山居秋暝/193　使至塞上/194　送元二使安西/194
李白
　　蜀道难/195　将进酒/197　黄鹤楼送孟浩然之广陵/198　梦游天姥吟留别/199　宣州谢朓楼饯别校书叔云/201　月下独酌（选一）/201　望庐山瀑布（选一）/202　早发白帝城/202
杜甫
　　望岳/204　自京赴奉先县咏怀五百字/204　春望/207　春夜喜雨/207　闻官军收河南河北/208　登高/209
岑参
　　白雪歌送武判官归京/209
张继
　　枫桥夜泊/210
韦应物
　　滁州西涧/211
孟郊
　　游子吟/212
韩愈
　　左迁至蓝关示侄孙湘/212
白居易
　　长恨歌/214　琵琶行并序/217
刘禹锡
　　乌衣巷/219

柳宗元
　　江雪/220
李贺
　　金铜仙人辞汉歌并序/221
杜牧
　　泊秦淮/222
李商隐
　　无题（相见时难别亦难）/223　马嵬（选一）/224　乐游原/225　锦瑟/225

唐五代词概说 …………………… 227
作品 …………………………… 231
　　敦煌曲子词
　　　　鹊踏枝（叵耐灵鹊）/231
　　白居易
　　　　忆江南（江南好）/231
　　温庭筠
　　　　菩萨蛮（小山重叠）/232
　　李煜
　　　　乌夜啼（无言独上西楼）/233　虞美人（春花秋月）/233

唐文概说 ……………………… 235
作品 …………………………… 239
　　李白
　　　　与韩荆州书/239
　　韩愈
　　　　师说/241　张中丞传后叙/243
　　柳宗元
　　　　种树郭橐驼传/246　三戒并序/248　至小丘西小石潭记/249
　　杜牧
　　　　阿房宫赋/250

唐传奇概说 …………………… 253
作品 …………………………… 257
　　白行简
　　　　李娃传/257

宋代文学

概述 …………………………… 265
宋诗概说 ……………………… 273
作品 …………………………… 284
 林逋
  山园小梅二首（选一）/284
 梅尧臣
  陶者 /285 东溪/286
 欧阳修
  戏答元珍/287
 王安石
  明妃曲二首（选一）/288 书湖阴先生壁二首（选一）/289
 苏轼
  和子由渑池怀旧/290 游金山寺/290 饮湖上初晴后雨二首（选一）/291 寓居定惠院之东，杂花满山，有海棠一株，土人不知贵也/291 题西林壁 /292 汲江煎茶/293
 黄庭坚
  登快阁/294 寄黄几复/295
 陈师道
  示三子/296
 陈与义
  和张规臣《水墨梅》五绝（选四）/297
 陆游
  游山西村/298 关山月/299 书愤/300 十一月四日风雨大作二首（选一）/300
 范成大
  四时田园杂兴六十首（选六）/301
 杨万里
  小池/303 初入淮河四绝句（选二）/303
 林升
  题临安邸/304
 朱熹
  春日/304 观书有感二首（选一）/305
 刘过
  题京口多景楼/306
 刘克庄
  国殇行/307
 文天祥
  过零丁洋/307
 萧观音
  伏虎林应制/308
 元好问
  论诗三十首（选一）/309 岐阳三首（选一）/309

宋词概说 ……………………… 311
作品 …………………………… 316
 范仲淹
  渔家傲（塞下秋来风景异）/316
 柳永
  八声甘州（对潇潇暮雨洒江天）/317
 张先
  木兰花（龙头舴艋吴儿竞）/318
 晏殊
  破阵子（燕子来时新社）/319
 欧阳修
  生查子（去年元夜时）/320
 王安石
  桂枝香（登临送目）/321
 晏几道
  思远人（红叶黄花秋意晚）/322
 孙浩然
  离亭燕（一带江山如画）/323
 苏轼
  江城子（老夫聊发少年狂）/324 水调歌头（明月几时有）/325 定风波（莫听穿林打叶声）/326

念奴娇（大江东去）/327

李之仪
　　卜算子（我住长江头）/328

秦观
　　鹊桥仙（纤云弄巧）/329

贺铸
　　古捣练子（六首选一）/330

周邦彦
　　西河（佳丽地）/332

无名氏
　　御街行（霜风渐紧寒侵被）/333

朱敦儒
　　鹧鸪天（我是清都山水郎）/334

李清照
　　声声慢（寻寻觅觅）/335

陈与义
　　临江仙（忆昔午桥桥上饮）/336

张元幹
　　贺新郎（梦绕神州路）/337

岳飞
　　满江红（怒发冲冠）/338

陆游
　　卜算子（驿外断桥边）/339

张孝祥
　　念奴娇（洞庭青草）/340

辛弃疾
　　青玉案（东风夜放花千树）/342　沁园春（叠嶂西驰）/343　木兰花慢（可怜今夕月）/344　永遇乐（千古江山）/345

刘过
　　沁园春（斗酒彘肩）/347

姜夔
　　扬州慢（淮左名都）/348

刘克庄
　　玉楼春（年年跃马长安市）/350

吴文英
　　八声甘州（渺空烟四远）/351

刘辰翁
　　六州歌头（向来人道）/352

周密
　　闻鹊喜（天水碧）/355

王沂孙
　　齐天乐（一襟余恨宫魂断）/356

蒋捷
　　贺新郎（深阁帘垂绣）/357

张炎
　　高阳台（接叶巢莺）/358

宋文概说 ································· 360
作品 ····································· 364
　范仲淹
　　岳阳楼记/364
　欧阳修
　　五代史·伶官传序/365　醉翁亭记/367　祭石曼卿文/368
　苏洵
　　六国/370
　曾巩
　　墨池记/371
　王安石
　　读《孟尝君传》/372
　苏轼
　　超然台记/373　文与可画筼筜谷偃竹记/374　赤壁赋/376　记承天夜游/378
　文天祥
　　《指南录》后序/379

宋话本概说 ······························· 383
作品 ····································· 385
　无名氏
　　错斩崔宁/385

元明文学

概述 …………………………………… 401
元明诗歌概说 ……………………… 403
作品 …………………………………… 409
  杨维桢
    庐山瀑布谣并序/409
  高启
    明皇秉烛夜游图/410
  李梦阳
    秋望/411
  何景明
    鲥鱼/413
  王世贞
    戚将军赠宝剑歌并序（选一）/414
  陈子龙
    渡易水/415
元明戏曲与散曲概说 …………… 416
作品 …………………………………… 424
  关汉卿
    窦娥冤（第三折）/424
  王实甫
    西厢记（第四本第三折）/428
  汤显祖
    牡丹亭（惊梦）/432
  马致远
    越调·天净沙（秋思）/436
  睢景臣
    般涉调·哨遍（高祖还乡）/437
元明散文概说 ……………………… 440
作品 …………………………………… 446
  刘基
    卖柑者言/446
  归有光
    项脊轩志/448
  王世贞
    题海天落照图后/450
  宗臣
    报刘一丈书/452
  袁宏道
    满井游记/454
  张岱
    湖心亭看雪/456
元明小说概说 ……………………… 457
作品 …………………………………… 464
  冯梦龙
    杜十娘怒沉百宝箱/464

清近代文学

概述 …………………………………… 477
清近代诗词概说 …………………… 479
作品 …………………………………… 487
  吴伟业
    圆圆曲/487
  王士禛
    再过露筋祠/490 秦淮杂诗（选一）/491
  袁枚
    马嵬（选一）/491
  龚自珍
    咏史/492 己亥杂诗（选一）/493
  秋瑾
    黄海舟中日人索句并见日俄战争地图/494
  陈维崧
    贺新郎（古碣穿云罅）/495

纳兰性德
　　长相思（山一程）/496
张惠言
　　木兰花慢（杨花）/497
朱孝臧
　　乌夜啼（春云深宿虚坛）/498
清近代戏曲概说 …………………… 499
作品 …………………………………… 504
　　洪昇
　　　　长生殿（惊变）/504
　　孔尚任
　　　　桃花扇（却奁）/508
清近代散文概说 …………………… 512
作品 …………………………………… 519

　　黄宗羲
　　　　原君/519
　　侯方域
　　　　李姬传/521
　　方苞
　　　　左忠毅公逸事/523
　　袁枚
　　　　祭妹文/524
　　梁启超
　　　　少年中国说（节选）/527
清近代小说概说 ………………… 531
作品 …………………………………… 539
　　蒲松龄
　　　　婴宁/539

先秦文学

概　述

中华民族有着悠久的历史和古老的文明，创造了光辉灿烂的古代文化，文学则是其中重要的组成部分。语言文字是文学的载体。从近人对我国最古老的甲骨文字的研究可知，我国至少在商代初期（约公元前16世纪）已有了文字。然而，文学的产生实际远在文字发明之前。保存于若干典籍中的上古歌谣和神话传说，早已掀开了中国文学史的第一页。随着社会的不断发展与进步，日益丰富的社会生活，给文学增添了无数新鲜的内容。于是就出现了《诗经》与楚辞、历史散文与诸子散文，一部五光十色、异彩纷呈的先秦文学史就呈现在后世读者的面前。

一、文学的起源

关于文学艺术的起源，古今中外的思想家、文艺理论家曾作过各种探索，试图提出自己的解释，其中最具代表性的，一为"模仿自然"说，一为生产劳动说。

文学艺术起源于模仿自然，曾是古希腊盛行的一种观点。希腊学者德谟克利特说过："我们是模仿禽兽，从蜘蛛我们学会了织布和缝补，从燕子学会了造房子，从天鹅和黄莺等歌唱的鸟学会了唱歌。"（《著作残篇》，见《古希腊罗马哲学》）

认为文学艺术起源于生产劳动，这是马克思主义产生以后，人们通过大量历史资料的研究分析才得出的结论。普列汉诺夫的《艺术论》说："在原始种族中，各种各样的劳动，有它各种各样的歌，那调子常常是极精确地适应着那一种劳动所特有的生产动作的韵律。"在我国的古代典籍中也有类似的说法，如《淮南子·道应训》："今夫举大木者，前呼'邪许'，后亦应之，此举重劝力之歌也。"

但是，文学的基本功能是"缘情"，而人们抒发自己的某种情感，不一定与劳动有关。例如《吕氏春秋·音初》所载的《候人歌》，是现存文献中所载的我国最早的诗歌，相传是涂山氏之女思念禹时所唱的歌。再如《吕氏春秋·古乐》记载："昔葛天氏之乐，三人操牛尾，投足以歌八阕：一曰'载民'，二曰'玄鸟'，三曰'遂草木'，四曰'奋五谷'，五曰'敬天常'，六曰'达帝功'，七曰'依地德'，八曰'总禽兽之极'。"这是祭祀时所唱的歌，也不是在劳动中创作的。因此，文学的产生与生产劳动没有必然的联系，但却必定源于情感的抒发。

当然，任何事物的产生都不可能是单一因素作用的结果，而常常是多种因素合力的产物，但归根结底，情感的抒发总是文学产生最根本的原因。

二、先秦文学概况

先秦文学是我国文学长河的源头，它对后世文学产生了极为深远的影响。

神话产生于远古蒙昧时代。在那个时期，生产力极为低下，科学与文化极为落后，人类的思维极为简单。面对丰富多彩的天地万物和变幻莫测的自然现象，人们迷惑不解，甚至感到恐惧，于是产生了对天地万物和自然力量的崇拜，出现了冥冥之中有着伟大的主宰的模糊观念。人们凭借自身狭隘的生活体验，通过想象和幻想，创造出人格化的神的形象和神异的故事，以此来解释自然现象，征服和支配自然力。同时，当时的部族战争也十分频繁和残酷。为了取得部族战争的胜利，人们把部族首领加以神化，并赋予他们非人的神奇力量，于是创造出描写部族战争的神话传说。神话是当时人们幻想的产物，是我国浪漫主义文学的源头之一。

　　神话是远古时代人民在幻想中经过不自觉的艺术方式所加工过的自然界和社会形态。正如马克思所说："任何神话都是用想象和借助想象以征服自然力、支配自然力，把自然力加以形象化。"（《政治经济学批判·导言》）中国上古神话也正体现了这样的性质。这些神异故事以远古人民的现实生活和认识为基础，反映了古代劳动人民征服自然的强烈愿望和伟大气魄。神话故事想象奇特丰富，气魄宏伟，充满浪漫主义的气息，同时也为后世文学提供了丰富的素材，对后世文学创作产生了深远的影响。

　　中国是诗的王国。中国的诗歌源远流长，而先秦诗歌正是它光辉的起点。先秦诗歌为中国诗歌的健康发展奠定了坚实的基础，它所开创的优良传统沾溉千秋万代。先秦诗歌的发展大致可分为三个阶段：上古歌谣、《诗经》、楚辞。

　　上古歌谣标志着我国诗歌的起源，在文学史上有重要的意义。上古歌谣是人们的口头创作，由于年代的久远，因此大多失传了。从现存的上古歌谣来看，都真实地反映了当时的社会生活，直接表达了人民喜怒哀乐的感情。如《吕氏春秋·音初》所载的《候人歌》："候人兮猗！"表现了男女之间纯真的爱情。《吴越春秋》所载的《弹歌》："断竹、续竹、飞土、逐宍（宍，古肉字）。"反映了上古时代劳动人民狩猎活动的全过程。其他如《礼记·郊特牲》所载的伊耆氏《蜡辞》："土反其宅，水归其壑，昆虫毋作，草木归其泽！"也都与生产劳动密切相关。先秦歌谣在艺术表现上也是丰富多彩的，如铺陈、比兴、对比、夸张、谐音双关、对答等形式和手法的运用，体现了人民的创造精神，对诗歌的发展起了直接的影响。

　　《诗经》是我国第一部诗歌总集，它所收集的作品产生的年代大致上起西周初年，下至春秋中叶。《诗经》本来是一部乐歌总集。其作品一部分是贵族文人所作，另一部分则是采自民间并经乐官加工而成。这些作品广泛而深刻地反映了周代社会的历史和现实，内容丰富多彩，形式自由活泼，表现手法灵活多样，风格淳朴自然，感情真挚充沛，语言生动优美，不愧为我国古代诗歌的奠基之作。

　　楚辞是继《诗经》之后，产生于南方江汉地区的一种新诗体，这对以《诗经》为代表的四言诗体来说是一次解放。楚辞的代表作家是我国文学史上第一位伟大的诗人屈原，他以优秀的诗篇，开创了诗歌创作的新时代。他的作品想象丰富，感情强烈，辞采瑰丽，充满强烈的爱国激情和浓郁的浪漫气息，为中国诗歌的发展竖立了一座新的丰碑。

　　《诗经》和楚辞是我国文学史上巍然屹立的两座高峰，代表着先秦诗歌的最高成就，并给后世文学创作以深远的影响。从上古歌谣到《诗经》，再到楚辞，可以清楚地看出先秦诗歌发展演变的轨迹。《诗经》、楚辞分别代表了我国文学史上的两种不同流派：前者奠定了我国文学创作中的现实主义传统，后者则为积极浪漫主义文学树立了楷模。它们的内容多与

中国古代文学教程

社会、人生密切相关，从而形成了我国文学创作观照社会、反映生活的优良传统。"风""骚"并称，《诗经》《楚辞》一直是后代文学创作的典范。

先秦时期散文特别发达，开创了中国散文创作的优秀传统。当时的散文有两大类，一是历史散文，二是诸子散文。

我国自古就有重史的传统。今天所知道的最早的文字就是殷商时代的甲骨文字，这些文字主要是当时占卜的记录，可以说是我国最早的历史散文了。《尚书》是一部历史文献的汇编，是我国最早的一部历史散文集。《春秋》则是我国第一部编年体史书。经孔子修订后，便成为儒家的经典。《春秋》记事简括，而且词句含义过于深微。《国语》是我国第一部国别体史书，以记言为主。叙事曲折生动，在情节的安排上颇有一些虚构和想象的成分，有一定的文学意味。

在先秦历史散文中，《左传》和《战国策》最富于文学色彩。《左传》特别善于叙事，能把事件的前因后果，各诸侯国之间错综复杂的关系交代得清清楚楚，语言也委婉含蓄。《战国策》记事多虚构杜撰的成分，语言颇多夸饰辩丽的色彩，人物形象也十分鲜明生动。

春秋战国时期诸子散文的勃然兴盛，有其深刻的社会原因。春秋战国时代是我国历史上一次社会大变革的时期。当时出现了许多不同的阶级、阶层和政治集团，他们都在勾画着未来社会的蓝图，希望建立一个符合自己利益的理想社会。这就需要有自己的理论家，宣传自己的政治主张，因而"士"这一特殊阶层便应运而生了。"士"阶层具有较高的文化修养，也有较丰富的政治、外交、军事知识。战国时各国统治者为壮大自己的势力，解决内政外交中的各种问题，养士之风极盛。这些"士"是当时社会上最活跃的一部分人，对社会政治生活产生了重大的影响。由于当时的学术环境比较宽松自由，因此代表各个阶级、阶层和政治集团利益的思想家、政治家，纷纷著书立说，宣传自己的哲学观点、政治见解和社会理想，因而出现了中国历史上有名的百家争鸣的时代。他们的论著就是诸子散文。

先秦诸子形成了许多流派，最早论及先秦诸子流派的是《孟子》中的《滕文公下》《尽心下》及《庄子》中的《天下》。其后尚有《荀子》中的《非十二子》、《韩非子》中的《显学》等。汉初司马谈《论六家要指》首先将先秦诸子分为阴阳、儒、墨、名、法、道德六家。班固《汉书·艺文志》在六家之外又增加了纵横、农、杂、小说四家。小说家不入流，故为"九流十家"。其中比较重要的是儒、墨、道、法四家。儒家的代表人物是孔子、孟子和荀子，墨家的代表人物是墨子，道家的代表人物是老子和庄子，法家的代表人物是韩非。

先秦诸子散文有一个发展演变的过程，大体上是由语录体到对话体，再到专论体。《论语》与《道德经》是典型的语录体散文，语言精练、深刻，富有哲理。《墨子》具有由语录体向对话体过渡的性质，言辞质朴无华而富于逻辑性。《孟子》与《庄子》属于对话体散文，是战国时期思想理论家们大辩论的真实记录。《荀子》与《韩非子》是典型的专论体散文。它们都能围绕中心论题展开论述。如果仅从议论文文体的发展来看，《荀子》《韩非子》的散文是先秦诸子散文发展的最高阶段。

从文学的角度看，在先秦诸子散文中《孟子》与《庄子》的成就最高。《孟子》散文很雄辩，而且感情充沛，言辞犀利，具有压倒一切的气势和力量，极富于感染力。《庄子》

一书大多是由一些小故事组成的,有一定的情节性和形象性,而且文采斐然,想象力极为丰富,极富于浪漫主义气息,在先秦诸子散文中最具文学价值。

总之,先秦文学是我国古代文学的光辉起点。后世文学的发展、历代作家的成长,没有不受它影响并从它那里汲取养料的,它是我国文学遗产中最可宝贵的部分之一。

上古神话概说

一、上古神话的类型及价值

中国上古时代曾经产生过丰富多彩的神话，但因年代久远，散失甚多。我们今天所见到的只是一些零星的片段，主要散见于《山海经》《庄子》《楚辞》《淮南子》《列子》等古籍之中。这虽然已不完全是上古神话的本来面目，但总算基本上保留了上古神话的原始形态，值得我们重视和研究。上古神话虽然只是零碎的、片段的记录，不够系统、完整，但内容却非常丰富，有着鲜明的文化特征和很高的价值，依然是中华文化的艺术瑰宝。

上古神话可分为四种基本类型。一曰自然神话。如《山海经·海外北经》："钟山之神，名曰'烛阴'。视为昼，瞑为夜，吹为冬，呼为夏；不饮，不食，不息，息为风，身长千里。在无䏿之东。其为物，人面，蛇身，赤色，居钟山下。""烛阴"是主宰昼夜明晦、冬夏寒暑的钟山之神。自然神话多以山川鸟兽草木等自然之物为主体，反映远古时代人类对大自然的敬畏与崇拜，从而对自然现象做出的幼稚的解释。二曰创世神话。如《三五历纪》："天地混沌如鸡子，盘古生其中。万八千岁，天地开辟，阳清为天，阴浊为地。"（《艺文类聚》卷一引）《五运历年纪》："首生盘古，垂死化身：气成风云，声为雷霆，左眼为日，右眼为月，四肢五体为四极五岳，血液为江河，筋脉为地理，肌肉为田土，发髭为星辰，皮毛为草木，齿骨为金石，精髓为珠玉，汗流为雨泽。身之诸虫，因风所感，化为黎甿。"（《绎史》卷一《开辟原始》引）《风俗通》："俗说天地开辟，未有人民。女娲抟黄土作人，剧务，力不暇供，乃引绳絙于泥中，举以为人。故富贵者，黄土人也；贫贱凡庸者，絙人也。"（《太平御览》卷七十八引）天地是如何开辟的？万物是怎样生成的？人类是从哪里来的？这些最原始、最基本的问题，是原始人类首先要思考的。神话的作者尽管不可能对这些问题做出科学的解释，但这些充满幻想的描述却极富于魅力。无论是盘古开辟天地、女娲造人，还是女娲炼石补天，都充分地表现出人类的始祖积极探索、大胆想象的创造精神。三曰英雄神话。如《淮南子·本经训》："逮至尧之时，十日并出，焦禾稼，杀草木，而民无所食。猰貐、凿齿、九婴、大风、封豨、修蛇，皆为民害。尧乃使羿诛凿齿于畴华之野，杀九婴于凶水之上，缴大风于青邱之泽，上射十日而下杀猰貐，断修蛇于洞庭，擒封豨于桑林。万民皆喜，置尧以为天子。"英雄神话反映了原始人类对自我的认识与反思，意味着人类自身成了意识的对象、宇宙的主人。在上古神话中，英雄神话是数量较多且极富于魅力的一部分。鲧禹治水、后羿射日的神话，歌颂了与自然灾害作斗争的英雄。还有刑天与帝争神的神话，赞美了不屈不挠、勇于斗争的英雄；黄帝杀蚩尤、共工怒触不周山的神话，则是赞扬氏族社会各部落战争的英雄。四曰传奇神话。在上古神话中，还有许多关于异域边裔奇人神物的传奇神话。诸如"其民皆生毛羽"的"羽民国"、"捕鱼水中"的"长臂国"等。这些奇特的形象，反映了原始人类企图突破自然条件限制，改造自身生活环境的愿望，表现出惊人的超现实的想象力。传奇神话数量多，涉及面广，是上古神话的重要组成部分。

神话不仅以特殊的方式曲折地反映了远古时代的人类生活及历史发展进程，而且还反映了那时人民的心灵世界。这些神话不仅透露了许多可贵的远古时代社会状况的信息，也为我们了解当时人民的情感、精神、意识、愿望提供了许多形象的资料，因而具有极高的认识价值。不仅如此，这些神话所表现出的惊人的想象力，也为后代人类思维能力的提高、生产力的发展、科学技术的进步提供了巨大的动力和有益的启示。同时，上古神话还以自身的奇谲瑰丽构成了蔚为壮观的艺术殿堂，给后人以美妙的艺术享受，具有很高的审美价值。而且，上古神话还是我国浪漫主义文学的源头。它为后世文学艺术的发展提供了取之不竭的丰富营养，不愧为文学艺术的肥沃土壤。

二、上古神话的历史演变

上古神话在长期的流传过程中，由于受到各种社会因素的影响，被后人不断改造、加工，以致逐渐失去了它的本来面目。

上古神话的历史演变主要表现为三种形态。一是神话的历史化。儒家奉行经世致用的原则，因而鄙薄、排斥神话，"子不语怪、力、乱、神"（《论语·述而》），把神话看作荒诞不经之说，并且煞费苦心地篡改神话。他们把神话中的"神"改造成现实中的"人"，并对一些广为流传的神话作了一番看似合理的理性的诠释，使之变成真实的历史。例如对夔神话和黄帝神话的历史化改造，便是最典型的实例。《山海经·大荒东经》："东海中有流波山，入海七千里。其上有兽，状如牛，苍身而无角，一足，出入水则必风雨，其光如日月，其声如雷，其名曰'夔'。黄帝得之，以其皮为鼓，橛以雷兽之骨，声闻五百里，以威天下。"在神话里，夔是一头吼声如雷的独脚兽，这很符合神话的特性，但是孔子却对它进行了篡改。《韩非子·外储说左下》："哀公问于孔子曰：'吾闻夔一足，信乎？'曰：'夔，人也，何故一足？彼其无他异，而独通于声。尧曰夔一而足矣。使为乐正。故君子曰夔有一，足。非一足也。'"孔子把"夔一足"解释为"夔有一，足"，这样夔就与现实中的人没有什么不同了。二是神话的哲理化。后世的一些思想家为了宣扬自己的哲学观点、政治主张或伦理道德观念，常常在神话中选取自己需要的内容，进行改造和加工，使其成为寄托自己思想的寓言，在形象的故事中包孕着某种思想或哲理。如《山海经·西山经》："有神焉，其状如黄囊，赤如丹火，六足四翼，浑敦无面目，是识歌舞，实惟帝江也。"而在《庄子·应帝王》中则被改造成："南海之帝为儵，北海之帝为忽，中央之帝为浑沌。儵与忽时相与遇于浑沌之地，浑沌待之甚善。儵与忽谋报浑沌之德，曰：'人皆有七窍以视听食息，此独无有，尝试凿之。'日凿一窍，七日而浑沌死。"这则寓言故事说明"治"不仅没有什么好处，而且还有极大的危害。帝王之治，应当虚己无为，一任自然，否则便会伤害人类的自然本性。三是神话的宗教化。神话与原始宗教都是原始思维的产物。神话中的"神"，本来就是远古时代人类信仰与崇拜的对象，而神话借助想象以征服、支配自然力，亦与原始宗教借助巫术以图控制自然同出一源。神话中含有宗教的因素，所以易为宗教所利用。神话演变为仙话，便是神话的宗教化的主要表现。在上古神话中，西王母神话和月亮神话逐渐演变为仙话，就是典型的例证。《山海经·西山经》："又西三百五十里，曰玉山，是西王母所居也。西王母其状如人，豹尾虎齿而善啸，蓬发戴胜，是司天之厉及五残。"张衡《灵宪》："月者，阴精之宗，积而成兽，象兔蛤焉。阴之类，其数偶，其后有冯焉者。羿请不死之药于西王母，姮娥窃之以奔月……姮娥遂托身于月，是为蟾蜍。"在神话中，西王母是"豹尾虎齿而善啸，蓬发戴胜"的神兽，月中的嫦娥是一只形象丑陋的蟾蜍。而在宗教中，西王母变成了仪态端庄、风韵犹存的美妇人，嫦娥则变成了风姿绰约、长袖善舞的美女。这样一来，神话的"野"性没有了，变成了理想化的产物。

总之，由于后人有意识的篡改和加工，使得流传下来的上古神话神性少而人性多。神话的历史化、哲理化与宗教化，抽去了上古神话的本质特征，无疑是神话趋于消亡的主要原因之一。

作 品

《山海经》

《山海经》是我国现存的最早的一部地理书，共18篇。作者不详，近代学者多认为该书非出于一时一人之手。其内容主要是记述民间传说中的山川、道里、部族、物产等，保存了不少上古时代的神话传说资料。对古代的历史、地理、物产、文化、中外交通、民俗、神话等研究，均有参考价值。晋郭璞作注，其后考证注释者有清代毕沅《山海经新校正》和郝懿行《山海经笺疏》，今人袁珂《山海经校注》等。

鲧禹治水[1]

【解题】

这则神话出自《山海经·海内经》。洪水是世界的公害，有关洪水的神话在全世界各民族中都有流传。鲧禹治水的神话应该有历史的影子。尧舜时期发生的大洪水，战国以后的人们还记忆犹新。推测当时的历史事实大约是，以鲧为首的部落在共地（今河南辉县）用堵的方法防止洪水的入侵，使得黄河无法从北向的支流泄洪，导致河水改道，泛滥成灾。首先受害的，是处于黄河中下游的祝融系统诸部落。他们在征得当时的天下共主尧的同意后，攻杀了鲧。这以后，从鲧部落分裂而出的禹协调了上下游诸部落的关系，疏导了黄河各支流，从而成功地治理了洪水，得到了各部落的拥戴，成为天下共主。

洪水滔天[2]，鲧窃帝之息壤以堙洪水[3]，不待帝命。帝令祝融杀鲧于羽郊[4]。鲧复生禹[5]，帝乃命禹卒布土以定九州[6]。

上海古籍出版社《山海经校注》

【注释】

［1］鲧（gǔn），可能即为共工。缓读为"共工"，急读则为"鲧"。由于同名异记，在后世传说中遂分化为两人，但他们的事迹仍基本相同。［2］洪水：原是一专名，即洚（hóng）水，流域在今河南辉县境内；它与淇水会合后，入黄河，是当时黄河北向的最大支流。由于鲧堵塞了这一支流而造成洚水逆行，造成大水灾，这以后洪水就成为大水的共名。［3］帝：据《国语·周语下》，此帝应是尧帝。息壤：一种神土，据说自己能生长不止，掘之益多。堙（yīn）：堵。［4］祝融：传说中他是颛顼之子，又名重黎，为火神，原居地在今河南新郑县境内。其子姓散布于河南温县、范县、濮阳、偃师，山东定陶，江苏彭城等地，是黄河水患的直接受害者。羽郊：羽山的近郊。羽地据韦昭《国语注》说在东海祝其南。［5］生：《山海经》世系记载中说的"生"往往不是生殖之意，而是部落、氏族的分裂、增殖。禹氏族大约是从鲧部落分裂而出。［6］卒：最后。布：同"敷"，分散。大约指禹将黄河各支流的堤坝清除。

《诗经》概说

一、关于《诗经》

《诗经》共305篇，书成于春秋时期。先秦时通称为《诗》或《诗三百》，到了汉代被儒家奉为经典，始称作《诗经》。这些诗歌在当时都是可以合乐歌唱的，根据音乐曲调的不同，全书分为风、雅、颂三部分。"风"包括周南、召南、邶、鄘、卫、王、郑、齐、魏、唐、秦、陈、桧、曹、豳十五国风，共160篇。"雅"包括小雅、大雅，共105篇。"颂"包括周颂、鲁颂、商颂，共40篇。"风"是带有各诸侯国地方色彩的乐歌，其中大部分是民歌，是《诗经》中的精华。"雅"是朝廷正声，即周朝京畿地区的乐歌。大雅中多为朝廷燕享时的乐歌，其中五篇周民族的史诗，有较高的史料价值和文学价值。而小雅则多为下层官吏的怨刺之作，其中也有一部分是民歌。"颂"是王室宗庙祭祀用的舞曲乐歌，内容多褒美失实，可说是庙堂文学之祖。所以《诗经》是诗乐合一、可以演唱的"乐歌"。

关于《诗经》的编集，前人有所谓行人采诗与公卿、列士献诗之说，虽无明证，但大体可信。《诗经》大约为周代乐官在此基础上搜集、整理、选编而成。《史记·孔子世家》云："古者诗三千余篇，及至孔子，去其重，取可施于礼义……礼乐自此可得而述，以备王道，成'六艺'。"自此以后，学者对孔子是否删过诗纷争不已。20世纪60年代游国恩等主编的《中国文学史》以《左传》襄公二十九年吴公子季札在鲁国观乐的记载为证，认为孔子不可能删诗。这种说法也是靠不住的。至于孔子是否删过诗，现在还没有定论。不过，根据《论语》中的有关记载看，孔子可能做过"正乐"之类的整理工作。

《诗经》不仅在祭祀、朝聘、婚礼、宾宴等礼仪中具有演奏、歌唱的实用价值，而且在政治、外交和社交生活中还具有言志、美刺和观风俗的应用价值。孔子所谓的"兴""观""群""怨"即概括了《诗经》的应用价值。

汉代传授《诗经》的有齐、鲁、韩、毛四家。东汉以后，齐、鲁、韩三家诗先后亡佚，仅存《韩诗外传》。毛诗盛行于东汉以后，并流传至今。重要的注本有唐孔颖达的《毛诗正义》、宋朱熹的《诗集传》、清马瑞辰的《毛诗传笺通释》、清陈奂的《诗毛氏传疏》、今人程俊英的《诗经译注》等。

二、《诗经》所反映的社会风貌

《诗经》产生于漫长的年代和辽阔的地域，真实、具体、深刻地反映了当时广阔的社会生活，是中国诗歌创作的光辉典范。特别是"饥者歌其食，劳者歌其事"（《公羊传·宣公十五年》何休注）的现实主义传统及讽喻精神，养育了后来一代代的进步诗人。

其一是婚恋诗。《国风》中关于婚姻恋爱的诗篇数量相当多。《郑风·溱洧》描写了在春水涣涣的溱、洧河边，"维士与女，伊其相谑，赠之以芍药"，青年男女游戏调笑、谈情说爱的欢乐场面。《邶风·静女》则生动地描写了男主人公与恋人约会时的神态与心情。《鄘风·柏舟》反映了当时男女恋爱的不自由，表现了女主人公对爱情的大胆追求和忠贞不渝："之死矢靡它！"对于爱情的阻挠者，她发出了呼天抢地的控诉。在婚恋诗中最能反映社会问题的是"弃妇诗"。以《邶风·谷风》和《卫风·氓》为代表的"弃妇诗"，以哀伤的情调，描述了婚姻的悲剧。《谷风》以一位劳动妇女的口吻，自述遭遗弃的哀痛。《氓》中的女主人公追述了被丈夫无端抛弃的全过程，抒发了内心的不平和哀伤。与《谷风》相比，《氓》的女主人公虽较为清醒、刚强和果断，但其命运却同样是悲惨的。女主人公血泪控诉的意义，并不仅仅在于揭露了一个负心男子的恶行，实际上反映了阶级社会里妇女地位的低下，当时婚姻制度的不合理，因此她们的悲惨命运具有广泛的代表性。

其二是征役诗。《国风》与《小雅》中有不少反映战争和徭役的诗歌。《豳风·东山》描写了周公东征，三年而归，从征战士们在归途中看到了战争所造成的惨烈景象："果臝之实，亦施于宇。伊威在室，蠨蛸在户。町畽鹿场，熠耀宵行。不可畏也，伊可怀也。"瓜蒌爬到屋檐上，地鳖虫在屋里爬，门户结上了蜘蛛网；耕地变成了野鹿场，夜间鬼火随风飘荡。这是多么荒凉凄惨的情景。然而，"不可畏也，伊可怀也"。对荒凉景象的描写，反衬出战士们对故乡的无限热爱，对亲人强烈的思念之情。《王风·君子于役》则是写妻子对久役在外的丈夫的思念："君子于役，不知其期。曷至哉？鸡栖于埘，日之夕矣，牛羊下来。君子于役，如之何勿思！"日暮黄昏，禽、畜归圈，勾起了妻子对丈夫的深切思念。清新的画面，表达了纯朴的情思。《卫风·伯兮》写丈夫从军出征，英武飒爽，在家的妻子为他感到骄傲，但又饱受离别之苦的煎熬。思妇的心理活动刻画得十分细腻。《小雅·采薇》则以戍卒的口吻，写其在战后归乡的途中回忆戍边作战的艰苦生活和强烈的思乡之情。

其三是怨刺诗。《国风》与《小雅》中有许多讽刺当时社会的黑暗和不合理的现象以及揭露统治者丑恶行为的诗歌。如《魏风·伐檀》揭露统治者不稼不穑、不狩不猎，而仓有储粮，庭有悬兽；《魏风·硕鼠》揭露统治者贪得无厌，重敛于民。这些诗都深刻地反映了当时阶级对立的现实和不合理的现象。《国风》中也有不少揭露和讽刺统治阶级的诗篇。如《邶风·新台》讥刺卫宣公把新娶来的儿媳占为己有；《鄘风·相鼠》骂那些寡廉鲜耻的统治者连老鼠都不如；《秦风·黄鸟》则揭露了秦穆公以人为殉的暴行。"小雅"中则有很多政治讽刺诗，这些诗广泛深刻地反映了统治阶级内部以及统治阶级与人民群众之间的种种矛盾。如《北山》的作者，一个低级贵族，对贵族阶级内部的劳逸不均、苦乐悬殊现象，牢骚满腹。《巷伯》的作者——受谮被疏的寺人孟子，对那些进谗言的人充满了愤怒，要"取彼谮人，投畀豺虎。豺虎不食，投畀有北。有北不受，投畀有昊"。《大东》则反映了周公东征胜利后，周贵族剥削"东人"（殷遗民）的劳动成果，西输于周，则引起的"东人"对"西人"的憎恶与愤怒。《何草不黄》则反映了"周室将亡，征役不息，行者苦之"（朱熹《诗集传》）的社会现实。

其四是周民族的史诗。"大雅"中的《生民》《公刘》《绵》《皇矣》《大明》五篇，记叙了自周始祖后稷出世到武王灭商的若干传说和史迹。这些诗的写定均在周初，但其口头流传却已经很久远了。这些作品歌颂了周代先祖们艰苦创业的丰功伟绩以及周民族由小到大、兴旺发达的光辉历史。

其五是爱国诗。《诗经》中表现爱国感情和英雄气概的作品虽然不多，但却充分体现了

中国古代文学教程

中华民族爱国主义的优秀传统。如相传为许穆夫人所作的《鄘风·载驰》一诗，描述了诗人当故国危亡之际，忧心如焚，求援大国，谋救家邦的动人事迹。再如《秦风·无衣》，可以说是一支气势磅礴的战歌，表现了同仇敌忾、抵御外侮的大无畏英雄气概。

其六是农事诗。如《豳风·七月》，对周代早期劳动者一年到头的辛勤劳动与艰苦生活，作了相当详细的描述。其中也表现了对不合理的社会现象的强烈不满。《周南·芣苢》《魏风·十亩之间》《小雅·大田》等叙写了当时生产劳动的情景；《小雅·无羊》描写了牧业生产的状况；《召南·驺虞》《郑风·大叔于田》《秦风·驷驖》等则描述了当时的狩猎活动。

其七是礼俗诗。如《周南·桃夭》贺新婚，《唐风·椒聊》贺生子，《小雅·斯干》贺新房落成，《小雅·鹿鸣》是贵族宴会之歌，《周颂·丰年》《周颂·噫嘻》是祭祀祖宗的，《周颂·臣工》是周天子亲耕劝农的，《周颂·载芟》《周颂·良耜》是祭祀土神、谷神的。

三、《诗经》的审美价值

《诗经》是我国最早的一部诗歌总集，其中大部分作品都表现出非凡的艺术创造力，具有鲜明的特色和极高的审美价值。这主要表现在以下三个方面。

首先是淳朴自然的艺术风格。其基本特征为真实地反映现实生活和真率地表达思想感情。《诗经》中的大部分作品，特别是《国风》和《小雅》中的那些优秀诗篇，都能紧贴现实生活，感情真挚自然。许多作品富有浓郁的生活气息和乡土情调。作者善于运用写实的手法，描写现实生活中的种种矛盾、社会现象和人生遭际，刻画那些颇富特征的细节或生活侧面，抒发淳朴真挚的内心情感。作品不事雕琢，自然而然地从心中流出，仿佛天籁之音。这种淳朴自然的艺术风格成为后世文学创作的典范之一。最能体现这种风格的作品主要有《豳风·七月》《卫风·氓》《王风·君子于役》《周南·芣苢》《豳风·东山》《秦风·无衣》《小雅·采薇》等等。

其次是赋、比、兴的艺术表现手法。《诗经》的表现手法，前人曾归结为"赋""比""兴"三种。按朱熹的解释："赋者，敷陈其事而直言之者也。""比者，以彼物比此物也。""兴者，先言他物以引起所咏之词也。"① 这个解释简明扼要，基本准确。在《诗经》中，赋是最基本、使用频率最高的表现手法。用于叙事写景，则铺叙直陈；用于抒情，则直抒胸臆。其中通篇用赋的佳作，如《豳风·七月》铺叙了农夫一年到头劳动和生活的情况，抒发了对不合理的社会现象的不满。比的手法可以使作品的形象鲜明生动，如《魏风·硕鼠》以"硕鼠"比喻重敛于民的奴隶主，可以使读者想象出他"贪而畏人"的丑态。兴的手法一般用于全诗的开头或某一章的开头，可以起寓意、联想、象征、烘托气氛等作用。如《诗经》的第一篇《周南·关雎》，以"关关雎鸠，在河之洲"二句起兴。诗人看到河边洲上的雎鸠鸟成双成对，鸣声互和，因而触景生情，想到了下面两句爱恋求偶的诗句："窈窕淑女，君子好逑。"再如《周南·桃夭》："桃之夭夭，灼灼其华。之子于归，宜其室家。"以盛开的桃花起兴，既象征着新娘的青春美貌，又渲染了婚嫁时绚烂的色彩和欢乐的气氛。

---

① 朱熹：《诗集传》，上海古籍出版社1980年版。

当然，在《诗经》中赋、比、兴三种表现手法往往是配合使用的，而且比、兴很难绝对区分，有时甚至赋与比、兴也不易区别。如《卫风·硕人》描写卫庄公夫人庄姜之美："手如柔荑，肤如凝脂，领如蝤蛴，齿如瓠犀，螓首蛾眉。巧笑倩兮，美目盼兮。"朱熹《诗集传》注曰："赋也。"而实际前五句都是比喻。盖因全章铺陈女主人公容貌之美，所以朱熹认为是"赋"。以抒情为主，是中国古代诗歌的基本美学特征。如何使主观情感转化为文学形象，便是一个非常重要的问题。而从《诗经》的创作实践中归纳出的所谓赋、比、兴三种表现手法，正是解决这一重要问题的有效手段。因此，赋、比、兴三种表现手法不仅是《诗经》艺术特征的重要标志，而且也成为中国古代诗歌民族特色的具体表现和审美原则。

再次是优美自然的语言与形式。《诗经》除了部分祭祀诗外，绝大部分诗都是由当时的口语或接近口语的语言写成的，都是活的语言，故语汇特别丰富、生动、准确、优美。如大量使用叠词和双声、叠韵词来状情、拟声、绘形、摹态。叠词如"旦旦""坎坎""霏霏""灼灼""依依""晏晏"等，双声词如"辗转""参差"等，叠韵词如"逍遥""窈窕"等，增强了诗歌的形象性、音乐性和感染力。

《诗经》以四言为主，但也间杂有二言、三言甚至七言、八言之句，长短参差，在整齐中又显出变化。而章节之回环复沓，更为其形式上的显著特点。这种回环复沓的结构，当然与《诗经》是诗乐合一的乐歌有关，同时也对表现诗歌的内容、抒发作者的感情有很大作用。另外，《诗经》基本上是四言一句，隔句用韵，但也并不拘泥，而是富于变化。这种隔句用韵的方式，奠定了我国古代诗歌押韵的基本形式。

四、《诗经》对后世的影响

《诗经》对后世的文学创作产生了重要的影响，主要表现在以下几个方面。其一，强烈的现实主义精神，哺育了后世一代又一代进步的作家。其二，艺术表现手法及诗歌意象的创造，为后世的文学创作提供了丰富的营养和借鉴。其三，《诗经》对后代文学的影响也有不好的一面，颂诗开了后世庙堂文学的先河，成为后代粉饰太平、歌功颂德的宫廷文学的样板。但从总体上说，《诗经》依然是后世诗歌创作的典范，奠定了我国诗歌的优良传统，促进了诗歌的繁荣与发展。

作 品

关 雎

【解题】

这首诗选自《诗经·周南》。南,即南音,南风。周南当是江汉一带的南方地域的乐曲。这首诗是《诗经》的第一篇。《诗序》说是歌咏"后妃之德",《鲁诗》则说是大臣(毕公)刺周康王晏起好色之作。后世研究者或认为是一篇祝贺新婚的乐章,或认为是一首写上层社会男女恋爱的作品。诗首章以雎鸠相向和鸣发端,兴起君子对淑女的追求。下面四章极写求之不得的痛苦和想象中得配佳偶的喜悦之情。

关关雎鸠[1],在河之洲。窈窕淑女[2],君子好逑[3]。
参差荇菜[4],左右流之[5]。窈窕淑女,寤寐求之[6]。
求之不得,寤寐思服[7]。悠哉悠哉[8],辗转反侧[9]。
参差荇菜,左右采之。窈窕淑女,琴瑟友之[10]。
参差荇菜,左右芼之[11]。窈窕淑女,钟鼓乐之。

中华书局阮刻《十三经注疏》本《毛诗正义》卷一

【注释】

[1] 关关:雄雌雎鸠的和鸣声。雎鸠:水鸟名。古人称其为贞鸟,雌雄有固定的配偶。《诗集传》云:雎鸠"生有定偶而不相乱"。[2] 窈窕(yǎo tiǎo):心灵美好、仪容娴静的样子。淑:品行纯洁善良。[3] 逑(qiú):"仇"(qiú)的假借字,即配偶。[4] 参差(cēn cī):长短不齐的样子。荇(xìng)菜:一种水生植物,可以食用。[5] 流:求取。《毛传》作"求"解。《诗集传》说"顺水之流而取之"也通。一说,漂流。姚际恒《诗经通论》:"此处正以荇菜喻其左右无方,随水而流,未即得也。"[6] 寤寐:此言无论是睡醒时,还是在梦中。寤:睡醒。寐:睡着。[7] 思服:思念。《毛传》:"服,思之也。"一说,思,语助词。[8] 悠哉:形容思念深长的样子。[9] 辗转反侧:在床上翻来覆去睡不着的样子。[10] 琴瑟:古代弦乐器。琴为五弦或七弦,瑟为二十五弦。友:亲爱。[11] 芼(mào):"覒"的假借字,拔取。

载 驰

【解题】

此诗选自《诗经·鄘风》,为许穆夫人所作。据《左传·闵公二年》(前660)记载:"冬十二月,狄人伐卫。……及狄人战于荧泽,卫师败绩,遂灭卫。……(宋桓公)立戴公以庐于曹。许穆夫人赋《载驰》。齐侯使公子无亏帅车三百乘,甲士三千人以戍曹。"许穆夫人与戴公是同母所生，后嫁给许穆公，因称许穆夫人。诗中有"芃芃其麦"句，写的是春夏之交的景物，由此可知此诗当作于狄人伐卫的第二年，即公元前659年。《载驰》是一首充满爱国激情的政治抒情诗。许穆夫人听到卫国被狄人所灭的消息，感到非常痛心，就决定亲自到曹地慰问卫君，并计划向大国求援。但她的想法和行动却遭到许国大夫的反对和阻挠，使她感到十分苦恼和气愤。这首诗通过对诗人复杂而细腻的心理活动的描写，真实地刻画了抒情主人公真挚热烈、沉郁悲壮而又缠绵悱恻的爱国情怀，成功地塑造了一个关切故国命运而又有远见卓识的爱国者的形象。全诗感情忧愤，言词激切，笔力雄健，读来感人至深。《左传》的记载说明了这首诗当时在政治上也起了很大的作用。

　　载驰载驱[1]，归唁卫侯[2]。驱马悠悠[3]，言至于漕[4]。大夫跋涉[5]，我心则忧。
　　既不我嘉[6]，不能旋反[7]。视尔不臧[8]，我思不远[9]。既不我嘉，不能旋济[10]。视尔不臧，我思不闷[11]。
　　陟彼阿丘[12]，言采其蝱[13]。女子善怀[14]，亦各有行[15]。许人尤之[16]，众稚且狂[17]。
　　我行其野，芃芃其麦[18]。控于大邦[19]，谁因其极[20]。
　　大夫君子[21]，无我有尤[22]。百尔所思[23]，不如我所之[24]。

中华书局阮刻《十三经注疏》本《毛诗正义》卷三

【注释】

　　[1] 载：语助词。[2] 唁：诸侯失国，前往慰问，叫做"唁"。卫侯：指卫文公。清胡承珙《毛诗后笺》云：鲁闵公二年（前660）冬，戴公立，仅一月而死，其弟文公继立。许穆夫人归唁是在第二年的春夏之交，故这里的卫侯应指文公。[3] 悠悠：极言路途之遥远。[4] 言：语助词。漕：卫邑名，在今河南滑县境内。《左传》作"曹"。[5] 大夫：指赶来劝阻的许国大夫。[6] 嘉：赞同。我嘉，即"嘉我"。[7] 旋：还归。反：同"返"。"既不"二句意谓尽管你们（指许国大夫）不赞同我的做法，我也不能返回许国。[8] 视：比。臧：善。[9] 远：迂远。"视尔"二句意谓比起你们不高明的意见来，我的想法也未必迂阔。[10] 济：渡水。指渡河返回许国。[11] 闷（bì）：闭塞，行不通。[12] 陟：登。阿丘：偏高的山丘。一说，卫国的丘名。[13] 言：语助词。蝱（méng）："莔"的假借字，即贝母，古人以为它可以治郁闷之症。[14] 女子：许穆夫人自指。善怀：多愁善感。[15] 行（háng）：道，道理。《毛传》："行，道也。"[16] 许人：指许国君臣。尤：怨恨，指责。[17] 众：指许国君臣。稚：幼稚。一说，骄傲。[18] 芃（péng）芃：茂盛的样子。[19] 控：赴告，陈诉。大邦：指齐国一类力量强大的大国。[20] 因：依靠，亲近。极：至。此句意谓卫国要想复国应该依靠哪个大国，应该去哪儿求援？[21] 大夫君子：指许国大夫。[22] 无我有尤：即"无尤我"，意谓不要埋怨我。一说，不要以为我有什么可以指责的。[23] 百尔：犹"凡百"，所有的。[24] 之：往。"百尔"二句意谓你们所有的想法，都不如我自己的选择和决定。

氓

【解题】

　　这首诗选自《诗经·卫风》。古代学者多以封建正统观点对此诗加以曲解，如朱熹《诗

集传》说："此淫妇为人所弃，而自叙其事以道其悔恨之意也。"其实，这是一首被喜新厌旧的丈夫无端抛弃的女子的自伤之诗。全诗通过回忆倒叙的手法，叙述了女主人公婚姻悲剧的全过程。运用赋、比、兴三种艺术手法，成功地塑造了一个忠于爱情、吃苦耐劳、性格刚强的中国古代妇女形象。另外，在叙述过程中，有时插入女主人公的议论与抒情，因而成为一首抒情色彩很浓的叙事诗。《氓》是一首早期的叙事诗，开了后世叙事诗的先河。同时也是古代以婚姻爱情为题材的文学作品中的优秀诗篇，无论在思想上，还是在艺术上，都达到了当时的最高水平。

  氓之蚩蚩[1]，抱布贸丝[2]。匪来贸丝[3]，来即我谋[4]。送子涉淇[5]，至于顿丘[6]。匪我愆期[7]，子无良媒。将子无怒[8]，秋以为期。
  乘彼垝垣[9]，以望复关[10]。不见复关，泣涕涟涟。既见复关，载笑载言[11]。尔卜尔筮[12]，体无咎言[13]。以尔车来，以我贿迁[14]。
  桑之未落，其叶沃若[15]。于嗟鸠兮[16]，无食桑葚[17]！于嗟女兮，无与士耽[18]！士之耽兮，犹可说也[19]；女之耽兮，不可说也。
  桑之落矣，其黄而陨[20]。自我徂尔[21]，三岁食贫[22]。淇水汤汤[23]，渐车帷裳[24]。女也不爽[25]，士贰其行[26]。士也罔极[27]，二三其德[28]。
  三岁为妇，靡室劳矣[29]。夙兴夜寐[30]，靡有朝矣[31]。言既遂矣[32]，至于暴矣[33]。兄弟不知，咥其笑矣[34]。静言思之[35]，躬自悼矣[36]。
  及尔偕老，老使我怨。淇则有岸，隰则有泮[37]。总角之宴[38]，言笑晏晏[39]。信誓旦旦[40]，不思其反[41]。反是不思[42]，亦已焉哉[43]！

中华书局阮刻《十三经注疏》本《毛诗正义》卷三

【注释】

  [1] 氓（méng）：村野之民，弃妇对她丈夫的称呼。一说，同"甿"。《广雅》："甿，痴也。"犹言傻小子。蚩（chī）蚩：憨厚的样子。一说，同"嗤嗤"，笑嘻嘻的样子。《韩诗》作"嗤嗤"。[2] 布：古代的货币。《毛传》："布，币也。"一说：布匹。《盐铁论·错币》："古者市朝而无刀币，各以其所有易所无，抱布贸丝而已。"[3] 匪：通"非"，不是。[4] 即：就。"匪来"二句是说氓的真意并不是来买丝，而是来找我商量婚事。[5] 子：指氓。淇（qí）：卫国水名。[6] 顿丘：卫国邑名，在今河南浚县西。《嘉庆一统志·卫辉府》："顿丘故城在浚县西，本卫邑，《诗》'送子涉淇，至于顿丘'。"[7] 愆（qiān）：拖延。期：指婚期。[8] 将（qiāng）：愿，请。[9] 乘：登上。垝（guǐ）：高（见于省吾《泽螺居诗经新证》）。垣（yuán）：墙。[10] 复关：氓住的地方。朱熹《诗集传》："复关，男子之所居也。"此处借以称氓。[11] 载（zài）：又。[12] 尔：你，指男方。卜：用火灼龟甲占卦。筮（shì）：用筮草占卦。古人遇婚嫁等大事，都要占卜以判断吉凶。[13] 体：指卦体，即卜筮所显示的现象（征兆）。咎言：不吉利的话。[14] 贿：财物，此处指嫁妆。[15] 沃若：鲜艳润泽的样子。"桑之未落"二句是起兴的句子，喻女子年轻貌美。一说，喻男女情意浓厚。[16] 于（xū）嗟：同"吁嗟"，感叹词。鸠：鸟名，即斑鸠。[17] 桑葚（shèn）：桑果。古人认为斑鸠吃多了桑果就会昏醉。[18] 耽（dān）：过分迷恋欢乐。《尚书·无逸》："惟耽乐之从。"孔安国《传》："过

乐谓之耽。"此句是说，千万不要过分沉溺在与男子的爱情之中！[19] 说（tuō）："脱"的假借字，摆脱。[20] 陨（yǔn）：落。"桑之落矣"二句是起兴的句子，喻女子年老色衰。一说，喻男女情意已衰。[21] 徂（cú）：往。尔：你，指男方家。[22] 三岁：多年。食贫：吃用贫乏，犹生活困苦。"自我"二句是说，自从我嫁到你家，多年来一直过着苦日子。[23] 汤（shāng）汤：河水弥漫的样子。[24] 渐（jiān）：浸湿。帷裳：车上的帐幔。[25] 爽：过错。[26] 贰：不专一。[27] 罔：无。极：准则。[28] 二三其德：犹言"三心二意"。[29] 靡：无，不。室：指家务劳作。劳：劳苦，辛苦。"三岁为妇"二句是说，多年来做你家的媳妇，从不以家务劳作为苦。一说，多年来做你家的媳妇，不光是操劳家务事。[30] 夙：早。兴：起。夜：指深夜。寐：睡。[31] 朝：指朝夕，一整天。朱熹《诗集传》："无有朝旦之暇。""夙兴"二句是说，早起晚睡，从早到晚没有一点空闲。一说，早起晚睡，没有一天不是如此。[32] 言：语助词。遂：满足了心愿。一说，成，指家业有成（见高亨《诗经今注》）。一说，久。《郑笺》："遂，犹久也。"[33] 暴：暴虐。[34] 咥（xì）：讥笑的样子。其：同"然"。"兄弟"二句是说，兄弟也不体谅我，反而讥笑我被休回家。[35] 言：语助词。[36] 躬自：犹"独自"。悼：悲伤。[37] 隰（xí）：低湿之地。一说水名，即漯（tà）河（见闻一多《诗经通义》）。黄河支流，流经卫地。泮（pàn）：通"畔"，边。"淇则"二句含比意，以水流之有岸畔，反喻自己的痛苦无穷无尽，或自己以后的生活失去了依靠，或很什么坏事都做得出来。[38] 总角：古人未成年时将头发束成对称的两个髻，形似牛羊的角，故称总角。此处是孩童的代称。总：扎，束。宴：欢乐。[39] 晏晏：和悦的样子。[40] 信誓：真诚的誓言。旦旦：明明白白。朱熹《诗集传》："旦旦，明也。"一说，通"怛怛"，诚恳的样子。[41] 反：反复。一说，本。于省吾《泽螺居诗经新证》："不思其反，即上'总角之宴，言笑晏晏'之谓也。""信誓"二句是说，真诚的誓言犹在耳，没想到他竟变了心。[42] 反：指违反誓言的事。一说，指过去的事。是：则。[43] 已：止。焉哉：两个语气助词连用，表示加重语气。此句是说，从此就算了吧！

伯　兮

【解题】

　　这首诗选自《诗经·卫风》。这是一首思妇诗。丈夫从军出征，英武飒爽。在家的妻子既为他感到骄傲，又饱受离别之苦的煎熬。思妇的心理活动刻画得十分细腻。这首诗在构思上也颇具匠心。首章写女主人公因爱夫而夸夫，为下面写思夫打下了思想基础。后面三章都是写离别的痛苦与烦恼，但一层比一层深入，写出了思妇饱受离愁折磨的不同情态，十分感人。

　　伯兮朅兮[1]，邦之桀兮[2]。伯也执殳[3]，为王前驱。
　　自伯之东[4]，首如飞蓬[5]。岂无膏沐[6]，谁适为容[7]？
　　其雨其雨[8]，杲杲出日[9]。愿言思伯[10]，甘心首疾[11]。
　　焉得谖草[12]，言树之背[13]。愿言思伯，使我心痗[14]。

中华书局阮刻《十三经注疏》本《毛诗正义》卷三

【注释】

[1] 伯：这里是女子对丈夫的称呼。朅（qiè）：健壮英武的样子。[2] 桀：通"杰"。此句说她的丈夫是国中杰出的人才。[3] 也：语助词。殳（shū）：一种杖类兵器，无刃。[4] 之：往。[5] 蓬：草名，花似柳絮，遇风四处乱飞。飞蓬：喻思妇头上的乱发。[6] 膏：润发的油。沐：洗头发。[7] 適（dí）：悦（见马瑞辰《毛诗传笺通释》）。容：修饰容貌。此句说，打扮好了又能取悦谁呢？言下之意是说丈夫不在，打扮了也没有用。[8] 其：语助词。雨（yù）：下雨。[9] 杲（gǎo）杲：日光明亮的样子。"其雨"二句是说，快下雨吧，快下雨吧！可是偏偏出现了光灿灿的太阳。这两句是起兴，意谓极盼丈夫归来，可他却始终不回来。[10] 愿：每每。《毛诗正义》："言我每有所言，则思念于伯。"一说，愿言，俯首深思之貌（见闻一多《诗经通义》）。[11] 甘心：即甘心情愿。一说，痛心（见马瑞辰《毛诗传笺通释》）。疾：痛。[12] 焉得：哪得。谖（xuān）草：即萱草，古人认为食之可忘忧，故又名忘忧草。[13] 言：语助词。树：栽。背：古通"北"，这里指屋后。[14] 痗（mèi）：病，痛苦。

蒹　葭

【解题】

这首诗选自《诗经·秦风》。这是一首怀人诗。诗中的"伊人"是诗人爱慕、怀念和追求的对象。至于与诗人是什么关系，很难确定。今人一般认为是诗人的恋人。诗人善于捕捉艺术氛围，创造出纯美的意境。诗中的景物描写十分出色，景中含情，情景浑融一体，有力地烘托出主人公凄婉惆怅的情感。作品给读者留下了广阔的想象的空间，因而给人一种凄迷而朦胧的美。另外，重章叠句、一唱三叹的结构形式，不仅使感情的抒写不断加深，而且也造成一种回环往复之美。

蒹葭苍苍[1]，白露为霜。所谓伊人[2]，在水一方。溯洄从之[3]，道阻且长。溯游从之[4]，宛在水中央[5]。

蒹葭凄凄[6]，白露未晞[7]。所谓伊人，在水之湄[8]。溯洄从之，道阻且跻[9]。溯游从之，宛在水中坻[10]。

蒹葭采采[11]，白露未已[12]。所谓伊人，在水之涘[13]。溯洄从之，道阻且右[14]。溯游从之，宛在水中沚[15]。

中华书局阮刻《十三经注疏》本《毛诗正义》卷六

【注释】

[1] 蒹（jiān）：荻，芦苇一类的植物，生长在水边。葭（jiā）：芦苇。苍苍：茂盛的样子。一说，深青色。[2] 伊人：那个人，指诗人所怀之人。[3] 溯（sù）洄：沿着曲折的河岸往上游走。从：追寻。[4] 溯游：沿着笔直的河岸往下游走。[5] 宛：好像，仿佛。[6] 凄凄："萋萋"的假借字，茂盛的样子。一说，淡青色。[7] 晞（xī）：干。[8] 湄：水边。[9] 跻（jī）：登高。这里指地势高。[10] 坻（chí）：水中小块高地。[11] 采采：茂盛的样子。一说，润泽鲜亮的颜色。[12] 已：尽，干。[13] 涘（sì）：水边。[14] 右：道路弯曲。[15] 沚

(zhǐ)：水中小块陆地。

采　薇

【解题】

　　这首诗选自《诗经·小雅》。这是一首描写戍卒生活的诗篇。《汉书·匈奴传》载："（周）懿王时，王室遂衰。戎狄交侵，暴虐中国，中国被其苦。诗人始作，疾而歌之曰：'靡室靡家，猃狁之故'，'岂不日戒，猃狁之故'。"诗中以戍卒的口吻，写其在战后归乡的途中回忆戍边作战的艰苦生活，以及强烈的思乡之情。这首诗虽然侧重于表现戍卒思乡的忧伤之情，但由于戍卒识大体、顾大局，他们知道自己之所以离家远戍，是"猃狁之故"，是外族的入侵，因此他们不畏艰险，英勇作战，而幽怨的感情则表现得委婉含蓄，这就是前人所说的《小雅》怨悱而不怒之旨。另外，末章"以乐景写哀，以哀景写乐，一倍增其哀乐"（王夫之《姜斋诗话》）的手法，极受后人称赞。

　　采薇采薇[1]，薇亦作止[2]。曰归曰归，岁亦莫止[3]。靡室靡家[4]，猃狁之故[5]；不遑启居[6]，猃狁之故。

　　采薇采薇，薇亦柔止[7]。曰归曰归，心亦忧止。忧心烈烈[8]，载饥载渴[9]。我戍未定[10]，靡使归聘[11]。

　　采薇采薇，薇亦刚止[12]。曰归曰归，岁亦阳止[13]。王事靡盬[14]，不遑启处[15]。忧心孔疚[16]，我行不来[17]。

　　彼尔维何[18]？维常之华[19]。彼路斯何[20]？君子之车[21]。戎车既驾[22]，四牡业业[23]。岂敢定居，一月三捷[24]。

　　驾彼四牡，四牡骙骙[25]。君子所依[26]，小人所腓[27]。四牡翼翼[28]，象弭鱼服[29]。岂不日戒[30]，猃狁孔棘[31]。

　　昔我往矣，杨柳依依[32]。今我来思[33]，雨雪霏霏[34]。行道迟迟[35]，载渴载饥。我心伤悲，莫知我哀。

中华书局阮刻《十三经注疏》本《毛诗正义》卷九

【注释】

　　[1] 薇：即野豌豆苗，可食用。[2] 亦：语助词。作：初生。止：语助词。[3] 莫(mù)：古"暮"字。[4] 靡(mǐ)：无。[5] 猃狁(xiǎn yǔn)：古代北方少数民族，即北狄、匈奴。[6] 遑：闲暇。启居：安居休息的意思。[7] 柔：嫩。[8] 烈烈：忧心如焚的意思。[9] 载：语助词。[10] 戍：驻防，此处指驻守的地方。[11] 聘：问候。"我戍"二句是说，我驻防的地方一直没固定下来，因此无法让人捎家信回去。[12] 刚：与"柔"相对，指薇菜老了，变得又粗又硬。[13] 阳：阳月，即夏历十月。[14] 盬(gǔ)：止息。[15] 启处：犹"启居"。[16] 孔：很。疚：病，此处指内心痛苦。[17] 行，行役，出征。来：归。一说，作"抚慰"解。此句是说，由于远戍在外，无法归家。[18] 尔："薾"的借字，花盛开的样子。维：是。[19] 常："棠"的借字，棠棣，木名。华：古"花"字。[20] 路：大，指车高大的样子。

斯何：犹"维何"，是什么。[21] 君子：指将帅。[22] 戎车：兵车，即上文的"君子之车"。[23] 牡：雄马。业业：高大的样子。[24] 捷：通"接"，接战。[25] 骙（kuí）骙：强壮的样子。[26] 依：依托，这里是"乘"的意思。[27] 小人：士兵自称。腓（féi）：庇护，隐藏。"君子所依"二句是说，将帅乘车在前，士兵跟在车后，藉车的掩护前进。[28] 翼翼：行列整齐的样子。[29] 弭（mǐ）：弓两端系弦的地方。象弭：两端用象牙镶饰的弓。服："箙"的借字，箭袋。鱼服：用鱼皮做的箭袋。[30] 日戒：天天戒备。[31] 棘："亟"的借字，急，紧急。一说，即荆棘，指扎手，难以制服。[32] 依依：柳条迎风披拂的样子。[33] 来：归，返。思：语助词。[34] 雨（yù）：降落。霏霏：雪大的样子。[35] 迟迟：缓慢的样子。

楚辞概说

一、关于楚辞

楚辞是战国时期在江汉一带的南方兴起的一种新体诗,其主要特点是具有浓厚的楚国地方色彩,即后人所说"书楚语,作楚声,纪楚地,名楚物"(黄伯思《东观余论·校定楚辞序》)。"楚辞"之称,始见于西汉。刘向收集编辑屈原、宋玉诸作及后人模拟之作为一书,题为《楚辞》,东汉王逸又继作《楚辞章句》,于是《楚辞》又作为这一诗歌总集的书名流传于世。楚辞的代表作家是中国第一位伟大的爱国诗人屈原。

楚辞是在楚国传统文化的基础上产生的。所谓楚国传统文化,可包括以下三方面内容:一是保存于南方的古代神话,二是楚地的巫风,三是楚地民歌。北方中原地区文化由于受儒家"不语怪力乱神"思想的影响,神话趋于历史化。而南方则保留了较多的古代神话。《天问》中所提的问题以及《离骚》中驾八龙、驱凤鸟、登阆风、求宓妃等,都与古代的神话传说有关。楚人好淫祀,巫风很盛。祭祀则歌唱鼓舞以降神。这对楚辞的内容及浪漫主义色彩也深有影响。据朱熹说,《九歌》原为楚国民间祭神之曲,经屈原加工改写而成。① 《离骚》中也有"巫咸夕降"之类的话。楚辞与楚地民歌关系尤为密切。《史记·滑稽列传》所载《优孟歌》、《说苑·善说篇》所载《越人歌》、《论语·微子篇》所载《楚狂接舆歌》、《孟子·离娄》所载《楚孺子歌》,其时代皆在屈原之前,而其体制形式则与楚辞相同或相似。同时,楚辞的产生也受到北方文化的影响,是南北文化相交融的产物。《离骚》中所述的人物,除幻想的丰隆、宓妃等外,其余历史的或传说的人物近三十人,都是中原氏族的人物,可见屈原对中原文化了解很深。《天问》《橘颂》中的四言句法,也与《诗经》十分相似。这些都是楚辞受到北方文化影响的证据。

除汉王逸的《楚辞章句》外,《楚辞》重要的注本尚有宋洪兴祖的《楚辞补注》、宋朱熹的《楚辞集注》、清蒋骥的《山带阁注楚辞》、清王夫之的《楚辞通释》及今人金开诚、董洪利、高路明的《屈原集校注》等。

二、楚辞的精神实质

楚辞,尤其是屈原的作品,充满了强烈的爱国主义激情,表现了对理想的执著追求和不与世俗同流合污的高洁品格。

《九章》包括《惜诵》《涉江》《哀郢》《抽思》《怀沙》《思美人》《惜往日》《橘颂》《悲回风》九篇作品。朱熹《楚辞集注》说:"屈原既放,思君念国,随事感触,辄形于声。后人辑之,得其九章,合为一卷,非必出于一时之言也。"《涉江》记叙了作者流放途中的

---

① 朱熹:《楚辞集注》,上海古籍出版社 1979 年版。

一段行程，抒发了自己守道不渝的决心。诗中说："世溷浊而莫余知兮，吾方高驰而不顾"，"苟余心其端直兮，虽僻远其何伤"，"吾不能变心以从俗兮，固将愁苦而终穷"，"余将董道而不豫兮，固将重昏而终身"。这些话和《离骚》中"不吾知其亦已兮，苟余情其信芳""苟余情其信姱以练要兮，长顑颔亦何伤"等句所表达的感情，是完全一致的。《哀郢》据王夫之《楚辞通释》说，是作于楚顷襄王二十一年秦将白起占领郢都之时，诗中对国家破亡、人民播迁感到极其沉痛："皇天之不纯命兮，何百姓之震愆？民离散而相失兮，方仲春而东迁。"同时，也表达了作者对祖国的无限忠诚。其结尾的"乱"辞说："曼余目以流观兮，冀壹反之何时！鸟飞反故乡兮，狐死必首丘。信非吾罪而弃逐兮，何日夜而忘之！"《橘颂》一篇，洪兴祖《楚辞补注》说："美（赞美）橘之德，因以自喻也。"作者赞美橘树"受命不迁，生南国兮"，赞美它"苏世独立，横而不流"，表示要"置以为像"，这正是作者自己高尚人格的写照。《天问》在中国文学史上是独一无二的。它一口气提出了172个问题，包括宇宙的形成、天地的开辟、日月星辰的运行等自然现象，也包括人类远古的神话传说、朝代的兴亡等社会现象。在这些问题中，作者对旧说异闻、天道天命提出了大胆的怀疑，表现了作者追求真理的探索精神以及对黑暗现实的愤懑心情。《九歌》是组诗，包括《东皇太一》《云中君》《湘君》《湘夫人》《大司命》《少司命》《东君》《河伯》《山鬼》《国殇》《礼魂》十一篇作品。王逸《楚辞章句》说："昔楚国南郢之邑，沅湘之间，其俗信鬼而好祠。其祠必作歌乐鼓舞以乐诸神。屈原放逐，窜伏其域，怀忧苦毒，愁思沸郁，出见俗人祭祀之礼，歌舞之乐，其词鄙陋，因作《九歌》之曲。上陈事神之敬，下见己之冤结，托之以讽谏。故其文义不同，章句杂错，而广异义焉。"这段话大致可信。诗人以流传于楚国民间的神话故事为背景，通过神灵形象的描绘，借其口而抒己情。诗人采用人神恋、人鬼恋、神鬼恋等形式，寄托自己对楚国的忠贞不渝，对理想的执著追求，同时也表现了自己高尚的品格和纯洁的心灵。《国殇》则是一首悲壮的爱国主义的赞歌，它祭祀的对象是为国捐躯的楚军将士。作品通过对楚军将士英雄形象的勾勒和战斗场面的描绘，生动地表现了楚军将士的勇武姿态和至死不屈的英雄气概。《离骚》更是一篇充满爱国主义激情的杰作。作品成功地塑造了一个伟大的爱国志士的光辉形象。他追求光明，追求美政，向往天下统一，关心民生疾苦，主张举贤授能，希望修明法度。他以一颗赤子之心，深深地眷恋着自己的君国；在位时竭忠尽智，力图振兴楚国；被疏后把个人的进退、生死置之度外，仍然心系君国。他具有志洁行廉、光明磊落的高尚品格；既怀内美，又重修能；既有对真、善、美的执著追求，又有对假、恶、丑的无情鞭挞；既有坚持操守、九死不悔的顽强意志，又有不与奸佞逸邪同流合污的坚定决心。《离骚》所蕴涵的深厚的思想与精神，使其成为中国文学史上巍然耸立的丰碑。

宋玉是屈原之后的著名楚辞作家，与屈原并称"屈宋"。《九辩》的思想内容，在揭露社会不平，强调洁身自好等方面，与《离骚》有相通之处。但它自哀自怜的成分较多，抒发的是"贫士失职而志不平"的愤慨，流露的是"惆怅兮而私自怜"的感伤。与《离骚》相比，在思想境界的高低方面，不可同日而语。

三、楚辞的浪漫主义特质

鲁迅说楚辞"其思甚幻,其文甚丽,其旨甚明,凭心而言,不遵矩度"①。屈原是我国文学史上第一位伟大的浪漫主义诗人,他的作品想象丰富,感情强烈,辞采瑰丽,具有浓郁的浪漫主义气息。

《九歌》是一组祀神曲,所祀有天神(如东皇太一、东君、云中君、大司命、少司命等)、地祇(如湘君、湘夫人、河伯、山鬼等),也有人鬼(阵亡将士)。其所以名为"九歌",系借用据说是夏启从天上偷来的乐章之名。《九歌》在艺术上成就很高,它摹写诸神情态,出神入化。如写云神:"灵皇皇兮既降,猋远举兮云中,览冀州兮有余,横四海兮焉穷。"(《云中君》)这一高处太空、广被原野、行动飘忽的形象,正符合云的特点。又如《东君》写日神:"长太息兮将上,心低徊兮顾怀。"表现太阳在天际云海之中欲出未出之状,极为传神。《九歌》善于融情入景。如《湘夫人》:"嫋嫋兮秋风,洞庭波兮木叶下。"画面上所透出的深秋的凉意和那种凄迷的情调,正与主人公怀人不见、遇合无因的怅惘心态密合无垠,因而成为千古名句。又如《山鬼》结尾:"雷填填兮雨冥冥,猿啾啾兮狖夜鸣,风飒飒兮木萧萧,思公子兮徒离忧。"凄风苦雨、哀猿长啸,如许悲凉孤寂的环境气氛,对于独处深山而又满怀失恋痛苦的女神来说,真是"这次第,怎一个愁字了得"(李清照《声声慢》)!这些描写,想象都极为丰富。《天问》中所提出的172个问题,包含大量的人类远古神话传说。如关于羿的一段传说:"帝降夷羿,革孽夏民。胡射夫河伯,而妻彼洛嫔?冯珧利决,封豨是射。何献蒸肉之膏,而后帝不若?浞娶纯狐,眩妻爰谋。何羿之射革,而交吞揆之?"这是先秦典籍中保存有关羿的传说比较完整的一段资料。从羿的降生直到被害,故事有头有尾,想象具体生动,表现出鲜明的浪漫主义特色。《九章》虽然不像《九歌》与《天问》那样糅合神话传说,想象丰富,喜用夸张的手法,但其感情的强烈,辞采的瑰丽,依然体现出浪漫主义特质。而《离骚》则是浪漫主义文学的典范。诗人打破了现实社会与虚幻的神仙世界的界限,打破了时空的限制,张开想象的翅膀,上天入地,自由驰骋,糅合神话传说,为读者展现了一幅色彩斑斓、光怪陆离、神奇莫测的画面。

四、《离骚》

《离骚》是屈原的代表作品,是一篇带有自传性质的政治抒情诗,也是我国古代文学中最长的抒情诗,全诗凡373句,2 490字。

《离骚》全文可分为三大段。第一大段("帝高阳之苗裔兮"至"岂余心之可惩")叙述自己的政治理想、高洁的品格以及遭谗见疏的经历、宁折不屈的决心。第二大段("女媭之婵媛兮"至"余焉能忍与此终古")通过受詈、陈辞、叩阍、求女等一系列活动,表现了自己对理想的执著追求,同时也抒写了自己上不见容于君,下不获知于世,理想无法实现的苦闷与愤慨。第三大段("索藑茅以筳篿兮"至"吾将从彭咸之所居")通过灵氛、巫

---

① 鲁迅:《汉文学史纲要》,《鲁迅全集》第九卷,人民文学出版社2005年版。

咸的劝导，写自己徘徊于去国与留国之间的思想斗争及最终不忍离去而以身殉国的决心。这三大段亦可看作是两大部分。第一大段为第一部分，写现实斗争；第二、三两大段为第二部分，写现实斗争失败后的思想活动，是思想上的"神游"。

《离骚》成功地塑造了一个伟大的爱国志士的光辉形象，全诗充满强烈的爱国主义激情。这主要表现为三组矛盾。一是"我"与"党人"的矛盾。"我"品德高洁，不畏权势，保持美质；"党人"品行卑劣，趋炎附势，改变节操。"我"所追求的是古代圣王的美政，为国尽忠的美名；"党人"所追求的是永不满足的私利，毫无节制的享乐。"我"所担心的是国家走上歧途，面临倾覆的危险；"党人"只顾苟且偷乐，全不顾国家的安危。总之，"我"是光明理想的化身，"党人"是黑暗邪恶的代表，两者之间的矛盾是不可调和的。二是"我"与楚王的矛盾。"我"希望楚王能始终如一，实践前约；而他却屡次变化，"悔遁而有他"。"我"希望楚王能"抚壮而弃秽""及前王之踵武"；而他却不理解"我"的一片忠心，"反信谗而齌怒"。"我"希望楚王"举贤而授能"，"循绳墨而不颇"；而他却信任"党人"，"好蔽美而称恶"。总之，"我"是忠贞之臣，楚王是昏庸之君。由于诗人把忠君与爱国看作一体，因此在揭露这一组矛盾时，有一定的保留，写得比较含蓄。三是"我"思想上的矛盾。这集中表现在：是随波逐流，还是坚持理想？是去国远逝，还是留在故国等待时机？诗人一再申明，要坚持理想，"虽体解吾犹未变""虽九死其犹未悔"。上述三组矛盾都无法解决，楚国的政治依然黑暗，国家依然岌岌可危，终于导致诗人自沉汨罗江，以身殉国，这正是诗人悲剧的根源。这首诗塑造了一位高大的抒情主人公形象，他向往光明，憎恶黑暗；坚持理想，反对邪恶；要求革新政治，决不苟且偷安；坚守高尚的节操，不与世俗同流合污。总之，他具有光辉峻洁的伟大人格和强烈的爱国主义激情，这也正是《离骚》具有强烈的艺术感染力之所在。

《离骚》在艺术上取得了巨大的成就。

其一，浓郁的浪漫主义气息。《离骚》自始至终贯穿着诗人对"美政"理想的热烈追求，贯穿着诗人以理想改造现实的顽强斗争精神，而当最后理想无法实现时，诗人又表示了以身殉国的坚决态度。作品塑造了超出现实之上的抒情主人公崇高峻洁的自我形象：饮木兰之坠露，餐秋菊之落英，以芰荷为衣，以芙蓉为裳；高冠长佩……。而两次神游，上天入地，周游四极，糅合神话传说，驱赶珍禽异兽、神怪仙人为自己服务：以飞廉、望舒为随从，以玉虬、凤鸟为驾车；饮马咸池，总辔扶桑，流沙赤水，《九歌》《韶舞》，想象丰富瑰奇，场面宏伟壮丽，境界恍惚迷离，极富于浪漫主义色彩。

其二，大大丰富和发展了《诗经》的比兴手法。《诗经》的"比"，一般是简单地以彼物比此物，而且用作比喻的多为日常生活常见之物。但《离骚》则不然。王逸《离骚经序》说："善鸟香草以配忠贞，恶禽臭物以比谗佞，灵修美人以媲于君，宓妃佚女以譬贤臣，虬龙鸾凤以托君子，飘风云霓以为小人。"《离骚》已经把简单的比兴发展为象征体系。《离骚》中用作比兴的喻体，往往具有多方面的含义，贯穿全文。如诗人以采兰、佩兰象征美好高洁的品德修养，以"滋兰"比喻培养人才；又以兰之无人佩用喻贤人君子之受排挤，以兰之变质喻人才之变节。再如诗人自比为女子，由此出发，便以男女关系比君臣关系，以众女妒美比群小妒贤，以求佚女比求明君，以男女婚约比君臣遇合，等等。这种"香草美人"的比兴手法，成为后代诗词创作的一种传统。

其三，结构宏伟严密。《离骚》虽是一首抒情诗，但却具有一定的情节性。在情节的安排上，幻想与现实、记叙与议论、描写与交代有机地交织在一起，安排得错落有致，波澜起伏，显示出诗人的艺术匠心。同时，《离骚》的抒情还具有回旋反复的特点，正如司马迁所说"其存君兴国而欲反覆之，一篇之中三致志焉"①。如诗中以同样的象征手法，反复表白自己洁身自好的操守。又如诗中反复表示自己坚持理想宁死不变的决心，如此反复倾诉，再三表白，正表露了作者对自己高尚情操和爱国热忱不为人理解信任所感到的痛苦，同时也带来了回旋反复，荡气回肠的抒情效果。

五、屈原在文学史上的地位和影响

屈原是最伟大的爱国诗人之一，在文学史上有着崇高的地位和影响。首先，他作为一位爱国志士、爱国诗人受到后世的景仰。他那强烈的爱国激情、不与奸佞小人同流合污的峻洁品格、为了追求光明与理想而不屈不挠的精神成为后世效法的楷模。其次，他作为一位伟大的浪漫主义诗人，在文学创作中所运用的大胆的幻想和夸张的手法，对我国积极浪漫主义文学传统的形成和发展产生了重要的影响。最后，他所创造的骚体文学样式及艺术技巧，滋润了后代作家的文学创作。屈原的精神品格感召后人，屈原的文学作品沾溉后世，正如刘勰所指出："其衣被词人，非一代也！"（《文心雕龙·辨骚》）

---

① 司马迁：《史记》卷八十四《屈原贾生列传》，中华书局1959年版。

作 品

屈原

屈原（约前340—约前278），名平，字原，战国后期楚国人。他与楚王同姓，出身于贵族，"博闻强志，明于治乱，娴于辞令"（《史记·屈原贾生列传》），因此深得楚王信任，曾任左徒、三闾大夫之要职。他怀有远大的政治理想，主张举贤授能，修明法度，联齐抗秦，统一六国。他的政治革新计划触犯了贵族保守势力的利益，因而遭到他们的诬陷和排斥，先后被楚怀王、楚顷襄王疏远和放逐。公元前278年，楚国郢都被秦兵攻破，屈原满怀悲愤，自投汨罗江而死，以身殉国。

屈原的长篇政治抒情诗《离骚》及《九章》等作品，充满了强烈的爱国主义激情，表现了对理想的执著追求和不与世俗同流合污的高洁情操。他十分重视民间乐歌，其重要作品《九歌》就是根据民间祭祀之礼、歌舞之乐再创作的。屈原是我国文学史上第一位浪漫主义的伟大诗人，他的作品想象丰富，感情强烈，辞采瑰丽，具有浓郁的浪漫主义气息。

屈原是楚辞的代表作家，关于他的作品，《汉书·艺文志》载，屈原赋二十五篇，未列具体篇目。究竟是哪二十五篇，众说纷纭。现在一般认为是：《离骚》、《九歌》（十一篇）、《天问》、《九章》（九篇）、《招魂》、《卜居》、《渔父》。但《卜居》《渔夫》两篇争议较多。《招魂》，司马迁定为屈原所作，而王逸则认为是宋玉所作。

离　　骚

【解题】

《离骚》是屈原的代表作，也是中国古代诗歌中最杰出的长篇政治抒情诗。关于诗题的含义，歧解甚多，主要有以下数种。司马迁说："离骚者，犹离忧也。"（《史记·屈原贾生列传》）班固说："离，犹遭也；骚，忧也，明己遭忧作辞也。"（《离骚赞序》）王逸说："离，别也；骚，愁也。"（《楚辞章句》）今人游国恩认为："《离骚》可能本是楚国一种歌曲的名称，其意义则与'牢骚'二字相同。"（《屈原作品介绍》）杨柳桥则认为："'离'字是'摛'的借字，《说文》：'摛，舒也。'……'离骚'即是'舒忧''陈忧'，也就是'抒忧'。"（《〈离骚〉解题》）《离骚》的写作年代，多数学者认为是屈原壮年时期，也即楚怀王末年被流放汉北时所作。

作品以战国末期楚国的现实政治斗争为背景，展现了屈原与楚国保守势力之间激烈的矛盾冲突，集中地表现了屈原追求崇高的政治理想、反对腐朽邪恶的政治势力的斗争精神和决不与奸佞小人同流合污的峻洁品格，成功地塑造了一个伟大的爱国志士的光辉形象。《离骚》在艺术上也取得了巨大的成就，浓郁的浪漫主义气息，比兴手法的运用，结构的宏伟严密，使其成为中国文学史上的杰作，鲁迅称其"逸响伟辞，卓绝一世"（《汉文学史纲要》），后世作家无不深受其影响。

　　帝高阳之苗裔兮[1]，朕皇考曰伯庸[2]。摄提贞于孟陬兮[3]，惟庚寅吾以降[4]。皇览揆余初度兮[5]，肇锡余以嘉名[6]：名余曰正则兮，字余曰灵均[7]。纷吾既有此内美兮[8]，又重之以修能[9]。扈江离与辟芷兮[10]，纫秋兰以为佩[11]。汩余若将不及兮[12]，恐年岁之不吾与。朝搴阰之木兰兮[13]，夕揽洲之宿莽[14]。日月忽其不淹兮[15]，春与秋其代序[16]。惟草木之零落兮，恐美人之迟暮[17]。不抚壮而弃秽兮[18]，何不改乎此度[19]？乘骐骥以驰骋兮[20]，来吾道夫先路[21]！

　　昔三后之纯粹兮[22]，固众芳之所在[23]。杂申椒与菌桂兮[24]，岂维纫夫蕙茝[25]？彼尧舜之耿介兮，既遵道而得路。何桀纣之猖披兮[26]，夫唯捷径以窘步[27]！惟夫党人之偷乐兮[28]，路幽昧以险隘。岂余身之惮殃兮？恐皇舆之败绩[29]。忽奔走以先后兮，及前王之踵武[30]。荃不察余之中情兮[31]，反信谗而齌怒[32]。余固知謇謇之为患兮[33]，忍而不能舍也。指九天以为正兮[34]，夫唯灵修之故也[35]。曰黄昏以为期兮，羌中道而改路[36]。初既与余成言兮[37]，后悔遁而有他[38]。余既不难夫离别兮，伤灵修之数化[39]。

　　余既滋兰之九畹兮[40]，又树蕙之百亩[41]。畦留夷与揭车兮[42]，杂杜衡与芳芷[43]。冀枝叶之峻茂兮[44]，愿竢时乎吾将刈[45]。虽萎绝其亦何伤兮，哀众芳之芜秽。

　　众皆竞进以贪婪兮[46]，凭不厌乎求索[47]。羌内恕己以量人兮[48]，各兴心而嫉妒。忽驰骛以追逐兮[49]，非余心之所急。老冉冉其将至兮[50]，恐修名之不立[51]。朝饮木兰之坠露兮，夕餐秋菊之落英。苟余情其信姱以练要兮[52]，长颇颔亦何伤[53]。擥木根以结茞兮[54]，贯薜荔之落蕊[55]。矫菌桂以纫蕙兮[56]，索胡绳之纚纚[57]。謇吾法夫前修兮[58]，非世俗之所服[59]。虽不周于今之人兮[60]，愿依彭咸之遗则[61]。长太息以掩涕兮，哀民生之多艰[62]！余虽好修姱以鞿羁兮[63]，謇朝谇而夕替[64]。既替余以蕙纕兮[65]，又申之以揽茝[66]。亦余心之所善兮，虽九死其犹未悔！怨灵修之浩荡兮[67]，终不察夫民心。众女嫉余之蛾眉兮[68]，谣诼谓余以善淫[69]。固时俗之工巧兮，偭规矩而改错[70]。背绳墨以追曲兮[71]，竞周容以为度[72]。忳郁邑余侘傺兮[73]，吾独穷困乎此时也！宁溘死以流亡兮[74]，余不忍为此态也！鸷鸟之不群兮[75]，自前世而固然。何方圆之能周兮[76]，夫孰异道而相安！屈心而抑志兮，忍尤而攘诟[77]。伏清白以死直兮[78]，固前圣之所厚。

　　悔相道之不察兮[79]，延伫乎吾将反[80]。回朕车以复路兮，及行迷之未远。步余马于兰皋兮[81]，驰椒丘且焉止息[82]。进不入以离尤兮[83]，退将复修吾初服。制芰荷以为衣兮[84]，集芙蓉以为裳[85]。不吾知其亦已兮[86]，苟余情其信芳[87]。高余冠之岌岌兮[88]，长余佩之陆离[89]。芳与泽其杂糅兮[90]，唯昭质其犹未亏[91]。忽反顾以游目兮[92]，将往观乎四荒[93]。佩缤纷其繁饰兮，芳菲菲其弥章[94]。民生各有所乐兮，余独好修以为常。虽体解吾犹未变兮，岂余心之可惩[95]！

【注释】

　　[1] 高阳：传说中远古部落首领颛顼的称号。苗裔：后代子孙。兮（xī）：语气词。[2] 朕（zhèn）：我。皇考：指太祖。伯庸：即屈原的太祖句亶王熊伯庸（见赵逵夫《屈氏先世与句亶王熊伯庸——兼论三闾大夫的职掌》）。伯庸被封在甲水边上的句亶，故号句亶王。屈氏的"屈"

是由句亶的"句"音转而来。[3] 摄提：摄提格的简称，古代纪年的术语。古人将天际划分为子、丑、寅、卯、辰、巳、午、未、申、酉、戌、亥十二等分，称为十二宫。以岁星（木星）在天空运行的方位来纪年。岁星指向寅宫之年称为"摄提格"，故"摄提"即指寅年。贞：正当。孟：始。陬（zōu）：正月的别名。夏历的正月是寅月。[4] 惟：语助词。庚寅：以干支纪日的术语。屈原生于寅年寅月寅日，据郭沫若推算，当为楚宣王三十年（前340）正月初七日（见《屈原研究》）；浦江清则推算为楚威王元年（前339）正月十四日（见《屈原生年月日的推算问题》）。[5] 皇：大，美。揆（kuí）：度，审度。初度：初生时的容貌气度。一说初生的时候。[6] 肇：始。锡：同"赐"，给。[7] "名余"二句：屈原名平，字原。此自云名"正则"，字"灵均"，未详何故。王夫之说："平者，正之则也；原者，地之善而均平者也。隐其名而取其义，以属辞赋体然也。"（《楚辞通释》）可作参考。一说"正则"是乳名，"灵均"是小字。[8] 纷：盛多貌。[9] 重（chóng）：增加。修：长。"修能"犹长才。一说，修，美好；能，通"态"。"修能"犹美好的容貌体态。[10] 扈（hù）：披。江离：香草名，又名蘼芜。辟芷（zhǐ）：香草名，即白芷。[11] 纫：连缀。[12] 汩（yù）：迅疾貌。[13] 搴（qiān）：拔取。阰（pí）：大土山。木兰：香木名。[14] 揽：采。宿莽：一种经冬不死的草。[15] 淹：停留。[16] 代序：互相依次替代。[17] 迟暮：指衰老。[18] 不："何不"的省文。抚：依恃。[19] 度：法度。[20] 骐骥：骏马。[21] 道：同"导"。[22] 三后：指楚国历史上三位贤明的君王。[23] 众芳：喻贤能的臣子。[24] 申椒：花椒，香木名。菌桂：即肉桂，香木名。[25] 维：通"唯"。蕙：香草名。茝（zhǐ）：即白芷，香草名。[26] 桀（jié）：夏朝的暴君。纣（zhòu）：商朝的暴君。猖披：猖狂邪恶。[27] 捷径：喻政治上的邪道。窘步：难行。[28] 党人：结党营私的小人。偷乐：苟安享乐。[29] 皇舆：国君乘坐的车，此处借指国家。败绩：倾覆。[30] 踵武：足迹。[31] 荃（quán）：香草名，指楚王。[32] 齌（jì）怒：大怒。[33] 謇（jiǎn）謇：尽忠直言。[34] 正：通"证"。[35] 灵修：指楚怀王。[36] 羌：发语词。这两句洪兴祖《楚辞补注》以为是衍文，应删去。[37] 成言：约定。[38] 遁：变心。[39] 数（shuò）化：屡次变化。[40] 滋：培育。畹（wǎn）：田地面积单位。[41] 树：种植。[42] 畦（qí）：田垄，这里是分垄栽种的意思。留夷、揭车：皆香草名。[43] 杜衡、芳芷：皆香草名。[44] 冀：希望。[45] 竢（sì）：通"俟"，等待。[46] 竞进：指对权势利禄竞相追逐。[47] 凭：满。厌：足。[48] 内恕己：对自己宽容。量人：用卑劣的心理衡量别人。[49] 驰骛（wù）：狂奔乱跑。追逐：指追逐权势财富。[50] 冉冉：渐渐。[51] 修名：美好的名声。[52] 信：确实。姱（kuā）：美好。练要：精诚专一。[53] 顑颔（kǎn hàn）：因饥饿而面色憔悴的样子。[54] 擥：同"揽"，持取。木根：香木之根。[55] 薜荔（bì lì）：香草名。[56] 矫：举起。[57] 索：作动词用，搓绳。胡绳：香草名。纚（xǐ）纚：绳索好貌。[58] 謇：发语词。前修：前代贤人。[59] 服：用。[60] 不周：不合。[61] 彭咸：传说是殷代的贤臣，因劝谏君主不成，投水自杀。遗则：留下的榜样。[62] 太息：叹息。掩涕：擦泪。[63] 靰（jī）：马缰绳。羁：马络头。[64] 谇（suì）：进谏。替：废。[65] 纕（xiāng）：佩带。[66] 申：再次。[67] 浩荡：指放纵于规矩之外。[68] 众女：喻楚国保守势力。[69] 谣诼（zhuó）：造谣谗毁。淫：放荡。[70] 偭（miǎn）：违背。错（cuò）：通"措"，措施。[71] 绳墨：木工用的墨线。[72] 周容：苟合取容。度：准则。[73] 忳（tún）：忧愁貌。郁邑：忧郁烦闷。侘傺（chà chì）：怅然失意貌。[74] 溘（kè）死：忽然死去。[75] 鸷（zhì）鸟：鹰类猛禽。[76] 能周：能契合。[77] 尤：罪过。攘诟（gòu）：遭到辱骂。[78] 伏：通"服"，保持。死直:为正直而死。[79] 相:看。[80] 延伫:长久站立。反:同"返"。[81] 步:慢慢走。兰皋:生长有兰草的水边高地。[82] 椒丘:长有椒树的山丘。焉:于此。[83] 进:进仕于朝廷。不入:不被容纳。离:通"罹",遭受。[84] 芰(jì)荷:指荷叶。[85] 芙蓉:荷花。[86] 不吾知:即"不知吾"。已:罢了。[87] 苟:只要。[88] 高:作动词用,使之高。岌(jí)岌:高貌。[89] 长:作动词用,使之长。陆离:长貌。[90] 泽:污垢。[91] 昭质:光明洁白的品质。[92] 游目:纵目眺望。[93] 四荒:四方荒远之地。[94] 菲菲:香气浓郁。弥章:更加显著。章,同"彰"。[95] 惩:悔恨。

(以上是第一大段,叙述自己的高贵出身、政治理想、高洁的品格以及遭谗见疏的经历、宁折不屈的决心。)

女嬃之婵媛兮[1],申申其詈予[2]。曰:"鲧婞直以亡身兮[3],终然殀乎羽之野[4]。汝何博謇而好修兮[5],纷独有此姱节?薋菉葹以盈室兮[6],判独离而不服[7]。众不可户说兮[8],孰云察余之中情[9]?世并举而好朋兮[10],夫何茕独而不予听[11]!"

依前圣以节中兮[12],喟凭心而历兹[13]。济沅湘以南征兮[14],就重华而陈词[15]:"启《九辩》与《九歌》兮[16],夏康娱以自纵[17];不顾难以图后兮[18],五子用失乎家巷[19]。羿淫游以佚畋兮[20],又好射夫封狐[21];固乱流其鲜终兮[22],浞又贪夫厥家[23]。浇身被服强圉兮[24],纵欲而不忍[25];日康娱而自忘兮,厥首用夫颠陨[26]。夏桀之常违兮[27],乃遂焉而逢殃[28]。后辛之菹醢兮[29],殷宗用而不长[30]。汤禹俨而祗敬兮[31],周论道而莫差[32]。举贤而授能兮,循绳墨而不颇。皇天无私阿兮[33],览民德焉错辅[34]。夫维圣哲以茂行兮[35],苟得用此下土[36]。瞻前而顾后兮,相观民之计极[37]。夫孰非义而可用兮,孰非善而可服?阽余身而危死兮[38],览余初其犹未悔。不量凿而正枘兮[39],固前修以菹醢。"曾歔欷余郁邑兮[40],哀朕时之不当[41]。揽茹蕙以掩涕兮[42],沾余襟之浪浪[43]。

跪敷衽以陈辞兮[44],耿吾既得此中正[45]。驷玉虬以乘鹥兮[46],溘埃风余上征[47]。朝发轫于苍梧兮[48],夕余至乎县圃[49]。欲少留此灵琐兮[50],日忽忽其将暮。吾令羲和弭节兮[51],望崦嵫而勿迫[52]。路曼曼其修远兮[53],吾将上下而求索。饮余马于咸池兮[54],总余辔乎扶桑[55]。折若木以拂日兮[56],聊逍遥以相羊[57]。前望舒使先驱兮[58],后飞廉使奔属[59]。鸾皇为余先戒兮[60],雷师告余以未具[61]。吾令凤鸟飞腾兮,继之以日夜。飘风屯其相离兮[62],帅云霓而来御[63]。纷总总其离合兮[64],斑陆离其上下[65]。吾令帝阍开关兮[66],倚阊阖而望予[67]。时暧暧其将罢兮[68],结幽兰而延伫。世溷浊而不分兮[69],好蔽美而嫉妒。

朝吾将济于白水兮[70],登阆风而绁马[71]。忽反顾以流涕兮,哀高丘之无女[72]。溘吾游此春宫兮[73],折琼枝以继佩。及荣华之未落兮,相下女之可诒[74]。吾令丰隆乘云兮[75],求宓妃之所在[76]。解佩纕以结言兮[77],吾令蹇修以为理[78]。纷总总其离合兮,忽纬繣其难迁[79]。夕归次于穷石兮[80],朝濯发乎洧盘[81]。保厥美以骄傲兮,日康娱以淫游。虽信美而无礼兮,来违弃而改求。览相观于四极兮,周流乎天余乃下[82]。望瑶台之偃蹇兮[83],见有娀之佚女[84]。吾令鸩为媒兮[85],鸩告余以不好。雄鸠之鸣逝兮,余犹恶其佻巧[86]。心犹豫而狐疑兮,欲自适而不可。凤皇既受诒兮[87],恐高辛之先我[88]。欲远集而无所止兮,聊浮游以逍遥。及少康之未家兮[89],留有虞之二姚[90]。理弱而媒拙兮[91],恐导言之不固[92]。世溷浊而嫉贤兮,好蔽美而称恶。闺中既已邃远兮[93],哲王又不寤[94]。怀朕情而不发兮[95],余焉能忍与此终古[96]!

【注释】

[1] 女媭(xū):说法不一,相传是屈原姊,也有说是侍女、妾,或女伴。婵媛(chán yuán):眷恋、关切之意。[2] 申申:絮絮叨叨的样子。詈(lì):责备、告诫。[3] 鲧(gǔn):禹的父亲,相传因治水失败,被舜杀于羽山。婞(xìng)直:刚直。亡身:应作"忘身"。[4] 殀(yāo):通"夭",指被杀。羽:羽山。据胡谓《禹贡锥指》说,羽山在山东蓬莱东南。[5] 博謇:博学而忠直。[6] 菉(zī):草聚集众多的样子。菉(lù):又名王刍。葹(shī):又名苍耳。菉、葹皆恶草名,此处喻奸佞之臣。[7] 判:区别。离:弃。服:用。此句是说,你却偏偏与众人不一样,不肯用来作佩饰。[8] 户说:挨家挨户地解说。[9] 云:语助词。中情:指高尚的品德。[10] 并举:互相抬举。好(hào)朋:喜欢结党拉派。[11] 茕(qióng):孤独。不予听:不听我的话。[12] 节:节制。中:中正之道。节中:即公正,不偏颇。[13] 喟(kuì):叹息。凭心:愤懑充满内心。[14] 沅:沅水。湘:湘水。二水均在湖南境内,注入洞庭湖。[15] 就:向。重(chóng)华:舜的别号。相传舜葬于苍梧之野。苍梧山在今湖南宁远南。[16] 启:禹之子,夏朝的开国之君。《九辩》与《九歌》:传说是天上的乐章,被启偷带到人间。[17] 夏:指"启"。康娱:安逸享乐。一说"夏康"连读,即指太康,启之子。[18] 顾:念,考虑。难(nàn):祸患。图后:为未来打算。[19] 五子:启之子,即"五观",也作"武观"。失:衍字。用乎:因而。家巷(hōng):内讧。《逸周书》:"五子忘伯禹之命,胥兴作乱。"[20] 羿(yì):相传夏初有穷国的国君。淫:过度。佚:放纵。畋(tián):打猎。[21] 封狐:大狐狸,泛指大野兽。[22] 乱流:淫乱奸邪之徒。鲜(xiǎn):少。鲜终:很少有好结果。[23] 浞(zhuó):即寒浞。相传为羿的相,曾派家臣逢蒙杀羿,并强占羿之妻。厥:其,指羿。家:指妻室。[24] 浇(ào):即过浇。相传为寒浞与羿妻生的儿子。被服:本指穿戴,此处是依恃的意思。强圉(yǔ):强壮有力。[25] 不忍:不能自我克制。[26] 颠陨:坠落,即被杀头。相传过浇杀了夏后相,后来又被相的儿子少康所杀。[27] 夏桀:夏朝的末代暴君。常违:即"违常",违背正道。[28] 遂焉:终于。逢殃:遭祸。《史记·夏本纪》:"汤修德,诸侯皆归汤。汤遂率兵以伐夏桀,桀走鸣条,遂放而死。"[29] 后辛:殷纣王,名辛,商朝末代暴君。菹醢(zū hǎi):剁成肉酱。纣王曾把大臣梅伯剁成肉酱,事见《史记·殷本纪》。[30] 殷宗:殷朝的宗祀。用而:因而。不长(cháng):指殷朝很快灭亡。《史记·殷本纪》:"周武王于是率诸侯伐纣。纣亦发兵距之牧野。甲子日,纣兵败,纣走入,登鹿台,衣其宝玉衣,赴火而死。周武王遂斩纣头,县之白旗。"[31] 汤:商朝的开国之君。俨(yǎn):庄重貌。祗(zhī):恭敬。[32] 周:指周文王、周武王等开国君主。[33] 私阿(ē):偏私。[34] 错辅:辅助。错,通"措"。[35] 茂行:美行。[36] 苟:才。用:享有。[37] 极:准则。[38] 阽(diàn):临近危险。[39] 凿:器物上的孔眼,是安插榫头的。枘(ruì):榫头。[40] 曾:"层"的假借字,累累不绝。[41] 当:遇。[42] 茹:柔软。[43] 浪(láng)浪:泪流滚滚貌。[44] 敷:铺开。衽(rèn):衣的前襟。[45] 耿:光明貌。[46] 驷:作动词用,驾驭。玉虬(qiú):有角的白龙。鹥(yī):凤凰一类的鸟。[47] 溘(kè):迅疾。上征:向天上飞去。[48] 发轫(rèn):出发。轫:车闸,阻碍车轮转动的木头。苍梧:山名,即九嶷山,

传说舜葬于此。[49] 县（xuán）圃：同"悬圃"，神话中的山名。[50] 琐：宫门上的花纹，指宫门。[51] 羲（xī）和：神话中用六龙给太阳神驾车者。弭（mǐ）节：停止加鞭。[52] 崦嵫（yān zī）：神话中的山名，太阳落山之处。[53] 曼曼：同"漫漫"。[54] 咸池：神话中太阳沐浴的水池。[55] 总：系结。辔（pèi）：马缰绳。扶桑：神话中长在东方日出处的树。[56] 若木：神话中的树名。拂：挡住。[57] 相羊：即"徜徉"，徘徊，漫游。[58] 望舒：神话中为月亮驾车者。[59] 飞廉：神话中的风神。属（zhǔ）：跟随。[60] 皇：同"凰"。[61] 未具：行装未备齐全。[62] 飘风：旋风。屯：聚。离（lì）：通"丽"，附着。[63] 霓（ní）：彩虹。御（yà）：同"迓"，迎接。[64] 总总：聚集貌。[65] 陆离：参差错综。[66] 阍（hūn）：守门人。[67] 阊阖（chāng hé）：天门。[68] 暧（ài）暧：昏暗貌。罢（pí）：尽。[69] 不分：指贤愚、是非、善恶不分。[70] 白水：神话中的水名。[71] 阆（láng）风：神话中的山名。绁（xiè）马：系马。[72] 女：神女。[73] 春宫：指神仙居住的宫殿。[74] 下女：下界美女。诒（yí）：通"贻"，赠送。[75] 丰隆：神话中的云神。[76] 宓（fú）：通"伏"。宓妃：伏羲氏的女儿，溺死于洛水，遂为洛水之神。[77] 佩纕：佩带。结言：订盟约。[78] 謇（jiǎn）修：杜撰的人名。理：媒人。[79] 纬繣（huà）：乖戾。[80] 次：住宿。穷石：神话中的山名。[81] 洧（wěi）盘：神话中的水名。[82] 周流：周游。[83] 偃蹇：高耸貌。[84] 有娀（sōng）：传说中古代部落。佚女：美女。[85] 鸩（zhèn）：鸟名，喻奸恶之人。[86] 佻（tiāo）巧：轻浮虚假。[87] 受诒：受托。[88] 高辛：帝喾的别号。[89] 少康：夏代中兴的国君。未家：未有家室。[90] 有虞：有，名词词头，无义。虞，传说中的上古国名，国君姓姚，是舜的后裔。二姚：虞国国君的两个女儿。[91] 理弱：媒人无能。[92] 导言：指媒人诱导男女双方的言辞。不固：不牢靠，即无法使双方缔结婚约。[93] 闺中：宫中，此指女子的居处。[94] 哲王：指楚怀王。寤（wù）：同"悟"，醒悟。[95] 情：忠信之情。[96] 焉能：怎能。终古：长久。此句是说，在这种情况下，我怎么能长久地忍受下去呢！

（以上是第二大段，通过受詈、陈辞、叩阍、求女等一系列活动，表现了自己对理想的执著追求，同时也抒写了上不见容于君，下不获知于世，理想无法实现的苦闷与愤慨。）

　　索藑茅以筳篿兮[1]，命灵氛为余占之[2]。曰："两美其必合兮[3]，孰信修而慕之[4]？思九州之博大兮[5]，岂唯是其有女[6]？"曰："勉远逝而无狐疑兮[7]，孰求美而释女[8]？何所独无芳草兮[9]，尔何怀乎故宇[10]？世幽昧以眩曜兮[11]，孰云察余之善恶[12]？民好恶其不同兮[13]，惟此党人其独异[14]。户服艾以盈要兮[15]，谓幽兰其不可佩。览察草木其犹未得兮[16]，岂珵美之能当[17]？苏粪壤以充帏兮[18]，谓申椒其不芳！"[19]

　　欲从灵氛之吉占兮，心犹豫而狐疑。巫咸将夕降兮[20]，怀椒糈而要之[21]。百神翳其备降兮[22]，九疑缤其并迎[23]。皇剡剡其扬灵兮[24]，告余以吉故[25]。曰："勉升降以上下兮[26]，求矩矱之所同[27]。汤禹严而求合兮[28]，挚咎繇而能调[29]。苟中情其好修兮，又何必用夫行媒[30]。说操筑于傅岩兮[31]，武丁用而不疑[32]。吕望之鼓刀兮[33]，遭周文而得举[34]。宁戚之讴歌兮[35]，齐桓闻以该辅[36]。及年岁之未晏兮[37]，时亦犹其未央[38]，恐鹈鴂之先鸣兮[39]，使夫百草为之不芳[40]！"

　　何琼佩之偃蹇兮[41]，众薆然而蔽之[42]？惟此党人之不谅兮[43]，恐嫉妒而折之[44]。时缤纷其变易兮[45],又何可以淹留[46]!兰芷变而不芳兮,荃蕙化而为茅[47]。何昔日之芳草兮,今直为此萧艾也[48]?岂其有他故兮,莫好修之害也。余以兰为可恃兮,羌无实而容长[49]。委厥美以从俗兮[50],苟得列乎众芳[51]。椒专佞以慢慆兮[52],樧又欲充夫佩帏[53]。既干进而务入兮[54],又何芳之能祗[55]?固时俗之流从兮[56],又孰能无变化。览椒兰其若兹兮,又况揭车与江离!惟兹佩之可贵兮[57],委厥美而历兹[58]。芳菲菲而难亏兮,芬至今犹未沫[59]。和调度以自娱兮[60],聊浮游而求女。及余饰之方壮兮[61],周流观乎上下。

灵氛既告余以吉占兮,历吉日乎吾将行[62]。折琼枝以为羞兮[63],精琼靡以为粻[64]。为余驾飞龙兮[65],杂瑶象以为车[66]。何离心之可同兮,吾将远逝以自疏!邅吾道夫昆仑兮[67],路修远以周流。扬云霓之晻蔼兮[68],鸣玉鸾之啾啾[69]。朝发轫于天津兮[70],夕余至乎西极[71]。凤皇翼其承旂兮[72],高翱翔之翼翼[73]。忽吾行此流沙兮[74],遵赤水而容与[75]。麾蛟龙使梁津兮[76],诏西皇使涉予[77]。路修远以多艰兮,腾众车使径待[78]。路不周以左转兮[79],指西海以为期[80]。屯余车其千乘兮,齐玉轪而并驰[81]。驾八龙之婉婉兮[82],载云旗之委蛇[83]。抑志而弭节兮[84],神高驰之邈邈[85]。奏《九歌》而舞《韶》兮[86],聊假日以媮乐[87]。陟升皇之赫戏兮[88],忽临睨夫旧乡[89]。仆夫悲余马怀兮,蜷局顾而不行[90]。

乱曰[91]:"已矣哉[92]!国无人莫我知兮[93],又何怀乎故都[94]!既莫足与为美政兮,吾将从彭咸之所居[95]。"

《四部丛刊》影印本《楚辞》

【注释】

[1] 索:取。藑(qióng)茅:用来占卜的一种茅草。以:和。筳篿(tíng zhuān):用来占卜的竹片。[2] 灵氛:巫者的名字。[3] 两美:指相互爱慕的俊男靓女,此喻良臣与贤君。[4] 信:确实。修:美好。[5] 九州:古时中国分为九州,故"九州"即泛指天下。[6] 是:此,指楚国。女:指美女,此喻贤君。以上四句是屈原问卜之辞。[7] 勉:努力。远逝:远行。狐疑:犹豫不决。[8] 释:放弃。女:同"汝",你。[9] 何所:何处。芳草:喻理想中的贤君。[10] 尔:指屈原。故宇:指楚国。[11] 幽昧:昏暗。眩(xuàn)曜:迷惑混乱的样子。[12] 云:语助词。察:体察、了解。余:即"余侪(chái)"的省文,我辈。这句是说,有谁来体察我们这些人的好坏呢?[13] 民:人。好恶(hào wù):喜好与憎恶。[14] 独异:特别的与众不同。[15] 户:家家户户,人人。艾:艾蒿,一种有怪味的野草,被楚人看作恶草。盈:满。要:同"腰"。[16] 览察:看,观察。得:得出正确的评价。[17] 珵(chéng):美玉。当:恰当。"览察"二句是说,这些人对草木尚且不能得出正确的评价,对美玉的估价又怎么能得当呢?[18] 苏:取。充:填塞。帏(wéi):身上所佩带的香囊。"户服"六句喻世道昏暗,是非颠倒,善恶不分。[19] 以上十四句是灵氛的答辞。[20] 巫咸:传说中的神巫。《山海经》:"大荒之中有灵山,巫咸、巫即、巫盼、巫彭、巫姑、巫真、巫孔、巫抵、巫谢、巫罗,十巫从此升降。"降:指降神。古代把巫看作沟通人与神的桥梁。人对神的祈求,由巫代为转达;神通过巫给人以指示。因降神大多在晚上,故称"夕降"。[21] 怀:揣在怀里。糈(xǔ):精米。椒糈:拌着香料的精米饭。椒糈是用以降神的祭品。这句是说,怀揣着椒糈去请巫咸降神,以释自己对灵氛吉占的疑虑。[22] 翳(yì):遮蔽。形容神灵的众多。备:全部。[23] 九

疑：九嶷山，即苍梧山。此指九嶷山之诸神。缤：众多的样子。[24] 皇：神灵。剡剡（yǎn yǎn）：光闪闪的样子。扬灵：显现神的灵光。[25] 吉故：美好的往事，即下文所举前代圣君贤者遇合的佳话。[26] 上下：指天上和人间，四处寻找。一说，勉即勉强。勉升降以上下：即勉强随俗沉浮之意。[27] 矩：量方的工具。矱（huò）：量长短的工具。矩矱：喻规矩法度。"勉升降"二句是说，巫咸劝屈原离开楚国，去寻求志同道合的明君。一说，巫咸希望屈原留在楚国，等待时机，实现自己的政治理想。[28] 严：通"俨"，真心诚意。求合：访求志同道合的贤者。[29] 挚：即伊尹，商汤时贤相。咎繇（gāo yáo）：即皋陶（yáo），夏禹时贤臣。调：协调，配合。能调：指君臣之间关系和谐。[30] 用：借助。行媒：托媒人介绍。王逸《楚辞章句》："行媒，喻左右之臣也。"[31] 说（yuè）：即傅说，殷高宗时贤相。操：持。筑：打夯用的木杵。傅岩：地名，在今山西平陆境内。[32] 武丁：即殷高宗。相传殷高宗思得贤臣以中兴殷朝，遂以梦中所见贤人形象遍访天下，得到在傅岩从事版筑劳动的奴隶傅说，即用以为相。[33] 吕望：即姜尚，世称姜太公。因其先人封在吕，故又姓吕。望、尚音近义通，故后世讹误（见汪瑗《楚辞集解》）。鼓刀：操刀。一说，敲刀发声，以招揽生意。相传姜尚曾在殷都朝歌（今河南淇县）当过屠夫。[34] 遭：遇。周文：即周文王姬昌。得举：受到提拔重用。《史记·齐太公世家》："吕尚盖尝穷困，年老矣，以渔钓奸（干）周西伯（文王）。西伯将出猎……遇太公于渭之阳，与语大悦，曰：'自吾先君太公曰：当有圣人适周，周以兴。子真是邪？吾太公望子久矣。'故号之曰'太公望'，载与俱归，立为师。"[35] 宁戚：春秋时卫国贤士。讴歌：徒歌，指唱歌时没有音乐伴奏。相传宁戚原为小商贩，曾击牛角唱《饭牛歌》以干齐桓公，被齐桓公用为客卿。[36] 齐桓：齐桓公，春秋五霸之一。该：备。该辅：即选用为辅佐大臣。[37] 晏：晚。未晏：即年纪未老。[38] 犹其：即"其犹"之倒文。央：尽。[39] 鹈鴂（tí jué）：鸟名，即伯劳。朱熹《楚辞集注》："鵙（jú）以七月鸣，则阴气至而众芳歇矣。"一说，即子规（杜鹃），暮春鸣叫，此时百花凋谢。[40] 不芳：枯萎。[41] 琼佩：玉佩，喻美德之人，此为屈原自况。偃蹇：高耸的样子，这里是高卓特立的意思。[42] 菱（ài）：遮蔽。这句是说，自己美好的品德被群小所掩盖。[43] 谅：诚信。不谅：说话不可靠。[44] 折：摧残。[45] 缤纷：杂乱的样子。[46] 淹留：久留。[47] "兰芷"二句：喻群贤变节。[48] 直：径直，简直。萧：一种蒿草。萧、艾皆为贱草，喻变节者。[49] 羌：乃。容：外表。无实而容长：没有实际的美德和才干，而只有好看的外表。[50] 委：弃。厥：其。[51] 苟：苟且。"委厥美"二句是说，抛弃了自己美好的品质而随俗浮沉，苟且地混入群芳之列。[52] 专：专横。佞：谄媚。慢慆（tāo）：傲慢狂妄。[53] 樧（shā）：恶草名，形似茱萸而无香味。"椒专佞"二句是说，椒本为香草，现在也变得专横谄佞，傲慢狂妄；樧本为恶草，现在也想钻进香囊冒充香料。[54] 干：钻营。务：求取。干进而务入：为了谋求禄位而四处钻营。[55] 祗（zhī）：敬。这句是说，美好的品质又怎能发扬光大？[56] 流从：即"从流"之倒文，随波逐流之意。这句是说，时世的风气本来就是趋炎附势，随波逐流。[57] 兹佩：指琼佩，屈原自况。[58] 委厥美：与上文"委厥美"有别，这里有自己的美德被群小摒弃、排斥之意。一说，"委"是"秉"之误（见高亨《楚辞注》）。[59] 沫：通"末"，终止，消失。一说，应作"沫"（mèi），通"昧"，暗淡。[60] 和：作动词用，使之和谐。调（diào）：指人行走时玉佩互相撞击发出的铿锵声。度（dù）：指人行走时步幅整齐。[61] 饰：指琼佩。壮：盛，光彩夺目的样子，喻己年德盛壮。[62] 历：选择。[63] 羞：即馐，美味食品。[64] 精：作动词用，捣细。琼糜（mí）：玉屑。粻（zhāng）：粮。[65] 驾飞龙：把飞龙驾上套。[66] 瑶：美玉。象：象牙。

[67] 邅（zhān）：转向。邅吾道：我转道。昆仑：传说中的仙山。[68] 云霓：指画着云霓的旌旗。晻（yǎn）蔼：昏暗的样子，此指旌旗蔽空。[69] 玉鸾：用玉制成鸾鸟形的车铃。啾啾：指车铃声。[70] 天津：天河的渡口。[71] 西极：西方极远处。[72] 翼：作动词用，展翅。一说，敬。承：奉，托起。旂（qí）：指云旗。[73] 翼翼：整齐的样子。一说，闲暇安适的样子。[74] 流沙：指西方极远的沙漠地带。[75] 遵：沿着。赤水：神话中的水名。容与：徘徊，缓行。[76] 麾：指挥。梁：作动词用，架桥。[77] 诏：命令。西皇：西方之神。使涉予：让他渡我过河。[78] 腾：传，传告（见闻一多《离骚解诂》）。径待：在路边等待。一说，径：直。待：一本作"侍"。径侍：径相侍卫。[79] 路：作动词用，路经。不周：神话中的山名。[80] 西海：神话中的西方之海。期：目的地。[81] 齐：齐驱并进。轪（dài）：车轮。[82] 婉婉：同"蜿蜒"，龙游动时身体屈伸的样子。[83] 委蛇（wēi yí）：即"逶迤"，旗帜飘动的样子。[84] 抑志：定下心来。一说，志通"帜"。抑志，即偃旗（见游国恩《离骚纂义》）。[85] 神：思绪。邈邈：高远无际的样子。[86] 韶（sháo）：即《九韶》，传说为舜时舞乐。[87] 假：借，假日：借此机会。媮（yú）：通"愉"。[88] 陟（zhì）：升。皇：皇天，天空。赫戏：光明辉煌的样子。[89] 睨（nì）：视。旧乡：故乡，指楚国。[90] 蜷（quán）局：蜷曲。顾：回顾。[91] 乱：乐曲之卒章，也有总括全篇要旨之义。[92] 已：止。已矣哉：算了吧。[93] 国无人：指楚国统治集团中没有志同道合的贤人。[94] 故都：郢都，在今湖北江陵，此代指楚国。[95] 彭咸：神巫。死后为水神。居：居处，这里有"归宿"的意思。这句是说，我要去追随神巫彭咸，与他为伴。即投水自杀，以身殉国。

（以上是第三大段，通过灵氛、巫咸的劝导，写自己徘徊于去国与留国之间的思想斗争及最终不忍离去而以身殉国的决心。）

国　殇

【解题】

本篇选自《楚辞·九歌》。国殇，指为国捐躯者。戴震《屈原赋注》："殇之二义：男女未冠笄而死者，谓之殇；在外而死者，谓之殇。殇之言伤也。国殇，死国事，则所以别于二者之殇也。歌此以吊之，通篇直赋其事。"《国殇》是一首祭祀为国牺牲者的祭歌，从内容看，祭祀的对象应是在战争中为国捐躯的将士。祭祀"国殇"当是楚国所特有的礼仪，近人或认为是西南民族的一种古老的习俗——人祭。本篇可分为两部分，前一部分是扮饰受祭者的主巫的独唱，自述战场上激烈战斗的场面；后一部分是群巫的合唱，是对为国牺牲者的赞颂，充分体现了楚国人民同仇敌忾的坚定决心和强烈的爱国主义精神。在表现手法上，此诗与《九歌》中其他作品的浪漫主义风格不同，而是"通篇直赋其事"，具体描述了一次战争的全过程，场面宏大，气氛浓烈，感情深挚，形成一种慷慨悲壮、质朴刚健的风格特色。

操吴戈兮被犀甲[1]，车错毂兮短兵接[2]。旌蔽日兮敌若云[3]，矢交坠兮士争先[4]。凌余阵兮躐余行[5]，左骖殪兮右刃伤[6]。霾两轮兮絷四马[7]，援玉枹兮击鸣鼓[8]。天时坠兮威灵怒[9]，严杀尽兮弃原野[10]。

出不入兮往不反[11]，平原忽兮路超远[12]。带长剑兮挟秦弓[13]，首身离兮心不惩[14]。诚既勇兮又以武[15]，终刚强兮不可凌[16]。身既死兮神以灵[17]，子魂魄兮为鬼雄[18]。

《四部丛刊》影印本《楚辞》

【注释】

[1] 操：持。吴戈：吴地所产的戈，以锋利著称。被（pī）：通"披"。犀甲：犀牛皮制成的铠甲。[2] 毂（gǔ）：车轮中心安插车轴的部分，相当于现在的轴承。错毂：古代的车子车轴的两端都露出毂外，所以双方战车十分接近时，就会出现车毂交错的现象。短兵：短兵器。[3] 旌（jīng）：用五色羽毛装饰的旗子，此指军旗。蔽日：形容旌旗极多。如云：形容敌人数量众多。[4] 矢：箭。交坠：两军对射，流矢交相坠落。士：将士。[5] 凌：侵犯。躐（liè）：践踏。行（háng）：行列。[6] 骖（cān）：边马。古时一车驾四马，中间两马叫"服"，两边的马称"骖"。殪（yì）：倒地而死。[7] 霾（mái）：通"埋"。絷（zhí）：绊住。[8] 援：持，抢起。枹（fú）：鼓槌。鸣鼓：声音特别响亮的鼓。[9] 天时坠：犹言天时不利。灵：指阵亡将士的魂灵。威灵怒：意思是阵亡将士的威武灵魂仍然愤怒不屈（见金开诚等《屈原集校注》）。一说，坠通"怼（duì）"，怨恨。威灵：指神灵。"天怼""神怒"，是形容战斗之惨烈。[10] 严杀尽：残酷地杀死了全部将士。一说，严，壮，指壮士。这句是说，经过一场惨烈的战斗，楚军将士全部牺牲、尸弃遍野，无人收葬。[11] 反：同"返"。[12] 平原：指战场。忽：荒忽渺茫的样子。超：远。"出不入"二句是说，将士离家出征，一去不归，全部牺牲在遥远的战场上。[13] 挟（xié）：夹在腋下。秦弓：秦地制造的弓，指好弓。[14] 首身离：头与身体分离，即牺牲。惩：戒惧，悔恨。[15] 诚：确实。勇：勇气。武：武艺高强。[16] 终：自始至终。不可凌：不可侵犯，不可夺其志。[17] 以：而。神以灵：是说将士虽死，但神灵犹显，精神永存。[18] 子：指为国捐躯者。鬼雄：鬼中之英雄豪杰。子魂魄：一本作"魂魄毅"，可从。

哀　郢

【解题】

本篇选自《楚辞·九章》。王逸《楚辞章句》："屈原放于江南之野，思君念国，忧心罔极，故复作《九章》。章者，明也，言己所陈忠信之道甚著明也。"朱熹《楚辞集注》则认为系后人所辑，"得其九章，合为一卷，非必出于一时之言也"。近人多从朱说。郢（yǐng），在今湖北荆州市江陵区东北之郢县故城，楚国都城。哀郢，即哀悼郢都之陷落。《哀郢》的写作年代，历来众说纷纭。近人多认为是屈原离开郢都、放逐陵阳九年之后，即顷襄王二十一年（前278），在流放之地听到秦将白起攻破郢都的消息，于是回忆起九年前自己离开郢都时的情景，感叹自己的不幸遭遇，于是写下了这首诗。诗中记叙了诗人离开郢都的行程，想象着郢都被秦兵所毁，人民离散的惨状，激起了对群小误国的愤恨，充分地表达了对故都的眷恋与思念之情，体现了诗人对楚国及楚国人民深挚的热爱。这是一首纪行诗，全诗线索清晰，层次分明。熔叙事、写景、抒情、议论于一炉，把诗人缠绵而复杂的感情抒发得真切而又畅达，使人回肠荡气。

皇天之不纯命兮[1]，何百姓之震愆[2]！民离散而相失兮，方仲春而东迁[3]。去故乡而就远兮[4]，遵江夏以流亡[5]。出国门而轸怀兮[6]，甲之鼌吾以行[7]。发郢都而去闾兮[8]，荒忽其焉极[9]？楫齐扬以容与兮[10]，哀见君而不再得。望长楸而太息兮[11]，涕淫淫其若霰[12]。过夏首而西浮兮[13]，顾龙门而不见[14]。心婵媛而伤怀兮[15]，眇不知其所蹠[16]。顺风波以从流兮，焉洋洋而为客[17]。凌阳侯之泛滥兮[18]，忽翱翔之焉薄[19]？心絓结而不解兮[20]，思蹇产而不释[21]。

　　将运舟而下浮兮[22]，上洞庭而下江[23]。去终古之所居兮，今逍遥而来东。羌灵魂之欲归兮，何须臾而忘反[24]！背夏浦而西思兮[25]，哀故都之日远。登大坟以远望兮[26]，聊以舒吾忧心[27]。哀州土之平乐兮[28]，悲江介之遗风[29]。

　　当陵阳之焉至兮[30]，淼南渡之焉如[31]？曾不知夏之为丘兮[32]，孰两东门之可芜[33]！心不怡之长久兮[34]，忧与愁其相接。惟郢路之辽远兮，江与夏之不可涉。忽若去不信兮，至今九年而不复[35]。惨郁郁而不通兮[36]，蹇侘傺而含戚[37]。

　　外承欢之汋约兮[38]，谌荏弱而难持[39]。忠湛湛而愿进兮[40]，妒被离而鄣之[41]。尧舜之抗行兮[42]，瞭杳杳而薄天[43]。众谗人之嫉妒兮，被以不慈之伪名[44]。憎愠惀之修美兮[45]，好夫人之忼慨[46]。众踥蹀而日进兮[47]，美超远而逾迈[48]。

　　乱曰[49]：曼余目以流观兮[50]，冀壹反之何时[51]？鸟飞反故乡兮，狐死必首丘[52]。信非吾罪而弃逐兮，何日夜而忘之？

《四部丛刊》影印本《楚辞》

【注释】

　　[1] 皇天：上天，老天爷。不纯命：天命无常。[2] 愆（qiān）：过错，罪过。一说，失其生理（见王夫之《楚辞通释》）。"皇天"二句是说：老天爷呀，你为什么喜怒无常，使老百姓动荡不安，遭受祸殃！[3] 方：当。迁：迁徙，这里指逃难。[4] 去：离开。就远：去远方。[5] 遵：沿着。江夏：长江与夏水。[6] 国门：郢都之城门。轸（zhěn）：痛。轸怀：痛心。[7] 甲：甲日，古代以干支纪日。鼌（zhāo）：通"朝"，早上。[8] 闾：故里，故乡。[9] 荒忽：即"恍惚"，神志不清的样子。焉：哪里。极：终点。这句是说，神志恍惚，不知何处是尽头。[10] 楫（jí）：船桨。容与：缓慢行进。[11] 楸（qiū）：树名，即梓，指代乡里。[12] 涕：泪。淫淫：流而不止的样子。霰（xiàn）：雪珠，喻泪珠。[13] 夏首：夏水的起点，即与长江的分流处，在郢都附近。西浮：向西漂流。林云铭《楚辞灯》："西浮，舟行之曲处，路有西向者。"夏水起源于长江而流经郢都东南。诗人出郢都后，先由夏水西行入江，然后才顺江东下，所以这里说"西浮"。[14] 龙门：郢都之东门。[15] 婵媛（chán yuán）：眷恋、牵挂的样子。[16] 眇（miǎo）：通"渺"，辽远。蹠（zhí）：践，踏。[17] 焉：于此。洋洋：漂泊无所归止。"顺风波"二句是说：船儿顺风波随流而下，我从此成了漂泊无归的孤客。[18] 凌：乘。阳侯：古代神话中的波神，这里指波浪。泛滥：大水横流漫溢。[19] 忽：迅疾。薄（bó）：停止，迫近。"凌阳侯"二句是说，船在汹涌的波涛中行进，上下颠簸，就像鸟儿在空中飞翔，却不知应在何处靠岸。[20] 絓（guà）结：牵挂，郁结。[21] 蹇（jiǎn）产：屈曲纠缠。[22] 运舟：驾着船。下浮：顺流而下。[23] 上洞庭：右边是洞庭湖。下江：左边是长江。古人以右为上，以左为下。诗人乘船行至洞庭湖入江处，则右边是洞庭湖，左边是长江（见姜亮夫《屈原

赋校注》)。[24] 羌:楚方言,发语词。反:同"返"。[25] 背:背向。夏浦:即夏首。[26] 大坟:高地,堤岸。[27] 聊:姑且。[28] 州土:指楚国的土地。平乐:安定而康乐。[29] 江介:江边,指长江两岸地区。遗风:古代遗留下来的淳朴的民风。"哀州土"二句是说,看到这里安定康乐,民风淳朴,可是一想到楚国濒临危亡,便使人感到无限悲伤。[30] 当:抵,面对。陵阳:地名,在今安徽东南部之青阳与石台之间。蒋骥《山带阁注楚辞》:"至陵阳,则东至迁所也。"一说,即陵阳侯,指波涛。[31] 淼(miǎo):同"渺",大水茫无边际的样子。如:往。[32] 曾(zēng):竟,简直。曾不知:简直料想不到。夏:同"厦",此代指楚国宫室。丘:丘墟,废墟。[33] 两东门:郢都的两个东城门,代指郢城。这句是说,是谁使郢都变为荒芜之地呢?暗指楚君昏聩无能,不能抵御外患。[34] 怡:快乐。[35] "忽若"二句:一本"忽若"下有"去"字,当从,补"去"字。这两句是说,时间快得令人难以置信,至今九年了,仍然不能返回。一说,忽若,忽然。去,指离开郢都。不信,指不被楚王信任。[36] 惨:忧愁的样子。郁郁:忧闷的样子。[37] 蹇:困顿。侘傺(chà chì):失意彷徨的样子。戚(qī):悲伤。[38] 外:外表。承欢:讨人喜欢。此指群小。一说对秦谄媚讨好。沴(chuò)约:犹"绰约",姿态美好,指阿谀谄媚之态。[39] 谌(chén):的确。荏(rěn):懦弱。持:把持。"外承欢"二句是说,群小表面上做出种种媚态,以讨君王欢心,其实内心怯懦,根本靠不住。[40] 湛(zhàn)湛:厚重的样子。进:进用,为君王效力。[41] 被(pī)离:即"披离",多而杂乱的样子。鄣:通"障",蔽塞。"忠湛湛"二句是说,忠贞之士忠心耿耿想为国效力,那些小人却因嫉妒而多方设置障碍加以阻止。[42] 抗:通"亢",高。抗行:高尚的德行。[43] 瞭:眼光明亮。杳杳:高远的样子。[44] 被:加上。不慈之伪名:相传尧认为自己的儿子丹朱不贤而传位于舜,舜认为自己的儿子商均不贤而传位于禹,有人认为这是不慈爱自己的儿子。[45] 愠惀(wěn lǔn):忠诚的样子,这里指忠贞之士。修美:美好的品德。[46] 好(hào):喜欢。夫(fú):彼。夫人:指那些奸佞的小人。忼慨:同"慷慨",情绪激昂的样子。"憎愠惀"二句是说,国君憎恶那些品德高尚的忠贞之士,却喜欢那些夸夸其谈的奸佞小人。[47] 踥蹀(qiè dié):小步快走的样子,引申为奔走钻营之义。[48] 美:指贤人。超远:疏远。逾:同"愈"。迈:远。"众踥蹀"二句是说,群小奔走钻营,越来越受到重用;贤人却一天天被疏远。[49] 乱:乐曲的末章,也有总括全诗主旨之义。[50] 曼:展开。流观:四面观望。[51] 冀:希望。壹反:即"一返",指返回郢都一趟。[52] 首:用作动词,头向着。首丘:相传狐狸死时头向着自己的窟穴,以示不忘本。"鸟飞"二句暗喻自己对故国深深的眷恋之情。

宋玉

宋玉(生卒年不详),生活的年代稍后于屈原,是战国后期楚国著名的文学家。关于他的生平事迹,古代文献资料中的记载很少。司马迁《史记·屈原贾生列传》:"屈原既死之后,楚有宋玉、唐勒、景差之徒者,皆好辞而以赋见称。然皆祖屈原之从容辞令,终莫敢直谏。"刘向《新序·杂事》说宋玉"事楚襄王而不见察,意气不得,形于颜色"。根据这些零星的材料,我们可以知道宋玉是战国后期楚国人,在楚顷襄王时曾入仕为官,官职不高,很不得意。他是屈原之后重要的辞赋作家,《汉书·艺文志》著录十六篇,现存的被收入《楚辞》《文选》《古文苑》中题名为宋玉的作品有《九辩》《招魂》《高唐赋》《神女赋》《风赋》《登徒子好色赋》《对楚王问》《笛赋》等十余篇,其中只有《九辩》一篇可以确定为宋玉所作,其余各篇后人颇多怀疑,真伪难辨。宋玉是楚辞的代表作家之一,也是屈原的直接继承者,故此,后世多"屈宋"并称。二人的作品对后世的文学创作产生了重要的影响。杜甫在《咏怀古迹五首》之二中说:"摇落深知宋玉悲,风流儒雅亦吾师。"

九辩(节选)

【解题】

本篇选自《楚辞》。《九辩》当是远古时代流传下来的乐曲。屈原《离骚》云:"启《九辩》与《九歌》兮,夏康娱以自纵。"本篇只是沿用其旧题。王夫之《楚辞通释》:"辩,犹'遍'也,一阕谓之一遍。盖亦效夏启《九辩》之名,绍古体以为新裁,可以被之管弦。"关于本篇的写作背景,游国恩《楚辞概论》说宋玉"至楚幽王时,年逾六十,因秋感触,追忆往事,作《九辩》以寄意"。《九辩》是一首长篇抒情诗,诗中对楚王的贤愚不辨、奸佞小人的徇私误国进行了揭露和抨击,抒发了自己壮志难伸的苦闷失意的情绪,表现了诗人耿介的品格和对国家前途命运的关切。此诗有明显的模仿《离骚》的痕迹,但在艺术上也有自己的独到之处。这里节选的是开头的一段,在环境气氛的渲染烘托方面表现出高超的艺术技巧,真正达到了借景抒情、情景交融的艺术境界。陆时雍在《读楚辞语》中说:"举物态而觉哀怨之伤人,叙人事而见萧条之感候。"确为中肯之论。另外,在句式音节的错综多变、双声叠韵词和叠字的大量运用等方面,也显示出诗人在艺术上的创造性。《九辩》是屈原之后最优秀的楚辞作品,其悲秋感怀的主题及情景交融的表现手法,对后世产生了重要的影响,形成了"悲秋传统",而"宋玉悲"也成了后人习用的典故。

悲哉秋之为气也!萧瑟兮草木摇落而变衰。憭慄兮若在远行[1],登山临水兮送将归。泬寥兮天高而气清[2],寂寥兮收潦而水清[3]。憯凄增欷兮薄寒之中人[4],怆怳懭悢兮去故而就新[5]。坎廪兮贫士失职而志不平[6],廓落兮羁旅而无友生[7],惆怅兮而私自怜。燕翩翩其辞归兮,蝉寂漠而无声[8];雁廱廱而南游兮[9],鹍鸡啁哳而悲鸣[10]。独申旦而不寐兮[11],哀蟋蟀之宵征[12]。时亹亹而过中兮[13],蹇淹留而无成[14]。

《四部丛刊》影印本《楚辞》

【注释】

[1] 憭慄(liáo lì):凄凉的样子。[2] 泬寥(xuè liáo):空旷爽朗的样子。[3] 寂廖(liáo):同"寂寥",空虚寂静的样子。一说,廖,通"漻"(liáo),水清的样子。潦(lǎo):雨后地上的积水。收潦:积水退尽。这句是说,大地空旷寂静,秋天积水退尽,江河也变得清澈了。[4] 憯(cǎn)凄:悲伤的样子。欷(xī):叹息声。增欷:悲慨不已。薄寒:轻微的寒气。中(zhòng)人:伤人。[5] 怆怳(chuàng huǎng):失意的样子。懭悢(kuàng làng):愁苦的样子。去故而就新:指离别。[6] 坎廪(kǎn lǎn):遭受挫折,不得意。贫士:寒微之人,宋

玉自指。失职：指受谗而失去官职。[7] 廓落：空旷孤寂。友生：知己好友。[8] 宋漠：同"寂寞"。[9] 雍（yōng）雍：雁的鸣叫声。[10] 鹍（kūn）鸡：鸟名，似鹤。啁哳（zhāo zhā）：杂乱细碎的声音。[11] 申：至。申旦：通宵达旦。[12] 宵征：夜间行动。[13] 亹（wěi）亹：行进不止的样子。过中：指过了中年。[14] 蹇（jiǎn）：楚方言，发语词。淹留：久留。

先秦历史散文概说

我国自古就有重史的传统。先秦时期的历史散文有一个发展的过程。殷商时代的甲骨文字，可以说是我国最早的历史散文了。

一、《尚书》

《尚书》是一部历史文献的汇编，是我国最早的一部历史散文集。秦以前经传诸子凡引《尚书》，都只称之为"书"。"尚书"之名当始于西汉，意为上古之书。今本《尚书》共分虞书、夏书、商书、周书四部分，共58篇。《虞书》《夏书》当然不可能是虞舜、夏禹时人的著作，而是后人所撰，但其中可能保存了不少上古史料。《商书》中一部分较可靠。《周书》是周初到春秋前期的散文。《尚书》文辞古奥，但也有一些词语生动活泼，如"纲举目张""星星之火，可以燎原"等等，仍然活在今天的语言中。汉代以后《尚书》已散失，仅有部分篇章或片段保留在各种古代文献中。①

二、《春秋》

《春秋》是鲁国的编年史，曾经孔子修订，是我国第一部编年体史书。上自鲁隐公元年（前722），下迄鲁哀公十四年（前481），计242年。孔子修订《春秋》，并不在于纯客观地记录历史事件，而是通过遣词造句进行褒贬，并表达他"大一统"（尊崇、维护周王朝的统治）、"尊王攘夷"的政治主张，也就是所谓"春秋笔法"。《春秋》由于记事过于简括，而且词句含义过于深微，必须加以解释。这就产生了《公羊传》《穀梁传》《左传》三部书，习称"春秋三传"。前二书重在解释《春秋》的微言大义，《左传》重在叙述历史事件。

三、《左传》

《左传》是一部记事详细完整的编年体史书，相传为春秋时左丘明所作。《左传》一书比较详细地记载了春秋时期周天子以及各诸侯国之间的政治、军事、外交、文化等方面的活动，反映了当时王室衰微、诸侯争霸以及诸侯衰落、卿大夫专国的历史过程。作者忠于历史事实，生动真实地反映了奴隶社会崩溃时期的重大变化，对当时各个阶级、阶层以及统治集团内部的矛盾斗争作了深刻的、真实的反映。在记叙历史事件、历史人物的言行时，《左传》表现出明显的进步思想。

其一，民本思想。《左传》一书比较重视人民的意志、人民的力量、人民的作用。在神

---

① 据清人阎若璩、惠栋考证，今本《尚书》是晋人梅赜伪造的。参见阎若璩《古文尚书疏证》、惠栋《古文尚书考》。

人关系上,强调人的作用,认为人民是"神之主"(《左传·桓公元年》),"国将兴,听于民;将亡,听于神。神,聪明正直而壹者也,依人而行"(《左传·庄公三十二年》)。在君、民关系上,强调民的作用。如昭公二十五年记宋国大夫乐祁对宋元公说:"无民而能逞其志者,未之有也。……鲁君失民矣,焉得逞其志!"民心的向背,不仅是统治者个人成败的决定因素,也是国家兴亡的决定因素。《左传》中的这种民本思想,可能或多或少是古代氏族社会民主的遗存,但作者在书中反复强调它,这无疑是有进步意义的。

其二,歌颂有作为的政治家和有爱国思想的人物。如襄公三十一年对郑子产治国的记叙;僖公三十三年对郑商人弦高犒师的记叙;定公四年对楚国的申包胥哭秦廷,说服秦国出兵的记叙,都是这方面的例子。

其三,揭露统治阶级内部的矛盾斗争,批判统治者的残暴荒淫。如隐公元年写郑庄公和他的弟弟共叔段之间的矛盾,揭露了共叔段依仗母亲的支持企图篡位的野心和郑庄公"处心积虑成于杀"的阴险狠毒。又如宣公二年写晋灵公"厚敛以雕墙,从台上弹人而观其避丸也。宰夫胹熊蹯不熟,杀之,置诸畚载以过朝"的暴虐;宣公九年写陈灵公等人的荒淫无耻,等等。

其四,《左传》中还表现出承认社会、事物发展变化的思想。这一点是与《春秋》颇有差别的。孔子修《春秋》,目的是要使乱臣贼子惧,维护周天子的大一统局面。因此他反对诸侯相攻,反对以下僭上。孔子的政治态度是保守的。而《左传》则不然。尽管它在许多方面维护旧礼制,也反对僭越,但从史实的记载叙述中可以看出,《左传》作者承认社会、事物的发展变化。如昭公元年记晋国赵文子的话说:"疆场之邑,一彼一此,何常之有?"昭公三十二年记史墨的话说:"社稷无常奉,君臣无常位,自古以然。"

《左传》虽是历史著作,但文学性颇强。这主要表现在三个方面。

其一,《左传》特别善于描写复杂的战争。它对战争的描写有三个特点。一是对战争的起因、经过、结果,特别是战前的政治、军事、外交活动等,交待得很清楚。晋楚城濮之战、秦晋殽之战、晋楚鄢陵之战等皆是如此。二是作者常着眼于战争胜负因素的分析,如战争的性质、目的、意义以及交战双方各方面的对比,等等,具有卓越的历史家的眼光。如秦晋殽之战,作者着重写了秦国国内意见的不统一,秦穆公完全听不进蹇叔的正确意见,又通过王孙满之口指出"秦师轻而无礼",通过先轸之口指出秦国出师不义,"以贪勤民"。而晋国则是同仇敌忾,并且作好了充分的准备。这样,未及交锋而胜负已判。对于战场上双方的交兵,则轻轻一笔带过。三是在描写战争时时常穿插一些有兴味的细节,有时寥寥几笔,便能勾画出一些生动难忘的镜头。如定公八年的一段记述:"八年春王正月,公侵齐,门于阳州。士皆坐列,曰:'颜高之弓六钧。'皆取而传观之。阳州人出。颜高夺人弱弓。籍丘子鉏击之,与一人俱毙。偃,且射子鉏,中颊,殪。颜息射人中眉,退曰:'我无勇,吾志其目也。'师退,冉猛伪伤足而先。其兄会乃呼曰:'猛也殿!'"不足一百二十字的记叙中,鲁国军队的骄傲轻敌、以战争为儿戏,颜高的勇猛,颜息的看似自谦其实自矜,冉猛的胆小怕死以及他哥哥为他掩饰的可笑,无不表现得栩栩如生。

其二,《左传》叙事详密完整,有条不紊,情节曲折生动。如僖公二十三年、二十四年记晋公子重耳出亡。重耳在外凡十九年,历经八国,《左传》依次叙事,或详或略,参差错落,既写出了重耳逐渐走向成熟的过程,又与后面的叙事紧密联系。再如晋楚城濮之战,涉及晋、楚两大集团的十几个诸侯国，作者把晋、楚两国内部君臣之间、文臣武将之间以及诸侯国与诸侯国之间错综复杂的矛盾和关系，叙述得清清楚楚。

其三，《左传》委婉含蓄的应对辞令。《左传》中行人辞令之美历来极受称道，但实际上其他人员的应对辞令也常常十分精彩。如秦晋殽之战中百里孟明视对阳处父所讲的话，绵里藏针，在貌似感激的词句里透露了报仇雪耻的决心。又如僖公三十年郑国烛之武对秦穆公的一番说词，分析利害，洞察幽微，具有极强的说服力，一席话化敌为友，挽救了国家的危亡。

四、《国语》

《国语》是我国第一部国别体史书，以记言为主。全书二十一卷，分别记载了周王朝及鲁、齐、晋、郑、楚、吴、越七国部分史实。《国语》的作者，据司马迁说也是左丘明，所以古人有以《左传》为"春秋内传"而以《国语》为"春秋外传"的说法，实际并不可信。《国语》中表现了一定程度的民本思想和爱国思想。对统治者的奢侈荒淫也有所揭露。《国语》在文学性上不如《左传》和《战国策》，但也有它自己的特色。《国语》的语言平实自然，明白流畅，既与《尚书》的佶屈聱牙大不相同，也有别于《春秋》的凝练含蓄。某些记事的篇章，有时也写得情节曲折、形象生动。如《晋语二》"骊姬谮杀太子申生"，对晋献公的昏聩愚妄、骊姬的阴险诡诈、申生的软弱顺从，均有十分生动的描绘。《国语》所记故实，在情节的安排上颇有一些虚构和想象的成分，闪耀着文学的光彩。

五、《战国策》

《战国策》也是一部国别体史书①，分国杂记战国时期东周、西周、秦、齐、楚、赵等十二国之事。主要内容是记载战国时期谋臣策士的言论及其纵横捭阖的斗争，反映出那个时期的政治面貌和各种社会矛盾。《战国策》的思想内容较为驳杂，其主要倾向是纵横家思想。

其一，崇尚计谋策略。在《战国策》作者的笔下，策士的谋略成了决定一切的因素，表现出策略至上的思想特征。从这一思想出发，《战国策》贬低战功的作用，鼓吹以智谋服人，突出外交活动的重要性，特别讲究游说的艺术。作者以赞赏和钦羡的笔调，描绘了策士们深谋远虑，奇计迭出的才能；翻手为云，覆手为雨的诈谋；口舌如簧，能言善辩的口才；腾说而致富贵的欲望。在《战国策》中，似乎计谋策略的得逞便是最终的目的，最高的境界。这无疑是唯利是图思想在政治生活中的反映。

其二，重视名位利禄。在《战国策》中，策士们公开宣扬追求势位富贵的思想。他们把"名""利"作为追求的目标，载"千金"为游说的资本，以"实利"为诱人的钓饵，求"扬名"为杀身的报偿。这充分反映了战国时期图财赢利的商人意识已经渗透到了纵横

---

① 关于《战国策》的性质，前人有不同的看法，除了有人认为它是一部史书以外，也有人说它是战国时期纵横家的著作，属于子书，还有人说它是一部小说。本书姑且按一般习惯将其看作是一部史书。

家的思想里。他们为了从上层统治阶级那里争得一席之地，不择手段，公然向传统的伦理道德观念挑战。《战国策》的作者对此大加颂扬，艳羡之情溢于言表，说明了他们在思想倾向上的一致性。

其三，重视审时明势。策士们以计谋、游说为资本，以追逐势位名利为目的，因而特别重视审时明势。他们以实现计谋为手段，把认清形势、抓住有利时机，当作决定成败的关键。《战国策》不厌其烦地描述了策士们对"时势"的重视，反映了纵横家尊"时"的思想倾向。

《战国策》生动地反映了战国时代纵横捭阖的政治斗争，错综复杂的社会矛盾和战乱频仍的现实生活。就形象地反映社会生活的广度和深度而论，在先秦散文中是最出色的。从文学的角度看，《战国策》无论是与以说理为主的诸子散文，还是与以叙事为主的历史散文相比，在叙事的完整曲折、刻画人物的生动形象、语言的横肆辩丽等方面都是出类拔萃的。《战国策》鲜明的文学色彩，主要表现在以下几个方面。

其一，叙写事物，铺张扬厉，极尽夸张渲染之能事。如《秦策一》："苏秦始将连横说秦惠王曰：'大王之国，西有巴蜀、汉中之利，北有胡貉、代马之用，南有巫山、黔中之限，东有肴、函之固。田肥美，民殷富，战车万乘，奋击百万，沃野千里，蓄积饶多，地势形便。此所谓天府，天下之雄国也。以大王之贤，士民之众，车骑之用，兵法之教，可以并诸侯，吞天下，称帝而治。愿大王少留意，臣请奏其效。'"苏秦为了说明秦国有并吞六国、统一天下的条件，因此采用夸张的笔法，铺排了秦国地理形势的险峻，物产资源的丰饶，国力的强大。

其二，说理论事，纵横驰骋，富有雄辩性。如《赵策三》的"鲁仲连义不帝秦"。鲁仲连为了说服辛垣衍取消帝秦的主张，他首先从道义出发，指出秦是"弃礼义而上首功之国"，"权使其士，虏使其民"，表明自己誓死不愿帝秦；然后列举周威王、商纣王为例，剖析帝秦的危害；接着又以邹、鲁之臣为例，激励辛垣衍；最后剖析帝秦将对辛垣衍自身的地位利益所造成的威胁，终于使辛垣衍折服。这段议论列举史实，剖析利害，晓之以理，动之以情，具有无可辩驳的说服力。

其三，描绘了许多具有鲜明个性的人物形象。《战国策》以策士的游说活动为中心，描绘出形形色色、千姿百态的人物群像。如朝秦暮楚、追逐功名的策士苏秦："说秦王书十上，而说不行。黑貂之裘敝，黄金百镒尽。资用乏绝，去秦而归。羸縢履蹻，负书担橐，形容枯槁，面目犁黑，状有归色。归至家，妻不下纴，嫂不为炊，父母不与言。苏秦喟叹曰：'妻不以我为夫，嫂不以我为叔，父母不以我为子，是皆秦之罪也！'乃夜发书，陈箧数十，得《太公阴符》之谋，伏而诵之，简练以为揣摩。读书欲睡，引锥自刺其股，血流至足。曰：'安有说人主不能出其金玉锦绣、取卿相之尊者乎？'期年，揣摩成，曰：'此真可以说当世之君矣！'"（《秦策一》）。苏秦自称"东周之鄙人"，为了改变自身的地位，执著地追求"势位富贵"。他蔑视传统，顽强进取，积极地奔走游说，具有坚忍不拔、必成事功的精神。苏秦的形象，可以说是战国时期策士的典型代表。其他还有善于讽谏的大臣邹忌（《齐策一》），贪得无厌而又具有远见卓识的冯谖（《齐策四》），不畏强暴、不辱使命的唐且（《魏策四》），为人排难解纷而无所取的鲁仲连（《赵策三》），爱子心切而不识大体的赵太后，善于揣摩心理而巧妙进谏的触龙（《赵策四》）等。

其四，叙事记人，情节曲折，富于故事性。如《冯谖客孟尝君》（《齐策四》）中，冯谖初出场，自称"无好""无能"，却又多次弹铗高歌，索取较高的生活待遇，这已表现出了他异于常人的风采。接下去写他为孟尝君"市义"的经过，则正面表现他的才能和见识。再接下去写他为孟尝君复凿二窟，更进一步地表现他的政治远见和才能。最后结尾说："孟尝君为相数十年，无纤芥之祸者，冯谖之计也。"用事实收束全篇，对冯谖做了充分的肯定和赞扬。作者运用抑扬结合的手法，设置悬念，一波三折，极富于故事性。

其五，善于运用寓言故事来增强语言的生动性和说服力。像"鹬蚌相争"（《燕策二》）、"狐假虎威"（《楚策一》）、"画蛇添足"（《齐策二》）、"南辕北辙"（《魏策四》）、"亡羊补牢"（《楚策四》）等，都是流传至今的有名的寓言故事。

作 品

《左传》

　　《左传》原名《左氏春秋》。相传为春秋时鲁国史官左丘明所作。汉人认为它是一部解说《春秋》的著作,改称为《春秋左氏传》,简称《左传》,亦称《春秋左传》《左氏传》。又因和《国语》同记春秋时期史事,且被认为同出左氏之手,故汉、唐时把《左传》叫做《春秋内传》,而把《国语》叫做《春秋外传》。《左传》是一部编年体史书,以鲁国十代国君的世次纪年,记载了从鲁隐公元年(前722)到鲁哀公二十七年(前468)共254年间各诸侯国的重要史实。《左传》保存了大量春秋时期的历史资料,还征引了春秋以前的一些古史传说,史料价值极高。《左传》同时也是一部优秀的历史散文集,叙事有条不紊,结构完整严密,语言委婉含蓄。尤其善于描写战争,对各诸侯国之间错综复杂的关系及战前的各种活动着墨甚多,写出了每一次战争的不同特点,具有鲜明的文学色彩。《左传》的注本很多,主要有晋杜预《春秋左氏经传集解》、唐孔颖达《春秋左传正义》、今人杨伯峻《春秋左传注》等。

曹 刿 论 战

【解题】

　　本篇选自《鲁庄公十年》,记述了春秋时期一次以弱胜强的著名战例——齐鲁长勺之战。文章以"论战"的形式展开,略写战斗场面,着重叙述了曹刿关于这次战争的谋略。文中指出,取信于民是战争胜负的决定因素,这种认识代表了春秋时期先进的军事思想。曹刿是鲁国的一位普通士人,其胸有成竹、指挥若定的大将风度与"肉食者"形成了鲜明对照。

　　十年春[1],齐师伐我[2]。公将战[3],曹刿请见[4]。其乡人曰:"肉食者谋之[5],又何间焉[6]。"刿曰:"肉食者鄙[7],未能远谋。"乃入见。

　　问:"何以战?"公曰:"衣食所安[8],弗敢专也[9],必以分人。"对曰:"小惠未遍,民弗从也。"公曰:"牺牲玉帛[10],弗敢加也[11],必以信。"对曰:"小信未孚[12],神弗福也。"公曰:"小大之狱,虽不能察,必以情[13]。"对曰:"忠之属也[14],可以一战。战,则请从。"

　　公与之乘[15]。战于长勺[16]。公将鼓之[17]。刿曰:"未可。"齐人三鼓,刿曰:"可矣。"齐师败绩[18]。公将驰之[19]。刿曰:"未可。"下,视其辙[20];登,轼而望之[21]。曰:"可矣。"遂逐齐师[22]。

　　既克,公问其故。对曰:"夫战,勇气也[23]。一鼓作气[24],再而衰[25],三而竭[26]。彼

竭我盈[27]，故克之。夫大国，难测也，惧有伏焉。吾视其辙乱，望其旗靡[28]，故逐之。"

中华书局阮刻《十三经注疏》本《春秋左传正义》卷八

【注释】

　　[1] 十年：即鲁庄公十年（前684）。[2] 齐师：齐国的军队。我：指鲁国。齐伐鲁，是因为上一年鲁国曾用武力送齐公子纠回国争夺帝位，齐桓公小白即位之后，便向鲁国兴兵寻仇。[3] 公：指鲁庄公。[4] 曹刿（guì）：鲁国的一位有才能的普通士人。[5] 肉食者：借指有权位的人。[6] 间（jiàn）：参与。[7] 鄙：鄙陋，目光短浅。[8] 衣：指穿的。食：指吃的。所安：维持生计所需的东西。[9] 专：专有，独自享用。[10] 牺牲：指祭祀用的牲畜。玉帛：指祭祀用的宝玉丝绸之类。[11] 加：虚夸。[12] 孚：信用，为人所信服。[13] 情：真实情况。[14] 忠：尽心尽力。属：类。[15] 乘：乘车。[16] 长勺：鲁国地名，在今山东曲阜北。[17] 鼓：击鼓。这是古时进攻的号令。[18] 败绩：大败。[19] 驰：驱车追赶。[20] 辙（zhé）：车轮经过留下的印迹。[21] 轼（shì）：古代车厢前用以扶手的横木。这里用作动词，"凭轼"的意思。[22] 逐：追击。[23] "夫战"二句：意谓战争靠的是勇气。夫：句首语气词，无义。[24] 一鼓：第一次击鼓。作：振作。[25] 再：第二次击鼓。衰：士气衰落。[26] 三：第三次击鼓。竭：士气已尽。[27] 盈：士气旺盛。[28] 靡（mǐ）：倒下。

秦晋殽之战（节选）

【解题】

　　本篇选自《鲁僖公三十二年、三十三年》，记叙了著名的秦晋殽之战的经过。晋楚城濮之战后，晋国奠定了霸主地位。鲁僖公三十三年（前627），逐渐强大起来的秦国不甘偏居西北一隅，便趁晋文公去世，越过晋境出兵远袭郑国，返回时在殽被晋打败。"蹇叔哭师"是贯串全文的主线，秦穆公不听蹇叔劝谏，秦兵又骄纵轻敌，终于招致失败。文章结构紧凑，语言委婉含蓄，富于外交辞令，且善于通过细节描写，将人物形象刻画得生动传神。

　　冬[1]，晋文公卒。庚辰，将殡于曲沃[2]，出绛[3]，柩有声如牛。卜偃使大夫拜[4]，曰："君命大事[5]。将有西师过轶我[6]，击之，必大捷焉。"

　　杞子自郑使告于秦[7]，曰："郑人使我掌其北门之管[8]，若潜师以来[9]，国可得也。"穆公访诸蹇叔[10]，蹇叔曰："劳师以袭远[11]，非所闻也[12]。师劳力竭，远主备之[13]，无乃不可乎[14]！师之所为，郑必知之。勤而无所[15]，必有悖心[16]。且行千里，其谁不知？"公辞焉[17]。召孟明、西乞、白乙[18]，使出师于东门之外。蹇叔哭之，曰："孟子[19]，吾见师之出而不见其入也。"公使谓之曰："尔何知？中寿[20]，尔墓之木拱矣[21]。"蹇叔之子与师[22]，哭而送之，曰："晋人御师必于殽[23]。殽有二陵焉[24]：其南陵，夏后皋之墓也[25]；其北陵，文王之所辟风雨也[26]。必死是间，余收尔骨焉。"秦师遂东[27]。

　　三十三年春，秦师过周北门，左右免胄而下[28]。超乘者三百乘[29]。王孙满尚幼[30]，观之，言于王曰[31]："秦师轻而无礼[32]，必败。轻则寡谋，无礼则脱[33]。入险而脱，又不能谋，能无败乎？"及滑[34]，郑商人弦高将市于周[35]，遇之。以乘韦先[36]，牛十二犒师[37]，曰："寡君闻吾子将步师出于敝邑[38]，敢犒从者。不腆敝邑[39]，为从者之淹[40]，居则具一日之积[41]，行则备一夕之卫。"且使遽告于郑[42]。郑穆公使视客馆[43]，则束载、厉兵、秣马矣[44]。使皇武子辞焉[45]。曰："吾子淹久于敝邑，唯是脯资饩牵竭矣[46]。为吾子之将行也，郑之有原圃[47]，犹秦之有具囿也[48]。吾子取其麋鹿以闲敝邑[49]，若何？"杞子奔齐，逢孙、杨孙奔宋[50]。孟明曰："郑有备矣，不可冀也[51]。攻之不克，围之不继，吾其还也。"灭滑而还。……

晋原轸曰[52]："秦违蹇叔，而以贪勤民，天奉我也[53]。奉不可失，敌不可纵[54]。纵敌患生，违天不祥。必伐秦师。"栾枝曰[55]："未报秦施而伐其师[56]，其为死君乎[57]？"先轸曰："秦不哀吾丧而伐吾同姓[58]，秦则无礼，何施之为？吾闻之：'一日纵敌，数世之患也。'谋及子孙，可谓死君乎[59]？"遂发命，遽兴姜戎[60]。子墨衰绖[61]，梁弘御戎[62]，莱驹为右[63]。夏四月辛巳，败秦师于殽，获百里孟明视、西乞术、白乙丙以归。遂墨以葬文公[64]。晋于是始墨[65]。

文嬴请三帅[66]，曰："彼实构吾二君[67]，寡君若得而食之[68]，不厌[69]，君何辱讨焉[70]！使归就戮于秦，以逞寡君之志[71]，若何？"公许之。先轸朝，问秦囚。公曰："夫人请之[72]，吾舍之矣[73]。"先轸怒曰："武夫力而拘诸原[74]，妇人暂而免诸国[75]。堕军实而长寇仇[76]，亡无日矣。"不顾而唾[77]。公使阳处父追之[78]，及诸河[79]，则在舟中矣。释左骖[80]，以公命赠孟明[81]。孟明稽首曰[82]："君之惠，不以累臣衅鼓[83]，使归就戮于秦，寡君之以为戮，死且不朽[84]。若从君惠而免之，三年将拜君赐[85]。"

秦伯素服郊次[86]，乡师而哭曰[87]："孤违蹇叔以辱二三子，孤之罪也。"不替孟明[88]，曰："孤之过也。大夫何罪？且吾不以一眚掩大德[89]。"

中华书局阮刻《十三经注疏》本《春秋左传正义》卷一七

【注释】

[1] 冬：指鲁僖公三十二年（前628）冬天。[2] 庚辰：十二月十日。殡（bìn）：停柩（装有尸体的棺材）待葬。曲沃：晋国旧都，晋君祖坟所在地，在今山西闻喜境内。[3] 绛：晋国都，故城在今山西翼城东南。[4] 卜偃：晋国卜筮之官，姓郭名偃。[5] 君命大事：先君文公发布大事的命令。大事，指战争。卜偃可能预先知道秦军将越过晋境去偷袭郑国，因此借棺柩发出声音之事托言"君命"。[6] 西师：指秦军。秦在晋之西。轶（yì）：本义是后车超过前车。这里意为经过、越过。[7] 杞（qǐ）子：秦国大夫。僖公三十年留戍郑国。使：使人，派人。[8] 掌：掌管。管：锁。管的本义是竹管，因古代锁筒形如管，故锁也称作管。[9] 潜师：秘密地派遣军队。[10] 穆公：秦穆公，名任好。访：询问、咨询。蹇（jiǎn）叔：秦国大夫，元老。[11] 劳：使……疲劳。远：远方，指郑国。[12] 非所闻：不是我以前所听见过的。这是委婉的说法，实际的意思是我不赞成。[13] 远主：远方国家的君主，亦即郑国国君。[14] 无乃：恐怕，大概。[15] 勤而无所：劳苦而无所得。所：宜，适当。[16] 悖（bèi）心：悖逆、背叛之心。[17] 辞：拒绝，不接受。[18] 孟明：姓百里，名视，字孟明，秦国老臣百里奚之子。此次出兵担任主帅。西乞：名术，秦国大将。白乙：名丙，秦国大将。[19] 孟子：即孟明。[20] 中（zhòng）寿：满寿，年寿满了。一说六七十岁叫中（zhōng）寿。蹇叔当时年近八十，已经过了中寿。这是秦穆公气头上辱骂蹇叔的话。[21] "尔墓"句：你墓地上的树

木已经合抱了。拱：两手合抱。洪诚《训诂学》谓此句前承上文"不见其入"省略了"及师之入也"一句，因为穆公发怒时说话太急，故语意不连贯。[22] 与（yù）：参与，参加。[23] 御师：指伏兵狙击秦师。殽（xiáo）：通"崤"，山名，在今河南洛宁西北六十里。[24] 陵：大山。崤有二陵：南陵称东殽山，北陵称西殽山，二者相距三十余里，地势险要。[25] 夏后皋：夏代的君主皋，夏桀的祖父。后：君主。[26] 文王：周文王姬昌。辟（bì）：同"避"。[27] 东：向东去。[28] 左右：指兵车左右两边的士兵。古代兵车，驾车者居中，左边为射手，右边为执戈盾的勇士。免胄而下：脱下头盔下车步行。这是表示对周天子的尊敬。[29] 超乘（shèng）：跳跃上车。脱下头盔而下车步行原本是行礼的举动，但刚下车便又一跃跳上车，则是轻狂无礼的举动。[30] 王孙满：周共王之子圉的曾孙，名满。[31] 王：此指周襄王。[32] 轻：轻狂放肆。[33] 脱：轻率，放肆。[34] 滑：姬姓小国，在今河南偃师境内。[35] 市：做买卖。[36] 以乘（shèng）韦先：以四张熟牛皮为先行礼物。古人送礼，照常例先送轻的东西，再送重的东西。乘：四。古时每车驾马四匹，因此乘亦作四解。韦：熟牛皮。[37] 犒师：慰劳军队。[38] 步师：行军。[39] 腆（tiǎn）：丰厚，富裕。[40] 淹：久。此指久留。[41] 具：准备，备办。积：粮、草之类的给养。[42] 遽（jù）：驿车。用于驿站之间传递紧急公文。[43] 郑穆公：郑国君主，为郑文公的庶子，此年刚刚即位。视：侦察。客馆：招待外宾的住所。杞子等都住在此处。[44] 束载：把装车的物品捆好。厉兵：磨利兵刃。"厉"同"砺"。秣马：喂饱马匹。[45] 皇武子：郑国大夫。辞：辞谢。实际上是示意他们离开，相当于下逐客令。[46] 脯（fǔ）：干肉。资：粮食。饩（xì）：已经宰杀的牲畜，亦即鲜肉。牵：尚未宰杀的活牲畜。竭：耗尽，用光。[47] 原圃：郑国圈养禽兽的园子，在今河南中牟西北。[48] 具囿：一作"具圃"。王引之以为当作"具圃"，疑是。秦国圈养禽兽的园子，在今陕西凤翔。[49] 麋（mí）：鹿类，比鹿稍大。[50] 逢孙、杨孙：二人都是秦国大夫，与杞子一同留戍郑国。[51] 冀：希望得到。[52] 原轸：即晋国名将先轸，因封地在原，故又称原轸。[53] "秦违蹇叔"三句：违：违背。勤：辛苦，劳累。奉：给予。[54] 纵：放走。[55] 栾枝：晋国大夫。[56] 施：恩惠。"秦施"指秦资助晋文公回国事。[57] 其：表反诘，同"岂"，难道。死君：去世的国君，指晋文公。这句是说，难道心目中还有先君吗？[58] 同姓：指郑国和滑国。它们和晋国都是姬姓国。[59] 可谓死君乎：意谓这样做（指为子孙后代打算）总可以对先君有个交代了吧。[60] 遽：紧急。兴：发动。姜戎：在晋国北部边境的一个部族，与晋友好。[61] 子：指晋襄公，因其父文公死而未葬，故称子。墨：染墨。衰（cuī）：麻衣丧服。本为白色，作战时穿白色服装不吉利，故将其染黑。绖（dié）：麻做的丧带，系在头部或腰部。[62] 梁弘：晋国大夫。御戎：驾战车。[63] 莱驹：晋国大夫。为右：充当车右武士。[64] 墨：此指穿黑色丧服。[65] 于是：从此。[66] 文嬴：秦穆公女，晋文公的夫人，晋襄公的嫡母。请：请求释放。三帅：指孟明视、西乞术、白乙丙三位将领。[67] 构：挑拨，离间。[68] 寡君：指秦穆公。[69] 厌：满足。[70] 君何辱讨焉：意谓你何必屈尊去惩罚他们呢。讨：惩罚。[71] 逞：满足。[72] 夫人：指文嬴。[73] 舍：释放。[74] 武夫：指将士。力：拼力。原：野外。这里指战场。[75] 暂：突然。[76] 堕（huī）：亦写作"隳"，毁坏，毁弃。军实：战果。此指秦囚。长：助长。[77] 顾：回头。[78] 阳处父：晋国大夫。[79] 河：黄河。[80] 释：解下。骖：古代用四匹马驾车，两边的马称骖。[81] 公命：指假借晋襄公的名义。[82] 稽首：叩头致礼。[83] 累（léi）：捆绑囚系。"累臣"指被俘之臣，此为孟明自称。衅鼓：以血涂鼓。这里有处死的意思。古代新制成重要器物，都必须杀牲取血涂之而祭，称为衅。其间亦偶有用战俘或囚徒的血。[84] 不朽：指名留后世。[85] 拜君赐：拜谢晋君的恩赐。言外之意为今后要报仇。[86] 秦伯：指秦穆公。素服：穿着白色丧服。郊次：在郊外等待。[87] 乡（xiàng）：同"向"，面对。师：军队。[88] 替：废。此指撤职。[89] 眚（shěng）：眼睛的角膜上长的白翳，引申为过失。

《战国策》

　　《战国策》本非一书，也非出自一人之手，当是战国时策士们共同创作的，故有"国策""国事""短长""事语""修书"等不同名称，经西汉学者刘向整理编订而成。刘向以为"战国时游士辅所用之国，为之策谋"，故定名为《战国策》。全书共三十三篇，记录了春秋以后到汉以前诸侯各国在政治、军事、外交等方面的一些重大事件，保存了战国时期的许多重要史料。《战国策》主要是记载战国时的谋臣、策士的言行和事迹的，但作为史书，《战国策》的史料价值并不太高。与1973年长沙马王堆汉墓出土的《战国纵横家书》相校，可知《战国策》中掺入了若干后人杜撰伪记的游说之辞，像书中所载张仪的长篇说辞即不可信。正因为《战国策》记事多虚构杜撰的成分，语言颇多夸饰辩丽的色彩，人物形象也十分鲜明生动，因此便具有了鲜明的文学色彩和很强的感染力。《战国策》版本流传较为复杂，最早有东汉高诱的注本，后来南宋时姚宏、鲍彪又相继做了校注，从此形成姚、鲍两个版本系统。1978年上海古籍出版社以姚宏本为底本，出版了《战国策》汇校汇注本。1985年江苏古籍出版社又出版了诸祖耿的《战国策集注汇考》，汇集前人校注、考辨成果，并附有关序跋、著录、评论、佚文及索引等资料，颇便研读。此外，何建章的《战国策注释》（中华书局1990年版）、范祥雍的《战国策笺证》（上海古籍出版社2006年版）也是重要的参考书。

苏秦以连横说秦王

【解题】

　　本文选自《秦策一》。苏秦是战国时期著名的游说之士。本篇记载苏秦最初主张连横，想帮助秦国吞并六国，统一天下，只是因秦惠王没有采纳他的意见，才转而倡导合纵，造成六国联合、共同抗秦的局面。文章刻画了苏秦追求名利的心理和当时炎凉的世态，叙事层次清晰，人物形象十分生动。尤其是苏秦的说辞，言辞犀利，铺张排比，淋漓尽致，体现了当时策士的普遍作风。

　　苏秦始将连横，说秦惠王曰[1]："大王之国，西有巴蜀、汉中之利[2]，北有胡貉、代马之用[3]，南有巫山、黔中之限[4]，东有崤、函之固[5]。田肥美，民殷富，战车万乘，奋击百万[6]，沃野千里，蓄积饶多，地势形便[7]。此所谓天府[8]，天下之雄国也。以大王之贤，士民之众，车骑之用，兵法之教[9]，可以并诸侯，吞天下，称帝而治。愿大王少留意，臣请奏其效[10]。"

　　秦王曰："寡人闻之：毛羽不丰满者，不可以高飞；文章不成者[11]，不可以诛罚；道德不厚者，不可以使民；政教不顺者，不可以烦大臣[12]。今先生俨然不远千里而庭教之[13]，愿以异日[14]。"

苏秦曰："臣固疑大王之不能用也。昔者神农伐补遂[15]，黄帝伐涿鹿而禽蚩尤[16]，尧伐驩兜[17]，舜伐三苗[18]，禹伐共工[19]，汤伐有夏[20]，文王伐崇[21]，武王伐纣[22]，齐桓任战而伯天下[23]。由此观之，恶有不战者乎[24]？古者使车毂击驰[25]，言语相结[26]，天下为一；约从连横，兵革不藏[27]；文士并饬[28]，诸侯乱惑；万端俱起，不可胜理；科条既备，民多伪态；书策稠浊[29]，百姓不足；上下相愁；民无所聊[30]；明言章理，兵甲愈起；辩言伟服[31]，战攻不息；繁称文辞，天下不治；舌弊耳聋[32]，不见成功；行义约信[33]，天下不亲。于是，乃废文任武，厚养死士，缀甲厉兵[34]，效胜于战场[35]。夫徒处而致利，安坐而广地，虽古五帝三王五伯、明主贤君[36]，常欲坐而致之。其势不能，故以战续之。宽则两军相攻，迫则杖戟相撞[37]，然后可建大功。是故兵胜于外，义强于内，威立于上，民服于下。今欲并天下，凌万乘，诎敌国[38]，制海内，子元元[39]，臣诸侯，非兵不可。今之嗣主[40]，忽于至道[41]，皆惛于教[42]，乱于治，迷于言，惑于语，沉于辩，溺于辞。以此论之，王固不能行也！"

说秦王书十上，而说不行。黑貂之裘弊，黄金百镒尽[43]。资用乏绝，去秦而归。羸縢履蹻[44]，负书担橐[45]，形容枯槁，面目犁黑[46]，状有归色[47]。归至家，妻不下纴[48]，嫂不为炊，父母不与言。苏秦喟叹曰："妻不以我为夫，嫂不以我为叔，父母不以我为子，是皆秦之罪也！"乃夜发书，陈箧数十[49]，得《太公阴符》之谋[50]，伏而诵之，简练以为揣摩[51]。读书欲睡，引锥自刺其股，血流至足。曰："安有说人主不能出其金玉锦绣、取卿相之尊者乎？"期年，揣摩成，曰："此真可以说当世之君矣！"

于是乃摩燕乌集阙[52]，见说赵王于华屋之下[53]，抵掌而谈[54]。赵王大悦，封为武安君[55]，受相印。革车百乘，锦绣千纯[56]，白璧百双，黄金万镒，以随其后。约从散横[57]，以抑强秦。

故苏秦相于赵而关不通[58]。当此之时，天下之大，万民之众，王侯之威，谋臣之权，皆欲决苏秦之策。不费斗粮，未烦一兵，未战一士，未绝一弦，未折一矢，诸侯相亲，贤于兄弟。夫贤人在而天下服，一人用而天下从[59]。故曰：式于政[60]，不式于勇；式于廊庙之内[61]，不式于四境之外。当秦之隆，黄金万镒为用，转毂连骑[62]，炫熿于道[63]，山东之国[64]，从风而服，使赵大重。且夫苏秦特穷巷掘门、桑户棬枢之士耳[65]，伏轼撙衔[66]，横历天下[67]，廷说诸侯之王，杜左右之口[68]，天下莫之能伉[69]。

将说楚王，路过洛阳。父母闻之，清宫除道[70]，张乐设饮，郊迎三十里。妻侧目而视，倾耳而听；嫂蛇行匍伏[71]，四拜自跪而谢[72]。苏秦曰："嫂，何前倨而后卑也[73]？"嫂曰："以季子之位尊而多金。"苏秦曰："嗟乎！贫穷则父母不子，富贵则亲戚畏惧。人生世上，势位富贵，盖可忽乎哉[74]！"

上海古籍出版社 1985 年版《战国策》汇校汇注本

【注释】

[1] 苏秦：字季子，战国时洛阳人，约卒于公元前 284 年。旧文献中对他的记载相当混乱，相传他与张仪同从鬼谷子学纵横术。近年据长沙马王堆汉墓出土的帛书考证，苏秦的活动年代

是在战国中后期齐闵王时,稍晚于张仪。其一生主要的政治活动是为燕国服务,曾入齐为燕国作反间,当了齐闵王的相,后因间谍身份暴露被杀。将:以,用。连横:一般称南北为"纵",东西为"横"。战国时秦在西,六国在东,故秦联合东边的某个国家攻打其他国家称"连横",六国联合起来共同对抗秦国则称"合纵"或"约从"。说(shuì):游说。秦惠王:姓嬴,名驷,秦孝公之子,公元前336年至公元前312年在位。[2] 巴:今四川东部及湖北西部一带地方。蜀:今四川西部。汉中:今陕西南部、湖北西部。巴蜀、汉中均以物产丰富著称,可以取得农业之利。[3] 胡貉(hé):北方少数民族地区所产的一种珍贵小兽,形似狐狸,皮可制裘。代:地名,在今山西东北部和河北蔚(yù)县一带。其地盛产良马。[4] 巫山:在今重庆巫山县东。黔中:今湖北、湖南西部交界处及贵州东部一带。原属楚地,此时已属秦。限:屏障,险阻。[5] 肴(xiáo):鲍本作"崤",山名,在今河南洛宁北。函:函谷关,在今河南灵宝。以上两地形势险要,易守难攻。[6] 奋击:奋击之士,即能奋勇作战的勇士。[7] 形便:得形势,擅便利。指地理形势利于作战。[8] 天府:物产丰富,就像天然的府库。府:财物所聚之处。[9] 教:教习,训练。[10] 奏:陈述。效:效验,成效。[11] 文章:指法令制度。成:完备。[12] 烦:劳烦。此指对外用兵。[13] 先生:先秦时对德高望重者的一种尊称。俨然:郑重其事的样子。庭:通"廷",直。"庭教"即当面指教。[14] 异日:他日,指合适的时候。[15] 神农:即炎帝,姜姓,传说中的古代帝王,实际上是古代的部落首领。早于黄帝。补遂:又作"辅遂",传说为古代部落名。[16] 黄帝:传说中的古代帝王,姓公孙,号轩辕氏,建国于有熊(今河南新郑),与神农俱为传说中华夏族的始祖。涿(zhuō)鹿:地名,在今河北涿鹿西南。蚩尤:传说为黄帝时九黎部族的首领,与黄帝作战,为黄帝所擒。[17] 尧:传说中的古代帝王,即陶唐氏,名放勋,国号唐,后让位于舜。伐:流放。驩兜(huān dōu):尧的司徒,因叛乱被放逐于崇山。[18] 舜:传说中的古代帝王,姓姚,名重华,国号虞,让位于禹。三苗:古代部族名,亦称苗、有苗。[19] 禹:传说中的古代帝王,姓姒(sì),名文命,因治水有功,受舜禅让,国号夏。共(gōng)工:尧时的水官名,传说被逐于幽州。[20] 汤:商朝开国君主,姓子名履,亦称成汤、商汤。本为夏朝诸侯,后起兵伐桀,建立商朝。有夏:即夏朝,此指夏朝最后一个国君桀。"有"字是词头,无义。[21] 文王:即周文王,姓姬名昌,殷纣时,为西方诸侯首领,又称西伯。崇:诸侯国名,在今陕西户县。据传崇侯虎助纣为虐,文王伐之。[22] 武王:周文王之子,姓姬,名发,周朝的开国君主。纣:商朝的末代君主,名辛,又名受,为古代著名暴君之一,为武王所灭。[23] 齐桓:齐桓公,姓姜,名小白,春秋五霸之一,公元前685年至公元前643年在位。伯:同"霸"。[24] 恶(wū):哪里,岂。[25] 毂(gǔ):车轮中心辐条辏集处的圆木。车毂击驰:车辆往来奔驰,车毂互相撞击。形容车辆之多,奔驰之急,外交活动频繁。[26] 言语相结:指用外交辞令缔结盟约。[27] "约从(zòng)"二句:意谓或言合纵,或言连横,从未停止使用武力。兵:武器。革:甲、胄。[28] 饰(shì):同"饰",这里是巧伪的意思。[29] 书策:指政令公文。稠浊:繁多而混乱。[30] 聊:依赖,依靠。[31] 辩言:能说会道。伟服:衣冠楚楚。一说奇装异服。以上二者均指谋士。[32] 舌弊耳聋:指谋士们的舌头说破了,君主的耳朵都听聋了。[33] 行义:讲究仁义。约信:信守盟约。[34] 缀甲厉兵:缝制盔甲,磨砺兵器。厉:同"砺"。[35] 效:同"较",较量。[36] 五帝:传说中的五位帝王,一般指黄帝、颛顼(zhuān xū)、帝喾(kù)、唐尧、虞舜。三王:指夏禹、商汤、周文王(也有包括武王一说)。五伯:即五霸。指齐桓公、晋文公、秦穆公、宋襄公、楚庄王。一说指齐桓公、晋文公、楚庄王、吴王阖庐、越王勾践。[37] 戟:古兵器。橦（chōng）：击刺。一本作"撞"。[38] 诎（qū）：使动用法，使屈服。下文"臣诸侯"用法同。[39] 子：意动用法，以……为子。这里有统治之义。元元：百姓。[40] 嗣主：继位之主，即当代君主。暗指秦惠王，因其刚继位不久。[41] 忽：忽略。至道：重要的道理、方法。指用兵之道。[42] 惽（hūn）：同"惛"，糊涂。[43] 黄金：战国时代黄金指铜。镒（yì）：古代重量单位。相当于二十两或二十四两。[44] 蠃（léi）：通"缧"，缠绕。縢（téng）：绑脚布。蹻（jué）：通"屫"，草鞋。[45] 橐（tuó）：一种口袋。此指行李。[46] 犁：同"黧"，黑色。[47] 归（kuì）：通"愧"。[48] 纴（rèn）：同"纴"，织布的丝缕。此指织布机。[49] 箧（qiè）：小箱子。此指书箱。[50] 太公：即姜太公，姓姜名尚，亦称吕尚、吕望、太公望。曾辅助周武王灭纣。阴符：亦称《阴符经》，即《太公兵法》。相传是姜尚所著的兵书。[51] 简：选择。练：精练。揣摩：揣量以求其意。一说为苏秦节取《太公兵法》而著成之书名，《鬼谷子》中即有《揣》《摩》二篇。[52] 摩：靠近。燕乌集阙：疑为燕国古关塞名，具体所在不详。一说"燕乌集"为宫阙名。[53] 赵王：指赵惠文王，公元前298年—前266年在位。一说为赵武灵王，公元前325年—前299年在位。华屋：华丽堂皇之房屋。指宫殿。[54] 抵掌：击掌，鼓掌。形容谈话投机的样子。[55] 武安君：苏秦的封号。武安：赵地，在今河北武安西南。[56] 纯（tún）：古代计量单位，一纯相当于二尺四寸。一说"一纯"即"一匹"。[57] 散（sàn）横：拆散秦与东方各国的联盟。[58] 关：指函谷关，为秦与六国的交通要道。关不通：六国共同抗秦，故函谷关的交通断绝。另一方面也说明秦国不敢出兵东向。[59] 从：同"纵"，合纵。[60] 式：用，依赖。[61] 廊庙：庙是古代君主祭祖之处，庙旁为廊。古代国家大事皆在廊庙中商讨。这里代指朝廷。[62] 转毂连骑：指车马成队。[63] 炫熿：同"炫煌"，光耀显赫。[64] 山东之国：指崤山以东各国。崤山以西为秦国。[65] 特：只不过。掘门：同"窟门"，就墙壁挖洞为门。一说"掘"同"堀"，"门"为"穴"之误。桑户：用桑木做的门板。棬（quān）枢：用弯木作门轴。以上并言其住房之简陋。[66] 伏轼撙（zūn）衔：扶住车前横木，拉着马缰绳。意为坐车乘马。伏：扶。轼：车前横木。撙：控制，勒住。衔：马嚼子。[67] 横历：遍历。[68] 杜：堵塞。[69] 伉：通"抗"，匹敌。[70] 宫：室，住室。除：治，修治。[71] 虵：古"蛇"字。匍伏：同"匍匐"，爬行。[72] 谢：赔罪，道歉。[73] 倨（jù）：傲慢。[74] 盖：通"盍（hé）"，何。

冯谖客孟尝君

【解题】

　　本篇选自《齐策四》。记叙了齐国寒士冯谖投到孟尝君门下作食客，施展高明的政治手腕，从而使孟尝君在权力交替中摆脱了困境，巩固了自己的政治地位。本文结构完整谨严，故事性强，引人入胜，人物形象生动逼真，表现了冯谖的远见卓识、敢作敢为和过人的才智，同时也反映了战国时代贵族阶级盛行养士之风的社会现象。

　　齐人有冯谖者[1]，贫乏不能自存，使人属孟尝君[2]，愿寄食门下[3]。孟尝君曰："客何好？"曰："客无好也。"曰："客何能？"曰："客无能也。"孟尝君笑而受之，曰："诺。"

　　左右以君贱之也[4]，食以草具[5]。居有顷[6]，倚柱弹其剑，歌曰："长铗归来乎[7]！食无鱼。"左右以告。孟尝君曰："食之，比门下之客[8]。"居有顷，复弹其铗，歌曰："长铗归来乎！出无车[9]。"左右皆笑之，以告。孟尝君曰："为之驾[10]，比门下之车客。"于是乘其车，揭其剑[11]，过其友[12]，曰："孟尝君客我[13]！"后有顷，复弹其剑铗，歌曰："长铗归来乎！无以为家。"左右皆恶之，以为贪而不知足。孟尝君问："冯公有亲乎？"对曰："有老母。"孟尝君使人给其食用，无使乏。于是冯谖不复歌。

后孟尝君出记[14]，问门下诸客："谁习计会[15]，能为文收责于薛者乎[16]？"冯谖署曰[17]："能。"孟尝君怪之，曰："此谁也？"左右曰："乃歌夫'长铗归来'者也。"孟尝君笑曰："客果有能也，吾负之，未尝见也。"请而见之，谢曰："文倦于事[18]，愦于忧[19]，而性懧愚[20]，沉于国家之事[21]，开罪于先生[22]。先生不羞[23]，乃有意欲为收责于薛乎？"冯谖曰："愿之。"

于是，约车治装[24]，载券契而行[25]。辞曰："责毕收[26]，以何市而反[27]？"孟尝君曰："视吾家所寡有者。"驱而之薛，使吏召诸民当偿者，悉来合券[28]。券遍合，起，矫命以责赐诸民[29]，因烧其券。民称万岁。

长驱到齐，晨而求见。孟尝君怪其疾也[30]，衣冠而见之[31]，曰："责毕收乎？来何疾也！"曰："收毕矣。""以何市而反？"冯谖曰："君云'视吾家所寡有者'。臣窃计[32]，君宫中积珍宝，狗马实外厩，美人充下陈[33]。君家所寡有者，以义耳！窃以为君市义。"孟尝君曰："市义奈何？"曰："今君有区区之薛[34]，不拊爱子其民[35]，因而贾利之[36]。臣窃矫君命，以责赐诸民，因烧其券，民称万岁。乃臣所以为君市义也。"孟尝君不说[37]，曰："诺！先生休矣[38]！"

后期年，齐王谓孟尝君曰[39]："寡人不敢以先王之臣为臣[40]！"孟尝君就国于薛[41]。未至百里，民扶老携幼，迎君道中。孟尝君顾谓冯谖："先生所为文市义者，乃今日见之！"冯谖曰："狡兔有三窟[42]，仅得免其死耳！今君有一窟，未得高枕而卧也！请为君复凿二窟。"

孟尝君予车五十乘，金五百斤，西游于梁[43]。谓惠王曰[44]："齐放其大臣孟尝君于诸侯[45]，诸侯先迎之者，富而兵强。"于是，梁王虚上位[46]，以故相为上将军[47]，遣使者，黄金千斤，车百乘，往聘孟尝君。冯谖先驱，诫孟尝君曰[48]："千斤，重币也；百乘，显使也[49]。齐其闻之矣！"梁使三反[50]，孟尝君固辞不往也。

齐王闻之，君臣恐惧，遣太傅赍黄金千斤[51]，文车二驷[52]，服剑一[53]，封书谢孟尝君曰[54]："寡人不祥[55]，被于宗庙之祟[56]，沉于谄谀之臣[57]，开罪于君。寡人不足为也，愿君顾先王之宗庙，姑反国统万人乎[58]？"冯谖诫孟尝君曰："愿请先王之祭器，立宗庙于薛[59]。"庙成，还报孟尝君曰："三窟已就，君姑高枕为乐矣！"

孟尝君为相数十年，无纤介之祸者[60]，冯谖之计也。

上海古籍出版社1985年版《战国策》汇校汇注本

【注释】

[1] 冯谖（xuān）：《史记》"谖"作"驩"，一本作"煖"，读音同。[2] 属：请托，请求。孟尝君：齐国公族，姓田名文，尝任齐相，与魏信陵君、赵平原君、楚春申君并称"战国四公子"。他以养士著称，门下有食客数千人。[3] 寄食：住在别人家里，靠别人吃饭，故又称"门客"或"食客"。[4] 贱：意动用法，以……为贱，亦即看不起。[5] 食（sì）：用作动词，

给人吃。草具：粗劣的饭食。[6] 有顷：不久。[7] 铗（jiá）：剑把。这里指剑。[8] 比：等同。[9] 车：音 jū，与上文"鱼"叶（xié）韵。[10] 驾：套车。[11] 揭：高举。[12] 过：拜访。[13] 客：用作动词，"尊为上客"之义。[14] 记：告示。[15] 计会：即会计。[16] 文：孟尝君自称。责（zhài）：通"债"。薛：孟尝君的封邑，在今山东枣庄薛城区。[17] 署：签名。[18] 倦：疲劳。[19] 愦（kuì）：昏乱。[20] 性懧（nuò）愚：生性懧弱愚蠢。此乃自谦之词。懧：同"懦"，懧弱。[21] 沉：陷进。[22] 开罪：得罪。[23] 不羞：不以为耻辱，也即不介意、不见怪。[24] 约车：套车。[25] 券契：指契约、债券。[26] 毕：全，尽。[27] 市：买。反：通"返"。[28] 合：验对，对合。古时的契，由借贷双方各持其半，作为凭信，对证时，将两券合一。[29] 矫命：假托（孟尝君的）命令。[30] 疾：快。[31] 衣冠：用作动词，穿好衣服，戴上帽子。[32] 窃计：私下里想。[33] 下陈：后列。古时妇女地位低下，处于后列。一说"下陈"为"堂下"之义，指统治者陈列礼品、站列婢妾的地方。[34] 区区：小小的。[35] 拊（fǔ）爱：爱护。"拊"，通"抚"。子其民：以其民为子，就是说把薛地的人民看成自己的子女。子，用如动词。[36] 贾（gǔ）：商人。"贾利"意谓以商人的手段取利。[37] 说（yuè）：通"悦"。[38] 休：休息。这里是"算了""拉倒"之意。[39] 齐王：指齐湣王，亦作"齐湣王"。姓田名遂，公元前 300 年至公元前 284 年在位。[40] "寡人"句：这句是齐湣王解除孟尝君相位的委婉说法。[41] 就国：回到自己的封邑。[42] 狡：狡猾。窟：洞窟。[43] 梁：指魏国。因魏后来定都大梁（今河南开封），故别称"梁"。[44] 惠王：指梁惠王。魏武侯之子，公元前 369 年至公元前 319 年在位。孟尝君为齐相，是在梁惠王死去之后，此处当为后人误记。[45] 放：放逐。[46] 虚：空出。上位：高位。此指相国之位。[47] 故：原来。[48] 诫：提醒，告诫。[49] 显：显赫。[50] 三反：三次往聘。"反"通"返"。[51] 太傅：齐官名。周朝时太傅为三公之一。赍（jī）：携带。[52] 文车：饰有文采的车子。二驷：犹二乘，两辆。四马驾一车为"驷"。[53] 服剑：佩剑。[54] 谢：道歉。[55] 不祥：不善。[56] 被：遭受。宗庙之祟：指祖宗神灵所降的灾祸。[57] 沉：醉心，沉溺。谄谀：阿谀逢迎，奉承人。[58] 姑：姑且。反国：回到朝廷。统：管理。[59] "愿请"二句：意谓希望你向齐王请求把祭祀先王所用的器物搬到薛，在薛建立齐国的宗庙。古人重视宗庙，在薛建立宗庙，便可借此巩固孟尝君的地位。[60] 纤介：细小，细微。纤：细。介：通"芥"，小草。

触龙说赵太后

【解题】

本文选自《赵策四》。叙述触龙巧妙说服赵太后送幼子长安君到齐国做人质以换取救兵，从而解决国家危难的故事。文章设计匠心独运，从闲谈家常入手，用亲切而富有人情味的语言去打动赵太后的心弦，而后层层推进，晓以利害，喻以大义，终使赵太后折服，取得了良好的劝说效果。

赵太后新用事[1]，秦急攻之[2]。赵氏求救于齐，齐曰："必以长安君为质[3]，兵乃出。"太后不肯，大臣强谏[4]。太后明谓左右："有复言令长安君为质者，老妇必唾其面！"

左师触龙言愿见太后[5]，太后盛气而揖之[6]。入而徐趋[7]，至而自谢[8]，曰："老臣病足，曾不能疾走[9]，不得见久矣。窃自恕[10]，而恐太后玉体之有所郄也[11]，故愿望见太后。"太后曰:"老妇恃辇而行[12]。"曰:"日食饮得无衰乎?"曰:"恃鬻耳[13]。"曰:"老臣今者殊不欲食[14],乃自强步,日三四里,少益耆食[15],和于身也[16]。"太后曰:"老妇不能。"太后之色少解[17]。

左师公曰:"老臣贱息舒祺[18],最少,不肖[19]。而臣衰,窃爱怜之,愿令得补黑衣之数[20],以卫王宫[21],没死以闻[22]。"太后曰:"敬诺。年几何矣?"对曰:"十五岁矣。虽少,愿及未填沟壑而托之[23]。"太后曰:"丈夫亦爱怜其少子乎[24]?"对曰:"甚于妇人。"太后笑曰:"妇人异甚[25]!"对曰:"老臣窃以为媪之爱燕后,贤于长安君[26]。"曰:"君过矣!不若长安君之甚。"左师公曰:"父母之爱子,则为之计深远[27]。媪之送燕后也,持其踵为之泣[28],念悲其远也[29],亦哀之矣。已行,非弗思也,祭祀必祝之。祝曰:'必勿使反[30]。'岂非计久长,有子孙相继为王也哉[31]?"太后曰:"然。"左师公曰:"今三世以前[32],至于赵之为赵,赵主之子孙侯者,其继有在者乎[33]?"曰:"无有。"曰:"微独赵[34],诸侯有在者乎?"曰:"老妇不闻也。""此其近者祸及身,远者及其子孙。岂人主之子孙则必不善哉[35]?位尊而无功,奉厚而无劳,而挟重器多也[36]。今媪尊长安君之位,而封之以膏腴之地[37],多予之重器;而不及今令有功于国。一旦山陵崩[38],长安君何以自托于赵?老臣以媪为长安君计短也,故以为其爱不若燕后。"太后曰:"诺!恣君之所使之[39]。"于是为长安君约车百乘[40],质于齐,齐兵乃出。子义闻之[41],曰:"人主之子也,骨肉之亲也,犹不能恃无功之尊,无劳之奉,而守金玉之重也,而况人臣乎?"

上海古籍出版社 1985 年版《战国策》汇校汇注本

【注释】

[1] 赵太后:即赵威后,赵惠文王之妻,赵孝成王母。新用事:公元前 266 年惠文王卒,孝成王立,年幼,其母威后摄政。此时,威后刚摄政不久,故称"新用事"。用事:执政。[2] 秦急攻之:公元前 265 年,秦攻赵,破三城,情势紧急。因为赵君新丧,太后摄政,而秦欲给其"下马威",故"急攻之"。[3] 长安君:赵太后的幼子,赵孝成王的弟弟。长安君为其封号。质:人质。先秦时,两国结盟,往往要以国君的兄弟或儿子到盟国去居住作为执行盟约的保证,称"质"。[4] 强(qiǎng):极力,一再。谏:规劝国君、尊长或朋友,使其改正错误或缺点。[5] 左师:官名。触龙:赵臣。长期以来《战国策》诸本均将文中"触龙言"三字连写误作"触詟"二字,《史记》作"触龙",马王堆出土的帛书亦然,清人黄丕烈、王念孙及今人裘锡圭等均考证其当作"触龙",可成定论。[6] 盛气:怒气冲冲。揖:据王念孙说及帛书印证,"揖"应作"胥","等待"之义。[7] 徐:慢慢地。趋:快步走。古礼:臣见君时要快步疾走,叫做"趋"。此时触龙脚有毛病,只能慢慢地"趋",以表示"趋"的样子。[8] 谢:谢罪。[9] 曾(céng):副词,竟。[10] 窃自恕:私下里自己原谅自己。窃,谦词,私下。[11] 郄(xì):通"隙",空隙。此处引申为身体不适的意思。[12] 恃:靠。辇(niǎn):两人共挽的车子。[13] 鬻(zhōu):同"粥"。[14] 今者:最近。殊:特别,非常。[15] 少益:稍微,稍稍。耆(shì):同"嗜"。耆食:胃口好了,想吃东西。[16] 和:舒适。一本作"智",通"知",愈也,意谓有益于身体。[17] 色:指脸上的怒色。少:稍微。解:通"懈",缓解。[18] 贱息:对人谦称自己的儿子。贱:自谦之辞。息:子。舒祺:触龙儿子的名字。[19] 不肖:不贤,没出息。也是谦辞。[20] 补黑衣之数:指在宫廷卫士中占名额凑个数。黑

衣：古代宫中卫士着黑衣，故以"黑衣"指代卫士。[21] 官：帛书本及姚宏本均作"宫"，应据以改正。[22] 没（mò）死：冒死罪。"没"同"冒"。一本作"昧死"。以闻：使……知道。[23] 填沟壑（hè）：埋在沟里，指死去。这是说自己死的一种谦虚的讳语。[24] 丈夫：指男人。爱怜：疼爱。怜：爱。[25] 异甚：还要厉害。异：尤，特别。[26] "老臣"二句：媪（ǎo）：对老年妇女的敬称。燕后：指赵太后的女儿，因嫁给燕国国君，故称燕后。贤：胜，超过。[27] 计深远：考虑长远的利益。计：考虑，谋划。[28] 持：抓住，拉着。踵（zhǒng）：脚后跟。此指赵太后为即将远嫁的女儿穿鞋。[29] 念悲：思念。古时"念""思""悲"同义。[30] 反：同"返"。古代诸侯的女儿嫁到别国为后，除非被废或亡国，一般不能回娘家。因此赵太后祝祷女儿不要回来。[31] "岂非"二句：意谓难道不是为她考虑长远，保佑她的子孙世世代代能继承王位吗？有：通"佑"，保佑。[32] 三世以前：指从赵孝成王上溯三代，其国君分别是惠文王、武灵王、赵肃侯。[33] "至于"三句：赵之为赵：赵氏建立赵国时。赵国建立是从赵烈侯时开始的。赵主之子孙侯者：赵王的子孙封侯的人。按照当时惯例，诸侯的嫡长子孙可以直接继位，不需要天子重新册封。其余的子孙除非另建功业而受到天子的册封，否则一般不得为侯。其继：指被封者的后代，亦即后嗣继其封爵者。有在者乎：还有存在的么？[34] 微独：不但，不仅仅。[35] 岂人主的子孙则必不善哉：鲍彪本及帛书本"孙"字均作"侯"，与上文"赵主之子孙侯者"相呼应。此"人主之子侯者"当是紧扣长安君的身份说的，故"孙"字不应有，应据以改正。[36] 挟：持，占有。重器：贵重的宝物，指金玉钟鼎等。[37] 膏腴（yú）：肥沃。[38] 山陵崩：君主死亡的讳语。古代称帝王死为崩。此处喻指赵太后。[39] 恣（zì）：任凭，听任。使：派遣，安排。此指安排长安君为人质一事。[40] 约：准备、备办。[41] 子义：人名，赵国贤士。

先秦诸子散文概说

先秦诸子散文有一个发展过程,大致可以分为三个阶段:语录体、对话体和专论体。

一、《论语》

《论语》是语录体散文的典范,语言精练而含义深刻。如"己所不欲,勿施于人""人无远虑,必有近忧""知之为知之,不知为不知,是知也""岁寒然后知松柏之后凋"等语,无不精练含蓄,包含着丰富的生活经验和深刻的哲理,成为世代传诵的格言警句。《论语》的另一特点是善于在简短的对话中展示人物的形象。如《侍坐》章中孔子的循循善诱,子路的直率,冉求的稳重,公西赤的谦逊,曾点的洒脱,都写得很生动。

二、《道德经》

《道德经》,又称《老子》。一般认为道家学派的开创者是老子,但关于老子其人和《道德经》成书的年代、作者、产生的过程等等,还存在着许多疑问,现在还没有确切的说法。① 《道德经》是代表中国传统思想的最重要的著作之一,包含着朴素的唯物主义思想和辩证法的因素。《道德经》也是语录体散文,语言简练而富有哲理,多用韵语,在文学上也有一定的价值。

三、《墨子》

《墨子》一书大部分是墨家弟子对墨子的言行的记录②,类似《论语》的语录体,也有部分墨家后学的著作,可以视为墨家学派学说的汇编。墨家与儒家在战国时同称"显学",是对立的两大学派。《墨子》一书中所表现的墨家学说的核心是"兼爱",即不分贵贱亲疏地爱一切人。从"兼爱"的观点出发,墨子反对战争,主张"节用""节葬"。《墨子》一书言辞质朴无华而富于逻辑性,如《非攻上》主要用"类比法"展开驳论。它的中心思想是反对侵略战争,却先从窃桃李、攘鸡犬的小偷写起,再举"取人马牛"者、"杀不辜"者,说明"亏人愈多","罪益厚"。再由"杀一人,谓之不义"进而推论"杀百人,百重不义,必有百死罪",以说明攻人之国,杀人无数,其罪极大,批评"天下之君子"在"义"与"不义"观念上的混乱。推理十分严密,一环扣一环,一层深一层。"矛盾律"的运用尤为出色。有些篇章已经是比较成熟的论说文,并且有了标明文章中心的题目,在政论

---

① 老子,春秋时思想家。一说即老聃,姓李名耳,字伯阳,楚人,做过周朝管理藏书的史官,孔子曾向他问礼,后退隐,著《老子》。一说老子即太史儋,或老莱子。《老子》一书是否为老子所作,历来有争论,一般认为书中所述,基本反映了他的思想。

② 墨子名翟,鲁人,生活的年代略后于孔子,是墨家学派的创始人。

文的发展中占有重要地位。

四、《孟子》

《孟子》是典型的对话体散文。《孟子》在《论语》语录体散文的基础上有所发展，篇幅较长，且形成一种对话式的论辩。《孟子》是战国时期思想理论家们大辩论的真实记录，具有较强的逻辑力量，而且感情充沛，言辞犀利，富于气势和力量。

孟子的思想主要有以下几个方面。第一是性善论。孟子认为人性善。他说："人性之善也，犹水之就下也；人无有不善，水无有不下。"（《告子》）第二是仁政思想。孟子从性善论出发，把孔子的"仁"发展为"仁政"与"王道"思想。《梁惠王上》中齐宣王问："德何如则可以王矣？"孟子答道："保民而王，莫之能御也。"仁政的具体表现就是"保民"，能"保民"就可以"王"——统一天下，这也就是"王道"。第三是民本思想。他认为"民为贵，社稷次之，君为轻"（《尽心》）。他反对暴君及聚敛之臣，揭露当时的统治阶级"庖有肥肉，厩有肥马，民有饥色，野有饿莩，此率兽而食人也"（《梁惠王》）。他反对当时各国的兼并战争："争地以战。杀人盈野；争城以战，杀人盈城。此所谓率土地而食人肉，罪不容于死。"（《离娄》）孟子关于"心""性"的学说极大地丰富和深化了先秦儒家的哲学和伦理学思想，对后代有着深远的影响。

《孟子》散文有鲜明的特点。

第一，感情充沛、辞锋犀利、富有气势和力量。孟子以"好辩"著称，所以《孟子》散文的最大特点是富有鼓动性，具有雄辩家的气概。如《梁惠王上》中记载孟子与齐宣王的一段对话："齐宣王问曰：'齐桓、晋文之事，可得闻乎？'孟子对曰：'仲尼之徒，无道桓、文之事者，是以后世无传焉；臣未之闻也。无以，则王乎？'曰：'德何如则可以王矣？'曰：'保民而王，莫之能御也。'"齐宣王一心想效法齐桓公、晋文公，称霸中国。而孟子开口便把齐桓、晋文给否定了，表示他们的事不值一提，这就在精神上先压倒了对方。然后从正面提出"王道"的主张来代替齐宣王所追求的"霸道"，高屋建瓴，气势夺人。齐宣王果然被孟子的这种气势慑服，于是发问："德何如则可以王矣？"孟子立即明确地提出自己的论点："保民而王。"随后又续上一句："莫之能御也。"有此一句，更显出语气肯定和信心十足。《孟子》文章中多用排句，这也增强了文章的气势和力量。如《梁惠王上》中孟子为了逼出齐宣王的"大欲"，用了一连串的排比问句："为肥甘不足于口与？轻暖不足于体与？抑为采色不足视于目与？声音不足听于耳与？便嬖不足使令于前与？"问得又急又快，显示出说话人一种强烈的自信。这样一来齐宣王的"大欲"不言自明，不需要回答。

第二，长于譬喻。《梁惠王上》中"百钧""一羽""秋毫""舆薪""挟泰山以超北海"与"为长者折枝""缘木求鱼""邹与楚战"等，皆是妙喻，既加强了言辞的说服力，又增加了作品的生动性。

第三，在辩论中善于揣摩对方的心理，善设机巧，引人入彀，使人无法躲避。如《梁惠王下》中记载孟子与齐宣王的一段对话："孟子谓齐宣王曰：'王之臣有托其妻子于其友而之楚游者，比其反也，则冻馁其妻子，则如之何？'王曰：'弃之。'曰：'士师不能治士，则如之何？'王曰：'已之。'曰：'四境之内不治，则如之何？'王顾左右而言他。"这段话很好地说明了孟子散文善设机巧，引人入彀的特点。

第四，语言简洁、明快、犀利、雄恣，是古代散文的典范，为后来的散文作家所一致推崇。它对中国散文的发展有着十分重要的影响。

五、《庄子》

《庄子》中对话的成分也很多，但它已开始由对话体向专题论文过渡。《庄子》一书大多是由一些小故事组成的，恢诡谲怪，出人意表，有一定的情节性和形象性，而且语言瑰丽，想象力丰富，极富于浪漫主义气息，在先秦诸子散文中最具文学价值。

庄子的思想与老子的思想有渊源关系，但也有明显的差异。庄子的思想主要包含以下几个方面。第一，在哲学上庄子把"道"作为本体，认为"道"先天地生，无为无形、无所不在，是天地万物的本源，是万物的自然本性，是"物我为一"的精神境界。他认为一切事物的性质都是相对的、变化无常的，因此齐万物、等生死、无是非。这种相对主义的认识论，也包含着一定的辩证法的因素。第二，庄子的人生态度，既有逃避矛盾、逍遥遁世的消极成分，同时又有追求精神自由，主张恢复人的自然本性的积极意义。他希望通过"心斋""坐忘"的修养方法，进入"物我为一"，不受任何外物束缚的绝对自由的精神境界。第三，庄子的社会观带有悲观厌世、复古倒退的虚无主义色彩，同时也包含着愤世嫉俗、蔑视权贵的批判精神。第四，在文学艺术方面，庄子崇尚自然美，反对人工雕琢美。

《庄子》散文有鲜明的文学色彩。

第一，想象丰富，善于夸张，富于浪漫主义色彩。《庄子》一书充满了奇特的幻想和精妙的构思，善于糅合神话传说，这就形成了该书特别浓厚的浪漫主义气息。如《逍遥游》中对鲲鹏变化的极度夸张的描写，蜩与学鸠的内心独白，姑射山上神人的神奇飘逸，《应帝王》中浑沌的妙趣横生，《秋水》中河伯与北海若的交谈，《至乐》中的髑髅与人的对话等等。凡一切有生命与无生命的事物，庄子皆可驱于笔端，赋予思想。这种极度的夸张，出人意表的想象，极大地增强了文章的艺术感染力。

第二，构思奇特，善于编造神奇的故事，借以阐发其哲学思想。《庄子》是一部哲理散文，但并没有采用一般议论文的表达方式，即逻辑推理的方式，以逻辑的力量征服读者；而是采用了文学的表达方式，即寓议论于故事与形象之中，以生动的故事与形象感染读者。全文往往皆由寓言故事组成，而作者很少发表甚至完全不发表议论。如《逍遥游》全文即主要由鲲鹏变化南迁、尧让天下与许由、肩吾和连叔谈姑射山之神人、庄周和惠施辩"无用之用"等几个寓言故事组成，哲理即蕴涵在故事与形象之中。这正是《庄子》的说理方式与其他战国诸子的不同之处。这种独特的表达方式，大大地增强了《庄子》的文学色彩。

第三，塑造了一批恢诡谲怪的形象。《庄子》中塑造了许多匪夷所思、令人惊讶不已的形象，诸如硕大无比的鲲鹏，吸风饮露的神人，无用之用的支离疏，七窍皆无的浑沌，望洋兴叹的河伯，侃侃而谈的髑髅，争地而战的触氏、蛮氏，以及德充形残的兀者王骀、叔山无趾、哀骀、申徒嘉、支离无脣、瓮盎大瘿，等等。如此形形色色、光怪陆离的形象纷至沓来，令人应接不暇，把读者引入一个超越时空、不辨上下古今的恢宏壮观的艺术境界。

第四，汪洋恣肆的文风。《庄子》散文汪洋恣肆，仪态万方，有时就像行云流水，无迹可寻；有时犹如风行水上，自然成文；有时又如万斛泉涌，随地而出。再加上丰富的语汇，生动的描写，使得《庄子》散文闪烁着迷人的艺术光彩。

六、《荀子》和《韩非子》

《荀子》和《韩非子》是典型的专论体散文。它们都能围绕中心论题展开论述，已经是比较成熟的专题议论文。如果仅从议论文文体的发展来看，《荀子》《韩非子》的散文是先秦诸子散文发展的最高阶段。

《荀子》一书共三十二篇，大部分是荀子[①]自撰，小部分是学生所作。荀子的思想主要是：（1）"制天命而用之"的朴素唯物论；（2）"王霸"并举，"礼法"并重的政治观；（3）以"性恶论"为依据的伦理教化和教育思想。荀子有朴素唯物主义的自然天道观，这集中表现于《天论》篇中。他认为"天行有常，不为尧存，不为桀亡"，人世间的一切吉凶祸福都决定于人自己，而与天无关。特别是他提出："大天而思之，孰与物畜而制之！从天而颂之，孰与制天命而用之！"已含有人类不但能认识世界，而且能改造世界的思想意识，难能可贵。在政治方面，荀子既提倡王道和礼治，亦兼尚霸力和法治。荀子的思想并非纯粹的儒家思想，而是对各家各派都有所吸收，实际上是先秦诸子的集大成者。《荀子》标志着政论散文的成熟，中心明确，结构严密，分析详尽，比喻繁复，可称"学者之文"。它不像《庄子》的海阔天空，富有浪漫气息；也不像《孟子》的语言犀利，气势逼人。它只是实实在在地讲述道理，围绕着一个中心论点，多用比喻，详尽严谨地进行论述。文风朴实浑厚，不尚华妍。《荀子》中有《赋篇》五首，是文学史上最早以"赋"名篇之作。文体似诗亦似文，押韵，采用对话形式。《荀子》中的《成相篇》形式也很独特，三字句、四字句、七字句错综成篇，颇类后世的弹词。

《韩非子》一书共五十五篇，其中有后人窜入的文章，不尽可信。韩非[②]总结了春秋战国以来的历史经验，又吸收了前期法家人物慎到、商鞅、申不害等人的思想，提出了一套完整的君主专制理论，主张因时变法，以法为本，法、术、势结合；他反对儒墨，批驳仁义，崇尚功利，力主耕战。他认为"德"不可恃，增强国力的唯一途径是推行法度、奖励耕战。《韩非子》论述严密透辟，文笔锋芒毕露，言辞峭刻深切，感情沉郁孤峻。如《说难》中分析游说足以危身的十八种情况，分析透辟，洞察幽微。《韩非子》也善用比喻、寓言及历史故事来增强文章的说服力。"守株待兔""滥竽充数""自相矛盾""郢书燕说""买椟还珠"等故事，流传至今。韩非还有意识地对当时流行的寓言故事和历史传说进行了搜集整理，编纂为内、外《储说》和《说林》上、下诸篇，开后代笔记小说的先河。

总体上看，先秦诸子散文由"语录体""对话体"向"专论体"发展，篇幅由短而长，风格由简练质朴而趋于气势充沛，想象丰富，说理绵密，锋利峭刻。其发展演变的趋势与轨迹是十分明显的。

---

① 荀子名况，字卿，一作"孙卿"，赵人，是战国后期儒家学派的代表。
② 韩非是战国末韩国的公子，荀子的学生，是先秦法家思想的集大成者。

作 品

《论语》

《论语》是孔子及其弟子们言行的记录。孔子（前551—前479），名丘，字仲尼，春秋末年鲁国陬邑（今山东曲阜）人，中国古代伟大的思想家、教育家、儒家学说的创始人，世界文化名人。先世为宋国贵族。少"贫且贱"，做过"委吏""乘田"等事。曾由鲁中都宰升任司寇，摄行相事。又曾周游宋、卫、陈、蔡、齐、楚等国，终不见用。晚年致力于教育，整理《诗》《书》《礼》《易》等前代文化典籍，并修订了鲁国编年史《春秋》。他开创了私人讲学的风气，相传前后有弟子3 000多人，著名的有72人。生平事迹见《史记·孔子世家》。历代有关孔子的年谱、年表、编年等计有150多种。孔子创立了以"仁"为核心的儒家伦理学思想体系，政治上强调"为政以德"，以礼治国。教育上主张"有教无类"，重视"因材施教"，提倡"学而不厌，诲人不倦"。他的思想对中国传统思想文化各个方面都产生了深远的影响。《论语》为语录体散文，文字简朴而含义隽永，通过言论和行动的记录，表现孔子及其弟子们的形象，颇有传神之笔。其书由孔子弟子及再传弟子根据记录和传闻编辑而成，约成书于春秋战国之交。西汉时流传有《鲁论语》《齐论语》和《古论语》三种抄本。西汉末安昌侯张禹以《鲁论》为基础，合《鲁论》《齐论》为一，称"张侯论"。东汉末郑玄又以"张侯论"为底本，参照《齐论》《古论》作《论语注》，遂为《论语》定本。重要的注释本有三国何晏《论语集解》、南宋朱熹《论语集注》、清刘宝楠《论语正义》等。通行的今人注译本有杨伯峻《论语译注》。

侍 坐 章

【解题】

本篇选自《论语·先进》，记录了孔子和四位弟子关于各人志向抱负的一次讨论，是《论语》中最富于文学色彩的篇章之一。文章通过对人物语言及动作神态的记录，生动地表现了孔子和几位弟子不同的个性风采，如孔子循循善诱、和蔼亲切的师长风度，子路的鲁莽直率，曾点的淡泊洒脱，冉有、公西华的谨慎谦逊，等等，都给人以很深的印象。

子路、曾晳、冉有、公西华侍坐[1]。

子曰："以吾一日长乎尔，毋吾以也[2]。居则曰[3]：'不吾知也！'如或知尔，则何以哉[4]？"

子路率尔而对曰[5]："千乘之国[6]，摄乎大国之间[7]，加之以师旅[8]，因之以饥馑[9]。由也为之，比及三年[10]，可使有勇，且知方也[11]。"

夫子哂之[12]。

"求，尔何如[13]？"

对曰："方六七十，如五六十[14]，求也为之，比及三年，可使足民。如其礼乐[15]，以俟君子[16]。"

"赤，尔何如？"

对曰："非曰能之，愿学焉。宗庙之事[17]，如会同[18]，端章甫[19]，愿为小相焉[20]。"

"点，尔何如？"

鼓瑟希[21]，铿尔[22]，舍瑟而作[23]。对曰："异乎三子者之撰[24]。"

子曰："何伤乎，亦各言其志也。"

曰："莫春者[25]，春服既成[26]，冠者五六人[27]，童子六七人，浴乎沂[28]，风乎舞雩[29]，咏而归。"

夫子喟然叹曰："吾与点也[30]！"

三子者出，曾皙后。曾皙曰："夫三子者之言何如？"

子曰："亦各言其志也已矣。"

曰："夫子何哂由也？"

曰："为国以礼，其言不让[31]，是故哂之。"

"唯求则非邦也与[32]？"

"安见方六七十，如五六十，而非邦也者？"

"唯赤则非邦也与？"

"宗庙会同，非诸侯而何？赤也为之小，孰能为之大？"

《诸子集成》本《论语正义》卷一四

【注释】

[1] 子路（前542—前480），姓仲，名由，字子路，又字季路。曾皙（xī，前545—？），姓曾，名点，字子皙，曾参之父。冉有（前522—？），姓冉，名求，字子有。公西华（前509—？），姓公西，名赤，字子华。四人都是孔子的弟子。侍坐，指陪伴孔子而坐。[2]"以吾"二句：后一"以"字通"已"，意为停止。此二句大意是："不要因为我比你们年长一些，你们就停下来不说话。"一说"毋吾以"的"以"通"用"，则此二句意为："因为我比你们年纪大，故没有人用我了。"[3] 居：平日，平时。则：辄，总是。[4] 何以：即"以何"。此二句意为"如果有人了解你们，你们将以什么去从政。"[5] 率尔：轻率而急遽的样子。[6] 千乘之国：指能出一千辆兵车的中等诸侯国。[7] 摄：作"夹"解，此句意为"夹在大国之间"。[8] 师旅：军队。此处代指战争。[9] 因之：犹言"继之"。饥馑：饥荒之灾。《尔雅·释天》："谷不熟为饥，蔬不熟为馑。"[10] 比及：等到。[11] 方：义，指"礼义"。[12] 夫子：对孔子的尊称。哂（shěn）：微笑。[13] 求，尔何如：此句为孔子提问，意为："求，你（的志向）怎么样？"下文"赤，尔何如？""点，尔何如？"义同。[14] 如：或。"方六七十"二句：指纵横各长六七十里或五六十里的国家。[15] 如其：至于。[16] 俟（sì）等待。[17] 宗庙：国君祭祀祖先的地方。宗庙之事：指祭祀。[18] 如：或。会同：诸侯会盟。[19] 端：玄端，一种礼服。《周礼·春官·司服》："其斋服有玄端素端。"章甫：即玄端，一种黑色的礼冠。端章甫：这里指穿戴礼服礼冠。[20] 相：在君主左右协助行礼的人。《周礼·春官·大宗伯》："朝觐、会

同，则为上相。"郑玄注："相，诏王礼也。出接宾曰摈，入诏礼曰相。相者五人。"称"小相"，表示谦逊。[21] 鼓：弹奏。瑟：一种弦乐器。希：通"稀"，指瑟声逐渐稀疏。[22] 铿尔：象声词，形容瑟声。[23] 舍：放下。作：站起来。[24] 异乎：不同于。撰：具备。这里指才具。[25] 莫（mù）春：暮春。[26] 成：定。春服既成：指天气转暖，春天的衣服已经穿定。[27] 冠（guàn）者：二十岁以上的成年男子。古代男子二十而冠，即为成人。[28] 浴：指古代上巳日进行的一种祭祀活动，后演变为一种风俗。沂：水名，在今山东曲阜南，据说水中有温泉。[29] 风：乐曲，此处作动词用，奏乐，歌唱。舞雩（yú）："雩"是古代求雨的祭祀，因配有乐舞，故称舞雩。这里是指举行舞雩的坛。《水经注》："沂水北对稷门，一名高门，一名雩门。南隔水有雩坛，即曾点所欲风处也。"[30] 与（yù）：赞许，同意。[31] 让：谦让。[32] 邦：国，指国家政事。此句意为："难道冉求讲的不也是治国之事吗？"

《孟子》

　　孟子，名轲，生活于战国中期，战国邹（今山东邹城）人，战国中期儒家学派的主要代表人物，后世尊之为"亚圣"。早年受业于孔子之孙子思之门人。后历游齐、宋、滕、魏诸国，齐宣王时曾在齐国稷下作客卿。因政治主张不为诸侯所用，晚年退而与弟子万章、公孙丑等著书立说，作《孟子》七篇。生平事迹略见于《史记·孟子荀卿列传》及《孟子》书中有关章节。孟子继承了孔子的思想并有所发展，其思想学说对后世影响很大，后人把他的思想与孔子思想并称为"孔孟之道"。《孟子》的文章较之《论语》有了进一步发展，除了简短的语录外，还有许多篇幅较长的论辩与对话。孟子知言善辩，长于譬喻，文章气势充沛，感情强烈。历代有关《孟子》的注释和研究很多，重要的有东汉赵岐《孟子注》、南宋朱熹《孟子集注》、清焦循《孟子正义》等。通行的今人译注本有杨伯峻的《孟子译注》。

齐桓晋文之事章

【解题】

　　本文选自《孟子·梁惠王上》。在与齐宣王的对话中，孟子比较全面地表达了他的"仁政"理论和具体主张。孟子一开始就标举"保民而王"的旗号，将齐桓、晋文的霸业撇在一边。然后通过"以羊易牛"事例的分析，又运用一些生动的比喻，劝导齐宣王，使他懂得只要善于"推恩"，将人所固有的"不忍"之心推广到国家政事，就可以实现"保民而王"的仁政。随后又以"缘木求鱼"一喻，阻断齐宣王企图通过武力征服天下的念头。最后水到渠成地托出一套施行"仁政"的具体方案。在整个对话过程中，孟子始终占据主动，针对对方的心理，巧妙地寻找突破口，步步深入，层层推进。文章说理透彻，气势充沛，比喻生动，是《孟子》论辩散文的杰出代表作。

　　齐宣王问曰[1]："齐桓、晋文之事[2]，可得闻乎？"
　　孟子对曰："仲尼之徒，无道桓、文之事者，是以后世无传焉；臣未之闻也。无以[3]，则王乎[4]？"

曰:"德何如则可以王矣?"

曰:"保民而王,莫之能御也[5]。"

曰:"若寡人者,可以保民乎哉?"

曰:"可。"

曰:"何由知吾可也?"

曰:"臣闻之胡龁曰[6]:'王坐于堂上,有牵牛而过堂下者,王见之,曰:"牛何之[7]?"对曰:"将以衅钟[8]。"王曰:"舍之!吾不忍其觳觫[9],若无罪而就死地[10]。"对曰:"然则废衅钟与?"曰:"何可废也,以羊易之[11]。"'不识有诸?"

曰:"有之。"

曰:"是心足以王矣!百姓皆以王为爱也[12],臣固知王之不忍也。"

王曰:"然,诚有百姓者[13]。齐国虽褊小[14],吾何爱一牛!即不忍其觳觫,若无罪而就死地,故以羊易之也。"

曰:"王无异于百姓之以王为爱也[15]。以小易大,彼恶知之!王若隐其无罪而就死地[16],则牛羊何择焉[17]?"

王笑曰:"是诚何心哉!我非爱其财而易之以羊也,宜乎百姓之谓我爱也[18]。"

曰:"无伤也[19],是乃仁术也[20]!见牛未见羊也。君子之于禽兽也:见其生,不忍见其死;闻其声,不忍食其肉,是以君子远庖厨也[21]。"

王说曰[22]:"《诗》云:'他人有心,予忖度之[23]。'夫子之谓也。夫我乃行之,反而求之,不得吾心;夫子言之,于我心有戚戚焉[24]。此心之所以合于王者何也?"

曰:"有复于王者曰[25]:'吾力足以举百钧[26],而不足以举一羽;明足以察秋毫之末[27],而不见舆薪[28]。'则王许之乎[29]?"

曰:"否!"

"今恩足以及禽兽[30],而功不至于百姓者,独何与?然则一羽之不举,为不用力焉;舆薪之不见,为不用明焉;百姓之不见保[31],为不用恩焉。故王之不王[32],不为也,非不能也。"

曰:"不为者与不能者之形[33],何以异?"

曰:"挟太山以超北海[34],语人曰:'我不能。'是诚不能也。为长者折枝[35],语人曰:'我不能。'是不为也,非不能也。故王之不王,非挟太山以超北海之类也;王之不王,是折枝之类也。"

"老吾老[36],以及人之老;幼吾幼,以及人之幼[37],天下可运于掌[38]。诗云:'刑于寡妻,至于兄弟,以御于家邦[39]。'言举斯心加诸彼而已[40]。故推恩足以保四海,不推恩无以保妻子。古之人所以大过人者,无他焉。善推其所为而已矣!今恩足以及禽兽,而功不至于百姓者,独何与?权[41],然后知轻重;度[42],然后知长短。物皆然,心为甚。王请度之。抑王兴甲兵[43],危士臣,构怨于诸侯[44],然后快于心与?"

王曰:"否,吾何快于是!将以求吾所大欲也。"

曰:"王之所大欲,可得闻与?"

王笑而不言。

曰:"为肥甘不足于口与[45]?轻暖不足于体与[46]?抑为采色不足视于目与[47]?声音不

足听于耳与[48]？便嬖不足使令于前与[49]？王之诸臣，皆足以供之，而王岂为是哉！"

曰："否。吾不为是也。"

曰："然则王之所大欲可知已：欲辟土地[50]，朝秦、楚[51]，莅中国[52]，而抚四夷也。以若所为，求若所欲，犹缘木而求鱼也[53]。"

王曰："若是其甚与[54]？"

曰："殆有甚焉[55]。缘木求鱼，虽不得鱼，无后灾；以若所为，求若所欲，尽心力而为之，后必有灾。"

曰："可得闻与？"

曰："邹人与楚人战[56]，则王以为孰胜？"

曰："楚人胜。"

曰："然则小固不可以敌大，寡固不可以敌众，弱固不可以敌强。海内之地，方千里者九[57]，齐集有其一[58]；以一服八，何以异于邹敌楚哉！盖亦反其本矣[59]！今王发政施仁[60]，使天下仕者皆欲立于王之朝，耕者皆欲耕于王之野，商贾皆欲藏于王之市[61]，行旅皆欲出于王之涂[62]，天下之欲疾其君者[63]，皆欲赴愬于王[64]。其若是，孰能御之？"

王曰："吾惛[65]，不能进于是矣[66]！愿夫子辅吾志，明以教我。我虽不敏，请尝试之！"

曰："无恒产而有恒心者[67]，惟士为能。若民，则无恒产，因无恒心。苟无恒心，放辟邪侈[68]，无不为已。及陷于罪，然后从而刑之，是罔民也[69]。焉有仁人在位，罔民而可为也！是故明君制民之产[70]，必使仰足以事父母，俯足以畜妻子[71]，乐岁终身饱[72]，凶年免于死亡；然后驱而之善，故民之从之也轻[73]。今也制民之产，仰不足以事父母，俯不足以畜妻子，乐岁终身苦，凶年不免于死亡；此惟救死而恐不赡[74]，奚暇治礼义哉！王欲行之，则盍反其本矣！五亩之宅[75]，树之以桑，五十者可以衣帛矣；鸡豚狗彘之畜[76]，无失其时，七十者可以食肉矣；百亩之田，勿夺其时[77]，八口之家，可以无饥矣；谨庠序之教[78]，申之以孝悌之义[79]，颁白者不负戴于道路矣[80]。老者衣帛食肉，黎民不饥不寒[81]，然而不王者，未之有也。"

《诸子集成》本《孟子正义》卷一

【注释】

[1] 齐宣王：名辟疆，战国田齐第四代国君，公元前319至前300年在位。[2] 齐桓、晋文之事：指春秋时齐桓公、晋文公称霸于诸侯的业绩。[3] "无以"二句：意为如果一定要我谈一谈。那就谈谈王天下之道吧。以，通"已"，作止解。[4] 王（wàng）：实行王道。[5] "保民"二句：意为只要保护民众、施行王道，就没有人能抗御，从而无敌于天下。[6] 胡龁（hé）：人名，齐宣王近臣。[7] 之：往。[8] 衅（xìn）钟：新钟铸成，杀牲取血以涂其缝隙。这是古代的一种祭祀仪式。[9] 觳觫（hú sù）：恐惧战栗的样子。[10] 若：像这样。就：近。此句意为就这样没有罪而走向死地。[11] 易：调换。[12] 爱：吝惜，吝啬。[13] 诚：确实。此句意为确实有这样的百姓。[14] 褊（biǎn）：狭窄。[15] 无异：莫怪。[16] 隐：恻隐，怜悯。[17] 择：分别。[18] 宜：适宜，应当。此句意为百姓认为我吝惜倒也是应当的。[19] 无伤：不妨，没有关系。[20] 仁术：行仁道的巧妙方法。[21] 庖厨：厨房。[22] 说（yuè：

通"悦"。[23] 诗句见《诗经·小雅·巧言》。忖度（cǔn duó）：揣想、推测。[24] 戚戚：心动的样子。[25] 复：告，报告。[26] 钧：古代重量单位，三十斤为一钧。[27] 秋毫：动物秋季新生的毛，很细。[28] 舆薪：整车的柴草。[29] 许：赞同。[30] 恩：恩德，恩惠。[31] 见：被。[32] 前一个"王"（wáng）指齐宣王。后一个"王"（wàng）用作动词，指行王道。[33] 形：情状。[34] 挟（xié）：夹在腋下。太山：泰山。超：越过。北海：渤海。[35] 为长者折枝：向年长者弯腰行礼。一说为年长者按摩肢体，或为年长者折取树枝。[36] 第一个"老"字用作动词，意为尊敬爱戴。[37] 第一个"幼"字用作动词，意为爱护。[38] 运于掌：运转于手掌之中，形容十分容易。[39] 诗句见《诗经·大雅·思齐》。刑：同"型"，意为示范，作榜样。寡妻：指国君的正妻。御：治理。家邦：家族与邦国。[40] 斯心：此心，指仁爱之心。[41] 权：用秤来称。[42] 度（duó）：用尺来量。[43] 抑：表示轻微转折。兴甲兵：使甲兵兴，即发动战争。[44] 构怨：结怨。[45] 肥甘：指肥美香甜的食品。[46] 轻暖：指又轻便又暖和的衣服。[47] 采色：即彩色，指悦目的色彩。[48] 声音：指美妙的音乐。[49] 便嬖（pián bì）：国君身边受宠幸的人。[50] 辟（pì）土地：拓展疆土。[51] 朝秦、楚：使秦楚来朝贡。[52] 莅：君临，统治。中国：指中原地区。[53] 缘：攀缘，攀登。木：树。[54] 甚：厉害。此句意为如此厉害吗？[55] 殆：恐怕。[56] 邹：国名，即邾（zhū）国，又名邾娄，国土很小；其地在今山东邹城东南。楚：当时的大国。[57] 方千里者九：《礼记·王制》："凡四海之内九州，州方千里。"这里泛指海内有九倍于方圆千里的土地。[58] 集：加起来，一共。[59] 盖（hé）：通"盍"，何不。反其本：回过头来寻求根本办法，即实行仁政。[60] 发政施仁：发布政令，施行仁政。[61] 商：来往贩卖的人。贾（gǔ）：定居销售的人。藏：指储藏货物供出售。[62] 行旅：外出旅行的人。涂：同"途"，道路。[63] 疾：痛恨。[64] 愬：同"诉"。赴愬：前来申诉。[65] 惛：指头脑昏聩不明。[66] 进于是：达到这个程度。[67] 恒：常。恒产：指赖以生活的固定产业。恒心：处于常态的本心，即善心。[68] 放辟邪侈：指放荡歪邪的行为。[69] 罔：通"网"。罔民：设下网罗使民众陷入。[70] 制民之产：规定民众的产业。[71] 畜：养活。妻子：妻子与儿女。[72] 乐岁：丰收的年份。[73] 轻：容易。[74] 赡（shàn）：足。[75] 五亩之宅：指住宅及其周围土地。五亩：合现在一亩二分多。[76] 豚（tún）：小猪。彘（zhì）：猪。[77] 勿夺其时：不要耽误他们的农时。[78] 谨：重视。庠（xiáng）序：古代称学校。周代叫庠，殷代叫序。[79] 申：再三强调。[80] 颁白：斑白。颁白者：指头发花白的老年人。负戴：背负重物。戴，同"载"。[81] 黎民：黑头发的百姓，指少壮者，与上文"颁白者"对举。

《庄子》

庄子，名周，生活于战国中期，战国时宋国蒙（今河南商丘东北）人，曾为蒙之漆园吏，道家学派的主要代表人物之一。其生平事迹资料略见于《史记·老子韩非列传》及《庄子》书中。唐陆德明《经典释文序录》有《庄子补传》，马叙伦有《庄子年表》。庄子学识渊博，"其学无所不窥"。《庄子》的散文极富文学色彩，想象丰富而奇特，善于夸张，行文汪洋恣肆，仪态万方，运用卮言、重言、寓言等手法，"寓真于诞，寓实于玄"（刘熙载《艺概·文概》），将玄奥的哲理与生动的形象及诗意的境界融为一体。据《汉书·艺文志》记载，《庄子》一书原有五十二篇。今存三十三篇，分内篇、外篇、杂篇三个部分。一般认为内篇七篇为庄子本人所作，外、杂篇为庄子的后学所作。历代注释《庄子》者约三百余家，主要的有晋郭象《庄子注》、清郭庆藩《庄子集释》、今人陈鼓应《庄子今注今译》、陆永品与方勇《庄子诠评》等。

逍 遥 游

【解题】

本篇是《庄子》书中的第一篇。所谓"逍遥游"，意思是不受外物束缚，随顺自然本性，遨游于天地之间，也就是一种绝对的精神自由。文章主要内容是讲人怎样才能摆脱世俗的功名利禄权位的束缚，使自己的精神生活提升到"乘天地之正，而御六气之辩，以游无穷"的"逍遥游"境界。文章想象丰富而奇特，文笔夸张而活泼，运用大量的寓言比喻和传说故事，生动形象地阐发其玄奥的哲理，极富浪漫主义气息和艺术感染力。

北冥有鱼[1]，其名为鲲[2]。鲲之大，不知其几千里也；化而为鸟，其名为鹏[3]。鹏之背，不知其几千里也；怒而飞[4]，其翼若垂天之云[5]。是鸟也，海运则将徙于南冥[6]；南冥者，天池也[7]。《齐谐》者[8]，志怪者也[9]；《谐》之言曰："鹏之徙于南冥也，水击三千里[10]，抟扶摇而上者九万里[11]，去以六月息者也[12]。"野马也[13]，尘埃也，生物之以息相吹也[14]。天之苍苍[15]，其正色邪[16]？其远而无所至极邪[17]？其视下也，亦若是则已矣[18]。

且夫水之积也不厚，则其负大舟也无力[19]。覆杯水于坳堂之上[20]，则芥为之舟[21]，置杯焉则胶[22]，水浅而舟大也。风之积也不厚，则其负大翼也无力。故九万里则风斯在下矣[23]，而后乃今培风[24]；背负青天而莫之夭阏者[25]，而后乃今将图南[26]。蜩与学鸠笑之曰[27]："我决起而飞[28]，抢榆枋[29]，时则不至[30]，而控于地而已矣[31]；奚以之九万里而南为[32]！"适莽苍者[33]，三餐而反[34]，腹犹果然[35]；适百里者，宿舂粮[36]；适千里者，三月聚粮。之二虫[37]，又何知！小知不及大知[38]，小年不及大年[39]。奚以知其然也？朝菌不知晦朔[40]，蟪蛄不知春秋[41]，此小年也。楚之南有冥灵者[42]，以五百岁为春，五百岁为秋；上古有大椿者[43]，以八千岁为春，八千岁为秋，此大年也。而彭祖乃今以久特闻[45]，众人匹之[46]，不亦悲乎？

汤之问棘也是已[47]："穷发之北[48]，有冥海者，天池也。有鱼焉，其广数千里，未有知其修者[49]，其名为鲲。有鸟焉，其名为鹏，背若泰山，翼若垂天之云；抟扶摇羊角而上者九万里[50]，绝云气[51]，负青天，然后图南，且适南冥也。斥鴳笑之曰[52]：'彼且奚适也！我腾跃而上，不过数仞而下[53]，翱翔蓬蒿之间，此亦飞之至也。而彼且奚适也！'"此小大之辩也[54]。

故夫知效一官[55]，行比一乡[56]，德合一君，而徵一国者[57]，其自视也亦若此矣[58]。而宋荣子犹然笑之[59]。且举世誉之而不加劝[60]，举世非之而不加沮[61]，定乎内外之分[62]，辨乎荣辱之境，斯已矣[63]；彼其于世，未数数然也[64]。虽然，犹有未树也[65]。夫列子御风而行[66]，泠然善也[67]，旬有五日而后反；彼于致福者，未数数然也[68]。此虽免乎行，犹有所待者也[69]。若夫乘天地之正[70]，而御六气之辩[71]，以游无穷者[72]，彼且恶乎待哉！

故曰：至人无己[73]，神人无功[74]，圣人无名[75]。

尧让天下于许由[76]，曰："日月出矣，而爝火不息[77]；其于光也，不亦难乎！时雨降矣[78]，而犹浸灌[79]；其于泽也[80]，不亦劳乎！夫子立而天下治，而我犹尸之[81]，吾自视缺然[82]，请致天下[83]。"许由曰："子治天下，天下既已治也；而我犹代子，吾将为名乎？名者，实之宾也；吾将为宾乎[84]？鹪鹩巢于深林[85]，不过一枝，偃鼠饮河[86]，不过满腹。归休乎君[87]，予无所用天下为[88]！庖人虽不治庖[89]，尸祝不越樽俎而代之矣[90]！"

肩吾问于连叔曰[91]："吾闻言于接舆[92]，大而无当，往而不反[93]；吾惊怖其言，犹河汉而无极也[94]；大有迳庭[95]，不近人情焉。"连叔曰："其言谓何哉？"曰："'藐姑射之山[96]，有神人居焉；肌肤若冰雪，淖约若处子[97]，不食五谷，吸风饮露，乘云气，御飞龙，而游乎四海之外；其神凝[98]，使物不疵疠而年谷熟[99]。'吾以是狂而不信也[100]。"连叔曰："然。瞽者无以与乎文章之观[101]，聋者无以与乎钟鼓之声，岂唯形骸有聋盲哉！夫知亦有之[102]。是其言也，犹时女也[103]。之人也，之德也，将旁礴万物以为一世蕲乎乱[104]，孰弊弊焉以天下为事[105]！之人也，物莫之伤：大浸稽天而不溺[106]，大旱金石流、土山焦而不热[107]。是其尘垢秕糠将犹陶铸尧、舜者也[108]，孰肯以物为事！宋人资章甫而适诸越[109]，越人断发文身[110]，无所用之[111]。尧治天下之民，平海内之政，往见四子藐姑射之山[112]、汾水之阳[113]，窅然丧其天下焉[114]。"

惠子谓庄子曰[115]："魏王贻我大瓠之种[116]，我树之成而实五石[117]。以盛水浆，其坚不能自举也[118]。剖之以为瓢，则瓠落无所容[119]。非不呺然大也[120]，吾为其无用而掊之[121]。"庄子曰："夫子固拙于用大矣[122]！宋人有善为不龟手之药者[123]，世世以洴澼絖为事[124]。客闻之，请买其方百金[125]。聚族而谋曰：'我世世为洴澼絖，不过数金；今一朝而鬻技百金[126]，请与之。'客得之，以说吴王。越有难，吴王使之将[127]，冬与越人水战，大败越人，裂地而封之[128]。能不龟手一也，或以封，或不免于洴澼絖，则所用之异也。今子有五石之瓠，何不虑以为大樽而浮于江湖[129]，而忧其瓠落无所容，则夫子犹有蓬之心也夫[130]！"

惠子谓庄子曰："吾有大树，人谓之樗[131]；其大本拥肿而不中绳墨[132]，其小枝卷曲而不中规矩。立之涂[133]，匠者不顾。今子之言，大而无用，众所同去也。"庄子曰："子独不见狸狌乎[134]？卑身而伏，以候敖者[135]；东西跳梁[136]，不辟高下，中于机辟[137]，死于罔罟[138]。今夫斄牛[139]，其大若垂天之云；此能为大矣，而不能执鼠。今子有大树，患其无用，何不树之于无何有之乡[140]，广莫之野[141]，彷徨乎无为其侧[142]，逍遥乎寝卧其下；不夭斤斧[143]，物无害者。无所可用，安所困苦哉[144]？"

《诸子集成》本《庄子集释》卷一

【注释】

[1]冥：通"溟"。北冥：北海。[2]鲲：原指鱼卵，这里借作大鱼名。[3]鹏：传说中的大鸟名。[4]怒而飞：振翅奋飞。[5]垂：同"陲"，边。垂天之云：天边的云彩。[6]海运：即海动，指海风鼓动，海涛涌起。[7]天池：天然大池。[8]齐谐：书名。一说是人名。[9]志怪：记载怪异之事。[10]水击：指鹏开始起飞的阶段，用翅膀拍击水面而行，逐渐加速升空。[11]抟（tuán）：盘旋上升。一说"抟"乃"搏"之讹。搏：拍打。扶摇：即飙，上升

的大旋风。[12]息：气息，这里指风。去以六月息：指鹏离去时，借助六月里的大风。一说"息"指栖息，意思是说鹏一旦飞起，六个月以后才停下来休息。[13]野马：指野外蒸腾浮动的雾气，状如奔马，故称"野马"。[14]息：气息。此句连前意谓野马、尘埃，都是生物的气息吹荡的结果。[15]苍苍：深蓝色。[16]正色：犹言"本色"，本然之色。[17]无所至极：没有尽头。此句连上两句意为：天的深蓝色，是它本来的颜色呢，还是由于极远没有穷尽才使人看上去是这种颜色的呢？[18]"其视下"二句：意谓鹏从天上往下看，也像这个样子。[19]"且夫"二句：意谓水如果聚积得不深厚，就没有力量浮起大舟。[20]坳（ào）：地面上的凹陷处。坳堂之上：堂上的凹陷处。[21]芥：小草。芥为之舟：意谓只能浮起一棵小草而已。[22]胶：粘在地上，浮不起来。[23]斯：于是。此句意谓大鹏飞上九万里之高空，风于是就在下面托起它了。[24]而后乃今：犹言"然后才"。培：凭。培风：凭借风力。[25]夭阏（yāo è）：阻拦。莫之夭阏：没有什么能阻拦它。[26]图：谋划。图南：谋划到南方去。[27]蜩（tiáo）：蝉，知了。学鸠：小鸟名，即今之斑鸠。[28]决（xuè）起：迅速飞起。[29]抢（qiāng）：冲、撞。"抢"一本作"枪"。榆枋（fāng）：两种树名。[30]时则：犹言"时或"。[31]控：投，落下。[32]奚以：何用。为：疑问语气助词。此句意谓何必要飞到九万里高空又向南飞呢？[33]适：往，至。莽苍：指郊野。[34]反：同"返"。[35]果然：饱满的样子。此句连上两句意为：到郊外去的只须备三餐饭。一天就回来，肚子还是饱饱的。[36]宿舂（chōng）粮：用一宿的时间舂米准备路上所需的干粮。[37]之：这。二虫：指"蜩与学鸠"。[38]知（zhì）：同"智"。[39]年：寿命。[40]朝菌：一种生长期很短、朝生暮死的菌类。晦：夜。朔：旦。晦朔：指一天的时光。[41]惠蛄（huì gū）：蝉的别名。蝉春生夏死，夏生秋死，故曰不知春秋。[42]冥灵：溟海灵龟。一说指大木。[43]椿：椿树。[44]"此大年也"四字通行本无，据宋人陈景元《庄子阙误》所补。[45]彭祖：古代传说中长寿的人，据说活了八百岁。以久特闻：因为活得长久而特别闻名。特：独。[46]匹：比。匹之：与之相比较。[47]汤：商汤。商代的开国之君。棘：汤时的大夫。是已：犹言"是也"。[48]穷发：古代传说中的北方极远地带，所谓"不毛之地"。[49]修：长。[50]羊角：即龙卷风，因向上回旋像羊角，故名。[51]绝：超越。绝云气：超越了云层。[52]斥鴳（yàn）：指小雀。[53]仞：古代计量单位，八尺为一仞。下：降下。[54]辩：分辨，区别。小大之辩：此处指斥鴳与大鹏的区别。[55]知：同"智"。效：功效，此处作胜任解。官：官职。[56]行（xìng）：品行。比：合。[57]而：读为"能"，能力。徵：信，此处作"取信"解。此句意为能力可以取信于一国之人。[58]其：指上述四种人。此：指蜩、学鸠、斥鴳等。[59]宋荣子：即宋钘（jiān），战国时思想家，与尹文并称"宋、尹"，其学说主张略见于《庄子·天下篇》。犹然：微笑自得之貌。[60]劝：鼓励。此句意谓全天下的人都赞誉他，他也不会因此受到鼓励而更加努力。[61]沮：沮丧。此句意谓全天下的人都非毁他，他也不因此而变得沮丧。[62]内外之分：内，指自我内心世界；外，指外在的荣辱得失。[63]斯已矣：如此而已。[64]数（shuò）数：犹言"频频"，形容常见。"彼其"二句意谓他（宋荣子）这种人在世上是不常见的。[65]树：指道德上的建树。此句意谓宋荣子在道德建树方面仍有欠缺。[66]列子：即列御寇，战国郑人，据传曾得风仙之道，会乘风而行。御风：驾着风。[67]泠（líng）然：轻妙的样子。[68]致福：得福。此二句意谓像列子这样得到乘风而行之福的，也是不常见的。[69]"此虽"二句：意谓这样虽然免于步行，还是要有所依凭（凭借风）。[70]天地之正：天地万物的自然本性。正：通"性"。[71]六气：阴、阳、风、雨、晦、明。辩：同"变"，与上文"正"相对。[72] 无穷：指超时空限制的境界。[73] 无己：忘我，亦即《齐物论》南郭子綦所谓"今者吾丧我"。[74] 无功：无意于建立功业。[75] 无名：无意于追求名声。[76] 许由：古代传说中的隐士，曾隐于箕山。[77] 爝（jué）火：火炬。息：通"熄"。[78] 时雨：及时之雨。[79] 浸灌：灌溉。[80] 泽：润泽。[81] 尸：本指庙中的神主，引申用来指空居其位而无其实的人。[82] 缺然：欠缺的样子。[83] 请致天下：请让我把天下交给你。[84] 宾：从属、次要的东西。[85] 鹪鹩（jiāo liáo）：一种善于造巢的小鸟。[86] 偃鼠：地老鼠，善于在田中穿穴，喜欢饮河水。[87] 归休乎君：犹言"您回去歇着吧！""您就罢了吧！"[88] 此句意谓天下对我来说没有任何用处。[89] 庖人：厨师。治庖：指烹饪之事。[90] 尸祝：指太庙祭祀时向神主（尸）致祝词的人，即主祭者。樽俎（zǔ）：祭礼时用来盛放祭品的器皿。此句连上句意谓即使庖人不肯干厨房里的活了，尸祝也不会越过权限跑到厨房里去代替庖人。比喻许由不会代尧治理天下。[91] 肩吾、连叔：都是《庄子》书中虚构的人物。[92] 接舆：即楚狂接舆。[93] 往而不返：指说的话漫无边际，越扯越远，再也回不到开始的地方。[94] 河汉：银河。无极：没有穷尽。[95] 迳庭：指差距悬殊。迳：门外小路。庭：庭院之中。[96] 藐姑射（miǎo gū yè）：传说中的仙山名。[97] 淖（chuò）约：美好的样子。淖：同"绰"。处子：处女。[98] 神凝：指精神专注于一点。[99] 疵疠（cī lì）：疾病。[100] 狂：借为"诳"，诳言，谎话。[101] 瞽者：盲人。与（yù）：参与。文章：有文采的东西。[102] 知：同"智"。此句意谓人的智力方面，也有类似于聋盲的缺陷。[103] 时：同"是"。女：同"汝"。此二句意谓上面这句话（智亦有聋盲）说的就是你。[104]"之人也"三句：这样的人，有这样的道德，将要包容万事万物，为整个世界求得安宁。旁礴：包罗万物。蕲（qí）：通"祈"，求。乱：治。[105] 弊弊焉：忙碌疲惫的样子。[106] 大浸：大洪水。稽：至。溺：淹没。[107] 金石流：金石熔化而流淌。[108] 陶铸：制造陶器和铸造金属器皿两种工艺。此句意谓用神人身上的污垢和渣滓，都可以制造出尧舜那样的圣人来。[109] 资：采购。章甫：一种礼帽。适：往。诸越：今浙江绍兴一带。诸：通"於"。越人自称"於越"。[110] 断发文身：头发剪短，身上刺花纹。[111] 无所用之：指礼帽对越人来说毫无用处。[112] 四子：指王倪、啮缺、被衣、许由，都是传说中得道之人。[113] 汾水之阳：汾水的北面，即今山西临汾，曾为尧之首都。[114] 窅（yǎo）然：怅惘的样子。丧：犹"忘"。[115] 惠子：名施，宋人，先秦名家的代表人物，曾任梁惠王相，是庄子的朋友。[116] 贻（yí）：赠送。大瓠（hù）：大葫芦。[117] 实：容量。五石：五十斗。[118] 坚：坚固的程度。举：承受。此句意为盛满了水的大葫芦，其外壳的坚固程度不足以承受其重量。[119] 瓠落：大而空的样子。无所容：没有东西可放，指没有合适的东西可以放在如此大的瓠里。[120] 呺（xiāo）然：大而无当的样子。[121] 掊（pǒu）：击破。[122] 拙于用大：不善于把东西用在大处。[123] 龟（jūn）：同"皲"，皮肤冻裂。不龟手之药：涂在手上防止皮肤受冻开裂的药。[124] 洴澼（píng pì）：漂洗。纩（kuàng）：同"纊"，丝绵。[125] 方：药方。百金：一百斤金子。古代金方一寸重一斤为一金。[126] 鬻（yù）：出售。鬻技：指出售制不龟手之药的技术。[127] 将（jiàng）：带兵。[128] 裂地而封之：指吴王划出一块土地封给此人做采邑。[129] 虑：缚、结。一说是"摅"（shū）的假借字，意为将当中挖空。大樽：即古人所谓"腰舟"，形状如酒樽，系在腰间可以渡水。[130] 蓬：一种拳曲不直的草。有蓬之心：比喻心思像蓬草一样狭隘不畅达。[131] 樗（chū）：俗名臭椿，一种劣质的树木。[132] 大本：主干。拥肿：指本上多赘疣。[133] 涂：同"途"。立之途：长在路边。[134] 狸狌（shēng）：野猫。一说指黄鼠狼。[135] 敖：同

"遨"。遨者：指出来走动的小动物。［136］跳梁：同"跳踉"，即跳跃蹿越。［137］机：捕捉野兽的机关。辟：陷阱。［138］网罟（gǔ）：捕捉动物的网。［139］斄（lí）牛：即牦牛，产于我国西南地区，是体形较大的一种牛。［140］无何有之乡：一无所有之处，指一种超绝尘俗的精神境地。［141］广莫：犹"旷漠"，空旷无边。［142］彷徨：自由自在地徘徊。［143］夭：夭折。斤：大斧。此句意谓不会遭到斧头砍伐而夭折。［144］"无所"二句：意谓没有什么用处，又哪有什么困苦呢？

汉代文学

概 述

一、秦汉社会状况

秦灭六国后,秦始皇于公元前221年建立了中国历史上第一个统一的封建集权式的王朝。秦王朝废除分封制,实行郡县制,又筑长城,修驰道,统一度量衡,统一文字。这些措施对推动社会的发展起到了很大的作用。但是,秦王朝不仅在社会政治领域推行严刑峻法,而且在思想文化领域实行专制,严重地摧残着人们的思想自由。"焚书坑儒",一场空前惨烈的浩劫,使得春秋战国以来思想文化领域中百家争鸣的盛况不复存在,也令整个秦代学术和文学都显得相当凋敝。因此,秦代几乎没有什么文学作品流传下来。

秦二世而亡,又经过五年楚汉之争,汉高祖刘邦于公元前209年建立了汉王朝。西汉初经历了六七十年的休养生息,即"文景之治",终于在武帝时期达到空前强盛的局面。与政治、经济的发展相适应,武帝采纳了董仲舒"罢黜百家,独尊儒术"的建议,在思想文化领域也实现了以儒家思想为正统的大一统局面,从而对整个封建社会产生了极其深远的影响。武帝以后,西汉王朝逐渐衰微,社会矛盾日益尖锐,政治危机不断加剧。公元9年,王莽篡权改制,更加深了人民的苦难。公元25年,汉光武帝刘秀建立了东汉政权。东汉中期以后,皇权日渐削弱,外戚、宦官交替专权,把持朝政,并且与豪强势力相勾结,政治异常黑暗、腐败。在此期间,一批头脑清醒的文人与正直的官僚结合在一起,议论朝政,针砭时弊,形成了影响广泛的"清议"力量,因而引起了宦官、贵戚的恐惧和仇恨,终于酿成两次惨烈的"党锢之祸"。"清议"力量遭到严厉打击和迫害,广大士人出于对现实政治和儒家思想的怀疑和失望,重新思考自我存在的价值,于是开启了"人的自觉"的时代。东汉末年,社会危机日益加剧,终于爆发了声势浩大的黄巾起义。豪强集团在镇压黄巾起义的同时,为了争夺地盘,形成了军阀混战的局面,导致了社会的大动乱,给社会和人民带来了深重的灾难。东汉王朝终于覆灭,形成了三国鼎立的分裂局面。

二、汉代文学的新气象

在两汉的社会文化背景下,汉代文学出现了一些新气象。这些新气象的主要表现是,为了适应社会现实的需要,出现了一批新的文学体裁。

其一是赋体的产生与兴盛。汉武帝时代国家空前统一,经济空前繁荣,国力空前强盛,这些都促使文人们普遍产生了"苞括宇宙、总揽人物"(《西京杂记》卷二)的自信心和自豪感,同时也产生了歌颂汉王朝的强盛和最高统治者文治武功的强烈欲望。而且由于国家疆域的空前辽阔、物产的丰饶富庶、都市的繁华喧嚣、帝王苑囿的绮丽辉煌……更为文人们提供了纵横驰骋、挥洒才情的广阔艺术天地。于是,汉赋便应运而生了,并且出现了以司马相如为代表的一批汉赋作家和一大批汉赋佳作。汉赋成为最能凸显汉朝时代精神和汉人审美风尚的文学体裁，代表了汉代文学的最高成就。

汉赋的发展经历了由汉初的骚体赋，到武帝以后的新体赋，再到东汉中期以后的抒情小赋这三个阶段。汉初的骚体赋作品，还明显地保留着楚辞体的影响。枚乘的《七发》标志着新体赋的正式形成，司马相如的《子虚赋》《上林赋》等作品代表了新体赋的最高成就，班固的《两都赋》、张衡的《二京赋》，是东汉新体赋的两篇力作。与此同时，张衡的《归田赋》突破旧的传统，抒发个人真实的情感，开创了抒情小赋的先河。

其二是传记文学的滥觞与成功。汉王朝的繁荣与强盛，激起了统治者要求超越前代的进取心，这就需要对历史的经验教训加以总结，为汉王朝的长治久安提供借鉴。司马迁的《史记》正是适应这一需要，对古往今来的三千年历史作了真实生动的描述和全面准确的总结，充分体现出作者"究天人之际，通古今之变，成一家之言"（《报任安书》）的宏伟气魄。这是中国第一部纪传体通史，同时也开启了传记文学的源头，取得了巨大的成功，所以鲁迅称《史记》是"史家之绝唱，无韵之《离骚》"（《汉文学史纲要》）。班固的《汉书》是中国第一部断代体史书，记载了西汉一朝的历史。它在思想的进步性、深刻性上不如《史记》，带有鲜明的儒家正统观念；不过其中某些人物传记，则写得细密详赡、真切感人，也富有典雅的文学意味。

其三是乐府诗的兴起与繁荣。为适应制礼作乐的需要，汉武帝时期大规模扩充乐府机构，重视采纳来自民间和异域的"新声变曲"，有力地促进了音乐和文学的繁荣。在此基础上，出现了一种可以合乐歌唱的乐府歌辞。汉乐府民歌是汉代诗歌的奇葩，闪耀着鲜明的现实主义光芒。在艺术方面，汉乐府民歌以其杂言体、五言体的体裁形式，精彩生动的叙事手法，质朴自然的语言风格，等等，展现出独特的面貌和价值。《陌上桑》《焦仲卿妻》等就是其中的代表作。

其四是文人五言诗的出现与成熟。在汉乐府民歌的影响下，文人开始尝试五言诗的写作。东汉后期出现的《古诗十九首》，标志着文人五言诗的成熟。这十九首诗歌共同表达了身处乱世的下层文士对社会、人生的感伤和惆怅，流露出他们的真挚情思，在艺术上具有极高的价值。从文学发展的角度来看，从四言诗到五言诗的演变，是中国诗歌史上的一次飞跃，从此五言诗就成为中国古代诗歌创作的主要形式之一。

总之，汉赋、传记文学、乐府诗及文人五言诗，这些新的文学体裁的产生和取得的突出成就，使汉代文学展现出新的面貌和气象，在文学史上具有独特的地位，对于后代文学的发展产生了深远的影响。

汉代诗歌概说

从整体来说，与其他时代相比，汉代的诗歌不算发达，但乐府诗和文人五言诗的产生和所取得的成就，在中国文学发展史上具有特殊的意义和价值。

一、乐府诗

西汉所谓"乐府"，指的是主管音乐的官府。汉代人把配乐演唱的诗称为"歌诗"，直到魏晋南北朝时，人们才将这些"歌诗"称作"乐府"。于是，"乐府"便由音乐机构的名称，一变而为乐府机构收集、整理的能够合乐歌唱的诗歌体裁。

据《汉书·艺文志》记载，西汉乐府民歌有138首，但是流传下来的只有四十首左右。现存的汉代乐府民歌，大多是东汉乐府机构采集的。这些作品基本上都收录在宋代郭茂倩所编的《乐府诗集》中。郭茂倩把从汉代到唐代的乐府诗分为十二类，其中包含有汉乐府的是郊庙歌辞、鼓吹曲辞、相和歌辞、杂曲歌辞四类。郊庙歌辞都是由文人制作的用于朝廷祭祀的歌辞。乐府民歌则主要保存在鼓吹曲辞、相和歌辞、杂曲歌辞这三类当中。在音乐上，这三类歌辞各具特色：相和歌辞是一种演唱方式，含有"丝竹相和"和"人声相和"两种意思，原本是汉代的"街陌谣讴"，是民间流播的乐曲，在汉乐府中最有价值。鼓吹曲辞是汉武帝时吸收北方民族音乐元素而形成的军乐。杂曲歌辞是一些声调失传的杂牌曲子。

正因为汉代乐府民歌是街头巷陌之间产生的诗歌，出自社会下层群众之口，所以它"感于哀乐，缘事而发"（《汉书·艺文志》），表达了人民自己的心声，流露出他们的爱与憎。它以描写民生疾苦为主要内容，真实地揭露了封建社会的种种矛盾，闪现出深刻的思想光芒。

（一）对阶级剥削和压迫的反抗

汉乐府民歌中有不少作品是下层人民对饥饿、贫困和受迫害的血泪控诉。例如《妇病行》，通过临终托孤、市中哀哭和孤儿索母几个细节，描写了一个穷苦人家的悲惨遭遇，充满着辛酸和痛苦。作品通过语言、动作，编织出一幕情节生动、催人泪下的悲剧。病妇对孤儿的牵挂，丈夫抚养孤儿的艰辛，孤儿"啼索其母抱"的惨状，都写得真切感人。如果作者没有类似的生活体验，是不可能将这一切如此逼真地描摹出来的。这正是汉乐府民歌"感于哀乐，缘事而发"的现实主义精神的突出表现。

汉乐府民歌中也反映了人民在恶劣的生存状态中的反抗与斗争。《东门行》就塑造了一个为贫穷所迫，铤而走险、奋起反抗的男子形象。这首诗选取了一个特定的生活片段来表现反抗的主题，通过夫妻之间的对话，展示了主人公的思想斗争和心理变化，揭露了官逼民反的深刻矛盾。这类题材的另一篇代表作是《陌上桑》。作品描写花容月貌的采桑女子秦罗敷，面对使君"宁可共载不"的调戏与威逼，径直上前愤然斥责："使君一何愚！使君自有妇，罗敷自有夫。"刻画出她坚贞果敢、不畏强暴的性格。她又大胆虚构，尽情地夸耀自己的夫婿，以此奚落和逼退眼前的使君，充分表现出她非凡的聪明机智，使得人物形象更为鲜明丰满。

（二）对战争和徭役的揭露

统治者穷兵黩武，长期的战争给人民造成了深重的灾难。战争葬送了人的青春和生命，也严重破坏了农村经济，造成了成千上万个妻离子散的家庭悲剧。许多乐府民歌表现了这样的题材。《十五从军征》即是通过一个老兵的自述，揭露了兵役制度给人民所带来的痛苦。一个老兵足足服了65年的兵役，才侥幸得以返回家乡。但是亲人早已逝去，自家的庭院荒芜已久，到处都是一片荒凉落寞的景象。他勉强采一点野谷子、野葵菜来填饱肚子，但是"羹饭一时熟，不知贻阿谁"，因此只能"泪落沾我衣"了。他80岁才回到家乡，原想享受一点天伦之乐，如今却孑然一身，以后的日子将怎么挨下去呢？真是令人辛酸不已。再如《战城南》，通过对凄怆荒凉的战场的描写和战死者的现身说法揭露了战场惨烈的景象和统治阶级的残忍与昏聩，十分有力。

战争通常和徭役是分不开的，因此在汉乐府民歌中就有不少反映徭役给人民带来了巨大痛苦的作品。《悲歌》就是表达了因服徭役而流落他乡者怨愤的呼声："欲归家无人"，只能"悲歌可以当泣，远望可以当归"。

（三）对封建礼教和不合理的婚姻制度的抗争

汉乐府民歌中有关爱情、婚姻题材的作品虽然数量较多，但由于汉代自武帝以后，罢黜百家，独尊儒术，男女的爱情和婚姻也受到封建礼教的束缚，因此直接坦露自己的感情，大胆追求爱情的诗歌并不多。这类作品敢于冲破封建礼教的束缚，表现忠贞不渝的爱情，有很高的价值。《上邪》诗中的女子一反少女初恋时的羞涩，指天为誓，直接大胆地倾吐内心的情感："上邪！我欲与君相知，长命无绝衰。"接下来又用了五种不可能发生的自然现象，作为"乃敢与君绝"的先决条件，进一步表现出少女感情的炽烈和对爱情的忠贞不渝。《有所思》则是叙写一位女子思念在远方的恋人，一往情深，她精心准备了珍贵的礼物"双珠玳瑁簪，用玉绍缭之"，以表达真挚的爱意。可一听到对方有二心，就毅然决然地毁掉这个礼物，"拉杂摧烧之"，还要"当风扬其灰"，并果断地表示："从今以往，勿复相思。"可以说是爱得热烈，恨得也痛切。

在汉乐府民歌中，更多的则是那些反映不合理的婚姻制所造成的婚姻悲剧的作品。《上山采蘼芜》描写的是一个被丈夫抛弃的女子后来又遇到前夫的戏剧性的一幕。弃妇听故夫说"新人虽言好，未若故人姝"，还以为故夫已经后悔了，谁料想他完全是站在私利的角度来比较"故人"和"新人"："新人工织缣，故人工织素。织缣日一匹，织素五丈余。"这不仅揭露了故夫薄情寡义、利欲熏心的卑劣行径，也揭示了封建婚姻制度赤裸裸的利益关系。同时还暗示了类似的悲剧还将会延续下去，今日的新人将会成为他日的弃妇。长篇叙事诗《焦仲卿妻》，更是以冷峻的观察力、深厚的同情心和力透纸背的描写，为读者叙述了一出夫妻生离死别的爱情悲剧。男女主人公最终以死抗争、为爱殉情，深刻地揭露了封建礼教和家长制度的罪恶，具有典型意义。

除了上述三方面的题材内容以外，汉乐府民歌中还保存了一些讽刺统治者卖官鬻爵的政治丑剧和权贵豪门荒淫生活的作品。总之，汉乐府民歌更加真切、生动、全面地反映了两汉社会的现实生活，继承和发扬了《诗经》以来现实主义的美刺精神，体现出深刻的思想内涵。

汉乐府民歌不仅具有强烈的现实主义精神，而且在艺术上也取得了很高的成就。具体表现在以下几个方面。

其一，叙事诗的成熟。《诗经》基本上是抒情诗，只有个别作品，如《卫风》中的《氓》、《大雅》中的《生民》《公刘》《皇矣》《绵》《大明》等有一些叙事成分，但还是通过抒情主人公的倾诉来表达的，还缺乏完整的情节和性格鲜明的人物形象，缺乏对一个中心事件的集中描绘。而在汉乐府民歌中已经出现了由第三者叙述故事的作品，出现了性格比较鲜明的人物形象和比较完整、复杂的故事情节。如《东门行》通过主人公"拔剑东门去"前后的一系列动作及与妻子的对话的叙写，揭示了人物复杂的心理活动和性格特征，这还只是撷取了一两个生活片段。而《陌上桑》则已经有了第三者叙述故事的部分。秦罗敷在反抗强暴的过程中展现出来的勇敢机智的性格特征相当鲜明，而且情节的安排、人物的对话也显得诙谐而富有戏剧性。尤其是长篇叙事诗《焦仲卿妻》，更是中国古代最出色的叙事诗之一。作品中的矛盾冲突不是单线发展的，而是紧紧围绕着焦、刘生离死别的爱情悲剧这一中心事件，分两条线索同时展开的。一条是刘兰芝、焦仲卿夫妻和焦母、刘兄之间的矛盾冲突，是由求情不允、兰芝被休、兄长逼嫁、太守求婚、以死抗争等情节组成。另一条是刘兰芝和焦仲卿夫妻之间的矛盾冲突，是由卧室话别，各有打算；路口分手，共结盟誓；兰芝改嫁，仲卿误会；兰芝赴水，仲卿悬树；化作鸳鸯，爱情升华等情节组成。在情节的安排上，不仅结构完整，而且波澜起伏，扣人心弦。在人物形象的塑造上也非常成功，随着情节的展开，人物的性格也越来越鲜明，人物形象也越来越丰满。刘兰芝的刚强，焦仲卿的忠厚，焦母的专横，刘兄的势利，都刻画得惟妙惟肖，入木三分。汉乐府民歌最基本的特色是它的叙事性，而《焦仲卿妻》等作品的出现，标志着中国古代叙事诗已经发展到一个成熟的阶段。

其二，通过对话和行动刻画人物形象。例如《陌上桑》中秦罗敷与使君的对话，《东门行》里丈夫与妻子的对话，《上山采蘼芜》中弃妇与故夫的对话，特别是《焦仲卿妻》中焦仲卿与焦母的对话，刘兰芝与刘兄的对话，都真切地展现出各人不同的性格特征。汉乐府民歌还注重人物动作和细节的刻画，例如《妇病行》中"当言未及得言，不知泪下一何翩翩"，表现出病妇临终之前千言万语堵在心头的痛苦，以及对孤儿的牵肠挂肚，难以割舍。到了最后，"入门见孤儿，啼索其母抱"，以孤儿的无知啼哭，更加凸显出家破人亡的凄惨，感人肺腑，催人泪下。《陌上桑》的第一段分别从居住环境、劳动用具、服装饰物等角度，侧面烘托秦罗敷的美。更有甚者，"行者见罗敷，下担捋髭须；少年见罗敷，脱帽著帩头。耕者忘其犁，锄者忘其锄。来归相怨怒，但坐观罗敷"，从旁观者为之深深吸引的描摹，调动读者的想象力，进一步烘托出秦罗敷的美貌绝伦，成为中国古代文学中肖像描写的典范。

其三，语言朴素自然而带有感情。汉乐府民歌的语言一般都是口语化的，同时都饱含着强烈而直露的爱憎感情；而且常常表现为叙事与抒情交错、融合的结构，具有强烈的感染力。例如《东门行》中丈夫与妻子的对话，都是矢口而出，朴素自然，而且饱含感情。《孤儿行》写一个孤儿在父母死后遭到哥哥、嫂子的虐待。诗歌总是先交代一段孤儿生活中的不幸遭遇，然后引出几句呼天抢地的悲叹："居生不乐，不如早去，下从地下黄泉！"这样的悲叹由于有了先前生活经历的铺垫，就不显得空洞，越发感人至深。所以明人胡应麟评论道："汉乐府歌谣，采摭闾阎，非由润色；然而质而不俚，浅而能深，近而能远，天下至文，靡以过之！"（《诗薮》卷一）

其四，体裁自由多样。汉乐府民歌没有固定的章法、句法，长短参差不齐。而且还出现了两种新的诗歌体裁：歌行体和五言体。乐府歌行长短随意，句法不等。这些句式在诗歌中灵活地穿插使用，不仅能够协调诗歌的节奏，而且更能形象地表达出人物的神态、语言和作者的思想感情。乐府歌行后来直接发展演变为唐代自由奔放的七言歌行体，在中国诗歌发展史上有重要的意义。乐府中的五言诗则直接启发了文人的五言诗创作，给中国诗歌的发展带来了巨大的变化。

其五，富有浪漫主义色彩。它一方面表现在感情表达上的山洪爆发式的激情，具有极强的艺术感染力，如《上邪》，为了表白自己对爱情的矢志不渝，一连举了五种极其反常的、不可能出现的自然现象作为"乃敢与君绝"的先决条件，展现了一种冲决一切人为阻碍的意志和力量，被后人称为短章中的神品。另一方面则表现为大量使用极度的夸张、奇特的想象、奇妙的比喻和新巧的结构。例如《战城南》全篇都以战死者的口吻来叙述自己的悲惨遭遇，想象非常奇妙，竟然会对乌鸦说话，请求乌鸦为自己号丧。所以陈本礼《汉诗统笺》评《铙歌十八曲》说："其造语之精，用意之奇，有出于《三百》、楚骚之外者。奇则异想天开，巧则神工鬼斧。"

二、文人五言诗的产生

到了汉代，四言诗和楚辞体慢慢地衰落了。于是五言诗便产生了。西汉时期是文人五言诗的酝酿期，东汉前期则是文人五言诗产生和发展的时期，到了东汉后期，才是文人五言诗的成熟期。从现存的文献资料来看，最早的文人五言诗是班固的《咏史》诗。这首诗歌咏孝女缇萦舍身救父的故事。虽然钟嵘在《诗品》中批评此诗，但是它毕竟是第一首文人创作的五言诗，正因为它"质木无文"，才正好说明文人在最初尝试运用这种形式的时候，还不能做到运用自如。因此，它在文人五言诗发展中的价值是毋庸置疑的。自此以后，陆续出现了张衡的《同声歌》、秦嘉的《赠妇诗》、蔡邕的《翠鸟》、赵壹的《疾邪诗》等几首比较早的文人五言诗，艺术技巧日益提高，形式也逐渐趋于定型。东汉文人五言诗的日趋成熟，当然也与学习汉乐府民歌是密不可分的，在这方面出现了一些著名的作品，如辛延年的《羽林郎》和宋子侯的《董娇娆》，风神已逼近汉乐府民歌中的优秀之作。

萧统所编《文选》中收录的《古诗十九首》，代表了汉代文人五言诗的最高成就，同时标志着五言诗发展到了成熟的阶段。

20世纪80年代前，学界普遍认为《古诗十九首》内容复杂，具有浓厚的追逐功名利禄、宣扬及时行乐的消极颓废情绪。实际上，这些作品真实地反映了那个时代社会生活的一个侧面。东汉后期社会黑暗，政治腐败，当时一些中小地主阶级文人，为了寻求出路，不得不远离家乡，外出游宦或游学，这些人就是所谓的游子。但是，一般的文人游子很难找到出路，因此生活的艰辛与困顿，仕途的挫折与不平，内心的焦虑与苦闷，生命的价值与觉醒，都在他们的诗歌作品中发泄出来。虽然内容比较复杂，但篇篇都是咏叹人生的抒情之作。

生命短促，人生无常的主题，在《古诗十九首》中给人以直接而强烈的感受。例如"生年不满百，常怀千岁忧"（《生年不满百》）、"浩浩阴阳移，年命如朝露。人生忽如寄，寿无金石固"（《驱车上东门》）等等。诗人们把自身生命的短促与自然万物的永恒进行对照，表现出更加浓厚的感伤情绪。在诗人的眼里，时间成了带走生命与青春的最为可怕的东西，因而季节的变迁极易引起他们的强烈反应："回风动地起，秋草萋已绿。四时更变化，岁暮一何速！"（《东城高且长》）他们一看见累累坟墓和萧萧白杨，就容易引起对死亡的恐惧，于是，在《古诗十九首》里频繁地出现这些悲凉的景象。在这样的生命意识中，人们为了摆脱死亡的阴影，对自身的生命特别在意。他们急切地为这短暂而痛苦的人生寻求精神解脱的途径，有的主张及时行乐："昼短苦夜长，何不秉烛游？为乐当及时，何能待来兹？"（《生年不满百》）抓住现实人生，纵情享乐："服食求神仙，多为药所误。不如饮美酒，被服纨与素。"（《驱车上东门》）他们都在以玩世不恭的生活方式来掩盖心灵的创伤；有的则放弃了对人格情操的持守，去追逐功名利禄，满足对权力的欲望："人生寄一世，奄忽若飚尘；何不策高足，先据要路津？"（《今日良宴会》）"人生非金石，岂能长寿考？奄忽随物化，荣名以为宝。"（《回车驾言迈》）他们往往用虚幻的愿景来掩盖内心的失望与沮丧。

汉末文人在表达生命主题上的最大成就，还不止于对自身人生短促的悲叹，更表现在把这种感伤升华为对人世间一切美好事物的珍惜，流露出对于美好人生的无限眷恋。汉代中后期以来，文人情爱意识普遍觉醒，把爱情视为生命的重要价值。有的诗歌表达闺中思妇的痛苦，例如《明月何皎皎》，精细入微地描摹闺中女子对远方丈夫的思念。有的诗歌则抒写游子思归的愁绪，如《涉江采芙蓉》。《古诗十九首》中多有"游子""荡子"的形象，表现他们的思归之情。对于家园、亲人的思念，本身就是要在不完满的人生当中，得到情感的寄托。

《古诗十九首》具有极高的艺术价值，曾经被钟嵘赞誉为"惊心动魄，可谓几乎一字千金"（《诗品》卷上）。它的艺术特点主要有以下四个方面。

一是长于抒情，其抒情方式往往是融情入景，情景交融。例如《迢迢牵牛星》，抒写牵牛和织女夫妻的离别之苦。开头两句写牵牛星和织女星，"牵牛星"前面加上"迢迢"，很容易让人联想到远在他乡的游子，风尘仆仆，漫漫旅途。写织女用"皎皎"，则令人不由得联想到女子的恬静优美，冰清玉洁；称织女为"河汉女"，好像她是银河边上的一位娴静美丽的女子，这就赋予了织女星人性的情感魅力。"纤纤"四句专写织女，她虽然伸出纤纤素手，却无心于劳作，只是抚弄着机杼，整天织不成匹，因为她心里一直在思念着情郎，泪如雨下，悲伤不已。最后四句是诗人的慨叹："盈盈一水间，脉脉不得语。"他们就这样活生生地被银河阻隔着，脉脉相视中寄托着无限怨情。这首诗通篇全是写景，而情在其中，意蕴深厚。

二是善于通过某种生活情节抒写人物的内心活动，抒情中带有叙事意味，使诗中主人公形象更加鲜明突出。例如《明月何皎皎》通过女子一系列的动作描摹，层层深入地展示其复杂的心理活动，流露出其内心的痛苦。

三是善于运用比兴手法。例如《冉冉孤生竹》中首先以"冉冉孤生竹，结根泰山阿"起兴，又以兔丝附于女萝来比喻女子托身于君子。下面的"伤彼蕙兰花，含英扬光辉。过时而不采，将随秋草萎"四句，女子青春貌美，自比为蕙、兰，盼望君子趁早前来迎娶。这些比兴手法的运用，言近旨远，语短情长，含蓄蕴藉，余味无穷，增加了抒情的深度和厚度。

四是语言不假雕琢，浅近自然，但又异常精练，韵味无穷。《古诗十九首》用最平实、质朴的语言，抒写曲折细微的感情，丝毫不染辞赋的贵族气，也没有后代文人诗歌的浮靡雕琢的毛病。清新与醇厚的水乳交融，胜过一切人工的妆饰和雕琢，这就是《古诗十九首》在语言上的成就。例如《行行重行行》，抒发了一位女子对远离家园的丈夫的思念。它"平平道出，且无用工字面，若秀才对朋友说家常话，略不作意"（谢榛《四溟诗话》卷三），语言单纯优美，初别之情、路远会难、相思之苦、猜测疑惧、宽慰期待，层层写来，反复咏叹，逼真地表现出闺妇离别相思之情。

总之，《古诗十九首》在思想意义上，展现出汉末文人对生命意识的探索和追求；在艺术上，标志着文人五言诗已经达到了成熟的阶段。它所确立的抒情模式，对后代诗歌创作产生了深远的影响。所以《古诗十九首》被后人赞誉为"五言之冠冕"（刘勰《文心雕龙·明诗》）。

作 品

汉乐府

　　汉乐府，即汉代乐府诗歌。乐府原为秦、汉时音乐官署之名，后衍变为诗体名称。汉武帝时，扩大乐府机构规模，赋予采诗职能，派出人员搜集各地民间歌谣，配乐演唱，以观风俗、娱声色。乐府所采民歌及文人仿乐府体的诗作，后世亦名之为乐府。现存的汉乐府民歌约数十首，大多产生于东汉后期。这些"赵、代之讴，秦、楚之风"，如班固所阐述，"皆感于哀乐，缘事而发"（见《汉书·艺文志》），思想与艺术极具特色。它们的内容面向广阔的社会人生，富有真情实感，诗歌艺术较之前代有了长足的发展，叙事成分加重，人物形象鲜明，对话生动，行止传神，以五言为主的句式也比古老的四言诗体增加了表现力。近人笺释乐府的著作有黄节《汉魏乐府风笺》、闻一多《乐府诗笺》、余冠英《乐府诗选》等。

上　邪

【解题】

　　本篇为主人公自誓之辞，以凝重坚贞的语调、奔放不羁的节律，向对方倾诉地老天荒此情不渝的爱念。清人沈德潜《古诗源》曾赞其"重叠言之而不见其排，何笔力之横也"，实为古代爱情诗中奇绝之作。

　　上邪[1]！我欲与君相知[2]，长命无绝衰[3]。山无陵[4]，江水为竭，冬雷震震，夏雨雪[5]，天地合，乃敢与君绝[6]。

文学古籍刊行社影宋本《乐府诗集》

【注释】

　　[1] 上邪：天啊。上：指天。邪：通"耶"。[2] 相知：相亲相爱。[3] 命：使、令。此句意谓使爱情永远不断绝、不衰减。[4] 陵：指山峰。[5] 雨（yù）雪：降雪。[6] 乃敢与君绝：上面五句皆为假设句，列举世上必无之事以申盟誓，意思是除非发生了上述不可能发生的事情，我才会与您断绝。

陌　上　桑

【解题】

　　这篇喜剧色彩浓厚的民间文学佳作，属于《相和歌辞·相和曲》。最早著录于《宋书·

乐志》，题为《艳歌何尝行》；收入《玉台新咏》时，题为《日出东南隅行》。此用《乐府诗集》题名。诗篇歌咏采桑女秦罗敷严词拒绝太守调戏的故事，通过主人公巧妙机智的斗争，突出表现了她的美丽、坚贞与智慧。除了铺张描叙之外，作品在塑造形象时还成功地运用侧面烘托的手法，虚摹传神，取得了令人难忘的艺术效果。

日出东南隅[1]，照我秦氏楼[2]。秦氏有好女[3]，自名为罗敷[4]。罗敷喜蚕桑[5]，采桑城南隅。青丝为笼系[6]，桂枝为笼钩。头上倭堕髻[7]，耳中明月珠[8]。缃绮为下裙[9]，紫绮为上襦[10]。行者见罗敷，下担捋髭须[11]。少年见罗敷，脱帽著帩头[12]。耕者忘其犁，锄者忘其锄。来归相怨怒，但坐观罗敷[13]。

使君从南来[14]，五马立踟蹰[15]。使君遣吏往，问是谁家姝[16]？"秦氏有好女，自名为罗敷。""罗敷年几何？""二十尚不足，十五颇有余。""使君谢罗敷[17]，宁可共载不[18]？"罗敷前置辞[19]："使君一何愚[20]！使君自有妇，罗敷自有夫。

"东方千余骑，夫婿居上头[21]。何用识夫婿[22]？白马从骊驹[23]；青丝系马尾，黄金络马头；腰中鹿卢剑[24]，可直千万余[25]。十五府小史[26]，二十朝大夫[27]。三十侍中郎[28]，四十专城居[29]。为人洁白晳[30]，鬑鬑颇有须[31]。盈盈公府步[32]，冉冉府中趋[33]。坐中千余人，皆言夫婿殊[34]。"

文学古籍刊行社影宋本《乐府诗集》

【注释】

[1] 东南隅：东南方。[2] 我：我们。此为民间歌谣作者的习用口吻。[3] 好女：美女。[4] 自名：本名。自：本自。[5] 喜：一作"善"。[6] 笼：装桑叶的竹篮。系：系篮子的丝绳。[7] 倭（wō）堕髻：又称"堕马髻"，发髻偏于一边，呈欲堕之状，是当时流行的发型。[8] 明月珠：宝珠名。[9] 缃：浅黄色。绮：有细密花纹的绫。[10] 襦：短袄。[11] 下担：放下担子。捋（lǚ）：用手指顺着抹过去，使物体顺溜或干净。髭（zī）：唇上边的胡子。[12] 帩（qiào）头：男子包头发的纱巾。古人先以头巾束发，然后著帽。[13] 但：只。坐：因为。[14] 使君：汉代对太守或刺史的称呼。[15] 五马：指太守所乘之车。汉代太守驾车用五匹马。踟蹰：徘徊不前。[16] 姝（shū）：美女。[17] 谢：问、告。[18] 宁可：可不可以。宁：询问词，犹"其"、"岂"。共载：与使君共乘、跟着使君回去。不：同"否"。[19] 置辞：犹"致辞"，答话。[20] 一何愚：怎么这样蠢！一何：犹"何其"。[21] 上头：前列。[22] 何用：用什么。识：辨认。[23] 骊驹：深黑色的小马。此句意谓骑白马后边跟着小黑马的那位官员就是自己的丈夫。[24] 鹿卢：通"辘轳"，原为井上汲水用的滑轮，此指剑首以玉雕成辘轳形状。[25] 直：通"值"。[26] 府小史：太守府衙当差的小官吏。[27] 朝大夫：朝廷中的大夫。[28] 侍中郎：官名。汉代侍中郎为加官，是在原官上特加的荣衔，兼任这种官职的多在皇帝左右侍奉。[29] 专城居：治理一城的长官，如太守、刺史之类。[30] 洁白晳：指肤色洁白。晳：白。[31] 鬑鬑（lián）：须发稀疏貌。颇有须：略微有一点胡须。颇：略。[32] 盈盈：舒缓貌。公府步：犹言"官步"。[33] 冉冉：亦为缓步貌。府中趋：即上文"公府步"之意。趋：行走。[34] 殊：非凡，出众。

东 门 行

【解题】

　　本篇属《相和歌辞·瑟调曲》，叙述汉代城市贫民无以为生铤而走险的故事，深刻反映了封建社会残酷的剥削压迫下人民忍无可忍的抗争。作品采用杂言形式，运用简练的对话推进情节，声情逼肖，性格鲜明。

　　出东门，不顾归[1]。来入门，怅欲悲[2]。盎中无斗米储[3]，还视架上无悬衣[4]。拔剑东门去，舍中儿母牵衣啼[5]："他家但愿富贵[6]，贱妾与君共餔糜[7]。上用仓浪天故[8]，下当用此黄口儿[9]。今非[10]！""咄，行！吾去为迟[11]，白发时下难久居[12]。"

文学古籍刊行社影宋本《乐府诗集》

【注释】

　　[1] 不顾归：决然前往，义无反顾。顾：顾念，一作"愿"。[2] 怅：此指失意、恼恨。[3] 盎（àng）：小口大腹的瓦瓮。[4] 还视：回头看。[5] 儿母：指妻子。[6] 他家：别人家。[7] 贱妾：古时妻子在丈夫面前对自己的卑称。餔（bū）糜（mí）：吃粥，指过穷日子。餔：通"哺"。糜：粥。[8] 用：因、为了。仓浪天：苍天、青天。仓浪：青色。[9] 黄口儿：幼小的孩子。[10] 今非：如今你这样的做法不对。[11] 咄（duō）：呵斥声。行：走啦。吾去为迟：我现在拔剑而去已经晚了。[12] 下：脱落。难久居：这样的苦难生活实在不能再挨下去了。

焦 仲 卿 妻

【解题】

　　本篇始见于陈代徐陵所编《玉台新咏》，题作《古诗为焦仲卿妻作》。诗前原有小序："汉末建安中，庐江府小吏焦仲卿妻刘氏，为仲卿母所遣，自誓不嫁。其家逼之，乃投水而死。仲卿闻之，亦自缢于庭树。时人伤之，为诗云尔。"《乐府诗集》编入《杂曲歌辞》，题作《焦仲卿妻》。后人多取首句为题，作《孔雀东南飞》。长诗形象地通过兰芝、仲卿殉情而死的家庭悲剧，控诉黑暗社会封建家长的罪恶，歌颂兰芝夫妇的抗争精神，也表现了人民群众对婚姻自由与美好爱情的热烈向往。诗篇运用丰富曲折的情节、细针密线的结构、富于个性的语言，展示尖锐的悲剧冲突，塑造鲜明的人物形象。在乐府民歌叙事诗的写作艺术上，取得了最高成就。

　　孔雀东南飞，五里一徘徊[1]。"十三能织素，十四学裁衣。十五弹箜篌[2]，十六诵诗书。十七为君妇，心中常苦悲。君既为府吏，守节情不移[3]。鸡鸣入机织，夜夜不得息。三日断五匹[4]，大人故嫌迟[5]。非为织作迟，君家妇难为。妾不堪驱使，徒留无所施[6]。便可白公姥[7]，及时相遣归[8]。"

府吏得闻之，堂上启阿母："儿已薄禄相[9]，幸复得此妇。结发同枕席，黄泉共为友[10]。共事二三年，始尔未为久[11]。女行无偏斜，何意致不厚[12]？"阿母谓府吏："何乃太区区[13]！此妇无礼节，举动自专由[14]。吾意久怀忿[15]，汝岂得自由！东家有贤女，自名秦罗敷。可怜体无比[16]，阿母为汝求。便可速遣之，遣去慎莫留！"府吏长跪告："伏惟启阿母[17]，今若遣此妇，终老不复取[18]！"阿母得闻之，槌床便大怒[19]："小子无所畏，何敢助妇语！吾已失恩义，会不相从许[20]！"

府吏默无声，再拜还入户。举言谓新妇[21]，哽咽不能语："我自不驱卿[22]，逼迫有阿母。卿但暂还家，吾今且报府[23]。不久当归还，还必相迎取。以此下心意[24]，慎勿违吾语。"新妇谓府吏："勿复重纷纭[25]！往昔初阳岁[26]，谢家来贵门[27]。奉事循公姥[28]，进止敢自专？昼夜勤作息，伶俜萦苦辛[29]。谓言无罪过，供养卒大恩[30]。仍更被驱遣，何言复来还！妾有绣腰襦，葳蕤自生光[31]。红罗复斗帐[32]，四角垂香囊。箱帘六七十[33]，绿碧青丝绳。物物各自异，种种在其中。人贱物亦鄙，不足迎后人[34]。留待作遗施[35]，于今无会因[36]。时时为安慰，久久莫相忘！"

鸡鸣外欲曙，新妇起严妆[37]。著我绣夹裙，事事四五通[38]。足下蹑丝履，头上玳瑁光[39]。腰若流纨素[40]，耳著明月珰[41]。指如削葱根，口如含朱丹[42]。纤纤作细步，精妙世无双。上堂谢阿母，母听去不止[43]。"昔作女儿时，生小出野里[44]。本自无教训，兼愧贵家子。受母钱帛多[45]，不堪母驱使。今日还家去，念母劳家里。"却与小姑别[46]，泪落连珠子："新妇初来时[47]，小姑如我长。勤心养公姥，好自相扶将[48]。初七及下九[49]，嬉戏莫相忘。"出门登车去，涕落百余行。

府吏马在前，新妇车在后，隐隐何甸甸[50]，俱会大道口。下马入车中，低头共耳语："誓不相隔卿[51]，且暂还家去。吾今且赴府。不久当还归，誓天不相负！"新妇谓府吏："感君区区怀[52]。君既若见录[53]，不久望君来。君当作磐石[54]，妾当作蒲苇[55]；蒲苇纫如丝，磐石无转移。我有亲父兄[56]，性行暴如雷。恐不任我意，逆以煎我怀[57]。"举手长劳劳[58]，二情同依依。

入门上家堂，进退无颜仪[59]。阿母大拊掌[60]："不图子自归[61]！十三教汝织，十四能裁衣，十五弹箜篌，十六知礼仪，十七遣汝嫁，谓言无誓违[62]。汝今无罪过，不迎而自归[63]？"兰芝惭阿母："儿实无罪过。"阿母大悲摧[64]。

还家十余日，县令遣媒来。云有第三郎，窈窕世无双。年始十八九，便言多令才[65]。阿母谓阿女："汝可去应之。"阿女衔泪答[66]："兰芝初还时，府吏见丁宁[67]，结誓不别离。今日违情义，恐此事非奇[68]。自可断来信[69]，徐徐更谓之[70]。"阿母白媒人："贫贱有此女，始适还家门[71]。不堪吏人妇，岂合令郎君？幸可广问讯[72]，不得便相许。"

媒人去数日，寻遣丞请还[73]，说有兰家女，承籍有宦官[74]，云有第五郎，娇逸未有婚[75]。遣丞为媒人，主簿通语言[76]。直说太守家，有此令郎君，既欲结大义[77]，故遣来贵门。阿母谢媒人："女子先有誓，老姥岂敢言[78]！"阿兄得闻之，怅然心中烦。举言谓阿妹："作计何不量[79]！先嫁得府吏，后嫁得郎君。否泰如天地[80]，足以荣汝身。不嫁义郎体，其往欲何云[81]？"兰芝仰头答："理实如兄言。谢家事夫婿，中道还兄门。处分适兄意[82]，那得自任专？虽与府吏要，渠会永无缘[83]。登即相许和[84]，便可作婚姻。"媒人下床去，诺诺复尔尔[85]。还部白府君[86]："下官奉使命，言谈大有缘。"府君得闻之，心中大欢喜。视历复开书[87]："便利此月内，六合正相应。良吉三十日[88]，今已二十七，卿可去成婚。"交语速装束，络绎如浮云[89]。青雀白鹄舫[90]，四角龙子幡[91]，婀娜随风转[92]。金车玉作轮，踯躅青骢马，流苏金镂鞍[93]。赍钱三百万[94]，皆用青丝穿。杂彩三百匹[95]，交广市鲑珍[96]。从人四五百，郁郁登郡门[97]。

阿母谓阿女："适得使君书[98]，明日来迎汝。何不作衣裳，莫令事不举[99]！"阿女默无声，手巾掩口啼，泪落便如泻。移我琉璃榻[100]，出置前窗下。左手持刀尺，右手执绫罗。朝成绣夹裙，晚成单罗衫。晻晻日欲暝[101]，愁思出门啼。

府吏闻此变，因求假暂归。未至二三里，摧藏马悲哀[102]。新妇识马声，蹑履相逢迎。怅然遥相望，知是故人来。举手拍马鞍，嗟叹使心伤："自君别我后，人事不可量[103]。果不如先愿，又非君所详[104]。我有亲父母，逼迫兼弟兄。以我应他人[105]，君还何所望！"府吏谓新妇："贺卿得高迁！磐石方且厚，可以卒千年；蒲苇一时纫，便作旦夕间[106]。卿当日胜贵[107]，吾独向黄泉。"新妇谓府吏："何意出此言[108]！同是被逼迫，君尔妾亦然[109]。黄泉下相见，勿违今日言！"执手分道去，各各还家门。生人作死别，恨恨那可论！念与世间辞，千万不复全[110]。

府吏还家去，上堂拜阿母："今日大风寒，寒风摧树木，严霜结庭兰。儿今日冥冥[111]，令母在后单。故作不良计[112]，勿复怨鬼神！命如南山石，四体康且直[113]。"阿母得闻之，零泪应声落[114]："汝是大家子，仕宦于台阁[115]。慎勿为妇死，贵贱情何薄[116]！东家有贤女，窈窕艳城郭[117]。阿母为汝求，便复在旦夕。"府吏再拜还，长叹空房中，作计乃尔立[118]。转头向户里，渐见愁煎迫。

其日牛马嘶[119]，新妇入青庐[120]。奄奄黄昏后，寂寂人定初[121]。"我命绝今日，魂去尸长留。"揽裙脱丝履，举身赴清池。府吏闻此事，心知长别离。徘徊庭树下，自挂东南枝。

两家求合葬，合葬华山傍[122]。东西植松柏，左右种梧桐。枝枝相覆盖，叶叶相交通[123]。中有双飞鸟，自名为鸳鸯。仰头相向鸣，夜夜达五更。行人驻足听，寡妇起彷徨。多谢后世人[124]，戒之慎勿忘。

文学古籍刊行社影宋本《乐府诗集》

【注释】

[1]"孔雀"二句：此为全诗起兴，借孔雀的顾念徘徊形象，预示故事的悲剧气氛。汉乐府写夫妻离散常用鸟飞起兴，如《艳歌何尝行》："飞来双白鹄，乃从西北来。……五里一反顾，六里一徘徊。"[2] 箜篌（kōng hóu）：古代一种拨弹乐器。[3] 节：节操，指为吏的职分。此句意谓对方忠于职守，不为夫妻私情所移，致使自己经常过着孤独的生活。一本此句下有"贱妾守空房，相见常日稀"二句。[4] 断：截，指从织机上截下织成的布匹。[5] 大人：仲卿之母。故：故意。[6] 徒留：徒然留着。施：用。[7] 白：禀告。公姥（mǔ）：公婆，此为偏义复词，指婆婆。[8] 相遣归：打发我走。[9] 薄禄相：穷相，没有高官厚禄的福分。[10] 结发：束发，表示男女成年。二句意谓从结婚成为夫妇，至死也在一起。[11] 共事：共同生活。始尔：开始。[12] 意：料想。致：招致。不厚：不爱。此句意谓哪想到她会使您不喜欢。[13] 区区：固执、迂拘。[14] 自专由：自以为是，自作主张。[15] 忿：同"愤"。[16] 可

怜：可爱。体：体态。[17] 伏惟：古代对尊长表示恭敬的发语词。[18] 取：同"娶"字。[19] 槌床：拍床。槌：击。床：坐榻。[20] 会不：当不，决不。从许：依从、允许。[21] 举言：犹"开言"。新妇：媳妇。[22] 卿：古代的称谓辞，夫妻互称为"卿"是亲昵的口气。这里指称兰芝。[23] 报（fù）府：赶往府衙办公。报：同"赴"。[24] 以此：为了这个缘故。下心意：安下心意，忍受委屈。[25] 纷纭：烦乱。此句谓不要再多说了。[26] 初阳岁：指冬至后、立春前的一段时间。旧有冬至阳气初动之说。[27] 谢：辞别。[28] 奉事：行事。循：遵循。进止：行动，举止。[29] 伶俜（líng pīng）：孤单的样子。萦：围绕。[30] 卒：终。此句谓一辈子侍奉婆婆终能报答恩情。[31] 葳蕤（wēi ruí）：草木枝叶茂盛下垂貌。此处形容刺绣花样之美。[32] 复斗帐：双层的帐子。斗帐：一种小帐子。[33] 箱帘：大小箱匣。帘：通"奁"，收藏物品的小型器具。[34] 后人：指仲卿今后再娶的妻子。[35] 遗（wèi）施：赠送的礼品。[36] 会因：会面的机会。[37] 严妆：盛妆，精心着意地妆饰。[38] 四五通：四五遍。[39] 玳瑁光：玳瑁首饰发着光彩。[40] 纨素：精致的白绢。此句意谓纨素束腰，轻柔得似水波流动。[41] 明月珰（dāng）：明月珠做的耳坠。[42] 朱丹：红色的宝石。[43] 听去：听凭兰芝离去。[44] 野里：偏僻的乡野。[45] 钱帛：指聘礼。[46] 却：还、再。[47] 新妇初来时：一本此句下有"小姑始扶床；今日被驱遣"二句。[48] 扶将：扶持。此句谓你也要好好照顾自己。[49] 初七：农历七月初七，相沿为妇女的乞巧节。下九：古时以每月二十九日为上九，初九为中九，十九为下九。妇女在"下九"置酒集会，参加各种游戏。[50] 隐隐何甸（tián）甸：形容车声。何：语助词。[51] 隔：断绝。[52] 区区怀：挚爱专一的心意。[53] 若：如此。见录：记得我，心中有我。见：相，此处指代第一人称。录：记。此句谓既然承你如此真心记着我。[54] 磐石：厚而大的石头，喻坚定不移。[55] 蒲苇：皆为水草，喻柔韧不断。[56] 父兄：偏义复词，指兄。[57] 逆：逆料、预想。二句意谓恐怕兄长不会听凭我的意愿，心中每念及此便感到煎熬似的痛苦。[58] 劳劳：忧伤惆怅的样子。[59] 无颜仪：没有脸面。[60] 拊（fǔ）掌：拍掌，表示惊讶的动作。[61] 不图：没有料到。[62] 誓违：违反婆家的规矩。誓：誓约，引申为约束。[63] "不迎"句：古代女子出嫁后，通常要由母家派人迎接才能归来。不迎自归，意味着已被休弃。[64] 悲摧：哀伤。摧：伤痛。[65] 窈窕：美好。便言：即"辩言"，能说会道。令才：美才。[66] 衔泪：含泪。[67] 见丁宁：嘱咐我。丁宁：同"叮咛"。[68] 非奇：不佳，不妥。[69] 断来信：回绝媒人。信：使者。[70] 徐徐：慢慢。句意谓此事慢慢再说。[71] 适：出嫁。[72] 广问讯：多方面打听。[73] 寻：随即。此句意谓随即太守又派遣了郡丞前来求婚。[74] 兰家女：指兰芝姑娘。承籍：承继先人的仕籍。二句意谓听说女家，世代也是为官作宦的。[75] 第五郎：指太守之子。娇逸：娇美文雅。[76] 主簿：郡衙掌管文书簿籍的官吏。此句意谓，以上是主簿令郡丞转达的太守的话。[77] 结大义：即结亲。[78] 老姥（mǔ）：老妇。[79] 作计：打主意。不量：不加考虑。[80] 否（pǐ）泰：好坏、高下。否、泰：本为《易经》中两个卦名，分别表示坏运和好运。[81] 义郎：对太守儿子的美称。其往：将来，长此以往。欲何云：将怎么办。云：为。[82] 处分：处理、安排。适：顺从。[83] 要（yāo）：订约。渠会：与他相会。渠：犹他、伊。[84] 登即：当即、立刻就。许和：答应。[85] 诺诺复尔尔：答应声，犹言"好，好！就这样，就这样！"复：又。[86] 部：衙署。府君：太守。[87] "视历"句：开视历书，挑选吉日。历、书：都指日历本。[88] 便利：指适宜。六合：古人迷信，选择吉日时，月和日的干支都要互相谐合，称为六合。相应：相合。良吉：良辰吉日。[89] 交语：交相传话。装束：指筹办婚礼用物。浮云：比喻人多。[90]"青雀"句：画有青雀、白鹄的船只。舫（fǎng）：船。[91]"四角"句：船四角挂着绣龙旗帜。幡（fān）：旗帜。[92]婀娜（ē nuó）：轻柔飘动的样子。[93]踯躅（zhí zhú）：缓慢不进的样子。青骢马：毛色青白夹杂的马。流苏：以五彩羽毛或丝线制成的穗子，多用作车马或帷帐的垂饰。[94]赍（jī）：赠送。[95]杂彩：各色缎匹。[96]交广：交州、广州，泛指今广西、广东一带。市：采购。鲑（xié）珍：指山珍海味。鲑：原为鱼类菜肴的总名。[97]郁郁：盛多的样子。[98]适：刚才。[99]事不举：办不起来、措手不及。举：成。[100]琉璃榻：镶嵌琉璃的坐具。[101]晻晻（yǎn）：日色渐暗的样子。暝：暮。[102]摧藏：凄怆，伤悲。[103]不可量：无法预料。[104]先愿：指先前相约之言。详：知悉。[105]应：许配。[106]旦夕间：早晚间，形容时间短暂。[107]日胜贵：一天比一天高贵。胜：生活优裕；贵：地位显赫。[108]何意：哪想到。[109]"君尔"句：你是如此，我也是这样。尔：如此。[110]千万：无论如何。不复全：再也不想保全了。[111]日冥冥：好比日暮昏暗。谓生命即将结束。[112]不良计：不好的打算。指自杀。[113]南山石：比喻高寿。康且直：康健硬朗。二句为仲卿与母亲诀别时的祝告语。[114]零泪：断断续续的眼泪。[115]台阁：尚书的官署。此泛指官府。[116]贵贱：指仲卿贵而兰芝贱。此句意谓贵贱悬殊，你离弃了她哪里算得薄情！[117]艳城郭：美艳为全城之首。[118]作计：指自杀的打算。乃尔立：就这样决定了。[119]牛马嘶：车马盈门，十分热闹。[120]青庐：用青布幔搭成的喜棚，行婚礼时所用。[121]奄奄（ǎn）：同"晻晻"。人定初：夜深人静的时候。[122]华山：庐江郡小山名，今不可考。[123]交通：交接、交错。[124]多谢：敬告。

古诗十九首

《古诗十九首》是汉代无名氏的作品，始载于梁昭明太子萧统所编《文选》"杂诗"类，标名为《古诗十九首》，诗题遂沿用至今。其中十二首又见于南朝梁、陈间徐陵所编《玉台新咏》。近代学者多认为《古诗十九首》非一人一时之作，创作年代大致为东汉后期，作者属于当时社会中下层失意的文人士子。诗的基本内容，多咏写夫妇友朋间的离愁别恨、羁旅游宦者的抑郁彷徨，带有感伤色彩。格调浑成，意蕴丰厚，语言自然洗练，善用比兴寄托，发展了古代诗歌的抒情艺术，成为中国文人诗进入成熟时期的显著标志。刘勰评其诗"婉转附物，怊怅切情，实五言之冠冕"（《文心雕龙·明诗》）；钟嵘更誉其风调"文温以丽，意悲而远，惊心动魄，可谓几乎一字千金"（《诗品》上）。历来文士亦多奉为古代抒情诗的艺术典范。近人笺释研究著作，有朱自清《古诗十九首释》、隋树森《古诗十九首集释》、马茂元《古诗十九首初探》等。

行行重行行

【解题】

本篇为《古诗十九首》第一首，表现女主人公对离家远行的丈夫的殷切怀念。诗以反复低回的咏叹调，倾吐别易会难、长久相忆的缠绵思绪，笔触重叠回环，层层推进，最后结以无可奈何的深情宽慰。通篇"情真，景真，事真，意真"（元陈绎曾《诗谱》），具有较强的艺术表现力。

行行重行行[1]，与君生别离[2]。相去万余里，各在天一涯[3]。道路阻且长，会面安可期！胡马依北风，越鸟巢南枝[4]。相去日已远，衣带日已缓[5]。浮云蔽白日[6]，游子不顾反[7]。思君令人老，岁月忽已晚。弃捐勿复道，努力加餐饭[8]。

中华书局影印本胡刻《文选》

【注释】

[1] 重（chóng）行行：行而不止，愈走愈远。[2] 生别离：活生生地离别。此句用《楚辞·九歌·少司命》"悲莫悲兮生别离"语意，暗示"悲莫悲"的意思（见朱自清《古诗十九首释》）。[3] 天一涯：天的一方。[4] 胡马：北方所产的马。依北风：依恋北风。越鸟：南方的鸟。越：古为南部的越族所居之地，此指南方。巢南枝：在南向的树枝上筑巢栖息。"胡马"二句托物喻意，谓禽兽尚有故土之恋，行人岂无怀乡之情！[5] 日已远：一天天地远了。已：同"以"，用作助词。缓：宽松。"相去"二句：相离愈来愈久远，人也因相思瘦损，衣带显得愈来愈宽松了。[6] 浮云蔽白日：此句设想游子在外为人所惑，另结新欢。白日：喻指长期不归的丈夫。[7] 顾：念。反：归返。[8] 弃捐：丢开。勿复道：不用再说了。努力加餐饭：汉魏时慰勉别人的习用语，犹言善自珍重。

汉 赋 概 说

一、"赋"的渊源及其审美特征

汉赋是汉代文学中最有代表性、也是成就最高的文学样式。赋是一种介于诗歌与散文之间、以铺陈为基本特征、以状物为主要功能的特殊文体。它像诗歌那样,讲求押韵,注重句式的整饬;又如同散文,句式灵活,不受格律的严格限制。这样的文体,兼有诗歌与散文的表现功能,可以自由地状物、抒情、叙事、说理。

赋的渊源比较复杂。"赋"本意是指一种无须音乐配合的诵读方式,同时也是《诗经》的一种重要的艺术表现手法。战国以后,逐渐产生了一种铺陈夸饰、设辞辩答、不歌而诵的新文体。荀子首先为这种新文体冠以"赋"名,其《赋篇》分别咏礼、智、云、蚕、箴,指事谲譬,颇似隐语,成为后来咏物说理赋的开端,也是最早以赋名篇的作品。

赋体的形成,与楚辞关系密切。西汉刘向编集《楚辞》时,始称"屈原赋",《汉书·艺文志》又著录"宋玉赋""唐勒赋"。汉初君臣多为楚地人,他们的文学创作也自觉不自觉地采用了楚辞体所代表的文学样式,故而后代文体分类常以"辞赋"合称,并认为屈原是辞赋之祖。汉初骚体赋即是楚辞的异代变体,楚辞浪漫的精神、自由的句式,更加深刻地影响到赋体的诸多特质。

赋体的形成,也得益于先秦散文的滋润。战国纵横家主客问答的形式、铺张恣肆的文笔、史传文学独特的叙事手法等等,都共同作用于此一新兴的综合型文学样式。

赋体文学在西汉的兴起,具有深刻的社会文化原因。

首先,汉初施行休养生息的统治策略,经济迅速发展了起来。由于帝国领土的扩张和中外文化的交融,人们的心胸和气魄空前地膨胀。汉帝国大一统的威力如日中天,由此培养出汉赋作家昂扬向上的精神风貌和才华横溢的浪漫气质。他们那种"苞括宇宙、总揽人物"的创作雄心,那种上下左右、东西南北地观照世界的目光,那种用尽一切辞藻铺陈各类事物、景象的欲望,都反映了强盛时代的繁荣兴旺。于是便涌现出一大批铺张扬厉、歌功颂德的汉赋巨制,竭力描摹水陆物产之丰饶、宫苑建筑之壮丽、京城都邑之繁华,由此来衬托帝国的富庶和天子的威仪,字里行间充溢着雍容华贵、富丽堂皇的气派。所以说,汉赋是汉代社会政治、经济的产物,艺术地再现了社会的繁盛和帝王生活的奢华。

其次,汉代盛兴献赋、考赋的制度,成为广大文人入仕得宠的重要途径。君王提倡于上,群臣鼎沸于下,创作赋体文学蔚然成风,遂为时尚。

最后,汉赋的兴起也与学术思想的转变紧密相关。汉初的几十年,黄老思想非常兴盛,讲求文风的素朴简约,不事浮华雕琢。及至武帝时代,儒家的地位日见隆盛,它就需要选择一种体现儒家教化思想的文学样式。虽然赋体以其铺陈繁缛的笔触,夸饰富贵奢华的生活,不尽符合儒家的宗旨,但是其劝百讽一、曲终奏雅的创作动机与体制结构,恰恰被儒家所看中,冠之以善于讽谕的美名,迅速地兴盛了起来。

赋的审美特征，即为刘勰《文心雕龙·诠赋》所概括的"铺采摛文，体物写志"。体物写志，是赋的内容；铺采摛文，指赋的形貌。汉赋特多模山范水、叙写宫苑游猎之作，大量地罗列各种珍禽奇兽、名花异木、虫鱼水族、车旗仪仗，名目繁多，令人目不暇接。赋作在"体物"的同时，也注重"劝百而讽一"，于结尾处不无讽谏之义。它是通过对外在事物穷形尽相的描摹，最终达到抒发情志的目的。在艺术形式方面，汉赋铺张扬厉，汪洋恣肆，词藻华美，色彩绚丽。它把散文的章法、句式与诗歌的韵律、节奏结合在一起，借助长短错落的句子、灵活多变的韵脚以及排比、对偶的调式，形成了一种自由而又谨严、流动而又整饬的文体，既适合于散文体式的铺陈事理，又能显露一定的诗意。

二、汉赋的发展演变

汉赋的形成和发展，大致经历了三个阶段。

汉初流行的骚体赋是第一阶段，也是汉赋的发轫期。骚体赋在体制上竭力模仿楚辞，喜好铺陈，但是篇幅不太长，句式整齐，通篇用韵，带"兮"字调，并且富有抒情意味，内容多是抒发作者的政治见解和身世感慨。代表作家是贾谊、淮南小山、枚乘。

贾谊的《吊屈原赋》，是作者贬赴长沙途径汨罗江，感念屈原生平所作，名为吊屈原，实是自吊，抒发自己仕途受挫、怀才不遇的悲愤；同时也表达自己不甘寂寞、沉沦的豪宕之志。贾谊的另一篇名作《鹏鸟赋》，也作于谪居长沙期间。阐明自己对生死、祸福的达观态度，试图以道家哲学来解脱政治失意的苦闷。这篇作品对屈原辞赋多有借鉴，作者与鹏鸟之间主客问答的结构形式，成为赋体文学重要的体制特征。

枚乘是西汉前期重要的辞赋作家，他的《七发》是汉代新体赋成熟的标志。这篇赋采用虚构故事的方式以主客问答体的形式展开。楚国太子身患重病，吴国客人前往探视，二人展开了一段对话。吴客认为太子患病的根源是生活过于安逸，应从思想上加以治疗。于是吴客分别陈述了七件事，一步步地启发、劝导太子。从酒肉、声色说到田猎、观涛，最后转到正面的"要言妙道"，实际上是在逐步地扩展楚太子的心胸和眼界，提升他的精神境界，彻底改变他的生活态度和生活方式。全篇运用虚构故事的方式和主客问答的形式，对于汉赋体制的定型和发展具有极其重要的意义。《七发》也脱离了楚辞以抒情为主的模式，初显赋体文学"铺采摛文，体物写志"的特征。作品以大量华美的辞藻，精细地描绘音乐、饮食、车马、宴游、田猎、观涛六方面的情状，运用排比整齐的句式，铺陈物象，渲染氛围，展现出壮大恢弘的气势。《七发》所铺陈的内容，从多方面开拓了文学的题材空间，尤其对观涛淋漓尽致的描写，是前所未有的。《七发》的成功，激起后代许多作者的模仿，在辞赋中形成了一种定型的主客问答形式的特殊文体——"七体"。

自武帝初年到东汉中期的新体赋是汉赋发展的第二阶段，也是汉赋的兴盛期。骚体赋逐渐演变为具有独立艺术特征的新体赋，这是汉赋的主体。新体赋的体制特点是：长篇巨制，结体恢弘；采用主客问答的结构形式；按照方位与物类铺陈事物；喜用僻字，韵散交错，文辞富丽；形成了铺张扬厉、气势磅礴的风格；确立了歌功颂德、"劝百讽一"的赋颂传统。这一时期的赋作大多描写汉帝国威振四海的声威、都市大邑的繁华、水陆物产的丰饶、宫室苑囿的富丽以及皇室贵族们田猎、游宴时的壮观奢华场景。这些作品往往歌颂夸耀于前，讽谕劝谏于后，起到劝百讽一、曲终奏雅的表达效果。代表作家有司马相如、扬雄、班固、张衡，他们曾被前人称为"汉赋四大家"。

司马相如是汉赋创作成就最高的作家。他的《子虚赋》《上林赋》，借子虚、乌有先生、亡是公三人的对话，竭力铺陈、夸耀齐、楚和天子宫苑游猎之盛，结末归于节俭，略具讽谏之义。但作者的讽谕之义被前面大量华美的声色渲染所掩盖，倒反而成了可有可无的尾巴，作品流播所产生的客观效果常常与作者的主观意图背道而驰。这两篇作品气势磅礴，结构宏大，艺术地再现了武帝盛世国家统一、经济繁荣、文化发达的蓬勃气象，历来被认为是汉赋的代表作。他另有《大人赋》《长门赋》《美人赋》《哀二世赋》诸作，题材广泛，充分展露出作者过人的才情。

扬雄是西汉后期的著名赋家，他的《甘泉赋》《羽猎赋》《长杨赋》《河东赋》皆因事而作，对于汉成帝广造宫室、沉溺游猎多所讽谏。扬雄与司马相如并称"扬马"，是后人心目中汉赋的典范作家。他的赋作不仅想象丰富，铺陈夸饰，同时又能注意锤炼语言，呈现出有别于司马相如赋意气风发、雄肆奔放的另一种瑰丽奇谲的风格。他另有《蜀都赋》，描绘成都的繁华，是现存最早的以都邑为题材的作品，开了东汉时期京都赋大量涌现的先河。

东汉前期班固的《两都赋》实为东汉王朝定都洛阳而作。作品以描绘都市为中心，比西汉辞赋更集中地反映了都市的面貌，气魄宏大，描形绘态，层次井然。然而，伴随着汉武帝以后国势的渐趋衰颓，经济、政治的发展难复往日的辉煌，大批赋家的创作失去了社会生活的基础和时代精神的支撑，往往流于对司马相如等人作品的模仿，丧失了创造力。东汉中后期的张衡力图扭转新体赋创作的颓势，他的《二京赋》虽有模仿班固《两都赋》的痕迹，但篇幅更长，规模更大，被称为"京都赋之极轨"。更值得一提的是这篇赋对都市的方方面面，特别是都市中下层的日常生活，皆有生动细致的描摹，构成了色彩斑斓的都市生活百相图。另外，这篇赋与此前的新体赋相比，讽谏的力度也大大地增强了。尽管如此，伴随着东汉以来社会状况的急剧变化，以铺张扬厉、颂扬盛德为能事的新体赋，显然已经不合时宜，逐渐地由模仿而走向没落。

东汉中后期的抒情小赋是汉赋发展的第三阶段，也是赋风转变的时期。这类赋内容较多反映社会黑暗现实，讥讽时事，抒情言志；篇幅也比较短小，语言风格上的华丽之风也有所收敛，而思想深度则明显增强。张衡的《归田赋》是赋风转变的标志，一扫新体赋铺采摘文、堆砌模拟的恶习，用短小的篇幅、清丽的文字，描绘优美的田园风光，抒写归隐的怡然之乐和政治失意的惆怅。东汉末年，赵壹的《刺世疾邪赋》、蔡邕的《述行赋》、祢衡的《鹦鹉赋》皆为反映现实的佳作。

作为汉代文学的代表，汉赋"铺采摘文，体物写志"的体裁特征，汉赋作家"苞括宇宙，总揽人物"的创作气魄，充分展示了大汉帝国的繁荣强盛，展示了那个时代广大文人昂扬奋发的精神面貌。赋体文学由骚体赋到新体赋再到抒情小赋的渐次转变，又恰好印证了汉代社会文化演进的历程。

作 品

张衡

张衡（78—139），字平子，南阳西鄂（今河南南阳石桥镇）人。少善属文。历任太史令、河间相等职。任内严厉打击豪强势力，甚有政绩。永和四年（139）卒，年62。张衡既是中国古代杰出的科学家，也是著名的文学家，为汉赋四大作家之一。《后汉书》本传载其著述有诗、赋、铭、七言共32篇。《二京赋》是他30岁左右"精思傅会，十年乃成"的力作，亦为他最著名的代表作。其构思与班固《两都赋》相似，而繁复弘丽过之。张衡其他著名赋作还有《应间》《思玄赋》、《归田赋》等。《隋书·经籍志》著录张衡集为十四卷，早佚。明人张溥辑有《张河间集》，见《汉魏六朝百三家集》。又清严可均辑其文四卷39篇，入《全上古三代秦汉三国六朝文》；逯钦立辑其诗九首，入《先秦汉魏晋南北朝诗》。

归 田 赋

【解题】

本篇抒写作者对现实不满，希望退隐田园、读书著述的心情。作者以儒家之道立身，而以道家的态度处世，这种生活态度在中国古代仕途不得意的正直知识分子中是颇有代表性的。此赋语言平浅清新，体制短小，通常被看作汉代散体大赋向抒情小赋转变的标志。不过，就全篇结构而言，此赋仍未突破汉大赋曲终奏雅的结构模式。

游都邑以永久[1]，无明略以佐时；徒临川以羡鱼[2]，俟河清乎未期[3]。感蔡子之慷慨，从唐生以决疑[4]；谅天道之微昧，追渔父以同嬉[5]。超埃尘以遐逝[6]，与世事乎长辞。

于是仲春令月，时和气清，原隰郁茂[7]，百草滋荣。王雎鼓翼[8]，鸧鹒哀鸣[9]，交颈颉颃[10]，关关嘤嘤[11]。于焉逍遥，聊以娱情。

尔乃龙吟方泽，虎啸山丘[12]。仰飞纤缴[13]，俯钓长流。触矢而毙，贪饵吞钩。落云间之逸禽，悬渊沉之鲛鳙[14]。

于时曜灵俄景[15]，继以望舒[16]。极般游之至乐[17]，虽日夕而忘劬[18]。感老氏之遗诫[19]，将迴驾乎蓬庐。弹五弦之妙指[20]，咏周、孔之图书[21]。挥翰墨以奋藻，陈三皇之轨模[22]。苟纵心于物外[23]，安知荣辱之所如！

中华书局影印胡刻《文选》

【注释】

[1] 都邑：指东汉都城洛阳。[2] "徒临川"句：《淮南子·说林训》："临流而羡鱼，不如归家织网。"此句谓徒然有佐时的愿望。[3] 河清：相传黄河一千年清一次，古人认为河清是政

治清明的标志。《左传》襄公八年："俟河之清，人寿几何！"此句谓等待政治清明，未知何时。[4]"感蔡子"二句：蔡子指蔡泽，曾为秦相；唐生指唐举，战国魏人，著名相士。蔡泽微时，曾请唐举看相。详见《史记·范雎蔡泽列传》。慷慨：形容壮士不得志的心态。[5]"追渔父"句：王逸《楚辞·渔父章句》序："屈原放逐，在江湘之间，忧愁叹吟，仪容变易。而渔父避世隐身，钓渔江滨，欣然自乐，时遇屈原川泽之域，怪而问之，遂相应答。"嬉：乐。[6]埃尘：指浊乱的现实社会。[7]原隰（xí）：高平曰原，低湿曰隰。[8]王雎（jū）：鸟名，即雎鸠。[9]鸧鹒：黄鹂。[10]颉颃（xié háng）：鸟上下翻飞。飞而上曰颉，飞而下曰颃。[11]关关嘤嘤：鸟和鸣声。[12]"尔乃"二句：写自己在山泽间从容吟啸，有类龙虎。尔乃：于是。方泽：大泽。[13]纤：细。缴（zhuó）：生丝缕，系在箭的尾部，用以弋射禽鸟。此句谓用箭仰射飞鸟。[14]悬：谓将鱼钓起。鲨（shā）、鳟（liú）：皆鱼名。[15]曜灵：指日。俄：倾斜。景：同"影"，日光。[16]望舒：神话中月之御者，此处即指月亮。此句谓月亮继日而出现。继，胡刻本作"系"，据《四部丛刊》六臣注本改。[17]般（pàn）游：游乐。[18]劬（qú）：劳苦。[19]老氏之遗诫：老子《道德经》第十二章："驰骋畋猎，令人心发狂。"此句以下，即作者"曲终奏雅"之主旨。[20]五弦：五弦琴，相传为舜所作。指：同"旨"，旨趣。《史记·乐书》："舜弹五弦之琴，歌南风之诗，而天下治。"《孔子家语》载《南风歌》："南风之薰兮，可以解吾民之愠兮；南风之时兮，可以阜吾民之财兮。"所谓"五弦之妙指"当即指此。[21]周孔之图书：周公、孔子所修的典籍。[22]陈：陈述。三皇：传说不一。或谓燧人氏、伏羲氏、神农氏，或谓伏羲、神农、女娲，要指上古圣王。轨、模：法则、榜样。[23]物外：世外，指世俗名利得失之外。作者弹五弦琴、咏周孔书、陈三皇轨模，皆是纵心物外之举。如：往、归。"苟纵心"二句谓倘能放任自己的心神于世俗名利之外，则荣辱得失非所知也。

汉代散文概说

一、政论散文

汉初统治者为了巩固自身政权,需要吸取秦二世而亡的教训,化解社会矛盾,也需要不断完善政治制度,于是政论散文便兴盛起来。贾谊的《过秦论》剖析秦王朝兴亡的历史,论说秦亡的原因,乃"仁义不施,攻守之势异也"。全文思致缜密,说理透辟,铺陈排比,气势磅礴,深得先秦纵横家说辞的风神,被鲁迅誉为"西汉鸿文"(《汉文学史纲要》)。他的《论积贮疏》建议汉文帝重视农业生产,以此来巩固政权的根基;《陈政事疏》(一名《治安策》)则系统地讨论了国家所面临的各种危机和应取之策,洋溢着对国家前途的忧患意识,显示出作者敏锐的政治眼光和高瞻远瞩的治国才能。晁错的《论贵粟疏》针对现实弊端,阐述重农抑商的经济思想,和贾谊的《论积贮疏》相比,揭露时弊更加深刻,结构更加严谨周密,文笔更加朴实洗练。

西汉前期,又有藩国侍臣之文,如枚乘《上书谏吴王》,邹阳《上吴王书》《狱中上梁王书》等,大都富有战国纵横家之风。

刘向《说苑》《新序》等书,编录前代典籍内的轶闻琐事,寓以劝戒训教之意。其中许多篇目富有小说的意味,下开六朝《世说新语》类志人小说之先河。司马迁的《报任安书》直抒胸臆,表达了内心强烈的悲愤之情,是汉代散文中难得的抒情之作,对后代抒情散文产生了极大的影响。

东汉初期,谶纬迷信盛行,王充旗帜鲜明地反对谶纬迷信,撰写了"疾虚妄"的巨著《论衡》。对天人感应、灾异祥瑞之说,以及今文经学家媚附政治的行径进行了无情的批判,体现出作者离经叛道的思想。作者反对复古,主张独创,文章深入浅出,反复论证,显示出深刻的哲学思辨色彩。

东汉中后期论说文还有王符的《潜夫论》、仲长统的《昌言》、崔寔的《政论》等。他们的思想更为解放,个体意识更为鲜明,批判时代弊端的言辞也更为锋利。

二、《史记》

汉代散文成就最高的是史传散文,代表作为司马迁的《史记》和班固的《汉书》。

《史记》原名《太史公书》,东汉末年始称《史记》。它是中国古代第一部由个人独立完成的具有完整体系的纪传体史书。司马迁在《报任安书》中指出,他修史的宗旨是"究天人之际,通古今之变,成一家之言"。

《史记》中的人物传体现了作者进步的历史观。

第一,《史记》的实录精神和批判意识一向为后人所称道。作者以"不虚美,不隐恶"的态度,真实地记述了统治者的许多暴行、暴政,揭示出他们的丑恶面目。他身在西汉王朝，却并不回避汉代的最高统治者。如在《高祖本纪》中，司马迁既肯定刘邦结束楚汉战争、统一天下的历史功绩，也以冷峻的批判眼光描绘他奸诈圆滑的市井无赖嘴脸，揭露其背信弃义、冷酷自私的本质。非但如此，作者在《项羽本纪》中通过与项羽的鲜明对比，写出了他的怯懦、卑琐和无能；在《留侯世家》中写他贪财好色；在《萧相国世家》中写他猜忌功臣；在《淮阴侯列传》里则借韩信之口，道出了他"狡兔死，走狗烹；高鸟尽，良弓藏；敌国破，谋臣亡"的阴暗心理。这样就剥离掉了开国君主头上的神圣光环，披露了他丑恶的内心世界。

第二，在无情揭露统治者罪恶的同时，作者赞同"官逼民反"的合理性，赞扬人民的起义和反抗行为。《陈涉世家》里，作者详细地叙述了陈涉、吴广起义的全过程，肯定他们推动历史前进的不朽功绩："天下之端，自涉发难。"司马迁把一个农民起义领袖的传记列入"世家"，本身就表明了作者的褒誉。司马迁更以极其饱满的热情，描绘了悲剧英雄项羽的光辉形象，并且将他的传记列入"本纪"，其中蕴含着作者对项羽命运的思考和叹惜，更寄托着对项羽英雄气概和历史功绩的仰慕之情。

第三，司马迁还热情地歌颂爱国英雄和在历史上做出重大贡献的人物。例如《廉颇蔺相如列传》，通过完璧归赵、渑池会、将相和这些历史事件的叙述，突出了蔺相如勇敢机智的英雄性格和"先国家之急而后私仇"的高尚品质。《李将军列传》里，歌颂了李广骁勇善战、廉洁奉公和爱兵如子的一代名将风范。然而李广的一生却是在贵戚的排挤压抑下度过的，最后被迫"引刀自刭"。李广死后，"广军士大夫一军皆哭。百姓闻之，知与不知，无老壮皆为垂涕"。作者同情李广的人生悲剧，也流露出对自己不幸遭遇的感慨。

第四，司马迁也为许多出身中下层社会的小人物作传，热情地歌颂他们身上的优良品格。例如《魏公子列传》里写"夷门监者"侯嬴和"市井鼓刀屠者"朱亥，虽然生活在社会底层，却都具有一身铮铮傲骨。当他们被信陵君的热情和诚意打动之后，就会不惜赴汤蹈火为其效力，体现出"士为知己者死"的献身精神。司马迁在《刺客列传》《游侠列传》中所写的荆轲、聂政、朱家、郭解等人，在社会上都没有过高的地位，但是他们都已诺必诚，重义轻生，慷慨赴死，做出了许多可歌可泣的侠义壮举。

总之，《史记》具有丰富深刻的思想内容。它继承了《春秋》"寓褒贬于叙事之中"的笔法，在人物传记中，既揭露了统治者及其爪牙的丑恶本质，也表达了人民的思想感情和愿望，讴歌人民正义的斗争和反抗，赞颂忠贞爱国的英雄和救民于水火的豪侠之士。整部《史记》都充溢着作者强烈的正义感、责任感和鲜明的是非爱憎感情，所以说《史记》是"史家之绝唱"。

《史记》既是一部历史巨著，同时又是一部文学名著，开创了传记文学的先河，取得了极高的文学成就。

首先，通过对材料的精心选择和剪裁，塑造性格鲜明的人物形象。作为一部史书，《史记》应该具有实录精神，即真实地记叙历史事件和历史人物。但是作为一部纪传体史书，它又必须在实录的基础上，以历史人物为中心，塑造出鲜明的人物形象，表现人物思想性格的重要特征，具有艺术感染力。如何能做到这一点呢？这就需要在叙述历史事实的时候，对许多繁杂的材料加以恰当的选择和剪裁。《史记》创造性地运用了"互见法"的手法。所谓"互见法"，就是将一个人的事迹分散在不同的地方加以介绍，而以其本传为主；或将同一件事分散在不同的地方进行描述，而以其中一处的叙述为主。从实用的角度来看，这样做可以避免叙述文字的重复，能够把历史事件介绍得既简洁又清晰；从文学的角度来看，既能使人物的主要性格特征鲜明突出，又能揭示出人物不同侧面的性格特点，使之有血有肉，形象完整丰满；同时也有利于表达作者的思想情感，收到寓褒贬于叙事之中的表达效果。例如《项羽本纪》里，集中了许多材料突出表现项羽正面的性格特征，塑造出一位胸怀大志、刚猛无畏的英雄形象。作者又把有关项羽负面的性格特征的材料，放到《淮阴侯列传》中，借韩信之口说出来，这样既无损于项羽的英雄形象，又显示出韩信的卓越才能。

其次，成功运用多种艺术手段刻画人物性格。一是在激烈的戏剧性冲突中展现人物性格。为了表现人物形象，司马迁特别善于通过重大的历史事件和紧张的斗争场面，表现人物在尖锐的矛盾冲突中的行为举止。例如写鸿门宴，从张良献计、刘邦赴宴，到项庄舞剑、樊哙闯帐、刘邦逃席，简直是一场高潮迭起、险象环生的独幕剧。人物的出场、退场、神情、动作、对话，乃至席间座位的朝向都交代得一清二楚。在如此紧张激烈的政治斗争当中，项羽的优柔寡断，刘邦的机警狡诈，张良的沉着稳重，樊哙的忠诚勇猛，项伯的迂腐愚钝，范增的深谋远虑，每个人物的性格特征都鲜明突出地展现出来了。这样的写法，不仅更加准确地刻画出人物的性格特征，而且也能引人入胜。二是运用对比的手法突出人物性格。在刻画人物性格时，司马迁特别注重运用对比手法。例如《项羽本纪》中，项羽与宋义的对比、项羽与刘邦的对比、张良与范增的对比、樊哙与项庄的对比，《李将军列传》中，李广与程不识的对比、李广与李蔡的对比等等，都突出了人物的性格特征。三是通过生动的细节描写刻画人物性格。司马迁特别擅长通过生活中的小故事来表现人物性格，例如《项羽本纪》一开始写项羽幼年时学书不成，学剑又不成，要学"万人敌"，"略知其意，又不肯竟学"，这样就形象地揭示出他既胸怀大志，又粗率任性的性格，也为他日后事业的成功和人生的悲剧埋下了伏笔。司马迁还擅长通过对人物行为举止的细节的描摹刻画人物性格，例如《廉颇蔺相如列传》中写蔺相如在秦王的宫殿上，"持其璧睨柱，欲以击柱"，"张目叱之，左右皆靡"，"怒发上冲冠"，不仅使读者如闻其声，如见其人，被当时令人窒息的紧张气氛所震慑，所感染，而且蔺相如忠勇机智的性格也生动地表现出来了。这些细节的来源，许多是司马迁漫游期间寻访得来的民间传说和自己的想象，带有虚构的成分，对评价人物在历史上的地位没有什么大的作用；但从文学的角度来看，恰恰是这些虚构的小故事和细节，更能深刻地揭示出人物的性格特征，也使《史记》中的人物传记带上了浓厚的文学色彩。四是运用个性化的语言表现人物性格。司马迁还善于用符合人物身份和场景气氛的口语来表现人物的神态和性格。例如刘邦、项羽都曾经见过秦始皇巡游天下的威武仪仗，两人的观感相同，但是表达的语气却迥然不同。项羽是脱口而出："彼可取而代也！"说得极为率直鲁莽，表现出他强悍豪爽的性格。刘邦则说："嗟乎！大丈夫当如此也！"语气委婉含蓄，表现出他持重伪饰的本性。再如在鸿门宴上刘邦和樊哙都对项羽说过一段话，意思是一样的，但二人的措辞和语气、口吻是迥然不同的。刘邦谦卑委婉，显得机警狡诈；樊哙理直气壮，显得忠勇粗犷。对刘邦的狡辩，项羽则信以为真，便脱口而出："此沛公左司马曹无伤言之，不然，籍何以至此？"项羽粗率鲁莽的性格表露无遗。

再次，精湛的语言艺术。《史记》语言的最大特色，就是生动形象，通俗流畅。除了上面说的个性化语言外，在叙事和描摹人物形象方面也非常生动形象，例如《项羽本纪》记叙巨鹿之战的一段文字："陈余复请兵,项羽乃悉引兵渡河,皆沉船、破釜甑、烧庐舍,持三日粮,以示士卒必死,无一还心。"在鸿门宴上樊哙闯帐的一段描写:"哙即带剑拥盾入军门,交戟之卫士欲止不内,樊哙侧其盾以撞,卫士仆地,哙遂入。披帷西向立,瞋目视项王,头发上指,目眦尽裂。"都把当时的气氛和人物的神态写得生动形象,犹如身临其境。司马迁在叙事和记言中还常常引用民谣、谚语和俗语,例如《李将军列传》中引用谚语"桃李不言,下自成蹊",来赞扬李广治军严整,以身作则,不用自我宣传,自然会得到别人的尊敬等等。这样的语言都是来自于民间,是现实生活的高度概括,因此是一种精粹的富于表现力的语言。

《史记》对于后代的史学和文学都产生了巨大的影响,"百代之下,史官不能易其法,学者不能舍其书"(郑樵《通志》)。

三、《汉书》

东汉班固编撰的《汉书》记载了西汉一朝的历史,是中国第一部纪传体断代史。《汉书》与《史记》相比,又有不同的特色。

首先,由于作者出身于仕宦家庭,受到儒家正统思想影响极深,因而在揭露社会黑暗的深刻性方面,比不上《史记》,显得保守。不过作为历史学家,他仍然在一些传记中揭露了统治阶级的罪行,如《外戚传》中描写宫闱之内的种种秽行、帝王后妃的残忍阴毒,《霍光传》中斥责外戚的专横暴虐及其爪牙鱼肉人民的罪恶。在为人物作传的过程中,作者尤其强调忠奸的道德观念,《汉书》着力刻画出忠奸两种人物类型,其中最为世人传诵的是《苏武传》。通过一系列具体生动的情节的描写,塑造了苏武这样一位临危不惧、誓死维护民族尊严和国家利益的汉朝使臣的形象。作品从多个角度来刻画这个形象:面对卫律的威逼利诱,苏武大义凛然,不为所动;北海之上卧雪牧羊,越发磨砺着苏武坚贞的民族气节;在老友李陵的人情感化面前,他也不因个人的荣辱恩怨而放弃对朝廷的忠诚。这样就更加表现出苏武无论在任何情况下,决不改变自己的信念,具有高洁的品格和坚毅的精神。

其次,从文章风格而言,范晔说:"迁文直而事露,固文赡而事详。"(《后汉书·班固传》)指出了《史记》《汉书》的不同风格。《史记》取材广泛,带有浓郁的生活气息;语含真情,笔势雄健,显得生动活泼,挥洒自如。《汉书》在文献资料的运用上翔实丰赡,具有"文人习气";在写法上平实严谨,语言富丽典雅又很凝练,但在生动性方面不如《史记》。总体来说,与《史记》相比,《汉书》在文学性方面逊色不少。

作 品

司马迁

司马迁（约前145或前135—？），字子长，夏阳（今陕西韩城南）人。他的一生，基本上与武帝时代相始终。他的祖先世为周史。父亲司马谈"仕于建元元封之间"，为汉太史，对诸子之学及天文历法均有很深的造诣。司马谈很早就有修史的愿望，搜集了大量的史料，有明确的作史宗旨，考虑过写作的体例、内容，并亲手撰写过若干篇章。司马迁自幼勤奋好学，十岁始诵古文，后来又曾向董仲舒、孔安国等著名学者请教学问，二十壮游，足迹遍及大江南北。元封三年（前108），司马迁继父职为太史。太初元年（前104），正式开始撰写《史记》。天汉二年（前99），因李陵事件下狱，被处腐刑。出狱后任中书令，最后完成《史记》。生平事迹主要见于《史记·太史公自序》《汉书·司马迁传》。《史记》原名《太史公书》，共一百三十篇，五十二万余字，上自黄帝，下讫武帝太初，纵贯二千余年，是我国第一部纪传体通史。十二本纪，主要记载国家大事和帝王事迹；十表以大事记的形式反映复杂的史实；八书为政治、经济、文化、科技等专门史的记载；三十世家主要载列王侯各国之事；七十列传记录社会各阶层的人物活动。《史记》一改先秦历史散文以事为主的叙述方式，首创纪传体，第一次找到了文学与史学的契合点，形成了《史记》特有的艺术魅力，塑造了大批性格各异、神采飞动的人物形象。作者笔端饱蘸激情，叙事摹人，具有很强的艺术感染力。《史记》成书后不久，即有十篇亡佚，故《汉书·艺文志》云"十篇有录无书"。今本十篇俱在，有的系出褚少孙之手，有的则不知何人所补。现存《史记》旧注有三家，即刘宋裴骃《史记集解》、唐司马贞《史记索隐》、唐张守节《史记正义》。中华书局以同治年间金陵书局三家注合刻本为底本，整理出版标点本《史记》，颇便阅读。

项羽本纪（节选）

【解题】

项羽是推翻秦王朝的关键人物，同时也是楚、汉战争中最主要的人物之一。项羽短暂的一生，可以以灭秦为界，分为两个时期。前期，他顺应历史的潮流，以无与伦比的勇力和过人的才气，一步步走向事业的巅峰，终于灭秦称霸；后期，则恃一己之勇，企图以武力征服天下，最后走向灭亡。司马迁选取巨鹿之战、鸿门宴、垓下之围等重要事件，运用多种艺术表现手法，生动地展现了项羽的悲壮人生和复杂性格，使项羽的形象跃然纸上。司马迁把项羽列入本纪，肯定了他的灭秦之功，确认了他在秦、楚之际的实际统治地位。

项籍者，下相人也[1]，字羽。初起时[2]，年二十四。其季父项梁[3]，梁父即楚将项燕[4]，为秦将王翦所戮者也[5]。项氏世世为楚将，封于项[6]。故姓项氏。

项籍少时，学书不成[7]，去[8]；学剑，又不成。项梁怒之。籍曰："书足以记名姓而已，剑一人敌，不足学，学万人敌。"于是项梁乃教籍兵法，籍大喜，略知其意，又不肯竟学[9]。项梁尝有栎阳逮[10]，乃请蕲狱掾曹咎书抵栎阳狱掾司马欣[11]，以故事得已[12]。项梁杀人，与籍避仇于吴中[13]，吴中贤士大夫皆出项梁下[14]。每吴中有大徭役及丧[15]，项梁常为主办[16]，阴以兵法部勒宾客及子弟[17]，以是知其能[18]。秦始皇帝游会稽[19]，渡浙江[20]，梁与籍俱观。籍曰："彼可取而代也。"梁掩其口，曰："毋妄言[21]，族矣[22]！"梁以此奇籍[23]。籍长八尺余[24]，力能扛鼎[25]，才气过人，虽吴中子弟皆已惮籍矣[26]。……

初，宋义所遇齐使者高陵君显在楚军，见楚王曰："宋义论武信君之军必败，居数日，军果败。兵未战而先见败征[27]，此可谓知兵矣。"王召宋义与计事，而大说之，因置以为上将军[28]。项羽为鲁公，为次将，范增为末将，救赵。诸别将皆属宋义，号为卿子冠军[29]。行至安阳[30]，留四十六日不进。项羽曰："吾闻秦军围赵王巨鹿，疾引兵渡河，楚击其外，赵应其内，破秦军必矣。"宋义曰："不然。夫搏牛之虻不可以破虮虱[31]，今秦攻赵，战胜则兵罢[32]，我承其敝；不胜则我引兵鼓行而西[33]，必举秦矣[34]。故不如先斗秦、赵[35]。夫被坚执锐[36]，义不如公；坐而运策[37]，公不如义。"因下令军中曰："猛如虎，很如羊[38]，贪如狼，强不可使者[39]，皆斩之！"乃遣其子宋襄相齐，身送之至无盐[40]，饮酒高会[41]。天寒大雨，士卒冻饥。项羽曰："将戮力而攻秦[42]，久留不行。今岁饥民贫，士卒食芋菽[43]，军无见粮[44]，乃饮酒高会，不引兵渡河因赵食[45]，与赵并力攻秦，乃曰'承其敝'。夫以秦之强，攻新造之赵[46]，其势必举赵。赵举而秦强，何敝之承！且国兵新破，王坐不安席，埽境内而专属于将军[47]，国家安危，在此一举。今不恤士卒而徇其私[48]，非社稷之臣[49]。"项羽晨朝上将军宋义，即其帐中斩宋义头，出令军中曰："宋义与齐谋反楚，楚王阴令羽诛之[50]。"当是时，诸将皆慑服，莫敢枝梧[51]，皆曰："首立楚者，将军家也。今将军诛乱。"乃相与共立羽为假上将军[52]。使人追宋义子，及之齐，杀之。使桓楚报命于怀王，怀王因使项羽为上将军，当阳君、蒲将军皆属项羽[53]。

项羽已杀卿子冠军，威震楚国，名闻诸侯。乃遣当阳君、蒲将军将卒二万渡河，救巨鹿，战少利[54]。陈余复请兵，项羽乃悉引兵渡河，皆沉船、破釜甑[55]、烧庐舍，持三日粮，以示士卒必死[56]，无一还心[57]。于是至则围王离，与秦军遇，九战绝其甬道，大破之，杀苏角，虏王离。涉间不降楚，自烧杀。……

行略定秦地[58]。函谷有关兵守关[59]，不得入。又闻沛公已破咸阳[60]，项羽大怒，使当阳君等击关，项羽遂入。至于戏西[61]，沛公军霸上[62]，未得与项羽相见。沛公左司马曹无伤使人言于项羽曰[63]："沛公欲王关中，使子婴为相[64]，珍宝尽有之。"项羽大怒，曰："旦日飨士卒[65]，为击破沛公军！"当是时，项羽兵四十万，在新丰鸿门[66]，沛公兵十万，在霸上。范增说项羽曰："沛公居山东时[67]，贪于财货，好美姬。今入关，财物无所取，妇女无所幸，此其志不在小。吾令人望其气[68]，皆为龙虎，成五采，此天子气也。急击勿失！"……

沛公旦日从百余骑来见项王，至鸿门，谢曰："臣与将军戮力而攻秦，将军战河北，臣战河南，然不自意能先入关破秦[69]，得复见将军于此。今者有小人之言，令将军与臣有郤。"项王曰："此沛公左司马曹无伤言之，不然，籍何以至此？"项王即日因留沛公，与饮。项王、项伯东向坐[70]，亚父南向坐[71]。亚父者，范增也。沛公北向坐，张良西向侍。

范增数目项王[72],举所佩玉玦以示之者三[73],项王默然不应。范增起,出召项庄[74],谓曰:"君王为人不忍,若入前为寿,寿毕,请以剑舞,因击沛公于坐,杀之。不者[75],若属皆且为所虏[76]。"庄则入为寿。寿毕,曰:"君主与沛公饮,军中无以为乐,请以剑舞。"项王曰:"诺。"项庄拔剑起舞,项伯亦拔剑起舞,常以身翼蔽沛公[77],庄不得击。于是张良至军门,见樊哙。樊哙曰:"今日之事何如?"良曰:"甚急!今者项庄拔剑舞,其意常在沛公也。"哙曰:"此迫矣,臣请入,与之同命[78]。"哙即带剑拥盾入军门。交戟之卫士欲止不内[79],樊哙侧其盾以撞,卫士仆地,哙遂入。披帷西向立[80],瞋目视项王[81],头发上指[82],目眦尽裂[83]。项王按剑而跽曰[84]:"客何为者[85]?"张良曰:"沛公之参乘樊哙者也[86]。"项王曰:"壮士!赐之卮酒。"则与斗卮酒[87]。哙拜谢,起,立而饮之。项王曰:"赐之彘肩[88]。"则与一生彘肩。樊哙覆其盾于地,加彘肩上,拔剑切而啖之。项王曰:"壮士,能复饮乎?"樊哙曰:"臣死且不避,卮酒安足辞!夫秦王有虎狼之心,杀人如不能举[89],刑人如恐不胜[90],天下皆叛之。怀王与诸将约曰:'先破秦入咸阳者王之。'今沛公先破秦入咸阳,毫毛不敢有所近,封闭宫室,还军霸上,以待大王来。故遣将守关者,备他盗出入与非常也。劳苦而功高如此,未有封侯之赏,而听细说[91],欲诛有功之人。此亡秦之续耳,窃为大王不取也。"项王未有以应,曰:"坐!"樊哙从良坐。坐须臾,沛公起如厕[92],因招樊哙出。

  沛公已出,项王使都尉陈平召沛公[93]。沛公曰:"今者出,未辞也,为之奈何?"樊哙曰:"大行不顾细谨,大礼不辞小让[94]。如今人方为刀俎[95],我为鱼肉[96],何辞为!"于是遂去。乃令张良留谢。良问曰:"大王来何操[97]?"曰:"我持白璧一双[98],欲献项王;玉斗一双[99],欲与亚父,会其怒[100],不敢献。公为我献之。"张良曰:"谨诺。"当是时,项王军在鸿门下,沛公军在霸上,相去四十里。沛公则置车骑[101],脱身独骑,与樊哙、夏侯婴、靳强、纪信等四人持剑盾步走[102],从郦山下[103],道芷阳间行[104]。沛公谓张良曰:"从此道至吾军,不过二十里耳。度我至军中[105],公乃入。"沛公已去,间至军中,张良入谢,曰:"沛公不胜杯杓[106],不能辞,谨使臣良奉白璧一双,再拜献大王足下;玉斗一双,再拜奉大将军足下[107]。"项王曰:"沛公安在?"良曰:"闻大王有意督过之[108],脱身独去,已至军矣。"项王则受璧,置之坐上。亚父受玉斗,置之地,拔剑撞而破之,曰:"唉,竖子不足与谋[109]!夺项王天下者,必沛公也,吾属今为之虏矣!"沛公至军,立诛杀曹无伤。……

  项王军壁垓下,兵少食尽,汉军及诸侯兵围之数重。夜闻汉军四面皆楚歌,项王乃大惊曰:"汉皆已得楚乎?是何楚人之多也?"项王则夜起,饮帐中。有美人名虞,常幸从;骏马名骓[110],常骑之。于是项王乃悲歌忼慨。自为诗曰:"力拔山兮气盖世[111],时不利兮骓不逝[112]。骓不逝兮可奈何,虞兮虞兮奈若何!"歌数阕[113],美人和之。项王泣数行下[114],左右皆泣,莫能仰视。

  于是项王乃上马骑,麾下壮士骑从者八百余人,直夜溃围南出[115],驰走。平明[116],汉军乃觉之,令骑将灌婴以五千骑追之。项王渡淮,骑能属者百余人耳[117]。项王至阴陵[118],迷失道,问一田父[119],田父绐曰[120]:"左。"左,乃陷大泽中[121]。以故汉追及之。项王及复引兵而东,至东城[122],乃有二十八骑。汉骑追者数千人。项王自度不得脱,谓其骑曰:"吾起兵至今八岁矣,身七十余战,所当者破,所击者服,未尝败北,遂霸有天下。然今卒困于此,此天之亡我,非战之罪也。今日固决死,愿为诸君快战[123],必三胜之[124],为诸君溃围、斩将、刈旗[125],令诸君知天亡我,非战之罪也。"乃分其骑以为四队,四向[126]。汉军围之数重,项王谓其骑曰:"吾为公取彼一将。"令四面骑驰下,期山东为三处[127]。于是项王大呼驰下,汉军皆披靡[128],遂斩汉一将。是时,赤泉侯为骑将[129],追项王,项王瞋目而叱之,赤泉侯人马俱惊,辟易数里[130]。与其骑会为三处。汉军不知项王所在,乃分军为三,复围之。项王乃驰,复斩汉一都尉,杀数十百人。复聚其骑,亡其两骑耳。乃谓其骑曰:"何如?"骑皆伏曰:"如大王言!"

于是项王乃欲东渡乌江[131]。乌江亭长舣船待[132],谓项王曰:"江东虽小,地方千里,众数十万人,亦足王也。愿大王急渡。今独臣有船,汉军至,无以渡。"项王笑曰:"天之亡我,我何渡为!且籍与江东子弟八千人渡江而西,今无一人还,纵江东父兄怜而王我,我何面目见之?纵彼不言,籍独不愧于心乎?"乃谓亭长曰:"吾知公长者,吾骑此马五岁,所当无敌,尝一日行千里,不忍杀之,以赐公。"乃令骑皆下马步行,持短兵接战[133]。独籍所杀汉军数百人。项王身亦被十余创[134]。顾见汉骑司马吕马童,曰[135]:"若非吾故人乎[136]?"马童面之[137],指王翳曰:"此项王也。"项王乃曰:"吾闻汉购我头千金[138],邑万户,吾为若德。"乃自刎而死。王翳取其头,余骑相蹂践争项王[139],相杀者数十人。最其后,郎中骑杨喜、骑司马吕马童、郎中吕胜、杨武,各得其一体。五人共会其体[140],皆是。故分其地为五[141]:封吕马童为中水侯,封王翳为杜衍侯,封杨喜为赤泉侯,封杨武为吴防侯,封吕胜为涅阳侯。

中华书局标点本《史记》卷七

【注释】

[1] 下相:秦县名,县治在今江苏宿迁。[2] 初起时:开始起兵时。指秦二世元年(前209)。[3] 季父:叔父。[4] 项燕:楚国名将,曾击破秦将李信二十万大军。秦王政二十三年(前224);秦将王翦率军六十万击楚,虏楚王,项燕立昌平君为王。次年,王翦击破楚军,昌平君死,项燕自杀。[5] 戮:杀。指项燕与王翦作战,兵败自杀。[6] 项:秦县名,县治在今河南项城东北。[7] 学书:指认字。[8] 去:舍弃。[9] 竟:终。[10] 栎(yuè)阳逮:因犯罪而被栎阳官府逮捕。栎阳:秦县名,县治在今陕西西安临潼区东北。[11] 蕲(qí):秦县名,县治在今安徽宿州。狱掾:狱吏。掾为佐贰官吏的通称。抵:送达。此句谓求蕲县狱吏曹咎写了封信给栎阳狱吏司马欣。[12] 已:了结。[13] 吴:秦县名,县治在今江苏苏州。[14] 出项梁下:不及项梁。[15] 大徭役:指大规模筑城、筑路等差使。[16] 主办:主持。[17] 阴:暗中。部勒:组织,部署。[18] 以是知其能:因此项梁了解那些人的能力。[19] 会(kuài)稽:山名,在今浙江绍兴东南。[20] 浙江:钱塘江的旧称。[21] 毋妄言:不要乱说。[22] 族:灭族。[23] 奇籍:认为项籍不同凡俗。奇:以为特异。[24] 八尺余:约相当于1.9米。汉尺一尺为今23厘米。[25] 扛(gāng)鼎:举鼎。[26] 吴中子弟:指吴地的土著人家子弟。惮:畏惧。[27] 征:征兆。[28] 上将军:军队的主帅。[29] 卿子冠军:当时楚军对最高统帅宋义的称呼。卿子:对男子的尊称,与称公子含义相近。[30] 安阳:古邑名,在今山东曹县东南。[31] "夫搏牛"句:意思是攻击牛的虻,不能用来破(牛身上的)虱子。比喻楚军的主要目标是击秦,而不在于攻破包围巨鹿的章邯。虻(méng):牛虻。虮虱:虱子。虮为虱卵。[32] 罢:

通"疲"。[33] 鼓行：击鼓而行。指大张旗鼓地进军。[34] 举：攻取。[35] 先斗秦赵：让秦、赵先打起来。[36] 被（pī）坚执锐：披上坚固的盔甲，手持锐利的兵器。指冲锋陷阵。被：通"披"。[37] 运策：运筹。[38] 很：倔强执拗。[39] 强（jiàng）：固执。以上几句，都暗指项羽。[40] 无盐：秦县名，县治在今山东东平东南。[41] 高会：盛大宴会。[42] 戮力：合力。[43] 芋菽：薯类和豆类。[44] 见（xiàn）粮：现粮。见：同"现"。[45] 因赵食：凭借赵地，取粮而食。[46] 新造：新建立。[47] 埽（sǎo）境内：指倾楚地之兵。埽：同"扫（扫）"。[48] 徇：曲从。[49] 社稷：古代帝王、诸侯所祭祀的土神和谷神，是国家的象征。[50] 阴令：密令，暗中命令。[51] 枝梧：指抵触、不服从。[52] 假：代理。[53] 当阳君：黥布的封号。[54] 少利：稍有进展。[55] 甑（zèng）：瓦器，用以蒸煮食物。[56] 必死：决死。[57] 无一还心：不让一人有畏缩后退之心。[58] 行：进军。[59] 函谷关：要塞名，在今河南灵宝西南。[60] 咸阳：秦国首都，故址在今陕西长安东渭城故城。[61] 戏西：戏水之西。戏水在今陕西西安临潼区东。[62] 霸上：也作"灞上"，即灞水西之白鹿原，在今陕西西安东。[63] 左司马：司马为掌军政之官，此称左司马，盖以司马一职分为左右二官。[64] 子婴：人名。赵高杀死秦二世后，立子婴为王，其时已投降沛公。[65] 旦日：明日。飨（xiǎng）：以酒食犒劳。[66] 新丰：在今陕西西安临潼区东，本为秦之骊邑，汉置县，改名新丰。鸿门：山坡名，在新丰东十七里，今称项王营。[67] 居山东时：指入关以前。山东：华山以东，泛指六国之地。[68] 气：指刘邦行止之处上空的云气。望气是古代预测人事吉凶的一种迷信方法。[69] 不自意：自己也没有料想到。[70] 东向坐：古代室内坐次以坐西面东为尊。[71] 亚父：项羽时范增的尊称，意同"仲父"。[72] 目：以目示意。[73] 玉玦（jué）：环形开口的玉。古人常用以表示决断、决绝。[74] 项庄：项羽的堂弟。[75] 不者：否则，不然的话。[76] 若属：你们这些人。[77] 翼蔽：遮蔽，掩护。[78] 樊哙（kuài）：沛人，与刘邦一同起义，后封舞阳侯。同命：同死。指与项羽拼命。[79] 交戟：持戟交叉。[80] 披帷：揭开帷帐。帷：围在四周的帐幕。[81] 瞋（chēn）目：张目怒视。[82] 头发上指：头发向上竖起。[83] 目眦（zì）尽裂：眼眶都裂开了。这几句形容樊哙极端愤怒。[84] 跽（jì）：半跪。古人席地而坐，两膝着地，臀部贴在脚跟。臀部不靠脚跟为跪，跪而挺身直腰为跽。项羽由坐而跽，是防范进攻的戒备动作。[85] 客何为者：来客是干什么的？[86] 参乘：即骖乘，坐在车右担任警卫的武士。[87] 斗卮酒：一大杯酒。"斗"或是衍文。[88] 彘（zhì）肩：整条猪腿。[89] 举：尽，全。[90] 胜：尽。[91] 细说：指小人的谗言。[92] 如厕：上厕所。[93] 陈平：当时为项羽部下，后为刘邦谋臣，封侯拜相。[94] 让：责备。"大行"二句：干大事业不计较细微之处，讲究大节不在乎小的失礼。[95] 刀俎（zǔ）：刀和砧（zhēn）板。[96] 我为鱼肉：喻处在任人宰割的地位。[97] 操：持，指携带。[98] 璧：圆形玉器，中间有小孔。[99] 玉斗：玉制的酒器。[100] 会：逢，值。[101] 置：弃置，丢下。[102] 夏侯婴：沛人，刘邦的好友，后封汝阴侯。靳强：曲沃人，后封汾阳侯。纪信：刘邦部将。项羽围荥阳时，纪信假扮刘邦出城投降，掩护刘邦逃脱，自己被项羽烧死。[103] 郦山：即骊山。地处鸿门西，在今陕西西安临潼区东。[104] 道芷（zhǐ）阳：取道芷阳。芷阳：秦县名，县治在今陕西长安东白鹿原上。间（jiàn）行：抄小路而行。[105] 度（duó）：估计。[106] 不胜杯杓（sháo）：不胜酒力。杯杓：酒器，代指酒。[107] 大将军：指范增。[108] 督过：责备。[109] 竖子：小子。[110] 骓（zhuī）：毛色青白相杂的马。[111] 兮（xī）：感叹词，相当于"啊"。[112] 逝：奔驰。[113] 数阕：几遍。阕：量词。乐曲终止一次曰一阕。[114] 泣数行

(háng)下：眼泪几行齐下。[115] 直夜：当夜。溃围：指冲出重围。[116] 平明：天刚亮时。[117] 属：跟随。[118] 阴陵：秦县名，县治在今安徽定远西北。[119] 田父：种田老人。[120] 绐（dài）：欺骗。[121] 大泽：低洼多水之地。[122] 东城：秦县名，县治在今安徽定远东南。[123] 快战：痛痛快快地打一仗。[124] 三胜之：即指下文溃围、斩将、刈旗三事。[125] 刈（yì）砍倒。[126] 四向：分别朝着四个方向。[127] 期山东为三处：约定在山的东面分三处会合。[128] 披靡（mǐ）：本指草随风倒伏。此处形容汉军之溃退。[129] 赤泉侯：指杨喜，当时尚未封侯。[130] 辟易：指因惊惧而退避。辟：通"避"。易：改变地方。[131] 乌江：渡口名，在今安徽和县东北四十里处，位于长江西岸。[132] 杈（yǐ）船：移船靠岸。[133] 短兵：短小轻便的兵器，如刀、剑之类。[134] 被十余创：受了十几处伤。[135] 顾：回头看。骑司马：骑兵官名。[136] 故人：旧识之人，指故友。[137] 面之：转身背着项羽。面：通"偭"（miǎn），背（向）。吕马童追赶项王，此时背过身去。[138] 购：悬赏征求。[139] 蹂践：践踏。[140] "五人"句：五人拼合验证是不是项羽的肢体。[141] 分其地为五：将原来悬赏的万户封邑分成五份。

廉颇蔺相如列传（节选）

【解题】

本篇是蔺相如、廉颇的合传。文章通过完璧归赵、渑池会、将相和三个历史事件，热情地赞颂了蔺相如有胆有识、顾全大局，廉颇忠勇为国、勇于改过的优秀品质。从结构上说，本文不是将各人的始末分别写出，而是将他们的事迹打散，重新组织，纵横捭阖，错综成文，极尽穿插掊合之妙。传中主要人物的事迹，经梭纬织，绾结勾连，使全文首尾贯通，浑然一体，表现了作者组织文章的非凡功力。

廉颇者，赵之良将也，赵惠文王十六年[1]，廉颇为赵将伐齐，大破之，取阳晋[2]，拜为上卿[3]，以勇气闻于诸侯。蔺相如者，赵人也，为宦者令缪贤舍人[4]。

赵惠文王时，得楚和氏璧[5]。秦昭王闻之[6]，使人遗赵王书，愿以十五城请易璧，赵王与大将军廉颇诸大臣谋：欲予秦，秦城恐不可得，徒见欺；欲勿予，即患秦兵之来[7]。计未定，求人可使报秦者，未得。宦者令缪贤曰："臣舍人蔺相如可使。"王问："何以知之？"对曰："臣尝有罪，窃计欲亡走燕，臣舍人相如止臣，曰：'君何以知燕王？'臣语曰：'臣尝从大王与燕王会境上，燕王私握臣手，曰"愿结友"。以此知之，故欲往。'相如谓臣曰：'夫赵强而燕弱，而君幸于赵王[8]，故燕王欲结于君，今君乃亡赵走燕，燕畏赵，其势必不敢留君，而束君归赵矣[9]。君不如肉袒伏斧质请罪[10]，则幸得脱矣。'臣从其计，大王亦幸赦臣。臣窃以为其人勇士，有智谋，宜可使。"于是王召见，问蔺相如曰："秦王以十五城请易寡人之璧，可予不？"相如曰："秦强而赵弱，不可不许。"王曰："取吾璧，不予我城，奈何？"相如曰："秦以城求璧而赵不许，曲在赵[11]；赵予璧而秦不予赵城，曲在秦。均之二策[12]，宁许以负秦曲[13]。"王曰："谁可使者？"相如曰："王必无人[14]，臣愿奉璧往使。城入赵而璧留秦；城不入，臣请完璧归赵[15]。"赵王于是遂遣相如奉璧西入秦。

秦王坐章台见相如[16]，相如奉璧奏秦王[17]。秦王大喜，传以示美人及左右，左右皆呼万岁。相如视秦王无意偿赵城,乃前曰:"璧有瑕[18],请指示王。"王授璧,相如因持璧却立[19],倚柱,怒发上冲冠[20],谓秦王曰:"大王欲得璧,使人发书至赵王,赵王悉召群臣议,皆曰:'秦贪,负其强[21],以空言求璧,偿城恐不可得。'议不欲予秦璧。臣以为布衣之交尚不相欺[22],况大国乎!且以一璧之故逆强秦之欢[23],不可。于是赵王乃斋戒五日[24],使臣奉璧,拜送书于庭[25]。何者?严大国之威以修敬也[26]。今臣至,大王见臣列观[27],礼节甚倨[28],得璧,传之美人,以戏弄臣。臣观大王无意偿赵王城,故臣复取璧。大王必欲急臣[29],臣头今与璧俱碎于柱矣!"相如持其璧睨柱[30],欲以击柱。秦王恐其破璧,乃辞谢固请[31],召有司案图,指从此以往十五都予赵。相如度秦王特以诈详为予赵城[32],实不可得,乃谓秦王曰:"和氏璧,天下所共传宝也[33],赵王恐,不敢不献。赵王送璧时,斋戒五日,今大王亦宜斋戒五日,设九宾于廷[34],臣乃敢上璧。"秦王度之,终不可强夺,遂许斋五日,舍相如广成传[35]。相如度秦王虽斋,决负约不偿城,乃使其从者衣褐,怀其璧,从径道亡[36],归璧于赵。

秦王斋五日后,乃设九宾礼于庭,引赵使者蔺相如。相如至,谓秦王曰:"秦自缪公以来二十余君[37],未尝有坚明约束者也[38]。臣诚恐见欺于王而负赵,故令人持璧归,间至赵矣。且秦强而赵弱,大王遣一介之使至赵[39],赵立奉璧来,今以秦之强而先割十五都予赵,赵岂敢留璧而得罪于大王乎?臣知欺大王之罪当诛,臣请就汤镬[40],唯大王与群臣孰计议之!"秦王与群臣相视而嘻[41]。左右或欲引相如去[42],秦王因曰:"今杀相如,终不能得璧也,而绝秦赵之欢,不如因而厚遇之,使归赵,赵王岂以一璧之故欺秦邪?"卒廷见相如,毕礼而归之。

相如既归,赵王以为贤大夫,使不辱于诸侯,拜相如为上大夫[43]。秦亦不以城予赵,赵亦终不与秦璧。

其后秦伐赵,拔石城[44]。明年,复攻赵,杀二万人。

秦王使使者告赵王,欲与王为好会于西河外渑池[45]。赵王畏秦,欲毋行。廉颇、蔺相如计曰:"王不行,示赵弱且怯也。"赵王遂行,相如从。廉颇送至境,与王诀曰[46]:"王行,度道里会遇之礼毕[47],还,不过三十日。三十日不还,则请立太子为王,以绝秦望。"王许之,遂与秦王会渑池[48]。秦王饮酒酣[49],曰:"寡人窃闻赵王好音,请奏瑟[50]!"赵王鼓瑟[51]。秦御史前书曰[52]:"某年月日,秦王与赵王会饮,令赵王鼓瑟。"蔺相如前曰:"赵王窃闻秦王善为秦声[53],请奏盆缻秦王[54],以相娱乐。"秦王怒,不许。于是相如前进缻,因跪请秦王。秦王不肯击缻。相如曰:"五步之内,相如请得以颈血溅大王矣[55]!"左右欲刃相如[56],相如张目叱之,左右皆靡[57]。于是秦王不怿[58],为一击缻。相如顾召赵御史书曰:"某年月日,秦王为赵王击缻。"秦之群臣曰:"请以赵十五城为秦王寿。"蔺相如亦曰:"请以秦之咸阳为赵王寿!"秦王竟酒[59],终不能加胜于赵[60]。赵亦盛设兵以待秦,秦不敢动。

既罢归国,以相如功大,拜为上卿,位在廉颇之右[61]。廉颇曰:"我为赵将,有攻城野战之大功,而蔺相如徒以口舌为劳[62],而位居我上,且相如素贱人,吾羞,不忍为之下。"宣言曰:"我见相如,必辱之。"相如闻。不肯与会。相如每朝时,常称病,不欲与廉颇争列[63]。已而相如出,望见廉颇,相如引车避匿。于是舍人相与谏曰:"臣所以去亲戚而事君者,徒慕君之高义也。今君与廉颇同列,廉君宣恶言[64],而君畏避之,恐惧殊甚[65],且庸人尚羞之，况于将相乎！臣等不肖[66]，请辞去。"蔺相如固止之，曰："公之视廉将军孰与秦王[67]？"曰："不若也。"相如曰："夫以秦王之威，而相如廷叱之，辱其群臣，相如虽驽[68]，独畏廉将军哉！顾吾念之，强秦之所以不敢加兵于赵者，徒以吾两人在也。今两虎共斗，其势不俱生，吾所以为此者，以先国家之急而后私仇也。"廉颇闻之，肉袒负荆[69]，因宾客至蔺相如门谢罪，曰："鄙贱之人，不知将军宽之至此也！"卒相与欢，为刎颈之交[70]。

中华书局标点本《史记》卷八十一

【注释】

[1] 赵惠文王十六年：公元前283年。赵惠文王：名何，武灵王之子，公元前298—公元前266年在位。[2] 阳晋：古邑名，在今山东菏泽西北。[3] 上卿：周代官职，在诸侯臣属中地位为最高。[4] 宦者令：宦官的头领。舍人：担任职事的门客。[5] 和氏璧：从楚人卞和发现的玉璞（包有玉的石头）中剖出的宝玉，为稀世之珍。卞和献玉事见《韩非子·和氏》。[6] 秦昭王：即秦昭襄王，名则，一名稷，秦始皇曾祖，公元前306—公元前251年在位。[7] 即：则。[8] 幸：得宠。[9] 束：捆缚。[10] 肉袒：脱去上衣，裸露肢体。伏斧质：表示领受死刑。质：通"锧"，斩犯人时承斧的砧板。[11] 曲：这里指理亏。[12] 均：权衡。[13] 负秦曲：让秦国承担理亏的责任。[14] 必：如果。表示假设。[15] 完璧归赵：将璧完好无损地归还赵国。[16] 章台：秦离宫中的台观名，故址在今陕西长安故城西南。[17] 奏：呈献。[18] 瑕：玉上的斑点。[19] 却立：退后立定。[20] 怒发上冲冠：头发因发怒而竖起，把帽子都顶了起来。形容极度愤怒。[21] 负：凭恃。[22] 布衣之交：平民结成的朋友。[23] 逆：拂逆，触忤。[24] 斋戒：古人在祭祀或其他典礼前，先要沐浴更衣，不吃荤腥，独宿，以清心洁身，表示恭敬严肃。[25] 拜送书于庭：指相如出使时赵王在朝廷拜送，并把国书交给他。庭：同"廷"。[26] "严大国"句：谓敬畏大国的威严而表示恭敬。[27] 列观：一般的台观。指不在宫廷正殿。[28] 倨（jù）：傲慢。[29] 急：逼迫。[30] 睨（nì）：斜视。[31] 辞谢：道歉。[32] 详：通"佯"，假装。[33] 共传宝：公认为宝物。[34] 设九宾于廷：在朝廷设置九位傧相，以次传呼使者上殿，这是古代外交场合最隆重的礼仪。宾：同"傧"，宾主之间传言赞礼的人员。[35] 广成：传舍名。传（zhuàn）：传舍，宾馆。[36] 径（jìng）道：小路。[37] 缪（mù）公：即秦穆公，字任好，春秋五霸之一，公元前659—公元前621年在位。[38] 坚明：这里用如动词，谓坚定明确地遵守。[39] 一介之使：一个使者。[40] 就汤镬：谓就烹刑。就：靠近。汤镬：煮着沸水的大锅，古代烹人的刑具。[41] 嘻：惊叹之声。[42] 引：拉。[43] 上大夫：官名，是大夫中地位最高的一级，仅次于卿。[44] 石城：在今河南林州西南。秦攻取石城事在赵惠文王十八年（前281）。[45] 好会：友好的会见。西河外：赵都邯郸在黄河北，故称黄河以南地区（当今河南西部）为西河外。渑池：时为秦邑，在今河南渑池县西。位于赵之西，黄河之南。[46] 诀：辞别。[47] 度（duó）道里会遇之礼毕：预计来回行程加上完成会谈过程所需的时间。[48] 会渑池：事在赵惠文王二十年（前279）。[49] 酣：酒喝到兴致正浓的时候。[50] 请奏瑟：请允许我给您奉上一张瑟。意谓请您用瑟来演奏。[51] 鼓瑟：弹瑟。[52] 御史：官名。掌国书文籍，记载朝廷大事，职同后世的史官。[53] 秦声：秦国的音乐。[54] 盆缻（fǒu）：均为瓦器。缻：同"缶"。秦人唱歌，常喜击缶为节拍。李斯《谏逐客书》："击瓮叩缶……而歌呼呜呜快耳者，真秦之声也。"[55] "相如"句：意谓我要与你拼命了。溅：喷

射。[56] 刃：用作动词。以兵刃刺。[57] 靡（mǐ）：倒下。这里是惊退的意思。[58] 不怿（yì）：不悦。[59] 竟酒：终席。[60] 加胜：压倒。指占上风。[61] 右：指上方，较高的位置。[62] 以口舌为劳：凭口舌立功。[63] 争列：争位次的高下。[64] 宣恶言：公然讲无礼的话。[65] 殊甚：特别厉害。甚：过分。[66] 不肖：不贤。[67] 公：对人的敬称。孰与秦王：和秦王相比怎么样？[68] 驽：本指劣马。这里比喻材质低劣。[69] 负荆：背着荆杖，表示领罪愿受责罚。[70] 因宾客：通过宾客。刎颈之交：生死与共的朋友。

班固

　　班固（32—92），字孟坚，扶风安陵（今陕西咸阳东北）人。父班彪曾踵《史记》，续太初后事，作《后传》数十篇。班固幼而能文，诵诗赋，长大后博贯载籍。他因《史记》不载太初以后之事，后人续补西汉事迹也不够详备，故有意于撰史。有人上书告发他"私改作国史"，因而被捕下狱。他的弟弟班超求见明帝，申说班固著述之意，明帝见到他的书稿，颇为赏识，除为兰台令史。永平五年（62），迁为郎，典校秘书，并奉诏撰写《汉书》。和帝永元初，为中护军，随车骑将军窦宪出征匈奴。永元四年，窦宪在政治斗争中失败自杀，班固受到牵连被捕，死于狱中。班固死时，八表和《天文志》尚未写就，后由其妹班昭和马续最后完成。《汉书》纪十二，表八，志十，传七十，共一百卷，上起高祖，下迄王莽之诛，网罗西汉230年间事，是我国最早的纪传体断代史。《汉书》的体例，基本上沿袭《史记》，只是不立世家，名称稍有出入。《汉书》太初以前部分多用《史记》之文而加以斟酌益损，它的史料价值主要体现在对太初以后史实的记载。由于时代的原因，《汉书》的思想内容比《史记》要显得正统。《汉书》在写作上讲究文章的章法结构，文辞典雅工饬，言简意赅，有些篇章写得颇为生动传神。中华书局点校本以王先谦《汉书补注》本为底本，对原本加以分段标点，并收入颜师古注，是目前最为通行的本子。

苏武传（节选）

【解题】

　　本篇选自《汉书·李广苏建传》。文章记述了苏武出使匈奴19年艰苦卓绝的经历，生动地刻画了一位忠臣义士的感人形象。本文在史料处理方面极其注意剪裁，重点突出。作为一篇传记，文章并没有面面俱到，详写苏武的一生，而是重点写他出使匈奴的经过，展现了他威武不能屈、富贵不能淫、贫贱不能移、亲情不能动的高贵品质。本文在对比手法、细节刻画的运用上相当成功，对表现苏武高尚的民族气节，起到了十分重要的作用。

　　武字子卿，少以父任，兄弟并为郎[1]，稍迁至栘中厩监[2]。时汉连伐胡，数通使相窥观，匈奴留汉使郭吉、路充国等前后十余辈[3]。匈奴使来，汉亦留之以相当[4]。天汉元年[5]，且鞮侯单于初立[6]，恐汉袭之，乃曰："汉天子我丈人行也[7]。"尽归汉使路充国等。武帝嘉其义，乃遣武以中郎将使持节送匈奴使留在汉者[8]，因厚赂单于，答其善意。武与副中郎将张胜及假吏常惠等募士斥候百余人俱[9]。既至匈奴，置币遗单于。单于益骄，非汉所望也。

方欲发使送武等，会缑王与长水虞常等谋反匈奴中[10]。缑王者，昆邪王姊子也[11]，与昆邪王俱降汉，后随浞野侯没胡中[12]。及卫律所将降者[13]，阴相与谋劫单于母阏氏归汉[14]。会武等至匈奴，虞常在汉时素与副张胜相知，私候胜曰[15]："闻汉天子甚怨卫律，常能为汉伏弩射杀之[16]。吾母与弟在汉，幸蒙其赏赐。"张胜许之，以货物与常。后月余，单于出猎，独阏氏子弟在。虞常等七十余人欲发[17]，其一人夜亡，告之。单于子弟发兵与战。缑王等皆死，虞常生得[18]。

单于使卫律治其事。张胜闻之，恐前语发[19]，以状语武。武曰："事如此，此必及我。见犯乃死[20]，重负国[21]。"欲自杀，胜、惠共止之。虞常果引张胜[22]。单于怒，召诸贵人议，欲杀汉使者。左伊秩訾曰[23]："即谋单于[24]，何以复加？宜皆降之。"单于使卫律召武受辞[25]，武谓惠等："屈节辱命[26]，虽生，何面目以归汉！"引佩刀自刺[27]。卫律惊，自抱持武，驰召医。凿地为坎[28]，置煴火[29]，覆武其上，蹈其背以出血[30]。武气绝，半日复息[31]。惠等哭，舆归营[32]。单于壮其节[33]，朝夕遣人候问武[34]，而收系张胜。

武益愈，单于使使晓武。会论虞常[35]，欲因此时降武。剑斩虞常已[36]，律曰："汉使张胜谋杀单于近臣，当死，单于募降者赦罪。"举剑欲击之，胜请降。律谓武曰："副有罪，当相坐[37]。"武曰："本无谋，又非亲属，何谓相坐？"复举剑拟之[38]，武不动。律曰："苏君，律前负汉归匈奴，幸蒙大恩，赐号称王，拥众数万，马畜弥山[39]，富贵如此。苏君今日降，明日复然。空以身膏草野[40]，谁复知之！"武不应。律曰："君因我降，与君为兄弟，今不听吾计，后虽欲复见我，尚可得乎？"武骂律曰："女为人臣子，不顾恩义，畔主背亲[41]，为降虏于蛮夷，何以女为见[42]？且单于信女，使决人死生，不平心持正，反欲斗两主[43]，观祸败。南越杀汉使者，屠为九郡[44]；宛王杀汉使者，头县北阙[45]；朝鲜杀汉使者，即时诛灭[46]。独匈奴未耳；若知我不降明，欲令两国相攻，匈奴之祸从我始矣。"

律知武终不可胁，白单于[47]。单于愈益欲降之[48]，乃幽武置大窖中[49]，绝不饮食[50]。天雨雪，武卧啮雪与旃毛并咽之[51]，数日不死，匈奴以为神，乃徙武北海上无人处[52]，使牧羝[53]，羝乳乃得归[54]。别其官属常惠等，各置他所。

武既至海上，廪食不至[55]，掘野鼠去草实而食之[56]。杖汉节牧羊，卧起操持，节旄尽落。积五六年，单于弟於靬王弋射海上[57]。武能网纺缴[58]，檠弓弩[59]，於靬王爱之，给其衣食。三岁余，王病，赐武马畜服匿穹庐[60]。王死后，人众徙去。其冬，丁令盗武牛羊[61]，武复穷厄[62]。

初，武与李陵俱为侍中[63]，武使匈奴明年，陵降，不敢求武[64]。久之，单于使陵至海上，为武置酒设乐，因谓武曰："单于闻陵与子卿素厚[65]，故使陵来说足下[66]，虚心欲相待[67]。终不得归汉，空自苦亡人之地，信义安所见乎？前长君为奉车[68]，从至雍棫阳宫[69]，扶辇下除[70]，触柱折辕，劾大不敬[71]，伏剑自刎，赐钱二百万以葬。孺卿从祠河东后土[72]，宦骑与黄门驸马争船[73]，推堕驸马河中溺死，宦骑亡，诏使孺卿逐捕不得，惶恐饮药而死。来时，大夫人已不幸[74]，陵送葬至阳陵[75]。子卿妇年少，闻已更嫁矣。独有女弟二人[76]，两女一男[77]，今复十余年，存亡不可知。人生如朝露[78]，何久自苦如此！陵始降时，忽忽如狂[79]，自痛负汉[80]，加以老母系保宫[81]，子卿不欲降，何以过陵？且陛下春秋高[82]，法令亡常，大臣亡罪夷灭者数十家[83]，安危不可知，子卿尚复谁为乎？愿听陵计，勿复有云。"武曰："武父子亡功德，皆为陛下所成就[84]，位列将，爵通侯[85]，兄弟亲近，常愿肝脑涂地。今得杀身自效，虽蒙斧钺汤镬[86]，诚甘乐之。臣事君，犹子事父也，子为父死亡所恨。愿勿复再言。"陵与武饮数日，复曰："子卿壹听陵言[87]。"武曰："自分已死久矣[88]！王必欲降武[89]，请毕今日之欢，效死于前[90]！"陵见其至诚，喟然叹曰："嗟乎，义士！陵与卫律之罪上通于天。"因泣下沾衿[91]，与武决去[92]。

陵恶自赐武[93]，使其妻赐武牛羊数十头。后陵复至北海上，语武："区脱捕得云中生口[94]，言太守以下吏民皆白服，曰上崩。"武闻之，南乡号哭[95]，欧血[96]，旦夕临[97]。

数月，昭帝即位[98]。匈奴与汉和亲。汉求武等，匈奴诡言武死[99]。后汉使复至匈奴，常惠请其守者与俱[100]，得夜见汉使，具自陈道[101]。教使者谓单于，言天子射上林中[102]，得雁，足有系帛书[103]，言武等在某泽中。使者大喜，如惠语以让单于[104]。单于视左右而惊，谢汉使曰[105]："武等实在。"于是李陵置酒贺武曰："今足下还归，扬名于匈奴，功显于汉室，虽古竹帛所载[106]，丹青所画[107]，何以过子卿！陵虽驽怯[108]，令汉且贳陵罪[109]，全其老母，使得奋大辱之积志，庶几乎曹柯之盟[110]，此陵宿昔之所不忘也[111]。收族陵家，为世大戮[112]，陵尚复何顾乎[113]？已矣！令子卿知吾心耳。异域之人，壹别长绝[114]！"陵起舞，歌曰："径万里兮度沙幕[115]，为君将兮奋匈奴。路穷绝兮矢刃摧，士众灭兮名已隤[116]。老母已死，虽欲报恩将安归！"陵泣下数行，因与武决。单于召会武官属[117]，前以降及物故[118]，凡随武还者九人。

中华书局标点本《汉书》卷五十四

【注释】

[1]"少以"二句：汉制，二千石以上的官员，任职满一定时间，可保举弟子一人为郎。任：保举。郎：皇帝侍卫官员。[2] 稍迁：逐渐升迁。栘（yí）中厩监：掌管鞍马鹰犬射猎的官员。栘：汉宫中园名。厩：马棚。[3] 留：扣留。辈：批。[4] 当（dàng）：抵偿。[5] 天汉元年：即公元前100年。[6] 且鞮（jū dī）侯：单于即位前的封号。单于：匈奴最高首领。[7] 丈人：古代对老人和长辈的尊称。行（háng）：辈。[8] 中郎将：皇帝侍卫武官，位次将军。节：旄节。竹竿上缀以牦牛尾，为使臣所持信物。[9] 假吏：临时充任吏职者。斥候：侦察人员。[10] 会：适逢。缑（gōu）王：匈奴亲王之一。长水虞常：指汉投降匈奴的长水校尉虞常。长水：水名。源出陕西蓝田西北，流经长安东南。[11] 昆邪（hùn yé）王：匈奴亲王之一。其部落在匈奴的西方。[12] 浞（zhuó）野侯：汉将赵破奴的封号。没：陷落。太初元年（前104），匈奴左大都尉欲杀单于降汉，武帝于次年派赵破奴率军前往接应，单于发觉其事，杀死左大都尉，赵破奴兵败被俘。[13] 卫律：长水胡人，生长于汉，曾为汉使出使匈奴；后因事株连，畏罪逃往匈奴，被封为丁灵王，成为单于的亲信。[14] 阏氏（yān zhī）：匈奴对单于之妻的称号。[15] 私候：私下拜访。[16] 弩：用机械力量发箭的弓。[17] 发：起事。[18] 生得：生俘。[19] 发：发觉。[20] 见犯：指受到侵侮。[21] 重：更加。[22] 引：牵连。[23] 左伊秩訾（zī）：匈奴王号名。[24] 即：假使，如果。[25] 受辞：接受审讯。[26] 屈节辱命：失去气节，有辱使命。[27] 引：抽。[28] 坎：坑。[29] 煴（yūn）火：无焰之火。[30] 蹈：同"搯"（tāo），叩击。[31] 复息：苏醒。息：呼吸。[32] 舆：指用车载。[33] 壮其节：认为苏武气节壮烈。[34] 候问：问候。问、候二字同义。[35] 会论：会同判决虞常之罪。

[36] 已：毕。[37] 相坐：相连坐。古代法律，一人犯大罪，其亲属或有直接关系的人（如保举者）也要治罪，称为连坐。[38] 拟：比划，即做出要杀他的样子。[39] 弥：满。[40] 膏：肥。[41] 畔：同"叛"。[42] "何以"句：即"何以见女为"，为什么要见你。为：语气助词。[43] 斗：使斗。[44] "南越"二句：元鼎五年（前112），南越王欲内附，其相吕嘉杀王与太后及汉使者，武帝发兵征讨，次年，南越降。汉以南越之地设置儋耳、珠厓、南海、苍梧、郁林、合浦、交阯、九真、日南九郡。[45] "宛王"二句：武帝曾派使者往大宛求良马，大宛不予，又因汉使不满而攻杀之，取其财物。太初元年，武帝派贰师将军李广利率军征伐，太初四年，大宛贵人共杀宛王毋寡，派使者持其首见贰师将军，贰师将军等立宛贵人亲汉者昧蔡为王。县：同"悬"。北阙：指汉宫之北阙。阙为皇宫门前两边的楼。[46] "朝鲜"二句：元封二年（前109），武帝派涉何出使朝鲜，涉何杀死送他回国的朝鲜人，诈称是朝鲜将领，武帝封他为辽东东部都尉。朝鲜发兵袭杀涉何。武帝发兵击朝鲜。元封三年夏，尼溪相参使人杀朝鲜王右渠来降。[47] 白：禀告。[48] 愈益：更多。[49] 幽：囚禁。[50] 绝不饮食：断绝其生活供给。[51] 啮（niè）：咬，指吞食。旃：同"毡"，毛织的毡毯。[52] 北海：在匈奴的北境，即今俄罗斯东西伯利亚高原的贝加尔湖。[53] 羝（dī）：公羊。[54] 乳：产子。[55] 廪食：原指官府供给的粮食。此泛指食物。[56] 去：通"弆"（jǔ），收藏。此句谓掘取野鼠所藏草实而食之。[57] 於靬（wū jiān）王：且鞮侯单于的弟弟。弋（yì）射：以绳系箭而射。[58] 网：结网。纺缴（zhuó）：纺制系在箭尾的丝绳。[59] 檠（qíng）：本指矫正弓的器具。这里用作动词，用檠矫正弓弩。[60] 服匿：盛酒酪的瓦器。穹（qióng）庐：圆顶帐篷。[61] 丁令：也作"丁灵""丁零"，匈奴族的一支。[62] 穷厄（è）：陷于困境。厄：困。[63] 李陵：字少卿，西汉名将李广的孙子，武帝时为骑都尉，天汉二年（前99），率兵五千与匈奴作战，杀伤敌兵甚多，因遭遇单于主力，军无后援，力竭而降。侍中：官名，为皇帝侍从。[64] 求：访求。[65] 素厚：一向交情很深。[66] 足下：对人的敬称。[67] 虚心欲相待：谓想要真心善待你。虚心：心无成见。[68] 长君：指苏武的哥哥苏嘉。奉车：奉车都尉，皇帝侍卫官，主要负责车乘的安全。[69] 雍：汉县名，在今陕西凤翔南。棫（yù）阳宫：本为秦宫，在雍地之东，今陕西扶风东北。[70] 除：指殿阶。[71] 劾：弹劾。大不敬：对皇帝不敬的罪名。[72] 孺卿：指苏武的弟弟苏贤。祠：祭祀。河东：汉郡名，治所在今山西夏县西北。境内有土地神祠。后土：土地神。[73] 宦骑：侍卫皇帝的宦官骑士。黄门：掌管皇宫事务的官署。驸马：驸马都尉（掌皇帝出行时副车车马）的属官。[74] 大夫人：即太夫人，指苏武的母亲。不幸：死的讳称。[75] 阳陵：汉县名，为孝景帝陵墓所在地，在今陕西咸阳东。[76] 女弟：妹妹。[77] 两女一男：指苏武的两个女儿和一个儿子。[78] "人生"句：此句意谓人生短促。朝露：早晨的露水。[79] 忽忽：恍惚。[80] 负：亏负，对不起。[81] 系：囚禁。保宫：汉代囚禁犯罪大臣及其眷属的处所。[82] 春秋高：谓年老。[83] 夷灭：指灭族。[84] 成就：指提拔任用。[85] "位列"二句：苏武的父亲苏建为右将军，赐爵平陵侯。列侯，二十级爵中最高的一等。[86] 蒙：冒。斧钺、汤镬：均指刑具。此句意谓即使受极刑处分。[87] 壹：一定。[88] 分（fèn）：料想，断定。[89] 王：指李陵。李陵投降后，匈奴封他为右校王。[90] 效死：犹言"毕命"。[91] 衿：襟。[92] 决：同"诀"，辞别。[93] 恶（wù）：羞耻，害怕。此指不好意思。[94] 区（ōu）脱：边境。此为匈奴语。生口：指俘虏。[95] 乡：通"向"。[96] 欧（ǒu）：呕吐。[97] 临（lìn）：哭吊。[98] 昭帝：名弗陵，武帝少子，公元前86—公元前74年在位。[99] 诡言：诈称。[100] 守者：看守（苏武）的人。[101] 陈道：陈说，陈述。[102] 上林：

上林苑，在今陕西西安西南。［103］帛书：写在帛（丝织品）上的信。［104］让：责备。［105］谢：道歉。［106］竹帛：指史书。［107］丹青：本指绘图所用的颜料。此指图画。［108］驽怯：无能胆小。［109］令：假使。贳（shì）：宽恕。［110］曹柯之盟：指曹沫劫齐桓公事。春秋时，曹沫为鲁庄公将，三战皆败。后齐、鲁盟于柯，曹沫以匕首劫齐桓公，使他归还了侵占鲁国的土地。［111］宿昔：即夙夜，从早到晚。［112］大戮：大耻。［113］顾：留恋。［114］长绝：永诀。［115］径：经过。沙幕：沙漠。［116］陨（tuí）：败坏。［117］召会：召集。［118］以：同"已"。物故：死亡。

魏晋南北朝文学

概　　述

一、魏晋南北朝社会状况

东汉末年汉献帝建安年间（196—220），到隋文帝杨坚建立隋王朝（589）前，就是文学史上所说的魏晋南北朝时期，历时约四百年。魏晋南北朝是中国历史上最为动荡的时期。由于南北长期的对峙和分裂，南北文化在相对隔绝的状态当中，得到了相对独立的发展，从而在文化上显现出鲜明的个性差异以及各种地域文化的特征。这一时期民族矛盾也相当尖锐。自汉魏以来，我国西北少数民族开始大量迁居内地。他们本来受到汉族统治者的深重压迫，到了西晋后期，由于朝廷宗室之间发生了争夺皇位的"八王之乱"，这些少数民族纷纷乘虚而入，并把汉族政权赶到了南方，这就是历史上所称的"五胡乱华"。"五胡"指的是当时五个主要的少数民族：匈奴、鲜卑、羯、氐、羌。他们统治北方以后，反过来对汉人进行了报复性的残酷迫害，而且各少数民族之间也不断地爆发战争，一直到隋文帝统一中国。

在魏晋南北朝的政治生活当中，建立起了严格的士族门阀制度，存在着士族与庶族的尖锐对立。他们之间的根本区别不在于官职的高低或财产的多寡，而是血统的尊卑。在汉代，已经出现了许多世代做官的豪门大族。曹丕为了登上皇位，更推行九品中正制度，承认士族拥有政治上的特权，以换取他们的支持。九品中正制度的推行，进一步加强了士族对政治权力的垄断，以致出现"上品无寒门，下品无世族"（《晋书·刘毅传》）的不合理现象。门阀制度的存在，加强了士族的地位和独立性，他们的力量甚至可以左右王朝的兴废、政权的更迭。于是，士族与皇族、士族与庶族之间，产生了复杂的矛盾。

魏晋南北朝时期的社会风尚和文艺思潮也发生了很大变化。

其一是思想的自由与开放。汉末黄巾大起义不仅打击了汉王朝的政治统治，也根本动摇了儒学的至尊地位。儒学的衰落，促使士大夫文人中的有识之士不得不寻找新的治国之术，思想界便出现了自由与开放的局面，各家各派的思想都得到了发展的机会。于是出现了一股摆脱传统礼教束缚的新的思潮。这股社会思潮的本质，就是对个性价值的肯定与重视，在"任自然"这个口号之下，士大夫阶层得到更大的精神自由。曹操用人唯才的标准，已经体现了这种意识，它又更加集中地体现为阮籍、嵇康等人的魏晋名士风度。

其二是玄学的兴起。伴随着正统儒学的衰败，魏晋时期逐渐形成了一种新的世界观和人生观，其理论形态就是魏晋玄学。它是一种以老庄道家学说为主体，同时又融合了儒家和佛家的一些思想，特别注重抽象思辨的哲学。玄学的盛行，也必然影响到文学的创作，在六朝的诗文辞赋里，很多都表现出玄学的风尚。

其三是道教、佛教的传播。道家与道教是两个不同的概念，道家是以老庄为代表的一个哲学流派，而道教则是产生于中国本土的一种宗教。道教是一种注重现世享乐的实用性的宗教。它在魏晋南北朝时代，满足了人们在苦闷的现实人生中追求长生不老、及时行乐的愿望，因而广为流行。道教中众多神仙故事以其奇特的想象力，对魏晋南北朝志怪小说、游仙诗的创作都具有直接的影响。佛教从西汉末年传入中原以后，一直没有产生多少社会影响。到了东晋、南北朝时期，由于社会动荡，战争频繁，人们都想要寻找到一个精神的避难所。当时儒学已经衰落了，道教又缺乏深邃的思想，而佛教则显示出其精神上的优势，便以迅猛的势头传播开来。佛教的人生理念以及佛经内许多有趣的故事，对魏晋南北朝以至后代的文学产生了深远的影响。

有不少作家把老庄的无为遁世、道教的神仙、佛教的厌世等各种思想杂糅在一起，再借助古代许多神话、传说为材料，描绘出光怪陆离的玄虚世界。于是昆仑、蓬莱成了他们歌咏的仙境，招隐、游仙、饮酒、升天、采药、神女等，成为魏晋南北朝文学中流行的题材。

其四是人生态度、文学观念的变化。汉末以来新的社会思潮改变着士大夫的人生追求、生活态度和价值观念，开启了"人的自觉"的时代。儒家的伦理教条和礼仪规范已经丧失了原有的约束力，一种符合人类本性的、返归自然的境界，成为新的追求目标。"人的自觉"又必然带来"文学自觉的时代"。文学不再依附于经学和史学，而成为了具备独立审美价值的表现形式。曹丕《典论·论文》提出"文以气为主"，代表了建安文学抒情化、个性化的共同倾向。他还指出文学是"经国之大业，不朽之盛事"，进一步提升了文学的地位。文学越来越多地被用来表达作家个人的思想感情和审美追求，由此形成了中国文学史上一个重要的转折点，带来了文学的繁荣。

二、魏晋南北朝文学概况

魏晋南北朝文学的发展可以分为前后两期：前期是魏和西晋，后期是东晋和南北朝。

在曹氏父子周围聚集了许多优秀诗人。他们一方面学习汉乐府民歌"感于哀乐，缘事而发"的现实主义精神，真实地反映了汉末战乱频仍的社会现实，另一方面，他们热情地讴歌自己的政治理想和远大抱负，形成了慷慨悲凉、刚健有力的文学风格，后人称之为"建安风骨"或"建安风力"。

魏晋易代之际，司马氏独揽大权，残暴屠杀异己力量，造成了白色恐怖的政治局面。嵇康、阮籍等人在文学作品中抨击司马氏的残暴统治，揭露司马昭所标榜的"以孝治天下"的虚伪，这种斗争精神与建安风骨一脉相承。但是他们迫于形势的压力，常常采取比兴、寄托、象征的手法，流露出嗟生忧时的思想感情和寻求解脱的愿望，曲折地表达出对黑暗现实的愤懑和反抗。

西晋文坛呈现出繁荣的态势。钟嵘《诗品序》说："太康中，三张、二陆、两潘、一左勃尔复兴，踵武前王，风流未沫，亦文章之中兴也。"张载、张协、张亢、陆机、陆云、潘岳、潘尼、左思，各有其成就。但是总体而言，太康文风比较纤弱。其中特别值得注意的是左思，抒写当时寒门失意之士的怨愤，抨击门阀制度对人才的压抑，情调高亢，笔力矫健。

东晋、南北朝文学仍然以诗歌为主，诗歌创作经历了玄言诗——山水诗——永明体——宫体诗的演进过程。

西晋末年，玄学兴起，在文人清谈玄理风气的影响下，出现了玄言诗。这类诗歌一味地空谈抽象的玄理，徒具诗的形式，却缺乏诗歌所应具的美学意蕴和特质。

南朝宋初由玄言诗转向山水诗，谢灵运是中国诗史上第一位大量创作山水诗的诗人。山水诗的出现，扩大了诗歌题材空间，丰富了诗歌的表现技巧，比玄言诗有很大进步。齐代诗人谢朓的山水诗更加清新流丽，音律和谐，在艺术方面又有所发展。

齐、梁时代是中国诗歌体裁发生重大变革的时期，诗歌创作自建安以来逐渐注重辞藻、对偶、用典以及声律的谐美。到了此时，声韵学有了新的突破，周颙发现了汉语"平、上、去、入"的四声，诗人沈约便将四声的知识运用到诗歌的声律当中，提出了"八病"之说。沈约与其他诗人共同尝试、创造了新的诗歌体裁"永明体"，更加讲究辞藻、声律和对仗，为律诗的形成奠定了基础，开启了中国诗歌由古体诗向近体诗演进的历史。

梁、陈两代，帝王和士族的生活更加腐朽，精神也越发空虚。他们已经不再满足于对自然山水的静态欣赏，而要寻求强烈的声色刺激，宫体诗由此产生。它主要是以美艳的藻汇描摹宫廷生活，内容浮华，艺术技巧却相当精致，尤其是对于女性美的刻画，更加细腻入微。这是对人自身美的大胆发现和赞赏。

此外，东晋末年出现了伟大的诗人陶渊明，他的作品表现出不与统治者同流合污的高尚情操，以及遗世独立的生活态度。他鄙弃荣华富贵，赞美田园生活，诗风朴素自然，体现出人性的淳真和浑厚。他是整个魏晋南北朝时期成就最高的诗人。宋代诗人鲍照出身于寒门庶族，他的《拟行路难》等诗作同西晋时期的左思一样，流露出对于门阀制度的不满以及自己怀才不遇的苦闷。

这一时期的北方文学几乎没有什么成就。到了梁代末期，诗人庾信由南入北，给北朝诗坛打开了新的局面。庾信原本是梁代著名的宫体诗人，由南入北之后，南北文化的差异、国破家亡的深切悲痛，都促使他能够从宫体诗的泥潭里挣扎了出来。在他后期的诗文创作里，呈现出质朴刚健的风格。坎坷的人生遭际、南北文化的交融、精巧的艺术形式与深沉的家国情怀有机结合，使得庾信最终成为南北朝文学的集大成者。

南北朝乐府民歌继承了《诗经·国风》和汉乐府民歌的传统，表达出人民的爱憎感情。南朝民歌清丽宛转，更多地描摹青年男女真挚的爱情，代表作是《西洲曲》。北朝民歌粗犷刚健，广泛地反映出北方动荡不安的社会现实和人民的深重灾难。代表作是《木兰诗》和《敕勒歌》。

南北朝时期，南朝流行骈文，讲究辞藻绮华，对仗工稳，声韵谐美。北朝则保留着质朴简洁的散文传统，出现了三部著名的散文著作：郦道元的《水经注》、杨衒之的《洛阳伽蓝记》、颜之推的《颜氏家训》。

魏晋南北朝的辞赋进入了新的发展阶段，赋的题材范围有了很大的拓展，抒情、说理、叙事、登临、伤别等，无一不可入赋，形式相对短小，抒情意味加强。南北朝辞赋深受骈文的影响，更加讲究形式技巧的完美，形成了骈赋。

魏晋南北朝时期的小说也初具规模，出现了一批志怪小说和志人小说。志怪小说的代表作是东晋干宝的《搜神记》，志人小说的代表作是南朝宋代刘义庆的《世说新语》，对唐代传奇的创作产生了直接的影响。

除了文学创作以外，魏晋南北朝时期的文学理论也卓有建树。曹丕的《典论·论文》是现存最早的文学批评论文，对文学创作和文学批评的发展具有极大的指导意义。此后西晋陆机《文赋》对作家创作的过程进行了全面的描述，尤其是对文学创作中灵感的突现作了精辟的剖析。陆机提出的"诗缘情而绮靡"，对诗歌向抒情化的方向发展具有重要作用。刘勰的《文心雕龙》、钟嵘的《诗品》则更加体大思精，明确地提倡"风骨""风力"，深刻地揭示出文学创作的内在规律，是魏晋南北朝文学理论的代表作。

在中国文学史上，魏晋南北朝是一个酝酿着新变的时期。虽然这一时期的文学成就不能跟随之而来的唐代相比，但是如果没有这段时间的酝酿、积淀，也就不可能出现唐代文学的全面繁荣。魏晋南北朝，人的自觉带来了文学自觉的时代，这时的文学透露出新的生机，许多新的文学观念、新的文学体裁由此而孕育、萌生、成长了起来。

魏晋南北朝诗歌概说

一、建安风骨

汉献帝建安年间（196—220）及此后魏初十余年间的文学，习惯上称为"建安文学"。建安文学无论诗歌还是辞赋、散文，都取得了长足的进步。尤其是建安诗歌，形成了中国文学史上第一次文人诗的创作高潮，从此奠定了文人诗的主导地位。建安文学的代表作家是三曹（曹操、曹丕、曹植）、七子（孔融、陈琳、王粲、徐幹、阮瑀、应玚、刘桢）和蔡琰。形成了一个邺下（今河北临漳西）文人集团，曹氏父子是这一集团的核心。

建安文学所处的时代，正值天下大乱，军阀混战，民不聊生，到处都是令人惨不忍睹的破败景象："铠甲生虮虱，万姓以死亡。白骨露于野，千里无鸡鸣。生民百遗一，念之断人肠"（曹操《蒿里行》），"出门无所见，白骨蔽平原"（王粲《七哀》）。建安诗人在这类诗歌中真实地记录了悲惨的现实，流露出对人民苦难的深切同情。另一方面，社会的巨变又激起士人实现自身价值的热望，张扬乱世英豪建功立业的雄心，如"老骥伏枥，志在千里；烈士暮年，壮心不已"（曹操《龟虽寿》）。所以刘勰《文心雕龙·时序》说："观其时文，雅好慷慨。良由世积乱离，风衰俗怨，并志深而笔长，故梗概而多气。"后人所习称的"建安风骨"，即是指建安文学作品富有生气，内容充实，感情丰沛，语言表达明朗简练，贯注着一股强劲的气势和力量，形成了慷慨悲凉、刚健有力的独特的艺术风格。

曹操继承和发扬《诗经》的传统，创作了许多以乐府古题写时事的作品，全面真实地反映了东汉末年军阀混战给人民带来的深重灾难，被后人称为"诗史"，如《蒿里行》《薤露行》等。他还创作了不少四言诗，抒发建功立业的政治抱负和雄心壮志，形成了沉雄豪迈、苍劲慷慨的风格特征，如《短歌行》《步出夏门行》等，因此敖陶孙《诗评》说："魏武帝如幽燕老将，气韵沉雄。"

曹丕是一位颇富才气的诗人和文学评论家。他是汉末建安文学集团的主要组织者，在其积极倡导和鼓励下，建安文学创作出现了繁荣的景象。曹丕又是中国文学批评史上最早从事文学理论研究的学者之一，他的《典论·论文》提出了文学的作用、文体、文学批评和创作风格等诸多问题，并且分别阐述了自己的见解，为历代文论家所推重。首先，作者肯定文学的价值和地位："盖文章，经国之大业，不朽之盛事。"对于文学的兴盛，意义是非常巨大的。其次，曹丕注意到每个文学家都有各自不同的个性和风格："文以气为主，气之清浊有体，不可力强而致。"最后，他把文学体裁区分为四大类，并指出各自的特点："夫文本同而末异，盖奏议宜雅，书论宜理，铭诔尚实，诗赋欲丽"，这又开启了文体论的先河；尤其是将诗赋的特点概括为"丽"，既反映了建安文学趋于华丽的倾向，又直接影响到陆机《文赋》中"诗缘情而绮靡"理论的提出。此外，《典论·论文》还讨论了从事文学批评的态度，反对"贵远贱近""文人相轻"等陋习，而应当"审己以度人"，共同推动文学创作的繁荣和进步。

曹丕诗歌最突出的特点，是抒情上的感伤婉约和语言上的民歌化倾向。他博学多识，感情敏锐而细腻，善写男女恋情、游子思妇题材，辞采艳丽，婉约多姿。沈德潜《古诗源》评说："子桓诗有文士气，一变乃父悲壮之习矣。要其便娟婉约，能移人情。"五言体《杂诗》描写离人的思念，情景交融，细腻缠绵，颇有《古诗十九首》的神韵。曹丕的七言体《燕歌行》则是中国文学史上现存较早的完整的文人七言体诗歌。

曹植的文学创作以220年曹丕称帝为界，分为前后两个时期。前期诗歌多以高昂豪迈的词句，抒发建功立业的壮志，诗风雍容华贵，意气昂扬。如《白马篇》塑造出一位以身报国的"幽并游侠儿"："名编壮士籍，不得中顾私。捐躯赴国难，视死忽如归。"这无疑是诗人理想人生的形象写照，字里行间迸发出慷慨激昂的炽烈热情，洋溢着高迈不凡的蓬勃朝气。后期则因受到猜忌、压制和摧残，诗风转为深沉悲凉，曲折地表现自己的痛苦和哀怨。例如《野田黄雀行》以少年拔剑破网救雀的故事为喻，悲叹自己不能解救挚友于危难之中，陈祚明称"此应自比黄雀，望救于人，语悲而调爽；或亦有感于亲友之蒙难，心伤莫救"（《采菽堂古诗选》）。长篇名作《赠白马王彪》结合任城王曹彰在洛阳暴毙的事件，指斥曹丕同室操戈的残忍，同时也倾诉了自己骨肉分离的悲伤以及对人生绝望的情绪。作品以悲苦之辞，发愤慨之音，笼罩着悲愤抑郁的气氛。全诗篇幅宏肆，笔力非凡，采用辘轳体的章法，即除首章外，其余各章之间顶真蝉联，每章一韵，意随韵转。方东树称："此诗气体高峻雄浑，直书见事，直书目前，直书胸臆，沉郁顿挫，淋漓悲壮……遂开杜公之宗。"（《昭昧詹言》卷二）

钟嵘《诗品》说曹植的诗"骨气奇高，词采华茂，情兼雅怨，体被文质"，很能概括曹植诗歌既华丽峻茂又浑厚雄健的艺术风格。曹植的诗歌在艺术表现上富于独创性：工于起调，形象生动，词采华美，韵律和谐，注重结句和警句的锤炼，给人以新鲜绮丽之感和青春蓬勃的朝气。不过其诗也有雕饰太过的欠缺，同样影响到后代文人诗歌的创作。

"建安七子"之称，出自曹丕《典论·论文》。这七人除了孔融之外，其余均为曹氏父子的僚属和邺下文人集团的重要作家，共同开创了建安文学的繁盛局面。他们的文学艺术风格各具特点，取得的成就也存在着很大差异，其中成就最高的当数王粲，被刘勰称为"七子之冠冕"（《文心雕龙·才略》）。王粲能诗善赋，诗歌《七哀诗》通过"出门无所见，白骨蔽平原"的概括描写和饥妇弃子的特写场面的刻画，深刻地揭示出军阀混战所造成的凄惨景象和人民的深重灾难。

刘桢的五言诗多抒发个人坚贞不阿的品节，表现出高远脱俗的志趣，饶有清刚之气，如《赠从弟》三首。钟嵘《诗品》称赞他的诗"仗气爱奇，动多振绝，真骨凌霜，高风跨俗"。蔡琰，字文姬，是建安时期杰出的女诗人。她的《悲愤诗》为自传体五言长诗，真实地记述了自己从遭掳入胡直到被赎归国的经历，将记事、抒情、议论紧密结合，写出了时代的动乱、胡兵的残暴、民众的悲惨遭遇和个人不幸的命运，为读者展示出一幅幅血泪斑斑的历史画卷。

二、正始之音

魏齐王正始年间（240—249），正值魏晋易代之际。以司马氏为代表的豪门士族势力与曹氏皇族展开了激烈的权力斗争。许多文人卷入到政治旋涡之中，深受打击和迫害。在残酷的政治环境中，众多文士如履薄冰，如临深渊，内心都有深重的恐惧感和迷茫感。他们行为放旷，而内心痛苦，饮酒、炼丹、服药便成为时尚。前人所说的"魏晋风度"，实际上是以旷达的外在表现来掩盖内心的苦闷。此时的文学创作已无复建安风骨那样的慷慨激荡，而只能采取比兴、寄托、象征等种种隐晦的方式，曲折地表现精神的反抗。这个时期最重要的作家就是号称"竹林七贤"的文人团体，包括嵇康、阮籍、山涛、向秀、阮咸、王戎、刘伶，其中代表人物是嵇康和阮籍。

嵇康的四言诗富有清逸脱俗的情趣，例如《赠秀才入军》第十四首，极其形象地展示出作者物我两忘的洒脱情怀和恬淡悠然的内心境界，"目送归鸿"数句尤其妙在象外，神韵悠远。汉魏时代曹操与嵇康均以四言诗见长，然而曹诗豪迈雄旷，嵇诗清逸雅隽，一者如英雄壮歌，一者似雅士浅吟，可谓各领风骚，各极其妙。

阮籍的82首《咏怀诗》，是中国古代诗歌史上不可多得的佳作。例如《咏怀诗》其一，表现了诗人的孤独、失望、愁闷和痛苦的心情，它们交织在一起，也为整个82首《咏怀诗》奠定了忧伤的基调。全诗大量采用比兴、象征的手法。沈德潜《古诗源》卷六评论道："阮公《咏怀》，反覆零乱，兴寄无端，和愉哀怨，杂集于中，令读者莫求归趣。此其为阮公诗也。必求时事以实之，则凿矣。"

三、太康诗坛

晋武帝太康年间（280—289），社会出现短暂的稳定与繁荣，也涌现了一大批五言诗人。与此同时，门阀士族制度正式确立，中国文学开始出现了士族化的倾向。士族文人生活在相对平稳、安逸的社会环境里，创作了大量攀龙附凤、歌功颂德之作，"儿女情多，风云气少"（钟嵘《诗品》）。以潘岳、陆机为代表的太康诗人忽视内容与意境的创造，转而追求辞藻靡丽和对偶工整，"采缛于正始，力柔于建安"（《文心雕龙·明诗》），"体情之制日疏，逐文之篇愈盛"（《文心雕龙·情采》），形成了浮艳华美的整体风格，逐渐走上了形式主义的道路，对南朝诗风以及未来新体诗的出现做好了铺垫。

陆机与潘岳才名相当，他们的诗歌都显示出与汉魏古诗不同的繁缛风格，钟嵘《诗品》即有"陆才如海，潘才如江"之说。陆机诗歌的语言过于雕琢，颇有繁冗乏力的毛病。陆机精心结撰的《文赋》是中国文学理论史上第一篇系统阐述创作论的论文，全面而深刻地论述了文学创作的艺术构思、布局结构、创作要领、灵感涌现等问题。尤其指出诗与赋的区别："诗缘情而绮靡，赋体物而浏亮。"以"缘情而绮靡"之说代替传统"诗言志"的理论，突出了情感的因素，是对儒家诗学理论的重大突破，对南朝文学绮丽之风的形成产生了直接的影响。潘岳诗歌大都绮密肤浅，唯有三首《悼亡诗》，一向为论者所击赏。诗歌采用白描的手法、通俗的比喻，字里行间都渗透着对亡妻的真挚深情，成为悼亡之作的千古名篇。

太康时代最杰出的诗人当推左思。他卓荦不群，文采斐然，精心覃思之作《三都赋》曾经名动一时，"豪贵之家，竞相传写，洛阳为之纸贵"（《晋书·左思传》）。然而，由于出身庶族寒门，左思处处遭到士族门阀制度的贬抑，仕途坎坷，沉沦下僚，内心愤愤不平，这种不平之气鲜明地表现在他的诗里。左思五言诗的代表作是《咏史》八首。其中第二首通过贴切而形象的比喻，揭露了门阀社会的不合理，抒发诗人郁闷、愤激的骚怨之情。题作《咏史》，实乃咏怀。在左思的作品中，《娇女诗》运用平易俚俗的语言，生动地描绘两个幼女的稚态可掬，写得情趣盎然，童心跃然纸上。后来陶渊明的《责子》诗，杜甫《北征》诗中的"床前两小女"一节，李商隐的《骄儿诗》都显然受到它的影响。

四、东晋诗坛

东晋时期玄学盛行，玄言诗由此兴盛。玄言诗空言玄理而徒具诗的形式，缺乏诗歌所应有的美学意蕴和特质。正如钟嵘《诗品》所说："永嘉时，贵黄老，稍尚虚谈，于时篇什，理过其辞，淡乎寡味。"

在东晋诗坛上较有成就的当推刘琨和郭璞。刘琨经历了西晋"八王之乱"，中原板荡激发起强烈的爱国意绪。他与祖逖尝中夜闻鸡起舞，以豪杰相推许。刘琨诗歌清刚悲壮，"善为凄戾之词，自有清拔之气"（钟嵘《诗品》），其《扶风歌》《重赠卢谌》备述行军中种种凄凉悲怆之情，表现出"英雄失路，万绪悲凉"（沈德潜《古诗源》卷八）的特色。在东晋玄言诗广布天下之际，郭璞独能别具匠心，"始变永嘉平淡之体"（钟嵘《诗品》），取得了一定成就，被刘勰称为"足冠中兴"（《文心雕龙·才略》）。他的代表作是《游仙诗》十四首，借游仙来咏怀，表达出鄙弃尘俗、高蹈遗世的意趣。此类作品并非有些文士故弄玄虚的玩意儿，实则蕴涵着对污浊现实的不满和愤激。从艺术角度来看，郭璞的《游仙诗》构思险幻，意象鲜明，笔势跌宕，造语新奇，浪漫的诗风远得屈原《离骚》的神髓，又深刻地影响到李白、李贺等诗人的创作。

五、田园诗人陶渊明

陶渊明是中国田园诗歌之祖。他的田园诗多方面地描绘了乡土景物和田园生活，表现出农村的恬美静穆和诗人悠然自得的心境。例如《归园田居》其一，这首诗写于陶渊明从彭泽县令任上辞官归隐后的第二年春天。诗人追忆过去官场的痛苦，自己"误落"仕途多年，精神上饱受无穷的煎熬，就像是笼中的鸟、池里的鱼，渴望着失去了的自由。因此他开荒种地，回归田园生活，来守住自己真淳质朴的本性。后面写他归隐田园以后的快乐，平平常常的乡间景物，一经诗人写出，都增添了无穷的情趣。"暧暧远人村，依依墟里烟"，一远一近，像一幅素描，极其形象地展现出田园乡村的优美和宁静：炊烟袅袅升起，是那样地悠然，与诗人悠闲、洒脱的心境完全契合；偶尔传来的犬吠鸡鸣，更是以动写静，显出乡村生活的淳朴、恬静。诗歌最后写道："久在樊笼里，复得返自然。"经历了人生漫长的旅途之后，以一个"返"字点明了"魂兮归来"的幸福，字里行间透露出诗人由衷的喜悦。与此类似的还有《饮酒》其五。诗人之所以不受喧嚣的尘世所累，因为他的内心远离了世俗社会的争名逐利，实现了心灵的净化和升华。"采菊"四句深入浅出，蕴涵着深刻的意蕴。他"采菊东篱下"，寄寓着自己高雅脱俗的生活情趣和坚贞美好的气节操守；"悠然见南山"，更是一种自然而然的状态，透露出诗人心境的澄澈悠远。他又从飞鸟结伴而还的景象中联想到自己的归隐田园，悟出了返璞归真的哲理。想到这里，诗人的内心充满着对于宇宙人生的顿悟：茫茫尘世中，人们常常一生到处奔波，盲目地追求身外的功名富贵，可是也许永远也找不到精神的归宿，难以真正实现生命的意义和价值。陶渊明在此提出了关于人生终极关怀的重要命题。诗歌最后说："此中有真意，欲辨已忘言。"其中的哲理和人生的真谛，是人生经历中只能感受和体悟到的一种心灵的境界，只可意会，难以言传。

陶渊明还有不少田园诗以极大的热情，讴歌田间劳作以及在劳动中与农民建立的友谊。《归园田居》（其三）就非常真切地抒写了自己参加生产劳动的感受："种豆南山下，草盛豆苗稀。晨兴理荒秽，带月荷锄归。道狭草木长，夕露沾我衣。衣沾不足惜，但使愿无违。"诗人早出晚归，清除田里的"荒秽"，也清除了心中的世俗杂念。除去了"荒秽"，他的心情非常舒畅，荷锄而归，举头仰望，皓月当空，就像一个踌躇满志的凯旋的士兵。"但使愿无违"，更可见出诗人归隐之心的坚定不移。陶渊明能亲自参加生产劳动本身，是极其可贵的，这已经成为他精神追求的象征和人生价值的归宿。

陶渊明诗歌的艺术特色主要表现在两个方面。

首先是平淡与醇厚的统一。诗人惯于运用白描手法和日常生活中的朴素语言，看似全不费力，一切平淡如水，却能在平淡的外表下深藏着炽热的思想感情和浓郁的生活气息，因此读来韵味隽永醇厚。陶渊明的田园诗多描写最平常的乡间物象，如村舍、鸡犬、锄头、豆苗、桑麻，但一经诗人的点化，便生发出无穷的意趣。所以苏轼说："渊明诗初看若散缓，熟看有奇趣。""质而实绮，癯而实腴。"（《与苏辙书》）陶诗的醇厚，不仅表现在某些诗句韵味的隽永，也表现在整体上的浑成、完整。他继承了汉魏诗歌"气象混沌，难以句摘"（严羽《沧浪诗话》）的作风，讲究通篇结构的统一和谐，而不刻意雕琢个别词句。

其次是情景与哲理的结合。陶渊明诗经常通过写景抒情，有意无意间表现出诗人从生活中领悟到的哲理。例如《饮酒》其五，通过自然景物的描绘，使读者领悟到人生的哲理，景、情、理浑融一体。《归园田居》其一中大量描摹乡间景物，诗人对归隐田园的欣慰和喜悦之情已跃然纸上，这就将写景与抒情紧密地结合了起来，做到了"意中有景，景中有意"（姜夔《白石道人诗说》）。诗人特别喜欢描写青松、秋菊、孤云、归鸟等意象，从中我们也可以感知其坚贞的品格和高尚的情操。

陶诗还常常在抒情写景之中用朴素的语言，传达出生活的哲理，既富于情趣，又蕴涵理趣，如"人生归有道，衣食固其端"（《庚戌岁九月中于西田获早稻》）、"盛年不重来，一日难再晨。及时当勉励，岁月不待人"（《杂诗》）、"山气日夕佳，飞鸟相与还"（《饮酒》），等等，都言浅意深，意味隽永，正如清人潘德舆所评："任举一境一物，皆能曲肖神理。"（《养一斋诗话》）

陶渊明是魏晋南北朝最有成就的诗人。他的出现，为诗歌创作开辟了新的天地。但后代人对陶渊明的评价并不完全一致。陶渊明身处晋末宋初，由于当时的文学普遍崇尚浮靡骈俪，因此他并不受人重视，当时的人们只是把陶渊明看做是一位品行高洁的隐士，对于他的文学创作，评价并不很高。钟嵘虽然称赞陶渊明为"隐逸诗人之宗"，但是在《诗品》里仅将他列入中品，地位在陆机、潘岳之下。唯独萧统对陶渊明的文学创作开始重视，亲自替陶氏的诗文编集、写序、作传，给予很高的评价；然而在其《文选》中却仅选了陶诗八首、文一篇，数量远在颜延之、谢灵运之下。究其原因，也就是由于陶渊明诗文朴素平淡的风格，不能迎合华丽浮靡的文学主流。

到了唐代，陶诗的价值逐渐被人们发现，地位也随之上升。王维、孟浩然等山水田园派诗人的艺术风格，则明显地受到了陶诗的沾溉，尤其是中唐白居易对陶渊明更是推崇备至。不过唐人所景仰的，还是他的隐逸高致，而且唐诗的主导风格是激情的迸发，昂扬精神的外露，这与陶诗妙造自然、恬静悠远的境界和意趣毕竟不够吻合。时至宋代，陶渊明声誉大增，欧阳修、苏轼、黄庭坚等人无不倾心赞美。这与宋代社会文化的变迁紧密相联，也和文人心态的内敛化倾向相关。宋代诗文由唐人对情韵的探求，转向对于理性意蕴的重视，努力创造出情、景、理完美统一，富于理趣的文学境界，于外在平淡的语言之中蕴涵着深邃的情意。明人论陶，更得个中三昧。许学夷云："靖节诗真率自然，倾倒所有，晋宋以还，初不知尚；虽靖节亦不过写其所欲言，亦非有意胜人耳。"（《诗源辨体》卷六）直到清末，诗人黄遵宪还把自己的诗集称做《人境庐诗草》，他在诗歌创作方面主张"我手写我口"，显然也从陶诗的朴素风格中得到了启发。许多诗人还热衷模拟、追和陶诗。早在宋代，苏轼即创作了"拟陶诗""和陶诗"109首，且谓"我即渊明，渊明即我也"（《书渊明东方有一士诗后》），俨然渊明再世。他竭力模拟陶诗的艺术技巧，追寻陶诗内在的高蹈情怀；但是不管怎样模仿，毕竟与陶诗隔了一层，其原因在于，不同的时代、不同的创作动机，就会产生出不同境界的文学。

六、山水诗

清人沈德潜《说诗晬语》卷上说："诗至于宋，性情渐隐，声色大开，诗运一转关也。"晋宋之际，山水诗取代了玄言诗，是南朝诗歌的一个重要变化。

在中国士大夫的观念中，山林是与仕途相对立的。自古以来，士大夫文人就把山林当做远离尘嚣、隐遁避世的处所。永嘉东渡之后，江南经济得到了较大开发，士族文人到处建筑园林别墅，过着游山玩水的悠闲生活，有更多的机会接触江南秀丽的风景。他们的玄言诗里便出现了歌咏山水的诗句，借助自然山水来表现老庄的哲理。尤其是到了宋初，谢灵运由于政治失意，放情优游于山水之间，并写下了大量山水诗来发泄内心的愤懑之情。这些诗歌虽然还拖着一条阐说玄理的尾巴，但是山水成了描写的主体，终于从玄言诗中独立了出来，从而确立了山水诗的地位。此外，诗人对自然美认识的加深，五言诗的成熟，以及民歌中描写自然景物的艺术经验，也为山水诗的出现做好了文学上的准备。

谢灵运是文学史上第一个大量从事山水诗写作的杰出诗人。谢灵运的山水诗主要描绘永嘉、会稽、彭蠡湖等地的自然景色，大都带有淡雅、闲适的情调。他描绘山水力求精工与形似，善于经营画境，有不少诗句生动细致地刻画了自然界的优美景色，如"池塘生春草，园柳变鸣禽"（《登池上楼》）、"野旷沙岸净，天高秋月明"（《初去郡》）、"林壑敛暝色，云霞收夕霏"（《石壁精舍还湖中作》）等名句，给人以清新之感，故而鲍照称谢诗"如初发芙蓉，自然可爱"（《南史·颜延之传》引）。

不过谢灵运山水诗也存在着一些严重的缺陷。首先是结构的模式化，他的诗歌基本循着"叙事—写景—说理"的程式加以结撰，三者之间又彼此游离、隔阂，不能做到浑成合一的境界。其次是刻意于写景的形似，过分追求警句的雕琢，不免流于繁冗堆砌，有佳句而乏名篇。尽管如此，谢灵运对自然美的发现和描摹，在中国诗歌史上仍然占有重要的地位，"山水之奇，不能自发，而灵运发之"（无名氏《静居绪言》）。谢灵运在调动多种艺术手段，创造山水艺术形象方面，对后代王维、孟浩然、杜甫、柳宗元等人山水诗的创作，起到了深远的影响。

在谢氏家族中，谢灵运与谢朓皆以山水诗见长，后并称"大小谢"。谢朓的山水诗写景清丽悠远，极少抒发强烈激荡的情绪，也极少出现刚性的线条、刺目的色彩以及富有动感的形象。他的山水诗既吸取了谢灵运诗歌观察细致、描摹逼真的长处，又摆脱了玄言的尾巴，避免了谢灵运诗晦涩、呆板的弊病，形成了清新流丽的风格。代表作是《晚登三山还望京邑》，这首诗写于谢朓刚刚离开京城建康赴任宣城太守的途中，由登山远望而抒发了去国离乡之思。"余霞散成绮，澄江静如练"两句堪称佳句：白日西沉，绚烂的余霞铺满天空，犹如一匹散开的锦缎；清澈的长江伸向远方，仿佛一条明净的白色绸练。这两句写景色彩绚烂，想象奇妙，大笔晕染出黄昏时分江天的辽阔景象，显得空灵澄澈，韵致悠扬。谢朓写景的名句很多，例如"天际识归舟，云中辨江树"（《之宣城郡出新林浦向板桥》）、"余雪映青山，寒雾开白日。暧暧江村见，离离海树出"（《高斋视事》）等。

七、永明体

中国传统诗歌的发展，总的趋势是从不甚规范到比较规范，从自由体发展到格律体。齐代永明年间（483—493），中国的诗歌发生了一次划时代的转变。《南齐书·陆厥传》云："永明末，盛为文章。吴兴沈约、陈郡谢朓、琅玡王融以气类相推毂，汝南周颙善识声韵，沈等文皆用宫商，以平、上、去、入为四声，以此制韵，不可增减，世呼为'永明体'。"首先是周颙提出四声说，接着沈约将之运用到文学创作当中，体现了格律诗歌的音乐之美，倡导避忌"八病"的操作原则。沈约在《宋书·谢灵运传论》里说："夫五色相宜，八音协畅，由乎玄黄律吕，各适物宜。欲使宫羽相变，低昂互节，若前有浮声，则后须切响。一简之内，音韵尽殊；两句之中，轻重悉异。妙达此旨，始可言文。""八病说"的提出，旨在通过平仄变化与双声叠韵的追求，获得抑扬顿挫的听觉美和骈偶对仗的视觉美。它成为永明体诗歌创作的理论核心，并且直接开启了中国近体诗演变的进程。

永明体诗歌的代表作家有谢朓、王融、何逊、阴铿等。谢朓非常注重作品音律的调谐和对偶的工整，他的一些新体小诗，如《玉阶怨》《王孙游》等，受到南朝乐府民歌的影响，遣词自然，情味隽永，可视为唐人绝句的滥觞。王融、何逊、阴铿等人诗作写景言情，也都讲求炼字造意，追求声韵之美，对诗歌的格律化进程起到了重要作用。

八、宫体诗

"宫体"之称始于南朝梁简文帝萧纲时，《梁书·简文帝纪》说萧纲"雅好题诗，其序云：余七岁有诗癖，长而不倦。然伤于轻靡，时号'宫体'"。梁、陈宫体诗的内容主要是描绘宫廷生活，尤其对于宫中妇女容貌、体态、举止进行了细腻的刻画，风格轻靡，词藻华艳。代表作家是梁简文帝萧纲、梁元帝萧绎以及他们周围的宫廷诗人，如徐摛、徐陵父子，庾肩吾、庾信父子。如萧纲的《咏内人昼眠》，为了寻求感官的刺激，沉溺于对女性色相的描绘。

萧氏父子之外，当时宫体诗人中影响最大的当数徐陵。徐陵与庾信朝夕献诗，被之管弦，风格流丽轻艳，一时号为"徐庾体"。他奉萧纲之命，编选《玉台新咏》，辑录自汉迄梁与女性有关的诗歌660多首，是《文选》以外现存最早的诗歌总集。

九、南北朝乐府民歌

南朝和汉代一样设有乐府机关，负责采集各地民歌来配乐演唱。南朝乐府民歌大部分属于《清商曲辞》，主要包括《吴声歌曲》《西曲歌》。

吴歌产生于长江下游地区，以当时的首都建业（今江苏南京）为中心，特色是艳丽柔弱，多表现羞涩缠绵的儿女情态，显出吴侬软语的小巧雅致；西曲滋生于长江中游及汉水两岸的城市，以江陵（今属湖北）为中心，多写水边游子思妇的别离之情，风格较之吴歌更为真率、清新、明朗。不过，无论是吴歌，还是西曲，表达的都是情爱的共同主题，展现出丰富、细腻的心态。南朝乐府民歌中最长的抒情诗，是摹写女子相思之情的《西洲曲》。这首抒情的绝唱，是以一个江南少女的口吻，抒发其对江北情郎的无限思念之情。《西洲曲》的艺术造诣自然高妙，代表了南朝乐府民歌的最高成就。诗歌写尽春、夏、秋、冬，兼以日日夜夜，流露出一年四季、时时刻刻的相思之苦；起首从"西洲"落笔，经历了门前、南塘、青楼等地点，最后又"吹梦到西洲"，形成了回环宛转的结构。这样的构思技巧，进一步体现出绵绵情思历久弥深。沈德潜评说此诗："续续相生，连跗接萼，摇曳无穷，情味愈出。"（《古诗源》卷十二）作品大量采用比喻、蝉联、顶针、谐音双关等修辞手法，情调宛转，缠绵蕴藉，整个诗境富有流畅的节奏、委婉的韵致，透射着一股诱人的灵秀之气。《西洲曲》所展现的"青如秋水"的纯情，更具有坚贞执著的感人力量，这正是中国爱情诗的真谛。

概括地讲，南朝乐府民歌具有以下的特色。第一，它所描写的几乎完全是富有浪漫色彩的爱情，极少受到封建伦理的约束。第二，从表现的情感来说，南朝乐府民歌以哀伤为基调，以悲动情，更加优美动人，并且由美好事物、真挚感情受到摧残，唤起人们对真善美的更为热烈的向往与追求。第三，语言清新自然，明朗而又巧妙。与文人诗的华美典雅相比，南朝乐府民歌具有一种浅俗的鲜丽之美。更为独特的是，南朝乐府民歌广泛运用了双关隐语，使之与比喻、象征手法相结合。例如"莲"谐音为"怜"，"莲子"谐音为"怜子"（爱你），"丝"谐音为"思"，"篱"谐音为"离"，等等。这种手法的运用，使得诗歌抒情越发婉转缠绵、意在言外，体现出南方文化的含蓄特质。第四，体裁短小，以五言四句为主；同时多用代言体和问答体，以女子独白的语气叙事抒情，还出现了连章体的形式，具备了一定的情节因素。

北朝民歌主要见于《乐府诗集·梁鼓角横吹曲》中。它最显著的特色是质朴粗犷、豪迈雄壮，广泛地展现了富有北方特色的地域风光、风俗和战争生活，这与北方的地理环境、生活方式、民俗文化有直接的关系。有的民歌描写北国风光和北方特有的辽阔草原上的游牧生活，如《敕勒歌》，唱出北方大草原的广阔无垠、浩瀚苍茫，袒露出开阔的胸襟、豪迈的情怀。生活在如此辽阔的大草原上的人们，往往表现为勇悍强健的尚武精神，代表作就是《木兰诗》。作品塑造出一位英勇善战而又机智活泼的巾帼英雄形象，风格刚健清新，在艺术上取得了极大成功，与《西洲曲》一起被视为南北朝乐府民歌的双璧。北朝乐府民歌中也有不少情歌，大胆泼辣，与南朝民歌风格迥异。例如《地驱乐歌》只有两句，更加爽直痛快："月明光光星欲堕，欲来不来早语我！"情爱的表达直截了当，毫无故加掩饰的忸怩之态。又如《折杨柳枝歌》："门前一株枣，岁岁不知老。阿婆不嫁女，哪得孙儿抱？"倾吐老女不嫁的苦恼，展露出喷薄而出的激情。

南北朝乐府民歌存在着很大的差异。从题材上看，吴歌、西曲专写男女爱情；北朝民歌则充满了现实主义的创作精神，题材要广泛得多。从风格上看，南朝民歌专写缠绵婉约的爱情，风格委婉细腻；北朝民歌则抒发出激昂慷慨的情绪，风格直率粗犷。从声调上看，吴歌、西曲属于清商曲辞，声调轻柔软媚；北朝的鼓角横吹曲则是军中马上的音乐，声调雄浑悲壮。从艺术形式上看，南北朝乐府民歌多为五言四句的短小抒情诗。不过，在北朝民歌中也出现了爽朗流丽的七言诗的形式，为唐代七言诗的发展和成熟奠定了基础。

作 品

曹操

　　曹操（155—220），字孟德，小名阿瞒，沛国谯（今安徽亳州）人，三国时期杰出的政治家、军事家、文学家。他实行"唯才是举"的政策，采取抑制豪强、限制兼并、广兴屯田等一系列措施，终于统一了北方。位至大将军、丞相，封魏王。曹丕称帝，追尊其为武帝。曹操的诗歌真实地反映了汉末动乱的社会现实，有"汉末诗史"之称，表现了他统一天下的远大抱负和顽强的进取精神。其诗歌语言质朴，格调苍凉悲壮。著作今有整理排印本《曹操集》。

短 歌 行

【解题】

　　《短歌行》属乐府《相和歌·平调曲》。曹操《短歌行》共有两首，这里选的是第一首。这首诗先感叹时光易逝，继而抒写求贤若渴的心情，最后点出自己的雄心大志。但也有人认为，此诗反映的是曹操篡夺前的犹豫。

　　对酒当歌，人生几何[1]？譬如朝露，去日苦多[2]。慨当以慷[3]，忧思难忘。何以解忧？唯有杜康[4]。青青子衿，悠悠我心[5]。但为君故，沉吟至今[6]。呦呦鹿鸣，食野之苹。我有嘉宾，鼓瑟吹笙[7]。明明如月，何时可掇[8]。忧从中来，不可断绝。越陌度阡[9]，枉用相存[10]。契阔谈䜩[11]，心念旧恩。月明星稀，乌鹊南飞。绕树三匝，何枝可依[12]？山不厌高，海不厌深[13]。周公吐哺，天下归心[14]。

中华书局排印本《乐府诗集》

【注释】

　　[1] 当：对，正当；一说为"应当"之意，均通。[2] 去日：已经逝去的岁月。苦：患。[3] 慨当以慷：犹云"当慨而慷"，为了叶韵并凑成四字句，所以将"慷慨"二字颠倒并间隔使用。慷慨：一种激昂不平的意气、情绪。[4] 杜康：相传是开始造酒的人，一说黄帝时人，一说周时人，这里作为酒的代称。[5]《诗经·郑风·子衿》云："青青子衿，悠悠我心，纵我不往，子宁不嗣音。"这里是借用《诗经》成句，表达对贤才的思慕。"衿"是衣领，"青衿"是周代学子的服装。[6] 原本无此两句，据《文选》补。[7]《诗经·小雅·鹿鸣》首章："呦呦鹿鸣，食野之苹。我有嘉宾，鼓瑟吹笙。"呦呦：鹿叫唤的声音。苹：艾蒿。《鹿鸣》本来是宴客的诗，这里借来表示招纳贤才的热情。[8] 掇：停止。明月的运行无法停止。[9] 越陌度阡："阡""陌"都是田间小道，南北叫"阡"，东西叫"陌"。应劭《风俗通义》引古谚云：

"越陌度阡,更为客主。"这里用成语,言客人远道来访。[10] 枉:枉驾、屈就。存:省视。[11] 契(qiè)阔:"契"是投合,"阔"是疏远,这里"契阔"是偏义复词,偏用"契"的意义。契阔谈䜩:就是说两情契合,在一处谈心宴饮。[12] 匝(zā):周、圈。沈德潜说:"'月明星稀'四句,喻客子无所依托。"(《古诗源》卷五)[13] "山不厌高"二句:此为古人习用语。《管子·形势解》:"海不辞水,故能成其大;山不辞土石,故能成其高;明主不厌人,故能成其众;士不厌学,故能成其圣。"李斯《谏逐客书》:"是以泰山不让土壤,故能成其大;河海不择细流,故能就其深;王者不却众庶,故能明其德。"海不厌深:"海"一作"水"。[14]《史记·鲁周公世家》载周公自谓:"一沐三捉发,一饭三吐哺,起以待士,犹恐失天下之贤人。"哺:咀嚼着的食物。这二句本此。曹操以周公自比,表达求贤建业的雄心。

步出夏门行

【解题】

本篇属《相和歌·瑟调曲》。夏门是洛阳北面西头的城门,汉代名为夏门,魏晋叫大夏门。原诗内容常常是人生无常的慨叹,曹操所作与古辞内容不相干,属"借古乐府写时事",抒写自己的胸怀与志向。原作分五个部分,最前是前奏曲"艳",后面是《观沧海》《冬十月》《土不同》《龟虽寿》四章,这里选其中的第一和第四章。

观 沧 海[1]

东临碣石[2],以观沧海。水何澹澹[3],山岛竦峙[4]。树木丛生,百草丰茂。秋风萧瑟,洪波涌起。日月之行,若出其中。星汉灿烂,若出其里[5]。幸甚至哉,歌以咏志[6]。

中华书局排印本《乐府诗集》

【注释】

[1] 此诗是建安十二年(207)曹操北伐乌桓,经过碣石山,登临望海而作。[2] 碣(jié)石:山名。一说即《汉书·地理志》所载骊成县(今河北省乐亭县西南)的大碣石山,六朝时代已沉陷到海面以下,汉末还在陆上;另一说即指今河北省昌黎县的碣石山。[3] 澹澹(dàn dàn):水波动荡貌。[4] 竦峙:"竦"同"耸",高。"峙",立。[5] 星汉:银河。[6] "幸甚"二句,合乐时所加,与正文无关。

龟 虽 寿

神龟虽寿,犹有竟时[1];腾蛇乘雾,终为土灰[2]。骥老伏枥,志在千里[3];烈士暮年,壮心不已[4]。盈缩之期,不但在天[5];养怡之福,可得永年[6]。幸甚至哉,歌以咏志。

中华书局排印本《乐府诗集》

【注释】

[1] 古人认为龟是通灵而长寿的动物,而神龟寿命尤长。《庄子·秋水》云:"吾闻楚有神龟,死已三千岁矣。"竟:完,这里指死。[2] 腾蛇:龙类,传说能够兴云驾雾。《韩非子·难

势》云:"飞龙乘雾,腾蛇游雾,云罢雾霁,而龙蛇与蚁同矣,则失其所乘也。"[3]骥老:一作老骥。伏枥(lì):伏在马槽上(吃草)。枥:马槽。[4]不已:不止。[5]盈:满。缩:亏。"盈缩",本指进退、升降、成败、祸福等,这里指人寿命长短。[6]养怡:犹养和,谓修养平淡冲和之气。永年:时间长,这里指寿命长。

曹植

曹植(192—232),字子建,沛国谯县(今安徽亳州)人,曹操第四子,曹丕同母弟。封陈王,谥思,故世称陈思王。曹植年轻时就很有文学才华,十余岁时已诵读《诗》《论》及辞赋数十万言,善属文,颇受曹操宠爱,曾一度欲立为太子。然为人任性而行,不自雕饰,饮酒不节,故在争立的斗争中终于失败。建安二十五年(220)曹操死后,曹丕、曹睿相继为帝,他备受猜忌压迫,郁郁而死。他的文学创作大体以曹操之死分为前后两期。前期作品多抒写建功立业的慷慨抱负以及贵族公子的豪逸生活;后期则虽仍怀报国之心,而笔下时有忧生之嗟与愤激之情流露。他的诗歌"骨气奇高,辞采华茂,情兼雅怨,体被文质"(钟嵘《诗品》),对五言诗的发展起了很大的推动作用。《魏志》本传记其身后曹睿曾下诏集录前后所著赋、颂、诗、铭、杂论凡百余篇。《隋书·经籍志》除著录"魏陈思王曹植集三十卷"外,复有《列女传颂》一卷、《画赞》五卷,均佚。清丁晏《曹集诠评》、朱绪曾《曹集考异》为较好的通行刻本。今人赵幼文有《曹植集校注》(人民文学出版社版)。

赠白马王彪并序

【解题】

此诗原题为《于圈城作》,萧统根据前面的序文,改为此题。白马王曹彪是曹植的异母弟,字朱虎。黄初四年(223)五月,曹植与曹彪、任城王曹彰同到京师洛阳朝会。曹彰暴死京都。七月,曹植与曹彪返回封地,想同路东归,以叙手足之情,但监国使者不许,曹植便写了此诗以泄悲愤。

  黄初四年五月[1],白马王、任城王与余俱朝京师[2],会节气。到洛阳,任城王薨。至七月,与白马王还国。后有司以二王归藩[3],道路宜异宿止[4]。意毒恨之。盖以大别在数日[5],是用自剖[6],与王辞焉,愤而成篇。
  谒帝承明庐[7],逝地发旧疆[8]。清晨发皇邑[9],日夕过首阳[10]。伊洛广且深[11],欲济川无梁。泛舟越洪涛,怨彼东路长[12]。顾瞻恋城阙,引领情内伤[13]。
  太谷何寥廓[14],山树郁苍苍。霖雨泥我涂,流潦浩纵横[15]。中逵绝无轨[16],改辙登高冈。修坂造云日[17],我马玄以黄[18]。
  玄黄犹能进,我思郁以纡。郁纡将何念?亲爱在离居。本图相与偕,中更不克俱[19]。鸱枭鸣衡轭[20],豺狼当路衢。苍蝇间白黑[21],谗巧令亲疏[22]。欲还绝无蹊[23],揽辔止踟蹰。

踟蹰亦何留？相思无终极。秋风发微凉，寒蝉鸣我侧。原野何萧条，白日忽西匿。归鸟赴乔林[24]，翩翩厉羽翼[25]。孤兽走索群，衔草不遑食。感物伤我怀，抚心长太息。

太息将何为？天命与我违。奈何念同生[26]，一往形不归。孤魂翔故域，灵柩寄京师。存者忽复过，亡没身自衰[27]。人生处一世，去若朝露晞。年在桑榆间[28]，影响不能追[29]。自顾非金石，咄唶令心悲[30]。

心悲动我神，弃置莫复陈。丈夫志四海，万里犹比邻。恩爱苟不亏，在远分日亲[31]。何必同衾帱[32]，然后展殷勤[33]。忧思成疾疢[34]，无乃儿女仁。仓卒骨肉情，能不怀苦辛？

苦辛何虑思？天命信可疑。虚无求列仙，松子久吾欺[35]。变故在斯须[36]，百年谁能持？离别永无会，执手将何时？王其爱玉体[37]，俱享黄发期[38]。收泪即长路[39]，援笔从此辞。

中华书局影印本胡刻《文选》

【注释】

[1] 魏朝有朝四节的制度，这年的立秋日是六月二十四日，在此前18天要举行迎气的仪式。曹植等在五月来到京师就是为了参加这一仪式，也就是下面所说的"会节气"。[2] 白马王：曹彪于黄初七年（226）徙封白马王。此序应作于此年之后。任城王：指曹彰，他与曹丕、曹植均是卞氏所生，为曹植的同母兄，骁勇善战。黄初四年和曹植同朝京师，到洛阳后得暴病死。有一种说法他是被曹丕害死的。[3] 有司：指监国使者灌均。魏朝专设监国使者来监视、约束藩国诸侯的行动。归藩：回封地。[4] 异宿止：不在同一处住宿。这是为了防止藩国诸侯交通而采取的措施。[5] 大别：永别。这时朝廷已定出藩国不得交通的制度，所以曹植知道以后永无会期。[6] 自剖：把心里话表白出来。[7] 承明庐：长安汉宫有承明庐，在石渠阁外。洛阳魏宫有门叫承明，这里应该是用汉朝故事，不是实指。[8] 旧疆：指鄄城，在今河南范县。[9] 皇邑：皇城，指魏朝京都洛阳。[10] 首阳：山名，在今洛阳东北。[11] 伊、洛：水名。伊水源出熊耳山，到偃师入洛水。洛水出陕西冢岭山，到河南巩义入黄河。[12] 东路：从洛阳往鄄城的路。[13] 引领：伸颈远望。[14] 太谷：山谷名，在洛阳东南五十里。[15] "霖雨"二句：据《三国志·魏书·文帝纪》，黄初四年六月大雨，伊、洛溢流。[16] 中逵：道路交错的地点。[17] "修坂"句：言修长的斜坡高达于天。成皋西有大坂，上登长坂是东往成皋。曹植和曹彪的分别地点当在成皋。[18] 玄黄：病。《诗经·周南·卷耳》："我马玄黄。"[19] 更：变化。克：能。曹植初出京都时尚未有异宿止的命令，出都后中途下令，不许二王同路。看来此道命令是直接针对曹植、曹彪的。[20] 鸱枭（chī xiāo）：猫头鹰，古人认为是恶鸟。衡：车辕前的横木。轭：衡两旁下面用以扼住马颈的曲木。黄节说："《后汉书·舆服志》曰：'乘舆龙首衔轭，鸾雀立衡。'诗言'鸱枭鸣衡轭'，谓不祥之鸟近在乘舆，喻君侧之多恶人也。"[21] "苍蝇"二句：《诗经·小雅·青蝇》曰："营营青蝇，止于樊。"郑玄注云："蝇之为虫，污白使黑，污黑使白。喻佞人变乱善恶也。"[22] 逸巧：逸言巧语。令亲疏：使得亲近者变为疏远。[23] "欲还"句：言回到京城的路已经断绝，也就是说现在要向君剖诉是无路可通了。[24] 乔林：乔木之林。归鸟赴林是群聚，而自己却是离群独居。[25] 厉：奋。[26] 同生：谓同胞兄弟。[27] "存者"二句：黄节说："'存者'，谓己与白马（王）也。'忽复过'，谓须臾与任城（王）同一往耳。……'亡殁身自衰'句，倒文，谓身由衰而殁耳，指存者也。"刘履《选诗补注》认为"存者"和"亡殁"应互换。言死者已矣，存者也难久保。刘履之说

较合理。[28] 桑榆：二星名，在西方。通常说日在桑榆就是说天将晚，用来比喻人将老。[29] 影响：日光和声音。[30] 咄嗟（duō jiè）：惊叹声。[31] 苟：假如。分（fèn）：情分。"恩爱"二句：意为兄弟间友爱如果没有减弱，相隔越远，情分反倒越会与日俱增。[32] 衾：被子。帱（chóu）：床帐。刘履《选诗补注》说这是用姜肱的典故。据《后汉书·姜肱传》，东汉姜肱与弟仲海、季江相友爱，常同被而眠。这里用此典故表示兄弟之情。[33] 展殷勤：表示情意。[34] 疢（chèn）：热病。疾疢，泛指疾病。[35] 松子：即赤松子，古仙人名。[36] 变故：灾祸。斯须：顷刻。[37] 王：指白马王彪。[38] 黄发：谓老人，人老发色转黄，故称黄发。[39] 即长路：登上远道。

阮籍

阮籍（210—263），字嗣宗，陈留尉氏（今河南尉氏）人，阮瑀之子，"竹林七贤"之一。魏晋易代之际，仕途险恶，名士少有全者。他内心痛恨当时的险恶政治，但无力反抗，只得纵酒自遣，以求自全。主要作品为《咏怀》诗82首。由于害怕招致政治迫害，诗中大量运用了比兴、寄托和象征手法，使诗意变得隐晦。他的诗对五言诗的发展有很大贡献。有《阮步兵集》一卷。

咏怀（选一）

【解题】

《咏怀》82首，是阮籍生平诗作的总题，不是一时一地所作。曹魏末年，司马氏专政，对于反对他们的人时常加以虐杀。《咏怀》诗就是作者在那个令人窒息的年代的歌唱。此诗原列第一，有发端的意义，它隐晦曲折地表现了诗人在黑暗时代中的彷徨与苦闷。

夜中不能寐，起坐弹鸣琴，薄帷鉴明月[1]，清风吹我襟。孤鸿号外野，翔鸟鸣北林。徘徊将何见，忧思独伤心。

汉魏六朝百三名家集本《阮步兵集》

【注释】

[1] 帷：帐幔。鉴：照。

左思

左思（250？—305？），字太冲，齐国临淄（今山东淄博东北）人。貌寝口讷，出身寒微，不好交游，官秘书郎。《晋书》本传谓其构思十年，写成《三都赋》，"豪贵之家，竞相传写，洛阳为之纸贵"。他的诗笔力充沛，质朴刚健，其成就在西晋其他诗人之上。有《左太冲集》。

咏史（其二）

【解题】

本篇原列第二。诗歌以山上苗和涧底松为喻，抒发在世族社会中，出身贫寒的人才受压抑的愤慨。

郁郁涧底松，离离山上苗。以彼径寸茎[1]，荫此百尺条[2]。世胄蹑高位[3]，英俊沉下僚。地势使之然，由来非一朝。金张籍旧业，七叶珥汉貂[4]。冯公岂不伟，白首不见招[5]。

中华书局影印本胡刻《文选》

【注释】

[1] 径寸茎：直径一寸的茎干。[2] 荫（yìn）：遮盖。条：树枝。[3] 世胄：世家子弟。蹑：登。[4]"金张"两句："金"指金日磾（mì dī）家，自汉武帝时起，至汉平帝时止，金家七代为内侍。"张"指张汤家。《汉书·张汤传》："安世（张汤子）子孙相继，自宣、元以来为侍中、中常侍……者凡十余人。功臣之世唯有金氏、张氏亲近贵宠，比于外戚。"珥：插。貂：指貂尾。汉代凡侍中、常侍等官都戴貂（侍中插左，常侍插右）。[5] 冯公：指冯唐，生于汉文帝时，武帝时仍居郎官小职。

陶渊明

陶渊明（365—427），字元亮，一说名潜，字渊明，自号五柳先生，浔阳柴桑（今江西九江）人。晋孝武帝太元十八年（393），入仕为江州祭酒，旋解职归。后又曾任荆州刺史桓玄僚属，因丁母忧归。元兴三年（404），刘裕等起兵讨玄，渊明入刘裕幕为镇军参军，旋转入刘敬宣幕为建威参军。义熙元年（405），为彭泽令，因不愿为五斗米折腰，乃辞官归里，躬耕自资。宋文帝元嘉四年（427）病逝，终年62岁。朋友私谥"靖节"。

陶渊明的作品今存诗120多首，辞赋、散文凡12篇。诗歌多描写田园风光及农村日常生活，并抒发自己安贫乐道、厌恶污浊的官场和不愿与之同流合污的情怀。诗风平淡自然，感情纯真深厚，对后世诗人创作影响极大。梁萧统曾为编集，已佚。今存陶渊明集为宋人重编，有绍熙刊本。注释本最早者为南宋汤汉《陶靖节诗注》，有拜经楼刻本。清人陶澍，今人王瑶、逯钦立等亦有注释本。

读《山海经》（选一）

【解题】

《读〈山海经〉》共13首。从这些诗歌所表现的情趣来看，大概是归田前期所作。13首诗的结构颇具匠心。第一首发端，叙幽居耕读之乐；第二首至第十二首，分咏《山海经》中所记异物；最后一首旁及齐桓公之事，实是咏史诗。这里选第一首。

孟夏草木长，绕屋树扶疏[1]。众鸟欣有托，吾亦爱吾庐。既耕亦已种，时还读我书。穷巷隔深辙，颇回故人车[2]。欢言酌春酒[3]，摘我园中蔬。微雨从东来，好风与之俱。泛览《周王传》[4]，流观《山海图》[5]。俯仰终宇宙，不乐复何如？

清陶澍注本《靖节先生集》

【注释】

[1] 扶疏：树叶繁茂分披貌。[2] 穷巷：陋巷。"穷巷"二句：居处偏僻，路况不佳，车行深陷，常使故人回车，意即少与故人来往。[3] 欢言：犹"欢然"。春酒：冬时酿酒，至春始熟，故言春酒。[4] 周王传：指《穆天子传》。[5] 山海图：指《山海经图》。《山海经》古有图。

归园田居（选一）

【解题】

晋安帝义熙元年（405）十一月，陶渊明辞去彭泽县令归田，从此再没有出仕。《归园田居》一共五首，大约作于归田的第二年。本篇原列第一首，写诗人辞官归隐的志向和归田后的欣喜心情。

少无适俗韵[1]，性本爱丘山。误落尘网中，一去三十年[2]。羁鸟恋旧林，池鱼思故渊。开荒南野际，守拙归园田[3]。方宅十余亩[4]，草屋八九间。榆柳荫后檐，桃李罗堂前[5]。暧暧远人村[6]，依依墟里烟[7]。狗吠深巷中，鸡鸣桑树颠。户庭无尘杂，虚室有余闲[8]。久在樊笼里，复得返自然。

清陶澍注本《靖节先生集》

【注释】

[1] 适：适应、投合。韵：气质、性情。[2] 三十年：当作十三年。陶渊明从初出仕江州祭酒到辞去彭泽县令归田，前后正好是十三年。一说，"三"为"已"之误。"已十年"，举整数而言之。[3] 守拙：抱守愚拙的性格。[4] 方宅：宅的四周。方：旁，四周。[5] 罗：排列，罗列。[6] 暧暧：昏暗不明。[7] 依依：轻柔的样子。墟里：村落。[8] 户庭：门庭。尘杂：指俗世的琐杂之事。虚室：虚空闲静的居室。这两句意思是说：静居家中，没有俗世琐杂之事相扰，闲静的时间就显得多了。

饮酒（选一）

【解题】

陶渊明的《饮酒》诗一共20首，本篇为第5首。这20首诗，据陶渊明在诗序中说都是在酒醉后写的。诗借饮酒为题，以遣兴抒慨。在这首诗中，诗人记结庐之事，写田园之景，以事真、景真、情真而见意之真。显示出诗人对世间喧嚣的厌恶，表现出在田园生活中恬静闲适、安贫乐道、悠然自得和远离官场、洁身自爱，不慕名利、与世无争的人生态度。诗中用语明显地表现出魏晋玄学对陶渊明的影响。

结庐在人境[1]，而无车马喧。问君何能尔[2]？心远地自偏[3]。采菊东篱下，悠然见南山。山气日夕佳[4]，飞鸟相与还。此中有真意，欲辨已忘言[5]。

清陶澍注本《靖节先生集》

【注释】

[1] 结庐：建造居室。人境：人们聚居的地方。[2]"问君"二句：意为心既远离了尘俗，自然就会觉得所处地方的僻静了。陶渊明继承了玄学中归隐在心志不在形迹的观点，指出只要具有安宁的心态，即使在尘世人境，依然如同在僻远的山林一样。[3] 日夕：傍晚。[4] 相与还：结伴还巢。[5]"此中"二句：《庄子·齐物论》说："辩也者，有不见也，夫大道不称，大辩不言。"《庄子·外物》说："言者所以在意也，得意而忘言。"《庄子·知北游》："夫知者不言，言者不知，故圣人行不言之教。"

谢灵运

谢灵运（385—433），陈郡阳夏（今河南太康县）人。晋车骑将军谢玄之孙，袭封康乐公，曾任永嘉太守、侍中、临川内史等职，后获罪被诛。他是中国诗史上第一个大量创作山水诗的作家，他的诗作描写了会稽、永嘉、庐山等地的山水名胜，打破了东晋诗坛上玄言诗的统治，扩大了诗歌的题材领域，推动了文学的发展。有《谢康乐集》存世。

石壁精舍还湖中作

【解题】

谢灵运第一次隐居故乡始宁，大约在景平元年（423）冬末或次年春天，在石壁修筑了一座精舍。在这段时间内，他游山玩水，写下了许多诗作。本诗大致作于景平二年的夏天。此诗以"还"为线索，写从石壁下山入湖，到湖的对岸舍舟趋径，最后回到东扉这一路所见的秀丽景色，最后以玄理收结，较为典型地表现出谢灵运诗歌在结构上的特点，即往往是由纪游、写景、说理三部分构成。

昏旦变气候[1]，山水含清晖。清晖能娱人，游子憺忘归[2]。出谷日尚早，入舟阳已微。林壑敛暝色，云霞收夕霏[3]。芰荷迭映蔚[4]，蒲稗相因依[5]。披拂趋南径[6]，愉悦偃东扉[7]。虑澹物自轻[8]，意惬理无违[9]。寄言摄生客[10]，试用此道推[11]。

汉魏六朝百三名家集本《谢康乐集》

【注释】

[1] 昏：黄昏。旦：早晨。[2] 憺（dàn）：恬静安适。这两句袭用《楚辞·九歌·东君》：

"羌声色兮娱人，观者儋兮忘归。"［3］林壑：山林溪谷。瞑色、夕霏：傍晚时分因光线暗淡而变得朦胧模糊的山色和云气。［4］芰（jì）：菱角。迭映蔚：言芰荷之光色相互映照。［5］蒲：菖蒲。稗（bài）：也是水草，与蒲同类而稍矮小。相因依：指两种水草杂生在一起，相互倚靠。［6］披拂：用手拨开路边的草木。趋：走上。［7］偃：躺下休息。东扉：东轩、东房，谢灵运的住处之一。［8］虑澹：心思清纯，恬淡寡欲。物自轻：心中无我，外物自然更不值得重视了。［9］意惬：心情舒畅。理无违：不违背道家养生之理。［10］摄生客：注意保养生命的人。［11］此道：即上句所谓"虑澹""意惬"。推：求。

谢朓

谢朓（464—499），字玄晖，陈郡阳夏人（今河南省太康县）人。曾任宣城太守、尚书吏部郎等职。他和谢灵运并称"大小谢"。诗风清新流丽，颇多秀句，较少繁芜词句和玄言成分，对山水诗的发展有重大贡献。有《谢宣城集》存世。

晚登三山还望京邑

【解题】

这首诗写登三山所见春天傍晚的景物以及由于瞻望京城而引起的游宦无成、思念家乡的心情。三山：山名，在今南京市西南长江南岸，山有三峰，南北相连，故名。诗题又作《晚登三山还望京邑》。

灞涘望长安，河阳视京县[1]。白日丽飞甍，参差皆可见[2]。余霞散成绮，澄江静如练[3]。喧鸟覆春洲，杂英满芳甸[4]。去矣方滞淫，怀哉罢欢宴[5]。佳期怅何许，泪下如流霰[6]，有情知望乡，谁能鬒不变[7]？

《四部丛刊》本《谢宣城诗集》

【注释】

［1］灞：一作霸，水名，出陕西省蓝田县，流经长安。涘（sì）：水边。汉文帝的陵墓在长安东，名霸陵。王粲《七哀诗》："南登霸陵岸，回首望长安。"河阳：县名，在今河南省孟州西。京县：指西晋京城洛阳。潘岳《河阳县诗》："引领望京室，南路在伐柯。"（伐柯是不远的意思，京室也是京城。）这两句是以王粲望长安、潘岳望洛阳，比自己望建康。以灞岸、河阳比三山。［2］丽：这里当附着解，引申为照射。甍（méng）：屋脊。飞甍：形容屋脊两檐张开，有如飞鸟。参差（cēn cī）：不齐貌。这是说夕阳照射在建康城中参差的屋脊上，在三山上看得很清楚。［3］绮：锦缎。练：白绸子。［4］英：花。甸：郊野。［5］"去矣"二句：这是写要想走，可是还留在这儿；由于很思念家乡，连欢乐的宴会也作罢了。言外有功名蹭蹬，进退两难之意。滞淫：淹留、停顿。［6］佳期：好日子。何许：何处，哪里。此句意为：因为不知道好日子在哪里而感到惆怅。霰（xiàn）：小雪珠。［7］鬒（zhěn）：黑头发。

庾信

庾信（513—581），字子山，祖籍南阳新野（今河南新野），后迁居江陵。庾信早年先后侍奉梁昭明太子萧统、简文帝萧纲、梁元帝萧绎，颇受宠信，君臣唱和，诗歌风格以华艳为主，为宫体诗的重要作家。梁元帝承圣三年（554），庾信奉命出使西魏，适值西魏大军进攻江陵，梁亡，遂留仕西魏，以后又历仕北周与隋，于隋文帝开皇元年（581）卒。庾信在北朝，虽以文才享高名，但政治上颇受歧视冷落，长期只授有勋官、戎号，而无职事。用世之志不伸的郁闷，再加上亡国之痛、屈节之悲及乡关之思，诸种矛盾复杂的心情交织在一起，使他写出了大量情感充沛、健笔凌云的诗赋，作品风格与前期相比有较大变化，华艳之习渐除，而沉郁之气大增。但语言清丽、用典繁富、声律和谐，则仍是前后一贯的作风。就艺术成就而言，庾信诗赋实集六朝之大成，导唐人之先路，其骈文更是自隋唐至明清一直被学者奉为楷模。庾信作品在北周时已经结集，今存以明万历中屠隆评点本（十六卷）为最早。注本则有清吴兆宜注（十卷）和倪璠注（十六卷）两种。

寄 王 琳

【解题】

王琳，字子珩，平侯景有功。元帝被杀，魏立梁王詧，王琳为元帝举哀，出兵攻詧。陈霸先篡敬帝位，琳又与陈对抗，军败被杀。王琳是有志为梁室复仇的忠臣。时王琳在郢城练兵，志在为梁雪耻。所以庾信见王琳信后的心情异常复杂，既有故人书信唤起的乡情与友情，更有感佩之意、惭愧之情。

玉关道路远[1]，金陵信使疏[2]。独下千行泪，开君万里书。

《四部丛刊》本《庾子山集》

【注释】

[1] 玉关：玉门关，在今甘肃敦煌西。[2] 金陵：梁国都。

南北朝乐府民歌

南朝乐府民歌大部分保存在《乐府诗集·清商曲辞》中，主要有《吴声歌曲》和《西曲歌》两大类，此外还有民间祭歌《神弦歌》。现存《吴声歌曲》《西曲歌》多是当时乐府机构为了当权者享乐的需要而采集的，因此大多是表现男欢女爱、相思离别的，思想意义不大。但在艺术上却取得了很高的成就，主要采用五言四句的体制，喜用双关隐语，风格清新，语言婉转流丽，极富于表现力。

北朝乐府民歌大部分收在《乐府诗集·梁鼓角横吹曲》中，也有少数作品收在《杂曲歌辞》和《杂歌谣辞》中。现存的北朝乐府民歌多是后魏太武帝以后北方各民族的民歌，后用汉语记录下来的,其中也有一部分是汉族的民歌。北朝乐府民歌题材广泛,内容丰富,有较高的思想价值。风格豪迈刚健,语言质朴率真。

西 洲 曲

【解题】

《乐府诗集》将本篇收入《杂曲歌辞》类,说是古辞。也有的选本认为是江淹或梁武帝所作。此诗应该是经过文人加工的南朝民歌。全篇通过从春到秋的季节转换,抒写了一个女子对自己的意中人刻骨铭心的相思之情。善于运用谐音双关、比喻、顶针等修辞手法,语言清新流丽、婉转动人,表现出高超的艺术技巧。

忆梅下西洲[1],折梅寄江北。单衫杏子红[2],双鬓鸦雏色[3]。西洲在何处?两桨桥头渡。日暮伯劳飞[4],风吹乌臼树[5]。树下即门前,门中露翠钿[6]。开门郎不至,出门采红莲。采莲南塘秋,莲花过人头。低头弄莲子[7],莲子青如水。置莲怀袖中,莲心彻底红[8]。忆郎郎不至,仰首望飞鸿[9]。鸿飞满西洲,望郎上青楼。楼高望不见,尽日栏杆头[10]。栏杆十二曲,垂手明如玉。卷帘天自高[11],海水摇空绿[12]。海水梦悠悠[13],君愁我亦愁。南风知我意,吹梦到西洲。

中华书局排印本《乐府诗集》

【注释】

[1] 下:落。[2] 杏子红:指杏红色的单衫。[3] 鸦雏色:像小乌鸦羽毛一样的颜色。[4] 伯劳:鸟名,仲夏开始啼叫,喜欢单栖。[5] 乌臼:落叶乔木,夏开小黄花,种子可榨油。[6] 翠钿(diàn):用翠玉做成或镶嵌的首饰。[7] 莲:双关语,谐"怜"。"怜"即爱。"莲子"谐"怜子"。[8] 莲心:谐"怜心"。彻底红:喻爱情完全成熟。[9] 鸿:雁。望飞鸿:盼望书信的意思。[10]"尽日"句:终日站在楼台栏杆旁。[11]"卷帘"句:卷帘所见,天空更加高远。[12] 海水:这里指江水。摇空绿:海水空自摇荡。[13]"海水"句:海水悠悠,正如梦的悠悠。

敕 勒 歌

【解题】

这一首诗是北齐人斛律金所唱敕勒民歌。《乐府诗集》将其收入《杂歌谣辞》,并引《乐府广题》:"其歌本鲜卑语,易为齐言,故其句长短不齐。"由此可知是一篇翻译作品。歌辞歌咏草原的广阔和水草牛羊之盛。境界阔大,气象雄浑,被称为短章中的"神品"。

敕勒川[1],阴山下[2]。天似穹庐[3],笼盖四野。天苍苍,野茫茫,风吹草低见牛羊。

中华书局排印本《乐府诗集》

【注释】

[1] 敕勒：种族名，北齐时居朔州（今山西北境）。[2] 阴山：阴山山脉起源于河套西北，绵亘于今内蒙古自治区南境一带，和内兴安岭相接。[3] 穹庐：毡帐，游牧民族所居的圆顶帐幕。

木 兰 诗

【解题】

此诗最早著录于陈智匠所撰的《古今乐录》中，《乐府诗集》将其收入《横吹曲辞·梁鼓角横吹曲》。从诗中地名看，诗中反映的是东北库莫奚、契丹的战争，因此，这故事和诗歌大约产生于北朝后期。在流传过程中，可能经过文人的加工。后世对木兰的姓氏、乡里、事迹有种种记载，都不一定可信。作品运用多种民歌中传统的表现手法，如设问、比喻、排比、顶针、对偶、复沓等，成功地塑造了一位代父从军的女英雄的形象，极具艺术感染力。

唧唧复唧唧[1]，木兰当户织。不闻机杼声，唯闻女叹息。问女何所思？问女何所忆？女亦无所思，女亦无所忆。昨夜见军帖[2]，可汗大点兵[3]，军书十二卷，卷卷有爷名。阿爷无大儿，木兰无长兄。愿为市鞍马[4]，从此替爷征。

东市买骏马，西市买鞍鞯[5]，南市买辔头[6]，北市买长鞭。旦辞爷娘去，暮宿黄河边。不闻爷娘唤女声，但闻黄河流水鸣溅溅。旦辞黄河去，暮至黑山头[7]。不闻爷娘唤女声，但闻燕山胡骑声啾啾[8]。

万里赴戎机[9]，关山度若飞。朔气传金柝[10]，寒光照铁衣。将军百战死，壮士十年归。归来见天子，天子坐明堂[11]。策勋十二转[12]，赏赐百千强[13]。可汗问所欲，"木兰不用尚书郎[14]，愿驰千里足[15]，送儿还故乡。"

爷娘闻女来，出郭相扶将[16]。阿姊闻妹来，当户理红妆。小弟闻姊来，磨刀霍霍向猪羊。开我东阁门，坐我西阁床。脱我战时袍，著我旧时裳。当窗理云鬓[17]，挂镜帖花黄[18]。出门看火伴[19]，火伴皆惊惶，"同行十二年，不知木兰是女郎。"

雄兔脚扑朔[20]，雌兔眼迷离[21]。双兔傍地走[22]，安能辨我是雄雌？

中华书局排印本《乐府诗集》

【注释】

[1] 唧唧：叹息声。这句一作"唧唧何力力"，又作"促织何唧唧"。[2] 军帖：征兵的文书、名册。[3] 可汗（kè hán）：古代西域和北方诸国对君主的称呼。大点兵：大规模征兵。[4] 市：买。[5] 鞯（jiān）：马鞍下的垫子。[6] 辔（pèi）：驾驭牲口用的嚼子和缰绳。[7] 黑山：即杀虎山，在今内蒙古呼和浩特市东南。[8] 燕山：指燕然山，即今蒙古人民共和国境内的杭爱山。啾啾（jiū jiū）：马鸣声。[9] 戎机：军机，指战争。[10] 朔气：北方的寒气。金柝（tuò）：即刁斗，铜制，白天用来做饭，晚间用来报更。[11] 明堂：天子祭祀、朝诸侯、教学、选士的地方。[12] 策勋：记功劳。转（zhuàn）：将勋位分作若干等，每升一等叫一转。十二转是形容因功勋卓著，屡次升迁，并非确数。[13] 强：多、余。[14] 尚书郎：尚书

省的官员。尚书省是古代中央的政府机关。[15]千里足：指驼、马等代步之物。一作"愿借明驼千里足"。[16]郭：外城。相扶将：互相扶持。[17]云鬓：指女子头发乌黑如云。[18]挂：一作"对"。帖花黄：当时流行的一种妇女面饰，在额间点以黄色。[19]火伴：即伙伴。[20]扑朔：跳跃的样子。[21]迷离：不明的样子。[22]傍地走：相并而走。傍：临近。

魏晋南北朝文概说

一、辞赋

魏晋南北朝的辞赋也进入了新的发展阶段，赋的题材范围有了很大的拓展，抒情、说理、叙事、登临、伤别等，无一不可入赋，形式相对短小，抒情意味强。如曹植的抒情小赋名篇《洛神赋》，以神话中关于洛神宓妃的故事为基础，通过作者的幻想，塑造出洛神这个美女的形象。作品开头对神女绰约丰姿的刻画，非常细致生动。这样的文字，清新华丽，气韵生动，给读者以美的享受。作者在赋里也流露出自己对洛神的爱慕之情和人神相隔、不能如愿的惆怅，充满着惘然若失的抒情气氛。作品格调高雅，感情真切，想象丰富，词采流丽，具有较高的审美价值。王粲的《登楼赋》，由异乡风物之美而引起了游子羁旅之愁与怀才不遇的悲哀。作品情景交融，语言精美，具有浓郁隽永的诗意。陶渊明的《归去来兮辞》，抒发了自己辞去彭泽令前后的内心活动，返家途中的愉快心情以及归家后的日常生活和情趣，最后以乐天知命来排遣内心的苦闷。赋中凸显了陶渊明的自我形象。

二、骈文

骈文是与散文相对而言的，它有三个特点。第一是讲究对偶，又多用四六句。因为两两相对，好像并驾的两匹马，所以叫骈文。第二是语音方面讲究平仄配合，声韵相协。第三是追求繁密的典故和富丽的词藻。可以说骈文是一种诗化的散文。南北朝时代，帝王和贵族左右着文坛，骈文这种特别注重形式美的文体便受到当时文人们的普遍欢迎。

南朝骈文中有一些内容充实、思致深刻的作品，如鲍照的《芜城赋》凭吊惨遭兵燹之后的广陵城（今江苏扬州），借用西汉时代曾在广陵建都的吴王刘濞叛乱失败的史实，讽刺宋大明年间竟陵王刘诞割据叛乱所带来的灾祸。作品对比广陵昔日的繁华与眼前的残破，触目惊心。齐代孔稚圭的《北山移文》用檄移的文体，借山神的口吻，对假隐士周颙的丑态加以口诛笔伐。作品采用异想天开的拟人手法，揭露世态颇为辛辣，嬉笑怒骂，极尽其能。到了梁代，文人对骈文的运用更见圆熟，出现了吴均《与宋元思书》、陶弘景《答谢中书书》一类历来传诵的写景小品。

在骈文的影响之下，这时的辞赋也发展为骈赋。梁代江淹的《恨赋》和《别赋》是两篇主题和题材都很新颖别致的骈赋代表作。《别赋》以"黯然销魂者，唯别而已矣"总摄全篇，分述人间离别的种种情状。《恨赋》撷取古人事迹，不独分写帝王、列侯、名将、美人、才士、高人之恨，亦写贫困之恨、荣华之恨。究其大旨，乃在"世事循环无端，枯荣同归一尽"（许梿《六朝文絜》评），作者以悲婉之笔状景写物，缕缕入情，饶涵不尽的韵致，创造出伤感凄美的艺术境界。

庾信是南北朝骈赋、骈文成就最高的作家，《哀江南赋》是他的代表作。这篇赋是他晚年在北周怀念故国、自悲身世的作品。作品追叙自己的家世和前半生的经历，详述了侯景之乱、梁元帝偏安江陵为西魏所灭以及梁敬帝被陈霸先篡位等一系列史实。从艺术角度上看，该赋将抒情、咏史熔于一炉，情深而辞工，用典密而切，音韵谐而畅，成为赋史上的千古绝唱。

三、散文

魏晋南北朝时期，散文的整体成就并不高，不过也出现了几篇著名的作品。诸葛亮的《出师表》，劝诫后主尊贤纳谏，推荐朝中可以信赖的大臣，并陈述自己的心迹和志向。这篇奏疏文辞质朴，感情真挚，既有谆谆叮嘱、反复教导的意味，又不失坦诚恳切的态度，真切地剖白蜀国老臣的耿耿忠心。李密的《陈情表》着重叙述家门不幸，与祖母相依为命的情形，并表明辞不应召，绝非自矜名节，"有所希冀"。全文直抒真情，恳切陈言，委婉得体，悲恻动人，字里行间也潜藏着亡国降臣如履薄冰、如临深渊的畏祸心理。陶渊明的《桃花源记》仅三百多字，却叙述得首尾完整，随着渔人的行踪，自然展开，引人入胜。对桃花源社会的描绘既简练概括，又形象具体。

南北朝时期，南朝文坛为骈文所"垄断"，北朝则仍然保持着质朴刚健的散体文风，并且出现了几部著名的散文著作。郦道元的《水经注》述河流两岸的历史故事、名胜古迹、风土景物，具有很高的文学价值。北魏杨衒之《洛阳伽蓝记》记载了洛阳佛寺建筑的盛况，也反映了当时社会生活的种种状况，对统治者的荒淫奢侈颇多揭露。

作 品

曹植

洛 神 赋

【解题】

洛神,相传为古帝宓(fú)羲氏之女宓妃,溺死于洛滨而为洛水之神。旧说:曹植曾求婚甄逸女不遂,为曹丕所得,后甄后被谮死;曹植此赋实有感于甄后而作,故初名《感甄赋》。此系小说家附会之谈,不足信。《文选》将其与宋玉《高唐赋》《神女赋》等同归入"情"赋一类。就主题而言,《洛神赋》与《高唐》《神女》确有渊源,同为人神恋爱的母题。但它扬弃了高唐神女故事中自荐枕席的亵慢内容,显示了醇厚的抒情韵味,洛神的形象也更为空灵缥缈,美丽动人。

  黄初三年[1],余朝京师[2],言归东藩[5],背伊阙[6],越轘辕[7],经通谷[8],陵景山[9]。日既西倾,车殆马烦[10]。尔乃税驾乎蘅皋[11],秣驷乎芝田[12],容与乎阳林[13],流眄乎洛川[14]。于是精移神骇,忽焉思散[15]。俯则未察,仰以殊观[16]。睹一丽人,于岩之畔。
  乃援御者而告之曰[17]:"尔有觌于彼者乎[18]?彼何人斯,若此之艳也!"御者对曰:"臣闻河洛之神,名曰宓妃。然则君王所见,无迺是乎?其状若何,臣愿闻之。"
  余告之曰:其形也,翩若惊鸿,婉若游龙[19],荣曜秋菊,华茂春松[20]。髣髴兮若轻云之蔽月,飘飖兮若流风之回雪[21]。远而望之,皎若太阳升朝霞[22]。迫而察之[23],灼若芙蕖出渌波[24]。秾纤得衷,修短合度[25]。肩若削成,腰如约素[26]。延颈秀项,皓质呈露[27],芳泽无加,铅华弗御[28]。云髻峨峨[29],修眉联娟[30]。丹唇外朗[31],皓齿内鲜。明眸善睐[32],辅靥承权[33]。瑰姿艳逸[34],仪静体闲[35]。柔情绰态[36],媚于语言[37]。奇服旷世[38],骨像应图[39]。披罗衣之璀粲兮[40],珥瑶碧之华琚[41]。戴金翠之首饰[42],缀明珠以耀躯。践远游之文履[43],曳雾绡之轻裾[44]。微幽兰之芳蔼兮[45],步踟蹰于山隅[46]。于是忽焉纵体[47],以遨以嬉[48]。左倚采旄[49],右荫桂旗[50]。攘皓腕於神浒兮[51],采湍濑之玄芝[52]。
  余情悦其淑美兮,心振荡而不怡[53]。无良媒以接欢兮,托微波而通辞[54]。愿诚素之先达兮[55],解玉佩以要之[56]。嗟佳人之信修[57],羌习礼而明诗[58]。抗琼珶以和予兮[59],指潜渊而为期[60]。执眷眷之款实兮[61],惧斯灵之我欺[62]。感交甫之弃言兮[63],怅犹豫而狐疑。收和颜而静志兮[64],申礼防以自持[65]。

于是洛灵感焉，徙倚彷徨[66]。神光离合，乍阴乍阳[67]。竦轻躯以鹤立[68]，若将飞而未翔。践椒涂之郁烈[69]，步蘅薄而流芳[70]。超长吟以永慕兮[71]，声哀厉而弥长。

尔迺众灵杂遝[72]，命俦啸侣[73]。或戏清流，或翔神渚[74]。或采明珠，或拾翠羽。从南湘之二妃[75]，携汉滨之游女[76]。叹匏瓜之无匹兮[77]，咏牵牛之独处[78]。扬轻袿之猗靡兮[79]，翳修袖以延伫[80]。体迅飞凫，飘忽若神。凌波微步，罗袜生尘。动无常则[81]，若危若安。进止难期[82]，若往若还。转眄流精[83]，光润玉颜。含辞未吐，气若幽兰。华容婀娜[84]，令我忘餐。

于是屏翳收风[85]，川后静波[86]。冯夷鸣鼓[87]，女娲清歌[88]。腾文鱼以警乘[89]，鸣玉鸾以偕逝[90]。六龙俨其齐首[91]，载云车之容裔[92]。鲸鲵踊而夹毂[93]，水禽翔而为卫。于是越北沚[94]，过南冈，纡素领，回清阳[95]，动朱唇以徐言，陈交接之大纲[96]。恨人神之道殊兮，怨盛年之莫当[97]。抗罗袂以掩涕兮[98]，泪流襟之浪浪[99]。悼良会之永绝兮，哀一逝而异乡。无微情以效爱兮[100]，献江南之明珰[101]。虽潜处于太阴[102]，长寄心于君王。忽不悟其所舍[103]，怅神宵而蔽光[104]。

于是背下陵高[105]，足往神留。遗情想像[106]，顾望怀愁。冀灵体之复形[107]，御轻舟而上溯[108]。浮长川而忘反[109]，思绵绵而增慕[110]。夜耿耿而不寐[111]，沾繁霜而至曙[112]。命仆夫而就驾，吾将归乎东路。揽騑辔以抗策[113]，怅盘桓而不能去[114]。

中华书局影印本胡刻《文选》

【注释】

[1] 黄初：魏文帝曹丕年号。黄初三年为公元222年。[2] 京师：洛阳。据《三国志》曹植本传及其《赠白马王彪》诗序，曹植朝京师是在黄初四年。李善注："此云三年，误。一云《魏志》三年不言朝，盖《魏志》略也。"[3] 洛川：即洛水。[4]"感宋玉"句：宋玉有《高唐赋》《神女赋》，均记载与楚襄王对答梦遇巫山神女之事。[5] 东藩：东方藩国。黄初三年，植被立为鄄城（今山东鄄城）王。鄄城在洛阳东北，故称东藩。[6] 伊阙：山名，又名龙门山、阙塞山，在洛阳南。背伊阙：谓通过伊阙山，将其抛于背后。[7] 辗（huán）辕：山名，在今河南偃师东南。山路险阻，凡十二曲，将去复还，故名"辗辕"。[8] 通谷：山谷名，在洛阳城南。[9] 景山：在今河南偃师。[10] 殆：通"怠"。烦：疲乏。[11] 尔乃：于是就。税驾：犹停车。蘅：杜蘅，香草名。皋：水边高地。[12] 秣：饲。驷：原指一车四马，此处即指马。芝田：种芝草的田。[13] 容与：从容优游。阳林：地名。[14] 流眄（miǎn）：纵目四望。[15]"于是"二句：谓正当游玩眺望之时，忽然精神恍惚，思绪涣散。骇：散。[16]"俯则"二句：谓低头往下看，未发现什么，一抬头却看见了异常的景象。以：犹"而"。[17] 迺：同"乃"。援：拉。[18] 觌（dí）：看见。[19]"翩若"二句：写洛神体态轻盈婉转。翩：鸟疾飞貌，引申为摇曳飘忽之状。鸿：大雁。[20] 荣：盛。曜：照耀。华：美。"荣曜"二句：谓洛神如秋菊春松一样荣盛华美，光彩照人。[21] 髣髴：同"仿佛"，若隐若现貌。飘飖：动荡不定。"髣髴"二句：言洛神若隐若现，如轻云笼月；飘摇不定，如风旋雪花。[22] 皎：洁白光明。[23] 迫：靠近。[24] 灼：鲜明。渌（lù）：水清貌。[25] 秾：肥。纤：细。衷：中。"秾纤"二句：谓洛神胖瘦高矮均恰到好处。[26] 约：束。素：白色丝织品。此句谓洛神腰肢纤细柔软。[27] 延、秀：皆长义。皓：白。"延颈"二句：谓洛神洁白的长颈露出衣领。[28] 芳

泽、铅华：皆指妇女化妆用品。古代烧铅成粉，故称粉为铅华。"芳泽"二句：写洛神不施脂粉。[29] 峨峨：高貌。[30] 联娟：微曲貌。[31] 朗：明。[32] 眸（móu）：目瞳子。睐（lài）：顾盼。[33] 辅：面颊。靥（yè）：酒窝。权：颧。此谓颧下有酒窝承接。[34] 瑰姿艳逸：谓洛神美好的姿态美艳而不俗。[35] 仪：仪态、容止。仪静体闲：谓洛神容止文静，体态娴雅。[36] 绰：宽缓。[37] 媚于语言：谓洛神说话妩媚动人。[38] 旷世：旷绝一世，犹言举世所无。[39] 骨像应图：骨格状貌和图相应。图：当指古代相书的图谱之类。[40] 璀（cuǐ）粲：明净貌。[41] 珥（ěr）：插。瑶碧：美玉。琚（jū）：佩玉名。华琚：有花纹的琚。[42] 翠：翡翠，绿色硬玉。[43] 文履：有文饰的鞋。[44] 曳：拖。雾绡：轻薄如云雾的绡。绡：一种丝织品。裾：裙裾。[45] 微：此处谓香气微微散出。芳霭：香气。[46] 踟蹰：徘徊。[47] 纵体：轻举貌。[48] 遨：游。嬉（xī）：游戏。[49] 旄：本指旗杆上用牦牛尾做的装饰品，此处即指旗。采旄：彩旗。[50] 桂旗：用桂木做杆的旗。[51] 攘：此处谓伸。浒（hǔ）：水边地。因是洛神游戏之地，故称神浒。[52] 湍濑：急流。玄芝：黑色的芝草。[53] 淑：善。怡：悦。"余情"二句：谓自己悦爱洛神之善美，心神动荡不宁。[54] "无良媒"二句：谓既无良媒通接欢情，只有托微波来传达言辞。接欢：通接欢爱之情。[55] 素：同"愫"，真情。[56] 要：同"邀"。[57] 信修：确实修洁美好。[58] 羌：发语词。习礼明诗：谓有文化教养。[59] 抗：举起。琼、玼（dì）：皆美玉。和：应和。[60] 潜渊：犹深渊，指洛神所居之处。期：会。[61] 眷眷：通"睠睠"，怀恋貌。款：诚。[62] 斯灵：指洛神。[63] "感交甫"句：李善注引《韩诗内传》载：郑交甫在汉水边遇二女，请其玉珮，得之，纳于怀中。但走了十步，发现玉珮没有了。回顾二女，也已不见。（见《文选·胡氏考异》卷四）弃言：指二女之背弃信言。[64] 静志：镇定情志。此句谓收敛和悦的容颜，让自己冷静下来。[65] 申：伸展。礼防：防谓堤防，以礼为堤防，即受礼义的约束。自持：自我控制。[66] 徙倚：犹低回，徘徊。[67] 神光：谓照在洛神身上的光线。离、合：与阴、阳相应。阴：暗；阳：明。"神光"二句：谓光线有时照在洛神身上，使人影照亮；有时光线照不到，则人影模糊。[68] 竦（sǒng）：耸。[69] 椒涂：椒指花椒，香气浓烈的一种植物。涂：通"途"，道路。郁烈：浓烈。[70] 蘅：杜蘅，芳草名。薄：草丛生曰薄。[71] 超：惆怅。永慕：长久地思慕。[72] 杂遝（tà）：众多貌。[73] 命俦啸侣：犹言呼朋引类。[74] 渚（zhǔ）：水中小洲。[75] 南湘之二妃：据刘向《列女传》，舜南巡，死于苍梧。他的二妃娥皇、女英往寻，死于江湘之间，遂为湘水女神。[76] 汉滨：汉水之滨。游女：此处当系指郑交甫在汉水边所遇之二女，盖为汉水女神。见注[63]。[77] 匏（páo）瓜：星名，一名天鸡，独在河鼓星东。无匹：没有配偶。因匏瓜星不与他星相接，故云"无匹"。[78] 牵牛：星名。古代神话，牵牛、织女二星为夫妇，各处天河一侧，每年七月七日乃得一会，故云"独处"。[79] 桂（guī）：妇女的上衣。猗靡：随风飘动貌。[80] 翳：遮蔽。延伫：久立。竚：同"伫"。[81] 常则：固定的规则。[82] 进止难期：或进或止，难以预期。[83] 转眄流精：转眼顾盼之间流露出奕奕神采。[84] 婀娜：轻盈柔美貌。[85] 屏翳：风神名。[86] 川后：即河伯。[87] 冯夷：河伯名。[88] 女娲：女神名，相传她曾炼石补天，又曾发明笙簧。[89] 文鱼：一种能飞的鱼。警乘：警卫乘舆。[90] 玉銮：车上的铃，作鸾鸟形，以玉雕成。偕逝：一起离去。[91] 六龙：古代神话中神出避有以六龙驾车的，故此处以"六龙"载云车。俨（yǎn）：矜庄貌。[92] 云车：谓洛神以云为车。容裔：行貌，有高低起伏与闲暇自得二义，皆可通。[93] 鲸鲵（ní）：即鲸鱼，雄曰鲸，雌曰鲵。毂（gǔ）：车轮中心圆木，用以贯轴。此处即指车。[94] 沚（zhǐ）：水中小沙洲。[95] "纤素领"

二句:谓回首相视。纡:回。素领:指洁白的颈项。清阳:指眉目之间。《诗经·郑风·野有蔓草》:"有美一人,清扬婉兮。"谓眉目之间,婉然美好。扬,一作"阳"。[96]大纲:指纲常礼教。[97]"怨盛年"句:怨恨往昔年轻时未得与君相遇。当:遇到。一说,此句谓自我怨恨在此壮盛之年不得与君相配合。[98]罗袂(mèi):罗袖。[99]浪浪:泪流貌。[100]效爱:致相爱之意。[101]珰(dāng):耳珠。[102]太阴:李善注:"众神之所居。"按,洛神潜居水底,疑"太阴"指此。[103]不悟:不知。舍(shè):止。此句谓忽然不知洛神到哪里去了。[104]宵:暗冥。一说通"消"。蔽光:隐去光彩。此句谓洛神神消光隐,使我惆怅。[105]背下陵高:背离低下之地而登高。[106]遗情:留情。谓洛神对自己曾表示过的种种感情。[107]灵体:指洛神。复形:复现。"冀灵体"句:谓希望洛神能再出现。[108]御:驾。上溯(sù):逆流而上。[109]长川:指洛水。[110]慕:思念。[111]耿耿:心神不宁。《诗经·邶风·柏舟》:"耿耿不寐。"[112]"沾繁霜"句:因不能入睡,久立室外至曙,故身上沾满浓霜。[113]騑(fēi):古代驾车之马,位置在中间的叫服,在两侧的叫骖或騑。这里泛指驾车的马。辔(pèi):马缰绳。抗策:举起马鞭。[114]盘桓:犹徘徊。

诸葛亮

诸葛亮(181—234),字孔明,琅玡阳都(今山东沂南)人。三国时期著名的政治家和军事家。早年避乱荆州,隐居陇亩,后辅佐刘备建立蜀汉,因联吴抗曹,西取益州,封为丞相。刘备死后,受遗诏辅佐刘禅。前后六次出师北伐曹魏,卒于军中,谥忠武。文学方面,前、后《出师表》等颇为人称道。其文不假雕饰,情真语挚,文采内蕴。后人辑其作品为《诸葛亮集》四卷。中华书局1960年出版以张澍《诸葛忠武侯文集》为底本的整理校点本《诸葛亮集》。

出 师 表

【解题】

《出师表》有前、后两篇,此为前篇。后篇一般认为是后人伪托之作。三国蜀后主刘禅建兴五年(227),诸葛亮驻军汉中(在今陕西汉中),准备出师北伐,临出发前上此奏疏。文中追思先帝遗德,劝诫刘禅用贤纳谏,推荐在朝的忠信之臣,并陈述自己的心志。文章感情自然真淳,畅所欲言,对刘禅谆谆嘱咐,坦诚恳切,突破了奏疏多谀美恭谨的模式,为历代所推重。

臣亮言[1]:先帝创业未半,而中道崩殂[2]。今天下三分[3],益州罢弊[4],此诚危急存亡之秋也[5]。然侍卫之臣不懈于内,忠志之士忘身于外者,盖追先帝之遇,欲报之于陛下也[6]。诚宜开张圣听[7],以光先帝遗德[8],恢志士之气[9],不宜妄自菲薄[10],引喻失义[11],以塞忠谏之路也。

宫中府中[12],俱为一体,陟罚臧否,不宜异同[13]。若有作奸犯科及为忠善者[14],宜付有司论其刑赏[15],以昭陛下平明之理[16],不宜偏私,使内外异法也。侍中、侍郎郭攸之、费祎、董允等[17]，此皆良实[18]，志虑忠纯，是以先帝简拔以遗陛下[19]。愚以为宫中之事，事无大小，悉以咨之[20]，然后施行，必能裨补阙漏[21]，有所广益也。将军向宠[22]，性行淑均[23]，晓畅军事，试用于昔日，先帝称之曰能，是以众议举宠为督。愚以为营中之事，悉以咨之，必能使行阵和穆，优劣得所也[24]。亲贤臣，远小人，此先汉所以兴隆也[25]。亲小人，远贤士，此后汉所以倾颓也[26]。先帝在时，每与臣论此事，未尝不叹息痛恨于桓、灵也[27]。侍中、尚书、长史、参军[28]，此悉贞亮死节之臣也[29]，愿陛下亲之信之，则汉室之隆，可计日而待也。

臣本布衣[30]，躬耕于南阳[31]，苟全性命于乱世，不求闻达于诸侯[32]。先帝不以臣卑鄙[33]，猥自枉屈[34]，三顾臣于草庐之中[35]，咨臣以当世之事，由是感激[36]，遂许先帝以驱驰[37]。后值倾覆[38]，受任于败军之际，奉命于危难之间，尔来二十有一年矣[39]！先帝知臣谨慎，故临崩寄臣以大事也[40]。受命以来，夙夜忧叹[41]，恐托付不效，以伤先帝之明。故五月度泸，深入不毛[42]。今南方已定，兵甲已足，当奖率三军[43]，北定中原，庶竭驽钝[44]，攘除奸凶[45]，兴复汉室，还于旧都[46]。此臣所以报先帝而忠陛下之职分也。至于斟酌损益[47]，进尽忠言，则攸之、祎、允之任也。

愿陛下托臣以讨贼兴复之效，不效则治臣之罪，以告先帝之灵。若无兴德之言，则责攸之、祎、允等咎，以章其慢[48]。陛下亦宜自课[49]，以咨诹善道[50]，察纳雅言[51]，深追先帝遗诏。臣不胜受恩感激[52]。今当远离，临表涕泣[53]，不知所云。

中华书局影印本胡刻《文选》

【注释】

[1] 臣亮言：涵芬楼影印宋绍熙刊本《三国志》（以下简称"宋刊本《三国志》"）无此三字。[2] 先帝：指刘备。崩殂（cú）：指天子死。殂，宋刊本《三国志》作"殂"。[3] 三分：指魏、蜀、吴三国鼎立。[4] 益州：蜀所据地，在今四川、重庆和陕西、云南的部分地区。罢：宋刊本《三国志》作"疲"，二字通。[5] 存亡：偏义复词，义偏在"亡"。秋：指时候。[6] 亡：宋刊本《三国志》作"忘"。遇：宋刊本《三国志》作"殊遇"。[7] 开张圣听：指扩大皇帝的听闻。这是规劝刘禅要广泛听取意见。[8] 光：发扬。[9] 恢：扩大。宋刊本《三国志》作"恢弘"。[10] 菲薄：同义连用。这里用作动词，指看轻。[11] 引喻失义：指言谈失去道理。[12] 宫中：指皇帝宫禁中的侍臣。府中：指丞相府中的官吏。[13] 陟：指升迁官职。罚：指降职。臧：善，指表扬。否（pǐ）：恶，指批评。异同：偏义复词，义偏在异。[14] 科：科条，法令。[15] 有司：专门主管某一方面事务的官府和官吏。古代设官分职，各有专司。[16] 昭：显示。平明：公平清明。理：治理。[17] 侍中、侍郎：皆皇帝的侍从。侍中：列侯以下至郎中的加官。侍郎：郎官的一种，宫廷的近侍。郭攸之：字演长，南阳人，当时任侍中。费祎（yī）：字文伟，江夏人，当时任侍中。董允：字休昭，南郡人，当时任黄门侍郎。[18] 良实：善良诚实。[19] 简拔：选拔。[20] 咨：询问。[21] 裨（bì）补：同义连用，弥补。阙：通"缺"。[22] 向宠：字巨违，襄阳人。刘备时为牙门将，刘禅即位，封都亭侯，后任中都督，掌管宿卫兵。[23] 淑：贤善。均：公正。[24] 行（háng）阵：军队行列。穆：宋刊本《三国志》作"睦"。优劣得所：指将领和士兵按才能的高低安置得当。[25] 先汉：指西汉。[26] 贤士：宋刊本《三国志》作"贤臣"。后汉：指东汉。倾颓（tuí）：倒塌，比喻灭亡。

[27] 痛恨：痛心和遗憾。桓、灵：汉桓帝和汉灵帝，二帝宠信宦官，政治腐败，酿成汉末大乱。[28] 侍中：指郭攸之、费祎。尚书：官职名，这里指陈震。长史：官职名，这里指张裔。参军：官职名，这里指蒋琬。[29] 贞亮：坚贞忠直。死节：为气节而死，指以死报国。[30] 布衣：指平民。[31] 南阳：地名，在今湖北襄阳县西二十里，诸葛亮曾避乱隐居于南阳的邓县。[32] 闻达：扬名显达。[33] 卑鄙：指身世卑微、见识浅陋。[34] 猥（wěi）：谦词。枉屈：委屈，指屈尊就卑。[35] 草庐：茅草屋。[36] 感激：受到感动而激励振奋。[37] 驱驰：指奔走效劳。[38] 倾覆：指汉献帝建安十三年（208），刘备为曹操所败。[39] 二十有一年：指建安十二年（207）刘备三顾草庐请诸葛亮出山至此上表之时共二十一年。[40] 大事：指辅佐刘禅复兴汉室之事。[41] 夙夜：指日日夜夜。夙：早晨。[42] 度：宋刊本《三国志》作"渡"。泸：泸水，即金沙江。不毛：指不长粮食未曾开发的地方。[43] 奖率：鼓励、率领。三军：泛指军队。[44] 庶：或许。竭：尽。驽钝：劣马钝刀，比喻才能平庸低下。[45] 攘除：排除，铲除。奸凶：指曹魏那班篡夺汉室的人。[46] 旧都：指东汉的都城洛阳，当时是曹魏的京都。[47] 斟酌：指考虑事情的得失可否。[48] "责攸之"二句：宋刊本《三国志》作"若无兴德之言，则责攸之、祎、允等之慢，以彰其咎"。咎：过错。慢：怠慢。[49] 课：宋刊本《三国志》作"谋"。课：督促。[50] 咨诹（zōu）：询问。善道：好的主张和办法。[51] 雅言：指正确的意见。[52] 胜（shēng）：尽。[53] 临：面对着。泣：宋刊本《三国志》作"零"。

陶渊明

归去来兮辞并序

【解题】

　　本篇是作者脱离仕途、回归田园的宣言。文中所写的回家途中的情景、到家之后与家人团聚的情景以及来年春耕的情景，都是想象之辞，在逼真的想象中更可看出诗人对自由的向往。文中言辞华丽，节奏跌宕起伏，语气舒放，将诗人欣喜欲狂的情状呈现在读者面前。

　　余家贫，耕植不足以自给。幼稚盈室，瓶无储粟[1]，生生所资[2]，未见其术。亲故多劝余为长吏[3]，脱然有怀[4]，求之靡途。会有四方之事[5]，诸侯以惠爱为德[6]，家叔以余贫苦[7]，遂见用于小邑[8]。于时风波未静[9]，心惮远役。彭泽去家百里，公田之利，足以为酒，故便求之。及少日，眷然有归欤之情。何则？质性自然，非矫励所得[10]；饥冻虽切，违己交病[11]。尝从人事[12]，皆口腹自役；于是怅然慷慨，深愧平生之志。犹望一稔[13]，当敛裳宵逝。寻程氏妹丧于武昌[14]，情在骏奔，自免去职。仲秋至冬，在官八十余日。因事顺心，命篇曰《归去来兮》。乙巳岁十一月也[15]。

　　归去来兮，田园将芜胡不归！既自以心为形役[16]，奚惆怅而独悲？悟已往之不谏，知来者之可追[17]。实迷途其未远，觉今是而昨非。舟遥遥以轻飏，风飘飘而吹衣。问征夫以前路[18]，恨晨光之熹微[19]。

　　乃瞻衡宇[20]，载欣载奔。僮仆欢迎，稚子候门。三径就荒[21]，松菊犹存。携幼入室，有酒盈樽。引壶觞以自酌，眄庭柯以怡颜。倚南窗以寄傲[22]，审容膝之易安[23]。园日涉以成趣,门虽设而常关。策扶老以流憩[24],时矫首而遐观。云无心以出岫[25],鸟倦飞而知还。景翳翳以将入[26],抚孤松而盘桓。

归去来兮,请息交以绝游。世与我而相违,复驾言兮焉求[27]!悦亲戚之情话,乐琴书以消忧。农人告余以春及,将有事于西畴[28]。或命巾车[29],或棹孤舟。既窈窕以寻壑,亦崎岖而经丘[30]。木欣欣以向荣,泉涓涓而始流。善万物之得时,感吾生之行休[31]。

已矣乎,寓形宇内复几时[32]!曷不委心任去留[33],胡为乎遑遑兮欲何之?富贵非吾愿,帝乡不可期[34]。怀良辰以孤往,或植杖而耘耔。登东皋以舒啸,临清流而赋诗[35]。聊乘化以归尽[36],乐乎天命复奚疑!

《四部丛刊》影印宋本《笺注陶渊明集》

【注释】

[1] 缾:同"瓶",本为汲水之器,此处为瓦瓮一类盛米的容器。[2] 生生所资:谓维持生计所依仗者。[3] 长吏:指县衙中的丞、尉,为县吏中较高的职位。《汉书·百官公卿表》:"县令长……皆有丞、尉,秩四百石至二百石,是为长吏。"此句谓亲戚朋友多劝我做个地方小官。[4] 脱然:犹豁然,一说舒缓貌。怀:念头、想法。[5] 会有:恰逢。四方之事:出使之事,语出《论语·子路》:"使于四方。"此处指乙巳岁三月陶渊明为建威参军时自江陵出使京都事。[6] 诸侯:当指建威将军。以惠爱为德:谓允其另谋去就。[7] 家叔:指陶渊明的叔父陶夔,时任太常卿。[8] 小邑:指彭泽。[9] 风波:指当时军阀间的争战。[10] 矫:矫情。励:鼓励,此处指勉强。[11] 违己:谓违反自己的本性。交病:谓产生各种痛苦。[12] 从人事:指做官。[13] 稔(rěn):谷物成熟。[14] 程氏妹:嫁给程家的妹妹。[15] 乙巳:东晋义熙元年(405)。[16] 心为形役:心神为形体所役使,谓本心不愿做官,但为口腹之故,不得不出仕。[17] "悟已往"二句:《论语·微子》:"往者不可谏,来者犹可追。"[18] 征夫:行人。[19] 熹:同"熙",光明。熹微:谓天色微明。[20] 衡宇:犹言衡门,指贫贱者所居之处。《诗经·陈风》:"衡门之下,可以栖迟。"[21] 三径:汉蒋诩隐居后,舍前开了三条小路,只与隐士求仲、羊仲二人交往,见《文选》李善注引《三辅决录》。[22] 寄傲:寄托傲世之情。[23] 审:明白。容膝:形容居室之小,仅能容膝。[24] 策:拄、持。扶老:手杖。流憩(qì):犹游息。憩:同"憩"。[25] 岫(xiù):山洞,此处指山峰。[26] 景(yǐng):日光,后起字写作"影"。翳翳:暗貌。[27] 驾言:谓驾车外出,与世俗之人交游。言:语助词。[28] 畴:田畴。[29] 巾车:有布篷的车。[30] "既窈"二句:犹言既寻窈窕之壑,亦经崎岖之丘。[31] 行休:即将结束,指死亡。[32] 寓形字内:寄身于天地之间,犹言活在世上。[33] 委心:随心。去留:指出处仕隐。此连上句谓人生在世,生命短暂,出处仕隐当任性随心而行。一说,去留谓生死。[34] 帝乡:仙乡。[35] "怀良"四句:谓但愿有良辰美日,自己孤身独出,或下地干活,或登高清啸,或临流赋诗。怀:思。植杖:将手杖放置一边。耘:除草。耔(zǐ):以土培壅苗根。皋:水边高地。[36] 乘化:随顺大自然的运转变化。归尽:归于终极,谓死。

桃花源记

【解题】

《桃花源记》是《桃花源诗》前面的小记。作者虚构了一个没有剥削、没有压迫，人人劳动，生活富裕、和乐而安宁的理想社会，反映了广大农民希望通过劳动创造和平幸福生活的强烈愿望。然而在当时的社会条件下，这是一个不可能实现的幻想。

晋太元中[1]，武陵人捕鱼为业[2]。缘溪行[3]，忘路之远近。忽逢桃花林，夹岸数百步，中无杂树，芳草鲜美，落英缤纷[4]。渔人甚异之。复前行，欲穷其林[5]。

林尽水源[6]，便得一山。山有小口，仿佛若有光。便舍船，从口入。初极狭，才通人[7]；复行数十步，豁然开朗。土地平旷，屋舍俨然[8]，有良田美池桑竹之属[9]；阡陌交通[10]，鸡犬相闻[11]。其中往来种作[12]，男女衣着，悉如外人。黄发垂髫[13]，并怡然自乐[14]。

见渔人，乃大惊，问所从来，具答之[15]。便要还家[16]，设酒杀鸡作食[17]。村中闻有此人，咸来问讯[18]。自云先世避秦时乱，率妻子邑人[19]，来此绝境[20]，不复出焉，遂与外人间隔[21]。问今是何世，乃不知有汉，无论魏晋。此人一一为具言所闻，皆叹惋[22]。余人各复延至其家[23]，皆出酒食。停数日，辞去。此中人语云："不足为外人道也[24]。"

既出，得其船，便扶向路[25]，处处志之[26]。及郡下[27]，诣太守[28]，说如此。太守即遣人随其往，寻向所志[29]，遂迷[30]，不复得路。

南阳刘子骥[31]，高尚士也，闻之，欣然规往[32]。未果，寻病终[33]。后遂无问津者[34]。

陶澍集注本《靖节先生集》

【注释】

［1］太元：晋孝武帝的年号，共21年（376—396）。［2］武陵：今湖南省常德市。［3］缘：沿着。［4］落英：落花。缤纷：盛多、纷乱貌。［5］穷：尽。［6］林尽水源：桃花林的尽头，就是溪流的源头。［7］才：仅仅。［8］俨然：整齐的样子。［9］属：类。［10］阡陌：田间道路，南北曰阡，东西曰陌。交通：交叉相通。［11］鸡犬相闻：能听到鸡和狗的叫声。［12］种作：耕种劳作。［13］黄发：老人发色转黄，故以黄发指老人。垂髫（tiáo）：古代童子未冠时不束头发，故以垂髫指儿童。［14］怡（yí）然：快乐的样子。［15］具：全。［16］要（yāo）：通"邀"，邀请。［17］作食：准备饭食。［18］咸：都。问讯：打听。［19］妻子邑人：妻室、子女、乡人。［20］绝境：与外界隔绝之地。［21］间隔：隔绝。［22］叹惋：叹息。［23］延：邀请。［24］不足：不值得。［25］扶：沿着。向路：来时之路。［26］志：作标记。［27］郡下：郡城中。［28］诣（yì）：往见。［29］向：原先。［30］遂：竟然。［31］南阳：今河南南阳。刘子骥：名骥之，隐士，好游山泽，《晋书·隐逸传》有传。［32］规：计划。［33］寻：不久。［34］津：渡口。问津：问路，这里指探访桃花源。

郦道元

郦道元（？—527），字善长，北魏范阳（今河北涿州）人，历任冀州镇东府长史、东

荆州刺史、御史中尉等职，后被诬出任关右大使，正值雍州刺史萧宝夤反，于赴任途中被杀。郦道元治政严猛，执法峻刻，为权豪所惮。《水经》是记述我国古代水道的一部地理书，相传为西汉桑钦所作（清人则认为当是三国时人所作），因内容过于简略，郦道元广征博引，为其作注，撰成《水经注》四十卷，使原著内容大为丰富。此书不仅介绍了1 250余条河流，描绘了祖国壮丽山川，而且记载了许多神话传说和各地风土人情，具有很高的科学价值和文学价值。

三　峡

【解题】

本篇选自《水经注》卷四《江水》，此文实际系据刘宋盛弘之《荆州记》撰述。作者以峻洁、生动的笔墨，描绘了三峡奇险壮丽的风光，具有很高的审美价值，读后犹如身历其境。

自三峡七百里中，两岸连山，略无阙处[1]。重岩叠嶂，隐天蔽日，自非亭午夜分[2]，不见曦月[3]。

至于夏水襄陵[4]，沿泝阻绝[5]，或王命急宣[6]，有时朝发白帝[7]，暮到江陵[8]，其间千二百里，虽乘奔御风[9]，不以疾也[10]。

春冬之时，则素湍绿潭[11]，回清倒影[12]。绝巘多生怪柏[13]，悬泉瀑布，飞漱其间[14]，清荣峻茂[15]，良多趣味。

每至晴初霜旦[16]，林寒涧肃[17]，常有高猿长啸，属引凄异[18]，空谷传响，哀转久绝[19]。故渔者歌曰："巴东三峡巫峡长[20]，猿鸣三声泪沾裳。"

王先谦《王氏合校水经注》本

【注释】

[1] 略无阙处：一点也没有空缺中断的地方。略无：毫无，一点没有。阙：通"缺"。[2] 自非：若非。亭午：正午。夜分：夜半。[3] 曦：日光。[4] 夏水襄陵：夏天发大水漫上山冈。襄：漫上。陵：山冈。[5] 沿：顺流而下。泝：同"溯"，逆水而上。阻绝：阻断。[6] 王命：朝廷命令。急宣：紧急传达。[7] 白帝：白帝城，在今重庆市奉节县东白帝山上，相传为刘备托孤处。[8] 江陵：在今湖北省荆州市。[9] 奔：奔马。御风：驾风。[10] 不以：不如。[11] 素湍：雪白的急流。[12] 回清：回映着清光。[13] 绝巘（yǎn）：极高的山峰。[14] 飞漱：飞流冲荡。[15] 清荣峻茂：指水清、树荣、山峻、草茂。[16] 晴初：雨后初晴的日子。霜旦：下霜的早晨。[17] 肃：肃杀。[18] 属（zhǔ）引：指猿声连续不断。属：连。[19] 哀转久绝：悲哀婉转的叫声很久才消失。[20] 巴东：东汉郡名，治所在今重庆市奉节县一带。

魏晋小说概说

魏晋南北朝时期小说创作开始繁盛,产生了许多优秀作品,它们大致可以分为志怪和志人两类。

一、志怪小说

所谓志怪,就是记述神仙方术、鬼魅妖怪、殊方异物、佛法灵异故事,其特点是光怪陆离,荒诞不经。魏晋南北朝时期志怪小说特别兴盛,现在保存下来的不下30余种,其中最著名的是东晋干宝的《搜神记》。

《搜神记》虽然是记叙荒诞不经的奇异故事,但却曲折地反映了社会现实生活,内容也相当广泛,有的暴露了统治者的残暴荒淫,歌颂了人民的反抗精神;还有不少作品赞美劳动人民勤劳、勇敢、善良、聪明等优秀品质;有的表现出青年男女在封建压迫下的痛苦和对爱情的执著追求;尤其可贵的是还保存了一些不怕鬼怪和破除迷信的故事。

魏晋南北朝志怪小说对后代文学具有深远的影响。其中的许多故事为后代的小说、戏剧提供了直接的素材。同时在人物刻画、细节描写,以及叙事语言的运用等方面,也为后代小说的写作积累了经验。

二、志人小说

志人小说以记录现实生活中人物的逸闻琐事为主。魏晋南北朝志人小说中,最完整、也最有文学价值的要数刘义庆的《世说新语》。

《世说新语》是一部笔记小说集。全书分德行、言语、政事、文学等36门,记载了自汉末到东晋文人名士的言行,反映了那一个时代人们的精神面貌和社会风尚。例如《任诞篇·王子猷居山阴》,王子猷本想与好友雪夜畅谈,但到了好友家门口,却兴味索然。如果勉强去拜访,就失去了原来的意趣。于是,就兴尽而返。这样的生活态度不存在任何功利的目的,不做作,不虚饰,如同闲云野鹤一般地自由自在。《世说新语》也有大量篇幅描绘魏晋时期社会的黑暗、政治的腐败以及统治集团的残暴荒淫。还记载和赞颂了一些杰出人物的优秀品质。

从艺术角度来看,《世说新语》往往通过一言一行,用简练的文笔,把人物的肖像、性格和思想,栩栩如生地勾画出来,给人以格外深刻的印象。所以明人胡应麟《少室山房笔丛》卷十三评价《世说新语》曰:"读其语言,晋人面目气韵,恍惚生动,而简约玄澹,真致不穷,古今绝唱也。"

《世说新语》是记述文人琐事的笔记小说的先驱,也是后代小品文的典范,它对后代文学产生了深远的影响。书中有许多故事,有的已成为后来的成语典故,有的则成为后代戏剧、小说创作的素材。

作 品

《世说新语》

　　《世说新语》，唐时叫《新书》，五代、宋改称《新语》，后世为了与刘向所作《世说》区别，称此书为《世说新语》。全书主要掇拾汉末至东晋的士族阶层人物的遗闻轶事，尤详于东晋。全书按内容分类记事，计有德行、言语、政事、文学等36篇，生动地反映了士族阶级的精神面貌与生活方式。作者刘义庆（403—444），彭城（今江苏铜山）人，是刘宋宗室，袭封临川王。《宋书·临川烈武王道规传》说他："为性简素，寡嗜欲，文辞虽不多，然足为宗室之表。……招聚文学之士，远近必至。"《世说新语》应该是他招聚的门客集体编纂的。梁时刘孝标为此书作注，引用古书四百余种，更加丰富了本书的内容。

王子猷居山阴

【解题】

　　本篇节选自《任诞》篇。类似王子猷这样任性放达、随意自适、不受拘束的行为，正是典型的魏晋风度。

　　王子猷居山阴[1]，夜大雪，眠觉，开室，命酌酒，四望皎然。因起仿偟[2]，咏左思《招隐》诗[3]。忽忆戴安道[4]，时戴在剡[5]，即便夜乘小船就之，经宿方至，造门不前而返[6]。人问其故，王曰："吾本乘兴而行，兴尽而返，何必见戴？"

上海古籍出版社余嘉锡笺疏本《世说新语》

【注释】

　　[1] 王子猷：名徽之，字子猷，王羲之之子。初为桓温参军，后来作过黄门侍郎。山阴：即今浙江绍兴。[2] 仿偟：即彷徨。这里有逍遥的意思。[3] 左思《招隐》诗：共二首，本书选一首，见诗歌部分。[4] 戴安道：戴逵，字安道。博学多能，擅长音乐、书画和佛像雕刻。终身不仕，不事权贵。武陵王晞曾遣人召他去鼓琴，他就当着使者的面毁了琴，说："戴安道不为王门伶人。"[5] 剡（shàn）：县名，在今浙江嵊州西南。有剡溪，为曹娥江上游，自山阴可溯流而上。[6] 造：到。

隋唐五代文学

概　　述

一、隋唐五代社会概况

公元581年隋文帝杨坚废北周自立，建立了隋王朝。至开皇九年（589）灭陈，终于结束了南北分裂的局面，实现了国家的统一。隋代虽历二世而亡，但对南北朝的弊政进行了许多具有历史意义的改革，为唐王朝的兴盛打下了基础。隋代的文风基本承袭南北朝，但也孕育着变革的因素。

公元618年唐王朝建立以后，太宗李世民从前朝的覆亡中汲取了教训，认识到"民可以载舟，亦可以覆舟"，因此励精图治，采取了一系列新的举措。例如在官制方面，为了加强中央集权，实行三省（尚书、中书、门下）六部（工、户、刑、兵、吏、礼）制。在土地制度方面，实行均田制。与之相应而实行了租庸调税法，在一定程度上减轻了百姓的负担。均田制和租庸调税法，对经济的恢复与发展起了有益的作用，直到唐朝中期，由于土地兼并的加剧，才相应改为庄田制和两税法。在用人制度上，延续并完善了隋代后期实行的科举考试制度，使许多中下层地主阶级知识分子走向政治舞台。从"贞观之治"到"开元盛世"，唐代经济逐渐走向繁荣。但是，到了玄宗后期，整个封建统治集团穷奢极欲，对外穷兵黩武，激化了阶级矛盾和统治阶级内部矛盾。天宝十四载（755）爆发的"安史之乱"，成为唐朝由盛到衰的转折点。唐代中期以后，藩镇割据、宦官专权、朋党交争这三大弊端长期存在，外族也不断侵扰，唐王朝从此一蹶不振。唐末农民纷纷揭竿起义，唐王朝最终走向灭亡。

降及五代十国（907—979），国家再度分裂，社会更为动荡。到"十国"中的最后一个政权北汉被宋朝所灭，"五代十国"的历史也落下了帷幕。

二、隋唐五代文学概况

公元7世纪到10世纪，源远流长的中国古代文学，经过隋代的过渡，发展到了一个以唐诗为代表，散文、小说、词等各体文学全面繁荣的崭新阶段。

隋唐五代文学，与时代的特点息息相关。隋及唐初，随着国家的统一、国力的逐渐强盛以及南北文化的交融，文学开始从六朝浮靡的余风中走出来；随着开元盛世的到来，文坛奏出了以浪漫主义为主调的"盛唐之音"；"安史之乱"所造成的社会动荡，使现实主义文学有了长足的发展；与宪宗的政治中兴相一致，在诗文两方面都出现了变革；唐代后期国力江河日下，诗文创作也逐渐由繁荣走向低潮，而词这一新的文体却适应着当时特定的社会环境兴盛起来。

在整个隋唐五代文学中，诗歌的成就最高。唐代前期是唐诗逐步走向成熟的时期。唐初延续六朝余波，除个别人如王绩外，大多数诗人仍热衷于宫廷诗的创作。著名的有上官仪，诗风绮错婉媚，时人效之，谓之"上官体"。而后有被称为"初唐四杰"的王勃、杨炯、卢照邻、骆宾王,他们把诗歌的题材从宫廷扩展到社会生活,表现出浓烈的情思和高昂的基调,唐诗的发展出现了新的转机。这时期还有被称为"文章四友"的李峤、苏味道、杜审言、崔融和被称为"沈宋"的沈佺期、宋之问,他们虽然依旧沿袭宫廷诗风,追求形式的精致,但对格律诗的成熟也做出了重要的贡献。陈子昂则以复古为旗号,鼓吹诗歌革新,标举汉魏风骨、兴寄、风雅,这对从根本上扭转齐梁以来的不良诗风,起到了重要的作用。从景云中到天宝初,诗歌创作进入了高潮期,诗人大多用浪漫主义的歌唱来反映盛唐气象,表现丰富多彩的社会生活和自己的理想与遭际。这里有以王维、孟浩然为代表的山水田园诗派和以高适、岑参为代表的边塞诗派双峰并峙,更有伟大的浪漫主义诗人李白特出于侪辈。当时名家辈出,佳作林立,唐诗已经走向了成熟。唐代中期是唐诗的转变时期。"安史之乱"以后,社会的大动荡给文学的发展带来了深刻的影响,诗歌脱去了五彩缤纷的外衣,而归于沉郁悲慨,现实主义成为这一时期诗歌的基本特征。伟大的现实主义诗人杜甫出现了,他以深切执著的忧国忧民之心和海涵地负的艺术才力,真实地反映了动乱的现实,当时有"诗史"之称。大历初至贞元中,诗歌创作出现了短暂的衰退。这时有长于山水诗的韦应物、刘长卿,擅长边塞诗的李益和提倡复古的元结、顾况。代表当时主导诗风的是"大历十才子",诗风清浅婉秀,成就不高。到了贞元中至大和末,唐诗又出现了中兴。这一时期中白居易等人所发起的新乐府运动,继承了杜甫的现实主义精神。在艺术上,元(稹)白(居易)诗派的通俗平易、韩(愈)孟(郊)诗派的奇崛险怪,都以艺术的"新变"去寻求诗歌的进一步发展。此外,还有刘禹锡、柳宗元、李贺等著名诗人。"诗到元和体变新"(白居易《余思未尽,加为六韵,重寄微之》),这一时期的诗歌创作,以风格流派的丰富性和艺术上的独创性见长。唐代后期及五代是唐诗的余绪。大和初至大中初,李商隐和杜牧异军突起,成为唐诗的殿军。而后诗人大都学步于唐代中期,其中如皮日休、聂夷中、杜荀鹤等多感愤时事之作,为唐诗"余响"。

综观唐诗,作家作品众多,风格流派多样,体裁样式完备。清代康熙年间所编《全唐诗》九百卷,收诗人2 200余人,诗歌近5万首,其数量数倍于先唐诗歌。而唐诗的突出成就主要地表现在丰富深刻的内容与完美的艺术形式的高度统一,还表现在意境的创造、意象的丰富、手法的多样、形式的精致和语言的提炼等艺术经验的积累上。唐诗的繁荣,既是诗歌自身发展的要求,也是众多诗人共同努力、不断创新的结果。

唐代不仅是诗歌的黄金时代,而且是文章的革新时代、小说的成熟时代和词的孕育时代。六朝时期骈文盛行,进入唐代以后,陈子昂、萧颖士、李华、元结、柳冕等人提倡散文,对扭转骈俪文风起到了重要的作用。到了唐代中期,韩愈、柳宗元倡导古文运动,获得了巨大的成功。从此,确立了古文的新体制,成为我国古代散文发展史上的转折点。在唐代以前,中国的小说尚未成熟。以唐传奇为代表的唐代小说,在题材内容和艺术表现上标志着中国古典小说进入了成熟阶段。小说这一文学样式以与传统诗文不同的文学价值和艺术魅力进入了文学殿堂。词是一种全新的文体,它随着隋唐时燕乐的流播而产生。敦煌曲子词是民间词作,展现了它最初的面貌,到了唐代中期便有了文人词作。唐代后期及五代,温庭筠开花间词派,李后主咏家国悲哀。前者成就了文人词软媚香艳的特质,后者扩大了词的表现领域和艺术手法,对宋词的发展产生了深刻的影响。此外,变文等通俗讲唱文体的产生和发展,也为文学开辟了一个新的领域。

隋唐诗歌概说

一、隋代诗歌

隋代在中国历史上是一个短命的王朝，从 581 年建立到 618 年灭亡，仅 38 年。隋代诗人大多数是南北朝旧臣，深受南北朝诗风的影响，隋代诗歌还没有形成自己的独特风格，还只是南北朝诗歌的延续。但是，在隋代诗歌创作中已经出现了南北诗风融合的迹象，这在诗歌的发展史上有重大的意义。

南北诗歌的差异是十分明显的，《隋书·文学传序》中概括得很准确："江左宫商发越，贵于清绮；河朔词义贞刚，重乎气质。气质则理胜其词，清绮则文过其意；理深者便于时用，文华者宜于咏歌，此其南北词人得失之大较也。"因此，只有"各去所短，合其两长"，才是诗歌发展的方向。开皇九年（589）平陈，实现了南北的统一。以此为界，隋代诗歌可分为两个时期。隋代前期的诗歌承继北朝诗风，以质朴刚健、沉郁厚重的崭新姿态在诗坛崛起，第一次在整体上取得了与南朝诗歌相抗衡，甚至压倒南朝诗歌的地位。同时，部分诗人也十分注意学习南朝诗歌的艺术技巧，形成了刚健秀朗的特点，这是隋代前期诗歌创作中出现的最有生命力的新因素。隋代后期大批南朝诗人进入京师所在地的北方，因此南朝诗风很快地又恢复了在诗坛的主导地位。但是，这种复归不是简单的重复，而是在创作中不自觉地融入了北方诗歌阔大沉厚的特质，这是隋代后期诗歌创作中最有价值的新因素。北人学南，南人学北，正是这种双向的交流，促进了南北诗风的融合，也推动着隋代诗歌缓慢地向前发展。

隋代前期的诗人，在学习南朝诗歌的艺术技巧方面，已经取得了相当不错的成绩。如薛道衡的名篇《昔昔盐》是一首思妇诗，其中"暗牖悬蛛网，空梁落燕泥"二句，通过两个细节表现人去屋空，孤寂凄凉的心境，极富于表现力。后一句的意象更为新鲜，空灵剔透，摇曳多姿，道人之所不能道，说明他学习南朝诗歌已经登堂入室了。他的《人日思归》，语言朴素自然，构思却十分精巧。卢思道的《从军行》大量运用典故和对偶句，语言清丽畅达，已"全类唐人歌行"（吴乔《围炉诗话》）。杨素的《赠薛内史诗》，先通过几个典型动作刻画诗人忧思难持的情态，把内在的情感外化。再以"落花""明月"两个内涵丰富的意象，使忧思之情进一步深化，并以"徒""空"二字点醒题旨，含蓄隽永。末以相隔遥远，音书难通作结，感慨悠深。此诗语言流转圆润，韵味醇厚深长。尤其是"朝朝唯落花，夜夜空明月。明月徒流光，落花空自芳"四句，与南诗相比，有其流丽而无其轻艳；与北诗相比，有其厚重而无其板滞。隋代后期的诗歌也有了一些明显的变化。如虞世基的《出塞二首》其二，写边塞寒色，既有北诗雄浑的气韵，又有南诗细致的刻画。末句"霜旗冻不翻"，既十分新巧，又含蕴着一股气势和力量。唐代边塞诗人岑参的《白雪歌送武判官归京》中的名句"风掣红旗冻不翻"正是由此化出。杨广的《夏日临江诗》则在清新秀美中融入高昂沉厚的情韵。全诗色彩明快艳丽，情景浑融，十分自然。北人写景多不够真切，因而给人以"隔"的感觉；南人写景又往往绮靡纤巧，因而给人以"浮"的感觉。杨广此诗写景真切秀朗，此胜于北；不纤巧雕琢，则又超乎南。故此诗南北兼胜。他的《春江花月夜二首》其一更加出色，不仅语言脱尽铅华，自然秀美，而且散发出清新的气息。此诗意境纯美，把春江月夜温馨的气氛，独特的感受，表现得细腻真切。"流波"二句颇有气势，表现了诗人丰富的想象力。这两首诗意境的创造对后代的同题之作产生了很大的影响。

二、唐代前期的诗歌

从高祖武德元年（618）至玄宗天宝十四载（755）"安史之乱"爆发为唐代前期。就唐诗发展的角度而言，这一时期是唐诗从承袭陈、隋遗风到逐步形成风骨兼备的盛唐之音的重要阶段。

（一）唐初诗坛

唐初诗坛上出现了两个诗人群：一是生活在社会上层的宫廷诗人群，一是生活在社会下层的诗人群。前者有虞世南、陈叔达、许敬宗、杨师道、陈子良、孔绍安、李百药等人，他们是前朝旧人，因袭陈、隋诗风，写了大量的歌功颂德、点缀升平的应制诗和不少卑弱淫靡的艳情诗，造成"诗人承陈、隋风流，浮靡相矜"（《新唐书》卷二〇一）的习气。魏征对当时的浮靡诗风给予尖锐的批评，在《群书治要序》中痛陈诗坛积习之弊："竞采浮艳之词，争驰迂诞之说，骋末学之博闻，饰雕虫之小技，流宕忘返，殊途同致。"王绩、王梵志、寒山、拾得等是一群远离宫廷、生活在社会下层的诗人，他们把诗歌引向清新通俗的境地。王绩（585—644），字无功，号东皋子，绛州龙门（今山西河津）人，一说太原祁（今山西祁县）人。由隋入唐曾任太乐丞，不久归隐东皋。他的诗今存一百余首，多数以饮酒为题材，反映了求醉遁世的消极思想。一些田园景物诗则写得淡远清新。《野望》是他的代表作："东皋薄暮望，徙倚欲何依。树树皆秋色，山山唯落晖。牧人驱犊返，猎马带禽归。相顾无相识，长歌怀采薇。"在写景如画的笔墨中抒发了林泉生活的恬淡闲适情趣和隐藏在心头的几缕苦闷彷徨意绪，风格自然质朴，涤尽六朝绮靡之风，在形式上已是一首成熟的五律。他的田园景物诗，是盛唐山水田园诗的先声。

（二）"四杰""四友""沈宋"及陈子昂

高宗、武后时期，诗坛上涌现出一批新诗人，形成了三个诗歌流派：一是以"初唐四杰"为代表的抒情诗派，二是以"文章四友"和"沈宋"为代表的格律诗派，三是以陈子昂为代表的风骨诗派。他们共同把唐诗向前推进了一大步。

"初唐四杰"（王勃、杨炯、卢照邻、骆宾王）在唐诗发展史上的主要贡献是拓展了诗歌的题材，确立了唐诗高昂的基调。他们都才高位卑，遭遇坎坷，因此能冲破宫廷诗人狭小的生活圈子，把诗歌从台阁移至江山塞漠，从宫廷扩大到市井，去抒写丰富多彩的社会生活、壮丽的山川景物和人生的悲欢离合。王勃《送杜少府之任蜀川》抒发了真挚的惜别之情，"海内存知己，天涯若比邻"一联，表达了朋友间的深厚情谊和诗人阔大的襟怀，成为千古名句。杨炯的《从军行》，"宁为百夫长，胜作一书生"，表达了对边塞军旅生活的向往。骆宾王的《在狱咏蝉》通篇写蝉，却又是处处写人。"露重飞难进，风多响易沉"，以"露重"和"风多"的自然环境比喻艰危的政治环境，以蝉之"飞难进"、"响易沉"比喻自己政治上的不得志，达到了物我浑一的境界。这些作品不仅题材多样，而且贴近生活，情思浓烈，基调高昂，是南朝诗歌中极为罕见的。

王、杨擅长五律，卢、骆擅长七言歌行。这一时期七言歌行的发展与繁荣，是诗歌史上一个特别值得注意的现象。《长安古意》是卢照邻的名篇，描绘了都市的繁华和贵族的骄奢生活，也写出繁华之无常与富贵之难保。最后以"寂寂寥寥扬子居，年年岁岁一床书。独有南山桂花发，飞来飞去袭人裾"作结，表达了作者以读书为务，甘于寂寞，自得其乐的情趣。《畴昔篇》《帝京篇》是骆宾王的代表作，前者自叙身世，后者与卢照邻《长安古意》同调，写帝京的繁华与贵族的豪奢，感叹祸福无常和寒士怀才不遇。继卢、骆之后，又出现了刘希夷、张若虚两位七言歌行作家。《代白头吟》是刘希夷的一首七言歌行名篇，先从洛阳花飞起兴，引出"洛阳女儿惜颜色，行逢落花长叹息"。接着又在有情人与无情花的比照中得出"年年岁岁花相似，岁岁年年人不同"的伤感结论。而后诗人跳过洛阳女儿，转写一位行将就木的"半死白头翁"，他昔日也曾是红颜美少年，可是一旦青春消逝，便一无所有了。这首诗感叹人生无常、朱颜难驻。情调虽比较低沉，但不同于宫廷诗的绮媚，又比卢、骆的七言歌行自然流畅，有很高的艺术性。张若虚的诗仅存两首，其中被闻一多先生赞誉为"诗中的诗，顶峰上的顶峰"（《宫体诗的自赎》）的那首《春江花月夜》，却孤篇横绝，令人倾倒。《春江花月夜》是乐府旧题，内容写游子与思妇的离愁别恨。张若虚在传统主题的基础上，融入春江月夜美景的描绘和人生哲理的揭示，以"月"为中心，从春、江、花、月、夜五个方面，细致酣畅地描绘出一幅良辰美景图，并从"江畔何人初见月，江月何年初照人？人生代代无穷已，江月年年只相似"中，体察到宇宙万物长存与人生世代相传的哲理。然后又从无限的时空，回到眼前美好的境界中来，开始了相思离别的描写。生发了对月长圆、人长聚的强烈向往。这首诗意境优美，语言清新，音节悠扬宛转，已露盛唐之音的端倪。刘希夷和张若虚是唐代前期七言歌行成就最高的诗人。

"四杰"的诗虽然还没有彻底摆脱齐、梁遗风的影响，但他们在唐诗发展中，起到了承前启后的作用。因此，杜甫在《戏为六绝句》中肯定了他们"不废江河万古流"的历史地位。

这一时期的诗坛依然受到齐、梁诗风的很大影响，当时的诗人主要是一批宫廷诗人，大多人品不高，并因阿附权贵而获罪。他们的诗歌创作多颂圣应制之作，被贬后的作品才较有真情实感，在诗歌韵味的追求及律诗的定型上做出了重要贡献。

六朝诗人早已注意到诗歌对仗的匀称美，但那时的对仗随意性很大，对仗的规范化是由唐初宫廷诗人上官仪完成的。上官仪工于五言，以绮错婉媚为本，时人仿效，名曰"上官体"。在他今存的20首诗里，绝大多数是反映宫廷生活的应制诗，《入朝洛堤步月》较有名。上官仪对唐诗的贡献主要是总结了前人对仗的经验并使之规范化，这对唐代律诗的成熟起了促进作用。但律诗的定型是在"文章四友"（李峤、苏味道、崔融、杜审言）与"沈宋"（沈佺期、宋之问）的手中才最终完成的。杜审言、沈佺期和宋之问都是当时著名的宫廷诗人。他们结交权贵，善写应制诗，后来又都被贬，生活的变化，使他们的诗风有所转变。杜审言的《和晋陵陆丞早春游望》《春日怀归》，沈佺期的《杂诗三首》其三，宋之问的《渡汉江》《过大庾岭》等都是成熟的五律或五绝，而且感慨深沉，韵味隽永。《新唐书·宋之问传》说沈、宋总结了六朝以来声律方面的创作经验，"回忌声病，约句准篇"，确立了律诗的形式。这种说法是不够准确的，其实五律在"四友"，特别是在杜审言手里就已基本定型。理由有四。（1）杜审言的五律在他的全部诗作中占的比重很大。《全唐诗》收录他的诗作43首，只有两首古诗，而五律却有28首之多，完全合律的就有20首。李峤、苏味道、崔融的情况大体上与此差不多，只是质量略微逊色一些。而以擅长五律著称的宋之问，他的五律只占全部诗作的四成左右，沈佺期则更少一些。这说明杜审言很擅长运用五律这种形式。（2）杜审言成名比"沈宋"早。《新唐书·杜审言传》载："初，审言病甚，宋之问、武平一等省候何如，答曰'甚为造化小儿相苦，尚何言？然吾在，久压公等，今且死，固大慰，但恨不见替人'云。"时人对他的评价也很高，宋之问说他"辞业备而宦成，名声高而命薄"（《祭杜学士审言文》），武平一称赞他"誉郁中朝，文高前列"（《唐诗纪事》卷六载武平一表）。陈子昂也说："杜司户炳灵翰林，研几策府，有重名于天下，而独秀于朝端。徐、陈、应、刘不得劘其垒，何、王、沈、谢适足靡其旗。而载笔下寮，三十余载。秉不羁之操，物莫同尘；含绝唱之音，人皆寡和。"（《送吉州杜司户审言序》）可见杜审言比"沈宋"成名要早，在当时的影响也大得多。前面已说过，他的诗作主要是五律，因此他赖以成名的、极受时人推崇的、并感到自负的，当然是他的五律了。（3）《行经岚州》是杜审言早期的一首五律。此诗完全合律，而且用的是后人最常用的首句仄起不押韵式。杜审言咸亨元年（670）授隰城尉，汾州隰城县与岚州同属河东道，这首诗当是此时的作品，比"沈宋"的任何一首五律都要早。（4）更重要的一点是，从杜审言现存的五律来看，的确对仗工丽、格律精严、声韵协畅，不愧为初唐五律之冠。杜审言之后，五律在形式上已没有大的变化了。因此杜审言在五律定型过程中的贡献是不应抹杀的。而"沈宋"则是把五律这种形式运用得更纯熟、更完美罢了。从此以后，我国诗歌呈现出古体与近体并行发展的局面。

陈子昂是唐代诗坛的"改革家"，在《修竹篇序》里明确地反对"彩丽竞繁，而兴寄都绝"的齐、梁诗风，提倡汉、魏风骨和风雅、兴寄。在复古的旗帜下，实现唐代诗歌的真正革新。他要求诗歌"骨气端翔，音情顿挫，光英朗练，有金石声"。《修竹篇序》宣告了齐、梁以来占统治地位的浮靡诗风的结束，标志着风骨与辞采兼备、兴寄与韵味为一、情思与声律并存的唐代诗风的形成。

陈子昂的诗歌创作是他革新主张的实践，《感遇诗》三十八首是代表作。这些诗歌讽刺现实，伤慨时事，感怀身世，抒发理想。其三十五（本为贵公子），表达了诗人的政治理想和报国热情。其二（兰若生春夏），抒发诗人怀才不遇的感慨。其二十九（丁亥岁云暮），揭露了朝廷发动不义战争给人民带来的灾难。此外，《登幽州台歌》也是他的杰作，横亘古今，俯仰天地，充分表达了知音难觅的孤独情怀，境界壮大开阔，感情深沉激越，语言遒劲奔放。他的诗五古较多，律、绝较少，诗歌格调雄浑，语言古朴，具有汉、魏遗风，但在艺术上存在明显的不足。另外，郭震的《古剑篇》《寄刘校书》、乔知之的《苦寒行》、乔备的《出塞》等也具有这样的特点。陈子昂及当时的一批有识之士的文学主张及诗歌创作实践，为彻底肃清齐、梁诗风的影响作出了重要贡献。

隋唐之交的诗歌，上承南北朝诗歌之余绪，下启唐代诗歌之气象。换言之，就是处在南北朝诗歌向唐代诗歌发展的过渡阶段。"四杰""四友""沈宋"及陈子昂等，正是分别从不同的方面推动着诗歌沿着正确的道路向前发展。此后的张说、张九龄、贺知章、王翰等人则着力把这些不同的方面融为一体，已经显现出唐代诗歌的真正面貌，同时也形成了自己的个性风格。例如张说的《送梁六自洞庭山作》、张九龄的《感遇十二首》其四、贺知章的《回乡偶书二首》、王翰的《凉州词》等，或韵味隽永，或沉郁厚重，或自然天成，或激昂开朗，都渐入唐诗佳境。

（三）山水田园诗派与边塞诗派

唐玄宗开元、天宝前后，诗坛上出现了两个重要的诗歌流派：山水田园诗派和边塞诗派，对唐诗的成熟和繁荣起了重要的作用。

描写田园风光、农村生活的诗歌起源很早，但到陶渊明手里才发展起来。到了唐代，山水田园诗才进入了繁荣时期，并形成了一个诗歌流派。山水田园诗派的主要作家是孟浩然和王维，还有储光羲、常建、祖咏等人。山水田园诗的盛行有它的社会基础和思想基础。唐代开元、天宝年间，经济空前繁荣，给人们提供了怡情山水的物质条件。唐代士人，把隐居待仕当作与应举求官并行的政治道路，隐逸之风盛行一时，而隐士的生活正是与山水田园分不开的。唐代统治阶级又提倡佛老，加之统治阶级内部的矛盾斗争，使得一些文人身在官场而心存江湖，向往着山水田园中的宁静生活。这些都对山水田园诗的兴盛产生了影响。

孟浩然的一生没有真正做过官，因此他的山水田园诗是和隐逸、漫游生活结合在一起的。例如《夜归鹿门歌》："山寺鸣钟昼已昏，渔梁渡头争渡喧。人随沙岸向江村，余亦乘舟归鹿门。鹿门月照开烟树，忽到庞公栖隐处。岩扉松径长寂寥，惟有幽人自来去。"作者笔下的景色恬静而清幽，与自我形象融为一体。黄昏山寺，月照烟树，岩扉松径，在这如画的暮色里，凸显出一位怡然超脱的隐者形象，全诗传达出一种"气象清远，心惊孤寂"（《唐音癸签》引徐献忠语）的趣味。孟浩然有过较长时间的隐居生活经历，对乡村与农民比较熟悉，因而，他的田园诗富有浓郁的生活情趣与乡土气息。如《过故人庄》开头道出农家的纯朴，三四句写环境的清幽，五六句写交谈的融洽，结尾写心情的愉快。用的是口头语，写的是眼前景，却将田园之秀美、友谊之深厚表现得十分真切。

孟浩然的山水诗也很出色。例如《江上思归》："木落雁南度，北风江上寒。我家襄水曲，遥隔楚云端。乡泪客中尽，孤帆天际看。迷津欲有问，平海夕漫漫。"落木萧萧，北雁南飞，旅途孤寂，世路漫漫，山水之凄寒与旅程之迷茫融成一片。孟浩然还有许多传世名句，如："微云淡河汉，疏雨滴梧桐""野旷天低树，江清月近人"等。他的小诗《春晓》也很有名："春眠不觉晓，处处闻啼鸟。夜来风雨声，花落知多少。"

孟浩然诗的风格可以用"冲淡"二字来概括。他喜欢用平淡自然的语言，写怡淡幽美的风光，表现淡泊安逸的心境。沈德潜评论他的诗是"语淡而味终不薄"（《唐诗别裁》）。

王维的一生写下了大量的山水田园诗，特别是中年以后，诗人过分喜爱山间水边的白石清泉，而对人世似乎有所淡漠。但这些山水田园诗，却充满了健康明朗的气息，表现出很高的审美趣味。比如《山居秋暝》，诗中声光色态俱全，有泉声、竹声，有月光、水光，有青松、绿竹、红莲、白石，有月照、泉流、竹喧、莲动。而这一切又安排在黄昏秋雨后的山村里，意象鲜明而境界幽静，表现了诗人高洁的品格和对理想的追求。在王维后期的诗作中，最为著名的是《辋川集》绝句二十首，这些诗作的艺术性很高，但情调却是幽冷孤独的。如："空山不见人，但闻人语响。返景入深林，复照青苔上。"（《鹿柴》）"独坐幽篁里，弹琴复长啸。深林人不知，明月来相照。"（《竹里馆》）

王维还擅长用雄浑的笔触勾勒边塞大漠风光，如《使至塞上》"大漠孤烟直，长河落日圆"两句，笔墨简淡苍劲，画面雄浑开阔，生动真切，尤为人们所传诵。王维的边塞诗具有豪壮苍凉的英雄气概，大多表现出唐代特有的积极向上的精神与爱国热情。例如《陇西行》："十里一走马，五里一扬鞭。都护军书至，匈奴围酒泉。关山正飞雪，烽戍断无烟。"形势危急，气氛紧张，战士的情绪却是热烈镇定而充满自信。开元二十五年（737）三月，河西节度副大使崔希逸在青海战败吐蕃，时王维以监察御史身份出塞宣慰，写下了名篇《出塞作》："居延城外猎天骄，白草连天野火烧。暮云空碛时驱马，秋日平原好射雕。护羌校尉朝乘障，破虏将军夜渡辽。玉靶角弓珠勒马，汉家将赐霍嫖姚。"这首诗先写吐蕃的强悍，气势咄咄逼人，再写唐军从容镇定，应付裕如，有攻有守，以突出压倒对方的气势。除了上面的两大类题材外，诗人还有不少赠别酬答、歌颂情爱的抒情佳构。如《渭城曲》："渭城朝雨浥轻尘，客舍青青柳色新。劝君更尽一杯酒，西出阳关无故人。"《相思》："红豆生南国，春来发几枝。愿君多采撷，此物最相思。"

王维的山水田园诗艺术性很高。

首先，王维的诗既能细致入微地刻画自然事物的形态、动态、神态，又注重整体氛围的和谐一致。例如《山居秋暝》《渭川田家》等就是如此。

其次，王维不只是一位诗人，还是一位著名的画家，他开创了水墨山水一派画法，被明董其昌推为画坛南宗始祖。因此他的诗歌中融入了绘画的创作方法、技巧和风格，形成了"诗中有画"（苏轼《书摩诘蓝田烟雨图》）的特点。例如他的写景名句："大漠孤烟直，长河落日圆"，作者描写的不是日落的过程，而是重在表现"落日圆"的空间位置与形状，使人们通过这静止的画面，体会到时空的永恒与广漠。这就是以画法作诗。"山下孤烟远村，天边独树高原。非右丞工于画道，不能得此语。"（赵殿成《王右丞集笺注》附录二引《画禅室随笔》）以画法入诗，所以，在他的笔下，流出的是诗，凝定后即是画。王维有些诗略去动词，纯以静态空间景物排列，更明显地造成画面效果，达到了诗画内在精神上的高度统一。

最后，王维诗歌的语言简淡而富于表现力，不求词藻华美，只须淡淡数笔，就能状难写之景如在目前，其风格是由绚烂而归之于平淡。如《春中田园作》开头两句："屋上春鸠鸣，村边杏花白。""鸣""白"两个普通词汇，写出了春天生机萌发的景象，也表现了诗人平淡沉静的内心。

其他山水田园诗人，成就不及王、孟，留下的作品也不多，较为出色的诗作有储光羲的《钓鱼湾》、常建的《题破山寺后禅院》、祖咏的《终南山积雪》等。

边塞诗派在盛唐形成，并不是偶然的。从客观条件看，唐代疆域辽阔，同边地少数民族政权联系密切，边境驻军增多，从而为诗人们从军、出使和漫游边塞提供了机会。从主观条件看，由于民族自尊心和自豪感空前高涨，许多诗人具有积极乐观的进取精神和浪漫的气质，他们向往从军边塞、建功立业，向往新奇的边疆风光和生活。边塞诗就是在这样的主客观条件下产生、发展和繁荣起来的。边塞诗派的代表作家有高适、岑参以及王昌龄、李颀、王之涣、王翰等。

高适的边塞诗以强烈的爱国主义激情和对广大士兵深切的同情为基本特征。《燕歌行》是他的代表作，作者"感征戍之事"，广泛而细致地反映了当时边塞战争的许多方面，具有高度的典型性。诗篇开头写汉军出师，士卒慷慨赴敌。接着是沙场鏖战。"战士军前半死生，美人帐下犹歌舞"，用对比手法突出了心中的不平，暗点了战败之因。再由士兵之苦，渲染战场悲凉的气氛，表现士兵凄惨的心境。最后四句总结全诗，热情歌颂战士不怕牺牲、不计功名的爱国精神和英雄气概。用对古代良将的思念，隐含对现今将帅的怨愤，讥刺朝廷用非其人。作者把边塞的自然环境、悲壮的战斗气氛、士兵复杂的心理等融合在一起，形成了全诗慷慨激昂、深沉悲壮的艺术风格。此外，高适还有《塞下曲》《塞上》等边塞诗篇。高适的边塞诗，风格雄厚浑朴，笔势豪健，长于七言歌行，讲究韵律和对偶。

岑参的边塞诗，主要表现慷慨报国的英雄气概，这和高适的边塞诗基本上一致；所不同的是，岑参更多地描写奇丽的边塞风光和恶劣的自然环境，表现的是不畏艰苦的乐观精神。比高适更长的边塞阅历，使岑参留下了许多反映边疆生活的不朽诗篇。最著名的如《白雪歌送武判官归京》，诗人将雪景与送别两方面内容勾联成一个整体，错综叙写，浑合无间。全诗充分利用了歌行体自由换韵的特点，使韵脚变换与画面转接和谐一致，既奔腾跳跃，又转换自如，形成跌宕起伏的节奏旋律。诗中用泼墨浓绘与工笔点染相结合的艺术手法，突出冰天雪地的边塞奇丽风光，诗人好奇的性格也在奇趣奇景中展现出来。"忽如一夜春风来，千树万树梨花开"一联，远远超出了前人咏雪诗的摹形设喻之句，毫不费力地把风雪严寒的北国景象随手点化成生机盎然的南国春色，表现出豪迈乐观的情绪。《走马川行奉送出师西征》也是一首著名的边塞诗。它热情赞颂了唐军出征将士不畏艰险、奋勇抗敌的英雄气概和爱国热情。句句用韵，三句一转韵，节奏急促，音调激昂，与全诗雄伟气势相协调。《轮台歌奉送封大夫出师西行》《热海行送崔侍御还京》《火山云歌送别》写边塞的奇丽风光，《逢入京使》抒发怀土思乡之情，《发临洮将赴北庭留别》表现以国家利益为重的态度，这些诗篇，均为佳作。

岑参的边塞诗求奇求新，特别具有浪漫主义的奇情异彩，写得雄奇瑰丽、活泼奔放。他善用比喻、夸张、想象等艺术手法，语言清新奇巧，变化自如。擅长七言歌行，能根据声情特点，采用不同的转韵方式，句式长短错综，富于节奏感。

王昌龄今存诗180余首，题材涉及送别、行旅、赠答、闺怨等方面，以边塞诗最有特色。组诗《从军行》七首和《塞下曲》四首，表现了戍边将士不怕艰苦、英勇善战的爱国精神。《出塞》是他的代表作，境界开阔，气象豪迈，表达了人们亟盼李广式的将军安边守土，使百姓免受异族侵扰的意愿。王昌龄的七绝，能够在短小的篇幅内摄纳丰富的内容，情致深挚婉曲，语言流利明快，故有"七绝圣手"之誉。《出塞》曾被推为唐人七绝压卷之作。

此外，王之涣的《凉州词二首》其一云："黄河远上白云间，一片孤城万仞山。羌笛何须怨杨柳，春风不度玉门关。"描绘塞外风光，形象鲜明，末二句抒情，语意含蓄，尤为妙绝。《登鹳雀楼》中的"欲穷千里目，更上一层楼"两句，早已为人传诵。

（四）诗仙李白

李白诗歌深刻地反映了广阔的社会生活，其丰富的思想内容大体可分五个方面。

一是讴歌理想，表现自我。帝国的强盛，极大地鼓舞了李白向往建功立业的雄心；潜伏着的政治危机，又激发了他济世安民的远大理想。他常借歌咏古代名臣贤士的丰功伟业来表达自己的政治抱负，还常以范蠡、乐毅、朱亥、侯嬴、谢安、严子陵等人自许，希冀济世安民、大展宏图。李白自视极高，他以大鹏、天马、宝剑自比，以寄托自己不同凡响的抱负。他还写了不少游侠诗，如《侠客行》歌颂救赵的英雄义士："千秋二壮士，烜赫大梁城。纵死侠骨香，不惭世上英。"这种游侠精神是他政治理想的组成部分。他期望能救弱扶倾、反抗强暴、为国立功，然后"功成拂衣去，归入武陵源"（《登金陵冶城西北谢公墩》）。个人理想与黑暗现实的尖锐矛盾，使李白常常在诗中抒发自己怀才不遇、仕途坎坷的痛苦和愤懑。《行路难》三首就是这种感情的集中表现。如其一：

> 金樽美酒斗十千，玉盘珍羞直万钱。停杯投箸不能食，拔剑四顾心茫然。欲渡黄河冰塞川，将登太行雪满山。闲来垂钓碧溪上，忽复乘舟梦日边。行路难，行路难，多歧路，今安在。长风破浪会有时，直挂云帆济沧海！

这首诗反映了李白政治失意后的愤恨不平。《古风》第三十七首则感叹自己无辜遭受排斥："浮云蔽紫闼，白日难为光。"道出了当时奸邪当道、贤才遭弃的社会现象。

二是抨击黑暗现实，蔑视豪强权贵。唐王朝在玄宗开元、天宝年间，进入了鼎盛时期，但潜伏着的政治危机，在安史之乱前就已经显露出征兆，这在李白诗中得到了反映。《古风》五十九首，涉及广阔的生活面，写出帝王的昏庸荒淫、宰相的专横、宦官的骄奢、武将的跋扈，揭示出唐朝表面繁盛、内部腐败的现象。其中第二十四首写道：

> 大车扬飞尘，亭午暗阡陌。中贵多黄金，连云开甲宅。路逢斗鸡者，冠盖何辉赫！鼻息干虹霓，行人皆怵惕。世无洗耳翁，谁知尧与跖！

对当时喜好斗鸡游戏、置民生疾苦于不顾的权贵进行了猛烈的抨击。《答王十二寒夜独酌有怀》把骄横显赫的悍将哥舒翰同斗鸡媚上之徒相提并论，对正直贤能的李邕、裴敦复之冤死满怀悲愤，是非爱憎于此毕现。面对昏庸的佞臣权贵，他不仅痛恨，而且给以轻蔑的嘲笑。李白愤懑与狂傲的性格在饮酒诗中表现得尤为突出："黄金白璧买歌笑，一醉累月轻王侯"（《忆旧游寄谯郡元参军》）。《将进酒》则直抒视富贵如粪土的情怀："钟鼓馔玉不足贵，但愿长醉不愿醒！"天宝四载所作《梦游天姥吟留别》中的"安能摧眉折腰事权贵，使我不得开心颜"，更是唱出当时无数正直不阿之士的共同心声。

三是描绘山川景物，赞颂祖国河山。李白热爱祖国的山山水水，一生大半时间是在漫游中度过的，因此写景记游诗数量较多。李白以其宏阔的胸襟和豪迈的气概，表现了高山大川的雄奇壮丽。曾使他赢得巨大声誉的《蜀道难》，追叙蜀道开辟之难，描绘蜀道行路之难，状写蜀地境况之难，动人心魄。此诗写山之高，则"扪参历井仰胁息，以手抚膺坐长叹"；写水之险，则"飞湍瀑流争喧豗，砯崖转石万壑雷"，设想奇特，笔墨恣肆，使人感受到一种崇高和雄壮之美。又穿插以蚕丛鱼凫、六龙回日、子规啼月等神话传说，越发显得瑰丽惝恍、光怪陆离。李白是我国文学史上吟咏月亮最多最好的诗人之一，构织出的月光世界多姿多彩。他喜爱家乡的峨眉山月（《峨眉山月歌》），也喜爱异乡的江上之月（《陪族叔晔及贾至游洞庭》其二）；不仅爱春月，更爱秋月（《送崔氏昆季之金陵》）。从描写客体看，即有满月、新月，也有山月、水月；从作者主体看，既有泛月、问月，更有醉月、赊月。对李白来说，明月是一个远离喧嚣尘世未受污染的至纯境界，是一种高洁直率人格的象征，咏月诗也是他不满黑暗现实、向往自由光明的生动体现。

四是反映时代面貌，关怀国家兴衰。李白始终关怀国家和人民的命运，他反对分裂割据，希望国家强大统一。在《塞下曲》等诗篇里曾对保卫国家边疆的将士进行了热情的歌颂。他在《古风》第四十六首中为强盛的唐王朝而自豪，也敏锐地预感到危机将至，对"斗鸡金宫里"的腐败现象感到焦虑。安史之乱后，他的爱国激情更加强烈。《永王东巡歌》对"三川北虏乱如麻，四海南奔似永嘉"的局面感到担忧，渴望平定叛乱，维护国家安定。在《奔亡道中（其四）》里，他眼看山河残破，人民受难，不禁慨叹万千。晚年流浪四方，历经坎坷，却仍是"中夜四五叹，常为大国忧"（《经乱离后天恩流夜郎》），充分表现出靖难安邦的爱国热情。

五是关心民生疾苦，同情妇女命运。李白这方面的诗作虽然不多，但却体现了诗人对人民的深厚感情。如《丁都护歌》对纤夫的非人生活和繁重的劳动深表同情。《宿五松山下荀媪家》中尊重体贴人民的情感尤为真挚："田家秋作苦，邻女夜舂寒"，"令人惭漂母，三谢不能餐"。农家秋作夜舂的辛劳，诗人真诚感激的情态，都跃然纸上。李白的诗歌中还塑造了许多妇女形象，细腻而深刻地展现了她们丰富的精神世界。深受乐府民歌影响的《长干行》其一，描写女主人公追念"青梅竹马"、两小无猜的童年和幸福的爱情生活，以及婚后与丈夫远别的忧伤和殷切的盼望，皆融合在"苔深不能扫，落叶秋风早。八月蝴蝶黄，双飞西园草"的萧瑟秋景中，情辞凄婉感人。他如《春思》《乌夜啼》等，都写出了种种社会原因所造成的家人离别给女性带来的苦痛，从一个侧面反映了时代生活的面貌。

作为一位伟大的浪漫主义诗人，李白的诗歌具有鲜明的个性特色，内容和形式达到了完美的统一，形成了豪放飘逸的风格，因此而获得"诗仙"的称号。

其一，具有强烈的主观色彩和鲜明的个性特征。李白的诗歌在展示诗人内心世界、表现个人性格方面，是前无古人的。他抒发个人情感，不是婉转曲折、含蓄缠绵，而是喷薄而出，一泻千里。这在山水诗中特别明显："黄河落天走东海，万里写入胸怀间"（《赠裴十四》），"庐山秀出南斗傍，屏风九迭云锦张"（《庐山谣寄卢侍御虚舟》）。倾泻咆哮的江河，奇险挺拔的峰峦，折射出李白冲决束缚、追求自由的热情和意气昂扬、吞吐宇宙的博大胸襟。诗人从来都直言不讳，无所顾忌。他好求仙访道、游览山水，就坦率地表白："五岳寻仙不辞远，一生好入名山游。"（《庐山谣寄卢侍御虚舟》）他被玄宗召赴长安，就开怀地高唱："仰天大笑出门去，我辈岂是蓬蒿人！"（《南陵别儿童入京》）在《宣州谢朓楼别校书叔云》中感情的抒发更是酣畅淋漓："弃我去者，昨日之日不可留；乱我心者，今日之日多烦忧"，"抽刀断水水更流，举杯消愁愁更愁。人生在世不称意，明朝散发弄扁舟"。他内心的苦闷一览无余。诗人有报国无路的愤懑，也有对国家前途的忧虑，诗中袒露了诗人在国是日非的现实中痛苦的内心世界。

其二，想象丰富、夸张奇特，具有浓郁的浪漫主义气息。李白很少对生活过程做细致真实的描绘，而是突破时空限制，极度夸张，驰骋想象，捕捉许多表面上看来相互没有逻辑联系的意象，融入神话、梦境，构成一幅幅绚丽夺目的图画，表现自己跌宕起伏的感情。《蜀道难》运用夸张、比喻的手法，糅合神话传说，极写蜀道之险峻，并以飞鸟悲鸣、峭峰飞瀑渲染气氛，想象丰富，气势雄伟。《梦游天姥吟留别》则假托迷离恍惚的梦游，竭尽渲染之能事。开篇便使天姥山罩上一层神奇的色彩,于是"我欲因之梦吴越,一夜飞渡镜湖月"。入梦以后,见海日天鸡,听熊咆龙吟,雷电大作,在山崩地裂之中,妙绝尘寰的仙境倏忽而现。仙人们飞驰而下,纷至沓来,仙乐融融,异彩纷呈。这种众音繁会、色彩缤纷的洞天仙境,与权贵把持的黑暗尘世是根本对立的,这正是诗人鄙弃现实、追求理想和渴慕自由的艺术体现。想象与夸张、比喻是密切联系的。当平常的描写不足以表达其炽烈的激情时,诗人就用艺术夸张。李白诗的夸张,大胆而恰切,富于创造性。如《秋浦歌》的"白发三千丈,缘愁似个长",以夸说有形的白发来突出无形的愁思。

其三,结构跌宕开阖,意象纷繁迅转。李白诗歌由于诗人感情的波澜起伏,往往形成跳跃式的结构。这是浪漫主义诗人区别于现实主义诗人的一个重要特点。如《宣州谢朓楼饯别校书叔云》,感情激荡,章法跳跃多变。开头破空而来,发兴无端,以下衔接转折都显得突兀,出人意料,而又交织得自然妥帖。意象的变换,也纷繁迅转,令人目不暇接。

其四,语言真率自然,清新明快。李白重视向汉魏六朝乐府民歌学习,因此他的诗歌的语言显得真切、朴素、自然,绝无绮靡雕饰之迹。如《静夜思》:"床前明月光,疑是地上霜。举头望明月,低头思故乡。"诗句明白如话,几乎是脱口而出,而又意味隽永。

其五,擅长古诗及乐府歌行。在诗歌形式方面,李白虽能自如地驾驭多种诗体。但他律诗较少,喜欢自由舒展的古诗及乐府歌行,因后者正适合于他那豪放不羁的个性禀赋。如《远别离》《行路难》《将进酒》《蜀道难》《梦游天姥吟留别》等,都是异曲同工,洒脱自如,渗透着作者浪漫奔放的性格。

李白是中国文学史上继屈原之后又一个伟大的浪漫主义诗人。他发扬光大了屈原的精神,继承了汉魏六朝乐府民歌的优秀传统,将浪漫主义方法运用到各种题材之中,开拓了诗歌的表现领域,丰富了诗歌的艺术形式,把浪漫主义的诗歌艺术推向高峰。这是李白对中国古典诗歌发展的重要贡献。

李白诗歌在当时和后世广泛流传,影响巨大。由于他继往开来的作用,使我国文学史上形成一个源远流长,不断发扬光大的浪漫主义诗歌传统。历代作家都不同程度地学习李白,从他的诗中吸取丰富的养料。李白的事迹在我国民间广为传诵。他的作品也被大量介绍至国外,受到世界人民的喜爱和敬重。

三、唐代中期诗歌

从玄宗天宝十四年(755)"安史之乱"爆发至文宗大和九年(835)"甘露之变"为唐代中期。"安史之乱"的爆发,不仅造成了社会政治的巨大震荡,也对诗歌的发展产生了重要的影响。开元、天宝前后,唐诗进入了鼎盛时期。唐诗要进一步发展,就必须另辟蹊径,于是唐代中期的诗坛上便出现了伟大的现实主义诗人杜甫及三个主要的诗派:以"大历十才子"及刘长卿、韦应物为代表的诗派,追求淡泊幽静;以白居易、元稹为代表的诗派,尚俗尚实;以韩愈、孟郊为代表的诗派,尚险尚怪。

(一)诗圣杜甫

杜甫的一生经历了唐王朝由盛转衰的过程,作为一位伟大的现实主义诗人,杜诗广泛而深刻地反映了这一变化的过程,真实地再现了当时的社会面貌,始终贯穿着忧国忧民的激情,因而被后人称为"诗史"。

一是忧念社稷,谴责战乱。忧国伤时是杜诗的重要内容。"安史之乱"前,诗人在《兵车行》《丽人行》等诗中对统治者的穷兵黩武和荒淫生活进行了抨击。叛乱爆发后,他更是密切地关注着战事的变化,写下了包括"三吏"(《新安吏》《潼关吏》《石壕吏》)、"三别"(《新婚别》《垂老别》《无家别》)、《春望》、《闻官军收河南河北》在内的大量有关社会重大事件的诗歌,谴责战乱,希冀和平。他不仅反映时事,而且切中时弊。当上层统治者沉醉于表面的繁荣时,他就已经洞察到了潜伏的危机,预感到大乱将至,并在《自京赴奉先县咏怀五百字》等诗中表达出深切的忧虑。他对宦官弄权、军阀横暴、州官贪污等丑恶现象也进行了有力的揭露和批判。这些内容赋予了杜诗深刻的现实性和鲜明的政治倾向性。这种与时代风云紧密相关的忧国忧民之念、沉郁忧愤之情,构成了杜诗情感世界的主体,寄寓在"诗史"般的诗篇之中。

二是哀悯苍生,揭露暴政。从来没有哪一个文人像杜甫这样把自己的笔不断地伸向下层社会,从而展现出一幅幅下层社会的生活画面。杜甫描写了战乱给人民带来的深重灾难。如《羌村三首》其一:"柴门鸟雀噪,归客千里至。妻孥怪我在,惊定还拭泪。世乱遭飘荡,生还偶然遂","夜阑更秉烛,相对如梦寐"。在战乱的年代,人的生命犹如草芥,在外的亲人能活着回来,实属不易,因此当诗人突然回到家中时,妻儿"怪我在",恍如梦中。另外,"三吏""三别"与《悲陈陶》《哀江头》《北征》等,也都从不同的侧面反映了这一严酷的现实。杜诗还展示了处在封建剥削和压迫下的广大劳动人民的种种惨状:"庶官务割剥"(《送韦讽》),"索钱多门户"(《遣遇》),致使"老妻卧路啼,岁暮衣裳单"(《垂老别》),"况闻处处鬻男女,割慈忍爱还租庸"(《岁晏行》)。对统治者的横征暴敛无比愤恨,对人民的悲惨遭遇无限同情。杜诗还揭示了封建社会"朱门酒肉臭,路有冻死骨"的阶级对立状况、"彤庭所分帛,本自寒女出"(《自京赴奉先县咏怀五百字》)的封建剥削本质以及封建赋役、各种战乱是造成人民贫困的根源,在诗中他一再呼吁统治者"下令减征赋",这些都代表了广大劳动人民的共同心愿。反映社会生活是如此的深刻,对人民的感情是如此的深厚,这在杜甫之前的诗歌中是罕见的。

三是描绘自然景物,歌咏祖国山川。杜甫的创作天地是非常广阔的,除了反映重大的社会题材之外,还有不少其他方面的诗歌。他写了许多出色的山水诗,歌咏祖国壮丽的山川,而且自具特色。如用同题《望岳》描绘了泰山、华山与衡山的壮美山色,对剑阁、三峡、洞庭等也做了出色的描绘。同时他还把日常生活所经所历、所感所思都写入了精练的诗篇。如"好雨知时节,当春乃发生。随风潜入夜,润物细无声"(《春夜喜雨》),"澄江平少岸,幽树晚多花。细雨鱼儿出,微风燕子斜"(《水槛遣兴》)。这些作品同样饱含着诗人的爱国激情。

四是重视亲情,珍视友谊。杜甫热爱生活,珍视亲情、友情。诗人以社稷苍生为怀,却无妨其爱子心切,伉俪情笃,友朋谊深。如"遥怜小儿女,未解忆长安"(《月夜》),"老妻画纸为棋局,稚子敲针作钓钩"(《江村》),"思家步月清宵立,忆弟看云白日眠"(《恨别》),"故人入我梦,明我长相忆"(《梦李白》)等,表现了诗人丰富、高雅的生活情趣。

杜甫诗歌取得了很高的艺术成就,主要表现在以下几个方面。

其一,现实主义创作方法。杜甫与李白的不同之处,就在于杜甫多以对社会生活的细致观察、精心描摹来营构艺术境界,表现自己的主观情感。同样是反映"安史之乱",李白笔下是俯视式的大处着墨,而在杜诗则是一幅幅具体的场景描绘和一件件事态的叙述,如"三吏""三别",把主观意识和情感态度寄寓在客观的描写叙述之中。同是抒情,也同是雄浑壮阔,李白诗歌是通过独抒性灵、任意挥洒来实现的,而杜诗则是建立在细致入微的情景刻画上,达到总体的阔大。如《望岳》,四联依次写远望、近望、细望和登山极望之景,通过不同距离,不同角度的描写,展示出了泰山的雄阔气势,也表现出诗人的豪迈情怀。又如作于夔州的《登高》,诗人对秋江景物作了细致入微的描绘,急风、高天、猿啼、飞鸟、落木、江水,兴象纷呈,秋气磅礴,有力地表现了杜甫晚年沉重的家国之恨和身世之慨。

其二,"沉郁顿挫"的基本风格。"沉郁"是指思想内容的特点,"顿挫"则是指艺术表现的特点。杜诗思想深沉丰厚,感情炽热真挚,使杜诗具有了"沉郁"的特点。以《自京赴奉先县咏怀五百字》为例:"穷年忧黎元,叹息肠内热。取笑同学翁,浩歌弥激烈","荣枯咫尺异,惆怅难再述","忧端齐终南,澒洞不可掇"。这样一种激荡而又郁积、深博而又凝重的感情,其艺术表现自然是"沉郁"的。"顿挫"不只是具体的诗法,而且是指善于曲折变化的表现形态。以"赋法"写实,为了寄寓主观评判和感慨,也为了避免叙述上的板滞,杜诗每每有收有纵,奇正相间,句意断续,层层对抗。如《登高》一诗的颈联"万里、悲秋、常、作客,百年、多病、独、登台",一句四意,节节顿挫,极尽吞吐浑浩之致。又如《无家别》:"县吏知我至,召令习鼓鞞。虽从本州役,内顾无所携。近行止一身,远行终转迷。家乡既荡尽,远近理亦齐。"写被迫赴役、无家可别的惨状,八句凡三层,层层转折,层层深入;句句开脱,句句深痛;愈委婉,愈酸楚。除了这些句法和章法上的顿挫之外,杜诗在音调上则注意律中用拗,变妥帖为峭崛,易藻丽为苍茫,又注意古中参偶,变萧散为深稳,增古朴为沉雄。必须指出,"沉郁顿挫"并不是杜诗唯一的风格,也会因诗人经历、心境的变化呈现出不同的表现形态。

其三,"毫发无遗憾"的语言艺术。杜甫说自己"为人性僻耽佳句,语不惊人死不休"(《江上值水如海势聊短述》)。他用字准确鲜明,含意深广。如"星垂平野阔,月涌大江流",其中"垂""涌"二字,历来称绝。非"垂"不足以尽平野之"阔",非"涌"又不足以见"江流"之势。与李白"山随平野尽,江入大荒流"相比,同为五言,一是单纯明快,一则凝练苍劲,感受明显不同。苍老遒劲,凝练深稳是杜诗语言的基本特点。读杜诗绝无平滑松脱之感,而是铿锵紧凑,辞警意丰。这种语言特色的形成,有着词汇色彩、音律安排、句格字法多方面的因素。它有机地统一在"沉郁顿挫"的基本风格之中,反映了杜甫求实求精的诗学精神和艺术意趣。

其四,众体俱佳,集成创新。杜诗众体皆备,五言、七言,古体、律诗、绝句,随题赋形,因势制宜,无不运用自如。其中创获较多的为五古和七律。"少陵五言古,千变万化,尽有汉魏以来之长,而改其面目","于唐以前为变体,于唐以后为正宗"(施补华《岘佣说诗》)。如《自京赴奉先县咏怀五百字》《北征》等,叙事、议论、抒情、写景,错综变化,亦诗亦史,格局大开,为有诗以来之奇观。杜甫七古,沉郁顿挫,波澜老成,有所独造。杜甫的五律数量最多,如《秦州杂诗》等博大精深,气韵沉雄,前人难以企及。七律共150多首,超过前代诗人创作的总和,内容上不只写景应酬,更多的是感时伤乱、忧国念民。前人谓杜甫的七律"上下千百年无伦比。其意之精密,法之变化,句之沉雄,字之整练,气之浩翰，神之摇曳，非一时笔墨所能罄"（黄子云《野鸿诗的》），确实把七言律诗发展到了成熟的阶段。杜甫多用古体来创作"诗史"，而以律诗来抒写情怀，绝句则用来歌咏田居景物。排律因其可"因难见巧"，表现学力，多用来作应酬、干谒之诗。杜诗形式体制的多样是由其内容的丰博所决定的，也反映了杜甫在艺术上勇于实践，努力创新的精神。

杜甫的诗歌广泛地反映了唐王朝由盛而衰过程中的社会面貌，他把所闻所感所思都写到诗里，诗歌题材在他手里大大地扩展了。杜甫是一个继往开来的诗人，他继承了《诗经》、汉乐府的现实主义传统，并发扬光大到了一个新的历史高度。在艺术上，杜甫全面继承了前人的成就，转益多师，地负海涵，又能推陈出新，从而使诗歌艺术达到了新境界。故后人称杜甫为"集大成者"，誉为"诗圣"。杜甫诗艺全面，典范具备，加之"体裁明密，有法可寻"，影响之深远，在中国文学史上可谓独一无二。

杜甫忧国忧民、不屈不挠的崇高品格和"言理近经"的深厚儒学修养，对于封建社会的文人有着普遍的人格指导意义。从中唐开始，杜甫的影响就渐趋明显。杜甫的现实主义精神以及"即事名篇"的新乐府诗歌，直接引导了"新乐府"运动。"韩孟诗派"在艺术上的创新大都是受到杜诗的启发。但是后人对杜诗某些艺术因素变本加厉，有时也不免带有一些舍本逐末的消极倾向，这是后世学杜潮流中所出现的弊端。

（二）刘长卿、韦应物及"大历十才子"

刘长卿仕途上曾两次遭贬，官终随州刺史。他早年的诗也涉及"安史之乱"，但这方面的作品不多；大部分诗篇抒写贬官后的哀怨和描绘山水景物，多用斜阳、苍山、白屋、风雪、荒林、孤雁之类的萧瑟意象，构成闲淡清冷的境界，典型地体现了那个乱离时代广大文人心理上的寂寞和衰飒。刘长卿擅长五言，特别是五言律诗，曾自许为"五言长城"。但他的诗有意境雷同、造语重复的弱点。五绝佳篇如《逢雪宿芙蓉山主人》："日暮苍山远，天寒白屋贫。柴门闻犬吠，风雪夜归人。"取境清幽，空茫含思，颇耐人寻味。

稍后的韦应物，也以五言见长。韦诗有两方面的成就：一是部分诗篇感讽黑暗现实，反映民生疾苦；二是"高雅闲澹"的山水田园诗。后一类诗占了他全部创作的大半。如《寄全椒山中道士》："欲持一瓢酒，远慰风雨夕。落叶满空山，何处寻行迹？"诗中随笔点染，超妙自然的简淡笔意，颇近于陶渊明。韦应物的名篇如七绝《滁州西涧》："独怜幽草涧边生，上有黄鹂深树鸣。春潮带雨晚来急，野渡无人舟自横。"不仅把春雨中荒山野渡的景色写得优美如画，而且传达出行人待渡的怅惘。

"大历十才子"的称号，最早见于姚合《极玄集》李端名下的注文。"十才子"指卢纶、吉中孚、韩翃、钱起、司空曙、苗发、崔峒、耿湋、夏侯审、李端（后来也有人去韩、崔、夏侯，换为郎士元、李益、李嘉祐等）。大历才子生活在一个物质和精神都未免贫乏的时代里，既然不能如杜甫那样在困厄中依然奋发，便继承了王维、刘长卿等人作品中适合他们生活情调的那一部分，着眼于日常生活。时序的迁流，节物的变化，人事的沉浮离合，贯穿着悯乱伤时的情绪，构成了他们诗歌的主基调。作品大多体物工致，感受深刻，富于细腻的情味。"大历十才子"中艺术成就相对突出的是钱起、卢纶、李益等人。其中以钱起的年辈较早，他擅长写景，又以应酬诗为时人所重。代表作《省试湘灵鼓瑟》尾联"曲终人不见，江上数峰青"尤为人们所传诵。年辈稍晚的李益，与其他人不同，他"从军十年"，所作边塞诗流传较广。内容上主要抒写士卒久戍思归的怨望之情，虽不乏壮词，但与盛唐边塞诗的雄浑悲壮相比，终是偏于凄凉感伤。如《夜上受降城闻笛》："回乐烽前沙似雪，受降城下月如霜。不知何处吹芦管，一夜征人尽望乡。"以白沙、冷月、笛声，渲染边愁，凄楚动人。

（三）新乐府运动

新乐府是与古题乐府相对而言的，是唐代诗人自创新题而作的乐府诗。宋代郭茂倩指出："新乐府者，皆唐世之新歌也。以其辞实乐府，而未尝被于声，故曰新乐府也。"（《乐府诗集》"新乐府辞"题解）因事立题的新乐府诗，始创于杜甫，至元结、顾况等又有所发展，再至白居易、元稹，不仅有一套完整的理论，而且大张旗鼓地创作新乐府诗，形成了颇有影响的新乐府运动。其重要成员尚有张籍、王建等人。

元结在天宝十载（751）写的《新乐府十二首》，是盛唐时较早的新乐府诗。其中的《贫妇词》《去乡悲》等，触及天宝中期日益尖锐的社会矛盾，深刻地反映了人民在统治阶级残酷剥削下的悲惨生活。他在安史之乱后写的《舂陵行》《贼退示官吏》，不仅愤怒地抨击了严刑苛敛的暴政，而且还显示了诗人宁愿受罚降职而决不残害民众的耿直性格。因而，在当时就得到杜甫的激赏："道州（指元结）忧黎庶，词气浩纵横。两章对秋月，一字偕华星。"（《同元使君舂陵行》）顾况效法《诗经》的四言形式和体例，作《上古之什补亡训传十三章》，取诗中首句一二字标题立意，如"囝，哀闽也"，开白居易《新乐府》"首句标其目"的先例。其中以《囝》最引人注目。唐代闽地（今福建）的官绅富商相互勾结，掠取民间幼童作阉奴。诗人即事直书，把这血淋淋的现实展现在读者面前，笔触深入到人物的内心世界，真实地反映了被迫害者的悲愤之情。元结、顾况正是新乐府运动的先驱。

白居易是新乐府运动的领袖，他不但有新乐府诗的创作实践，而且有明确的文学主张。他的文学主张主要有以下二点。

其一，"为君""为民"的讽谕说。白居易的诗论，明确地提出了讽谕时事的基本宗旨："文章合为时而著，歌诗合为事而作"（《与元九书》），"上以补察时政，下以泄导人情"（《与元九书》）。

其二，尚实、尚俗的文质论。白居易在《与元九书》中将"文质"论形象化："诗者，根情，苗言，华声，实义。"而尚实、尚俗，又是白居易"文质"论的主导倾向："其辞质而径""其言直而切""其事核而实""其体顺而肆"（《新乐府序》），"非求宫律高，不务文字奇"（《寄唐生》）。

在白居易的全部诗作中，讽谕诗是诗人最重视的部分，代表作为《新乐府》50首和《秦中吟》10首。讽谕诗取材广泛，其中有反映民间疾苦，揭露统治阶级横征暴敛的罪行，如《观刈麦》《杜陵叟》《重赋》《卖炭翁》等。有的抨击官吏贪赃枉法和奢侈淫靡，如《红线毯》《买花》《轻肥》等。有的反映边防问题和战争给人民带来的灾难，如《新丰折臂翁》《缚戎人》等。有的同情礼教束缚下妇女的悲惨命运，如《井底引银瓶》《上阳白发人》等。总之，白居易的讽谕诗反映现实的深度和广度为中唐诗人所不及。

白居易的讽谕诗在艺术形式上也有鲜明的特点。（1）"一吟悲一事"——主题集中。《新乐府》五十首各以诗的首句为题，并都在题下用小序注明诗的讽刺目的，如《卖炭翁》"苦宫市也"，画龙点睛，精神全出。（2）"卒彰显其志"——议论激切。讽谕诗往往将生动的叙事与激切的议论结合起来，而这种议论大多出现在诗篇的结尾，如："是岁江南旱，衢州人食人"（《轻肥》）；"一丛深色花，十户中人赋"（《买花》）等。当然，也有个别的诗篇如《卖炭翁》不着一句议论，可以看作例外。（3）"其体顺而肆"——和谐晓畅。《新乐府》在句式上富有变化，往往采用"三、三、七"言的句式，充分发挥乐府歌行纵横开阖的长处，显得语言流畅，富有音乐性。（4）"其辞质而径"——质朴自然。为了达到更好的讽谕效果，就要求诗的语言应通俗自然，明白如话。

白居易最负盛名的是感伤诗，其中深受人们喜爱的是《长恨歌》与《琵琶行》，有所谓"童子解吟《长恨曲》，胡儿能唱《琵琶篇》"（唐宣宗李忱《吊白居易》）。《长恨歌》歌咏唐玄宗李隆基和贵妃杨玉环的爱情故事，在实写"重色误国"之时加以讥讽，在虚构天上仙境之时寄予同情，情绪感伤，寄托深微。人物的思想感情与曲折的情节交互作用，显得跌宕回环，宛转动人。《琵琶行》是白居易贬为江州司马时的作品，叙写了一位长安故倡弹奏琵琶、诉说身世的情景。诗人把飘零憔悴、孤单凄苦的琵琶女，与谪居江州、心情压抑的自我相提并论，"同是天涯沦落人，相逢何必曾相识"。既表现了对被损害、被蹂躏的妇女的同情，也抒发了诗人无罪被贬的愤懑。高超的叙事技巧，独到的音乐描写，成功的气氛渲染，鲜明的人物形象，是《琵琶行》在艺术上的成功之处。

杂律诗在白居易诗作中数量最多，其中的佳作是一些抒情写景的小诗，如五律《赋得古原草送别》、七律《钱塘湖春行》等，以白描的手法勾画出生机盎然的初春景象，历来传诵不衰。

白居易诗歌的基本风格是平易浅切，明畅通俗。白诗的平易通俗，是指叙写情事直切畅达，意到笔随，挥洒自如，用寻常语，写寻常事，明白自然，显示出通俗化、大众化的倾向。当然，白诗有时也嫌意太直，语太露，缺少含蓄蕴藉的韵味和抑扬顿挫的气势。

元稹和白居易同为新乐府运动的倡导者，他们的文学主张也大体一致。乐府诗在元稹诗中占有重要的地位，特别是他唱和李绅的《新题乐府》十二首，以及唱和李余、刘猛的《乐府古题》十九首大多为现实主义的诗篇。其中《田家词》《织妇词》《估客乐》等，指斥横征暴敛的时弊，哀叹民生的艰辛。当然，这些诗大多写在他处于逆境中。而当他依附权贵、官运亨通之时，诗歌创作就发生了变化。

元稹长篇叙事诗《连昌宫词》，与白居易的《长恨歌》齐名。全诗通过连昌宫的兴废变迁，探索安史之乱前后唐帝国治乱的原因。写得真真假假，虚实相衬，"合并融化唐代小说之史才诗笔议论为一体而成"（陈寅恪《元白诗笺证稿》），颇有特色。元稹诗中最有特色的是爱情诗和悼亡诗。《春晓》《莺莺诗》《会真诗三十韵》等，将男女爱情写得生动细致。流传最广的《遣悲怀三首》，状难写之景十分逼真，写难言之情极为自然，属对工整而又如话家常，成为古今悼亡诗中的绝唱。

张籍与王建齐名，他们都是新乐府运动的先导和重要成员，所作乐府诗并称"张王乐府"。张籍的乐府诗，继承了汉乐府"感于哀乐，缘事而发"的写实精神，广泛而深刻地反映了当时的社会现实。《征妇怨》《塞下曲》等，深切同情备受外族骚扰、藩镇割据、连年战乱之苦的人民。《野老歌》《贾客乐》等，反对横征暴敛，憎恶豪商巨贾。《采莲曲》《寒塘曲》《江村行》等，描绘出一幅幅农村风俗画。从体裁上来说，张籍的乐府诗大多为"即事名篇"的新乐府。张籍的诗风质实明快，语短情长，简朴清淳而又峭炼含蓄。王建的乐府诗题材广泛，有浓厚的生活气息。《田家行》《当窗织》《水夫谣》《海人谣》从不同的角度反映不同职业人民的悲惨命运。《辽东行》《渡辽东》《凉州行》写边塞从军之苦和征人厌战思乡之情。《望夫石》《精卫词》等歌颂坚贞的爱情和被压迫者的斗争精神。张、王乐府的艺术风格颇为相似，但王建的乐府诗在题材上有新的开拓，在艺术概括上更为典型，显得含蓄，口语化程度更高，富有民歌谣谚的色彩。

　　（四）韩孟诗派

　　元和、长庆年间唐诗的中兴局面，是在大历之后逐渐形成的，如白居易所谓"诗到元和体变新"（《余思未尽，加为六韵，重寄微之》）。虽然这里所说的"新体"，专指白居易和元稹一类诗人的作品，但实际又可以概括与元、白同时崛起的另一支诗坛劲旅——韩（愈）、孟（郊）诗派的诗作。

　　韩、孟和元、白都不满意大历以来的平庸诗风，都希望有所突破。白居易等人特别重视诗歌补察时政、泄导人情的政治教化功能，他们的新乐府反映人民疾苦，暴露政治弊端，艺术上走的是浅显平易一途；而韩、孟等人则把诗歌看作是"不平则鸣"的产物，主要通过个人的不幸遭遇和愤激情怀来揭示社会的不合理性，艺术上倾向于奇崛奥僻。沿着这一"俗"一"雅"两条走向，中唐诗歌不仅突破了大历诗人的狭小天地，而且相对于盛唐诗歌来说，在题材、意境、语言上都有别开生面的发展。这种发展，不仅直接作用于晚唐五代的诗歌创作，而且对此后整个封建社会后期的诗歌都发生了深远的影响。韩、孟诗派的代表是韩愈、孟郊，此外还包括贾岛、卢仝等人以及后起之秀李贺。

　　韩愈的诗歌大多反映社会生活中的重大事件，如《汴州乱》写军阀混战的情况，也有部分接近白居易讽谕诗的作品。但他常常把政事的腐败与个人的失意结合在一起写。他对民生疾苦和社会腐败的态度，与他写失意牢骚时那种激切的感情相比，不免冷漠了些。在艺术上，韩诗风格比较多样，但主要的特点是宏伟奇崛和"以文为诗"。探险入幽的奇思怪想，拗折排奡的布局结构，佶屈聱牙的僻字晦句，有意违背常规的险韵重韵以及汪洋恣肆的长篇巨幅，是构成他那宏伟奇崛风格的艺术因素。其"以文为诗"的主要表现是大量的议论成分，铺叙的表现手法和散文化的句式。韩愈把新的题材内容、章法技巧和语言风格引入诗歌，从而扩大了诗的表现力。但由于语言和风格上的刻意求奇创新，有时损害了诗歌的音乐性和形象性。当然，韩愈也不专以奇险见长，仍有清隽流畅之作，如《左迁至蓝关示侄孙湘》抒写为国除弊而遭贬职的愤慨。全诗气势磅礴，尤其是颈联二句情景交融，迁谪之感与恋阙之情结合，历来为人们所传诵。

　　孟郊的作品大多是倾诉穷愁孤苦的，如《借车》之类。也有反映劳动人民贫困状况的诗，如《寒地百姓吟》。他和贾岛都是著名的"苦吟"诗人，但与贾岛相比，他更多的是"吟苦"。他以强烈的情感来写诗，尽管用意深刻，造语奇警，却能于奇险中见质朴和平易。他以白描手法抒情写景而能达到深刻、生动的境界。这种质朴而深挚的诗风在当时是别开蹊径而富于创造性的。佳篇如《游终南山》，通篇景物险峻，心胸扩大，诗的盘空硬语也给人以深刻印象。他的《游子吟》是传诵千古的名诗，诗风清新自然，有民歌风味，与他其他刻意雕琢之作不同。

　　贾岛曾被苏轼以"郊寒岛瘦"相提并论。其实，贾岛诗的内容和艺术并不及孟郊。他的诗中闲居情景较多，山林应酬之作也多，字里行间，清旷之气不时流溢，但又包含在索寞和枯寂之中。贾岛的诗，"以清奇僻苦为特色，他爱瘦、爱冷、也爱这些情调的象征——

鹤、石、冰雪。黄昏与秋是传统诗人的时间与季候,但他爱深夜过于爱黄昏,爱冬过于爱秋。他甚至爱贫、病、丑和恐怖"(闻一多《唐诗杂论》)。如"湿苔粘树瘿""行蛇入古桐""怪禽啼旷野,落日恐行人"等。这种"以丑为美"的倾向,在这个诗派的作者中都或多或少地存在着。这种审美心理上"美"的淡薄和"丑"的骚动,是社会阴暗和人世辛酸在诗人心灵上不断刺激和积淀的结果。贾岛长于五律,但往往缺乏完整的构思,而以片言只语取胜。佳句如"秋风吹渭水,落叶满长安","鸟宿池边树,僧敲月下门",他在这方面下了很深的"推敲"工夫。

李贺在诗中一方面抒写心中烟雾一般的忧郁、苦闷,一方面编织着五彩斑斓的憧憬和幻想。这两方面的内容,构成了李贺诗歌的基本主题。前者如《致酒行》等,后者则有《梦天》等。李贺有少数描写人民疾苦的诗如《老夫采玉歌》,揭露统治者残暴荒淫的诗如《猛虎行》,也写过一些描写恋情、闺思、宫怨的诗篇。李贺的代表作有《雁门太守行》《金铜仙人辞汉歌》《李凭箜篌引》等。

李贺受到了楚骚、古乐府、齐梁宫体、李白、韩愈等多方面的影响,经过自己创造性的熔铸,形成了独特的奇崛冷艳的诗风。他对社会生活虽缺少深切的体验,但他有惊人的敏感和想象。他搜奇猎艳,探幽入幻,写死亡、写黑夜、写寒冷、写仙界、写鬼域,构筑了一个个虚幻荒诞而又色彩斑斓的境界,寄托他那凄凄惶惶的震颤着的灵魂。他的诗歌意象带有很大的虚幻和想象的成分。在他的笔下,太阳会发出玻璃的声音,"羲和敲日玻璃声"(《秦王饮酒》);阴冥世界,则是光明和黑暗颠倒,"月午树立影,一山唯白晓。漆炬迎新人,幽圹萤扰扰"(《感讽》其三)。李贺的诗歌构思奇特,意象之间的组接不拘常法,跳跃性很大。他善于捕捉印象和把握感觉,然后把这些感觉片段加以夸张和缀合,常常是局部达到细致入微的真实,总体上又多是不可思议的荒诞。李贺诗的语言极力避免平淡,追求新颖诡异。为了求奇,他便在事物的色彩和情态上着力。如写绿有"寒绿""颓绿",写红有"冷红""愁红",风有"酸风",雨有"香雨",鬼灯曰"漆",鬼火曰"碧","芙蓉泣露香兰笑","天若有情天亦老",等等。又如《雁门太守行》:"黑云压城城欲摧,甲光向日金鳞开。角声满天秋色里,塞上燕脂凝夜紫。半卷红旗临易水,霜重鼓寒声不起。报君黄金台上意,提携玉龙为君死。"通篇华辞丽藻,色彩瑰丽而凝重,渲染出了一种热烈而又悲壮的战斗气氛和报国豪情。

李贺的诗过于强调感觉印象而缺乏深厚的生活体验,致使有的诗意显得零乱破碎。过于求奇,则又流于晦涩,丧失天真。至于在歌唱神秘和残废中流露出来的人生幻灭感,就更不免于消极。尽管如此,李贺的艺术创造力是值得肯定的。在韩、孟诗派中,在中唐诗坛乃至于整个中国诗歌史上,他都可以说是一位独树一帜并且对后代产生过重要影响的诗人。

(五)刘禹锡与柳宗元

除了以上所说的杜甫及三个主要的诗派以外,在唐代中期还有两位诗人值得一提,即刘禹锡与柳宗元。

刘禹锡的诗歌带有浓厚的政治色彩。特别是那些政治讽刺诗,更显出斗争的锋芒。长期的贬谪生活,并没有使他颓唐。诗中虽多身世感慨,但情调依然乐观豪迈。如《酬乐天扬州初逢席上见赠》中"沉舟侧畔千帆过,病树前头万木春。今日听君歌一曲,暂凭杯酒长精神"之类。他的怀古、咏史诗,如七绝《石头城》《乌衣巷》,七律《西塞山怀古》等,语言明畅，感触深沉，自是佳作。刘禹锡的诗风，与韩愈的铺张横肆不同，比较倾向于含蓄节制。他对诗歌的语言也很讲究，显得爽净明快。特别值得一提的是，他长期生活在巴山楚水之间，受当地民歌的影响，写出了《竹枝词》《杨柳枝词》等感情质朴，语言活泼，带有浓重民歌风味的诗。刘禹锡这一成功的尝试在文学发展史上有特殊的意义。

柳宗元不仅是古文运动领袖，在诗歌方面也能卓然成家。他存诗140余首，多数是反映贬谪生活、歌咏山水景物、寄托愤懑情绪之作，如《登柳州城楼寄漳汀封连四州》等。他的另一部分诗篇，或同情人民疾苦，或以寓言形式，谴责政敌们的卑劣凶残。他的古体诗大都是描写自然山水的，观察细致，运思缜密，并着力于字句的选择和锤炼，受谢灵运的影响很显著。前人把他与韦应物并称为"韦柳"。比之于韦应物，柳诗精约工致有余，平淡萧散不足，情调也更多索寞之意，风格清峭，而境界澄澈，自具特色。他的近体诗多抒发迁谪之情，大都情致深绵，色彩明丽，声韵委婉；与古诗相比，别具风调。柳宗元著名的作品有五绝《江雪》："千山鸟飞绝，万径人踪灭，孤舟蓑笠翁，独钓寒江雪。"全诗以一片广寒寂寞的世界，反衬孤舟钓叟的形象，隐喻诗人高洁孤峭的人格，形象鲜明，意境深厚。

四、唐代后期的诗歌

从文宗大和九年（835）"甘露之变"至哀帝天祐四年（907）唐亡为唐代后期。这一时期，战乱不断，政治腐败，阶级矛盾与统治阶级内部矛盾日益激化。在唐王朝趋于解体的历史背景下，文人自感无力回天，从希望到失望，再到绝望，因此唐代后期诗坛笼罩着伤感悲凉的情绪。"不惊春物少，只觉夕阳多"（李商隐《西溪》），"看取汉家何事业，五陵无树起秋风"（杜牧《登乐游原》），诗人的笔底不约而同地折射出这种苦闷抑郁的时代心理。

（一）杜牧与李商隐

唐代后期诗坛上的普遍倾向是对形式美的刻意追求。一般说，这一时期作家对重大社会题材反映得较少，也缺乏唐代鼎盛时期诗人寻觅浪漫理想的热情和概括现实人生的笔力，但他们可以借鉴六朝及唐代前、中期作家的创作经验，结合自身的体验，在音律的锤炼、辞藻的熔裁、意象的选择、韵味的追求等方面有所创造。气魄已消，华彩犹存，可以说唐代诗苑秋花迟艳、夕晖丽彩的一派晚景，也自有其独特的魅力。李商隐和杜牧，则是这晚艳花丛中的两株奇葩。

在唐代后期诗坛上，杜牧与李商隐并称"小李杜"。杜牧为人慷慨有奇节，好谈兵议政，平生以中兴大业自许，部分诗作抒发了这种感时忧国的壮心，笔力遒健。如《河湟》，表达了对长期被吐蕃侵占的河西、陇右沦陷区遗民的怀念，对朝廷不事恢复失地的悲愤："牧羊驱马虽胡服，白发丹心尽汉臣。惟有凉州歌舞曲，流传天下乐闲人。"

杜牧用咏史怀古题材反映现实感受的诗篇，以小见大，借古喻今，融精警的议论于生动的形象之中，往往翻出新意。例如《过华清宫三绝句》其一："长安回望绣成堆，山顶千门次第开。一骑红尘妃子笑，无人知是荔枝来。"用唐玄宗驿骑传送荔枝以博妃子一笑的细节，讽刺侈靡声色、不恤国事的统治者。再如《赤壁》："折戟沉沙铁未销，自将磨洗认前朝。东风不与周郎便，铜雀春深锁二乔。"以假设之辞，对赤壁之战的胜负因素展开议论，全诗笼罩着浓重的历史兴亡之慨，也透露出自己徒有壮志而无用武之地的怅惘。这类作品实际上是以史为诗，是诗化的史论。

杜牧的写景抒情之作，意境蕴藉而感慨微茫，情思婉曲而风调悠扬，极有诗情。如《江南春绝句》："千里莺啼绿映红，水村山郭酒旗风。南朝四百八十寺，多少楼台烟雨中。"江南春色的绝妙写照，其中蕴含着对当时上层社会礼佛风气的含蓄讥讽。著名的《夜泊秦淮》："烟笼寒水月笼沙，夜泊秦淮近酒家。商女不知亡国恨，隔江犹唱后庭花。"画面为一抹淡淡的哀愁笼罩，河上传来《玉树后庭花》的柔靡歌声，暗示着唐王朝正在步六朝亡国的覆辙。

刘熙载《艺概》以"雄姿英发"综评杜牧诗的风格。豪迈俊爽是其主基调，在他的优秀作品中同时又糅合着婉约深闳之美，相反相成，恰到好处。杜牧诗中有许多佳联俊句，如"深秋帘幕千家雨，落日楼台一笛风"（《题宣州开元寺水阁，阁下宛溪，夹溪居人》），"千秋钓舸歌明月，万里沙鸥弄夕阳"（《西江怀古》），"尘世难逢开口笑，菊花须插满头归"（《九日齐山登高》），或清峭，或豪宕，或旷逸，或沉郁，都能体现他"苦心为诗，本求高绝，不务奇丽，不涉习俗，不今不古，处于中间"（《献诗启》）的独特风貌。

壮志飘萧、才人落魄的消沉乃至颓废情怀，例如"绿叶成荫"之慨（《怅别》）、"青楼薄幸"之叹（《遣怀》），属于杜牧诗中不健康的方面，应当有分析地看待。

李商隐是唐代后期最杰出的诗人。他的一些诗作，能够触及时事，抨击宦官的擅权祸国。仅反映唐文宗时重大政治事件"甘露之变"的作品，就有《有感二首》《重有感》《曲江》等篇。其中如《重有感》，满腔义愤地对宦官集团肆意杀害朝臣的暴行加以声讨，诗中用窦融、陶侃的典故，激励昭义节度刘从谏等起兵诛奸，扶危定倾。有的诗作，表现出维护国家统一、谴责藩镇割据的鲜明政治倾向，指出割据作乱者必然败亡的命运。有的诗作，叙写唐朝长期以来朝廷腐败、军阀纷争给农民带来的深重灾难："高田长槲枥，下田长荆榛。农具弃道傍，饥牛死空墩。依依过村落，十室无一存。存者皆面啼，无衣可迎宾。始若畏人问，及门还具陈。"（《行次西郊作一百韵》）可以见出是受到杜甫《北征》《石壕吏》一类诗的直接影响。

"历览前贤国与家，成由勤俭败由奢"（《咏史》），李商隐的咏史诗，托讽婉转，含意隽永，达到了思想性与艺术性的统一。例如《隋宫》讽刺炀帝南游江都穷奢极欲的荒唐行径，《北齐》诗则咏叹齐后主高纬宠幸冯淑妃（冯小怜），淫逸亡国的悲剧。讽古鉴今，言外有无穷意。《马嵬》更是一首咏史佳作，诗中通过多方面的对比，讽刺唐玄宗为了保全自己而违背誓言、赐死宠妃。颈联"此日六军同驻马，当时七夕笑牵牛"，写当年"密相誓心"，永不分离，何曾料想到今日竟违背誓言，讽刺极强，用笔很细，并通过逆叙成为反思。

抒写胸臆、感慨身世的作品，在李商隐诗中占了相当数量。这些诗显示了作者的政治热情，也宣泄了内心的苦闷。例如登楼望远、即景抒怀的七律《安定城楼》，"贾生年少虚垂涕，王粲春来更远游"一联，以古代两位青年志士自况，抒发自己对国事的忧愤。"永忆江湖归白发，欲回天地入扁舟"一联，更是境界开阔，显示出功成身退的不凡襟抱。七绝《贾生》，亦为讽汉室实喻唐朝、悲贾生以自悼的名篇。

最能体现李商隐诗歌风格与特征的，应是以《无题》为代表的爱情诗作。在我国古代爱情诗创作中，李商隐无题诗的出现是一种开拓和创新。在内容上，它十分典型地概括了士大夫的爱情生活与理想，真切地传达出主人公感情纯真热烈而行动软弱彷徨的悲剧性格。在格调上，它汲取了杜甫用笔命意的曲折深婉、李贺运思设色的浪漫神秘、韩愈造句遣辞的峻峭颖异,加上庾信、徐陵及六朝乐府的秾艳倩丽,多方博采,融成一家。如《无题》(相见时难别亦难),抒写会合无因而恋情不渝,想象别后深衷,表示互通两地相思的最后希冀。"春蚕到死丝方尽,蜡炬成灰泪始干",已成为比喻坚贞执著爱情的绝唱。

李商隐诗总的风格特色,表现为琢炼精莹而摹刻真切。钱钟书曾拈出李商隐《锦瑟》的"沧海月明珠有泪,蓝田日暖玉生烟",以为这一联诗句实是作者自述其风格或境界,"虽化珠圆,仍含泪热,已成珍玩,尚带酸辛。喻己诗虽琢炼精莹,而真情流露,生气蓬勃,异于雕绘夺情、工巧伤气之作"(钱锺书《谈艺录》)。《无题》诗"身无彩凤双飞翼,心有灵犀一点通""风波不信菱枝弱,月露谁教桂叶香"等,都呈现出这种精工琢炼研磨而蕴蓄真情至性的风格。

李商隐擅长象征暗示的艺术手法。"巧啭岂能无本意,良辰未必有佳期。"(《流莺》)流莺巧啭式的笔意,是对古代比兴之法的一种继承和发展,借咏物引申暗示,用典故唤起联想。李商隐笔下,嫩竹的凌云寸心,寓示着受挫折而志不移的昂扬朝气。《初食笋呈座中》:"嫩箨香苞初出林,于陵论价重如金。皇都陆海应无数,忍剪凌云一寸心。"蝉儿的彻夜凄鸣,隐现着孤高绝俗、无人理会的清苦境遇。《蝉》:"本以高难饱,徒劳恨费声。五更疏欲断,一树碧无情。"这种象征蕴蓄的笔法极大地丰富了诗的表现力与感染力。但他的诗由于刻意象征、用典过僻,不免带来"半明半暗,近通近塞"(毛奇龄《诗话》引张杉语)的感觉。"诗家总爱西昆好,独恨无人作郑笺"(元好问《论诗绝句》),这正是人们读李商隐诗有时感到的晦涩难晓的缺憾。

(二)唐末诗坛

温庭筠的诗,风格近似李商隐,当时诗坛亦以"温、李"并称。温诗的思想艺术水平不及李,诗风浓腻绮艳,雕琢过甚,但亦有"鸡声茅店月,人迹板桥霜"(《商山早行》)、"波上马嘶看棹去,柳边人歇待船归"(《利州南渡》)之类清新诗句。温、李诗中绮艳一路的后继者,则有吴融、韩偓等。

唐末诗坛,皮日休、聂夷中、杜荀鹤等人继承新乐府运动的现实主义传统,反映民生疾苦,揭露社会黑暗,显示了锐利的批判锋芒。这个作家群,还应当包括陆龟蒙、罗隐、曹邺等。他们都有部分诗作显示了感情激切、形式谐俗、语言浅近的共同倾向。

皮日休诗多讥刺时政之作,《正乐府》10篇,是继元结、白居易等《新乐府》之后又一组现实主义诗歌。其中《橡媪叹》,运用对比笔法,咏写拾橡子充饥的农妇,展现了当时统治阶级剥削人民的残酷图景。聂夷中存诗仅37首,而乐府体就有18首。内容多伤俗悯时,反映农民在官府搜刮、高利贷盘剥下生计断绝的沉痛呼声。用语精警,表现深刻。最为传诵的是两首《咏田家》。杜荀鹤作诗,学白居易体的现实主义精神、风格晓畅浅易,而将元、白"新乐府"所赋咏的社会现实题材移入近体诗中。用七律形式咏时事、哀民生,是他旧曲翻新的一大创获。优秀作品如《时世行》。陆龟蒙诗大多清疏秀逸,间有奇崛铺张之作。唐末黑暗的社会现实,在他的诗中有所反映。如"万户膏血穷,一筵歌舞价"(《村夜》),比照鲜明,揭示阶级矛盾,有很高的概括力。《新沙》诗,角度新颖,讽刺官家赋敛之无孔不入,可谓入木三分。此外,罗隐的讽喻诗《蜂》:"不论平地与山尖,无限风光尽被占。采得百花成蜜后,为谁辛苦为谁甜?"曹邺的《捕鱼谣》:"天子好征战,百姓不种桑;天子好年少,无人荐冯唐;天子好美女,夫妇不成双。"也都特色鲜明,颇堪讽咏。

作 品

薛道衡

薛道衡（538—607），字玄卿，河东汾阴（今山西万荣西南）人。仕北齐为中书侍郎，入周历陵州、邛州刺史。隋初为内事舍人，迁吏部侍郎。开皇十二年（592），受苏威案株连，配防岭外。后诏征还，授内史侍郎，加上仪同三司，进位上开府。炀帝即位，转番州刺史。岁余，上表求致仕，拜司隶大夫。大业三年（607）被炀帝所害。《隋书·房彦谦传》称薛道衡为"一代文宗"。其诗兼有南北诗风之长，刚健厚重，精巧华美。《昔昔盐》中的名句"暗牖悬蛛网，空梁落燕泥"一向为后人传诵。本传称其有集70卷，行于世，现已散佚，明人辑有《薛司隶集》。今人逯钦立《先秦汉魏晋南北朝诗》录存其诗21首。

人日思归

【解题】

人日，旧俗以农历正月初七为人日（见《荆楚岁时记》）。《隋唐嘉话》记载："薛道衡聘陈，为《人日》诗云：'入春才七日，离家已二年。'南人嗤之曰：'是底言？谁谓此虏解作诗！'及云：'人归落雁后，思发在花前。'乃喜曰：'名下固无虚士。'"故此诗当为薛道衡聘陈时思乡之作。《隋书·高祖纪》载，开皇四年（584）"冬十一月壬戌，遣兼散骑常侍薛道衡、通直散骑常侍豆卢寔使于陈"。故此诗当作于隋开皇五年（585）正月。全诗语言质朴，构思精巧，含蓄隽永。

入春才七日，离家已二年[1]。人归落雁后[2]，思发在花前[3]。

《先秦汉魏晋南北朝诗》隋诗卷四

【注释】

[1]"离家"句意谓：在客居中度岁，时日虽然不多，但因跨了两个年头，所以虚指就是"二年"了。[2]"人归"句意谓：秋天北雁南飞，春天又飞回北方，雁归而人未归。[3]"思发"句意谓：人日春花尚未开放，而思归之情却已萌生。

杨广

杨广（569—618），一名英，隋文帝杨坚第二子，弘农华阴（今陕西华阴）人。开皇元年（581）立为晋王，开皇八年冬为行军元帅，率大军平陈。后以阴谋夺其兄杨勇太子之位。仁寿四年（604），隋文帝驾崩，杨广即帝位，史称隋炀帝。杨广在实现南北统一、开凿大运河、发展经济、创立科举制度等方面发挥了重要的作用，其功不可没。但晚年骄奢淫逸，穷兵黩武，致使天下大乱，义宁二年（618）被宇文化及所杀。《隋书·文学传序》云："炀帝初习艺文，有非轻侧之论。暨乎即位，一变其风。"早年的诗歌质朴刚健，平陈以后，受到南朝诗人的影响，融入了南朝诗歌的清新流丽。《隋书·经籍志四》著录《炀帝集》55卷，现已散佚，明人辑有《隋炀帝集》。《先秦汉魏晋南北朝诗》录存其诗43首。

春江花月夜（选一）

【解题】

《春江花月夜》，原是乐府《清商曲辞·吴声歌曲》的曲名之一。据《旧唐书·音乐志二》记载，最先创制此曲者为陈后主。《乐府诗集》卷四十七收此曲歌诗七首，开头两首即杨广所作。这里选的是第一首。此诗通篇写景，把春江月夜温馨的气氛、独特的感受，表现得细腻真切，显得清新隽永。对五言绝句的发展及唐代张若虚《春江花月夜》的意象创造都有明显的影响。

暮江平不动，春花满正开[1]。流波将月去，潮水带星来[2]。

《先秦汉魏晋南北朝诗·隋诗》卷三

【注释】

[1] 满：全，遍。[2] "流波"二句意谓：流波滚滚，月影沉沉；潮水汹涌，星光闪烁。"将""带"是诗人的想象。

骆宾王

骆宾王（627？—684？），字观光，婺州义乌（今属浙江）人。七岁能诗。高宗显庆年间为道王（李元庆）府属。闲居齐鲁十余年后，赴京应试，对策中式，任奉礼郎兼东台详正学士。后迁侍御史，被诬下狱，出为临海县丞，世称"骆临海"。武后光宅元年（684），随徐敬业在扬州起兵讨武后，为檄指斥其罪，兵败被杀（一说逃亡为僧）。两《唐书》有传。其诗文与王勃、杨炯、卢照邻齐名，号"初唐四杰"。长于七言歌行，对唐代七言古诗的发展颇有影响。五律亦有佳作。吴之器《骆丞列传》称其"五言气象雄杰，构思精沉，含初包盛，卓然鲜俪。七言缀锦贯珠，汪洋洪肆"。其骈文辞藻富丽，用典精切。有《骆临海集》十卷，清人陈熙晋《骆临海集笺注》最为通行。

在狱咏蝉

【解题】

此诗作于高宗仪凤三年（678）。作者时任侍御史，屡上书议论政事，触怒武后，被诬下狱，诗写于狱中（详见胡应麟《补唐书骆侍御传》）。诗前有长序，说明因闻蝉声之悲引发感慨，以蝉自况，抒写自己高洁而受诬之怨愤。诗中以"露重""风多"喻政治环境之险恶，以"飞难进""响易沉"喻身陷狱中，申冤无门。

　　西陆蝉声唱[1]，南冠客思侵[2]。那堪玄鬓影[3]，来对白头吟[4]。露重飞难进，风多响易沉[5]。无人信高洁[6]，谁为表予心？

上海古籍出版社《骆临海集笺注》卷四

【注释】

　　[1] 西陆：指秋天。[2] 南冠：楚冠，代指囚犯。《左传·成公九年》："晋侯观于军府，见钟仪，问之曰：'南冠而絷者谁也？'有司对曰：'郑人所献楚囚也。'"杜预注："南冠，楚冠。"后因以"南冠"为囚犯的代称。客思：家乡之思。侵：侵袭。一作"深"。[3] 玄鬓影：指蝉。马缟《中华古今注》卷中："[魏文帝宫人]（莫）琼树始制为蝉鬓，望之缥缈如蝉翼。"谓鬓发梳得薄如蝉翼。一说，"玄鬓"指黑发，喻自己正当盛年。[4] 白头：诗人自谓。时诗人不到四十岁，由于忧愁深重而头发变白。此句意谓秋蝉对着自己的白头哀吟。一说，《白头吟》指古乐府《楚调》曲名，前人如鲍照、张正见、虞世南诸作皆自伤清直而遭诬谤，此处意谓自己正当盛年却默诵《白头吟》哀怨诗句。[5] "露重"二句：以蝉所处艰苦环境喻自己的处境，冤情难白。即此诗《序》中所谓"失路艰虞，遭时徽纆"，"庶情沿物应，哀弱冠之飘零；道寄人知，悯余声之寂寞"，希望有人同情。[6] 高洁：古人认为蝉饮露而不食，是高洁的象征，此处以蝉的高洁喻自己的清白。

王勃

　　王勃（650—676），字子安，绛州龙门（今山西河津）人。高宗麟德三年（666）应幽素科举，对策高第，为朝散郎。沛王李贤闻其名，召为王府侍读，以戏为《檄英王鸡文》，被高宗斥逐出府，入蜀漫游。咸亨四年（673）补虢州参军，因匿杀官奴获罪，遇赦除名。上元二年（675）赴交趾省父，次年秋渡海溺水而卒。两《唐书》有传，清姚大荣《王子安年谱》较完备，有阎若璩和闻一多两种《王勃年谱》、岑仲勉《王勃疑年》。其诗文与杨炯、卢照邻、骆宾王齐名，称"王杨卢骆"，又号"初唐四杰"。多写景抒情之作，辞藻华丽，风格清新雄放。尤其擅长五言律诗和绝句，对五言格律诗渐趋成熟，甚有贡献，故杜甫有"不废江河万古流"（《戏为六绝句》之二）之誉。其文虽用典甚多，但层次分明，气势充沛，文字流畅。有《王子安集》。清人蒋清翊《王子安集注》二十卷本最通行。

送杜少府之任蜀川

【解题】

　　此诗作于高宗乾封年间（666—667），时王勃在长安。杜少府：名不详。少府：县尉的尊称。之任：赴任。蜀川：指今四川。原作"蜀州"，误，因蜀州于武后垂拱二年（686）

始设置,其时王勃早已亡故。此诗首联点送别和赴任之地,对仗严整,颔联却为散句,为律诗变格,名曰"偷春格"。古来送别诗多充满缠绵离愁,此诗却以高远开朗的格调和胸怀作慰勉语,给人以鼓舞。全诗起承转合均合律诗要求,却写得气脉流通。

城阙辅三秦[1],风烟望五津[2]。与君离别意,同是宦游人[3]。海内存知己,天涯若比邻[4]。无为在歧路,儿女共沾巾[5]。

上海古籍出版社《王子安集注》卷三

【注释】

[1] 城阙:宫门前两边的楼观,又称宫阙。此处指长安。辅三秦:以三秦为护卫。三秦:秦汉之际,项羽分秦国故地为雍、塞、翟三国,总称三秦,此处指长安附近的关中之地。[2] 五津:岷江从灌县到犍为县间的五个渡口,即白华津、万里津、江首津、涉头津、江南津。[3] "与君"二句:朋友要去异乡做官,自己亦客游长安,同样是为了仕宦而离乡别友,离别的情意也是相同的。[4] "海内"二句:四海之内有一知心朋友存在,虽远在天边,也似邻居一样。曹植《赠白马王彪》:"丈夫志四海,万里犹比邻。恩爱苟不亏,在远分日亲。"比邻:近邻。古时五家相连称"比"。[5] 无为:不要。无:通"毋"。歧路:分岔路口,指分手之处。儿女:女儿,女子。古诗文中"儿女"多指女儿,各注本释为"青年男女",误。

杨炯

杨炯(650—693?),华阴(今属陕西)人。十岁举神童,待制弘文馆。高宗上元三年(676)应制举登科,补校书郎。永淳元年(682)为太子詹事司直,充崇文馆学士。垂拱元年(685)坐从父弟神让犯逆,出为梓州司法参军。天授元年(690)与宋之问同直习艺馆。如意元年(692)出为盈川令,卒于官。世称"杨盈川"。与王勃、卢照邻、骆宾王并称"初唐四杰"。为人恃才倨傲,为政苛酷。两《唐书》有传。闻一多有《杨炯年谱》,傅璇琮有《杨炯考》和《卢照邻杨炯简谱》。其诗擅长五律,写边塞征战生活,寄寓功业抱负,气势昂扬,风格豪放。今存《盈川集》十卷。

从 军 行

【解题】

《从军行》是乐府旧题,属《相和歌辞·平调曲》,前人之作多写战争生活。此诗作年不详。诗中描写诗人向往赴边立功的豪情,反映了当时青年士子的精神风貌。是一首较成熟的五律。

烽火照西京,心中自不平[1]。牙璋辞凤阙,铁骑绕龙城[2]。雪暗凋旗画,风多杂鼓声[3]。宁为百夫长,胜作一书生[4]。

《四部丛刊》本《杨盈川集》卷二

中国古代文学教程

【注释】

[1] 烽火：古时边境有事，在高台上烧柴或烧狼粪举火以报警，称"烽火"。西京：指长安，今陕西西安。二句意谓报警的烽火照耀长安，诗人内心不能平静。[2] 牙璋：古代发兵所用的玉制兵符，分为两半，合契处凹凸相嵌呈牙状，一半交付主将，一半留朝廷，作调动军队时用的凭证。凤阙：汉代建章宫的圆阙上有金凤，故称凤阙，后泛指皇宫，此处指长安。铁骑（jì）：穿铁甲的骑兵。龙城：又称龙庭，汉时匈奴祭祀天神的处所，故址在今蒙古人民共和国鄂尔浑河西侧的和硕柴达木湖附近，此处借指敌方要地。[3] 凋：凋落，暗淡失色。二句写战斗的激烈。意谓雪地昏暗使军旗上的彩画失去了鲜明的颜色，风声很大夹杂着进军的鼓声。[4] 百夫长：率领一百名兵卒的低级军官。

杜审言

杜审言（645？—708），字必简，祖籍襄阳（今属湖北），迁居巩县（今属河南）。咸亨元年（670）登进士第，任隰城尉，转洛阳丞，坐事贬吉州司户参军。与同僚不睦，被诬下狱，其子杜并刺杀仇人，冤获雪，武后召见，甚加叹异，授著作佐郎，迁膳部员外郎。因谄附张易之兄弟，中宗神龙元年（705）流放峰州，次年召还，为国子监主簿，加修文馆直学士，卒于任。两《唐书》有传，今人傅璇琮有《杜审言考》（见《唐代诗人丛考》）。少时与李峤、崔融、苏味道齐名，称"文章四友"。其诗擅长五律，高华严整，对近体诗之成熟定型颇有贡献。今存诗一卷。

和晋陵陆丞早春游望

【解题】

此诗约作于永昌元年（689），时审言在江阴任职。和（hè）：仿照别人诗作的主题、体裁和韵脚作诗。晋陵（今江苏常州）陆丞：晋陵县丞陆某。陆某先写有《早春游望》诗，审言唱和。今陆某的原诗已佚。此诗抒写思乡之情。长期宦游者对早春景物的变化特别敏感，故中间二联分写物候之新，隐含怀乡之情，属对精工，意境清丽。结句点出"归思"，与起句"宦游人"呼应，章法细密。胡应麟《诗薮》内编卷四云："初唐五言律，'独有宦游人'第一。"宋代吴曾《能改斋漫录》卷一一认为此诗是韦应物所作。清编《全唐诗》则于杜审言、韦应物名下均收录。

独有宦游人，偏惊物候新[1]。云霞出海曙，梅柳渡江春[2]。淑气催黄鸟，晴光转绿蘋[3]。忽闻歌古调，归思欲沾巾[4]。

中华书局《全唐诗》卷六二

【注释】

[1] 偏：出乎寻常，特别。物候：节物气候。二句意谓只有在异乡做官的人对自然界反映出的季节变化才特别感到触目惊心。[2] 二句意谓曙光从海中升起将云气映成绚丽的霞彩，梅

花和杨柳一过长江就换成了春妆。[3] 淑气：温和的气息，即春天的气息。黄鸟：黄莺。转：吴曾《能改斋漫录》作"照"。二句意谓温和的气息催促黄莺早鸣，晴日阳光的照耀使水中蘋草转成深绿色。[4] 古调：赞美陆丞《早春游望》诗的格调有古风。沾巾：泪水沾湿手巾。

宋之问

　　宋之问（656—712），一名少连，字延清，汾州西河（今山西汾阳）人，一说虢州弘农（今河南灵宝）人。高宗上元二年（675）登进士第。武后天授元年（690）与杨炯分直习艺馆，历洛州参军，迁尚方监丞、左奉宸内供奉。中宗神龙元年（705）以谄事张易之兄弟贬为泷（shuāng）州参军，次年北归。因其弟告密有功，擢授鸿胪主簿。迁户部员外郎兼修文馆直学士，转考功员外郎，知贡举，贪贿，贬越州长史，后流于钦州，先天（712—713）中赐死于徙所。生平见两《唐书》本传及《唐才子传》。其诗多应制之作，尤善五律，属对精工，声韵谐美，与沈佺期齐名，并称"沈宋"，对近体诗之成熟颇有贡献。流贬中所作写景抒情诗，语近旨远，清通圆美，开盛唐先声。原集已佚，明人辑有《宋之问集》二卷。2001年中华书局《沈佺期宋之问集校注》最完备。

渡　汉　江

【解题】

　　此诗约作于中宗神龙二年（706），时诗人正由泷州（今广东罗定南）贬所北归洛阳途中。诗人由湖北襄阳渡汉水，然后经河南南阳到洛阳。诗中抒写在岭外日久与家人隔绝，此次逃回，临近家乡时的复杂心情，细腻生动。后二句语浅意丰，历来传为佳句。一作李频诗，误。

　　岭外音书断[1]，经冬复历春。近乡情更怯[2]，不敢问来人。

中华书局《全唐诗》卷五三

【注释】

　　[1] 岭外：岭南，从中原看岭南在五岭之外。音书：音讯、书信。[2] 情更怯：心情更加害怕，既怕听到家中不幸消息，更怕被人发现自己是逃回的。

陈子昂

　　陈子昂（661—702），字伯玉，梓州射洪（今属四川）人。出身豪族，少任侠，后发愤攻读。文明元年（684）登进士第。历任麟台正字、右拾遗。曾两次随军北征。后因父年老解官回乡，为县令段简陷害，死于狱中。两《唐书》有传。其论诗推崇汉魏风骨，提倡兴寄、风雅，反对"采丽竞繁"的齐梁诗风。所作《感遇》等诗，指斥时弊，抒写情怀，风格高亢清峻。"国朝盛文章，子昂始高蹈"（韩愈《荐士》），准确说明了他对唐诗发展的影

中国古代文学教程

响。有《陈子昂集》十卷,以中华书局校印本较为完备。

感遇(选一)

【解题】

此诗作年不详。感遇:有感于遭遇,实即咏怀,抒写怀抱。陈子昂《感遇》组诗共有38首,此为第二首。作者因屡斥时弊,词旨切直,为武攸宜等所排斥,备受压抑,沉沦下僚。此诗抒写怀才不遇的忧愤感情。前四句以兰和杜若的幽美高洁喻己之高才美德;后四句以时暮岁晚、芳意无成喻当政者排斥贤才而使自己功业无成。诗中全用比兴,托物言怀,形象生动,寄托遥深。吴汝纶(挚甫)谓"此自伤不遇明时"(见《唐宋诗举要》引),甚有见地。

兰若生春夏,芊蔚何青青[1]!幽独空林色,朱蕤冒紫茎[2]。迟迟白日晚,袅袅秋风生[3]。岁华尽摇落,芳意竟何成[4]?

《四部丛刊》影明本《陈子昂集》卷一

【注释】

[1]兰若:兰和杜若,都是香草。芊(qiān)蔚:草木茂盛貌。青青:同菁菁,茂盛貌。[2]两句谓兰和杜若在幽静的林子里,压倒群芳,独显艳色,在紫色的茎干上冒出红花。蕤(ruí):草木花下垂貌。[3]迟迟:徐行貌。袅袅秋风:用《楚辞·九歌·湘夫人》名句"袅袅兮秋风",形容秋风微微吹拂貌。[4]岁华:岁时,季节。摇落:指草木凋残、零落。《楚辞·九辩》:"萧瑟兮草木摇落而变衰。"芳意:春意,比喻理想。

登幽州台歌

【解题】

幽州台,即蓟北楼,故址在今北京市西南。武后万岁通天元年(696),建安王武攸宜率兵征契丹,陈子昂以右拾遗随军参军事,曾向不懂军事的武攸宜献计,却未被采纳。卢藏用《陈氏别传》云:"(子昂)自以官在近侍,又参预军谋,不可见危而惜身苟容。他日又进谏,言甚切至。建安谢绝之,乃署以军曹。子昂知不合,因箝默下列,但兼掌书记而已。因登蓟北楼,感昔乐生、燕昭之事,赋诗数首,乃泫然流涕而歌曰:'前不见古人……'时人莫之知也。"即指此诗。此诗为从军失意之作,抒写壮志难酬的孤独悲凉之感。全诗在时空的大背景下,塑造了慷慨独立的自我形象,语言苍劲奔放,意境阔大,具有极强的艺术感染力,因而成为千古绝唱。

前不见古人,后不见来者[1]。念天地之悠悠,独怆然而涕下[2]。

《四部丛刊》影明本《陈子昂集》补遗

【注释】

[1] 古人：指燕昭王那样能任用贤才的人。来者：指将来的圣贤。[2] 怆（chuàng）然：伤悲貌。涕：泪。

张若虚

张若虚（660？—720？），扬州（今属江苏）人。曾官兖州兵曹。文辞俊秀，与贺知章、包融、张旭齐名，号"吴中四士"。其事迹散见《旧唐书·贺知章传》《新唐书·刘晏传》《唐诗纪事》卷一七。其诗大部散佚，今仅存两首，一为《春江花月夜》，乃千古绝唱；另一为《代答闺梦还》，写闺情，无甚特色。

春江花月夜

【解题】

此诗作年不详。"春江花月夜"乃乐府旧题，属《清商曲·吴声歌》。相传创自陈后主（《旧唐书·音乐志》），隋炀帝亦有此题诗。此诗题材虽为游子思妇之传统主题，但已摆脱宫体藩篱，予旧题以新意。全诗以流动多姿的春江花月夜景色为背景，抒写游子思妇望月怀人的缠绵之情，其间还有对宇宙奥秘、人生哲理的探求。景色清丽明净，感情深挚感人，意境含蓄深远，韵律和谐婉转，语言优美流畅，极富于音乐美。前人誉之为"以孤篇压全唐"（王闿运《湘绮楼说诗》）。闻一多《唐诗杂论·宫体诗的自赎》更称赞它是"诗中的诗，顶峰上的顶峰"。

春江潮水连海平，海上明月共潮生[1]。滟滟随波千万里[2]，何处春江无月明！江流宛转绕芳甸；月照花林皆似霰[3]。空里流霜不觉飞[4]，汀上白沙看不见[5]。江天一色无纤尘[6]，皎皎空中孤月轮。江畔何人初见月？江月何年初照人？人生代代无穷已，江月年年只相似。不知江月待何人，但见长江送流水[7]。白云一片去悠悠，青枫浦上不胜愁[8]。谁家今夜扁舟子？何处相思明月楼[9]？可怜楼上月裴回[10]，应照离人妆镜台。玉户帘中卷不去，捣衣砧上拂还来[11]。此时相望不相闻，愿逐月华流照君。鸿雁长飞光不度，鱼龙潜跃水成文[12]。昨夜闲潭梦落花[13]，可怜春半不还家。江水流春去欲尽，江潭落月复西斜[14]。斜月沉沉藏海雾[15]，碣石潇湘无限路[16]。不知乘月几人归，落月摇情满江树[17]。

中华书局《全唐诗》卷一一七

【注释】

[1] 生：升起。[2] 滟（yàn）滟：月光在水面闪动貌。[3] 宛转：弯曲。芳甸：散发着花草芳香的郊野。霰（xiàn）：冰珠。[4] 流霜：此处形容月光皎洁如霜，所以说"流"而不觉得"飞"。[5] 汀：水滩。此句谓月光与白沙分辨不出，亦形容月光皎洁。[6] 纤尘：细小的灰尘。[7] 穷已：穷尽。以上六句，诗人以大自然与人生相对照，探求奥秘并发出感慨。[8] 青枫浦：地名，在今湖南浏阳境内。此处泛指思妇所在地。[9] 扁（piān）舟子：乘着小船的游

子。明月楼：指思妇住的楼。曹植《七哀》诗："明月照高楼，流光正徘徊。上有愁思妇，悲叹有余哀。借问叹者谁，言是宕子妻。"此处用其意。[10] 裴回：即徘徊。叠韵联绵词，音近通假。此句以下四句，都是设想思妇的相思之苦。[11] 玉户：闺房的美称。[12] 文：同"纹"。"鸿雁"二句：相传鸿雁和鱼都能给人捎信，可是，现在鸿雁远走高飞并不能将楼前月光带给亲人，鱼儿也只是从深水中跳跃几下使水面出现波纹罢了，却不能给人捎信。[13] 闲潭：幽静的水边。落花：青春消逝的象征。[14] 江潭：江边。[15] 沉沉：状落月之重，亦暗示心情之沉重。此句谓落月渐渐藏入海边升起的晨雾里。[16] 碣（jié）石：山名，在今河北乐亭西南，此处代表北方，游子所在地。潇湘：两水名，在今湖南省，此处代表南方，即青枫浦明月楼思妇所在地。[17] "落月"句：谓落月余晖摇荡在江树之间，象征离人的情思摇荡。全诗以月升起，以月落结。

贺知章

贺知章（659—744?），字季真，自号四明狂客，越州永兴（今浙江萧山）人。武后证圣元年（695）登进士第，授国子四门博士，迁太常博士，因张说荐，入丽正殿修书。为太常少卿，开元十三年（725）迁礼部侍郎，改工部侍郎。二十六年迁太子宾客，授秘书监。世称贺宾客、贺监。天宝三载（744）请准为道士回乡，玄宗制诗赠行，一时文人皆有赠诗。两《唐书》有传。少以文词知名，与张旭、包融、张若虚号为"吴中四士"。为人旷达不羁，善饮，与李白、张旭等合称"饮中八仙"。工书法，尤擅长草、隶。其诗多散佚，以七绝著名，今存诗一卷。今人王启兴、张虹有《贺知章、包融、张旭、张若虚诗注》。

回乡偶书（选一）

【解题】

此诗系天宝三载（744）春天请准度为道士归隐镜湖（在今浙江绍兴），回到故乡时所作。原诗二首，此为其一。偶书：偶尔写作。诗中用白描手法，轻快笔调，写出久客他乡乍返故乡的情景，朴实自然，具有亲切的人情味，千百年来脍炙人口。

少小离家老大回[1]，乡音难改鬓毛衰[2]。儿童相见不相识，笑问客从何处来。

中华书局《全唐诗》卷一一二

【注释】

[1] 少小：年幼时。老大：年老时。诗人回乡时已86岁。[2] 衰（cuī）：稀疏凋落。

王翰

王翰，生卒年不详，一作王澣，误。字子羽，并州晋阳（今山西太原）人。景云元年（710）进士及第，后又登直言极谏科，为昌乐县尉。张说为相，召为秘书省正字，擢通事舍人，转驾部员外郎。开元十四年（726）张说罢相，翰出为汝州长史，徙仙州别驾。因与豪侠游畋饮乐，坐贬道州司马，卒。两《唐书》有传，今人傅璇琮有《王翰考》。其诗善写边塞生活，尤以《凉州词》二首最著名。今存诗一卷。

凉 州 词

【解题】

此诗作年不详。凉州：唐州名，今甘肃武威。凉州词：《凉州歌》的唱词。《乐府诗集》卷七九《近代曲辞》有《凉州歌》，开元中凉州都督郭知运进。原诗共二首，此为其一。诗中描绘边地战士在欢快激越的琵琶声中，互相劝饮葡萄美酒的场面以及将生死置之度外而醉卧沙场的豪放开朗心态。具有震撼人心的艺术魅力，历来为人们所传诵。

葡萄美酒夜光杯[1]，欲饮琵琶马上催[2]。醉卧沙场君莫笑，古来征战几人回[3]！

中华书局《全唐诗》卷一五六

【注释】

[1] 葡萄美酒：葡萄在唐时为西域特产，当地人以葡萄酿酒。夜光杯：传说中白玉制成的夜间泛光的酒杯。东方朔《海内十洲记》云："周穆王时，西胡献昆吾割玉刀及夜光常满杯……杯是白玉之精，光明夜照。"此处指精美的酒杯。[2] 琵琶：西域传来的马上弹奏乐器。催：通"嶉"（cuī），劝酒。此句意谓战士正欲饮酒时，传来琵琶劝人畅饮的乐声。[3] 沙场：平沙旷野。二句意谓古来征战能回者无几，既已把生死置之度外，那么即使喝醉而卧沙场也并不可笑。

王之涣

王之涣（688—742），字季凌，晋阳（今山西太原）人，后徙绛（今山西新绛）。以门荫补冀州衡水主簿，受人诬谤，拂衣去官。优游山水十五年。开元二十年（732）前后，在蓟门与高适交游。晚年出任文安县（今属河北）尉，以清白称。生平见靳能《唐故文安县太原王府君墓志铭并序》、《唐诗纪事》卷二六、《唐才子传》卷三等。其诗以边塞诗享有盛名，曾与高适、王昌龄有"旗亭画壁"传说。今存诗仅六首。

凉 州 词

【解题】

此诗作年不详。题一作《出塞》。诗中写边塞景色辽阔苍茫，引人遐想征人出玉门关外的愁怨。后二句以春风不度写出边地的荒寒，且有借喻朝廷不关心戍卒之意，构意新颖，意境含蓄。杨慎《升庵诗话》卷二："此诗言恩泽不及于边塞，所谓君门远于万里也。"李瑛《诗法易简录》亦云："神韵格力，俱臻绝顶。不言君恩之不及，而托言春风之不度，立言尤为得体。"

黄河远上白云间[1],一片孤城万仞山[2]。羌笛何须怨杨柳,春风不度玉门关[3]。

中华书局《全唐诗》卷二五三

【注释】

[1] 黄河远上:一作"黄沙直上"。历来颇多争议。其实,此句乃形容黄河上游地势极高,与李白《将进酒》"黄河之水天上来"同一意思,只是李白视线由远及近,而此诗的视线由近及远不同而已。[2] 孤城:指凉州(今甘肃武威),一说指玉门关。万仞山:形容山极高。仞(rèn):古代长度单位,周制为八尺,汉制为七尺,东汉末则为五尺六寸。[3] 羌笛:笛子原是羌族乐器,故称。北朝乐府《鼓角横吹曲》有《折杨柳》,即羌笛所奏。玉门关:故址在今甘肃敦煌西北小方盘城,汉武帝置。古代西域输入玉石取道于此,故名。二句意谓羌笛又何必吹出哀怨的《折杨柳》曲调,春风是吹不到玉门关外的。春风:一作"春光"。

孟浩然

孟浩然(689—740),襄州襄阳(今属湖北)人。曾应举不第,一生隐居家乡。其间曾南游吴越。晚年为张九龄荆州刺史幕从事,随从巡视各地,诗酒唱和。开元二十八年(740),王昌龄游襄阳,相与饮酒食鲜,背疽复发而卒。两《唐书》有传,生平详见王士源《孟浩然诗集序》。其诗以平易清幽见称,为唐代创作山水诗第一人,与王维并称"王孟"。杜甫称其诗"清诗句句尽堪传"(《解闷十二首》其六);皮日休称其"遇景入咏,不拘奇抉异,令龌龊束人口者,涵涵然有干霄之兴,若公输氏当巧而不巧者也"(《郢州孟亭记》)。其诗集有宋蜀刻本,为今存最早版本。《四部丛刊》影印明刻本、《四部备要》据明刻排印本较通行。今有李景白《孟浩然诗集校注》。

过 故 人 庄

【解题】

此诗作年不详。过:访问。诗中写农家朋友邀请诗人前往做客,既写农村景物,又叙友朋情意,并定重阳再来之约。方回称此诗"句句自然,无刻画之迹"(《瀛奎律髓》卷二三),很有见地。全诗刻画出乡村宁静淳朴的生活,风格淡远,堪称孟浩然田园诗的代表作。

故人具鸡黍[1],邀我至田家。绿树村边合,青山郭外斜[2]。开筵面场圃,把酒话桑麻[3]。待到重阳日,还来就菊花[4]。

《四部丛刊》影印明本《孟浩然集》卷四

【注释】

[1] 具:备办。鸡黍:泛指待客的菜和饭。[2] 二句写村庄风景,意谓村周围被绿树包围,

城郭斜依村外青山。[3] 筵：一作"轩"。轩：窗户。圃：菜园。二句意谓面对打谷场和菜园子摆开酒菜，把酒劝饮时所谈的都是桑麻生长情况。[4] 重阳日：农历九月初九。古代风俗，这天要登高插茱萸辟邪，并赏菊饮酒。还来：再来。就：随。

崔颢

崔颢（？—754），汴州（今河南开封）人。开元十一年（723）进士及第。早年为人放荡不羁。曾任太仆寺丞、司勋员外郎等职。生平见两《唐书》本传。今人傅璇琮有《崔颢考》。他"年少为诗，名陷轻薄，晚节忽变常体，风骨凛然，一窥塞垣，说尽戎旅"（殷璠《河岳英灵集》）。其边塞诗慷慨豪迈，小诗接近民歌，淳朴生动。《全唐诗》收录其诗一卷，存诗四十多首。

黄 鹤 楼

【解题】

此诗作年不详。黄鹤楼：故址在今湖北武汉蛇山，相传费祎登仙，每乘黄鹤于此憩驾，故名。又传说仙人王子安曾骑黄鹤于此飞过。诗中先借传说抒感，接写登览景色，末以日暮江水烘托乡关愁思。信手写来，一气呵成，气象苍莽，格调优美。能突破律诗规范，颔联似对非对，且上句连用六仄，下句连用五平，前三句连用三个黄鹤，尤似古风格调。此诗当时即负盛名，传说李白为之倾倒，曰："眼前有景道不得，崔颢题诗在上头。"（《唐才子传》卷一）虽不可信，但李白《登金陵凤凰台》《鹦鹉洲》确有模仿此诗痕迹。严羽《沧浪诗话·诗评》誉此诗为唐人七律第一。

昔人已乘黄鹤去[1]，此地空余黄鹤楼。黄鹤一去不复返，白云千载空悠悠。晴川历历汉阳树，芳草萋萋鹦鹉洲[2]。日暮乡关何处是[3]，烟波江上使人愁。

中华书局《全唐诗》卷一三〇

【注释】

[1] 昔人：指传说中的仙人。黄鹤：一作"白云"。[2] 晴川：晴朗的平原。历历：分明貌。汉阳：今武汉汉阳区。萋萋：茂盛貌。鹦鹉洲：唐时在长江中，今已和汉阳陆地连成一片。相传东汉末祢衡曾在此作《鹦鹉赋》，因而得名。二句中"历历"形容"树"，"萋萋"形容"芳草"，句子结构不同。二句意谓在晴朗的汉阳平原上树木历历在望，鹦鹉洲上的芳草长得非常茂盛。[3] 乡关何处是：何处是故乡。

王昌龄

王昌龄（？—756），字少伯，京兆万年（今陕西西安）人。玄宗开元十五年（727）进士及第，为秘书省校书郎。二十二年登博学宏词科，为汜水县（今河南荥阳西北）尉。后贬岭南。开元末为江宁县（今江苏南京）丞，后又贬龙标县（今湖南黔阳西南）尉。安史乱起，避乱至谯郡（今安徽亳州），为谯郡太守闾丘晓所杀。两《唐书》有传。世称"王江宁"或"王龙标"。其诗多为边塞军旅、宫怨闺情之作，风格清刚俊爽，婉丽明快。时称"诗家夫子王江宁"（《唐才子传》卷二）。尤其擅长七绝，明王世贞谓"可与太白争胜毫厘，俱是神品"（《艺苑卮言》卷四）。其论诗有《诗格》传世。诗集注本有今人李云逸《王昌龄诗注》。

出塞（选一）

【解题】

此诗作年不详。原诗二首，此为第一首。出塞：乐府旧题，属《鼓吹曲辞·汉横吹曲》。唐代乐府诗《塞上曲》、《塞下曲》，皆由此出。本诗《才调集》作《塞上行》，《文苑英华》作《塞上曲》，《万首唐人绝句》作《从军行》。诗中写秦汉以来筑关防敌，但敌人却屡度阴山，其原因是将领无能。以汉代人事影射唐代。全诗意境雄浑，思想深刻。

秦时明月汉时关，万里长征人未还[1]。但使龙城飞将在，不教胡马度阴山[2]。

中华书局《全唐诗》卷一四三

【注释】

[1] 二句意谓秦汉时的明月早就照射防胡的关塞，但至今万里长征出塞作战的士卒依旧不能归还。"秦时"与"汉时"，"明月"与"关"，互文见义。[2] 龙城：当作"卢城"，指卢龙县，汉时为右北平，唐时为平州（北平郡）治所。汉李广为右北平太守，匈奴称他为飞将军，不敢入塞侵扰。阴山：在今内蒙古中部，东西走向。二句意谓假使守卢城的李广仍健在，就不会让胡人的兵马度过阴山南侵。

高适

高适（700？—765），字达夫，郡望渤海蓨（tiáo）县（今河北景县南）。20岁时游长安求仕无成，长期客居宋州（今河南商丘）。天宝八载（749）举有道科及第，授封丘尉。十二载入陇右节度使哥舒翰幕府充掌书记。安史之乱后任左拾遗、淮南节度使、太子少詹事、彭州刺史、蜀州刺史、剑南西川节度使等职。广德二年（764）召还长安为刑部侍郎，转散骑常侍，封渤海县侯。次年卒，赠礼部尚书，谥忠。两《唐书》有传，年谱多种，今人周勋初《高适年谱》较翔实。其诗多作于显达前，擅写边塞军旅生活。"诗多胸臆语，兼有气骨"（殷璠《河岳英灵集》）。与岑参并为盛唐边塞诗派代表人物，但风格各异，"岑超高实"（刘熙载《艺概》卷二）。有明人辑《高常侍集》，今人有刘开扬《高适诗集编年笺注》、孙钦善《高适集校注》。

燕歌行并序

【解题】

　　此诗作于开元二十六年（738）。小序中"御史大夫张公"为张守珪，三年前因功拜辅国大将军、右羽林大将军兼御史大夫。时为幽州长史、营州都督、河北节度副大使、采访处置使。据史载，开元二十六年张守珪部将被奚族余部打败，守珪谎报胜利，次年事泄，被贬括州刺史。此诗所写当是刺张骄逸而不恤士卒。燕歌行：乐府旧题，属相和歌辞平调曲。曹丕、萧绎、庾信等都有此题诗，多写思妇怀念征人。此诗层次分明，描述生动，语多骈偶，但仍流畅自然。"战士军前半死生，美人帐下犹歌舞"对比鲜明，为千古名句。

　　　　开元二十六年，客有从御史大夫张公出塞而还者，作《燕歌行》以示适。感征戍之事，因而和焉。

　　汉家烟尘在东北，汉将辞家破残贼[1]。男儿本自重横行，天子非常赐颜色[2]。摐金伐鼓下榆关，旌旆逶迤碣石间[3]。校尉羽书飞瀚海，单于猎火照狼山[4]。山川萧条极边土，胡骑凭陵杂风雨[5]。战士军前半死生，美人帐下犹歌舞[6]！大漠穷秋塞草腓，孤城落日斗兵稀[7]。身当恩遇恒轻敌，力尽关山未解围[8]。铁衣远戍辛勤久，玉箸应啼别离后[9]。少妇城南欲断肠，征人蓟北空回首[10]。边庭飘飖那可度，绝域苍茫无所有[11]！杀气三时作阵云，寒声一夜传刁斗[12]。相看白刃雪纷纷，死节从来岂顾勋[13]。君不见沙场征战苦，至今犹忆李将军[14]！

　　　　　　　　　《四部丛刊》影明本《高常侍集》卷五

【注释】

　　[1] 汉家、汉将：借汉指唐。烟尘：指军事行动。东北：今辽宁和内蒙古南部，唐时为奚、契丹族聚居地区。残贼：残余的敌人。开元二十一年至二十三年，张守珪先后大破奚、契丹的精锐部队，故称奚、契丹的余党为残贼。[2] 横行：在敌阵中纵横驰骋，所向无敌的英勇行为。非常：不同寻常。赐颜色：赏脸。开元二十三年，张守珪回东都献捷，玄宗赋诗褒美，拜他为辅国大将军、右羽林大将军兼御史大夫，还赐彩缎一千匹及金银器物等，给张守珪两个儿子封官，下诏在幽州立碑纪功。此即"赐颜色"的内容。[3] 摐（chuāng）金：撞击金属乐器。伐鼓：击鼓。榆关：即渝关，山海关，唐时为东北军事要地。旌旆（jīng pèi）：旗帜。逶迤（wēi yí）：宛曲而绵长。碣（jié）石：山名，在今河北昌黎北。"摐金"二句写军队出征时声势甚壮。[4] 校尉：位次于将军的武官。羽书：即羽檄，紧急军书，上插鸟羽，以示必须迅速传递。瀚海：沙漠。单于（chán yú）：古代匈奴君长的称号，后通称北方少数民族首领。猎火：打猎时升起的火，比喻作战。狼山，即狼居胥山，在今内蒙古五原西北。"校尉"二句：双方开始军事行动。[5] 极边土：直到边境尽头。胡骑凭陵：敌人的骑兵仗着优势欺凌侵犯。杂风雨：形容敌军凶猛如风雨交加。[6] "战士"二句：将战士与将军苦乐悬殊作鲜明对照。意谓战士在阵前拼命作战，死亡殆半，而将军却在帐中看美人歌舞取乐。[7] 穷秋：深秋。腓（féi）：枯黄。一作"衰"。斗兵稀：战士伤亡惨重，能战斗者减少，应上"半死生"。[8] "身当"二句：战士

们想到身受朝廷恩遇,常蔑视敌人,奋力死战,但力尽而仍未解除关山重围。[9] 铁衣:铁甲,借指征人。玉箸:玉制的筷子,形容女子的两行眼泪,借指少妇。战士想象妻子别离后必为思夫而流泪。[10] 城南:唐代长安宫廷在城东北,住宅多在城南。蓟(jì)北:唐蓟州治所在渔阳,今天津蓟县北。空回首:徒然望乡。[11] 绝域:极远的边疆。无所有:意谓极其荒凉,一无所有。[12] "杀气"二句:整日看到的是杀气冲天化为空中的战云,夜间听到的是寒气中传来的刁斗声。三时:早、午、暮。刁斗:晚上宿营时用以报更或警戒的铜器。[13] 雪纷纷:一作"血纷纷"。死节:为志节而死,为国捐躯。岂顾勋:哪里顾得上什么功名。[14] 李将军:指汉代名将李广。《史记·李将军列传》:"广居右北平,匈奴闻之,号曰:'汉之飞将军'。……广廉,得赏赐,辄分其麾下。饮食与士共之。……广之将兵,乏绝之处,见水,士卒不尽饮,广不近水;士卒不尽食,广不尝食。宽缓不苟,士以此爱乐为用。"与此诗中的将军所为正成对照,讽刺意味很深。

王维

王维(700—761),字摩诘,先世为太原祁(今山西祁县)人,其父徙家于蒲州(今山西永济西)。开元九年(721)进士及第,为太乐丞,贬济州司仓参军。后历任右拾遗、监察御史、殿中侍御史、左补阙、库部郎中、吏部郎中、给事中。其间曾隐终南山及蓝田辋川。安禄山陷长安,被俘至洛阳。王师收复两京,其弟缙请削己官赎兄罪,获免。后官至尚书右丞,世称王右丞。曾从道光禅师学顿教奉佛,且受禅宗思想影响颇深,以禅悟诗,人称"诗佛"。两《唐书》有传。对音乐、绘画、书法及诗文,无不精擅。其山水田园诗,与孟浩然并称"王孟";工山水画,为南宗之祖。人称"诗中有画,画中有诗"(苏轼《书摩诘蓝田烟雨图》)。其文多骈体,用典精当,语言清新,音韵和谐,叙事抒情说理各臻其妙。其集今存最早版本有宋蜀刻本与建昌本,清赵殿成《王右丞集笺注》较通行。1997年中华书局出版陈铁民《王维集校注》最完备。

山居秋暝

【解题】

此诗约作于诗人晚年隐居辋川时。秋暝:秋天傍晚。诗中描绘秋山晚景优美如画,表达了诗人对纯朴幽静的生活环境的向往。张谦宜《观斋诗谈》誉为"写真境之神品"。颔联为传颂的名句,"极是天真大雅,后人学之,则为小儿语也"(吴乔《围炉诗话》卷三)。颈联绘声绘形,动中写静。尾联"故作蕴藉语,俾轻浅人不得效颦,此诗人身份处也"(叶矫然《龙性堂诗话》初集)。全诗意象鲜明而境界幽静,表现了诗人高洁的品格和对理想的追求。

空山新雨后,天气晚来秋。明月松间照,清泉石上流。竹喧归浣女,莲动下渔舟[1]。随意春芳歇,王孙自可留[2]。

上海古籍出版社《王右丞集笺注》卷七

【注释】

[1]浣（huàn）：洗濯。"竹喧"二句：闻竹林中喧闹，是洗衣女回来；见莲叶摇动，是打鱼船归来。[2]"随意"二句：让春天的芳草随意消歇吧，（秋天的环境依然优美）王孙自然可以留在山中。王孙：公子，此处为诗人自指。《楚辞·招隐士》："王孙游兮不归，春草生兮萋萋。""王孙兮归来，山中兮不可以久留。"此处反用其意。

使至塞上

【解题】

此诗作于开元二十五年（737）。时河西节度副大使崔希逸打败吐蕃，王维以监察御史奉使出塞宣慰，并为幕府判官。诗中描绘出塞时沿途所见景色，景象开阔，气势雄浑。尤其是颈联二句，"直""圆"二字逼真传神，是历代传诵的名句。

单车欲问边，属国过居延[1]。征蓬出汉塞，归雁入胡天[2]。大漠孤烟直，长河落日圆[3]。萧关逢候骑，都护在燕然[4]。

上海古籍出版社《王右丞集笺注》卷九

【注释】

[1]二句意谓单车出使独往边塞慰问，使者来到了居延。属国：秦汉时官名典属国的简称。汉代苏武曾为典属国，唐时遂以"属国"指使臣。居延：汉县名，古址在今甘肃张掖西北。此二句一作"衔命辞天阙，单车欲问边"。[2]二句写景中暗寓行程。意谓蓬草随风远去，出了汉朝的关塞，北归的飞雁进入了胡地上空。[3]二句写塞外独特景色，意谓大沙漠中的一堆烽烟笔直地升入高空，大河上圆圆的红日正在渐渐下落。烽烟乃用狼粪燃烧的，据陆佃《埤雅》云："烟直而聚，虽风吹之不斜。"[4]二句意谓在萧关遇到侦察骑兵，得知都护正在前线仿效当年窦宪刻石纪功。萧关：故关址在今宁夏固原东南。候骑（jì）：侦察骑兵。都护：唐时边疆重镇设都护府，如北庭都护府、安西都护府，长官称都护。燕然：山名，在今蒙古国杭爱山。公元89年，东汉窦宪大破匈奴于此，刻石纪功而返。

送元二使安西

【解题】

此诗作年不详。元二：名不详。使：出使。安西：当时安西都护府治所在今新疆库车附近。《乐府诗集》卷八〇《近代曲辞》收此诗题作《渭城曲》，并云："《渭城》，一曰《阳关》，王维之所作也。本送人使安西诗，后遂被于歌。"刘禹锡《与歌者诗》有"更与殷勤唱《渭城》"，白居易《对酒诗》有"听唱《阳关》第四声"句，《渭城》、《阳关》，均指此诗所谱乐曲。后人又称为《阳关三叠》，苏轼认为即指首句不叠，其他三句都再唱；但多数人认为指末句反复歌唱。此诗虽是送别诗，却没有凄切之态，而是融入了高昂豪迈的时代精神。末句感情真切，意蕴丰富。

渭城朝雨浥轻尘[1]，客舍青青柳色新[2]。劝君更尽一杯酒，西出阳关无故人[3]。

上海古籍出版社《王右丞集笺注》卷一四

【注释】

[1] 渭城：本秦朝都城咸阳，汉高祖元年（前206）改名新城县，七年废，元鼎三年（前114）复置，改名渭城县，因南临渭水得名。治所在今陕西咸阳东北二十里。浥（yì）：通"挹"。湿润。此句意谓渭城的早晨，一场小雨淋湿了地面的尘土。[2] 客舍：旅馆。青青柳色新：一作"依依杨柳春"。[3] 阳关：西汉置，故址在今甘肃敦煌西南古董滩附近，因在玉门关之南，故名。和玉门关同为当时西域交通的门户。出玉门关者为北道，出阳关者为南道。

李白

李白（701—762），字太白，号青莲居士，自称祖籍陇西成纪（今甘肃秦安西北）人，其先人隋末流寓碎叶（今吉尔吉斯斯坦共和国北部托克马克附近），李白即出生于此。中宗神龙元年（705）随家迁居绵州昌隆县（今四川江油）青莲乡。开元十二年（724）出蜀漫游，南穷苍梧，东涉溟海，西入长安，北上太原，先后隐居安陆（今属湖北）与徂徕山（今属山东）。天宝元年（742）奉诏入京，供奉翰林，故世称李翰林。因得罪权贵，被赐金放还。此后漫游梁宋、齐鲁，南游吴越，北上幽燕。安禄山叛乱，志在济世，应召入永王李璘幕。王室内讧，李璘兵败被杀，李白受累入狱，获释不久又被定罪流放夜郎。途中遇赦返回江夏，重游洞庭、皖南。上元二年（761）闻李光弼出镇临淮，仍欲从军报国，半道病还。宝应元年（762）卒于当涂（今属安徽）。生平事迹详见魏颢《李翰林集序》、李阳冰《草堂集序》、范传正《唐左拾遗翰林学士李公新墓碑并序》及两《唐书》本传。清人王琦、黄锡珪有《李太白年谱》。今人詹锳《李白诗文系年》，郁贤皓《李白丛考》，安旗、薛天纬《李白年谱》等考订其生平事迹甚详。其论诗主张天真自然，追求"清水出芙蓉，天然去雕饰"（《赠江夏韦太守良宰》）之境界。其诗感情真挚，形象明朗，"以气为主，以自然为宗，以俊逸高畅为贵"（王世贞《艺苑卮言》卷四）。绝句意境含蓄，韵味深长；乐府名篇多气势磅礴，色彩绚烂，感情激荡，形象雄伟。多用比兴、夸张手法，具有"风雨争飞，鱼龙百变""白云从空，随风变灭"（《唐宋诗醇》卷六）之特色，形成独特之"纵逸"（《河岳英灵集》卷上）风格。其诗文多豪放俊逸，清新自然。贺知章曾称其为"天上谪仙人"，故后人又称"李谪仙"。其文骈散结合，感情奔放，与其诗风近似。其集今存宋蜀刻本，清王琦《李太白文集辑注》（又称《李太白全集》）最为通行。

蜀道难

【解题】

《蜀道难》为乐府旧题，前人之作均为五言短诗，多写入蜀道路之艰险。李白将其衍为杂言长篇。此诗作年、背景与寓意歧说甚多。或谓严武镇蜀，欲害房琯、杜甫，李白作此诗为房、杜危之；或谓此诗乃安禄山叛乱时作，讽玄宗幸蜀之非计。今按，严武镇蜀在肃宗上元二年（761），玄宗幸蜀在天宝十五载（756），而此诗早载于天宝十二载（753）成编之《河岳英灵集》，可证二说之非。宋本李集此诗题下注："讽章仇兼琼也。"今按，兼琼开元末镇蜀，未有据险跋扈之迹，且李白《答杜秀才五松山见赠》诗曾美之，故此说亦未妥。胡震亨《李诗通》卷四谓拟古乐府，不必求一人一时之事实之，顾炎武《日知录》卷二六亦谓"即事成篇，别无寓意"。今人或谓天宝初在京送友人入蜀而作；或谓开元年间首次入京时追求功业无成而作。阴铿《蜀道难》有"蜀道难如此，功名讵可要"句，证知此题原有功名难求之寓意。姚合《送李余及第归蜀》诗云："李白《蜀道难》，羞为无成归。"可证唐人谓李白此诗为功业无成而作。诗中运用夸张、比喻的手法，糅合神话传说，描绘秦地入蜀道路之开拓、险峻，并以飞鸟悲鸣、峭峰飞瀑渲染气氛，又从地理形势写到人事之险恶。全诗三次出现"蜀道之难，难于上青天"之感喟，作为中心线索，层层深入，想象丰富，气势雄伟，为李白代表作之一。贺知章读之未竟，"称叹者数四，号为谪仙"（孟棨《本事诗·高逸》）。殷璠《河岳英灵集》称此诗"奇之又奇，然自骚人以还，鲜有此体调"。

噫吁嚱[1]，危乎高哉！蜀道之难，难于上青天！蚕丛及鱼凫，开国何茫然[2]！尔来四万八千岁，不与秦塞通人烟[3]。西当太白有鸟道，可以横绝峨眉巅[4]。地崩山摧壮士死，然后天梯石栈相钩连[5]。上有六龙回日之高标[6]，下有冲波逆折之回川[7]。黄鹤之飞尚不得过[8]，猿猱欲度愁攀援[9]。青泥何盘盘[10]！百步九折萦岩峦[11]。扪参历井仰胁息[12]，以手抚膺坐长叹[13]。问君西游何时还[14]，畏途巉岩不可攀[15]。但见悲鸟号古木[16]，雄飞雌从绕林间[17]。又闻子规啼夜月，愁空山[18]。蜀道之难难于上青天，使人听此凋朱颜[19]。连峰去天不盈尺[20]，枯松倒挂倚绝壁。飞湍瀑流争喧豗[21]，砯崖转石万壑雷[22]。其险也若此[23]，嗟尔远道之人胡为乎来哉[24]？剑阁峥嵘而崔嵬[25]，一夫当关，万夫莫开。所守或匪亲，化为狼与豺[26]。朝避猛虎，夕避长蛇，磨牙吮血，杀人如麻[27]。锦城虽云乐，不如早还家[28]。蜀道之难，难于上青天，侧身西望长咨嗟[29]！

中华书局《李太白全集》卷三

【注释】

[1] 噫吁嚱（yī xū xī）：古蜀地方言，惊叹声。[2] 蚕丛、鱼凫：传说中古蜀国的两个君主名。扬雄《蜀王本纪》："蜀王之先，名蚕丛、柏灌、鱼凫、蒲泽、开明……从开明上至蚕丛，积三万四千岁。"茫然：混沌不清貌。[3] 尔来：从那时以来。四万八千岁：极言岁月悠久，非实际数字。不与：一作"乃与"，又作"乃不与"。秦塞：秦地，指今陕西西安一带。塞，山川险阻处。通人烟：指互相交往。古蜀国本与中原不相交通，战国时秦惠王灭蜀（前316），蜀地始与秦地交通。[4] 太白：山名，又名太乙，秦岭主峰，在今陕西眉县南，终年积雪，望之皓然，故名太白。因在长安之西，李白立足于长安，故称"西当"。鸟道：仅能容鸟飞过的通道，形容山峰极其高峻。可以：一作"何以"。横绝：横渡，跨越。峨眉：山名，在今四川峨眉县西南；有山峰相对如蛾眉，故名。[5] 地崩山摧壮士死：《华阳国志·蜀志》："秦惠王知蜀王好色，许嫁五女于蜀，蜀遣五丁迎之。还到梓潼，见一大蛇入穴中。一人揽其尾，掣之，不禁。至五人相助，大呼拽蛇，山崩时压杀五人及秦五女并将从，而山分为五岭。"从此秦蜀间才可往

来。天梯：喻高险的山路。石栈：在峭壁上凿石架木筑成的通道，即栈道。相：一作"方"。钩连：衔接。[6] 高标：指蜀道上成为标志的最高峰。此句一作"上有横河断海之浮云"。此句写仰视，极言山高，意谓六龙也只能拖着日神的车转回。据古代神话，日神御者羲和每天赶着六龙所驾之车，载着日神在天空从东到西。[7] 此句写俯视，极言谷深水急。冲波逆折：指激浪冲撞岩石而逆流。回川：回旋的川流。[8] 黄鹤：善于高飞之鸟，即黄鹄，古书中鹤、鹄二字通用。此句一本无"过"字，又一本作"黄鹤之飞兮上不得"。[9] 猿猱（náo）：身体便捷、善于攀援的猿类动物。攀援：或作"攀缘""攀牵""牵率"。[10] 青泥：岭名，《元和郡县志》卷二二兴州长举县："青泥岭在县西北五十三里（今陕西略阳北），接溪山东，即今通路也。悬崖万仞，上多云雨，行者屡逢泥淖，故号为青泥岭。"盘盘：盘旋曲折貌。[11] 百步九折：形容山路曲折盘旋，转弯极多。萦岩峦：环绕着山岩峰峦。[12] 扪（mén）：摸。历：越过。参（shēn）、井：两星宿（xiù）名。古人把天空中星宿的位置与地理区划相对应，并以天象卜地区吉凶，叫做分野。参宿是蜀的分野，井宿是秦的分野。胁息：屏住气不敢呼吸。此句写山高近天。意谓伸手可摸到参宿，抬脚已越过井宿，仰望有屏息之感。[13] 抚膺（yīng）：抚摸胸脯。膺：一作"心"。[14] 问君：一作"征人"。西游：成都在长安西南，故自秦入蜀，可称"西游"。何时：一作"何当"。[15] 畏途：令人害怕的险路。巉（chán）岩：峥嵘高峻的山石。[16] 号古木：在枯树上悲鸣。号：同"嚎"，悲鸣。古木：一作"枯木"。[17] 雌从：一作"从雌"，又作"呼雌"。林间：一作"花间"。[18] 子规：鸟名，即杜鹃，蜀中最多，相传古蜀国王杜宇，号望帝，死后魂魄化为子规，春暮即鸣，夜啼达旦，啼声悲凄，似说"不如归去"。夜月：一本无"夜"字，一作"月落"。此十字或断作五言二句。[19] 朱颜：红颜，指年轻人的容颜。凋朱颜：因惊吓、愁苦而脸色大变。[20] 连峰：连绵的山峰。此句一作"连峰入烟（一作'云'）几千尺。"[21] 飞湍（tuān）：飞溅的急流。瀑流：瀑布。喧豗（huī）：喧闹声。[22] 砯（pīng）：水击岩石声，此处用作动词，撞击。一作"冰"，一作"峻"。此句谓急流撞击山崖，卷动山石，发出的轰响在千山万壑中回荡如雷。[23] 若此：一作"如此"。此句一本无"也"字。[24] 嗟（jiē）：感叹声。胡为：何为，为何。[25] 剑阁：今四川剑阁县东北大剑山、小剑山之间的栈道，为三国时诸葛亮率众所开。后成为秦、蜀间主要通道，为历代戍守要地。唐代于此设剑门关。峥嵘、崔嵬：皆高峻貌。[26] 四句语本晋张载《剑阁铭》："一夫荷戟，万夫趑趄。形胜之地，非亲勿居。"意谓剑阁形势险要，若非亲信防守，一旦叛变，将会发生像豺狼吃人那样的祸患。匪：同"非"。万夫：一作"万人"。匪亲：一作"匪人"。[27] 四句悬想叛乱发生后的情况。猛虎、长蛇：喻据险叛乱者。吮（shǔn）：吸。[28] 锦城：锦官城的简称，故址在今四川成都南。三国蜀汉时管理织锦之官驻此，故名。后人即用作成都的别称。云：一作"言"。一本无此十字。[29] 长咨（zī）嗟：长长地叹息。一作"令人嗟"。

将　进　酒

【解题】

《将进酒》为乐府旧题，属《鼓吹曲·铙歌》。将（qiāng）：请。前人之作多短篇，言饮酒放歌，李白衍为长篇。诗题一作《惜樽空》《惜空酒樽》。前人多谓作于天宝三载（744）赐金放还以后，今人则多谓约开元二十一年（733）于嵩山元丹丘处作。时当李白首次入京失意归来，与《梁园吟》《梁甫吟》《襄阳歌》为同期作品，风格亦同。诗中极言人生短暂，轻视功名富贵，主张及时行乐，反映诗人失意苦闷而故作旷达的心情。全诗语言奔放，气势雄伟。"一往豪情，使人不能句字赏摘。盖他人做诗用笔想，太白但用胸口一喷即是，此其所长。"（严羽评点李集）开头四句及"天生我材必有用，千金散尽还复来"二句为千古赞颂之名句。

君不见黄河之水天上来，奔流到海不复回[1]！君不见高堂明镜悲白发，朝如青丝暮成雪[2]！人生得意须尽欢，莫使金樽空对月[3]。天生我材必有用[4]，千金散尽还复来[5]。烹羊宰牛且为乐，会须一饮三百杯[6]。岑夫子[7]，丹丘生[8]，进酒君莫停[9]。与君歌一曲，请君为我倾耳听[10]。钟鼓馔玉不足贵[11]，但愿长醉不用醒[12]。古来圣贤皆寂寞[13]，惟有饮者留其名。陈王昔时宴平乐，斗酒十千恣欢谑[14]。主人何为言少钱？径须沽取对君酌[15]。五花马[16]，千金裘，呼儿将出换美酒[17]，与尔同销万古愁[18]。

中华书局《李太白全集》卷三

【注释】

[1] 天上来：黄河上源马曲出青海巴颜喀拉山脉雅拉达泽山东麓约古宗列盆地西南缘，古代统称其左右之山为昆仑墟，故有河出昆仑之说。因其地势极高，故诗人以"天上来"形容之。到海不复回：用古乐府《长歌行》"百川东到海，何时复西归"诗意。到：一作"倒"，非。[2] 高堂：一作"床头"。青丝：一作"青云"，喻柔软的黑发。成雪：一作"如雪"。[3] 金樽：酒杯的美称。[4] 此句一作"天生我身必有财"，一作"天生吾徒有俊材"，一作"天生我材必有开"。[5] 千金：一作"黄金"。散尽：李白《上安州裴长史书》："曩昔东游维扬，不逾一年，散金三十余万，有落魄公子，悉皆济之。"[6] 会须：该当。一饮三百杯：用东汉郑玄典故。《世说新语·文学》刘孝标注引《郑玄别传》称，郑玄饮三百余杯，仍不醉。陈暄《与兄子秀书》："郑康成一饮三百杯，吾不以为多。"[7] 岑夫子：当即岑勋，李白另有《酬岑勋见寻就元丹丘对酒相待以诗见招》诗。夫子：尊称。[8] 丹丘生：即元丹丘，李白好友。生：敬称。[9] 一本无此五字，一作"将进酒，杯莫停"。[10] 与君：一作"为君"。倾耳：一本无此二字，一作"侧耳"。[11] 馔（zhuàn）玉：形容食物如玉一般精美。馔：饭食。此句一作"钟鼎玉帛岂足贵"，一作"钟鼎玉帛不足悦"。古时富贵人家用膳时鸣钟列鼎。[12] 不用：一作"不愿"，一作"不复"。[13] 圣贤：一作"贤圣"。寂寞：指身后被人忘却，一作"死尽"。[14] 陈王：曹植曾被封为陈王。昔时：一作"昔日"。平乐：观名。斗酒十千：形容酒美价贵。恣欢谑：纵情寻欢作乐。二句用曹植《名都篇》"归来宴平乐，美酒斗十千"诗意，本为曹植讽刺豪家少年，李白误以为曹植描写自己生活。[15] 径须：只管，直须。沽取：买取。此句一作"且须沽酒共君酌"。[16] 五花马：毛为五色花纹的好马。一说，五花乃修剪马鬃（颈上长毛）为五瓣花。[17] 将出：拿去。[18] 尔：指岑夫子与丹丘生。

黄鹤楼送孟浩然之广陵

【解题】

此诗约作于开元十六年（728）暮春。黄鹤楼：故址在今湖北武汉蛇山黄鹤矶上。相传

 中国古代文学教程

始建于三国吴黄武二年（223），历代屡毁屡建。传说费祎登仙，每乘黄鹤于此憩驾，故号黄鹤楼。孟浩然（689—740）：唐代诗人，李白好友，见《过故人庄》诗"作者小传"。之：往。广陵：今江苏扬州。诗中不仅写尽题面，而且创造出繁花似锦、深情送别场景，"语近情遥，有手挥五弦、目送飞鸿之妙"（《唐宋诗醇》卷六）。后二句写久立江边怅望帆影尽，托出友情之深，意境含蓄，余味无穷。

故人西辞黄鹤楼[1]，烟花三月下扬州[2]。孤帆远影碧空尽，唯见长江天际流[3]。

中华书局《李太白全集》卷一五

【注释】

[1] 故人：旧友，指孟浩然。上年秋冬间李白北游汝海（今河南汝州），途经襄阳，已与孟浩然结识，故此次在黄鹤楼得称"故人"。西辞：黄鹤楼远在广陵之西，故云。[2] 烟花：形容春天繁花若烟的景象。[3] 影：一作"映"。碧：一作"绿"。空：一作"山"。陆游《入蜀记》卷五云："八月二十八日访黄鹤楼址，太白登此楼送孟浩然诗云：'征帆远映碧山尽，唯见长江天际流。'盖帆樯映远山尤可观，非江行久不能知也。"

梦游天姥吟留别

【解题】

诗题一作《别东鲁诸公》。约作于天宝五载（746），时李白结束梁、宋、齐、鲁的漫游，告别东鲁友人，拟再游吴越。天姥（mǔ）：山名，唐代属剡（shàn）县（今属浙江新昌），在县南部，主峰拨云尖海拔817米，孤峭突起，仰望如在天表。诗中首段以瀛（yíng）洲难求反衬天姥可睹，并竭力形容天姥之雄伟，因向往而入梦。次段叙梦境，由显而晦，由晦而显，迷离惝恍，今人多谓象征诗人天宝初供奉翰林时期朝中诱人而可怖之景象。末段点明主旨，由梦游推见世事皆虚幻，以向往自由作结。全诗杂用四言、五言、六言、七言、九言及骚体，信手写来，笔随兴至。幻想奇妙，情怀高旷。"诗境虽奇，脉理极细"（沈德潜《唐诗别裁》）。末二句生动写出诗人之傲岸性格与对自由之向往，为后人所激赏。

海客谈瀛洲，烟涛微茫信难求[1]。越人语天姥，云霞明灭或可睹[2]。天姥连天向天横，势拔五岳掩赤城[3]。天台四万八千丈，对此欲倒东南倾[4]。
我欲因之梦吴越，一夜飞渡镜湖月[5]。湖月照我影，送我至剡溪[6]。谢公宿处今尚在，渌水荡漾清猿啼[7]。脚著谢公屐，身登青云梯[8]。半壁见海日[9]，空中闻天鸡[10]。千岩万转路不定[11]，迷花倚石忽已暝[12]。熊咆龙吟殷岩泉，栗深林兮惊层巅[13]。云青青兮欲雨，水澹澹兮生烟[14]。列缺霹雳，丘峦崩摧[15]。洞天石扉，訇然中开[16]。青冥浩荡不见底，日月照耀金银台[17]。霓为衣兮风为马，云之君兮纷纷而来下[18]。虎鼓瑟兮鸾回车，仙之人兮列如麻[19]。忽魂悸以魄动，恍惊起而长嗟[20]。惟觉时之枕席，失向来之烟霞[21]。
世间行乐亦如此，古来万事东流水[22]。别君去兮何时还[23]？且放白鹿青崖间，须行即骑访名山[24]。安能摧眉折腰事权贵,使我不得开心颜[25]!

中华书局《李太白全集》卷一五

【注释】

[1] 海客:往来海上之人。瀛洲:传说中海上三仙山之一。微茫:隐约渺茫,景象模糊。一作"弥漫"。信:真正,实在。 [2] 越:今浙江绍兴一带。天姥山在唐属越州。语:一作"道"。云霞:一作"云霓"。明灭:时隐时现,忽明忽暗。或可:一作"安可"。 [3] 五岳:指东岳泰山,西岳华山,南岳衡山,北岳恒山,中岳嵩山。赤城:山名,在今浙江天台县北,天台山南,因土色皆赤,状似云霞,望之似雉堞,故名。二句极力形容天姥山高大。意谓天姥山高得与天相连而又随着天横铺绵延开去,其势超出五岳而盖过赤城山。按,天姥山横亘于今新(昌)天(台)公路周围,除主峰拨云尖外,尚有细尖、大尖等峰。 [4] 天台:山名,主峰华顶,在今浙江天台县城东北。四万八千丈:《云笈七签》谓天台山高一万八千丈。倾:倾倒,拜倒。以上都是"越人语天姥"之辞。 [5] 吴越:偏义复词,此处指越地,今浙江绍兴一带。镜湖:在今浙江绍兴会稽山麓,又名鉴湖、长湖、庆湖,今惟城西南尚有一段较宽河道被称为鉴湖,此外,只残存几个小湖。 [6] 剡溪:在今浙江嵊州南,即曹娥江上游诸水,古通称剡溪。 [7] 谢公:指南朝宋代诗人谢灵运,他曾在剡中住宿,游天姥山,其《登临海峤》诗云:"暝投剡中宿,明登天姥岑。高高入云霓,还期那可寻。"渌(lù)水:清水。 [8] 著(zhuó):同"着",穿。一作"穿"。谢公屐(jī):谢灵运游山特制的木屐,底下装有活动的前后齿,上山时去其前齿,下山时去其后齿,以保持身体平衡,减省脚力(见《南史·谢灵运传》)。青云梯:形容山岭石阶高峻入云,如登上天之梯。《文选》卷二二谢灵运《登石门最高顶》诗:"共登青云梯。"刘良注:"仙者因云而升,故曰云梯。" [9] "半壁"句:谓在半山腰就能看到太阳从海面升起。 [10] 天鸡:《述异记》:"东南有桃都山,上有大树,名曰桃都,枝相去三千里,上有天鸡,日初出照此木,天鸡则鸣,天下之鸡皆随之鸣。" [11] 路不定:山路曲折。 [12] "迷花"句:谓正迷恋花草,倚依山石时,天色突然暗了下来。 [13] "熊咆"二句:龙吟熊吼声震山岩泉水,使深林战栗,高山惊惧。咆:咆哮,猛兽吼叫。殷(yǐn):震动。栗:战栗,恐惧。层巅:重叠的山峰。 [14] 澹(dàn)澹:水流动貌。 [15] 列缺:闪电。列:通"裂"。霹雳:雷声。丘峦:小山峰。崩摧:震裂。 [16] 洞天:道教称神仙所居洞府,意谓洞中别有天地。石扉(fēi):一作"石扇",石门。訇(hōng)然:巨响声。中:一作"而"。 [17] 青冥:青色的天空。浩荡:一作"濛鸿",广阔浩大貌。金银台:传说神仙所居的黄金白银筑成的宫阙。 [18] 云之君:云神。屈原《九歌》有《云中君》篇。 [19] 鼓瑟:弹奏弦乐器。鸾回车:神鸟驾车而回。列如麻:形容众多。 [20] 魂悸(jì):心惊跳。恍(huǎng):心神不定貌。长嗟:长叹。 [21] 向来:刚才。烟霞:指梦中所见景象。"惟觉"二句:醒来时只剩下眼前的枕席,失去了刚才梦中的景物。 [22] 亦如此:一作"皆如是"。"世间"二句:自古以来万事万物都像东流水那样一去不还,人世间的欢乐也是如此。 [23] 君:指东鲁的友人们。 [24] 白鹿:传说仙人常乘白鹿。须:待。"且放"二句:姑且在青山中养着白鹿,准备随时骑着去游访名山。 [25] 摧眉折腰:低头弯腰,卑躬貌。事:侍奉。

宣州谢朓楼饯别校书叔云

【解题】

此诗题一作《陪侍御叔华登楼歌》。约作于天宝十二、十三载（753、754）秋。李白于上年在幽州目睹安禄山阴谋叛乱之嚣张气焰后，来到安徽宣州。谢朓（tiǎo）：字玄晖，南朝齐诗人，深受李白敬仰。谢朓楼：又名叠嶂楼、北楼、谢公楼，乃谢朓为宣城太守时所建。校书：校书郎。李白另有《饯校书叔云》诗，作于春天，与此诗写于秋天时间不合。李华为唐代著名文学家，与李白有交往，于天宝十一载迁监察御史，曾出按州县，见两《唐书》本传，时代相符，故此诗题当以《陪侍御叔华登楼歌》为是。诗中抒发年华虚度、无路报国之愤懑感情，盛赞汉代文章、建安风骨及谢朓诗歌之豪情逸兴，末复流露消极出世情绪。感情激荡，章法跳跃多变。开头破空而来，兴发无端，以下衔接转折都显得突兀，出人意料，而又交织得自然妥帖。"抽刀"二句，描写无法摆脱的苦闷心境，用喻精巧贴切，为后人传诵之名句。

  弃我去者，昨日之日不可留；乱我心者，今日之日多烦忧[1]。长风万里送秋雁，对此可以酣高楼[2]。蓬莱文章建安骨[3]，中间小谢又清发[4]。俱怀逸兴壮思飞，欲上青天览明月[5]。抽刀断水水更流，举杯消愁愁更愁[6]。人生在世不称意，明朝散发弄扁舟[7]。

中华书局《李太白全集》卷一八

【注释】

  [1]二句意谓以往岁月已弃我而去，无法挽留，如今岁月却只能使人心烦意乱。[2]二句写眼前秋景正可登楼饱览，开怀畅饮。酣（hān）：畅饮。[3]蓬莱：原指海中仙山，传说仙府幽经秘录均藏此山，故东汉时即称官府藏书处东观为蓬莱。此处"蓬莱文章"即借指汉代文学。建安：东汉末献帝年号（196—220），当时曹操父子和王粲等七子所写诗文，辞情慷慨，语言刚健，后人誉之为"建安风骨"。[4]小谢：指谢朓，因晚于谢灵运，唐人称谢灵运为大谢，称朓为小谢。清发：清丽秀发。《南齐书·谢朓传》："少好学，有美名，文章清丽。"此句谓从汉到唐，中间以谢朓的诗最清新秀发。[5]览：通"揽"，摘取。二句意谓李华和自己，与汉代及建安作家、小谢的精神境界相通，都怀有高雅脱俗的兴致豪情。因而产生飞上青天揽取明月的奇想。[6]消愁：一作"销愁"。更愁：一作"复愁"。二句形容自己的忧愁连续不断，无法排遣。[7]不称意：不称心，不合意。散发：古人平时都束发，用簪子将头发盘在头顶，藏在冠内。去掉冠和抽掉簪子，头发就散落下来，这是不拘礼节的行为。一般隐士都抛弃簪冠，故此处即指隐居不仕。弄扁（piān）舟：指归隐江湖。《史记·货殖列传》："范蠡既雪会稽之耻……乃乘扁舟，浮于江湖。"扁舟：小舟。散发弄扁舟：一作"举棹还沧州"。

月下独酌（选一）

【解题】

  此诗约作于玄宗天宝三载（744）春。时李白供奉翰林，遭小人谗毁，君王疏之，思想极为苦闷。原诗有四首,此为第一首。诗中写花间月夜独饮情景,表面豪放不羁,及时行乐,实则隐含失意孤独之痛苦心情。"举杯邀明月,对影成三人"二句,将月人格化,亦写活影子,使"独"成为"三人",乃千古传诵的名句。沈德潜评曰:"脱口而出,纯乎天籁。"(《唐诗别裁》卷二)

花间一壶酒[1],独酌无相亲。举杯邀明月,对影成三人。月既不解饮,影徒随我身[2]。暂伴月将影[3],行乐须及春。我歌月徘徊,我舞影零乱。醒时同交欢,醉后各分散。永结无情游[4],相期邈云汉[5]。

中华书局《李太白全集》卷二三

【注释】

[1]花间:一作"花下",一作"花前"。[2]三人:指自己、月和影。徒:只。"举杯"四句:孙洙《唐诗三百首》评云:"月下独酌,诗偏幻出三人。月影伴说,反复推勘,愈形其独。"又陶潜《杂诗》有"欲言无余和,挥杯劝孤影"句,此诗或受其启发。[3]将:共,与。[4]无情游:月和影都无感情,故称无情游,与上文月、影不解人事相应。[5]邈:遥远。云汉:天河,高空。此句写诗人想象自己飘然成仙,故与月、影相约在遥远的高空聚会。

望庐山瀑布(选一)

【解题】

此诗作年不详,疑或作于至德元年(756)隐居庐山时。此题共二首,此为第二首,另一首为五古。庐山:在今江西九江南。诗中写庐山瀑布雄伟磅礴的气势,"飞流直下三千尺,疑是银河落九天"二句,空中落笔,直摄瀑布之神,兼传"望"字之理,惊心动魄,千百年来脍炙人口。苏轼曾称此诗为古今咏瀑布之最佳诗篇,其《戏徐凝瀑布诗》云:"帝遣银河一派垂,古来惟有谪仙词。"

日照香炉生紫烟[1],遥看瀑布挂前川[2]。飞流直下三千尺,疑是银河落九天[3]!

中华书局《李太白全集》卷二一

【注释】

[1]香炉:庐山北部著名山峰名,因水汽郁结峰顶,云雾弥漫如香烟缭绕而得名。生紫烟:云雾在阳光照射下呈现的紫色。[2]前川:一作"长川"。以上二句一作"庐山上与星斗连,日照香炉生紫烟"。[3]以上二句形容瀑布落差之大。九天:九重天,天空最高处。一作"半天"。

早发白帝城

【解题】

此诗作于乾元二年(759)三月,时李白流放夜郎,半途遇赦,从白帝城泛舟东下江陵。题一作《白帝下江陵》，一作《下江陵》。白帝城：在今重庆奉节县东白帝山上，东汉初公孙述建，因公孙述自称白帝，故名。江陵：今属湖北。诗中以轻舟瞬息千里之速度衬托遇赦获归时之欢愉心情，诗境流转，回荡有致，千百年来传诵人口。后二句一开一合，"走处仍留，急语仍缓，可悟用笔之妙"（施补华《岘佣说诗》）。

朝辞白帝彩云间[1]，千里江陵一日还[2]。两岸猿声啼不住[3]，轻舟已过万重山[4]。

中华书局《李太白全集》卷二二

【注释】

[1] 彩云间：一则描绘早晨之云彩，一则形容白帝城地势之高，为下句写水势之急张本。[2] 千里：相传白帝城至江陵共一千二百里，此"千里"乃举其成数。[3] 啼不住：一作"啼不尽"。此句化用《水经注·江水》"自三峡七百里中，两岸连山，略无阙处，重岩叠嶂，隐天蔽日；自非亭午夜分，不见曦月。至于夏水襄陵，沿溯阻绝；或王命急宣，有时朝发白帝，暮到江陵，其间千二百里，虽乘奔御风，不以疾也。……每至晴初霜旦，林寒涧肃，常有高猿长啸，属引凄异。空谷传响，哀啭久绝。故渔者歌曰：'巴东三峡巫峡长，猿鸣三声泪沾裳'"文意。[4] 轻舟已过：一作"须臾过却"。

杜甫

杜甫（712—770），字子美，巩县（今河南巩义）人。因其十三世祖杜预乃京兆杜陵（今陕西长安东北）人，故杜甫自称"杜陵布衣"。杜甫曾居长安城南少陵附近，故又自称"少陵野老"，世称"杜少陵"。青年时代曾漫游齐赵、吴越，应试不第，天宝十载（751）献《三大礼赋》，玄宗奇之，命待制集贤院。十四载（755）十月始授河西尉，不受，改授右卫率府兵曹参军。是月安禄山叛乱，次年六月玄宗奔蜀，长安陷落。杜甫在途中被叛军俘回长安。至德二载（757）奔赴凤翔行在，肃宗授左拾遗，故世称"杜拾遗"。乾元元年（758）六月贬华州司功参军。次年七月弃官往秦州（今甘肃天水）、同谷（今甘肃成县），年底达成都，于西郊建草堂居住。宝应元年（762）因避乱又漂泊梓州（今四川三台）、阆州（今四川阆中）。广德二年（764）重回成都，剑南节度使严武聘为参谋，荐为检校工部员外郎，故世称"杜工部"。永泰元年（765）至夔州（今重庆奉节）。大历三年（768）正月出峡至江陵、岳阳，漂泊于江湘。大历五年冬病死于长沙至岳阳的小舟中。其生平事迹详见元稹《唐故工部员外郎杜君墓系铭》及两《唐书》本传。年谱多家，近人闻一多《少陵先生年谱会笺》考订精详。杜诗全面而深刻地反映了当时的社会变化，故后人称为诗史。杜甫在艺术上勤于探索，各体皆精，刻意求工，律法精严，风格"沉郁顿挫"。前人谓杜诗集前代之大成，开后世之先路。其集有宋人王洙编《杜工部集》二十卷，为今存之最早版本。注本有钱谦益《杜诗笺注》、仇兆鳌《杜诗详注》、杨伦《杜诗镜铨》、浦起龙《读杜心解》等。

望 岳

【解题】

杜集《望岳》诗有三首，分咏东岳泰山、南岳衡山、西岳华山。此为望东岳泰山之作，约作于开元二十四年（736）漫游齐赵初经泰山时，为今存最早的一首杜诗。诗写泰山之高峻雄伟，亦写出诗人高远的胸襟。清仇兆鳌《杜诗详注》谓"首联远望之色，次联近望之势，三联细望之景，末联极望之情"，甚有见地。

岱宗夫如何[1]？齐鲁青未了[2]。造化钟神秀[3]，阴阳割昏晓[4]。荡胸生层云[5]，决眦入归鸟[6]。会当凌绝顶[7]，一览众山小[8]！

中华书局《杜诗详注》卷一

【注释】

[1] 此句为自问。岱宗：泰山的尊称。泰山旧谓居五岳之首，为诸山所宗，故称。夫如何：怎么样。[2] 此句为自答。谓在齐鲁境内都能望见泰山的青色；极写泰山之高大，只五字囊括数千里。齐鲁：原是春秋时两个国名，在今山东境内。《史记·货殖列传》："故泰山之阳则鲁，其阴则齐。"后以"齐鲁"作为这一地区的代称。[3] 造化：大自然。钟：汇聚。神秀：神奇秀丽。[4] 阴：山北。阳：山南。此句谓山北山南分割成昏暗和光明。[5] 此句谓望山上云气层叠，心胸为之开豁。[6] 决眦：裂开眼眶，形容张目极视。入归鸟：飞鸟收入眼里。[7] 会当：定要。凌：登。[8] 此句不仅写出泰山雄伟，也表现诗人志向之高远。

自京赴奉先县咏怀五百字

【解题】

此诗作于天宝十四载（755）十一月。时杜甫改任右卫率府兵曹参军（掌管兵库工作）。就任前，离长安到奉先县（今陕西蒲城）探视妻子。途经骊山，正逢唐玄宗与杨贵妃在华清宫避寒作乐。而安禄山已在范阳（今北京）起兵叛乱。杜甫虽未获知消息，但在长安十年对现实社会有深刻体察和认识，途中见到路边冻死的人与统治者的淫乐，从家中幼子的饿死，想到"失业徒""远戍卒"的凄凉，感触极深而写下此诗。全诗可分三段。首段自叙平生忧国忧民的怀抱，"穷年忧黎元"，"葵藿倾太阳"。次段叙途中所见所感。揭露君臣淫乐与人民饥寒的对立。末段叙抵家后的情况，并由自己的苦难推及人民的更为不幸，忧愤感情达到高潮。全诗融咏怀、纪行、叙事、感喟于一体，曲折回环，沉郁顿挫。为杜诗代表作之一。

杜陵有布衣，老大意转拙[1]。许身一何愚，窃比稷与契[2]。居然成濩落，白首甘契阔[3]。盖棺事则已，此志常觊豁[4]。穷年忧黎元，叹息肠内热[5]。取笑同学翁，浩歌弥激烈[6]。非无江海志，潇洒送日月，生逢尧舜君，不忍便永诀[7]。当今廊庙具，构厦岂云缺？

葵藿倾太阳，物性固难夺[8]。顾惟蝼蚁辈，但自求其穴[9]。胡为慕大鲸，辄拟偃溟渤[10]？以兹悟生理，独耻事干谒[11]。兀兀遂至今，忍为尘埃没[12]？终愧巢与由，未能易其节[13]。沉饮聊自遣，放歌破愁绝[14]。

岁暮百草零，疾风高冈裂[15]。天衢阴峥嵘，客子中夜发[16]。霜严衣带断，指直不能结[17]。凌晨过骊山，御榻在嵽嵲[18]。蚩尤塞寒空，蹴踏崖谷滑[19]。瑶池气郁律，羽林相摩戛[20]。君臣留欢娱，乐动殷胶葛[21]。赐浴皆长缨，与宴非短褐[22]。彤庭所分帛，本自寒女出[23]。鞭挞其夫家，聚敛贡城阙[24]。圣人筐篚恩，实愿邦国活[25]。臣如忽至理，君岂弃此物[26]？多士盈朝廷，仁者宜战栗[27]！况闻内金盘，尽在卫霍室[28]。中堂舞神仙，烟雾蒙玉质[29]。暖客貂鼠裘[30]，悲管逐清瑟[31]。劝客驼蹄羹[32]，霜橙压香橘[33]。朱门酒肉臭[34]，路有冻死骨。荣枯咫尺异[35]，惆怅难再述。

北辕就泾渭，官渡又改辙[36]。群冰从西下，极目高崒兀[37]。疑是崆峒来，恐触天柱折[38]。河梁幸未坼，枝撑声窸窣[39]。行旅相攀援，川广不可越[40]。老妻寄异县[41]，十口隔风雪。谁能久不顾？庶往共饥渴[42]。入门闻号咷[43]，幼子饿已卒。吾宁舍一哀，里巷亦呜咽[44]。所愧为人父，无食致夭折[45]。岂知秋禾登，贫窭有仓卒[46]。生常免租税，名不隶征伐[47]。抚迹犹酸辛，平人固骚屑[48]。默思失业徒，因念远戍卒[49]。忧端齐终南，澒洞不可掇[50]！

中华书局《杜诗详注》卷四

【注释】

[1] 杜陵：在长安南郊，秦时设杜县，西汉宣帝葬此，改称杜陵。杜陵东南为汉宣帝许后墓地，称少陵。杜甫远祖晋朝杜预是京兆杜陵人，杜甫亦曾在此一带住过，故常自称"杜陵布衣""少陵野老"。布衣：平民。老大：是年杜甫44岁，因功业无成，故叹息"老大"。意转拙：思想反而变得更为迂笨。此句是从别人看法落笔，实际上是说年龄越老意志更坚定。[2] 许身：自许。一何愚：多么愚蠢。亦从别人看法着笔。窃比：私下自比。稷（jì）：周朝先祖后稷，舜时为农官，教民耕种。契（xiè）：殷朝先祖，舜时为司徒，教化百姓。两人都是舜的贤臣。[3] 居然：竟然。瓠（huò）落：瓠落，大而无当。《庄子·逍遥游》："剖之（大瓠）以为瓢，则瓠落无所容。"此处指无所成就。契（qì）阔：勤苦，此处意谓即使无所成就，自己甘愿勤苦坚持理想到白头。[4] 觊（jì）：通"冀"，希望。豁：通达。"盖棺"二句：死而后已，只要活着就希望实现自己的志向。[5] 穷年：整年。黎元：人民。[6] 翁：原为尊称，此处则有讽刺意味。弥：更。"取笑"二句：越被同学老先生们取笑，自己则更慷慨高歌，坚持理想。[7] 尧舜：传说中古代两位圣明君主，此处喻指唐玄宗。"非无"四句：自己并非没有放浪江海、过自由潇洒日子的志向，只是生逢圣明天子统治的时代，不忍与他诀别避世。[8] 廊庙：朝廷。具：才具，才能，人才。葵：葵花，葵性向日。藿：豆叶，并不向日；此处是偏义复词。夺：改变。"当今"四句：意谓当今朝廷人才济济，治理国家，难道说还缺少人才？只是自己像葵花倾向太阳，本性难以改变。[9] 顾惟：转而一想。蝼蚁辈：比喻追逐私利的小人。求其穴：经营自己的小家。[10] 偃：卧，栖息，遨游。溟渤：大海。[11] 悟：一作误。干谒（gān yè）：向有权势者请托。[12] 兀兀：辛劳穷困貌。忍：怎忍，不甘心。[13] 巢与由：传说中唐尧时代的两个隐士巢父和许由。二句一句一转，意谓自己感到惭愧，不能像巢父和许由那样避世隐居；虽

然如此，但还是不能改变"自比稷与契"的志向。[14] 聊：姑且。自遣：自我排遣。遣：一作"适"。破：一作"颇"。愁绝：愁极。以上为第一段，自抒志向。即题中的"咏怀"。[15] 岁暮：年终。杜甫自长安出发时在十一月。零：凋落。高冈裂：形容烈风似欲将高冈吹裂。[16] 天衢：天空。峥嵘：本形容山的高峻，此处形容高空阴云层叠。客子：诗人自称。中夜发：夜半出发。[17]"霜严"二句：极写严寒，意谓手指在寒风中冻僵了，衣带断了不能结好。[18] 骊山：在长安东六十里，今陕西西安东北部临潼区，山上有温泉，唐建温泉宫，玄宗时改名华清宫。御榻：皇帝的卧具，代指皇帝。嵽嵲（dié niè）：山高貌，此处代指骊山。时唐玄宗和杨贵妃正在骊山华清宫避寒，故称。[19] 蚩尤：传说中上古时代的部落首长，与黄帝作战，兴大雾。此处以蚩尤作为大雾的代称。蹴（cù）蹋：践踏。崖谷滑：因雾气弥漫潮湿，所以山谷地滑。[20] 瑶池：神话传说中西王母所居地方的池名。此处指骊山上的华清池。郁律：温泉蒸气升腾貌。羽林：羽林军，皇帝的卫兵。摩戛（jiá）：摩擦，形容卫兵众多。[21] 乐动：音乐演奏。殷（yǐn）：震动。胶葛：广远貌，指乐声在广阔空间荡漾。[22] 赐浴：玄宗于华清宫置长（cháng）汤屋数十间，赐随从大臣沐浴。长缨：长的冠带，代指亲信大臣。与宴：参加宴会。短褐：平民穿的粗麻衣，代指平民。[23] 彤庭：朝廷。彤：朱红色，朝廷宫殿的涂饰。分帛：分赏给官员的丝织品。寒女：贫寒百姓家的女子。[24] 城阙：指京城。[25] 圣人：指皇帝。筐篚（fěi）：两种竹器，方的称筐，圆的称篚。筐篚恩：用筐篚装着金、帛赏赐大臣的恩宠。邦国活：国家得到很好的治理。[26]"臣如"二句：为臣者如果忽视皇帝"实欲邦国活"的深意，皇帝岂非白白丢掉这些金、帛。[27] 多士：百官。战栗：警惕，恐惧。[28] 内：内府，库藏贡品和珍宝之处。金盘：泛指珍宝。卫霍：汉武帝时外戚卫青、霍去病，此处代指杨国忠兄妹。[29] 神仙：美女。烟雾：形容轻薄的纱罗舞衣。蒙：披盖。玉质：形容舞女洁白的肌肤。[30] 暖：用作动词，使动用法。[31] 管：管乐器，指笙、箫、笳、笛之类，其声悲，故称悲管。瑟：弦乐器之一，其声清，故称清瑟。逐：挨次相和。此句谓管弦乐齐奏动听的乐曲。[32] 劝客：敬客。驼蹄羹：用驼蹄做的带浓汁的肉食，是一种珍贵的美味食品。[33] 霜橙：秋天经霜后成熟的橙子。压：堆积。橙、橘都是南方果品，在北方非常珍贵。以上四句隔句相对。[34] 朱门：红漆大门。指贵族豪富之家。此句是上四句的概括，又与下句形成鲜明对照。[35] 荣：开花，繁荣，指朱门。枯：指冻死骨。咫（zhǐ）：古代长度单位，周制八寸，合今制市尺六寸二分二厘。咫尺：比喻距离极近。此句谓"朱门"与"路"距离极短，却是"荣"与"枯"两个不同世界。[36] 北辕：车子北行。就：靠近。泾渭：二水名，在今陕西境内。官渡：泾水和渭水合流处的渡口，在昭应县（今陕西西安东北）。改辙：车行改道。[37]"群冰"二句：大量冰块从西而下，极目望去像高山那样险峻。崒（zú）兀：高峻貌。[38] 崆峒（kōng tóng）：山名，在今甘肃平凉西。泾渭二水都发源于陇西。天柱折：《淮南子·天文训》："昔者共工与颛顼争为帝，怒而触不周之山，天柱折，地维绝。"此处用神话形容群冰西来有触折天柱之势。[39] 梁：桥。坼（chè）：断裂。枝撑：桥柱。窸窣（xī sū）：象声词，形容桥柱被冰块冲击摩擦而发出的声音。[40]"行旅"二句：行人互相搀扶过桥，河面宽广不易过去。行旅：一作"行李"，行人。[41] 寄异县：寄住在奉先县。[42] 庶：幸，希冀之辞。[43] 号咷（háo táo）：叠韵联绵词，亦作"嚎眺""嚎啕"，放声大哭。[44]"吾宁"二句乃倒装句，意谓里巷人亦为我流泪，我岂能舍弃感情而不悲痛？[45] 夭折：短命早死。[46] 秋禾登：秋熟的谷物登场。贫窭（jù）：贫穷。仓卒（cù）：发生意外事故。[47]"生常"二句：谓自己生平能享受免租税、免征役的特权。按，唐代前期实行租庸调（diào）法和府兵制，规定官员家庭可免租税和兵役,杜甫家世代做官,按例能享受此特权。[48]"抚迹"二句:意谓思量自己的遭遇尚且如此辛酸,平民百姓没有特权当然会更加凄凉。抚迹:思量自己的经历遭际。平人:平民,避唐太宗李世民讳而改。骚屑:联绵词,犹萧瑟,凄凉。[49]失业徒:失去产业的人。唐初实行均田制,十八岁以上的丁男给田一顷,其中十分之二为永业田。玄宗末年,均田制遭到破坏,地主兼并的结果,使许多人失去了永业田,变成无产业之人。远戍卒:到边远地区防守的士兵。[50]终南:山名,在长安南。顽洞(hòng tóng):叠韵联绵词,弥漫无际貌。掇(duō):收拾。"忧端"二句:意谓千头万绪的忧愁与终南山一样高,像广漠无边的大水那样不可收拾。

春 望

【解题】

此诗作于肃宗至德二载(757)三月,时杜甫身陷安禄山叛军占领的长安。当时长安被叛军烧杀劫掠,由繁华变成荒凉。全诗以景托情,移情于景,对危难的国家和隔绝的家人表示深刻的忧虑和思念。

国破山河在[1],城春草木深[2]。感时花溅泪[3],恨别鸟惊心[4]。烽火连三月[5],家书抵万金[6]。白头搔更短,浑欲不胜簪[7]。

中华书局《杜诗详注》卷四

【注释】

[1]国破:指长安沦陷。古人称京都为国。山河在:山河依旧。[2]此句意谓春天的京城,草木长得很茂盛。暗示居民多已逃亡,人烟稀少,故杂草丛生。[3]时:时局。此句意谓诗人感伤时局危殆,觉得花上的露水也是为时局飞洒的眼泪。[4]此句意谓诗人怅恨与家人隔绝,觉得鸟儿的鸣叫声也似怅恨离别而心惊。[5]烽火:指战争,古代边防军发现敌人进犯即燃起烟火报警,称烽火。三月,指时间很久。[6]家书:亲人的消息。其时杜甫家属在鄜(fū)州(今陕西富县),不通音信。抵万金:值万金。极言其难得可贵。[7]短:少。浑欲:简直要。胜(shèng):禁受。簪(zān):古人用来固定发髻或连冠于发的一种长别针。二句意谓白发越搔越少,简直不能插簪子。

春 夜 喜 雨

【解题】

此诗作于上元二年(761)春,时杜甫闲居成都草堂,生活较安定。诗中写春夜细雨润物的喜悦心情。通篇未着"喜"字,但"喜意都从罅缝里迸透"(浦起龙《读杜心解》)。首联用拟人手法,颔联从听觉写,颈联从视觉写,尾联写翌晨繁花以补"润物"的作用,层次井然。诗中"知""乃""潜""细""俱""独""湿""重"等字,都可看出杜诗的炼字工夫。

好雨知时节，当春乃发生[1]。随风潜入夜，润物细无声[2]。野径云俱黑，江船火独明[3]。晓看红湿处，花重锦官城[4]。

中华书局《杜诗详注》卷一〇

【注释】

[1] 二句意谓"好雨"似乎知道季节的需要，当春天农作物正需要雨水时，而雨就及时到来了。乃：就。发生：指下雨，与"春"双关。《尔雅·释天》："春为发生。"[2] 二句从听觉极写小雨绵绵之状，不为人所察觉，意谓雨随着风偷偷地在夜间飘洒，滋润着万物却细小而无声。[3] 二句从视觉极写小雨不为人看到之状，意谓田野小路和天上乌云都一片黑，只有江船上的一盏灯火独自发出一点光亮。[4] 二句意谓次日早晨看到的是锦官城中一片湿润而格外鲜艳的红花。重（zhòng）：指雨后红花分外湿润鲜艳。锦官城：即成都。详见李白《蜀道难》注[28]。

闻官军收河南河北

【解题】

此诗作于广德元年（763）春。时杜甫在梓州（今四川三台），闻叛军最后一个首领史朝义（史思明之子）自缢，其部将李怀仙斩其首来献，河南、河北各地全部收复。于是，延续了八年之久的安史之乱终于平定，杜甫欣喜欲狂，写下这"生平第一首快诗"（浦起龙《读杜心解》卷四）。官军：指唐朝军队。河南河北：唐代河南道、河北道，指今河南、山东、河北一带。诗中描写初闻捷报破愁为喜，喜极而泣，继而放歌纵酒之情态，跃然纸上，逼真如画。全诗一气呵成，爽朗明快，一扫杜诗一贯的沉郁之气。王嗣奭云："此诗句句有喜跃意，一气流注，而曲折尽情，绝无妆点，愈朴愈真，他人决不能道。"（仇兆鳌《杜诗详注》引）

剑外忽传收蓟北[1]，初闻涕泪满衣裳[2]。却看妻子愁何在[3]，漫卷诗书喜欲狂[4]。白日放歌须纵酒[5]，青春作伴好还乡[6]。即从巴峡穿巫峡，便下襄阳向洛阳[7]。

中华书局《杜诗详注》卷一一

【注释】

[1] 剑外：剑南，剑门关（剑阁）以南，指蜀中。蓟（jì）北：今河北北部地区，安史叛军的根据地。[2]"初闻"句：初闻此意外喜讯，因极度高兴激动而泪流满衣。[3] 却看：还看，再看。却：副词，还，且。表示轻微的转折。愁何在：哪儿还有忧愁，愁已不知何处去。[4] 漫卷诗书：随便地卷起书籍。[5] 白日：明朗的阳光。放歌：放声歌唱。[6] 青春：春天。作伴：指风和景明可助行色。[7] 即：就。巴峡：四川东北部巴江诸峡。巫峡：在今重庆巫山东，三峡之一。"即从"二句预想还乡路线：由水路出峡东下，再由襄阳回到洛阳。句末原注："余有田园在东京。"东京即指洛阳。

登 高

【解题】

此诗作于大历二年（767）秋。是年九月初九重阳节，杜甫在夔州登高远眺，看到秋色萧瑟，想到自己衰老多病，悲从中来，乃赋此诗。诗的前半写景，景中寓情，烘托孤独悲凉的心境；后半咏怀，即景抒情，慨叹飘落异乡的悲苦境遇。颔联"无边落木萧萧下，不尽长江滚滚来"二句，写景传神，境界壮阔，为历来传诵之名句。颈联二句层次丰富，感情复杂，语言凝练，亦为前人所激赏。全诗充满沉郁悲凉气氛，律对精工而不露痕迹，胡应麟《诗薮》内编卷五推此诗为"古今七言律第一"。

风急天高猿啸哀，渚清沙白鸟飞回[1]。无边落木萧萧下[2]，不尽长江滚滚来。万里悲秋常作客，百年多病独登台[3]。艰难苦恨繁霜鬓，潦倒新停浊酒杯[4]。

中华书局《杜诗详注》卷二〇

【注释】

[1] 猿啸哀：巫峡多猿，鸣声甚哀。渚：水中小洲。回：回旋。[2] 落木：落叶。萧萧：象声词，形容落叶声。[3] 万里：离家万里。杜甫自安史之乱后不久离开长安、洛阳，一直至死未曾回去。百年：一生。[4] 艰难：指时局危难。苦恨：极恨。繁霜鬓：增多了如霜白发。潦倒：衰颓困顿。诗人因病而不得不停止饮酒，心境更为凄凉。

岑参

岑参（717—770），江陵（今属湖北）人，郡望南阳（今属河南）。天宝五载（746）进士及第。曾任右内率府兵曹参军。两次出塞，为安西（今新疆库车）、北庭（今新疆吉木萨尔）节度使幕府掌书记、节度判官。肃宗时历任右补阙、起居舍人、虢（guó）州长史等职。代宗大历二年为嘉州刺史，世称"岑嘉州"。后客死成都。因"累佐戎幕，往来鞍马烽尘间十余载，极征行离别之情。城障塞堡，无不经行"（《唐才子传》），故其诗多描写边地奇异壮丽风光及戎马生涯，颇具奇情壮采，与高适同为盛唐边塞诗派代表诗人。其七言歌行雄奇豪纵，五言山水诗清峻奇逸。有《岑嘉州集》。今人陈铁民、侯忠义有《岑参集校注》。

白雪歌送武判官归京

【解题】

此诗约作于天宝十三载（754），此年岑参入安西北庭节度使封常清幕为节度判官，武判官当是岑参的前任，名不详。岑参在轮台（今新疆米泉）送他回京，写了此诗。全诗将咏雪与送别紧密结合，分别写送别前、饯别时、送行时、送别后之雪景，层次分明，气象万千。"忽如一夜春风来，千树万树梨花开"，将塞外雪景写得如此明丽美好，充分展现出诗人豪迈乐观的情绪和开阔的胸襟,成为千古传诵的名句。

北风卷地白草折,胡天八月即飞雪[1]。忽如一夜春风来,千树万树梨花开[2]。散入珠帘湿罗幕,狐裘不暖锦衾薄[3]。将军角弓不得控,都护铁衣冷难着[4]。瀚海阑干百丈冰,愁云惨淡万里凝[5]。中军置酒饮归客,胡琴琵琶与羌笛[6]。纷纷暮雪下辕门[7],风掣红旗冻不翻[8]。轮台东门送君去,去时雪满天山路[9]。山回路转不见君,雪上空留马行处。

《四部丛刊》影明本《岑嘉州诗》卷二

【注释】

[1] 白草:牧草,干熟时色白,故名。胡天:指胡人地域的天空。[2] "忽如"二句:形容塞外飞雪如春天盛开的梨花。[3] 狐裘:狐皮袍子。衾(qīn):被子。[4] 角弓:以兽角装饰的硬弓。不得控:因手冻僵而拉不开。都护:官名,唐设安西、北庭等大都护府,长官称"都护"。铁衣:铁甲。着:穿。[5] 瀚海:大沙漠。阑干:纵横散乱貌。百丈:极言冰层之厚。惨淡:阴暗无光。[6] 中军:古代分兵为中、左、右三军,中军为主帅亲率的军队。此处指主帅的营帐。归客:指武判官。羌笛:古谓笛出于西北地区羌部族。[7] 辕门:古代乘车作战,行军扎营时,用车环卫,出口处以两车的辕相向竖起,成一半圆形的门,故称辕门。后来习惯称军营正门为辕门。[8] 掣(chè):牵引,拉扯。翻:飘扬。此句谓红旗被冰冻住不能飘动。虞世基《出塞》诗:"霜旗冻不翻。"[9] 天山:在今新疆境内。

张继

张继(?—779?),字懿孙,襄州(今湖北襄阳)人。天宝十二载(753)登进士第。安史乱起,避地江左。大历四年(769)以检校祠部员外郎出任转运使判官,分掌财赋于洪州。约卒于大历末。刘长卿有《哭张员外继》诗。事迹散见《新唐书·艺文志四》、《唐诗纪事》卷二五、《唐才子传》等。其诗据高仲武《中兴间气集》卷下称"秀发当时","诗体清迥","比兴深矣"。今存诗三十多首。

枫 桥 夜 泊

【解题】

此诗作年不详。题一作《夜宿松江》。泊:停船靠岸。枫桥:在今江苏苏州西郊。诗中写江南水乡秋夜之幽静和旅人的愁绪。四句均写景物,融情入景。绘声绘色,极为高妙。使本为寻常的枫桥和寒山寺成为著名胜迹。

月落乌啼霜满天,江枫渔火对愁眠[1]。姑苏城外寒山寺[2],夜半钟声到客船[3]。

中华书局《全唐诗》卷二四二

【注释】

[1] "江枫"句:旅人因客愁不能成眠,与江边的枫树、渔舟的火光终夜相对。[2] 姑苏:

中国古代文学教程

苏州的别称。寒山寺：在今苏州西郊枫桥边。相传因唐朝诗僧寒山曾经住此而得名。[3] 夜半钟声：唐时佛寺习惯于夜半打钟，名为"无常钟"，屡见于诗人吟咏。

韦应物

韦应物（737—792?），京兆万年（今陕西西安）人。出身关中望族，天宝十载（751）以门荫入宫为玄宗侍卫，颇任侠使气，生活放浪。安史叛军入长安，失职流落。后折节读书。广德元年（763）为洛阳丞，不久弃官闲居。后又历任京兆府功曹、摄高陵宰，转鄠（hù）县令、栎（yuè）阳令，德宗时为比部员外郎、滁州刺史、江州刺史、左司郎中、苏州刺史。人称韦左司、韦江州、韦苏州。其诗题材广泛，以田园诗最著名。诗风高雅闲淡，后人以之与陶潜并称"陶韦"。有《韦苏州集》。

滁州西涧

【解题】

此诗作于德宗建中四年（783）后任滁州刺史时。滁州：今属安徽。西涧：在滁州城西。韦应物在滁州时常至西涧游息，诗中多咏及。但欧阳修《书韦应物西涧诗后》称州城之西不见涧水，可知北宋时此涧已淤塞。诗中描写西涧景色之美，尤其是后二句描绘雨后荒郊的幽静，清丽如画，后人多仿效其语意写出新诗。

独怜幽草涧边生[1]，上有黄鹂深树鸣[2]。春潮带雨晚来急，野渡无人舟自横[3]。

《四部丛刊》影明本《韦江州集》卷八

【注释】

[1] 怜：爱。[2] 黄鹂：黄莺。深树：树丛深处。[3] 横：横着，此指飘浮。

孟郊

孟郊（751—814），字东野，湖州武康（今浙江德清）人。少隐嵩山，德宗贞元十二年（796）登进士第，时年近五十，十六年任溧阳县（今属江苏省）尉，后辞官归里。宪宗元和元年（806），河南尹郑余庆辟为水陆转运从事、试协律郎，后又聘为山南西道节度参谋、试大理评事，赴任途中卒。友人张籍私谥为贞曜先生。生平详见韩愈《贞曜先生墓志铭》及两《唐书》本传。今人华忱之校订《孟东野诗集》末附孟郊年谱、遗事辑录，较完备。其诗与韩愈齐名，称"韩孟诗派"。韩愈称其诗"横空盘硬语，妥帖力排奡"（《荐士》）。与贾岛诗有相似处，有"郊寒岛瘦"之称（苏轼《祭柳子玉文》）。

游 子 吟

【解题】

此诗题下诗人自注云:"迎母溧上作。"当作于贞元十六年任溧阳尉时。吟:诗体的名称,歌吟体。诗中以母亲为游子缝衣的平常事,热情歌颂母爱的伟大,末以比喻作结,含蓄深刻,使此诗成为家喻户晓、传诵千古的名诗。诗风清新自然,有民歌风味,与孟郊其他刻意雕琢之诗不同。

慈母手中线,游子身上衣。临行密密缝,意恐迟迟归。谁言寸草心[1],报得三春晖[2]?

《四部丛刊》影明本《孟东野诗集》卷一

【注释】

[1] 寸草:比喻非常微小。[2] 三春晖:三春,指春天的孟春、仲春、季春;晖,阳光;形容母爱如春天和煦的阳光。

韩愈

韩愈(768—824),字退之,河阳(今河南孟州)人。自谓郡望昌黎(今属河北),后人因称韩昌黎。幼孤,由兄嫂养育。贞元八年(792)登进士第。历任节度推官、监察御史等职;贬阳山令,量移江陵府法曹参军。元和元年(806)召拜国子博士。元和十二年(817)从裴度征淮西有功,升任刑部侍郎。后因谏宪宗迎佛骨,贬潮州刺史。穆宗即位,召拜国子祭酒。后任吏部侍郎、京兆尹等职。长庆四年(824)十二月卒于长安。谥号文。后人称"韩吏部""韩文公"。两《唐书》有传。生平详见皇甫湜《昌黎先生墓志铭》及李翱《韩公行状》。韩愈以儒家道统继承者自居,以排斥佛老为己任。在文学上大力提倡古文,反对骈偶文风,影响极大。与柳宗元同为当时文坛主将,并称"韩柳"。其散文"文从字顺","词必己出"。宋苏轼称其"文起八代之衰,而道济天下之溺"(《潮州韩文公庙碑》)。其诗长于铺陈,好发议论,以古文章法句式为诗,风格奇崛雄伟,亦时有怪诞、滞涩之弊。与孟郊齐名,后人称为"韩孟诗派"。其近体诗则多亲切自然之作。赵翼《瓯北诗话》卷三云:"昌黎自有本色,乃在文从字顺中自然雄厚博大。"叶燮《原诗》内篇云:"韩愈为唐诗之一大变,其力大,其思雄,崛起特为鼻祖。宋之苏、梅、欧、苏、王、黄,皆愈为之发其端,可谓极盛。"今有南宋末廖莹中世䌽堂本《昌黎先生集》,诗文合编。今人钱仲联《韩昌黎诗系年集释》集前注之大成。

左迁至蓝关示侄孙湘

【解题】

此诗作于元和十四年(819)。时韩愈因谏迎佛骨,得罪宪宗,被贬为潮州(今广东潮州）刺史。出长安经蓝关时，逢其侄孙韩湘来陪他同行而作此诗。左迁：降职。蓝关：蓝田关，即峣（yáo）关，故址在今陕西商州西北，因临峣山得名。北周武成元年（559）移置青泥故城（今陕西蓝田）侧，改名青泥关；建德二年（573）又改名蓝田关，因蓝田县得名。隋大业元年（605）徙回故址。侄孙湘：韩湘是韩愈侄韩老成之子。诗中抒写为国除弊而遭贬职的愤慨，但表示此志不改的决心，同时又显示诗人眷恋朝廷和思念家人的心情，尾联交代后事，沉痛而悲壮。全诗气势磅礴，沉郁顿挫，学杜而有自己的面目。尤其是颈联二句情景交融，迁谪之感与恋阙之情结合，历来为人们所传诵。

一封朝奏九重天，夕贬潮州路八千[1]。欲为圣明除弊事[2]，肯将衰朽惜残年[3]！云横秦岭家何在？雪拥蓝关马不前[4]。知汝远来应有意，好收吾骨瘴江边[5]。

上海古籍出版社《韩昌黎诗系年集释》卷十一

【注释】

[1] 九重天：指朝廷、皇帝。潮州：一作"潮阳"。二句意谓早上向皇帝上了一封奏章，傍晚就被贬谪到八千里路以外的潮州。[2] 圣明：英明的君主。除弊事：指宪宗迎佛骨事。[3] 此句意谓岂能爱惜自己衰朽的残年！肯：岂。[4] 二句意谓回望终南山，云横而不见家，亦不见长安；大雪拥盖蓝关，马不能前行。秦岭：指终南山。[5] 此句用《左传·僖公三十二年》记蹇叔哭师时谓其子语："必死是间，余收尔骨焉。"瘴（zhàng）江：冒着瘴气（指南方山林间湿热蒸郁致人疾病的水汽）的江水。

白居易

白居易（772—846），字乐天，晚年号香山居士，又号醉吟先生。下邽（今陕西渭南北）人。德宗贞元十六年（800）登进士第，十九年登书判拔萃科，为秘书省校书郎。宪宗元和元年（806）中"才识兼茂明于体用科"，为盩厔（今陕西周至）尉。次年自集贤校理充翰林学士，后历左拾遗、京兆府户曹参军，仍充翰林学士。守母丧服阕，为左赞善大夫，元和十年被贬江州（今江西九江）司马，后转任忠州（今重庆忠县）刺史。穆宗时，历任司门员外郎、主客郎中知制诰、中书舍人，出为杭州刺史。敬宗时自太子左庶子分司东都，出为苏州刺史。文宗时为秘书监及刑部侍郎，又以太子宾客分司东都，后又为河南尹、太子宾客、太子少傅。武宗会昌二年（842）以刑部尚书致仕，六年八月卒，谥文。世称"白少傅""白文公"。其生平详见李商隐《唐刑部尚书致仕白公墓碑铭》及两《唐书》本传，今人朱金城《白居易年谱》较详备。其诗早年与元稹齐名，称"元白"；晚年与刘禹锡齐名，称"刘白"。写作《新乐府》，提倡"文章合为时而著，歌诗合为事而作"，要求诗歌能"补察时政"，"泄导人情"（《与元九书》），做到"辞质而径""言直而切""事核而实""体顺而肆"（《新乐府序》）。自分其诗为讽谕、闲适、感伤、杂律四类。其志在兼济的讽谕诗以《新乐府》、《秦中吟》为代表，深刻地反映了唐代中期社会矛盾，至今仍有现实意义。感伤诗以《长恨歌》、《琵琶行》最为生动感人。闲适诗与杂律诗多为诗酒酬唱、吟咏情性和描写自然风光之作。其诗歌总体风格为通俗浅易，以老妪能解见称。今人朱金城有

《白居易集笺校》。

长 恨 歌

【解题】

　　此诗作于元和元年（806），时白居易任盩厔县尉，与友人陈鸿、王质夫言及唐玄宗与杨贵妃事，遂作此诗，陈鸿为之作《长恨歌传》。诗中先写玄宗专宠杨贵妃，安禄山的叛乱打破了他们的享乐生活；次写杨贵妃之死和玄宗对她的思念；末写方士传递消息，重申生死不渝的爱情。作者既有揭露和讽刺，又对此悲剧寄予同情。全诗叙事与抒情紧密结合，形象鲜明生动，感情缠绵悱恻，描写细腻传神，因而具有巨大的艺术魅力。

　　汉皇重色思倾国，御宇多年求不得[1]。杨家有女初长成，养在深闺人未识。天生丽质难自弃，一朝选在君王侧[2]。回眸一笑百媚生，六宫粉黛无颜色[3]。春寒赐浴华清池，温泉水滑洗凝脂[4]。侍儿扶起娇无力，始是新承恩泽时[5]。云鬓花颜金步摇[6]，芙蓉帐暖度春宵。春宵苦短日高起，从此君王不早朝[7]。承欢侍宴无闲暇，春从春游夜专夜[8]。后宫佳丽三千人[9]，三千宠爱在一身。金屋妆成娇侍夜，玉楼宴罢醉和春[10]。姊妹弟兄皆列土[11]，可怜光彩生门户[12]。遂令天下父母心，不重生男重生女[13]。骊宫高处入青云，仙乐风飘处处闻[14]。缓歌慢舞凝丝竹，尽日君王看不足[15]。渔阳鼙鼓动地来，惊破《霓裳羽衣曲》[16]。
　　九重城阙烟尘生[17]，千乘万骑西南行。翠华摇摇行复止，西出都门百余里[18]。六军不发无奈何，宛转蛾眉马前死[19]。花钿委地无人收，翠翘金雀玉搔头[20]。君王掩面救不得，回看血泪相和流。黄埃散漫风萧索，云栈萦纡登剑阁[21]。峨嵋山下少人行，旌旗无光日色薄[22]。蜀江水碧蜀山青，圣主朝朝暮暮情。行宫见月伤心色，夜雨闻铃肠断声[23]。
　　天旋日转回龙驭，到此踌躇不能去[24]。马嵬坡下泥土中，不见玉颜空死处[25]。君臣相顾尽沾衣，东望都门信马归[26]。归来池苑皆依旧，太液芙蓉未央柳[27]。芙蓉如面柳如眉，对此如何不泪垂？春风桃李花开日，秋雨梧桐叶落时。西宫南内多秋草，落叶满阶红不扫[28]。梨园弟子白发新，椒房阿监青娥老[29]。夕殿萤飞思悄然，孤灯挑尽未成眠[30]。迟迟钟鼓初长夜，耿耿星河欲曙天[31]。鸳鸯瓦冷霜华重，翡翠衾寒谁与共[32]？悠悠生死别经年，魂魄不曾来入梦。
　　临邛道士鸿都客，能以精诚致魂魄[33]。为感君王展转思，遂教方士殷勤觅[34]。排云驭气奔如电，升天入地求之遍[35]。上穷碧落下黄泉[36]，两处茫茫皆不见。忽闻海上有仙山，山在虚无缥缈间[37]。楼阁玲珑五云起，其中绰约多仙子[38]。中有一人字太真，雪肤花貌参差是[39]。金阙西厢叩玉扃，转教小玉报双成[40]。闻道汉家天子使，九华帐里梦魂惊[41]。揽衣推枕起徘徊，珠箔银屏迤逦开[42]。云髻半偏新睡觉[43]，花冠不整下堂来。风吹仙袂飘飘举，犹似霓裳羽衣舞[44]。玉容寂寞泪阑干[45]，梨花一枝春带雨[46]。含情凝睇谢君王[47]："一别音容两渺茫。昭阳殿里恩爱绝，蓬莱宫中日月长[48]。回头下望人寰处[49]，不见长安见尘雾。唯将旧物表深情，钿合金钗寄将去[50]。钗留一股合一扇，钗擘黄金合分钿[51]。但教心似金钿坚，天上人间会相见。"临别殷勤重寄词，词中有誓两心知[52]。七月七日长生殿[53],夜半无人私语时。"在天愿作比翼鸟,在地愿为连理枝[54]。"天长地久有时尽,此恨绵绵无绝期[55]!

上海古籍出版社《白居易集笺校》卷一二

【注释】

[1] 汉皇:本指汉武帝,借指唐玄宗。重色:爱好女色。倾国:绝代美女。《汉书·外戚传》记载李夫人兄李延年曾在汉武帝前歌云:"北方有佳人,绝世而独立。一顾倾人城,再顾倾人国。宁不知倾城与倾国,佳人难再得。"后遂以"倾国"喻美女。御宇:治理天下。[2]"杨家"四句乃诗人曲笔为帝王讳。杨贵妃(719—756)名玉环,是蜀州司户杨玄琰的女儿,幼时为叔父杨玄珪抚养。开元二十三年(735)册封为寿王(玄宗子李瑁)妃。后被玄宗看中,开元二十八年(740)让她出家为女道士,住太真宫,改名太真。天宝四载(745),册封为贵妃。[3] 六宫:后妃所住宫殿的总称。粉黛:本为女子敷面画眉的化妆品,此处代指女子。无颜色:与杨贵妃相比显得不美。[4] 华清池:温泉浴池名,在今陕西西安临潼区南骊山西北麓。唐太宗贞观时始于此建汤泉宫,高宗咸亨时改名温泉宫,开元中更为扩建,天宝六载(747)始名华清宫,温泉池也改名华清池。凝脂:形容杨贵妃皮肤白嫩柔滑光润如同凝结的脂膏。[5] 新承恩泽:开始得到皇帝的恩宠。[6] 云鬓花颜:乌云似的浓密头发,花朵似的容颜。步摇:一种首饰名称,用金银丝宛转屈曲制成花枝形状,上缀五彩珠玉以垂下,插在发髻上,行则摇动。[7] 不早朝:皇帝每天清晨就要在朝廷会见群臣议事,称"早朝","不早朝"指耽于女色,不再清早见群臣议事。[8] 专夜:每夜都专门由杨贵妃一人陪侍。[9] 后宫:后妃所居宫室。[10] 金屋:汉武帝幼时,曾对姑母长公主说:"若得阿娇(武帝姑母长公主的女儿)作妇,当作金屋贮之也。"后多用以借指宠妃所居之屋。玉楼:华丽的高楼。醉和春:醉态洋溢着春意。[11] 此句指杨贵妃一家都受宠分封。杨玉环册封为贵妃后,其大姊封韩国夫人,三姊封虢国夫人,八姊封秦国夫人。堂兄杨铦官鸿胪卿,杨锜官侍御史,杨钊赐名国忠,天宝十一载(752)为右丞相,封魏国公。列土:裂土,分封土地。[12] 可怜:可羡。[13] 遂令:就使。"遂令"二句乃依当时歌谣改写,据《长恨歌传》记载,当时社会上流传着两首歌谣:"生女勿悲酸,生男勿喜欢。""男不封侯女作妃,看女却为门上楣。"[14] 骊宫:即骊山华清宫。仙乐:指唐玄宗和杨贵妃所奏乐曲。[15] 缓歌慢舞:形容杨贵妃表演《霓裳羽衣曲》时的歌声和舞姿。凝丝竹:谓歌舞紧扣管弦乐器的节奏。看不足:看不厌。[16] 渔阳:即蓟州,天宝元年(742)改为渔阳郡,治所在今天津蓟县,当时属范阳节度使安禄山管辖。用渔阳而不写范阳,乃暗用东汉彭宠据渔阳反汉典故。鼙(pí)鼓:军中所用小鼓,此处指战争。《霓裳羽衣曲》:唐代宫廷著名舞曲,原为西域乐舞《婆罗门曲》,为开元中凉州节度使杨敬述所献,经玄宗润色、改名。二句写天宝十四载(765)冬安禄山叛乱。[17] 九重城阙:指京城长安,皇宫有九道门,称九重。烟尘生:指车马奔走扬起的尘灰。"九重"二句写天宝十五载(756)六月安禄山破潼关后,唐玄宗带了杨贵妃等离开长安往西南逃向成都。[18] 翠华:皇帝仪仗队中用翠鸟羽毛装饰的旗帜,代指皇帝车驾。"翠华"二句:意谓皇帝的车驾摇摇摆摆行走到离长安百余里的马嵬驿(在今陕西兴平)又停止了。[19] 六军:指扈从皇帝的禁卫军,古代天子有六军,但唐玄宗时实际上只有左右龙武军、左右羽林军四军。不发:不肯继续向西行进。宛转:缠绵多情,依依动人貌。蛾眉:美女的代称,指杨贵妃。马前死:死于兵变之中。"六军"二句写大将军陈玄礼率领的护卫军不肯西行,发生兵变,先杀宰相杨国忠,又逼玄宗缢死杨贵妃。[20] 花钿(diàn):

金玉制成的花朵形首饰。委:抛弃。翠翘:形似翠鸟尾的首饰。金雀:雀形的金钗。玉搔头:玉簪,因汉武帝曾取李夫人头上的玉簪搔头,故名。[21] 云栈:高耸入云的栈道。萦纡:曲折回旋。剑阁:见前李白《蜀道难》注[25]。[22] 峨眉山:在今四川峨眉山市境内。玄宗从长安到成都就停止,并未经过峨眉山,此处只是泛指蜀中之山。日色薄:日光暗淡。"峨眉"二句渲染悲凉气氛。[23]"蜀江"四句写玄宗对杨贵妃的思念。行宫:皇帝出行在外居住的宫室。夜雨闻铃:郑处诲《明皇杂录补遗》记载:"(明皇)于栈道雨中闻铃,音与山相应,上既悼念贵妃,采其声为《雨霖铃》曲,以寄恨焉。"[24] 天旋日转:比喻政治局势好转,指肃宗至德二载(757)收复长安和洛阳。回龙驭:皇帝的车驾回来,指玄宗由成都回长安。到此:到马嵬坡。踌躇:徘徊。[25]"不见"句:不见杨贵妃的玉颜,空见她的死处。[26] 沾衣:泪落衣衫。信马归:形容无精打采地让马随意地行去。[27] 太液:池名,唐太液池在长安城东北面的大明宫内,今西安北郊含元殿遗址北一里处。芙蓉:荷花。未央:汉宫名,此处借指唐宫。[28] 西宫:指太极宫,在大明宫西。南内:指兴庆宫,在皇城东南。玄宗从成都回长安时,其子李亨早就即位,即肃宗,便以太上皇身份住在兴庆宫;后被肃宗的亲信宦官李辅国胁迫,迁往太极宫。"西宫"二句暗写玄宗晚年凄凉寂寞的生活。[29] 梨园弟子:梨园是唐玄宗在蓬莱宫边设立的"教坊",曾亲教法曲,称其中人为皇帝梨园弟子,包括梨园的宫女。椒房:皇后宫中以花椒粉和泥涂壁,取其温暖而芳香,故称皇后住处为椒房,此处指杨贵妃住处。阿监(ā jiàn):指中监女史,女官名。青娥:指年轻的宫女。"梨园"二句:意谓当年亲授法曲习艺的皇帝梨园弟子新添了白发,当年在椒房侍奉杨贵妃的女官少女也都老了。[30] 思悄然:意兴索然。孤灯挑尽:古时用灯草点油灯,须不时地把灯草往前挑,挑尽灯草,表明夜已深。时玄宗为太上皇,不可能无人侍奉。此处当为诗人夸张想象。[31] 迟迟:缓慢貌。钟鼓:宫中的计时报更声。耿耿:明亮貌。星河:银河。[32] 鸳鸯瓦:一俯一仰构成一对的瓦片。霜华:霜花。翡翠衾:绣有翡翠鸟的被子。[33] 临邛(qióng):唐县名,今四川邛崃。鸿都:东汉时皇家藏书之所。称道士为鸿都客,是称赞他为博学之士。精诚:指用虔诚态度和法术。致魂魄:招来死者的亡魂。[34]"为感"二句:意谓群臣被玄宗刻骨铭心的相思所感动,就命这位道士努力地去寻觅杨贵妃的魂魄。方士:好讲神仙方术之人,即道士。[35]"排云"二句形容道士寻觅之状。[36] 穷:寻遍。碧落:道家对天的称谓。黄泉:地下。此句意谓上寻遍九天下寻遍地府。[37] 仙山:指蓬莱山。缥缈(piāo miǎo):隐隐约约、若有若无貌。沈德潜《唐诗别裁》云:"著'虚无缥缈'字,知以下皆方士诳言。"[38] 五云起:被五色祥云托起。绰约:姿态柔美貌。[39] 太真:杨贵妃为女道士时,住在太真宫,号太真。参差(cēn cī)是:仿佛就是。[40] 金阙:道家称天上有黄金阙,神仙所居。叩:敲。扃(jiōng):本指门闩,此处指门。小玉:白居易《霓裳羽衣舞歌》自注:"吴王夫差女小玉。"双成:姓董,神话中西王母的侍女。此处小玉、双成都借指杨贵妃的侍女。[41] 九华帐:用九华图案绣成的鲜艳彩帐。九华:一种回环的图案。[42] 揽衣:披衣。徘徊:犹豫、迟疑。箔(bó):帘子。屏:屏风。迤逦(yǐ lǐ)开:接连不断地打开。"揽衣"二句:意谓杨贵妃惊醒后披衣推枕迟疑了一阵,终于出来接见道士,于是侍女连续地将珠帘卷起,银屏移开。[43] 半偏:不整。新睡觉:刚睡醒。[44] 袂(mèi):衣袖。"风吹"二句:意谓风吹杨贵妃的衣袖飘然飞举,还似当年舞《霓裳羽衣舞》的姿态。[45] 玉容寂寞:美丽的面容暗淡无光。阑干:眼泪纵横貌。[46] 此句用比喻形容流着泪的杨贵妃的容貌与情态。[47] 凝睇(dì):注视。谢:告,问。[48] 昭阳殿:本是汉成帝时赵飞燕姊妹得宠时所居宫殿,此处借指杨贵妃生前所居宫殿。蓬莱宫:传说中仙山上的宫殿,此处指杨贵妃现在所居仙境。[49] 人寰：人间。[50] 钿（diàn）合：镶嵌金花的盒子。合：同"盒"。寄将去：请送去。[51] 扇：量词，略等于"片"。擘（bò）：分开。"钗留"二句：意谓将黄金钗两股分开，将金花盒分成两半，留下一股钗和一半盒。[52] 重（zhòng）：郑重。"临别"二句：写道士临别时还怕玄宗不相信，又请杨贵妃说一件只有两人知道的事。[53] 长生殿：在华清宫，天宝元年（742）十月造，一名集仙台，是祀神的宫殿。《通鉴·武后长安四年》："太后寝疾，居长生院。"胡三省注："长生院即长生殿……盖唐寝殿皆谓之长生殿。"[54] 比翼鸟：即鹣（jiān）鹣，传说此鸟一目一翼，雌雄两鸟比并才能飞，常用以比喻夫妇。比：并列。连理枝：两棵树的枝条连生在一起，比喻恩爱的夫妻。"在天"二句为玄宗和杨贵妃当年在长生殿的誓词。[55] 绵绵：不断貌。"天长"二句极写生离死别之恨不绝。

琵琶行并序

【解题】

　　此诗题一作《琵琶引》，作于元和十一年（816），时白居易任江州（今江西九江）司马。诗中叙写长安歌伎琵琶女卓越的演奏技艺和不幸身世，诗人联系自己的不幸遭遇，对琵琶女表示了深切的同情，"同是天涯沦落人，相逢何必曾相识"成为千古传诵的名句。全诗结构严密，情节完整，叙事、写景、抒情、议论融为一体。意境悲凉，语言自然。描摹琵琶女心理、情态非常细腻真切，形容琵琶声更是声情并茂，惟妙惟肖，是古代诗歌中描写音乐最生动的作品之一。

　　　　元和十年，予左迁九江郡司马[1]。明年秋，送客湓浦口[2]，闻舟中夜弹琵琶者，听其音，铮铮然有京都声[3]。问其人，本长安倡女，尝学琵琶于穆、曹二善才[4]，年长色衰，委身为贾人妇[5]。遂命酒，使快弹数曲。曲罢悯默[6]。自叙少小时欢乐事，今漂沦憔悴，转徙于江湖间[7]。予出官二年，恬然自安[8]，感斯人言，是夕始觉有迁谪意[9]。因为长句，歌以赠之，凡六百一十二言[10]，命曰《琵琶行》。

　　浔阳江头夜送客，枫叶荻花秋瑟瑟[11]。主人下马客在船，举酒欲饮无管弦[12]。醉不成欢惨将别，别时茫茫江浸月[13]。忽闻水上琵琶声，主人忘归客不发。寻声暗问弹者谁，琵琶声停欲语迟[14]。移船相近邀相见，添酒回灯重开宴[15]。千呼万唤始出来，犹抱琵琶半遮面。转轴拨弦三两声[16]，未成曲调先有情[17]。弦弦掩抑声声思[18]，似诉平生不得意[19]。低眉信手续续弹[20]，说尽心中无限事。轻拢慢捻抹复挑[21]，初为《霓裳》后《六幺》[22]。大弦嘈嘈如急雨[23]，小弦切切如私语[24]。嘈嘈切切错杂弹，大珠小珠落玉盘[25]。间关莺语花底滑[26]，幽咽泉流冰下难[27]。冰泉冷涩弦凝绝，凝绝不通声暂歇[28]。别有幽愁暗恨生，此时无声胜有声。银瓶乍破水浆迸，铁骑突出刀枪鸣[29]。曲终收拨当心画，四弦一声如裂帛[30]。东船西舫悄无言[31]，唯见江心秋月白。

　　沉吟放拨插弦中，整顿衣裳起敛容[32]。自言本是京城女，家在虾蟆陵下住[33]。十三学得琵琶成，名属教坊第一部[34]；曲罢曾教善才伏，妆成每被秋娘妒[35]。五陵年少争缠头，一曲红绡不知数[36]。钿头云篦击节碎，血色罗裙翻酒污[37]。今年欢笑复明年，秋月春风等闲度。弟走从军阿姨死，暮去朝来颜色故[38]。门前冷落鞍马稀，老大嫁作商人妇。商人重利轻别离,前月浮梁买茶去[39]。去来江口守空船[40],绕船月明江水寒。夜深忽梦少年事,梦啼妆泪红阑干[41]。

我闻琵琶已叹息,又闻此语重唧唧[42]。同是天涯沦落人,相逢何必曾相识!我从去年辞帝京,谪居卧病浔阳城。浔阳地僻无音乐,终岁不闻丝竹声。住近湓江地低湿,黄芦苦竹绕宅生[43]。其间旦暮闻何物?杜鹃啼血猿哀鸣[44]。春江花朝秋月夜,往往取酒还独倾[45]。岂无山歌与村笛,呕哑嘲哳难为听[46]。今夜闻君琵琶语,如听仙乐耳暂明[47]。莫辞更坐弹一曲,为君翻作《琵琶行》[48]。感我此言良久立,却坐促弦弦转急[49]。凄凄不似向前声,满座重闻皆掩泣[50]。座中泣下谁最多?江州司马青衫湿[51]。

上海古籍出版社《白居易集笺校》卷一二

【注释】

[1] 元和:唐宪宗年号。元和十年为公元 815 年。左迁:贬官,古代以右为尊,所以降职称"左迁"。九江郡:即江州,天宝元年(742)曾改称浔阳郡,又称九江郡,乾元元年(758)复改为江州。治所在今江西九江。司马:州长官刺史的佐官。[2] 湓(pén)浦口:湓水流入长江处,位于九江市。[3] 铮(zhēng)铮:金属相击声,此处形容琵琶声铿锵有力。有京都声:有长安的音调。[4] 倡女:歌女。善才:对琵琶师的尊称。[5] 委身:以身托付人,出嫁。贾(gǔ)人:商人。[6] 悯默:面色忧伤而沉默。[7] 飘沦:漂泊沉沦。转徙(xǐ):转移迁流。[8] 恬(tián)然:心情平静貌。[9] 斯人:此人,指琵琶女。迁谪(zhé):被贬到外地做官。[10] 凡:总计。六百一十二言:全诗实为六百一十六字,"二"当为"六"字之误;言,字。[11] 浔阳江:指流经浔阳(九江)境内的长江。荻(dí)花:芦荻花。瑟瑟:一作"索索",象声词,风吹草木声。[12] 管弦:管乐器和弦乐器,指音乐。[13] 江浸月:月亮倒影江中,如江水浸月。[14] 暗问:低声问。欲语迟:想说而又迟疑。[15] 回灯:添油拨芯,使灯回亮。[16] 转轴:转动琵琶上缠绕丝弦的轴,调音定调。[17] 此句意谓尚未奏曲,试弹几声已表达出感情来。[18] 弦弦:犹声声。掩抑:低沉。思:哀思。[19] 不得意:一作"不得志"。[20] 低眉:低头,形容专心。信手:随手,表示熟练自然。续续:连续不断。[21] 拢:左手指扣弦。捻(niǎn):左手指揉弦。抹:右手顺手下拨。挑:右手反手回拨。前两种为指法,后两种为拨法。[22] 霓裳:即《霓裳羽衣曲》,见前《长恨歌》注[16]。六幺:又作"绿腰""录要",唐大曲名,据说以乐工进曲时录其要点成谱而得名,又叫《乐世》。[23] 大弦:指琵琶四根弦中最粗的弦。嘈嘈:沉重悠长的声音。[24] 小弦:指最细的弦。切切:幽细急促的声音。[25] 此句形容声音圆润清脆,像大大小小的珠子落在玉盘中的声音。[26] 此句意谓似黄莺鸟在花下鸣叫,宛转流利。间关:鸟鸣声。[27] 幽咽:形容声音很低如水在冰下遏塞不畅。冰下难,一作"水下滩"。[28] 二句意谓乐声像冰下流动的泉水那样幽冷滞涩,后来像丝弦断绝,而声音停止。[29] 乍(zhà):骤然。迸(bèng):喷射。铁骑:披铁甲的骑兵。二句形容琵琶声在暂歇以后又突然迸发出高亢、激越的声音。[30] 拨:拨弦的工具。画:同"划"。二句意谓演奏结束时将拨子在琵琶四根弦的中间一划,四根弦一起发出响亮的一声如同撕裂丝帛一样。[31] 舫(fǎng):船。此句形容周围船上的人都被高超的演技所吸引,寂静无声。[32] 沉吟:心情沉重而深思貌。敛容:面容严肃恭敬。[33] 虾蟆陵:在长安城东南曲江附近,为唐代歌女聚居之地。旧说本为汉代董仲舒墓,其门人经过皆下马,故称"下马陵",后人讹为"虾蟆陵"。[34] 教坊:唐代官办的管理及教习音乐、歌舞、百戏的机构。第一部:第一队,最

优秀的演奏队。[35] 秋娘：当时的一位名妓。一说唐代歌妓的通称，"秋娘妒"即被同行所妒。[36] 五陵年少：贵族子弟。五陵即汉代五个皇帝的陵墓，都在长安北郊。争缠头：竟相赠她财物，当歌舞妓演奏完毕，观者以绫帛相赠称缠头彩。绡（xiāo）：精美的丝织品。[37] 钿头银篦（bì）：两端镶着金玉制的花朵的银篦。二句叙说当年的奢侈生活，意谓贵重的首饰当作击节拍板而被击碎，嬉笑时打翻的酒污脏了红色罗裙，都不感到可惜。[38] 颜色故：姿色衰老。[39] 浮梁：唐县名，天宝元年（742）以饶州新昌县改，在今江西景德镇北，为唐时大茶市。[40] 去来：（商人）去浮梁以来。[41] 阑干：眼泪纵横貌。此句意谓梦中啼哭的眼泪纵横地流在化了妆的脸上。[42] 唧（jī）唧：象声词，叹息声。[43] 黄芦：芦苇。苦竹：竹的一种。[44] 杜鹃：鸟名，又名子规、杜宇，据说啼时口中流血，其声哀苦。[45] 独倾：独饮。[46] 呕哑（ōu yā）：联绵词，形容像小孩说话繁碎难听。嘲哳（zhāo zhā）：双声联绵词，繁杂细碎难为听：难以听下去。[47] 暂明：突然明亮。[48] 莫辞更坐：不要推辞请再坐下。翻：按曲调写成歌词。[49] 却坐：回到原来坐处。促弦：把弦拧紧。弦转急：弦声变得急促高昂。[50] 向前声：刚才弹奏的声调。掩泣：掩脸而泣。[51] 青衫：唐代最低级官员即九品官的服色。白居易为江州司马，按职事官已是从五品下，但唐代制度规定，官员服色以散官品级而定，时白居易散官是从九品下阶的将仕郎，所以只能穿青衫。

刘禹锡

　　刘禹锡（772—842），字梦得，旧称中山或彭城人，皆指郡望而言，实为洛阳（今属河南）人。贞元九年（793）进士，又登博学宏词科。十一年（795）授太子校书，十六年（800）为徐泗濠节度掌书记。十八年（802）调任渭南县主簿，次年入朝为监察御史。二十一年（805）正月，顺宗即位，擢为屯田员外郎，判度支盐铁案，协助杜佑、王叔文整顿财政。是年八月，顺宗内禅，革新失败，刘禹锡先贬连州刺史，再贬朗州司马，在朗州九年。后历任连、夔、和三州刺史。宝历二年（826）罢归洛阳。大和元年（827）授主客郎中分司东都，三年（829）改官礼部郎中，又出为苏、汝、同三州刺史。开成元年（836）秋，为太子宾客分司东都，世称"刘宾客"。会昌二年（842）秋，病故于洛阳。与柳宗元交谊最深，并称"刘柳"；晚年与白居易诗歌唱和，并称"刘白"。诗歌各体均擅，七言尤工。学习民歌，成就甚高。白居易称他为"诗豪"。亦工文章，尤长于议论，在韩、柳之外自成一家。宋谢采伯谓："唐之文风，大振于贞元、元和之时。韩柳倡其端，刘白继其轨"，"皆足以拔于流俗，自成一家之语"（《密斋笔记》）。有《刘禹锡集》四十卷，今存《刘宾客文集》三十卷、《外集》十卷。生平事迹见两《唐书》本传、今人卞孝萱《刘禹锡年谱》。

乌　衣　巷

【解题】
　　此诗作于长庆四年（824）至宝历二年（826）间，为《金陵五题》第二首。乌衣巷：在今南京夫子庙秦淮河南。三国时为吴国戍卒军营所在地，以军士穿黑色衣服，故名。至东晋时，成为王（导）、谢（安）两大世家贵族的居住区。诗中前二句描写乌衣巷一带的荒凉冷落，后二句以燕子入百姓家筑巢的细节，感慨沧海桑田，盛衰易变。全诗用笔曲折委婉，构思巧妙深刻。

朱雀桥边野草花[1]，乌衣巷口夕阳斜。旧时王谢堂前燕，飞入寻常百姓家[2]。

《四部丛刊》影宋本《刘梦得文集》卷四

【注释】

[1] 朱雀桥：又名朱雀航，古浮桥名，故址在今南京镇淮桥稍东，跨秦淮河。三国吴时名南津桥，东晋咸康后以其在都城正南门朱雀门外，故改名，又称"南航"。其时秦淮河上有二十四航，此为最大，又称"大航"。航长九十步，广六丈，有警，则撤航为备，为当时都城南门门户。隋灭陈后废。花：用作动词，开花。[2] 时：原作"来"，据《全唐诗》改。寻常：平常。施补华《岘佣说诗》评云："若作燕子他去，便呆。盖燕子仍入此堂，王谢零落，已化作寻常百姓矣。如此则感慨无穷，用笔极曲。""旧时"二句：意谓过去王谢贵族的豪华住宅已不存在，在废墟上建起的是普通百姓家的屋舍，但过去王谢堂前的燕子，却依旧飞来百姓家筑巢。

柳宗元

柳宗元（773—819），字子厚。祖籍河东（今山西永济），世称"柳河东"。唐德宗贞元九年（793）进士及第，十四年（798）登博学宏词科，授集贤殿正字，调蓝田尉，迁监察御史里行。永贞元年（805），顺宗即位，擢为礼部员外郎，积极参加王叔文等的革新活动。八月革新失败，被贬为邵州刺史，道中再贬为永州司马。元和十年（815）正月，召赴京师。三月出为柳州刺史，十四年（819）卒于任所，世称柳柳州。生平事迹见两《唐书》本传、韩愈《柳子厚墓志铭》等。柳宗元为唐代古文大家，与韩愈齐名，共同倡导古文运动，并称"韩柳"，都被列入"唐宋八大家"。他主张"文者以明道"，应"词正而理备"，"文畅而意美"，"有益于世"，反对"贵词而矜书，粉泽以为工，遒密以为能"等片面追求形式美的倾向（见《答韦中立论师道书》）。所作大抵可分为论说、寓言、传记、游记、骚赋五类。韩愈谓其文"雄深雅健，似司马子长，崔蔡不足多也"（刘禹锡《唐故尚书礼部员外郎柳君集纪》）。其诗多为贬官后作，抒写去国哀怨之作清峻沉郁，描写贬谪生活的闲适之作温丽情深。苏轼称其诗"发纤秾于简古，寄至味于淡泊"（《书黄子思诗集后》）。今人吴文治等整理诗文合编《柳宗元集》四十五卷，附外集上下两卷及补遗，较完备。

江　雪

【解题】

此诗作于永贞元年（805）被贬为永州司马以后。诗中逼真地写出老翁在孤舟江雪中垂钓的生动形象，曲折地反映了作者在政治革新失败后不屈而又孤独的心态。唐汝询《唐诗解》卷二三称此诗为作者"托此自高"，很有见地。此诗成为后世许多山水画的题材。

千山鸟飞绝，万径人踪灭[1]。孤舟蓑笠翁[2]，独钓寒江雪。

蝉隐庐影宋世绥堂本《柳河东集》卷四三

【注释】

[1] 二句极写大雪中环境的静寂。[2] 蓑（suō）：蓑衣，用草或棕制成的、披在身上的防雨用具。笠（lì）：用竹或草编成的宽边帽子，可以遮雨、雪、阳光。

李贺

李贺（790—816），字长吉，福昌（今河南宜阳）人。唐宗室郑王李亮后裔。父晋肃，曾官陕县令。李贺家居福昌之昌谷，后人因称"李昌谷"。元和二年（807）移居洛阳，曾以诗歌谒韩愈，深受器重，韩愈劝李贺举进士，与李贺争名者谓李贺父名晋肃，晋、进同音，子当避讳，不得举进士，韩愈为之作《讳辩》，然终未登第。曾为奉礼郎，后辞归。旋往潞州依张彻。元和十一年病卒。生平详见李商隐《李贺小传》、两《唐书》本传及近人朱自清《李贺年谱》、今人钱仲联《李贺年谱会笺》。其诗名早著，贞元末即与李益齐名，称"二李"。其诗多感时伤逝之作，或寄情天国，或托意鬼境，风格奇崛幽峭，秾丽凄清。有"鬼才""鬼仙之词"之誉。杜牧《李贺集序》称其诗为"骚之苗裔，理虽不及，辞或过之"。注本甚多，清人王琦《李长吉歌诗汇解》最为通行。

金铜仙人辞汉歌并序

【解题】

此诗作年不详。金铜仙人：汉武帝时长安建章宫立铜柱，高二十丈，上有仙人像，仙人掌中托承露盘，接取露水。武帝取以和玉屑服食，求长生不老。至魏明帝青龙五年（237），下令将金铜仙人拆迁到洛阳，但因太重无法运走，只得留在长安近郊霸城。此诗以魏明帝迁汉宫铜人事，想象金铜仙人辞别汉宫忆念君恩而泪下之情景，有易代兴亡之感，是一首咏史诗。陈沆《诗比兴笺》卷四认为此诗作于李贺辞官离京时，有"宗臣去国之思"，寓没落王孙的家国之痛、身世之悲，可备一说。诗中想象奇特，造语谲隽。如铜人忆君、泪如铅水、衰兰送客、携盘独出等语，多为"古今未尝经道者"（杜牧《李贺集序》）。

魏明帝青龙九年八月[1]，诏宫官牵车西取汉孝武捧露盘仙人[2]，欲立置前殿。宫官既拆盘，仙人临载，乃潸然泪下[3]。唐诸王孙李长吉遂作《金铜仙人辞汉歌》[4]。

茂陵刘郎秋风客[5]，夜闻马嘶晓无迹[6]。画栏桂树悬秋香，三十六宫土花碧[7]。魏官牵车指千里，东关酸风射眸子[8]。空将汉月出宫门，忆君清泪如铅水[9]。衰兰送客咸阳道，天若有情天亦老[10]。携盘独出月荒凉，渭城已远波声小[11]。

中华书局校刊本《李长吉歌诗汇解》卷二

【注释】

　　[1] 魏明帝：即曹叡（ruì），公元227—239年在位。青龙九年：青龙是魏明帝年号，无九年，只有五年（233—237），五年三月即改元为景初元年，魏明帝拆迁铜人即在此年，故"青龙九年"当为"青龙五年"之误。一本作"青龙元年"亦误。[2] 汉孝武：即汉武帝。汉代皇帝谥号前都加"孝"字。[3] 潸（shān）然：泪流貌。此三句用传说，《三国志·魏志·明帝纪》裴松之注引《汉晋春秋》："帝徙盘，盘折，声闻数十里，金狄（金铜仙人）或泣，因留霸城。"[4] 诸王孙：众多王孙之一。李贺乃唐王室远房后代，故自称"诸王孙"。[5] 茂陵：汉武帝陵墓，在今陕西兴平北。刘郎：对汉武帝的戏称。秋风客：悲秋之客，汉武帝曾写过《秋风辞》，内有"欢乐极兮哀情多，少壮几时兮奈老何"句。而金铜仙人被拆时亦在秋天。[6] 此句意谓汉武帝的魂魄从茂陵出游，人们在夜间可听到他骑的马的嘶叫声，但天亮以后却毫无踪迹。[7] 画栏：绘有图案的栅栏。悬：浮，飘。三十六宫：张衡《西京赋》："离宫别馆三十六所。"土花：指苔。二句为倒装句，意谓武帝的三十六宫中长满青苔，只有栅栏里的桂花还在秋天飘着香气。[8] 千里：极言其远。东关：长安东边的城门，长安在洛阳西，往洛阳必须出长安东门。眸（móu）子：眼珠。二句意谓魏朝官员将铜人装车准备运往远方的洛阳，在出长安东门时凄酸的秋风吹着眼珠。[9] 空：只。将：与。君：指汉武帝。铅水：比喻感情沉痛时流的泪。一说比喻晶莹凝聚的眼泪。二句意谓只与汉宫的月亮一同出了宫门，一回想起汉武帝，流下眼泪像铅一样沉重。[10] 咸阳：秦都城，在长安西北，此处指长安。二句意谓咸阳道上相送金铜仙人的只有衰弱的兰草，上天看到这种情况，如果有感情的话，也会悲哀而衰老。[11] 渭城：即咸阳，此处亦代称长安。二句意谓金铜仙人带着铜盘在凄清的月光下独自一人出门向东而去，离开渭城越来越远，听到渭水的波涛声也越来越轻微了。

杜牧

　　杜牧（803—852），字牧之，京兆万年（今陕西西安）人，祖居长安下杜樊乡，因称"杜樊川"。大和二年（828）进士及第，又登贤良方正直言极谏科。为弘文馆校书郎，入江西、宣歙观察使幕和淮南节度使幕，入朝为监察御史，分司东都。又为宣州团练判官，复回京任左补阙，转膳部、比部员外郎，出为黄州、池州、睦州刺史，擢司勋、吏部员外郎，出为湖州刺史，入为考功郎中、知制诰，迁中书舍人。两《唐书》有传。今人缪钺有《杜牧年谱》。其诗与李商隐齐名，时号"小李杜"。以七言律绝见长，俊爽圆纯，风华流美，气势豪宕而情韵缠绵，常能寓讽喻、感慨于景物描写之中。其五言古诗则多熔叙事、抒情、议论于一炉，多感发时事、直议朝政之作。他认为文章"当以意为主，气为辅，辞采章句为之兵卫"，故为文多识见超卓，笔力遒劲，气势充畅，文辞华美。有《樊川文集》二十卷，今存。清冯集梧《樊川文集注》及《樊川诗补遗》较通行。

泊　秦　淮

【解题】

　　此诗作年不详。秦淮：秦淮河，长江下游支流，东源出句容大茅山，南源出溧水东芦山,在秣陵关附近汇合北流,经今南京市区西入长江。相传秦时凿钟山以疏淮水,故名。此诗中"秦淮"即指流经金陵城中的一段河流。六朝至唐,金陵秦淮河一带是著名的闹市区。诗人小舟夜泊秦淮河,听到商女仍在唱陈后主时代的亡国之音,不禁感慨万千。诗中后二句隐含着诗人对国事的满腔忧愤。沈德潜《唐诗别裁》卷二称此诗为"绝唱",管世铭《读雪山房唐诗钞凡例》称此为唐人七绝压卷之作。

烟笼寒水月笼沙,夜泊秦淮近酒家。商女不知亡国恨[1],隔江犹唱后庭花[2]。

上海古籍出版社《樊川诗集》卷四

【注释】

[1] 商女:商船上的女子,指商人娶为妻妾的歌妓。一说,指卖唱的歌伎。[2] 后庭花:即《玉树后庭花》,乐府《吴声歌曲》名。陈后主所作歌词有"玉树后庭花,花开不复久"句,他耽于声色,终至亡国,后人遂将此曲看成亡国之音。

李商隐

李商隐(812—858),字义山,号玉谿生,祖籍怀州河内(今河南沁阳),祖父起迁居郑州(今属河南)。少以古文知名,后从令狐楚习骈体文。开成二年(837)登进士第。入王茂元幕府为掌书记,娶茂元女为妻。令狐楚属牛党,而王茂元属李党,牛党认为他背恩,对他歧视排挤。从此沉沦下僚,除一度为秘书省校书郎、弘农尉外,曾先后任桂管、京兆、徐州、东川等府僚佐。后回长安任盐铁推官。大中十二年(858)归郑州,大约就在这一年年底卒。两《唐书》有传,冯浩《玉谿生年谱》及张采田《玉谿生年谱会笺》较精审。其诗与杜牧齐名,世称"小李杜"。又与温庭筠并称"温李"。多忧国讽时、感慨身世之作,近体尤佳。前人评其诗"深情绵邈"(刘熙载《艺概·诗概》),"沉博绝丽"(钱谦益语),"寄托深而措辞婉"(叶燮《原诗》)。其无题诗意境朦胧,尤为人激赏。通行本有清人冯浩的《玉谿生诗笺注》,今人刘学锴、余恕诚《李商隐诗歌集解》最完备。又擅长骈文,有《樊南甲集》《樊南乙集》各二十卷,已散佚,今有冯浩《樊南文集详注》和钱振伦兄弟《樊南文集补编》,较完备。

无　　题

【解题】

此诗作年不详。无题:诗人不愿标明诗题,故意用"无题"名篇。李商隐集中《无题》诗最多。这与原有诗题、后来脱落而标为阙题或失题者不同。此诗抒写别后相思、表现至死不渝的忠贞爱情,感情缠绵深挚,在《无题》诸篇中最为清纯。首联、颔联都是历来为人传诵的名句。前人或认为诗中有政治寄托,但证据不足,从诗歌本身内容看,把它看作爱情诗较为妥当。

相见时难别亦难，东风无力百花残[1]。春蚕到死丝方尽，蜡炬成灰泪始干[2]。晓镜但愁云鬓改，夜吟应觉月光寒[3]。蓬山此去无多路，青鸟殷勤为探看[4]。

上海古籍出版社《玉谿生诗集笺注》卷二

【注释】

[1]"相见"二句：意谓在暮春东风乏力而百花凋谢的季节又遭逢离别，使人难受，而相见的机会难得，所以离别更加难舍难分。[2] 丝：与"思"谐音。蜡炬成灰：蜡烛燃尽即成灰，比喻心死。泪：蜡烛燃烧时流溢的油脂称蜡泪，亦与人的泪双关。"春蚕"二句：自己的相思要一直到生命结束。[3] 云鬓：形容女子的美发。"晓镜"二句：设想对方的相思之情。[4] 蓬山：神话中的仙山蓬莱山，借指女子所在。无多路：没有多远。青鸟：神话中西王母的使者，此处借指捎信或传递消息的人。殷勤：恳切深厚的情意。看（kān）：看护，守护。"蓬山"二句表示希望有人传递消息。

马嵬（选一）

【解题】

此题共有两首，此为第二首，作于开成三年（838）在泾原幕中。李商隐《为举人献韩郎中琮启》追忆与韩琮在泾原幕时的情况云："一日三秋，空咏《马嵬》之清什。"故或谓此诗为与韩琮唱和之作。马嵬（wéi）：即马嵬坡，在今陕西兴平西。相传其地有晋人马嵬所筑的城，故名。唐安史之乱，玄宗从长安西奔成都，途中禁军于此哗变，迫使玄宗缢死杨贵妃。诗中通过多方面的对比，讽刺唐玄宗为了保全自己而违背誓言，赐死宠妃。颈联"此日六军同驻马，当时七夕笑牵牛"，写当年"密相誓心"，永不分离，何曾料想到今日却只能违誓，讽刺极强，用笔很细，并通过逆叙成为反思，沈德潜《说诗晬语》卷上评云："对句用逆挽法，诗中得此一联，便化板滞为跳脱。"此诗被后世广为传诵。

海外徒闻更九州，他生未卜此生休[1]。空闻虎旅传宵柝，无复鸡人报晓筹[2]。此日六军同驻马[3]，当时七夕笑牵牛[4]。如何四纪为天子，不及卢家有莫愁[5]？

上海古籍出版社《玉谿生诗集笺注》卷三

【注释】

[1] 二句意谓徒然听说神州海外还有九州，这毕竟是虚无渺茫的；来生怎样未可预卜，但今生他们（指唐玄宗与杨贵妃）的夫妇关系则已经结束。更：还有。首句下原注："邹衍云：九州之外复有九州。"这两句诗实际上概括了白居易《长恨歌》中方士在海外仙山寻见杨贵妃的传说。[2] 空：只。虎旅：指跟随玄宗赴蜀的禁军。宵柝（tuò）：巡夜者击以报更的木梆，军中则往往用刀斗。鸡人：宫中掌管时间的卫士。宫中惯例不畜鸡，鸡叫时，由宫门外卫士报晓。二句写从长安奔成都途中的生活，意谓只听到军中传来报更的刀斗声，不再有宫中卫士作鸡人传报更筹。[3] 此句写马嵬坡六军哗变，即白居易《长恨歌》："六军不发无奈何，宛转蛾眉马前死。"[4] 此句意谓当年七月七日在长生殿夜半私语时，讥笑过牵牛、织女只能一年相见一次，

不能像他们那样天天在一起，"世世为夫妇"。[5] 四纪：每纪十二年，共四十八年，玄宗做皇帝四十五年，将近四纪。莫愁：梁武帝《河中之水歌》："河中之水向东流，洛阳女儿名莫愁。莫愁十三能织绮，十四采桑南陌头，十五嫁为卢家妇，十六生儿字阿侯。"这里幸福的"莫愁"与杨贵妃的"长恨"恰成对照。

乐 游 原

【解题】

　　此诗作年不详。乐游原：在今陕西西安城南、大雁塔东北。本秦宜春苑，西汉宣帝建乐游苑于此，故名。唐时为长安最高点，登原遥望长安城尽收眼底。诗中写心情不适时登古原，遥望夕阳而生感慨。后二句叹赏晚景美好，但因时近黄昏而怅惘。纪昀《玉谿生诗说》上："百感茫茫，一时交集，谓之悲身世可，谓之忧时事亦可。"可见内蕴深广，更有深层哲理，即对衰暮之美的哀挽。

　　向晚意不适[1]，驱车登古原[2]。夕阳无限好，只是近黄昏。

上海古籍出版社《玉谿生诗集笺注》卷三

【注释】

　　[1] 向晚：接近晚上。意不适：心情不愉快。[2] 古原：指乐游原。

锦 瑟

【解题】

　　此诗作年不详。以首句头两字为题，与诗中内容无关，故实为无题。因诗中意境朦胧，历来解说纷纭，有咏瑟、悼亡、自伤身世、自序其诗诸说。近年来多谓回想平生、自伤不幸，乃晚年之作。诗以锦瑟悲声兴起"思华年"，中间两联以四幅画面展示其一生的迷惘、哀伤、叹惜、渺茫的心态。或谓可解作身世遭遇如梦似幻，伤春忧世如杜鹃泣血，才而见弃如沧海遗珠，向往之事如蓝田玉烟。尾联则表明这种感受并非今日追忆才有，而是当时身历其境时已惘然。全诗以比兴的手法、鲜明的形象、朦胧的意境、悲怆的气氛，丰富的暗示来表达人生心态，具有极大的艺术魅力。

　　锦瑟无端五十弦，一弦一柱思华年[1]。庄生晓梦迷蝴蝶[2]，望帝春心托杜鹃[3]。沧海月明珠有泪[4]，蓝田日暖玉生烟[5]。此情可待成追忆？只是当时已惘然[6]！

上海古籍出版社《玉谿生诗集笺注》卷二

【注释】

　　[1] 瑟（sè）：拨弦乐器，古代有五十根弦，后来一般只有二十五根弦。锦瑟：绘有如锦花纹的瑟。无端：没有来由；无缘无故。柱：瑟的面板上架弦的码子，一柱架一弦，定弦时可左右

移动以调节音高,弹奏时则将弦的振动传导至音箱,使瑟音得到美化和增强。华年:青年时代。二句意谓锦瑟没来由地有五十条弦、五十根柱,这每弦每柱使自己想起了以往的青春年华。〔2〕庄生:战国时哲学家庄周,著有《庄子》。此句意谓自己的迷惘就像当年庄周梦为蝴蝶。《庄子·齐物论》:"昔者庄周梦为蝴蝶,栩栩然蝴蝶也。自喻适志与,不知周也。俄然觉,则蘧蘧然周也。不知周之梦为蝴蝶与,蝴蝶之梦为周与?"〔3〕望帝:相传战国末年蜀国君主杜宇,号望帝,与国相之妻通奸,后悔惭而亡去,其魂化为杜鹃鸟,暮春三月啼叫,鸣声凄凉。此句意谓自己后悔的心事犹如望帝化魂,将伤春之心托付杜鹃。〔4〕沧海:大海。珠有泪:据张华《博物志》记载:有一种在海里生活的鲛(jiāo)人,哭泣时眼泪都成珠。〔5〕蓝田:山名,在今陕西蓝田东南,是有名的产玉之地。玉生烟:司空图《与极浦谈诗书》引戴叔伦语云:"诗家之景如蓝田日暖,良玉生烟,可望而不可置于眉睫之前也。"〔6〕可待:岂待。惘然:失意貌。二句意谓上述心情岂待今日追忆时如此,就在当时已感到惘然。

唐五代词概说

一、唐代民间词与文人词

词在唐五代的通称叫"曲子词",就是歌辞。它是一种配合音乐用来歌唱的新体诗。中国古代音乐有三大体系:汉魏以前的"雅乐";汉魏时期的"清乐";北周、隋以来从西域传入、并融合了民间音乐的"燕乐"(亦即宴乐),即所谓"胡夷、里巷之曲"(见《旧唐书·音乐志》)。词是配合燕乐的发展而兴起的。关于词的起源,学术界还没有完全一致的看法,大致来说,词发源于隋代,到中唐已具雏形,到晚唐基本定型成熟。

唐代的词可分为民间词和文人词两部分。在敦煌发现的曲子词,共一百六十多首,绝大多数是民间的作品,其中有现存最早的唐代民间词。这些词的内容相当广泛,有边塞战争、农村生活、报国立功等方面,还有不少有关男女情爱的作品。艺术性较高的是那些反映妇女生活与爱情的作品,如《鹊踏枝》:

叵耐灵鹊多谩语,送喜何曾有凭据?几度飞来活捉取,锁上金笼休共语。 比拟好心来送喜,谁知锁我在金笼里。欲他征夫早归来,腾身却放我向青云里。

此词借喜鹊与人的对话,表达思妇怀念征夫的心情。构思新颖独特,富有生活情趣和喜剧气氛。又如《望江南》:

莫攀我,攀我太心偏。我是曲江临池柳,者(这)人折去那人攀。恩爱一时间。

主人公是一位流落风尘的妓女,懂得生活的严峻,她感叹在她的生活里只有"恩爱一时间",表明了她对坚贞、长久的爱情的向往。浅显的语言,写出了深刻的痛苦。总之,敦煌曲子词的特点是民歌风味较浓,抒情热烈,风格直率坦白,不事巧构,语言较少修饰雕琢。

唐代自玄宗朝开始就有文人写曲子词,至唐末五代"花间派"勃兴,文人词终于蔚为大国。由于是试作新词,多向两个方面寻求依傍,一是民歌,二是近体诗。因而唐代文人词,以小令为多,很多词的句式也接近于近体诗与民歌。

张志和是较早写词的文人,《渔歌子》五首描绘桃花泛鳜的水乡风光,表现了这位"烟波钓徒"的自在生活。白居易、刘禹锡是中唐时期写词较多,艺术上也更加成熟的作家。刘禹锡在贬官期间曾学习巴楚民歌,自己能唱《竹枝词》,他的词作清新活泼,有民歌风韵,而又刮垢磨光,更饶诗意。如《潇湘神》:

斑竹枝,斑竹枝,泪痕点点寄相思。楚客欲听瑶瑟怨,潇湘深夜月明时。

白居易的词流畅自然，仿佛其诗。他的词有描写爱情的，如《长相思》，音节流畅而感情婉转缠绵，十分切合思妇口吻心态。他的《忆江南》也是名作，其一：

　　江南好，风景旧曾谙。日出江花红胜火，春来江水绿如蓝。能不忆江南！

作者描绘的江南春天的动人景色，好似一幅绚丽的油画。

二、温庭筠与花间词派

　　温庭筠是唐代文人中写词最多，对后代影响很大的一位词人。由于特定的时代气氛和个人生活经历的影响，今传温词七十一首几乎都是写男女爱情的，散发着浓烈的脂香粉气。孙光宪《北梦琐言》说他的词风"香而软"。可以《菩萨蛮》为代表，华贵的服饰，艳丽的容貌，娇弱的体态，懒散的意绪，养尊处优而百无聊赖的生活，隐约表现出主人公空虚的心灵与莫名的惆怅。

　　温词着力表现的不是"艳事"，而是"艳情"。他把握住感情的每一丝细微波澜，描写人物幽深的内心世界。他要展示的是女性含蓄而又细腻的心曲。

　　温词总的来说是浓艳，但也有清新疏淡之作，如《梦江南》：

　　梳洗罢，独倚望江楼。过尽千帆皆不是，斜晖脉脉水悠悠。肠断白蘋洲。

　　五代后蜀广政三年（940），赵崇祚辑录了温庭筠、皇甫松、韦庄、欧阳炯、孙光宪等十八位作者的五百首词，成《花间集》十卷。这是我国最早的一部词集，集中所列词人的风格大体一致，后世称为花间词派。花间词人除温庭筠、皇甫松、孙光宪外，都是西蜀文人，因而花间词派又称为西蜀词派。

　　花间派奉温庭筠为楷模，而题材更窄，专门堆砌词藻描写妇女的服饰体态，形成了"词为艳科"的局面。温词写艳情还是含而不露，其他词人则变本加厉，既有轻狂之作，又有"淫鄙"之声。

　　当然，花间词中仍有一些较为清新的作品，内容也不仅仅是花天酒地。比如，写士大夫隐逸生活的，有李珣的《渔歌子》四首；写怀古之情的，有欧阳炯的《江城子》、孙光宪的《后庭花》等；写南国风土人情、自然景物的，有李珣的十八首《南乡子》等。花间词人中与温庭筠并称，以清疏明朗自成一格的词人是韦庄。韦庄的词也写情爱，但他并不完全以狎客的眼光来欣赏女子的体态身段，而是深入恋人的感情世界中。如《思帝乡》：

　　春日游，杏花吹满头。陌上谁家年少，足风流。　　妾拟将身嫁与，一生休。纵被无情弃，不能羞。

　　韦庄一生饱经乱离，异乡飘泊，《菩萨蛮》回忆旧日游踪，情感复杂而造语清丽：

中国古代文学教程

人人尽说江南好,游人只合江南老。春水碧于天,画船听雨眠。　　炉边人似月,皓腕凝霜雪。未老莫还乡,还乡须断肠。

三、李煜及南唐词人

偏安江南的南唐经济比较发达,中原人士多来此地避乱,南唐君臣又比较爱好文学,因此,这里就聚集了一批词人,形成了南唐词人群。南唐词比西蜀词问世稍晚一点。陈世修《阳春集序》说:"金陵盛时,内外无事,朋僚亲旧,或当宴集,多运藻思为乐府新词,俾歌者倚丝竹歌之,所以娱宾而遣兴也。"以词作为佐欢助兴的工具,南唐词与西蜀词殊无二致;而在内容、风格上,两者又有明显区别。

冯延巳的词境,较之花间派咏写"今朝有酒今朝醉"的狂欢纵乐心态则深了一层。他在描写温柔富贵乡生活的背后,透露出一种"好景不长"的淡淡忧虑和"人生易逝"的感慨。试看《鹊踏枝》:

谁道闲情抛掷久?每至春来,惆怅还依旧。日日花前常病酒,不辞镜里朱颜瘦。
河畔青芜堤上柳,为问新愁,何事年年有?独立小桥风满袖,平林新月人归后。

或许南唐国势日蹙在词人心理上投下了浓重的阴影,也可能是悟出"一岁林花即日休"的哲理,而感到无可排遣的惆怅。总之,词的内容已更具思想深度,词人的眼光也更为广阔,所以王国维在《人间词话》中的说:"冯正中词,虽不失五代风格,而堂庑特大,开北宋一代风气。"

冯词在语言上也比较清新,他开始步出花间,扫除腻粉,从而使词风变得温润秀洁,将曲子词朝着"雅化"的路上推进了一步。冯延巳词中还有不少意象鲜明的名句,如:"风乍起,吹皱一池春水"(《谒金门》)、"红杏开时,一霎清明雨"(《鹊踏枝》)等。

南唐中主李璟,存词四首,较著名的是《摊破浣溪沙》,萧瑟秋风与憔悴韶光合成了离人心上之秋,感慨更为深广。

李煜的词,流传下来的不多,较可靠的约有三十多首。这些词,以亡国被俘为界,可分为前后两期。前期作品,多写宫廷生活,不少词内容淫靡,与花间词差别不大。

李煜后期的词,格调异于前期,题材亦转变为对往日生活的追忆与悔恨。政治地位由尊贵帝王骤然降为囚徒,真是霄壤剧变,与他所具有的极高文学天才、极为敏感的诗人气质两相碰撞,产生了巨大的感情落差,形成了他词中既郁结又奔涌,既沉着又飞动的特有风格。例如《浪淘沙》:

帘外雨潺潺,春意阑珊。罗衾不耐五更寒。梦里不知身是客,一晌贪欢。　　独自莫凭栏!无限江山,别时容易见时难。流水落花春去也,天上人间。

词里出现了孤独的抒情形象。他失去了美好的一切,被当作失败者弃掷一边。他的感情还在挣扎,还在追怀忏悔。但越挣扎越痛楚,越忏悔越迷惘,终于迸发出"流水落花春去也,天上人间"的哀音。

在李煜词中充满忧患意识和悲天悯人之情，王国维《人间词话》评说："后主之词，真所谓以血书者。"例如《相见欢》：

> 林花谢了春红，太匆匆。无奈朝来寒雨晚来风。　　胭脂泪，相留醉，几时重？自是人生长恨水长东。

短章小令，内涵极大。它咏写的是林花的零落，体现的却是整个人生的悲剧性命运，具有哲理感。

李煜的词善用白描，纯任性灵，直吐心声。如《乌夜啼》："无言独上西楼，月如钩。寂寞梧桐深院锁清秋。　　剪不断，理还乱，是离愁。别是一般滋味在心头。"述情如话，自然精妙。李煜的词还善于运用对比和比喻。如《虞美人》，春花秋月常在而往事转眼成空；东风又吹，故国却不可复回；雕栏玉砌犹在，只是朱颜已改。通过三重对比，表达了物是人非的沧桑之感。最后一笔，将这种痛定思痛的悲慨感情化作滔滔春江水，浩荡东流去，不尽愁思。王国维说过："词至李后主而眼界始大，感慨遂深，遂变伶工之词而为士大夫之词。"（《人间词话》）这是很中肯的评价。

作　品

敦煌曲子词

鹊　踏　枝

【解题】

　　敦煌曲子词，指清末在甘肃敦煌千佛洞内发现的160多首唐、五代词。除少数几首可知作者外，绝大部分是无名氏的民间作品。内容广泛，形式多样，风格朴素自然，体现了民间文学的特色。《鹊踏枝》原为唐教坊曲，用作词调。唐俗以鹊声报喜，乃作调名。此词借喜鹊与人的对话，表达思妇怀念征夫的心情。构思新颖独特，富有生活情趣和喜剧气氛。

　　叵耐灵鹊多谩语[1]，送喜何曾有凭据[2]？几度飞来活捉取，锁上金笼休共语[3]。比拟好心来送喜[4]，谁知锁我在金笼里。欲他征夫早归来[5]，腾身却放我向青云里。

商务印书馆1956年版王重民辑《敦煌曲子词集》上卷

【注释】

　　[1] 叵（pǒ）耐：不可耐，可恶。叵："不可"的合音。灵鹊：喜鹊。《禽经》："灵鹊兆喜。"五代王仁裕《开元天宝遗事》卷下："时人之家闻鹊声皆为喜兆，故谓灵鹊报喜。"谩语：谎话。谩：通"谩"（mán），欺骗。[2] 何曾有：什么时候有过。[3] 金笼：精美的鸟笼。休共语：不和它说话，不理睬它。上片是思妇的责怨。[4] 比拟：原本准备。以下为喜鹊的答语。[5] 征夫：这里指她从军远征的丈夫。

白居易

忆　江　南

【解题】

　　《忆江南》，唐段安节《乐府杂录》"望江南"条云："始自朱崖李太尉（德裕）镇浙西日，为亡妓谢秋娘所撰。本名《谢秋娘》，后改此名。亦曰《梦江南》。"白居易咏杭州西湖词三首，此为第一首。因其二、三两首起句为"江南忆"，故更名为《忆江南》。此词追忆江南水乡的旖旎春色，流露出无限留恋之情。

江南好，风景旧曾谙[1]。日出江花红胜火[2]，春来江水绿如蓝[3]。能不忆江南？

文学古籍刊行社影宋本《白氏长庆集》卷三四

【注释】

[1]"江南好"二句：白居易少年时代，曾因避安史之乱而流寓江南；后又于穆宗长庆二年（822）至敬宗宝历二年（826）出任杭州、苏州刺史，创作了许多吟咏风景的诗篇。这里的"江南"，当指杭州、苏州一带。谙（ān）：熟悉。[2] 江花：江边的鲜花。胜：一作"似"。[3] 蓝：植物名。种类很多，叶子可以用来制作青色染料，名曰靛青。

温庭筠

温庭筠（812？—866），一作廷筠，又作庭云，本名岐，字飞卿，太原祁县（今属山西）人。才思敏捷，每入试，押官韵作诗赋，凡八叉手而八韵成，时号"温八叉""温八吟"。好讥权贵，放荡不羁，故屡试不第。曾为隋县尉、方城尉、国子助教等官。两《唐书》有传。今人夏承焘有《温飞卿系年》。他是文人中第一位大量填词者，对前、后蜀词人的创作起到了很大的指导作用，因此被誉为"花间鼻祖"（清王士禛《花草蒙拾》）。今存词约七十首，大都见于《花间集》。多为代言体，摹写闺情，辞采华美绮艳。近代王国维撰《人间词话》，曾拈出他《更漏子》词中的"画屏金鹧鸪"句来概括其词风。

菩 萨 蛮

【解题】

《菩萨蛮》，唐教坊曲，用作词调。《花间集》录温庭筠《菩萨蛮》词十四首，皆为代言体，描摹女子相思，物象华美，色彩秾丽。此词写一位女子早晨梳妆的娇慵情态，刻画精致细腻，于富艳精工之中传递出主人公淡淡的哀怨。

小山重叠金明灭[1]，鬓云欲度香腮雪[2]。懒起画蛾眉[3]，弄妆梳洗迟[4]。　　照花前后镜，花面交相映[5]。新帖绣罗襦[6]，双双金鹧鸪[7]。

文学古籍刊行社影宋本《花间集》卷一

【注释】

[1] 小山：指绘饰有小山画面的屏风。金明灭：指阳光映照在屏风上，屏风中画面刻镂、描金之处，由于受光角度不同，因而或明或暗，给人以恍惚明灭之感。[2] 鬓云：鬓发蓬松像乌云。度：飘过。香腮雪：指香而白的面颊，犹如白雪。"鬓云"句的意思是：鬓发如同乌云，就要掠过雪白的香腮。这里以"云"、"雪"比喻鬓发和香腮，笔法非常细腻新巧。[3] 蛾眉：形容女子细长而秀美的眉毛。[4] 弄：调弄。弄妆：化妆。迟：慢腾腾地，暗示花了很多时间。[5] "照花"二句的意思是：梳妆时，用两面镜子前后对照，头上插戴的花朵与如花似玉的面容交相辉映，显得格外艳丽。[6] 帖：同"贴"，指贴金，是唐人的一种刺绣工艺，用金箔做出花

样，再绣贴在衣料上。襦（rú）：短袄。［7］鹧鸪（zhè gū）：古人多以鹧鸪、鸳鸯、凤凰等，表达成双成对的意思。这里是以绣成的鹧鸪成双成对，反衬出女子独守空闺的孤寂。

李煜

　　李煜（937—978），字重光，初名从嘉，号钟山隐士，简称钟隐，徐州（今属江苏）人。南唐中主李璟之子，于宋太祖建隆二年（961）即位，在位十五年，奢侈享乐，沉湎酒色，政治上无所作为。开宝八年（975），国亡于宋，被掳至东京（今河南开封），度过了几年屈辱的囚禁生活，最终因心怀怨愤，为宋太宗所忌，被用毒药杀害。史称南唐后主。生平事迹详见新、旧《五代史》本传及宋马令、陆游二家《南唐书》。今人夏承焘撰有《南唐二主年谱》。他能书善画，精通音律，擅长诗词，而词的成就最高。王国维《人间词话》云："词至李后主而眼界始大，感慨遂深，遂变伶工之词为士大夫之词。"宋人将他与其父李璟的词合刻为《南唐二主词》。

乌 夜 啼

【解题】

　　《乌夜啼》，本六朝乐府旧题。唐玄宗时教坊有此曲，后用为词调。一名《相见欢》。此词当是南唐亡国之后所作。作品以渲染孤寂萧瑟的景物入手，形象地展现出难以名状的离愁别恨，明白如话，凄楚动人。

　　无言独上西楼。月如钩。寂寞梧桐深院锁清秋[1]。　剪不断，理还乱，是离愁[2]。别是一般滋味在心头[3]。

《晨风阁丛书》本《南唐二主词·补遗》

【注释】

　　[1] 深院锁清秋：清秋被锁在深院之中。也暗含作者被囚深院的寂寞悲愁。[2] 离愁：指去国之愁。[3] 别是一般：另有一种。

虞 美 人

【解题】

　　《虞美人》，唐教坊曲，用作词调。北宋张君房《脞（cuǒ）说》以为此调起于项羽《虞兮之歌》。据《史记·项羽本纪》，项羽有美人名虞，被汉围，饮帐中，歌曰"虞兮虞兮奈若何"。南宋王灼《碧鸡漫志》卷四驳之："予谓后世以此命名可也，曲起于当时非也。"此词乃作者被俘入宋后第二年（978）所作。《历代诗余·词话》引《乐府纪闻》："后主归宋后，与故宫人书云：'此中日夕只以眼泪洗面。'每怀故国，词调愈工。……其赋《虞美人》有云：'问君能有几多愁，恰似一江春水向东流。'旧臣闻之，有泣下者。七夕，在赐第作乐。太宗闻之,怒。更得其词,故有赐牵机药之事。"作品即景抒怀,感慨今昔,流露出对往日帝王生活的依恋和亡国后的愁怨。特别是结末二句,以水喻愁,形象贴切,将深浓、抽象的愁绪写得历历在目,堪称千古名句。

春花秋月何时了?往事知多少[1]!小楼昨夜又东风[2]。故国不堪回首月明中[3]。雕栏玉砌依然在[4],只是朱颜改[5]。问君能有几多愁[6]?恰似一江春水向东流。

《晨风阁丛书》本《南唐二主词》

【注释】

[1]"春花"二句:春天的鲜花、秋天的明月年年有,什么时候才能了结?因为诗人一看见它们,就不由得勾起了对许多往事的回忆。触目伤怀,难以忍受这份痛苦。[2]东风:春风。[3]故国:指南唐。[4]雕栏玉砌:泛指南唐华丽的宫殿建筑。依然,一作"应犹"。[5]朱颜:红润美好的容颜。这句是自伤因忧愁而容颜衰老。[6]"问君"二句:自问自答。君:这里是自指。

唐文概说

一、骈文

骈文是一种讲究对偶、排比、用典、声韵和辞采的文体,兴盛于六朝。由于过分地追求形式的整饬,声韵的协畅,用典的繁复,辞藻的华靡,因此骈文在风靡文坛、流播社会的长期过程中,渐次发展成为自由表达思想的桎梏。虽然如此,骈文在唐代仍然时有佳作。例如王勃的《秋日登洪府滕王阁饯别序》就是一篇脍炙人口的骈文。文章先由洪州的形势写起,再由饯别引起羁旅之怀。全文结构谨严而又流动自如,境界阔大而又文辞华美。"落霞与孤鹜齐飞,秋水共长天一色""渔舟唱晚,响穷彭蠡之滨;雁阵惊寒,声断衡阳之浦",实为至美之境界。像"物宝天华""人杰地灵""雄州雾列,俊采星驰"这样的词语,极简洁而又容量大。大量用典更是其突出的特点,不仅贴切而又富于变化。骈文至"初唐四杰"手里已经起了变化,最主要的便是重抒情,且感情的基调高昂壮大,富有气势与力量。再如杜牧的《阿房宫赋》是一篇骈散结合的政论性的佳作。前四段描写阿房宫的楼阁之多、歌舞之盛和秦朝的穷奢极欲,基本上是骈文,适当杂以散文句式。最后一段议论则全用散文。全篇气势宏伟,灵活流转,描写生动,议论精切,感情奔放,较之六朝滞重的骈赋,无疑更具有艺术魅力。

二、古文运动

古文概念的提出,始于韩愈,他将自己写作的奇句单行、上承先秦两汉文章的自由体散文称为古文,与魏晋六朝以来流行的骈体文相对立。骈文在表达思想感情方面的局限与弊端是很明显的,于是有识之士便起而反对,文风改革的呼声愈来愈高。到了开元、天宝以后,萧颖士、李华、元结、独孤及等一批文士,不约而同,抱着载道宗经的目的,致力于古文写作,他们先后推波助澜,助长复古思潮,转移文坛风气。总的说虽然声势不大,实绩不显,但却是韩愈、柳宗元之前披荆斩棘的先驱,为中唐古文运动奏响了序曲。贞元至元和期间,作为文风、文体和文学语言革新的古文运动,勃兴一时。二三十年间,韩、柳诸公大张旗鼓,从事古文的宣传与写作,终于使六朝以来的浮艳"时文"(骈文)受到重大打击,"古文"取得了压倒性的优势。

古文的写作与提倡不始于韩、柳,但韩、柳的功绩则远在前辈古文家之上。苏轼甚至赞誉韩愈"文起八代之衰"(《韩文公庙碑》)。韩、柳反对骈俪、倡导古文获得成功的原因是多方面的。

首先,韩、柳倡导古文有着强烈的现实感。散文复兴适应了时代和社会的需求,与振兴儒学的思想政治斗争紧密结合。当时在政治领域里,要维护王朝统一、整顿封建秩序、反对军阀割据、解除外患威胁。在意识形态领域内,要抵排异端、攘斥佛老、挽救思想危机,促进"中兴"局面。为了扶持儒家道统、鼓吹孔孟之道，迫切需要恢复并发扬先秦两汉那种流畅质朴、不拘奇偶的自由体散文，用以明道析理、因事陈辞。韩、柳都比较执著于现实的变革，具有挽狂澜于既倒的政治雄心，他们的优秀散文，多数触及了当时现实政治中重大的课题（如韩的坚决反对佞佛殃民，柳的尖锐揭露苛政虐民），遂能以异常的活力占领阵地，成为一代文坛宗主。

其次，韩、柳古文运动理论较有系统性。韩、柳以前的古文鼓吹者，尽管不遗余力，但言虽多而不由其统，零散片断，不成体系。韩、柳则在前人基础上加以发展，理论较为完整。主要有这样几个方面。一是"文以载道"的文道合一观。二是主张修养与著文的统一。韩愈《答李翊书》云："根茂实遂"，"气盛言宜"。三是发愤寄慨的"不平则鸣"论。四是提倡创新，力戒蹈袭。韩愈《答刘正夫书》云："师其意，不师其辞"；韩愈《答李翊书》云："陈言务去"；《樊宗师墓志铭》云："词必己出""文从字顺"。

最后，韩、柳散文显示了兼收并蓄、转益多师的融合力。韩、柳尽管也打出明道宗经的旗号，反对骈俪，但不同于前辈古文家机械地抱经仿古，而是熔铸百家，博采众长。柳宗元在《答韦中立论师道书》中提出，除了以五经为本外，还要"参之穀梁氏以厉其气，参之孟、荀以畅其支，参之庄、老以肆其端，参之《国语》以博其趣，参之《离骚》以致其幽，参之太史以著其洁。此吾所以旁推交通而以之为文也"。韩、柳都是骈文高手，深知"骈四俪六、锦心绣口"的铿锵节奏和纷华词采，在表情达意上有不可替代的长处，完全可以引进自己的古文创作。因此他们"琢句铸辞，时有六朝余习"，充分吸取了骈文俳赋的文学技巧和艺术语言，入室操戈，使得骈为散用，大大增添了古文的意趣和美感。

此外，韩、柳还注意到了转移风气的重要作用。他们引类呼朋，广结声援，热心指导后进，培养了一批古文运动的有生力量。众多的"韩门弟子"在传播儒教、推行古文方面起到了重要作用。韩、柳的援引后进，扩大影响，使得古文运动具有了相当规模的群众性。这也是他们成功的原因之一。

在文学史上，韩愈是司马迁之后最杰出的散文大家。韩愈的散文，反映了攘斥佛老、针砭弊政、反对方镇割据与宦官专权、要求举贤用能等积极思想。当然，也不可避免存在着鼓吹儒教、维护封建纲常的糟粕。韩文内容丰富厚实，艺术上更是兼善众体，文从字顺。韩愈的议论文锋芒毕露，立论鲜明，其中有正面着笔论道说理的优秀篇章。如《原毁》，通过古今对比谴责一般士大夫诋毁、排斥后进的不良风气，揭示妒忌的社会心理乃是谗毁的思想根源。《师说》阐述尊师重道的必要性，指出"无贵无贱，无长无少，道之所存，师之所存"，批判了当时士族不重师道的恶习。韩文论说，更多的是用旁敲侧击、嬉笑怒骂的方式，倾泻"感激怨怼之辞"，寄托不遇于时的愤慨牢骚。最典型的是《进学解》，愤世嫉俗，弦外有音，表面上写弟子对国子先生嘲弄揶揄和先生引咎自责，而实际是夫子自道：业精于勤，行成于思，排抵佛道，捍卫儒教，成就不凡，功业卓著。通篇行文渗透着作者倔强刚直而幽默豁达的个性，洋溢着不甘穷厄，敢于向命运和社会抗争的精神。再如《杂说四》，以"千里马常有而伯乐不常有"比喻贤才难遇知音，委曲深致地发泄了壮志难酬的苦闷情怀。千里名驹的遭际是"食不饱，力不足，才美不外见"，老死槽枥。求马者却"执鞭而临之曰：'天下无马！'""呜呼，其果无马邪？其真不知马也。"层层折转，迭起波澜，抒写了古来贤士的悲剧命运。

韩愈的记叙文不仅形象生动,还常糅合进议论,收到特殊的艺术效果。名篇《张中丞传后叙》为死难英烈树碑立传,热情歌颂张巡、许远、南霁云抗战讨叛的英雄行为,辩诬澄疑,彰扬正义。其中叙事笔墨如张巡从容就义的场面,南霁云乞师时的断指、射塔,都写得虎虎生气,特具神采。文中议论揭示睢阳保卫战的重大意义,驳斥小人诬蔑许远畏死降贼的谬论,滔滔雄辩,气盛而辞厉。《柳子厚墓志铭》,记叙柳宗元不幸的政治遭遇和卓越的文学成就。文中就柳宗元待罪时愿以贬地柳州与难友调换播州的义举,生发议论,抨击炎凉世态。又指出柳之功业又恰恰促成了他文学的伟绩。文章体现作者"士穷乃见节义"和"穷苦之言易好"的观点,避免了就事论事的写法,对人们认识和评价悲剧人物柳宗元,有深刻的启示。

抒情文中,韩愈的《祭十二郎文》,打破了历来祀享文字的行文格套,纯以意到笔随的散体文抒写对亡侄的怀念,家常琐琐,一片深情。文中蕴涵着自身宦海沉浮的人生感喟。《送李愿归盘谷序》笔酣墨饱,感情充沛,将功名富贵之家的侈靡排场、趋时干进之徒的卑屑情态、逃名遁隐之士的冷落境况作对照,表达了贤才屈抑难伸而不肖者声势煊赫的不平之感。

韩愈的散文具有阳刚之美,向来多以浑浩流转的长江大河,冲飙激浪的千里秋江比拟韩文的汪洋气势和雄放风格。在修辞艺术上,韩愈极为考究,下字不苟,造语精当。韩文流传下来的大量成语、格言、炼辞、警句,难以一一列出。仅以《进学解》为例,便有"业精于勤,荒于嬉;行成于思,毁于随""爬罗剔抉,刮垢磨光""提要钩玄""贪多务得,细大不捐""旁搜而远绍""含英咀华""佶屈聱牙""同工异曲""跋前踬后,动辄得咎""俱收并蓄""校短量长"等至今仍为人沿用。

柳宗元是唐代杰出的思想家,也是卓越的散文家。柳文不似韩愈以才气纵横、笔力雄恣取胜,其长处是立意新颖深刻、文墨雅洁简峭。其成就主要在寓言小品、山水游记及人物传记等方面。

在文学史上,柳宗元是开始创作独立成篇的寓言的作家。他的寓言往往借物态以摹人情,嘲世风,精警而锋利。取材多属日常易见的事物,比起韩愈《杂说》中取龙、麟、骏马为兴寄托喻对象,更富生活气息。最著名的有《三戒》,以麋、驴、鼠三物,分别讥刺社会上"依势以干非其类""出技以怒强""窃时以肆暴"的小人,揭示他们得意于一时、终不免取祸的可悲下场。《蝜蝂传》描写负物爬高成癖的小虫,因贪物负重至于超载坠地陨身,影射和鞭挞那些"日思高其位、大其禄"的贪官污吏。柳宗元还善于将寓言手法融入记叙文,这方面最成功的范例当推《捕蛇者说》,通过捕蛇者蒋氏之口,控诉天宝以后六十年间官家赋役带给广大农民的深重灾难,深刻地反映了"赋敛毒于蛇""苛政猛于虎"的社会现实。《种树郭橐驼传》,叙养树事而寓养民术,也是幻设议论,运寓言入纪传的写法。

柳宗元还有一些以真人真事为依据的传记散文,如《段太尉逸事状》热情赞美爱民的好官。作者从段秀实一生中精心选择了三件逸事,表现了人物的刚勇、仁义和节操,多侧面地刻画了人物外柔内刚的性格特征。全文不着一句议论,纯用写实、反衬的手法,叙事繁处不避琐细,简处亦富有生气,作者的褒贬则暗寓其中。《童区寄传》则是赞扬杀贼的童子区寄的,文字上剪裁得当,摹写有神,人物形象刻画得熠熠生辉。

柳宗元的散文最受后人激赏的是以《永州八记》为代表的山水游记。他的游记继郦道元《水经注》之后，异峰突起，将古代山水游记的写景状物提高到诗意浓郁、画趣盎然的境界，于探幽寻胜的记录中渗透作者生活的痛苦感受和抑郁情怀。文情相生，自然环境的翠蔓幽篁、细流奇石，在此莫不与迁客骚人自身的耳目心神相合。如《至小丘西小石潭记》，集中描写小石潭的清幽美妙和潭中鱼的活泼有趣，流露出作者一时明净开朗的心情。但篇末突出景物的幽邃凄清，隐约可见作者在贬居中孤寂落寞的心境。再如《钴鉧潭西小丘记》所云："清泠之状与目谋，瀯瀯之声与耳谋，悠然而虚者与神谋，渊然而静者与心谋。"在作者笔下，"牢笼百态"的精致临摹，实中见虚的空灵技法，小景立成大观，尺幅尽堪挥洒。那弃置荒州的一丘一壑，便都融进了抒情主人公的自我形象。

三、晚唐小品文

唐末及五代，古文创作随着社会动乱、儒学衰微一度走向低落，于是骈体文又重新泛滥。但是韩、柳散文的优秀传统与巨大影响却仍然促成了小品文的繁荣。这一时期讽刺小品的代表作者是皮日休、陆龟蒙与罗隐三家。

鲁迅《小品文的危机》曾指出："唐末诗风衰落，而小品放了光辉。但罗隐的《谗书》几乎全部是抗争和愤激之谈；皮日休和陆龟蒙自以为隐士，别人也称之为隐士，而看他们在《皮子文薮》和《笠泽丛书》中的小品文，并没有忘记天下，正是一塌糊涂的泥塘里的光彩和锋芒。"他们的小品文是韩愈杂文和柳宗元寓言小品的继承和发展。

皮日休的讽刺小品，大都托古喻今，伤时骂世。如"古之取天下也，以民心；今之取天下也，以民命。唐虞尚仁，天下之民，从而帝之，不曰取天下以民心乎？汉魏尚权，驱赤子于白刃之下，争寸土于百战之内，由士为诸侯，由诸侯为天子，非兵不能威，非战不能服，不曰取天下以民命乎"（《读司马法》）；"古之置吏也，将以逐盗；今之置吏也，将以为盗"（《鹿门隐书》），对统治者的揭露可谓一针见血。

陆龟蒙的小品中颇多辛辣刺讥之作。如《野庙碑》，先悲悯百姓耗竭财力以奉祀野庙神灵土偶，接着笔锋一转，鞭挞世上窃取禄位、作威作福的达官显贵，说明那些朝堂里的官僚，"升阶级，坐堂筵，耳弦匏，口粱肉，载车马，拥徒隶"，他们"解民之悬，清民之暍，未尝贮于胸中；民之当奉者，一日懈怠，则发悍吏，肆淫刑，驱之以就事"，较诸庙堂中的神灵，他们要可恶得多。此外如《后虱赋》《记稻鼠》《招野龙对》等，皆指物托讽，表达愤世忧时之情。

罗隐的小品文善于对历史故事进行改造加工，讽刺现实，例如《吴宫遗事》突出了忠奸的强烈对比，总结兴亡治乱的教训：伍员的直言忠谏不为吴王夫差所接受，反遭赐死；伯嚭的阿谀欺瞒却博得吴王欢心，掌权用事。这篇短小精悍的文章，最后只以"明年越入吴"五字简洁地煞尾，异常冷峻。其他如《英雄之言》《说天鸡》《辨害》等，均为警策可观之作。

唐代古文运动在文学史上的影响可谓源远流长。在五四新文化运动兴起之前，古文始终占据着文坛的支配地位。宋代的欧、苏、曾、王诸家自不必说，一直到明代"唐宋派"唐顺之、归有光等的古文，清代"桐城派"方苞、姚鼐等的古文，都是对韩、柳首倡的唐宋古文运动传统的继承和发展。古文运动的历史功绩是不可低估的。

作　品

李白

与韩荆州书

【解题】

《唐文粹》卷八八选录此文，题作《与韩荆州朝宗书》。《新唐书·韩朝宗传》："累迁荆州长史，开元二十二年（734），初置十道采访使，朝宗以襄州刺史兼山南东道。"按，唐代荆州设大都督府，由亲王遥领大都督，不理州事，实际长官为大都督府长史。时韩朝宗以荆州大都督府长史兼襄州刺史，故李白称之为"韩荆州"，时在开元二十二年。李白有《忆襄阳旧游赠马少府巨》诗云："昔为大堤客，曾上山公楼。高冠佩雄剑，长揖韩荆州。"大堤在襄阳（今属湖北），山公楼为晋山简镇襄阳时遗迹，由此知李白拜谒韩朝宗之地在襄阳。开元十五年（727）李白与许氏结婚，家于安陆。约开元十八九年曾初入长安追求功业未成，刚从长安归来不久，闻韩朝宗善于识拔人才，故上此书自荐。文中极力赞誉韩朝宗奖掖后进，并介绍自己的才能，希冀得到赏识。

白闻天下谈士相聚而言曰："生不用封万户侯，但愿一识韩荆州[1]。"何令人之景慕，一至于此耶[2]！岂不以有周公之风，躬吐握之事，使海内豪俊，奔走而归之，一登龙门，则声誉十倍[3]。所以龙盘凤逸之士，皆欲收名定价于君侯[4]。愿君侯不以富贵而骄之，寒贱而忽之[5]，则三千宾中有毛遂，使白得颖脱而出，即其人焉[6]。

白陇西布衣，流落楚汉[7]。十五好剑术，遍干诸侯[8]。三十成文章，历抵卿相[9]。虽长不满七尺，而心雄万夫。王公大人，许与气义[10]。此畴曩心迹，安敢不尽于君侯哉[11]！

君侯制作侔神明，德行动天地，笔参造化，学究天人[12]。幸愿开张心颜，不以长揖见拒[13]。必若接之以高宴，纵之以清谈，请日试万言，倚马可待[14]。今天下以君侯为文章之司命、人物之权衡，一经品题，便作佳士[15]。而君侯何惜阶前盈尺之地，不使白扬眉吐气、激昂青云耶[16]？

昔王子师为豫州，未下车即辟荀慈明，既下车又辟孔文举[17]。山涛作冀州，甄拔三千余人，或为侍中、尚书，先代所美[18]。而君侯亦荐一严协律，入为秘书郎。中间崔宗之、房习祖、黎昕、许莹之徒，或以才名见知，或以清白见赏[19]。白每观其衔恩抚躬，忠义奋发，以此感激，知君侯推赤心于诸贤腹中，所以不归他人，而愿委身国士[20]。傥急难有用，敢效微躯[21]。

且人非尧舜，谁能尽善[22]。白谟猷筹画，安能自矜[23]。至于制作，积成卷轴，则欲尘秽视听，恐雕虫小技，不合大人[24]。若赐观刍荛，请给纸墨，兼之书人。然后退扫闲轩，缮写呈上[25]。庶青萍、结绿，长价于薛、卞之门[26]。幸推下流，大开奖饰，惟君侯图之[27]。

中华书局《李太白全集》卷二六

【注释】

[1] 谈士：游说之士，辩士。万户侯：食邑万户的诸侯。李白此处言"万户侯"，取至贵之意。《新唐书·韩朝宗传》云："朝宗喜识拔后进，尝荐崔宗之、严武于朝，当时士咸归重之。"可见韩朝宗以奖掖识拔后进有名当时。后世称结识贤人为"识荆"或"识韩"，本此。[2] 景慕：仰慕。[3] 周公：指周文王子姬旦。他辅佐武王灭纣，建立周王朝，被封于鲁。武王死，成王年幼，周公摄政。吐握：礼贤下士。《韩诗外传》卷三引周公曰："吾文王之子，武王之弟，成王之叔父也。又相天下，吾于天下亦不轻矣。然一沐三握发，一饭三吐哺，犹恐失天下之士。"登龙门：比喻得到有声望之人的接见或援引而提高身份。《后汉书·李膺传》："膺独持风裁，以声名自高，士有被其容接者，名为登龙门。"李白此处用其意。声誉：一作"声价"。[4] "所以"二句：那些怀才不遇的秀美之士，都想得到您的赏识与奖掖，由此获得美名和评定身价。龙盘凤逸：喻指怀才不遇。君侯：古代对诸侯的尊称。龙盘：一作"龙蟠"。[5] "愿君侯"二句：愿您不要因为他们中有些人出身富贵，就给过高赞誉而使他们骄傲，也不要因为有些人出身贫贱就轻视他们，使他们得不到公允的评价。[6] 毛遂：战国时平原君赵胜的食客。《史记·平原君虞卿列传》："门下有毛遂者，前，自赞于平原君……平原君曰：'先生处胜之门下几年于此矣？'毛遂曰：'三年于此矣。'平原君曰：'夫贤士之处世也，譬若锥之处囊中，其末立见……。'毛遂曰：'臣乃今日请处囊中耳。使遂早得处囊中，乃颖脱而出，非特其末见而已。'平原君竟与毛遂偕。"颖（yǐng）：指锥尖。此处李白以毛遂自比。[7] 陇西：古郡名，秦置，至隋废。治所在狄道（今甘肃临洮南）。按，李白生于西域，长于蜀中，陇西乃就郡望而言。布衣：平民。也指没有官职的读书人。楚汉：指古楚国汉水一带。当时李白正流浪在安陆、襄阳、江夏等汉水流域地区，故有此言。[8] "十五"二句：很小的时候就爱好舞剑，曾遍游当时官府，得到地方长官的赞赏。十五：未必实指十五岁，只表示少年时代。干：接触。诸侯：古代对中央政权所分封的各国国君的统称。但李白此处的诸侯则指蜀中的地方官。[9] "三十"二句：青年的时候文章写得极好，曾拿它干谒过达官贵人。三十也未必实指三十岁，只表示三十岁左右。历抵卿相：当指开元十八年第一次去长安干谒公卿宰相之事。[10] "虽长"四句：虽然身高未达七尺，但豪迈的志气超过万人。王公大人也赞许自己有节概和义气。尺：古时的尺较今为小。大人：一作"大臣"。[11] "此畴曩"二句：这是我过去的抱负和事迹，怎敢不尽情向您陈述呢！畴（chóu）：语气助词。[12] "君侯"四句：您写的文章像神明一般，道德行为能使天地感动，文笔与大自然的化育相合，学识又穷尽天象和人事的奥秘。制作：著作，文章。侔：相等。造化：天地自然的创造化育。何承天《达性论》："妙思穷幽赜（zé），制作侔造化。"《梁书·钟嵘传》："文丽日月，学究天人。"[13] "幸愿"二句：希望您开张心胸，和颜悦色，不要因为我长揖不拜而拒绝接见我。长揖：拱手高举，自上而下的相见礼。[14] "必若"四句：假若您用上宾之礼来接待我，又纵容我的清谈，那么，您可以当面测试我的才华，哪怕一日作上万字的文章，倚马而写，立等可成。高宴：盛宴。倚马：刘义庆《世说新语·文学》云："桓宣武北征，袁虎时从，被责免官，会须露布文，唤袁倚马前令作，手不辍笔，俄得七纸，殊可观。"后用"倚马"比喻文思敏捷。[15] "今天下"四句：现在大家都认为您是品定

文章和人物的权威,一旦被您赏识,便成为才学秀美的人。司命:指掌握人们命运的人。《孙子·作战》:"知兵之将,民之司命。"此处用作权威之意。权衡:秤锤和秤杆,转指评量人物的人。[16]"而君侯"二句:您又何必吝啬堂阶前数尺之地,不使我扬眉吐气、激昂奋发而直上青云呢!青云:比喻远大的志向。[17]王子师:《后汉书·王允传》:"王允字子师……特选拜豫州刺史。辟荀爽、孔融等为从事。"《晋书·江统传》:"昔王子师为豫州,未下车辟荀慈明、下车辟孔文举。"豫州:州名。汉武帝所置十三刺史部之一。东汉治所在谯(今安徽亳州)。下车:上任。荀慈明:名爽,《后汉书》《三国志》有传。孔文举:名融,建安七子之一,曾为北海相,世称孔北海。《后汉书》《三国志》有传。[18]山涛:字巨源,西晋名士。冀州:晋时治所在房子(今河北高邑西南)。《晋书·山涛传》:"山涛出为冀州刺史……涛甄拔隐屈,搜访贤才,旌命三十余人,皆显名当时,人怀慕尚,风俗颇革。"甄拔:指甄别、识拔人才。侍中:官名,初仅侍应杂事,但因接近皇帝,地位日渐贵重。南朝时侍中掌管机要,实际上即是宰相。尚书:官名。汉成帝时设尚书五人,开始分曹办事。魏晋以后,尚书事务更繁。隋、唐时代中央机构分三省,尚书省为政务执行机关;分六部,六部首长都称尚书。[19]严协律:姓严的协律郎,名不详。协律郎是掌管校正乐律的官员。秘书郎:秘书省掌管图书收藏及抄写事务的官员。崔宗之:李白重要交游之一,曾为起居郎、礼部员外郎、礼部郎中、左司郎中等职。房习祖:事迹不详。黎昕:曾为拾遗官,王维有《黎拾遗听见过》诗。许莹:事迹不详。见知:被人们知晓。见赏:被人们所赏识。[20]"白每观"六句:我时常看到他们对您感恩戴德、扪心自问、忠义奋发的样子,很受感动,知道您对这几位佳士推心置腹,赤诚相待,因此,不愿归附别人,愿意托身于您。国士:国中杰出的人物,这里指韩朝宗。[21]"傥急难"二句:倘若遇到急难而用得着我之时,甘愿不惜微贱的身躯为您效劳。傥(tǎng):倘若。[22]尽善:完美无缺。[23]"白谟猷(yóu)"二句:我的谋划,怎能自夸。谟猷、筹画:均指谋略。[24]"至于"五句:至于所作诗文,已积累成不少卷轴,很想敬献给您,但恐怕污秽您的耳目,这种雕虫小技,不合大人的志趣。尘秽视听:自谦之词。雕虫小技:指诗赋。[25]"若赐"五句:如蒙您赏识,要观看我草野之人的文字,那么,就请您给我纸墨,加上抄写的人,然后回去扫净静室,缮写呈上。刍荛(chú ráo):割草,打柴。后常以"刍荛"指草野之人,此处为自谦之词。[26]"庶青萍"二句:希望青萍宝剑和结绿美玉,在薛烛和卞和的门下能够提高价值。比喻自己能被韩朝宗赏识。庶:庶几,表希冀。青萍:古代宝剑名。结绿:美玉。比喻有才能的人。薛卞:薛指薛烛,古代善于相剑的人。事载《越绝书·外传·记宝剑》。卞指卞和,比喻善于发现宝玉的人。见《韩非子·和氏》。[27]"幸推"三句:希望您推恩给下位的人,大开奖誉之门,请您考虑此事。奖饰:谦词,有赞许过当之意。

韩愈

师　说

【解题】

本文为嘉勉后学李蟠而作。旧注谓李蟠贞元十九年(803)进士及第,韩愈写此文时李蟠年十七,则此文当作于贞元十九年之前。韩愈倡导古文运动,不仅身体力行,而且收召后学，本文即为鼓励后进青年之作。文中阐述师的作用和从师学习的重要性，抨击当时士大夫以从师学习为耻的恶劣风气。韩愈认为"人非生而知之者"，因此人人都要从师学习。从师的原则是"道之所存，师之所存"，不分长幼，不论贵贱；"弟子不必不如师，师不必贤于弟子"，因为"闻道有先后，术业有专攻"。这些见解迄今仍有进步意义，但在当时却引起轩然大波。柳宗元《答韦中立论师道书》云："今之世不闻有师，有辄哗笑之，以为狂人。独韩愈奋不顾流俗，犯笑侮，收召后学，作《师说》，因抗颜而为师。"

  古之学者必有师。师者，所以传道授业解惑也[1]。人非生而知之者，孰能无惑？惑而不从师，其为惑也，终不解矣[2]。生乎吾前，其闻道也，固先乎吾，吾从而师之；生乎吾后，其闻道也，亦先乎吾，吾从而师之。吾师道也，夫庸知其年之先后生于吾乎[3]？是故无贵无贱，无长无少，道之所存，师之所存也[4]。

  嗟乎！师道之不传也久矣，欲人之无惑也难矣[5]。古之圣人，其出人也远矣，犹且从师而问焉[6]。今之众人，其下圣人也亦远矣，而耻学于师；是故圣益圣，愚益愚，圣人之所以为圣，愚人之所以为愚，其皆出于此乎[7]！

  爱其子，择师而教之，于其身也，则耻师焉，惑矣[8]！彼童子之师，授之书而习其句读者，非吾所谓传其道解其惑者也[9]。句读之不知，惑之不解，或师焉，或不焉，小学而大遗，吾未见其明也[10]。

  巫医、乐师、百工之人，不耻相师[11]。士大夫之族，曰师曰弟子云者，则群聚而笑之[12]。问之，则曰："彼与彼年相若也，道相似也。位卑则足羞，官盛则近谀[13]。"呜呼！师道之不复可知矣！巫医、乐师、百工之人，君子不齿，今其智乃反不能及，其可怪也欤[14]！

  圣人无常师，孔子师郯子、苌弘、师襄、老聃。郯子之徒，其贤不及孔子[15]。孔子曰："三人行，则必有我师[16]。"是故弟子不必不如师，师不必贤于弟子。闻道有先后，术业有专攻，如是而已。

  李氏子蟠，年十七，好古文，六艺经传，皆通习之[17]。不拘于时，学于余[18]。余嘉其能行古道，作《师说》以贻之[19]。

《全唐文》卷五五八

【注释】

  [1] 学者：求学之人。道：指儒家的思想学说。韩愈自己解释为："博爱之为仁，行而宜之之谓义，由是而之焉之为道。"（《原道》）业：知识。指儒家的经典，即篇末所谓"六艺经传"。解惑：指解答关于"道"和"业"的疑难问题。[2] "惑而"句的意思是：有疑难而不请教师辈，那么，疑难便始终不能解决。[3] 此数句中之"师"并为动词。师之：即以之为师。师道：即学习"道"。[4] "是故"句的意思是：不论地位高低、年龄大小，道在谁处，谁即为师。按，此乃对孔子"三人行，必有我师焉；择其善者而从之，其不善者而改之"（《论语·述而》）观点的发挥。[5] 师道：名词，从师学习之道，与上段作为动宾结构的"师道"不同。[6] 圣人：从下文举例可知，当指孔子等人。出人：超越常人。[7] 其：殆，大概。表测度的副词。[8] "爱其"句的意思是：爱惜自己之子，选师而教育他们；对自己却以从师为耻，真糊涂至

极。惑：此处指迷失方向，与前文"惑"字作疑难解不同。[9] 习其句读（dòu）：学习断句顿逗。读：同"逗"，读书停顿。[10] "句读"句的意思是：小孩不懂断句、顿逗，能选师教之；士大夫有疑难问题不能解决，却不肯从师，小者愿学而大者丢弃不学，我不认为是明智的。不：同"否"，指不从师学习。按于此段拟对子辈与对自己不同态度的对比，批判不从师之愚蠢。[11] 巫医：巫是以乐舞降神为业之人，传说巫能医病，故古时巫医不分。百工：各类工匠。相师：互相学习。[12] 族：类，辈。[13] "位卑"句的意思是：向地位低者学则感羞耻，向官职高者学则认为近于谄媚。[14] 不齿：不屑同列，表示鄙视。乃：竟。其：岂，反诘副词。[15] 常师：固定的老师。郯（tán）子：春秋末年郯国（今山东郯城西南）君主。据说是古帝少暤的后裔，已姓，名字不详。孔子曾向他学习少暤时代的职官名称。事见《左传·昭公十七年》。苌（cháng）弘：周敬王时大夫，孔子曾向他请教有关音乐的问题。事见《礼记·乐记》及《孔子家语·观周》。师襄：春秋末年鲁国乐官，善弹琴、击磬。孔子曾跟他学琴。事见《史记·孔子世家》。老聃（dān）：即老子，姓李，名耳，字伯阳，一名重耳，字聃，楚国苦（gǔ）县（今河南鹿邑东）人，曾为周朝"守藏室之史"（管理藏书的史官）。春秋时思想家，道家学派的创始人，著有《道德经》。传说孔子曾问礼于老子。事见《史记·老子韩非列传》。[16] 三人行，则必有我师：《论语·述而》："三人行，必有我师焉。择其善者而从之，其不善者而改之。"此处用其意。[17] 李蟠：《登科记考》卷十六谓元和元年（806）才识兼茂、明于体用科及第。旧注谓唐德宗贞元十九年（803）进士及第，不知何据。生平事迹不详。古文：指先秦两汉的散文。六艺：即六经，指《易》《诗》《书》《礼》《乐》和《春秋》。经传：经指六经原文，传指注释六经的著作。[18] 不拘于时：指不受当时耻于从师风尚的束缚。[19] 古道：指古人从师问学之道。

张中丞传后叙

【解题】

张中丞，指张巡（709—757）。据两《唐书》记载，巡开元末擢进士第，由太子通事舍人出为清河（今河北清河西北）令，更调真源（今河南鹿邑）令。安禄山反，巡招募豪杰，举义拒贼。后至睢阳（今河南商丘），与太守许远、城父令姚訚（yín）等会合守城拒贼。至德二载（757），有诏拜巡主客郎中，兼御史中丞，故世称"张中丞"。最后城破被俘，慷慨就义。其友李翰写有《张巡传》（今已佚），叙述并表彰张巡守睢阳城的功绩和气节。但未给许远作传。由于张巡、许远殉国时间有先后，有人怀疑许远投敌，并指责其守城不坚，敌军从其防守处首先突破。对张巡未突围亦有谤议。张巡、许远两家子弟亦进行争讼。经过张籍、张建封、李翰等人的辩诬，谤议才告停息。但许远的心迹仍未大白于天下。所以事隔五十年后，韩愈于元和二年（807）写这篇后叙，补《张巡传》之不足，表扬许远的忠贞，并补叙南霁云的逸事。此文兼有书后和传记的性质。后叙，一作"后序"，意同。

元和二年四月十三日夜，愈与吴郡张籍阅家中旧书，得李翰所为《张巡传》[1]。翰以文章自名，为此传颇详密[2]。然尚恨有阙者：不为许远立传；又不载雷万春事首尾[3]。

远虽材若不及巡者，开门纳巡，位本在巡上，授之柄而处其下，无所疑忌，竟与巡俱守死，成功名[4]。城陷而虏，与巡死先后异耳[5]。两家子弟材智下，不能通知二父志，以为巡死而远就虏，疑畏死而辞服于贼[6]。远诚畏死，何苦守尺寸之地，食其所爱之肉，以与贼抗而不降乎[7]？当其围守时，外无蚍蜉蚁子之援，所欲忠者，国与主耳[8]。而贼语以国亡主灭[9]。远见救援不至，而贼来益众，必以其言为信；外无待而犹死守，人相食且尽，虽愚人亦能数日而知死处矣[10]。远之不畏死亦明矣。乌有城坏，其徒俱死，独蒙愧耻求活[11]？虽至愚者不忍为。呜呼！而谓远之贤而为之邪！

说者又谓：远与巡分城而守，城之陷，自远所分始，以此诟远[12]。此又与儿童之见无异。人之将死，其脏腑必有先受其病者；引绳而绝之，其绝必有处[13]。观者见其然，从而尤之，其亦不达于理矣[14]。小人之好议论，不乐成人之美，如是哉！如巡、远之所成就，如此卓卓，犹不得免，其他则又何说[15]！

当二公之初守也，宁能知人之卒不救，弃城而逆遁[16]？苟此不能守，虽避之他处何益[17]？及其无救而且穷也，将其创残饿羸之余，虽欲去，必不达[18]。二公之贤，其讲之精矣[19]。守一城，捍天下，以千百就尽之卒，战百万日滋之师，蔽遮江淮，沮遏其势[20]。天下之不亡，其谁之功也？当是时，弃城而图存者，不可一二数；擅强兵坐而观者，相环也[21]。不追议此，而责二公以死守，亦见其自比于逆乱，设淫辞而助之攻也[22]。

愈尝从事于汴、徐二府，屡道于两府间，亲祭于其所谓双庙者[23]。其老人往往说巡、远时事云[24]。

南霁云之乞救于贺兰也，贺兰嫉巡、远之声威功绩出己上，不肯出师救[25]。爱霁云之勇且壮，不听其语，强留之，具食与乐，延霁云坐。霁云慷慨语曰："云来时，睢阳之人不食月余日矣[26]。云虽欲独食，义不忍。虽食，且不下咽。"因拔所佩刀断一指，血淋漓，以示贺兰。一座大惊，皆感激为云泣下。云知贺兰终无为云出师意，即驰去。将出城，抽矢射佛寺浮图，矢著其上砖半箭[27]。曰："吾归破贼，必灭贺兰！此矢所以志也。"愈贞元中过泗州，船上人犹指以相语[28]。城陷，贼以刃胁降巡，巡不屈，既牵去，将斩之。又降霁云，云未应[29]。巡呼云曰："南八[30]，男儿死耳，不可为不义屈！"云笑曰："欲将以有为也[31]。公有言，云敢不死！"即不屈。

张籍曰：有于嵩者，少依于巡，及巡起事，嵩常在围中[32]。籍大历中于和州乌江县见嵩[33]。嵩时年六十余矣。以巡，初尝得临涣县尉[34]。好学，无所不读。籍时尚小，粗问巡、远事，不能细也。云巡长七尺余，须髯若神。尝见嵩读《汉书》，谓嵩曰："何为久读此？"嵩曰："未熟也。"巡曰："吾于书读不过三遍，终身不忘也。"因诵嵩所读书，尽卷不错一字。嵩惊，以为巡偶熟此卷，因乱抽他帙以试，无不尽然[35]。嵩又取架上诸书，试以问巡，巡应口诵，无疑。嵩从巡久，亦不见巡常读书也。为文章，操纸笔立书，未尝起草[36]。初守睢阳时，士卒仅万人[37]，城中居人户亦且数万，巡因一见问姓名，其后无不识者。巡怒，须髯辄张。及城陷，贼缚巡等数十人坐，且将戮。巡起旋[38]，其众见巡起，或起或泣。巡曰："汝勿怖，死，命也。"众泣不能仰视。巡就戮时，颜色不乱，阳阳如平常[39]。远宽厚长者，貌如其心。与巡同年生，月日后于巡，呼巡为兄[40]。死时年四十九。

嵩贞元初死于亳、宋间。或传嵩有田在亳、宋间[41]，武人夺而有之，嵩将诣州讼理，为所杀。嵩无子。张籍云。

《全唐文》卷五五六

【注释】

[1]《张巡传》：久已亡佚。《新唐书·李翰传》只载李翰给肃宗上《张巡传》的表。[2] 文章自名：《旧唐书·李翰传》："为文精密，用思苦涩……神逸则著文。"为此传颇详密：据欧阳修《跋唐张中丞传》云："翰之所为，诚为太繁，然广记备言，所以备史官之采也。"即指此传详密。[3] 许远（709—757）：字令威，杭州盐官（今浙江海宁）人。安史乱时任睢阳太守。两《唐书》有传。雷万春：张巡部下偏将，勇猛善战，与南霁云齐名。《新唐书》有传。按，韩愈此文未叙雷万春事迹，此处"雷万春"似为"南霁云"之误。[4] 位本在巡上：按，许远时为睢阳太守，张巡为真源县令，官阶比许远低，所以说许远位在巡上。但真源县属谯郡，所以张巡不是许远的直属下级。授之柄而处其下：张巡至睢阳，许远自以为才不及巡，请巡主持军事，将权柄交给张巡，而自居巡下，专治军粮与战具。成功名：成就功业名节。按睢阳城陷后许远亦被执，送洛阳，至偃师，不屈死。[5] 死先后异：按《旧唐书·张巡传》："十月，城陷，巡与姚訚、南霁云、许远，皆为贼所执。……是日，与姚訚、霁云同被害，惟许远执送洛阳。"又《许远传》："尹子奇执送洛阳，与哥舒翰、程千里，俱囚之客省。及安庆绪败，渡河北走，使严庄皆害之。"[6]"两家"四句：张、许两家子弟才智能力低下，未能完全理解两位父亲的志节，张巡之子认为张巡死而许远就虏，怀疑许远怕死而投降敌人。辞服：谢罪降服。按《新唐书·许远传》载，大历（766—779）中，巡子去疾上书说睢阳陷落时，张巡及部下三十余人皆割心剖肌，惨死贼手，而许远独生。巡临死时，恨远心不可得，误国家大事。请追夺远官爵，以刷冤耻。诏下尚书省，使百官议。百官认为当时去疾年尚幼，事未详知；张巡、许远事记载得很清楚，不可妄议，才作罢。但议者仍未休止。[7] 食其所爱之肉：《新唐书·张巡传》："巡士多饿死，存者皆痍伤气乏，巡出爱妾……杀以大飨，坐者皆泣。巡强令食之，远亦杀奴僮以哺卒。"[8] 蚍蜉（pí fú）：大蚂蚁。蚁子：小蚂蚁。两者比喻极其弱小的援兵。[9]"而贼"句：敌人告诉许远，唐朝已灭、皇上已死。按肃宗至德元载（756）即位灵武后，至二载睢阳陷落前，官兵未曾出关抗敌，故敌人谎用国亡主灭的话诱胁。[10]"外无"三句：外无援兵尚且死守，人吃人亦将尽，即使蠢人亦知死亡之期已不远。数（shǔ）日：计算日子。[11]"乌有"三句：岂有城池陷落、部下俱死，惟独自己蒙受耻辱而求得一生。[12]"说者"五句：议论者又谓许远和张巡分守睢阳城，城池陷落是从许远所分守的地段开始的，以此责骂许远。[13]"引绳"二句：把绳子拉断，必有断绝的地方。[14]"观者"三句：观察者看到这种情况，从而责怪先得病处和绳子断绝处，那就是不通事理。[15] 卓卓：卓越突出貌。[16]"当二公"三句：当张巡、许远初守睢阳时，岂能知别人始终不来援救，因而弃睢阳城预先逃走？按《新唐书·张巡传》："时议者或谓：巡始守睢阳，众六万，既粮尽，不持满按队出再生之路，与夫食人，宁若全人？"此句即驳斥此说。逆：预料，这里指预先。[17]"苟此"二句：假如睢阳城不能守住，不能牵制敌军保卫江淮，即使退往别处，又有何益？[18]"及其"四句：等到无救兵而处境极窘困之时，率领其残弱饿极的余众，即使想撤退亦必不能达到目的。《新唐书·张巡传》："贼知外援绝，围益急。众议东奔，巡、远议以睢阳江淮保障也，若弃之，贼乘胜鼓而南，江淮必亡。且率饥众行，必不达。"[19] 讲：谋划。《左传·襄公五年》："讲事不令。"杜预注："讲，谋也。"[20]"守一"六句：死守一座睢阳城，捍卫整个唐朝，用千百个接近死亡的兵士，与日益增多的百万敌军作战，掩蔽江淮流域，阻止敌军南下。[21]"当是"五句：当此之时，丢弃城池而图生存之人，不计其数，拥强兵坐视观望者在睢阳城周围环绕相接。不可一二数：不能用一和二来计算，言其甚多。擅：拥有。[22]"不追"四句：不追究议论弃城图存和坐视不救之

人,反而责怪张、许二公死守睢阳,亦可见其自列于叛贼一边,制造污蔑之辞而帮助敌人攻击张、许二公。淫辞:错误不实的言论。[23]"愈尝"三句:我曾为汴州(今河南开封)、徐州(今属江苏)两幕府从事,屡次经过两府间的睢阳,亲自祭奠于双庙。双庙:据《新唐书·张巡传》记载,张巡、许远死后,诏赠巡为扬州大都督,许远为荆州大都督,皆立庙睢阳,岁时致祭,号"双庙"。[24]"其老"句:睢阳老年人时常说起张巡、许远当时事。[25]"南霁云"三句:当南霁云向贺兰进明求救兵时,贺兰妒忌张巡、许远的威名战功超出自己之上,不肯发兵救援。南霁云:魏州顿丘(今河南清丰西)人。少微贱,为人操舟。安禄山反,从钜野尉张沼起兵讨贼,后在尚衡部下,被遣至睢阳,遂留于张巡处,不肯归尚衡。两《唐书》有传。贺兰:指贺兰进明,时为河南节度使兼御史大夫,拥重兵驻临淮(今安徽泗县),巡因派霁云前往求救。[26]睢阳之人不食月余日:据《新唐书·张巡传》记载,睢阳原有谷六万斛,可支一岁。而虢王巨调其半给濮阳、济阴,许远力争,不听。结果,济阴得粮即叛,而睢阳食尽,吃树皮茶纸。[27]"将出"三句:将出城时,抽箭射佛寺的塔,箭矢射进塔砖,没入半个箭身。著(zhuó):附着,射中。[28]泗州:州治在临淮(今安徽泗县)。指以相语:指着塔上箭痕告诉我。[29]"又降"二句:又胁迫南霁云投降,霁云没有说话。按此表示南霁云正在踌躇考虑对策。[30]南八:南霁云在兄弟中排行第八。[31]"欲将"句:打算有所作为。盖南霁云原想假降,伺机报仇。[32]于嵩:事迹不详。常:一作"尝",曾经。[33]和州乌江县:在今安徽和县东北。[34]"以巡"二句:于嵩由于张巡的缘故,当初曾为临涣县尉。临涣:唐县名,在今安徽宿县西南。按张巡死节,唐朝廷特加恩封赏其亲戚和部下,故于嵩得临涣县尉。[35]乱抽他帙(zhì):随便抽出其他书籍。[36]为文章:按张巡工诗文,今存《闻笛》《守睢阳作》等诗及《谢金吾将军表》等文。[37]仅万人:接近万人。按唐人用"仅"字盖言数目之多。[38]旋:旋转。一说,小便。[39]阳阳:毫不在乎、平静自如貌。[40]呼巡为兄:按,《新唐书·许远传》:"远与巡同年生而长,故巡呼为兄。"与此异。[41]亳(bó):亳州,州治在今安徽亳县。宋:宋州,州治睢阳(今河南商丘)。

柳宗元

种树郭橐驼传

【解题】

　　本文名为传记,实则寓言。通过记载郭橐驼讲述的关于种树的一番话,抨击了苛繁扰民的政治,阐明了为政应当顺应自然、按规律办事、不扰民害民的大道理。

　　郭橐驼,不知始何名。病偻,隆然伏行,有类橐驼者,故乡人号之驼[1]。驼闻之曰:"甚善,名我固当[2]。"因舍其名,亦自谓橐驼云。其乡曰丰乐乡,在长安西[3]。驼业种树,凡长安豪富人为观游及卖果者,皆争迎取养[4]。视驼所种树,或移徙,无不活,且硕茂蚤实以蕃[5]。他植者虽窥伺效慕,莫能如也[6]。

　　有问之,对曰:"橐驼非能使木寿且孳也,能顺木之天,以致其性焉尔[7]。凡植木之性，其本欲舒，其培欲平，其土欲故，其筑欲密[8]。既然已，勿动勿虑，去不复顾[9]。其莳也若子，其置也若弃，则其天者全而其性得矣[10]。故吾不害其长而已，非有能硕茂之也；不抑耗其实而已，非有能蚤而蕃之也[11]。他植者则不然，根拳而土易[12]。其培之也，若不过焉则不及[13]。苟有能反是者，则又爱之太殷，忧之太勤。旦视而暮抚，已去而复顾[14]。甚者，爪其肤以验其生枯，摇其本以观其疏密，而木之性日以离矣[15]。虽曰爱之，其实害之，虽曰忧之，其实仇之，故不我若也。吾又何能为哉！"

问者曰："以子之道，移之官理，可乎[16]？"驼曰："我知种树而已，官理，非吾业也。然吾居乡，见长人者好烦其令，若甚怜焉，而卒以祸[17]。旦暮吏来而呼曰：'官命促尔耕，勖尔植，督尔获，蚤缫尔绪，蚤织尔缕，字尔幼孩，遂尔鸡豚[18]。'鸣鼓而聚之，击木而召之，吾小人辍飧饔以劳吏者且不得暇，又何以蕃吾生而安吾性耶[19]？故病且怠[20]。若是则与吾业者其亦有类乎[21]？"问者嘻曰："不亦善夫！吾问养树，得养人术[22]。"传其事以为官戒[23]。

上海人民出版社《柳河东集》卷一七

【注释】

[1] 偻（lóu）：驼背。隆然：指脊背高高隆起的样子。伏行：弯腰低头走路。类：类似，像。号之：称呼他。[2] 固当：本来就恰当。[3] 长安：今陕西西安。[4] 业种树：以种树为职业。为观游：修建供观赏游玩的庭院。卖果者：贩卖水果的人。争迎取养：争相迎聘，给予报酬。[5] 移徙：移植。硕茂：高大茂盛。蚤实以蕃：结果早而且多。蚤：通"早"。蕃：指果实结得多。[6] 他植者：其他种树的人。窥伺：暗中观察。效慕：仿效。[7] 寿且孳（zī）：树龄长而且生长得快。顺木之天：顺应树木的生长规律。致其性：使它的本性得到充分发展。焉尔：罢了。[8] 本：树根。舒：舒展。培：培土。故：旧，指根部原来的熟土。筑：捣土。密：结实严密。[9] 既然已：已经这样做了。去不复顾：离开后不再回顾。[10] 其莳（shì）也若子：栽种时要像对待子女一样倍加爱护。莳：栽种。其置也若弃：种完后就放下不再去管它。弃：不顾。[11] 害：妨碍。硕茂之：使它长得高大茂盛。抑耗：抑制损伤。[12] 根拳：树根拳曲不舒展。易：更换，指换上新土。[13] 不过焉则不及：不是太过分，就是达不到要求，指培土不是太多，便是太少。[14] 反是：与上述做法相反。太殷：太过关切。[15] 爪其肤：用手剥开树皮。验其生枯：看看树是死还是活。摇其本：动摇树根。观其疏密：观察捣土是否严实。日以离矣：一天比一天丧失。[16] 官理：为官治民的道理。[17] 长人者：指官府。长（zhǎng）：为民长官。好烦其令：喜欢过多地发布命令。若甚怜焉：好像很爱惜百姓。怜：爱惜。卒以祸：结果却给百姓带来灾祸。[18] 促尔耕：督促你们耕田。勖（xù）尔植：勉励你们种植。蚤缫尔绪：趁早煮茧抽丝。缫：煮茧抽丝。绪：丝头，此处指丝。蚤织尔缕：早点把你们的丝线织成绸缎。缕：线。字尔幼孩：养育你们的小孩。字：养育。遂尔鸡豚：养好你们的鸡和猪。遂：成功，引申为养大。豚（tún）：小猪。[19] 聚之：召集村民。击木：敲击木梆。小人：小民。辍飧（sūn）饔（yōng）：饭都停下来不吃。辍：停止。飧：晚饭。饔：早饭。劳：慰劳。蕃吾生而安吾性：蕃养我们的子孙，安顿我们的性情。[20] 病且怠：穷困而且疲乏。[21] 吾业者：我所从事的职业。[22] 养人术：休养人民的办法。[23] 传（zhuàn）其事以为官戒：把郭橐驼的事迹写成传记，作为官吏的鉴戒。

三戒并序

【解题】

本文是作者贬居永州时作。通过关于麋、驴、鼠的三则寓言故事,揭示了三种恶习即恃宠而骄、色厉内荏、逞意肆志,最终会导致覆败的道理。语出《论语·季氏》:"孔子曰:'君子有三戒。'"

吾恒恶世之人,不知推己之本,而乘物以逞[1]。或依势以干非其类,出技以怒强,窃时以肆暴,然卒迨于祸[2]。有客谈麋、驴、鼠三物[3],似其事,作《三戒》。

临江之麋[4]

临江之人畋得麋麑,畜之[5]。入门,群犬垂涎[6],扬尾皆来。其人怒,怛之[7]。自是,日抱就犬,习示之,使勿动[8]。稍使与之戏[9],积久,犬皆如人意。麋麑稍大,忘己之麋也,以为犬良我友,抵触偃仆,益狎[10]。犬畏主人,与之俯仰甚善,然时啖其舌[11]。三年,麋出门,见外犬在道甚众,走欲与为戏。外犬见而喜且怒,共杀食之,狼藉道上[12],麋至死不悟。

黔之驴[13]

黔无驴,有好事者船载以入[14]。至则无可用,放之山下。虎见之,庞然大物也[15],以为神,蔽林间窥之。稍出近之,慭慭然莫相知[16]。他日,驴一鸣,虎大骇,远遁,以为且噬己也[17],甚恐。然往来视之,觉无异能者[18]。益习其声,又近出前后,终不敢搏[19]。稍近,益狎,荡倚冲冒,驴不胜怒,蹄之[20]。虎因喜,计之曰:"技止此耳。"因跳踉大㘎[21],断其喉,尽其肉,乃去。噫!形之庞也类有德[22],声之宏也类有能。向不出其技,虎虽猛,疑畏,卒不敢取[23]。今若是焉,悲夫!

永某氏之鼠[24]

永有某氏者,畏日,拘忌异甚[25]。以为己生岁直子,鼠,子神也,因爱鼠,不畜猫犬,禁僮勿击鼠,仓廪庖厨悉以恣鼠不问[26]。由是鼠相告皆来某氏,饱食而无祸。某氏室无完器,椸无完衣,饮食大率鼠之余也[27]。昼累累与人兼行,夜则窃啮斗暴[28],其声万状,不可以寝,终不厌。数岁,某氏徙居他州,后人来居,鼠为态如故[29]。其人曰:"是阴类恶物也,盗暴尤甚,且何以至是乎哉[30]!"假五六猫,阖门撤瓦灌穴,购僮罗捕之[31]。杀鼠如丘,弃之隐处,臭数月乃已[32]。呜呼!彼以其饱食无祸为可恒也哉!

上海人民出版社《柳河东集》卷一九

【注释】

[1] 恒:常。恶(wù):厌恶。推己之本:考察自己的真实情况,即认识自己的实际能力。推:推究。乘物:凭借外物。逞:逞强。[2] "或依势"四句:有的依靠势力来干求与他不是同

类的人，有的施展自己的技能而激怒了更强的人，有的窃取时机以横行霸道，然而最终遭到灾祸。干：干求，求取。肆暴：任意残暴。迨：及。［3］麋（mí）：麋鹿，鹿类，似鹿而形体稍大。［4］临江：唐县名，今江西樟树。［5］畋（tián）：打猎。麑（ní）：小麋。畜：饲养。［6］垂涎：流口水。［7］怛（dá）：恐吓。［8］就：靠近，接近。习视之：常常给犬看。［9］稍：渐渐地。［10］良：真是。抵触：用头角互相碰撞。偃仆：躺在地上打滚。偃：仰卧。仆：俯卧。益狎：越来越亲昵。［11］俯仰：或俯或仰，指做出各种各样的动作。啖（dàn）：咬嚼，此处为舔意，指犬对麋垂涎而又强忍的状态。［12］狼藉：纵横散乱的样子。［13］黔：唐州名，治所在今重庆彭水。［14］好事者：喜欢多事的人。［15］庞然：高大的样子。［16］慭（yìn）慭然：小心谨慎的样子。莫相知：不知道它是什么。［17］且：将要。噬（shì）：咬。［18］觉无异能者：觉得它没有什么特殊本事。［19］习：习惯。搏：扑击。［20］荡倚冲冒：碰撞偎依，冲突冒犯。不胜怒：抑制不住愤怒，非常生气。蹄：用作动词，踢。［21］跳踉（liáng）：跳跃。大㘎（hǎn）：大叫，怒吼。［22］类：类似，好像。德：修养。［23］向：假使。出：表现出。疑畏：怀疑畏惧。取：扑杀。［24］永：永州，今湖南永州。某氏：某姓人家。［25］畏日：旧时迷信，以为日辰有凶忌而不敢有所举动。拘忌异甚：相信禁忌特别厉害。［26］生岁直子：生年正好是子年，生肖属鼠。仓廪：仓库。庖厨：厨房。恣鼠不问：放任老鼠横行，不加过问。［27］室无完器：屋里没有一样完整的器物。椸（yí）无完衣：衣架上没有一件完整的衣服。大率：大多是。鼠之余：老鼠吃剩的。［28］累累：连贯成串，成群结队的样子。兼行：并行，偕行。窃啮（niè）：偷咬。斗暴：打斗。［29］为态如故：表现出的情况和以前一样。［30］阴类：（旧时认为属于）阴性的物类，这里指暗中活动的一类动物。何以：以何，为什么。［31］假：借来。阖门：关上门。撤瓦：掀开瓦。灌穴：往鼠洞里灌水。购僮：用钱奖励仆人。购：悬赏。罗捕：四面围捕。［32］如丘：像小山一样。隐处：隐蔽之处。已：停止。

至小丘西小石潭记

【解题】

本文是《永州八记》中的第四篇。集中描写小石潭的清幽美妙和潭中鱼的活泼生趣，流露出作者一时明净开朗的心情。但篇末突出景物的幽邃凄清，隐约可见作者在贬居中孤寂落寞的心境。小丘：即永州零陵西三里钴鉧潭西的小丘。

　　从小丘西行百二十步，隔篁竹，闻水声，如鸣珮环[1]。心乐之，伐竹取道，下见小潭，水尤清冽[2]。全石以为底[3]。近岸卷石底以出，为坻为屿，为嵁为岩[4]。青树翠蔓，蒙络摇缀，参差披拂[5]。潭中鱼可百许头，皆若空游无所依[6]。日光下澈，影布石上，怡然不动，俶尔远逝，往来翕忽，似与游者相乐[7]。潭西南而望，斗折蛇行，明灭可见[8]。其岸势犬牙差互，不可知其源[9]。坐潭上，四面竹树环合，寂寥无人，凄神寒骨，悄怆幽邃[10]。以其境过清，不可久居，乃记之而去[11]。同游者吴武陵、龚古、余弟宗玄，隶而从者，崔氏二小生，曰恕己、曰奉壹[12]。

上海人民出版社《柳河东集》卷二九

【注释】

[1] 篁竹：竹丛，成片的竹子。珮环：指玉珮、玉环。古人系在腰带上的玉石，行动时铮铮作响，声音清越悠长。[2] 清冽：清冷。冽：寒冷。[3] 全石：整块的石头。[4] 卷石底以出：底部的石头上卷露出水面。坻（chí）、屿、堪（kān）、岩：指岩石的不同形状。坻、屿都是高出水面的陆地。堪是不平的石块，岩是高峻的石头。[5] 翠蔓：翠绿的枝条。蒙络摇缀：覆盖缠绕，摇曳连缀。参差：高下不齐的样子。披拂：随风摇曳。[6] 可：大约。[7] 怡然：愉悦貌。一本作"佁"（yǐ），痴貌，亦通。俶（chù）尔远逝：忽然远远地游开了。翕（xī）忽：迅捷貌。[8] 斗折蛇行：形容小溪像北斗七星一样曲折，像游蛇一样蜿蜒。明灭可见：或隐或现。[9] 犬牙差（cī）互：像狗的牙齿那样互相交错。[10] 凄神寒骨：使内心凄凉，寒气透骨。悄怆（chuàng）幽邃：寂静幽深到使人忧伤。[11] 过清：过于冷寂凄清。[12] 吴武陵：信州（今江西上饶）人，元和初进士及第，得罪贬永州。龚古：未详。隶而从者：作为随从跟着来的。崔氏二小生：姓崔的两个孩子，是作者姐夫崔简的儿子。

杜牧

阿房宫赋

【解题】

本文是杜牧早年的成名之作，作于唐敬宗宝历元年（825）。阿房（ē páng）宫：宫殿名，秦始皇所建，秦亡后，为项羽焚毁，故址在今陕西西安阿房村。敬宗即位以来，荒淫失德，广征声色，大兴土木，修建宫室。杜牧在《上知己文章启》中说："宝历中大起宫室，广声色，故作《阿房宫赋》。"表明是为讽刺时事而作。

六王毕，四海一，蜀山兀，阿房出[1]。覆压三百余里，隔离天日[2]。骊山北构而西折，直走咸阳[3]。二川溶溶，流入宫墙[4]。五步一楼，十步一阁。廊腰缦回，檐牙高啄[5]。各抱地势，钩心斗角[6]。盘盘焉，囷囷焉，蜂房水涡，矗不知其几千万落[7]。长桥卧波，未云何龙[8]？复道行空，不霁何虹[9]？高低冥迷，不知西东[10]。歌台暖响，春光融融[11]。舞殿冷袖，风雨凄凄[12]。一日之内，一宫之间，而气候不齐[13]。

妃嫔媵嫱，王子皇孙，辞楼下殿，辇来于秦，朝歌夜弦，为秦宫人[14]。明星荧荧，开妆镜也[15]。绿云扰扰，梳晓鬟也[16]。渭流涨腻，弃脂水也[17]。烟斜雾横，焚椒兰也[18]。雷霆乍惊，宫车过也[19]。辘辘远听，杳不知其所之也[20]。一肌一容，尽态极妍，缦立远视，而望幸焉，有不得见者三十六年[21]！燕、赵之收藏，韩、魏之经营，齐、楚之精英，几世几年，剽掠其人，倚叠如山，一旦不能有，输来其间[22]。鼎铛玉石，金块珠砾，弃掷逦迤，秦人视之，亦不甚惜[23]。

嗟呼！一人之心，千万人之心也。秦爱纷奢，人亦念其家，奈何取之尽锱铢，用之如泥沙[24]？使负栋之柱，多于南亩之农夫；架梁之椽，多于机上之工女；钉头磷磷，多于在庾之粟粒；瓦缝参差，多于周身之帛缕；直栏横槛，多于九土之城郭；管弦呕哑，多于市人之言语[25]。使天下之人，不敢言而敢怒。独夫之心，日益骄固[26]。戍卒叫，函谷举，楚人一炬，可怜焦土[27]。

呜呼！灭六国者六国也，非秦也；族秦者秦也，非天下也[28]。嗟夫！使六国各爱其人，则足以拒秦[29]。使秦复爱六国之人，则递三世可至万世而为君，谁得而族灭也[30]？秦人不暇自哀而后人哀之，后人哀之而不鉴之，亦使后人而复哀后人也[31]！

上海古籍出版社《樊川文集》卷一

【注释】

[1]"六王"句的意思是：六国灭亡，秦统一了四海，砍尽蜀山的树木，建造了阿房宫。六王：指战国时期楚、齐、燕、韩、赵、魏六个诸侯国的君主。毕：结束，完结。指为秦所灭。四海：泛指天下。蜀山：泛指今四川一带的山。兀（wù）：高而平的样子，形容山的光秃。[2]覆压：遮盖。隔离天日：遮天蔽日，形容阿房宫建筑的高大。[3]"骊山"句的意思是：从骊山北部开始建构，转而向西，一直延伸到咸阳。骊山：在今陕西西安临潼东南。咸阳：今属陕西。[4]二川：渭水和樊川。溶溶：水流盛大的样子。[5]廊腰：连接宫殿楼阁的回廊。缦回：柔婉萦回。檐牙：宫殿屋檐突出在外，如尖利的牙齿。高啄：高高地伸向空中，如同鸟类向空中啄食。[6]"各抱"句的意思是：各因地势而建立，彼此环抱，内部用回廊互相勾连，外部屋檐各个相对，如兽类斗角。[7]盘盘焉：盘旋的样子。囷囷（qūn qūn）焉：曲折的样子。蜂房水涡：形容房屋像蜂窝一样多而密集，像旋涡一样回环曲折。矗（chù）：高高耸立。落：座。[8]未云何龙：古人认为云从龙，有龙必有云。这里指桥形似龙，非常逼真，使人误以为是真龙而发出惊叹。[9]复道：楼阁间上层的通道。霁（jì）：雨过天晴。[10]"高低"句的意思是：分辨不清高下和方向。冥迷：迷茫。[11]"歌台"句的意思是：急管繁弦，酣畅淋漓，给人以温暖的感觉，如沉醉在和暖的春光之中。[12]"舞殿"句的意思是：大殿中舞女飘然的长袖使人感到阵阵寒意，仿佛秋风苦雨般凄冷。[13]不齐：不一样。[14]妃嫔（pín）媵（yìng）嫱（qiáng）：六国的后宫女子。妃是王的配偶，嫔、嫱都是宫中女官，媵是陪嫁的女子。楼、殿：指六国的宫殿。辇：帝王或皇后乘坐的车子，此处用作动词，乘辇。朝歌夜弦：昼夜歌唱奏乐。弦：用作动词，弹奏弦乐。[15]荧荧：晶莹闪烁的样子。[16]扰扰：纷乱的样子。梳晓鬟：早晨梳理发髻。鬟：环形发髻。[17]渭流：渭水，是陕西关中平原的主要河流。涨腻：水位升高并且浮现出一层油污。脂水：清洗脂粉的污水。[18]烟斜雾横：烟雾弥漫。椒、兰：花椒和兰草，都是香料。[19]乍惊：突然响起，使人吃惊。[20]辘辘：车声。杳（yǎo）：深远貌，此处指车行远去。[21]"一肌"句的意思是：宫女们身上的每一个部位、每一种表情和姿态，都美丽到了极点，亭亭玉立，向远处眺望，希望得到皇帝的宠幸，可是有的人终其一生都没有见过皇帝。三十六年：秦始皇在位三十六年。[22]燕、赵、韩、魏、齐、楚：即六国，战国时期秦的敌国，后为秦所灭。收藏、经营、精英：指下文说的金玉珠鼎等宝物。剽掠：抢劫掠夺。其人：指六国的百姓。倚叠：重叠堆积。有：保有。其间：指阿房宫。[23]鼎铛（chēng）玉石，金块珠砾：把宝鼎当作铁锅，把美玉当作石头，把黄金当作土块，把珍珠当作砂石。鼎：古代礼器，是传国的重宝。铛：一种平底的浅锅。逦迤（lǐ yǐ）：绵延的样子。[24]纷奢：繁华奢侈。尽锱铢（zī zhū）：一点都不剩。锱铢：古代的重量单位，一两的二十四分之一叫铢，六铢为一锱，锱铢代表极小的数量。[25]负栋：承载屋栋。南亩：泛指农田。椽（chuán）：椽子，架在屋梁上承载屋瓦的小木条。磷磷：形容众多钉头突出的样子。庾

(yǔ)：露天的谷仓。参差：高低不齐的样子。帛缕：布匹丝线。直栏横槛（jiàn）：纵横的栏杆。九土：九州，指全国。管弦：指乐器。呕哑：嘈杂的乐声。市人：集市中人。[26]独夫：贪暴骄横的君主，此处指秦始皇。骄固：骄纵顽固。[27]戍卒叫：陈胜、吴广等振臂一呼，全国响应。陈胜、吴广是将要派去渔阳守边的戍卒，在大泽乡起义。见《史记·陈涉世家》。函谷举：指刘邦攻破函谷关。秦二世三年（前207）十月，刘邦破函谷关，进兵至霸上，秦王子婴迎降，秦国灭亡。见《史记·秦始皇本纪》及《高祖本纪》。举：攻占。楚人一炬，可怜焦土：楚人项羽点了一把火，富丽堂皇的阿房宫就成了一片焦土。见《史记·项羽本纪》。[28]族秦：灭掉秦的宗族，指亡秦。[29]拒秦：抗拒秦国。[30]递三世可至万世而为君：传到三世以至万世，永远做皇帝。秦始皇自称"始皇帝"，其子称秦二世，就是希望把皇位世世代代传下去。[31]不暇：来不及。鉴：引以为鉴，吸取其失败的教训。

唐传奇概说

在文学史上，"传奇"一词最初用于小说的篇名，即元稹《莺莺传》的原名。而最早用"传奇"作小说集名称的是中晚唐之际的裴铏。可见"传奇"本是一个专名。至于把小说叫作"传奇"，倒是人们根据"传述奇遇奇事"这个小说的特点而来。文学史上所说的"唐人传奇"，是指唐代的短篇文言小说。唐传奇与唐诗，是唐代文学的两枝奇葩。

一、唐传奇兴起的原因

唐代传奇的兴起与繁荣有着多方面的原因。

第一，经济的因素。唐代是我国封建社会迅速发展的时期。经济的发展带动了城市的繁荣，京、洛、益、扬等地都成了人口密集的通衢大邑，聚集着各个阶层、各种行业的人物，形成了错综复杂的社会关系，出现了丰富多彩的生活内容，这为传奇创作提供了丰富的素材。市民阶层作为一支新兴的社会力量，有着特殊的政治、经济要求以及相应的价值观念和艺术情趣，也影响了传奇作者的思想意识和艺术观点。

第二，政治的因素。社会政治对于传奇创作的影响是比较复杂的。与唐诗的繁荣一样，科举制度对唐传奇的发展有着较为直接的作用。唐代文人崇尚科举进身，举子们"行卷""温卷"成风。原先"行卷"是以诗歌投谒名公，希求引荐；但日久生厌，而传奇这种新样式就显出一定的优势。大约到了开元、天宝以后，它就开始被用于投谒，当作科场上青云得路的敲门砖了。传奇创作因之盛行，并且，出于逞才延誉的目的，艺术水平也得到了迅速提高。此外，中唐政治斗争和藩镇割据对传奇创作也产生了一定的影响，有人甚至把传奇用作党争的工具。至于说大量产生的豪侠小说，显然与藩镇跋扈、暴虐横行的政治局面直接相关。

第三，社会思潮的因素。唐代儒、佛、道三教鼎立。除儒学思想外，佛、道观念都对传奇的写作产生影响。李唐王朝大力提倡道教，反映在创作上，则是描写求仙问道的作品大量出现。佛教盛行，佛经故事为传奇小说提供了一部分题材。在艺术表现上，传奇因受道教和佛经故事的影响，奇异色彩更浓。有些传奇作品在形式上还采用了佛教讲经韵散结合的方式。

第四，文化艺术的因素。唐代是文学艺术普遍繁荣的时期，唐传奇的发展与文学艺术其他门类的繁荣是分不开的。古文运动的兴起，对促使更多的文人进入小说领域起了重要作用。而文体变革的成功，也为传奇作家提供了可资借鉴的经验。在许多优秀的传奇作品中，诗歌的成分占有相当的比重，诗歌的抒情艺术使传奇作品文情并茂，诗文相映生辉。

第五，唐代传奇小说的兴起和发展还离不开唐以前史传文学和志怪小说的创作经验。这是小说发展的内部原因。

二、唐传奇的发展阶段

唐代传奇的发展有一个过程,大致可以划分为以下几个时期。

兴起时期。唐代前期传奇作品数量不多,仅存《古镜记》《补江总白猿传》《游仙窟》等。艺术上虽注意到描摹形象和整体结构,但总的说来还不够成熟,述异志奇、以俳谐逗才的现象还比较明显。这是由六朝志怪小说到成熟的唐传奇之间的一个过渡时期。

繁荣时期。从代宗大历初至懿宗咸通中近一百年间,是传奇小说的黄金时代。这一时期又可分为两个阶段。传奇小说的优秀作家和作品,如白行简《李娃传》、蒋防《霍小玉传》、元稹《莺莺传》、李朝威《柳毅传》、陈玄祐《离魂记》、李公佐《南柯太守传》、沈既济《枕中记》、陈鸿《长恨歌传》等大都出现在第一阶段。爱情题材的作品代表着传奇艺术的最高成就,它在这一阶段骤然勃兴与贞元、元和之际的士林风习有关。第二阶段,专集较多,爱情题材开始式微,神怪、寓言和侠义题材逐步盛行,这与元和之后社会腐败黑暗的现实有关。

衰微时期。懿宗咸通末年以后,传奇创作在数量上迅速减少。寓言讽世的倾向以及遗闻杂记的形式更见普遍,可以说与当时散文和诗歌的创作相互呼应。

三、唐传奇的社会思想意义

唐代传奇是唐代社会生活的反映,具有深刻的社会思想意义。

第一,透过爱情和婚姻的悲欢离合,批判世族婚姻观念的罪恶,反映广大下层妇女被侮辱、被损害的命运。《霍小玉传》写的是士子李益和妓女霍小玉的爱情悲剧。李益是世家大族的纨绔子弟,爱上霍小玉,原不过是一场逢场作戏的浪荡行为。霍小玉为李益的诗才所吸引,堕入情网。她的感情是真挚的。但她一直为自己的命运忧虑和悲伤,因为她清醒地意识到双方有着不可逾越的鸿沟,那就是门阀等级制度的限制。最后忧虑变成了现实,李益得官还家,抛弃小玉,另攀高门。作者通过渲染霍小玉对李益的钟情痴心,通过叙写霍小玉临死前的痛诉以及人们对李益的愤恨,有力地抨击了悲剧的罪恶根源——封建门阀等级制度及其婚姻观念。

第二,可以清晰地看出当时广大士子普遍的矛盾心理。元稹的《莺莺传》,包含了作者若干自叙的因素,从中可以看出士子的矛盾心理:一方面是对市井爱情生活的惊喜、欣赏乃至于向往、耽溺,另一方面则是对这种"沉沦"行为的自责、掩饰和开脱。这种心理上的畸形变态,正是市井生活新潮流与传统的封建礼教观念之间冲突的反映。在爱情题材的传奇作品中,大都纠缠着两种婚姻观念的深刻矛盾。在门阀等级制度下,理想的婚姻是门当户对,是"仕"和"婚"的相辅相成。但是,在现实生活中,士子与妓女之间有时也会滋生出某种真诚的感情。这种爱情的基本观念是"郎才女貌",它比单纯以门第、仕途为婚姻条件的观念要合理,也具有一定的平等因素。两种观念在当时难以互容,而广大士子由于受到门阀等级观念、封建名利观念的束缚,表现出较多的薄情、无义和自私。这种爱情的结局多半酿成悲剧,这一类传奇作品所演绎的也大都是下层女性的斑斑血泪史。当然,唐传奇中也有"大团圆"结局的爱情故事，如《李娃传》，出身倡门的李娃最终嫁入了官宦人家。这是以浪漫主义的构想反映人们对爱情生活的美好愿望和对封建礼教的反抗意识。

第三，通过仕途和官场生活的描写，反映统治阶级内部的矛盾斗争。在这一类作品中，以《枕中记》和《南柯太守传》为代表。这两篇小说的构思大致相同，或一枕黄粱，科场得意，结婚豪门；或南柯一梦，"贵极禄位，权倾国都"。这些本为当时士人举子普遍梦寐以求的人生理想，但到头来全不过是黄粱美梦。作者意在告诫人们，世间祸福穷通变幻无常，应从名缰利锁、权势欲望中解脱出来。从这些追求功名利禄而又畏惧祸福变幻的矛盾心理中，可以看到一幅幅险恶的宦海沉浮图。

第四，透过豪侠的形象，反映藩镇跋扈、豪强横行的社会现实以及广大人民对国家统一、生活安定的向往。这类作品，可以袁郊《红线传》和杜光庭《虬髯客传》为代表。

第五，透过历史的追溯和描写，表现对昏庸之君的揭露、讽谕和批判。陈鸿的《长恨歌传》和《东城老父传》是其中引人注目的作品。

四、唐传奇的艺术成就

唐代传奇在艺术上取得了很高的成就，可以说是现代小说的滥觞。

首先是丰富多彩、栩栩如生的人物描写。唐代传奇在艺术上的突出成就，就是塑造了一系列性格鲜明的人物形象。如一往深情、善良单纯的霍小玉与深于世故、老练沉着的李娃，好色浮佻、虚荣轻狂的李益与外表庄重而又内心虚伪的张生，都是同中有异，个性判然。唐代传奇的作者善于把史笔性的概括介绍和具体、细致的形象化描写结合起来，既避免了六朝小说写人记事的琐屑破碎，又避免了过多的一般交代所带来的弊病，因而使人物形象既生动又完整。

其次是严谨完整、波澜起伏的艺术结构。唐传奇在艺术上最吸引人的地方就在于构思的巧妙、情节的曲折和结构的完整。它一方面继承了史传文学结构严谨的传统，同时吸取了志怪小说情节处理上奇异新颖的长处。融会两者，构成了唐代传奇自身的特点。如《柳毅传》写柳毅途遇龙女，仗义营救，然后大功告成。故事至此，美事一桩，正可圆满收场，可偏又不然，柳毅坚决拒婚，但还家后三番花烛，最后成为眷属的竟是所救所拒的龙女。全篇情节波澜起伏，曲折多变，但始终贯穿着龙女争取婚姻自主这条主线，事出意料之外，而思归文理之内。

最后是精警华艳、优美动人的语言。唐代传奇就其作者队伍来说仍属于"进士文学"。他们大都能用流利明畅的散体语言来写作，因而简洁精炼，但也接受了骈文和诗歌语言的影响，并时而采用散韵结合的形式，时而采用骈散结合的形式，因而整体风格平易中有精警之笔，经济而不乏绮思丽藻，这是唐代传奇基本的语言风格。在这方面，《莺莺传》是最具代表性的。

五、唐传奇的地位与影响

史传文学尽管含有小说的因素，但毕竟不是小说；六朝小说是立足于搜奇记逸的笔记，只能说是小说的雏型,而唐代传奇才是真正的现代文学分类意义上的小说。这主要体现在以下几点。其一,就作者来说,到了唐代才有意识地进行小说创作,通过虚构故事情节和塑造人物形象的艺术方法来反映现实生活。其二,从作品内容看,唐代传奇更切近现实生活,题材广泛,思想内容丰富。这与六朝小说"传鬼神明因果而外无他意"的单纯记录是大不相同的。其三,艺术技巧有了长足进步。由于创作意识的自觉和反映对象的变化,唐代传奇在构思布局、人物描写、语言艺术上都取得新的成就,达到了一个新水平。总之,唐代传奇的出现,是中国小说史上的一大飞跃,它表明中国小说进入了成熟阶段,小说正式形成了自己的规模和特点,从此成为中国文学领域中一种独立的文学样式。

唐传奇基本上仍是以写"奇"为指归的,其新颖别致的题材和曲折生动的情节常为后世戏曲、小说及讲唱文学所采用。如《枕中记》之于明代《邯郸记》,《长恨歌传》之于《梧桐雨》《长生殿》,《莺莺传》之于董、王两《西厢》等。其间的夺胎演进之迹,昭昭在目。再就"传奇体"这一文学样式的发展来看,虽然自宋以后作为文言小说的传奇已趋衰落,白话小说成了小说的主流,但传奇体小说仍有一定的影响,明代瞿佑《剪灯新话》、清代蒲松龄《聊斋志异》的出现即可说明这一点。另外,唐传奇从六朝志鬼志怪到奇人奇事的创作倾向以及在构思布局、安排情节、语言形式等方面的成就,对后代小说及其他文学样式的创作,都有一定的影响。

作 品

白行简

　　白行简（776—826），字知退，小字阿怜，下邽（今陕西渭南东北）人。祖籍太原，生于新郑（今属河南）。白居易之弟。元和二年（807）进士及第，授秘书省校书郎。八年，剑南东川节度使卢坦辟为掌书记。十五年入朝，授左拾遗。长庆（821—824）中，由司门员外郎转主客员外郎，代韦词判度支案。寻擢膳部郎中，仍判度支案。宝历元年（825），改主客郎中。次年冬病卒。生平事迹见两《唐书》本传、白居易《祭郎中弟文》等。《旧唐书》本传云："行简文笔有兄风，辞赋尤称精密，文士皆师法之。"《新唐书·艺文志》著录有《白行简集》二十卷，已佚。《全唐文》存其文二十篇（《三梦记》在内），《全唐诗》《全唐诗补编·续拾》共存其诗九首，敦煌文献中存其《天地阴阳交欢大乐赋》一篇。行简尤长于传奇，所撰《李娃传》《三梦记》均为唐传奇中的名篇。

李 娃 传

【解题】

　　《李娃传》文中交待作于乙亥岁。此乙亥为唐德宗贞元十一年（795），与开篇作者自称其身份为"监察御史"相矛盾，故后人认为"乙亥"当是"己亥"（唐宪宗元和十四年，公元819年）之误。本篇取材于当时的"说话"（讲故事艺术）《一枝花》，《类说》卷二八《异闻集》作《汧国夫人传》，似是原题。文中叙荥阳公子恋上妓女李娃，耗尽资财后为鸨母所弃，落魄为挽歌郎，又为其父鞭挞几死，沦为乞丐，赖李娃救护得生，读书成名，二人终成眷属，四子皆为达官，李娃亦被封为汧国夫人。故事情节波澜曲折，人物性格鲜明突出，细节描写细腻传神，清人俞正燮誉为"文笔极工"（《癸巳存稿》卷一四）。本篇对后世戏曲小说影响很大，宋罗烨《醉翁谈录》有《李亚仙不负郑元和》，《绿窗新话》有《李娃使郑子登科》，宋话本有《李亚仙》，元石君宝有《李亚仙花酒曲江池》，明薛近兖有《绣襦记》等。

　　汧国夫人李娃[1]，长安之倡女也。节行瑰奇，有足称者，故监察御史白行简为传述[2]。
　　天宝中，有常州刺史荥阳公者[3]，略其名氏，不书。时望甚崇，家徒甚殷[4]。知命之年[5]，有一子，始弱冠矣[6]，俊朗有词藻，迥然不群，深为时辈推伏。其父爱而器之，曰："此吾家千里驹也。"应乡赋秀才举[7]，将行，乃盛其服玩车马之饰，计其京师薪储之费，谓之曰："吾观尔之才，当一战而霸。今备二载之用，且丰尔之给，将为其志也。"生亦自负，视上第如指掌。自毗陵发[8]，月余抵长安，居于布政里[9]。
　　尝游东市还，自平康东门入，将访友于西南。至鸣珂曲，见一宅，门庭不甚广，而室宇严邃。阖一扉,有娃方凭一双鬟青衣立[10],妖姿要妙,绝代未有。生忽见之,不觉停骖久之[11],徘徊不能去。乃诈坠鞭于地,候其从者,敕取之。累眄于娃,娃回眸凝睇,情甚相慕。竟不敢措辞而去。

生自尔意若有失,乃密征其友游长安之熟者,以讯之。友曰:"此狭邪女李氏宅也[12]。"曰:"娃可求乎?"对曰:"李氏颇赡。前与之通者,多贵戚豪族,所得甚广。非累百万,不能动其志也。"生曰:"苟患其不谐,虽百万,何惜!"

他日,乃洁其衣服,盛宾从而往[13]。扣其门,俄有侍儿启扃,生曰:"此谁之第耶?"侍儿不答,驰走大呼曰:"前时遗策郎也[14]!"娃大悦曰:"尔姑止之,吾当整妆易服而出。"生闻之私喜。乃引至萧墙间[15],见一姥垂白上偻[16],即娃母也。生跪拜前致词曰:"闻兹地有隙院,愿税以居。信乎?"姥曰:"惧其浅陋湫隘,不足以辱长者所处,安敢言值耶。"

延生于迟宾之馆[17],馆宇甚丽。与生偶坐,因曰:"某有女娇小,技艺薄劣,欣见宾客,愿将见之。"乃命娃出。明眸皓腕,举步艳冶。生遽惊起,莫敢仰视。与之拜毕,叙寒燠,触类妍媚,目所未睹。复坐,烹茶斟酒,器用甚洁。久之,日暮,鼓声四动。姥访其居远近,生绐之曰:"在延平门外数里[18]。"冀其远而见留也。姥曰:"鼓已发矣,当速归,无犯禁。"生曰:"幸接欢笑,不知日之云夕。道里辽阔,城内又无亲戚,将若之何?"娃曰:"不见责僻陋,方将居之,宿何害焉。"生数目姥,姥曰:"唯唯。"生乃召其家僮,持双缣,请以备一宵之馔。娃笑而止之曰:"宾主之仪,且不然也。今夕之费,愿以贫窭之家,随其粗粝以进之。其余以俟他辰。"固辞,终不许。

俄徙坐西堂,帷幕帘榻,焕然夺目;妆奁衾枕,亦皆侈丽。乃张烛进馔,品味甚盛。彻馔[19],姥起。生、娃谈话方切,诙谐调笑,无所不至。生曰:"前偶过卿门,遇卿适在屏间。厥后心常勤念,虽寝与食,未尝或舍。"娃答曰:"我心亦如之。"生曰:"今之来,非直求居而已,愿偿平生之志。但未知命也若何?"言未终,姥至,询其故,具以告。姥笑曰:"男女之际,大欲存焉。情苟相得,虽父母之命,不能制也。女子固陋,曷足以荐君子之枕席?"生遂下阶,拜而谢之曰:"愿以己为厮养[20]。"姥遂目之为郎,饮酣而散。及旦,尽徙其囊橐,因家于李之第。

自是生屏迹戢身[21],不复与亲知相闻。日会倡优侪类,狎戏游宴。囊中尽空,乃鬻骏乘,及其家童。岁余,资财仆马荡然。迩来姥意渐怠,娃情弥笃。

他日,娃谓生曰:"与郎相知一年,尚无孕嗣。常闻竹林神者,报应如响,将致荐酹求之[22],可乎?"生不知其计,大喜。乃质衣于肆,以备牢醴[23],与娃同谒祠宇而祷祝焉。信宿而返,策驴而后,至里北门,娃谓生曰:"此东转小曲中,某之姨宅也。将憩而觐之,可乎?"生如其言。

前行不逾百步,果见一车门。窥其际,甚弘敞。其青衣自车后止之曰:"至矣。"生下,适有一人出访曰:"谁?"曰:"李娃也。"乃入告。俄有一妪至,年可四十余,与生相迎,曰:"吾甥来否?"娃下车,妪逆访之曰[24]:"何久疏绝?"相视而笑。娃引生拜之。既见,遂偕入西戟门偏院[25]。中有山亭,竹树葱茜,池榭幽绝。生谓娃曰:"此姨之私第耶?"笑而不答,以他语对。俄献茶果,甚珍奇。食顷,有一人控大宛[26],汗流驰至,曰:"姥遇暴疾颇甚,殆不识人。宜速归。"娃谓姨曰:"方寸乱矣。某骑而前去,当令返乘,便与郎偕来。"生拟随之,其姨与侍儿偶语[27],以手挥之,令生止于户外,曰:"姥且殁矣,当与某议丧事，以济其急。奈何遽相随而去？"乃止，共计其凶仪斋祭之用[28]。

日晚，乘不至。姨言曰："无复命，何也？郎骤往觇之，某当继至。"生遂往，至旧宅，门扃钥甚密，以泥缄之[29]。生大骇，诘其邻人。邻人曰："李本税此而居，约已周矣[30]。第主自收[31]，姥徙居，而且再宿矣。"征徙何处，曰："不详其所。"生将驰赴宣阳，以诘其姨，日已晚矣，计程不能达。乃弛其装服[32]，质馔而食[33]，赁榻而寝。生愤怒方甚，自昏达旦，目不交睫。

质明，乃策蹇而去[34]。既至，连扣其扉，食顷无人应。生大呼数四，有宦者徐出。生遽访之："姨氏在乎？"曰："无之。"生曰："昨暮在此，何故匿之？"访其谁氏之第，曰："此崔尚书宅。昨者有一人税此院，云迟中表之远至者[35]。未暮去矣。"生惶惑发狂，罔知所措。因返访布政旧邸。

邸主哀而进膳。生怨懑，绝食三日，遘疾甚笃，旬余愈甚。邸主惧其不起，徙之于凶肆之中[36]。绵缀移时[37]，合肆之人共伤叹而互饲之。后稍愈，杖而能起。由是凶肆日假之[38]，令执绋帷，获其值以自给。累月，渐复壮。每听其哀歌，自叹不及逝者，辄呜咽流涕，不能自止。归则效之。生，聪敏者也。无何，曲尽其妙，虽长安无有伦比。

初，二肆之佣凶器者，互争胜负。其东肆车舆皆奇丽，殆不敌，唯哀挽劣焉[39]。其东肆长知生妙绝，乃酿钱二万索顾焉[40]。其党者旧[41]，共较其所能者，阴教生新声，而相赞和。累旬，人莫知之。其二肆长相谓曰："我欲各阅所佣之器于天门街[42]，以较优劣。不胜者罚直五万，以备酒馔之用，可乎？"二肆许诺。乃邀立符契，署以保证，然后阅之。士女大和会[43]，聚至数万。于是里胥告于贼曹[44]，贼曹闻于京尹[45]。四方之士，尽赴趋焉，巷无居人。

自旦阅之，及亭午，历举辇舆威仪之具，西肆皆不胜，师有惭色。乃置层榻于南隅，有长髯者拥铎而进[46]，翊卫数人[47]。于是奋髯扬眉，扼腕顿颡而登[48]，乃歌《白马》之词。恃其凤胜，顾眄左右，旁若无人。齐声赞扬之，自以为独步一时，不可得而屈也。有顷，东肆长于北隅上设连榻，有乌巾少年，左右五六人，秉翣而至[49]，即生也。整衣服，俯仰甚徐，申喉发调，容若不胜。乃歌《薤露》之章，举声清越，响振林木。曲度未终，闻者歔欷掩泣。西肆长为众所诮，益惭耻，密置所输之直于前，乃潜遁焉。四座愕眙[50]，莫之测也。

先是，天子方下诏，俾外方之牧，岁一至阙下[51]，谓之入计[52]。时也适遇生之父在京师，与同列者易服章窃往观焉。有老竖[53]，即生乳母婿也，见生之举措辞气，将认之而未敢，乃泫然流涕。生父惊而诘之，因告曰："歌者之貌，酷似郎之亡子。"父曰："吾子以多财为盗所害，奚至是耶？"言讫，亦泣。及归，竖间驰往，访于同党曰："向歌者谁？若是之妙欤？"皆曰："某氏之子。"征其名，且易之矣。竖凛然大惊，徐往，迫而察之。生见竖色动，回翔将匿于众中[54]。竖遂持其袂曰："岂非某乎？"相持而泣。遂载以归。至其室，父责曰："志行若此，污辱吾门。何施面目，复相见也？"乃徒行出，至曲江西杏园东[55]，去其衣服，以马鞭鞭之数百。生不胜其苦而毙，父弃之而去。其师命相狎昵者阴随之，归告同党，共加伤叹，令二人赍苇席瘗焉。至，则心下微温。举之，良久，气稍通。因共荷而归，以苇筒灌勺饮，经宿乃活。月余，手足不能自举，其楚挞之处皆溃烂，秽甚。同辈患之，一夕，弃于道周[56]。行路咸伤之，往往投其余食，得以充肠。十旬，方杖策而起。被布裘，裘有百结，褴褛如悬鹑。持一破瓯，巡于闾里，以乞食为事。自秋徂冬，夜入于粪壤窟室，昼则周游廛肆[57]。

一旦大雪，生为冻馁所驱，冒雪而出，乞食之声甚苦，闻见者莫不凄恻。时雪方甚，人家外户多不发。至安邑东门，循里垣北转第七八，有一门独启左扉，即娃之第也。生不知之，遂连声疾呼："饥冻之甚！"音响凄切，所不忍听。娃自阁中闻之，谓侍儿曰："此必生也，我辨其音矣。"连步而出[58]，见生枯瘠疥疬[59]殆非人状。娃意感焉，乃谓曰："岂非某郎也？"生愤懑绝倒，口不能言，颔颐而已[60]。娃前抱其颈，以绣襦拥而归于西厢。失声长恸曰："令子一朝及此，我之罪也！"绝而复苏。姥大骇，奔至；曰："何也？"娃曰："某郎。"姥遽曰："当逐之，奈何令至此？"娃敛容却睇曰[61]："不然。此良家子也。当昔驱高车，持金装，至某之室，不逾期而荡尽。且互设诡计，舍而逐之，殆非人行。令其失志，不得齿于人伦。父子之道，天性也。使其情绝，杀而弃之。又困踬若此[62]，天下之人尽知为某也。生亲戚满朝，一旦当权者熟察其本末，祸将及矣。况欺天负人，鬼神不祐，无自贻其殃也。某为姥子，迨今有二十岁矣。计其赀，不啻直千金。今姥年六十余，愿计二十年衣食之用以赎身，当与此子别卜所诣[63]。所诣非遥，晨昏得以温凊[64]。某愿足矣。"姥度其志不可夺，因许之。给姥之余，有百金。北隅四五家，税一隙院。乃与生沐浴，易其衣服，为汤粥通其肠，次以酥乳润其脏。旬余，方荐水陆之馔[65]。头巾履袜，皆取珍异者衣之。未数月，肌肤稍腴，卒岁，平愈如初。

异时，娃谓生曰："体已康矣，志已壮矣。渊思寂虑[66]，默想囊昔之艺业，可温习乎？"生思之，曰："十得二三耳。"娃命车出游，生骑而从。至旗亭南偏门鬻坟典之肆[67]，令生拣而市之，计费百金，尽载以归。因令生斥弃百虑以志学，俾夜作昼，孜孜矻矻。娃常偶坐，宵分乃寐。伺其疲倦，即谕之缀诗赋。二岁业大就。海内文籍，莫不该览[68]。生谓娃曰："可策名试艺矣[69]。"娃曰："未也。且令精熟，以俟百战。"更一年，曰："可行矣。"于是遂一上登甲科[70]，声振礼闱[71]。虽前辈见其文，罔不敛衽敬羡，愿友之而不可得[72]。娃曰："未也。今秀士苟获擢一科第，则自谓可以取中朝之显职，擅天下之美名。子行秽迹鄙，不侔于他士。当砺淬利器[73]，以求再捷，方可以连衡多士，争霸群英。"生由是益自勤苦，声价弥甚。其年，遇大比[74]，诏征四方之俊，生应直言极谏科，策名第一[75]，授成都府参军[76]。三事以降[77]，皆其友也。

将之官，娃谓生曰："今之复子本躯[78]，某不相负也。愿以残年，归养老姥。君当结媛鼎族[79]，以奉蒸尝[80]。中外婚媾，无自黩也，勉思自爱。某从此去矣。"生泣曰："子若弃我，当自刭以就死。"娃固辞不从，生勤请弥恳。娃曰："送子涉江，至于剑门[81]，当令我回。"生许诺。

月余，至剑门。未及发而除书至[82]，生父由常州诏入，拜成都尹，兼剑南采访使[83]。浃辰[84]，父到，生因投刺[85]，谒于邮亭[86]。父不敢相认，见其祖父官讳，方大惊，命登阶，抚背恸哭移时，曰："吾与尔父子如初。"因诘其由，具陈其本末。大奇之，诘娃安在。曰："送某至此，当令复还。"父曰："不可。"翌日，命驾与生先之成都，留娃于剑门，筑别馆以处之。明日，命媒氏通二姓之好，备六礼以迎之[87]，遂如秦晋之偶。

娃既备礼，岁时伏腊[88]，妇道甚修，治家严整，极为亲所眷尚。后数岁，生父母偕殁，持孝甚至。有灵芝产于倚庐[89]，一穗三秀[90]，本道上闻。又有白燕数十，巢其层甍[91]。天子异之，宠锡加等。终制[92]，累迁清显之任。十年间，至数郡。娃封汧国夫人。有四子，皆为大官，其卑者犹为太原尹。弟兄姻媾皆甲门，内外隆盛，莫之与京[93]。

嗟乎，倡荡之姬，节行如是，虽古先烈女，不能逾也。焉得不为之叹息哉！

予伯祖尝牧晋州，转户部，为水陆运使[94]，三任皆与生为代[95]，故谙详其事。贞元中，予与陇西公佐话妇人操烈之品格[96]，因遂述汧国之事。公佐拊掌竦听[97]，命予为传。乃握管濡翰[98]，疏而存之[99]。时乙亥岁秋八月，太原白行简云。

中华书局1961年排印本《太平广记》卷四八四

【注释】

[1] 汧（qiān）国夫人：李娃的封号。汧国即唐汧阳郡，今陕西千阳。[2] 监察御史：唐监察御史正八品，掌"分察百僚，巡按郡县，纠视刑狱，肃整朝仪"，品秩低而权限大。[3] 常州刺史荥（xíng）阳公：即常州刺史郑公。常州，今属江苏。刺史，一州的最高行政长官，别称州牧，下文"牧晋州"即任晋州刺史。晋州，唐武德元年（618）以平阳郡改置，在今山西临汾。荥阳，今属河南，唐代郑氏是荥阳望族，故以荥阳代郑氏。[4] "时望"二句：名望很高，家产殷富，奴仆众多。[5] 知命之年：五十岁。语出《论语·为政》："五十而知天命。"[6] 弱冠：二十岁左右的年纪。古人二十岁行冠礼，表示成年。[7] 应乡赋秀才举：被州郡保举进京参加科举考试。[8] 毗（pí）陵：今江苏常州。[9] 布政里：与下文平康、宣阳、安邑均为唐长安里坊名。布政里在皇城之西，西市东北。平康坊在皇城东南，东市之西，是唐代妓女聚居之处。鸣珂是平康坊中的巷名。宣阳坊在平康坊之南，安邑坊在东市之南。[10] 青衣：婢女。[11] 停骖：停马。古代一车驾三马谓骖，一车驾四马，两边的马也称为骖，这里泛指马匹。[12] 狭邪女：妓女。[13] 宾从：宾客和仆人，这里专指仆人。[14] 遗策郎：掉落马鞭的相公。[15] 萧墙：院内当门的影壁墙。[16] 垂白：头发花白。上偻（lóu）：驼背。[17] 迟宾之馆：招待客人的馆舍。迟，接待。[18] 绐（dài）：欺哄。延平门：唐长安西城门三门中最南边的一个门，距处于长安东城的平康坊很远。唐代规定晚鼓八百下后，即实行宵禁。荥阳生谎称居址遥远，意思是在宵禁前已回不了家。[19] 彻馔：撤下筵席。彻（徹）：通"撤"。[20] 厮养：从事烧火、养马一类工作的奴仆。[21] 戢（jí）身：藏身。[22] 荐酹（lèi）：祭奠鬼神。荐，进献祭品。酹，浇酒于地。[23] 牢醴：三牲（猪羊牛）和酒，这里泛指祭品。[24] 逆访：迎上前去询问。[25] 戟门：立有作仪仗用木戟的门。唐代规定，三品以上的官员门前方许立戟。这里暗示主人官位尊崇。[26] 控大宛：骑骏马。大宛为汉代西域国名，以产良马著称，故以大宛为马的代词。[27] 偶语：相对私语。[28] 凶仪：丧事的礼仪。斋祭：斋戒后祭奠。[29] 以泥缄（jiān）之：用泥土封起来。[30] 约已周矣：租赁房屋的契约已经满期。[31] 第主：即下文邸主，房屋的主人。[32] 弛：脱下。[33] 质：抵押。[34] 策蹇（jiǎn）：骑跛足驴。蹇：劣马或跛驴，此指跛驴。[35] 迟：等候。[36] 凶肆：代人办丧事的店铺，犹今之殡仪馆。下文"凶器"指棺材、灵车、灵帐（缡帏）等办丧事所用的器具。[37] 绵缀移时：一度缠绵委顿，病情危重，濒临死亡。[38] 日假之：天天借用他。[39] 哀挽：出丧时所唱的挽歌。当时以唱挽歌为业的人称为挽歌郎。下文《白马》为祭奠曲，以古代多用白马为祭奠时的牺牲而得名；《薤（xiè）露》为送葬曲，意为人生苦短，犹如薤上之露，转瞬即逝。[40] 醵（jù）：本指凑钱聚饮，这里泛指凑集。索顾：要求雇用荥阳生。顾，通"雇"。[41] 其党：指东肆的挽歌郎。耆（qí）旧：老前辈。[42] 阅：陈列、展览。天门街：即承天门街，也称天街，皇城朱雀门正对的一条南北大街。[43] 大和会：大聚会。[44] 里胥：唐代以百户为里，一里

之长称里胥，也称里长。贼曹：东汉掌管京师水火、盗贼、词讼一类事务的官员，这里指唐代长安、万年两县所设的"捕贼官"。[45] 京尹：京兆府尹，也称京兆尹，掌管京都事务的地方长官。下文成都尹即成都府的最高地方长官。[46] 铎：大铃的一种。[47] 翊（yì）卫：护卫者。[48] 扼腕：左手握住右手手腕。顿颡（shǎng）：顿首稽颡，古代的叩首礼，这里指点头致意。[49] 翣（shà）：羽毛制成的大扇，出殡时用作棺饰。[50] 愕眙（chì）：因惊讶而发呆。[51] 阙下：京城。[52] 入计：地方官入朝上计簿，报告人口、钱粮、盗贼等情况。[53] 老竖：老仆。[54] 回翔：本指鸟盘旋飞翔，这里指躲躲闪闪回避的样子。[55] 曲江：即曲江池，唐代长安著名的风景名胜区。在长安城东南。杏园，在曲江池西南，是当时新进士游宴之所。[56] 道周：路边。[57] 廛（chán）肆：市场。[58] 连步：一步紧接一步，形容步履匆忙。[59] 枯瘠疥疬（lì）：身体极度瘦弱，生满疥疮。[60] 颔颐：点头。[61] 敛容却睇：沉下脸色，回眼斜视。[62] 困踬（zhì）：困顿、落魄。[63] 别卜所诣：另觅居所。[64] "晨昏"句：早晚可以问安侍候。《礼记·曲礼上》："凡为人子之礼，冬温而夏清（qìng），昏定而晨省。"意为侍候父母，冬天使之温暖，夏天使之凉爽。清，凉。[65] 水陆之馔：山珍海味。[66] 渊思寂虑：深思默想。[67] 旗亭：击鼓鸣钲为号的楼。唐代每天正午击鼓三百下，商店方许开门营业；傍晚鸣钲三百下，商店必须关门停业。鬻坟典之肆：书店。坟，《三坟》，伏羲、神农、黄帝之书；典，《五典》，少昊、颛顼、高辛、唐尧、虞舜之书。这里泛指古代典籍。[68] 该览：博览。[69] 策名试艺：报名参加科举考试以测试学业。[70] 甲科：唐代进士分甲、乙两科，明经分甲、乙、丙、丁四科，优者登甲科。[71] 礼闱：礼部。[72] 友，一作"女"。"愿女之"即愿意将女儿嫁给他。[73] 砻淬（lóng cuì）：磨砺淬火，使刀剑锋利。比喻进一步钻研学业。[74] 大比：周代每三年一次考试乡大夫，选举贤能，称为大比。后世遂用以称每三年举行的科举考试。[75] 直言极谏科：唐代制科之一，由吏部试试，考中者即可授官。策名：谓科试及第。[76] 成都府：即益州，治所在今四川成都。[77] 三事以降：三公（太师、太傅、太保或大司马、大司徒、大司寇）以下的官员。[78] 本躯：本来面目。[79] 结媛鼎族：与高门贵族结亲。[80] 奉蒸尝：主持祭祀，引申为主持家政。冬祭为蒸，秋祭为尝。古礼正妻无子者及妾均不可主祀。[81] 剑门：在今四川剑阁东北。[82] 除书：授予新官职的诏书。[83] 剑南：唐道名，辖今四川中部和云南金沙江以南、洱海以东、楚雄以北、武定以西和甘肃文县一带地区，治所在今成都市。采访使：采访处置使的简称，唐玄宗开元时由按察使改设，掌举劾所属州县官吏。肃宗以后改为观察处置使。[84] 浃（jiā）辰：十二天。浃，周。从子到亥十二辰为一周，称浃辰。[85] 刺：名片。古代下属拜见长官，所投名片须写明履历及祖宗三代的姓名、官职。[86] 邮亭：古代传递公文、迎送官员的驿站。[87] 六礼：古代婚礼的六道程序：纳彩、问名、纳吉、纳征、请期、亲迎。[88] 岁时伏腊：即逢年过节。[89] 倚庐：守孝时居住的草房。草房贴东墙而搭，不加泥涂，北向开门。[90] 一穗三秀：植物通常一穗一花，一穗三花极为罕见，古代被视为祥瑞之兆。秀，花。[91] 层甍（méng）：房屋的大梁。[92] 终制：服丧期满。古代逢父母之丧，须守制三年（实际为27个月）。[93] 莫之与京：没人能与之相比。京，大。[94] 水陆运使：唐代户部属下管理水陆运输的官员。[95] "三任"句：连续三任与荥阳生为前后任。[96] 公佐：李公佐，字颛蒙，郡望陇西（今甘肃秦安）。唐宪宗贞元、元和间进士，历官淮南从事、江西判官、淮南录事参军。著名唐传奇作家，撰有《南柯太守传》《谢小娥传》等。[97] 拊掌，同"抚掌"。竦听：敬听。[98] 握管染翰：提笔蘸墨。翰，笔毛。[99] 疏：详细记述。

宋代文学

概 述

文学史上所说的"宋代文学",实际所指应该是"宋辽金文学",包括宋、辽、金三个先后对立的封建王朝的整个文学发展状况。其中宋朝又分为北宋、南宋两个阶段,南、北两宋范围内的文学,文学史上则通称"两宋文学"。从时间上说,宋辽金文学自公元960年赵匡胤在开封东北陈桥驿"黄袍加身",建立宋朝开始,至公元1279年宋帝昺在广东投海而死结束,前后绵延三个世纪。无论从历史过程、创作状况、实际成就和文学史影响看,两宋文学都是宋代文学即宋辽金文学的绝对主体。

一、宋代文学发展的时代背景

宋代是中国历史上一个重要阶段,史学界有一个基本共识是,汉唐时期是中国封建社会的上升时期,宋以后则属于中国封建社会的衰落时期。宋代正是这衰落过程的起始阶段,相对于此前的汉唐时期,社会、文化的各个方面都发生了明显的变化。整个变化的征兆在中晚唐时期就已经开始显现,但只有到了宋代才得到了充分的展开,显示了中国封建社会衰落时代的典型特征。这些社会、文化特征,对整个中国封建社会后期的社会、文化有着深远的影响。作为这一阶段的文学,也深受这些社会、文化因素的滋润和影响,显示着鲜明的时代特征。

(一)政治

宋辽金时期的政治主要有这样一些关节值得注意。

1. 多民族政权并列的统治格局。与汉唐时期的汉族"大一统"相比,作为汉民族正统的宋朝事实上并没有能统一汉唐故地,而是与辽、西夏、金等少数民族政权先后并存。这样的多民族政权并峙的格局,无论是对于作为汉民族"正统"的宋朝社会,还是逐步兴起的边地少数民族来说,都是一个不容回避的政治现实。有宋一代三百年发展趋势是,北方少数民族的发展劲头日益强劲,而汉民族应对能力日益衰竭。在这样此消彼长的历史大势下,如何正确地处理民族矛盾,维护本民族王朝的生存与发展成了各民族政治家首先必须面对的课题,由此引发的内部政治矛盾与斗争纷繁复杂。在民族矛盾激化的情况下,各民族的民族意识也普遍高涨,并逐步形成自觉的精神传统。

2. 中央专制集权的强化。针对中唐以来尤其是晚唐五代时期藩镇割据愈演愈烈,终致独立争霸的弊端,宋王朝实行"强干弱枝"的国策,加强中央集权,削弱地方势力。在各级政权尤其是中央政权的建设上,普遍实施分权制衡的原则,如:相权分出枢密院执掌军事,又设三司统筹国家财政;加强御史台、谏院独立纠察、参议的权力,以牵制当政;地方上州府增设通判一职,作为副长官兼行监察之权。这些分权制约措施有效地瓦解了各类政治强权产生的基础,加强了封建君权的绝对权威,但也同时带来了决策歧途纷纭、派系斗争加剧、管理效能低下的弊端,后人批评宋王朝"金人渡河,议犹未决",正是击中了宋朝政治体制的一大要害。

3. 崇文抑武的国策与官僚政治体制的发展。宋太祖即位的次年即以"杯酒释兵权"的手段，解除了禁兵统帅石守信等人的兵权，封他们为仅有虚衔的节度使。宋王朝大量使用文臣，不但宰相须用读书人，而且主兵的枢密使等职也多由文人担任。为了扩大统治基础，宋王朝扩大科举规模，不断改革考试制度，科举考试成了国家录用官员的主要途径。广大文人由科举考试进入仕途，成了宋代官僚阶层的主要成分，也形成了极其庞大的官僚队伍。同时宋王朝积极优礼文士，建立稳定的磨勘、退休制度，厚予俸禄和其他恩荫，使广大官僚文人的政治、经济利益得到了体制保障，从而调动了他们投身政治的热情和维护封建秩序的责任意识。"开口揽时事，议论争煌煌"（欧阳修《镇阳读书》），是宋代士大夫特有的政治风貌。

（二）经济

宋朝是中国封建社会经济比较活跃发达的时期，其与文学关系较大者，主要有这样一些表现。

1. 地主经济的发展。随着唐代均田制和租庸调制的解体，土地进一步私有化，土地买卖和劳动雇佣现象越来越普遍，促进了封建地主私有经济的发展。中小地主阶层进一步壮大，生活水平普遍提高。吴自牧《梦粱录》卷一六："盖人家每日不可缺者，柴米油盐酱醋茶。"这一"开门七件事"的说法即起源于宋朝，典型地反映了广大中小地主和自耕农阶层的日常生活面貌。

2. 生产力的提高。人们常说的宋朝"积贫积弱"，主要是指中央政府财政收支情况，而就社会一般生产力而言，则有了较大的发展。宋朝是中国封建社会经济生产力水平较高的时期，农业生产技术和粮食产量都居于当时世界领先的地位。新品种、新的耕作制度不断出现，农业多种经营较为普遍。产业进一步分化，茶、盐、丝、陶瓷等行业都得到了长足发展。

3. 商品经济的兴起。与农业的迅速发展相联系，宋代的手工业和商业也非常繁盛。纸币流通，商业行会组织形成，大小城镇星罗棋布，海外贸易也进一步增加。北宋都城汴京（今河南开封）、南宋的都城临安（今浙江杭州）都是人口几十万的大都市。

4. 经济重心的东移、南下。北宋定都开封，较之汉唐长安、洛阳两京，地缘偏东，南宋更是行都临安，而活跃的都市大都集中在运河沿线。整个经济重心移至长江中下游地区，尤其是今江、浙两省。"苏湖熟，天下足""上有天堂，下有苏杭"的说法开始出现。影响于文学，文学家高度集中在浙江、江苏、江西、福建等省，文学作品反映的生活内容和风格气质都有明显的南方化倾向。

（三）社会

由中唐开始的社会变革，到了两宋时期尤其是南宋已完全定型，辽和西夏、金朝社会也取得了明显的进步。综而言之，主要有这样一些方面值得注意。

1. 门阀士族的衰亡和新的社会结构的形成。经过唐代对传统门阀政治的不断改造和政治结构的持续调整，尤其是唐末农民战争的扫荡和五代十国时期的战乱，门阀士族势力彻底崩溃。由门阀士族和部曲、奴客、贱民、奴婢等组成的旧的社会结构，到宋朝终于转变为官僚地主和佃客、乡村下户、差雇匠、人力、女使等组成的新的社会结构。官僚地主阶级和农民阶级的对立成了社会结构的核心。

2. 商人地位的提高和市民社会的兴起。宋代商业兴旺，随着商业资本的积累，商人的地位也发生了变化。商人家庭读书做官或与士人联姻的现象增多，士人参与商业活动的现象也较频繁，如宋人诗文中就有对进士赴考、官僚游宦而稍带贩卖现象的批评。南宋闽浙一带的书商对文学作品的编辑和出版贡献较多。宋代城市规模大，人口多，坊廓户与乡村户分别管理，使城市居民获得了独立的法律地位。同时又取消了都市中坊（居住区）和市（商业区）的界限，不禁夜市，为商业尤其是城市娱乐业的发展提供了有利条件，导致了市民社会的壮大与活跃。孟元老《东京梦华录》、耐得翁《都城纪胜》、吴自牧《梦粱录》、周密《武林旧事》等书对汴京、临安城中商贾辐辏、百业兴盛、弦管填溢的繁华情景都有生动的记录。与市民社会的兴起相呼应，宋代百业兴旺，其他社会群体不断增加，胥吏、军士、僧道、舟师、渔人、医巫卜祝、江湖盗匪等流别众多、五花八门，行业和群体结社盟会现象纷繁，洋溢着近世社会特有的活力，为俗文学的兴起提供了浓郁的社会氛围。

3. 封建宗法关系相对松弛和新型家族组织的建立。传统的地方性的门阀宗族组织解体，小宗别立的家族组织比较普遍。所谓"小宗"是嫡长子以下诸子的世系。宋代世袭门阀世家的衰落，除皇室外别无严守嫡长子为正宗的"大宗"世系。"小宗之法"的普遍反映了宋代封建士大夫的平民化倾向。五世之外少有聚族而居的现象，封建家族的规模和势力都比较浅小，而仕宦之家或有经济实力的家庭在新型家族群落中居于核心或主导的地位。

4. 人口的增加和社会流动的加剧。虽然很难得出一个宋辽金各王朝人口的准确数据，但就此间各类文献的基本信息，可以明显地感受到经过隋唐五代的社会发展，整个社会人口大大增加了，宋王朝统治区集中在今四川、云南、甘肃以东，河北、山西、山东以南的汉民族生活的核心地区，人口尤为蕃盛。尤其是南宋时，人口高山度集中在江南地区，密度更是大幅增加。福建、岭南等传统荒陬海隅之地，也成了人烟阗塞之区。除了"靖康之难"，中原衣冠大举南下这样大规模的人口迁移外，宋辽金时期一般人口的社会流动也大大加剧。自耕农、商贾乃至于穷苦家庭读书做官，从而改变社会地位的现象比比皆是。而城乡之间、不同地域之间的人口迁移更是普遍的现象。欧阳修籍贯江西，青少年时居随州（今属湖北），晚年退居颍州（今属安徽）。苏轼兄弟出生四川眉山，其出仕后求田问舍都在今江苏、河南一带，子孙也因此定居于此。南宋后期的江湖诗派，人数众多，其成员多属无业的江湖谒客，大多寄居都下（杭州）。反映在文学中，我们会明显地感受到，文学中的背井离乡之感、故国乡土之思远不像汉唐文学那样的强烈、浓郁和沉厚。

（四）文化

文学是文化的一个方面，文学之外的其他文化方面是文学发展最直接的环境背景与外围条件。宋代是封建文化发展的鼎盛时期，其对文学的影响也较为显著和深刻。

1. 文化教育事业的发展。印刷术发明于唐，至宋代则迅速发展，宋代公私刻书业极为兴盛，使书籍大量流动，公私藏书规模也复增加，这为文学作品的流传与保存提供了物质条件。晁公武《郡斋读书志》、陈振孙《直斋书录解题》等以私人藏书为对象的目录学专书在宋代的出现，就是一个标志。与此同时，学校的数量和种类也大量增加。除了从国子学到县学的各级官办学校外，私立书院也日益兴盛。像著名的白鹿洞书院等四大书院，其规模和水准都与官办学校媲美。"万般俱下品"，"惟有读书高"（佚名《张协状元》），成了社会上最为流行的价值观。南宋时朱熹等人对村学、女学一类初等教育都极表关心，反映了宋代社会教育的进一步普及。教育的普及导致了读书人、文化人的激增和学术文化的繁荣，同时为文学创作带来了庞大的作者及读者队伍，宋代文学的作家社会成分极其复杂，文学社会影响的范围也极其广泛，对民间大众的影响开始鲜明起来。

2. 思想、学术的繁荣。宋代是一个思想纷争、学派林立，思想与学术文化高度繁荣的时期，史家有"华夏民族之文化，历数千年之演进，造极于赵宋之世"（陈寅恪《邓广铭〈宋史职官志考证〉序》）的说法。宋代史学、理学和科学技术（农、医、历、算、土木）成就显著。其中理学的兴起无疑是思想文化史上最引人瞩目的环节。理学是中唐古文运动和儒学复兴的继续，其实质是适应官僚地主阶级壮大、中央专制集权和官僚政治体制强化的社会形势和统治利益，拓新儒学思想教化、强化封建伦理秩序和道德意志。理学虽然在宋代长期没有得到官方的正式承认，真正上升为官方意识形态是宋以后的事，但以深刻、系统的理论形态代表了强化封建伦理秩序和道德意识的时代要求。作为封建官僚政治的既得利益者，倡导尊圣明道、维护纲常伦理、讲求道德品格是宋代广大士大夫最切身的愿望和最普遍的心声。正是这一时代精神，对文学创作的本体论、风格论、价值观诸方面产生了决定性影响。"文以载道"、重文品、讲格调等观念的流行，都与这一时代精神相联系。而史学、科技的发达也进一步强化了文学创作中的理性主义倾向。

3. 宗教的衰落与转型。与汉唐时期道教的急剧发展、隋唐佛教的鼎盛状态相比，宋辽金时期的宗教明显衰落。但另一方面也呈现了一些新的发展倾向。佛教禅宗具有鲜明的世俗化色彩，两宋时期比较活跃。道教也开始了世俗化的转型，至金元之交以丘处机为代表的"新道教"完全确立。适应封建伦理道德的强化和士大夫主流思想，尤其是理学思想的强盛，佛道两教都积极寻求与儒学的妥协与融合，主张"佛法""道术"服务于"王法"，积极参与世俗社会教化。僧人、道士学者化、士人化，与世俗知识分子深入结缘交流，对文学创作带来许多具体的影响。

4. 艺术的新变。宋代艺术创作主体发生了明显的变化，传统的工匠、优伶之外，士大夫与市民成了艺术活动的生力军。宋代艺术形式和风格也发生了明显的变化，隋唐时期盛行的音乐、歌舞、雕塑、壁画、书法等都极富气势、激情与感性张力，而宋代乐舞转以市井的说唱、杂剧为主，绘画转以文人的水墨写意为主，书法则一变唐人的雄浑与狂放而趋于雅逸的意趣，总之以高雅闲逸的文人情趣与通俗活泼的市井情调二元格局为主，这与宋代文学雅俗竞长的发展局面相互渗透与促进。

二、宋代文学发展的基本情况

宋代文学是中国文学史上的一个重要发展阶段，宋代文学的创作呈现高度繁荣的状况，其思想内容和形式风格上都打着鲜明的时代烙印，并显示了向封建社会后期文学转变的历史征兆。

（一）两宋文学的繁荣

两宋前后历时三百多年，文学领域呈现着典型的繁荣情形。诗、词、文三种文体的创作数量都极其庞大。今所见《全唐诗》及后世各类补辑共得唐诗 55 000 余首，而近年完成之《全宋诗》所收姓名可考的诗人 9 400 多人、作品 254 000 多首，宋诗总数当是唐诗总数的五倍。今《全宋词》所收词作 20 000 余首。《全宋文》正在编纂、出版之中，虽然作家和作品的总数一时难以统计,但粗略的估计,作者逾万,作品逾10万。仅就《四库全书》所载六百多个相对完整的作家别集感知,其数量也是非常壮观的。

作家、作品的数量只是文学繁荣的一个方面,宋代文学的质量即其艺术成就也比较突出,通常我们通过其名家名作的数量来把握。宋代文学出现了苏轼、陆游这样一些可以与唐代李白、杜甫、韩愈等相齐并论的文学大家,同时在诗、词、文各体也出现了像欧阳修、梅尧臣、柳永、王安石、曾巩、黄庭坚、陈师道、秦观、周邦彦、陈与义、李清照、杨万里、范成大、辛弃疾、姜夔、吴文英、张炎、文天祥等众多个性鲜明、成就突出,具有显著影响和历史地位的作家。在脍炙人口的古代文学作品中,断代数量最多的无异是唐代,其次则是宋代。欧阳修、王安石、苏轼、黄庭坚、李清照、陆游、辛弃疾、姜夔等人的名篇佳句广为人们传诵和引用,其频率在古代作家中是较为突出的。在整个中国文学史上,宋代与唐代是两个最为人们称道、常相提并论的文学繁荣时期。

(二) 两宋文学的发展阶段

两宋历时三百年,社会变化复杂,其间文学也是与时逶迤,不断起伏变迁。大致说来,两宋文学分为北宋、南宋两大时期,每一时期又有两到三个兴衰演变的不同阶段。

1. 北宋初期。即宋太祖、太宗、真宗朝,宋朝建国至公元11世纪20年代,时间六七十年。这一时期的文学主要属于晚唐五代文学的沿袭期。诗歌领域有所谓"宋初三体":学习白居易平易诗风的"白体诗"、效法贾岛、姚合等人"苦吟"诗风的"晚唐体"和学习李商隐律诗之工丽典赡的"西昆体"。古文也以典雅工密的骈体赋颂之作为主。词现存作品零星,尚未形成声势。当然这个时期也有少数作家如柳开、王禹偁等主张文学"复古",号召学习韩柳、李杜等唐代大家学习,开北宋文学复古革新之先声。

2. 北宋中期。即宋仁宗、英宗、神宗、哲宗朝,公元11世纪30年代至12世纪初年,历时大约80年。这是宋代政治、经济、文化发展最为剧烈的时期,也是文学创作最为活跃,文学发展最为迅速的时期。这一阶段政治上发生了"庆历新政""熙宁变法""元祐更化"等一系列大事,思想上则有儒学复兴和理学创立。相应的,文学上也发生了欧阳修领导的古文运动或诗文革新运动,从根本上改变了宋代文学的发展轨迹。欧阳修等人提出"复古明道""文与道俱"等主张,奠定了宋代文学文道并重、审美与道德并重的价值理念,欧阳修为代表的平易流畅的文风和梅尧臣等人倡导的平淡诗风则开创了宋代文学的时代新貌。词的创作也走出了宋初长期的沉寂局面,柳永以其声色动人、气局开张、雅俗兼济的长调慢词掀开了宋词走向繁荣的序幕。继之而起的苏轼、王安石、黄庭坚等人沿着欧阳修的道路继续乘胜前进,竞出己意,各展所长,把宋代文学推进到了一个最富创意、最为辉煌的阶段。北宋中期这80年,是大家林立、人才辈出,诗、词、文相继全面革新、繁荣的时期,是由欧阳修与苏轼两个时代构成的持续发展、不断提高的历史进程,不仅在宋代文学史上,放在整个中国文学史上都是不可多得的黄金时期。

3. 北宋末期。即宋徽宗、钦宗朝,公元12世纪的前20多年。这是北宋政治最为黑暗、腐朽的时期,文学领域也呈现极不健康的状态。与世风的奢靡联系,词中歌舞升平、奢侈享乐的风气盛行,而诗文的创作则由于"元祐党禁"等政治迫害的影响而出现万马齐喑的萧条景象。只是到了宋徽宗的后期才稍见喘息和恢复。

4. 南宋初期。即宋高宗朝,公元12世纪30至60年代,时间近40年。这是北宋晚期文学极度凋敝之后逐渐恢复的时期,而这时的社会环境发生了很大的变化。政治上中原的沦陷,宋室的南迁,人民的乱离,抗战与妥协投降两条路线的斗争赋予文学沉重的内容,如李清照南渡后的词一扫早年的闺阁悲欢,而代之以浓重的国破家亡之痛,岳飞等人的作品则一副英雄悲怆的怒吼,喷射着爱国主义和英雄主义的激情。但随着南宋王朝妥协求和政策和宋金划淮而治局面的确立,文学中一种优游闲适的气息也逐渐得以恢复,形式风格上更多地显示出江南山水清秀灵动的色调。

5. 南宋中期。即宋孝宗、光宗及宁宗朝早期,公元12世纪60年代至13世纪初期,时间40多年。史家称此时期为宋代的"中兴"时期,在文学上也是发展的又一高峰,相当于唐代文学的中唐时期。陆游、杨万里、范成大、辛弃疾、姜夔、洪迈、朱熹等都主要生活在这个时代。陆游、杨万里、范成大等都是在苏轼、黄庭坚的巨大影响下成长起来的一代诗人,他们成熟之后的创作都力求走出前人的窠臼,写出自己的生活与感受。辛弃疾、姜夔在词的领域也分别开创了豪放、婉约两派的新境界。古文创作中,政治家、理学家与文学家散文各师其心,同领风骚。朱熹为代表的理学家对待文学的实际态度比北宋理学诸子趋于通达,其诗文作品多有一定的美感。文言小说在这个时期也有了不少收获。

6. 南宋后期。宋宁宗时的开禧北伐失败之后,宋王朝与金国签订了屈辱的和议,宋金之关系再次处于相对稳定的对峙状态。至了宋理宗端平元年(1234)蒙古灭金之后,南宋又面临更强大的蒙古国的威胁,直到灭亡。在这约70年的时间里,奸臣史弥远、贾似道相继擅权,朝政黑暗,国势羸弱。文学上也进入了漫长的衰微过程。这是一个缺乏文学大家的时期,激昂悲壮的歌声和刚直雄阔的议论逐渐减弱,而吟风弄月、干谒应酬、谈理随笔之作则日益流行。就创作情况来说,此间实际并不萧条,分散在江、浙、闽一线的江湖文人如过江之鲫,数量庞大,其文学交游、诗词创作比较活跃,构成了绵延几十年的历史景观。衰危时世的艰难萧飒、富贵文人的优游闲雅、江湖文人的清贫游吟是这个时代最流行的色调,艺术上也趋于疏淡轻浅、纤巧幽倩和自然流便。宋室灭亡之际及之后,以文天祥、郑思肖等为代表的爱国移民作家,或奋起反抗,或隐居守节,其经历、心志发之于文学,都是血泪凝成的内容,风格中也自有一份慷慨悲壮的力量,为宋代文学画上了一个极其有力的句号。

(三)宋代文学的时代特征

受社会政治、经济、文化诸外在因素的激发和影响,加以处于唐代文学高峰之后的历史境况,宋代文学在思想内容、艺术形式、发展模式等方面都显示了深刻的时代特征。

1. 思想内容。由于积贫积弱的局面和世俗平民化的社会,宋代文学缺乏汉唐文学开廓恢宏的气象、激越的情感和雍容华贵的贵族情趣,传统的个人英雄主义、浪漫主义转向平民主义、现实主义。由于客观上阶级矛盾的普遍、民族矛盾的尖锐,主观上官僚地主阶级知识分子的社会责任心和社会阅历的增加,促使宋代文学形成了鲜明的现实主义特色和爱国主义传统。由于封建统治内部改革及其斗争的加剧,文学家的官僚化与学者化,增强了文学的政治色彩和思想性、议论性,文学中更多关于社会、人生的切实思考与理性体悟。由于思想统治的强化,伦理道德思潮的高涨和理学的兴起与影响,"文以载道"说的流行,宋代文学较之以往更多"道"为"文"先的自觉意识,体现出以理节情、审美归善的追求,对浮靡轻艳、险僻诡怪等不良倾向和极端情态常表现出自觉的防范和抵制。由于人口的增加、封建士大夫社会地位和生活质量的提高、社会物质和精神生活的不断拓展、近世社会氛围的逐步深化，文学情趣更为丰富多彩，自然与人文、感情与理智交融参杂，文学内容突破了"缘情""言志"的纯粹色调，具有更多纷繁斑驳的社会映象和质朴浓郁的生活质感。

2. 艺术形式。由于封建文化的全面繁荣鼎盛和官僚知识分子的官僚、学者、文人三位一体的综合素质，宋代文学与文化艺术、思想学术乃至于日常生活各方面的相互渗透与影响十分明显。诗、词、文诸体并行发展、共同繁荣、相互作用和相互渗透，"以文为诗""以诗为词""以文为赋""以赋为词"，不同的思维方式和表达技巧相互借鉴与融合，大大拓展了艺术形式的风貌。与内容上贵族情趣的消逝相对应，汉唐文学中常见的绚丽恣肆、铺张扬厉的风格让位给切实细致、平易淡雅的平民风格。由于平民化的社会及其人文氛围的作用，宋代文学中语体写作的因素有所增长，整体上表现出清新明快的风格，洋溢着平易近人的气息。城市经济的繁兴、市民阶层的壮大更是为词的繁荣和俗文学的兴起准备了条件，雅、俗文学分道扬镳而又相互影响，拓展了文学发展的空间。

放在中国文学的历史长河中，宋代文学是中国文学进入成熟与转型的新阶段，以诗、词、文为代表的士人抒情言志的文体全面繁荣，理论认识系统深入，技巧手法老成精湛，个性追求明确切实，但创作内容和形式的许多方面也开始显露出盛极难继、刻意推求而窘于创辟的危机，而市民社会为主体的俗文学如话本、杂剧等则以崭新的内容和方式开始展露出活泼的生机，预示着光辉的前景。

（四）辽金文学的概况

1. 辽朝。辽是契丹民族建立的北方政权，起于公元907年，迄于公元1125年，恰与整个五代、北宋相始终，其鼎盛时期据有今东三省及河北省北部、内蒙古东部，定都于今北京地区。契丹是以游牧和渔猎为主要生产方式的北方少数民族，逐水草、随季节而迁移放牧，以车帐为家，从而形成豪放勇武的民族性格。辽代文学现存作品不多，作者既有契丹人，也有汉人，其中最能体现辽代文学特色的当属契丹诗人的作品，如耶律倍《海上诗》、萧观音《回心院词》、萧瑟瑟《讽谕歌》等，大多抒情真切，风格奔放。

2. 金朝。金是女真族建立的政权，始于公元1115年，迄于公元1234年被蒙古所灭。金在灭辽侵宋以后，占据了淮河以北的广大土地，在文化上比辽有显著的进步。女真统治者在政治制度、文化建设诸方面广泛吸收了汉文化的要素，使金朝的封建化进程发展很快，其文学成就也远远超过辽代。金代文坛，文人辈出，作品繁多。其发展过程大致分为三个阶段。

第一阶段是金建国到海陵朝的近50年间（1115—1161），作家主要是辽宋入金的文士，如宇文虚中、吴激等，他们都以宋人而仕金，所谓"借才异代"，作品中常流露故国之思，风格上受北方地域环境和文化氛围的影响，沾染了北方文学常有的雄健豪放之气。

第二阶段是金世宗、金章宗统治的50年间（1161—1208），这是金朝最为繁荣稳定的时期，金朝统治区各族人民生活上逐步融洽，文化上相互吸收，文学上也逐步走向成熟，初步形成自己的特色。此诗的文学家主要有蔡珪、党怀英、赵秉文、王庭筠等，受北宋苏轼等人影响颇大，风格雄豪粗犷。

第三阶段是在蒙古进逼之下南渡直至金亡前后（1209—1234）。这期间金朝国势衰微，但文学创作却相当活跃，不事雕琢、重在达意的文学思想占据了主导地位，产生了一批关心国计民生的好作品。金朝末年，社会动荡不安，人民饱受战乱之苦，不少诗人写出了反映动乱现实的作品。

元好问是金朝最伟大的文学家，他身当危乱时世，经历了亡国的惨痛，个人的遭遇与民族、国家的命运息息相关。他的诗歌成了金、元易代之际生动的历史画卷，词作300多首，写景抒情都气象阔大，风格雄放。金亡之后，元好问为保存有金一代文献，编成《中州集》十卷，附《中州乐府》一卷，收录了金代250多位文人的作品，且各系以小传，是金代文学最可宝贵的文献。

宋诗概说

宋代诗歌是宋代文学重要的组成部分，作家之多、诗作之富、成就之高都值得重视。宋诗无论诗人还是诗作数量都是现存唐诗的五倍。其中出现了苏轼、陆游这样一些堪与唐代李白、杜甫、白居易相提并论的大诗人。而像王禹偁、杨亿、梅尧臣、苏舜钦、欧阳修、王安石、王令、黄庭坚、陈师道、张耒、陈与义、吕本中、曾几、杨万里、范成大、姜夔、刘克庄、戴复古、文天祥、汪元量等人都各具个性，成就卓立，放在整个中国古代诗歌史上都堪称名家。

宋人对于诗歌艺术比较重视。散文多有应用，词的地位还处在不断摸进和提升之中，而诗歌自来便是文学的骨干样式，因而备受人们喜爱和关注。宋代出现了诗话这样一种著作样式，其内容多是关于诗歌创作本事和经验得失方面的漫谈和思考，著名的如欧阳修《六一诗话》、叶梦得《石林诗话》、杨万里《诚斋诗话》、姜夔的《白石道人诗说》、严羽《沧浪诗话》等。这种批评形式在宋代的兴起与流行，加以各类诗歌选本、评注本的大量出现，从一个侧面反映了宋人对于诗歌艺术的重视和诗歌创作意识的自觉与成熟。这些理论成果对我们了解和把握宋代诗歌的艺术成就大有裨益。

一、宋诗的特色

文学史上有一个旷时持久的争论，后人称为"唐宋诗优劣论"或"唐宋诗之争"，说的是历代围绕唐诗与宋诗哪个更优胜这一问题所展开的争鸣。有关观点的是非曲直另当别论，但这一现象本身至少透露了两个信息：一是在历代诗歌中，唯有宋诗与唐诗大致旗鼓相当，可以相提并论；二是宋诗足以与唐诗分庭抗礼，代表了唐诗之外另一种诗美风范。这是我们学习宋诗首先必须了解的。

对于唐、宋诗来说，论其"优劣"远不如辨其"异同"来得实在。自宋以来，不乏精辟中肯之见。著名如南宋后期的严羽推崇唐诗，批评本朝诗人"以文字为诗，以才学为诗，以议论为诗"（《沧浪诗话·诗辨》），虽然意在否定，但也从反面揭示了宋诗的几个主要特征。

所谓"以议论为诗"，是说宋人作诗好议论，除了大量论政、咏史、谈理诗外，即便如写情抒情也喜借题发挥，引入思考，生发议论。如写庐山，李白有"日照香炉生紫烟，遥看瀑布挂前川。飞流直下三千尺，疑是银河落九天"，想象奇特，气势非凡。但苏轼到庐山，却不满足类似的局部风景感咏，而是希望透过一层，对整个庐山有一个透彻的认识，于是就有了《题西林壁》："横看成岭侧成峰，远近高低总不同。不识庐山真面目，只缘身在此山中。"这就不是客观地夸言景观之美，而是上升为关于事物认识规律的思考，获得了人生哲理的启迪。这样的诗歌动人之处在其深刻的思想和新警的表达，也就是古人所说的"理趣"。

所谓"以才学为诗"，是说宋代值文化学术繁荣之际，诗人学殖过于唐人，因而所作每以用典相尚，博学相矜。宋代诗歌的内容和语言上更多书卷气，更多从书本知识出发，更多逞才炫学的意味。这固然影响文学立足生活、率性表达的鲜活和自然，但才学终究是文学家的基本素质，才高学博更是文学家自由发挥和成功创造的必要条件。细辨之，才学又有才与学的不同。所谓才，指人的才情或文才，指擅长文学表现的性格、气质与才能，包含了感受灵敏、情绪强烈、想象丰富、气质浪漫等因素，是文学创作的一种重要素质。像苏轼这样"才气浩瀚"大家，不少诗歌写得滔滔汩汩，汪洋恣肆，给人一种才情浩荡，气势壮阔的美感，这本就是文学中一种较为卓越，令人仰望的境界。所谓学，即以学问为诗，主要指创作中好搬弄文史掌故、专业知识、理论内容，包括前人的文学作品等书本材料，主要表现即俗言所谓"掉书袋"。这固然与直面生活、缘情抒发、自然成文这些创作原则相违背，但宋人才高学富本就是一种生活现象，一种现实存在，因此创作中自觉不自觉的流露也就是一个极其自然的现象，关键还在于是否富有新意和美感。这里仅就用典一方面而言，宋人作诗好用典，一些才学高超的诗人多能左右逢源，运用自如，以故为新，出人意表。如王安石《书湖阴先生壁》："茅檐长扫静无苔，花木成畦手自栽。一水护田将绿绕，两山排闼送青来。""护田""排闼"是用了两个汉代的典故。护田一语本于《汉书》，是说派兵护理西域营田之事，排闼一语出于《史记》，是说汉将樊哙不管禁令阻拦，排闼（推门）直入刘邦卧室。此处用这两个军中故事，拟人化地写出了青山秀水扑面而来的生动气息。据说王安石主张汉人之事要与汉人之事相对使用，这是一个难度极高的要求。就此诗而言，如果不了解"护田""排闼"两语的出典，并不影响基本诗意的理解。但一旦有所发觉和了解，便对作者渊博的学识、丰富的词汇和巧妙的运用多了一份会心和感佩，这是高明的作者与高明的读者间的才智交流，是才学"博弈"所赋予的特殊情趣。就创作心理和美感类型而言，这是一种类似民间猜谜之类文字游戏的快感，文艺本就有"起源于游戏"一说，宋诗并不以"缘情"见长，但这类学问、才智"博弈""游戏"的趣味也是人类的情感需求，可以说构成了宋诗创作中一种较为重要的灵感源泉和美感元素。

所谓"以文字为诗"，性质与"学问为诗"颇为接近甚至交叉，主要是说通过文字技巧的锤炼、设计来谋求创新。宋人生唐后，为求另辟蹊径，成就自家面目，多注意在技巧上求新求异，举凡用典、对仗、字法、句法、用韵、声调等等，无不较唐诗更为着意经营，变本加厉，透过一层，做得更为细致、严密、深刻。这虽然难免"人力"胜于"自然"甚至形式主义之嫌，但精益求精总是艺术创新的重要法门。气局虽小，但措施切实、策略，诗家各用所长，别出心裁，间有所得，也不乏新意。这方面以黄庭坚为首的江西诗派用功最深，其简单处莫过于用一些生硬的字眼来创造奇特的效果。比如黄庭坚《登快阁》："朱弦已为佳人绝，青眼聊因美酒横。"所说本是生活百无聊赖，只以美酒消遣。但后一句中一"横"字却极怪异。我们都知道"青眼"是一种正视所喜对象的表情，而横眼则又是一种侧目而视的面目，青眼何以能横，真有几份匪夷所思、怪异生硬。但诗人也正透过这一"横"字，写出了一种睥睨流俗、兀傲不驯的气性与意态。这就是"以文字为诗"带来的特殊效果和意味。

上述严羽所说三点主要着眼于艺术手法，其实唐宋诗的差别是多方面的。宋人生唐后，背负着唐诗繁荣的巨大阴影，不得不努力另辟蹊径，加以社会时代之浸染，无论内容还是形式，许多方面程度不等地都有所突破和创新。如内容上，唐代边塞诗的铺张扬厉，在两宋几于绝响,而慷慨悲凉的爱国诗篇却显得特别突出。唐诗仍保持着早期诗歌诗乐一体化的深刻影响,抒情色彩比较纯粹、浓郁,而宋诗中社会交际应酬、书斋思考、休闲娱乐的作品偏多。唐诗中相思离别、儿女风情、男欢女爱等作品较多,而宋诗中这类内容大多转移到词中去表现,剩下的多是仕宦生活的严肃和日常生活的优雅。唐诗中的情感热烈外向,多有慷慨悲歌之音,而宋诗的抒情多较温和、内敛和节制。在艺术上,宋人更是注重学习与推磨,力求超越与生新。如梅尧臣之平淡、王安石之精致、苏轼之畅达、黄庭坚之瘦硬、陈师道之朴拙、杨万里之活泼都可说是寻求对唐诗风格有所超越的结果。从总体上说,唐诗色泽丰美,如牡丹、海棠,而宋诗则平淡清雅,如寒梅、瘦竹。宋人最推崇的风格不是唐人那种"风骨""气象"之类,而是"平淡""古雅"。被誉为宋诗"开山祖师"的梅尧臣说:"作诗无古今,惟造平淡难。"(《读邵不疑学士诗卷……》)苏轼、黄庭坚向来被视为宋诗的典型代表,一如唐诗中的李白、杜甫。苏轼论诗最重陶渊明,认其"质而实绮,癯而实腴"(苏辙《子瞻和陶渊明诗集引》),黄庭坚则推重杜甫晚期诗风的"平淡而山高水深"。两人的诗学理想殊途同归,究其实质是追求一种超越了刻琢绚烂的老成风格,一种炉火纯青的美学境界。比诸人生的境界,唐诗正是风华少年、血气方刚的气象,而宋诗则是历练老成、意态萧散的境界。有两种人生境况,也便有两种诗歌境界,唐诗与宋诗正是古典诗歌两种美学风范的典型代表,人们通常称为"唐音"与"宋调"。

两者间的差别,是就其整体风格的横向比较而言。纵向上说,有一个逐步演变的过程,宋人是从沿袭唐人开始的,宋人也特重唐诗,尤其是杜甫与韩愈,宋诗的许多特征都是以唐诗为滥觞的。宋人对白居易评说较少,评价不高,但无论是白居易讽谕诗,还是闲适诗、杂律诗,对宋诗的潜在影响都很大。横向上说,唐诗中有近"宋调"者,而宋诗中也不乏"唐音"之作,宋代初期与末世都有号称学唐的流派。即便是同一个作家的诗歌中也可以找到两种风格并存的现象。因此认识并不能胶柱鼓瑟。它们间既风格迥异,各树一帜,又相互联系,相互补充,对后代诗歌具有深远的影响。元明清的诗坛,或宗唐,或宗宋,流派纷争,艺术上也有所发展,但大致都没能超出唐宋诗的风格范围,足见两种风格的典范意义。

二、宋诗的大家、名家与流派

汉魏六朝是中国诗歌发展的黄金时期,宦游、离别、感遇、咏怀、咏史、游仙、边塞、山水、田园、闺怨、咏物等题材、主题渐次展开,五言古诗、乐府诗、七古歌行、五律、七律等形式也逐步生成和创立,构成了诗歌发展的强大动力。唐诗在此基础上,进一步融通挖掘,其对社会生活的表现到了巨细无遗的程度,对诗歌样式的运用也到了高度成熟的地步,留给宋人开拓的空间极其有限,宋诗的创新与发展更多地依赖于艺术技巧和风格的惨淡经营,这是宋诗发展的困境,也正是宋诗发展的特色。宋代诗坛一个最鲜明的景观就是诗歌流派林立,风格丰富多彩,展现着盛极难继之际特有的发展生机。下面我们按照宋诗发展的几个阶段,对其主要的诗人和流派略作介绍。

(一)"宋初三体"

"宋初三体"是活跃在宋太祖、太宗、真宗朝的三个主要的诗歌流派。

首先是"白体",以徐铉、李昉、王禹偁为代表,主要学习白居易的闲适诗和杂律诗,以君臣和同僚间的闲适唱和应酬为主,风格平易浅切。徐、李均为五代旧臣,王禹偁属后起之秀,不仅兼学白居易的讽谕诗,而且艺术上兼学杜甫之凝练,因而也多有起色。

其次是"晚唐体",宋人多分唐诗为初、盛、晚三阶段,所谓晚唐实兼中唐而言。"晚唐体"诗人以僧人、隐士为主,其中著名的有潘阆、林逋等隐士,另有惠崇等九位诗僧,号称"九僧"。"晚唐体"大致起于太宗朝,至真宗朝形成风气。他们喜作五律,崇尚白描,少用典故,效法贾岛,注重炼字炼句,往往在两联对仗上见出功夫。但他们生活积累不足,往往沉溺于用小巧细碎的笔法描写景物,或者发抒清苦幽僻的个人性情,意境较狭,变化不多,因而影响不大。

再次是"西昆体",简称"昆体",因杨亿编辑《西昆酬唱集》而得名。"西昆体"诗人主要活跃在真宗朝。整个宋初,官僚唱和之风颇为盛行,这部诗集可以说是这一诗风发展到顶点的产物,集中共收17位作者的247首律诗,代表人物是杨亿、刘筠和钱惟演,他们的作品占了全集的五分之四以上。他们当时奉命在秘阁编纂《册府元龟》,整个唱和活动开始于宋真宗景德二年(1005)秋,杨亿编集成书在大中祥符元年(1008)秋,前后三年。唱和的内容不外是受诏修书,宫廷游宴,描摹物态,流连光景,如《禁中庭树》《夜宴》《夕阳》《柳絮》等,也有少量咏史如《南朝》《汉武》等,略存借古讽今之旨,有一定的现实意义。西昆体的意义主要在艺术上,他们多是朝廷的手笔,学问较之前辈深博,以师法晚唐李商隐为主,兼学唐彦谦,追求词藻的华赡、用典的贴切、对仗的工巧、音节的谐婉,形成了精丽繁缛的风格。这种风格与"白体""晚唐体"相比更赖于诗人的书卷学识,也更见文字技巧,因而初步显示了宋诗"以才学为诗"的时代特征。西昆体在真宗朝中后期及仁宗朝前期影响较大,当时文人少有不沾染其风的,稍后的宋祁、晏殊等都是此风传人。

(二)欧、苏、梅三家诗

欧阳修、苏舜钦、梅尧臣主要活跃于宋仁宗、英宗朝,是宋仁宗天圣、明道以来诗歌革新的代表。

欧阳修不但领导了新古文运动,同时也积极致力于诗风的变革。叶梦得《石林诗话》卷上说:"欧阳文忠公诗,始矫昆体,专以气格为主,故言多平易疏畅。""宋初三体"多属近体唱和,一味沿袭晚唐五代遗绪,所学失之繁缛、浅狭,而欧阳修与古文运动相呼应,作诗注意内容,写出了许多反映现实的诗篇。欧阳修还特别注意到韩愈诗歌内容和功能的丰富性,即"资谈笑,助谐谑,叙人情,状物态,一寓于诗而曲尽其妙"(《六一诗话》)的特色,并加以发扬,唱和类、人文类的题材都有明显增加。艺术上,欧阳修主张学习韩愈的健迈和李白的豪放,所作较重古体诗,篇制开张、气格强健。同时又发扬了韩愈"以文为诗"的传统,以古文所具有的某些艺术特征丰富诗歌的表现手法,散文化、议论化倾向明显,风格趋于平易畅达,显露出自己的创作个性和时代特征。

苏舜钦积极投身范仲淹、欧阳修等领导的政治改革和古文运动,在诗歌方面也是当时改革的先锋。苏舜钦政治热情高,性格也豪迈刚直,因而诗歌中多关心社会,干预现实,感慨时弊,如《吴越大旱》《己卯冬大寒有感》《庆州败》等,极富现实意义。《宋史》本传说他"慷慨有大志","时发愤懑于诗歌,其体豪放,往往惊人",就是指的这一类诗歌。庆历四年苏舜钦受到政治保守势力的沉重打击,被削职为民,诗风也因之多沉郁悲壮之音,颇类杜甫。而晚年移居苏州,营造沧浪亭,颇有逍遥江湖之意,诗风也趋于平夷妥帖。

在欧阳修领导的文学革新集团中,梅尧臣是致力于诗歌创作的一位,也以诗著名于时,现存 2 800 余首,在北宋诗人中数量与苏轼相俦,是当时诗坛改革的代表。梅尧臣反对晚唐五代以来的绮靡雕琢之风,主张恢复《诗经》《离骚》"风雅比兴""愤世嫉俗"的传统,因而有不少关心政治,针砭时事,尤其是反映民生疾苦的作品。但整体上仍以日常生活的描写与感咏为主,题材之细致,描写之切实,对宋诗内容方面的开拓启发良多。艺术上积极探索,长于五言,追求"意新语工"。风格上融盛唐王维之清丽精雅,贾岛"晚唐体"之构思精微、语意新奇与阮籍、陈子昂之感慨质朴,陶渊明、韦应物之古淡闲雅等多种元素于一体,形成了"清切"兼"古健"、"覃思精微"又复"深远闲淡"的特殊风格。欧阳修《梅圣俞墓志铭》论其创作:"其初喜为清丽,闲肆平淡,久则涵演深远,间亦琢刻以出怪巧,然气完力余,益老以劲。"这种深思熟虑,而终归老成闲淡的风格,无论相对于繁缛富丽的西昆体,还是苏舜钦等人慷慨激烈的风格,都更符合宋人的理想境界。因此梅尧臣也被誉为宋诗的"开山祖师"(刘克庄《后村诗话》前集卷二)。元人龚啸称其"去浮靡之习,超然于昆体极弊之际;存古淡之道,卓然于诸大家未起之先"(《宛陵先生集》附录),可以说精辟地道出了梅尧臣在宋代诗歌史上划时代的典范意义。

欧、苏、梅三家诗内容上体现了这个政治改革和儒学复兴时代豪迈、开阔的士人思想风貌,艺术上则充分显示了复古革新的审美追求,无论诗学取径,还是形式风格相对于"宋初三体"都有根本的改变,各以其鲜明的风格个性,从不同的侧面体现了宋代诗歌的时代新貌。

(三)王、苏、黄三大家

欧、苏、梅之后,王安石、苏轼、黄庭坚相继崛起。他们生活的宋神宗、哲宗朝前后,正是宋代政治、思想领域斗争最为激烈,文化艺术高度繁荣的时期。值其时事激发、风会陶冶,加以个人的学识渊博、才性卓异,使他们的诗歌创作后来居上,雄视前贤,进入了登峰造极的境界。正是在他们这里,宋代诗歌进入了鼎盛和成熟阶段。

王安石是有宋一代最重要的政治改革家,当其宦游地方,主政朝廷,大刀阔斧地进行政治改革时,诗歌成了其思考和战斗的工具,写下了大量关注现实、议政论史之作,王安石可以说是宋代诗坛现实意识最强、政治内容最为丰富的一位诗人。在艺术上,这些作品多受韩愈、欧阳修影响,以文为诗,以议论为诗,风格奇崛雄健。中年之后的王安石,社会阅历进一步开阔,而思想情感也转为深厚沉潜,反映为诗歌内容,题材趋于多样,咏史吊古、述怀感旧、酬答赠别等作品都有所增加。艺术上则服膺、效法杜甫诗歌的"绪密而思深"(《苕溪渔隐丛话》前集卷六)和唐人佳作的"深婉不迫"(叶梦得《石林诗话》卷中),意态转为敛约,情韵趋于深婉,精于修辞,而风格凝练。晚年罢相退居江宁(今江苏南京),营建半山园,流连山水,咏诗学佛,平静的生活使其作品的内容和风格进一步变化,大量的写景诗、禅理诗代替了早期的政治诗。这些诗多描写细致,修辞巧妙,韵味深永,形式上则集中于律诗和绝句,黄庭坚说:"荆公暮年小诗,雅丽精绝,脱去流俗,每讽味之,便觉沉瀣生牙颊间。"(胡仔《苕溪渔隐丛话》前集卷三五)纵观王安石的创作道路,似乎有一个从早期直截发露的宋诗特征向晚年以丰神远韵见长的唐诗佳境复归的特殊历程,因而王安石在当时的诗坛上独树一帜,成就超卓,人们常以"王荆公体""半山体"(退居江宁期间的诗)来概括。

苏轼无疑是宋代最伟大的文学家，而诗歌是其文学创作中最为基本，也最为厚重的部分，放在中国诗歌史上，苏轼是中国封建社会后期最为重要的诗人。作为文学家，苏轼一生饱尝宦海浮沉和人生挫折，其生活阅历和精神世界之丰富复杂，在宋代文人中可谓首屈一指。他"身行万里半天下"，行万里路又复读万卷书，其才力之健、学识之富，洵出宋人头第。儒之入世、道之避世、释之超世，三家思想的杂糅，使他形成独具特色的思想性格。他热爱生活，热爱人民，积极入世，满怀激情；其人生道路大起大落，几起几落，艰难坎坷，饱经忧患，却能泰然处之，随缘自适；其立身处世，则又能刚正不阿，待人接物，光明磊落，胸怀坦荡。丰富复杂的生活阅历和心灵世界，直接反映到他的诗歌创作中。现存2 700多首诗，其题材之广泛，情趣之丰富美妙，心性之坦诚真率，在宋诗中也少有其比。清人叶燮在《原诗》中说："苏轼之诗，其境界皆开辟古今之所未有，天地万物，嬉笑怒骂，无不鼓舞于笔端。"这得力于他的阅历、他的生活，也得力于他的才气、他的性格，得力于他的思想、他的学识，得力于活泼的心智、审美的灵心慧眼。他极善于从日常生活和自然景物中开掘诗材，又善于从人生遭遇中总结经验，从客观事物中见出规律。在他眼中极平常的生活内容和自然景物常蕴含着深刻的道理和微妙的趣味。如《题西林壁》《和子由渑池怀旧》等，在这些诗中，自然景象已上升为哲理，而人生的感受也转化为理性的反思。诗中的哲理通过鲜明、生动的形象自然而然地表达出来，既优美动人，又饶有趣味，是名副其实的理趣诗。无论何种题材，到了他的笔下，无不情趣盎然，诗意勃发，真可谓信手拈来，触处生春。苏诗内容中弥足可贵的是对人生荣辱沉浮无比冷静、旷达的态度。苏轼诗中也不乏痛苦、愤懑、消沉、落寞的一面，但更多则是对挫折的傲视和对痛苦的超越，因此洋溢着豪放的意气和通达的智慧。

苏轼学博才高，对诗歌艺术技巧的掌握达到了得心应手的纯熟境界，并以通变求新的态度对待各类艺术规范，纵意所如，触手成春。苏诗长于比喻，新颖生动，层出不穷。如"春畦雨过罗纨腻"（《南园》），"欲知垂尽岁，有似赴壑蛇。修鳞半已没，去意谁能遮"（《守岁》），都极其巧妙。其用典信手拈来，左右逢源。对仗也多精妙新奇。正因为苏轼对技巧的运用已臻化境，所以能够超越技巧，总体上予人以挥洒自如的感觉，丝毫看不出刻琢的痕迹。从整体上说，苏轼作诗擅长于以气运笔，放笔纵意，所作大多才情奔放，挥洒自如，曲折尽意，畅所欲言，与内容上的鼓舞万物、率尔性情、乐观豪放相适应，是一副典型的雄健恣逸的风格。苏轼论文，强调"辞达"，追求一种通脱了然的境界。在这种境界中他体会到了某种突破现实束缚的自由，他曾说："某平生无快意事，惟作文章，意之所到，则笔力曲折，无不尽意，自谓世间乐事，无逾此者。"（何薳《春渚纪闻》卷六引）自中唐以来，韩愈、欧阳修等人逐渐发展起以文为诗、以议论为诗、以才学为诗的创作倾向，苏轼这一"大放厥词"的作风正是这一倾向的继承和发挥。当然，作为一位大诗人，诗风不是一成不变的，同时其独创性也并不排斥艺术表现的多样性和丰富性。其政治生涯的坎坷起落，其思想上儒家与佛老因素的消长变化，其创作实践的不同背景与对艺术问题的不同理解，乃至于生理心理的自然变化，影响其诗风，大致表现出早年的豪健清雄、中年的清旷简远和晚年的自然平淡蜕变嬗替而又交叉渗透的发展过程。苏轼有两句名言："出新意于法度之中，寄妙理于豪放之外"，人们常移用来评论其创作特征。其实对于苏轼来说，这两句并不仅是一个风格定义，而是艺术创作的基本原则，其中包含了内容和形式、情感与理智对立统一的辩证思想。苏轼的创作充满着许多复杂因素的辩证统一，其风格也从来就不是单一的，无论就其一生的创作，还是其一阶段的诗歌风格来看，都体现了一与多，特殊与一般，独创性与多样性的统一，体现了渊雅浩瀚的大家风范。

黄庭坚以诗文受知于苏轼，与秦观、张耒、晁补之并称"苏门四学士"。政治上与苏轼同命运，共进退，历经坎坷，思想精神也有很多相通之处，但性格气质与苏轼有所不同。黄庭坚多江西士人遗风，比较内向、平和、稳实、沉静，儒学修养深厚，气质上与当时理学家较为接近。五代以来江西是禅宗胜地，黄庭坚较早就与临济宗的黄龙系结下了密切的联系。在圆融儒、佛、道方面他形成了自己的特色，"中刚而外和"（《跋欧阳文忠公〈庐山高〉》），既温厚端凛，又乐观洒脱。这种思想性格特征，对其诗歌艺术多有影响。

黄庭坚不如苏轼那样才华横溢，生活经历也无其丰富复杂，诗歌题材拓展有限，多不出思亲怀友、感时抒怀、写景咏物、题品书画、唱和赠答的范围，但颇富人文气息、书斋意味。黄诗的成就主要在其鲜明的艺术个性。黄庭坚潜心追求艺术上的独创，包括诗歌审美观念上的标新立异，诗法技巧上的推陈出新，思维方式上的避熟就生，话语方式上的奇险怪巧等等。《沧浪诗话·诗辨》批评苏轼、黄庭坚，"始出己意以为诗"，"山谷用工尤为深刻"。其实，宋诗之所以能写出自己时代的特色，原因之一就在于苏、黄他们能够自出"己意"。在形式技巧方面黄庭坚所下功夫尤其深刻。他特别重视构思布局和句法结构的变化奇矫，选择生硬字眼，抉发奇特意象，创造新颖比喻，活用典故成语，押险韵，作拗律，以追求生新、瘦硬、拗峭的效果。既有挺拔兀傲的骨力，又有苦涩返甘的韵味，确实创造了一种意味奇特的审美境界，后人常以"山谷体"称之。这样一种骨格峭拔而神气内蕴的风格意味很适应封建社会后期广大中下层士大夫的审美心理，因而受到了广泛的喜爱和效仿。

当然，优点之中往往也潜伏了缺点。追求章法出奇变化，有时便觉神气不惯；句法过于特殊，就会流于古怪；用字力避平熟，一旦过分就不免生僻。苏轼对黄庭坚诗评价很高，但也作过风趣的批评，他说黄诗"如蝤蛑江瑶柱，格韵高绝"，但吃多了会令人"发风动气"（《书鲁直诗后》）。尽管如此，黄庭坚的探索精神是值得高度肯定的。古代诗歌在唐代达到高峰，唐代诗人把各种体裁的诗歌功能都发挥得淋漓尽致，各种诗体的内部功能和形式体制的发展到了"山重水复疑无路"的地步。在这样的情况下，宋人如要百尺竿头，走出唐诗的阴影，就只有两条路可走，一是创造新的体裁以代替旧的诗体，这是宋词、元曲的任务。另一条路就是尽量挖掘旧有诗体在艺术表现功能和创作体制上的种种潜力，并尝试新的可能性，赋予它新的生命力。这正是自欧阳修以来宋代诗人们努力实践的方向。而黄庭坚诗之所以能成为宋诗的代表之一，也恰好是在这一点上为宋诗作出了突出的贡献。

正如陈师道所说，"王介甫以工，苏子瞻以新，黄鲁直以奇"（《后山诗话》）称胜，王安石诗是一种精湛工致的美，苏轼的诗则是新鲜活泼的美，而黄庭坚则是一种拗峭奇特的美，他们以三种不同的美学风范雄踞北宋中期诗坛，代表了宋代诗歌的最高成就，尤其是苏、黄二家，以师生而齐名，历来被视为宋代诗歌艺术特色的典型代表。当时三家各有不少的羽翼追随，形成了诗坛繁荣辉煌的面貌。尤其是苏轼、黄庭坚活跃的宋哲宗元祐年间前后，更是一派人才济济、群星璀璨的盛况。后人将之与盛唐开元、中唐元和年间的诗坛并称为"三元"，视为古代诗歌史的三个黄金时代。

（四）江西诗派

毫无疑问，苏轼是宋诗鼎盛期成就最大的一位诗人，但由于苏轼写诗的方式是依凭才情而随意挥洒，不主故常，所以别人难以追随效仿。而且从元祐后期开始，激烈的党争常常引发文字狱，苏轼那种嬉笑怒骂的作风更使人敬而远之。于是，作诗讲究法度，工夫细切，有章可寻，题材又偏重于书斋生活、日常情趣的黄庭坚便成了青年诗人学习的最好榜样。黄庭坚本人平常言谈中也多学诗与创作方面的经验之谈和切实的方法指导，如所说"以故为新""以俗为雅""脱胎换骨""点铁成金"之类，都是具体的创作技巧。到了北宋末南宋初，追随黄庭坚的诗人逐渐形成了一个声同气应的诗歌流派——江西诗派。这是两宋之际诗坛上最重要的现象。

江西诗派以宋徽宗年间吕本中所作《江西诗社宗派图》而得名。该图列黄庭坚为宗派之祖，下列陈师道、潘大临、谢逸、洪朋、洪刍、饶节、祖可、徐俯、林敏修、洪炎、汪革、李錞、韩驹、李彭、晁冲之、江端本、杨符、谢薖、夏倪、林敏功、潘大观、王直方、善权、高荷、何觊等25人。所列25人中，陈师道、韩驹、饶节、三洪、晁冲之、李彭、二谢等有较多作品流传，其余只有零星作品留存，甚至湮没无闻。所谓江西即宋代的江南西路，所列成员中十一人是此方人士，而陈师道、潘大临、晁冲之、王直方等多半不是，之所以称江西宗派，主要是因为黄庭坚为江西人的缘故。诗派成员大多受到黄庭坚直接或间接的指点，诗歌创作也或深或浅地受到黄庭坚诗风的影响。由于黄庭坚的深远影响，这个流派一直延续到南宋，陈与义、曾几、赵蕃等人也被视为诗派中人。到了宋末，方回因为诗派成员多数学习杜甫，就把杜甫作为诗派之祖，把黄庭坚、陈师道、陈与义三人称为诗派之"宗"，提出了江西诗派的"一祖三宗"之说。

黄庭坚之外，陈师道、陈与义、吕本中、曾几是江西诗派中最重要的诗人。

陈师道与黄庭坚生活年代大体同时，也是苏轼门下的重要文人，政治地位低下，生活潦倒，性格狷介。陈师道不像苏轼那样才气过人，也无黄庭坚那样精深的学力，以五律为主。相传作诗刻苦至极，但又主张诗歌"宁拙勿巧，宁朴勿华"（《后山诗话》），因此其所谓朴拙也是一种苦心孤诣的结果，质朴无华中内蕴曲折深挚的酸楚情感。在南宋北之交的江西诗派中，这种朴拙瘦劲的诗风甚为流行。

陈与义、吕本中、曾几都是南北宋之交人，比黄、陈要晚一辈。山河破碎的形势与颠沛流离的经历使陈与义认清了杜甫的精神意义，努力学习杜诗忧国忧民的精神，艺术上也转以学习杜诗沈郁悲壮的风格为主。陈与义南渡后的诗歌是江西诗派中最接近杜诗"沈郁顿挫"风格的一位。吕本中、曾几与陈与义同时，他们作诗倡导"活法"。所谓"活法"是相对于江西诗派末流一味模仿黄陈诗法，不知变化而言的。在他们晚年的创作中，黄、陈诗风的影响都明显减弱，代之而起的是一种轻快流美的风格，显示了在南宋新的地域、社会和文化条件下江西诗派内部的转变。

（五）中兴四大诗人

所谓"中兴"是指南宋中期即宋孝宗（1163—1189）、光宗（1190—1194）、宁宗（1195—1224）朝前期社会相对安定、繁荣的时期，一批出生在"靖康之难"前后，与南宋王朝一同成长的文人登上诗坛。他们自小生活于社会动荡并走向半壁偏安的时代，与北宋苏、黄等人有着完全不同的创作环境。同时他们自小也感受到诗坛风气的转变，所以比吕本中、曾几等更富创新精神，最终以全新的诗歌风貌取代了江西诗派在诗坛的主流地位。这些诗人中，陆游、杨万里、范成大、尤袤（一说萧德藻）四人最为著名，被称为"中兴四大诗人"。四人中尤袤的作品失传较多，成就也稍逊，因而值得重视的是陆、杨、范三家。

陆游一生勤奋创作，流传至今的诗就有9 400多首。诗歌内容极为丰富，几乎涵盖了当时社会生活的各个方面，其中最重要的是爱国主题和日常生活情景的吟咏，正如《唐宋诗醇》卷四二所说："其感激悲愤、忠君爱国之诚，一寓于诗，酒酣耳热，跌宕淋漓。至于渔舟樵径，茶碗炉熏，或雨或晴，一草一木，莫不著为歌咏，以寄其意。"

陆游生当北宋灭亡之际，亲历了丧乱之痛，又受亲友、师长之爱国思想的影响，从小便树立了恢复中原、为国雪耻的大志，毕生坚持不懈。他的作品得时代风云之助，唱出了当时抗战爱国的最强音，是自北宋以来爱国主义精神传统最集中的体现。他不仅用诗歌表现故国之思、亡国之痛，更表现投身抗战的决心；不仅表现理想与现实的矛盾，更敢于抨击投降派的卖国罪行；不仅表现对侵略者的仇恨，也表现对沦陷区百姓的同情。爱国思想和精神不仅贯穿他的一生，更反映在平时生活中的各个方面，可谓念念在兹，梦寐以求。在诗中他多以梦境来展现驰骋沙场，收复中原的理想。如此全面彻底、深刻强烈的爱国主义情怀，在同时代其他诗人的作品中不大多见。特别是他那"拥马横戈""气吞残虏"的气概，更是少有其比。这些，都构成了陆游诗歌爱国主题的最大特色。

陆游热爱自然，热爱生活，感情浓挚，性格豪放，很具有诗人气质。他善于发现自然之美，也能敏锐地捕捉日常生活中的诗意。一山一水，一草一木，一鱼一鸟，无不剪裁入诗。平日饮酒、品茶、观画、赏花、写字、读书、躬耕等家常小事，都能成为诗材，常写出自己的豪情、雅兴或感慨。他现存的9 000多首诗大多属于这一类，而且三分之二作于60岁以后的投老置散，优游卒岁的时光里。

陆游一生经历丰富多彩，诗歌题材多样、主题丰富，风格也就绚烂多彩。有的雄阔悲壮，豪迈奔放；有的清新明丽，含蓄隽永；有的充满瑰奇的想象；有的又出以平实的描绘。所以他当时有"小李白"的称号，又被人比之于杜甫，晚年的一些闲适诗还近似于白居易。他于各种诗体都擅长，律诗"使事必切，属对必工。无意不搜，而不落纤巧；无语不新，亦不事涂泽，实古来诗家所未见"。古体"才气豪健，议论开辟，引用书卷，皆驱使出之，而非徒以数典为能事，意在笔先，力透纸背"（赵翼《瓯北诗话》卷六）。绝句笔致流转，情韵深永。当然陆诗也有比较明显的缺点，一些诗浅近滑易，字句和诗意重复出现的现象比较常见。

杨万里是一位理学色彩比较明显，品德气节高尚，在当时很有口碑的文人。杨万里的诗兴主要在自然风物和日常生活的情趣上，所咏多十分平常的景物与经历，但多有一些独特体验与趣味。他的诗风发生过多次变化，早年从学江西入手，后来改学王安石和晚唐人绝句，最后终于领悟到应该摆脱前人的藩篱而自成一家，并形成了个性鲜明的"诚斋体"（杨万里号诚斋）。其最显著的特征是活泼自然，饶有谐趣。平常的事物在他总能引发一些奇思妙想，他的笔下自然景物多具生机与灵性，而他也多表现出一种戏笔调侃乃至于插科打诨的态度，因而读来有一点喜剧式的轻松与幽默感。语言也极其通俗灵活，充满了日常口语的气息。这种情趣风格在当时的诗坛乃至于整个古代文人诗词中都是极其少见的。当然不少作品也给人味浅乃至于油腔滑调的感觉，这是这类风格难免的风险。

范成大长年在各地任地方大员，周知四方风土人情，诗中反映的生活面较广。例如他描写民生疾苦的诗，继承杜甫和中唐"元、白""张、王"新乐府的传统，而写法别具一格，多以冷峻、客观的笔调记叙，其批判的力度并不亚于白居易等人的大声疾呼。范成大诗中价值最高的是使金纪行诗和田园诗。他的使金绝句七十二首，把出使金国沿路见闻感触以七言绝句一一记之于诗，主要是描写沦陷区山河破碎的景象，中原人民盼望光复的情形，凭吊爱国志士的遗迹，内容极其真切，感触也极为深刻，在当时的爱国题材诗歌中独树一帜，而其七言绝句组诗的方式对后来文人征行、感时一类创作也多有启发。范成大退居故乡石湖所作的《四时田园杂兴》六十首七绝组诗，融田园诗、风土诗、农事诗、讽谕诗、闲适诗等多种诗歌传统于一体，描写内容以乡村农事与村社风土人情为主，细大不捐、纤悉毕登，无异于当时太湖地区乡村生活的风俗长卷，在陶渊明、王维与孟浩然之后，开创了田园诗创作的新境界，对后世影响较大。

（六）永嘉四灵与江湖诗派

永嘉四灵和江湖诗派是主要活跃于当时浙西、浙东、福建路即今苏、浙、闽三省的文人。

永嘉四灵是指永嘉地区（今浙江温州）的四位诗人：徐照、徐玑、赵师秀和翁卷。他们同出于叶适之门，各人的字中都有一个"灵"字，所以叶适把他们合称为"四灵"，并编选《四灵诗选》，为之揄扬。"四灵"或为布衣，或为小官，都是命运落拓的贫寒之士。他们的生活面狭小，诗歌内容也较单薄，只有少数诗涉及民生与时事，多数作品只是题咏景物，唱酬赠答。作品中出现最多的意象是花、竹、鹤、僧、琴、药、茶、酒之类，每人存诗也只一两百首，确实是一群格局较小的诗人。"四灵"作诗以中唐贾岛、姚合为榜样，以五律为主要诗体，擅长描写清邃幽静的景色与枯寂淡泊的隐居生活，艺术上精雕细琢，玲珑雅洁，但时有精警的句子，而全篇意境不够完整。倒是他们的七绝间有生活气息浓郁，意境浑融、清新可诵之作。"四灵"出现的时候，江西诗派的影响渐趋式微，他们在主观上也想打破江西藩篱，因而选择贾岛等为典范，并在写作中尽量少用典故成语，含有与江西背道而驰的意图。在叶适看来，"四灵"的诗风是对唐诗的回归，其实才力有限，只得又回到宋初"晚唐体"的老路上去。但这种诗风相对于江西诗风终是一种反拨，加之叶适等人的大力抬举，所以在当时获得了远远超过其实际成就的名声，对稍后的江湖诗派产生了很大的影响。

南宋后期有许多没能入仕的游士流转江湖，以献诗卖文为生，成为江湖谒客。当时杭州书商陈起，喜欢结交文人墨客，其中有低级官员、隐逸之士，也有许多江湖谒客。陈起为他们刻印诗集，总称为《江湖集》。以江湖谒客为主的这些诗人就被称为江湖诗派。由于被收入《江湖集》的诗人身份各异，又没有公认的诗学宗旨，所以是一个十分松散的诗人群体，他们只是大致具有相似的创作倾向而已。这个诗派成员众多，人品流杂，仅《江湖集》所收就上百人。他们大多对国事不甚关心，又不清贫自处，热衷于交游、结社，相互拉拢、标榜，他们主要分布在今浙、苏、闽三省，尤其是当时临安，不少人以诗歌干谒权贵，谋取钱财。这些习气有着浓重的文学商业化的色彩。当然这个流派情况十分复杂，不可一概而论。一些生活在社会下层的文人，生活面很广，题材来源较为丰富，农民和城市贫民的悲惨处境不时出现笔下。他们最擅长的题材仍是写景抒情，这方面的作品与"四灵"颇为相通，只是境界稍阔些，风格自然明畅些。江湖诗人中成就突出的是刘克庄和戴复古等少数诗人。刘克庄在江湖诗人中官位较高，年寿也长，创作也丰，又喜提携后进，故被许多江湖诗人视为领袖。他的作品不乏忧讽时事之作，艺术上能兼学陆游等唐宋大家，因而一定程度上突破了"四灵"、江湖诗风的束缚。戴复古也是如此，多反映民瘼与时弊，学陆游雄放外，还兼学杜甫之沉郁，在江湖诗派中独树一帜。从总体上看，江湖诗派的风格倾向是不满江西，而仿效"四灵"，学习晚唐，但取径比"四灵"稍宽阔些，这基本上代表着南宋后期诗坛的基本倾向。

（七）宋末遗民诗人

南宋后期的诗坛，抗敌御侮的主题一直不绝如缕，但只的到了宋末危急存亡之际才成了时代的主流。当时诗人实有两类，一是文天祥那样的民族英雄，奋起反抗，以死殉国；另一类被称为遗民，以谢翱、谢枋得、林景熙、郑思肖为代表。他们早年的诗歌大多比较平庸，风格不出江湖故习，但"国家不幸诗家幸"（赵翼《题元遗山集》），正是国家生死存亡、天翻地覆的变化，赋予了诗歌以悲壮"史诗"内涵和沉痛的遗民血泪，洋溢着爱国主义的光芒。

（八）理学诗派

理学的出现是宋代思想史上的大事，北宋邵雍、张载、程颢等到南宋的刘子翚、朱熹、张栻、魏了翁，虽然对文学的态度不出理学家否定文学价值的基本立场，但实际情况是多隐有爱好。邵雍可以说是北宋最重要的理学诗人。他是一个隐士与学者，受道教影响较深，早年在中原关陕一带漫游，后定居洛阳，过着安闲乐道的生活。他作诗只是自娱，用他的话说"行笔因调性，成诗为写心"（《无苦吟》），因此是"兴来如宿构，未始用雕镌"（《谈诗吟》）。内容也多是流连光景，谈史说理，闲适悟道。随兴而写，不计工拙，语言平易晓畅，有时甚至像打油诗，在诗歌史上与唐代王梵志、禅宗偈诗风习相近，同属另类。辛弃疾说"饭饱且寻三益友，渊明康节乐天诗"（《鹤吟偶作》），把它与陶渊明、白居易相提并论，也可见出其文人闲适诗的传统。明清时期随着理学家队伍的不断壮大，这种平淡说理的风格也颇有影响。南宋刘子翚、朱熹师徒二人，是理学家中最富文才的，无论写景、抒情与说理都称诗家当行，尤其是朱熹善于描写优美的山水风景，来寄托体道悟理的情怀，象征治学修身的道理，流溢着鲜明生动的理趣，代表了宋代理学家诗歌的最高成就。

作 品

林逋

　　林逋（968—1028），钱塘（今浙江杭州）人，字君复。少时多病，终身未娶未仕。早年曾漫游于江淮一带，大约四十岁后，隐居于杭州西湖孤山，二十多年足迹不至城市，传说以种梅养鹤为伴，人称"梅妻鹤子"，当时名声很大，士大夫争相结交拜访。宋真宗闻其名，诏赐粟帛，还命地方官优加劳问。卒谥和靖，世称"和靖先生"，葬西湖孤山。林逋的诗，除一些应酬赠答之作外，主要歌吟隐居生活，表现远俗闲适的情趣。如其《深居杂兴六首》诗序所说，多"状林麓之幽胜，摅几格之闲旷"。艺术上则长于以清雅精细的笔法描摹湖山景物，风格清淡，意趣高远，颇得时人称誉。今存《林和靖先生诗集》四卷，有《四部丛刊》本。

山园小梅二首（选一）

【解题】

　　林逋现存咏梅诗共八首，都是七律，世称"孤山八梅"（方回《瀛奎律髓》卷二〇）。其中以此诗"疏影横斜水清浅，暗香浮动月黄昏"一联最为有名。明李日华《紫桃轩杂缀》卷四称，此联由南唐江为残句"竹影横斜水清浅，桂香浮动月黄昏"点化而得。但合而专写水边月下梅花枝条错落有致、清香幽逸之姿态，尤其是水边月下的烘托，突出了梅花清幽高洁的神韵。林逋以一位"抗志物表"（刘克庄《跋林和靖遗墨》）的隐士酷爱梅花及对梅花出色的艺术描写，奠定了后世梅花之作为高洁人格象征的基础，影响深远。

　　众芳摇落独暄妍，占尽风情向小园[1]。疏影横斜水清浅，暗香浮动月黄昏。霜禽欲下先偷眼，粉蝶如知合断魂[2]。幸有微吟可相狎，不须檀板共金尊[3]。

《全宋诗》卷一〇六

【注释】

　　[1] 众芳摇落：百花凋谢。暄妍：形容梅花开得鲜丽明媚。[2] 霜禽：指冬天里不畏霜寒的鸟，或说指羽毛素洁的鸟。偷眼：偷看，不敢正视。粉蝶：蝶类体表多粉，故称。粉，白色，与上句中"霜"字相应。合：应当。这两句侧面描写，一句以冬禽的惊奇偷看和谨慎行动，写梅花形态的端矜可人；一句推想蝴蝶如果知道冬天还有这样的花开，一定会高兴万分，藉以表现梅花的先春而发，独标一格。[3] 狎（xiá）：亲近。檀（tán）板：用檀木做的拍板，唱歌时用以击节伴奏，这里代指歌舞。金尊：酒杯的美称，这里代指宴饮。这两句是说，梅花幽逸高洁，只有诗人的幽吟低咏可以与它般配，用不着世俗的歌舞与宴饮来作伴。

梅尧臣

梅尧臣（1002—1060），字圣俞，宣州宣城（今属安徽）人，宣城古名宛陵，因而世称"宛陵先生"。出身农家，科场屡屡失意，以叔父梅询的门荫补太庙斋郎，历任桐城（今属安徽）、河南（今河南洛阳）、河阳（今河南孟县）等县主簿，建德（今安徽东至）、襄城（今属河南）县令，仁宗庆历元年（1041）改监湖州（今属浙江）酒税，应辟许州（今河南许昌）签书判官。皇祐三年（1051），召试学士院，赐同进士出身。嘉祐元年（1056），因欧阳修等人推荐，补国子监直讲。嘉祐五年（1060），迁尚书都官员外郎，四月病逝。

梅尧臣一生官小禄微，但政治上支持范仲淹等人的庆历新政，积极揭露时政之丑恶，尤其同情广大人民的疾苦。工诗，现存2800余首，在北宋诗人中数量比于苏轼。早年曾受西昆体影响，后积极投身欧阳修领导的文学革新，是诗歌方面的代表。反对晚唐五代以来的绮靡雕琢之风，主张恢复《诗》《骚》"风雅比兴""愤世嫉俗"的传统，因而有不少关心政治，针砭时事和反映民瘼的作品。但整体上仍以日常生活的描写与感咏为主。艺术上积极探索，长于五言，追求"意新语工"欧阳修《梅圣俞墓志铭》论其创作："其初喜为清丽，闲肆平淡，久则涵演深远，间亦琢刻以出怪巧，然气完力馀，益老以劲。"兼学中晚唐五律诗之清丽精雅，贾岛、姚合等人五言体之构思精微、语意新奇与阮籍、陈子昂之感慨质朴，陶渊明、韦应物之古淡闲雅，形成了"清切"兼"古健"、"覃思精微"又复"深远闲淡"的独特风格。南宋刘克庄誉为宋诗的"开山祖师"（《后村诗话》前集卷二）。元人龚啸称其"去浮靡之习，超然于昆体（西昆体）极弊之际；存古淡之道，卓然于诸大家未起之先"（《宛陵先生集》附录）。有《宛陵先生集》，今人朱东润有整理本《梅尧臣集编年校注》，上海古籍出版社1980年版。

陶　者

【解题】

作于景祐三年（1036），时作者任建德县（今安徽东至）知县。诗歌通过鲜明的对比，揭示了封建社会中劳而不获，获而不劳的不平等现象，语言简洁，思想深刻。

陶尽门前土，屋上无片瓦[1]。十指不沾泥，鳞鳞居大厦[2]。

《全宋诗》卷二三七

【注释】

[1] 陶：这里作动词用，指用土制作砖瓦等。[2] 鳞鳞：形容屋上的瓦片如鱼鳞一样整齐地排列。

东　　溪

【解题】

作于至和二年（1055），时作者服丧居故乡宣城。东溪，即宛溪，在宣城城东。第二联广受称道，上句似从杜甫《漫兴》"沙上凫雏傍母眠"化出，下句又有李白《长歌行》"枯枝无丑叶"的影子，两句化用前人诗句，但能自出新意。第三联语浅景秀，清新可人，可与作者《夏日晚晴登许昌西湖》中的"烟蒲匀若剪，沙岸净无泥"两句合看。

行到东溪看水时，坐临孤屿发船迟[1]。野凫眠岸有闲意，老树着花无丑枝[2]。短短蒲茸齐似剪，平平沙石净于筛[3]。情虽不厌住不得，薄暮归来车马疲[4]。

《全宋诗》卷二五六

【注释】

[1] 孤屿：水中孤岛。[2] 野凫：野鸭。[3] 蒲茸：初生的菖蒲。净于筛：比用筛子筛过还干净。[4] 薄暮：傍晚。这两句是说，虽然留恋这里的景色，但天色不早了，不得不回去了，在外呆久了，归途马儿也显得十分疲惫。厌，满足。

欧阳修

欧阳修（1007—1072），字永叔，号醉翁，晚年又号六一居士。庐陵（今江西吉安）人。仁宗天圣八年（1030）进士，任西京留守推官，召试学士院，充馆阁校勘。景祐三年（1036），因支持范仲淹，贬夷陵（今湖北宜昌）县令。庆历三年（1043）知谏院，擢知制诰，积极参与"庆历新政"。庆历五年（1045）贬知滁州（今属安徽），移扬（今属江苏）、颍（今安徽阜阳）等州。至和元年（1054），诏留京编《唐书》（即《新唐书》），迁翰林学士、史馆修撰。嘉祐五年（1060）任枢密副使，次年拜参知政事。熙宁四年（1071）以太子少师致仕。谥"文忠"。

欧阳修是北宋中期的文坛领袖，积极倡导诗文革新，博学多才，诗、词、古文兼长，史学、经学方面也卓有成就。他的学生苏轼说他"论大道似韩愈，论事似陆贽，纪事似司马迁，诗赋似李白"（《居士集叙》）。宋代文风的变革，新诗风的奠定，都离不开他的努力。仁宗嘉祐二年（1057），他以翰林学士权知贡举，排抑险怪艰涩的"太学体"时文，提倡平实自然的文风。苏轼、苏辙、曾巩以及理学家张载、程颢等人都是这一榜进士，当时号为得人，天下文风为之一变。欧阳修的古文内容丰富，纡徐委曲，条达舒畅，语言明白易晓。诗如其文，风格平易疏朗。词承南唐余绪，风格婉丽，时有疏隽放旷气息。有《欧阳文忠公集》，以《四部丛刊》本较为通行。今人整理本有中华书局 2001 年出版之李逸安点校本《欧阳修全集》，1986 年出版之黄畬《欧阳修词笺注》等。

戏答元珍

【解题】

作于景祐四年（1037）二月，贬为夷陵县令任上。元珍，丁宝臣，字元珍，时任峡州（今湖北宜昌）军事判官。首联起得妙，一"疑"一答，语气连贯，而跌宕生姿，同时又切合自己被贬远郡的特殊处境。欧阳修自己对此也很得意，说："若无下句，则上句何堪？既见下句，则上句颇工。"（《笔说》）尾联能从思乡、叹病、感时等种种落寞中跳出，表现出善处逆境的思想性格。

春风疑不到天涯，二月山城未见花[1]。残雪压枝犹有橘，冻雷惊笋欲抽芽[2]。夜闻归雁生乡思，病入新年感物华[3]。曾是洛阳花下客，野芳虽晚不须嗟[4]。

世界书局本《欧阳文忠公集·居士集》卷一一

【注释】

[1] 天涯、山城：这里均指夷陵。[2] 这两句写寒冬未去，而春天将临时的气候物象，树枝上缀着雪，零零星星仍可见到收摘未尽的橘子，而寒地里几声雷鸣又预示着春的将临，可以想象竹笋正在地下蠢蠢欲动。[3] 物华：美好的景物。[4] 洛阳花下客：洛阳，北宋时称西京，盛产牡丹。欧阳修中进士后曾在洛阳做过西京留守推官，领略了当地牡丹盛况，写过《洛阳牡丹记》，丁元珍也在洛阳住过，因此同是牡丹花下客。

王安石

王安石（1021—1086），字介甫，抚州临川（今属江西）人，因又称"临川先生"。仁宗庆历二年（1042）进士及第。历任签书淮南（今属江苏扬州）判官、知鄞县（今浙江宁波）、通判舒州（今安徽潜山）、知常州（今属江苏）、提点江南东路（治所在今江苏南京）刑狱。嘉祐四年（1059），上书仁宗皇帝言事，建议"改易更革天下之事"，应召以直集贤院为三司度支判官，迁知制诰。神宗即位，召为翰林学士。熙宁二年（1069），擢参知政事，次年官拜宰相。在宋神宗的支持下，从熙宁二年起，主持制定均输、青苗、保甲、免役等新法，在全国逐步推行，史称"熙宁变法"。这一整套激烈变革的政策措施既触犯了官僚士大夫以及富商豪绅的切身利益与保守传统，又与封建官僚政治制度不相适应，其实施过程中造成了许多流弊，因而招致强烈反对。变法派内部也横生了一些矛盾分歧。王安石因此于熙宁七年（1074）、熙宁九年两次罢相。此后退居江宁，居半山园，因号"半山"，封荆国公，卒谥"文"，世称"王荆公""王文公"。

王安石是有宋一代最重要的政治改革家，文学上也卓然为宋朝一大家。他特别重视文章的社会意义，主张为文应"以适用为本"，"有补于世"（《上人书》），多治教政令、经世应用、论政说理之作，逻辑谨严，说理透彻，笔力雄健，语言简洁，极简明峻峭之致，在唐宋八大家中独树一帜。其诗也长于说理，较多议政论史之作。早年诗风近韩、欧，以文为诗，奇崛雄健，后来服膺杜诗"绪密而思深"（胡仔《苕溪渔隐丛话》前集卷六），精于修辞，风格敛约。其写景咏怀、酬唱赠答之作多情韵深婉。暮年绝句，"雅丽精绝"，尤为人们激赏（《苕溪渔隐丛话》前集卷三五）。所作词不多，而能"一洗五代旧习"（刘熙载《艺概》卷四），不为艳冶绮靡之语，自具"以诗为词"之特色。有《临川集》《临川先生歌曲》等，今通行中华书局校勘本《临川先生文集》上海人民出版社版《王文公集》、上海古籍出版社影印朝鲜活字本《王荆文公诗李壁注》、中华书局版《王荆公诗文沈氏注》等。

明妃曲二首（选一）

【解题】

明妃曲，古乐府旧题，见前欧阳修《明妃曲和王介甫作》解题。这首诗作于嘉祐四年（1059），原作二首，此选其一。有关王昭君的故事既载史籍，流传也广，自汉代以来以此为题材的作品颇多，但主旨不是悲王昭君之流落塞外，就是责毛延寿之贪赃弄奸。王安石却不落俗套。他认为杀毛延寿实属冤枉，因为像明妃这样的绝代佳人其美妙意态是画不出的。这一观点并不是简单地为毛延寿开脱罪责，而是含蓄地揭示明妃的不幸实际上是由于皇帝的昏庸造成的。同样，关于其思念汉室，王安石并不就事论事，作一般的悲悯之语，而是由明妃联想到更多的女子，由在北的失意联想到在南的失意，而言外之意，则又由美女的失宠联系到才士的不遇，以对昭君个人的强为宽解翻转出广阔的人生主题，揭示了封建时代"人生失意"尤其是士人不遇的普遍性，立意含蓄而深刻。王安石这一观念易犯胡汉不分、内外无别之思想大忌，尤其是第二首中的"汉恩自浅胡自深，人生乐在相知心"，更易导致丧失民族立场之误解，因而遭受诋议颇多。

明妃初出汉宫时，泪湿春风鬓脚垂[1]。低徊顾影无颜色，尚得君王不自持[2]。归来却怪丹青手，入眼平生未曾有[3]。意态由来画不成，当时枉杀毛延寿[4]。一去心知更不归，可怜着尽汉宫衣。寄声欲问塞南事，只见年年鸿雁飞。家人万里传消息，好在毡城莫相忆[5]。君不见长门闭阿娇，人生失意无南北[6]。

上海古籍出版社影印本《王荆文公诗李壁注》卷六

【注释】

[1] 春风：杜甫《咏怀古迹》诗中有"画图省识春风面"的句子。李贺《咏怀二首》其一："弹琴看文君，春风吹鬓影。""春风"兼有这两诗意思。[2] 低徊顾影：低着头，来回走动，顾影自怜，不忍远离的样子。无颜色：指因伤心忧郁而失去平常的姿色。尚：犹。不自持：不能自我控制。这两句的意思是说，王昭君临行之时，虽因极度忧伤，面色惨淡，但其美丽的容貌仍令汉元帝为之惊讶，为之动情。[3] 几：一本作"未"。[4] 由来：本来。枉杀：白白地杀掉。毛延寿：人名，当时宫中的著名画师。据载，汉元帝召幸宫妃，都要先看看她们的画像。王昭君虽美丽但品行正直，不肯贿赂画工，被画得很丑，因而始终未见到元帝。不是此次遣派和亲，元帝也无从知道王昭君的美貌及个中情况。一位绝色佳人就这样失之交臂，汉元帝大为

恼怒，为此杀了一批画工，当时被杀者中有一位叫毛延寿。[5] 以下四句是作者附加的议论，故意用"家人"的口吻说出来，这是诗歌中常见的一种曲折表达方式。毡（zhān）城：这里指匈奴人的首府。匈奴人住毡篷，所以如此称谓。[6] 长门：长门宫，汉朝宫殿名。闭：幽禁。阿娇：汉武帝的皇后，姓陈，小名阿娇，成语"金屋藏娇"说的就是她与汉武帝之间的事。起初"擅宠骄贵"，后因罪"罢退居长门宫"，事见《汉书·外戚传》上。无南北：不分南北。

书湖阴先生壁二首（选一）

【解题】

这是作者晚年退居江宁时期的诗。湖阴先生：杨骥，字德逢，号湖阴先生，是一位隐士，王安石晚年居住江宁时曾与他为邻，往来密切。原二首，此选其一。诗歌描写山居人家悠闲清静的生活和绿水青山赏心悦目的景象。后两句对仗工整，"护田"和"排闼"两个词虽都出自《汉书》，使用起来却显得生动、贴切、自然。

茅檐长扫静无苔，花木成畦手自栽[1]。一水护田将绿绕，两山排闼送青来[2]。

《全宋诗》卷五六六

【注释】

[1] 畦（qí）：田园中分成的一块块小区。[2] 护田：保护田园。《史记·大宛列传》："敦煌置酒泉都尉，西至盐水，往往有亭。而仑头有田卒数百人，因置使者护田积粟，以给使外国者。"《汉书·西域传》："自敦煌西至盐泽，往往起亭，而轮台、渠犁皆有田卒数百人，置使者校尉领护。"颜师古注："统领保护营田之事也。"绿：指水的颜色。绕：一本作"去"。排闼（tà）：推开门。闼：宫中小门。《史记·樊郦滕灌列传》："高祖尝病甚，恶见人，卧禁中，诏户者无得入群臣。群臣绛灌等莫敢入，十余日哙乃排闼直入。"

苏轼

苏轼（1037—1101），字子瞻，号东坡居士，眉州眉山（今属四川）人。仁宗嘉祐二年（1057）进士。嘉祐六年（1061）中制科。神宗熙宁间通判杭州，历知密（今山东诸城）、徐（今属江苏）、湖（今属浙江）等州。御史劾以作诗讪谤朝廷，贬谪黄州（今属湖北）团练副使。哲宗元祐间累迁翰林学士，出知杭州、颖州（今安徽阜阳）。绍圣初，以"讥斥先朝"的罪名，贬谪惠州（今属广东），再贬儋州（今属海南）。徽宗嗣位，苏轼赦还内地，途中染病，病逝常州。谥文忠。

苏轼的一生处新旧党争之中，主张政治改革，但不赞成贸然激进；反对王安石的新法，但并不迂腐保守。这种态度使他同时受到新、旧两党的排挤，处处不讨好，饱尝宦海浮沉。然其热爱生活，热爱人民，几起几落，却能泰然处之，随缘自适。其丰富之经历、才情、学识一寓于文学艺术，取得了极其辉煌的成就。其古文与欧阳修并称"欧苏"，地位与唐之"韩柳"相比俦；诗与黄庭坚并称"苏黄"，代表有宋一代诗歌成就；词与辛弃疾并称"苏辛",一扫晚唐以来绮艳柔靡积习,开创了"以诗为词"、雅逸豪放之新风气,对后世文学影响极深。有《东坡集》《东坡乐府》等,今人整理本有中华书局版孔凡礼校点本《苏轼诗集》《苏轼文集》,邹同庆等《苏轼词编年校注》,三秦出版社版薛瑞生《东坡词编年笺证》等。

和子由渑池怀旧

【解题】

子由:苏辙,字子由,苏轼的弟弟。渑(miǎn)池:县名,今属河南。嘉祐六年(1061)十一月,苏轼被任命为凤翔府(今属陕西)签判,弟弟苏辙从京城开封伴送到郑州西门外,两人分手。这是兄弟平生第一次远离,很是不舍。苏辙回到开封,便写了《怀渑池寄子瞻兄》一诗寄给苏轼。渑池是苏轼此次赴任必经之地,五年前,父亲苏洵带他们兄弟俩赴京应考曾经过渑池。故地重游,苏轼却发现已经物是人非,抚迹怀旧不禁感慨系之,引发人生思考。"飞鸿雪泥"的比喻生动贴切地展示关于人生漂泊、去留无迹的体验。前四句单行入律,也见出苏轼体裁使用上的灵活。

人生到处知何似,应似飞鸿踏雪泥。泥上偶然留指爪,鸿飞那复计东西。老僧已死成新塔,坏壁无由见旧题[1]。往日崎岖还记否?路长人困蹇驴嘶[2]。

《全宋诗》卷七八六

【注释】

[1] 老僧:指五年前见到的奉闲和尚。新塔:僧人死后火化,为砌一小塔,骨灰放在塔中。
[2] 蹇(jiǎn):跛足。这里形容驴走得艰难缓慢。苏轼在这两句下自注云:"往岁马死于二陵,骑驴至渑池。"二陵,在今河南渑池县西的崤山。

游金山寺

【解题】

金山寺:寺院名,又名泽心寺、龙游寺,在今江苏镇江西北长江边的金山上。宋时金山仍在长江中。神宗熙宁四年(1071)十一月,苏轼因与王安石政见不合,出任杭州通判。途经镇江,登临金山,写下此诗。全诗通篇紧紧围绕一个"江"字。苏轼家乡在长江的源头,此时又身临江尾,当他见到长江阔大的流水,尤其是江边留下的浪痕和那被江水冲击、时隐时现的巨石时,不禁深深感到世事的艰难浮沉、人生的漂泊不定,勾起了归田的念头。诗的后半部分由实入虚,将无作有,写他天黑之后看到江心怪火,想象这是江神在嗔怪他不想归山,于是面对江水发出了有田便归的誓言。全诗如江水漫流,意到言止,虚实变化,纯任自然,很能体现他七言古诗曲折变化而又如行云流水的特点。

我家江水初发源,宦游直送江入海。闻道潮头一丈高,天寒尚有沙痕在。中泠南畔石盘陀，古来出没随涛波[1]。试登绝顶望乡国，江南江北青山多。羁愁畏晚寻归楫，山僧苦留看落日[2]。微风万顷靴文细，断霞半空鱼尾赤[3]。是时江月初生魄，二更月落天深黑[4]。江心似有炬火明，飞焰照山栖鸟惊。怅然归卧心莫识，非鬼非人竟何物[5]？江山如此不归山，江神见怪惊我顽[6]。我谢江神岂得已，有田不归如江水[7]。

《全宋诗》卷七九〇

【注释】

[1] 中泠（líng）：泉水名，在金山西侧。畔：边。盘陀（tuó）：形容石头高低不平。[2] 楫（jí）：桨，这里代指船。[3] 靴文细：水面被微风吹起的细浪像靴子上的皱纹。鱼尾赤：形容霞光像鱼尾那样的红色且呈放射状。[4] 初生魄：新月刚升起。古时把无月称死魄，有月叫生魄，月初的月亮则为初魄。苏轼此次游金山寺是农历的十一月初三，正是初魄之日。[5] 莫识：困惑不解。作者自注："是夜所见如此。"[6] 归山：指辞官归隐。见：现。惊：一本作"警"，警示、告诫的意思。顽：冥顽不化，执迷不悟。[7] 谢：告诉。如江水：古人一种发誓的方式，即指水发誓的意思。

饮湖上初晴后雨二首（选一）

【解题】

作于神宗熙宁六年（1073）杭州通判任上。原二首，此选其二。清人王文诰说："此是名篇，可谓前无古人，后无来者。"（《苏诗编注集成》卷九）诗的前两句紧紧扣住题中的"初晴后雨"四字，写杭州的水光山色、晴姿雨态，在概括中见具体。"晴方好"，"雨亦奇"，出语平淡亲切，表达了作者对西湖山水风光的欣赏赞美之意。后两句以越国美人西施作比，既生动贴切，也简明概括，传达出了西湖山水清灵秀丽、风情万种的神韵。此喻一出，"遂成西湖定评"（清陈衍《宋诗精华录》卷二）西湖因此有了"西子湖"的别称。南宋诗人武衍《正月二日泛舟湖上》诗中写道："除却淡妆浓抹句，更将何语比西湖。"足以代表后人对苏轼这一妙句的推崇备至。

水光潋滟晴方好，山色空蒙雨亦奇[1]。若把西湖比西子，淡妆浓抹总相宜[2]。

《全宋诗》卷七九二

【注释】

[1] 潋滟（liàn yàn）：水波荡漾的样子。空蒙：细雨迷蒙的样子。[2] 若把：一本作"欲把"。西子：西施，春秋时越国的美女。

寓居定惠院之东，杂花满山，有海棠一株，土人不知贵也

【解题】

这首诗是元丰三年（1080）苏轼贬谪黄州不久寓居定惠院时所作。定惠院：寺庙名，

在黄州城东南。苏轼《记游定惠院》："黄州定惠院东小山上有海棠一株，特繁茂，每岁盛开，必携客置酒。"本篇即咏这株海棠。前半部反复刻画海棠的幽独、高雅、娇艳、多情，其中既潜含诗人自己的影子，又是多角度写花，两者若即若离，亦花亦人，耐人寻味。"先生"以下笔锋一转，写自己贬中与花相逢，不禁感慨叹息，继而人花合一，大有"同是天涯沦落人"的感叹。全篇描写幽艳，兴寄深微，使人读后恍惚迷离，在构思、造语及结构布局上独具一格，不蹈袭前人故辙，受到后人盛赞。据说苏轼自己也颇感得意，每每写以赠人，说"吾平生最得意诗也"（《王直方诗话》）。

　　江城地瘴蕃草木，只有名花苦幽独[1]。嫣然一笑竹篱间，桃李漫山总粗俗。也知造物有深意，故遣佳人在空谷[2]。自然富贵出天姿，不待金盘荐华屋[3]。朱唇得酒晕生脸，翠袖卷纱红映肉[4]。林深雾暗晓光迟，日暖风轻春睡足[5]。雨中有泪亦凄怆，月下无人更清淑。先生食饱无一事，散步逍遥自扪腹[6]。不问人家与僧舍，拄杖敲门看修竹。忽逢绝艳照衰朽，叹息无言揩病目。陋邦何处得此花，无乃好事移西蜀[7]。寸根千里不易致，衔子飞来定鸿鹄。天涯流落俱可念，为饮一樽歌此曲。明朝酒醒还独来，雪落纷纷那忍触。

《全宋诗》卷八〇三

【注释】

　　[1] 江城：指黄州城，南临长江。地瘴：地面过于湿热蒸闷。蕃（fán）：茂盛。苦：苦于。[2] 造物：造物主，指大自然。佳人：喻指海棠树。空谷：空寂无人的山谷。佳人在空谷：杜甫《佳人》："绝代有佳人，幽居在空谷"。[3] 荐：献。[4] 这两句以佳人美貌比喻描写海棠花。[5] 春睡足：《冷斋夜话》卷一："东坡作海棠诗曰'只恐夜深花睡去，高烧银烛照红妆'，事见《太真外传》，曰：上皇登沈香亭，诏太真妃子，妃子时卯醉未醒，命力士从侍儿扶掖而至，妃子醉颜残妆，鬓乱钗横，不能再拜。上皇笑曰：'岂是妃子醉，真海棠睡未足耳。'"[6] 先生：诗人自称。扪（mén）腹：用手抚摸肚子。[7] 陋邦：简陋的地方，这里指黄州。西蜀：指今四川省。蜀中盛产海棠。这两句是说，像黄州这样相对荒僻简陋的地方是不会自己长出这样的名花，大概是好事之徒从蜀中移植来的。

题 西 林 壁

【解题】

　　西林：庐山山麓古寺名，又名乾明寺。宋陈舜俞《庐山记》卷三载："东林之西百余步，至远公塔。塔西百余步，至西林乾明寺。"神宗元丰七年（1084），苏轼由黄州（今属湖北）团练副使改迁汝州（今属河南）团练副使，四月离黄州赴任，途经庐山。据苏轼自己在《东坡志林》中记载，他刚入山时，见庐山"山谷奇秀，平生所未见"，风景目不暇接，下决心不作诗，后来不得已写了几首风景诗，又有感于唐代李白和徐凝两人庐山风景诗艺术上的悬殊，深感描写庐山风景的不易，于是"往来山南北十余日"，"最后与总老（东林寺僧常总）同游西林"，写下了这首诗。这首诗可以说是带有总结性的创作，苏轼也自称"仆庐山诗尽于此矣"。苏轼写山水风景常有一种求"全"的倾向，总想抓住它的整体特征，写出其本质。如《饮湖上初晴后雨》以西施比西湖，揭示其"淡妆浓抹总相宜"纯全至美的特征。在《僧清顺新作垂云亭》一诗中，苏轼写道："江山虽有余，亭榭苦难稳。登临不得要，万象各偃蹇"。对庐山风景，苏轼也想下一个不俗之笔。他之往来南北，横看侧看，殆由于此。这首诗最后又似是不了了之，但它实际上揭示了庐山无处不美，美不胜收，"胜绝不可胜谈"的特征。从写景来说，是以议为写，以不写为写，是曲笔求真，虚处传神。更可贵的是，透过景物的观察，揭示了认识论和人生观的深刻道理。

横看成岭侧成峰，远近高低总不同[1]。不识庐山真面目，只缘身在此山中。

《全宋诗》卷八〇六

【注释】

[1]"远近"句：总，别本作"各"、"无"，另全句《东坡志林》卷一作"到处看山了不同"。

汲江煎茶

【解题】

哲宗元符三年（1100）在海南儋州（今属海南）作。虽是日常小事，写来却奇思幽想，深契物理，妙趣横生。

活水还须活火烹，自临钓石取深清[1]。大瓢贮月归春瓮，小杓分江入夜瓶[2]。雪乳已翻煎处脚，松风忽作泻时声[3]。枯肠未易禁三碗，坐听荒城长短更[4]。

《全宋诗》卷八二六

【注释】

[1] 活火：旺火。苏轼自注道："唐人云：茶须缓火炙，活火煎。""唐人"指李约。赵璘《因话录》卷二记载，兵部员外郎李约"天性唯嗜茶，能自煎。谓人曰：'茶须缓火炙，活水煎。'活火谓炭火之焰者也"。钓石：水边便于钓鱼的石块。深清：此处指深且清的江水，以形容词作名词。[2] 贮月：月映水中，一并舀入春瓮，因此说是"贮月"。分江：从江中取水，江水为之减了分量，所以说是"分江"。[3] 雪乳：一作"茶雨""茶乳"，指煮茶时汤面上的乳白色浮沫。翻：煮沸时滚动。脚：茶叶竖立水中，上下有如头脚。松风：形容茶水倒出时的声音。苏轼《试院煎茶》："飕飕欲作松风声。"[4] 禁：承受。这一句用唐人卢仝《谢孟谏议寄新茶诗》："一碗喉吻润，二碗破孤闷。三碗搜枯肠，惟有文字五千卷。四碗发轻汗，平生不平事，尽向毛孔散。五碗肌骨清，六碗通仙灵。七碗吃不得也，惟觉两腋习习清风生。"

黄庭坚

黄庭坚（1045—1105），字鲁直，号山谷道人，晚号涪翁。洪州分宁（今江西修水）

人。英宗治平四年（1067）进士。神宗朝历任叶县（今属河南）尉、大名府（今河北大名）国子监教授、太和县（今江西泰和）令、德平镇（今山东德州）监。元祐初召为秘书省校书郎、《神宗实录》检讨官，擢起居舍人。哲宗绍圣二年（1095），责贬涪州别驾，黔州（今重庆彭水）安置，移戎州（今四川宜宾）。徽宗朝一度起复，不久又被除名，编管宜州（今属广西），卒于贬所。

黄庭坚以诗文受知于苏轼，与秦观、张耒、晁补之并称"苏门四学士"。政治上，与苏轼同命运，共进退，历经坎坷。在苏门中以诗歌负盛名，为宋诗代表作家，与苏轼并称"苏黄"。黄庭坚不如苏轼那样才华横溢，生活经历也无其丰富复杂，因而诗歌内容不出文人生活、书卷乐趣，但艺术上所下的功夫则比苏轼深。作诗取法杜甫，在杜诗和诸家形式格律上着意揣摩，重视篇章布局和句法结构的出奇变化，讲究字眼的锤炼，运用奇特意象，创造新颖比喻，活用典故成语，押险韵，作拗律，追求生新、瘦硬、拗峭的效果。从创作观念到风格技巧，都作出了可贵的探索，形成了一套极富特色的体系，影响所及，当时即有江西诗派，后世也颇多追摹效法。黄庭坚词，当时与秦观并称，情趣多样，雅俗掺杂，其俗词艳词近柳永，而其言志抒情、写景咏物之作，清旷、豪放之气颇类苏词，体现了当时词曲创作的多元化倾向。有《山谷集》等，通行《四部丛刊》本《豫章黄先生文集》，《丛书集成》本《山谷内集诗注》《外集诗注》《别集诗注》，四川大学出版社 2001 年版今人刘琳等校点本《黄庭坚全集》，上海古籍出版社 2001 年版马兴荣、祝振玉校注《山谷词》等。

登 快 阁

【解题】

快阁，在太和县东赣江边上，"以江山广远，景物清华，故名"（《豫章诗话》卷四）。作于神宗元丰五年（1082），诗人时任太和县知县。诗歌意脉贯通，一气直下，一扫律诗的严整和拘谨，鲜明地表现出作者兀傲的精神意态。颔联写景阔远清旷，自古推为名句。受杜甫《登高》"无边落木萧萧下，不尽长江滚滚来"，李白《秋夜宿龙门香山寺》"水寒夕波急，木落秋山空"，柳宗元《游南亭夜还叙志》"木落寒山尽，江空秋月高"等诗句影响，但也是直摄眼前，自写其景。《泰和县志》引元程文海《快阁记》说，赣江自南而来，一路江盘峡束，"至是而山平川舒，旷朗寨开"。所谓"快阁"本就名彰其实，真可谓快阁快景、快诗快语，相得益彰，相映生辉。

痴儿了却公家事，快阁东西倚晚晴[1]。落木千山天远大，澄江一道月分明。朱弦已为佳人绝，青眼聊因美酒横[2]。万里归船弄长笛，此心吾与白鸥盟[3]。

《全宋诗》卷一〇〇九

【注释】

[1] 痴儿：愚笨之人，作者自称。公家事：官事，官府里的事务。这一句用了《晋书》傅咸传中"了事痴"的典故。传中记载，夏侯济写信给傅咸说："生子痴，了官事。官事未易了也，了事正作痴，复为快耳。"意思是说，我的儿子只会办理公事，而那些事务只有傻瓜才去经

手,能办妥官事的人必是傻瓜,以此为快乐的就更是傻瓜了。这里黄庭坚反用其意,实际上是说自己办完公事下班了。倚晚晴:倚阁观赏晚晴之景。李商隐《闲游》中有"西楼倚暮霞"。这里"倚"字的用法与之相同。[2]"朱弦"句:《吕氏春秋》说:"钟子期死,伯牙破琴绝弦,终身不复鼓琴。"晋嵇康《赠兄秀才入军》:"鸣琴在御,谁与鼓弹……佳人不存,能不永叹?"作者用了这两处的语意。青眼:正视状。《晋书》阮籍传记载,阮籍能为青白眼,见礼俗之士,以白眼对待,表示轻蔑;遇性格相投之人,则出以青眼,表示爱重。[3] 长笛:一种五孔竹笛。与白鸥盟:与白鸥结盟,友好相处。《列子·黄帝》:"海上之人有好鸥鸟者,每旦之海上,从鸥鸟游,鸥鸟之至者百住而不止。其父曰:'吾闻鸥鸟皆从汝游,汝取来吾玩之。'明日之海上,鸥鸟舞而不下也。"这则故事是告诉人们,人无机心,鸥鸟愿与为友,人一旦有了机心,则鸥鸟便不愿为伍。后来多用"鸥盟""鸥友"表示人不存机诈之心,与世隔绝,隐居自乐。

寄黄几复

【解题】

黄几复,名介,字几复,作者好友。作于神宗元丰八年(1085),诗人时在德州德平镇任上。前半写往日的交情、今天的怀念。后半称赞黄几复不但清贫好学,而且干练有为,然而十多年来,还只在南海之滨作一县令。怜才之意、不平之鸣,跃然纸上。颔联纯以名词缀合成句,高度概括,容量大,对比强烈,当时张耒便叹为"奇语"(《王直方诗话》)。

我居北海君南海,寄雁传书谢不能[1]。桃李春风一杯酒,江湖夜雨十年灯[2]。持家但有四立壁,治病不蕲三折肱[3]。想得读书头已白,隔溪猿哭瘴溪藤[4]。

《全宋诗》卷九八〇

【注释】

[1] 北海:黄庭坚时监德州德平镇,在今山东省北部,地近渤海湾。南海:黄几复当时任四会县(今属广东)县令,地近南海。谢不能:传说大雁南飞,至多到衡阳回雁峰就不飞了,四会在衡阳之南,所以大雁要婉言谢绝捎信了。[2] 十年:黄几复"仕于岭南盖十年"(黄庭坚《黄几复墓志铭》),两人相别也当在十年以上。[3] 四立壁:家徒四壁的意思。蕲(qí):通"祈",祈求,希望。这里"不蕲"是"不需要"的意思。三折肱:《左传·定公十三年》:"三折肱,知为良医。"意思是说,经过三次折臂之后,就成了高明的医生了。这里"治病"比喻行政才能。[4] 瘴溪:瘴气蒸腾的溪水。古代岭南山水多弥漫着一种于人体不利的湿闷郁热之气,称瘴气。溪:一本作"烟"。这两句是说,遥想友人此时一定在发愤读书,头发也过早地白了;隔着瘴气弥漫的山溪,那丛林密密藤萝中,传来阵阵猿猴的悲叫。

陈师道

陈师道(1053—1102)字履常,又字无己,号后山居士。徐州彭城(今江苏徐州)人。早年师从曾巩,后与苏轼相过从。哲宗元祐间因苏轼等荐任徐州、颍州教授。绍圣元年

(1094)罢归，后召为秘书省正字，不久病卒。一生清贫自守，很不得志。因出苏轼门下，被列为"苏门六君子"之一。诗宗杜甫，受黄庭坚影响颇深，世称"黄陈"。作诗以"闭门觅句"著称，长于五言。构思深刻精细，字句质朴简练，风格瘦硬劲峭。有《后山先生集》，以《四部备要》本较为通行，宋任渊有《后山诗注》。

示三子

时三子已归自外家

【解题】

陈师道家境贫困，妻子和儿子一度寄养外家。哲宗元祐二年（1087），陈师道得任徐州教授，生计稍微好转，即从岳父家接回妻儿，一家得以团聚，即作者题注所说三子"归自外家"。此诗即作于妻儿们刚回来的时候。他在同时写的《徐州教授启》中说："追还妻孥，收合魂魄；扶老携幼，稍比于人。"能像一般人那样过上正常的家庭生活，他于愿已足。只就久别重聚的情形和复杂心情简略叙述，至情无文，却能感人肺腑。

去远即相忘，归近不可忍[1]。儿女已在眼，眉目略不省。喜极不得语，泪尽方一哂[2]。了知不是梦，忽忽心未稳[3]。

《全宋诗》卷一一一四

【注释】

［1］这两句是说，孩子们实在离家远了，也就不那么惦记了，而听说不久就要回来，反而不禁挂念起来。［2］哂（shěn）：微笑。这两句是说，一家人团聚，太高兴了，反不知说什么好；回顾久别的情形，不免生些感慨，旋即又破涕为笑。［3］了知：确实知道。忽忽：不安定的样子。这两句是说，虽然明明知道眼前真的是一家团圆，不是在做梦，可是心里还是有点恍忽不定。其构思可与杜甫《羌村》"夜阑更秉烛，相对如梦寐"，晏幾道《鹧鸪天》词"今宵剩把银釭照，犹恐相逢是梦中"相比照。

陈与义

陈与义（1090—1138），字去非，号"简斋"。洛阳（今属河南）人。徽宗政和三年（1113）登上舍甲科，授文林郎，旋充开德府（今河南濮阳）教授。累迁太学博士、符宝郎。金兵陷汴京，与义避乱南奔，于高宗绍兴元年（1131）到达当时朝廷所在地绍兴府（今浙江绍兴）。累官吏部侍郎、知湖州（今属浙江）、翰林学士等。绍兴七年（1137），拜参知政事。明年，以疾辞，是年冬卒。张嵲《紫微集》卷三五有《陈公资政墓志铭》，《宋史·文苑》有传。陈与义长于诗，早年受江西诗派影响，方回《瀛奎律髓》将他与黄庭坚、陈师道并称为江西诗派之"三宗"。后经丧乱，专心学杜，其伤时感事之作，"慷慨激越，寄托遥深，乃往往突过古人"（《四库全书总目提要》）。亦能词。其词皆为令词，风格清新

明快，造语自然奇丽。其感时念乱之作感喟深远，悲凉旷迈，意境近诗。宋黄升《中兴以来绝妙词选》卷一评曰："词虽不多，语意超绝，识者谓其可摩坡仙之垒也。"其集有《四部丛刊》影宋本胡穉《增广笺注简斋诗集》三十卷附《无住词》一卷。今校点、整理本有中华书局1982年版吴书荫、金德厚点校《陈与义集》，上海古籍出版社1990年版白敦仁《陈与义集校笺》。

和张规臣《水墨梅》五绝（选四）

【解题】

张规臣，字符东，陈与义的表兄弟。"张规臣"一作"张矩臣"，张矩臣，字符方，张规臣之弟。据宋曾敏行《独醒杂志》卷四，此画为衡州（今湖南衡阳）花光寺长老仲仁所作。仲仁是墨色画梅的创始者。徽宗政和八年（1118），张规臣作《水墨梅》诗，陈与义和作了这组诗，共五首，这里选第一、三、四、五。这组诗是陈与义的成名作。宋徽宗读后，即命召见，擢陈为秘书省著作佐郎。宋徽宗是位丹青高手，激赏此诗，大概是因为对诗中有关绘画的见解深有会意。诗中关于梅花格胜桃李，林逋"暗香""疏影"之意胜过齐己，梅花美在品格，画梅重在意味，"意足不求颜色似"等审美观点在当时都很有代表性，也产生了较大的影响。

其 一

巧画无盐丑不除，此花风韵更清姝[1]。从教变白能为黑，桃李依然是仆奴[2]。

其 三

粲粲江南万玉妃，别来几度见春归[3]。相逢京洛浑依旧，唯恨缁尘染素衣[4]。

其 四

含章檐下春风面，造化功成秋兔毫[5]。意足不求颜色似，前身相马九方皋[6]。

其 五

自读西湖处士诗，年年临水看幽姿[7]。晴窗画出横斜影，绝胜前村夜雪时[8]。

《全宋诗》卷一七三一

【注释】

[1]无盐：战国时齐国的一位妇女，姓钟离，名春，因是无盐（今山东东平）人，后人也就称其为无盐。其容貌丑陋，但有德行，向齐宣王自荐，被立为王后。事见《列女传》。清姝（shū）：清秀美丽。《诗经·邶风·静女》："静女其姝。"苏轼《送刘景文》："只有颍水清而姝。"[2]从教：任凭。这两句是说，在画家的笔下，虽然梅花由白的变成了黑的，但桃花李花无论多么鲜艳，依然只配作梅花的奴仆。下句本于苏轼《梅》："天教桃李作舆台。"[3]玉妃：

比喻白梅花。唐韩愈《辛卯年雪》:"白霓先启涂,从以万玉妃。"以"玉妃"形容雪。皮日休《行次野梅》诗:"莺拂萝梢一树梅,玉妃无侣独裴回。"以"玉妃"形容梅花。宋代苏轼《梅》诗:"玉妃谪堕烟雨村。"[4] 缁(zī):黑色。这两句化用晋陆机《为顾彦先赠妇》"辞家远行游,悠悠三千时。京洛多风尘,素衣化为缁"及谢朓《酬王晋安》"谁能久京洛,缁尘染素衣"句意,意思是说,如今与梅重在京洛相见,那绰约的风姿依旧,只是一身洁白已被京城的尘土染成黑色。[5] 含章:汉朝长安宫殿名。春风面:女子美丽的脸。这一句用"梅花妆"的典故形容画上梅花的美丽。《太平御览》卷九七〇引《宋书》记载,南朝宋武帝寿阳公主,正月初七日卧含章殿檐下,梅花飘落在她额上,成五出花形,拂之不去,于是妇女以色彩涂额,仿效为"梅花妆"。秋兔毫:指笔。秋天兔毛极细,称为秋毫,适于制笔。[6] 九方皋:春秋时代一位善于相马的人。这两句是说,画家正是九方皋转世投胎,其画梅花正如九方皋相马,追求的是梅花的神韵,至于其颜色是白是黑,原就不甚关心。[7] 西湖处士:指北宋诗人林逋。他长期隐居于杭州西湖孤山,种梅养鹤。其咏梅诗有"疏影横斜水清浅,暗香浮动月黄昏","雪后园林才半树,水边篱落忽横枝"二联。[8] 前村夜雪:晚唐诗僧齐己《早梅》诗:"前村深雪里,昨夜一枝开。"这两句是说,画家画的是梅枝在窗户上的映影,其神韵胜过齐己诗中所写的雪夜之梅。

陆游

陆游(1125—1210),字务观,号放翁,越州山阴(今浙江绍兴)人。高宗绍兴二十四年(1154)试礼部,名在前列,为秦桧所黜。宋孝宗即位,赐进士出身。历官镇江(今属江苏)、隆兴(今江西南昌)、夔州(今重庆奉节)通判,参王炎、范成大幕府,提举福建常平茶盐公事,知严州(今浙江建德东)。淳熙十六年(1189)被人弹劾而罢职,归老故乡。

陆游生当偏安局面相对稳定的南宋中期,性格豪放,大志慷慨,在政治斗争中屡受苟安投降派的排挤、打击,但他坚持抗金复国理想,始终不渝。他是南宋著名的爱国诗人。存诗近万首。"凡一草一木,一鱼一鸟,无不剪裁入诗。"(赵翼《瓯北诗话》卷六)题材极其广泛。其中涉及时事政治尤其恢复大业的作品,激昂慷慨,义愤强烈,和辛弃疾的词一起成为这个时代英雄报国精神的最强音。诗早年曾受到江西诗派的影响,后来阅历较阔,感激忠愤,横极才力,上法李杜,下揽苏黄,制作既富,变境也多,俨然巨擘,与尤袤、杨万里、范成大齐名,号称"中兴四大诗人"。于词似夷然不屑,然风格多样,不乏佳作,感激苍凉处与诗相类。散文成就也较高。有《渭南文集》《剑南诗稿》等,有《四部备要》《四部丛刊》等本。今排印本有中华书局1976年版《陆游集》、上海古籍出版社1985年版钱仲联《剑南诗稿校注》和1981年版夏承焘、吴熊和《放翁词编年笺注》等。

游山西村

【解题】

这首诗作孝宗乾道三年(1167),时作者罢官居故乡山阴。山,指作者故乡山阴镜湖三山。全诗叙述诗人的一次游历。用倒叙手法,首联为农家主人席间自夸之语,颔联是客人(诗人自己)把盏诉说来路之不易,颈联乃主客相从,酒后村中信步所见,尾联是客人告辞之语。诗意淳朴亲切,语言也极流易,虽为律诗,而"有如弹丸脱手,不独善写难状之景"(《唐宋诗醇》卷四二)。

莫笑农家腊酒浑,丰年留客足鸡豚。山重水复疑无路,柳暗花明又一村[1]。箫鼓追随春社近,衣冠简朴古风存[2]。从今若许闲乘月,拄杖无时夜叩门。

《全宋诗》卷二一五四

【注释】

[1] 这两句是作者名句,前人也有相近的描写,如王安石《江上》:"青山缭绕疑无路,忽见千帆隐映来。"南宋初强彦文诗:"远山初见疑无路,曲径徐行渐有村。"(周辉《清波别志》卷中)[2] 箫鼓:箫和鼓,两种常见乐器,此处指乡间为祭神活动正在操练音乐。春社:古时春天祭祀土神的日子,在立春后的第五个戊日。

关 山 月

【解题】

关山月,古乐府旧题,属于"横吹曲",主题多属征人"伤离别"。这里是借古题写时事,其中戍楼、夜月、笛声等,也都与边塞事密切相关。淳熙四年(1177)春作于成都。宋孝宗隆兴二年(1164),宋王朝与金国达成妥协的条约,规定宋、金以叔侄相称,宋每年向金交纳银、绢各二十万两、匹,以此再次换取偏安局面。到陆游写这首诗的时候,已经十五年过去了。正如这首诗中所描写的那样,上层统治者继续过着纸醉金迷的享乐生活,多少爱国将士壮志未酬,老死疆场;多少战马兵器闲置无用;而沦陷区的人民又多少次翘首南望王师,最终又多少次希望归于失望。全诗每四句为一层,形象地描绘了那个时代不同阶层的生活情形、心理状态,表现出诗人深沉的感伤与忧愤。

和戎诏下十五年,将军不战空临边。朱门沉沉按歌舞,厩马肥死弓断弦。戍楼刁斗催落月,三十从军今白发[1]。笛里谁知壮士心,沙头空照征人骨[2]。中原干戈古亦闻,岂有逆胡传子孙[3]?遗民忍死望恢复,几处今宵垂泪痕[4]?

《全宋诗》卷二一六一

【注释】

[1] 刁斗:军中白天用来烧饭,夜间打更用的铜器。[2] 笛里:指笛中吹出的曲调。《关山月》本是笛曲。唐代诗人王昌龄《从军行》:"更吹羌笛《关山月》,无那金闺万里愁。"[3] 逆胡:对北方少数民族之蔑称。这两句是说,历史上少数民族也曾入侵过中原,但哪有让他们长期盘踞,以至于传宗接代的?[4] 遗民:指金占领区的原宋朝百姓。

书　愤

【解题】

淳熙十三年（1186）闲居山阴时作。从少年写到中年写到眼前，回忆加感慨。颔联两句全以名词组合呈现，而气象动人。全诗境界阔大，情绪苍凉，格调悲壮，气韵沉雄，是陆游七言律诗的代表作。

　　早岁那知世事艰，中原北望气如山。楼船夜雪瓜洲渡，铁马秋风大散关[1]。塞上长城空自许，镜中衰鬓已先斑[2]。出师一表真名世，千载谁堪伯仲间[3]。

《全宋诗》卷二一七〇

【注释】

　　[1]楼船：高大的战船。瓜洲渡：在今江苏镇江对岸的长江边上。大散关：在今陕西宝鸡西南大散岭上，扼川陕交通要道，是当时宋金交界的关隘重镇。"楼船"两句：写宋兵在长江下游和西北两地抵抗金兵进犯事。这两次战役宋兵均获胜，而朝廷却放弃这一收复中原的良机，致有后来的"符离之败"和"隆兴和议"，这也正是作者"愤"之所在。"楼船"句：宋高宗绍兴三十一年（1161）十一月，金主完颜亮南侵，宋方刘锜、虞允文等在瓜洲、采石一带与之大战，结果完颜亮为部下所杀，金兵溃败。"铁马"句：绍兴三十一年九月，金将徒单合喜率五千骑兵扼大散关，宋将吴璘、李彦坚与之战，至年底，攻拔大散关，并乘胜收复西北的十七个州军。隆兴二年（1164）作者通判镇江时，曾积极参与江淮一带的备战活动，乾道八年（1172）在南郑王炎幕府任职，军队曾强渡渭水，与金人战于大散关。所以这两句也包含了个人经历的回忆。[2]塞上长城：南朝刘宋时，名将檀道济临被杀时，愤怒地对宋文帝说：你这是自毁长城。唐代名将李勣被唐太宗比喻为长城。[3]出师一表：诸葛亮出师北伐，临行前向后主刘禅上表，申明伐魏兴汉之决心，此表称《出师表》。伯仲：语出杜甫《咏怀古迹》"伯仲之间见伊吕"，是杜甫称赞诸葛亮的话。伯仲，原指兄弟顺序，长为伯，次为仲，后用以指两者相差不远的关系。

十一月四日风雨大作二首（选一）

【解题】

原题二首，此选其二。作于光宗绍熙三年（1192）。穷居荒村，年迈力衰，然老骥伏枥，志在千里。身不能行，梦中得之。以梦境展现未酬之壮志，是放翁惯用之法。此诗后两句情景可参看作者《秋雨渐凉有怀兴元》："忽闻雨掠蓬窗过，犹作当时铁马看。"《弋阳道中遇大雪》："夜听簌簌窗纸鸣，恰似铁马相磨声。起倾斗酒歌出塞，弹压胸中十万兵。"

　　僵卧孤村不自哀，尚思为国戍轮台[1]。夜阑卧听风吹雨，铁马冰河入梦来。

《全宋诗》卷二一七九

【注释】

[1] 轮台：地名，在今新疆轮台东南。汉武帝曾派兵在此守卫，唐代也曾在此驻兵。古人诗词中多以轮台作为边塞（边疆）的代称。

范成大

范成大（1126—1193），字致能，少年时号此山居士，后号石湖居士，平江吴县（今江苏苏州）人。高宗绍兴二十四年（1154）进士。历任徽州（今安徽歙县）司户参军、枢密院编修官、秘书省正字、著作佐郎、吏部员外郎、知处州（今浙江丽水）、国史院编修、起居舍人等职。孝宗乾道六年（1170）使金，要求收还巩洛祖宗陵寝地和变更宋帝收书礼，全节归来，不辱使命，迁中书舍人。此后任静江府（今广西桂林）、成都府（今属四川）、明州（今浙江宁波）、建康府（今江苏南京）等地镇守。淳熙五年（1178），拜参知政事。晚年辞职退居故乡石湖。谥"文穆"。范成大作诗初从江西诗派入手，后来摆脱束缚，显见个性，与陆游、杨万里、尤袤齐名，号称"中兴四大诗人"。所作关怀民生疾苦的诗篇成就较高，引人瞩目。其田园诗熔自然风景、农事民俗、文人闲意于一炉，在陶渊明、韦应物之外别立一宗，影响较大。有《石湖居士诗集》《石湖词》，1981年上海古籍出版社富寿荪校勘《范石湖集》，为诗词合刊本。

四时田园杂兴六十首（选六）

淳熙丙午，沉疴少纾，复至石湖旧隐，野外即事，辄书一绝，终岁得六十篇，号《四时田园杂兴》。

【解题】

题下小序所说，淳熙丙午，孝宗淳熙十三年（1186）。沉疴，重病。少纾，稍微缓解。石湖旧隐，指其石湖别墅。石湖在今苏州市西郊，西南通太湖，北通横塘，东入胥门运河，相传为范蠡入五湖之口，风景优胜。范成大中年即在此购地建房，经营别墅，因号石湖居士。晚年多住城内，故称此为旧隐。淳熙九年（1182），作者因病回故乡疗养，于故乡风土多有诗咏。这组诗共六十首，分为春日、晚春、夏日、秋日、冬日五组，每组十二首。以朴素、流畅的语言，生动、细致的描写，展现了农村生活的各个方面，被誉为十二世纪中国江南水乡的风俗长卷。据统计，在这组诗中出现的各类人物达三十人次，描写到农舍建筑及生活用具四十六件，谷物菜蔬等植物四十余种，家畜飞禽及田间小动物三十多种，耕耘、打稻、催租等农事活动七十余项，反映的社会生活内容十分广泛而具体，如明王世贞所称"已曲尽吴中农圃故事"（《弇州山人四部稿》卷一三），具有极高的认识价值。此选六首。

其 二

土膏欲动雨频催，万草千花一饷开[1]。舍后荒畦犹绿秀，邻家鞭笋过墙来[2]。

其 一 五

蝴蝶双双入菜花,日长无客到田家。鸡飞过篱犬吠窦,知有行商来买茶[3]。

其 三 五

采菱辛苦废犁锄,血指流丹鬼质枯[4]。无力买田聊种水,近来湖面亦收租[5]。

其 四 四

新筑场泥镜面平,家家打稻趁霜晴[6]。笑歌声里轻雷动,一夜连枷响到明[7]。

其 五 八

黄纸蠲尽白纸催,皂衣旁午下乡来[8]。"长官头脑冬烘甚,乞汝青钱买酒回"[9]。

其 六 〇

村巷冬年见俗情,邻翁讲礼拜柴荆[10]。长衫布缕如霜雪,云是家机自织成。

《全宋诗》卷二二六八

【注释】

[1] 土膏:地气。《国语·周语》:"阳气俱蒸,土膏其动。"一饷:一会儿,片刻。[2] 畦(qí):田园中分成的小块。鞭:竹根。过墙来:竹根横行地下,多向南尤其是西南方向生长,宋时有谚:"东家种竹,西家治地。"[3] 窦(dòu):洞,这里指狗洞。行商:往来贩卖的商人。[4] 废犁锄:搁置犁锄不用,意即放弃农耕而改种湖塘。丹:红。这里指鲜血。鬼质枯:意思是说瘦得像鬼。质:人形。范成大另有一首《采菱户》诗写采菱之苦:"采菱辛苦似天刑,刺手朱殷鬼质青。"[5] 种水:指种菱藕一类水生作物。[6] 场泥:场地,指打谷场。[7] 连枷:一种竹制的打稻农具,有长柄,以轴连上一竹片拼成的竹板,上下举动,带竹板转动,落地拍击禾穗、秸秆而使粒脱穗。陆游《秋晚》:"新筑场如镜面平,家家欢喜贺秋成。老来懒惰惭丁壮,美睡中闻打稻声。"[8] 黄纸:皇帝颁布的文告。蠲(juān):免除。白纸:地方官催交租赋的公文。皂衣:黑衣,指为官府催租的衙门差役。旁午:交错,纷纷,形容多而乱。《汉书·霍光传》:"使者旁午。"这两句是说朝廷颁布免租的诏书,但地方官吏仍逼迫交租,催租的衙役纷至沓来。[9] 长官:宋时称呼县官的通用语。冬烘:懵懂,糊涂,迂腐。青钱:铜钱。这两句出于衙吏口吻,活画出盘剥百姓的无赖嘴脸。[10] 柴荆:柴门,自家的谦称。

杨万里

杨万里(1127—1206),字廷秀,号诚斋野客,吉州吉水(今江西吉安)人。高宗绍兴二十四年(1154)进士,历任赣州(今属江西)司户、零陵(今湖南永州)县丞、临安府教授、太常丞、将作少监、知漳州(今属福建)、常州(今属江苏)、提举广东常平茶盐、秘书少监、知筠州(今江西高安)、江东转运副使等。为人清介耿直,立朝遇事敢言,无所顾忌，因忤执政，罢官家居十五年，忧愤而卒，谥"文节"。为诗初学江西派，后学王安石及晚唐，终于自悟"活法"，自由透脱，独立门户，自成一家，时号"诚斋体"，与陆游、范成大、尤袤合称"中兴四大诗人"。所作多写景咏物，长于捕捉转瞬即逝、变化无穷的景象，想象奇特，幽默风趣，语言通俗活泼，个性极其鲜明，当时影响较大。有时不免琐屑、滑率之弊。有《诚斋集》，通行《四部丛刊》影印宋抄本。今有江西人民出版社王琦珍整理《杨万里诗文集》、中华书局版辛更儒《杨万里集笺校》。

小　　池

【解题】

孝宗淳熙三年（1176）作于知漳州（今属福建）任上。写初夏池上清柔幽倩之景，末句以动见静，尤有情趣。杨万里善于捕捉稍纵即逝的景象，这首诗可谓典型。

泉眼无声惜细流，树阴照水爱晴柔[1]。小荷才露尖尖角，早有蜻蜓在上头。

《全宋诗》卷二二八一

【注释】

[1] 晴柔：晴日水面明朗柔和的色调。

初入淮河四绝句（选二）

【解题】

原题四首，此其一、其四。淳熙十六年（1189）九月，杨万里奉召还临安（今浙江杭州）为秘书监，冬，为金国贺正旦使接伴使。作者北行途中，题咏不少。淮河为绍兴和议规定的宋、金两国分界线，故诗中感慨很深。

其　　一

船离洪泽岸头沙，人到淮河意不佳[1]。何必桑干方是远，中流以北即天涯[2]。

其　　四

中原父老莫空谈，逢着王人诉不堪[3]。却是归鸿不能语，一年一度到江南。

《全宋诗》卷二三〇一

【注释】

[1] 洪泽：洪泽湖，在今江苏盱眙西北，与淮河相通，为当时中原与东南交通要道。[2] 桑干：桑干河，当时通称芦沟河，清改名永定河，发源于山西朔州北，流经今北京西南，至今天津入海。唐人诗中多以桑干河以北为塞北，如雍陶《渡桑干水》："南客岂曾谙塞北，年年唯见雁

飞回。"北宋时,以桑干河下游为宋、辽国界,宋人使辽至此,情常难堪,苏辙《渡桑干》诗:"胡人送客不忍去,久安和好依中原。年年相送桑干上,欲话白沟一惆怅。"［3］王人:指南宋派往金国的使臣。

林升

林升,字梦屏,平阳(今属浙江)人。生卒年不详,大约生活在孝宗朝(1163—1189),是一位擅长诗文的士人。《西湖游览志余》录其诗一首。

题临安邸

【解题】

临安,南宋都城,今浙江杭州。邸,旅店。明田汝成《西湖游览志余》卷二"帝王都会":"绍兴、淳熙之间,颇称康裕,君相纵逸,耽乐湖山,无复新亭之泪。士人林升者,题一绝于旅邸。"即此诗。题当为后人代拟。讽刺南宋统治者偏安江南一隅,纸醉金迷,整个临安一如北宋末年的汴京,一片浮靡奢华,全然忘却国破之痛。

山外青山楼外楼,西湖歌舞几时休?暖风熏得游人醉,直把杭州作汴州[1]。

《全宋诗》卷二六七六

【注释】

［1］汴州:今河南开封,北宋都城。

朱熹

朱熹(1130—1200),字元晦,一字仲晦,号晦庵,别称紫阳,晚年自称晦翁、遁翁。徽州婺源(今属江西)人,生于南剑州尤溪(今属福建)。绍兴十八年(1148)进士。任同安县(今属福建)主簿、知南康军(今江西星子)、提举浙东茶盐公事等。宁宗即位,召为焕章阁待制兼侍讲,旋因冒犯权贵而罢。筑室建阳(今属福建),著书讲学。为宋代理学之集大成者。文学修养较高,创作和理论都有独到之处。诗长于描写山水风景,明秀含蓄,富于理趣。散文也写得清新明畅,有欧、曾遗风,山水之作更多韵致。有《朱文公文集》,通行《四库全书》《四部丛刊》本。

春 日

【解题】

这首诗显然不是游春踏青时的写实之作,因为宋室南渡后,泗水就在金人的地盘之中,朱熹不可能到那里去作观光客。"泗水"乃暗指孔门,"寻芳"喻指追求儒家圣贤之道。儒家真理、圣贤境界并不虚无遥远，就在眼前的万事万物之中，在世界的生机洋溢、人情的温和从容之中。一解泗水为四水之误。四水，湖州霅溪的别名，高宗绍兴二十一年（1151）朱熹曾到过湖州，诗当作于是时，写出游的所见所感而能妙含理趣。

胜日寻芳泗水滨，无边光景一时新[1]。等闲识得东风面，万紫千红总是春。

《全宋诗》卷二三八四

【注释】

[1]胜日：风光美好的日子。泗水：河名，流经山东曲阜一带。此诗泗水非实指，乃是代指孔子学说。

观书有感二首（选一）

【解题】

用生动的形象，阐述读书修身的心得体会，原二首，此选其一。是说要做到事理通达，心地透明，必须不断地汲取经典，习学修行。

半亩方塘一鉴开，天光云影共徘徊[1]。问渠那得清如许，为有源头活水来[2]。

《全宋诗》卷二三八四

【注释】

[1]鉴：镜子。这里用以比喻塘水像打开的镜子一样澄澈明净。[2]渠：它，指方塘之水。

刘过

刘过（1154—1206），字改之，号龙洲道人，太和（今江西泰和）人。多次考进士而未中。曾上书朝廷，陈述恢复中原大计，未被采纳。长期流浪江湖，以诗词请谒于达官贵人之间。与陆游、陈亮、辛弃疾等抗金志士过往甚密，尤受辛弃疾的赏识，成为座上宾。终生未仕，死于昆山（今属江苏），享年五十三。著有《龙洲集》，诗文之作粗豪高亢，才气纵横。亦工词，所作大都感时愤世，慷慨激昂，爱国壮语似辛弃疾，但不及其沉着。风格豪放亦似辛弃疾，但较为粗犷率直，也有少数俊丽之作。词集有《龙洲词》二卷，明吴讷《百家词》本；《龙洲词》一卷，明毛晋《宋名家词》本；《龙洲词》二卷、《补遗》一卷、附校记一卷，民国朱祖谋《彊村丛书》本。今人王从仁有《龙洲集》点校本，上海古籍出版社出版；马兴荣有《龙洲词校笺》，江西人民出版社出版。

题京口多景楼

【解题】

多景楼,在今江苏镇江东北北固山上。北宋时当地知州陈天麟所建,据说原地有临江亭,因唐人李德裕《临江亭》诗中有"多景悬窗牖"的句子,重建改名。南渡后这里成了江防要塞,题诗寄慨时事者较多。同时俞文豹称这首诗"一空前作"(《吹剑录》)。此诗通篇江山时事对言,句句怨愤悲凉,气象阔大而感慨深沉。

壮观东南二百州,景于多处最多愁[1]。江流千古英雄泪,山掩诸公富贵羞[2]。北府只今唯有酒,中原在望莫登楼[3]。西风战舰成何事?空送年年使客舟[4]。

《全宋诗》卷二七〇八

【注释】

[1] 二百州:泛指东南一带众多的州郡。[2] 诸公:指朝中那些主张妥协的大臣们。[3] 北府:东晋建都建康(今江苏南京),军府在广陵(今江苏扬州),位于建康北,故称北府。后世多把军府所在地称北府。谢玄镇广陵,招募徐、兖二州骁勇组成部队,百战百胜,号为北府兵。著名的淝水之战,东晋即以此军为主力而获胜。"北府"一本作"北固","唯"一本作"犹"。[4] 西风战舰:宋高宗末年,金兵大举南侵,至安徽当涂采石矶渡江,被来前线劳军的中书舍人虞允文率兵击败。后改从扬州一带南攻,虞在镇江改船只为战舰,舰中安装踏车,虽西北风也能出航如飞。金兵大惊,不敢轻犯。不久金人内乱退兵,战舰被废置不用。使客舟:送金国使者回去的船只。

刘克庄

刘克庄(1187—1269),初名灼,字潜夫,号后村,莆田(今属福建)人。以荫补将仕郎,初为靖安(今属江西)主簿、真州(今江苏仪征)录事参军等,后长期游幕于江、浙、闽、广等地。理宗宝庆初,所作《落梅》诗被指为讪谤,免官废弃多年。理宗淳祐中特赐同进士出身,任史事。历知袁州(今江西宜春)、江西提举、广东提举、国史院编修官、监察御史、知漳州、起居舍人兼侍讲、兵部侍郎兼侍讲等职,景定五年(1264)致仕。在朝有直声,晚年趋奉贾似道,颇为时论所讥。南宋后期重要作家。诗属江湖派,然力求独辟蹊径,追摹陆游,又受杨万里影响。作品数量丰富,内容开阔,多讥弹时政、反映民生之作。词深受辛弃疾影响,多豪放之作,散文化、议论化倾向也较突出。其弊在贪多务得,时露粗鄙草率。有《后村先生大全集》,通行《四部丛刊》本。今人钱仲联著有《后村词笺注》,上海古籍出版社1980年出版。

国殇行

【解题】

战士为国浴血奋战,死后却被剥掠一空,家小无人照顾。是他们的尸骨垒高了诸将的宝座,那些升了官的将领们还想到这些吗?诗人对此万端感慨。国殇,《楚辞·九歌》篇名。战国楚人屈原作,是礼赞为楚国而战死的将士的乐歌。行,古乐府诗的一种体裁。

官军半夜血战来,平明军中收遗骸[1]。埋时先剥身上甲,标成丛冢高崔嵬[2]。姓名空挂阵亡籍,家寒无俸孤无泽[3]。乌虖诸将官日穹,岂知万鬼号阴风[4]。

《四部丛刊》本《后村集》卷八

【注释】

[1] 官军:指宋王朝的军队。[2] 标:标示,这里是堆成的意思。丛冢:乱坟。[3] 阵亡籍:死难者的花名册。俸:这里指士兵领到的军饷。孤:指死者的子女。泽:这里指给死者遗属的各种抚恤与照顾。[4] 乌虖:呜呼。穹:高。号(háo):哭。

文天祥

文天祥(1236—1283),字履善,一字宋瑞,号文山,吉州庐陵(今江西吉安)人。理宗宝祐四年(1256)考取进士第一。历任湖南提刑、知赣州(今属江西)。恭帝德祐元年(1275)元兵渡江,奉诏起兵勤王。为右丞相兼枢密使,出使元营被拘,后逃归,转战福建、广东一带。帝昺祥兴元年(1278)兵败被俘,押至大都(今北京)。始终不屈,从容就义。自奉使被拘后所作,多与时事密切结合,不屑于字句声调之工,随遇纪事,直抒胸臆,表现出坚贞的民族气节和昂扬的斗争意志,慷慨悲壮,感人至深。作品以诗为主,词较少。有《文山诗集》《指南录》《集杜诗》等,《四部丛刊》影明本《文山先生全集》最为通行。

过零丁洋

【解题】

零丁洋,今广东中山南的一段海域。临安沦陷后,文天祥与宋王室转战东南。帝昺祥兴元年(1278)十月在五坡岭(今广东海丰县北)军败被俘。此诗约作于祥兴二年正月被元军押解经过零丁洋时。元军主帅汉奸张弘范攻厓山(在今广东新会南大海中),这是宋朝的最后一个据点。由于张世杰等人组织防御得力,元军一时没能攻下。张弘范要文天祥写信,劝张世杰投降,文天祥即把此诗写给他看,表示了自己的忠贞气节。首两联回顾一生经历,兼个人遭遇、国家命运而言之,高度概括而感慨悲凉。颈联描写当下处境,以地名自然成对而情景贴切。一结慷慨陈志,满腔忠义之气,千古立懦。

辛苦遭逢起一经,干戈寥落四周星[1]。山河破碎风飘絮,身世浮沉雨打萍。皇恐滩头说惶恐,零丁洋里叹零丁[2]。人生自古谁无死,留取丹心照汗青[3]。

《全宋诗》卷三五九八

【注释】

[1] 起一经:指自己由科举出身做官。文天祥是理宗宝祐四年(1256)的状元,后来做到丞相。但所处的时代,则是宋朝危亡之际,支撑残局,实属不易。四周星:四年。作者德祐元年(1275)起兵抗元,祥兴元年(1278)不幸被俘,前后四年。周星:这里指太阳自春至冬运行(实为地球绕日)一周,也就是一年。[2] 皇恐滩:原名黄公滩,在今江西万安,是赣江十八滩中最险恶的一个。景炎二年(1277),文天祥在家乡今江西吉水附近兵败,妻妾子女多被蒙军俘去,唯母亲与长子随他经惶恐滩一带撤往汀州(今福建长汀)。零丁:孤苦,孤独。祥兴元年,文天祥在今广东海丰的五坡岭被元将张弘范俘获。张弘范要继续追击在厓山的宋帝,强迫文天祥随船前往,经过零丁洋。[3] 汗青:史册。在纸未发明前,古人写字用竹简,先将竹简用火烤干水分(竹汗),可以防蛀,称为汗青。

萧观音

萧观音(1040—1075),辽道宗耶律洪基懿德皇后,小字观音,枢密使萧惠女。姿容冠绝,工诗,善谈论。自制歌词,尤善琵琶。重熙中,太子洪基纳为妃。清宁元年(1055)洪基登基,立为皇后。大康元年(1075),宫婢单登诬其私通伶官赵惟一,枢密使耶律乙辛挟私以闻,并进一步捏造陷害,遂赐自尽。乾统初,追谥宣懿皇后。有《回心院词》、《怀古诗》等传世。

伏虎林应制

【解题】

伏虎林,辽朝秋季行营,在今内蒙古巴林右旗境,每年秋季,辽帝至射鹿游猎。《辽史·营卫志》:"七月中旬,自纳凉处起牙帐,入山射鹿,及虎林。在永州西北五十里,尝有虎据林伤害居民畜牧。景宗领数骑猎焉,虎伏草际,战栗不敢仰视,上舍之,因号伏虎林。"据辽人王鼎《焚椒录》记载,"(清宁)二年八月,上猎秋山,后率妃嫔从行。在所至伏虎林,上命后赋诗,后应声曰……上大喜,出示群臣曰:'皇后可谓女中才子。'次日上亲御弓矢射猎,有虎突林而出,上曰:'朕射得此虎,可谓不愧后诗。'一发而殪,群臣皆呼万岁。"应制口占,脱口而出,足见萧氏文才优敏。应制而又应景,本为描写出猎活动之壮盛,而展示辽朝南征东扩的雄心和所向披靡的气势,体现了质朴粗犷、勇武豪迈的民族性格。末句与地名贴合,堪称工巧。

威风万里压南邦,东去能翻鸭绿江[1]。灵怪百千都破胆,那教猛虎不投降。

明宝颜堂秘籍本王鼎《焚椒录》

中国古代文学教程

【注释】

[1] 南邦：此指宋王朝。鸭绿江：在今中朝交界处，时两岸为女真和高丽的势力范围。

元好问

元好问（1190—1257），字裕之，号遗山山人，太原秀容（今山西忻县）人。金宣宗兴定五年（1221）进士，历任内乡（今河南西峡）、南阳（今属河南）等县县令，后入朝为左司都事等。金亡不仕，回乡著述，致力于金代文史资料的整理，编有《中州集》《壬辰杂编》等。诗、词、文俱工，尤以诗成就为高，是金代最杰出的诗人。论诗主张以北人刚健质朴救南人绮靡纤丽，提倡真性情，反对虚伪矫饰，主张创造，反对因袭。生当金元交际，其诗广泛深刻反映这一时期的社会现实。多悲壮苍凉之音，风格沉雄，意境阔远。其词亦疏快与深婉兼具。有《遗山集》、《遗山乐府》等，前者通行《四部丛刊》本，后者有吴讷《百家词》本、朱祖谋《彊村丛书》本。1990年山西人民出版社刊有《元好问全集》。

论诗三十首（选一）

【解题】

作于金宣宗兴定元年（1217）。原题三十首，此其二十九。通过对陈师道、谢灵运的褒贬扬抑，表达诗贵清新自然的主张。

池塘春草谢家春，万古千秋五字新[1]。传语闭门陈正字，可怜无补费精神[2]。

山西人民出版社本《元好问全集》卷一一

【注释】

[1]"池塘"句：谢灵运《登池上楼》："池塘生春草，园柳变鸣禽。"钟嵘《诗品》："《谢氏家录》云，康乐每对惠连，辄得佳语。后在永嘉西堂思诗，竟日不就，寤寐间忽见惠连，即成'池塘生春草'。故常云此语有神助，非吾语也。"[2] 闭门陈正字：陈师道，字无己，曾任秘书省正字，传其作诗常搅尽脑汁，埋头苦吟。黄庭坚《病起荆江亭即事十首》："闭门觅句陈无己，对客挥毫秦少游。""可怜"句：王安石《韩子》："纷纷易尽百年身，举世何人识道真。力去陈言夸末俗，可怜无补费精神。"

岐阳三首（选一）

【解题】

金哀宗正大八年（1231）正月，蒙古兵围凤翔（今属陕西），关中大震。四月城破，金人被迫放弃京兆（今陕西西安），迁民于河南。时作者在河南南阳县令任，闻凤翔失陷，写下这组诗，原题三首，此其二。岐阳，凤翔，因地在岐山之南，故称。哀时伤乱，沉郁苍凉。

百二关河草不横,十年戎马暗秦京[1]。岐阳西望无来信,陇水东流闻哭声[2]。野蔓有情萦战骨,残阳何意照空城[3]。从谁细向苍苍问,争遣蚩尤作五兵[4]?

山西人民出版社本《元好问全集》卷八

【注释】

[1] 百二:《史记·高祖本纪》:"秦,形胜之国,带河山之险,县隔千里,持戟百万,秦得百二焉。""百二"有两解,一是以二敌百,秦兵二万足当诸侯百万;二是说百之二倍,秦地险固,以一当二。关河:关塞山河。草不横:喻指无人防守。《汉书·终军传》:"军无横草之功。"颜师古注:"言行草中,使之偃卧,故云横草也。"十年:据《金史·宣宗纪下》,兴定五年,"大元兵下潼关、京兆",至正大八年凤翔陷落,恰为十年。杜甫《愁诗》:"十年戎马暗万国。"秦京:秦国都城咸阳,这里泛指,犹言秦地。[2] "岐阳"句:杜甫《喜达行在》:"西忆岐阳信,无人遂却回。"化用此句,意谓凤翔已经沦陷。"陇水"句:古《陇头歌》:"陇头流水,鸣声呜咽。遥望秦川,心肝裂绝。"[3] "野蔓"句:江淹《恨赋》:"试望平原,蔓草萦骨,拱木敛魂。"[4] 苍苍:苍天。争:怎。蚩尤:古代传说中东方九黎族的首领,这里比喻蒙古统治者。《太平御览》卷二七〇:"蚩尤作兵。"五兵:五种兵器,说法不一,矛、戟、钺等。

宋 词 概 说

词是宋代最具特色，最有成就，对后世影响也最大的代表性文学样式。宋词上与唐诗争奇，下与元曲斗艳，远从《诗经》《楚辞》及汉魏六朝诗歌里汲取精华，又为后来的明清戏剧小说输送了养分。直到今天，宋词中那些闪烁着爱国主义、人文精神之光而又达到很高艺术境界的作品，仍在陶冶着人们的情操，给读者带来美的享受。

一、宋词的兴盛及其原因

词起源于隋唐之际，是当时兴起的，以汉族民间音乐为基础，糅合少数民族及外来音乐（主要是西域各民族及印度的音乐）而形成的新声"燕乐"（因常在宴会上演出，故名。"燕"通"宴"）的歌词。由于它所配合的音乐比此前的"雅乐"与"清乐"更优美动听，文学结构也比其他诗歌体式更繁复精巧，故为人们所喜闻乐见，并吸引了越来越多的音乐家和诗人参与创作。经过隋唐五代近400年间众多民间作者和文人作者的共同努力，它从初发源时的涓涓细流，汇成了颇具规模的河川。到了宋代，随着创作队伍不断壮大，创作视野不断开阔，创作技巧不断新变，其发展形势更如长江出了三峡，一泻千里，挟百川之水奔向大海。今存唐五代词仅80家，不足2 000首；而宋词却多达1 430余家，近21 000首（含残篇断句）。尽管唐五代词散佚的比例更大，不好据此断言其词人、词作一定只有两宋的1/18和1/10，但两宋词坛的繁荣程度大大超过唐五代，却是毋庸置疑的。单从这数量的对比上，我们也可约略窥见词在入宋后的鼎盛气象。

北宋统治者吸取晚唐五代藩镇割据、兵连祸结、军事政变频繁的历史教训，早在建国初就诱导高级将领交出兵权，"多积金，市田宅以遗子孙，歌儿舞女以终天年"（《宋史·石守信传》）。后来，又扩大科举取士及任官的名额，设置一系列叠床架屋的行政机构，建设起一支庞大的、以文职为主的官僚队伍，作为保障其高度中央集权的基干力量。为了换取这一阶层的忠勤服务，君主也必须给他们以优厚的生活待遇。因此，当时达官贵人蓄养家妓的风气，士大夫阶层文酒雅集的风气，十分盛行。此外，大一统政权的巩固，又给饱经晚唐五代战乱之苦的人民提供了休养生息的机会，使他们可以用自己的辛勤劳动，将社会生产力恢复并发展到一个崭新的阶段。随着农业、手工业、商业日趋兴旺，都市经济日渐繁荣，市民阶层的人数急遽膨胀着，他们口腹之余，自然也要娱乐。于是便有那"新声巧笑于柳陌花衢，按管调弦于茶坊酒肆"（孟元老《东京梦华录》），风尚所趋，超过前代。上流社会与中下层社会对于声歌的共同需求，构成了推动宋词发展的合力。

二、北宋词坛概况

上流社会的官僚士大夫与中下层社会的市民，艺术旨趣颇相径庭，反映在词的创作上便有文雅、俚俗之分。这在北宋前期表现得尤为典型。

宋初词坛是官僚士大夫们的一统天下。但士大夫词艺术高峰的出现，还在第四代君主仁宗统治时期。代表作家是晏殊、欧阳修。他们都官至宰辅，词作侧重反映士大夫阶级闲适自得的生活和流连光景、感伤时序的情怀；所用词调仍以唐五代文人驾轻就熟的小令为主；词笔清丽，气度闲雅，言情缠绵而不偎薄，达意明白而不发露。晏殊的幼子晏几道也擅长小令。他是由贵公子沦为寒士的，故其词于高华之中深寓悲凉。论时代他已入北宋后期，论流派则仍是晏欧的变调嗣响。

市民阶层的壮大需要经历一个社会生产水平提高，社会劳动总量积累的过程。因而市民词起步较晚，今存宋初词中尚不见其踪影。但其发展势头很猛，也在仁宗时期达到高潮。代表作家是柳永。他一生漂泊，沉沦下僚，较能接近民众；所作多描绘都市风光，摹写坊曲欢爱，抒发羁旅情怀，语言俚俗家常，颇合市民阶层口味。他精通音乐，与民间乐工、歌妓合作，创制了许多新腔，大多是更宜于表现繁复多变之都市生活的慢曲长调。词的篇幅拉长，容量加大，表现手段自然也要更新。于是他将六朝、隋唐小赋的技法引进词中，层层铺叙，处处渲染，淋漓酣畅，备足无余，所作与崇尚含蓄、讲究韵味、抒情小诗般的传统文人词大异其趣。由于柳词具有较广泛的群众基础，较新鲜的时代风貌，故而风靡四方，号称"凡有井水饮处，即能歌之"。

北宋前期，主要是仁宗时期，词坛上就呈现着这样一种士大夫词与市民词、雅词与俚词、令词与慢词双峰并峙的局面。当然，晏、欧未始没有创作俚词、慢词的尝试，柳永也并非不作雅词、令词，以上只是就其主导倾向而言。

宋词至柳永，完成了第一次转变。但这转变只翻新了词的音乐外壳，并未从内容上突破"艳科"（主要写男女之情）的藩篱。因此，文学史家在划分宋词流派时，仍将柳永与晏、欧一并列入"婉约派"的阵营。而拓宽词的意境，扩大词的表现功能，使词能像诗一样自由、多侧面地表达思想感情，观照社会人生——这更艰巨、更有积极意义的第二次转变，不能不有待于"豪放派"的异军突起。

北宋开国60年后，社会繁荣背后隐藏着的阶级矛盾、民族矛盾、统治阶级内部不同政治派别间的矛盾日益尖锐化、表面化。为了长治久安，有识之士纷纷提出政治、经济改革主张并付诸行动。仁宗庆历年间的"新政"，神宗熙宁、元丰年间的"变法"，虽因大官僚地主保守势力的阻挠而终至失败，但其对社会生活各方面的深刻影响却不可低估。宋词豪放派恰在这一时期崛起，恐非巧合。由于政治、经济和文化的发展具有不平衡性，未必所有改革者都是豪放派，所有豪放派都是改革者，然而改革精神定会曲折地反映到文学包括词的领域中来，则可以断言。

豪放派的发轫，可追溯到与晏、欧、柳同时，主持过"庆历新政"的范仲淹。其词或写边塞军旅生活，悲凉而慷慨；或借咏史发政治牢骚，诙谐且狂狷：在当时以披风抹月为能事的词坛上，不啻是一道闪电。

进入北宋后期，神宗朝的改革家王安石一方面以刚健的咏史怀古词骋其政治长才、豪杰英气，一方面又从理论角度向词须合乐的世俗观念发出挑战。他赞同"先有词，后有声"的古歌，认为"如今先撰腔子，后填词"，是本末倒置（赵令畤《侯鲭录》）。以破为立，豪放派的创作纲领已音在弦外。前此词中之所以充满"妇人语"和"妮子态"，英雄志短而儿女情长，多阴柔之美而少阳刚之气，关键就在以词应歌。而晚唐以来世尚女乐，歌者多是妙龄女郎，为适应其莺吭燕舌，词只好以男欢女爱、离情别绪为主题，婉约为正宗。豪放派要打破"诗言志"（泛指情志）而"词言情"（特指爱情）的题材分工，冲决"诗庄词媚"的风格划界，就不得不松开词的音乐枷锁。在这一点上，时代略晚于王安石的苏轼走得更远。

苏轼作词"不喜剪裁以就声律"（陆游《老学庵笔记》），只把词当句式长短不一的新体诗来作。他在词里怀古伤今，论史谈玄，抒爱国之志，叙师友之谊，写田园风物，记邀游情态，"无意不可入，无事不可言"（刘熙载《艺概》）。所作或激昂慷慨，或开朗旷达，或沉郁悲凉，或随和平易，"如行云流水，初无定质，但常行于所当行，常止于所不可不止"（苏轼《答谢民师书》）。他是豪放派当之无愧的奠基者。然而，传统是巨大的惯性，他对词体的革新暂时还不能为大多数人所接受，连他最钟爱的学生秦观，词风也还是更近于柳永的。

秦观是北宋后期享有盛名的婉约词人。其词只以中音轻唱，只以浅墨淡抹，而旋律间自有一种沉重的咏叹，画面上自有一种层深的晕染。其佳作，"虽不识字人亦知是天生好言语"（吴曾《能改斋漫录》记晁补之语）。他政治上屡经挫折，远谪南荒，而性格软弱，故晚年之作多绝望语，由哀婉转为凄厉。古往今来，社会心理一般都同情弱者和不幸者，秦观以及类似的悲剧型作家，如前之李煜、晏几道，后之李清照，其所以偏得人怜，这未尝不是一个重要因素。

北宋后期婉约派的另一位代表作家，徽宗朝曾主管国家音乐机关大晟府的周邦彦，进一步发展了婉约词的艺术形式。其新变着重表现在：音律更繁复（一曲之中往往多次转调），格律更严整，章法更曲折（往往时空错位，虚实兑形，不像柳永那样平铺直叙），修辞更雅致。周、秦并称，各有千秋：大抵秦笔轻灵，周笔凝重；秦词醇和，周词老辣。北宋婉约词人，周最晚出，薰沐前辈，涵泳时贤，故能集其大成，并开南宋格律派之宗风。

北宋后期的词坛，主要呈现为婉约、豪放两派二水分流的格局。论现时的力量对比，自然是前者占据着上风；而论将来的发展趋势，则后者又拥有相当大的开拓空间，前景未可限量。

三、南宋词坛概况

金人入侵，北宋覆亡，高宗南渡，中国历史上出现了第二次南北朝的分裂局面。南宋前期是剑与火、血与泪的时代。且不说其间宋金双方有过若干次惨烈的拉锯战，即便是在宋向金称臣称侄，岁贡银绢的苟安时期，以爱国的将领、士大夫、人民为一方，以误国甚至卖国的昏君、奸臣为另一方，战与和、战与降的斗争也始终不曾止息。国家的危亡，民族的耻辱，人民的苦难，面对这一切，具有正义感的词人，谁还有心思偎红倚翠，浅斟低唱，雕琢章句，锱铢宫商？他们放开男子汉的粗嗓门，高歌抗战，高歌北伐。天平急剧地向豪放派一侧倾斜。这批爱国词人用动脉中沸腾的热血书写了宋词史上光辉的一页。

最早的爱国词作者中包括好些站在抗金斗争最前列的名臣、名将，民族英雄岳飞是他们的杰出代表。其词今虽仅存3首，但首首与抗战相关，几于字字珠玑。尤其是那"壮怀激烈"的《满江红》，光昭日月，气吞山河，不仅唱出了那个时代的最强音，在近世中华民族反抗外来侵略的严峻斗争中，也曾教育和鼓舞过千百万人。

南宋前期爱国词的著名作家，有张元幹、张孝祥、陆游、辛弃疾、陈亮、刘过等。其中成就和影响最大的是辛弃疾。他出生于北方沦陷区，青年时即献身抗金复国的大业。南归后却始终得不到朝廷的信任，屡官屡罢，壮岁被投闲置散于乡里达20余年，北伐宏愿蹉跎成空。其将才相略无处发挥，一腔忠愤遂尽托付于词。他那横戈跃马，以恢复中原为己任的豪情壮志，那因受排挤、压制，长期郁积而成的一肚皮不合时宜，随时随地，一触即发。他那支雄奇奔放的笔，不但乐曲缚不住，就连词最起码的句度也无法牢笼。他比苏轼的"以诗为词"走得更远，干脆进一步解放词体，"以文为词"，从此，散文句法也在词中通行了。由于他是从北方"归正"到南宋来的，颇受猜忌，动辄得咎，有些复杂的感情、过激的言论不便直接吐露；又由于他饱读诗书，胸罗万卷，故在词中大量用典，经史子集，信手拈来，任意驱遣，往往有出神入化之妙。这种做法扩大了词的意蕴容量和艺术张力，当然，也给今天的读者设置了许多障碍。

同期的婉约词人，以女作家李清照最为杰出。她一生横跨两宋，早在北宋末，她那些真正是女性自己的心声，而非由男士们代庖的爱情词，即以其特有的纯挚与缠绵著称于世；但其最高成就，还体现在南渡后的作品里。她的爱国热忱和坚定的抗战信念，不亚于任何一位豪放词人。可惜婉约派关于词"别是一家"（李清照论词，见胡仔《苕溪渔隐丛话后集》）的传统观念限制了她的创作，使她将侠肝义胆都给了诗，只在词里展示弱女子的自我形象。尽管如此，其晚期词作仍有很高的现实主义价值。虽然所写只是个人流落天涯、孤苦无告的悲戚，却典型地涵括了千千万万北方难民在国破家亡后的共同境遇，从侧面暴露了侵略者和投降派的历史罪行。这一社会认识功能又非豪放派的爱国词所可替代。至于其词的艺术造诣，主要是"用浅俗之语发清新之思"（彭孙遹《金粟词话》），词淡于水而味浓于酒。为此，她获得了"男中李后主，女中李易安，极是当行本色"（沈谦《填词杂说》）的高度赞誉。

北方领土的丧失，在爱国志士们固然痛心疾首，而对于南宋小朝廷，则只当是切除了半个胃，并不十分妨碍他们啖肥饮甘。更何况，以新都临安为中心的东南地区，山川秀丽，物产富饶，正是理想的安乐窝。因此，一旦妥协和屈辱换得了苟安，北宋那种以趁歌逐舞为特征的风流生活，就又成为官僚士大夫们的常态。这样的土壤，为培养南宋的格律派词人提供了温床。经过数十年的优化繁殖，南宋中、后期词坛上终于产生了可传周邦彦之薪火的两位名家——姜夔与吴文英。

姜、吴二人都是游徙豪贵之门的清客词人。他们都精通音律，长于言情咏物，为词格律谨严，音韵响亮，措辞高雅，构思新奇，学周邦彦而能得其精髓。但姜夔旁参江西诗派的生硬，得周之峭拔；吴文英则侧入晚唐诗人的密丽，得周之深华。分镳歧路，走向了不同的两端。就技法而言，姜词多用虚字提唱，故结体清空；吴词却多排比藻绘，故结体质实。就风格而论，姜词似疏梗白荷，幽香冷艳；吴词似千叶牡丹，复瓣浓薰。他们虽凭借艺术上的成功与辛弃疾分鼎南宋词坛之三足，但毕竟不如辛弃疾那样对国家、民族息息关心。当然这只是相对而言，他们并没有完全忘怀时世，姜词《扬州慢》、吴词《八声甘州》等就是证明。

从艺术角度来审视，南宋后期的豪放派爱国词人中，没有能与姜、吴抗衡的大家。可是，围绕着抗金，金亡后抗元的斗争，爱国词人们仍一直在呐喊。其中较出色的作家有刘克庄、陈人杰等。

由于统治集团自身的腐朽没落,南渡150年后,宋王朝终于被元人的铁骑攻灭。元军的长刀利斧可以洗劫城市,屠戮人民,却封不住词人的喉咙。在徐徐降落的大幕下,不同经历、不同气质、不同流派的词人们,同台演完了宋词史上的最后一出悲剧。文天祥孤军抗元,被俘北去,英勇不屈,从容就义。其词精忠耿耿,声情激壮,如天外风吼。刘辰翁、蒋捷、周密等于宋亡后隐居不仕,以遗民终其身。其哀悼故国之作,词恸意苦,无限低回,如林表鹃啼。王沂孙、张炎等虽苟全性命于新朝,但也无时无地不发故国之思、兴亡之戚,或如草底蛩吟,或如树间蝉嘒。就在这立体声的弦管多重奏中,宋词结束了它300多年的曲折历程。

作 品

范仲淹

范仲淹（989—1052），字希文，吴县（今属江苏苏州）人，北宋中期的政治家、军事家、文学家。宋真宗大中祥符八年（1015）进士。宋仁宗时任秘阁校理，后任右司谏、知开封府等职，直言敢谏，因上《百官图》刺时相吕夷简不能用贤，贬饶州。宋仁宗庆历元年（1041），出为陕西经略安抚使，戍边数载，西夏不敢觊觎，庆历三年七月（1043）被召还朝，授枢密院副使、参知政事，提出十项改革主张，为守旧派阻挠，未能实施，遂请求外任，卒于青州。谥文正，世称范文正公。范仲淹主张文章"应于风化"，认为"虞夏之书，足以明帝王之道"，而"南朝之文足以知衰靡之化"（《奏上时务疏》）。其文章诗词都有名篇传诵于世，《渔家傲》数阕，境界壮阔，风格苍凉。有《范文正公集》，通行《四部丛刊》本。

渔 家 傲

【解题】

《渔家傲》，此词所配合的曲调名，与内容没有关系（下文凡属这种情况，不再一一说明）。此词约作于仁宗康定二年（1041）或庆历二年（1142）的秋季，当时作者正率军驻守在今陕西、甘肃间，防御和抗击西夏党项族政权的军事入侵。唐五代北宋词多写男欢女爱、相思离别，风格柔媚。此词写边塞景色、军旅生活，境界阔大，格调苍凉，不啻是向充满脂粉气息的词坛吹进了一股清风。不过，若与盛唐那些意气飞扬的边塞诗相比，又稍嫌衰飒。这或许是因为北宋国力远逊盛唐，在民族战争中往往处于劣势地位的缘故。

塞下秋来风景异[1]，衡阳雁去无留意[2]。四面边声连角起[3]。千嶂里，长烟落日孤城闭[4]。　　浊酒一杯家万里[5]，燕然未勒归无计[6]。羌管悠悠霜满地[7]。人不寐[8]，将军白发征夫泪。

《彊村丛书》本《范文公正诗余》

【注释】

[1]塞下：塞外。[2]"衡阳"句：谓大雁离开边塞毫不留恋地向南方飞去。言下有人不如雁，不能南归之意。衡阳：今湖南。境内南岳衡山有回雁峰，相传大雁南飞至此而止。[3]"四面"句：汉李陵《答苏武书》："胡地玄冰，边土惨裂，但闻悲风萧条之声。凉秋九月，塞外草衰。夜不能寐，侧耳远听，胡笳互动，牧马悲鸣，吟啸成群，边声四起。晨坐听之，不觉泪下。"此词意境略同，本句尤为明显，有化用的痕迹。边声：边塞所常有的声响，如风吼、马

嘶、胡笳吹奏之类。连角起：伴和着军中号角声响起。古代军号，以牛角为之。[4]"千嶂"二句：唐王之涣《凉州词》："一片孤城万仞山。"王维《使至塞上》诗："大漠孤烟直，长河落日圆。"词句或融合唐诗意境。嶂：像屏障一般的山峰。[5]浊酒：酿成后未经过滤、浑悬有糟粒的酒。[6]燕然：山名，即今蒙古人民共和国境内的杭爱山。勒：刻。《后汉书·窦宪传》载，东汉和帝永元元年（89），车骑将军窦宪率军大破北匈奴，"登燕然山，去塞三千余里，刻石勒功，纪汉威德"。此言"未勒"，是说抗击西夏的战争尚未取得决定性胜利。归无计：没法回家乡。[7]羌管：羌笛。原出西北羌族的一种管乐器。[8]不寐：失眠。

柳永

柳永（985？—？），原名三变，字耆卿，建州崇安（今福建武夷山市）人。精通音乐，擅长于撰制歌词。教坊乐工每得新腔，多请他作词，往往风行天下。曾因进士考试落榜而撰词发牢骚说："忍把浮名，换了浅斟低唱！"（《鹤冲天》）后来虽考试合格，但发榜时，皇帝特意将他黜落，说："此人风前月下，好去'浅斟低唱'，何要'浮名'？且去填词！"于是，他便戏谑地自称"奉旨填词"。至仁宗景祐元年（1034）始登进士第，时年已50余。此后，曾任睦州（今浙江建德一带）推官、泗州（今江苏盱眙一带）判官等。一生漂泊，很不得志。词集名《乐章集》。所作多描绘都市风光，摹写坊曲欢爱，抒发羁旅情怀，语言俚俗，颇合市民阶层的口味。但也有风雅近于唐诗的作品。在长调慢词的创作方面，开风气之先。

八声甘州

【解题】

本篇写客里思家，是词的传统题材。不同的是，前人词写相思，多在小楼深院，多用微吟软语；而本篇却将纤细的情思安置在寥廓的背景中，刚柔相济，另有一种审美趣味。苏轼对"霜风凄紧，关河冷落，残照当楼"三句推崇备至，认为"于诗句不减唐人高处"（赵令畤《侯鲭录》）。下片直叙思乡怀人，明白而家常，质朴淳真。"想佳人"二句，由我思妻子幻出妻子思我，透过一层，笔意双绾，所包蕴的内容与情感就比直接刻画自己单方面的思念要丰厚得多。

对潇潇暮雨洒江天[1]，一番洗清秋[2]。渐霜风凄紧[3]，关河冷落[4]，残照当楼[5]。是处红衰翠减[6]，苒苒物华休[7]。惟有长江水，无语东流。　　不忍登高临远[8]，望故乡渺邈[9]，归思难收[10]。叹年来踪迹[11]，何事苦淹留[12]？想佳人、妆楼颙望[13]，误几回、天际识归舟[14]。争知我、倚阑干处[15]，正恁凝愁[16]！

《彊村丛书》本《乐章集》卷下

【注释】

[1]潇潇：形容急雨。[2]一番：另一种。以上二句是说，黄昏时伫立高楼，眼前一场飘

洒江天的大雨，洗出了别样清朗萧索的秋光。［3］霜风：深秋霜降时节的寒风。凄紧：寒意强烈逼人。［4］关河：关山、河流。［5］当：正对着。［6］是处：处处。红衰翠减：红花衰败，绿叶凋零。用唐李商隐《赠荷花》诗："翠减红衰愁杀人。"［7］苒苒：渐渐。物华：美好的季节景物。休：止息，消亡。［8］临远：俯对着远方。［9］渺邈：渺茫、遥远。［10］归思：回乡的思绪。收：收敛，掣回。［11］年来：近年来。踪迹：行踪。［12］何事：为什么。苦：偏偏。作"久"解，亦通。淹留：谓滞留他乡。［13］颙望：企望。［14］天际识归舟：用南齐谢朓《之宣城郡出新林浦向板桥》诗成句。以上二句是说，想来妻子正天天在梳妆楼上眺望，不知多少次错把天边驶来的船只认作我乘坐着归来的那一艘。意同唐刘采春《啰唝曲》诗："朝朝江口望，错认几人船。"［15］争：怎。阑干：栏杆。处：时。［16］恁：如此。凝愁：因愁思而发愣。

张先

张先（990—1078），字子野，湖州乌程（今浙江湖州）人。仁宗天圣八年（1030）进士。曾知吴江县（今属江苏），后又任秀州（今浙江嘉兴一带）判官，通判京兆府（今陕西西安一带）、知渝州（今重庆一带）、知虢州（今河南灵宝一带）等。晚年致仕家居，渔钓自适，往来于湖、杭、苏诸州间。工诗词，尤以词著称，与柳永齐名。所作清出生脆，韵味隽永。有含蓄处，亦有发越处，但含蓄处不似晏殊、欧阳修，发越处不似柳永、苏轼，词风介于其中。词集名《张子野词》。

木 兰 花

乙卯吴兴寒食[1]

【解题】

这首词写寒食节的见闻与感受。上片写人，下片写己；上片写昼，下片写夜；上片写闹，下片写静；上片全是骈句，下片全是散句：对比鲜明，相映成趣。前半是一幅欢快的风俗写生，后半则流露出一种淡淡的寂寞和惆怅。作此词时，词人已经86岁高龄，在家乡闲居养老。白天，他以乡人春游之乐为乐；夜来，游乐活动已告结束，老人不免有些感到孤独。但总的来说，词的基调还是爽朗的，反映出他对生活的热爱。词人善用"影"字，自称平生所得意者有三：《天仙子》词之"云破月来花弄影"，《归朝欢》词之"娇柔懒起，帘压卷花影"，《剪牡丹》词之"柳径无人，堕风絮无影"（李颀《古今诗话》）。一说其脍炙人口之"三影"为"云破月来花弄影"，《华州西溪》诗之"浮萍断处见山影"，《青门引》词之"那堪更被明月，隔墙送过秋千影"（曾慥《高斋诗话》）。清朱彝尊《静志居诗话》则认为本篇之"中庭月色正清明，无数杨花过无影"，在世所传"三影"之上。合此三者，就有"六影"了。其他诸"影"的好处姑置之不论，本篇末二句确实极有神韵，朱氏特为拈出，可谓独具慧眼。

龙头舴艋吴儿竞[2]。笱柱秋千游女并[3]。芳洲拾翠暮忘归[4],秀野踏青来不定[5]。行云去后遥山暝[6]。已放笙歌池院静[7]。中庭月色正清明,无数杨花过无影[8]。

《彊村丛书》本《张子野词》补遗上

【注释】

[1] 乙卯:宋神宗熙宁八年(1075)。吴兴:吴兴郡,即湖州的别称。寒食:古代节令,在清明节前一两日。这一天禁火,吃冷食,故名。[2] 龙头舴艋:首部作龙头造型的狭长的船。吴儿:湖州一带,春秋时属吴国,因此称这里的男青年为"吴儿"。[3] 笱柱秋千:用粗竹竿为立柱架设而成的秋千。笱:即"笋"。游女:出游的女子。并:指两个女子站在同一块板上荡秋千。以上两句写"龙舟竞渡"和"荡秋千",是寒食节盛行的两种体育活动,分别适合男、女青年。[4] 芳洲:长有香草和花的水中陆地。拾翠:拾取翠鸟的羽毛,以点缀首饰。曹植《洛神赋》:"或采明珠,或拾翠羽。"[5] 踏青:春天到郊外游玩。来不定:游春的人们来往不停。[6] 行云:流动的云彩,也暗喻游春的女子。暝:昏暗貌。[7] 放:解散。笙歌:泛指音乐歌舞。[8] 中庭:庭院中。

晏殊

晏殊(991—1055),字同叔,抚州临川(今属江西)人。7岁能文章。14岁时,本路长官将他作为"神童"推荐给朝廷。次年即景德二年(1005),真宗召他与进士千余人一道参加殿试,他神气不慑,下笔甚快,为真宗所嘉赏,赐同进士出身。历仕真宗、仁宗两朝,累官至同中书门下平章事(宰相)兼枢密使(最高军事长官)。此外,还先后在宋(今河南商丘一带)、亳(今属安徽)、陈(今河南淮阳一带)、颍(今安徽阜阳一带)、许(今河南许昌一带)等州,京兆(今陕西西安一带)、河南(今河南洛阳一带)等府担任过知州、知府。病卒于东京。谥元献。他诗文皆赡丽闲雅,诗属"西昆体",词名尤高,与欧阳修并称。其经历、官职与南唐冯延巳略同,故喜爱冯词,词风也与冯相近,闲雅而富于情思,以温润秀洁见长。词集名《珠玉词》。

破 阵 子

【解题】

这和前面张先《木兰花》词都是写春天的节令风情,但作法却截然不同。张词中的自然景物描写,仅末尾二句,且是夜色,美得空灵;而晏词整个上片都作景语,又是写白天,美得充实。张词中的民俗活动场面,都在前半,且是全方位的扫描,可作风情画中之长卷看;而晏词写风俗人情,则在后半,只撷取了一个断片,俨然是一出喜剧小品。晏殊词集中,士大夫阶层的高雅作风、闲愁气息颇浓,本篇却有民歌情味,清新而欢快,是个例外。

燕子来时新社[1],梨花落后清明[2]。池上碧苔三四点[3],叶底黄鹂一两声[4]。日长飞絮轻[5]。　巧笑东邻女伴[6]，采桑径里逢迎[7]。疑怪昨宵春梦好[8]，元是今朝斗草赢[9]，笑从双脸生。

《四部丛刊》本《唐宋诸贤绝妙词选》卷三

【注释】

　　[1] 新社：古代春秋两季祭祀土神，一般在立春、立秋后的第五个以天干"戊"标记的那一天。这里指春社日，在清明节前不久。此时燕子从南方飞来。[2] 清明：农历二十四节气之一，其第一天为清明节，约当公历的4月5日左右。此时梨花已开败。[3] 池上：池塘边。[4] 叶底：树叶深处。黄鹂：黄莺。鸣声宛转动听。[5] 日长：白昼已变长。[6] 巧笑：女子美丽的笑容。东邻：邻居。"东"字在这里是泛指，不必坐实。[7] 逢迎：相遇。[8] 疑怪：感到疑惑、奇怪。[9] 元：通"原"，原来。斗草：古代春夏间女子常做的一种游戏，各自采集花草，以品种的多和奇取胜。"巧笑"五句是说，两位（或更多）采桑姑娘在桑间小路上相遇了。她们是邻居，彼此很熟悉。其中一位姑娘笑得很甜美，女伴感到奇怪，猜测她昨夜做了个与爱情有关的好梦。那姑娘却辩解说是因为今天早上斗草斗赢了。过去的注家解说"疑怪"二句道：难怪昨夜做了个好梦，原来是今朝斗草赢的预兆呵。

欧阳修

生　查　子

【解题】

　　在封建社会里，礼教束缚着男女青年，剥夺了他们自由交往和恋爱的权利。一年之中，只有元宵等为数甚少的几个节日，平时"养在深闺人未识"（白居易《长恨歌》）的城市少女才能获准外出嬉游。"月上柳梢头，人约黄昏后"，就在灯夜良宵，不知发生过多少男女青年冲决封建礼教网罗而自择佳偶的动人故事！有的历尽磨难，终成眷属；更多的则酿成悲剧，遗恨百年。本篇所述，即是后者。惟其为悲剧，故有震撼人心的艺术力量。上、下片以"去年元夜"和"今年元夜"构成强烈的对比。两幕戏的布景和道具完全一致，后一幕只比前一幕少了一个人。但无论少的是"罗密欧"还是"朱丽叶"，这个爱情世界都是残缺的。纵有灯月交辉，抒情主人公泪眼中仍然一片凄黯。

　　去年元夜时[1]，花市灯如昼[2]。月上柳梢头，人约黄昏后。　　今年元夜时，月与灯依旧。不见去年人，泪湿春衫袖。

《景宋吉州》本《欧阳文忠公近体乐府》卷一

【注释】

　　[1] 元夜：农历正月十五日元宵节夜。自唐代起，就有张灯结彩、通宵游乐的风俗。宋代先是元宵前后三日张灯，后来扩大到前后五日。[2] 花市：一般指春季卖花、赏花的集市。但

中国古代文学教程

元宵节时值正月,尚无花可卖,因此这里当指灯市。下文"灯如昼",已有"灯"字,为避免重复,故这里将"花灯"一词拆开来使用。

王安石

桂 枝 香

【解题】

宋杨湜《古今词话》载:北宋时,许多作家都用《桂枝香》的曲调写过金陵怀古词,共30余首,其中王安石这首最为绝唱。苏轼见了也不由得叹息说:"此老乃野狐精也。"王安石自神宗熙宁九年(1076)十月从宰相的位置上退下来以后,一直隐居在江宁(今南京)。元丰七年(1084)七月,苏轼过江宁,曾登门拜访了他。如果《词话》所记无误,那么本篇很可能作于熙宁十年(1077)至元丰六年(1083)这七年间某一年的晚秋。词的上片是站在地理的制高点上,视通万里,对空间世界的巡览,充满着向祖国大好河山的衷情礼赞;下片是站在历史的制高点上,神越千古,在时间领域的遨游,贯穿着对前朝兴亡治乱的深沉反思。词中写景文字笔墨酣饱,气韵生动,固然令人叹为观止;而怀古言辞间透露出的那股强烈的参与意识,更值得我们注目。正是在这一点上,作者表现出了他的政治家的个性。

登临送目[1]。正故国晚秋[2],天气初肃[3]。千里澄江似练[4],翠峰如簇[5]。归帆去棹残阳里[6],背西风、酒旗斜矗[7]。彩舟云淡[8],星河鹭起[9],画图难足[10]。　念往昔、繁华竞逐[11]。叹门外楼头[12],悲恨相续[13]。千古凭高[14],对此漫嗟荣辱[15]。六朝旧事随流水[16],但寒烟芳草凝绿[17]。至今商女[18],时时犹唱,《后庭》遗曲[19]。

《四部丛刊》本《乐府雅词》卷上

【注释】

[1]登临:语出宋玉《九辩》:"登山临水兮送将归。"这里指登高。送目:举目远眺。此句化用李白《夕霁杜陵登楼寄韦繇》诗:"登楼送远目。"[2]故国:古都。指金陵,当时为江宁府。[3]肃:萧瑟、肃杀。[4]澄江似练:清澄平静的江面就像一条白绢。南齐谢朓《晚登三山还望京邑》诗:"澄江静如练。"[5]簇:同"蔟",供蚕作茧的麦秸丛。形容山的峭拔。[6]归帆去棹:来来去去的船只。棹:船桨,这里代指船。[7]酒旗:酒店的标志旗。[8]彩舟:结彩的船。彩:彩色丝织品。[9]星河:银河。这里借以形容长江。鹭起:白鹭振翅飞起。江宁以西长江中旧有白鹭洲,洲上多聚白鹭。由于江水北移,现已与南岸陆地相连。[10]"画图"句:以上美景,图画也难以充分描绘出来。[11]"念往昔"句:想当年,在此建都的六朝帝王多以豪华相尚,愈演愈烈。[12]门外楼头:唐杜牧《台城曲》诗:"门外韩擒虎,楼头张丽华。"是说隋军攻灭南朝陈之日,隋将韩擒虎已率兵杀到宫门外,陈后主叔宝还在高楼上和爱妃张丽华作乐。旧题唐颜师古《隋遗录》载,隋炀帝曾梦见陈后主,后主说当年张丽华正在临

春阁上试笔赋诗,韩擒虎跃马拥兵来冲。杜诗用此典故,本词又袭用杜诗。据史书,后主沉湎女色,不修武备是实,而"门外楼头"之事纯属虚构。但小说家、诗人的艺术夸张,却更典型地反映了历史的真实。[13] 以上三句是说,"繁华竞逐"导致亡国,"悲恨"紧跟着就来了,六朝的历史教训,可发一叹。[14] 千古凭高:千载之下登高吊古。[15] 漫嗟:徒然嗟叹。荣辱:荣耀和耻辱。指六朝的盛衰兴亡。[16] 这句与后蜀欧阳炯《江城子》词"六代繁华,暗逐逝波声"云云,意境相似,可以参看。[17] 但:唯有。[18] 商女:商船上的女子,指商人的妻妾。唐宋时,商人有娶歌妓的风气。一般辞书、选本释作"歌女",是误解。参见《文学遗产》1998年第2期钟振振《中国古典诗词的理解与误解》。[19] 指陈代宫廷歌曲《玉树后庭花》。后主时创制,旨在赞美贵妃张丽华等的姿色,辞藻艳丽。(《陈书·皇后传》)一说辞曰:"玉树后庭花,花开不复久。"曲调哀怨,被认为是亡国的前兆。(《隋书·五行志》)以上三句化用杜牧《夜泊秦淮》诗:"商女不知亡国恨,隔江犹唱《后庭花》。"

晏几道

晏几道(1038—1110),字叔原,抚州临川(今属江西)人。晏殊之子。幼年丧父,由兄嫂教养成人。性格孤傲,不阿权贵,一生仕途坎坷。神宗元丰年间,曾监颍昌府许田镇(在今河南许昌东北)。哲宗元符至徽宗崇宁年间,曾任乾宁军(今河北青县一带)通判、开封府(今河南开封一带)推官等。以词闻名于世,与晏殊并称"大小晏"。所作以深挚高华见长。北宋后期词坛名家多兼工令词和慢词,而他却专心致力于小令,犹有唐五代遗风。词集名《小山词》。

思 远 人

【解题】

《思远人》调始见于本篇,当是作者的首创。调名本身就是词题。远人,指抒情女主人公的出远门的夫婿。这首代言体思妇词,通篇只有一个情节——妻子给远方的丈夫写信。内容虽简单,构思却很新颖。明知写了信无人代为传递,但仍然要写。这样有悖常理的情节安排,恰恰凸现了女主人公拳拳爱心的执著。怀人而落泪是生活的真实,用泪水磨墨给亲人写信则是源于生活而又高于生活的艺术创造。如此结撰,亦匪夷所思。篇末以红笺纸的颜色为参照系,使本来虚不可测的情感的浓度,竟殷然在目。寓无形于有形,化抽象为具体,更是神来之笔。

红叶黄花秋意晚[1],千里念行客[2]。飞云过尽,归鸿无信[3],何处寄书得[4]。　　泪弹不尽临窗滴[5],就砚旋研墨[6]。渐写到别来[7],此情深处[8],红笺为无色[9]。

《彊村丛书》本《小山词》

【注释】

[1] 红叶:枫叶。黄花:菊花。[2] 这句倒装,即"念千里行客",想念远在千里之外的

夫婿。[3] 归鸿：秋天从北方飞回南方的大雁。无信：不准时。[4] "飞云"三句：天上的飞云都已飘走，南归的大雁迟迟未到，它们不能充当信使，叫我到哪里去寄信呢？[5] 弹：挥洒。[6] 旋：随即。研：磨。[7] 别来：分别以来。[8] 情：指相思之情。[9] 红笺：红色的供题诗、写信之用的精美纸张。

孙浩然

孙浩然，生平不详。宋人楼钥《攻媿集》记载，王诜曾画其《离亭燕》词意为《江山秋晚图》。王诜是神宗、哲宗时人，孙氏或与他同时，或年辈稍长。

离亭燕

【解题】

本篇和前选王安石《桂枝香》题材相同，也是一首金陵登眺怀古之作。古希腊诗人西摩尼得斯早就说过："诗是有声画。"此词落笔便称"江山如画"，以下自"水浸碧天"到"酒旗低亚"一连串景语，清丽旷远，无一字不堪入画，而北宋著名画家王诜也真的将它们图作了丹青。然而，"多少六朝兴废事，尽入渔樵闲话"二句却画不出；"红日无言西下"六字，亦为画笔所难到。偏偏一篇之神情韵味，全在此二处！末句尤其精彩，正如中国古代哲学家老子所谓"大音希声"，空诸所有，故无所不有，一切遐想、沉思、无限感慨、怊怅，都以"无言"说尽。虚浑而静穆，自是词中之华严境界。晚清著名词人朱祖谋《乌夜啼·同瞻园登戒坛千佛阁》词下片云："吹不断，黄一线，是桑干。又是夕阳无语下苍山。"亦能谙此神理，造其妙境。

　　一带江山如画[1]。景物向秋潇洒[2]。水浸碧天何处断[3]，霁色冷光相射[4]。橘树荻花洲[5]，掩映竹篱茅舍[6]。　　天际客帆高挂[7]。烟外酒旗低亚[8]。多少六朝兴废事，尽入渔樵闲话[9]。怅望倚层楼[10]，红日无言西下。

《武英殿聚珍版丛书》本《攻媿集》卷七〇

【注释】

[1] 一带江山：《南史·陈后主纪》载隋文帝语，称长江为"一衣带水"。这里借用来形容长江远远望去像一条细长的衣带。"山"，由"江"牵连而及。[2] 向秋：近秋。潇洒：清丽疏朗。亦作"萧洒"。杜甫《玉华宫》诗："秋色正萧洒。"[3] 这句是说，水天相接，界线难分。[4] 霁色：雨后初晴时的天色。霁：雨止。冷光：指秋水的寒光。[5] 荻花：荻，与芦苇同科，秋季开花，花色灰黄，丛聚如麦穗状。[6] 掩映：遮掩映衬。[7] 客帆：客船的帆。[8] 烟外：远方烟霭背后。低亚：低低地堆叠在一起。[9] "多少"二句：不知有多少六朝兴亡旧事，如今都成了渔父樵夫闲谈的话题。[10] 层楼：高楼。

苏轼

江 城 子

密 州 出 猎

【解题】

　　此词作于神宗熙宁八年（1075）冬，当时词人39岁，正在密州（今山东诸城一带）任知州。唐宋词中写打猎的作品极为罕见，在艺术上达到同样水准的更是凤毛麟角。诚然，精彩的打猎诗历代多有，仅以唐诗而言，就可举出王维的《观猎》、卢纶的《和张仆射塞下曲》（林暗草惊风）、韩愈的《雉带箭》等名作。但它们都是写别人打猎，且止于打猎一端。苏轼这首词好就好在作者不是以袖手旁观者的身份游离于画面之外，而是以挽弓亲射者的姿态活跃于画面之中；笔触又不滞留在围猎现场，而向着更广大的领域横扫过去，将飞鹰走狗与演兵备战联系在一起，使词的主题升华到矢志投身民族反侵略斗争前线的爱国主义的高度。词人曾就本篇的创作缘起及其独特的审美气象写下了一段颇为自豪的说明："近却颇作小词，虽无柳七郎风味，亦自是一家。呵呵。数日前猎于郊外，所获颇多。作得一阕，令东州壮士抵掌顿足而歌之，吹笛击鼓以为节，颇壮观也。"（《与鲜于子骏书》）可见，他是有意要在盛行于当时、适合妙龄女郎声吻、以婉媚为特色的柳永词之外，标新立异，别创一种应由热血男儿揭喉高唱、具有阳刚之气的豪放词。

　　老夫聊发少年狂[1]。左牵黄。右擎苍[2]。锦帽貂裘[3]，千骑卷平冈[4]。为报倾城随太守[5]，亲射虎，看孙郎[6]。　　酒酣胸胆尚开张[7]。鬓微霜[8]。又何妨。持节云中[9]，何日遣冯唐[10]？会挽雕弓如满月[11]，西北望[12]，射天狼[13]。

宋曾慥本《东坡词》卷下

【注释】

　　[1] 老夫：词人自呼。古人往往中年起就自称"老"称"翁"。聊：且。[2] 黄：黄狗。苍：苍鹰。狗和鹰都有协助猎手追捕猎物的功用。这两句从《梁书·张充传》"充出猎，左手臂鹰，右手牵狗"化出。[3] 锦帽：锦缎制作的帽子。貂裘：貂鼠皮制作的衣服。此句夸饰随猎将士服装鲜明。[4] 千骑：汉乐府《陌上桑》："东方千余骑，夫婿居上头。"后世文学作品中用以特指一方长官的驺从规格。骑：一人一马的合称。卷：席卷。平冈：台形山上的平坦开阔地带。[5] 为报：替我告知。倾城：代指"美人"。太守：本是战国时郡守的尊称。汉景帝时成为郡级长官的正式名称，一直沿用至南北朝。相当的职位，在唐为州刺史，在宋为知州、知府，故此处词人以"太守"自称。[6] 孙郎：本指孙权。"郎"是女子对所爱慕之男子的昵称。《三国志·吴志·吴主传》载，汉献帝建安二十三年（218）十月，孙权曾"亲乘马射虎"。马为虎所伤，他用双戟掷刺，在随从的协助下，将虎猎获。时年37岁。这里作者以孙权自比，"孙郎"实即"苏郎"。以上三句是说，请通知本州的官妓们随我到郊外去，看她们心目中的"苏郎"我

亲射猛虎!"[7] 尚：还，犹。开张：开扩、张大。宋苏舜钦《舟中感怀寄馆中诸君》诗："胸胆森张开。"当为苏词此句所本。[8] 霜：形容鬓发斑白。[9] 节：符节。古代使者所持，作为证明身份的凭据。云中：汉代郡名，即今内蒙古托克托县一带。[10] 冯唐：汉文帝时任中郎署长，敢于直言。《史记·冯唐列传》记载，云中郡守魏尚在一次抵抗匈奴的战斗中，杀敌甚多，但因报功时的统计数字与实际战果稍有出入（多报杀敌6人），被削去官爵，罚作劳役。后来，匈奴又大举入侵，冯唐乘机进谏，认为文帝赏轻罚重，对魏尚的处分不合理。文帝接受意见，即日派他持节赦免魏尚，恢复原职。同时，还任命他为车骑都尉。以上二句的字面义是：朝廷何时才会派遣冯唐持节到云中郡去呢？实际上是以冯唐自比，表示希望能够到边防前线去任职。[11] 会：定将。挽：拉。雕弓：装饰华美的弓。如满月：弓未拉开时，形如弦月；拉开后，便如满月。[12] 西北望：当时西北方的西夏党项族政权经常派军队侵入宋境，掳掠人口财物。这是北宋所面临的主要军事威胁。[13] 天狼：星名。古人认为它主侵掠。此句用屈原《九歌·东君》："举长矢兮射天狼。"

水 调 歌 头

【解题】

丙辰，即神宗熙宁九年（1076）。作此词时，词人年届40，仍在知密州任。截至这一年，他与爱妻王弗已死别十一载，与胞弟苏辙的生离也有七个春秋，而其政见又与当权的新党不合。因此，无论是在人生旅途中，还是在政治道路上，他都踽踽独行，不胜其孤单与寂寞。中秋明月之夜，万家团圆而我则茕茕吊影，词人内心的惆怅可以想见。他在"出世"与"入世"之间，也有过一刹那的彷徨，然而对生活的热爱和执著最终还是占了上风。他以一种豁达的态度直面那"悲""离"多于"欢""合"、"晴""圆"少于"阴""缺"的忧患人生，于篇末满怀深情地祝福道："但愿人长久，千里共婵娟！"虽然这祝福只是为自家手足而发，但由于它说出了天下一切离人（可以是兄弟姊妹，也可以是夫妻、友朋，等等）的共同心愿，蕴含着人性中丰厚的真、善、美，所以千百年来一直播在人口，至今还是人们在佳节良辰思念亲友之际常用来遥相赠寄的最佳祈祷辞。全篇清空奇逸，辞气拗转。南宋胡仔《苕溪渔隐丛话后集》说："中秋词，自东坡《水调歌头》一出，余词尽废。"

  丙辰中秋，欢饮达旦，大醉。作此篇，兼怀子由[1]。
  明月几时有？把酒问青天[2]。不知天上宫阙，今夕是何年[3]？我欲乘风归去，又恐琼楼玉宇，高处不胜寒[4]。起舞弄清影，何似在人间[5]？　　转朱阁，低绮户，照无眠[6]。不应有恨，何事长向别时圆[7]？人有悲欢离合，月有阴晴圆缺，此事古难全。但愿人长久，千里共婵娟[8]。

宋曾慥本《东坡词》卷上

【注释】

  [1] 子由：苏辙的字。此时，他正在齐州（今济南一带）节度掌书记任上。[2] "明月"二句：化用李白《把酒问月》诗："青天有月来几时？我今停杯一问之。"[3] 今夕：今夜。化

用唐戴叔伦《二灵寺守岁》诗:"不知今夕是何年。"古人认为,天上神仙世界的时间与地下人间世界的时间是不一样的,天上一日不知相当于人世几千百年。因此词人有这样的发问。[4] 琼楼玉宇:白玉砌成的楼阁。琼:美玉。宇:屋檐。相传月亮上有这样晶莹美丽的建筑。[5] 弄:戏耍。何似:哪里比得上。以上五句是说,想回到天上去,又怕受不了月宫中的寒冷;还不如留在人间,月下起舞,与自己的影子相戏耍,多么萧闲自在!据宋蔡絛《铁围山丛谈》记载,若干年后的另一个中秋节夜,词人与宾客同登金山(在今江苏镇江),命当时有名的歌手袁绹唱这首词。唱罢,词人起舞,并说:"此便是神仙矣!"这和词中表达的意思是一样的:神仙,在人间也可以做得,不一定非要上天。[6] 无眠:不眠之人,词人自指。[7] 何事:为什么。长向:总是在。宋司马光《温公续诗话》载宋石延年诗:"月如无恨月长圆。""不应"二句:谓月到中秋,既已圆满,它不应有恨了;但我却有恨:月亮为什么总在人们离别期间圆满呢?[8] 婵娟:形容阴柔之美,这里指月亮。唐孟郊《婵娟篇》诗:"月婵娟,真可怜。"南朝宋谢庄《月赋》:"美人迈兮音尘阙,隔千里兮共明月。"唐许浑《怀江南同志》诗:"唯应洞庭月,万里共婵娟。"为苏词所本。谢赋、许诗、苏词都是说,异地相思之人可以从共仰一轮明月的清光中得到千里万里如晤的精神慰藉。

定 风 波

【解题】

神宗元丰二年(1079)八月,苏轼在湖州知州任上,遭政敌迫害,以做诗讪谤朝廷、圣上的罪名被逮捕入狱,险些丢了性命。年底才被从"轻"发落,谪居黄州(今湖北黄冈一带)。自翌年至元丰七年(1084),他在黄州度过了四年多近似流放的生活。此词作于到黄州第三年的春天。其"所指"甚小,不过写外出途中猝然遇雨时的感受;而"能指"却甚大,竟写出了自己对待人生道路上风风雨雨的态度。词人一生经历了许多次常人所难以承受的政治打击,但他始终能够以旷达的襟怀去迎受,泰然处之。词中充溢着的乐观精神与坚强风骨,显示出一种沛然莫御的人格力量。

三月七日,沙湖道中遇雨,雨具先去,同行皆狼狈,余独不觉。已而遂晴,故作此[1]。
莫听穿林打叶声。何妨吟啸且徐行[2]。竹杖芒鞋轻胜马[3]。谁怕?一蓑烟雨任平生[4]。
料峭春风吹酒醒。微冷。山头斜照却相迎[5]。回首向来萧瑟处。归去。也无风雨也无晴[6]。

宋曾慥本《东坡词》卷上

【注释】

[1] 沙湖:在黄州东南三十里。雨具先去:指保管遮雨用具(如雨伞、笠帽、蓑衣等)的仆人先走了一步。[2] 吟啸:吟咏、歌啸。啸:吹口哨。[3] 芒鞋:草鞋。[4] "谁怕"二句:我平生以一蓑烟雨自任,还怕它眼前的这场风雨么?言外之意是自己早有归隐之心,并不患得患失,所以政治上的打击无奈我何。一蓑烟雨:披一领蓑衣,在烟雨中垂钓。即隐居江湖之意。[5] 料峭:形容春寒。吹酒醒:吹散了酒意,使醉人清醒起来。斜照:斜射的阳光,夕阳。

[6] 向来：刚才。萧瑟处：指淋雨之地。萧瑟：风雨拂打林木之声。作"凄凉"解，亦通。末句意思是说，风雨也罢，天晴也罢，都不放在心上。雨既不忧，晴亦不喜。言外之意是，自己对政治上的升沉荣辱，淡然置之，毫无芥蒂。词人晚年被放逐到蛮荒的海南岛，所作《独觉》诗，结尾再次写道："回首向来萧瑟处，也无风雨也无晴。"可见他对这两句含义深刻的词颇为得意，也可见他这种处世哲学是一以贯之的。

念奴娇

赤壁怀古[1]

【解题】

　　这首词也作于谪居黄州期间。世道艰难，仕途坎坷，壮志消磨，秋霜点鬓，英雄落魄之际，难免不作"人间如梦，一樽还酹江月"的颓唐语。然而看他笔下的祖国江山何等雄伟壮丽，看他笔下的历史人物何等英姿飒爽，能说词人不执著于人生，没有积极的生活理想与追求吗！宝剑舞罢，敛归鞘中，观众眼前仍然闪动着剑影的寒光，很少有人会去注意剑鞘上那古黯斑驳的铜锈。此词之所以能促人奋起而非使人萎靡，道理也就在这里。据宋俞文豹《吹剑续录》记载，词人后来做翰林学士时，曾问一位善于唱歌的幕客："我词比柳词何如？"幕客答道："柳郎中词，只好十七八女孩儿，执红牙拍板，唱'杨柳岸、晓风残月'（柳永《雨霖铃》词）；学士词，须关西大汉，执铁板，唱'大江东去。'"词人听了，大笑不已。在当时那样一个以男性为中心的封建社会，因观众多为男子，故演艺独重女音，歌坛明星只能是肤如凝脂的"李师师"，而不可能是"黑旋风李逵"。因此，那幕客所云，显然是对词人的善意揶揄。但在今天看来，他那形象鲜明的对比性评述，却也传神地道出了苏轼某些豪放词中有别于婉约派流行歌曲的阳刚之美。诚如明王世贞《弇州山人词评》所言："学士此词，亦自雄壮，感慨千古。果令铜将军于大江奏之，必能使江波鼎沸。"

　　大江东去[2]，浪淘尽、千古风流人物[3]。故垒西边人道是[4]，三国周郎赤壁[5]。乱石穿空[6]，惊涛拍岸[7]，卷起千堆雪[8]。江山如画，一时多少豪杰。　　遥想公瑾当年[9]，小乔初嫁了[10]。雄姿英发[11]。羽扇纶巾谈笑间[12]，强虏灰飞烟灭[13]。故国神游[14]，多情应笑我[15]，早生华发[16]。人间如梦，一尊还酹江月[17]。

宋曾慥本《东坡词》卷上

【注释】

　　[1] 赤壁：这里指黄州西长江边的赤壁。关于三国时赤壁之战的古战场究竟在何处，历来众说纷纭。其中较可信的是今湖北武昌西、蒲圻西两说。但俗传也有认为就在黄州赤壁的，且早在唐代就已见于诗人吟咏，如杜牧《齐安郡（即黄州）晚秋》诗："可怜赤壁争雄渡，唯有蓑翁坐钓鱼。" [2] 大江东去：杜甫《成都府》诗："大江东流去。" [3] 淘：冲刷。风流人物：这里指有作为、有影响的英雄人物。[4] 故垒：昔日曾驻扎过军队，而今已废弃的营垒、要塞。人道是：人们说是。苏轼也曾对黄州赤壁乃三国古战场的说法有怀疑，其《与范子丰书》云：

"黄州少西,山麓斗入江中……传云曹公败所,所谓赤壁者。或曰非也。"[5] 周郎:据《三国志·吴书·周瑜传》记载,周瑜24岁被孙策授为建威中郎将,"吴中皆呼为周郎"。汉献帝建安十三年(208),曹操率数十万大军沿江东下,周瑜率三万精兵迎敌,与刘备的军队合力,用火攻大破曹军于赤壁。以上二句,也可以读作"故垒西边,人道是,三国周郎赤壁"。[6] 穿空:刺透天空。此句一作"乱石崩云"。[7] 此句一作"惊涛裂岸"。[8] 千堆雪:唐孟郊《有所思》诗:"寒江浪起千堆雪。"雪:比喻洁白的浪花。[9] 公瑾:周瑜字公瑾。[10] 小乔:周瑜的妻子。《三国志·吴书·周瑜传》载,周瑜随孙策攻皖(今安徽潜山一带),"得桥公二女,皆国色也。策自纳大桥,瑜纳小桥"。"桥"姓,北周宇文泰做大丞相时,命省去"木"旁作"乔",取"高远"之义(《新唐书·宰相世系表》)。初嫁了:赤壁大战时,小乔嫁给周瑜已经十年之久。此处言"初嫁",意在突出周瑜的风流倜傥、年轻有为。[11] 雄姿:本传载,周瑜"长壮有姿貌",即英俊魁梧。英发:指才华外露。据《三国志·吴书·吕蒙传》记载,孙权对周瑜有"言议英发"的评价。[12] 羽扇纶巾:手持白羽扇,头戴丝织巾。这是洒脱儒雅的装束。形容周瑜虽面临大敌而毫无惧色,作为全军的主帅,却不着戎装。[13] 强虏:强敌。虏:对敌人的贬称。一作"樯橹"。樯,船桅。橹,摇桨。代指曹军战舰。灰飞烟灭:语出唐佛陀多罗所译《圆觉经》:"譬如钻火,两木相因,火出木尽,灰飞烟灭。"以上两句是说,周瑜身着便服,在与宾客谈笑之间,就毫不费力地用火攻歼灭了曹军。也可读作"羽扇纶巾谈笑间,强虏灰飞烟灭"。[14] 故国神游:"神游故国"的倒文,是说自己的神思超越了时间,在昔日的赤壁战场上遨游。[15] "多情"句:"应笑我多情"的倒文,省略了主语"他人"。[16] 华发:花白的头发。以上二句是说自己的感情太丰富,竟为历史人物、历史事件激动不已,以致过早地生出了白发,实在可笑。[17] 尊:古代的一种酒杯。酹:以酒浇地。以上二句是说,人生像梦一样虚幻,什么也不要想了,还是喝酒吧。"酹江月",是把江中月当作酒伴,向它劝酒的意思。

李之仪

李之仪(约1035—1117),字端叔,号姑溪居士,沧州无棣(今属山东)人,后徙楚州山阳(今江苏淮安)。神宗元丰年间进士,以文才受到苏轼的赏识。哲宗元祐八年(1093),苏轼出任河北西路安抚使、知定州(今属河北),特辟请他管勾机宜文字。绍圣年间,任枢密院编修官、通判原州(今甘肃镇原一带)。元符年间,监内香药库。当时新党重新执政,旧党骨干多遭贬逐,他因曾为苏轼幕僚,也被劾罢官。徽宗即位初,提举河东常平。因替旧党重要人物范纯仁起草临终前奏上朝廷的遗表,得罪编管太平州(今安徽当涂一带)。年80余,卒。有《姑溪居士文集》,词存集中,单行者称《姑溪词》。词风清婉峭倩。

卜 算 子

【解题】

唐人姚合《送薛二十三郎中赴婺州》诗曰:"我住浙江西,君去浙江东。日日心来往,不畏浙江风。"本篇构思即由此得到启发。但又有不少翻换。其一,姚诗写友谊,李词转写爱情,主题已经改变。其二,姚诗中的"江",是将自己与友人分隔开来的障碍,诗人乃借彼此之"心"对这障碍的逾越,来突出双方友情的深笃;而李词中的"江",却是联结一对恋人的纽带,词人让抒情主人公以能与所爱的人共饮这一江之水的不幸之幸作为精神慰藉,从而凸现爱情的缠绵。表现手法也不雷同。其三,姚诗写满四句便戛然而止,又暗用"心来往"婉言"相思",好在含蓄隽永,节短韵长;而李词则扩大为八句,"心""思"迭见,好在明快发越,辞浅意深。两者的美学趣味亦迥然有别。比较起来,李词的民歌色彩更重一些。

我住长江头[1],君住长江尾[2]。日日思君不见君,共饮长江水。此水几时休,此恨何时已[3]?只愿君心似我心,定不负、相思意[4]。

《粤雅堂丛书》本《姑溪居士文集》卷四五

【注释】

[1] 长江头:长江的上游。[2] 长江尾:长江的下游。[3] "此水"二句:这江水什么时候枯竭了,这离愁别恨也就什么时候终止。也可以解作问句:这江水什么时候才能枯竭?这愁恨什么时候才能终止?不管如何理解,总之都是"此恨绵绵无绝期"之意。[4] 定:终。"只愿"二句:但愿你的心像我的心一样,永远忠实于爱情,切莫辜负我对你的苦苦思念。措辞接近前蜀顾夐《诉衷情》词:"换我心,为你心,始知相忆深。"

秦观

秦观(1049—1100),字少游,号淮海居士,扬州高邮(今属江苏)人。神宗元丰八年(1085)进士。授蔡州(今河南汝南一带)州学教授。哲宗元祐间,因苏轼之荐被召入京,累官至国史院编修。绍圣、元符年间,因属旧党,遭新党执政者打击,一贬再贬,直至编管横州(今广西横县一带)、雷州(今广东海康一带)。徽宗即位后赦还,中途猝死于藤州(今广西藤县一带)。他才思敏捷,在"苏门四学士"中,最受苏轼爱重。有《淮海集》。以词闻名,词风和婉醇正,情韵兼胜,一时享有重名,甚至被后人推许为婉约派正宗。词集单行者有《淮海居士长短句》等。

鹊桥仙

【解题】

《鹊桥仙》,唐韩鄂《岁华纪丽》引汉应劭《风俗通》云:"织女七夕当渡河,使鹊为桥。"宋陈元靓《岁时广记》引《淮南子》云:"乌鹊填河成桥而渡织女。"调名本此。本篇咏牛郎织女故事,是用该词调的本义。这类题材的诗篇以汉代《古诗十九首》中的《迢迢牵牛星》为最早,曰:"迢迢牵牛星,皎皎河汉女。纤纤擢素手,札札弄机杼。终日不成章,泣涕零如雨。河汉清且浅,相去复几许?盈盈一水间,脉脉不得语!"自此下迄北宋,同题材的作品不可胜数,但大都沿袭汉诗古意,以伤离恨别为主题。这已成为七夕诗词的一种创作定势。秦观此词，打破了陈陈相因的传统模式，笔酣墨饱地歌颂忠贞不渝、历久弥坚的爱情，令人耳目一新。

纤云弄巧[1]，飞星传恨[2]，银汉迢迢暗度[3]。金风玉露一相逢[4]，便胜却、人间无数[5]。　　柔情似水，佳期如梦[6]，忍顾鹊桥归路[7]？两情若是久长时，又岂在、朝朝暮暮[8]！

宋乾道刻本《淮海居士长短句》卷中

【注释】

[1] 纤云弄巧：纤柔的云彩作弄出许多巧妙的花样。传说织女善织云锦天衣，因此人间女子有七夕"乞巧"（祈求织女赐予巧艺）的风俗。词人构思，有取于此。[2] 飞星传恨：流星为牛郎织女传递着彼此间的离愁别恨。夏秋之际，夜空中多见流星。[3] 银汉：银河。暗度：指织女星在人们不知不觉中渡过了银河。度：过。渡水的意义后来写作"渡"。[4] 金风玉露：唐李商隐《辛未七夕》诗："由来碧落银河畔，可要金风玉露时。"金风：秋风。玉露：白色的露珠。[5] 胜却：胜过。[6] 佳期：情侣间约会的美好时光。[7] 顾：回头看。这句是说，织女怎么忍心回头看那返程的鹊桥路呢？[8] 朝朝暮暮：语出战国楚宋玉《高唐赋》，楚怀王梦遇巫山神女，神女自称"旦为朝云，暮为行雨，朝朝暮暮，阳台之下"。"两情"二句：双方的爱情如果天长地久，又何必定要朝夕相守？意即真正的爱情并不取决于能否在一起生活，更要看是不是经得起长期离别的磨难。

贺铸

贺铸（1052—1125），字方回，自号庆湖遗老，卫州共城（今河南辉县）人。宋太祖贺皇后的五代族孙。神宗熙宁初，因门荫入仕，任低级侍卫武官。哲宗元祐年间，由苏轼等荐举，改为文官。历宦神宗、哲宗、徽宗三朝，曾任徐州宝丰监钱官、和州（今安徽和县一带）管界巡检、通判泗州（今江苏盱眙一带）、太平州（今安徽当涂一带）等差遣。晚年隐居于苏、常二州（今属江苏）。他才兼文武，但由于秉性刚直，不阿权贵，故一生屈居下位，未能施展抱负。善诗，有《庆湖遗老诗集》。尤以词著称，与晏几道、秦观、周邦彦等先后齐名。其词题材较丰富，风格也多所变化，盛丽、妖冶、幽洁、悲壮兼而有之，又擅长融化前人诗文成句，用韵特严，富有节奏感和音乐美。其词集有《东山词》《贺方回词》等不同名目版本。

古捣练子（六首选一）

望书归

【解题】

《捣练子》，名称起源于晋、南朝宋以来的习见诗题《捣衣》。古代一般纺织品的质地较粗硬，制衣之前或成衣之后，须用木杵在石砧上反复捶捣，使之柔软，以利缝制和穿着。妇女们多在秋天捣衣，为远行的夫婿准备冬装。这个词调，创始之作可能即咏此事。这组词似是咏此词调的原始题意。北宋自开国伊始就不断遭到边疆少数民族政权（先是北方的辽，后来是西北方的西夏）的侵扰。因此，背井离乡、驻守北陲的戍卒为数甚巨。他们既时刻面临战争和死亡的威胁，又得不到朝廷的爱恤，于是亲人们对他们的揪心的担忧和思念，遂成为极普遍的社会现象。这组词即为思妇代笔，诉说她们内心的哀怨，同时也从侧面反映征夫们的疾苦。沉痛的笔调下，隐藏着对封建统治者的讽谴。如本篇曰"连夜不妨频梦见，过年惟望得书归"，边关再远，也不是"十书九不到，一到忽经年"（贾岛《寄远》诗）的充足理由。思妇之所以今秋寄衣而不敢奢望明年以前能有回信，根本原因还在当局对戍人及其亲属的苦痛漠不关心。这层意思，尽在"置邮稀"淡淡三字中。此类题材，明显吸收了早期民间词的营养。如敦煌曲子词："孟姜女，杞梁妻，一去燕山更不归。造得寒衣无人送，不免自家送征衣。"词调正是《捣练子》。贺词六首中有一半与敦煌此词同韵，可见词人有意向其复归。调名中标出一"古"字，是为了和近世那些改写其他题材的《捣练子》词相区别。

　　边堠远[1]，置邮稀[2]。附与征衣衬铁衣。连夜不妨频梦见，过年惟望得书归[3]。

涉园景宋本《东山词》卷上

【注释】

　　[1] 边堠：边塞的土堡，用来侦察敌情。[2] 置邮：驿车、驿马、驿站。古代的邮递设施。[3] 过年：逾年。"连夜"二句写思妇哀叹：一夜之间尽可以三番五次地梦见夫婿，而事实上明年能收到他的回信，就算如愿以偿了。古诗中写思妇与征夫互通音讯之难，每有类似的句子。如南朝梁刘孝先《春宵》："敦煌定若远，一信动经年。"唐刘希夷《捣衣篇》："缄书远寄交河曲，须及明年春草绿。"

周邦彦

　　周邦彦（1056—1121），字美成，号清真居士，钱塘（今已废入杭州）人。神宗元丰二年（1079）入京为太学生。六年（1083），献《汴都赋》，得到神宗的赏识，擢为太学正。哲宗时期，出任庐州（今安徽合肥一带）教授，知溧水县（今属江苏），累迁至秘书省正字。徽宗时期，曾知隆德府（今山西长治一带）、明州（今浙江宁波一带）、顺昌府（今安徽阜阳一带）等，并曾在朝中任秘书监、提举大晟府。他精通音律，创制新曲甚多，对于词调的繁衍有卓越贡献。其词以羁旅闲愁、离别相思等题材为多。言情体物，善于铺叙，风格典雅，格律精审，对南宋格律派影响很大。词集有《片玉集》《清真集》等不同名目版本。

西 河

金 陵 怀 古

【解题】

　　这首词为金陵怀古之作,与王安石的《桂枝香》异曲同工。但其视野文心、声情辞采,又各有鲜明的艺术个性。王词充溢着对祖国江山的赞叹,对历史兴亡的感慨,见出强烈的参与意识,且选用入声韵,高亢激越,飞扬蹈厉,是叱咤风云的政治家之词;周词则通篇为寂寥衰飒之景,不胜其怀古伤逝之悲,又用上去声啮齿音入韵,三叠中低回唱叹,幽咽苍凉,是沧桑人世的诗人之词。体段、精神,互不相袭,一颦一笑,各肖其人。作家身份与性格对其文学创作的影响,由此可以概见。

　　佳丽地[1]。南朝盛事谁记[2]?山围故国绕清江[3],髻鬟对起[4]。怒涛寂寞打孤城[5],风樯遥度天际[6]。　　断崖树[7],犹倒倚[8]。莫愁艇子曾系[9]。空余旧迹郁苍苍,雾沉半垒[10]。夜深月过女墙来[11],伤心东望淮水[12]。　　酒旗戏鼓甚处市?想依稀、王谢邻里[13]。燕子不知何世。入寻常、巷陌人家相对[14]。如说兴亡,斜阳里。

中华书局吴则虞校点本《清真集卷下》

【注释】

　　[1] 佳丽地:语本南朝齐谢朓《入朝曲》诗:"江南佳丽地,金陵帝王州。"是说金陵这地方十分美好。[2] 南朝:自公元420年宋武帝刘裕废晋至589年隋文帝杨坚灭陈,中国南方共经历了宋、齐、梁、陈四朝,皆以建康(古金陵)为都城,史称南朝。盛事:兴盛时的事迹。[3] 山围故国:语本唐刘禹锡《石头城》诗:"山围故国周遭在。"故国:古都。金陵周围多山。[4] 髻鬟:女子的发髻。鬟:环形的发髻。这句是说,长江两岸的青山犹如美人的髻鬟,相对耸起。[5] "怒涛"句:语本刘禹锡《石头城》诗:"潮打空城寂寞回。"[6] 风樯:乘风张帆的船只。樯:桅杆,这里代指船。[7] 断崖:陡峭的江岸山壁。[8] 倒倚:指老树的枝干紧挨石壁倒挂着,横生斜长。[9] 莫愁艇子:南朝乐府民歌《莫愁乐》:"莫愁在何许?莫愁石城西。艇子打两桨,催送莫愁来。"莫愁本是当时竟陵石城(在今湖北钟祥)一位善唱歌谣的女子(《旧唐书·音乐志》),后来"竟陵石城"讹传为"金陵石城"。艇子:小船。[10] 郁苍苍:语本三国魏曹植《赠白马王彪》诗:"山树郁苍苍。"形容树木葱茏。垒:指石头城军垒。故址在今南京城西清凉山,古时面临长江,南抵秦淮河口。战国时,楚威王在这里建金陵邑。东吴孙权时,加以整修,改名石头城。城依山而立,以江为护城河,地形险要,历来为兵家必争之地。"空余"二句:雄踞一时的石头城垒今已毁废,仅有遗迹残留;雾沉江面,遮住了城垒的下半部分,上端郁郁葱葱的林木则依稀可见。[11] 女墙:古代城墙上端呈凹凸状的小墙,有射击孔,供守军隐蔽、射击用。[12] 淮水:指秦淮河。此河横贯金陵古城,西出汇入长江。以上二句化用刘禹锡《石头城》诗:"淮水东边旧时月,夜深还过女墙来。"[13] 王谢邻里:指乌衣巷一带。故址在今南京城中、秦淮河畔。本是东吴军队乌衣营的驻地,东晋时,王、谢等名门贵族居住于此。"酒旗"二句:那酒旗招展、戏鼓喧嚣的街市是什么地方?想来大概是当年王、谢

等贵族居住的乌衣巷吧。借昔日贵族豪门住宅区而今沦为平民游乐场所这一重大历史变迁，反映人世沧桑。[14]陌：街道。"燕子"二句：语本刘禹锡《乌衣巷》诗："旧时王谢堂前燕，飞入寻常百姓家。"

无名氏

御 街 行

【解题】

本篇见于明陈耀文纂《花草粹编》引南宋初杨湜《古今词话》（此书今已散佚），当是北宋时的作品。相思怀人的主题，在古诗词中早就被成百上千知名或不知名的作家写得烂熟，但对生活现象作直观反映者居多。本篇则不然。在现实生活中，有谁会真的向不通人语的雁儿作如此奇特的请求呢？然而正是这种看似违反生活真实的荒诞构思，从艺术的层面上更为灵动地表现了生活的真实。在数以万计的同题材作品中，本篇之所以能够脱颖而出，未因作者无名而遭湮没，关键就在它绝不与人雷同，想落天外而生面别开。全篇多为精练纯熟的口语，亲切有味，俚而不俗。下片絮絮道来，不嫌琐碎，愈见其郑重。

霜风渐紧寒侵被[1]。听孤雁、声嘹唳[2]。一声声送一声悲[3]，云淡碧天如水。披衣起告[4]，雁儿略住，听我些儿事[5]。　　塔儿南畔城儿里。第三个、桥儿外。濒河西岸小红楼[6]，门外梧桐雕砌[7]。请教且与[8]，低声飞过，那里有、人人无寐[9]。

明万历刊本《花草粹编》卷入

【注释】

[1]紧：急。[2]嘹唳：形容声音长而尖利。[3]"一声"句：孤雁的叫声接连不断地传送来同一种悲凉的音调。[4]告：求。[5]些儿：一点点。以上三句是说，抒情主人公披衣起床，请求雁儿稍停一下，听他说几句话。[6]濒河：紧靠着河边。[7]雕砌：雕花的石阶。以上四句是向雁儿交代妻子（或恋人）居所的具体方位和特征。[8]请教：即"请"的意思。后面省略了宾语"您"。且：姑且。与：为，替。后面省略了宾语"我"。[9]人人：对亲爱者的昵称，多用于男性指称女性。

朱敦儒

朱敦儒（1081—1159），字希真，号岩壑老人，河南洛阳人。早年志行高洁，有名望。钦宗靖康年间，召至东京，授以学官，推辞不受。金人南侵，逃难客居南雄州（今广东南雄一带）。高宗绍兴年间，因大臣荐举，被召见，议论明畅，为高宗赏识，赐进士出身，任秘书省正字。累迁至两浙东路提点刑狱。因主张抗金，与主战派大臣李光交结，遭到秦桧党徒的弹劾，被罢官。晚年畏惧秦桧的权势，受其笼络，出任鸿胪寺少卿。秦桧死后，再次罢官。他擅长诗词，词名尤卓著。多隐逸之作，清旷明洁。南渡初期，也写过一些忧伤国事的词篇，沉郁悲凉。词集名《樵歌》。

鹧鸪天

西 都 作[1]

【解题】

　　这首词作于北宋末年。其时奸臣当道，民不聊生，是北宋历史上最腐败的时期。因此，词人自任"疏狂"，高歌隐逸，颇有洁身自好，不与堕落的统治集团同流合污的意味。上片原只是晋人陶渊明《归田园居》诗"少无适俗韵，性本爱丘山"之意，类似的话，不知有多少文人墨客说过。但词人换了一种浪漫、奇谲的构思来表达，便横生出全新的妙趣。下片是全篇主旨所在。封建社会，等级森严，官爵之有无与高低，在世俗心目中成为判断人的价值大小的唯一尺度。因此，一切敢于藐视封建秩序的人，每每被目为"狂"，他们往往也索性以"狂"自居。词人就"狂"到说自己连天国的"玉楼金阙"都懒得归去，又怎肯拿正眼去看尘世间的王侯将相？洛阳盛产牡丹，他不说"且插牡丹醉洛阳"偏说"插梅花"，是有深意的。牡丹是花中的王侯，梅花则是花中的隐士，去取之间，正透露出作者的志行与品格。

　　我是清都山水郎。天教分付与疏狂[2]。曾批给雨支风券，累上留云借月章[3]。　　诗万首，酒千觞。几曾着眼看侯王[4]？玉楼金阙慵归去，且插梅花醉洛阳[5]。

《彊村丛书》本《樵歌》卷上

【注释】

　　[1] 西都：即洛阳，北宋的西京，是词人的家乡。[2] 清都：传说中天帝的居处。山水郎：为天帝管理山水的侍从官。这是作者凭空编造的官名。疏狂：狂放，不受世间礼法约束。"天教"句：老天爷给了我狂放不羁的权利。是说自己天性狂放。[3] 给：供应。支：领取。券：指官员从官库领取生活供应物品时须持有的一种特殊凭证。累上：多次向皇帝呈递。章：臣下给皇帝的奏章。"曾批"两句：互文见义，说自己曾一再向天帝请求享受风雨云月等特殊供给，蒙天帝恩准，批给了支取此类物品的文券。风雨云月，指江湖、山林间的自然景致。两句大意是说自己热爱隐逸生活，享有上苍赋予的欣赏大自然之美的权利。[4] 着眼：注目。[5] 玉楼金阙：指天庭的华丽宫殿。慵：懒。

李清照

　　李清照（1084—1155?），号易安居士，济南章丘（今属山东）人。年轻时即有才名。徽宗建中靖国元年（1101），嫁太学生赵明诚。明诚后以门荫入仕，历任知州，是著名的文物收藏家和文物考古学家。清照与他情趣相投，夫妇二人共同致力于金石书画等文物的搜集和整理。金人入侵，占领中原，明诚又仕宦于南宋高宗政权。建炎三年（1129）在建康（今南京）病卒。清照前此二年已从北方逃难南下，家藏珍贵文物损失大半，至此又遭丧夫之痛，心境更加悲凉。晚年孤苦无依，转徙于浙东、浙西各地，寄人篱下，郁郁而终。她是古代最有才华的女作家之一，善诗文，能书画，而尤以词闻名于世。前期词多涉闺情相思，不乏清新优美之作；南渡后所作，每多故国之思与身世之感，风格一变为低回婉转、凄苦深沉。词集名《漱玉词》。

声 声 慢

【解题】

　　这首词是南渡后作者寡居南方时抒写国破家亡之恸的作品，虽然只是倾诉一己的孤苦无告，却负荷了整个民族和时代的深哀剧痛，具有震撼人心的力量。它纯用白描，以千锤百炼的口语度入音律，而字字皆从血管里流出。大量舌尖音和齿音的交错摩擦，嘈嘈切切，更突出了幽咽的声情效果。秋雁这一意象，词中屡见不鲜，但多用作信使以发怀人之思，或视为岁序将暮的标志以伤流年。本篇独取其家在北方而因寒流侵逼，被迫南迁的命运，以关合自己被金兵夺去了家园的北方难民身份。漂泊人对流浪雁，旧时故乡相识，而今异乡相怜，令人伤心欲绝。如此，则熟常的物象便用出了生新的意义。"守着窗儿，独自怎生得黑"，"黑"字押险韵而妥溜入妙，也是一奇。至于篇首连下十四叠字，篇末又加四叠字相照映，更是出格创新，历来为词学评论家们所津津乐道。

　　寻寻觅觅[1]。冷冷清清，凄凄惨惨戚戚[2]。乍暖还寒时[3]，最难将息[4]。三杯两盏淡酒，怎敌他、晚来风急[5]？雁过也，正伤心，却是旧时相识[6]。　　满地黄花堆积。憔悴损[7]，如今有谁堪摘[8]？守着窗儿，独自怎生得黑[9]？梧桐更兼细雨，到黄昏、点点滴滴[10]。这次第[11]，怎一个愁字了得[12]！

赵万里《校记宋金元人词》本《漱玉词》

【注释】

　　[1] 寻寻觅觅：像是在寻找什么。写精神上的失落感。[2] 戚戚：形容悲哀。[3] 乍暖还寒：指秋天的气候冷暖不定。[4] 将息：调理、调养。[5] 敌：抵抗。以上二句是说，喝了几杯淡薄的水酒，产生不了多少热力，怎么抵挡得住晚风一阵紧似一阵的侵袭？[6] 旧时相识：大雁从北方飞来，而词人家乡在北方，故称大雁为"旧时相识"。[7] 损：煞，极。用如程度副词。[8] "满地"三句：满地菊花开成了堆，但如今我已憔悴不堪，哪有心情去摘它？（在和平时期，生活美满、心境愉悦的情况下，每当重阳节前后菊花盛开时，仕女们是要摘花插戴在头鬓上的。）[9] "守着"二句：呆站在窗前，孤零零一个人，怎么挨得到天黑？[10] "梧桐"二句：梧桐树的枯叶在风中飒飒作响，已经够凄凉的了，再加上绵绵细雨，到黄昏时分，点点滴滴地顺着梧桐叶片坠落下来，那就更让人难受。[11] 次第：情形，光景。[12] "这次第"二句：这一系列境况，岂是一个简单的"愁"字能够说得尽的！

陈与义

临 江 仙

夜登小阁，忆洛中旧游[1]

【解题】

　　此词作于宋高宗南渡后的绍兴五年（1135）或六年，作者时年46—47岁，奉祠退居湖州清墩镇僧舍。上片追忆南渡前太平时节在故乡与友朋作长夜之饮的欢快；下片折回现实，写南渡后国家多事之秋独自夜登小阁时的悲慨。字里行间充满着今昔盛衰之感。"杏花疏影里，吹笛到天明"的俊爽豪迈，与"古今多少事，渔唱起三更"的抑郁苍凉，构成了强烈的对比，艺术张力很大，读来令人震撼。

　　忆昔午桥桥上饮，坐中多是豪英[2]。长沟流月去无声。杏花疏影里，吹笛到天明[3]。
　　二十余年如一梦，此身虽在堪惊[4]。闲登小阁看新晴[5]。古今多少事，渔唱起三更[6]。

《彊村丛书》本《无住词》

【注释】

　　[1]洛中：即洛阳。[2]午桥：在洛阳城南，是当时的名胜。坐：同"座"。[3]"长沟"三句：意思是说，桥下的流水中倒映着空中的明月，河水在静静地流淌，水面上的月光似乎也在静静地流淌着。月光下，桥畔杏花林中，斑驳的树影投洒四座，一班才俊，此际或高谈，或饮酒，或吹笛，直到天明。[4]"此身"句：自己人虽然还活着，可是却感到惊心。[5]新晴：雨后初晴。[6]渔唱：渔父的歌声。

张元幹

　　张元幹（1091—1161），字仲宗，号芦川居士，福州永福（今福建永泰）人。徽宗政和初，为太学上舍生。宣和七年（1125），任陈留（今属河南开封）县丞。钦宗靖康元年（1126），被著名爱国大臣、亲征行营使李纲辟为属官，参加了保卫东京的抗金战斗。高宗建炎年间，官至将作监。绍兴元年（1131），愤于奸佞当道，国事不可为，遂致仕归隐。著有《芦川归来集》，诗文词皆高，而尤以词擅一时之名。词集名《芦川词》。其词本多忧国愤时、讥刺朝政之作，由于晚年遭秦桧等迫害，凡此类批判现实的作品悉被搜去，大都散佚，故集中吟咏风月的清丽妩秀之作仍占较大比重。但从流传下来的部分爱国主义名作，可以想见其磊落不平的英雄之气。

贺 新 郎

送胡邦衡赴新州[1]

【解题】

高宗绍兴八年（1138），枢密院编修官胡铨上书反对与金人议和，并请斩秦桧等人以谢天下，因此获罪，于次年被谪至福州（今属福建）。当时词人已致仕，正寓居福州。二人志同道合，遂交游酬唱，成为挚友。十二年（1142）秋，胡铨遭到秦桧变本加厉的迫害，被除名编管新州（今广东新兴一带）。亲友多怕受牵连，避之惟恐不及，而词人却毅然挺身而出，作此词为胡铨饯行。后来，他也因此招致秦桧等的构陷，一度被传讯，最终削籍为民。全词沉郁苍凉、慷慨掩抑，如回风摩荡于峡谷，湍流奔突于冰河，非一般友朋间的寻常赠别之词所可同日而语。

梦绕神州路[2]。怅秋风、连营画角[3]，故宫离黍[4]。底事昆仑倾砥柱[5]，九地黄流乱注[6]？聚万落千村狐兔[7]。天意从来高难问，况人情老易悲如许[8]？更南浦，送君去[9]。 凉生岸柳催残暑[10]。耿斜河[11]，疏星淡月，断云微度[12]。万里江山知何处。回首对床夜语[13]。雁不到、书成谁与[14]？目尽青天怀古今[15]。肯儿曹恩怨相尔汝[16]？举大白[17]，听《金缕》[18]。

双照楼景宋本《芦川词》卷上

【注释】

[1] 胡邦衡：胡铨字邦衡。[2] 神州：中国古称"赤县神州"。这里指被金人占领的中原地区。[3] 连营：连延不断的军营。画角：有雕饰的牛角军号。这里指号角声。[4] 故宫离黍：《诗经·王风》中有《黍离》篇，小序说，周王朝东迁后，有臣子路过西周的都城，见旧日的宗庙、宫室已废为农田，长满了庄稼，哀伤不已，乃作此诗。诗共三章，首句都是"彼黍离离"。黍：即小米，古代北方地区主要的粮食作物之一。离离：形容茂盛。后世多用这一典故感慨故国兴亡。[5] 底事：何事，为什么。倾：倒塌。砥柱：山名，原在今河南三门峡东北黄河中，因立于水中如石柱，故名。建国后，为修三门峡水库，将其炸毁。[6] 九地：泛指遍地。黄流：黄河泛滥的水流。注：灌。"底事"二句：为什么昆仑山、砥柱山都倒塌了，塞满了黄河，使得河水四溢，到处乱流？喻指金兵在北方各地横行，如黄河泛滥成灾。[7] "聚万落"句：谓金兵洗劫之后，中原无数的村落已荒无人烟，成为狐兔聚集的场所。[8] "天意"二句：嵌用杜甫《暮春江陵送马大卿公恩命追赴阙下》诗"天意高难问，人情老易悲"一联。字面意是：苍天高高在上，它的意旨从来就难以询问；况且人到老来心情容易悲伤，难以诉说。其实，上句隐然有皇帝的心思一向捉摸不透之意；下句也不单纯是说人老易悲，主要还是指国事令人痛心。[9] "更南浦"二句：南朝梁江淹《别赋》有"送君南浦，伤如之何"语。南浦：南边的水滨，泛指送别之地。句意承上而递进：天高难问，人老易悲，已经够我愁惨的了，再加上送您远谪蛮荒，更令我伤心。[10] 凉生岸柳：指秋风乍起，送来凉意。风儿无形，从岸边柳条的摇摆中见出，故云。这句实记送别胡铨时的节令。史载胡铨谪新州事在初秋七月。[11] 耿：闪亮貌。斜河：斜

贯夜空的银河。[12] 断云：片段云彩。[13] 对床夜语：两人同睡在一间屋里，床对着床，谈心直到深夜。指彼此亲密无间。"万里"二句是预想分别后的情形：江山如此之大，谁知道您究竟在哪里呢？（这是担心秦桧等对胡铨的迫害不会就此为止，他未必能够在新州安居。事实也正是这样，后来胡铨又被流放到更为荒远的吉阳军——今海南岛的最南端。）只好靠回忆对床夜语的往事聊慰相思了。[14] 雁不到：旧传大雁南飞，到衡阳为止。新州更在衡阳的南方，故有此语。书成谁与：书信写好了，交给谁代为传递呢？谁与：即"与谁"。与：给。当时很少有便人到荒远的新州去；就算有人去，谁又敢替在那里受管制的罪人送信呢？"雁不到"云云，是这种情形的含蓄表达。[15] 目：望。[16] 肯：以此字领起的句式，是反问语气，即"岂肯……"，表示否定。儿曹：儿辈，年轻人。恩怨相尔汝：用韩愈《听颖师弹琴》诗："昵昵儿女语，恩怨相尔汝。"尔汝：都是第二人称"你"。彼此以"尔""汝"相称呼，是亲近的表现。[17] 大白：本是古代用来罚人喝酒的大杯，这里"举大白"只是大杯豪饮的意思。[18]《金缕》：即《金缕曲》，《贺新郎》的别名。"目尽"四句：大意是说，我们都是眼界远大、胸怀宽广的爱国志士，关心的是古今兴亡，哪肯在分别之际像小儿女那样软语缠绵？还是举杯喝他个一醉方休，听我唱这首悲凉慷慨的《金缕曲》吧！

岳飞

岳飞（1103—1142），字鹏举，相州汤阴（今属河南）人。世代务农，家贫而力学。北宋末，应募投军，因战功升任军官。高宗建炎元年（1127）至绍兴十年（1140），率部下将士南征北战，屡败金兵及金人傀儡政权的军队，令金人有"撼山易，撼岳家军难"之叹。累官至河南北诸路招讨使。由于力主北伐，反对与金人议和，为推行投降政策的高宗、秦桧集团所忌，于绍兴十一年（1141）被解除兵权，"升"任徒有空名的枢密副使。不久被秦桧以"莫须有"的罪名害死狱中。孝宗时，始平反昭雪，追谥武穆。宁宗时，追封鄂王。理宗时，改谥忠武。他不仅以武功著称，亦能文，有《岳武穆集》。今存词3首。作品虽少，但情辞俱可观，其中所表现的爱国主义精神对后世影响很大。

满　江　红

【解题】

高宗绍兴四年（1134）八月，32岁的岳飞因赫赫战功升任清远军节度使、湖北荆襄潭州制置使。词中有"三十功名"语，当作于此后不久。其时，一场急雨刚刚止息，但词人伫立高楼，凭栏远眺之际，却心潮澎湃，久久不能平静。回顾多年来千里转战的艰苦历程，他将在别人眼里如泰山般巍峨的功名富贵看得像尘土一样微不足道；展望前面的人生之路，他对自己所坚持的抗金大业充满了必胜的信念。他要趁年富力强的时候，率军杀开敌人的重重防线，直捣侵略者的巢穴，雪洗故国横遭金兵铁蹄蹂躏的耻辱，夺回沦陷的北方领土。这首气壮山河的词，是他的心声，也是当时汉族全体人民的共同心声。时过境迁，宋人和女真人的后世子孙早就握手言欢，融洽地共处于中华民族大家庭里。正因为如此，这首词的强烈的爱国主义精神，已不属于汉民族独有，而上升为我们整个中华民族的精神财富。

怒发冲冠[1]，凭栏处、潇潇雨歇[2]。抬望眼，仰天长啸[3]，壮怀激烈[4]。三十功名尘与土[5]，八千里路云和月[6]。莫等闲、白了少年头[7]，空悲切[8]。　　靖康耻[9]，犹未雪。臣子恨，何时灭？驾长车踏破[10]，贺兰山缺[11]。壮志饥餐胡虏肉[12]，笑谈渴饮匈奴血[13]。待从头、收拾旧山河[14]，朝天阙[15]。

明嘉靖刊本《岳武穆集》卷五

【注释】

[1]怒发冲冠：语出《史记·廉颇蔺相如列传》"怒发上冲冠"。即头发直竖，顶起帽子。形容盛怒。[2]凭栏：凭靠着栏杆。处：时。[3]长啸：聚拢嘴唇，吐气发出长长的哨音。这是宣泄胸中愤懑的举动。[4]壮怀：壮志。以上二句是说，抬头仰望天空，长吁胸中之气，心绪激烈不平。[5]三十功名：指自己三十来岁时便取得的功名成就。[6]八千里路：泛指多年南北转战中走过的漫长路程。[7]等闲：轻易、平常。[8]空悲切：徒劳地悲哀悔恨。"莫等闲"二句是自励语气：千万不要虚度青春年华，到老来追悔莫及。[9]靖康耻：指钦宗靖康二年（1127）金人灭北宋，掳走徽钦二帝、后妃宫女、百官工匠以及大批文物珠宝、国库积蓄，给汉民族造成的耻辱。[10]长车：战车。春秋时期，战争主要是车战。后来逐步为步战、骑战所代替。这里的"驾长车"是沿用古典而非纪实。[11]贺兰山：在今宁夏与内蒙古交界处，当时属西夏。北宋时，西夏党项族政权的军队曾多次入侵，故北宋姚嗣宗有"踏破贺兰石"的诗句（洪迈《容斋三笔》）。本篇"踏破"句，即从姚诗化出。但此处的贺兰山借指金人本土的军事屏障。"破""缺"二字同义反复。[12]胡虏：对金兵的蔑称。古代汉人将北方少数民族统称为"胡"。[13]匈奴：古代北方少数民族之一。两汉时，曾多次南侵，是汉王朝的心腹之患。这里借指金人侵略者。《汉书·王莽传》记载，王莽篡汉改称新朝期间，校尉韩威自请率军抗击匈奴，并说不用带一斗军粮，"饥食虏肉，渴饮其血"。以上二句即由韩语化出。[14]收拾：收复。[15]朝：朝拜。天阙：皇城宫阙。这里指北宋故都东京的宫阙。

陆游

卜　算　子

咏　梅

【解题】

本篇咏的是梅，但所咏不仅在梅，"梅"其实是作者人格的化身。驿外断桥，黄昏风雨，正像喻着词人一生艰难的政治处境和他所遭受的严酷的政治打击；争春无意，妒任群芳，正写照了词人不屑于媚俗邀宠，有别于一般官僚政客的傲岸性格；成泥作尘，香犹如故，正凸印出词人即便粉身碎骨也还是要坚持爱国理想、民族气节、君子操守的顽强意志。中国古代的咏物诗，自屈原《橘颂》开始，就有以贞木劲草比拟正人直士，藉嘉卉幽芳歌颂高风亮节的优良传统。这传统，在陆游此词中又得到了一次完美的体现。

驿外断桥边，寂寞开无主[1]。已是黄昏独自愁，更着风和雨[2]。　　无意苦争春，一任群芳妒[3]。零落成泥碾作尘[4]，只有香如故。

双照楼景宋本《渭南文集》卷四九

【注释】

[1] 开无主：杜甫《江畔独步寻花七绝句》其五"桃花一簇开无主"。[2] 更着：更遇到。[3] 群芳妒：宋扬无咎《蓦山溪·和婺州晏倅酴醾》词："天姿雅素，不管群芳妒。"喻指朝中种种小人的嫉恨。[4] 碾作尘：王安石《北陂杏花》诗："纵被春风吹作雪，绝胜南陌碾成尘。"

张孝祥

张孝祥（1132—1169），字安国，号于湖居士，和州乌江（今安徽和县乌江镇）人。十岁时，随父寓居芜湖（今属安徽）。高宗绍兴二十四年（1154）进士，殿试第一。尚未授官，即上书请求昭雪岳飞冤案，为秦桧所嫉恨。高宗朝，累官至知抚州（今属江西）。孝宗朝，历知平江府（今江苏苏州）、建康府，因力主抗金，遭主和派弹劾罢官。后被重新起用，累官至知荆南府（今湖北江陵一带）兼荆湖北路安抚使，在任兴修水利，政绩颇著。后致仕归乡，病卒，年仅38岁。著有《于湖居士文集》。工诗文，善书法，而尤长于词。词集有《于湖居士乐府》《于湖先生长短句》等不同名目版本。其词清旷潇洒处酷似苏轼，而爱国诸作悲壮激越，堪称辛（弃疾）派的先驱。

念奴娇

过洞庭

【解题】

孝宗乾道元年（1165），词人出知静江府（今广西桂林一带）并兼广南西路安抚使。但由于朝中政敌谗言攻击，次年便被罢官。北归途中，他于仲秋时节过洞庭湖，作此词纪游述志。词人笔下的洞庭夜色，寥廓而美丽：秋高气爽，风平浪静。皎如玉镜、莹若琼田的三万顷湖面上，点缀着他的一叶扁舟。月亮、银河倒映在碧水中，天光湖影，上下空明，表里澄澈。置身在这样一个纯净无邪的境界里，还有什么世俗人生的得失和烦恼不能消释呢？他想到自己近年来在岭南海北的所作所为，无不是为了国家、民族，孤忠耿耿，一如眼前的中宵朗月，顿觉心安神怡，宠辱不复芥蒂于胸。于是，他要援北斗以为勺，挹西江以为酒，揖天地万物以为宾客，开怀畅饮，扣舷长啸，对彼清景，醉此良宵。从客观构图来看，是万顷波光之大吞没了一叶孤舟之微，人在宇宙面前显得像芥子粒那么渺小；但就主观抒情而言，却是词人的方寸心房吐纳着整个自然界，万象受其调度，供其驱遣。就在这虚、实两幅画面所呈现的人和自然之不同比例关系的对照中，此词元气淋漓地展示了一种天人合一而人为主、天为仆的特殊的崇高美。

洞庭青草[1],近中秋、更无一点风色[2]。玉鉴琼田三万顷[3],着我扁舟一叶[4]。素月分辉[5],明河共影[6],表里俱澄澈[7]。悠然心会[8],妙处难与君说[9]。　应念岭海经年[10],孤光自照[11],肝胆皆冰雪。短发萧骚襟袖冷[12],稳泛沧浪空阔[13]。尽吸西江[14],细斟北斗[15],万象为宾客[16]。扣舷独啸[17],不知今夕何夕[18]!

《四部丛刊》景宋本《于湖居士文集》卷三一

【注释】

[1]洞庭:洞庭湖,在今湖南北部、长江南岸,与长江相通。青草:青草湖,在洞庭湖南,水涨时则与洞庭相接。[2]更无:绝没有。风色:风的迹象,如树枝摇动、水波荡漾之类。[3]鉴:镜。[4]着:点缀、安置。扁舟一叶:唐虞世南《北堂书钞·舟部》引《湘州记》:"绕川行舟,遥望若一树叶。"扁舟:小船。[5]素:指白色。分辉:月亮倒映水中,光辉分身为二,故云。[6]明河:银河。共影:银河与它在水中的倒影共存并见,故云。[7]表里:指湖水内外。澄澈:纯净透明。[8]悠然:形容闲适。心会:心领神会。[9]与:为、向。以上二句是说,洞庭仲秋夜色的美妙,以及其所包含的玄机,我已领悟于心,却难以用语言来向别人述说。[10]岭海:广南西路地区,在五岭和南海之间。经年:一年以上。[11]孤光:月光。这里是自喻。[12]短发:自言衰老,长头发多已脱落。萧骚:形容稀疏。[13]沧浪:形容水色青苍。[14]尽吸西江:唐代高僧马祖有"一口吸尽西江水"之语,指融贯万法(佛教所谓一切事理),见宋僧道原《景德传灯录》。这里借用其字面,说自己要把西江之水当作酒浆,全部喝干。西江:指长江。长江自西来,与洞庭湖相汇于今湖南岳阳。[15]细斟北斗:《诗经·小雅·大东》篇:"维北有斗,不可以挹酒浆。"是说天上的北斗七星形状虽像一把长柄勺,却不能用来舀酒。屈原《九歌·东君》篇反其意而用之:"援北斗兮酌桂浆。"本篇此语从《九歌》化出。[16]万象:泛指宇宙间的一切物象。[17]扣舷:敲打船帮。扣:同"叩"。[18]"不知"句:《诗经·唐风·绸缪》篇:"今夕何夕?见此良人!"是新婚之词。诗人赞美新娘:不知今夜是什么好日子,我竟见到了这样的好人儿!苏轼《念奴娇·中秋》词:"起舞徘徊风露下,今夕不知何夕!"张词与苏词同,是极度陶醉之意。

辛弃疾

辛弃疾(1140—1207),字幼安,号稼轩居士,济南历城(今属济南)人。出生时,北方已在金人统治下。高宗绍兴三十一年(1161),聚众二千,参加耿京所领导的北方农民抗金义军,为掌书记。次年,耿京被叛徒张安国等杀害,义军瓦解。他率50名骑兵突袭金营,生擒张安国,渡淮河南归于宋。此后,历仕高宗、孝宗、光宗、宁宗四朝,先后知江陵(今属湖北)、隆兴(今江西南昌一带)、潭州(今湖南长沙一带)、福州(今属福建)、绍兴(今属浙江)、镇江(今属江苏)等府、州,并曾兼任湖北、江西、湖南、福建、浙东等路安抚使。他是当世难得的文武全才,南归后曾向朝廷提出一系列抗金北伐、收复中原的大计方略,但是未被采纳。在地方官任上,他勉力整顿经济,储备粮草,组建抗金武装,旨在积蓄力量,以应北伐之需,然而却一再遭到排斥打击,先后数次被降职罢官,闲居带湖(在今江西上饶)、瓢泉(在今江西铅山)乡里达二十余年之久。至宁宗开禧年间(1205—

1207），韩侂胄当政，主持北伐，又不能委他以重任，仅用他作点缀。由于准备不足，仓促出兵，北伐招致惨败。为此奋斗一生的词人，终于因病抱恨辞世，享年68岁。他博学多识，善诗能文，而词名雄冠有宋一代。今存词620余首，数量居两宋第一。有《稼轩词》《稼轩长短句》等不同名目版本。其中以抗金爱国为主题的作品，不胜枚举。间有山水田园、言情咏物、说理谈玄等多种题材，内容十分丰富。风格以悲壮雄浑为基调，亦不乏清新隽永、狎昵温柔、诙谐风趣等种种变化。

青玉案

元 夕[1]

【解题】

　　这首词的美学价值，不但在于它栩栩如生地再现了南宋大都市元宵节夜火树银花、车水马龙的狂欢场景，更在于它匠心独运，塑造出了一个自甘寂寞、不趋炎附势、"众人皆醉我独醒"（《楚辞·渔父》）的典型人物。当时满朝文恬武嬉，大大小小的官僚们醉生梦死于以苟且忍辱为代价、用民脂民膏向金人买来的"和平"之中，像词人这样坚持主张北伐的抗战派为数甚少，在政治上处于孤立地位。然而，他无怨无悔，我行我素，执著于自己的理想与追求。词中那独立在"灯火阑珊处"的美人，正是他的化身。

　　东风夜放花千树。更吹落、星如雨[2]。宝马雕车香满路[3]。凤箫声动，玉壶光转，一夜鱼龙舞[4]。　　蛾儿雪柳黄金缕。笑语盈盈暗香去[5]。众里寻他千百度。蓦然回首，那人却在，灯火阑珊处[6]。

涉园景小草斋抄本《稼轩长短句》卷七

【注释】

　　[1]元夕：农历正月十五元宵节的夜晚。[2]放：（吹）开。花千树：喻指满城到处是簇簇彩灯，如千树繁花。唐张鷟《朝野佥载》记唐睿宗时元宵节夜，京城有灯轮高二十丈，燃五万盏灯，"簇之如花树"。星如雨：喻指焰火缤纷，从天而降。一说亦指灯火之盛。语本《春秋·庄公七年》："星陨如雨。"[3]宝马雕车：富贵人家装饰华丽的车马。[4]凤箫：古代管乐器有排箫，由许多根竹管组成，长短参差，形如凤翼，故称。又，汉刘向《列仙传》有弄玉吹箫引凤的神话故事。玉壶：喻指明月。唐朱华《海上生明月》诗："轮抱玉壶清。"鱼龙舞：古代的一种杂戏，汉朝已有之。据《汉书·西域传》唐颜师古《注》，戏所表演的是鱼龙变化。这里泛指各种舞蹈、杂耍演出。[5]蛾儿、雪柳：元宵节人们头上插戴的两种饰物，造型分别为飞蛾和柳条，用绢或纸制成。黄金缕：形容雪柳如金线。李清照《永遇乐》词咏元宵，提到"捻金雪柳"，可知雪柳又实有用金线搓捻而成者。盈盈：形容女性仪态美好。暗香：幽幽的香气。[6]千百度：无数次。蓦然：突然，猛然。阑珊：零落、稀疏。

沁 园 春

灵山齐庵赋[1]。时筑偃湖未成[2]。

【解题】

这首词作于宁宗庆元二年（1196）前后，当时词人57岁左右，罢官闲居上饶。它是稼轩山水词中的精品和代表作。起三句用奔腾旋折的万马来状写群山磅礴回转的气势，化静为动，先声夺人。下片采取博喻手法，叠用谢家子弟、相如车骑、太史公文章等一连串比拟句为姿态横生的林峦传神写照，使自然景观也染上了人文色彩。历来的文学作品多以山喻人，此词偏以人喻山，便有意外新警的美学效果。全篇重在写山，于水着墨不多，仅上片中、下片末两处稍作点缀。但一为溪涧，一为湖泊；一出纪实，一出虚想；一以险急跳荡见奇，一以平缓潋滟称胜；亦相映成趣。模山范水之外，作者也没忘记写人。"检校长身十万松"七字，见出词人的将军本色。即便是解甲归田了，看到魁梧密集的长松茂林，他仍情不自禁地联想到自己统帅过的精兵。然而如今所能检阅的，仅此无知林木而已。戏谑的言语背后，又潜藏着一片悲凉。可见他英雄失志的愤懑不平，并未消释在山光水色中。这是他的山水词与忘怀世事的高人逸士的同题材作品在"质"上的根本区别。

　　叠嶂西驰，万马回旋，众山欲东[3]。正惊湍直下[4]，跳珠倒溅；小桥横截，缺月初弓[5]。老合投闲[6]，天教多事[7]，检校长身十万松[8]。吾庐小[9]，在龙蛇影外[10]，风雨声中[11]。　　争先见面重重[12]。看爽气朝来三数峰[13]。似谢家子弟[14]，衣冠磊落[15]；相如庭户[16]，车骑雍容[17]。我觉其间，雄深雅健[18]，如对文章太史公[19]。新堤路[20]，问偃湖何日，烟水濛濛[21]？

汲古阁景宋本《稼轩集》丁集

【注释】

　　[1] 灵山：在上饶西北。齐庵：灵山中的一处胜境，有长松茂林。[2] 偃湖：当时灵山中正在修建的一座水库。[3] 东：作动词用，向东行进的意思。"叠嶂"三句：谓重叠起伏的群山如万马狂奔，先是向西驰骋，而后又折转过来，要向东反扑。[4] 惊湍：指迅急的涧水。湍：激流。[5] 弓：作动词用，指呈现为弓背状的弧形。"小桥"二句：拱形小桥拦腰横架在涧水上，如刚刚弯成弓形的初弦月。[6] 合：应当，该。投闲：被置于闲散的境地。[7] 多事：管闲事。[8] 检校：核查，察看。又，宋代有"检校官"，是正官外的加官，虚衔而已。长身：高大的身躯。这里指树干。[9] 吾庐：我的小屋。指自己在灵山齐庵的别墅。[10] 龙蛇：喻指松树。唐白居易《草堂记》："夹涧有古松，如龙蛇走。"[11] 风雨声：喻指松涛。[12] 见面：露面。[13] 爽气：山林间清爽的空气。朝来：早晨时向人扑来。三数：三四、三五，表示为数不多。"看爽气"句：《世说新语·简傲》篇载，东晋时，王徽之在车骑将军桓冲手下当参军，桓冲对他说，打算关照他，让他升官。他却不答理，眼睛望着高处说："西山朝来，致有爽气。"辛词由此化出。[14] 谢家子弟：指东晋及南朝名门望族谢家的青年男子。他们多仪表出众，气

质高雅。[15] 磊落：指形象俊伟。[16] 相如：西汉著名文学家司马相如。庭户：门庭。[17] 车骑：车马。雍容：从容不迫，很有气度。《史记·司马相如列传》载，相如客游临邛，"从车骑，雍容闲雅甚都"（有车马随从，气度从容，人也标致）。以上二句，用此典故。[18] 雄深雅健：雄伟、深邃、高雅、健拔。《新唐书·柳宗元传》载，韩愈评论柳宗元的文章"雄深雅健，似司马子长"（司马迁字子长）。[19] 太史公：指西汉著名史学家司马迁。他曾任太史令。其名著《史记》原名也作《太史公书》。[20] 新堤路：新筑的偃湖堤坝，坝上有路。[21]"问偃湖"二句：关切偃湖水库什么时候可以竣工，好让山间平添一番烟水濛濛的新景致。

木兰花慢

【解题】

　　月亮、太阳和地球在无边无际的宇宙中已不知捉了几千万亿年的迷藏。地球上的人们面对亘古以来此出彼没、运行不止的月亮和太阳，也不知有过多少沉思和遐想。在蒙昧的童年，人类不能科学地解释日月升沉的奥秘，便充分驰骋他们那丰富的想象力，为之编织出一件件光怪陆离的神话彩衣。也许是因为太阳的威力使人敬而远之，月亮的魅力使人亲而近之的缘故吧，我国古代神话中，月亮神话的数量大大超过了太阳神话。辛弃疾这首词，就集中了许多关于月亮的神话传说，并一一加以探询，发出种种妙趣横生的质问来。诚然，对于月亮神话的刨根问底，前人诗歌中早已有之。如屈原就曾质询道：月亮为什么要在它的肚子里畜养兔子呢？（《天问》："厥利维何，而顾菟在腹？"）李白也曾追问：月亮中的白兔捣成了仙药，给谁吃啊？（《古朗月行》："白兔捣药成，问言与谁餐？"）嫦娥孤零零一人住在月宫，和谁做邻居？（《把酒问月》诗："嫦娥孤栖与谁邻？"）但在一篇之中提出这许多天真烂漫的问题，却是词人的首创。浓郁的浪漫情味，活泼泼地展示了他那颗不泯的童心。

　　　　中秋饮酒，将旦[1]，客谓前人诗词有赋"待月"[2]，无"送月"者[3]，因用《天问》体赋[4]。
　　可怜今夕月[5]，向何处、去悠悠？是别有人间，那边才见，光影东头？是天外，空汗漫[6]，但长风浩浩送中秋[7]？飞镜无根谁系[8]？姮娥不嫁谁留[9]？　　谓经海底问无由[10]。恍惚使人愁[11]。怕万里长鲸，纵横触破，玉殿琼楼[12]。虾蟆故堪浴水，问云何玉兔解沉浮[13]？若道都齐无恙，云何渐渐如钩[14]？

涉园景小草斋抄本《稼轩长短句》卷四

【注释】

　　[1] 将旦：即将天亮。旦：这里用作动词。[2] 客谓：宾客说。待月：等待月亮升起。[3] 送月：送别月亮离去。[4]《天问》：屈原创作的一篇长诗，内容是对"天"的质问，由170多个问题组成，涉及自然现象、神话传说、历史故事等各个方面，表现出对旧的传统观念的怀疑，以及对科学、文化、宗教、历史的深刻的探索精神。《天问》体：类似《天问》诗，纯以对天发问的形式构成的一种特殊的文学创作体式。[5] 可怜：可爱。唐孟郊《婵娟篇》诗有"月婵娟，真可怜"句。[6] 汗漫：形容寥廓无际。[7] 但：只，仅。浩浩：形容广大。以上六句二韵，构成一组选择疑问，承上"月向何处去"的问题，进一步揣测道：是另有一个人类世

界,那儿的人们刚刚看到月亮的光影出现在东方呢?还是天外空荡荡无边无际,只有一股大风在吹送着中秋的明月?关于"是别有人间"三句,王国维《人间词话》认为:"词人想象,直悟月轮绕地之理,与科学家密合,可谓神悟。"其实,与其说词人无意中悟得了月亮绕着地球转的道理,倒不如说他大胆地想到了宇宙间是否还有外星人类的问题。[8]"飞镜"句:飞镜般的圆月并没有根蒂,是谁把它栓系在天空?李白《把酒问月》诗:"皎如飞镜临丹阙。"[9]"姮娥"句:嫦娥仙子总不出嫁,是谁将她留在月宫?姮娥:即嫦娥。[10]谓:(人们)说。经海底:古人以为月亮是从海里升出的。唐卢仝《月蚀》诗:"烂银盘从海底出。"无由:无从。[11]恍惚:形容捉摸不透,又形容神思不定。[12]"怕万里"三句:担心万里长的大鲸鱼在海里横冲直撞,会撞坏了月亮中的玉殿琼楼。[13]"虾蟆"二句:虾蟆固然是可以在水中洗澡的,请问为什么那玉兔竟也能游泳呢?传说月亮中有虾蟆和白兔,月"经海底"时,它们也要在海水里沉浮,故有此问。虾蟆:即蛤蟆。故:通"固"。[14]"若道"二句:如果说月亮中的一切都完好无损,那为何它会从圆满渐渐亏蚀,最终变成为细细弯弯的一钩?都齐:一切,一齐。无恙:平安无事。恙:疾病,伤害。

永遇乐

京口北固亭怀古[1]

【解题】

宁宗时期,外戚韩侂胄执政,谋划北伐以建千秋伟业,起用了一批被闲置的抗战派官员。词人在罢官隐居九年之后,复出知绍兴府(今浙江绍兴一带),旋又改知镇江府(今江苏镇江一带)。此词作于开禧元年(1205),时在镇江任上。韩侂胄志大才疏,寡谋躁进,不等条件成熟,就急于用兵伐金,又并不重用像词人这样有经验的老将。词人对此,感慨颇多。词中引述刘宋元嘉北伐的历史教训,既是影射43年前失败了的隆兴北伐,又是为迫在眉睫的开禧北伐的前景而担忧。这年秋天,词人又遭罢免。次年夏,韩氏贸然下令出师,终于重蹈了隆兴北伐惨败的覆辙。此词沉郁顿挫,是稼轩集里的压卷之作。

千古江山,英雄无觅,孙仲谋处[2]。舞榭歌台[3],风流总被,雨打风吹去[4]。斜阳草树[5],寻常巷陌,人道寄奴曾住[6]。想当年,金戈铁马[7],气吞万里如虎[8]。 元嘉草草[9],封狼居胥[10],赢得仓皇北顾[11]。四十三年[12],望中犹记,烽火扬州路[13]。可堪回首[14],佛狸祠下[15],一片神鸦社鼓[16]。凭谁问,廉颇老矣[17],尚能饭否[18]?

涉园景小草斋抄本《稼轩长短句》卷五

【注释】

[1]京口:今江苏镇江。汉献帝建安十四年(209),孙权在此建都,至十六年(211)迁都建业(今江苏南京)后,改此地为京口镇。南宋时为镇江府。北固亭:又名北顾楼,在今镇江北面、长江南岸的北固山上。[2]"千古"三句:江山千古犹存,而孙权等历史英雄已无处寻觅。孙仲谋:孙权字仲谋,三国时吴国的开国君主。[3]舞榭歌台:泛指古代帝王及达官贵人饮宴、观看歌舞的场所。榭:建在平台上的敞屋。[4]以上三句是说:自孙权之后,统治江东

的六朝君主大多醉生梦死，政权都不长久，作为他们风流生活象征的舞榭歌台，总被历史的风雨摧为陈迹。宋刘一止《踏莎行·游凤凰台》词："六代豪华，一时燕（同'宴'）乐，从教雨打风吹却。"似为辛词所本。[5] 斜阳草树：形容荒寂。[6] 人道：人们说。寄奴：刘裕，小名寄奴。曾居住在丹徒（今镇江属县）京口里。家贫而有大志。初为东晋将领，后掌握东晋实权。晋安帝义熙年间，先后两次北伐，攻灭南燕鲜卑族慕容氏政权和后秦羌族姚氏政权，收复洛阳、长安。后代晋称帝，国号宋。史称宋武帝。[7] 金戈铁马：后唐李袭吉《谕梁文》："金戈铁马，蹂践于明时。"金戈：泛指精良的兵器。铁马：身披铁甲的战马。[8] "气吞"句：形容刘裕两次北伐时的磅礴气势。以上六句承上而转折，说六朝历史上固然是庸碌的君主居多，但也还有一位起家于京口，从寻常巷陌里走上政治舞台的英雄刘裕，他当年北伐的赫赫声威，令人神往。[9] 元嘉：南朝宋文帝刘义隆的年号。草草：形容辛劳。又可形容仓促。用于此处，皆可通。[10] 封：聚土为坛而祭天。狼居胥：古山名，约在今内蒙古境内。《史记·卫将军骠骑列传》载，汉武帝时，骠骑将军霍去病曾率五万骑兵远征匈奴，大胜，"封狼居胥山"而还。《宋书·王玄谟传》载，玄谟屡向宋文帝陈说讨伐北魏的方略。文帝曾对人说："闻王玄谟陈说，使人有封狼居胥意。"[11] 仓皇：形容慌张。北顾：北望。《宋书·索虏传》载，元嘉二十七年（450），宋文帝命王玄谟等分水陆数路大举北伐。北魏太武帝拓跋焘亲率大军渡黄河迎战，宋军败走。魏军乘胜追击，直到长江北岸的瓜步（在今江苏六合），扬言要渡江攻取宋的都城建康。因宋军沿江防守甚严，乃于次年退兵。以上三句纪此事，承上再转，说刘义隆远不及其父刘裕，元嘉北伐，辛苦一场，只落得"仓皇北顾"。《宋书·索虏传》又载，元嘉八年（431）宋军在滑台（故城在今河南滑县东）与魏军作战失利后，文帝赋诗有"北顾涕交流"句。词人移用来刻画19年后文帝隔江面对北魏骄兵时慌乱痛惜的神情。按，南宋孝宗隆兴元年（1163），张浚主持北伐，亦因事起仓促，加之前线将帅不和，招致溃败，金人反乘机胁迫南宋签订"隆兴和议"，割地称侄。词人拈出"元嘉北伐"，正是影射"隆兴北伐"，以此为枢纽，词意便自然地由怀古转入感慨本朝的政治现实。[12] 四十三年：自"隆兴北伐"失利至词人作此词时，共43个年头（1163—1205）。[13] 扬州路：指淮南东路，治所在扬州。以上三句是说，"隆兴北伐"失败后，淮南东路报警的烽火，至今还历历在目，记忆犹新。按，"隆兴北伐"的主战场在淮北，距淮南东、西二路最近。北伐军溃败后，二路处于金人的直接威胁之下，故扬州地区报警的烽火十分紧急。当时词人正在江阴军（今江苏江阴一带）任签判，江阴与扬州地区隔江相望。[14] 可堪：哪堪。[15] 佛（bì）狸祠：拓跋焘小字佛狸。当年他挥师追击宋军至长江边，曾在瓜步山顶建行宫。陆游《入蜀记》载，瓜步山顶有魏太武帝庙，庙前大树约已三百年。可能是后人就其行宫遗址改建为祠庙。[16] 神鸦：栖息在祠庙内啄食祭品的乌鸦。社鼓：民间祭祀土神时的乐鼓声。按，拓跋焘是北方少数民族侵略军的首领，在历史上以残杀汉族人民而恶名昭著，如今其祠庙内却香火旺盛，足见自"隆兴和议"之后，朝廷的苟安政策已造成严重的后果，淡漠了人们的家国之仇。以上三句，为此而叹息。[17] 廉颇：战国时赵国的老将。赵悼襄王时，不得志，流亡魏国。后赵国屡遭秦国侵略，赵王想重新起用他，就派使者去探望。他当着使者的面一顿吃了一斗米的饭、十斤肉，又披铠甲上马，显示自己还能征战。但使者受了他的仇人的贿赂，回去报告赵王，说他还能吃饭，不过一会儿就拉了三次屎。赵王以为他老而无用，于是便不再召他回国。见《史记·廉颇蔺相如列传》。[18] 尚能饭否：还能吃饭吗？饭：用如动词。以上三句是说，朝廷有谁关心、重视我们这些老将呢？

刘过

沁园春

寄稼轩承旨[1]

【解题】

　　宁宗嘉泰三年（1203），词人在临安。当时，辛弃疾知绍兴府兼浙东安抚使，闻其名，派人来请他去作客。他因事不能即刻前往，便仿效辛词的特殊风格写下这首词作为答复。辛弃疾读后大喜，最终还是将他邀了去，待若上宾（岳珂《桯史》）。此词构思极为新颖别致，它打破了现实生活中的时空界限，让三位虽然时代不同，但都与杭州有着密切关系的著名文学家起死回生，来演出一场挽留作者，不放他离开杭州赴绍兴的喜剧；又匠心独运地櫽栝他们诗作中与杭州景物相关的佳句，编排了一番相互争执首先应游赏杭州哪处名胜的精彩对白。如此鲜活生动、风趣盎然的谲幻情节，有词以来，实不多见，一读便给人留下深刻的印象。

　　斗酒彘肩[2]，风雨渡江[3]，岂不快哉？被香山居士[4]，约林和靖[5]，与东坡老[6]，驾勒吾回[7]。坡谓西湖[8]，正如西子[9]，浓抹淡妆临镜台[10]。二公者[11]，皆掉头不顾，只管衔杯[12]。　　白云天竺飞来[13]。图画里、峥嵘楼观开[14]。爱东西双涧，纵横水绕，两峰南北，高下云堆[15]。逋曰不然[16]，暗香浮动[17]，争似孤山先探梅[18]？须晴去[19]，访稼轩未晚，且此徘徊[20]。

《彊村丛书》本《龙洲词》卷上

【注释】

　　[1] 承旨：枢密院都承旨的简称。据《宋史》本传，辛弃疾被授予此官，事在宁宗开禧三年（1207），且未受命即病卒。而刘过死于前一年，故不可能在作此词时称辛为"承旨"。此当系后人所添加。[2] 斗酒彘肩：《史记·项羽本纪》载，刘邦部下勇将樊哙护卫刘邦出席项羽设下的鸿门宴，项羽赐他"斗卮酒"（容量约一斗的一大杯酒），他站着一饮而尽；又赐他"一生彘肩"（一条生猪腿），他放在盾牌上用剑切了吃下去。词人用此典形容自己的豪放。[3] 风雨渡江：冒着风雨过江。从杭州赴绍兴须渡钱塘江。[4] 香山居士：唐代诗人白居易晚年号香山居士，曾任杭州刺史。[5] 林和靖：北宋诗人林逋。他性情恬淡，不趋荣利，隐居杭州西湖孤山。死后，宋仁宗赐谥"和靖先生"（见《宋史》本传）。[6] 东坡老：北宋诗人苏轼自号东坡居士。曾在杭州任通判、知州。[7] 驾勒：以驾车勒马比喻强拖硬拉。[8] 坡谓：苏东坡说。[9] 西子：即西施，春秋时越国的美女。[10] 浓抹淡妆：苏轼《饮湖上初晴后雨》诗："欲把西湖比西子，淡妆浓抹总相宜。"临镜台：对着镜子。[11] 二公：指白居易和林逋。者：语助词，表停顿。[12] 衔杯：指喝酒。[13] 白云：白居易说。天竺飞来：西湖西北灵隐山麓灵隐

寺前有飞来峰,相传为东晋成帝时,印度高僧慧理见此峰,惊曰:"此乃天竺国灵鹫山之小岭,不知何以飞来?"故名。天竺:古印度的别称。[14] 峥嵘:形容高峻。楼观:楼阁。[15] "爱东西"四句:白居易《寄韬光禅师》诗:"东涧水流西涧水,南山云起北山云。"两峰:指南高峰、北高峰,隔灵隐寺而遥相对峙。云堆:云彩堆叠。[16] 逋曰:林逋说。不然:不好。[17] 暗香浮动:林逋《山园小梅》诗:"暗香浮动月黄昏。"[18] 争似:怎比得上。孤山:在西湖的里湖与外湖之间,孤峙湖中,故名。探梅:探赏初开的梅花。[19] 须:等待。[20] 徘徊:盘桓、流连。以上三句是词人自己的心理活动:等天晴了再到绍兴去拜访辛弃疾也不晚,我就暂且在杭州多逗留一段时间罢。

姜夔

姜夔(1155?—1221?),字尧章,号白石道人,饶州鄱阳(今江西鄱阳)人。幼年跟随父亲宦游,往来于汉阳(今武汉长江北岸部分)20余年。后至湖州。参加过进士考试,但未及第。长期客游于达官贵人之门,与杨万里、范成大、辛弃疾等前辈著名作家有交往。晚年寓居临安,以布衣终其身。精通音乐,工诗词,善书法。著有《白石道人诗集》《诗说》等。词名尤著,所作多追怀旧游,感叹身世,咏物写景,间有感慨时事的作品。风格以清空骚雅见长。词集有《白石道人歌曲》《白石词》等不同名目版本。其词十七首(多为自度曲),旁缀乐谱,是研究宋词音乐的珍贵文献。

扬 州 慢

【解题】

《扬州慢》,词人自创的词调,以咏扬州而得名。慢,即慢曲子,节奏较舒缓,篇幅也较长。扬州是一座历史文化名城,对其繁华富庶,历代文人有连篇累牍的描写。但它也曾多次遭受战祸。南朝宋孝武帝大明三年(459),扬州在一场内战中被荡为废墟,当时的著名文学家鲍照,痛心地为此撰写了《芜城赋》。此后,由于隋开运河而扬州恰在运河与长江的十字交叉点上,得天独厚的地理位置又使它从灰烬中重新崛起。发展到唐代,它成了全国最繁荣的商业都市之一。虽然五代十国时期的战乱对它也有所破坏,但在北宋一百几十年的和平环境里,扬州再次焕发了往昔的勃勃生机,仍不失为东南地区的雄藩大邑。可是,南宋高宗建炎三年(1129)和绍兴三十一年(1161),扬州因金人两次南侵劫掠而元气大伤,在相当一个时期内尚未能恢复。本篇作于金人第二次洗劫扬州的15年后,是用词这种新体裁写成的又一篇《芜城赋》。不同的是,词人没有像鲍照那样平铺直叙地由扬州昔日之盛写到今日之衰,他一落笔便将兵燹后的扬州荒凉破败的景象以及自己的黍离麦秀之悲掷在读者面前,令人触目惊心;接下去仍不置一辞以追溯扬州的辉煌历史,却别具匠心地请出当年亲历扬州豪华的唐代诗人杜牧作为见证,虚拟他如今重游故地将有何感想,借用其扬州诸诗为事典,使此古城盛时之风情一一得以由背面反观出来。这种表现技巧复杂而新奇,与鲍照质朴平正的《芜城赋》相比,别有一种审美效果。

淳熙丙申至日[1],予过维扬[2]。夜雪初霁,荠麦弥望[3]。入其城,则四顾萧条,寒水自碧,暮色渐起,戍角悲吟[4]。予怀怆然[5],感慨今昔,因自度此曲[6]。千岩老人以为有《黍离》之悲也[7]。

淮左名都[8],竹西佳处[9],解鞍少驻初程[10]。过春风十里[11],尽荠麦青青。自胡马、窥江去后[12],废池乔木,犹厌言兵[13]。渐黄昏,清角吹寒[14],都在空城[15]。　　杜郎俊赏[16],算而今、重到须惊[17]。纵豆蔻词工,青楼梦好,难赋深情[18]。二十四桥仍在[19],波心荡、冷月无声。念桥边,红药年年[20],知为谁生[21]。

《彊村丛书》本《白石道人歌曲》卷五

【注释】

[1] 淳熙丙申:宋孝宗淳熙三年(1176)。至日:冬至日。一般在农历十一月中。[2] 予:我。维扬:扬州的别称。[3] 荠麦:一种野麦。弥望:满眼,塞满视野。[4] 戍角:戍军的号角声。[5] 怆然:形容哀伤。[6] 自度此曲:自创这首歌曲。[7] 千岩老人:南宋著名诗人萧德藻的号。按,词人识萧德藻在作此词后十年。因此,这小序的末句当系后来所增。《黍离》:见前张元幹《贺新郎》词注[4]。[8] 淮左:淮东,即淮南东路。名都:著名的大都市。[9] 竹西:杜牧《题扬州禅智寺》诗:"谁知竹西路,歌吹是扬州。"后人在此建竹西亭,遂为当地名胜。亭在当时扬州城北门外。[10] 少驻:稍稍停留。初程:旅途刚开始的一段路程。[11] 春风十里:语出杜牧《赠别》诗:"春风十里扬州路。"[12] 胡马:这里指金人的骑兵。窥江:指侵扰至长江边。[13] "废池"二句:就连废池边的老树也不愿再提起金人南侵的那场战祸。"废池乔木"是战祸受害者、目击者的象征。说无情的乔木"犹厌言兵",则当地人民的惨痛心情,自在言外。唐钱珝《江行无题》组诗有"翳日多乔木,维舟取束薪。静听江叟语,俱是厌兵人"语,姜词由此化出。[14] "清角"句:凄凉的号角声传送着一阵阵寒意。[15] 空城:极言战乱后的扬州城衰微破败,人烟稀落。[16] 杜郎:指唐代诗人杜牧。他年轻时曾在扬州任淮南节度府推官、掌书记,狎妓游冶,颇多风流韵事。其诗集中有一定数量的艳情诗即作于扬州。俊赏:这里指对美人有特殊的鉴赏力。[17] 算:料想。须:应。[18] "纵豆蔻"三句:谓即便杜牧当年在扬州的浪漫情事是那样缱绻,在扬州写的赠妓诗是那样工妙,如今也难以作诗来表达他的一往深情了。言外之意是,如今的扬州,青楼已所剩无几,美人也多风流云散。杜牧《赠别》诗:"娉娉袅袅十三余,豆蔻梢头二月初。"《遣怀》诗:"十年一觉扬州梦,赢得青楼薄幸名。"豆蔻:花名,喻少女之美。青楼:指妓院。[19] 二十四桥:杜牧《寄扬州韩绰判官》诗:"二十四桥明月夜,玉人何处教吹箫?"扬州在唐代最为富盛,有二十四座著名的桥梁。五代时,后周与南唐争夺淮南之地,扬州旧城毁于兵火。周世宗命大将韩令坤别筑新城,二十四桥或存或废,宋时已不可尽考。参见宋王象之《舆地纪胜》。下文说"仍在",是文学家言,非实录。[20] 红药:红芍药花。宋时,扬州芍药,名著天下。[21] "念桥边"三句:秦观《满庭芳》(碧水惊秋)词:"问篱边黄菊,知为谁开?"此处用其句格。按早在春秋时期,《诗经·郑风·溱洧》已有士、女相谑,"赠之以勺药(即芍药)"的描写。姜词似即取此含义。扬州残破,佳人流散,男欢女爱之事既已稀见,则芍药虽生,也就派不上多少用场了。

刘克庄

玉楼春

戏呈林节推乡兄[1]

【解题】

这首词题曰"戏",实则无一字戏言,态度和内容都相当严肃。词人看到同乡友人有酗酒、赌博、狎妓等不良行为,遂以恳切之言相规劝,希望友人从灯红酒绿的颓废生活中自拔出来,做一个顶天立地的男子汉,投身到振兴国家、收复中原的大事业中去。像词人这样与朋友相处,坚持原则,对其恶习毫不姑息迁就,可谓"君子爱人以德"。

年年跃马长安市。客舍似家家似寄[2]。青钱换酒日无何[3],红烛呼卢宵不寐[4]。易挑锦妇机中字。难得玉人心下事[5]。男儿西北有神州,莫滴水西桥畔泪[6]!

汲古阁刊本《后村别调》

【注释】

[1]节推:节度推官的简称。乡兄:对同乡友人的敬称。[2]长安:代指南宋都城临安。"客舍"句:意谓住在旅馆的时候多,住在家里的时候少。寄:用作名词,临时住所。[3]青钱:青铜钱。日无何:谓白天无所事事。[4]红烛呼卢:晏几道《浣溪沙》词:"床前红烛夜呼卢。"呼卢:古代有一种赌博游戏叫"樗蒲",用五只木骰子,一面白,一面黑。如一掷五子皆黑,名为"卢",是最高彩。因此,赌博者在掷骰子时往往大呼"卢"。宵不寐:夜里不睡觉,谓通宵达旦。[5]"易挑"二句:妻子总是一心惦记着出门在外的丈夫,而妓女的心事就很难捉摸了。《晋书·列女传》载,前秦时,窦滔被流放到边疆,其妻苏蕙思念不已,遂织锦为回文旋图诗寄给他。诗图文辞凄婉,宛转循环皆可以读。挑:织锦刺绣的一种技法。锦妇:指妻子。玉人:美人,这里指妓女。[6]"男儿"二句:西北方向有沦陷了的中原,男子汉应以恢复神州为己任,不要在水西桥畔为青楼女子流眼泪!水西桥:宋吴自牧《梦粱录》载,杭州城西门名"水西关"。不知桥是否在这一带并与此门名称有关。从词意看,疑指林节推离开临安时与相好的妓女分别之地。

吴文英

吴文英(1200?—1260?),字君特,号梦窗,庆元府鄞县(今属浙江)人。一生辗转流寓于平江(今苏州)、临安(今杭州)、绍兴等地,客游达官显贵之门。曾任浙西提举常平司、浙东安抚使司幕府僚属,以布衣终身。精通音律,能自度曲,以词名世。所作以绵丽为尚,字句研炼。论作词之法,主张音律欲协,下字欲雅,用字不可太露,发意不可太高。

词集名《梦窗词甲乙丙丁稿》。

八声甘州

陪庾幕诸公游灵岩[1]

【解题】

理宗绍定五年（1232）至淳祐五年（1243），词人寓居平江，其间前若干年曾在当地的浙西提举常平司为幕僚。本篇即作于此时。南宋后期，统治阶级奢侈腐化、醉生梦死的状况愈演愈烈，君昏臣聩，政事日非。词人登灵岩而追思春秋末吴王夫差因荒于酒色以致国破家亡的前车之鉴，未雨绸缪，心头升腾起一片阴云。然而，作为一个充其量只是地方官吏私人雇员的普通知识分子，他对此无能为力，只好借豪饮来排遣心中的郁闷。篇末"连呼酒"云云，看似雄放亢爽，其实充满了悲凉。历史上的吴王是沉醉的，现实中的帝王公卿也是沉醉的，那是真醉；而词人的呼酒买醉，却正是由于清醒。否则，他在登临怀古之际就不会有这样深重的历史感慨了。这是全词神光所聚，应特别留意。至于设喻之奇谲，对照之鲜明，造境之苍莽，措辞之精悍，种种艺术上的好处，还在其次。

渺空烟四远，是何年、青天坠长星[2]。幻苍崖云树，名娃金屋，残霸宫城[3]。箭径酸风射眼，腻水染花腥[4]。时靸双鸳响，廊叶秋声[5]。　宫里吴王沉醉，倩五湖倦客，独钓醒醒[6]。问苍天无语，华发奈山青。水涵空，阑干高处，送乱鸦斜日落渔汀[7]。连呼酒，上琴台去[8]，秋与云平。

《彊村丛书》本《梦窗词集》

【注释】

[1]庾幕：指提举常平司幕府。提取常平司是主管一路义仓、赈济等事务的机构。庾：露天的谷仓。灵岩：山名，在今苏州西。山多灵秀之石。[2]长星：彗星。[3]幻：幻化。名娃：有名的美女，此指西施。吴楚间称美女为娃。金屋：旧题汉班固《汉武故事》载，汉武帝年幼时，姑妈长公主问他愿不愿意娶她的女儿阿娇。他答道：如果能得到阿娇作媳妇，当造金屋给她住。此指吴王夫差在灵岩山上为西施建造的馆娃宫。残霸宫城：夫差在灵岩山上不但建有馆娃宫，还建有石城。夫差为王时，吴国一度强盛，北与齐、晋争霸中原，后被越王勾践乘虚而入，国破身亡，霸业有始无终，故云残霸。以上五句是说，登灵岩山眺望四方，但见云烟缥缈，空阔无边，不知是何年何月天上落下一颗彗星，化作这青山丛林，从而有后来夫差在此建筑宫城，金屋藏娇的种种奢华之事。[4]箭径：即箭泾，是灵岩山南的一条小溪。自山上俯瞰，溪流笔直如箭，故名。酸风射眼：化用唐李贺《金铜仙人辞汉歌》："东关酸风射眸子。"腻水：混合着脂粉油腻的溪水。腥：形容香气浓烈刺鼻。以上二句是说，冷风像箭一样从箭泾射来，使人眼睛发酸；当年馆娃宫中美女如云，洗脸卸妆时倾弃的脂粉水注入箭泾，至今落花漂在泾水中还会沾染上怪异的芳香。[5]时：当时。靸：拖着没有后跟的鞋行走。双鸳：鸳鸯履，指女子的鞋。廊：馆娃宫中旧有响屟廊。相传夫差令西施等靸着屟在廊中漫步，因廊底空虚，故能发出悦耳的响声。屟，木底鞋。以上二句是说，当年响屟廊中西施等美人的步履声，如今已被

秋风落叶叩扫长廊的萧瑟声响所替代。[6] 宫里吴王沉醉：化用李白《乌栖曲》："吴王宫里醉西施。" 五湖：即太湖。因周围尚有四个小湖，故称。五湖倦客：指越国大夫范蠡，他在辅佐勾践灭吴后，看清勾践可共患难不可共富贵，遂辞官隐遁，"乘轻舟以浮于五湖"（《国语·越语下》）。醒醒：形容清醒。以上三句是说，夫差的沉醉，反衬出范蠡的清醒。"倩"本义为请求，用在这里很诙谐，无法作等值翻译。[7] 水涵空：指浩渺的太湖涵纳了广阔的天空。即天空倒映于水之意。苏轼《更漏子·送孙巨源》词："水涵空。"渔汀：渔人捕鱼的水边汀洲。[8] 琴台：在灵岩山上。

刘辰翁

刘辰翁（1232—1297），字会孟，号须溪，吉州庐陵（今江西吉安）人。理宗景定元年（1260），补太学生。三年（1262），中进士。曾任濂溪书院山长。度宗咸淳元年（1265），任临安府学教授。四年，为江东转运使江万里幕僚。恭帝德祐元年（1257），丞相陈宜中曾荐其任史馆之职，又授太学博士，都坚辞不就。宋亡，隐居不仕，以宋遗民终其身。有《须溪集》。工词，所作多真切率直，不假雕琢，风格遒劲。其中感伤亡国之作，更以沉痛悲苦之情动人。但也时有粗率之弊。词集名《须溪词》。

六州歌头

【解题】

南宋后期的政治腐败不堪，而奸相贾似道专权的15年更为黑暗。贾氏及其党羽对内剥削压榨民众，使得民不聊生，怨声载道；对外屈服于蒙元政权的军事入侵，不惜以民脂民膏去填其欲壑，但求苟延残喘。南宋的半壁江山，最终葬送在他的手里。此词以凝练的笔墨、辛辣的语言，写出了这个曾经权势熏天、不可一世的大人物如何从青云之上栽倒在地的全过程，是南宋众多政治讽刺词中的杰作。它虽然只以贾似道一人为箭靶，但由于这一丑角是南宋亡国的罪魁祸首，故全词亦是这段历史的生动实录，具有"词史"的价值。

乙亥二月[1]，贾平章似道督师至太平州鲁港[2]，未见敌，鸣锣而溃[3]。后半月闻报，赋此[4]。
向来人道，真个胜周公[5]。燕然眇[6]，浯溪小[7]，万世功。再建隆[8]。十五年宇宙[9]，宫中赝[10]，堂中伴[11]，翻虎鼠[12]，搏鹳雀[13]，覆蛇龙[14]。鹤发庞眉，憔悴空山久，来上东封[15]。便一朝符瑞，四十万人同[16]。说甚东风，怕西风[17]。（都人窃议者称"西头"[18]）　甚边尘起，渔阳惨，霓裳断，广寒宫[19]。青楼杳[20]（都城籍妓皆隶歌舞，无敢犯），朱门悄，镜湖空[21]。里湖通。（葛岭瞰里湖，无敢过[22]）大纛高牙去，人不见，港重重。斜阳外，芳草碧，落花红[23]。抛尽黄金无计[24]，方知道、前此和戎[25]。但千古传说，夜半一声铜。何面江东[26]！

《彊村丛书》本《须溪词》

【注释】

[1] 乙亥：宋恭帝德祐元年。[2] 贾平章似道：贾似道（1213—1275），字师宪，台州天台

（今属浙江）人。以门荫入仕。因其姊为理宗宠妃而官运亨通。开庆元年（1259），蒙古军围攻鄂州（今湖北武昌），他领兵援救，私下向蒙军统帅忽必烈乞和，主动提出本朝向蒙古称臣、岁贡银绢等卖国条款。蒙军北撤后，他谎称大捷，以右丞相入朝执政，从此排斥异己，独揽大权。度宗时期，权势愈盛，朝政竟在他私宅中决定。蒙古军围攻襄阳（今湖北襄樊）数年，他隐匿军情，坐视不救，终使襄阳陷落。恭帝德祐元年，督师与元军（此前4年蒙古已建国号"大元"）作战，望风先逃，导致宋军大溃。因此被革职放逐。途中为监送者所杀。平章："平章军国重事"（位在宰相上，不常设）的简称。贾氏于度宗时被授予此官。督师：总督军队。贾氏于上年末被差遣都督诸路兵马。太平州：今安徽当涂一带。鲁港：在今安徽芜湖西南，长江南涯。当时属太平州。[3] 鸣锣：退兵的信号。此年二月，元军攻占池州（今属安徽），与宋军前锋战于丁家洲（在今安徽铜陵东北长江中），宋军前锋败退奔鲁港，贾见大势不妙，也仓皇逃往扬州，于是诸军尽溃。[4] "后半月"二句：是说自己于半个月后听到了有关战况，于是写了这首词。[5] 周公：周武王之弟姬旦，封地在周（今陕西岐山东北），世称周公。曾佐武王灭商。武王死后，其子成王年幼，由他摄政。是儒家尊奉的圣贤。按，贾因拥立度宗，大权在握，一些官僚阿谀奉承，称他是"周公"。[6] 燕然：见前范仲淹《渔家傲》词注[6]。眇：微小。[7] 浯溪：在今湖南祁阳西南。溪畔有摩崖石刻《大唐中兴颂》，唐人元结撰文，颜真卿书，代宗大历六年（771）刻，内容是歌颂唐王朝平定安史之乱。[8] 再：第二次。建隆：宋太祖开国所用年号。以上六句是说，近十多年来，吹捧贾的人称其功德真的超过了周公，说他击退蒙军、保卫国家（按，实为弥天大谎）的功绩，可垂万世，使东汉窦宪大破北匈奴、唐代诸将平息安史之乱的成就都相形失色、微不足道，俨然是宋代的第二次开国。[9] 十五年：贾自开庆元年升任宰相，次年即景定元年（1260）回朝执政，至此已15年。[10] 赝：假。这句是说，贾虽无皇帝之名，却有皇帝的实权，宫中的皇帝反倒成了赝品。[11] 堂：指政事堂，宰相们集体办公的处所。伴：指"伴食"，陪同吃饭。《旧唐书·陆怀慎传》载，唐玄宗时，怀慎与姚崇同掌朝政，遇事推让姚崇做主，时人称陆为"伴食宰相"。按，贾当权时，大小朝政都由他决定，其余执政官员只能在文件末尾签名。[12] 翻虎鼠：语本李白《远别离》诗："权归臣兮鼠变虎。"翻：反转过来。这句是说，因大权旁落在贾之手，皇帝遂由虎变鼠，贾则由鼠变虎。[13] 鹞：形似鹞鹰的一种猛禽。古人以鹰鹞搏击鸟雀比喻忠直的官员抨击奸邪的官员。这句是说，无论是忠良还是奸佞，只要不是自己的同党，贾都一概予以打击、驱逐。按，遭贾排斥者既有吴潜等一大批正直之士，也有宦官董宋臣等奸邪的党徒。[14] 覆：与上文"翻"同义。蛇：似龙而非龙，喻指地位亚于帝王的权臣。龙：喻指皇帝。这句的含义与上文"翻虎鼠"相同。以上六句中，"宫中赝""翻虎鼠""覆蛇龙"等三句就贾与度宗的君臣关系而言。度宗不是理宗之子，而是理宗之侄，完全靠贾的扶植才得以被理宗立为太子并在理宗死后继位，因此他在位期间也只是贾手中的傀儡，事事须仰贾的鼻息。[15] 鹤发庞眉：代指老人。鹤发：头发白如鹤羽。庞眉：眉毛黑白间杂。上东封：上东封书，即上书建议东封。古代帝王为标榜太平盛世，每每东封泰山，即赴泰山筑坛祭天。北宋太宗、真宗、徽宗等三朝曾拟东封，真正实行了的只有真宗朝一次。三次都是由泰山地区的高寿老人提出动议（可能是当局幕后指使，至少也应得到当局的奖励）。南宋时，泰山已不在本朝境内。这里是用典，代指类似性质的祭典。这三句是说，有些老人在空旷的山林里寂寞了很多年，都饿瘦了，这时也投贾所好，出来凑热闹，帮着粉饰太平，提议举行很久不曾举行了的封禅祭天大典。[16] 一朝：有朝一日。符瑞：祥瑞的征兆。《汉书·王莽传》载，西汉末年，王莽摄政，伪造各种符瑞，吏民上书为他歌功颂德的有48万多人。

后来，他终于篡汉自立为帝，改国号为"新"。"便一朝"二句：贾当时正处在王莽那样的地位，一旦造出什么符瑞来，就会有大批党徒拥戴他做皇帝，盗取南宋江山。[17] 东风：喻指度宗。东风即春风，春风化育万物，故古代多借以比喻皇恩浩荡。西风：喻指贾氏。"贾"字头上有"西"字。西风即秋风，主杀伐摧残，也象征贾的暴虐。"说甚"二句字面义是：还说什么东风呢？东风也怕西风啊！[18] 这句是词人自注，说京城中人背地议论贾氏，用暗语称他"西头"。下文加括号者皆为自注。[19] 甚：正。边尘起：指元军入侵。边：边塞。尘：指兵马蹴踏起的尘土。渔阳：古代军乐，鼓曲名。惨：疑当作"掺"，击鼓。霓裳：指《霓裳羽衣曲》，唐代著名宫廷乐舞。广寒宫：月宫。相传道士罗公远引唐明皇游月宫，见仙女数百人舞《霓裳羽衣》。见唐卢肇《逸史》。这四句化用白居易《长恨歌》："渔阳鼙鼓动地来，惊破霓裳羽衣曲。"白诗写安史之乱打破了唐王朝的歌舞升平，这里借指度宗咸淳十年（1274）元世祖下诏全面发动旨在灭宋的侵略战争。[20] 青楼：妓院。杳：形容不见人的踪影。籍妓：登记在册的妓女。皆隶歌舞：指都得听从贾的拘管，随时召为他表演歌舞。无敢犯：没人敢违抗。元军全面攻宋时，度宗去世，恭帝即位。元军攻占长江中游重镇鄂州，朝野震动，都说非贾亲自出师不可。贾无奈，只好于次年正月往江上督师。这里夸张说他带了许多妓女随行，致使临安青楼为之一空。[21] 朱门：指贾府。悄：形容寂静。镜湖：在今浙江绍兴。这里借指临安西湖的里湖。"朱门"二句：贾去后，府第中少了宴会歌舞，骤显冷清；里湖中少了画舫遨游，顿觉空旷。[22] 里湖：西湖以白堤为界分里、外。葛岭：在西湖北。相传晋葛洪曾居此山炼丹，故名。贾有府第在葛岭。以上是说，由于贾府俯瞰里湖，故无人敢擅入。贾去后，"里湖"才"通"。[23] 大纛高牙：将帅的大旗。"大纛"六句与"镜湖空"意思相同，是说贾督师外出后，西湖中不见了他那一帮人的踪影，只有重重港汊，夕阳外芳草自碧、落花自红而已。[24] "抛尽"句：贾督师到芜湖后，故伎重演，再次提出开庆元年的那些条款（上回蒙古撤军后，贾许诺的条款都没有兑现），向元军统帅伯颜乞和。但伯颜认为他不守信用，断然拒绝。[25] 前此：此前。和戎：指与蒙古人议和。"方知道"二句：这回贾想用大量金钱求和也办不到了，于是世人方才知道，原来15年前所谓鄂州"大捷"竟是一场骗局，是向敌人乞求，由敌军"恩赐"的"和平"。[26] 铜：指代锣。何面江东：《史记·项羽本纪》载，项羽兵败后不肯过乌江，对乌江亭长说："纵江东父兄怜而王我，我何面目见之？""但千年"三句：贾乞和不成，只落得个半夜鸣锣溃逃的可耻结局，将被千秋万代传为笑话，他有什么脸面见江东父老？

周密

周密（1232—1298），字公谨，号草窗，湖州（今属浙江）人。早年随父宦游福建、两浙，后以门荫入仕。理宗时，曾入浙西安抚司幕府。度宗时，曾任两浙转运司掾官。元军攻占临安，掳走恭帝后，端宗在福州即位，他曾知义乌县（今属浙江），但为时很短暂。南宋亡后，隐居杭州不仕，与王沂孙、张炎等遗民词人结社唱和，以宋遗民终其身。工诗文，善书画，著述甚丰。尤以词名世。早年所作，多描写流连山水，纵情诗酒的闲雅生活，风格清丽。晚年则伤时感事，多故国之思，一变而为凄切。词集有《蘋洲渔笛谱》《草窗词》等不同名目版本。又曾选辑南宋人词为《绝妙好词》。

闻鹊喜

吴山观涛[1]

【解题】

杭州钱塘江的中秋海潮,向来有"天下奇观"之称。词人《武林旧事》中另有一篇专题介绍钱江观潮的精彩散文,可与此词对读。文中写潮起时景观曰:"方其远出海门,仅如银线;既而渐近,则玉城雪岭,际天而来,大声如雷霆,震撼激射,吞天沃日,势极雄豪。"这和本篇上片措辞虽异,气象略同,都着意刻画出了昼间钱塘江上那种奔逸跳荡的动态之美。词的下片还向读者提供了文中未有的另一种境界,即傍晚及夜间潮平时钱塘江上恬适空濛的静态之美。上下两片,朝与夕互补,动与静相宜。末句以隔江夜笛之声,收束上文七句中碧、青、红、白诸色,亦拖出了长长的余韵。

天水碧[2]。染就一江秋色[3]。鳌戴雪山龙起蛰[4]。快风吹海立[5]。　　数点烟鬟青滴[6]。一杼霞绡红湿[7]。白鸟明边帆影直[8]。隔江闻夜笛。

《彊村丛书》本《蘋洲渔笛谱》卷二

【注释】

[1]吴山:在今杭州西湖东南,钱塘江北,宋时为观潮的胜地。[2]天水碧:南唐李后主时,宫女染衣为浅碧色,夜晾于室外,经露水湿染后颜色更好,故称此色为"天水碧"。见五代无名氏《五代故事》。[3]"染就"句:套用唐韦庄《谒金门》词"染就一溪新绿"句。以上二句写潮起之前的钱塘江,满江浅青之色似是秋天的风露所染成。[4]鳌戴雪山:神话传说,渤海中有五座神山漂浮不定,随潮水上下往还。天帝怕它们漂走,便令神仙派15只巨鳌轮番用头顶住它们。见《列子·汤问》篇。这里形容涌起的潮头仿佛巨鳌顶起了雪山。龙起蛰:形容潮水掀腾,似是蛟龙从蛰伏状态中苏醒过来,开始翻江倒海。蛰:动物休眠,潜伏不动。[5]"快风"句:化用苏轼《有美堂暴雨》诗:"天外黑风吹海立。"快风:令人感到胸襟畅快的大风。语本旧题战国楚宋玉《风赋》:"快哉此风。"吹海立:吹得海水起立。形容海潮高涌。[6]烟鬟:形容烟水外的远山如美人的髻鬟。青滴:青翠欲滴。[7]杼:织梭。这里用作量词。霞绡:如薄绸般的云霞。神话传说,云霞系天上的织女用机杼织成。以上二句写潮平后的远山和晚霞,仿佛山和天都刚被潮水洗过,尚未晾干。[8]白鸟明边:化用杜甫《雨》诗:"白鸟去边明。"白鸟:白色的水鸟。明:指白鸟的亮色在闪耀。边:处。

王沂孙

王沂孙(?—1291前),字圣与,号碧山,绍兴府会稽(今属浙江绍兴)人。中年经历南宋亡国的巨变。所交往者,多为当时著名的遗民文人。元世祖至元年间,曾出任庆元路(今浙江宁波一带)儒学学正,不久即归隐。以词名世,今存多为咏物之作,而暗寓故国之思，幽折清远，吐韵妍和，善以文意贯串事典，浑化无痕。但较为隐晦，不易确认。词集有《玉笥山人词集》《花外集》《碧山乐府》等不同名目版本。

齐 天 乐

蝉

【解题】

　　本篇作于南宋亡国后，名为咏物，实则拟人。所咏之"蝉"，是宋遗民文人的集体写照。作为时代风暴中的一个弱者，词人在词里只能发出痛苦而消沉的呻吟。用比兴寄托手法咏物的词作，前面已选有陆游的《卜算子·咏梅》。但陆词为小令，简洁明快，纯用白描而不尚故实，因此词意较显豁；而本篇则为长调，繁复纡徐，熔铸事典、语典，勾勒敷彩，故尔题旨较隐曲。它们各有其特定的社会认识价值和艺术审美价值，无法互相替代。

　　一襟余恨宫魂断[1]，年年翠阴庭树[2]。乍咽凉柯，还移暗叶，重把离愁深诉[3]。西窗过雨。怪瑶珮流空[4]，玉筝调柱[5]。镜暗妆残[6]，为谁娇鬓尚如许[7]？　　铜仙铅泪似洗[8]，叹移盘去远，难贮零露[9]。病翼惊秋，枯形阅世，消得斜阳几度[10]？余音更苦。甚独抱清高，顿成凄楚。漫想薰风，柳丝千万缕[11]。

《百家词》本《玉笥山人词集》

【注释】

　　[1] 一襟：满怀，满腔。余恨：遗恨。宫魂：指蝉。传说古代齐国王后怨死，化为蝉。见晋崔豹《古今注·问答释义》引汉董仲舒语。[2] 庭树：唐欧阳询《艺文类聚·虫豸部》引古诗："庭前有奇树，上有悲鸣蝉。"[3] "乍咽"三句：谓蝉刚才还在阴凉的树枝上低声悲鸣，转眼间却又迁移到密集的树叶背后，重新深切地诉说着离愁。[4] 怪：令人感到奇怪。瑶珮流空：谓蝉鸣像玉佩叩击之声流布于空中。[5] 玉筝调柱：谓蝉鸣声好似拨动了宝筝之弦。玉筝：古时一种有玉石装饰的弹拨类弦乐器。调柱：本指移动支弦的立柱以调试音高，这里是弹拨的意思。[6] 镜暗：铜镜生锈后变得昏暗了。暗指美人久不梳妆。妆残：美人的面部化妆已经残褪。含义同上。[7] 娇鬓：《古今注·杂注》载，魏文帝宠爱的宫女莫琼树创制了一种新发型，名曰"蝉鬓"，缥缈如蝉翼。如许：如此。以上二句由蝉飞联想到蝉翼，逆用"蝉鬓"典故，将蝉翼比作美人的鬓发，设问道：这位美人很久没有心思打扮了，为了谁，她的鬓发还这样娇美呢？[8] 铜仙：汉武帝为了长生不老，在长安建章宫造金铜仙人，手捧铜盘，承接露水，供他饮用。汉亡后，魏明帝派人去拆取金铜仙人，移置邺城魏宫。相传金铜仙人在将被装车运走时流出了眼泪。唐人李贺据此创作了《金铜仙人辞汉歌》。铅泪：李贺《金铜仙人辞汉歌》："忆君清泪如铅水。"铅熔液为灰白色。似洗：形容泪水满面如洗脸。[9] 以上三句是说，金铜仙人既被拆走，便不能贮存天上滴落的露水。古人认为蝉靠吸食露水维持生命。这里喻指国家既亡，遗民们就衣食无主，难以生存。[10] "病翼"三句：蝉到秋天，憔悴枯槁，病翅无力，还能禁受得住几回夕阳西下的凄凉呢？喻指宋遗民们在严峻的政治环境中苟延残喘，前景不堪设想。枯形：曹植《蝉赋》："状枯槁以丧形。"阅世：阅历世事。消得：消受得。[11] 顿：骤然。漫：

徒然。薰风：夏天的和风。相传上古贤君虞舜作《南风》诗："南风之薰兮，可以解吾民之愠兮。"见《尸子·绰子》篇。谓夏日的南风可以使百姓从暑热中解脱出来。后来，这成为歌颂太平盛世及帝王恩德的常用典故。以上五句是说，在生命行将结束的最后阶段，蝉的鸣声更加哀苦了。为什么它独自怀抱着清高的操守，却骤然变得这样凄凉伤心呢？原来，它枉自回忆起了夏天和风吹拂千万柳条的美好时光。夏日的柳林是蝉最好的生活环境。这里喻指遗民们失去了宋亡前的好光景。

蒋捷

蒋捷（1245？—1310？），字胜欲，号竹山，常州宜兴（今属江苏）人。度宗咸淳十年（1274）进士。恭帝德祐二年（1276）临安失陷后，流落江南地区。宋亡后，隐居乡里。元成宗大德年间，屡被荐，终未出仕，以宋遗民终其身。工词，描写乱离之苦和抒发亡国之恸的作品最为真挚动人。在创作艺术上不拘一格，多所变化，或粗犷挥斥，或缜密洗练，或轻灵圆熟。总体来说，风格稍近于辛弃疾。词集名《竹山词》。

贺 新 郎

兵后寓吴[1]

【解题】

本篇约作于恭帝德祐二年（1276）三月元军占领临安后、帝昺祥兴二年（1279）二月南宋最终灭亡前的某年秋，当时词人正流浪于苏州一带。作为一位有民族气节的知识分子，他不肯降附元人，腼颜事敌，为了逃脱网罗与迫害，便只好抛下妻儿老小，独自奔走他乡。词以写实的手法，真切地记录了自己这段心酸的生活经历和凄凉的感情体验。两宋之交、宋元之交的许多作家，都曾用词笔来摘写国破家亡的深哀巨痛，但成百上千的此类篇章，基本上是以抒情为主的。即便有些叙事的内容，也多逸笔草草，重在神到，并不注重情节。像这样凭借小说家的笔调，细腻地刻画人物动作、态度，形神毕肖地摄取典型的生活局部，以琐事之微来反映那天崩地裂之动荡时代的作品，却未曾有。如果考虑到词主要是一种抒情诗体的客观事实，那么这个偏以记事取胜的特例，其美学意义和价值就更不可等闲视之了。

深阁帘垂绣[2]。记家人、软语灯边[3]，笑涡红透[4]。万叠城头哀怨角[5]，吹落霜花满袖。影厮伴、东奔西走[6]。望断乡关知何处[7]，羡寒鸦、到着黄昏后[8]。一点点，归杨柳。

相看只有山如旧。叹浮云、本是无心，也成苍狗[9]。明日枯荷包冷饭，又过前头小阜[10]。趁未发、且尝村酒[11]。醉探枵囊毛锥在[12]，问邻翁、要写《牛经》否[13]？翁不应，但摇手。

《彊村丛书》本《竹山词》

【注释】

[1] 兵后：指兵火洗劫之后。寓：寄居。吴：即今苏州一带。[2] 帘垂绣：即"绣帘垂"

的倒文。[3] 软语：亲昵地说话，语音娇柔。[4] 笑涡：笑时两颊显出的酒窝。以上数句，回忆往昔团圆、温馨的家庭生活。[5] 万叠：不断重复吹奏同一支曲调。乐曲再奏一遍为一叠。[6] 厮伴：相伴。[7] "望断"句：由唐崔颢《黄鹤楼》诗"日暮乡关何处是"化出。乡关：家乡。[8] "羡寒鸦"三句：谓人不如鸦。黄昏后，乌鸦尚可归宿杨柳树林，而我却无处安身！[9] "叹浮云"二句：谓时事变化很快。用杜甫《可叹》诗："天上浮云似白衣，斯须改变如苍狗。"又贺铸《题海陵开元寺栖云庵》诗："浮云本无心。"[10] 阜：土山。[11] 发：出发，启程。村酒：农家自酿的酒。[12] 枵囊：空空的行李袋。指袋里没钱。毛锥：毛笔。[13] 牛经：有关牛的各种专门知识的书。据《三国志》南朝宋裴松之《注》引《相印书》说，汉朝有《牛经》一书。但：只。

张炎

　　张炎（1248—1319?），字叔夏，号玉田，临安（今浙江杭州）人。其六世祖张俊为南宋初大将，曾祖张镃、父张枢皆为精通音律的词人。早年过着富裕优游的贵公子生活，宋亡后，家产被籍没，流离失所。元世祖至元二十七年（1290），被征北上大都，缮写金字佛经。事毕，于次年南归。晚年落魄浪游江、浙间，寄人篱下，凄凉而终。他是宋元之际著名的词论家和词人。著有《词源》，提倡"清空""骚雅"，讲究音律，精研"句法""字面"。其词师法周邦彦、姜夔，清畅雅丽，音律和洽。亡国后的作品则交织着故国黍离之悲与身世飘零之叹。词集名《山中白云词》。

高　阳　台

西　湖　春　感[1]

【解题】

　　宋末词人文及翁在其《贺新郎·西湖》词中，对整个南宋时期统治阶级醉生梦死于东南秀山丽水间的偷安状况，曾做过一针见血的概括："一勺西湖水。渡江来、百年歌舞，百年酣醉。"身为贵公子的张炎，在宋亡前，自然也免不了"一春长费买花钱，日日醉湖边"（俞国宝《风入松》词）。恭帝德祐二年（1276）三月京城临安沦陷，元军的铁蹄踏碎了他的"笙歌梦"，时代的风暴将他从天堂抛向苦难的人间，于是他乃创作出这首借题发挥，抒发亡国之痛的"西湖春感"词。在张炎词集里，同样内容的作品甚多。"亡国之音哀以思"，这是反复回荡在他后期词作中的主旋律。套用他自己的两句词来评说，诚可谓"只有一枝梧叶，不知多少秋声！"（《清平乐》）

　　接叶巢莺[2]，平波卷絮[3]，断桥斜日归船[4]。能几番游？看花又是明年。东风且伴蔷薇住，到蔷薇、春已堪怜[5]。更凄然。万绿西泠，一抹荒烟[6]。　　当年燕子知何处[7]，但苔深韦曲，草暗斜川[8]。见说新愁，如今也到鸥边[9]。无心再续笙歌梦[10]，掩重门、浅醉闲眠。莫开帘。怕见飞花，怕听啼鹃[11]。

《彊村丛书》本《山中白云词》卷一

【注释】

[1] 西湖：即今杭州西湖。[2] 接叶巢莺：紧密连接的树叶间有黄莺筑巢栖息。语本杜甫《陪郑广文游何将军山林》诗："接叶暗巢莺。"[3] 平波卷絮：谓飘落湖面的柳絮被西湖流水卷去。[4] 断桥：西湖中，里湖东端与外湖分界线白堤上的一座桥。据周密《曲游春》词序，当时西湖游船的惯例是先游外湖，午后则经西泠桥入里湖，至日暮始出断桥而归。[5] "东风"二句：蔷薇开花时，春天就快要结束，故云。[6] "更凄然"三句：西泠桥一带的绿色丛林都蒙上一层荒寒的暮霭，更加令人感到凄凉。西泠：西湖中连接孤山与湖北岸的一座桥，也是里湖西端与外湖的分界。[7] "当年"句：刘禹锡《乌衣巷》诗："旧时王谢堂前燕，飞入寻常百姓家。"[8] "但苔深"二句：只见名门望族的住宅区内长满了青苔，寒士隐者的遨游地也野草丛生。言外之意，经过元军的洗劫摧残，富贵人家固然是门庭荒芜，人迹罕见，就连一向安贫乐道的隐士也不能逍遥优游。在此情况下，"旧时王谢堂前燕"即使想"飞入寻常百姓家"，也很困难了。韦曲：唐代贵族韦氏聚居之地，在今陕西长安南。斜川：东晋隐士诗人陶渊明曾携伴游览之地，在今江西星子境内。这里都是借指，非实写其地。[9] "见说"二句：古人认为鸥是没有机心、无拘无束的鸟，是隐士的伴侣或象征。说从来不知愁为何物的鸥鸟如今也开始愁了，暗寓亡国遗民的悲哀。见说：听说。[10] 笙歌梦：喻指宋亡之前的豪华生活。笙歌：泛指音乐歌舞。[11] 啼鹃：杜鹃鸟在暮春时啼鸣。相传它是失去了王位的古蜀国国君杜宇死后魂魄所化。见旧题汉扬雄《蜀王本纪》。这是一个积淀着亡国之悲的意象。

宋文概说

在我国散文史上，宋代散文占有很重要的地位。宋代散文是沿着唐代散文，尤其是中唐韩、柳古文的道路发展而来的，并且完成了韩、柳古文运动的未竟事业，彻底推翻了骈文的主导地位，奠定了此后以古文写作为主导的散文创作格局。宋代散文的实际成就也超过了唐代散文。后人有"唐宋八大家"之说①，而八位古文作家中有六位属于宋代。而且北宋的王禹偁、范仲淹、晁补之、李格非，南宋的胡铨、汪藻、陆游、吕祖谦、陈亮、叶适等也都堪称名家，其他有名篇佳作引人瞩目的作家如李清照、朱熹、文天祥等更不在少数。宋代散文作家的阵容比唐代更为壮大，作品的数量大幅增加，名篇佳作的数量也有明显增加。

一、宋代散文发展的过程

宋代散文的发展可分为三个阶段。

（一）北宋初期

中唐古文运动在韩、柳之后，出现低潮，难以为继，韩柳极力抵制的骈文有所回潮，到了晚唐五代渐见弥漫。宋初文坛基本沿袭晚唐五代遗风，骈体辞赋比较盛行。与此同时，柳开、王禹偁等人以复兴韩、柳"道统""文统"为己任，在反对唐代咸通以后艳冶柔靡文风方面取得一定成绩，但因种种主客观因素的限制，尚不能扭转五代余风。到了宋真宗年间，由于政治上虚诞浮夸，操笔之士"率以藻丽为胜"（苏舜钦《石曼卿诗集序》），杨亿、刘筠等人的"西昆"四六时文应运而生，典赡绮靡的文风踵事增华，统治文坛三四十年。

（二）北宋中后期

宋仁宗朝，范仲淹领导的政治改革浪潮推动了文风的改革，穆修、尹洙、范仲淹、石介、苏舜钦、欧阳修、张方平等士大夫以学习韩、柳古文相号召，倡导文以"明道""务本"，"经世致用"，传播韩、柳文集，抨击西昆时文，复兴韩、柳古文传统，使古文运动取得了重大胜利。在这次古文运动中，欧阳修是一个极其关键的人物。他一方面明确反对西昆骈文刻镂雕绘之态，同时注意纠正复古之士中滋长的险怪文风，使散文革新走上了健康发展的道路。他的散文内容充实，无论是议论、叙事，还是写景、抒情，都有为而作，有感而发，形式上则文备众体，古文、辞赋、四六兼长，并能注意融会贯通，大大拓展了散文表达的空间，也大大增强了散文抒情写意的文学色彩。欧文语言简洁流畅，文气纡徐舒婉，形成了平易自然的风格，奠定了宋代散文平易自然、明快畅达的时代新风。

宋仁宗朝后期至英宗、神宗、哲宗朝，是宋代散文发展的繁荣时期。王安石、曾巩、苏洵父子、苏门诸学士相继而起，沿着欧阳修等人开辟的道路继续前进。他们的论文主张大致相似，都强调明道致用，言之有物。创作上论政说理、抒情写景、叙事状物等全面展开，各

---

① 明朱佑编《八先生文集》选八家文，明中叶唐顺之《文编》于唐宋也独取此八家，茅坤继而编成《唐宋八大家文钞》，"唐宋八大家"便成为文学史上的专有名词。

擅胜场，也多能融贯包举，而艺术上在欧阳修平易自然的基础上，踵事增华，各逞所能。王安石简洁峻切，曾巩雅正周详，苏洵纵横驰骋，苏轼汪洋恣肆，苏辙温粹淡泊，各有其致，卓然大家。"苏门四学士"中晁补之、张耒、秦观等也以能文称，也多有佳作，整个古文创作呈现出持续繁荣的局面。在宋代古文诸大家中，苏轼的成就最为突出，宋人多将本朝"欧苏"与唐之"韩柳"四家相提并论，视为唐宋古文的最高代表。苏轼论文重在"有为而作"，追求"辞达"，汲取孟子和纵横家的雄放驰骋，庄子的丰富联想、自然恣肆和欧阳修古文的平易流畅等多种风格，以自己杰出的天才，大气包举，鼓舞万物，随物赋形，无施不可，形成了滔滔汩汩，汪洋恣肆的文风，代表了宋代散文创作的最高成就。苏门文人之后即宋徽宗年间的散文创作，一如诗歌领域，由于党禁文禁，呈现萧条寂寞的景象。

（三）南宋时期

南宋散文的成就远不如北宋，没有出现欧、王、曾、苏那样的大家。但在某些方面也取得了一定的进展。大致说来有这样三个方面。

1. 政治家的散文。主要指一些政治色彩较浓的文人的写作。首先是民族危机激烈时期的政论文。南渡初期以及围绕高宗绍兴和议、孝宗隆兴和议、宁宗嘉定和议，宗泽、李纲、岳飞、胡铨、陆游、辛弃疾等人一系列主张抗战，反对投降的政论文，义愤填膺，慷慨激昂，充满着强烈的爱国主义精神，具有鲜明的思想和历史价值。南宋中期以陈亮、叶适、王十朋、薛季宣、陈傅良、陈耆卿、吴子良等为代表的功利学派写下很多议时论政、建言献策的论文，内容丰富，思想深刻，说理有力。

2. 文学家的散文。南渡后，苏文解禁，散文写作普遍以苏轼为准绳，不仅推动了苏轼等北宋名家古文在南宋的传播，同时也有力地推动了古文创作的恢复。南宋的文学家们如李清照、杨万里、陆游、范成大、尤袤、周必大、辛弃疾等，在诗词创作的同时，也写下了不少优美的古文。

3. 理学家的散文。南宋理学家队伍不断壮大，形成了不同的派别，古文成了其思想争鸣的重要工具。除了议论文外，也写了不少的文学性散文，如朱熹的《百丈山记》《江陵府曲江楼记》《记孙觌事》等，写景、记游、叙事都表现出浓郁的文学情趣。南宋理学家普遍能文，重要者如吕祖谦、张栻、真德秀、魏了翁，林希逸等，这说明文学与理学间的势不两立开始瓦解，韩、欧与程朱之间出现了融通的趋势，这对宋以后的散文有深远的影响。

而其中又有两个现象值得注意：一是散文选集的编刊。南宋散文选集、总集以及评点的编纂比较盛行。这是古文创作繁荣、创作意识高涨之后的理论和学术反应。古文家吕祖谦编纂有《三苏文选》《皇宋文鉴》《古文关键》等书。南宋后期编选散文集的风气更甚，重要的有理学家真德秀的《文章正宗》《续文章正宗》、文学家谢枋得的《文章轨范》，还有魏齐贤等《五百家播芳大全文粹》等，体现了不同的古文理念，都产生了一定的影响。二是笔记类作品的增加。笔记源远流长，其中带有故事性的多视为笔记小说，而随笔、杂记类记叙生动、言谈有益的段落多视为散文。吴自牧《梦粱录》、陆游《老学庵笔记》《入蜀记》、范成大《吴船录》、罗大经《鹤林玉露》、周密《武林旧事》等是其中较为重要的几种。

二、宋代散文的时代特征

宋代散文在内容、形式和风格上都形成了鲜明的时代特色：

（一）实用与审美功能的整合

宋代散文是在唐代散文尤其是韩、柳古文的基础上发展起来的，韩、柳古文仍以应用文和议论文为主，而宋代散文中叙事、议论、说理、状物各种功能都更加完善，而且，参杂使用，甚而融为一体，使散文的实用价值与审美价值更好地结合起来。宋代的政论文和学术论文特别发达，从王安石、曾巩到胡铨、吕祖谦、陈亮、叶适等，散文的议论功能深入发展。以欧阳修、苏轼为代表的作家则更加注意多方面的融合，加强了散文的抒情性质和文学意味。比如欧阳修在史论和墓志中都倾注了强烈的主观感情色彩。范仲淹、欧阳修、苏轼等人的亭台楼阁记和书籍序言中多加进了议论和抒情的内容。而在欧阳修《醉翁亭记》《秋声赋》、苏轼《赤壁赋》等散文名篇中，包括辞赋在内的各类散文功能更是水乳交融，具有了诗化的意境，成为名副其实的美文。因而从总体上说，宋代散文的文学性大大增强了。

（二）文体的多样化

宋以前的散文发展，骈、散二体分道扬镳，甚而不共戴天。宋代文学家对此态度则较为通达，范仲淹、欧阳修、苏轼等人致力古文写作，但都不卑视和摒弃骈文，而是在写作古文时注意吸收骈文辞采、声调等方面的长处，以丰富古文的节奏、韵律之美。如范仲淹《岳阳楼记》、欧阳修《醉翁亭记》等都明显地参用两者之长的迹象。同时又借鉴古文的手法，对骈文进行改造，创造出参用散体单行的四六和文赋。这样，古文和骈文经过取长补短，各自都获得了新的活力。先秦以来的各种散文文体在宋代散文中都得到了充分使用和灵活发挥，同时宋代散文中还出现了独具一格的笔记文，这种文体不拘长短，轻松活泼。与此相应，宋代古文中轻松短小的随笔小品也较流行，这都是古代文体解放的重要标志。

（三）风格的平易畅达

宋代散文的风格丰富多彩，古文大家都各具个性，但就整体而言，宋文的风格是趋于平易畅达、简洁明快的，在韩文的雄肆、柳文的峻切之外开辟出新的艺术境界。就美学价值而言，宋文与唐文并无高下之分。宋文的风格变化，主要朝着更加自然，更加贴近生活的方向发展。这种语意明畅，文从字顺，如行云流水一般的散文，显然更切于实用，也更易为作者与读者所欢迎。

三、宋代散文的历史地位

在宋人心目是，古文是宋代文学诸文体中价值地位最高的一种。就其发展过程来说，宋代散文的发展也处于某种主导的位置，宋代文学的改革是以"古文运动"为发端的，由此带动了诗歌，进而是词，逐步展开宋代文学的时代特征。

明初宋濂说："自秦汉以来，文莫盛于宋。"（《苏平仲文集序》）宋代散文创作呈现高度繁荣的局面，无论思想内容和艺术成就都极其丰富，放在整个古代散文史上可以说是最为辉煌的一个阶段。而其历史影响也极其深远。宋代古文运动提出的"文以载道"、"文与道俱"等创作主张成了后世古文创作乃至于整个文学价值观的基本理念。宋代以后，古文成了用途最为广泛的散文文体，以古文为主、骈文为辅的文体格局得以确立，而散文也与诗歌、词曲等一道，成了封建文人抒情写意的重要样式。艾南英说："文至宋而体备，至宋而法严。"(《再答夏彝仲论文书》) 宋代古文创作的丰富经验、形式规范以及语言风格成了宋以后散文创作最基本、最普遍的范式。

作 品

范仲淹

岳 阳 楼 记

【解题】

岳阳楼,即今湖南省岳阳市城西门楼,"下瞰洞庭",自唐以来历代官吏流放岭南必经之地,也是文人墨客登临览胜、酬唱之所。范仲淹在"庆历新政"失败后,谪居邓州(今河南邓县),宋仁宗庆历六年(1046),应同为"迁客"的好友滕子京之约而写了这篇文章。滕子京在写给范仲淹的《求记书》中,不满前人岳阳楼诗"类多《离骚》叹惋之意",希望范仲淹多表岳阳湖山风景之美、士人山水宴游之乐。有感于此,范仲淹将历代骚人辞客登楼览物之情,归结为"悲""喜"二字,对此均表不满。虽身处江湖之远,仍以古代圣贤忧国忧民自励,主张"不以物喜,不以己悲","先天下之忧而忧,后天下之乐而乐"。其境界超越以往文人故态,体现了新一代士大夫的阔大胸襟和奉献精神。文章亦骈亦散,以骈语绘景,对仗工整,韵律铿锵,而文章起结则以散文论叙,形成全篇错落有致、跌宕多姿的风采。

庆历四年春,滕子京谪守巴陵郡[1]。越明年[2],政通人和,百废具兴。乃重修岳阳楼,增其旧制[3],刻唐贤[4]、今人诗赋于其上,属予作文以记之[5]。

予观夫巴陵胜状[6],在洞庭一湖。衔远山,吞长江[7],浩浩汤汤,横无际涯[8],朝晖夕阴[9],气象万千,此则岳阳楼之大观也[10]。前人之述备矣[11]。然则北通巫峡,南极潇湘[12],迁客骚人[13],多会于此,览物之情,得无异乎[14]?

若夫霪雨霏霏,连月不开[15],阴风怒号,浊浪排空。日星隐耀[16],山岳潜形;商旅不行,樯倾楫摧[17];薄暮冥冥,虎啸猿啼。登斯楼也,则有去国怀乡[18],忧谗畏讥,满目萧然,感极而悲者矣。

至若春和景明[19],波澜不惊,上下天光,一碧万顷[20]。沙鸥翔集,锦鳞游泳[21],岸芷汀兰[22],郁郁青青[23]。而或长烟一空,皓月千里[24],浮光跃金[25],静影沈璧[26],渔歌互答,此乐何极!登斯楼也,则有心旷神怡,宠辱偕忘[27],把酒临风[28],其喜洋洋者矣。

嗟夫!予尝求古仁人之心,或异二者之为[29]。何哉?不以物喜,不以己悲[30]。居庙堂之高[31],则忧其民;处江湖之远[32],则忧其君;是进亦忧,退亦忧[33]。然则何时而乐耶?其必曰先天下之忧而忧,后天下之乐而乐乎?

噫!微斯人,吾谁与归[34]!时六年九月十五日。

凤凰出版社2004年版《范仲淹全集》文集卷八

【注释】

[1] 滕子京：名宗谅，字子京，河南府（今河南洛阳）人，与范仲淹同年进士。曾知泾州（今甘肃泾川北），后御史梁坚弹劾其"前在泾州费公钱十六万贯"，降官知岳州。（《宋史》本传）守：任州郡的长官。巴陵郡：治所在今湖南省岳阳市，宋代称岳州，唐天宝、至德年间称巴陵郡。[2] 越明年：到了第二年。越：到、及。[3] 增其旧制：扩大岳阳楼原先的规模。[4] 唐贤：唐代有德行、有文才的名人。滕子京当时为此编有《岳阳楼诗集》，收唐张九龄、杜甫、韩愈、柳宗元、白居易与本朝丁谓、夏竦等人诗。[5] 属：同"嘱"。[6] 胜状：壮丽的景色。[7] 衔远山：远山倒映水中。吞长江：接纳长江流水。洞庭湖与长江相通，故云。[8] 浩浩汤（shāng）汤：水势盛大貌。横无际涯：宽阔无边。[9] 朝晖夕阴：早晨阳光灿烂，傍晚景色昏暗，指一日之中、景色朝夕变化。[10] 大观：壮阔的气象。[11] 前人之述：指上文"唐贤今人诗赋"中所作的记述。[12] 巫峡：长江三峡之一，在四川省巫山县东。潇湘：指潇水和湘江，在湖南省中部，流入洞庭湖。[13] 迁客：被贬官的人。[14] 览物之情：观览湖景所生发的感情。得无：能不，表推测。[15] 霪雨：连绵不断的细雨。霪，同"淫"。霏霏：细雨迷蒙。开：云开天晴。[16] 隐曜：日月星光隐藏不见。[17] 樯倾楫摧：桅杆倾倒，船桨折断。[18] 去国怀乡：离开国都，怀念故乡。指迁客而言。[19] 春和景明：春日和煦，阳光明媚。景：指日光。[20] 上下天光，一碧万顷：指洞庭湖水天一色，碧波万顷。顷：百亩为顷。[21] 翔集：或飞翔或栖息。锦鳞：形容鱼鳞色彩鲜明，此指鱼。[22] 芷：香草名。汀：岸边平地。[23] 郁郁：香气浓郁。青青：草色碧绿。[24] 长烟一空，皓月千里：天空弥漫的烟雾消散净尽，千里湖面明月朗照。[25] 浮光跃金：月照水面，波光烁金。此句写微风时月夜湖景。[26] 静影沉璧：明月倒影湖中，犹如玉璧沉水。璧：圆形的玉器。此句写无风时月夜湖景。[27] 偕忘：一起忘掉。偕：一本作"皆"。[28] 把酒临风：迎风举杯。[29] 或异二者之为：也许不同于以上两种人的心情。为：此指观湖的心理活动。[30] "不以物喜"二句：物：外物，此指客观环境。己：指个人遭遇。这两句意思是：有修养的人，其思想感情不因环境的好坏和个人的得失而改变。[31] 庙堂：宗庙、殿堂。此指朝廷。[32] 江湖之远：指远离京城贬谪之地。[33] 进：入世为官。退：出世退隐。[34] 微斯人：没有古仁人。微：无。谁与归：即归心于谁。归，归附、崇仰。

欧阳修

五代史·伶官传序

【解题】

《五代史》，即《新五代史》，欧阳修所纂。伶官，宫中的乐工和扮演杂戏的艺人。其中《伶官传》记载后唐庄宗宠幸伶官景进、史彦章、郭门高等，以致乱国的史实。本文是《伶官传》的序文，亦是一篇极成功的史论，历来为人们所激赏。文章开宗明义，在肯定天命的同时，强调了人事的重要，运用对比手法，突出庄宗前盛后衰的强烈变化，得失易势，顺势推衍，收到了警世人心的艺术效果。末乃提出"祸患常积于忽微，而智勇多困于所溺"，使文章超越一时一事的评价，主题进一步深化，体现出卓越的史识，因而具有普遍的鉴戒意义。文章叙述简洁，叙议结合，饱含情感。

呜呼！盛衰之理，虽曰天命，岂非人事哉[1]！原庄宗之所以得天下[2]，与其所以失之者，可以知之矣。

世言晋王之将终也[3]，以三矢赐庄宗，而告之曰："梁，吾仇也[4]；燕王，吾所立[5]；契丹与吾约为兄弟[6]，而皆背晋以归梁。此三者，吾遗恨也。与尔三矢，尔其无忘乃父之志！"庄宗受而藏之于庙。其后用兵，则遣从事以一少牢告庙[7]，请其矢，盛以锦囊[8]，负而前驱，及凯旋而纳之[9]。

方其系燕父子以组[10]，函梁君臣之首[11]，入于太庙，还矢先王，而告以成功，其意气之盛，可谓壮哉！及仇雠已灭[12]，天下已定，一夫夜呼，乱者四应[13]，仓皇东出[14]，未及见贼而士卒离散[15]，君臣相顾，不知所归[16]。至于誓天断发[17]，泣下沾襟，何其衰也！岂得之难而失之易欤？抑本其成败之迹而皆自于人欤？《书》曰："满招损，谦受益[18]。"忧劳可以兴国，逸豫可以亡身[19]，自然之理也。

故方其盛也，举天下之豪杰莫能与之争；及其衰也，数十伶人困之，而身死国灭，为天下笑[20]。夫祸患常积于忽微，而智勇多困于所溺[21]，岂独伶人也哉！作《伶官传》。

中华书局校点本《新五代史》卷三七

【注释】

[1] "盛衰之理"三句：古人多认为王朝兴亡、盛衰皆由于天命，而作者指出人事乃其主因，故云。语本董仲舒《举贤良对策》："故治乱、废兴在于已，非天降命。"[2] 原：推本究原。庄公：后唐庄宗李存勖，于公元923年灭后梁称帝，国号唐，史称"后唐"。[3] 晋王：指李克用，庄宗李存勖父，本是沙陀部族首领，因带领沙陀兵镇压黄巢农民起义有功，任河东节度使，封晋王。[4] 梁：指后梁太祖朱温，曾为黄巢起义军将领，后叛降唐朝，封梁王，赐名全忠。因扩充势力与李克用明争暗斗，相互仇视。后朱温灭唐称帝，国号梁。[5] 燕王，吾所立：指刘仁恭、刘守光父子。刘仁恭原是燕军将领，降晋后，晋王为之向朝廷请命，检校司空、卢龙军节度使，故云"吾所立"。此后晋有战事，求兵于刘仁恭未果，晋王以书责之，刘仁恭怒而执晋使者，杀晋王亲信燕留得等以叛，晋王率师讨伐，大败而还，遂结下深仇。后刘守光囚父杀兄，自立为幽州节度使，公元909年后梁太祖朱温封其为燕王。（《旧五代史·梁书·太祖纪第四》）按：此时李克用已死，称"燕王"乃作者追述之语。[6] "契丹"句：晋王李克用曾与契丹阿保机会于云州东城，"酒酣，握手约为兄弟"，共同举兵攻梁，后阿保机毁约，并派使臣赴梁，"约共举兵灭晋，克用闻之，大恨"。（《新五代史·四夷附录第一》）契丹：我国东北古民族名，公元916年建国，号契丹国，后改称辽。[7] 从事：官名，这里泛指僚属。少牢：古代以一猪一羊作祭品称少牢。告庙：国之大事或帝王外出，依例向祖宗宗庙祭祀祈祷，称告庙。此处指出征。[8] 锦囊：丝织的口袋。[9] 凯旋：唱着胜利的凯歌班师回朝。纳之：把箭收回藏于宗庙。[10] 系燕父子以组：《旧五代史·唐书·庄宗纪第二》载天祐十一年，庄宗攻克范阳，掳燕王刘仁恭父子。"至晋阳，以祖系仁恭、守光，号令而入。是日，诛守光。遣大将李存霸拘送仁恭于代州，刺其心血，奠告于武皇（李克用）陵，然后斩之。"组：丝编的绳索。

[11] 函梁君臣之首：唐庄宗李存勖率军攻破大梁，梁末王朱友贞命大将皇甫麟将自己杀死，麟随之亦自杀。唐庄宗"寻诏河南尹张全义收葬之，其首藏于太社"（《旧五代史·梁书·末帝纪下》）。函：木匣，此作动词用，即用木匣装。梁君臣：指梁王朱友贞及其大将皇甫麟。首：头颅。太社：即太庙，皇帝的祖庙。[12] 仇雠（chóu）：仇敌。[13] 一夫：指皇甫晖。《旧五代史·唐纪·庄宗纪》："贝州（治所在今河北清河）军士皇甫晖等，因夜聚蒲博不胜，遂作乱。"后赵太、王景戡、李嗣源等相继作乱。[14] 仓皇：匆忙。东出：指同光四年（926）庄宗避乱至汴州（今河南开封）一事。[15] 士卒离散：庄公军不堪一击，四处溃散。《旧五代史·唐书·庄宗纪》："初，帝东出关，从驾兵二万五千。及复至汜水，已失万余骑。"[16] "君臣"二句：君臣已是穷途末路，不知所归。[17] 誓天断发：指元行钦等百余人，"皆援刀截发，置髻于地，以断首自誓。上下无不悲号"（《旧五代史·唐书·庄宗纪》）。[18] "《书》曰"二句：语出《尚书·虞书·大禹谟》。孔颖达疏："自以为满，人必损之；自谦受物，人必益。"[19] 逸豫：安逸享乐。[20] "数十伶人困之"三句：《新五代史·伶官传》："庄宗自好俳优，又知音，能度曲。……自其为王，至于为天子，常身与俳优杂戏于庭，伶人由此用事，遂至于亡。"又有伶人郭门高，任从马直指挥使，因其"军士王温宿卫禁中，夜谋乱，事觉被诛"，郭惧，遂激其军作乱，"庄宗闻乱，率诸王卫士击乱兵出门。乱兵纵火焚门，缘城而入，庄宗击杀数十百人。乱兵从楼上射帝，帝伤重，踣于绛霄殿廊下，自皇后、诸王、左右皆奔走。至午时，帝崩。"[21] 忽、微：极小的数，此指极细小的事。所溺：指特别溺爱的人或特殊嗜好的事。

醉翁亭记

【解题】

　　醉翁亭，在安徽滁州西南琅琊山中，宋僧智仙建。宋仁宗庆历五年（1065）欧阳修降职知滁州，为政以宽，又值丰年，于是记亭抒怀，娱情山水。"乐"是全文中心。首写山水之乐，以记游笔法，移步换景，由远望而入其山，由闻水声而见其亭，极峰回路转，曲折通幽之妙；次写山间朝暮、晦明、四时佳景，以简洁文笔，运用对比，生出无穷之乐；再则写滁人游乐、太守宴乐、宾客之乐、禽鸟之乐，篇末点明太守与民同乐主旨，步步深化"乐"的内蕴。全篇以山水之乐寓穷通之理，表现了作者对山水自然的审美情趣和与民同乐的社会理想。行文骈散相间，整饬而有变化，二十一个"也"字，二十四个"而"字的运用，使得行文迂徐婉曲，情韵丰饶，有一唱三叹之妙。

　　环滁皆山也[1]，其西南诸峰，林壑尤美[2]。望之蔚然而深秀者，琅邪也[3]。山行六七里，渐闻水声潺潺，而泻出于两峰之间者，酿泉也[4]。峰回路转，有亭翼然临于泉上者[5]，醉翁亭也。作亭者谁？山之僧曰智仙也。名之者谁？太守自谓也。太守与客来饮于此，饮少辄醉，而年又最高，故自号曰醉翁也。醉翁之意不在酒，在乎山水之间也。山水之乐，得之心而寓之酒也[6]。

　　若夫日出而林霏开[7]，云归而岩穴暝[8]，晦明变化者[9]，山间之朝暮也。野芳发而幽香，佳木秀而繁阴，风霜高洁[10]，水落而石出者[11]，山间之四时也。朝而往，暮而归，四时之景不同，而乐亦无穷也。至于负者歌于途，行者休于树，前者呼，后者应，伛偻提携[12]，往来而不绝者，滁人游也，临溪而渔，溪深而鱼肥；酿泉为酒，泉香而酒洌[13]；山肴野蔌[14]，杂然而前陈者，太守宴也。宴酣之乐，非丝非竹[15]；射者中[16]，奕者胜[17]；觥筹交错[18]，起坐而喧哗者，众宾欢也。苍颜白发，颓然乎其间者[19]，太守醉也。

已而夕阳在山，人影散乱，太守归而宾客从也。树林阴翳[20]，鸣声上下[21]，游人去而禽鸟乐也。然而禽鸟知山林之乐，而不知人之乐；人知从太守游而乐，不知太守之乐其乐也[22]。醉能同其乐，醒能述以文者[23]，太守也。太守谓谁？庐陵欧阳修也。

世界书局本《欧阳修全集·居士集》卷三九

【注释】

[1] 滁：即滁州（今属安徽）。[2] 林壑：树林山谷。[3] 蔚然：树木茂盛的样子。深秀：幽深秀丽。琅邪（yá）：山名，在滁州西南十里。《太平寰宇记》："东晋元帝（司马睿）为琅邪王，避地此山，因名。"[4] 酿泉：即琅邪泉，以其泉水宜酿酒而得名。[5] 翼然：如鸟展翅的样子。[6] 山水之乐两句：欣赏山水佳趣，是心领神会，饮酒只是一种寄托而已。[7] 林霏：山林中的雾气。[8] 云归：傍晚时云气聚敛。暝：昏暗（指夜色）。[9] 晦明变化：或暗或明，变化不一。[10] 风霜高洁：即风高霜洁。此指秋季。[11] 水落石出：水位下降，淹没于水中之石又露出水面。此指冬季。[12] 伛偻（yǔ lǚ）：腰弯背曲的样子，此指老年人。提携：搀手领着走，此指小孩。[13] 酒洌：酒清而醇。[14] 山肴：指山里得来的野味。野蔌（sù）：野菜。[15] 丝、竹：弦乐器和管乐器，泛指音乐。[16] 射者中：古代宴会时一种游戏，用箭投向壶中，以投中多少决胜负。作者有《九射格》一文，所述或即此燕饮之礼。[17] 奕者胜：下棋的赢了。奕：下棋。[18] 觥（gōng）筹交错：觥：用犀牛角制成的酒杯。筹：指记饮酒数量的筹码。此句意指酒杯、酒筹交错互杂，形容宾主尽兴，互相敬酒。[19] 颓然：醉倒的样子。[20] 阴翳（yì）：林木荫蔽。[21] 鸣声上下：鸟儿上下奋飞鸣叫。[22] "不知"句：不知道太守以他们之乐为乐。其：指滁人、宾客。[23] "醉能同其乐"二句：醉了能与滁人和宾客同乐，酒醒之后能用文章记其乐。

祭石曼卿文

【解题】

石曼卿（994—1041），名延年，曼卿其字，仁宗朝早期著名诗人，欧阳修与之交游密切。石曼卿去世后二十六年，即宋英宗治平四年（1067），欧阳修写成此篇祭文。是年欧阳修已经六十岁，罢参知政事，出任亳州（今属安徽）知州，政治上的失意更增添了作者感旧念友的孤寂之情。作者遣人致祭于曼卿墓前，文中三呼曼卿，称颂其声名不朽，哀掉其死后凄凉，以抒发自己的深切哀思。全文感情深挚，音节悲切，基本上一韵到底，倍增凄怆。而对墓地一段的描绘，萧瑟凄清，哀婉呜咽。然而，文章从其"不朽"立论，以议论引发追怀和感慨，情思幽婉深沉。

维治平四年七月日[1]，具官欧阳修，谨遣尚书都省令史李扬[2]，至于太清[3]，以清酌庶羞之奠[4]，致祭于亡友曼卿之墓下，而吊之以文，曰：

呜呼曼卿！生而为英，死而为灵。其同乎万物生死，而复归于无物者，暂聚之形；不与万物共尽，而卓然其不朽者，后世之名。此自古圣贤，莫不皆然，而著在简册者，昭如日星[5]。

呜呼曼卿！吾不见子久矣，犹能仿佛子之平生[6]。其轩昂磊落[7]，突兀峥嵘[8]，而埋藏于地下者，意其不化为朽壤，而为金玉之精。不然，生长松之千尺，产灵芝而九茎[9]。奈何荒烟野蔓，荆棘纵横，风凄露下，走磷飞萤[10]？但见牧童樵叟，歌吟而上下，与夫惊禽骇兽，悲鸣踯躅而咿嘤[11]。今固如此，更千秋而万岁兮，安知其不穴藏狐貉与鼯鼪[12]？此自古圣贤亦皆然兮，独不见夫累累乎旷野与荒城[13]！

呜呼曼卿！盛衰之理[14]，吾固知其如此，而感念畴昔[15]，悲凉凄怆，不觉临风而陨涕者，有愧乎太上之忘情[16]。尚飨[17]！

世界书局本《欧阳修全集·居士集》卷五〇

【注释】

[1] 维：发语词。治平：宋英宗（赵曙）的年号。治平四年：1067年。[2] 具官：唐宋以后，在公文函牍或其他应酬文字的底稿上，常把应写明的官爵品级简写成"具官"。当时欧阳修的官衔是观文殿学士、刑部尚书、知亳州。尚书都省：官署名，即尚书省。令史：管理文书工作的官员。李扬：人名，事迹不详。[3] 太清：地名，石曼卿的故乡，故址在今河南省商丘市南。[4] 清酌：祭祀时所用的酒。庶羞：多种菜肴。[5] 简册：史籍。[6] 仿佛：好像，这里指见得不够真切的样子，亦即依稀想象之意。欧阳修写此文时，石曼卿已去世26年，故云。[7] 轩昂：仪表英俊。磊落：胸襟开阔、坦率。[8] 突兀峥嵘：山势高耸。此处形容才华出众。[9] 灵芝：菌类植物。古以灵芝为瑞草，故名。有九茎之灵芝，更为吉瑞。[10] 走磷：飘动的磷火，俗称鬼火，夜间荒郊野外常见其忽隐忽现。[11] 踯躅：徘徊不前。咿嘤：指鸟兽的悲鸣声。[12] 狐貉：狸与狗獾。鼯（wú）：俗称飞鼠；鼪（shēng）：俗称"鼬（yòu）"，即黄鼠狼。四者都依洞穴而居。[13] 累累：重叠相连属。此指旷野坟墓之多。[14] 盛衰：这里指人之生死。[15] 畴昔：昔日，从前。[16] 陨涕：掉眼泪。太上之忘情：太上，指圣人。忘情，指忘掉世间喜怒哀乐之事。此句谓自己面对圣人之忘情感到惭愧，即做不到那样。《世说新语·伤逝》载，晋朝人王戎儿子死了，山简去慰问他，见他悲痛欲绝，就说："孩抱中物，何至于此？"王戎说："圣人忘情，最下不及情，情之所钟，正在我辈。"[17] 尚飨（xiǎng）：祭文悼辞的习惯结语，是希望死者来享用祭品。飨，同"享"。

苏洵

苏洵（1009—1066），字明允，号老泉，眉州眉山（今属四川）人，与其子轼、辙同为北宋著名文学家，世称"三苏"。宋仁宗庆历中举进士不第，遂焚所撰书稿，闭门读书。嘉祐初再游京师，为欧阳修、韩琦所赏识，荐之于朝，授秘书省校书郎，后又任霸州文安县（今属河北）主簿。参与修纂《太常因革礼》一百卷，书成而卒。他长于策论，为文纵厉雄奇。所著《几论》《权书》《衡论》等皆"烦能不乱，肆能不流，其雄壮俊伟，若决江河而下；其辉光明白，若引星辰而上也"（曾巩《苏明允哀词》）。有《嘉祐集》，通行本有《四部丛刊》影宋钞本，今人曾枣庄、金成礼有《嘉祐集笺注》（上海古籍出版社2001年版）。

六　国

【解题】

　　仁宗嘉祐元年（1056），作者携二子至京师，以所著《几策》、《权书》、《衡论》二十二篇谒见翰林学士欧阳修，欧阳修转献于仁宗，本文即《权书》十篇之一。文中申述六国破灭，弊在赂秦，意在借论史事抨击朝政，批评宋王朝统治者向辽与西夏岁输银绢，屈膝妥协的政策，表现了作者卓越的见解。文章有为而言，切中时弊，说理透辟，文笔纵横驰骋，气势雄壮。

　　六国破灭，非兵不利、战不善，弊在赂秦。赂秦而力亏[1]，破灭之道也。或曰："六国互丧，率赂秦耶[2]？"曰："不赂者以赂者丧，盖失强援[3]，不能独完[4]。故曰弊在赂秦也。"

　　秦以攻取之外，小则获邑，大则得城，较秦之所得，与战胜而得者，其实百倍[5]；诸侯之所亡[6]，与战败而亡者，其实亦百倍。则秦之所大欲，诸侯之所大患，固不在战矣。思厥先祖父[7]，暴霜露，斩荆棘，以有尺寸之地。子孙视之不甚惜，举以予人，如弃草芥[8]。今日割五城，明日割十城，然后得一夕安寝。起视四境，而秦兵又至矣。然则诸侯之地有限，暴秦之欲无厌，奉之弥繁，侵之愈急。故不战而强弱胜负已判矣。至于颠覆，理固宜然。古人云："以地事秦，犹抱薪救火，薪不尽，火不灭。"[9]此言得之。

　　齐人未尝赂秦，终继五国迁灭，何哉？与嬴而不助五国也。五国既丧，齐亦不免矣。燕、赵之君，始有远略，能守其土，义不赂秦。是故燕虽小国而后亡，斯用兵之效也。至丹以荆卿为计[10]，始速祸焉。赵尝五战于秦，二败而三胜。后秦击赵者再，李牧连却之[11]，洎牧以谗诛，邯郸为郡[12]，惜其用武而不终也。且燕赵处秦革灭殆尽之际[13]，可谓智力孤危，战败而亡，诚不得已。向使三国各爱其地[14]，齐人勿附于秦，刺客不行[15]，良将犹在，则胜负之数，存亡之理，当与秦相较，或未易量。

　　呜呼！以赂秦之地封天下之谋臣，以事秦之心礼天下之奇才，并力西向[16]，则吾恐秦人食之不得下咽也[17]。悲夫！有如此之势，而为秦人积威之所劫[18]，日削月割，以趋于亡。为国者无使为积威之所劫哉！

　　夫六国与秦皆诸侯，其势弱于秦，而犹有可以不赂而胜之之势。苟以天下之大，下而从六国破亡之故事，是又在六国下矣[19]。

《四部丛刊》本《嘉祐集》卷三

【注释】

　　[1] 力亏：国力削弱。亏：损耗。[2] 互丧：彼此相继丧亡。率：一概，完全。[3] 强援：强有力的援助。[4] 完：保全。[5] "秦以攻取之外"六句：意谓秦国由于诸侯割让而得到的土地，比起因战胜而夺得的土地，要多许多倍。[6] 所亡：指丧失的土地。[7] 厥：其，他们的。[8] 如弃草芥：轻易丢弃，毫不珍惜。草芥：小草，比喻轻微而无价值之物。[9] "以地事

秦"句：这是战国时苏代对魏安厘（xǐ）王说的话。见《史记·魏世家》。[10] 以荆卿为计：指燕国太子丹派荆轲赴秦国去谋刺秦王，失败被杀之事。[11] 李牧：赵国名将，曾两次打败入侵的秦军。后秦贿赂赵王宠臣郭开，郭开进谗言，谓李牧等欲谋反，赵王使人捕杀李牧（见《史记·赵世家》及《廉颇蔺相如列传》）。[12] 洎（jì）：等到。邯郸：本为赵国都城，故城在今河北邯郸西南。李牧被杀后，赵即为秦所灭，秦置邯郸郡。[13] 革灭殆尽：指秦将各国灭得差不多了。殆：差不多。[14] 向：以前。使：假使。三国：指韩、魏、楚。[15] 刺客不行：指燕王不遣荆轲行刺秦王。[16] 并力西向：谓六国合力而西向抗秦。[17] 食之不得下咽：犹言寝食不安。[18] 积威：长期形成的威势。劫：威逼、胁迫。[19] "苟以天下之大"三句：意在讽谏宋王朝，谓以天下之大，降而蹈六国赂秦而亡之覆辙，则又在六国之下了，也就是说连六国还不如。

曾巩

　　曾巩（1019—1083），字子固，建昌南丰（今属江西）人。出生于仕宦之家，宋仁宗嘉祐二年（1057）进士。曾任太平州（今安徽当涂）司法参军，召编校史馆书籍，迁馆阁校勘、集贤校理，又出任地方官十余年。元丰四年（1081）召为史馆修撰，"典五朝史事"。元丰五年擢拜中书舍人，次年病故。曾巩是唐宋八大家之一，主张先道后文。其文雍容含蓄，平正古雅，长于议论，委曲周详，绝少抒情。"立言于欧阳修、王安石间，纡徐而不烦，简奥而不晦"（《宋史》本传），因其文卫道色彩较浓，又有章可循，深为吕祖谦、朱熹等理学家所服膺。"为文章，上下驰骤，愈出而愈工。本源六经，斟酌司马迁、韩愈，一时工作文词者，鲜能过也。"（《宋史》本传）曾整理《战国策》《说苑》《李白集》等。著有《元丰类稿》，有《四部丛刊》影元本，中华书局有1984年版陈杏珍、晁继周校点本《曾巩集》。

墨 池 记

【解题】

　　墨池，在今江西临川，相传是东晋著名书法家王羲之练习书法时洗笔砚的地方。本文一题作《晋右将军墨池》，是曾巩应抚州州学教授王君之请而写的一篇叙论。文章就王羲之临池苦练书法，池水被染黑的遗闻逸事，说明其书法艺术的造诣并非"天成"，而是刻苦学习的结果，并进一步说明应该通过学习提高道德修养，发人深省。文章意非志景，重在借事说理，以小见大。说理逐层推进，章法严谨细密。多感慨设问，循循善诱，节奏舒缓温雅。

　　临川之城东[1]，有地隐然而高[2]，以临于溪，曰新城。新城之上，有池洼然而方以长[3]，曰王羲之之墨池者[4]，荀伯子《临川记》云也[5]。羲之尝慕张芝临池学书，池水尽黑[6]。此为其故迹，岂信然邪？

　　方羲之之不可强以仕[7]，而尝极东方[8]，出沧海[9]，以娱其意于山水之间，岂有徜徉肆恣[10]，而又尝自休于此邪！羲之之书晚乃善[11]，则其所能，盖亦以精力自致者，非天成也。然后世未有能及者，岂其学不如彼邪？则学固岂可以少哉！况欲深造道德者邪？[12]

墨池之上，今为州学舍[13]。教授王君盛恐其不彰也[14]，书"晋王右军墨池"之六字于楹间以揭之[15]，又告于巩曰："愿有记。"推王君之心[16]，岂爱人之善，虽一能不以废[17]，而因以及乎其迹邪？其亦欲推其事以勉其学者邪[18]？夫人之有一能，而使后人尚之如此[19]？况仁人庄士之遗风余思[20]，被于来世者如何哉[21]！庆历八年九月十二日曾巩记[22]。

中华书局本《曾巩集》卷一七

【注释】

[1] 临川：宋时为江南西路抚州治所，在今江西抚州。[2] 隐然：隐隐约约，不很明显。[3] 洼然：凹下去的样子。方以长：方而长。[4] 王羲之：字逸少，琅琊（今山东临沂）人，东晋著名书法家，曾官右将军、会稽内史，人称"王右军"。[5] 荀伯子（378—438）：南朝宋颍川颍阴（今河南许昌）人，曾作临川内史。[6] 张芝：字伯英，东汉末年的书法家，擅长草书，人称草圣。王羲之很钦羡他的书法，在《与人书》中说："张芝临池学书，池水尽黑。使人耽之若是，未必后之也。"[7] "方羲之"句：骠骑将军王述，少有名誉，与王羲之齐名，而羲之甚轻之。王羲之任会稽内史时，王述为扬州刺史，后又检察会稽郡刑政，羲之深以为耻，遂称病去职，隐居于会稽山阴（今浙江绍兴）并发誓不再出仕（《晋书》本传）。方：正当。强（qiǎng）以仕：勉强出仕做官。[8] 尝极东方：曾游历到最东边的地方。极：穷尽。[9] 出沧海：出游东海。《晋书》本传载："羲之既去官，与东土人士尽山水之游，弋钓为娱。……遍游东中诸郡，穷诸名山，泛沧海。叹曰：'我卒当以乐死。'"[10] 徜徉（cháng yáng）：随意漫游。恣：纵情，任意。此指羲之纵情游山玩水。[11] 羲之之书二句：羲之早年书法，并不胜过同时的庾翼、郗愔。到晚年，才精妙绝伦，庾翼见其所作章草，叹为"焕若神明，顿还（张芝）旧观"（《晋书》本传）。[12] 深造道德：在道德上有所深造。[13] 州学舍：指抚州州学的房舍。[14] 教授：官名，其职责是以经术行义训导诸生，掌其课试之事，而纠正不如规者。（《宋史·职官志七》）此指州学教授。彰：显著。[15] 楹（yíng）间：两柱之间。楹：厅堂前部柱子。揭：张贴，张示。[16] 推：猜测，推究。[17] 虽一能不以废：即便是一技之长，也不湮没他。此指王羲之的书法技能。[18] 推其事句：推广王羲之学书的事迹，以此勉励学生。[19] 尚：尊崇。[20] 仁人庄士：指修德行仁的庄重之士。遗风余思：指留存于后世的道德风范。[21] "被于"句：其影响及于后世又当是怎样的呢？[22] 庆历八年：宋仁宗庆历八年（1048）。

王安石

读《孟尝君传》

【解题】

《孟尝君传》，指《史记·孟尝君列传》。孟尝君，战国时齐国公族，曾任齐相，招贤纳士，门下食客千人，封于薛（今山东滕县南）。史传载其相于秦，因谗入狱，秦昭王欲谋杀之,有客夜为狗,盗得宫中狐白裘,贿赂王妃,得以脱身夜逃。至函谷关,有客能为鸡鸣,群鸡相应,人以为天明,城门开启,始得去秦返齐。历来史家多认为孟尝君能得士,而作者以"世皆"开篇,质疑传统观点,以为真正的"士"当有经世之大略,非鸡鸣狗盗之技,颇有新意。实际借此对历代统治者不能真正认识和提拔人才的现象表示慨叹,同时也流露出奋力效时的愿望和不愿以同流合污的方式谋取进身之阶的内心矛盾。识度非凡,思理严密,文笔简练,论断有力。

世皆称孟尝君能得士[1],士以故归之,而卒赖其力[2],以脱于虎豹之秦[3]。嗟乎!孟尝君特鸡鸣狗盗之雄耳[4],岂足以言得士?不然,擅齐之强[5],得一士焉,宜可以南面而制秦[6],尚何取鸡鸣狗盗之力哉[7]!夫鸡鸣狗盗之出其门,此士之所以不至也。

中华书局本《临川先生文集》卷七一

【注释】

[1] 得士:指孟尝君能礼贤下士,与士相得。[2] 卒:最终。赖:依仗,依赖。[3] 虎豹之秦:语见《史记·苏秦列传》:"夫秦,虎狼之国也。"[4] 特:不过。雄:长,首领。[5] 擅:拥有。[6] 南面:古代天子坐北面南听政,此处意为称霸。制秦:制服秦国。[7] "尚何取"句:哪里还用得着鸡鸣狗盗之辈的力量。

苏轼

超然台记

【解题】

超然台,在宋密州(今山东诸城)北城上,苏轼为远离朝中党争,于神宗熙宁四年(1071)自请外调,通判杭州,熙宁七年移知密州,次年修葺旧台,并撰文作记。历代亭台记文往往以叙事、描写为主,本文却另辟蹊径,以论说哲理发端,而后由理入事,叙述整治旧台,登台眺望,观览四周之景,思古慨今,发超然物外之想。末乃画龙点睛,言台名"超然"之意,回应前文"安往而不乐"之旨。全文紧扣"乐"字,虚实相生,说理、记事和抒情有机结合,脉络清晰,层次分明。

凡物皆有可观。苟有可观,皆有可乐,非必怪奇伟丽者也。铺糟啜漓[1],皆可以醉;果蔬草木,皆可以饱。推此类也,吾安往而不乐?夫所为求福而辞祸者,以福可喜而祸可悲也。人之所欲无穷而物之可以足吾欲者有尽。美恶之辨战乎中[2],而去取之择交乎前[3],则可乐者常少,而可悲者常多,是谓求祸而辞福。夫求祸而辞福,岂人之情也哉!物有以盖之矣[4]。彼游于物之内[5],而不游于物之外。物非有大小也,自其内而观之[6],未有不高且大者也,彼其高大以临我,则我常眩乱反复[7],如隙中之观斗,又焉知胜负之所在?是以美恶横生,而忧乐出焉,可不大哀乎?

余自钱塘移守胶西[8]，释舟楫之安，而服车马之劳；去雕墙之美[9]，而庇采椽之居[10]；背湖山之观，而适桑麻之野。始至之日，岁比不登[11]，盗贼满野，狱讼充斥；而斋厨索然[12]，日食杞菊[13]，人固疑余之不乐也。处之期年[14]，而貌加丰[15]，发之白者，日以反黑。余既乐其风俗之淳，而其吏民亦安余之拙也[16]。于是治其园圃，洁其庭宇，伐安丘、高密之木[17]，以修补破败，为苟全之计。而园之北，因城以为台者旧矣。稍葺而新之[18]，时相与登览，放意肆志焉[19]。南望马耳、常山[20]，出没隐见，若近若远，庶几有隐君子乎？而其东则卢山，秦人卢敖之所从遁也[21]。西望穆陵[22]，隐然如城廓[23]，师尚父、齐威公之遗烈[24]，犹有存者。北俯潍水[25]，慨然太息，思淮阴之功[26]，而吊其不终[27]。台高而安，深而明，夏凉而冬温。雨雪之朝，风月之夕，余未尝不在，客未尝不从。撷园蔬，取池鱼，酿秫酒[28]，瀹脱粟而食之[29]。曰：乐哉游乎！

方是时，余弟子由，适在济南[30]，闻而赋之，且名其台曰"超然"。以见余之无所往而不乐者，盖游于物之外也。

中华书局本《苏轼文集》卷一一

【注释】

[1] 哺：食。糟：酒糟。啜：饮。醨：即醨（lí），薄酒。语见《楚辞·渔父》："众人皆醉，何不哺其糟而啜其醨。"[2] 美恶之辨：对事物好坏的辨别、判断。战：斗争。[3] 择：选择。[4] 盖：掩盖、蒙蔽。[5] 游：游心，醉心。[6] 自其内：从事物的内部。[7] 眩乱：迷乱不清。[8] 胶西：汉置胶西郡，治所在今山东。[9] 雕墙之美：雕梁画栋的华美住宅。[10] 庇：遮身、栖身。采椽：自山上采来之椽，不施斧斤，言其粗陋。[11] 岁比不登：收成连年不好。[12] 索然：冷清貌。[13] 杞菊：枸杞和菊花。苏轼《后杞菊赋》序文中说："以枸杞、菊花为日粮。"[14] 期（jī）年：满一年。[15] 貌加丰：容颜日渐丰满。[16] 安：习惯。拙：笨拙质朴。[17] 安丘、高密：县名，今属山东省。[18] 葺：修葺、修补。[19] 放意肆志：放松心情，尽展其志。[20] 马耳、常山：皆山名，在山东密州之南。[21] 卢山：传说卢敖为秦博士，隐居此山，后得道成仙，因名此山为卢山。[22] 穆陵：关名，故址在今山东临朐东南大岘山上。[23] 隐然：高貌。[24] 师尚父：即吕尚。齐威公：即齐桓公，春秋五霸之一。遗烈：流风余韵。[25] 潍水：潍河，源出山东五莲县西南之箕屋山，流经诸城，至昌邑县入莱州湾。[26] 淮阴之功：《史记·淮阴侯列传》："韩信伐齐，楚使龙且将，号称二十万，救齐。"与淮阴侯韩信军隔潍水为阵，被韩信用决囊潍水之计所败。[27] 吊其不终：韩信后因谋叛汉朝，被吕厉设计斩于长乐宫，不得善终。（《史记·淮阴侯列传》）[28] 秫（shú）酒：高粱酒。[29] 瀹（yuè）：煮。脱粟：糙米。[30] 子由：苏轼胞弟苏辙，字子由。济南：济南郡，在今山东历城。

文与可画筼筜谷偃竹记

【解题】

文与可（1018—1079），苏轼表兄，名同，梓潼（今四川绵阳）人，宋代著名画家，擅长墨竹，曾知洋州（今陕西洋县）、湖州（今属浙江）。筼筜（yún dāng），一种生长水边、竿粗节长的大竹子。筼筜谷,在洋州,因多产筼筜而得名。偃竹,文与可多画垂斜扭曲之竹。这既是一篇书画记,也是一篇亲切的回忆录,一篇长歌当哭的哀悼文,充满浓厚的抒情意味,同时又包含绘画经验的精辟总结。全文有议论,有叙事,有抒情,有诗,有赋,有书札,信笔而为,如行云流水,但形散而神不散,其意都在表达对亲厚无间之好友的深情追怀,读来令人回肠荡气,妙趣横生。

　　竹之始生,一寸之萌耳[1],而节叶具焉。自蜩腹蛇蚹[2],以至于剑拔十寻者[3],生而有之也。今画者乃节节而为之[4],叶叶而累之,岂复有竹乎?故画竹必先得成竹于胸中[5],执笔熟视,乃见其所欲画者,急起从之,振笔直遂[6],以追其所见[7],如兔起鹘落[8],少纵则逝矣[9]。与可之教予如此,予不能然也,而心识其所以然。夫既心识其所以然,而不能然者,内外不一,心手不相应,不学之过也[10]。故凡有见于中而操之不熟者,平居自视了然,而临事忽焉丧之,岂独竹乎[11]?子由为《墨竹赋》[12],以遗与可曰:"庖丁,解牛者也,而养生者取之[13];轮扁,斫轮者也,而读书者与之[14]。今夫夫子之托于斯竹也[15],而予以为有道者,则非耶[16]?"子由未尝画也,故得其意而已。若予者,岂独得其意,并得其法。

　　与可画竹,初不自贵重。四方之人,持缣素而请者[17],足相蹑于其门[18]。与可厌之,投诸地而骂曰:"吾将以为袜材。"士大夫传之,以为口实[19]。及与可自洋州还,而余为徐州[20]。与可以书遗余曰:"近语士大夫,吾墨竹一派,近在彭城[21],可往求之,袜材当萃于子矣[22]。"书尾复写一诗,其略曰:"拟将一段鹅溪绢[23],扫取寒梢万尺长[24]。"予谓与可:"竹长万尺,当用绢二百五十匹。知公倦于笔砚,愿得此绢而已。"与可无以答,则曰:"吾言妄矣,世岂有万尺竹也哉?"余因而实之[25],答其诗曰:"世间亦有千寻竹,月落庭空影许长[26]。"与可笑曰:"苏子辩则辩矣[27]。然二百五十匹,吾将买田而归老焉[28]。"因以所画筼筜谷偃竹遗予曰:"此竹数尺耳,而有万尺之势。"筼筜谷在洋州,与可尝令予作《洋州三十咏》,《筼筜谷》其一也。予诗云:"汉川修竹贱如蓬[29],斤斧何曾赦箨龙[30],料得清贫馋太守,渭滨千亩在胸中[31]。"与可是日与其妻游谷中,烧笋晚食,发函得诗[32],失笑喷饭满案。

　　元丰二年正月二十日,与可没于陈州[33]。是岁七月七日,予在湖州曝书画[34],见此竹,废卷而哭失声。昔曹孟德《祭桥公文》,有"车过""腹痛"之语[35],而予亦载与可畴昔戏笑之言者[36],以见与可于予亲厚无间如此也。

中华书局本《苏轼文集》卷一一

【注释】

　　[1] 萌:芽。[2] 蜩(tiáo)腹蛇蚹(fù):形容竹笋开始脱壳拔节。蜩:蝉。蚹:蛇腹下横鳞。《庄子·齐物论》:"吾待蛇蚹蜩翼邪?"这里形容竹初生时的状态。[3] 剑拔:形容竹干挺直有力。寻:古代八尺为一寻。[4] 节节而为之:(画竹时)一节一节分步骤勾画。叶叶而累之:一叶一叶地逐片添加。累:添加。[5] 先得成竹于胸中:意即画竹之先,心中必须有完整的竹子形象。[6] 振笔直遂:挥动画笔,一气画完。振:动。遂:完成。[7] 追其所见:意思是通过快速的运笔描画,将自己于心里所构思的"竹"表现出来。[8] 兔起鹘(hú)落:兔子

刚跃起时，鹘隼已经冲下。比喻动作迅捷。鹘：一种猛禽，又名隼。[9] 少纵：稍有放纵、怠慢。逝：消失。[10]"内外"三句：内心所想和外部表现不一致，亦即心里虽有认识，手上却不能相应表达，这是不学的过失。[11]"故凡"四句：所以凡是内心有一定见解，而做起来不熟练的人，往往平时自以为很清楚，而临到做时，忽然又不会了，难道仅仅画竹才是这样吗？平居：平时。了然：清楚、明白的样子。[12] 子由：即苏辙，字子由，苏轼之弟。[13]"庖丁"三句：《庄子·养生主》有庖丁解牛的故事，最后文惠君感叹说："善哉！吾闻庖丁之言，得养生焉。"此三句是说，庖丁是解牛的，而讲求养生的人可以从中领悟养生之道。[14]"轮扁"三句：《庄子·天道》载有轮扁斫轮的故事。大意是轮扁在堂下斫轮，看见桓公在堂上读书，便说桓公读的是古人的糟粕，桓公非常生气。轮扁即以自己斫轮的手艺作比喻，旨在说明精妙的技艺只有明白于心，而非语言所能表达。因此古人书中所写也只能是糟粕而已。此处意在表明轮扁是斫轮的，而读书人赞同他的观点。轮扁：斫轮的工匠，名扁。斫（zhuó）：砍、削。与：赞许。[15]"夫子"句：夫子：称文与可。托：寄托。意即文与可以画竹为寄托。[16]"而予"二句：我认为您是通晓事物规律的人，难道不是吗？[17] 缣素：古人用绢作画，缣素即白绢。[18] 足相蹑：脚踏着脚，形容来求画的人接连不断。[19] 口实：话柄。[20] 余为徐州：神宗熙宁十年（1077）至元丰二年（1079）之间苏轼曾知徐州。[21]"吾墨竹"二句：意思是传我墨竹画派的人，近在徐州，即指苏轼。彭城：即今江苏徐州。[22]"袜材"句：求画的绢将要聚集到你那里了，意即将有很多人到你处求画。萃：聚集。[23] 鹅溪绢：鹅溪：地名，在今四川盐亭县西北，以产绢著名，唐时以为贡品，宋人书画尤重之。[24] 扫取寒梢：比喻画竹。扫取：指挥笔作画。寒梢：指竹，因其耐寒，故名。[25] 实：证实。[26] 影许长：竹影有这样长。许：如此，这等。[27] 辩：巧辩，善辩。[28]"然二百五十匹绢"二句：古代常用绢匹作为交易货币，故说如果有二百五十匹绢，将买田养老了。[29] 汉川：即汉水，源出陕西宁羌县北，曲折东流，经汉中、洋县之南，入湖北。[30] 箨（tuò）龙：竹笋的别称。[31]"渭滨"句：渭滨：即渭水之滨。《史记·货殖列传》："渭川千亩竹……其人皆与千户侯等。"[32] 发函：拆开书信。[33] 元丰二年：公元1079年。没：通"殁"，死亡。陈州：今河南淮阳。[34] 湖州：今属浙江。曝：晒。[35]"昔曹孟德"二句：典出曹操《祀故太尉桥玄文》。当年曹操微贱时，没有人重视他。曹操曾拜访桥玄，桥玄认为他非同一般。桥曾对曹戏言道：将来你路过我的坟墓，如不祭奠我，我将诅咒你，届时"车过三步，腹痛勿怪"。桥玄死后，曹操过故乡谯郡，用太牢祭桥玄，感叹道："虽临时戏笑之言，非至亲之笃好，胡肯为此辞乎？"[36] 畴昔：从前，昔日。

赤 壁 赋

【解题】

　　元丰二年（1079），苏轼被贬为黄州团练副使。元丰五年，他曾两次游览黄州城外的赤壁（也叫赤鼻矶），写下著名的《念奴娇·赤壁怀古》词和前、后《赤壁赋》。其实，苏轼所游赤壁并非三国周郎破曹之赤壁，不过是借题发挥而已。此为前篇，首先记叙夜游之景，继以主客问答、抑客伸主的传统赋法，抒发人生如寄、虚无飘渺的感慨和超然齐物、随缘自适的意愿，流露了贬谪之中内心情感的苦闷不平，也体现了超越现实、乐观旷达的思想性格。对夜游山川风月的描写、英雄业绩的感怀都极为生动优美，简单点染便出神入化，富有诗情画意。通篇写景、抒情、议论自然流转，有机交融，语言骈散结合，清新流畅，宛转优美，韵味浓厚。

　　壬戌之秋[1]，七月既望[2]，苏子与客泛舟游于赤壁之下。清风徐来，水波不兴。举酒属客[3]，诵明月之诗，歌窈窕之章[4]。少焉，月出于东山之上，徘徊于牛斗之间。白露横江[5]，水光接天。纵一苇之所如，凌万顷之茫然[6]。浩浩乎如冯虚御风[7]，而不知其所止。飘飘乎如遗世独立，羽化而登仙[8]。

　　于是饮酒乐甚，扣舷而歌之。歌曰："桂棹兮兰桨[9]，击空明兮泝流光[10]。渺渺兮予怀[11]，望美人兮天一方[12]。"客有吹洞箫者，倚歌而和之[13]。其声呜呜然，如怨如慕、如泣如诉，余音嫋嫋，不绝如缕。舞幽壑之潜蛟，泣孤舟之嫠妇[14]。

　　苏子愀然，正襟危坐[15]而问客曰："何为其然也[16]？"客曰："'月明星稀，乌鹊南飞'[17]，此非曹孟德之诗乎？西望夏口，东望武昌，山川相缪[18]，郁乎苍苍，此非孟德之困于周郎者乎[19]？方其破荆州，下江陵[20]，顺流而东也，舳舻千里[21]，旌旗蔽空，酾酒临江，横槊赋诗[22]，固一世之雄也，而今安在哉？况吾与子渔樵于江渚之上，侣鱼虾而友麋鹿[23]，驾一叶之扁舟，举匏樽以相属[24]；寄蜉蝣于天地[25]，渺沧海之一粟[26]！哀吾生之须臾[27]，羡长江之无穷，挟飞仙以遨游，抱明月而长终[28]。知不可乎骤得[29]，托遗响于悲风。"

　　苏子曰："客亦知夫水与月乎？逝者如斯，而未尝往也；盈虚者如彼，而卒莫消长也[30]。盖将自其变者而观之，则天地曾不能以一瞬[31]；自其不变者而观之，则物与我皆无尽也，而又何羡乎[32]？且夫天地之间，物各有主，苟非吾之所有，虽一毫而莫取。惟江上之清风，与山间之明月，耳得之而为声，目遇之而成色，取之无禁，用之不竭，是造物者之无尽藏也，而吾与子之所共食[33]。"

　　客喜而笑，洗盏更酌[34]。肴核既尽[35]，杯盘狼藉。相与枕藉乎舟中[36]，不知东方之既白。

中华书局本《苏轼文集》卷一

【注释】

　　[1] 壬戌：宋神宗元丰五年（1082）。[2] 既望：农历每月十六。望：指农历每月十五日。[3] 属客：向客人敬酒。属：劝酒。[4] "诵明月之诗"二句：前指曹操诗《短歌行》，有"明明如月，何时可掇"和"月明星稀，乌鹊南飞"之句。一说指《诗经·陈风》里的《月出》。后指《诗经·周南》里的《关雎》，有"窈窕淑女，君子好逑"之句。[5] 白露横江：月色之中，江面水汽呈乳白色，状如白露。[6] "纵一苇"两句：任凭小舟在江面漂泛。纵：任凭。一苇：像一片苇叶的小船。所如：所往。凌：越过。[7] 浩浩乎：飘飘然似凌空御风而行。浩浩：指水面旷远。冯：同"凭"。虚：太空。御风：驾御着风。[8] 飘飘乎：飘飘然像是遗弃尘世而得道成仙。羽化：道教谓人修炼得道，飞升成仙为羽化。[9] 桂棹、兰桨：都是划船用具的美称。[10] 击空明：船桨击打清澈如空的江水。泝流光：船在浮动着月光的水面航行。[11] 渺渺兮予怀：我的胸怀宽广阔大。渺渺：辽远、宽阔的样子。[12] 美人：古人常用来作为贤君圣主或美好理想的象征。[13] 倚歌而和之：按着歌的节拍吹箫。[14] "舞幽壑"句：使深潭中潜

伏着的蛟龙起舞，使孤舟中的寡妇悲泣。舞、泣，使动用法。[15] 愀（qiǎo）然：忧愁貌。正襟危坐：整理衣襟，严肃端坐。[16] 何为其然也：你的箫声为什么这么悲凉？[17] "月明星稀"二句：这是曹操《短歌行》中的诗句。[18] 夏口：汉水下游流入长江处，古称夏口，又称汉口。武昌，今湖北省鄂州市。作者谪居黄州（今湖北黄冈）时写的《每件事秦太虚书》："所居对岸武昌，山水绝佳。"在黄州赤壁东南，隔江相望。缪（liáo）：同缭，缭绕。[19] 孟德之困于周郎：汉献帝建安十三年（208），吴将周瑜在赤壁之战中击溃曹操号称八十万大军一事，见《资治通鉴》卷六五。孟德，曹操的字。周郎，指周瑜。周瑜任建威中郎将时年仅二十四岁，吴中皆呼为周郎（《三国志·吴志·周瑜传》）。[20] "方其"二句：建安十三年，刘琮率众向曹操投降，操军不战而占领荆州、江陵。荆州：此指湖北省襄阳县一带地区。江陵：今湖北江陵。[21] 舳舻（zhú lú）千里：言战船顺江而下，前后相连，千里不断。舳舻：大船。[22] 酾（shī）酒：即滤酒。这里是饮酒的意思。槊（shuò）：长矛。[23] 麋鹿：鹿的一种。侣、友：皆名词用。[24] 匏樽：用葫芦做的酒杯。[25] "寄蜉蝣"句：此句说人生如蜉蝣一样寄托于天地之间，生命是短暂的。蜉蝣：夏秋之间生于水边的一种小虫，只能活几小时。[26] "渺沧海"句：渺小得像大海中的一粒粟米。[27] 须臾：一会儿。[28] "挟飞仙"二句：（希望）同神仙一起邀游，同日月一起永在。[29] 骤得：言"挟飞仙""抱明月"的愿望不能达到。遗响：指洞箫之声。[30] "逝者如斯"四句：流逝的如同这江水，其实并未消失，或圆或缺的月亮，其实也没有增减。逝者：流去的。斯：指江水。语出《论语·子罕》："子在川上曰：'逝者如斯夫，不舍昼夜。'"盈虚：指月之圆缺。消长：减少与增加。[31] "盖将"二句：从绝对变化的方面看天地也不过一眨眼工夫。一瞬：一眨眼。[32] "物与我"二句：万物与人都是永存的，又有什么值得羡慕的呢？意思是不必"羡长江之无穷"。[33] "是造物者"二句：造物者：古时以为万物都是上天制造的，故称天为造物者。无尽藏：佛家语，意思是无穷无尽的宝藏。食：一作"适"。此处指享用。[34] 洗盏更酌：洗过酒杯，重新再饮。[35] 肴核：肴，菜。核：果品。[36] 相与枕藉：相互枕着睡觉。枕：枕头。藉：垫褥。此处作动词用。

记承天夜游

【解题】

承天寺，在今湖北黄冈南。《黄州府志·黄冈县》："承天寺在大云寺前，今废，即东坡乘月访张怀民处。又《与陈季常书》云：临皋虽有一室可憩从者，但西日可畏，承天寺极相近，门前一大舸亦可居。"本文作于宋神宗元丰六年（1083），时作者与张怀民（名梦得）皆谪贬黄州，作者因贬得闲，于是自放山水。全文仅九十余字，信手写来，漫不经意，描写月夜景色精妙入微，笔墨幽洁，韵味空灵，是笔记小品文中的妙品。

元丰六年十月十二日夜，解衣欲睡，月色入户，欣然起行。念无与为乐者，遂至承天寺，寻张怀民，怀民亦未寝，相与步于中庭。庭下如积水空明[1]，水中藻荇交横[2]，盖竹柏影也[3]。何夜无月，何处无竹柏，但少闲人如吾两人者耳。黄州团练副使苏某书。

中华书局本《苏轼文集》卷七一

【注释】

[1]"庭下"句：意指月光之中庭院如一泓积水般清澈透明。[2] 藻荇（xìng）：水草名。藻叶小而圆，荇叶长而狭。[3] 盖竹柏影也：水中藻荇，交错散漫，原是庭院中竹柏的影子。

文天祥

《指南录》后序

【解题】

《指南录》为文天祥自编诗集，共四卷，集名取自作者《扬子江》一诗中"臣心一片磁针石，不指南方不肯休"的句意。诗集卷首已有一篇自序，此为《后序》。《指南录》以诗和纪事相参照，完整地纪录了自己出使元营、被扣、脱逃至福州的斗争经历。此序则进一步对全集内容的概括总结，但不止于记事，而是一篇痛定思痛之作，其主题在明心迹，辨死生，晓大义。文中首先追叙临危受命、出使被拘、乘隙脱逃的经历，继而历数九死一生，追踪宋廷的险境，表现自己维护民族尊严，不肯屈膝投降的凛然正气和九死一生、百折不挠的忠贞气节和坚强意志。因有诗集在前，全文叙事较为紧凑，语言简洁凝炼，感情极为充沛，读来一气而下，富于感染力。尤其是连用二十一个"死"字，将出生入死的经历压缩在一连串排比中，强烈地其展示了其惊心动魄的生死经历和不屈不挠的斗争精神。对于生死问题的思考构成了全文最为扣人心弦的情感脉络和思想归属，其临难者的复杂心情和视死如归的坚强决心无不凛然可感，读来令人感慨唏嘘而耸然起敬。

德祐二年二月十九日[1]，予除右丞相兼枢密使[2]，都督诸路军马。时北兵已迫修门外[3]，战、守、迁皆不及施。缙绅大夫、士萃于左丞相府[4]，莫知计所出。会使辙交驰[5]，北邀当国者相见[6]，众谓予一行，为可以纾祸[7]。国事至此，予不得爱身，意北亦尚可以口舌动也[8]。初，奉使往来无留北者[9]，予更欲一觇北[10]，归而求救国之策，于是辞相印不拜[11]。翌日，以资政殿学士行[12]。

初至北营，抗辞慷慨，上下颇惊动，北亦未敢遽轻吾国。不幸吕师孟构恶于前[13]，贾余庆献谄于后[14]，予羁縻不得还[15]，国事遂不可收拾。予自度不得脱，则直前诟虏帅失信，数吕师孟叔侄为逆[16]，但欲求死，不复顾利害。北虽貌敬，实则愤怒。二贵酋名曰馆伴[17]，夜则以兵围所寓舍，而余不得归矣。

未几，贾余庆等以祈请使诣北[18]。北驱予并往，而不在使者之目。予分当引决[19]，然而隐忍以行。昔人云："将以有为也[20]。"至京口，得间奔真州[21]，即具以北虚实告东西二阃[22]，约以连兵大举。中兴机会，庶几在此。留二日，维扬帅下逐客之令[23]。不得已，变姓名，诡踪迹[24]，草行露宿，日与北骑相出没于长淮间。穷饿无聊，追购又急[25]，天高地迥，号呼靡及[26]。已而得舟，避渚洲，出北海[27]，然后渡扬子江，入苏州洋[28]，展转四明、天台，以至于永嘉[29]。

呜呼！予之及于死者，不知其几矣！诋大酋当死[30]；骂逆贼当死；与贵酋处二十日，争曲直[31]，屡当死；去京口，挟匕首以备不测，几自刭死[32]；经北舰十余里，为巡船所物色，几从鱼腹死[33]；真州逐之城门外，几彷徨死；如扬州，过瓜洲扬子桥[34]，竟使遇哨，无不死；扬州城下，进退不由[35]，殆例送死；坐桂公塘土围中[36]，骑数千过其门，几落贼手死；贾家庄几为巡徼所陵迫死[37]；夜趋高邮[38]，迷失道，几陷死；质明[39]，避哨竹林中，逻者数十骑，几无所逃死；至高邮，制府檄下[40]，几以捕系死；行城子河[41]，出入乱尸中，舟与哨相先后，几邂逅死[42]；至海陵[43]，如高沙[44]，常恐无辜死；道海安，如皋[45]，凡三百里，北与寇往来其间，无日而非可死；至通州，几以不纳死[46]；以小舟涉鲸波[47]，出无可奈何，而死固付之度外矣。呜呼！死生，昼夜事也[48]。死而死矣，而境界危恶，层见错出，非人世所堪。痛定思痛，痛何如哉！

予在患难中，间以诗记所遭，今存其本不忍废[49]。道中手自抄录。使北营，留北关外[50]，为一卷；发北关外，历吴门、毗陵[51]，渡瓜洲，复还京口，为一卷；脱京口，趋真州、扬州、高邮、泰州、通州，为一卷；自海道至永嘉，来三山，为一卷[52]。将藏之于家，使来者读之，悲予志焉。

呜呼！予之生也幸，而幸生也何所为？求乎为臣，主辱臣死，有余僇[53]；所求乎为子，以父母之遗体行殆而死，有余责[54]。将请罪于君，君不许；请罪于母，母不许，请罪于先人之墓。生无以救国难，死犹为厉鬼以击贼，义也。赖天之灵，宗庙之福，修我戈矛，从王于师[55]，以为前驱，雪九庙之耻[56]，复高祖之业[57]。所谓誓不与贼俱生，所谓鞠躬尽力，死而后已，亦义也。嗟夫！若予者，将无往而不得死所矣[58]。向也使予委骨于草莽，予虽浩然无所愧怍，然微以自文于君亲，君亲其谓予何[59]？诚不自意返吾衣冠[60]，重见日月，使旦夕得正丘首[61]，复何憾哉！复何憾哉！

是年夏五，改元景炎[62]，庐陵文天祥自序其诗，名曰《指南录》。

《四部丛刊》本《文山先生全集》卷一三

【注释】

[1] 德祐二年：1276年。德祐：宋恭帝赵㬎年号（1275—1276）。二月：据《指南录·自序》当为正月。[2] 除：授予官职。右丞相：宋时置左右丞相，右丞相职位略次于左。枢密使：宋时掌管国家军权的最高长官。[3] 北兵：元兵。修门：《楚辞·招魂》："魂兮归来，入修门些"。本指楚国郢都城门。此代指南宋都城临安。《指南录·自序》："时北兵驻高亭山，距修门三十里。"[4] 缙绅：本是古时官僚的装束，后常代指做官的人。萃：聚集。左丞相：时左丞相为吴坚（宋亡降元）。[5] 使辙交驰：宋元双方使臣车马往来奔驰。[6] 当国者：主持国家政事者。[7] 纾祸：缓解祸难。[8] 尚可以口舌动：还可以用言辞说服。[9] 初：先前。无留北者：没有被扣留在元营的。[10] 觇（chān）：窥探。[11] 不拜：不接受官职。[12] 翌（yì）日：次日。资政殿学士：荣誉官衔，宋时宰相罢政后多授此职。[13] 吕师孟构恶于前：吕师孟：宋时任兵部尚书，襄阳城守将吕文焕之侄，俱叛宋降元。构恶：谓与吕师孟有夙怨。《指南录·纪事》："先是，予赴平江，入疏言：'叛逆遗孽不当待以姑息，乞举《春秋》诛乱贼之法'，意指吕师孟。"[14] 贾余庆献谄于后：贾余庆：官同签书枢密院事、知临安府，时与文天祥同使元营，后向元人献计拘囚文天祥。《指南录·使北》："贾余庆凶狡残恶，出于天性，密告伯颜（元军统帅），使启北庭，拘予于沙漠。"献谄：向敌人献媚。[15] 羁縻：此指扣留。

[16]"诟虏帅失信"二句：诟：责骂。失信：指元军扣押使臣。数（shǔ）：列举罪状，严加指责。《指南录·纪事》："正月十日至北营，适与文焕同坐，予不与语。越二日，予不得回阙，诟虏酋失信，盛气不可止。"《续资治通鉴·元纪一》："元巴延引文天祥与吴坚等同坐，天祥面斥贾余庆卖国，且责巴延失信，吕文焕从旁谕解之。天祥并斥文焕及其侄师孟，父子兄弟受国厚恩，不能以死报国，乃全族为逆。文焕等惭恚，遂与余庆共劝巴延拘天祥，另随祈请使北行。"
[17]二贵酋：指忙古歹（时为万户）、唆都（时任宣抚），皆为元军高级将领。馆伴：招待外国使臣的人员。[18]祈请使：奉表请降的使臣。宋与金议和时，祈请金人放还徽、钦二帝时所派使臣，称"祈请使"。此时尚沿用此称，指出使元营的贾余庆、吴坚、谢堂等人于德祐二年二月充任祈请使，往元大都请降（《宋史·瀛国公纪》）。文天祥则以被扣押者的身份被解往大都。
[19]分（fèn）当引决：理当自杀。[20]将以有为：韩愈《张中丞传后叙》："巡呼云曰：'南八，男儿死耳，不可为不义屈！'云笑曰：'欲将以有为也。公有言，云敢不死。'即不屈。"作者引以表示自己暂时保全性命，以图有所作为。[21]"至京口"二句：《指南录·脱京口》："二月二十九日夜，予自京口城中间道出江浒，登舟泝金山，走真州。"同时随文天祥脱险者还有杜浒等十一人。京口：今江苏镇江市。真州：今江苏仪征市。[22]东西二阃（kǔn）：指淮东制置使李庭芝和淮西制置使夏贵。阃：地方统兵将帅。[23]维扬帅下逐客之令：驻守维扬（今扬州市）的淮东制置使李庭芝得报，疑文天祥为元人奸细，下令真州守将苗再成把他杀掉，苗再成不忍，开城门将其放走。[24]诡踪迹：隐秘自己行踪。[25]追购：悬赏追捕。[26]"天高地迥"二句：意谓呼天不应，呼地不灵。[27]渚州：指长江中的沙州。北海：长江口以北的海。[28]苏州洋：今上海市附近海域。[29]四明：今浙江省宁波市。天台：今浙江省天台县。永嘉：今浙江省温州市。[30]诋：辱骂。大酋：指敌帅伯颜。[31]曲直：是非曲直。[32]"去京口"三句：《指南录·候船难》："予先遣二校坐舟中，密约待予甘露寺下，及至，船不知所在。意窘甚，交谓船已失约，奈何！予携匕首，不忍自残，甚不得已，有投水耳。余元庆褰裳涉水，寻一二时许，方得船至，各稽首以更生为贺。"[33]"经北舰"三句：《指南录·上江难》："予既登舟，意泝流直上，他无事矣。乃不知江岸皆北船，连亘数十里，鸣梆唱更，气焰甚盛。吾船不得已，皆从北船边经过，幸而无问者。至七里江，忽有巡者喝云：'是何船？'梢答以'河屯船'。巡者大呼云：'歹船。'歹者，北以是名反侧奸细之称。巡者欲近船前，适退潮，阁浅不能至舟中皆流汗。其不来，侥幸耳！"物色：此指搜捕。[34]瓜洲：今江苏邗江县南长江滨。扬子桥：即扬子津，在今扬州市南十五里。[35]不由：不由自主。[36]"坐桂公堂"三句：桂公堂：地名，在扬州城外。《指南录·至扬州》："予不得已，去扬州城下，随卖柴人趋其家。而天色渐明，行不能进。至十五里头，半山有土围一所，旧是民居，毁荡无余，无橼瓦，其间马粪堆积。时惟恐北有望高者，见一队人行，即来追逐，只得入此土围中暂避。""数千骑随山而行，正从土围后过。一行人无复人色，傍壁深坐，恐门外得见。若一骑入来，即无噍类矣！时门前马足与箭筒之声，历落在耳，只隔一壁。幸而风雨大作，骑只经去。"[37]贾家庄几为巡徼（jiào）所陵迫死：贾家庄：在扬州城北。《指南录·贾家庄》："予初五日随三樵夫，黎明至贾家庄，止土围中。"又《扬州地分官》："初五至晚，地分官五骑咆哮而来，挥刀欲击人，凶焰甚于北，亟出濡米，方免毒手。"[38]高邮：今江苏省高邮市。[39]质明：黎明。[40]制府檄（xí）下：此指淮东制置使李庭芝所下缉捕文天祥的文告。[41]城子河：今高邮附近。[42]舟与哨相先后：文天祥所乘之船与元军哨兵差一点相遇。邂逅：不期而遇。[43]海陵：今江苏泰州市。[44]高沙：即高邮，意谓如在高邮一样危险。[45]海安、如皋：均属江苏省。

［46］通州：今江苏南通市。胡广《丞相传》载文天祥"至通州，几不纳，适牒报：'镇江大索文丞相十日，且以三千骑追亡于浒浦。'始释制司前疑，而又追追骑，赖通州守杨师亮出郊，闻而馆于郡，衣服饮食，皆其料理。"［47］涉鲸波：谓出海。鲸波：巨浪。［48］"死生"二句：死亡是早晚之事。［49］本：底稿。［50］北关外：指文天祥与元帅伯颜谈判的临安（今杭州）北门外高亭山。［51］吴门：今江苏省苏州市。毗陵：今江苏常州市。［52］三山：今福建福州。市内有闽山、越王山、九仙山，故名。［53］"求乎为臣"三句：按照为人臣的标准，皇帝受辱，臣子当拼死雪耻。今不死则有余罪。僇（lù）：罪。［54］"所求乎为子"三句：《孝经·开宗明义章》："身体发肤，受之父母，不敢毁伤，孝之始也。"此句意思是：按照为人子的标准，让受之于父母的身体遭受到侮辱和伤害，是对不起父母的。行殆而死：行为冒险而死。［55］"修我戈矛"二句：语出《诗经·秦风·无衣》："王于兴师，修我戈矛，与子同仇。"意谓修整武器，随君出征。［56］九庙：古代皇族宗庙。［57］高祖：此指宋朝开国之君赵匡胤。［58］无往而不得死所：谓无论死于何处，都是死得其所，无所遗憾。［59］"向也"四句：如果我当时葬身草野，虽然没有什么可惭愧的，但无以向君和亲表白，君和亲又将怎样看待我呢？愧怍（zuò）：惭愧。微以：无以。自文：自我文饰、自我表白。［60］诚不自意返吾衣冠：真是出乎自己意料，我还能够再回朝廷任职。衣冠：指汉族衣服。［61］正首丘：语出《礼记·檀弓上》："狐死正首丘"。传说狐狸死，头必朝向出生的山丘。古人用以比喻不忘根本，不忘故乡。此处引申为死于故乡。［62］"是年夏五"二句：公元1276年夏五月，陈宜中等立赵昰（shì）于福州，是为端宗，改元景炎。

宋话本概说

一、宋代"说话"兴盛的原因

"说话",是唐以来一种讲故事的民间伎艺,性质略同于今之"说书"。至宋代,由于社会较稳定,经济发展,市民阶层壮大,适应他们对于文化娱乐的需求,"说话"普遍流行于城市,特别是大都市。其演出场所,主要是"瓦舍勾栏"(民间游艺场)、茶坊酒肆、佛教寺院等。演员谓之"说话人"。

二、宋话本的性质与分类

"话本",是说话人演讲故事的底本。其编写、整理加工者多为下层文人。他们有自己的行会,曰"书会";书会中人称"才人"。由于市场供不应求,书商便争相收集、刊印话本,供人阅读,藉此谋利。据宋罗烨《醉翁谈录》,明晁瑮、晁东吴《宝文堂书目》,清钱曾《也是园藏书目》等书记载,今天可知的宋话本篇目有140多种。可惜大多数宋刻本已亡佚,现存者多为元或元以后所刊。现存宋人创作之话本,按题材大略可分3类。一是小说话本。约有三四十种,散见于明洪楩汇辑《清平山堂话本》,明冯梦龙编《古今小说》《警世通言》《醒世恒言》,近人缪荃孙刊《京本通俗小说》等。二是讲史话本。有《梁公九谏》《五代史平话》《大宋宣和遗事》等3种。三是说经话本。有《大唐三藏取经诗话》(一称《大唐三藏取经记》)1种。其中最有价值的是小说话本。

三、宋小说话本的形式

小说话本是一个个独立的短篇故事。它有独特的体制和形式,通常由入话、正话、结尾几部分组成。"入话"是小说的开端,往往以一首或一组诗词引出或关合主题故事;也有先以诗词点出故事主旨,接着述说一个小故事,与主题故事形成或正或反的类比。这种设置,与说话的演出性质有关,作用在于调整、营造听书的秩序和气氛,稳住先到的听众,吸引更多后来的听众。"正话"是小说的躯干,讲述主题故事。正话之后,则是结尾,多用一首散场诗总结故事主旨,或以"话本说彻,权做散场"之类套语收束全文。通篇以散文叙述故事,间杂诗词、骈偶文等作渲染、点评,可见其演出形式是讲说为主,辅以吟唱。

四、宋小说话本的优秀作品及其思想、艺术特点

宋小说话本中的优秀之作有《碾玉观音》《错斩崔宁》《冯玉梅团圆》《杨思温燕山遇故人》《万秀娘仇报山亭儿》《闹樊楼多情周胜仙》等。这些作品,揭露封建统治者的残暴、

昏庸、贪酷，讴歌普通妇女对爱情的大胆追求，表彰爱国思想和侠义行为，体现了当时人民的爱憎。更多的作品描绘大千世界的众生百态，表达市井小民们的喜怒哀乐，均有可观。当然，其中也有封建迷信、低级趣味等糟粕。

在艺术方面，宋小说话本中的名篇多能精心结撰故事情节，合理设计矛盾冲突，巧妙制造悬念，适时抖落包袱，以求达到最佳讲述效果。故事中的人物，无论正面反面，都有血有肉，栩栩如生。人物性格往往通过动作、对话等细节，尤其是心理描写来凸现。为使故事横生妙趣，作者有时还对相关人物作漫画式的变形和夸张。针对听众主要为文化水平不高的普通市民这一特点，又多采用直白、俚俗的民间口语，杂以插科打诨，诙谐幽默之中，不乏睿智的闪光。表达立场、观点、情感倾向时，不忸怩作态，而是直截了当，泼辣辣地说出心中所想，哪怕并不那么高尚，那么冠冕堂皇。总之，作为宋代市民文化的结晶，作为草根艺术，小说话本始终散发着泥土的清香。

五、宋话本对后世戏剧、小说的影响

宋话本对后世的戏剧、小说，产生了广泛而深远的影响。元杂剧、明清戏剧传奇中有一部分作品，就由宋话本特别是小说话本改编而成。明清时期的拟话本，从形式到内容，从语言风格到写作技巧，都可见出学习、借鉴宋小说话本的痕迹。元明以来的历史演义小说，也受到宋讲史话本的启发。而明代两部著名的长篇小说，《水浒传》之源自宋讲史话本《大宋宣和遗事》，《西游记》之源自宋说经话本《大唐三藏取经诗话》，则更是为文学史家们所公认的了。

作 品

无名氏

错斩崔宁

【解题】

　　本篇是宋话本"公案"类小说中的上乘之作。"说话人"通过讲述一桩由一句玩笑话引发的冤案,告诫听众:祸从口出,说话须诚实,不要随便开玩笑。其本意并不足取。但故事中讲到审案的官员如何只图省事,为了迅速结案,主观臆断,刑讯逼供,以致酿成冤杀两条人命的严重后果;又讲到判决"给还原主"的"十五贯钱","也只好奉与衙门中人做使用,也还不够哩",却艺术地反映了封建时代官吏颟顸、公门黑暗的客观现实。全篇情节跌宕,结构精巧,人物鲜活,叙述细腻,语言生动,充分显示了"说话人"娴熟高超的"说话"技艺。明清之际,剧作家朱素臣将此小说改编为《十五贯》传奇。影响所及,至今《十五贯》已成为昆剧等许多剧种的传统剧目。

　　聪明伶俐自天生,懵懂痴呆未必真。
　　嫉妒每因眉睫浅,戈矛时起笑谈深。
　　九曲黄河心较险,十重铁甲面堪憎。
　　时因酒色亡家国,几见诗书误好人[1]!
　　这首诗单表为人难处:只因世路窄狭,人心叵测;大道既远,人情万端。熙熙攘攘,都为利来;蚩蚩蠢蠢,皆纳祸去[2]。持身保家,万千反覆[3]。所以古人云:颦有为颦,笑有为笑[4]。颦笑之间,最宜谨慎。
　　这回书单说一个官人,只因酒后一时戏笑之言,遂至杀身破家,陷了几条性命[5]。且先引下一个故事来,权做个"得胜头回"[6]。
　　我朝元丰年间,有一个少年举子,姓魏名鹏举,字冲霄,年方一十八岁,娶得一个如花似玉的浑家[7]。未及一月,只因春榜动,选场开,魏生别了妻子,收拾行囊,上京应取[8]。临别时,浑家分付丈夫:"得官不得官,早早回来,休抛闪了恩爱夫妻[9]。"魏生答道:"功名二字,是俺本领前程,不索贤卿忧虑[10]。"别后登程,到京果然一举成名,榜上一甲第九名,除授京职,到差甚是华艳动人[11]。少不得修了一封家书,差人接取家眷入京。书上先叙了寒温及得官的事,后却写下一行道是:"我在京中早晚无人照管,已讨了一个小老婆[12]。专候夫人到京,同享荣华。"
　　家人收拾书程,一径到家,见了夫人,称说贺喜,因取家书呈上[13]。夫人拆开看了,见是如此如此,这般这般,便对家人道:"官人直恁负恩!甫能得官,便娶了二夫人[14]!"

家人便道："小人在京，并没见有此事，想是官人戏谑之言。夫人到京便知端的，休得忧虑[15]。"夫人道："恁地说，我也罢了[16]。"却因人舟未便，一面收拾起身，一面寻觅便人，先寄封平安家信到京中去。那寄书人到了京中，寻问新科魏进士寓所，下了家书，管待酒饭，自回不题[17]。

却说魏生接书，拆开来看了，并无一句闲言闲语，只说道："你在京中娶了一个小老婆，我在家中也嫁了一个小老公，早晚同赴京师也。"魏生见了，也只道是夫人取笑的说话，全不在意。未及收好，外面报说有个同年相访[18]。京邸寓中，不比在家宽转；那人又是相厚的同年，又晓得魏生并无家眷在内，直至里面坐下[19]。叙了些寒温，魏生起身去解手，那同年偶番桌上书帖，看见了这封家书写得好笑，故意朗诵起来[20]。魏生措手不及，通红了脸，说道："这是没理的事[21]。因是小弟戏谑了他，他便取笑写来的。"那同年呵呵大笑道："这节事却是取笑不得的[22]。"别了就去。

那人也是一个少年，喜谈乐道，把这封家书一节，顷刻间遍传京邸[23]。也有一班妒忌魏生少年登高科的，将这桩事，只当做风闻言事的一个小小新闻，奏上一本，说这魏生年少不检，不宜居清要之职，降处外任[24]。魏生懊恨无及。后来毕竟做官蹭蹬不起，把锦片也似一段美前程，等闲放过去了[25]。这便是一句戏言，撒漫了一个美官[26]。

今日再说一个官人，也只为酒后一时戏言，断送了堂堂七尺之躯，连累两三个人，枉屈害了性命[27]。却是为着甚的[28]？有诗为证：

世路崎岖实可哀，旁人笑口等闲开[29]。
白云本是无心物，又被狂风引出来。

却说高宗时，建都临安，繁华富贵，不减那汴京故国[30]。去那城中箭桥左侧，有个官人，姓刘名贵，字君荐[31]。祖上原是有根基的人家，到得君荐手中，却是时乖运蹇[32]。先前读书，后来看看不济，却去改业做生意，便是半路上出家的一般[33]。买卖行中，一发不是本等伎俩，又把本钱消折去了[34]。渐渐大房改换小房，赁得两三间房子。与同浑家王氏，年少齐眉；后因没有子嗣，娶下一个小娘子，姓陈，是陈卖糕的女儿，家中都呼为二姐——这也是先前不十分穷薄的时做下的勾当，至亲三口，并无闲杂人在家[35]。那刘君荐极是为人和气，乡里见爱，都称他[36]："刘官人，你是一时运限不好，如此落莫[37]。再过几时，定时有个亨通的日子[38]。"说便是这般说，那得有些些好处[39]？只是在家纳闷，无可奈何。

却说一日闲坐家中，只见丈人家里的老王，年近七旬，走来对刘官人说道："家间老员外生日，特令老汉接取官人、娘子去走一遭[40]。"刘官人便道："便是我日逐愁闷过日子，连那泰山的寿诞也都忘了[41]！"便同浑家王氏，收拾随身衣服，打叠个包儿，交与老王背了；分付二姐看守家中："今日晚了，不能转回；明晚须索来家[42]。"说了就去。离城二十余里，到了丈人王员外家，叙了寒温。当日坐间客众，丈人、女婿不好十分叙述许多穷相[43]。到得客散，留在客房里歇宿[44]。

直到天明，丈人却来与女婿攀话，说道："姐夫，你须不是这等算计[45]。'坐吃山空，立吃地陷'；'咽喉深似海，日月快如梭'[46]。你须计较一个常便[47]。我女儿嫁了你，一生也指望丰衣足食，不成只这等就罢了[48]！"刘官人叹了一口气，道是："泰山在上，道不得个'上山擒虎易，开口告人难'[49]。如今的时势，再有谁似泰山这般怜念我的[50]？只索守困，若去求人，便是劳而无功[51]。"丈人便道："这也难怪你说！老汉却是看你们不过，今日赀助你些少本钱，胡乱去开个柴米店，撰得些利息来过日子，却不好么[52]？"刘官人道："感蒙泰山恩顾，可知是好[53]。"当下吃了午饭，丈人取出十五贯钱来，付与刘官人道："姐丈，且将这些钱去收拾起店面，开张有日，我便再应付你十贯[54]。你妻子且留在此过几日，待有了开店日子，老汉亲送女儿到你家，就来与你作贺[55]。意下如何？"

刘官人谢了又谢，驮了钱一径出门[56]。到得城中，天色却早晚了[57]。却撞着一个相识，顺路在他家门首经过[58]。那人也要做经纪的人，就与他商量一会，可知好[59]。便去敲那人门时，里面有人应诺，出来相揖，便问："老兄下顾，有何见教[60]？"刘官人一一说知就里[61]。那人便道："小弟闲在家中，老兄用得着时，便来相帮。"刘官人道："如此甚好。"当下说了些生意的勾当，那人便留刘官人在家，现成杯盘，吃了三杯两盏[62]。刘官人酒量不济，便觉有些朦胧起来，抽身作别，便道："今日相扰，明早就烦老兄过寒家计议生理[63]。"那人又送刘官人至路口，作别回家，不在话下[64]。若是说话的同年生，并肩长，拦腰抱住，把臂拖回，也不见得受这般灾晦，却教刘官人死得不如：

《五代史》李存孝，《汉书》中彭越[65]！

却说刘官人驮了钱，一步一步捱到家中，敲门已是点灯时分[66]。小娘子二姐独自在家，没一些事做，守得天黑，闭了门，在灯下打瞌睡。刘官人打门，他那里便听见[67]？敲了半晌，方才知觉，答应一声"来了"，起身开了门。

刘官人进去，到了房中，二姐替刘官人接了钱，放在桌上，便问："官人何处挪移这项钱来？却是甚用[68]？"那刘官人一来有了几分酒，二来怪他开得门迟了，且戏言吓他一吓，便道："说出来，又恐你见怪；不说时，又须通你得知[69]。只是我一时无奈，没计可施，只得把你典与一个客人[70]。又因舍不得你，只典得十五贯钱。若是我有些好处，加利赎你回来；若是照前这般不顺溜，只索罢了[71]！"那小娘子听了，欲待不信，又见十五贯钱堆在面前；欲待信来，他平白与我没半句言语，大娘子又过得好，怎么便下得这等狠心辣手[72]？疑狐不决，只得再问道："虽然如此，也须通知我爹娘一声[73]。"刘官人道："若是通知你爹娘，此事断然不成。你明日且到了人家，我慢慢央人与你爹娘说通，他也须怪我不得[74]。"小娘子又问："官人今日在何处吃酒来？"刘官人道："便是把你典与人，写了文书，吃他的酒才来的[75]。"小娘子又问："大姐姐如何不来[76]？"刘官人道："他因不忍见你分离，待得你明日出了门才来。这也是我没计奈何，一言为定。"说罢，暗地忍不住笑；不脱衣裳，睡在床上，不觉睡去了[77]。

那小娘子好生摆脱不下："不知他卖我与甚色样人家[78]？我须先去爹娘家里说知。就是他明日有人来要我，寻到我家，也须有个下落[79]。"沉吟了一会，却把这十五贯钱，一垛儿堆在刘官人脚后边[80]。趁他酒醉，轻轻的收拾了随身衣服，款款的开了门出去，拽上了门，却去左边一个相熟的邻舍叫做朱三老儿家里，与朱三妈借宿了一夜，说道："丈夫今日无端卖我，我须先去与爹娘说知[81]。烦你明日对他说一声，既有了主顾，可同我丈夫到爹娘家中来讨个分晓，也须有个下落[82]。"那邻舍道："小娘子说得有理。你只顾自去，我便与刘官人说知就里。"过了一宵，小娘子作别去了，不题。正是：

鳌鱼脱却金钩去，摆尾摇头再不回[83]。

放下一头[84]。却说这里刘官人一觉直至三更方醒，见桌上灯犹未灭，小娘子不在身边，只道他还在厨下收拾家火，便唤二姐讨茶吃[85]。叫了一回，没人答应，却待挣扎起来，酒尚未醒，不觉又睡了去[86]。不想却有一个做不是的，日间赌输了钱，没处出豁，夜间出来掏摸些东西，却好到刘官人门首[87]。因是小娘子出去了，门儿拽上不关，那贼略推一推，豁地开了。捏手捏脚，直到房中，并无一人知觉[88]。到得床前，灯火尚明，周围看时，并无一物可取。摸到床上，见一人朝着里床睡去，脚后却有一堆青钱，便去取了几贯[89]。不想惊觉了刘官人，起来喝道："你须不尽道理[90]！我从丈人家借办得几贯钱来养身活命，不争你偷了我的去，却是怎的计结[91]？"那人也不回话，照面一拳[92]。刘官人侧身躲过，便起身与这人相持[93]。那人见刘官人手脚活动，便拔步出房[94]。刘官人不舍，抢出门来，一径赶到厨房里，恰待声张邻舍，起来捉贼[95]。那人急了，正好没出豁，却见明晃晃一把劈柴斧头，正在手边[96]。也是人极计生，被他绰起一斧，正中刘官人面门，扑地倒了[97]。又复一斧，斫倒一边[98]。眼见得刘官人不活了，呜呼哀哉，伏惟尚飨[99]！那人便道："一不做，二不休。却是你来赶我，不是我来寻你索命[100]。"翻身入房，取了十五贯钱，扯条单被包裹得停当，拽扎得爽俐，出门拽上了门就走[101]。不题。

次早邻舍起来，见刘官人家门也不开，并无人声息，叫道："刘官人，失晓了[102]！"里面没人答应。推将进去，只见门也不关[103]。直到里面，见刘官人劈死在地。他家大娘子两日前已自往娘家去了，小娘子如何不见？免不得声张起来。却有昨夜小娘子借宿的邻家朱三老儿说道："小娘子昨夜黄昏时到我家宿歇，说道刘官人无端卖了他，他一径先到爹娘家里去了。教我对刘官人说，既有了主顾，可同到他爹娘家中，也讨得个分晓。今一面着人去追他转来，便有下落；一面着人去报他大娘子到来，再作区处[104]。"众人都道："说得是。"

先着人到王老员外家报了凶信。老员外与女儿大哭起来，对那人道："昨日好端端出门，老汉赠他十五贯钱，教他将来作本，如何便恁的被人杀了[105]？"那去的人道："好教老员外、大娘子得知：昨日刘官人归时，已自昏黑，吃得半酣，我们都不晓得他有钱没钱，归迟归早[106]。只是今早刘官人家门儿半开，众人推将进去，只见刘官人杀死在地；十五贯钱一文也不见，小娘子也不见踪迹[107]。声张起来，却有左邻朱三老儿出来，说道他家小娘子，昨夜黄昏时分，借宿他家。小娘子说道，刘官人无端把他典与人了，小娘子要对爹娘说一声。住了一宵，今日径自去了。如今众人计议，一面来报大娘子与老员外，一面着人去追小娘子。若是半路里追不着的时节，直到他爹娘家中，好歹追他转来，问个明白[108]。老员外与大娘子须索去走一遭，与刘官人执命[109]。"老员外与大娘子急急收拾起身，管待来人酒饭，三步做一步，赶入城中。不题。

却说那小娘子清早出了邻舍人家，挨上路去，行不上一二里，早是脚疼走不动，坐在路旁[110]。却见一个后生，头戴万字头巾，身穿直缝宽衫，背上驮了一个搭膊，里面却是铜钱，脚下丝鞋净袜，一直走上前来[111]。到了小娘子面前，看了一看，虽然没有十二分颜色，却也明眉皓齿，莲脸生春，秋波送媚，好生动人[112]！正是：

野花偏艳目，村酒醉人多[113]。

那后生放下搭膊，向前深深作揖："小娘子独行无伴，却是往那里去的[114]？"小娘子还了万福道："是奴家要往爹娘家去[115]。因走不上，权歇在此[116]。"因问："哥哥是何处来？今要往何方去[117]？"那后生叉手不离方寸："小人是村里人，因往城中卖了丝帐，讨得些钱，要往褚家堂那边去的[118]。"小娘子道："告哥哥则个，奴家爹娘也在褚家堂左侧，若得哥哥带挈奴家同走一程，可知是好[119]。"那后生道："有何不可？既如此说，小人情愿伏侍小娘子前去[120]。"

两个厮赶着一路正行,行不到三二里田地,只见后面两个人脚不点地赶上前来,赶得汗流气喘,衣服拽开,连叫:"前面小娘子慢走,我却有话说知[121]!"小娘子与那后生看见赶得跷蹊,都立住了脚[122]。后边两个赶到跟前,见了小娘子与那后生,不容分说,一家扯了一个,说道:"你们干得好事!却走往那里去?"小娘子吃了一惊,举眼看时,却是两家邻舍,一个就是小娘子昨夜借宿的主人[123]。小娘子便道:"昨夜也须告过公公得知,丈夫无端卖我,我自去对爹娘说知[124]。今日赶来,却有何说?"朱三老道:"我不管闲帐[125]。只是你家里有杀人公事,你须回去对理[126]。"小娘子道:"丈夫卖我,昨日钱已驮在家中,有甚杀人公事[127]?我只是不去[128]。"朱三老道:"好自在性儿[129]!你若真个不去,叫起地方:有杀人贼在此,烦为一捉!不然,须要连累我们,你这里地方也不得清净[130]!"

那个后生见不是话头,便对小娘子道:"既如此说,小娘子只索回去[131]。小人自家去休[132]。"那两个赶来的邻舍,齐叫起来,说道:"若是没有你在此便罢;既然你与小娘子同行同止,你须也去不得[133]!"那后生道:"却又古怪[134]!我自半路遇见小娘子,偶然伴他行一程,路途上有甚皂丝麻线,要勒掯我回去[135]?"朱三老道:"他家有了杀人公事,不争放你去了,却打没对头官司[136]?"当下怎容小娘子和那后生做主,看的人渐渐立满,都道:"后生,你去不得!你日间不作亏心事,半夜敲门不吃惊,便去何妨[137]?"那赶来的邻舍道:"你若不去,便是心虚!我们却和你罢休不得[138]!"四个人只得厮挽着一路转来[139]。

到得刘官人门首,好一场热闹!小娘子入去看时,只见刘官人斧劈倒在地死了;床上十五贯钱,分文也不见。开了口合不得,伸了舌缩不上去。那后生也慌了,便道:"我怎的晦气!没来由和那小娘子同走一程,却做了干连人[140]。"众人都和闹着,正在那里分豁不开,只见王老员外和女儿一步一撷走回家来,见了女婿尸身,哭了一场,便对小娘子道:"你却如何杀了丈夫,劫了十五贯钱逃走出去?今日天理昭然,有何理说[141]?"小娘子道:"十五贯钱委是有的[142]。只是丈夫昨晚回来,说是无计奈何,将奴家典与他人,典得十五贯身价在此,说过今日便要奴家到他家去。奴家因不知他典与甚色样人家,先去与爹娘说知。故此趁夜深了,将这十五贯钱,一堆儿堆在他脚后边,拽上门,到朱三老家住了一宵,今早自去爹娘家里说知。我去之时,也曾央朱三老对我丈夫说,既然有了主儿,便同到我爹娘家里来交割[143]。却不知因甚杀死在此[144]?"那大娘子道:"可又来!我的父亲昨日明明把十五贯钱与他驮来作本,养赡妻小,他岂有哄你说是典来身价之理?这是你两日因独自在家,勾搭上了人;又见家中好生不济,无心守耐;又见了十五贯钱,一时见财起意,杀死丈夫,劫了钱;又使见识往邻舍家借宿一夜,却与汉子通同计较,一处逃走[145]。现今你跟着一个男子同走,却有何理说,抵赖得过?"众人齐声道:"大娘子之言甚是有理!"又对那后生道:"后生!你却如何与小娘子谋杀亲夫?却暗暗约定在僻静处等候,一同去逃奔他方,却是如何计结?"那人道:"小人自姓崔名宁,与那小娘子无半面之识[146]。小人昨夜入城卖得几贯丝钱在这里,因路上遇见小娘子,小人偶然问起往那里去的,却独自一个行走。小娘子说起是与小人同路,以此作伴同行[147]。却不知前后因依[148]。"

众人那里肯听他分说,搜索他搭膊中,恰好是十五贯钱,一文也不多,一文也不少。众人齐发起喊来,道是:"天网恢恢,疏而不漏!你却与小娘子杀了人,拐了钱财,盗了妇女,同往他乡,却连累我地方邻里打没头官司[149]!"当下大娘子结扭了小娘子,王员外结扭了崔宁,四邻舍都是证见,一哄都入临安府中来[150]。

那府尹听得有杀人公事,即便升堂,便叫一干人犯逐一从头说来[151]。先是王老员外上去告说:"相公在上,小人是本府村庄人氏,年近六旬,只生一女,先年嫁与本府城中刘贵为妻;后因无子,娶了陈氏为妾,呼为二姐[152]。一向三口在家过活,并无片言[153]。只因前日是老汉生日,差人接取女儿、女婿到家,住了一夜[154]。次日因见女婿家中全无活计,养赡不起,把十五贯钱与女婿作本,开店养身[155]。却有二姐在家看守,到得昨夜女婿到家时分,不知因甚缘故,将女婿斧劈死了;二姐却与一个后生,名唤崔宁,一同逃走,被人追捉到来。望相公可怜见!老汉的女婿身死不明,奸夫淫妇,赃证见在,伏乞相公明断[156]!"府尹听得如此如此,便叫陈氏上来:"你却如何通同奸夫杀死了亲夫,劫了钱,与人一同逃走,是何理说[157]?"二姐告道:"小妇人嫁与刘贵,虽是个小老婆,却也得他看承得好,大娘子又贤慧,却如何肯起这片歹心[158]?只是昨晚丈夫回来,吃得半酣,驮了十五贯钱进门。小妇人问他来历,丈夫说道,为因养赡不周,将小妇人典与他人,典得十五贯身价在此[159]。又不通我爹娘得知,明日就要小妇人到他家去。小妇人慌了,连夜出门,走到邻舍家里借宿一宵,今早一径先往爹娘家去,教他对丈夫说:既然卖我有了主顾,可到我爹妈家来交割[160]。才走得到半路,却见昨夜借宿的邻家赶来,捉住小妇人回来。却不知丈夫杀死的根由[161]。"那府尹喝道:"胡说!这十五贯钱,分明是他丈人与女婿的,你却说是典你的身价,眼见得没巴臂的说话了[162]。况且妇人家如何黑夜行走?定是脱身之计!这桩事须不是你一个妇人家做的,一定有奸夫帮你谋财害命。你却从实说来!"

那小娘子正待分说,只见几家邻舍一齐跪上去告道:"相公的言语,委是青天[163]!他家小娘子昨夜果然借宿在左邻第二家的,今早他自去了。小的们见他丈夫杀死,一面着人去赶,赶到半路,却见小娘子和那一个后生同走,苦死不肯回来[164]。小的们勉强捉他转来,却又一面着人去接他大娘子与他丈人,到时,说昨日有十五贯钱付与女婿做生理的,今者女婿已死,这钱不知从何而去[165]。再三问那小娘子时,说道他出门时,将这钱一堆儿堆在床上。却去搜那后生身边,十五贯钱分文不少。却不是小娘子与那后生通同谋杀!赃证分明,却如何赖得过?"

府尹听他们言言有理,就唤那后生上来道:"帝辇之下,怎容你这等胡行[166]!你却如何谋了他小老婆,劫了十五贯钱,杀死他亲夫?今日同往何处?从实招来!"那后生道:"小人姓崔名宁,是乡村人氏。昨日往城中卖了丝,卖得这十五贯钱。今早偶然路上撞着这小娘子,并不知他姓甚名谁,那里晓得他家杀人公事?"府尹大怒,喝道:"胡说!世间不信有这等巧事,他家失去了十五贯钱,你却卖的丝恰好也是十五贯钱。这分明是支吾的说话了[167]。况且他妻莫爱,他马莫骑,你既与那妇人没甚首尾,却如何与他同行同宿[168]?你这等顽皮赖骨,不打如何肯招[169]?"

当下众人将那崔宁与小娘子死去活来拷打一顿。那边王老员外与女儿并一干邻佑人等,口口声声咬他二人[170]。府尹也巴不得了结这段公案。拷讯一回,可怜崔宁和小娘子受刑不过,只得屈招了,说是一时见财起意,杀死亲夫,劫了十五贯钱,同奸夫逃走是实[171]。左邻右舍都指画了十字[172]。将两人大枷枷了,送入死囚牢里[173]。将这十五贯钱给还原主,也只好奉与衙门中人做使用,也还不够哩[174]!府尹叠成文案,奏过朝廷,部复申详,倒下圣旨,说崔宁不合奸骗人妻,谋财害命,依律处斩;陈氏不合通同奸夫杀死亲夫,大逆不道,凌迟示众[175]。当下读了招状,大牢内取出二人来,当厅判一个"斩"字,一个"剐"字,押赴市曹行刑示众[176]。两人浑身是口,也难分说。正是:

哑子谩尝黄蘗味,难将苦口对人言[177]。

看官听说:这段公事,果然是小娘子与那崔宁谋财害命的时节,他两人须连夜逃走他方,怎的又去邻舍人家借宿一宵[178]?明早又走到爹娘家去,却被人捉住了?这段冤枉,仔细可以推详出来[179]。谁想问官糊涂,只图了事,不想捶楚之下,何求不得[180]?冥冥之中,积了阴骘,远在儿孙近在身,他两个冤魂也须放你不过[181]。所以,做官的切不可率意断狱,任情用刑,也要求个公平明允[182]。道不得个死者不可复生,断者不可复续,可胜叹哉[183]!

闲话休题[184]。却说那刘大娘子到得家中,设个灵位,守孝过日[185]。父亲王老员外劝他转身,大娘子说道:"不要说起三年之久,也须到小祥之后[186]。"父亲应允自去。

光阴迅速,大娘子在家巴巴结结,将近一年[187]。父亲见他守不过,便叫家里老王去接他来,说:"叫大娘子收拾回家,与刘官人做了周年,转了身去罢[188]。"大娘子没计奈何,细思父言,亦是有理;收拾了包裹,与老王背了,与邻舍家作别,暂去再来[189]。一路出城,正值秋天,一阵乌风猛雨,只得落路往一所林子去躲[190]。不想走错了路,正是:

猪羊走屠宰之家,一脚脚来寻死路[191]。

走入林子里去,只听他林子背后大喝一声:"我乃静山大王在此[192]!行人住脚,须把买路钱与我[193]!"大娘子和那老王吃那一惊不小,只见跳出一个人来,头戴干红凹面巾,身穿一领旧战袍,腰间红绢搭膊裹肚,脚下蹬一双乌皮皂靴,手执一把朴刀[194]。舞刀前来。那老王该死,便道:"你这剪径的毛团,我须是认得你,做这老性命着与你兑了罢[195]!"一头撞去,被他闪过空,老人家用力猛了,扑地便倒[196]。那人大怒道:"这牛子好生无礼[197]!"连搠一两刀,血流在地,眼见得老王养不大了[198]。那刘大娘子见他凶猛,料道脱身不得,心生一计,叫做"脱空计",拍手叫道:"杀得好[199]!"那人便住了手,睁圆怪眼,喝道:"这是你甚么人?"那大娘子虚心假气的答道:"奴家不幸,丧了丈夫,却被媒人哄诱,嫁了这个老儿,只会吃饭[200]。今日却得大王杀了,也替奴家除了一害。"那人见大娘子如此小心,又生得有几分颜色,便问道:"你肯跟我做个压寨夫人[201]?"大娘子寻思,无计可施,便道:"情愿伏侍大王。"那人回嗔作喜,收拾了刀杖,将老王尸首撺入涧中,领了刘大娘子到了一所庄院前来,甚是委曲[202]。只见大王向那地上拾些土块,抛向屋上去,里面便有人出来开门。到得草堂之上,分付杀羊备酒,与刘大娘子成亲。两口儿且是说得着[203]。正是:

明知不是伴,事急且相随。

不想那大王自得了刘大娘子之后,不上半年,连起了几主大财,家间也丰富了[204]。大娘子甚是有识见,早晚用好言语劝他:"自古道'瓦罐不离井上破,将军难免阵中亡'[205]。你我两人,下半世也够吃用了,只管做这没天理的勾当,终须不是个好结果[206]。却不道是'梁园虽好,不是久恋之家',不若改行从善,做个小小经纪,也得过养身活命[207]。"那大王早晚被他劝转,果然回心转意,把这门道路撇了,却去城市间赁下一处房屋,开了一个杂货店[208]。遇闲暇的日子,也时常去寺院中念佛赴斋[209]。

忽一日在家闲坐,对那大娘子道:"我虽是个剪径的出身,却也晓得冤各有头,债各有主。每日间只是吓骗人东西，将来过日子[210]。后来得有了你。一向不大顺溜，今已改行从善。闲来追思既往，正会枉杀了两个人，又冤陷了两个人，时常挂念，思欲做些功德超度他们，一向不曾对你说知[211]。"大娘子便道："如何是枉杀了两个人？"那大王道："一个是你的丈夫，前日在林子里的时节，他来撞我，我却杀了他[212]。他须是个老人家，与我往日无仇，如今又谋了他老婆，他死也是不肯甘心的。"大娘子道："不怨的时，我却那得与你厮守[213]？这也是往事，休题了。"又问："杀那一个又是甚人[214]？"那大王道："说起来这个人，一发天理上放不过去，且又带累了两个人无辜偿命。是一年前，也是赌输了，身边并无一文，夜间便去掏摸些东西。不想到一家门首，见他门也不闩，推进去时，里面并无一人。摸到门里，只见一人醉倒在床，脚后却有一堆铜钱，便去摸他几贯。正待要走，却惊醒了那人，起来说道：'这是我丈人家与我做本钱的，不争你偷去了，一家人口都是饿死！'起身抢出房门，正待声张起来。是我一时见他不是话头，却好一把劈柴斧头在我脚边，这叫做人急计生，绰起斧来，喝一声道：'不是我，便是你[215]！'两斧劈倒，却去房中将十五贯钱尽数取了。后来打听得他却连累了他家小老婆，与那一个后生，唤做崔宁，冤枉了他谋财害命，双双受了国家刑法。我虽是做了一世强人，只有这两桩人命，是天理人心打不过去的，早晚还要超度他，也是该的[216]。"

那大娘子听说，暗暗地叫苦："原来我的丈夫也吃这厮杀了[217]！又连累我家二姐与那个后生无辜受戮[218]。思量起来，是我不合当初做弄他两人偿命[219]。料他两人阴司中也须放我不过[220]！"当下权且欢天喜地，并无他说[221]。明日捉个空，便一径到临安府前叫起屈来。

那时，换了一个新任府尹，才得半月[222]，正值升厅，左右捉将那叫屈的妇人进来。刘大娘子到于阶下，放声大哭。哭罢，将那大王前后所为，怎的杀了我丈夫刘贵，问官不肯推详，含糊了事，却将二姐与那崔宁朦胧偿命；后来又怎的杀了老王，奸骗了奴家[223]。今日天理昭然，一一是他亲口招承[224]。伏乞相公高抬明镜，昭雪前冤[225]！说罢又哭。

府尹见他情词可悯，即着人去捉那静山大王到来，用刑拷讯，与大娘子口词一些不差[226]。即时问成死罪，奏过官里[227]。待六十日限满，倒下圣旨来："勘得静山大王谋财害命，连累无辜，准律杀一家非死罪三人者斩加等，决不待时[228]。原问官断狱失情，削职为民[229]。崔宁与陈氏枉死可怜，有司访其家，量行优恤[230]。王氏既系强徒威逼成亲，又能伸雪夫冤，着将贼人家产一半没入官，一半给与王氏，养赡终身[231]。"

刘大娘子当日往法场上看决了静山大王，又取其头去祭献亡夫并小娘子及崔宁，大哭一场[232]。将这一半家私舍入尼姑庵中，自己朝夕看经念佛，追荐亡魂，尽老百年而终[233]。有诗为证：

善恶无分总丧躯，只因戏语酿灾危。
劝君出语须诚实，口舌从来是祸基[234]。

《京本通俗小说》卷一五

【注释】

[1] 懵懂：无知，糊涂。"嫉妒"句：嫉妒往往是因为目光短浅。"戈矛"句：笑谈也不时会引发争斗。"九曲"句：人心比九曲黄河还要凶险。"十重"句：看不透的人脸就像披了很多

层铠甲那样,令人憎恶。[2] 单表:专门说。为人:做人。叵测:不可揣测。大道:根本的道理、准则。人情万端:人的性情千变万化。蚩蚩蠢蠢:形容愚蠢。纳祸:取祸。[3]"持身"二句:要想保持个人和家庭的平安,必须千思万虑,慎之又慎。[4]"颦有"二句:该颦的时候才颦,该笑的时候才笑。颦:皱眉头。[5] 官人:对男子的尊称。戏笑:玩笑。陷:害。[6] 权:姑且。得胜头回:即"入话"。"说话人"在未开始讲说"正话"之前,先说一段与"正话"有某种类比关系的小故事,从而引出"正话"。这种做法的行业目的是:拢住先来的听众,等待更多后来的听众。称"得胜头回",寓旗开得胜之意,是"说话人"讨吉利的口彩。[7] 我朝:指宋朝。元丰:北宋神宗时年号。举子:通过"乡试"(州级考试),获得进京参加"省试"(礼部考试)资格的士人。浑家:妻子。[8] 春榜:当时的中央级进士科举考试("省试"和最终由皇帝亲自主考的"殿试"),在春季举行。选场:指进士科举考试。上京应取:进京应试。[9] 抛闪:冷落,将人撇开不理不睬。夫妻:这里偏指"妻"。[10] 不索:不须。贤卿:对妻子的敬称,犹言"贤妻"。[11] 一甲:经"殿试"录取发榜的进士,按成绩高下分为五等,即"五甲"。成绩最优秀者名列"一甲"。除授京职:授予在京城的官职。到差:到职。华艳动人:指荣耀,令人羡慕。[12] 寒温:寒暄,问候语。早晚:昼夜,成天。[13] 书程:书信、盘缠和行李。一径:径直。[14] 官人:这里是妻子对丈夫的称呼。直恁:竟然如此。甫:刚刚。[15] 端的:究竟,到底是怎么一回事。[16] 恁地:这样,如此。[17] 管待酒饭:指招待送信的人就餐。不题:不提,指不再交代某人某事。[18] 同年:同科进士相互间的称呼。[19] 京邸:京城的旅馆。寓:住所。宽转:宽大,有回旋余地。相厚:交情深厚。[20] 番:同"翻"。书帖:书信、请柬等。[21] 没理:不合情理。[22] 这节事:这件事。取笑:开玩笑。[23] 喜谈乐道:喜欢与人聊天。一节:一段事。[24] 登高科:进士及第,名列一、二甲。风闻言事:宋时弹劾官员,准许弹劾者根据未经核实的传闻进行弹劾。不检:不检点,不能约束自己。清要之职:清贵、要害部门的官职。外任:京城以外的职任。[25] 蹭蹬不起:跌跌爬爬,没有大的进展。锦片也似:像锦绣一般的。[26] 撒漫:随手丢弃,大手大脚地浪费。[27] 枉屈:冤枉。[28] 为着甚的:为了什么。[29]"世路"二句:谓世道艰难,命运不好的人很可悲,轻易便被旁人笑话。[30] 高宗:南宋的第一个皇帝赵构。不减:不逊于。汴京故国:北宋故都东京,即今河南开封。[31] 去:离。箭桥:临安城中实有的一座桥。[32] 有根基:指富贵过。时乖运蹇:时世不利,运气不好。[33] 不济:不中用。改业:改行。[34] 一发:越发、更加。本等伎俩:内行本事。消折:消蚀。[35] 与同:和。齐眉:指结婚。东汉贤妇人孟光爱敬丈夫梁鸿,为他端饭菜时"举案齐眉",即低着头把托盘举到和自己的眉毛齐平的高度,这是恭敬的举动。(见《后汉书·逸民传》)陈卖糕:"卖糕"是其职业,非名字。不穷薄的时:"时"字后,疑脱一字。疑当作"时候"或"时节"。勾当:事情。按,此段文字,主干只是"与同浑家王氏、小娘子陈二姐,至亲三口,并无闲杂人在家"。其余都是插入语。[36] 乡里见爱:见爱于乡里。为街坊邻居所喜欢。见:表示被动语态。[37] 运限:运程,命运中的一个时段。落莫:即落寞,冷清、寂寞,不得志。[38] 定时:疑当作"定是"或"定然"。[39] 那:哪。旧时"哪""那"通作"那"。些些:一点点。[40] 家间:家里。老员外:指刘的岳父。员外:有钱人家男性家长的通称。一遭:一趟。[41] 日逐:逐日,天天。泰山:岳父的别称。[42] 打叠:收拾。包儿:包袱。交与:交给。分付:吩咐。须索:定要,必定。[43] 坐间客众:座上宾客众多。十分:详尽。穷相:穷困的境况。[44] 到得:到了。[45] 攀话:攀谈。姐夫:岳父母对女婿的称呼。须不是:不应当是。这等:这样。算计:盘算。[46] 立吃地陷:干站着吃,地也要被吃塌下去。咽喉深似海:犹言"喉咙是个填不满的大窟窿"。[47]须:该。计较:计划。常便:长久的办法。[48]不成:难道。[49]泰山在上:犹言"岳父大人在上"。道不得:说不得。告人:求人。[50]再有:更有。怜念:怜爱、挂念。[51]只索:只得。守困:安心受穷。[52]赍助:资助。些少:少量。胡乱:随便。撰:赚。却不好么:难道不好么。[53]感蒙:感谢、承蒙。恩顾:赐恩照看。可知:当然。[54]贯:古时的铜钱用绳索贯串,一千钱为一贯。姐丈:同"姐夫"。将:拿。收拾:张罗。应付:接济。[55]"就来"句:顺便来祝贺你(生意开张)。[56]驮:肩扛。一径:径直。[57]早:早已经。[58]撞着:遇到。相识:熟人。门首:门口。[59]经纪:买卖,生意。[60]应诺:答应。相揖:作揖,行礼。下顾:客气话,犹言"垂顾""光临寒舍"。见教:赐教。[61]说知:告知。就里:内情。[62]现成杯盘:现成的酒食菜肴。三杯两盏:两三杯酒。[63]朦胧:晕乎乎的,头脑不清楚。过:到。寒家:谦称"我家"。计议生理:商量生意。[64]不在话下:同前"不题"。[65]说话的:说书人自称。把臂:拉住胳膊。灾晦:灾祸。《五代史》:记载五代(后梁、后唐、后晋、后汉、后周)历史的著作。《旧五代史》,宋薛居正等撰。《新五代史》,宋欧阳修撰。李存孝:唐末军阀晋王李克用的养子,勇冠三军,屡立战功。后遭谮陷,背叛克用。克用大怒,率军围攻。存孝出降,被车裂处死。见新、旧《五代史》本传。《汉书》:记载西汉历史的著作,东汉班固撰。彭越:汉开国功臣,封梁王。后被汉高祖刘邦以"谋反"的罪名杀害并灭族。见《汉书》本传。按,说刘贵死得不如李存孝、彭越,是说书人的夸张。[66]捱:挨。这里指喝醉了酒走路不灵便。[67]他:旧时第三人称代词,不分男女均用"他"。那里:哪里。[68]挪移:挪借。甚用:派什么用场。[69]几分酒:几分醉意。又须:又该。通你得知:让你知道。[70]典:即典当,以某人或某物为抵押,借取金钱。一旦有能力付清本金和利息,可以将抵押的人或物赎回。与:给。[71]"又因"二句:刘贵说自己因为舍不得陈二姐,故只将她典了很少的钱,为的是能够在较短的时间内赎她回来。有些好处:指经济状况好转。加利:加些利息。照前:依旧。顺溜:顺利。[72]平白:疑当作"平日"。没半句言语:指没有发生过口角。过得好:相处得融洽。[73]疑狐:狐疑。虽然:即便。也须:也该。[74]人家:别人家。央人:请人。"他也须"句:想必他们也不好怪我。[75]文书:契约。[76]大姐姐:妾对妻的称呼。[77]"不觉"句:不知不觉睡着了。[78]与:给。甚色样:什么样。[79]就是他:就算它。下落:着落。[80]沉吟:思量,考虑。[81]款款的:缓缓地。无端:平白无故。[82]讨个分晓:弄个明白。[83]鳌鱼:传说中的大海龟。脱却:摆脱了。却:表示动作的完成状态。[84]放下一头:暂且搁下这一边,改说那一边发生的故事。[85]只道:还以为。厨下:厨房。家火:器具。这里指炊具。讨:索要。[86]待:要。起来:起床。[87]不想:不料。做不是的:做歹事的人。没处出豁:指无法摆脱窘困的处境。掏摸:用不正当的手段取得钱财。却好:恰好。[88]捏手捏脚:蹑手蹑脚,轻手轻脚。[89]青钱:成色好的铜钱。[90]惊觉:惊醒。"你须"句:你好不讲道理。[91]借办得:借到了。不争:假如。怎的计结:怎样了断。[92]照面:迎面。[93]相持:对抗。[94]活动:灵活。拔步:拔腿。[95]抢:急奔。一径:一直。赶:追。恰待:正要。声张:呼喊。起来:起床。[96]没出豁:无法脱身。[97]人极计生:人急了便生出办法来。绰起一斧:抄起斧头来便一下劈过去。面门:额头。[98]又复:又再。斫倒一边:(将刘贵)砍倒在一旁。[99]眼见得:眼看着。"呜呼"二句:旧时祭悼文里常用的套语,大意是请死者来享用祭品。这里借用来说刘贵已一命呜乎。[100]寻你索命:主动来找你要你的命。[101]番身:转身。停当:妥帖。拽扎:捆缚。爽俐:利索。指包裹捆扎得紧凑，便于携带。［102］次早：次日早晨。失晓了：谓睡过了头，天大亮了还不知道。［103］挴将进去：挤得进去。［104］着人：派人。转来：回来。区处：处置。［105］将来作本：拿来作本钱。［106］"好教"句：犹言"禀告老员外、大娘子"。半酣：半醉。归迟归早：回来得迟还是回来得早。［107］推将进去：推开门进去。［108］追不着的时节：追不到的话。［109］走一遭：走一趟。执命：为死者的这条人命做主。意即追查凶手，要他偿命。［110］挨：指女子小脚，走路艰难。行不上：走了不到。早是：早已是。［111］万字头巾：上阔下狭，形如"万"字，故名。搭膊：一种长口袋，两头有带，可以束在腰间或打结后搭在背上。［112］明眉皓齿：眉毛清丽，牙齿雪白。莲脸生春：面如莲花，白里透红，焕发出春天的气息。秋波送媚：眼睛像秋水一般清澈，看人时仿佛送来了妩媚。好生：甚是，很是。［113］艳目：美丽抢眼。村酒：乡下人自酿的酒。［114］深深：指作揖时腰弯得很低，是恭敬的表示。［115］万福：古时女子见客，行礼时口称吉祥祝颂语"万福"。后遂称女子行礼为"万福"。［116］走不上：走不动。［117］因：于是。［118］叉手不离方寸：作揖时手贴近胸口，也是恭敬的表示。小人：男子谦称自己。卖了丝帐：结算卖丝的账目。讨得：要到。褚家堂：临安实有的一处地名。［119］则个：语助词，有加重语气的作用。奴家：女子谦称自己。若得：如能得到。带挈：带领。一程：一段路。［120］伏侍：服事，伺候。［121］厮赶：相随。田地：光景。脚不点地：脚不落地。夸张语，形容跑得快。衣服拽开：因跑路出汗，故扯开衣服散热。［122］跷蹊：可疑，奇怪。［123］举眼：抬头。［124］也须：也曾。告：告诉。公公：通称老年男子。有何说：有什么话说。［125］闲帐：其他无关紧要的事。［126］公事：案件。对理：接受讯问。［127］有甚：有什么。［128］只是：就是。［129］好自在性儿：好任性的脾气。［130］"你若"二句：你若真的不回去，我们就叫出这地方上的人来。烦为一捉：麻烦各位帮我们捉人。不得清净：谓倘若让嫌犯跑了，该地方上的人也脱不了干系。［131］不是话头：事情不妙。［132］自家去休：自己一个人走吧。休：语助词。［133］便罢：倒也算了。同行同止：一同走，一同歇。去不得：不能走。［134］古怪：奇怪。［135］自：本。皂丝麻线：指牵扯、干连。勒掯：强拖。［136］打没对头官司：打没有被告的官司。［137］日间：白天。便去何妨：就去一去又有什么关系？［138］和你罢休不得：谓不能放过你。［139］厮挽：互相拉扯。转来：回来。［140］恁的晦气：这么倒霉。没来由：无端。干连人：有牵连的人。［141］和闹：闹作一团。分豁不开：拆解不开。一步一撅：跌跌撞撞。天理昭然：谓老天爷最公道，做坏事的人必然被发觉。有何理说：有什么理好讲。［142］委：确实。［143］交割：最终完成交易。这里指"领人"。［144］因甚：因为什么。［145］可又来：却又来这一套。好生不济：甚是生计艰难。守耐：坚持，忍受。使见识：用计谋。汉子：指奸夫。通同计较：共同谋划。一处：一块儿。［146］无半面之识：素不相识。［147］以此：因此。［148］因依：因果。［149］齐发起喊来：齐声叫喊起来。"天网"二句：谓做坏事的人逃脱不了上天的惩罚。拐：拐骗。盗：骗奸。没头官司：莫名其妙的官司。［150］结扭：揪住不放。证见：见证人。一哄：一窝蜂。临安府：临安府衙门。［151］府尹：知府的别称。即便升堂：立刻到衙门的正厅来审理。一干犯：原告、证人、嫌犯等相关的人。［152］相公：百姓对大官的称呼。先年：早些年。［153］过活：过日子。无片言：没有发生过一点点口角。［154］差人：派人。［155］活计：赖以生活的职业、办法。养赡不起：难以赡养家里人。养身：养活自己。［156］可怜见：乞求怜悯之词。身死不明：死得不明不白。赃证见在：赃物、证据明摆着。伏乞：跪求。明断：英明地判决。［157］通同：伙同。［158］看承：对待，看待。［159］为因：因为。养赡不周：赡养不过来。［160］教：让。［161］丈夫杀死的根由：丈夫被杀死的原由。[162] 没巴臂：没凭据，不可靠。[163] 正待分说：正要辩解。委是青天：确是青天大老爷。[164] 苦死：抵死。[165] 小的们：众百姓对官员自称。做生理：做生意。今者：如今。从何而去：到哪里去了。[166] 言言有理：疑当作"言之有理"。帝辇之下：皇帝的车驾旁边。指京城。胡行：胡作非为。[167] 支吾：对付，搪塞。[168] "他妻"二句：别人的老婆莫要爱，别人的马儿莫要骑。没甚首尾：没什么瓜葛。[169] 顽皮赖骨：骂人的话，犹言"死皮贱骨头"。[170] 一干邻佑人等：一帮邻居。咬：咬定。[171] 拷讯：拷问。[172] 指画了十字：作为证人，在证词上按指印，画十字。[173] 大枷枷了：因为是"杀人"的重罪犯，故用大号木枷禁锢他们。[174] 奉与衙门中人做使用：衙门里的人如胥吏、衙役等，往往借公事花销为名，向打官司的人索要钱财。[175] 叠成文案：整理成结案文书。奏过朝廷：因为是该判死刑的案件，故须奏请朝廷批准。部覆申详：经中央有关司法部门如刑部等覆核并申报中央有关行政机构。倒下圣旨：案件最终由皇帝裁决，下圣旨。因为是对上奏案件的回复，故曰"倒下"。不合：不应。依律：依照法律。凌迟：一种残酷的死刑，即俗谓"千刀万剐"。[176] 招状：犯人招供的文书。当厅：当堂。厅：公堂。市曹：街市。[177] "哑子"二句：同"哑巴吃黄连，有苦说不出"。谩：徒然。黄檗：树名。皮和根入药，味苦。[178] 看官听说：诸位观众，请听我说。的时节：的话。怎的：怎么。[179] 推详：审理以得详实之情。[180] 谁想：谁料想。了事：完事。不想：也不想一想。"捶楚"二句：谓严刑拷打之下，什么样的口供得不到？[181] "冥冥"二句：谓一个人暗地里做了善事，人们虽然不知道，但鬼神是知道的。这便是积了阴德，将会有好的报应。好报来得迟，子孙后代受益；来得早，自身就能受益。按，据下文语意，这里疑当作"损了阴骘"，不当作"积"。放你不过：不放过你。[182] 率意断狱：随意判案。明允：高明允当。[183] 断者不可复续：谓砍了头就接不回颈腔上去。可胜叹哉：谓感叹不禁。[184] 休题：不提了。[185] 灵位：死者的牌位，供祭奠用。守孝：这里是妻子为亡夫守孝。[186] 转身：改嫁。小祥：守孝一周年。[187] 巴巴结结：形容度日艰难。[188] 守不过：难以再继续守孝。"与刘官人"二句：给刘做了去世一周年的纪念，改嫁去吧。[189] 与老王背了：给老王背了。暂去再来：暂时离开，以后还会再回来。这是对邻居说的话。[190] 乌风猛雨：狂风暴雨。落路：离开正路。[191] "猪羊"二句：猪羊往屠户家里跑，一步步来找死。[192] 静山大王：强盗的自封。[193] 住脚：歇脚，止步。[194] 干红：干红色。凹面巾：一种头巾，形制未详。一领：一件。蹬：脚穿。乌皮皂靴：黑色皮靴。皂靴：马鞋。朴刀：一种刀类兵器。刃较长，柄也较长，须双手执握。[195] 该死：命里注定要死。剪径：拦路抢劫。毛团：野兽。认得你：记住你了。"做这"句：拿我这条老命和你换个吧！兑：换。[196] 闪过空：谓静山大王躲闪过去，老王撞了个空。[197] 牛子：绿林中人对俘虏、敌对者的贬称。[198] 连搠：连续地捅。养不大了：不得活了。[199] 料道：料到。脱空计：说谎的计策。[200] 虚心假气：形容装假。哄诱：欺骗、引诱。只会吃饭：谓没有挣钱的本事。[201] 小心：谓心气不大，眼眶不高。生得有几分颜色：长得还算漂亮。压寨夫人：绿林中称头领的夫人。[202] 回嗔作喜：由嗔怒转变为欢喜。收拾了刀杖：收起兵器。撺入：抛进。庄院：村庄里的宅院。委曲：曲折幽深。[203] "两口儿"句：两口子说话很投机。[204] 自得了：自从得到。连起了几主大财：接连发了几桩大财。家间：家里。丰富：富裕。[205] 有识见：有见识。好言语：好声好气地说，使人容易听进去的话。"瓦罐"二句：谓什么行当做久了总会出事。[206] 没天理的勾当：不讲天理良心的坏事。好结果：好下场。[207] 梁园：西汉梁孝王刘武的园林，以豪华、广大、美丽著称。故址在今河南商丘东。梁孝王曾延请司马相如等一班著名文学家住在园中。"梁园"二句:喻言拦路抢劫虽然钱财来得快,毕竟不是长久之计。也得过养身活命:也能够养家活口。[208]劝转:劝说。把这门道路撇了:抛弃了这条门路。[209]赴斋:前去参加佛教的斋戒活动。[210]吓骗:恐吓、欺骗。将来:拿来。[211]追思既往:回想过去。正会:疑当作"止曾"。枉杀:无辜杀害。冤陷:冤枉害死。思欲:想要。功德:指佛教超度亡灵的法会。超度:使亡灵重新投生做人。[212]时节:时候。[213]不恁的时:不这样的话。厮守:相伴。[214]甚人:什么人。[215]不是我,便是你:谓有我没你,有你没我。不是你死,就是我活。[216]强人:强盗。打不过去:打发不过去。[217]吃:被。这厮:这个家伙。[218]受戮:被杀。[219]做弄:执意做某事。[220]阴司:传说中的阴曹地府。[221]他说:异议。捉个空:抓住个机会,乘静山大王不留意。叫起屈来:喊起"冤枉"来。[222]才得半月:才半个月。升厅:升堂办公。左右:指府尹身边的衙役。捉将:抓住。[223]怎的:怎样。问官:审讯的官员。却将:却拿。朦胧:糊里糊涂。[224]招承:承认。[225]高抬明镜:形容明察秋毫。昭雪前冤:明辨、洗雪过去的冤案。[226]情词可悯:情态、言辞悲哀可怜。即:立刻。口词:口头供述。一些不差:一点也没有出入。[227]问成死罪:审问定案为死罪。官里:指朝廷。[228]待六十日限满:等到死罪申报、批复的期限已满。勘得:查核确实。"杀一家"二句:罪犯如果杀死一家未犯死罪者三人,则当处以"斩加等"的刑罚,立即处决,不须等到通常执行死刑的时段(一般死刑犯在秋后处决)。加等:提高刑罚等级。[229]失情:不合情理。[230]枉死:冤屈而死。有司:有关官员、机构。访其家:寻访他们的家人。量行优恤:酌情从优给予抚恤。[231]系:是。强徒:强暴的歹徒。伸雪夫冤:为丈夫申冤,并使相关冤案得以昭雪。着:旧时公文中常用的命令词。没入官:由官府没收。[232]决:处决。[233]家私:家产。舍:施舍。看经:阅读佛经。追荐亡魂:追祭亡灵。尽老百年而终:活满自然寿命才死去。[234]"善恶"二句:谓本篇中的几个人物不分善恶都丢了性命,只因为玩笑话酿成了灾祸。"口舌"句:谓向来便是"祸从口出"。

元明文学

概　述

一、元朝的社会状况

元朝（1271—1368），是蒙古族的上层贵族集团掌握国家政权的时代。元世祖忽必烈于至元八年（1271）取《易经》乾元之义，将蒙古国改国号为"大元"，又于至元十三年（1276）攻陷南宋首都临安（今杭州），元王朝统一全国，直到至正二十八年（1368）元王朝灭亡，共97年。

元朝的疆域比汉唐时代更为广阔，并且结束了三百年来国内几个政权并立的局面，大大促进了草原文化与农耕文化以及各民族文化的相互交流，也促进了农业、手工业的发展和大城市经济的繁荣。但是，蒙古统治者将全国人民分为蒙古人、色目人、汉人、南人等，加之科举考试时行时止，汉人、南人中的文人的地位较之于唐宋等时代大为跌落，甚至有"七匠、八娼、九儒、十丐"之说，这使得一批文人转向下层，转向梨园，从事杂剧等的创作，还有市民阶层的兴起和戏剧演出的商业化等原因，便带动了元杂剧的繁荣。蒙古统治者入主中原后，逐渐崇尚儒学，提倡程朱理学，例如元武宗时加封孔子为"大成至圣文宣王"。同时，佛教、道教、回教、基督教、犹太教都得到传播，而佛教、道教的影响尤为深远，对杂剧创作有直接的影响，马致远的神仙道化剧和郑廷玉的《看钱奴》等宣扬佛教宿命论的作品，就是在道教或佛教思想影响下产生的。

二、元代文学的特点

元代文学在政治、经济、思想文化等特定的背景下，形成了两个基本的特点。一是自宋代的俗文学与雅文学的分裂局面继续发展，尤其是杂剧等叙事文学第一次居于文坛的主导地位，元曲（包括杂剧、散曲）继唐诗、宋词后成为一代文学之胜，涌现出关汉卿、王实甫、马致远、白朴"元曲四大家"（一说"四大家"为关、马、郑、白，郑指郑光祖），和《窦娥冤》《西厢记》《汉宫秋》《倩女离魂》《赵氏孤儿》等一批著名的杂剧，以及关汉卿、马致远、白朴、睢景臣等颇有成就的散曲作家。元末高明创作的《琵琶记》被后人推崇为"南戏之祖"，还有"四大传奇"——《荆钗记》《刘知远白兔记》《拜月亭》《杀狗记》，简称"荆、刘、拜、杀"。二是雅文学即传统的诗文领域出现了"宗唐得古"的倾向，以唐诗与魏晋古诗为皈依，不满意宋诗以文为诗、以理为诗的倾向，要求诗歌注重形象性。元代比较有成就的是"元诗四家"——虞集、杨载、范梈、揭傒斯和耶律楚材、刘因、赵孟頫、杨维桢等。

三、明朝的社会状况

从洪武元年（1368）朱元璋在南京奉天殿上登基，到崇祯十七年（1644）朱由检在北京煤山的老槐树上自缢，明朝总共276年。朱元璋慑于"民急则乱"的历史教训，注重兴修水利、减轻赋税、解放工奴、扶持工商，从而使农业生产和手工业、商业都得到恢复与发展。明初为清除蒙古贵族统治中原的影响，中期面对北虏南倭的侵扰，明代统治者"诏复汉唐"，严夷夏之防，乃至加强海禁，当然，其中也有郑和七下西洋的壮举，在中外交流史上写下光辉的一页。明代统治者注意"自操威柄"，严君臣之防，明初制造了胡惟庸案、蓝党案等血腥大案和大量的文字狱，并废丞相，设内阁，厂卫林立，特务横行。明代以理学开国，也以理学治国，独尊朱熹之学，用"存天理，去人欲"的理学思想禁锢人们的头脑。这对明代文学既有正面和负面的影响，也有相反相成的作用。

四、明代文学的概况

元末明初，在过去话本的基础上，产生了一些长篇章回小说，其中以《三国演义》《水浒传》的成就最高。这两部长篇小说与明代中后期写定的《西游记》《金瓶梅》，合称为明代"四大奇书"。还有《春秋列国志传》《新列国志》等历史演义小说，《北宋志传》《隋唐遗文》等英雄传奇，《封神演义》《四游记》《三宝太监下西洋》《西游补》等神魔小说，形成了长篇小说繁荣的局面。明代堪称中国戏剧的又一个黄金时代，明代戏曲主要包括杂剧和传奇。王九思的《杜甫游春》、康海的《中山狼》，是明中期较早出现的杂剧名作。徐渭是明代杂剧创作中影响最大的作家。他有杂剧集《四声猿》，由《狂鼓史渔阳三弄》《玉禅师翠乡一梦》《雌木兰替父从军》《女状元辞凰得凤》四部短剧组成。李开先的《宝剑记》、梁辰鱼的《浣纱记》、阙名的《鸣凤记》，被称为明代中期三大传奇。汤显祖是明代传奇戏曲的大师，著有《紫箫记》《紫钗记》《牡丹亭》（一名《还魂记》）、《南柯记》、《邯郸记》，后四种合称"临川四梦""玉茗堂四种"。在散曲创作方面，明中期北方有名的作者有康海、王九思等，南方有名的作者有王磐、陈铎等。明代后期的散曲名家大多是南方人，如梁辰鱼、沈璟、施绍莘等，北方的散曲家冯惟敏、薛论道也颇有名。

明代诗歌与散文的作家辈出，流派纷呈。宋濂被朱元璋称为"开国文臣之首"，刘基"与宋濂并为一代之宗"，高启则是诗坛健将。尔后，杨士奇、杨荣、杨溥（号称"三杨"）的台阁体独尊并风行一时，以李东阳为首的茶陵派振起，力求变革。大力扫除台阁文风的是明中期崛起的以李梦阳、何景明为首的"前七子"和以李攀龙、王世贞为首的"后七子"，中间还有祝允明、唐寅、文徵明等吴中派和王慎中、唐顺之、归有光、茅坤等唐宋派，但前后七子、唐宋派以复古为号召。袁宗道、袁宏道、袁中道等公安派和钟惺、谭元春等竟陵派则高举性灵的大旗。明末陈子龙、张煌言等的诗歌和张岱等人的小品文，为明代诗文增添了光彩。

元明诗歌概说

元代诗歌以元仁宗延祐（1314—1320）年间为界，分为前后两期。元代前期诗歌是由北方作家与南方作家两个群体的不同创作构成的，大体北方诗风雄放而豪健，南方诗风清婉秀雅。

一、元代前期的诗歌

前期以出身北方的耶律楚材①、刘因②和祖籍南方并由宋入元的赵孟頫③为代表。

耶律楚材博览群书，能诗善文，颇有开元代文学风气之功。有《湛然居士文集》，存诗六百多首，几乎是元代前期在朝一枝独秀的诗人。他的诗写得不够研炼，但不少作品境界开阔，情调苍凉，如《过济源登裴公亭用闲闲老人韵》四首其一："山接青霄水浸空，山光滟滟水溶溶。风回一镜揉蓝浅，雨过千峰泼黛浓。"这是一首写景绝句，描写诗人途经济源时登裴公亭所见的山光水色，意境开阔明朗，色彩浓淡相宜，有化人工为天工之妙。

刘因是元代前期重要的理学家，清人黄宗羲等编撰的《宋元学案》将他与许衡、吴澄合称元代三大儒。他专精理学，工诗善画，在家教授生徒，不妄交接。著有《静修集》三十卷。人们将少年时代的刘因与唐代李贺（人称"李昌谷"）相比，称之为"刘昌谷"；他晚年学陶渊明诗成癖，写了大量的"和陶"诗。他的诗作各体皆备，丰富多姿，诗风老到纵横，七律尤为苍劲。他虽然不是南宋人，而且一度出仕元朝，但是有较浓的"哀宋"情绪。当然，他并非仅仅是为宋朝亡国而悲哀，而是注重揭示宋代亡国的教训，例如《白沟》诗。北宋灭亡，人们向来归罪于宋徽宗君臣的昏庸腐败。但是，刘因在这首诗中指出：北宋从立国以来的种种政策和客观的政治军事，也是北宋一朝积弱不振乃至最后灭亡的一个原因。这一观点，比起那些只责备宋徽宗父子君臣的观点，无疑是深刻得多了。

赵孟頫以书画成就冠绝一时，书法圆转秀劲，时称"赵体"，亦工诗文，著有《松雪斋文集》。其诗风清丽委婉，被认为是元代诗风的开创者之一。他于近体诗推尊唐人，以五古与七律见长，如七律《岳鄂王墓》最为著名："鄂王坟上草离离，秋日荒凉石兽危。南渡君臣轻社稷，中原父老望旌旗。英雄已死嗟何及，天下中分遂不支。莫向西湖歌此曲，水光山色不胜悲。"岳飞是南宋抗金名将，因力主抗战而被宋高宗、秦桧构陷杀害。宋孝宗时得以平反，宋宁宗时封为鄂王。作为宋皇室子孙的赵孟頫面对着长满荒草的岳飞墓，不胜悲痛。诗中既有具体形象的描写，又有深刻的议论说理，其中流动着悲凉缠绵的故国之思，风格近似杜诗的沉郁顿挫。

---

① 耶律楚材（1190—1244），字晋卿，号湛然居士，燕京（今北京）人。他是辽皇族的子孙，曾为左右司员外郎，官至中书令。

② 刘因（1249—1293），字梦吉，号静修，雄州容城（今河北徐水）人。

③ 赵孟頫（1254—1322），字子昂，号松雪道人。湖州（今浙江湖州）人，宋皇室后裔。三十三岁时以荐入朝，授兵部朗中，官至翰林学士承旨。

二、元代后期的诗歌

元代后期的诗坛上的主要作家是有"元诗四家"之称的虞集①、杨载②、范梈、揭傒斯,还有萨都剌③、王冕④、杨维桢等。

虞集的诗风舒迟淡泊,声律圆熟,但比较缺乏广阔的社会生活内容。其诗遵循雅正的轨道,颇有重抒情的特色,如《至正改元辛巳寒食示弟及诸子侄》:"江山信美非吾土,飘泊栖迟近百年。山舍墓田同水曲,不堪梦觉听啼鹃。"虞集在元顺帝至正元年(1341)寒食节祭扫祖坟时,忆及先祖虞允文抗金的不朽功业,怀念故乡故国之情油然而生。这首诗善于用典,妙在含而不露,达到了出神入化的境界。

杨载的诗歌中送赠、怀古、写景、题画等作品占多数,诗风雄浑横放。如《题高尚书竹石》:"矫龙疑苍筠,踞虎肖白石。倪乘风云会,变化那可测。"作者大半生居于下僚,他在这首诗里借画中的竹石抒发自己的政治理想,渴求圣主贤臣的遇合。出语拗峭,诗风矫健。

与虞集齐名的还有范梈、揭傒斯,前者喜作长篇歌行,时有纵横奔放之势;后者擅长五言古诗,诗风清丽婉转。萨都剌是虞集的门生,虞集说他的诗"最长于情,流丽清婉"。王冕诗风质朴清刚、直率豪放。

在元末诗名最高的是杨维桢。他诗歌中最有名的是古乐府,此外竹枝词、宫词和香奁诗也颇有名。他个性狷直,张扬自我意识和赞美世俗享乐,是他诗歌中的两个重要内涵。前者如《大人词》,后者如《城西美人歌》。他诗歌以自由奔放的古乐府为主要体式,追求构思的超乎寻常和意象的奇特不凡,形成了元代诗坛上独一无二的"铁崖体"。古乐府《鸿门会》是他的得意之作,《庐山瀑布谣》气势酣畅,是"铁崖体"的代表作。

三、明代前期的诗歌

明初洪武、建文年间,诗坛上呈现出"各抒心得""自在流出"(陈田《明诗纪事》甲签《序》)的多元化态势。其中成就较大的是一些经历过元末社会大动乱的诗人,而其中以刘基、高启最为著名。刘基以乐府诗和古体诗见长,"诗沉郁顿挫,自成一家,足与高启相抗"(《四库全书总目》卷一六九《诚意伯文集》提要)。

高启是明初最著名的诗人,陈田《明诗纪事》(甲签卷七)中说:"(高启)诸体皆工,天才绝特,允为明三百年诗人称首,不止冠绝一时也。"高启论诗主张"兼师众长""时至

---

① 虞集(1272—1348),字伯生,号道园。他是南宋抗金名臣虞允文的五世孙。大德六年(1302)以荐授大都路儒学教授,官至奎章阁侍书学士。著有《道园学古录》。

② 杨载(1271—1323),字仲弘,建宁浦城(今属福建)人。延祐二年(1315)登进士第,官至宁国路总管府推官。杨载的作品今存《杨仲弘诗》八卷。

③ 萨都剌(约1272—?),字天赐,号直斋,回族人。

④ 王冕(?—1359),字元章,号煮石山农,出身农家,早年家贫,为人狂放不羁,是元代有名的画家,以画"没骨梅"著称。

心融",认为"诗之要,有曰格、曰意、曰趣而已。"他的诗注重学习古人,于汉魏、六朝、三唐等皆有涉猎,所以在创作上呈现出多样化的风貌。诗以才情奔放著称,风格清新俊逸。尤其是歌行体,更有一种豪宕凌厉、奔放驰骋的气势,成为"振元末纤秾缛丽之习而返于古"(《四库全书总目》卷一六九《大全集》提要)的健将。他的长篇歌行体代表作《青丘子歌》,以浪漫而又诙谐的笔调,刻画了"谪仙"式的自我形象,表现了他不慕功名利禄,不拘礼法,狂放不羁,恃才傲物的品格。诗篇奇思幻想,笔墨酣畅,音节铿锵,诗句错落,如大珠小珠落玉盘,令人有美不胜收之感。入明以后,高启曾对新王朝抱有期待,他在洪武二年(1369)所写的《登金陵雨花台望大江》,以沉雄悲壮的笔调描绘出金陵的形胜,抒发了怀古之情,歌颂了祖国的统一,全诗气势酣畅而又跌宕多姿,纵横恣肆而又意境浑成。《明王秉烛夜游图》将题画与咏史相结合,独辟蹊径,寄寓着讽喻垂诫的用心。

永乐至天顺年间,明代政治比较安定。诗坛上是台阁体的独尊。其代表人物是杨士奇、杨荣、杨溥,号为"三杨"。作为台阁重臣的"三杨",往往被宣德年间的"治平之象"等盛世幻影所笼罩,因而主张"以其和平易直之心发而为治世之音"(杨士奇《玉雪斋诗集序》),并且视"有雍容醇厚气象"的欧阳修的诗文为典范。他们诗歌创作的主要题材是朝贺、宸游、巡狩、征伐和官场迎送等,一方面宣扬帝王威德,歌咏太平盛世,充满富贵福泽之气,一方面表现盛世幻影下自安自得的阁臣心态。他们虽然有一些诗属对工巧,简而有法,也有少数性情自然、境界浑融之作,但主导倾向是雍容华贵,平正典雅,表现出盛世阁臣的自得心态。

茶陵派的领袖为李东阳①,为朝官五十年,入内阁十八年,身居高位,又喜奖掖后进,天下文士尽趋其门,形成了茶陵诗派。李东阳身为台阁大臣,对于"三杨"等人的台阁体既有因袭,又有变革。他论诗主张"求其浑雅正大",强调诗歌的"格"与"声":"诗必有具眼,亦必有具耳。眼主格,耳主声。闻弦断知为第几弦,此具耳也;月下隔窗辨五色线,此具眼也。"(《怀麓堂诗话》)他的诗歌一方面关注国计民生,颇有真情实感,风格苍健,"蔚为雅宗……三杨台阁之末流,为之一振"(陈田《明诗纪事》丙签《序》);另一方面,由于台阁政治和庙堂文化的限制,李东阳没有能完全冲出台阁体的樊笼,还有相当部分气象雍容、典雅和平的诗歌,表明他有时还重蹈着台阁体故辙,在成化、弘治和正德前期的文坛上如"衰周弱鲁,力不足以御强横"(《四库全书总目》卷一七〇《怀麓堂集》提要)。

四、明代中期的诗歌

从弘治至隆庆(1488—1572)的近百年为明代诗歌的中期。这个时期活跃的主要是吴中四才子、前七子、后七子等。

吴中四才子指祝允明、唐寅、文徵明、徐祯卿四人。徐祯卿于弘治十八年(1505)登进士第,加入七子派,走上了南北文学交流的道路。吴中四才子任性诞放、洒落不羁,他们一生中大多是隐居山林,放浪市井,以书画、诗酒来往于文士之中。祝允明的诗歌缘情尚趣,不同流俗,或轻丽绮艳,或刻削古奥,或以奇思妙想展示直致任真、逍遥自得的心态。

---

① 李东阳(1447—1516),字宾之,号西涯,祖籍茶陵(今湖南茶陵)。

但有时在粗俗的描写中带有某些恶趣，不仅有损诗歌的审美境界，也损伤了批判封建礼教和程朱理学的锋芒。文徵明的个性温文尔雅，他的诗歌创作中情思娴静温柔，笔致细润灵动，韵律舒展和谐。然而，他的诗歌时有纤弱之病，正如王世贞在《明诗评》卷三中所说："如衣素女子，洁白掩映，情致亲人，策无丈夫气格。"自称"江南第一风流才子"的唐寅，其诗歌成就在吴中四才子中最高。因科场舞弊案而饱尝世态炎凉的唐寅，后半生大半时间在苏州桃花坞过着"酒醒只在花前坐，酒醉还来花下眠"（唐寅《桃花庵歌》）的生活，但其内心深处，始终处于颓然自放和不甘寂寞两种人生态度的矛盾之中。其诗也因而既表现出对声色之乐的追求，又时时夹杂愤世嫉俗的感叹。他的诗才情奔放，任意挥洒，自写胸次，清新婉丽而有天然之趣，喜用俚语、俗语入诗，但能做到语浅而意隽。当然，他的诗也存在浅薄、浮华的缺点。总之，吴中四才子（徐祯卿在"前七子"中评述）缘情尚趣、追求自适与狂放的诗歌创作倾向，成为晚以公安派为代表的文学解放思潮的先声。

弘治、正德年间，李梦阳、何景明、徐祯卿、边贡、康海、王九思、王廷相等前七子崛起。面对"弘治中兴"的稍纵即逝和武宗继位后的荒淫无度、宦官擅权，以及八股文弊病的日益彰显，他们大多以新科进士、郎署少壮派与政治上、文学上革新者的锐气，高自标帜，与宦官政治、程朱理学正面碰撞，并且将文坛上的帅旗由"台阁坛坫移于郎署"（陈田《明诗纪事》丁签卷一《李梦阳》按语），极力推动文学复古思潮。李梦阳深恶风靡于时的台阁体的平庸烂熟，倡言"文必秦汉，诗必盛唐"，所以他的诗歌创作迥异于馆阁诸臣，而以格调高古、风格遒利、气势雄健见称，词意深刻而微婉。但由于过分强调复古，其诗歌创作有时流于形式的模拟，缺乏创新，为后人诟病。何景明虽提倡复古，但主张"领会神情，临景构造，不仿行迹"（何景明《与李空同书》）。他的诗歌语言婉媚流丽，情味蕴藉绵邈，重在韵致的悠远隽永。徐祯卿早年追摹六朝，间学晚唐，后与李梦阳等相交后学汉魏盛唐，诗风迥异于前期。作诗才力不如李梦阳，但善于熔炼，情深语淡，风格清新。边贡与李梦阳、何景明、徐祯卿齐名，世称"四杰"。他长于五言，善写幽忧之情、惆怅之思，兴象飘逸，语音清圆，能于质朴之处见流丽。前七子在诗歌创作中留下了曲曲折折的脚印：有时已步入高格朗调、浑雅正大、意象冲融、神韵飘逸的审美境界；有时却跌入模拟古人、刻意深奥、佶屈聱牙、缺少美感的泥坑之中，又授人以口实，遭到一些不愿盲目追随的作家的反对。

嘉靖、隆庆年间，李攀龙、王世贞、谢榛、宗臣、梁有誉、徐中行、吴国伦等"后七子"复起，继前七子之后再次主盟文坛。其声势之壮大，影响之深远较前七子为盛。后七子既有与前七子在宗汉崇唐、祖格本法上"声应气求，若出一轨"等相同的一面，又有相异的一面。李攀龙的诗歌多模仿古人，他的古乐府临摹太过，五古取境太狭，七古、五律局限于格调而少新法。诸体中七律、七绝较有特色。虽然他的三百多首七律中同一歌调的诗作屡见不鲜，但时有王维之秀雄、李颀之流丽，也不乏雄浑之作。七绝中的佳作"有神无迹，语近情深"（《明诗别裁集》卷八）。谢榛的诗沉练雄伟，法度森严，尤工于近体。古体也不乏佳作，尤其是一些歌行，洋洋大篇，笔力雄健，神采飞动，颇有盛唐浑沦高华的气象。王世贞的诗歌，各体皆呈面目，高华秀逸，兼而有之。尤其是一些涉及时事的歌行，颇有现实意义，而且柔中有刚，神韵遒上。《四库全书总目》评其诗曰："世贞才学富瞻，规模终大。譬诸五都列肆，百货具陈，真伪骈罗，良楛淆杂，而名才瑰宝，亦未尝不错出其中。"宗臣的诗初学李白,多跌宕隽逸之致,后又接受李攀龙、王世贞的影响,追求格调高爽,布局规整,但意境未深,间伤浅俗。梁有誉的诗歌选词俪辞,较为新警,词意婉约,殊有风人之致。徐中行擅于七律,闳大雄整,卓然名家。吴国伦的诗中有民间恋歌、风俗民情等,其诗中展示的江南风俗画中有资本主义萌芽的投影。

五、明代后期的诗歌

万历、天启年间,涌现出一股文学解放思潮。明代后期的文学解放思潮大致分为两个阶段,一是公安派的走向开放,二是竟陵派有所收敛。

万历年间崛起了以袁宗道、袁宏道、袁中道为代表的公安派。他们认为文学是随着时代的发展而发展的,不同时代的文学都有自己的特点,因为"世道既变,文亦因之"(袁宏道《与江进之》)。因此,他们力倡"宁今宁俗"(《与冯琢庵师》)、"独抒性灵,不拘格套"(《叙小修诗》),公安派以"性灵"说作为其文学主张的内核,在创作上注重有感而发,直写胸臆,将晚明文学解放思潮推向高潮。袁宗道的诗歌平易畅达,清秀工稳,真率灵动,近似白居易、苏轼的诗风。袁宏道的诗歌大多直率、自然、清新,表现出极其鲜明的个性色彩。袁中道早年的诗大抵冲口而发,以平易率直为主,因而意境造句都颇浅近,而少含蓄。中年以后,诗风渐变,有意识转向幽深奇崛。他们狂放时的诗歌一方面打破陈规,自树异帜,以眼前之景、身边之事来抒写性灵,清新秀丽,富有生气,使相对于"唐诗为雅"的"明诗为俗"(吴乔《围炉诗话》卷一)的特征在这时真正的显示出来了;另一方面,公安派信手而成、随意而出的写作态度也使得他们的一些诗歌显得有些草率、浮浅、刻露、油滑,缺乏含蓄的情致、深刻的意蕴,从而暴露出公安派专注性灵的局限性。

相对于公安派的开放高潮,以钟惺、谭元春为代表的竟陵派又有所收敛。他们对公安派的"宁今宁俗""独抒性灵"等加以补救,在崇尚性灵的同时又提倡"引古人之精神,以接后人之心目","求古人真诗",抒写"幽情单绪"(钟惺《诗归序》)。钟惺的诗作大多幽深孤峭,喜用怪字险韵,往往流于冷僻苦涩,但也有部分反映朝政腐败、世风沉沦的诗歌,蕴含着一些抑郁不平之气和忧民之思,体现了他风韵清严、神意闲逸、不谐于世的精神风貌。谭元春的诗早岁模拟"选体",以后才别有所悟,渐成面目。但由于过分讲求造语的冷隽新奇,有时不免使诗歌存有艰涩之弊。显然,竟陵派徘徊于复古复雅与尚今尚俗之间,因而,他们的诗歌创作划出时正时偏的轨迹:时而以阴壑寒泉、幽林古渡、枯松寒梅、孤鹤坠蝉等象征内修清节、不阿于世的人格,抒写"幽情单绪",诗风冷隽奇奥,孤寂清邃;时而尚今写实、尚俗采风,以平易坦挚的语言显示清新俊快的诗歌特征;但有时也过于局限在幽独的感遇、僻涩的意境之中。

崇祯及后期的南明年代,是明王朝崩溃与遗民活动的时期。这期间诗歌的主要成就,表现在既是政治结社又是文学团体的复社、几社中的几位诗人身上,其中最为著名的是陈子龙。陈田《明诗纪事》(辛签卷一)中评论陈子龙诗时说:"殿残明一代诗,当首屈一指。"陈子龙的文学观点深受前后七子复古思想的影响,他的诗歌早年是格调偏胜,或绮丽宛转,或质朴深沉,如《小车行》以乐府民歌的形式,描绘了百姓流离失所的惨景。中年以后是骨干老成,沉雄清丽,苍劲浑雅。明亡后,他的诗更是向悲壮沉雄一路发展,如《秋日杂感》（行吟坐啸独悲秋），写诗人在抗清失败后痛感复明无望的悲怆心境，格调沉郁，慷慨悲凉。还有夏完淳的诗歌多抒写国破家亡之痛，悲壮凄楚，纵横淋漓。瞿式耜经历了明清易代的天崩地裂的时代和抗清复明的艰难斗争，诗歌充满着爱国热情与浩然正气，如《浩气吟》等。张煌言在抗清战斗中所创作的诗歌，充分表现了一位至死不屈的民族英雄的壮烈形象，既是才笔纵横，藻采缤纷，又悲慨激昂，格调苍凉。明清易代时期的诗歌，从多侧面展示了当时的社会历史，集中地体现了特定时代的群体情感，标志着有明一代诗坛上写实尚真、忧时托志精神的最后一个高峰。

作 品

杨维桢

杨维桢（1296—1370），字廉夫，号铁崖，一号铁笛道人，晚号东维子。诸暨（今属浙江）人。泰定四年（1327）进士，官至建德路总管府推官。工诗，有名于世，称"铁崖体"。

庐山瀑布谣并序

【解题】

这首诗以梦幻般的想象和夸张的笔调，描写了庐山瀑布的奇景。全诗气势酣畅，是"铁崖体"的代表作。

甲申秋八月十六夜[1]，予梦与酸斋仙客游庐山[2]，各赋诗。酸斋赋《彭郎词》[3]，予赋《瀑布谣》。

银河忽如瓠子决[4]，泻诸五老之峰前[5]。我疑天仙织素练[6]，素练脱轴垂青天。便欲手把并州剪[7]，剪取一幅玻璃烟[8]。相逢云石子[9]，有似捉月仙[10]。酒喉无耐夜渴甚，骑鲸吸海枯桑田[11]。居然化作十万丈，玉虹倒挂清泠渊[12]。

《四部丛刊》本《铁崖古乐府》卷三

【注释】

[1] 甲申：即元顺帝至正四年（1344）。[2] 酸斋：即贯云石（1286—1324），作者的一个诗友。[3] 彭郎词：诗篇名，今存。诗中云："相逢渔子问二姑，大姑不如小姑好。小姑昨夜巧妆束，新月半痕玉梳小。彭郎欲娶无良媒，飞向庐山寻五老。五老颓然不肯起，彭郎怒踢香炉倒。"[4] 瓠（hù）子：地名，又称瓠子口，在今河南濮阳南。汉武帝元光三年（前132），黄河于瓠子决口。[5] 五老之峰：五老峰，庐山峰名，有五峰耸立。险峻雄伟，为庐山胜景之一。[6] 天仙：此指传说中的织女。素练：白色的丝绸。[7] 并州：州名，汉置，其地在今内蒙古、山西及河北一带。并州产有优质剪刀，以锋利著称。[8] 玻璃烟：指清澈透明的瀑布飞起的烟雾。[9] 云石子：指贯云石。子：对男子的美称。[10] 捉月仙：指唐代诗人李白。相传李白在当涂采石矶酒后泛舟江中，见江中月影，欲俯身捉取，竟溺水而仙去。[11] 骑鲸：骑鲸背而遨游海上。李白曾自称"海上骑鲸客"。[12] 玉虹：白色的长虹，喻指瀑布。清泠渊：清凉的深潭。瀑布下一般有深潭。

高启

高启（1336—1374），字季迪，号槎轩，长洲（今江苏苏州）人。元末隐居吴淞青丘，故又自号青丘子。洪武二年（1369），召修《元史》，授翰林院国史编修。洪武三年，擢为户部侍郎，他力辞不受。洪武七年，因代苏州知府魏观撰《郡治上梁文》，触怒明太祖朱元璋，被腰斩于南京，年仅39岁。他与杨基、徐贲、张羽，号称"吴中四杰"，当时论者把他们与"初唐四杰"相比。然"才力声调，过三人远甚，百余年来未见卓然有以过之者"（李东阳《怀麓堂诗话》），故后世推许其"天才高逸，实据明一代诗人之上"（《四库全书总目》）。他不愿仕进，平生刻意为诗，是明代成就最高的诗人之一。其诗注重学习古人，于汉魏、六朝、三唐等皆有所涉猎，所以在创作上呈现了多样化的风貌。诗以才情奔放著称，风格清新俊逸。尤其是歌行体，更表现了一种豪宕凌厉、奔放驰骋的气势。其文成就不如诗歌。著有诗集《高太史大全集》十八卷，另附文《凫藻集》五卷，词《扣舷集》一卷。

明皇秉烛夜游图

【解题】

诗歌借写夜宴的热烈场景，指斥唐玄宗李隆基荒淫逸乐、不恤政事，并且通过乐极生悲的变化过程，寄寓着讽谕垂诫的用心。全诗绘形摹色，铺叙生动，用典自然，对比强烈，语言明丽，音声和美，堪称儒家讽谕精神与浑雅之美有机结合的佳作。明皇，即唐玄宗李隆基（685—762），公元712—756年在位。前期励精图治，国内安定，经济空前繁荣，史称"开元盛世"。晚年沉迷声色，不理朝政，招致"安史之乱"。死后谥至道大圣大明孝皇帝，故又称明皇。

华萼楼头日初堕[1]，紫衣催上宫门锁[2]。大家今夕燕西园[3]，高爇银盘百枝火[4]。海棠欲睡不得成[5]，红妆照见殊分明。满庭紫焰作春雾，不知有月空中行。新谱《霓裳》试初按[6]，内使频呼烧烛换。知更宫女报铜签[7]，歌舞休催夜方半。共言醉饮终此宵，明日且免群臣朝。只忧风露渐欲冷，妃子衣薄愁成娇。琵琶羯鼓相追逐[8]，白日君心欢不足。此时何暇化光明，去照逃亡小家屋[9]。姑苏台上长夜歌[10]，江都宫里飞萤多[11]。一般行乐未知极[12]，烽火忽至将如何[13]？可怜蜀道归来客[14]，南内凄凉头尽白[15]。孤灯不照返魂人[16]，梧桐夜雨秋萧瑟[17]。

上海古籍出版社1985年版《高青丘集》卷八

【注释】

[1] 华萼（huā è）楼：即花萼楼，楼名，全名是"花萼相辉之楼"。李隆基为太子时，曾制宽大的被子和长枕头同诸王共乐，当上皇帝后，在兴庆宫的西部建造此楼。花萼：取《诗经·小雅·棠棣》兄弟亲爱之意。登上此楼可以看到宪王、薛王、申王、岐王的第宅。[2] 紫衣：唐制，官服以朱紫二色为贵。亲王及三品以上服用紫，五品以上服用朱。五等以上亲及五品以上母、妻，服紫衣。明皇时，宦官中衣朱紫者千余人，这里紫衣就是指宦官。[3] 大家：古代宫中侍从对帝、后的称呼，这里指皇帝。燕：通"宴"。西园：本为汉代上林苑的别称，此代指宫内的园囿。[4] 爇（ruò）：烧，点燃。银盘：银制的烛盘。[5] 海棠欲睡：暗用苏轼

《海棠》诗"只恐夜深花睡去,故烧高烛照红妆"诗意。又,《太真外传》:明皇在沉香亭召见杨贵妃。杨贵妃酒醉未醒,侍女扶来,明皇笑曰:"海棠春睡未定耶?"此以海棠代指贵妃杨玉环。[6]《霓裳》:即《霓裳羽衣曲》,唐歌舞曲名。相传为唐明皇所作。按:演奏。[7]:知更宫女:指宫中专设以报时辰的"鸡人"。铜签:铜制的更筹,由知更的宫女传人,以报明时间。[8]"琵琶"句:据《太真外传》,明皇在小殿作乐时,自己击羯(jié)鼓,贵妃弹琵琶。羯鼓:打击乐器。起源于印度,南北朝时经西域传入中国,盛行于唐开元、天宝年间。逐:一作"续"。[9]"此时"二句:化用唐聂夷中的《咏田家》诗:"我愿君王心,化作光明烛;不照绮罗筵,只照逃亡屋。"[10] 姑苏台:故址在今江苏苏州,春秋时越王勾践把美女西施献给吴王夫差。夫差在砚石山筑馆娃宫、姑苏台,与妃嫔群臣日夜在台上饮酒作乐。李白《乌栖曲》诗:"姑苏台上乌栖时,吴王宫里醉西施。"[11] 江都:今江苏扬州。江都宫:隋炀帝在江都的行宫。据《隋书·炀帝纪》记载:隋炀帝南游江都时,曾经征集大量的萤火,夜间放出来,光照岩谷。[12] 一般:一样。指玄宗与夫差、炀帝同样是行乐无度。[13] 烽火:古时边疆在高台上烧柴或烧狼粪,用以报警的信号。后因以代指战争。烽火忽至:指变乱突然来临。吴王夫差为越王勾践所灭;隋炀帝亡于唐;唐明皇时,安禄山发动叛乱,明皇奔蜀。[14] 蜀道归来客:即唐明皇。安史之乱爆发,唐玄宗奔蜀,至德二年(757),肃宗收复长安,十一月玄宗始自成都返回,还京后被尊为太上皇。[15] 南内:指兴庆宫,唐玄宗自成都返回后,始居于此。然其子肃宗害怕玄宗复辟,对之颇疑忌,命宦官李辅国胁迫太上皇移居西内(即太极宫)。白居易《长恨歌》:"西宫南内多秋草,宫叶满阶红不扫。"[16] 返魂人:指杨贵妃。贵妃死后,明皇思念不已,使方士"上穷碧落下黄泉"去寻找她的魂魄。参见唐白居易《长恨歌》。[17] 梧桐夜雨:化用白居易《长恨歌》诗句:"春风桃李花开日,秋雨梧桐叶落时。"

李梦阳

李梦阳(1473—1530),字天赐,又字献吉,号空同子。庆阳(今属甘肃庆阳)人,后徙河南开封。弘治六年(1493)举陕西乡试第一,第二年中进士,官户部郎中。为尚书韩文草疏劾宦官刘瑾,事泄,下狱几死。瑾死,迁江西提学副使。正德九年(1514),以"倚恃气节,陵轹同列,挟制上官"罪名罢免。遂失势家居,十余年卒。李梦阳与何景明、徐祯卿、边贡、康海、王九思、王廷相号"弘正七子"。其中,他与何景明、边贡、徐祯卿又被誉为"弘正四杰"。《明史·文苑传》说他"才思雄鸷,卓然以复古自命。"《四库全书总目》批评李梦阳"字拟句摹,食古不化……其文则故作聱牙,以艰深文其浅易"。杨慎、钱谦益贬斥之尤甚。然明清复古派仍推崇之。清末谭献犹云:"吾观北地李梦阳,质有其文,始终条理,匪必智过其师,亦足当少陵之史矣。"可见其影响的久远。其诗作中有不少作品风格雄壮,还是可取的。著有《空同集》六十六卷,其中诗赋三十七卷,文二十九卷。

秋 望

【解题】

这首诗的题目亦作《出使云中作》。云中:唐郡县名。云中在今山西大同。明置大同镇于此，为"九边"之一，京师西北门户。明中叶，蒙古鞑靼部逐渐强大起来，对北方边境构成威胁，引起了有识之士的关注，因此这时描写边塞的诗增多。《空同集》中也有一定数量的边塞诗，与其他题材的诗相比，这类诗的成就较为突出。《秋望》就是边塞诗的代表作之一。诗中描写清秋时节边塞风光的空旷苍茫，抒发了感时怀古的幽情。全诗雄浑劲健，慷慨悲凉，融写景、抒情、议论为一体。

黄河水绕汉宫墙[1]，河上秋风雁几行。客子过壕追野马[2]，将军韬箭射天狼[3]。黄尘古渡迷飞挽[4]，白月横空冷战场。闻道朔方多勇略[5]，只今谁是郭汾阳[6]？

明万历邓云霄刻本《空同集》卷三二

【注释】

[1] 汉宫墙：秦汉间所修筑的长城。明大同府西北有长城，为明王朝与鞑靼部落的边界。宫：一本亦作"边"。[2] 客子：犹游子，旅居他乡之人。这里是诗人的自谓。壕：后起字，用同"濠"，护城河。野马：田野间蒸腾浮游的水汽。《庄子·逍遥游》："野马也，尘埃也，生物之以息相吹也。"郭象注："野马者，游气也。"也可指尘埃。[3] 韬箭：把箭盛在套子里，表示带着弓箭。韬：弓袋。用作动词。天狼：星名。古星象家以为此星主侵掠，后因以喻入侵的异族。《楚辞·九歌·东君》："举长矢兮射天狼。"宋苏轼《江城子·密州出猎》词："西北望，射天狼。"时诗人正饷军西夏，故借天狼喻当时侵略边境的鞑靼。[4] 挽（wǎn）：牵引，拉。飞挽：急速运送。也指运送粮草的徭役。这里指急速运送粮草的船只。[5] 朔（shuò）方：汉代置朔方县，东汉有朔方郡，唐为方镇名。这里泛指北方边境。勇略：英勇而有才略。[6] 郭汾阳：即唐代中兴名将郭子仪，曾任朔方节度使，平定安史之乱，收复长安、洛阳，以功封汾阳郡王，故称郭汾阳。新、旧《唐书》有传。"只今"句：意谓现在镇守边防的将领有谁能像郭子仪那样呢！微意所在，慨叹国家再无郭子仪那样的人了。

何景明

何景明（1483—1521），字仲默，初号白坡，改号大复山人。信阳（今河南信阳）人。明弘治十五年（1502）中进士，授中书舍人。正德初，因宦官刘瑾擅权，上书吏部尚书劝其秉政毋扰，得罪瑾，被免官。瑾诛后，因李东阳荐，得复职，直内阁制敕房。后出为陕西提学副使。嘉靖初，因病卒，年仅三十九岁。生平事迹详见《明史》卷二八六。景明与李梦阳同为前七子首领，同倡复古，反对"台阁体"。《四库全书总目》认为："景明与李梦阳俱倡为复古之学，天下翕然从之，文体一变。"他虽提倡复古，但主张"领会精神，临景构造，不仿行迹"（《与李空同书》）。同时反对李梦阳刻意模仿，并且与之发生了激烈的论争。就诗歌创作而言，各有所长，李梦阳刻意范古，务为阔大，以气势浑厚充溢胜；何景明则造语婉媚流丽，情味蕴藉绵邈，重在韵致的悠远隽永。正如胡应麟《诗薮》续编卷二所云："李以骨力胜，何以神韵超。"陈田曰："大复骨清神秀，龙凤之姿……与空同固是劲敌。"有《大复集》。

鲥　鱼

【解题】

　　鲥（shí）鱼，鱼名。体侧扁，长达70厘米，银白色。主食浮游生物。分布于中国以及朝鲜半岛和菲律宾沿海。春夏之交，溯江产卵，中国长江、富春江、西江等河流中均有。初入江时体内脂肪肥厚，肉味最为鲜美，为名贵鱼类。以"其出有时，故名鲥"（《类篇》）。明清时代，朝廷征鲥鱼供御，是劳民伤财的弊政。清初诗人吴嘉纪《陋轩诗集》有名篇《打鲥鱼》提出控诉。何景明这首七律已开其先声。这首诗是为讥刺封建帝王不荐寝庙，亲昵阉竖而作，寓意深刻，立意讽刺，语调讥诮、幽默。

　　五月鲥鱼已至燕[1]，荔枝卢橘未应先[2]。赐鲜遍及中珰第[3]，荐熟谁开寝庙筵[4]。白日风尘驰驿骑，炎天冰雪护江船[5]。银鳞细骨堪怜汝，玉箸金盘敢望传[6]。

文渊阁《四库全书》本《大复集》卷二六

【注释】

　　[1] 燕（yān）：古诸侯国名，今河北省地，这里指燕京，即北京。明成祖由南京迁都北京。"五月"句：五月鲥鱼在江南刚刚上市时，便快速递送，在一两日内到达北京。这句诗暴露了帝王之奢求和地方官吏之趋奉。[2] 卢橘：即金橘。卢：黑色，因金橘未熟时为青黑色，故名。见《本草纲目·果二·金橘》。一说，卢橘即枇杷。先：超过（鲥鱼）。"荔枝"句：暗用典，意谓唐玄宗时岭南贡的荔枝，德宗时山南贡的枇杷，都是快速驿送至长安供宫廷享用的，但都不如明朝进贡鲥鱼这么疾速。[3] 中珰（dāng）：太监。汉代称宦官为中人、中官，他们以貂尾和金、银珰为其帽子的装饰品。故以中珰作为宦官的代称。明代称宦官为太监。第：府第，宅第。这句写太监地位很高，备受恩宠。[4] 荐熟：犹言荐新。以初熟五谷或时鲜果物祭献于宗庙。谁：一作"应"。寝庙：古代国君的宗庙有庙和寝两部分，庙在前，是接神处，地位较尊；寝在后，是藏衣冠处。这句意谓帝王赐太监而不荐寝庙，讽意甚显。[5] "白日"句：为了及时送鲥鱼，陆运时驿马飞奔，尘沙蔽日；而水运时则江船里大热天用冰冷藏，防止鲥鱼变质。[6] 玉箸（zhù）：玉制的筷子，常用作筷子的美称。"玉箸"句：意思是怎么敢期盼皇帝传赐尝新呢？此句典出杜甫《野人送朱樱》："金盘玉箸无消息，此日尝新任转蓬。"

王世贞

　　王世贞（1526—1590），字元美，号凤洲，又号弇（yǎn）州山人。太仓（今属江苏）人。嘉靖二十六年（1547）进士，授刑部主事，累迁员外郎、郎中。时严嵩擅权，杨继盛因劾严嵩而被害，世贞曾经援救，遂与严嵩为仇。后其父王忬（yù）亦为严嵩所害。隆庆元年（1567），严嵩父子伏法，世贞兄弟伏阙讼父冤得到昭雪，世贞也被重新起用。万历二年（1574），世贞以右佥都御史巡抚郧阳，时张居正当权，世贞上疏谓大臣权势过盛，为居正所恶，罢官而归。万历十年，张居正死，世贞乃复为南京兵部右侍郎，不久升任南京刑部尚书。后称病乞归，万历十八年（1590）病逝。生平事迹详见《明史》卷二八七。王世贞早年与李攀龙同主文坛，为"后七子"的领袖。李攀龙死后，他独主文坛二十年。反对"台阁体"，提出"文必秦汉，诗必盛唐，大历以后书勿读"，但晚年见解有所修正，为文渐趋平淡天真。王世贞之诗，各体皆呈面目，高华秀逸，兼而有之。成就突出、并且具有现实意义的是一些涉及时事的歌行，如《袁江流钤山冈当庐江小吏行》等。《四库全书总目》评其诗曰："世贞才学富赡，规模终大。譬诸五都列肆，百货具陈，真伪骈罗，良楛淆杂，而名材瑰宝，亦未尝不错出其中。"著有《弇州山人四部稿》一百七十四卷，《弇州山人续稿》二百零七卷，《弇山堂别集》一百卷等，其中有诗文评论类著作《艺苑卮言》八卷，另有《明诗评》四卷等。

戚将军赠宝剑歌并序（选一）

【解题】

在一次酒席宴上，戚继光赠送一柄宝剑给诗人，诗人以此作答。原诗共十首，该首原列第五。作者此诗借歌咏宝剑，抒发了不能施展才能的感慨。音调铿锵，气韵沉郁，情语中有雄奇之思。戚将军，即戚继光（1528—1587），字元敬，号南塘，明代抗倭名将。诗人的父亲王忬任提督掌管浙江军务抵御倭寇时，戚为参将，故两人有通家之谊。

　　戚将军逐贼至闽海中，夜半见赤光起波际，使善没者探之，乃一古铁锚也，重可二百斤，纯绿透莹。将军素有中散之技，因合闽中铁丝罄炼之，凡百余火。以其半为刀八。又重炼其半，百余火，为剑三，俱作青色，烂烂射眼，一以自佩，一赠汪中丞，一以遗余。许为十绝句以谢，挥笔便就，文不加点。酒间歌之，此剑当铿然和我矣。

曾向沧流剸怒鲸[1]，酒阑分手赠书生。芙蓉涩尽鱼鳞老[2]，总为人间事渐平[3]。

明万历世经堂刻本《弇州山人四部稿》卷五〇

【注释】

　　[1] 沧流：犹沧海，大海。剸（tuán）：割，截断。[2] 芙蓉：指刻在剑上的花纹。芙蓉涩尽：剑上的花纹都绣坏了。鱼鳞老：鱼皮制作的剑鞘都破旧了。[3] 人间事渐平：这里指东南倭乱渐渐被平息。此化用唐贾岛《剑客》诗"十年磨一剑，霜刃未曾试。今日把示君，谁有不平事"的诗意。

陈子龙

　　陈子龙（1608—1647），字卧子，一字懋中，号轶符。松江华亭（今上海松江）人。晚年自号大樽。崇祯十年（1637）进士，初仕绍兴推官，擢兵科给事中。甲申（1644）六月，事福王于南都，连上谏疏，为权奸所嫉，乞终养去。南都沦亡，积极参与抗清复明活动。最后以联络吴胜兆等谋结兵太湖举事，事败被俘，抗志不屈，在被械送途中赴水殉国。清乾隆时追谥忠裕。生平事迹详见《明史》卷二七七。崇祯初，陈子龙参加以张溥、张采为首的复社,又与夏允彝、徐孚远、周立勋等结几社,与复社相呼应。两社都是东林党的后劲,既是文学团体,又是政治团体,以复兴绝学相期勉,以文章气节相砥砺,坚持同魏忠贤余党作斗争,社友大多为爱国士人。崇祯十四年(1641),复社主将张溥卒后,陈子龙实际上是两社共戴的领袖。当时称文章者,必称两社;称两社者,必称云间;称云间者,必推陈、夏。而陈子龙的诗文,尤其著称当时。陈子龙早期诗歌受前后七子影响较深,倾向复古,多模拟古人之作。随着时局的变化,尤其是明亡前后,在家国陵夷、沧桑剧变的特定时代环境感促下,他的诗风有所改变,忧时念乱的沉痛情感注入诗中,显得悲劲苍凉,而又词藻华丽,音调铿锵,具有较强的感染力。所作各体皆工,尤其是他的七律,大多写于勤劳国事、戎马倥偬之际,表达了他对时局的关切,悲凉慷慨、酣畅淋漓。他和李雯、宋徵璧等几社名士皆致力为词,形成云间词派。他的词要渺婉约、清辞丽句中寄寓着沉隐之痛,哀楚动人,蕴藉极深。有《陈忠裕公全集》《安雅堂稿》等,又曾编纂《皇明经世文编》《皇明诗选》。

渡 易 水

【解题】

本诗作于崇祯十三年(1640)作者母丧服满入都途中。诗歌既是怀古——怀念战国时义无反顾、视死如归的侠客荆轲,又是伤时——慨叹在大敌当前之时而难求志同道合的报国之士。全诗慷慨悲歌、淋漓顿挫,具有充实之美和浑雅之美。易水,《畿辅通志》载:"易水在易州(今属河北)南,一名武水,亦日中易。源出宽中谷,流至定兴,合巨马河入白沟。"

并刀昨夜匣中鸣[1],燕赵悲歌最不平[2]。易水潺湲云草碧[3],可怜无处送荆卿[4]。

上海古籍出版社1983年版《陈子龙诗集》卷一七

【注释】

[1] 并刀:古代并州所产的剪刀,以锋利著称。[2] 燕赵:战国时的两个诸侯国,地处今山西、河北一带。这里曾出现过荆轲、高渐离一类豪侠之士。[3] 潺湲(chán yuán):叠韵联绵词,水徐流貌。[4] 荆卿:指荆轲(?—前227),战国末刺客。卫国人,卫人称为庆卿。游历燕国,燕人称为荆卿,亦称荆叔。后被燕太子丹尊为上卿,派往刺秦王嬴政(即秦始皇)。未果,反被杀害。事见《史记·刺客列传》。

元明戏曲与散曲概说

元明时期,戏曲、小说等叙事文学居于文坛的主导地位,戏曲、小说等俗文学空前地繁荣。元杂剧与散曲(合称"元曲")成为一代文学之胜。

元杂剧现存的剧本见于《元刊杂剧三十种》《元曲选》《元曲选外编》等,王季思主编的《全元戏曲》共收元杂剧 224 种,残折残曲 34 种,为现存较完备的元杂剧作品集。

元杂剧的结构形式,是以四折(也有五六折)、通常外加一段楔子为一本,少数剧目是多本的,楔子可以没有,也可以用到两三个。一折意味着一个故事单元,同时也是音乐单元。楔子,本意是插入木器的榫头中使之紧固的小木片,引申到杂剧中,是指对剧情起交待作用或连结作用的短小开场戏或过场戏,是整个剧本中的有机部分。元杂剧的核心部分是唱词。每一折用同一宫调的一套曲子组成,并一韵到底,所以说"折"也是音乐单元。

元杂剧中通常限定每本由正旦或正末两类角色中的一类主唱。正旦所唱的本子为"旦本",正末所唱的本子为"末本"。元杂剧以唱为主;以说白为宾(辅助),所以叫做"宾白",其中有对白、独白、旁白等。在剧本中表示舞台效果和演员所要做的动作、表情等,叫做"科"。元杂剧的角色可分为旦、末、净、杂四大类。

元杂剧以大德年间(1297—1307)为界,分为前后两期。

一、元杂剧的前期

前期是元杂剧的鼎盛时期,以京城大都(今北京)为活动中心,以"元曲四大家"——关汉卿、王实甫、马致远、白朴等(一说"四大家"为关、马、郑、白,郑指后期的郑光祖)为代表。还有纪君祥的《赵氏孤儿》和康进之的《李逵负荆》等,都是前期杂剧中的名作。

(一)关汉卿与《窦娥冤》

关汉卿是元代最为著名的杂剧作家,被称为"梨园领袖""编修帅首""杂剧班头"。他一生所作杂剧多达 60 多种,为诸家之冠。王国维在《宋元戏曲史》中说:"关汉卿一空倚傍,自铸伟词,而言其曲尽人情,字字本色,故当为元人第一。"他现存杂剧 18 种,大致可分为三类:一是社会剧,如《窦娥冤》《蝴蝶梦》《鲁斋郎》等;二是爱情婚姻剧,如《救风尘》《拜月亭》等;三是历史剧,如《单刀会》《双赴梦》等。

《窦娥冤》是我国悲剧中典范作品。关汉卿化腐朽为神奇,将汉代一个"东海孝妇"的故事加工改造,结合元代的社会现实,塑造了一位善良质朴而又不甘屈辱、不畏强暴的窦娥形象。她是个弱小而又善良的孤女,从童养媳到寡妇,遭遇十分悲惨,却又遇上地痞恶棍张驴儿父子的胁迫与诬害,更有昏聩愚蠢的太守草菅人命,最后将她这位无辜的女子送上了断头台,终于使她发出了愤怒的呼喊:"地也,你不分好歹何为地?天也,你错勘贤愚枉做天!"同时,剧作也控诉了官场的黑暗、吏治的腐败:"衙门从古朝南开,就中无个不冤哉!"第三折是悲剧的高潮,窦娥至死不屈,立下三桩无头誓愿:血飞白练、六月飞雪、亢早三年。精诚所至，感天动地，三桩誓愿奇迹般地实现，充满着理想色彩与浪漫精神。剧作朴实生动，当行本色。

《救风尘》颇有喜剧情调，它的题目正名是："安秀才花柳成花烛，赵盼儿风月救风尘"。说的是剧中女主人公赵盼儿以"风月"（指男女情欢之事）为手段，机智地解救同是沦落风尘中的姐妹宋引章。剧中的三个主要人物性格鲜明：周舍是个轻薄浮浪又狡诈凶狠的恶棍；同是风尘女子，宋引章天真轻信，贪慕虚荣而轻易被周舍所骗；赵盼儿利用周舍好色的习性，巧妙地将宋引章救出火坑。此剧构思奇巧，不乏夸张笔调，结构严谨，曲辞本色当行，喜剧中深含悲剧况味。

《单刀会》是带有抒情诗剧色彩的历史剧。此剧写三国时期的吴国将领鲁肃设宴约蜀国名将关羽过江，企图强迫他交出荆州，关羽明知其意，单刀赴会，又安然归去。该剧有力地突出了大义凛然的孤胆英雄关羽的形象，寄寓着作者强烈的民族意识。此剧结构布局独特，往往以慷慨苍凉的情感打动人，如其中第四折中的［驻马听］：

水涌山叠，年少周郎何处也？不觉的灰飞烟灭，可怜黄盖转伤嗟。破曹的樯橹一时绝，鏖兵的江水犹然热，好教我情惨切！（云）这也不是江水，（唱）二十年流不尽的英雄血！

（二）白朴与《梧桐雨》

白朴①的剧作见于著录的有16种，其中《梧桐雨》《墙头马上》都是出色的作品。《墙头马上》是元杂剧中四大爱情剧之一（另有关汉卿的《拜月亭》、王实甫的《西厢记》、郑光祖的《倩女离魂》），其本事出于白居易的新乐府《井底引银瓶》，此剧写青年男女裴少俊、李千金冲决封建家长束缚，大胆追求婚姻自主的故事。尤其是李千金形象泼辣倔强，敢作敢为，极富个性色彩。《梧桐雨》是一部带有浓厚悲剧色彩的历史剧，取材于白居易的《长恨歌》，写唐明皇李隆基与贵妃杨玉环的故事。前三折写李隆基宠幸杨贵妃，朝歌暮宴，荒废朝政，导致安史之乱和马嵬兵变，使唐帝国由盛转衰。与元杂剧第四折多为"强弩之末"的一般情况不同，《梧桐雨》的第四折是全剧的高潮，通过李隆基的内心独白，刻画他的忆旧、伤逝、相思、愧悔、孤独、哀愁的心境，并将秋雨梧桐凄凉萧瑟的环境与人物心境相互交融，是一部典雅优美抒情诗剧。

（三）马致远与《汉宫秋》

马致远的杂剧，见于著录的有15种，今存《汉宫秋》《岳阳楼》《青衫泪》《陈抟高卧》《黄粱梦》《荐福碑》《任风子》等7种。他的思想受到过全真道的影响，创作《岳阳楼》《黄粱梦》《任风子》等神仙道化剧；《青衫泪》《陈抟高卧》《荐福碑》等写儒士的不幸命运；《汉宫秋》是一部历史剧，最为著名，写王昭君出塞和亲故事，将王昭君的结局写成在汉与匈奴交界处投江自杀。此剧是末本戏，以汉元帝为主角，但作者用相互反衬的手法，越是表现汉元帝对王昭君的钟情、多情、深情和依依不舍，则越是能表现王昭君的献身

---

① 白朴（1226—1306后），字仁甫，号兰谷。他饱受战乱之苦，晚年寄寓金陵（今南京），诗酒放浪，寄故国之思于山水之间。

精神，塑造了这样一位以民族利益为重的爱国者的形象。这是一部具有浓厚悲剧色彩的历史剧，将朴实自然与典雅精致相结合，颇有特色。

（四）王实甫与《西厢记》

《录鬼簿》中著录王实甫的杂剧14种，现存《西厢记》及《破窑记》《丽堂春》。贾仲明的《凌波仙》词说他"作词章，风韵美，士林中等辈伏低。新杂剧，旧传奇，《西厢记》天下夺魁。"《西厢记》描写崔莺莺与张生的爱情故事，全剧的主题是"愿普天下有情的都成了眷属"，这是对封建礼教和封建婚姻制度的大胆挑战，使它成为数百年来封建礼教束缚下的青年男女追求爱情幸福的强大精神动力。《西厢记》写了以崔老夫人为代表的封建家长与以莺莺、张生、红娘为代表的追求婚姻自由的封建礼教的叛逆者之间的矛盾，也写了莺莺、张生、红娘之间在思想倾向基本一致下的性格矛盾。这两组矛盾形成一主一辅的两条线索，并且相互交织，相互制约，使得全剧波澜起伏，曲折而丰富。剧中主要人物莺莺、张生、红娘各自都有鲜明的个性：莺莺感情深沉，性格内向，但她是一位真诚追求爱情，敢于打破疑惧和矛盾心理，大胆反抗封建礼教的女性形象；张生是"志诚种"，与莺莺佛殿相遇，一见钟情，又矢志不渝，轻狂兼有诚实厚道，洒脱兼有迂腐可笑，但他与莺莺始终将爱情置于功名利禄之上；红娘是《西厢记》中最光彩的人物，在撮合莺莺与张生的婚事与抨击封建礼教中展示了她的机智泼辣、侠心义骨的性格。《西厢记》的语言华美中有本色，秀丽中有白描，如"长亭送别"中莺莺的一段唱：

[端正好] 碧云天，黄花地，西风紧，北雁南飞。晓来谁染霜林醉？总是离人泪。

化用范仲淹《苏幕遮》、李清照《声声慢》、苏轼《水龙吟》等词句，以秋天之景衬托离人之情。前四句纯为写景，景中有情，"晓来"句移情入景，最后直接写离别之情，以情动人，文辞秀丽雅致。

二、元杂剧的后期

杭州是南宋的首都，是元杂剧后期活动的中心。后期代表作家是郑光祖①、乔吉②、秦简夫③等。

郑光祖著有杂剧18种，现存8种，以《倩女离魂》《王粲登楼》《㑇梅香》三种最为著名。《倩女离魂》是元代四大爱情剧之一，取材于唐代陈玄祐的传奇《离魂记》，写王文举与张倩女定有婚约，但王文举因张母嫌他功名未就，有悔婚之意，被迫上京应试，张倩女则因相思成疾，灵魂离开躯体去追赶王文举，并与他一道奔赴京城。王文举中状元后，携倩女

---

① 郑光祖，字德辉，平阳襄陵（今属山西）人。周德清《中原音韵》将他与关汉卿、白朴、马致远并称为"元曲四大家"。
② 乔吉（？—1345），字梦符，号笙鹤翁、惺惺道人。太原（今属山西）人，长期流寓杭州，寄情诗酒，流连山水，自称"烟霞状元""江湖醉仙"。
③ 秦简夫，大都人，后流寓杭州，生平不详。

魂灵归至张家，离魂与躯体合二为一。作者以浪漫的手法，成功地塑造了一个热烈追求自由幸福生活的女性形象。全剧抒情气息浓厚，蕴藉工丽，尤其是第二折中倩女月夜追赶王文举的描写，情景交融，曲辞优美，将倩女的灵魂形象写得格外动人。

乔吉所作杂剧存目11种，今传3种，都是以婚姻爱情为题材：《两世姻缘》写韦皋与妓女韩玉箫的两世姻缘，《金钱记》写韩翃与王柳眉的恋爱，《扬州梦》虚构杜牧与张好好的一段风流韵事。他的创作风格与郑光祖相近，但语言色彩流丽光艳。

秦简夫有杂剧《东堂老》《赵礼让肥》《剪发待宾》等3种流传于世。《东堂老》写扬州大商人赵国器的儿子扬州奴浪子回头的故事，在塑造"有古君子之风"的商贾李茂卿的形象的同时，展示了扬州奴"临危自省"、浪子回头的心态与转变的过程。剧作题材比较新颖，舞台性较强，在元杂剧中颇有特色。

三、《琵琶记》与元代的南戏

南戏是南曲戏文的简称，因最初产生于永嘉（今浙江温州一带），故又称"永嘉杂剧""温州戏文"。早期的南戏流传下来的很少，其中保留在《永乐大典》残卷中有三种：《张协状元》《宦门子弟错立身》《小孙屠》。元代南戏中有"四大传奇"——《荆钗记》《刘知远白兔记》《拜月亭》《杀狗记》，简称"荆、刘、拜、杀"。

高明①的《琵琶记》被誉为"南戏之祖"。他晚年创作的《琵琶记》，写的是蔡伯喈与赵五娘的故事。这一故事在宋元时期广泛流传于民间。但是高明的《琵琶记》改变了原来蔡伯喈"弃亲背妇，为暴雷震死"等情节，以"三不从"（蔡伯喈不愿意赴京应试，他父亲不从；蔡要辞官，皇帝不从；蔡要辞婚，牛丞相不从）的安排，开脱蔡伯喈不孝不义的罪名，制造了一大团圆的结局，彻底改变了蔡伯喈的形象，所谓"有贞有烈赵贞女，全忠全孝蔡伯喈"。最成功的是塑造了赵五娘的形象，在她的身上集中地体现了中国妇女善良坚韧、忍辱负重和自我牺牲的精神，所谓"不是一番寒彻骨，怎得梅花扑鼻香"？《琵琶记》善于以情动人，曲文雅俗共赏。总之，《琵琶记》是元代戏曲的殿军，明代戏曲的先声。

四、明代杂剧与传奇

明代堪称中国戏剧的又一个黄金时代，明代戏曲主要包括杂剧与传奇。据傅惜华《明代杂剧全目》统计，明代杂剧作者不少于200人，杂剧作品计523种。

王九思的《杜甫游春》、康海的《中山狼》，是明中期较早出现的杂剧名作。

（一）徐渭与《四声猿》

徐渭是明代杂剧创作中影响最大的作家。他有杂剧集《四声猿》，由《狂鼓史渔阳三弄》《玉禅师翠乡一梦》《雌木兰替父从军》《女状元辞凰得凤》四部短剧组成。《雌木兰》和《女状元》都是写女扮男装的故事，前者中的木兰代父从军，驰骋疆场；后者中的黄崇嘏考取状元，精于朝政。《狂鼓史》虚构死后的祢衡在冥司的安排下重演当年击鼓骂曹操的

---

① 高明（1307？—1359），字则诚，号菜根道人，温州瑞安（今属浙江）人。

情景，颇有喜剧性的谐谑与讽刺；《玉禅师》写玉通禅师因不去参拜新任临安府尹柳宣教，柳宣教便指使妓女红莲前去引诱玉通破了色戒，他身后转世为柳宣教的女儿柳翠，沦落风尘，败坏柳氏家风，最后经法明和尚点明，立时顿悟，坐化以成正果。《四声猿》敢于突破传统思想的束缚，痛斥权贵的凶险暴虐，嘲笑宗教禁欲主义，颂扬妇女的文才武略，闪烁着文学解放思想的光彩。《四声猿》体制灵活，突破了元杂剧的传统格局，文笔犀利，语言泼辣流畅，意趣横生，被袁宏道誉为"明第一曲"，汤显祖也称之为"词坛飞将"。

明代传奇是从宋元和明初南戏发展而来的，在明代中后期形成了一个新的繁荣的局面。据傅惜华《明代传奇全目》统计，有作品950种。传奇，唐宋时指短篇文言小说，明清时指以唱南曲为主的戏曲形式。

李开先的《宝剑记》、梁辰鱼的《浣纱记》、阙名的《鸣凤记》，被称为明代中期三大传奇。《宝剑记》写林冲被逼上梁山的故事，其主旨是"诛谗佞，表忠良，提真托假振纲常"；《浣纱记》以范蠡与西施的聚散离合为贯穿众多情节的主线，试图将政治与爱情相结合，着力渲染西施作为越王勾践灭吴的牺牲品时所感受到的深深悲哀；《鸣凤记》是一部关切当时政治的时事剧，展开了以杨继盛等为一方的忠臣与以严嵩父子为首的权奸之间的斗争。

（二）汤显祖与《牡丹亭》

汤显祖是明代传奇戏曲的大师，著有《紫箫记》、《紫钗记》、《牡丹亭》（一名《还魂记》）、《南柯记》、《邯郸记》，后四种合称"临川四梦""玉茗堂四种"。《牡丹亭》与元杂剧《西厢记》同是最著名的爱情剧。故事取材于话本小说《杜丽娘慕色还魂记》，写南宋时南安太守杜宝的女儿杜丽娘私自游园，因大好的春光而萌动情思，在梦中与秀才柳梦梅幽会。事后，一病不起，抑郁而死。杜宝升迁淮扬，将杜丽娘的葬地后花园改为梅花观。柳梦梅赴京赶考，途经淮安，在梅花观拾得杜丽娘的自画像，就与她的幽灵相欢会。后来，柳梦梅起墓开棺，杜丽娘起死回生，两人结为夫妻。继而柳梦梅考中状元，杜宝奉旨承认柳梦梅与女儿的婚事，合家团圆。《牡丹亭》通过杜丽娘为情而死、因情而生的奇幻经历，充分体现了汤显祖的"至情"论："如丽娘者，乃可谓之有情人耳。情不知所起，一往而深。生者可以死，死可以生。生而不可与死，死而不可复生者，皆非情之至也。"（汤显祖《牡丹亭题词》）也有力地抨击了戕害青年男女的封建礼教，热情地赞美了杜丽娘为挣脱封建礼教束缚，争取爱情自由与幸福生活而执著追求的精神，具有鲜明的时代特点与震撼人心的艺术力量。全剧中最动人的是《惊梦》《寻梦》两出，《惊梦》写杜丽娘在春光感召下青春的觉醒，《寻梦》是写她追求爱情幸福的实际行动。《惊梦》中的［皂罗袍］是最有名的一支曲子，历来传唱不衰：

> 原来姹紫嫣红开遍，似这般都付与断井颓垣。良辰美景奈何天，赏心乐事谁家院。……朝飞暮卷，云霞翠轩，雨丝风片，烟波画船，锦屏人忒看的这韶光贱！

慨叹"锦屏人"贱视春光，更见出杜丽娘对春光的珍惜，也就是对自己青春美貌的珍惜。曲辞优美，情景交融，生动地表现了杜丽娘青春觉醒时的微妙心理。

五、元代散曲

元代散曲作家，据不完全统计有200余人，存世作品小令3 800多首，套数470余套。以元仁宗延祐年间（1314—1320）为界，元散曲分为前后两个时期。前期创作中心在北方，后期则向南方转移。

元代前期散曲作家的活动中心在大都这个时期，散曲从民间转到文人手中，走向全面繁荣。此时从事散曲创作的主要是杨果等兼作诗文，关汉卿、白朴、马致远等兼写杂剧的作家，专攻散曲的作家不多见。

关汉卿除杂剧之外，擅长散曲，今存小令40余首，套数10余套，风格以泼辣豪放为主。关汉卿自称"普天下郎君领袖，盖世界浪子班头"。他著名的套数［南吕·一枝花］《不伏老》可视为"浪子"的一篇宣言。

白朴的散曲创作，今存小令37首，套数4首。他的作品中，叹世归隐之作占了较大的比例。如［双调·沉醉东风］《渔父》：

黄芦岸白蘋渡口，绿杨堤红蓼滩头。虽无刎颈交，却有忘机友，点秋江白鹭沙鸥。傲煞人间万户侯，不识字烟波钓叟。

这是一首写隐逸生活的小令。明代蒋一葵评曰："有味而佳。"曲中将秋江之景写得淡荡出尘却又色彩明丽，从而衬托出渔父品格的高洁。曲中的渔父形象以不识字而傲视王侯，盟鸥忘机，所曲折表现的正是识字的元代知识分子对现实社会的愤懑与厌倦。

马致远是元代散曲最丰的作家之一，今存小令115首，套数22篇，总计130多首。后人辑为《东篱乐府》。元代传统文人积极进取与超脱放旷重叠交织的悲剧性人格，在马致远的散曲创作中表现得最为鲜明突出。套数［双调·夜行船］《秋思》，小令［越调·天净沙］《秋思》，周德清《中原音韵》赞其为"秋思之祖"。

元代后期散曲作家的活动中心逐渐南移到杭州，这主要发生了三个方面的明显变化：一是出现了张可久、贯云石等一批几乎专攻散曲的作家；二是散曲创作出现了诗词化、规范化的倾向，使散曲步入雅正典丽的艺术境界，逐渐失去了原来的本色质朴的风貌；三是题材上有所突破，出现了刘时中［端正好］《上高监司》套曲这样深刻暴露元代后期社会现实的作品。

六、明代散曲

明代散曲，就作家和作品而言，都远远超过元代，谢伯阳所编《全明散曲》收作家406家，小令10 606套，套曲2 064套。明代前期散曲，处于衰退状态，此时影响较大的散曲作家是皇室宗族朱有燉，有《诚斋乐府》，多为宫廷、王府而作，曲风典雅。弘治、正德年间，是明代散曲创作的复兴期，当时北方有名的作者有康海、王九思等，南方有名的作者有王磐、陈铎等。

王九思①有散曲集名《碧山乐府》。散曲风格以豪放为主,一些描写乡间生活的作品,别有一种浓重的田园风情。

王磐②著有散曲集《西楼乐府》,其中有一些作品讽刺时世,笔锋尖锐。文辞爽利俊朗,钱谦益称他与陈铎为"南曲之冠"。

陈铎③所作散曲集有《秋碧乐府》及《滑稽余韵》等,题材较为广泛,时有创新,特别注意写市井百态,呈现出一幅幅市井风俗画。

明代后期的散曲名家大多是南方人,如梁辰鱼、沈璟、施绍莘等,北方的散曲家冯惟敏、薛论道也颇有名。

冯惟敏④的散曲尤为有名,有散曲集《海浮山堂词稿》行于世。散曲创作的题材较为广泛,朴素自然,格调不俗。

施绍莘⑤致力于散曲的创作,为晚明重要的散曲作家,被称为"一代之殿"。著有《花影集》,其中有小令72首,套数86套。他的散曲摆脱了南曲追求音律和词藻的风气,更多地表现自己孤僻的心境,南北曲兼善并有清丽、豪放等多种风格,在晚明曲坛上独树一帜。如〔南仙吕入双调·玉抱肚〕:

> 小亭低亚,眼前的诗耶画耶?白梅花衬扇窗儿,淡垂杨带个栖鸦,天公偏称野人家,寒似前宵略峭些。

颇似中国画小品,清丽的画面中蕴含着作者孤高狷介的性情。

七、明代民歌

民歌在明代文学史上有特殊的地位,卓珂月说:"我明诗让唐,词让宋,曲让元,庶几《吴歌》《挂枝儿》《罗江怨》《打枣竿》《银纽丝》之类,为我明一绝耳。"(陈宏绪《寒夜录》引)现存最早的民歌集是成化年间刊行的《新编四季五更驻云飞》《新编题西厢记咏十二月赛驻云飞》等4种,以后还有冯梦龙选辑的《挂枝儿》《山歌》等,约2 000首左右。民歌大多是情歌,突出地反映了挣脱礼教束缚,要求自主婚姻,争取个性解放的强烈愿望,具有鲜明的时代特色。例如:

> 不写情词不写诗,一方素帕寄心知。心知接了颠倒看,横也丝来竖也丝,这般心事

---

① 王九思(1468—1551),字敬夫,号渼陂,鄠县(今陕西户县)人。弘治间进士,后因与康海一道被指为刘瑾同党而黜退,隐居乡间,日夕征歌度曲,以相娱乐。

② 王磐(约1470—1530),字鸿渐,号西楼,高邮(今属江苏)人。他工诗能画,精通音律,雅好词曲,性格飘洒。

③ 陈铎(1460以前—1507),字大声,号秋碧。下邳(今江苏邳县)人,长期寓居南京。他精通曲律,醉心词曲,当时南京教坊中人称为"乐王"。

④ 冯惟敏(1511—约1580),字汝行,号海浮,临朐(今属山东)人。他与兄惟健、惟重及弟惟讷均有诗名,时称"临朐四冯"。

⑤ 施绍莘(1588—1640),字子野,号峰泖浪仙。华亭(今上海松江)人。

有谁知?(《山歌》卷十)

想象奇特,构思新巧,善于用谐音的手法(丝与"思"谐音),表现了民歌中的主人公刻骨的相思与奔放的热情。

作 品

关汉卿

  关汉卿，元大都（今北京）人，号已斋叟，生于蒙古灭金（1234）之前，即 1220 年左右，卒年当在元成宗大德年间（1297—1307）。关汉卿是典型的"书会才人"，他曾与在大都活动的一些杂剧作家白朴、赵子祥等组织过"玉京书会"，致力于杂剧的创作演出活动。他精通各种民间技艺和舞台艺术，有时也"躬践排场，面敷粉墨"，亲自登台串演。关汉卿一生所作杂剧多达 60 余种，为诸家之冠。今存 18 种（其中个别作品是否属关作，学术界尚有不同看法）。由于关汉卿入元之后不屑仕进，长期广泛接触社会底层，因而其杂剧创作题材多样，多能深刻反映那个时代的民族矛盾和阶级矛盾，对人民群众的疾苦，寄予深切的同情，对下层妇女的社会地位和命运遭遇，尤为关注。此外，历史人物、民间传说等，也是关剧常见的题材。他的优秀杂剧作品《窦娥冤》《救风尘》《单刀会》等，也被改编成各种地方戏曲，广泛流传。关汉卿杂剧的曲词浑朴自然，凝练生动，被视为元前期本色派的典范；在情节安排和人物塑造方面，也以曲折委婉和鲜明生动见长，适于舞台演出，表现出"当行"的特色。关汉卿除杂剧之外，也兼擅散曲，今存小令 40 余首，套数 10 余套，风格以泼辣豪放为主。

窦娥冤（第三折）

【解题】

  《窦娥冤》是关汉卿杂剧的代表作，也是我国古典悲剧的典范性作品。剧写山阳（今江苏淮安）书生窦天章因无力偿还高利贷，不得已将七岁女儿窦娥（小字端云）送到蔡婆家作童养媳抵债。窦娥长大后与蔡婆儿子成婚，婚后三年蔡子病死，窦娥与蔡婆相依为命。一日蔡婆去向赛卢医索债，赛赖债并欲将蔡婆骗到郊外勒死，恰值流氓张驴儿父子经过，赛遂遁去。张驴儿父子借机要挟，强迫蔡婆与窦娥招他父子入赘，蔡婆意欲委曲求全，窦娥却坚决不从。张驴儿为了达到霸占窦娥的目的，企图用毒药毒死蔡婆，不料投了毒的羊肚儿汤竟被张老儿所喝，张驴儿便恶人先告状，反诬窦娥"药死公公"，昏庸的州官受了贿赂，将窦娥屈打成招，判处斩刑。刑场上，窦娥悲愤地控诉了官场的黑暗，吏治的腐败，她至死不屈，立下三桩无头誓愿，精诚所至，感天动地，三桩誓愿奇迹般地实现。窦天章考取进士，官至肃政廉访使，他到山阳考察吏治。窦娥的鬼魂向父亲诉说冤情，终于使冤案得以昭雪。

  下面所选第三折，是全剧矛盾冲突的高潮，窦娥对"天""地"的指斥，实际上正是对最高统治者连同地方的贪官污吏的控诉与揭露。剧作通过窦娥的蒙冤惨死，寄寓了剧作家对整个封建社会总体性的愤怒和批判。三桩无头誓愿的实现，也使剧作充满了理想色彩和积极

浪漫主义精神，表现了作家对被压迫人民的深切同情。剧作的语言朴茂生动，当行本色。

（外扮监斩官上[1]，云）下官监斩官是也。今日处决犯人，着做公的把住巷口[2]，休放往来人闲走。（净扮公人，鼓三通、锣三下科）（刽子磨旗[3]、提刀，押正旦带枷上[4]）（刽子云）行动些，行动些，监斩官去法场上多时了。（正旦唱）

[正宫][端正好]没来由犯王法[5]，不提防遭刑宪[6]，叫声屈动地惊天！顷刻间游魂先赴森罗殿[7]，怎不将天地也生埋怨。

[滚绣球]有日月朝暮悬[8]，有鬼神掌著生死权。天地也只合把清浊分辨[9]，可怎生糊突了盗跖颜渊[10]：为善的受贫穷更命短，造恶的享富贵又寿延。天地也，做得个怕硬欺软[11]，却元来也这般顺水推船。地也，你不分好歹何为地？天也，你错勘贤愚枉做天！哎，只落得两泪涟涟。

（刽子云）快行动些，误了时辰也。（正旦唱）

[倘秀才]则被这枷纽的我左侧右偏[12]，人拥的我前合后偃[13]，我窦娥向哥哥行有句言[14]。（刽子云）你有甚么话说？（正旦唱）前街里去心怀恨，后街里去死无冤，休推辞路远。

（刽子云）你如今到法场上面，有甚么亲眷要见的，可教他过来，见你一面也好。（正旦唱）

[叨叨令]可怜我孤身只影无亲眷，则落得吞声忍气空嗟怨。（刽子云）难道你爷娘家也没的？（正旦云）止有个爹爹，十三年前上朝取应去了，至今杳无音信。（唱）早已是十年多不睹爹爹面。（刽子云）你适才要我往后街里去[15]，是什么主意？（正旦唱）怕则怕前街里被我婆婆见。（刽子云）你的性命也顾不得，怕他见怎的？（正旦云）俺婆婆若见我披枷带锁赴法场餐刀去呵[16]，（唱）枉将他气杀也么哥[17]，枉将他气杀也么哥。告哥哥，临危好与人行方便！

（卜儿哭上科，云）天那，兀的不是我媳妇儿！（刽子云）婆子靠后。（正旦云）既是俺婆婆来了，叫他来，待我嘱付他几句话咱。（刽子云）那婆子，近前来，你媳妇要嘱付你话哩。（卜儿云）孩儿，痛杀我也！（正旦云）婆婆，那张驴儿把毒药放在羊肚儿汤里，实指望药死了你，要霸占我为妻。不想婆婆让与他老子吃，倒把他老子药死了。我怕连累婆婆，屈招了药死公公，今日赴法场典刑。婆婆，此后遇着冬时年节，月一十五，有瀽不了的浆水饭[18]，瀽半碗儿与我吃；烧不了的纸钱，与窦娥烧一陌儿[19]。则是看你死的孩儿面上！（唱）

[快活三]念窦娥葫芦提当罪愆[20]，念窦娥身首不完全，念窦娥从前已往干家缘[21]；婆婆也，你只看窦娥少爷无娘面。

[鲍老儿]念窦娥伏侍婆婆这几年，遇时节将碗凉浆奠[22]；你去那受刑法尸骸上烈些纸钱[23]，只当把你亡化的孩儿荐[24]。（卜儿哭科，云）孩儿放心，这个老身都记得。天那，兀的不痛杀我也！（正旦唱）婆婆也，再也不要啼啼哭哭，烦烦恼恼，怨气冲天。这都是我做窦娥的没时没运，不明不暗，负屈衔冤。

（刽子做喝科，云）兀那婆子靠后，时辰到了也。（正旦跪科）（刽子开枷科）（正旦云）窦娥告监斩大人，有一事肯依窦娥，便死而无怨。（监斩官云）你有甚么事？你说。

（正旦云）要一领净席，等我窦娥站立；又要丈二白练[25]，挂在旗枪上[26]。若是我窦娥委实冤枉，刀过处头落，一腔热血休半点儿沾在地下，都飞在白练上者。（监斩官云）这个就依你，打甚么不紧[27]。（刽子手做取席站科又取白练挂旗上科）（正旦唱）

[耍孩儿] 不是我窦娥罚下这等无头愿[28]，委实的冤情不浅；若没些儿灵圣与世人传，也不见得湛湛青天。我不要半星热血红尘洒，都只在八尺旗枪素练悬。等他四下里皆瞧见，这就是咱苌弘化碧[29]，望帝啼鹃[30]。

（刽子云）你还有甚的话说，此时不对监斩大人说，几时说那？（正旦再跪科，云）大人，如今是三伏天道[31]，若窦娥委实冤枉，身死之后，天降三尺瑞雪，遮掩了窦娥尸首。（监斩官云）这等三伏天道，你便有冲天的怨气，也召不得一片雪来，可不胡说！（正旦唱）

[二煞] 你道是暑气暄[32]，不是那下雪天；岂不闻飞霜六月因邹衍[33]？若果有一腔怨气喷如火，定要感的六出冰花滚似绵[34]，免着我尸骸现；要甚么素车白马[35]，断送出古陌荒阡[36]！

（正旦再跪科，云）大人，我窦娥死的委实冤枉，从今以后，着这楚州亢旱三年[37]！（监斩官云）打嘴！那有这等说话！（正旦唱）

[一煞] 你道是天公不可期[38]，人心不可怜，不知皇天也肯从人愿。做甚么三年不见甘霖降[39]？也只为东海曾经孝妇冤[40]。如今轮到你山阳县[41]。这都是官吏每无心正法，使百姓有口难言。

（刽子做磨旗科，云）怎么这一会儿天色阴了也？（内做风科，刽子云）好冷风也！（正旦唱）

[煞尾] 浮云为我阴，悲风为我旋，三桩儿誓愿明题遍[42]。（做哭科，云）婆婆也，直等待六月飞雪，亢旱三年呵。（唱）那其间才把你个屈死的冤魂这窦娥显。

（刽子做开刀，正旦倒科）（监斩官惊云）呀，真个下雪了，有这等异事！

（刽子云）我也道平日杀人，满地都是鲜血，这个窦娥的血都飞在那丈二白练上，并无半点落地，委实奇怪。（监斩官云）这死罪必有冤枉。早两桩儿应验了，不知亢旱三年的说话，准也不准？且看后来如何。左右，也不必等待雪晴，便与我抬他尸首，还了那蔡婆婆去罢。（众应科，抬尸下）

明臧晋叔《元曲选》

【注释】

[1] 外：元杂剧角色行当"外末"的省称，指"正末"以外次要的男角色，即末外又一末之意。明清戏曲（传奇）中逐渐演变为扮演老年男子的角色名称。[2] 做公的：即公人，为官衙中衙役与皂隶的统称。[3] 磨（mò）旗：挥动旗子开路。《东京梦华录》卷七《驾登宝津楼诸军呈百戏》："次一人磨旗出马，谓之'开道旗'。"[4] 正旦：元杂剧角色行当名，一般指扮演女主人公的角色。此剧以正旦扮窦娥主唱，谓之"旦本"。[5] 没来由：无缘无故，这里含冤枉之意。[6] 不提防：与没来由对举，犹言意想不到。遭刑宪：意指触犯刑法。《裴度还带》杂剧第四折："因傅彬贪财好贿，犯刑宪负累忠臣。"[7] 森罗殿：俗称阎王殿、阎罗殿，亦称森罗宝殿、阎罗宝殿。民间迷信传说中有人死后魂魄均归阴间的说法，阴间俗称阴曹地府，最高统治者就是阎罗王，他审案断事之处谓之森罗殿。[8] 此曲首二句中的"日月"和"鬼神"均

有隐喻,王季思主编的《中国十大古典悲剧集》此曲眉批云:"日月喻君临天下的皇帝,鬼神喻掌握百姓生杀大权的官吏,窦娥呼天抢地的哭号,对等级社会提出了最有力的控诉。"[9] 只合:本该。合:应该。[10] 糊突:混淆。盗跖、颜渊:都是春秋时代人,盗跖为奴隶起义的首领,颜渊为孔子弟子中著名的贤人,古时常以这两个人作为好人和坏人的典型。"糊突",《古名家杂剧》本作"错看"。[11] 做得个:元杂剧中常用以说明某种出人意料的结局,犹言"落得个"。[12] 枷:枷索。纽:同"扭"。左侧右偏:形容带枷走路时身体摇摆的样子。[13] 前合后偃(yǎn):即前合后仰。偃:《说文解字注·八篇上·人部》:"凡仰仆曰偃,引申为凡仰之称。"[14] 哥哥行:哥哥那里。行:宋代以后文学作品中多用来表处所,一般用在称谓后面。犹言"这里""那里"。[15] 适才:方才,刚刚,亦作"适间""适来"。[16] 餐刀:挨刀,即被砍头之意。[17] 也么哥:元明戏曲中常用的衬词,无义。这里二句重叠,句尾均缀以"也么哥",乃是[叨叨令]曲的定格。[18] 瀽(jiǎn):泼、倒之意。此指浇奠以祭祀死者。[19] 一陌(mò)儿:就是一百纸钱,这里泛指一串纸钱,一叠纸钱。陌:量词,通"佰"。[20] 葫芦提:犹言糊里糊涂,不明不白。为宋元市井间口语。罪愆(qiān):罪恶,引申为罪犯。[21] 干家缘:操持家务。[22] 遇时节:指逢年过节。[23] 烈:焚烧。《孟子·滕文公上》:"益烈山泽而焚之。"朱熹注:"烈,炽也。"[24] 荐:追荐。即做佛事以求死去的鬼魂升天。[25] 白练:泛指白色绸缎。练:白绢。[26] 旗枪:古代旗杆顶端往往有枪或戟形的金属饰物,故称。[27] 打甚么不紧:即有什么要紧、有什么关系之意。亦作"打甚不紧""打什么紧""不打紧"等,义并同。[28] 罚下:赌下。无头愿:砍头之前的誓愿。[29] 苌(cháng)弘化碧:苌弘,又称苌叔,为春秋时周敬王大臣刘文公所属大夫。刘氏与晋国范氏世代盟婚,遂在晋卿内讧中暗助范氏。晋卿赵鞅为此声讨刘文公和苌弘,弘因被周人杀死。事见《国语·周语下》。《庄子·外物》:"苌弘死于蜀,藏其血,三年而化为碧。"此处借以喻含恨而死。[30] 望帝啼鹃:传说古代蜀王杜宇,号望帝,他被逼将帝位让给了自己的臣子,隐居深山之中。他死后化为鸟,日夜啼叫,蜀人感怀之,呼为杜鹃、杜宇或子规。事见《华阳国志·蜀志》。这里以"望帝啼鹃"与"苌弘化碧"对举,互文同义。[31] 三伏天道:三伏指夏季最炎热的时节,包括初伏、中伏、末伏,从农历夏至第三个庚日开始每十天为一伏。天道:天气。[32] 暑气暄:热气蒸腾,极言夏季酷暑炎热。[33] 飞霜六月因邹衍:《文选》江文通《诣建平王上书》:"昔者贱臣叩心,飞霜击于燕地。"李善注:"《淮南子》曰'邹衍尽忠于燕惠王,惠王信谗而系之。邹子仰天而哭,正夏而天为之降霜。'"东汉王充《论衡·感虚》所载略同。后则以此故事喻冤狱。[34] 六出冰花:即雪花,因雪花结晶体为六瓣而得名。《太平御览》卷十二引《韩诗外传》云:"凡草木花多五出,雪花独六出。"[35] 素车白马:东汉时,张劭与范式交好,后张劭病故,范式全身缟素,乘白马白车,远道驰赴吊丧。事见《后汉书》卷八十一《独行传·范式》。[36] 断送出古陌荒阡:亦指送葬。断送:犹言发送、发葬。古陌荒阡:指荒郊野外。阡陌:田间小路。[37] 亢(kàng)旱:指大旱、久旱,极言旱情之重。[38] 期:希望、期盼。[39] 甘霖:指及时解除旱情的好雨。甘:甜,引申为美好。霖:久雨。《左传·隐公九年》:"凡雨,自三日以往为霖。"[40] 东海曾经孝妇冤:此剧本事来源于西汉刘向《说苑》卷五《贵德》,《汉书·于定国传》所载文字略同。晋干宝《搜神记》卷十一又对故事加以丰富和发展。传说寡妇周青恭谨孝顺婆婆,后婆婆垂老,不愿为寡媳累,乃自经而死。周青的小姑告官,谓母为嫂所杀,太守不察,将周青屈打成招后处死,行刑时,周青鲜血逆流,缘十丈幡竿而上,且冤魂不散,郡中干旱三年。可参看刘向《说苑·贵德》、《汉书·于定国传》、干宝《搜神记》。[41] 山阳县：即今江苏淮安。晋置山阳县，宋改为淮安。元仍为山阳县，明清皆为淮安府治。[42] 三桩儿誓愿明题遍：指临刑前窦娥的三桩无头冤誓：鲜血倒流、六月飞雪、亢旱三年。题遍：犹说完，喊出。题：说，提出。

王实甫

　　王实甫，生卒年不详。大都人。钟嗣成于元至顺元年（1330）编成的《录鬼簿》将其列入"前辈已死名公才人"，可知在 1330 年之前，王实甫的杂剧就已经很流行了。由此推断，他的主要戏剧活动，大约在元成宗大德年间（1297—1307），约略与关汉卿同时，也曾经是一位典型的"书会才人"。他有［商调·集贤宾］套曲，题作《退隐》。从首曲中"百年期六分甘到手，数干支周遍又从头"两句看，这很可能是一套六十岁生日时的自祝曲。又从"想着那红尘黄阁昔年羞"句推测，他曾经历过一段仕宦生涯，退隐之后诗酒优游，日子过得还不错。王实甫的杂剧之品，较多的是"儿女风情"的题材，《西厢记》为其最有代表性的杰作。《录鬼簿》著录王实甫杂剧共十四种。现存除《西厢记》外，还有《破窑记》《丽春堂》二种，以及《贩茶船》《芙蓉亭》的片断。王实甫爱情题材的剧作，大胆地揭露了封建礼教势力对青年男女自主婚姻要求的压迫，热情歌颂了具有叛逆精神的青年男女为争取真挚爱情所作出的不懈努力，在文学史上具有深远的影响。他的曲词风格是既华美又自然，被称为"如花间美人"。他还善于化用古典诗词入曲，渲染环境氛围，描摹人物情态，创造出诗一般的意境。尤其善于刻画青年男女的心理活动，细致生动，十分传神。一般认为他与关汉卿都是元前期最伟大的戏曲作家，分别代表了文采与本色两个重要的流派。

西厢记（第四本第三折）

【解题】

　　这折戏俗称《长亭送别》，又简称《长亭》或《送别》，金圣叹批本则作《哭宴》。在红娘的帮助下，崔莺莺与张生终于冲破重重阻隔，私下里结合了。老夫人得知后，恼羞成怒，严厉拷问红娘，并指责红娘未能"行监坐守"，以致木已成舟，红娘"以子之矛，攻子之盾"，俐齿伶牙，据理雄辩，终于说得老夫人哑口无言。这就是俗称的《拷红》。《拷红》之后，老夫人又借口说崔家乃相国之家，三辈不招"白衣女婿"，逼迫张生上朝取应。莺莺送别张生，百感交集，难舍难分。在长亭之上，她表白心迹，流露出对爱情的珍惜，对功名的轻视。这是她叛逆精神的集中表现。这折戏紧接《拷红》，规定情境是暮秋的长亭之上。剧作家运用景物衬托人物心情，不仅营造出浓重的环境氛围，而且在细致的人物心理描写以及巧妙熔铸古典诗词，从而加强曲词的艺术感染力等方面，都堪称古代戏曲中的典范之笔。

　　（夫人长老上，云）今日送张生赴京，就十里长亭，安排下筵席。我和长老先行，不见张生小姐来到。（旦末红同上）（旦云）今日送张生上朝取应。早是离人伤感，况值那暮秋天气，好烦恼人也呵！悲欢聚散一杯酒，南北东西万里程。（唱）

　　［正宫端·正好］碧云天，黄花地，西风紧，北雁南飞，晓来谁染霜林醉？总是离

人泪[1]。

[滚绣球] 恨相见得迟，怨归去得疾。柳丝长玉骢难系，恨不得倩疏林挂住斜晖[2]。马儿迍迍的行，车儿快快的随[3]。却告了相思回避，破题儿又早别离[4]。听得道一声"去也"，松了金钏[5]；遥望见十里长亭，减了玉肌。此恨谁知！

（红云）姐姐今日怎么不打扮？（旦云）你那知我的心哩！（唱）

[叨叨令] 见安排著车儿、马儿，不由人熬熬煎煎的气。有甚么心情将花儿、靥儿[6]，打扮的娇娇滴滴的媚。准备著被儿、枕儿，则索昏昏沉沉的睡。从今后衫儿、袖儿，都搵湿做重重叠叠的泪。兀的不闷杀人也么哥，兀的不闷杀人也么哥！久已后书儿、信儿，索与我惶惶惶惶的寄[7]。

（做到了科，见夫人了）（夫人云）张生和长老坐，小姐这壁坐，红娘将酒来。张生，你向前来，是自家亲眷，不要回避。俺今日将莺莺与你，到京师休辱没了俺孩儿[8]，挣揣一个状元回来者[9]。（末云）小生托夫人余荫，凭着胸中之才，视得官如拾芥耳[10]。（洁云）夫人主张不差[11]，张生不是落后的人。（把酒了，坐）（旦长吁科）（唱）

[脱布衫] 下西风黄叶纷飞，染寒烟衰草萋迷[12]。酒席上斜签著坐的，蹙愁眉死临侵地[13]。

[小梁州] 我见他阁泪汪汪不敢垂[14]，恐怕人知。猛然见了把头低，长吁气，推整素罗衣。

[幺篇] 虽然久后成佳配，奈时间怎不悲啼[15]。意似痴，心如醉，昨宵今日，清减了小腰围。

（夫人云）小姐把盏者！（红递酒了，旦把盏长吁科，云）请吃酒！（唱）

[上小楼] 合欢未已，离愁相继。想著俺前暮私情，昨夜成亲，今日别离。我谂知这几日相思滋味[16]，却原来此别离情更增十倍。

[幺篇] 年少呵轻远别，情薄呵易弃掷。全不想腿儿相压，脸儿相偎，手儿相携。你与俺崔相国做女婿，妻荣夫贵[17]，但得个并头莲[18]，煞强如状元及第。

（红云）姐姐不曾吃早饭，饮一口儿汤水。（旦云）红娘，什么汤水咽得下！（唱）

[满庭芳] 供食太急，须臾对面，顷刻别离。若不是酒席间子母每当回避，有心待与他举案齐眉[19]。虽然是厮守得一时半刻，也合著俺夫妻每共桌而食。眼底空留意，寻思起就里，险化做望夫石[20]。

（夫人云）红娘把盏者！（红把酒科）（旦唱）

[快活三] 将来的酒共食，尝著似土和泥；假若便是土和泥，也有些土气息，泥滋味。

[朝天子] 暖溶溶玉醅，白泠泠似水[21]，多半是相思泪。眼面前茶饭怕不待要吃[22]，满愁肠胃。"蜗角虚名，蝇头微利"[23]，拆鸳鸯在两下里。一个这壁，一个那壁，一递一声长吁气。

（夫人云）辆起车儿[24]，俺先回去，小姐随后和红娘来。（下）（末辞洁科）（洁云）此一行别无话说，贫僧准备买登科录看[25]，做亲的茶饭少不得贫僧的。先生在意，鞍马上保重者！从今经忏无心礼，专听春雷第一声[26]。（下）（旦唱）

[四边静] 霎时间杯盘狼藉，车儿投东，马儿向西。两意徘徊，落日山横翠。知他今宵宿在那里？有梦也难寻觅。

（旦云）张生，此一行得官不得官，疾早便回来。（末云）小生这一去，白夺一个状元。正是："青霄有路终须到，金榜无名誓不归。"（旦云）君行别无所赠，口占一绝，为君送行："弃掷今何道，当时且自亲。还将旧来意，怜取眼前人[27]。"（末云）小姐之意差矣，张珙更敢怜谁？谨赓一绝[28]，以剖寸心："人生长远别，孰与最关亲？不遇知音者，谁怜长叹人？"（旦唱）

[耍孩儿] 淋漓襟袖啼红泪，比司马青衫更湿[29]。伯劳东去燕西飞[30]，未登程先问归期。虽然眼底人千里，且尽生前酒一杯。未饮心先醉[31]，眼中流血，心内成灰。

[五煞] 到京师服水土，趁程途节饮食，顺时自保揣身体[32]。荒村雨露宜眠早，野店风霜要起迟！鞍马秋风里，最难调护，最要扶持。

[四煞] 这忧愁诉与谁？相思只自知，老天不管人憔悴。泪添九曲黄河溢，恨压三峰华岳低[33]。到晚来闷把西楼倚，见了些夕阳古道，衰柳长堤。

[三煞] 笑吟吟一处来，哭啼啼独自归。归家若到罗帏里，昨宵个绣衾香暖留春住[34]，今夜个翠被生寒有梦知。留恋你别无意，见据鞍上马，阁不住泪眼愁眉[35]。

（末云）有什么言语嘱咐小生咱？（旦唱）

[二煞] 你休忧"文齐福不齐"，我则怕你"停妻再娶妻"[36]。你休要"一春鱼雁无消息"！我这里"青鸾有信频须寄"[37]，你却休"金榜无名誓不归"。此一节君须记：若见了那异乡花草，再休似此处栖迟。

（末云）再谁似小姐？小生又生此念。小姐放心，小生就此拜辞。（旦唱）

[一煞] 青山隔送行，疏林不做美[38]，淡烟暮霭相遮蔽。夕阳古道无人语，禾黍秋风听马嘶。我为甚么懒上车儿内，来时甚急，去后何迟？

（红云）夫人去好一会，姐姐，咱家去！（旦唱）

[收尾] 四围山色中，一鞭残照里。遍人间烦恼填胸臆，量这些大小车儿如何载得起[39]？

（旦红下）（末云）仆童赶早行一程儿，早寻个宿处。泪随流水急，愁逐野云飞。（下）

人民文学出版社王起主编《中国戏曲选》上

【注释】

[1] "碧云天"一曲（[正宫·端正好]）：这是一支脍炙人口的曲子，历来为人们所称赏。全曲营造出一种情景交融的诗的意境。它与前面说白中的"早是离人伤感，况值那暮秋天气"相映衬，形成了浓重的离别氛围。[2] "柳丝长"二句：为莺莺的想象之辞。她恨不能令长长的柳丝化为绳索，拴住张生的马；她祈求疏林高枝挂住夕阳，使时间静止。玉骢（cōng）：即玉花骢，马的美称。骢：指青白相间的马。倩：请。[3] "马儿"二句：张生骑马，走在前；莺莺乘车，跟在后，必是马走慢些，车赶快些，二人才能相随相望，多厮守些时刻。极写崔、张难分难舍的心情。迍（zhūn）迍：行动迟缓的样子。[4] "却告了"二句：谓刚刚结束了苦苦的相思，转瞬间又开始别离。却：这里是刚刚之意。破题儿：科举考试文章起始要释题，称"破题"。后诗赋之起句亦称之。这里是开始之意。[5] 松了金钏：是说人的手腕瘦了，与下面的"减了玉肌"对举。金钏：即金手镯。[6] 靥（yè）儿：本指腮边之酒窝，此指妇女装扮面部的一种饰物，即靥钿。《酉阳杂俎·黥》："近代妆尚靥，如射月曰黄星靥。"[7] 索：须。牺（xī）牺惶惶：

因伤感而心神不宁的样子。[8] 辱没：玷污。莺莺是相国千金，出身高贵，故有此语。[9] 挣揣（zhèng chuài）：用力争取。[10] 拾芥：是说轻而易举，不需费力。芥：小草。[11] 洁：元代民间往往称和尚为"洁郎"，元剧角色中便将扮演和尚省作"洁"。这里指普救寺住持法本长老。[12] 萋迷：本指草茂盛且茫茫无际。此指满目枯草，遍野荒凉。[13] "酒席上"二句：前句形容张生无精打采，像一根木桩插在那里一样；后句则形容张生憔悴呆滞的神情。签：插。临侵：羸疲、憔悴的样子，冠以"死"字，言其极也。或谓"临侵"为词缀，表示程度。死临侵地：犹言死板板地。[14] 阁泪汪汪不敢垂：是说莺莺看到张生沮丧的神情，心里也非常难过，泪水在眼眶中，忍含而不令落下。此与后文之"阁不住愁眉泪眼"句相呼应，盖见剧作家文心缜密。因自己母亲与法本在场，不能哭出来。待老夫人、法本离去后，泪水便潸然而下。[15] 奈时间：无奈（离别）时间太久。[16] 谂（shěn）知：深知。谂：义同"审"，知悉，知道。[17] 妻荣夫贵：俗语中有夫荣妻贵之说，此反其意而用之，乃是气话，有埋怨之意，也有自嘲的意味。[18] 并头莲：亦作"并蒂莲"，指并排生长在同一茎上的两朵莲花，往往用以比喻夫妻相携相得，恩恩爱爱。[19] 举案齐眉：亦作"齐眉举案"。东汉时梁鸿、孟光夫妻相敬如宾，吃饭时孟光将食案（摆放食物之托盘）高举到眉头，敬与梁鸿。后世常用来比喻夫妻和美，妻子敬重丈夫。[20] 望夫石：各地多有的古代民间传说，谓一女子企盼远游的丈夫归来，整日站在山头等待，久而久之，化作了人形石头。[21] "煖溶溶"二句：烫得热热的美酒，在莺莺的感觉中如同白水一般。煖："暖"的异体字。玉醅（pēi）：酒的美称。[22] 怕不待要吃：指莺莺心绪沉重，完全没有胃口。不待要吃：即不想吃。[23] "蜗角虚名"二句：《庄子·则阳》："有国于蜗之左角者，曰触氏；有国于蜗之右角者，曰蛮氏，时相与争地而战，伏尸数万，逐北旬有五日而后反。"此蜗角与蝇头互文对举，作细微、琐屑解。莺莺轻觑功名，看重爱情，故有此语。[24] 辆起车儿：指套好马，准备起程。辆：在此用作动词，犹"驾"，谓准备好（车）。[25] 登科录：科举时代的录取名册。[26] "从今经忏"二句：为法本的下场诗。经忏：指佛教经文。春雷第一声：指考中状元。[27] "弃掷今何道"四句：为元稹《莺莺传》传奇中莺莺后来谢绝张生的一首诗。意为当时两人那样亲热，现在为什么抛弃我呢？你还是将原来对我的那一片情，去爱你眼前的新欢吧。这里则是表达莺莺的担忧，怕张生薄情变心。可与下文"二煞"曲联系起来解读。[28] 赓（gēng）：续。此为和作一首绝句之意。[29] "淋漓襟袖"二句：王嘉《拾遗记·魏》中说，薛灵芸被选入宫时，告别父母，泪流不止，以玉壶盛泪，壶即呈红色。到了京城，壶中泪水更凝成血状。后多将美人的泪水称作红泪。比司马青衫更湿：化用白居易《琵琶行》中"座中泣下谁最多？江州司马青衫湿"句。[30] 伯劳东去燕西飞：指莺莺与张生分别后各奔东西。《玉台新咏·古词·东飞伯劳歌》："东飞伯劳西飞燕，黄姑织女时相见。"伯劳：一种小鸟，也叫鹃（jú）或䴗（jué），背呈棕红色，翼与尾黑色，锐喙长尾。[31] 未饮心先醉：为刘禹锡《酬令狐相公杏园花下饮有怀见寄》诗句。[32] 顺时自保揣身体：意为要自量体力，按冷暖季候保重自己的身体。揣：这里是揣量之意。[33] "泪添九曲"二句：《乐府诗集》唐高适《九曲词序》："《河图》曰：黄河出昆仑山东北……河水九曲，长九千里，入于渤海。"三峰华岳：指西岳华山的三个主峰莲花峰、毛女峰、松桧峰。此二句形容离别在即，莺莺悲痛伤怀，情不能已。[34] "昨宵个"句：是说莺莺回到闺阁，思念张生，倍觉孤独寂寥。绣衾（qīn）：被子的美称。[35] "阁不住"句：与注[14]相呼应，可参读。[36] "你休忧"二句："文齐福不齐"为当时熟语，意为文章功力深厚，足以登第，而运气不佳。齐通"济"。此指科考不中。停妻再娶妻：谓抛弃未离异的妻子再与别人结婚。犹言重婚。封建社会士子金榜题名后，多有仰攀权贵之家、停妻再娶之事，故莺莺流露出担心与忧虑。[37] 青鸾：古代传说中能报信之神鸟。相传汉武帝时，西王母降临之前，先由青鸟来报信。这里以青鸾代指书信。[38] 疏林不作美：与前文"恨不得倩疏林挂住斜晖"句照应，亦见剧作家文心之美。[39] "量这些大小"句：犹言这小小车儿怎么能载得下？量：推测、估摸。"大小"为偏义复词，实指小，犹言"小小"。

汤显祖

汤显祖（1550—1616），字义仍，号海若，又号若士，别署清远道人。所居名玉茗堂、清远楼。临川（今属江西）人。明隆庆四年（1570）举于乡，文名震天下。以多次拒绝时相张居正罗致为其子及第作陪衬，而屡赴会试不第。直到张居正死后次年，即万历十一年（1583）才中进士。然而又因拒绝时相申时行、张四维结纳，除南京太常寺博士。后历任南京詹事府主簿、南京礼部祠祭司主事。十九年（1591）上《论辅臣科臣疏》，抨击朝政，贬为广东徐闻县典史。二十一年（1593）升浙江遂昌县知县，颇有政绩。二十六年（1598）赴京述职，旋告长假归里。二十九年（1601）正式免职。家居十余年，以诗酒为乐。生平事迹详见《明史》。哲学上，汤显祖受王阳明学派和李贽的影响，反对程朱理学；文艺理论上，他反对前后七子的复古倾向，与"公安三袁"同调，倡导"独抒性灵，不拘格套"，认为戏剧创作要以"意趣神色为主"，不应该过分受韵律、宫调的束缚，当时与之后的部分戏曲作家拥护其主张，并形成近似的创作风格，被称为"临川派"或"玉茗堂派"。其诗文有洗刷排荡之风，迥迈时流；传奇陶写胸臆，淋漓尽致。传世著作有：诗文集《红泉逸草》、《问棘邮草》（残）、《玉茗堂文集》；传奇《紫箫记》、《紫钗记》、《牡丹亭》（一名《还魂记》）、《南柯记》、《邯郸记》，后四种合称"临川四梦""玉茗堂四种"。

牡丹亭（惊梦）

【解题】

《惊梦》是《牡丹亭》的第十出，由[绕池游]和[山坡羊]两套曲组成。[绕池游]一套为《游园》，写杜丽娘游览后花园春光；[山坡羊]一套为《惊梦》，写杜丽娘在春光感召下青春觉醒，恍然入梦，在梦中与柳梦梅缱绻幽会。[绕池游]一套曲描写在春香的鼓动下，杜丽娘违背父母、塾师的训诫，走出深闺。她看到的是一个美丽的新天地，随即引发其个性的觉醒。于是，对礼教的不满、对自然与青春的热爱、对春光的惊叹、对命运的感伤等，种种情怀，骤然涌来。前三支曲，描写她游园前的心情，细致地刻画出其向往自然、热爱青春但又因初出闺阁而感到娇羞犹疑的微妙心理；后三支曲，是杜丽娘游园时的唱段，动人的春景与人物既惊又喜且怅的复杂情绪交融。该唱段曲辞优美，在表现杜丽娘青春觉醒的同时，也为后文的惊梦、寻梦等剧情作了铺垫。

[绕池游]（旦上）梦回莺啭，乱煞年光遍，人立小庭深院[1]。（贴）炷尽沉烟，抛残绣线，恁今春关情似去年[2]？

[乌夜啼]（旦），晓来望断梅关[3]，宿妆残。（贴）你侧着宜春髻子[4]，恰凭阑。（旦）剪不断，理还乱，闷无端[5]。（贴）已分付催花莺燕借春看。（旦）春香，可曾叫人扫除花径？（贴）分付了。（旦）取镜台衣服来。（贴取镜台衣服上）"云髻罢梳还对镜，罗衣欲换更添香[6]。"镜台衣服在此。

[步步娇]（旦）袅晴丝吹来闲庭院[7]，摇漾春如线。停半晌，整花钿[8]。没揣菱花[9]，偷人半面，迤逗的彩云偏[10]。（行介）步香闺怎便把全身现！（贴）今日穿插的好。

[醉扶归]（旦）你道翠生生出落的裙衫儿茜[11]，艳晶晶花簪八宝填[12]，可知我常一生儿爱好是天然[13]。恰三春好处无人见[14]。不提防沉鱼落雁鸟惊喧[15]，则怕的羞花闭月花愁颤[16]。

（贴）早茶时了，请行。（行介）你看：画廊金粉半零星，池馆苍苔一片青。踏草怕泥新绣袜[17]，惜花疼煞小金铃[18]。（旦）不到园林，怎知春色如许！

[皂罗袍]原来姹紫嫣红开遍[19]，似这般都付与断井颓垣[20]。良辰美景奈何天，赏心乐事谁家院[21]！恁般景致[22]，我老爷和奶奶再不提起。（合）朝飞暮卷[23]，云霞翠轩；雨丝风片，烟波画船——锦屏人忒看的这韶光贱[24]！（贴）是花都放了，那牡丹还早。

[好姐姐]（旦）遍青山啼红了杜鹃[25]，荼䕷外烟丝醉软[26]。春香呵，牡丹虽好，他春归怎占的先[27]！（贴）成对儿莺燕呵。（合）闲凝眄[28]，生生燕语明如翦[29]，呖呖莺歌溜的圆。

（旦）去罢。（贴）这园子委是观之不足也[30]。（旦）提他怎的！（行介）

[隔尾]观之不足由他缱[31]，便赏遍了十二亭台是枉然[32]。到不如兴尽回家闲过遣[33]。

（作到介）（贴）开我西阁门，展我东阁床[34]。瓶插映山紫[35]，炉添沉水香[36]。小姐，你歇息片时，俺瞧老夫人去也。（下）（旦叹介）默地游春转，小试宜春面[37]。春呵，得和你两留连，春去如何遣？咳！恁般天气，好困人也。春香那里？（作左右瞧介）（又低首沉吟介）天呵！春色恼人，信有之乎？常观诗词乐府，古之女子，因春感情，遇秋成恨，诚不谬矣。吾今年已二八，未逢折桂之夫[38]；忽慕春情，怎得蟾宫之客？昔日韩夫人得遇于郎[39]，张生偶逢崔氏[40]，曾有《题红记》《崔徽传》二书。此佳人才子，前以密约偷期，后皆得成秦晋[41]。（长叹介）吾生于宦族，长在名门，年已及笄[42]，不得早成佳配，诚为虚度青春。光阴如过隙耳，（泪介）可惜妾身颜色如花，岂料命如一叶乎！

[山坡羊]没乱里春情难遣[43]，蓦地里怀人幽怨。则为俺生小婵娟[44]，拣名门一例、一例里神仙眷，甚良缘，把青春抛的远！俺的睡情谁见？则索因循腼腆[45]，想幽梦谁边，和春光暗流转？迁延，这衷怀那处言！淹煎，泼残生除问天[46]。

身子困乏了，且自隐几而眠[47]。（睡介）（梦生介）（生持柳枝上）莺逢日暖歌声滑，人遇风情笑口开。一径落花随水入，今朝阮肇到天台[48]。小生顺路儿跟着杜小姐回来，怎生不见？（回看介）呀！小姐，小姐。（旦作惊起相见介）（生）小生那一处不寻访小姐来，却在这里。（旦作斜视不语介）（生）恰好花园内折取垂柳半枝，姐姐，你既淹通书史，可作诗以赏此柳枝乎？（旦作惊喜，欲言又止介）（背云）这生素昧平生，何因到此？（生笑介）小姐，咱爱杀你哩。

[山桃红]则为你如花美眷，似水流年。是答儿闲寻遍[49]，在幽闺自怜。小姐，和你

那答儿讲话去。(旦作含笑不行)(生作牵衣介)(旦低问)那边去?(生)转过这芍药栏前,紧靠着湖山石边。(旦低问)秀才,去怎的?(生低答)和你把领扣松,衣带宽,袖梢儿揾着牙儿苫也,则待你忍耐温存一晌眠。(旦作羞)(生前抱)(旦推介)(合)是那处曾相见,相看俨然,早难道这好处相逢无一言?(生强抱旦下)

(末扮花神束发冠红衣插花上)催花御史惜花天[50],检点春工又一年。蘸客伤心红雨下[51],勾人悬梦彩云边。吾乃掌管南安府后花园花神是也。因杜知府小姐丽娘,与柳梦梅秀才,后日有姻缘之分。杜小姐游春感伤,致使柳秀才入梦。咱花神专掌惜玉怜香,竟来保护他,要他云雨十分欢幸也。

[鲍老催] 单则是混阳蒸变[52],看他似虫儿般蠢动把风情搧,一般儿娇凝翠绽魂儿颤。这是景上缘[53],想内成,因中见。呀!淫邪展污了花台殿。咱待拈片落花儿惊醒他。(向鬼门丢花介)他梦酣春透了怎留连?拈花闪碎的红如片。

秀才,才得到半梦儿,梦毕之时,好送杜小姐仍归香阁。吾神去也。(下)

[山桃红] (生旦携手上)(生)这一霎天留人便,草藉花眠。小姐可好?(旦低头介)(生)则把云鬟点,红松翠偏。小姐,休忘了呵,见了你紧相偎,慢厮连,恨不得肉儿般团成片也。逗的个日下胭脂雨上鲜。(旦)秀才,你可去呵?(合)是那处曾相见,相看俨然,早难道这好处相逢无一言。

(生)姐姐,你身子乏了,将息将息。(送旦依前作睡介)(轻拍旦介)姐姐,俺去了。(作回顾介)姐姐,你可十分将息,我再来瞧你那。行来春色三分雨,睡去巫山一片云。(下)(旦作惊醒,低叫介)秀才,秀才,你去了也?(又作痴睡介)(老旦上)夫婿坐黄堂[54],娇娃立绣窗。怪他裙衩上,花鸟绣双双。孩儿,孩儿,你为甚瞌睡在此?(旦作醒,叫秀才介)咳也!(老旦)孩儿怎的来?(旦作惊起介)奶奶到此。(老旦)我儿何不做些针指[55],或观玩书史,舒展情怀?因何昼寝于此?(旦)孩儿适花园中闲玩,忽值春暄恼人,故此回房。无可消遣,不觉困倦少息。有失迎接,望母亲恕儿之罪!(老旦)孩儿,这后花园中冷静,少去闲行。(旦)领母亲严命。(老旦)孩儿,学堂看书去。(旦)先生不在,且自消停。(老旦叹介)女孩儿长成,自有许多情态,且自由他。正是:宛转随儿女,辛勤做老娘。(下)(旦长叹介)(看老旦下介)哎也,天那!今日杜丽娘有些侥幸也。偶到后花园中,百花开遍,睹景伤情。没兴而回,昼眠香阁。忽见一生,年可弱冠[56],丰姿俊妍。于园中折得柳丝一枝,笑对奴家说:姐姐既淹通书史,何不将柳枝题赏一篇?那时待要应他一声,心中自忖,素昧平生,不知名姓,何得轻与交言。正如此想间,只见那生向前说了几句伤心话儿,将奴搂抱去牡丹亭畔,芍药栏边,共成云雨之欢。两情和合,真个是千般爱惜,万种温存。欢毕之时,又送我睡眠,几声将息。正待自送那生出门,忽值母亲来到,唤醒将来。我一身冷汗,乃是南柯一梦。忙身参礼母亲,又被母亲絮了许多闲话。奴家口虽无言答应,心内思想梦中之事,何曾放怀?行坐不宁,自觉如有所失。娘呵,你教我学堂看书去,知他看那一种书消闷也?(作掩泪介)

[绵搭絮] 雨香云片[57],才到梦儿边。无奈高堂,唤醒纱窗睡不便。泼新鲜,冷汗粘煎。闪的俺心悠步亸[58],意软鬟偏。不争多费尽神情[59],坐起谁忺则待去眠[60]。

(贴上)晚妆销粉印,春润费香篝[61]。小姐,熏了被窝睡罢。

[尾声] (旦) 困春心游赏倦,也不索香熏绣被眠。天呵,有心情那梦儿还去不远。

春望逍遥出画堂,间梅遮柳不胜芳。
可知刘阮逢人处,回首东风一断肠。

徐朔方、杨笑梅校注本《牡丹亭》传奇

【注释】

[1]"梦回"三句:春天到来,莺声惊醒迷梦,站立在小庭深院,觉得遍地都是缭乱人心的光景。[2] 炷(zhù):燃烧。沉烟:指点燃的沉香。恁(nèn):即怎么,为什么。似:介词。用于比较,表示程度更甚。相当于"于""过"。"炷尽"三句:百无聊赖,时光在沉香中悄然逝去,无心针线,今年春情的扰人似比去年还厉害。[3] 梅关:古关名。在大庾岭,宋代蔡挺置。这里是虚指。[4] 宜春髻子:饰有宜春彩燕的发髻。古代妇女于立春日,剪彩色丝绸成燕子形,上贴"宜春"二字,戴在髻上。[5] 剪不断,理还乱:语出南唐李煜《乌夜啼》词。这三句写杜丽娘无法摆脱由于长期禁锢而产生的苦闷。[6]"云髻"二句:语出唐薛逢《宫词》。[7] 晴丝:在春天明朗的日子里虫类所吐的、飘荡在空中的游丝。[8] 花钿(diàn):泛指妇女戴的嵌有金花珠宝的首饰。[9] 没揣:不料。菱花:指菱花镜。泛指镜子。[10] 迤(yí)逗:逗惹,引诱。彩云:喻指美丽的发髻。[11] 翠生生:形容色彩艳丽、鲜明。出落:显现。茜(qiàn):绛红色。"翠生生"句:形容红色衣裙的艳丽。[12] 艳晶晶:光彩绚丽灿烂。花簪:用珍宝嵌饰成的簪子。八宝:泛指各种珠宝。填:涂饰,镶嵌。"艳晶晶"句:形容头饰,意思是戴着嵌有各种珍宝的光彩灿烂的簪子。[13] 爱好(hǎo):爱美。天然:天性使然。[14] 三春好处:比喻青春美貌。"三春"句:自己的青春美貌无人发现、爱惜。[15] 沉鱼落雁:形容女子的美丽。《庄子·齐物论》:"毛嫱、丽姬,人之所美也,鱼见之深入,鸟见之高飞。"[16] 羞花闭月:形容女子的美丽。李白《西施》:"秀色掩今古,荷花羞玉颜。"曹植《洛神赋》:"仿佛兮若轻云之蔽月。"蔽月即闭月。[17] 泥(nì):玷污。[18] 惜花疼煞小金铃:《开元天宝遗事》:"天宝初:宁王……于后园中纫红丝为绳,密缀金铃,系于花梢之上。每有鸟鹊翔集,则令园吏掣铃索以惊之。盖惜花之故也。"疼煞:是说为惜花驱鸟而勤于掣铃,致使小金铃被拉得疼痛。[19] 姹紫嫣红:形容花的鲜艳、绚丽。"原来"句:描写百花盛开之状。[20] 颓(tuí):坍塌。垣(yuán):墙。[21]"良辰"二句:东晋谢灵运《拟魏太子邺中集诗序》:"天下良辰、美景、赏心、乐事,四者难并。"[22] 恁般:这般。[23] 朝飞暮卷:形容轩阁的高旷。唐王勃《滕王阁诗》:"画栋朝飞南浦云,珠帘暮卷西山雨。"[24] 锦屏人:指幽居深闺、不能领略自然美景的人。忒(tè):太,过于。韶光:即春光。[25] 啼红了杜鹃:据晋常璩《华阳国志·蜀志》等记载,古蜀国国君望帝死后,其魂化为子规鸟,日夜悲鸣,泪洒如血染红了山上的杜鹃花。这里形容杜鹃花的盛开。[26] 荼蘼(mí):落叶小灌木,晚春开花,黄白色,有香味。这里指荼蘼架。烟丝:即游丝。[27]"牡丹"二句:牡丹虽美,但春尽才开花,怎能占春花中第一呢?唐皮日休咏牡丹诗有"独占人间第一春"句,这里反其意而用之,寄寓了杜丽娘对美丽青春被耽误的幽怨和感伤。[28] 眄(miǎn):斜着眼看。[29] 翦:通"剪"。"生生"一句,形容燕语明快如剪。[30] 观之不足:看不厌。[31] 缱(qiǎn):意谓缱绻留恋、牵绾之义。[32] 十二:此处形容数量多,犹言所有。[33] 过遣:过活,打发日子。明朱有燉《神仙会》杂剧第二折旦白:"只是家常过遣,奉母安居。"[34]"开我"二句:互文句法,语本《木兰诗》:"开我东阁门,坐我西阁床。"[35] 映山紫:映山红(杜鹃花)的一种。[36] 沉水香:沉香的别称。[37] 宜春面:指立春时节所化新妆。[38] 折桂之夫:喻科举及第之夫婿。

下句"蟾宫之客"用意相同。[39] 韩夫人得遇于郎：唐僖宗时，宫女韩夫人在红叶上题诗，从御沟中流出，为书生于佑拾得。于佑也在红叶上题诗，从御沟上游流入宫内，恰又被韩夫人拾取。后僖宗放宫女出宫，韩、于二人终结为夫妻。见刘斧《青琐高议》所收张子京《流红记》。[40] 张生偶逢崔氏：指唐元稹《莺莺传》（亦称《会真记》）传奇所描写的张生与崔莺莺的爱情故事。元代的王实甫据此写成著名的《西厢记》杂剧。下文提到的《崔徽传》乃写崔徽与裴敬中爱情故事（见《丽情集》），与崔、张事无涉，《崔徽传》恐是《莺莺传》之误。[41] 得成秦晋：谓结成夫妻。春秋时秦、晋两国世为婚姻，后遂以两姓联姻通婚为秦晋之好。[42] 及笄（jī）：古时女子十五岁开始束发，以簪总之，簪又称笄。见《礼记·内则》。这里是说到了婚配的年纪。[43] 没乱里春情难遣：是说不由得青春觉醒了，心绪烦乱。[44] 则为俺生小婵娟：只因生在富贵之家为名门闺秀。以下三句表现了杜丽娘对父母为她在名门贵族中择婿不以为然，说名门中不会有什么良缘，不过是断送大好青春徒有虚名罢了。[45] 则索因循腼腆：意为外表还得要矜持。则索：只得、还须。腼腆：害羞的样子。[46] 泼残生除问天：苦命如此只有天知道。"泼"本是骂人话，这里是厌恶的意思，犹言这该死的命运。承上文"淹煎"（受煎熬、遭磨难）而来，含怨尤之意。[47] 隐几而眠：靠着几案睡去。[48] 阮肇到天台：谓见到意中人。刘晨与阮肇进天台山采药迷路，于桃源洞遇二仙女，被邀至家中。事见南朝刘义庆《幽明录》。[49] 是答儿闲寻遍：意为到处寻找。是：凡是。答儿：地方。下文"那答儿"，即那边，那个地方。[50] 催花御史惜花天：唐穆宗"每宫中花开，则以重顶帐蒙蔽栏槛，置惜花御史掌上"。事见《说郛》卷二十七《云仙散录》引《玉麈集》。这里不过是借用文面，以示花神身份。[51] 蘸客伤心红雨下：是说落花如雨，令客中人伤情无限。蘸：沾着。红雨：指落花。[52] 单则是混阳蒸变：以下三句是从花神的视角来形容杜、柳梦中幽会，男女欢爱。[53] 这是景上缘：佛家说法，人世姻缘短暂而虚幻，而一切事物又都是由因缘所造成。景：即影，其与下文的"想"、"因"对举互义。见：现。[54] 黄堂：太守。杜丽娘父亲为南安太守。[55] 针指：又作真铖（针）织，指古代妇女针线刺绣类手工活，往往与女红（工）连用。[56] 弱冠：古代男子二十岁行冠礼，表示已成人。二十岁曰弱，三十曰壮，弱是相对壮而言。见《礼·曲礼》。[57] 雨香云片：指梦中幽会欢情。[58] 步䥽（duǒ）：脚步偏斜。[59] 不争多费尽神情：差不多精疲力尽。不争多：几乎、就要。[60] 坐起谁忺（xiān）则待去眠：是说坐着、站起都不适意，只好去睡了。忺：惬意，适意。[61] 香篝：即香笼，薰香用。

马致远

马致远，生卒年不详，年辈略晚于关汉卿、白朴。号东篱，大都人。他是"元曲四大家"之一，明代贾仲明又称他为"曲状元"。马致远的杂剧，见于著录的有15种，今存《汉宫秋》《岳阳楼》《青衫泪》《陈抟高卧》《黄粱梦》《荐福碑》《任风子》等7种。马致远也是散曲大家，现存散曲包括小令与套曲有120余首，后人辑为《东篱乐府》。

越调·天净沙（秋思）

【解题】

马致远小令、套数各有题作《秋思》的曲子，且均负盛名。此令曲一向为人们所击节

赞赏,虽题材不出游子天涯之惯常,但写得语简意多,字字珠玑,精洁可诵,被元人周德清誉为"秋思之祖"。曲中意境萧索凄婉,曲折地反映了元代知识分子的复杂心境。

枯藤老树昏鸦,小桥流水人家,古道西风瘦马。夕阳西下,断肠人在天涯。

人民文学出版社隋树森编《全元散曲》

睢景臣

睢(suī)景臣,一名舜臣,字景贤,又作嘉贤,扬州(今江苏扬州)人。生卒年不详。钟嗣成《录鬼簿》将其列在"方今已亡名公才人余相知者"一栏,并云:"大德七年(1303),公自维扬来杭州,余与之识。"又云其"心性聪明,酷嗜音律"。可知睢氏与钟嗣成年辈相当或稍长。又据钟嗣成为睢景臣所作《凌波仙》吊词,中有"半生才便作三闾些"句,睢景臣寿数在50岁左右。吊词又云:"功名事,岁月过,又待如何?"可推知他一生未能仕进,大约过的是一般书会才人的生活。所作杂剧有《千里投人》《莺莺牡丹记》和《屈原投江》三种,均不传。后人辑有《睢景臣词》。

般涉调·哨遍(高祖还乡)

【解题】

这套曲借一个熟悉刘邦的乡民的口吻,对汉高祖荣归故里的历史事件,作了无情的揶揄和嘲讽。作品扯下了封建皇帝威严的衮龙袍,还了刘邦流氓无赖的本来面目。更以辛辣、尖刻的语言,揭露了刘邦微贱时种种丑陋行径。这种敢于蔑视皇权威仪,将讽刺的矛头直接指向封建社会的最高统治者的立意,不仅是独特的,也是文学史上所罕见的。套曲充分发挥了曲文学之所长,嬉笑怒骂,涉笔成趣;酣畅淋漓,令人绝倒。钟嗣成《录鬼簿》中说:"维扬诸公,俱作《高祖还乡》套数,惟公[哨遍]制作新奇,诸公者皆出其下。"

社长排门告示[1],但有的差使无推故,这差使不寻俗[2]。一壁厢纳草也根[3],一边又要差夫,索应付[4]。又言是车驾,都说是銮舆。今日还乡故。王乡老执定瓦台盘,赵忙郎抱着酒葫芦[5]。新刷来的头巾,恰糨来的绸衫[6],畅好是妆么大户[7]。

[耍孩儿]瞎王留引定火乔男女[8],胡踢蹬吹笛擂鼓[9]。见一彪人马到庄门[10],匹头里几面旗舒[11]。一面旗白胡阑套住个迎霜兔[12],一面旗红曲连打着个毕月乌[13]。一面旗鸡学舞[14],一面旗狗生双翅[15],一面旗蛇缠葫芦[16]。

[五煞]红漆了叉,银铮了斧[17],甜瓜苦瓜黄金镀[18]。明晃晃马鞭枪尖上挑[19],白雪雪鹅毛扇上铺[20]。这几个乔人物,拿着些不曾见的器仗,穿着些大作怪衣服[21]。

[四煞]辕条上都是马,套顶上不见驴,黄罗伞柄天生曲[22]。车前八个天曹判[23],车后若干递送夫[24]。更几个多娇女[25],一般穿着,一样妆梳。

[三煞]那大汉下的车,众人施礼数,那大汉觑得人如无物。众乡老展脚舒腰拜,那大

汉那身着手扶。猛可里抬头觑[26]，觑多时认得，险气破我胸脯。

[二煞] 你须身姓刘，你妻须姓吕[27]，把你两家儿根脚从头数。你本身做亭长耽几盏酒[28]，你丈人教村学读几卷书。曾在俺庄东住，也曾与我喂牛切草，拽埧扶锄[29]。

[一煞] 春采了桑，冬借了俺粟，零支了米麦无重数[30]。换田契强秤了麻三秤[31]，还酒债偷量了豆几斛。有甚胡突处[32]，明标着册历，见放着文书[33]。

[尾] 少我的钱差发内旋拨还[34]，欠我的粟税粮中私准除[35]。只道刘三、谁肯把你揪摔住，白甚么改了姓、更了名，唤作汉高祖[36]！

人民文学出版社隋树森编《全元散曲》

【注释】

[1]"社长"句：即社长挨家挨户通知。社长：负责一社的小吏。元代以每五十户农家为一社。[2]"但有的"二句：是说所有的差使均不得借故推托，因这是不同寻常的差使。[3] 一壁厢：本指一边，一旁。这里犹言"一方面"，是关联词语，与下文"一边"互文对举，表示同时进行两个动作。纳草也根：指为牲畜马匹准备饲料。"也"为衬字，无义。[4] 索应付：要认真对待。索：犹须索，即必须，应该。[5] 乡老：指乡里年长且有较高威望者。忙郎：宋元戏曲小说中对农民的通称。[6] 恰糨（jiāng）来的绸衫：刚刚浆洗过的衣服。旧时将衣服洗干净后，再放入淡薄粉浆米汤中浸泡，叫糨。糨了之后再晾干，衣物可以熨得平直挺刮。糨：同"浆"。[7] 畅好是：恰好是，正是。妆幺大户：冒充有钱有势的阔人。妆幺：亦作"妆天""装腰"，形容装模作样、故意端起架势的样子。[8] 王留：杂剧中常以王留作为泛用的人物名称，等于说"张三""李四"，多属于插科打诨角色。火：同"伙"。乔：指拿腔作调，怪模怪样。[9] 胡踢蹬：犹言瞎折腾。此与瞎王留对举，乃是乡民的绰号。[10] 一彪（biāo）：一队。彪：一本作"彫"。宋周密《癸辛杂识别集下·一彪》："房中谓一聚马为彪，或三百匹，或五百匹。"[11] 匹头里：犹"劈头里"，指打头的。旗舒：即旗子飘展。[12] 白胡阑套住个迎霜兔：指白圆圈内有一只兔，古代神话谓月中有玉兔捣药，故这里指月旗，也称"房宿（xiù）旗"。胡阑：环字的复音。这里表面上看是嘲笑乡民无知，不知月旗为何物，实质上是对皇权威仪的揶揄与挖苦。下同。[13] 红曲连打着个毕月乌：与上句相对，指日旗，也称"毕宿旗"。传说日中有三足金乌。古代星历将七曜（日月水火木金土）配二十八星宿，又以各种鸟兽相对应，如"昴日鸡""毕月乌"等。"打着"与上句"套住"相对，是说乌在圈内。曲连：圈的复音。[14] 鸡学舞：指旗仗中的舞凤旗。[15] 狗生双翅：指飞虎旗，也叫飞黄旗。[16] 蛇缠葫芦：指游龙戏珠旗，又称蟠龙旗。以上五旗，均假以乡民口吻，一一加以嘲弄。[17] "红漆了叉"二句：叉、斧都是銮驾前导仪仗。银铮（zhēng）：指镀银。铮：本指磨光，擦亮，此指镀。[18] 甜瓜苦瓜黄金镀：指仗器中的金瓜锤，即镀金的锤仗。[19] 马镫（dèng）枪尖上挑：即朝天镫。镫：同"镫"。[20] 鹅毛扇上铺：指羽扇类器仗。[21] 大作怪：特别奇怪。[22] 黄罗伞柄天生曲：指皇帝的曲柄车盖，叫"曲盖"。[23] 天曹判：本指天上的判官。此指皇帝的随身侍卫。[24] 递送夫：车驾后面跟着的应差使的内官。[25] 多娇女：指宫女。[26] 猛可里：猛然间。[27] 你妻须姓吕：刘邦妻姓吕，名雉，即吕后。须姓吕：等于说本姓吕。[28] 亭长：秦制十里为一亭，十亭为一乡。亭长相当于后世的里正。据《史记·高祖本纪》记载，刘邦曾做过泗水亭长。泗水亭位于沛县东面。[29] 拽埧（jù）：古时乡间以两牛并耕为一埧，埧亦作"具"。这句是扶犁耕锄之意。或以为埧当作"坝"（bà），通"耙"，一种平整土地的农

具。[30] 无重数（shǔ）：数也数不清。[31] 麻三秤（chèng）：即三秤麻。[32] 胡突：同"糊涂"，不清楚。[33] 册历：账簿。见（xiàn）：通"现"。[34] 差发：官府规定的差役、赋税等。旋拨还：立刻扣除以作偿还。[35] 私准除：暗中折合扣除。[36] "只道刘三"二句：只说刘三，也没有人当场揪住你不放，平白无故为什么你改叫汉高祖了呢？是质问语气。汉高祖是刘邦死后所封庙号，这里是戏谑之词。刘三：刘邦排行第三，故称。

元明散文概说

元明散文的地位与影响,虽然远不如先秦、两汉,近不如唐、宋,与同时代的小说、戏曲相比,也不足以作为一代文学的代表文体,但元明散文有其独特的个性与魅力,尤其是晚明小品文更具有独特的美感。

一、元代散文

元初作家的散文明显受到理学的影响,开始出现了融合南北、兼容古文与理学的倾向,郝经、刘因、吴澄和赵孟頫为其代表。郝经是元初最早接受和信奉朱熹学说的北方儒者之一。他在散文创作中虽然取法于元好问,但能自明其理,自立为法,自成一体,《元史·郝经传》说他的文章"丰蔚豪宕"。刘因是宋代遗民,又是元代前期重要的理学家,清人黄宗羲等编撰的《宋元学案》将他与许衡、吴澄合称元代三大儒。他专精理学,讲学文章中有较浓的道学气,叙事议论的文章"遒劲排奡",有时还有遗民的故国黍离之悲和屈辱哀怨的情怀。吴澄是元代著名的理学家,但他比较重视词章文采,《四库全书总目》说他的散文"词华典雅,往往斐然可观"。赵孟頫是宋皇室后裔。他的散文舒缓从容,内中却隐含着亡国的苦痛和仕于新朝的屈辱感,往往以平易的言辞抒写深沉的感慨。他所写的碑铭一类文章讲求辞严义密,记序文字则追求流畅清新。元代前期中在散文领域中承上启下的作家是戴表元与袁桷。戴表元主张宗唐得古,散文清深雅洁,深受唐宋散文的影响,在至元、大德年间的东南文坛独树一帜。袁桷为文取法戴表元,"博硕闳丽",有刚健劲质之美。其应用文在平正中求闳丽,题跋序记等往往篇幅短小,文字简练,见解新颖,情趣生动。

元代后期散文的代表作家是"元四家"中的虞集、揭傒斯。揭傒斯的散文风格纡徐婉曲,颇得欧阳修、曾巩古文的风味。虞集是南宋抗金名臣虞允文的五世孙。他颇有经史修养,为文推尊欧阳修、曾巩,而且众体兼备。现流行的虞集所撰的《道园学古录》共50卷,其中散文占38卷,多数为官场应用文字,所谓"宗庙朝廷之典册,公卿大夫之碑版",也有书信传记、题跋序录等,风格大多雍容典雅,中正平和,一时被视为大手笔。与虞集相近的还有欧阳玄、柳贯和黄溍。他们通经习儒,文风典雅,兼有唐宋古文大家与南宋理学家的某些特点。

明代散文波澜迭起,文风屡变。明末清初的黄宗羲在《明文案序》中提出了"三盛"说:"有明之文,莫盛于国初,再盛于嘉靖,三盛于崇祯。"明代散文的演变,大致可分为前、中、后三期。

二、明前期散文

明初散文呈现出多元化的态势：一是如醉心于理学的宋濂①及方孝孺等人，在"文者，道之所寓"的思想的支配下力求文以载道，文风雍容淳雅；一是如刘基等人强调实用明道、美刺讽戒，追求浑雅的文风。高启是明初诗坛上的健将，他的散文也有清新之气，叙事错落有致。

宋濂在元代的科举之途上并不得意，他完成了《龙门子凝道记》等的写作，反映了元帝国衰亡前的不满情绪。入明后，被明太祖朱元璋称为"开国文臣之首"，明代许多庙堂典册文字、开国功臣的神道碑等都出于他的手笔。他乐于以应制之文为明王朝歌功颂德，如《阅江楼记》是宋濂奉旨撰文中的名篇，在叙写登楼阅览之中歌颂朱元璋定鼎金陵、一统天下之功。虽然在师法范仲淹《岳阳楼记》和欧阳修《丰乐亭记》中淡化了情感色彩，却是另辟蹊径。歌功颂德之中有规劝讽谕，纡徐委曲而又条达疏畅，庄重典雅而又委婉含蓄，以托物起兴、触类旁通、起伏照应、小中见大等艺术手法创造了一种雍容和平的境界，是一篇颇为得体的台阁应制文章，集中体现了宋濂"文道合一""醇深演迤"的散文风格。

他尤其长于写传记文，如《秦士录》写陕西豪侠邓弼磊落的性格和坎坷的命运，不平之鸣与虎虎生气交织在一起；《王冕传》将王冕豪放孤傲的性格写得栩栩如生；尤其是《记李歌》，写娼家女子虽然不幸沦落风尘，却能不甘堕落，出污泥而不染，并以死抗暴，维护自己的尊严，简练的文笔之中凸现鲜明生动的人物性格。他的写景之文不多，但《桃花涧修禊诗序》《环翠亭记》等记事抒情，状写人物，形神兼备，笔致简洁清秀，近似欧阳修。《送东阳马生序》以现身说法、对比手法，展示作者那种不怕艰苦、勤奋好学、安于贫贱、不慕富贵的精神，表明对后学热情关怀、谆谆教诲的态度，情见乎辞，语重心长，温厚和平，明白流畅。

刘基的散文负有盛名，《明史·刘基传》说他"所为文章，气昌而奇，与宋濂并为一代之宗"。刘基的散文形式多样，其中有三分之二是寓言体，如《郁离子》中195节文字以及《卖柑者言》等讽谕性杂文，大多寓讽刺于寓言或议论之中，一面抨击元末的弊政，一面追求"盛世文明之治"。例如《工之侨为琴》：

> 工之侨得良桐焉，斫而为琴，弦而鼓之，金声而玉应，自以为天下之美也。献之太常，使国工视之，曰："弗古。"还之。
>
> 工之侨以归，谋诸漆工，作断纹焉；又谋诸篆工，作古款焉；匣而埋之土。期年出之，抱以适市。贵人过而见之，易之以百金，献诸朝。乐官传视，皆曰："希世之珍也！"
>
> 工之侨闻之，叹曰："悲哉，世也！岂独一琴哉？莫不然矣！而不早图之，其与亡

---

① 宋濂（1310—1381），字景濂，祖籍金华潜溪，至宋濂迁居浦江（今属浙江）。元至正年间召为翰林院编修，以亲老为辞，隐居龙门山著书十余年。洪武二年（1369）奉命修《元史》，为总裁官。官至翰林学士承旨、知制诰。后因长孙犯法，又因受胡惟庸案牵连，全家谪茂州，中途病故。著有《宋文宪公全集》，另有今人整理本《宋濂全集》，人民文学出版社2014年版。

矣。"遂去,入宕冥之山,不知其所终。

既是对重形式不重内容,信假不信真等现象的嘲讽,又是对元末黑暗社会的抨击,也有对理想政治的憧憬。《卖柑者言》是《郁离子》之外的寓言散文的名篇,借卖柑者之言,用辛辣的口吻讽刺那些"金玉其外,败絮其中"的文臣武将,构思奇特,笔锋犀利,比喻贴切,文字简练,很有说服力。刘基的山水散文如《游云门记》《活水源记》《松风阁记》等,舒展性灵,游咏情思,风格冲淡,清俊秀丽。

方孝孺曾师从宋濂,在文章、学问等方面为宋濂诸弟子之冠。他的学术醇正,工为文章,风格雄健豪放,文笔畅达,而言正词严,有一股浩然之气充乎其间,《明史·方孝孺传》称其"每一篇出,海内争相传诵"。他的寓言散文寄托深远,往往隽永有味,如寓言体散文的姊妹篇《越巫》《吴士》,前者不仅是对招摇撞骗的越巫的揭露与嘲弄,也是对社会上欺世盗名或装腔作势者的讽刺,后者则是讽刺那些夸夸其谈而百无一能的书生,这两个短小精悍的寓言具有震撼人心的艺术魅力。

永乐至天顺年间,明代政治比较安定。诗坛上是台阁体的独尊。其代表人物是杨士奇、杨荣、杨溥,号为"三杨"。作为台阁重臣的"三杨",往往被宣德年间的"治平之象"等"盛世"幻影所笼罩,因而主张"以其和平易直之心发而为治世之音"(杨士奇《玉雪斋诗集序》),并且视"有雍容醇厚气象"的欧阳修的文章为典范。他们的散文多歌功颂德、粉饰太平之作。但在他们超出台阁生活的散文创作中,时有感情真挚与风格自然的作品,如杨士奇的《游东山记》,写景清丽,颇有情趣,文笔简洁,叙事委婉有致。

茶陵派的领袖为李东阳身为台阁大臣,对于"三杨"等人的台阁体既有因袭,又有变革。他的散文追求典雅流丽,《明史·李东阳传》说"自明兴以来,宰臣以文章领袖缙绅者,杨士奇后,东阳而已"。马中锡《中山狼传》是寓言体散文的名篇,写东郭先生的迂阔与中山狼的恩将仇报,行文颇为典雅,叙事跌宕有致,寓意深刻。

三、明代中期的散文

从弘治至隆庆(1488—1572)的近百年为明代散文的中期。这个时期活跃的主要是吴中四才子、前后七子与唐宋派等。

吴中四才子指祝允明、唐寅、文徵明、徐祯卿四人。祝允明才思敏捷,散文有奇气,如《谯楼鼓声记》将每晚时常听到的谯楼鼓声写得活灵活现,其中蕴藏着一股怀才不遇的怨气。唐寅"初尚才情,晚年颓然自放"(《明史·唐寅传》),如《与文徵明书》效法司马迁的《报任安书》,饱含屈辱与悲愤,道出内心的不平,情真意切,感人之深。文徵明的散文长于叙事,语言清新,如《〈游洞庭东山诗〉序》,借秀丽湖山而寄托兴怀,萧散淡远之气见诸笔端。

弘治、正德年间,李梦阳、何景明、徐祯卿、边贡、康海、王九思、王廷相等前七子崛起。前七子鼓吹"文必秦汉",取法《左传》与《史记》,可视为秦汉文派。前七子的领袖人物李梦阳仕途坎坷,性格耿直不屈,其为文敢于直陈己见,富有真情实感,公安派中的袁宗道也赞许他:"空同(李梦阳,号空同子)诸文,尚多己意,纪事述情,往往逼真。"

(《论文·上》)李梦阳的《上孝宗皇帝书稿》《代劾宦官状疏》等敏锐地洞察社会现实,深刻地针砭时弊;《封宜人亡妻左氏墓志铭》《亡弟汝含祭文》等善于抒情,情真意切,诚挚感人;《梅山先生墓志铭》等长于叙事,意富文约,生动传神;《戏拟赵高答李斯》等精于议论,雄辩滔滔,字里行间流动着一股英风劲气,在某种程度上活现出《左传》辞义精详、温雅简重和《史记》辩而不华、质而不俚的风采。何景明在《述归赋》中自称"于古人之文,务得宏伟之观,超旷之趣"。他散文创作颇肖其为人,"操耿介,尚节义,鄙荣利"(《明史·何景明传》),如《上冢宰许公书》,指斥宦官弄权乱政的罪行,剖事明理,情感充沛,多用短句,铿锵有力,极有先秦文章的气势。《上杨邃菴书》抨击压抑人才的险恶势力,喷吐胸中不平之气,沉郁顿挫。《说琴》借说琴而以小喻大,说明人才重在选拔与培养,设为问答体,颇似战国时期的寓言。当然,李梦阳、何景明的散文各有所长,而模拟蹊径则是相近的毛病。与李梦阳、何景明相比,康海更擅长于散文创作。在他现存的340多篇散文中,时有上乘之作,如《泰州画卦台新建伏羲庙记》《横渠先生经学理窟序》等直抒胸臆,情理兼备,有胆有识,切中时弊,文笔酣畅而言简意赅,俊美清新。《与彭济物书》等说理透辟,感情真挚,寓郁勃于婉转之中,堪称渗透着那个特定时代和康海自我意识的《报任安书》。

嘉靖年间,出现了以王慎中、唐顺之、归有光、茅坤为代表的唐宋派。他们主张师法唐宋,并以韩愈、柳宗元、欧阳修、苏洵、苏轼、苏辙、曾巩、王安石为师,尊之为"唐宋八大家"。他们将"言适与道称"与"直据胸臆"合而为一,在散文创作中显示出理性化与生活化、有法与无法、雅与俗等相结合特征。王慎中的散文中有的肤言心性,多涉禅宗,语言鄙俚;有的铺叙详明,结构严密,语言华美而又意味深长。《游清源山记》《金溪游记》等,或将历史与现实交织,或以"有恒"与"无恒"作对比而展开抒情线索,神思妙悟,饶有情韵。《海上平寇记》与他春容澹雅的散文主导风格迥异,生动地记述明代中叶抗倭名将俞大猷的事迹,刻画了俞大猷平日温文尔雅而战时勇猛威武的形象,在句法多变、宛曲流畅之中显得雄奇豪迈,气势磅礴。唐顺之"为古文,洸洋纡折,有大家风"。《与季彭山》从一个侧面展示了他自己由崇信程朱理学转想阳明心学的心迹,文章篇幅不长,但如尺水兴波,笔势奔放,锋芒所触,如金石齐鸣,令人神往。《任光禄竹溪记》赞赏"凛然有偃蹇孤特之气"的记主任卿,虽然名为山水小品,但实际上议论的成分大于记叙的成分,体现了山水小品议论化、理性化的倾向。全文立意新颖,感情充沛,清新流畅。茅坤的散文创作的主导倾向是跌宕激射似司马迁的《史记》,《青霞先生文集序》《韩文公文钞序》等便是显例。《青霞先生文集序》极力突出沈炼(别号青霞山人)不畏权奸,嫉恶如仇、忧国忧民,舍生取义的高贵品格,并且将遒逸之气与谨严章法相结合,较为鲜明地体现了茅坤跌宕遒逸的散文风格。

归有光实为唐宋派魁首,著有《震川先生集》,黄宗羲在《明文案序》中指出:"议者以震川为明文第一"。《书张贞女死事》《张贞女狱事》等揭露恶霸横行、吏事腐败等黑暗现实。《御倭议》《备倭事略》《昆山县倭寇始末书》等中,刻画了倭寇入侵后"流血成川,积骸如山"的惨状,主张严惩那些"坐视四郊之民肝脑涂地"的官吏,并为抗击倭寇、保境安民而献计献策。《沧浪亭记》《吴山图记》等,巧妙地将对偶、开拓、断续、离合等法寓于无法之中,简约精深而又婉转情深,波澜起伏而又风神疏淡。最有特色的是归有光将笔触深入到家庭生活，抒写日常人伦，寓事于理，以情动人。《项脊轩志》是叙写家庭盛衰离合、个人今昔之感的名篇，布局精巧，曲折生动，于平淡中见浓郁，言近旨远，余韵悠长。《先妣事略》巧妙将追忆亡母的真情实与伦理道德融为一体，纯是至情至性之语，无一饰笔，真纯自然。风韵疏淡，是归有光描写家庭生活的散文的主导风格，人口皆碑的《项脊轩志》《先妣事略》及《寒花葬志》等均是如此。《寒花葬志》仅112字，全文如下：

> 婢，魏孺人媵也。嘉靖丁酉五月四日死。葬虚丘。事我而不卒，命也夫！
> 婢初媵时，年十岁，垂双鬟，曳深绿布裳。一日天寒，爇火煮荸荠熟，婢削之盈瓯。予入自外，取食之，婢持去不与，魏孺人笑之。孺人每令婢倚几旁饭，即饭，目眶冉冉动。孺人又指予以为笑。回思是时，奄忽便已十年。吁！可悲也已！

寥寥数笔，两三件小事，刻画出婢女寒花纯朴天真、活泼灵秀的个性，行文轻灵流传，感情深切真挚，具有似浅实深、风韵疏淡的美感。

嘉靖、隆庆年间，李攀龙、王世贞、谢榛、宗臣、梁有誉、徐中行、吴国伦等"后七子"复起，继前七子之后再次高举"文必秦汉"的旗帜，推进秦汉文派。李攀龙以"文许先秦上"的狂傲之气，将"文必秦汉"说在格调层次上推向极端，有的散文模拟太过，字剽句窃，佶屈聱牙。当然，还可以在他散文中排"沙"见"金"，有"文以酣歌"的《与宗子相书》，也有抨击时政、文风犀利的《送袁履善谳狱湖广序》，还有情真意切、朴实无华的《亡妻徐恭人状》等。宗臣有时在散文创作中另辟蹊径，他的一些散文指陈时弊，详明锋锐，颇有特色。《报刘一丈书》用近于小说的笔法刻画出严嵩等权贵与奔走于权贵者的丑恶组嘴脸，反衬出作者洁身自爱、不随波逐流的高贵品质，讽刺辛辣，痛快淋漓。王世贞在后七子中著作最多，他的散文将明代秦汉文派的创作推向高峰。《竹里馆记》描绘自然环境生机盎然，天趣流溢，与放歌长啸、逍遥自在的馆主融为一体，显得清新可人，意境灵动。《与李于鳞书》《与徐子与书》《与吴明卿书》等短札，叙离合，感时事，袒露襟怀，情真意切，风格清新，自然可爱。他的小品文往往将人生感慨与老庄思想、魏晋风度及禅学境界融为一体，如《胜国之季》《王稚钦少为文》和《敖士赞》等，也显示出学养与性灵有机结合的风貌。他的不少悼念文章也是情真意切的小品，如《哭亡妹王氏文》以其妹临终嘱托引领全文，忆叙亡妹生平事迹，切切言辞中见流血衷肠。他的游记散文如《游张公洞记》《游牛首诸山记》等，别具一格。

四、明代后期散文

万历、天启年间，涌现出一股文学解放思潮。明代后期的文学解放思潮大致分为两个阶段，一是公安派的走向开放，二是竟陵派有所收敛。

万历年间崛起了以袁宗道、袁宏道、袁中道为代表的公安派。他们主张"独抒性灵，不拘格套"，强调文学的真情与本色。袁宗道"于唐好白乐天，于宋好苏轼，名其斋曰白苏"（《明史·袁宗道传》），著有《白苏斋集》。他的散文中有论析深刻、鞭辟入里的《论文》上、下篇，也有用笔简洁、层次井然的《极乐寺纪游》，还有寓庄于谐、构思巧妙的

《毛颖、陈玄、石泓、楮素传》等。袁宏道是公安派的主将，著有《袁中郎全集》。他的散文富有童趣和天趣，如《叙陈正甫〈会洗集〉》等；也有寄情山水的自然之趣，如《天池》《西湖》等。《虎丘》写苏州虎丘中秋月夜赛唱吴歌的盛况，在风俗画中映现出作者与民同乐的情趣。《满井游记》写京师的一处景观，生动传神，充满诗情画意，洋溢着欣欣向荣的青春气息，而这也正是晚明个性解放思潮下文人憧憬自由的写照。《徐文长传》为人生坎坷、率情任性的徐渭作传，感慨悲叹，催人泪下，笔墨淋漓，生动传神。袁中道著有《珂雪斋集》，他散文成就胜过诗歌，不少写得清朗矫健，情理兼备。其传记散文如《梅大中丞传》《李温陵传》等，生动地展现人物的音容笑貌，并真实地反映社会现实。游记散文的创作是他的专长，《西山十记》《游青溪记》《卷雪楼记》等，运用画家渲染的手法传神写照，山情水意，浓涂细抹，各尽其宜。

竟陵派以钟惺、谭元春为代表。他们强调抒写"幽情单绪"，讲求"幽深孤峭"的文风。钟惺著有《隐秀轩集》，其中小品文时有佳作。他的山水游记数量不多，但想象清奇，文笔简洁，而内涵丰富。《浣花溪记》写浣花溪深幽的景致，其中充满着对杜甫的崇敬之情，描绘景物细腻生动，写景抒情自然融合。《夏梅说》将夏梅遭到的冷遇，与观赏冬梅的热潮相比照，由此联想到世态炎凉、人情冷暖，辛辣地讽刺那些趋炎附势之徒，在超凡脱俗中显示出冷隽峭拔的风格。谭元春为文极力追求别趣奇理，尤其是他的山水游记，善于用奇崛的语言描绘山水的奇姿异态，通过"山水之精神"，来表现他不合流俗的情致，如《游乌龙潭记》三篇。《题〈湖霜草〉》以散体文叙事，以骈体文抒情，融合无间，文中的"动必以情"与视觉、听觉、触觉、意觉之间沟通，颇有独特风味。但钟、谭以奇崛求新，有时失之艰涩。

晚明散文以小品文最有光彩。晚明小品的先驱是徐渭、李贽、汤显祖等，他们的小品文各有特色，其中徐渭粗犷奇崛，李贽激烈锋利，汤显祖洒脱晶莹。公安三袁和钟、谭是晚明小品文的主力军，同时还有王思任的善谑诙谐，刘侗的幽美冷艳，集晚明小品之大成者是张岱。他所著的《陶庵梦忆》《西湖梦寻》，都写于明亡之后，是对过去生活和西湖旧日风光的追忆，寄寓着他故国之思、身世之悲。他人物小品如《柳敬亭说书》《彭天锡串戏》等，赞扬市井平民、百工伶优中自尊自重的精神，显示出平民化、个性化的特征。他的风俗小品如《越俗扫墓》《扬州清明》等，分别写越地、扬州清明节祭祖扫墓的风俗民情，在前盛后衰中抒写乐极生悲的情绪，既有怀旧复明的民族意识，又有抨击明崇祯时期腐败政治的批判精神。《秦淮河房》《二十四桥风月》等笑中含泪，悲中作乐，隐藏着张岱乐山乐水的故国之情，和山河破碎、山河易主的亡国之哀。《西湖七月半》记游人情态，描摹尽致，并有意摒弃世俗趣味，透露出一种清悠淡远、高标脱俗的情趣。《湖心亭看雪》展示在人们眼前的是一幅素洁而凝静的湖山雪景图，写景状物，惟妙惟肖，别具剪裁，清空绝妙，是晚明小品文中脍炙人口的美文。

作 品

刘基

  刘基（1311—1375），字伯温，处州青田（今浙江青田）人。元至顺四年（1333）中进士，除高安县丞。后辞官。此后再起再辞，终隐青田山中，著《郁离子》以见志。至正二十年（1360），朱元璋攻下金华。致书聘集，既至，遂为谋主。洪武三年（1370），迁弘文馆学士，授开国翊运守正文臣、资善大夫、上护军，封诚意伯。洪武四年，归老于乡。后为左丞相胡惟庸所谮，于洪武八年忧愤而死。一说被胡惟庸毒死。武宗正德八年（1513）加赠太师，谥文成。生平事迹参见《明史》卷一二八。刘基生于易代之际，文风颇有特点。论文主张宗经明道，不事虚文，如《郁离子》，托喻刺世，用笔犀利，对元末社会进行了比较深刻的批判；其诗则伤时愤事，力倡"美刺风戒"的变风变雅说，在风格上类似杜甫、韩愈，以雄放奇崛见长。《明史》本传赞曰："所为文章，气昌而奇，与宋濂并为一代之宗。"作为明初重要的政治家，刘基和宋濂一样，重视文学与社会政治的关系，特别强调诗歌"观民风，达下情"的社会功用。《四库全书总目》称："其诗沉郁顿挫，自成一家，足与高启相抗。其文闳深肃括，亦宋濂、王祎之亚。"刘基的著作较多，曾由其子刘仲璟、孙刘荐等分别编为《郁离子》五卷，《覆瓿集》并拾遗二十卷，《写情集》四卷，《犁眉公集》五卷，《春秋明经》四卷，于明初梓行于世。成化六年（1470），戴用等人汇刻为《诚意伯文集》二十卷。嘉靖三十五年（1556），樊献科根据文章体裁，更定编次为《重编诚意伯文集》十八卷。

卖 柑 者 言

【解题】

  文章写于元朝末年。由于作者经历了元末社会的大动乱，又任过地方官吏，对当朝统治者的腐朽，有一定的切身体验，因而在他当时写的不少寓言杂文中表现了一种"哀时愤世"的思想感情，本文是其中最具代表性的一篇。作者假托自己与卖柑者的辩论，辛辣地讽刺了那些坐高堂、骑大马、饮美酒、食佳肴而又声威赫赫的文臣武将，都不过是一群"金玉其外，败絮其中"的朽物，尖锐地揭露了元朝统治阶级的腐朽没落，表现了作者蔑视权贵、愤世嫉俗之情。文章构思奇特，笔锋犀利，比喻贴切，运用设辞问答、反诘推理的艺术手段，由远及近、由表及里地不断深化主旨，给人留下了鲜明的印象。

  杭有卖果者，善藏柑[1]，涉寒暑不溃[2]。出之烨然[3]，玉质而金色[4]。置于市，贾十倍[5]，人争鬻之[6]。

  予贸得其一[7]，剖之，如有烟扑口鼻，视其中，则干若败絮[8]。予怪而问之曰："若所市于人者[9],将以实笾豆、奉祭祀、供宾客乎[10]?将衒外以惑愚瞽也[11]?甚矣哉为欺也[12]。"

卖者笑曰:"吾业是有年矣,吾赖是以食吾躯[13]。吾售之,人取之,未尝有言[14],而独不足子所乎[15]?世之为欺者不寡矣,而独我也乎?吾子未之思也。今夫佩虎符、坐皋比者[16],洸洸乎干城之具也[17],果能授孙吴之略耶[18]?峨大冠、拖长绅者[19],昂昂乎庙堂之器也[20],果能建伊皋之业耶[21]?盗起而不知御[22],民困而不知救,吏奸而不知禁,法斁而不知理[23],坐糜廪粟而不知耻[24]。观其坐高堂,骑大马,醉醇醲而饫肥鲜者[25],孰不巍巍乎可畏[26],赫赫乎可象也[27]?又何往而不金玉其外、败絮其中也哉[28]?今子是之不察[29],而以察吾柑!"

予默然无以应。退而思其言,类东方生滑稽之流[30],岂其愤世嫉邪者耶[31]?而托于柑以讽耶[32]?

《四部丛刊》本《诚意伯文集》卷七

【注释】

[1] 柑:果名,扁圆形,红或橙黄色,味酸甜不一。[2] 涉:经过,经历。溃(kuì):腐烂。[3] 烨(yè)然:光泽耀目的样子。[4] 玉质而金色:质地像玉一样润泽,颜色像金子一样黄亮。[5] 贾(jià):通"价",价格。[6] 鬻(yù):卖,亦可作买。这里是购买的意思。[7] 贸:买。[8] 败絮:破旧的棉絮。[9] 若:你。市:卖。[10] 实:装满,盛满。笾(biān)豆:笾和豆,古代礼器。笾用竹制,盛食品、果脯等;豆用木制,也有用铜或陶制的,形似高脚盘,盛齑(jī)酱等,供祭祀和宴会之用。《论语·泰伯》:"笾豆之事,则有司存。"[11] 衒(xuàn):通"炫",炫耀,夸耀。惑:迷惑,欺骗。"将衒外"句:意谓将夸耀它的外表来欺骗傻子和瞎子吗?也:一作"乎"。[12] 甚矣哉为欺:这样欺骗人,太过分了!为欺:做欺骗人的事。全句是个倒装句,使语气更为强烈。[13]"吾业是"二句:意谓我从事这一职业已经多年,一向依靠它来维持生活。食(sì):以食物供给人。这里是养活的意思。躯:身体。[14]"未尝"句:不曾有不满意的话。言:此指不满意的话语。[15]"而独"句:却单单不能满足你的心意。子:你,对对方的尊称。所:本指处所。此表抽象的意义,犹言心意。[16] 虎符:刻成虎形的兵符。古时大将出征,国君分兵符之半与之,作为调动军队的凭据。皋比(pí):虎皮。此指武将的虎皮坐席。佩虎符、坐皋比者:指武将。[17] 洸(guāng)洸:威武貌。干城:干指盾牌。干和城都用以防御,比喻捍卫或捍卫者。具:才具。与下文的"器"(才能)都是指人才。"洸洸乎"句:威武的样子真像是能御敌卫国的将才。[18] 授:教,传授。孙吴:指孙武和吴起,都是古代著名的军事家。略:谋略。[19] 峨:高,这里用作动词,高戴。绅:腰带。峨大冠、拖长绅:戴着高大的帽子,拖着长长的腰带。这都是士大夫的装束。[20] 昂昂:亦作"卬卬",气概轩昂貌。庙堂之器:喻指朝廷的重臣。[21] 伊皋:指伊尹和皋陶(yáo)。伊尹辅佐商汤攻灭夏桀,建立商朝。皋陶,是舜的法官。两人都被后世誉为贤臣的代表。业:功业。[22] 御:防范,抵御。[23] 斁(dù):败坏。理:整顿。[24] 坐:空,徒然。糜(mí):同"縻",浪费。廪粟:公家粮仓中的粮食。[25] 醇醲(nóng):味浓厚甘美的酒。饫(yù):饱食。肥鲜:指代鱼肉类食物。[26] 巍巍:高大貌。[27] 赫赫:显耀盛大貌。象:效法。[28] 何往:到哪里。何往而不:哪里不是……即到处都是。[29] 是:指示代词,这些,代"金玉其外,败絮其中"的那些人和事。是之不察:不察是。[30] 东方生:即东方

朔，字曼倩，汉武帝时人。善辞赋，性诙谐，常以滑稽的言词讽谏皇帝。褚少孙曾把他的事迹补入《史记·滑稽列传》。滑（gǔ）稽：能言善辩，诙谐机智的意思。[31]"岂其"句：意谓莫非他是对世道有所愤恨，对邪恶之人有所痛恨吧？[32]托：假借。

归有光

归有光（1506—1571），字熙甫。昆山（今属江苏）人。家世寒儒，自幼刻苦攻读。九岁能属文，弱冠尽通五经、三史诸书。嘉靖十九年（1540），南京乡试中举，但此后八次会试均未得第，遂移居嘉定（今上海嘉定）安亭江上，讲学授徒，人称震川先生。嘉靖四十四年（1565），始中进士，授浙江长兴知县，为政清廉。隆庆二年（1568），调为顺德府通判，专管马政。隆庆四年，因大学士高拱、赵贞吉推荐，迁南京大仆寺丞，兼职于内阁制敕房，修纂《世宗实录》。任职一年而终。生平事迹详见《明史》卷二八七。归有光为文，原本经术，好《太史公书》，得其神理。反对风靡一时的后七子的复古主义，对当时文坛盟主王世贞极力排诋，目为"妄庸巨子"，王虽大憾，后亦心折。他是"唐宋派"中最有影响的作家，其散文简洁平淡，对清代桐城派影响较大。为世传诵的作品主要是抒写家人父子之情的文字，亦即所谓的"抒写怀抱之文"。由于有得于司马迁之发愤著书的启示，归有光写了不少反映民间疾苦，为民请命的文章，如《送县大夫杨侯序》。清黄宗羲曾在《明文案序》（《南雷文定》前集卷一）中说："议者以震川为明文第一，似也。"他不以诗名，存者亦少。钱谦益《列朝诗集小传》评其诗曰："其于诗，似无意求工，滔滔自运，要非流俗可及也。"观其所作，大抵朴拙，抒怀叙事，亦颇真实。归有光死后，其孙昌世与钱谦益遍搜遗文，细加校勘，编为文集四十卷，惜未能全刻。清康熙年间，曾孙归庄又增益部分遗文，经董正位等人相助刻成《震川先生全集》，正集三十卷，别集十卷，共四十卷，内收各种体裁之文七百七十四篇，诗歌一百一十三首。

项脊轩志

【解题】

《项脊轩志》是一篇抒情散文，也是归有光的代表作。归有光的远祖归道隆曾在昆山项脊泾（今江苏太仓）居住（归有光《归氏世谱》），所以他也自称项脊生。以"项脊轩"命名自己的书斋，有纪念祖先的意思，另则也是言书斋极狭窄，如在颈背之间。《项脊轩志》又题为《项脊轩记》，"志"与"记"二字通用，都是指记事的文章。归有光八岁时，母亲去世。嘉靖七年（1528），他与魏氏结婚，五年后，魏氏病死（归有光《魏孺人墓志铭》）。文章记项脊轩，就着重叙述了与项脊轩有关的人事变迁。文章分两个时期写成，前面为本记，写于嘉靖三年（1524），最后一段是补记，写于十多年之后。项脊轩是作者青少年时代的书斋，也堪称其家庭变迁和身世遭际的见证。文章历叙了项脊轩环境的变化以及与之相关的人事变迁，抚今追昔，伤悼自怜，表现了对自己家庭兴衰变幻的无限感慨，表达了对祖母、母亲和妻子的深切怀念。全篇曲折生动，质朴自然，寓丰富于单纯，于平淡中见浓郁，言近旨远，余韵悠长。并且布局精巧，组织得体。善于将伤感情绪融于生活琐事的叙述之中，很有感染力。

项脊轩，旧南阁子也[1]。室仅方丈，可容一人居。百年老屋，尘泥渗漉[2]，雨泽下注[3]；每移案，顾视无可置者。又北向不能得日，日过午已昏。余稍为修葺[4]，使不上漏，前辟四窗，垣墙周庭[5]，以当南日[6]。日影反照，室始洞然[7]。又杂植兰桂竹木于庭，旧时栏楯[8]，亦遂增胜[9]。借书满架，偃仰啸歌[10]，冥然兀坐[11]，万籁有声，而庭阶寂寂，小鸟时来啄食，人至不去。三五之夜[12]，明月半墙，桂影斑驳[13]，风移影动，珊珊可爱[14]。

然予居于此，多可喜，亦多可悲。

先是，庭中通南北为一，迨诸父异爨[15]，内外多置小门墙，往往而是[16]。东犬西吠[17]，客逾庖而宴[18]，鸡栖于厅。庭中始为篱，已为墙，凡再变矣[19]。家有老妪，尝居于此。妪，先大母婢也[20]。乳二世[21]，先妣抚之甚厚[22]。室西连于中闺[23]，先妣尝一至，妪每谓予曰："某所，而母立于兹[24]。"妪又曰："汝姊在吾怀，呱呱而泣[25]。娘以指叩门扉曰：'儿寒乎？欲食乎？'吾从板外相为应答。"语未毕，余泣，妪亦泣。

余自束发[26]，读书轩中。一日，大母过余曰："吾儿，久不见若影，何竟日默默在此，大类女郎也？"比去[27]，以手阖门[28]，自语曰："吾家读书久不效[29]，儿之成，则可待乎？"顷之，持一象笏至[30]，曰："此吾祖太常公宣德间执此以朝[31]，他日汝当用之。"瞻顾遗迹，如在昨日，令人长号不自禁[32]。

轩东故尝为厨。人往，从轩前过。余扃牖而居[33]，久之能以足音辨人。

轩凡四遭火，得不焚，殆有神护者。

项脊生曰[34]："蜀清守丹穴，利甲天下，其后秦皇帝筑女怀清台[35]。刘玄德与曹操争天下，诸葛孔明起陇中。方二人之昧昧于一隅也，世何足以知之[36]？余区区处败屋中[37]，方扬眉瞬目[38]，谓有奇景，人知之者，其谓与坎井之蛙何异[39]！"

余既为此志[40]，后五年，吾妻来归[41]。时至轩中，从余问古事，或凭几学书[42]。吾妻归宁[43]，述诸小妹语曰[44]："闻姊家有阁子，且何谓阁子也？"其后六年，吾妻死，室坏不修。其后二年，余久卧病无聊，乃使人复葺南阁子，其制稍异于前[45]。然自后余多在外，不常居。

庭有枇杷树，吾妻死之年所手植也，今已亭亭如盖矣[46]。

《四部丛刊》本《震川先生集》卷十七

【注释】

[1] 阁子：这里是指小屋。[2] 渗漉（lù）：液体慢慢往下透过或漏出。[3] 雨泽：雨可以润泽万物，所以雨水称为雨泽。[4] 修葺（qì）：修补。[5] 垣墙：院墙。[6] 当：面对，正对。[7] 洞然：明亮的样子。[8] 栏楯（shǔn）：栏杆。[9] 增胜：增添光彩。[10] 偃仰：俯仰，安居貌。啸歌：吟咏，歌唱。[11] 冥然：沉寂的样子。兀坐：独自端坐。[12] 三五之夜：阴历每月十五日夜晚。[13] 斑驳：色彩杂乱错落。[14] 珊珊：摇曳多姿貌。[15] 诸父：父亲的兄弟。爨（cuàn）：烧火煮饭，亦可指灶。异爨：各立炉灶，即分家而居。[16] 往往而是：到处都是这些小门墙。[17] 东犬西吠：东家的狗（听到西家的动静）就对着西家叫。[18] 庖：

厨房。客逾庖而宴：意谓宴请宾客时，因为有小门墙，客人不得不经过厨房而赴宴。[19] 再变：变两次。[20] 先：对已去世者的尊称。先大母：死去的祖母。[21] 乳：动词，喂养。二世：指归有光的父辈和归有光的姐姐。乳二世：做过两代人的乳母。[22] 先妣（bǐ）：死去的母亲。抚：对待，照顾。[23] 闺：女子的卧室。中闺：中间的闺房，指内室。[24] 而：你，你的。[25] 呱（gū）呱：小孩啼哭声。[26] 束发：古代男孩成童时绾发为髻，因用作成童的代称。[27] 比：及，到。比去：等到离去时。[28] 阖（hé）：关上，掩上。[29] 效：成效。这里是指考中科举。[30] 笏（hù）：即"朝笏"，古时大臣朝见时手中所执的狭长板子，用玉、象牙或竹片制成，以为指画及记事之用，也叫"手板（版）"。象笏：象牙制作的手板。[31] 太常：官名，专司祭祀礼乐之官。太常公：指归有光母夏氏的祖父夏昶，字仲昭，昆山人。永乐进士，官至太常寺卿，善画竹。宣德：明宣宗朱瞻基的年号（1426—1435）。[32] 长号（háo）：大哭。[33] 扃（jiōng）：关闭。牖（yǒu）：窗户。扃牖：关上窗户。[34] 项脊生：归有光自称。[35] 清：秦代蜀地一寡妇名。丹穴：产朱砂的矿。利甲天下：所获之利，天下第一。"蜀清"三句：典出《史记·货殖列传》："巴（蜀）寡妇清，其先得丹穴，而擅其利数世，家亦不訾。清，寡妇也，能守其业，用财自卫，不见侵犯。秦皇帝以为贞妇而客之，为筑女怀清台。"[36] 刘玄德：即刘备。玄德：刘备的字。陇中：田陇之中，意即出身农民。一说，"陇中"系"隆中"之误，诸葛亮曾隐居南阳隆中（今湖北襄阳西）。"刘玄德"四句：意谓这些后来立了大功、出了大名的人，在最初没显露头角的时候，并不为人所知。[37] 区区：自称的谦词。败屋：破旧的房屋。[38] 瞬目：眨眼。扬眉瞬目：形容得意的样子。[39] 坎井之蛙：浅井里的青蛙。比喻见识浅陋的人。语出《荀子·正论》："浅不足与测深，愚不足与谋知，坎井之蛙不可与语东海之乐。"[40] 余既为此志：我已经写下了这篇《项脊轩志》。这句以上是最初写的，这句以下是十几年后补写的。[41] 来归：嫁过来。归：古时谓女子出嫁为归。[42] 学书：学习写字。[43] 归宁：旧谓已嫁的女子回娘家省视父母。语出《诗经·周南·葛覃》："归宁父母。"[44] 述诸小妹语：转述娘家小妹们的话。[45] 制：建筑式样。[46] 亭亭：耸立貌，高貌。亭亭如盖：高高挺立着像一把伞。

王世贞

题海天落照图后

【解题】

　　这是一篇书画题跋之文。文章历述《海天落照图》收藏、流传、被毁的经过，似是寻常的题画文字，实际上却揭露了严世蕃父子这类权豪势要人物附庸风雅、巧取豪夺的无耻行径，寄寓着很深的愤慨。前后七子为文，间有反对宦官擅权、权奸专政，世贞行文，也有这一特点。文中详细叙述《海天落照图》收藏得失的经过，来龙去脉，原原本本，非老于掌故者不能道，正如《四库全书总目》所称，其人"博综典籍，谙习掌故"。全文记述简洁，条理清晰，可称与名画交相辉映，珠联璧合。

《海天落照图》，相传小李将军昭道作[1]，宣和秘藏[2]，不知何年为常熟刘以则所收[3]，转落吴城汤氏[4]。嘉靖中[5]，有郡守，不欲言其名，以分宜子大符意迫得之[6]。汤见消息非常[7]，乃延仇英实父别室[8]，摹一本，将欲为米颠狡狯[9]，而为怨家所发[10]。守怒甚，将致叵测[11]。汤不获已，因割陈缉熙等三诗于仇本后[12]，而出真迹，邀所善彭孔嘉辈[13]，置酒泣别，摩挲三日而后归守[14]，守以归大符。大符家名画近千卷，皆出其下。寻坐法[15]，籍入天府[16]。隆庆初[17]，一中贵携出[18]，不甚爱赏，其位下小珰窃之[19]。时朱忠僖领缇骑[20]，密以重赀购[21]，中贵诘责甚急[22]，小珰惧而投诸火，此癸酉秋事也[23]。

　　余自燕中闻之拾遗人[24]，相与慨叹妙迹永绝。今年春，归息弇园[25]，汤氏偶以仇本见售，为惊喜，不论直收之[26]。按《宣和画谱》称昭道有《落照》《海岸》二图[27]，不言所谓海天落者。其图之有御题[28]，有瘦金瓢印与否[29]，亦无从辨证，第睹此临迹之妙乃尔，因以想见隆准公之惊世也[30]。实父十指如叶玉人[31]，即临本亦何必减逸少《宣示》、信本《兰亭》哉[32]！老人馋眼，今日饱矣，为题其后。

明刻本《弇州山人续稿》卷一七〇

【注释】

[1] 小李将军昭道：李昭道，李思训之子，父子皆唐代著名画家。李思训开元间曾任右武卫大将军，人称"大李将军"。故其子昭道人称"小李将军"。曾官太原府仓曹、直集贤院、太子中舍人，擅画金碧山水，多点缀鸟兽，并创制海景，画风工巧繁缛。[2] 宣和：宋徽宗赵佶的年号（1119—1125）。这里是指宋徽宗。秘藏：内府所藏。[3] 常熟：今江苏常熟。刘以则：常熟人，明代收藏家。[4] 吴城：今江苏苏州。汤氏：明代苏州的一古董商。他家好几代人都做古董生意。[5] 嘉靖：明世宗朱厚熜的年号（1522—1566）。[6] 分（fēn）宜：指严嵩，明代中期的大权佞，因他是江西分宜县人，故称之为"分宜"。大符：是严嵩的儿子严世蕃的字。曾与其父严嵩共同把持朝政。[7] 非常：指突如其来的事变。[8] 延：请。仇（qiú）英：字实父，太仓（今江苏太仓）人，移居吴郡（今江苏苏州）。是明代著名画家，善于临摹宋元名笔。又善画人物鸟兽山水楼观，尤工仕女。别室：另设的房间，别于正室。这里指秘密的房间。[9] 米颠：即宋代书画家米芾，字元章，襄阳（今湖北襄阳）人。累官礼部员外郎。他为人玩世不恭，故人称"米颠"。米芾擅长临摹古代名人的字迹，常常可以达到以假乱真的地步（参见《宋史》本传）。狡狯（kuài）：本意是狡诈奸猾。这里贬义褒用。"将欲为"句：意谓汤氏想请仇英代他临摹一张送给严府，而自己留下唐代真迹。[10] 怨家：仇家。发：告发，揭发。[11] 致：招引，引来。叵（pǒ）测：不可测度。这里指大祸。叵："不可"的合音。[12] 割：这里是裁的意思。陈缉熙：名鉴，曾做翰林官，是当时的一个收藏家。[13] 所善：指好友。彭孔嘉：名年，字孔嘉，苏州人。明著名书画家文徵明的学生，善书画。[14] 摩挲：抚弄。[15] 寻：不久。坐法：因犯法而获罪。这里是指严世蕃被判处死刑。[16] 籍：登记。这里指查抄。天府：皇家的府库。[17] 隆庆：明穆宗朱载垕的年号（1567—1572）。[18] 中贵：太监。[19] 珰（dāng）：汉代宦官充武职者的装饰。故后来即以"珰"为宦官的代称。小珰：小太监。[20] 朱忠僖：名希孝，谥忠僖，凤阳怀远（今安徽怀远）人。缇（tí）骑：古代当朝贵官的前导和随从的骑士。后用以称逮捕犯人的禁卫吏役。[21] 赀：通"资"，资财，钱财。[22] 诘责：查究，究办。[23] 癸酉：明神宗朱翊钧万历元年（1573）。[24] 燕：今河北北部，古属燕国。拾遗人：这里指买卖旧货的商人。[25] 弇（yǎn）园：王世贞家中的花园，在今江苏太仓。[26] 直：

通"值"。价钱。[27]《宣和画谱》:中国画著录书。作者不详。二十卷。分道释、人物等十门,记录宋徽宗宫廷所藏历代画家二百三十余人的作品共六千三百余件。[28] 御题:这里指宋徽宗所题的字。[29] 瘦金:即"瘦金书",又称"瘦金体"。宋徽宗赵佶正楷学唐褚遂良、薛曜、薛稷,略变其体,运笔挺劲犀利,笔道瘦细峭硬而腴润洒脱,成一家法,自称"瘦金书"。瓢印:宋徽宗收藏的古书画上所盖的印鉴,有一种瓢形的,称为瓢印。[30] 隆准公:这里指李昭道。史称汉高祖刘邦隆准(高鼻梁),后人称之为隆准公。杜甫《哀王孙》云:"高帝子孙尽隆准,龙种自与常人殊。"李昭道为唐室后裔,故亦称他为"隆准公"。[31] 叶玉人:典出《列子·说符》:"宋人有为其君以玉为楮叶者,三年而成。锋杀茎柯,毫芒繁泽,乱之楮叶中而不可别也。"这里以此形容仇英临摹逼真。[32] 逸少:是晋代大书法家王羲之的字。《宣示》:即《宣示表》,三国魏小楷法帖,钟繇书。真迹久佚,传世刻本,或称晋王羲之所临,始见于宋内府《淳化阁帖》。信本:是唐代书法家欧阳询的字。《兰亭》:即《兰亭序》,著名行书法帖。据说原为王羲之所书,相传现在流传的《兰亭序》帖的石刻本是欧阳询所临摹刻石的。这里意谓仇英临摹的《海天落照图》之可贵,也不减于王羲之临摹的《宣示表》和欧阳询临摹的《兰亭序》。

宗臣

宗臣(1525—1560),字子相,号方城山人。扬州兴化(今属江苏)人。嘉靖二十九年(1550)进士,授刑部主事,后调吏部考功主事。嘉靖三十一年,因不满朝政,加之染疾咯血,遂辞官回到故里,筑室百花洲上,读书其中。嘉靖三十四年回京,初补考功,继迁稽勋员外郎。因得罪严嵩,出京,为福建参议。其后以御倭有功,升按察副使,提督福建学政。以劳疾卒于官。生平事迹详见《明史》卷二八七。宗臣为明代"后七子"之一,但其写作实践却另辟蹊径。他的诗文较少剽窃堆砌之习,一些散文,指陈时弊,详明锋锐,亲切感人,在后七子中成就较为突出。他的诗作,风格横放雄厉,跌宕俊逸,有人以为颇似李白,但意境未深,间伤浅俗,这是因为他自入七子之社以后,渐染习气,日以窘弱而造成的。著有《宗子相集》十五卷。

报刘一丈书

【解题】

报:答复。刘一丈:即刘玠(jiè),字国珍,号墀(chí)石,扬州兴化(今泰州兴化)人,著有《管窥集》。宗臣集中有他的像赞。排行第一,故称一丈。丈:对男性长辈的尊称。本文是作者第二次在京任职时写给刘一丈的一封复信。其时严嵩当国,弄权纳贿,贪(yín)缘诏附之徒竞奔其门。作者胸怀素心壮志,不愿摧眉折腰以向权贵,"安能訾呢(zú)向权贵,咄唶(jiè)空令违者羞"(李攀龙《沧溟集·送子相》)。文中所谓"权者",当即暗指严嵩。文章通过答书的形式,对明中叶上层社会污秽、丑恶的现象作了生动的描绘,揭露和讽刺了当时以严嵩为首的权贵和奔走于权贵之门的人;反衬作者洁身自爱,不随流俗的高贵品质。作者描写栩栩如生,刻画入木三分,不借助于典故、辞藻,而人情世态暴露无遗。语言上连用叠词叠句,深刻地展示出官场腐败。这在明代复古派作家的文章中是少见的。

数千里外,得长者时赐一书[1],以慰长想[2],即亦甚幸矣,何至更辱馈遗[3]?则不才益将何以报焉[4]?

书中情意甚殷[5],即长者之不忘老父[6],知老父之念长者深也。至以"上下相孚、才德称位"语不才[7],则不才有深感焉。夫才德不称,固自知之矣,至于不孚之病,则尤不才为甚。

且今世之所谓孚者何哉[8]?日夕策马[9],候权者之门[10],门者故不入[11],则甘言媚词作妇人状,袖金以私之[12]。即门者持刺入[13],而主者又不即出见,立厩中仆马之间[14],恶气袭衣袖,即饥寒毒热不可忍,不去也。抵暮,则前所受赠金者出,报客曰:"相公倦[15],谢客矣,客请明日来。"即明日,又不敢不来。夜披衣坐,闻鸡鸣即起,盥栉[16],走马抵门[17]。门者怒曰:"为谁?"则曰:"昨日之客来。"则又怒曰:"何客之勤也?岂有相公此时出见客乎?"客心耻之[18],强忍而与言曰:"亡奈何矣[19],姑容我入。"门者又得所赠金,则起而入之,又立向所立厩中[20]。幸主者出,南面召见[21],则惊走匍匐阶下[22]。主者曰:"进!"则再拜,故迟不起。起则上所上寿金[23]。主者故不受,则固请;主者故固不受,则又固请。然后命吏纳之。则又再拜,又故迟不起,起则五六揖,始出。

出揖门者曰:"官人幸顾我[24],他日来,幸勿阻我也。"门者答揖。大喜,奔出,马上遇所交识,即扬鞭语曰:"适自相公家来[25],相公厚我,厚我!"且虚言状[26],即所交识亦心畏相公厚之矣。相公又稍稍语人曰:"某也贤,某也贤!"闻者亦心计交赞之[27]。此世所谓上下相孚也。长者谓仆能之乎[28]?

前所谓权门者,自岁时伏腊一刺之外,即经年不往也[29]。间道经其门[30],则亦掩耳闭目,跃马疾走过之,若有所追逐者。斯则仆之褊哉[31],以此常不见悦于长吏,仆则愈益不顾也。每大言曰:"人生有命,吾惟守分尔矣[32]!"长者闻此,得无厌其为迂乎?

乡园多故[33],不能不动客子之愁[34]。至于长者之抱才而困[35],则又令我怆然有感[36]。天之与先生者甚厚,亡论长者不欲轻弃之,即天意亦不欲长者之轻弃之也[37],幸宁心哉[38]!

嘉靖三十九年刻本《宗子相集》卷一四

【注释】

[1] 长(zhǎng)者:长辈。这里指刘一丈。刘与作者的父亲宗周是至交。[2] 长(cháng)想:长久的想念。[3] 辱:谦词,犹言承蒙。馈遗(kuìwèi):赠送礼物。"何至"句:何况又蒙您赠送我礼物。[4] 不才:用为自称的谦词。[5] 殷:恳切,深厚。[6] 老父:即作者之父宗周,字维翰,号履庵,嘉靖时举人,初仕山东金乡,后官至四川马湖府太守。因刘一丈一直在家乡隐居,而宗周则常年在外做官,与刘一丈及作者各处异地,因此信中这样说。[7] 孚:信用。称(chèn)位:与职位相符。上下相孚,才德称位:意谓上下之间相互信任、投合,才能和品德都适合其职位。语(yù):告诉。这里是嘱咐、劝勉的意思。[8] 何哉:什么情况呢?[9] 策:鞭打。策马:鞭打马。[10] 权者:有权势者,当指下文的"相公",即当时

权臣严嵩、严世蕃父子。[11] 故不入：故意不进去通报。[12] 私之：偷偷给他。[13] 刺：名帖。[14] 厩：马棚。[15] 相公：古代称宰相为相公。顾炎武《日知录》卷二十四："前代拜相者必封公，故称之曰相公。"[16] 盥（guàn）：洗手。栉（zhì）：梳发。盥栉：梳洗。[17] 走马：骑马速往。[18] 客心耻之：客人心里觉得受了羞辱。[19] 亡（wú）奈何矣：没有办法。亡：通"无"。[20] 向：昔日，先前。这里指昨日。[21] 南面：坐北向南。古代以坐北朝南为尊位，所以尊者接见卑者皆南面而坐。[22] 匍匐：伏地而行。[23] 上：献上，呈上。寿金：用祝寿的名义向人敬酒或用财物赠人。上所上寿金：奉上所送的银子。[24] 官人：对看门人的尊称。幸：希望，请求之辞。[25] 适：刚才。[26] 虚言状：夸张地叙述被接见时的情状。[27] 交：交互，都，俱。心计交赞之：心里盘算着都来称赞他。[28] 仆：自称谦词。[29] 岁时：一年四季。伏：夏天的伏日。腊：冬天的腊日。伏腊：古代两种祭祀的名称，亦泛指节日。"自岁时"二句：除了节日去投个名片以外，终年不去拜访。[30] 间（jiàn）：有时，偶尔。[31] 褊（biǎn）：衣服狭小，引申为狭隘。[32] 守分（fèn）：谨守做人的本分。[33] 故：事故，变故。[34] 客子：犹游子，旅居他乡之人。[35] 抱才而困：意谓具有才能却陷入困厄的境地。[36] 怆（chuàng）然：悲伤貌。[37] 亡（wú）论：且不说。亡通"无"。"天之与先生"三句：您老人家所禀的天赋学识很高，且不要说您自己不想轻易抛弃它，就是上天也不希望您轻易地抛弃它。[38] 宁心：安心，耐心。幸宁心哉：希望您安心的等待时机。

袁宏道

袁宏道（1568—1610），字中郎，号石公，湖广公安（今属湖北）人。万历二十年（1592）中进士，先后为吴县令、礼部主事、吏部检讨司主事、吏部稽勋司郎中等。生平事迹详见《明史》卷二二八。他与兄袁宗道、弟中道并称"三袁"，为公安派的创始者。三袁中，袁宏道的才力与名望最大，他受李贽思想的影响较深，在文学上反对前后七子的复古文风，主张"独抒性灵，不拘格套"，强调写诗作文要"从自己胸臆流出"。同时重视小说、戏曲、民歌在文学史上的地位。他的诗文多为闲适之作，部分篇章反映民生疾苦，对当时政治现实有所批判。作品大多真率、自然、清新，表现出鲜明的个性色彩。著有《袁中郎全集》。

满 井 游 记

【解题】

《翠娱阁评选本》中题目作《游满井记》。满井：北京东北郊的一口古井。因井中飞泉喷薄，冬夏不竭而得名。《帝京景物略》卷一云："井高于地，泉高于井，四时不落。"这是袁宏道的一篇山水游记小品，作于万历二十七年己亥（1599）二月。描写作者在北京做官时，初春结伴郊游，观赏自然景物时的愉悦心情。作者以形象细腻的笔触，把满井仲春景色描写得生动逼真。《四库全书总目》评论三袁："诗文变板重为轻巧，变粉饰为本色，致天下耳目于一新。"这篇游记，遣词造语确有"轻巧""本色"的特点。此外，文中所用的一些比喻也很新鲜、贴切。

燕地寒[1]，花朝节后[2]，余寒犹厉。冻风时作，作则飞沙走砾，局促一室之内[3]，欲出不得。每冒风驰行，未百步辄返。

廿二日，天稍和[4]，偕数友出东直[5]，至满井。高柳夹堤，土膏微润[6]，一望空阔，若脱笼之鹄[7]。于时冰皮始解，波色乍明，鳞浪层层，清澈见底，晶晶然如镜之新开而冷光之乍出于匣也[8]。山峦为晴雪所洗，娟然如拭[9]，鲜妍明媚，如倩女之靧面而髻鬟之始掠也[10]。柳条将舒未舒，柔梢披风，麦田浅鬣寸许[11]。游人虽未盛，泉而茗者[12]，罍而歌者[13]，红装而蹇者[14]，亦时时有。风力虽尚劲，然徒步则汗出浃背。凡曝沙之鸟[15]，呷浪之鳞[16]，悠然自得，毛羽鳞鬣之间，皆有喜气。始知郊田之外，未始无春，而城居者未之知也。

夫能不以游堕事[17]，而潇然于山石草木之间者[18]，惟此官也[19]。而此地适与余近，余之游将自此始，恶能无纪[20]？己亥之二月也[21]。

大业堂重刻本《袁中郎全集》卷十四

【注释】

[1] 燕（yān）：今河北北部，古属燕国。[2] 花朝（zhāo）节：亦称"花朝"。旧俗以农历二月十五日为"百花生日"，故称此日为"花朝节"。一说为十二日，又说为初二日。[3] 局促：拘束。[4] 和：暖和。[5] 东直：即东直门。北京城东面最北的门。满井在东直门东北三四里。[6] 土膏：肥沃的土地。[7] 鹄（hú）：天鹅。[8] "晶晶然"句：意谓泉水明澈，有如刚打开的明镜，清冷的光亮从匣中闪出。[9] 娟然：美好貌。[10] 靧（huì）面：洗脸。掠：梳理。[11] 鬣（liè）：马颈上的长毛。[12] 泉而茗者：用泉水煮茶喝的人。[13] 罍（léi）：古代一种盛器名。有青铜的，有陶制的。小口、广肩、深腹、圈足、有盖、肩部有两环耳，腹下又有一鼻。用以盛酒或水。盛行于商周时期。[14] 红装：妇女的盛装。这里指代妇女。蹇：驴。这里作动词用，骑驴。[15] 曝（pù）沙之鸟：在沙滩上晒太阳的鸟。[16] 呷（xiā）：吸饮。呷浪之鳞：在水面上吸饮的鱼儿。[17] 堕（huī）事：荒废、影响事务。[18] 潇然：洒脱貌。[19] 此官：指作者自己。作者于万历二十六年（1598）入都，任应天府学教官，事务很清闲。[20] 恶（wū）：疑问代词，怎么，哪里。恶能：怎么能，哪能。[21] 己亥：万历二十七年（1599）。万历是明神宗朱翊钧的年号（1573—1619）。

张岱

张岱（1597—1679，一说卒于1689），初字宗子，后字石公，号陶庵，又号蝶庵，山阴（今浙江绍兴）人，侨寓杭州。先世居蜀，故自称蜀人。自曾祖以来，都是显官。岱少时，不求仕进，过着一种游山玩水、读书品艺的纨绔生活。明亡后，隐居剡溪，从事著述。他在《自为墓志铭》《陶庵梦忆序》和《自题小像》中对自己的生平有生动的概括。他是明末小品文的代表作家。《陶庵梦忆》《西湖梦寻》，都写于明亡之后，是对过去生活和西湖旧日风光的追忆，寄寓着他的故国之思、身世之悲。文笔清丽优美，简洁形象，无论写景抒情，写人论事，都绘声绘色，活泼生动。他的诗时有浅俗之作，颇似公安派的末流。又有《琅嬛文集》《石匮书》等。

湖心亭看雪

【解题】

　　湖心亭在西湖之中,据说是宋代疏浚西湖时,以湖泥堆成小丘,后在丘上建成亭阁,叫做湖心亭,是观赏西湖风景的好地方。张岱在《西湖梦寻·明圣二湖》一文中议论说:善游湖者要像三国时董遇所说的在"三余"进行,即在岁余之冬、日余之夜、月余之风雪时,认为此时此刻,最能得到游湖的真情真趣,领略到湖上的真风味。本文所写之时,恰恰就是他所向往的"三余"之时——冬天的雪夜。文中描绘出一幅江山被雪的图景,充满了诗情画意,同时流露出作者的故国之思。全文不到二百字,却融叙事、写景、抒情于一炉。语言清秀,表现力极强,如"一痕""一点""两三粒",写景状物,惟妙惟肖。

　　崇祯五年十二月[1],余住西湖,大雪三日,湖中人鸟声俱绝。是日,更定矣[2],余挐一小舟[3],拥毳衣炉火[4],独往湖心亭看雪。雾凇沆砀[5],天与云与山与水,上下一白。湖上影子,惟长堤一痕[6],湖心亭一点,与余舟一芥[7],舟中人两三粒而已。

　　到亭上,有两人铺毡对坐,一童子烧酒,炉正沸。见余大喜,曰:"湖中焉得更有此人[8]?"拉余同饮。余强饮三大白而别[9]。问其姓氏,是金陵人[10],客此[11]。及下船,舟子喃喃曰:"莫说相公痴,更有痴似相公者[12]!"

《说库》本《陶庵梦忆》卷三

【注释】

　　[1]崇祯五年:即公元1632年。崇祯是明思宗朱由检的年号(1628—1644)。[2]更(gēng)定:古代以更记夜时,一夜分五更,每更大约两小时。更定,旧时晚上八时左右,打鼓报告初更开始,称为"更定"。[3]挐(ráo):通"挈""桡",船桨。这里是划船的意思。[4]毳(cuì)衣:一种毛皮服。[5]雾凇:通称"树挂"。是寒冷天雾滴碰到在零度以下的树枝等物时,再次凝结成的白色松散的冰晶。沆砀(hàng dàng):白色迷茫貌。[6]长堤:在湖心亭之西,即苏堤,宋苏东坡筑。[7]芥(jiè):小草。[8]焉:疑问代词,哪里,怎么。[9]大白:大酒杯。《文选》左思《吴都赋》有"飞觞举白"句,刘良注:"大白,杯名。"[10]金陵:今江苏南京。[11]客此:在这里做客,意谓旅居此地。[12]似:介词。用于比较,表示程度更甚,相当于"于""过"。

元明小说概说

元代的文言小说有《娇红记》《春梦记》,而《娇红记》在元代小说中独占鳌头。白话小说有《全相平话五种》(《武王伐纣平话》《七国春秋平话后集》《秦并六国平话》《前汉书平话续集》《三国志平话》),还有《五代史平话》《大宋宣和遗事》《薛仁贵征辽事略》等,都是讲史话本。其中《五代史平话》,分梁、唐、晋、汉、周等五代编述,以《资治通鉴》为主要依据,吸收新、旧《五代史》的某些内容,并糅合了一些民间传说故事,亦文亦野,颇有情趣。

元末明初,在过去话本的基础上,产生了一些长篇章回小说,其中以《三国演义》《水浒传》的成就最高。这两部长篇小说与明代中后期写定的《西游记》《金瓶梅》,合称为明代"四大奇书"。

一、《三国演义》及其他历史演义小说

所谓"历史演义",是以一朝一代的历史事实作基础,再吸收野史杂说和民间传说,敷衍扩大而成的小说。《三国演义》是明代长篇小说中历史演义的开山之作,是第一部长篇白话小说,全称应为《三国志通俗演义》或《三国志演义》。关于《三国演义》的作者,有的认为是罗贯中①,有的加以否定。《三国演义》是作家根据历史记载与民间传说,进行再创作而成的历史小说,用艺术形象描绘了三国时期的历史进程,但其中体现了帝蜀寇魏、尊刘贬曹的思想倾向。全书120回,分四大部分:第1—33回,写天下大乱之中群雄逐鹿中原,其中突出了曹操、孙权、刘备三人;第34—50回,写赤壁之战及三国鼎立局面的形成,重点写蜀汉联吴抗曹,割地称雄;第51—115回,写三国而其中主要是蜀汉集团的兴衰变迁,以诸葛亮、姜维等为中心,叙述了借荆州、攻西川、占汉中、失荆州、败彝陵等事件,一直到蜀汉集团灭亡;第116—120回,写司马氏建立晋朝,统一天下,所谓"一统乾坤归晋朝"。

合理的艺术虚构,是《三国演义》的艺术特色之一。作者运用"七分实事,三分虚构"的手法来艺术地再现历史,有时妙笔生花,善于铺叙,例如"三顾茅庐",《三国志·诸葛亮传》中仅有"由是先主遂诣亮,凡三往,乃见"12个字,《三国演义》将它敷衍成一段"礼贤下士"的精彩故事;有时张冠李戴,移花接木,例如将怒鞭督邮由刘备改为张飞,草船借箭由孙权改为孔明,温酒斩华雄由孙坚改为关羽;有时于史无证,采用民间传说,例如桃园三结义、蒋干中计、七星坛祭风、华容道捉放曹等;有时细心穿插,巧于构思,例如"失街亭——空城计——斩马谡"。性格鲜明的人物形象,是《三国演义》的艺术特色之二。毛宗岗《读三国志法》中说:"吾以为三国有三奇,可称三绝:诸葛孔明一绝也,关云长一

---

① 罗贯中,生平不详。现在一般据《录鬼簿续集》的说法,认为他名本,字贯中,号湖海散人,祖籍太原,生活于元末明初。

绝也，曹操亦一绝也。"所谓"三绝"，是指曹操的奸绝、孔明的智绝、关羽的义绝。"治世之能臣，乱世之奸雄"的曹操，是《三国演义》中塑造得最丰满、最成功的形象。诸葛亮则是中国古代名相的楷模与智慧的化身。当然，《三国演义》中塑造人物形象有得也有失，例如"欲显刘备之长厚而似伪，状诸葛之多智而近妖"（鲁迅语）。摇曳多姿的叙事艺术，是《三国演义》的艺术特色之三。它以时间推移为经，以蜀汉为中心，以三国斗争为纬，展开了宏大的叙事结构。《三国演义》特别擅长写战争，既写几十万、上百万人参加的大战役，又写千百人出击的小战斗。对此，作者专门选取了讨伐董卓、官渡之战、当阳之战、赤壁之战、彝陵之战、六出祁山、七擒孟获等几次战争。重中之重是著名的三大战役：官渡之战、赤壁之战、彝陵之战。例如"赤壁之战"，以三国之间、孙刘联盟内部、孙刘联盟对曹操一方等种种复杂错综的关系为背景，以诸葛亮为中心架构故事，当中包括舌战群儒、智激周瑜、群英会、草船借箭、苦肉计、连环记、借东风、火烧赤壁、华容道等故事情节，有星移斗转、雨覆风翻之妙。叙事头绪纷繁而又有条不紊，环环相扣；描写简洁生动而又异彩纷呈，动人心弦，有横云断岭，横桥锁溪之妙。丰富生动的艺术语言，是《三国演义》的艺术特色之四。语言文白相间，雅俗共赏，形成了"文不甚深，言不甚俗"的特色。

《三国演义》最早的刊本是明嘉靖壬午（元年，1522）刊刻的《三国志通俗演义》，简称嘉靖本。还有《李卓吾先生批评三国志》（叶昼假托），清康熙年间，毛纶、毛宗岗父子修改、增删、评点的120回本，后来最为流行，近人常简称《三国演义》。

明代的历史演义小说还有余邵鱼编写的《春秋列国志传》、冯梦龙编撰的《新列国志》等。《春秋列国志传》以时间为经，以国别为纬，叙述从商纣灭亡到秦并六国间800多年的历史，中间穿插了"妲己驿堂被诛""穆王西游昆仑山"等有趣的民间故事，全书脉络清楚，但文字粗率。冯梦龙将它增补改写成《新列国志》，砍掉西周一段历史，集中写春秋战国时代的故事，成了一部东周列国的演义小说，使头绪纷繁之中更加贯通。清代蔡元放又将《新列国志》改编为《东周列国志》，人物形象较为鲜明，文字朴实生动，通俗晓畅，情节曲折有致，有声有色，这是除《三国演义》之外流传最广、影响较大的通俗历史演义。

二、《水浒传》及其他英雄传奇

《水浒传》是一部描写农民起义的长篇小说，属于英雄传奇一类的小说。它的题材来源于北宋末年发生在我国北方以宋江为首的一次农民起义，是在民间长期流传的基础上，经过综合加工再创造，由文人增删修改而成的。关于最后写定者，有施耐庵①说、罗贯中说、施与罗合作说及托名说等。《水浒传》的版本有繁本和简本两大系统。繁本系统有百回本，明嘉靖间武定侯郭勋有家刻本100回，时称"武定本"，已佚。今存最早的较为完整的百回本是有万历己丑（1589）天都外臣（即汪道昆）序的《忠义水浒传》。另有万历三十八（1610）容与堂刊《李卓吾先生批评忠义水浒传》。以上百回本在写梁山大聚义后，只有平辽与平方腊的故事，而没有平田虎与王庆的内容。又有百二十回本，明末杨定见增编、袁无涯刻本，增加了平田虎与王庆的故事，在文字上与百回本略有不同。还有七十回本，明末金

---

① 施耐庵，一说为钱塘（今杭州市）人，一说祖籍苏州，后迁居兴化（今属江苏），生平事迹不详。

圣叹将120回本腰斩成70回本,砍去了大聚义后的内容,而以卢俊义一梦作结,名《第五才子书施耐庵水浒传》。简本是繁本的节本,而不是由简本发展成繁本。

《水浒传》的思想内容颇为复杂,历来有忠义说、海盗说、农民起义说、市民说、忠奸斗争说等。应该说,《水浒传》的主题思想是奸逼民反,替天行道。百二十回本的《水浒传》,除第1回"张天师祈禳瘟疫,洪太尉误走妖魔"以外,可以分为四大部分:一、二部分即前七十回写奸逼忠反,第一部分从第2—40回写农民起义的发生,也就是梁山泊根据地的创建时期;第二部分从第41—71回,是起义事业大发展的时期,这两大部分是造反与忠义同构,以反抗奸邪的方式替天行道。第三部分从72—82回是写奸阻忠归,是招安的酝酿阶段,征讨与招安共构,奸邪主持征讨,忠义接受招安。第四部分从第83—120回写奸害忠亡,展示农民起义的悲剧性结局,替天行道的主题为顺天护国所取代。当然,《水浒传》在对梁山这个虚构的小社会的描写中,也流露出较为明显的市民意识:"其人则有帝王神孙、富豪将吏,并三教九流,乃至猎户渔人,屠儿刽子,都一般儿哥弟称呼,不分贵贱;且又有同胞手足,捉对夫妻,与叔侄郎舅,以及跟随主仆,争斗冤仇,皆一样的酒筵欢乐,无问亲疏。"

《水浒传》的结构是一个各部分相对独立而又松散联系的整体,71回"梁山泊英雄排座次"可算是一个分野,前七十回的人物故事是相对独立的,后五十回却相对集中,而后者是前者的合理延续。前七十回中总有一个人物在一定时段占据小说的显要位子,以人物为中心推进故事的演进,使叙事有条不紊,引人入胜。后五十回不再以个别人物的故事为中心,而是以同一事件和人物群体为主要的结构形态,前后120回相关联,叙写了一次大规模农民起义发生、发展、失败的全过程,深刻地表现了当时社会的腐朽黑暗和民众的理想愿望。《水浒传》塑造了一系列个性化的人物形象,这大体可分三组,一组是林冲、鲁智深、武松、李逵、阮小二等"逼上梁山"的英雄群像,一组是宋江等"替天行道"者的形象,一组是高俅、蔡京等统治集团的群丑形象。从某种意义上说,《水浒传》是一部传奇英雄谱,而个性化又是《水浒传》人物塑造的核心。金圣叹《第五才子读书法》中说:"《水浒传》写一百八个人性格,真是一百八样,若别一部书,任他写一千个人,也只是一样;便只写得两个人,也只是一样。"梁山英雄好汉李逵、鲁智深、武松、石秀等有其共同点:粗犷豪放、侠义勇强、凌强扶弱,但是李逵粗豪鲁莽之中包含着憨厚天真,失于计较;鲁智深粗中有细,机智精明,有胆有识;武松见多识广,胸有城府,又重个人恩冤;石秀虽重个人恩冤,却比武松更机警精细,处处主动,先发制人,不像武松那样容易上当受骗。《水浒传》的语言半文不白、个性化、口语化,具有明快、洗练、准确、生动的特点。

明代的英雄传奇以《水浒传》为代表,另有熊大木编的《北宋志传》、袁于令编的《隋唐遗文》等。《北宋志传》通过北宋杨业、杨令婆、杨六郎、穆桂英等一家世代抗敌的忠勇事迹,赞扬了历史上的民族英雄,谴责破坏抗敌事业的叛卖行为,闪耀着爱国主义的思想光辉。

三、《西游记》及其他神魔小说

所谓神魔小说,是指在儒、道、释"三教合一"的思想的主导下,接受了古代神话、六朝志怪、唐代传奇、宋元说经话本和神仙的小说话本的影响，吸取了道家仙话、佛教故事和民间传说的养料而产生的小说，它以神魔怪异为主要题材，参照现实生活中的政治、伦理、宗教等方面的矛盾与斗争，比附性地编织了神怪形象系列。

《西游记》是一部最为著名的神魔小说，故事源于唐僧玄奘只身赴印度取经的史实。他的门徒辩机根据玄奘口述所见所闻，辑录成《大唐西域记》，以后慧立、彦琮又撰写《大唐大慈恩寺三藏法师传》。南宋话本《大唐三藏取经诗话》中的主要形象是唐僧、猴行者，深沙神只出现一次，尚无猪八戒。《诗话》的出现，标志着玄奘印度取经的历史故事向佛教神话故事过渡的完成；标志着"西游"故事一师三徒的取经集团正在开始形成；标志着"西游"故事的主角已由唐僧转为猴行者；标志着已大致勾勒出《西游记》的基本框架。以后"西游"故事又在元代及明初的杂剧中搬演，至迟在元末明初曾有一部类似平话《西游记》问世。

明万历二十年（1592）金陵世德堂刊《新刻出像官版大字西游记》为现存最早的版本，20卷100回。关于《西游记》的加工写定者，有邱处机说、李春芳说、吴承恩①说等，目前多认定为吴承恩所作。

《西游记》的前7回写大闹天宫，在全书中是一个引子，其中最精彩的是"大闹天宫"，写孙悟空学道练兵是为闹天宫作准备，闹地府勾销生死簿则是"大闹天宫"的前奏，但闹天宫的结果是孙悟空被如来佛压在五行山下；第8—12回写取经缘起，其中有如来说法、观音访僧、魏征斩龙、唐僧出世等故事，取经的由来是如来佛见天下四大部洲中南赡部洲的人们"贪淫乐祸，多杀多争"，为了使他们改恶从善，所以派观音菩萨到东土寻找取经人，找到了玄奘、孙悟空、猪八戒、沙和尚等；第13—100回写西天取经，其中包括41个故事，唐僧师徒三人历经九九八十一难，其中主要是取经人与妖魔之间的矛盾，孙悟空等人一路斩妖除怪，到西天成了"正果"。《西游记》的主旨是什么？多年来众说纷纭，其实《西游记》有双重主题："大闹天宫"重在表现对传统势力的反抗；"取经故事"重在表现对理想光明的追求。二者统一在共同具有的正义性之中，统一在孙悟空这个理想主义的英雄形象之中。

《西游记》开创了中国文学中的一个神话新世界，尤其是塑造了各色神魔形象。孙悟空是猴、人、神三者的融合，猪八戒是猪、人、神的统一体，他们既有人性、社会性，又有超自然的神性，还被赋予了某些动物的特性。孙悟空热爱自由、不受拘束、勇于反抗等特点，体现着人性的欲求；而他神通广大、变化无穷，带有神性的特征；至于机灵好动、淘气捣蛋，又是猴类特征与人性的融合。猪八戒的行动莽撞、贪吃好睡、懒惰笨拙，既与他错投猪胎有关，又是人性的表现。他在勇敢中带有怯懦，憨厚中带着狡猾，体现了人类的某些欲望与弱点。其他如牛魔王、红孩儿、白骨精、铁扇公主等，也有神、魔、人的不同性格与不同表演，使《西游记》中出现了五光十色、令人炫目的艺术形象。《西游记》以取经人物的活动为中心，逐次展开情节，离奇曲折，神妙莫测，引人入胜，趣味盎然。《西游记》的语言有散文，有韵语，它汲取了民间说唱和方言口语的精华，流利明快，风趣幽默。

明代的神魔小说，除《西游记》之外，还有《封神演义》、《四游记》、罗懋登编的

---

① 吴承恩（1510?—1582?），字汝忠，号射阳山人，淮安山阳（今江苏淮安）人。

《三宝太监下西洋》、董说编的《西游补》等。《封神演义》的编者，一说为许仲琳，一说为陆西星。这部长篇神魔小说以武王伐纣、商周易代的历史框架，叙写各路神仙分为支持武王的阐教、帮助纣王的截教两派卷入这场争斗，双方祭宝斗法，经过激烈的较量，最后纣王失败自焚，姜子牙将双方战死的重要人物一一封神。小说的想象颇为奇特，成功地塑造了商纣王这个暴君的反面形象。其中有托古讽今的意味，小说中有关商纣王昏庸无道、凶暴残忍的描写，折射了明代中叶以后厂卫横行、民不聊生的残暴政治现实。

四、《金瓶梅》

这是明代"四大奇书"之一，是中国第一部以家庭生活为题材的长篇小说。《金瓶梅》成书大约在明代万历年间，作者署名兰陵笑笑生①。《金瓶梅》一百回的版本可归纳为两个系统：一是万历四十五年（1617）署刊的《新刻金瓶梅词话》，人称"词话本"或"万历本"；一是崇祯年间有《新刻绣像批评金瓶梅》问世，人称"崇祯本"。清康熙年间，张竹坡以崇祯本为底本，将正文的个别文字修改后另作详细评点，以《张竹坡批评金瓶梅第一奇书》之名行世，人称"第一奇书本"或"张评本"。

《金瓶梅》是我国古代第一部以普通家庭生活为素材的长篇小说，书名由小说中三位主要女性（潘金莲、李瓶儿、庞春梅）的名字合成。故事开头借《水浒传》中的"武松杀嫂"一节演化开来，全书分为三大部分：1—9回为第一部分，写女主角潘金莲到西门庆家之前；10—79回是第二部分，从潘金莲到西门庆家之后，直到西门庆之死，一妻（吴月娘）五妾（李瓶儿、李娇儿、潘金莲、孟玉楼、孙月娥）争宠；80—100回为第三部分写西门庆死后，是故事的收场，写了"树倒猢狲散"和"善恶到头终有报"的两种情景。

《金瓶梅》是以带有浓厚市井色彩的反面角色西门庆为中心人物。小说围绕西门庆所写的人物，上自皇帝、宰相，下至州县衙门的差人吏役、勾栏中的妓女、老鸨以及帮闲清客，也绝大多数是反面角色，展示了一幅封建末世的世俗人情画。其中描写最有特色的是西门庆、潘金莲、应伯爵等人物形象。西门庆的身份既是地主，又是商人、官僚，集恶、淫、贪于一身。他原是清河县的一个破落户、生药铺店老板。由于他是提督杨戬的亲党，又贿赂权相蔡京，第一次给蔡京送寿礼，由一介乡民升为理刑副千户之职。第二次送二十扛财物给蔡京庆寿，并拜在蔡京门下做干儿子，又被提升为理刑正千户。其交游，便由地方官吏、流氓地痞，上升到县令、巡抚太尉的圈子，成为山东地面上赫赫有名的一霸。西门庆贪财好色，一妻五妾仍不满足，不仅在妓院里包占了李桂姐、郑爱月，还奸淫了家中仆妇宋蕙莲、如意儿、贲四嫂、王六儿，勾搭王招宣府的林太太，家中丫环自春梅起多被收用。他以财谋权，仗权图财，凭财猎色，借色聚财，但由于他酒色过度，在33岁时纵欲身亡，成为中国17世纪新兴商人的一个悲剧。潘金莲原是一个聪明、美丽的女子，但不幸自幼丧父，被卖给王招宣，15岁时又转卖给年近六旬的张大户，被张大户奸污后，主家婆将她嫁给"三寸钉，谷树皮"的武大郎，"姻缘错配"，非常痛苦。偶然遇上西门庆，在西门庆的诱骗下，她丧尽

---

① 兰陵笑笑生，真实姓名不可考，人们说法不一，主要有王世贞、李开先、薛应旂、赵南星、汤显祖、屠隆、贾三近、沈德符、李贽、徐渭等说，还有待于进一步考定。

天良,谋害丈夫武大郎,堕落成一个狠毒、残忍的泼妇。畸形的社会造成了潘金莲的变态心理,她活着的价值就是供西门庆玩弄享乐,"小淫妇""丑肉",是她的代名词。她的智慧、才情和美貌成了争宠吃醋的手段,她的自我意识完全异化为自私自利,她的自尊变成了嫉妒,她的聪明伶俐变成了工于心计,她的泼辣变成了狠毒,她对爱情的渴望变成了纵欲和放荡,她所受的侮辱化成了复仇心理,并要去侮辱和玩弄别人,形成了淫荡、泼辣、妒忌、狠毒为主导的性格,她是封建制度下被扭曲了性格的市井妇女的典型。应伯爵是一个活生生的,并非漫画式的帮闲小人的形象,他长于奉承拍马,是个席间少不了的人物,也是一个吃白食的行家。他见多识广,善于机变,巧于辞令,有说不完的笑话,极力投其主子西门庆所好,并且又格外不要脸。但是,西门庆尸骨未寒,他便投奔新主子,不仅劝说李娇儿嫁给新主子,还献计献策要新主子将潘金莲娶将过来,是个十分丑恶的势利小人。

尽管《金瓶梅》以分寸把握不好的性描写而招致非议,但它是我国最著名的一部世情小说,是白话长篇小说发展的里程碑。从神到人,从美到丑,从雅到俗,小说中大量吸取了市民中流行的方言、行话、谚语、歇后语、俏皮话等,熔铸成了"一篇市井的文字"(张竹坡《金瓶梅读法》)。

五、"三言""二拍"

"三言"是指《喻世明言》(原名《古今小说》)、《警世通言》、《醒世恒言》三部白话短篇小说集,由冯梦龙编撰。"二拍"是指《初刻拍案惊奇》《二刻拍案惊奇》,由凌濛初①编撰。

"三言""二拍"中的内容比较丰富。一是歌颂婚恋自主,张扬男女平等的精神。如《卖油郎独占花魁女》(《醒世恒言》卷3)通过描写卖油郎秦重与花魁女莘瑶琴各自不同的生活遭遇及艰苦曲折的恋爱过程,热情歌颂市民阶层建立在相互尊重、自由平等基础上的真挚而纯洁的爱情。《玉堂春落难逢夫》(《警世通言》卷24)写士子王景隆与妓女玉堂春苏三经历艰苦曲折、出生入死的考验,终于成为夫妻。王景隆能冲破封建等级观念,玉堂春能在险恶的境遇中保持对王景隆爱情的纯洁性,因而他们终于赢得了爱情的幸福。《蒋兴哥重会珍珠衫》(《喻世明言》卷1)是描写市民家庭婚姻的悲喜剧,《杜十娘怒沉百宝箱》(《警世通言》卷32)则在士子李甲与妓女杜十娘爱情婚姻悲剧中,表现了杜十娘追求爱情自由的愿望与封建等级制度的尖锐矛盾,歌颂了杜十娘的反抗精神,鞭挞负心汉的丑恶灵魂,控诉封建势力扼杀美好事物的罪恶。二是表现重商观念和刻画商人形象。《转运汉遇巧洞庭红》(《初刻拍案惊奇》卷1)写破产商人出海经商而终致巨富。《叠居奇程客得助,三救厄海神显灵》(《二刻拍案惊奇》卷37)是根据蔡羽的传奇体文言小说《辽阳海神传》改写的,徽商程宰经商亏折羞于归故里,因得到海神之助而大获其利,一方面将商人的羁旅生活与神人恋爱的故事融合在一起,另一方面又寄托着商人的理想。《施润泽滩阙遇友》(《醒世恒言》卷18)塑造了以信义为重、拾金不昧的手工业商人施润泽的形象。三是揭露官场的腐败与社会的黑暗及对科举制度的矛盾心态。《沈小霞相会出师表》(《喻世明言》卷40)

---

① 凌濛初(1580—1644),字玄房,号初成、即空观主人,浙江乌程(今吴兴)人。

严厉地斥责严嵩、严世蕃父子等奸佞权臣,热情地歌颂沈𬭸、沈小霞等反权奸斗争中忠臣义士。《老门生三世报恩》(《警世通言》卷18)通过写鲜于同于61岁中进士后对阅卷试官三世报恩的故事,反映了失意文人和市民对科举的矛盾心理,既暴露科举制度的腐朽性,又向往科举及第后的荣华富贵。

"三言""二拍"在艺术上颇有特色,在若干方面有发展与创新。其一是曲折工巧的叙事艺术。《卖油郎独占花魁女》《玉堂春落难逢夫》《蒋兴哥重会珍珠衫》等均写得曲折多变,富有波澜。《叠居奇程客得助,三救厄海神显灵》情节离奇,想象丰富,变幻莫测,具有较强的艺术魅力。其二是细致入微的心理描写。《蒋兴哥重会珍珠衫》中写蒋兴哥见到珍珠衫,确知妻子与人私通后,用五六百字的篇幅,将他内心的气脑、悔恨、矛盾、痛苦,写得丝丝入扣。其三是体式与语言的变化。"三言"经冯梦龙改编、润饰,形成了流畅的白话文语体。如《清平山堂话本·西湖三塔记》写白娘子的容貌:"宣赞着眼看那妇人,真个生得:绿云堆发,白雪凝肤。眼横秋水之波,眉插春山之黛。桃萼淡妆红脸,樱珠轻点绛唇。步鞋衬小小金莲,玉指露纤纤春笋。"多为陈辞滥调。而冯梦龙的《白娘子永镇雷峰塔》(《警世通言》卷28)则改为口语写成:"许宣看时,是一个妇人,头戴孝头髻,乌云畔插着些素钗梳,穿一领白绢衫儿,下穿一条细麻布裙。"

"三言""二拍"作为短篇白话小说的艺术宝库,多侧面地反映了宋元明时代的社会生活的面貌,塑造了一系列性格鲜明的人物形象,尽管作品中有一些封建说教、宗教迷信以及色情描写等糟粕,但仍然不失为一部封建社会后期的百科全书。

作 品

冯梦龙

冯梦龙（1574—1646），字犹龙，又字耳犹，别署子犹、龙子犹、顾曲散人、墨憨斋主人等，长洲（今江苏吴县）人。青年时代研读四书五经，拟应举出仕，而屡试不中。常出入秦楼楚馆，度过一段"逍遥艳冶场，游戏烟花里"（王挺《挽冯梦龙诗》）的生活。同时收集汇编了一些民歌、小调、时曲、博戏、笑话等书籍，遭到当时正统儒生包括父兄的攻击。梦龙为复社社友，被尊为"同社长兄"。三十多岁时曾应邀到经学中心湖北麻城讲《春秋》。五十岁后担任丹徒（今江苏镇江）训导，曾编撰过《麟经指月》《春秋衡库》等应举书。崇祯三年（1630），五十七岁的冯梦龙举贡生，后任福建寿宁县知县，亲撰一部《寿宁待志》。六十五岁离任回苏州，继续编纂通俗文学作品。崇祯十七年（1644），李自成攻陷北京，七十高龄的冯梦龙收集资料，编了《甲申纪事》《中兴伟略》两书，留下了珍贵的史料。顺治三年（1646），蛰居苏州的冯梦龙因怀念故国，忧愤而死。冯梦龙具有进步的文学观，把"真"作为文学创作的美学追求，提倡寓教于乐，强调通俗小说"导愚""适俗"（《喻世明言》序）的教化作用；不仅提出了文学作品通俗化的主张，而且亲自实践，成为著名的通俗文学家。所编白话短篇小说集《喻世明言》（一作《古今小说》）、《警世通言》、《醒世恒言》，合称"三言"；还改编过《新列国志》《平妖传》等长篇小说；收集整理了民歌集《挂枝儿》《夹竹桃》《山歌》；创作了《双雄记》《万事足》等传奇；修改《新灌园》《精忠旗》等传奇多种，合称《墨憨斋定本传奇》；辑录了《智囊》《古今谭概》《情史》《笑府》等笔记小品。此外还有诗集《七乐斋稿》、曲谱《叶子新斗谱》，散曲《太霞新奏》一卷。著作极丰。江苏古籍出版社、上海古籍出版社出版的《冯梦龙全集》收书50种左右，约1 500万字。

杜十娘怒沉百宝箱

【解题】

本篇小说选自冯梦龙"三言"的《警世通言》。杜十娘的故事发生于明代万历年间，曾轰动一时。明宋幼清《九籥集》卷五有《负情侬传》记述甚详。《九籥别集》《情种》《文苑楂桔》及明刘心学《史外丛谈》等都有转载。冯梦龙根据有关材料，创作成拟话本小说。作品通过杜十娘与李甲的爱情悲剧，表现了杜十娘追求爱情自由的愿望与封建等级制度的尖锐矛盾，歌颂了杜十娘的反抗精神和光辉人格，鞭挞了封建社会扼杀美好事物的罪恶。小说以百宝箱为线索，精心安排了巧计赎身、殷勤谢别、中道见弃、愤怒投江、恩仇相报五个场面。此外，百宝箱又是杜十娘人格尊严和忠贞品格的象征。文章塑造的杜十娘、李甲、孙富、柳遇春等都具有鲜明的性格。明清有《百宝箱》传奇，其后京剧、鼓词、弹词、评剧等都演此故事。

扫荡残胡立帝畿[1]，龙翔凤舞势崔嵬；
左环沧海天一带，右拥太行山万围。
戈戟九边雄绝塞[2]，衣冠万国仰垂衣[3]；
太平人乐华胥世[4]，永永金瓯共日辉[5]。

这首诗，单夸我朝燕京建都之盛。说起燕都的形势，北倚雄关，南压区夏[6]，真乃金城天府[7]，万年不拔之基。当先洪武爷扫荡胡尘[8]，定鼎金陵[9]，是为南京。到永乐爷从北平起兵靖难[10]，迁于燕都，是为北京。只因这一迁，把个苦寒地面，变作花锦世界。自永乐爷九传至于万历爷[11]，此乃我朝第十一代的天子。这位天子，聪明神武，德福兼全，十岁登基，在位四十八年，削平了三处寇乱。那三处？

日本关白平秀吉[12]，西夏哱承恩[13]，播州杨应龙[14]。

平秀吉侵犯朝鲜，哱承恩、杨应龙是土官谋叛[15]，先后削平。远夷莫不畏服[16]，争来朝贡。真个是：

一人有庆民安乐，四海无虞国太平。

话中单表万历二十年间，日本国关白作乱，侵犯朝鲜。朝鲜国王上表告急，天朝发兵泛海往救。有户部官奏准：目今兵兴之际，粮饷未充，暂开纳粟入监之例。原来纳粟入监的[17]，有几般便宜：好读书，好科举，好中，结末来又有个小小前程结果。以此宦家公子，富室子弟，到不愿做秀才，都去援例做太学生[18]。自开了这例，两京大学生[19]，各添至千人之外。内中有一人，姓李名甲，字干先，浙江绍兴府人氏。父亲李布政所生三儿[20]，惟甲居长。自幼读书在庠[21]，未得登科，援例入于北雍。因在京坐监[22]，与同乡柳遇春监生同游教坊司院内[23]，与一个名姬相遇。那名姬姓杜名媺，排行第十，院中都称为杜十娘，生得：

浑身雅艳，遍体娇香，两弯眉画远山青，一对眼明秋水润。脸如莲萼[24]，分明卓氏文君[25]，唇似樱桃，何减白家樊素[26]。可怜一片无瑕玉，误落风尘花柳中。

那杜十娘自十三岁破瓜[27]，今一十九岁，七年之内，不知历过了多少公子王孙，一个个情迷意荡，破家荡产而不惜。院中传出四句口号来[28]，道是：

坐中若有杜十娘，斗筲之量饮千觞[29]；
院中若识杜老媺，千家粉面都如鬼[30]。

却说李公子，风流年少，未逢美色，自遇了杜十娘，喜出望外，把花柳情怀，一担儿挑在他身上。那公子俊俏庞儿，温存性儿，又是撒漫的手儿，帮衬的勤儿[31]，与十娘一双两好，情投意合。十娘因见鸨儿贪财无义，久有从良之志[32]；又见李公子忠厚志诚，甚有心向他。奈李公子惧怕老爷，不敢应承。虽则如此，两下情好愈密，朝欢暮乐，终日相守，如夫妇一般，海誓山盟，各无他志。真个：

恩深似海恩无底，义重如山义更高。

再说杜妈妈女儿，被李公子占住，别的富家巨室，闻名上门，求一见而不可得。初时李公子撒漫用钱，大差大使，妈妈胁肩谄笑，奉承不暇。日往月来，不觉一年有余，李公子囊箧渐渐空虚，手不应心，妈妈也就怠慢了。老布政在家闻知儿子嫖院，几遍写字来唤他回去。他迷恋十娘颜色，终日延挨。后来闻知老爷在家发怒，越不敢回。古人云："以利相交者，利尽而疏。"那杜十娘与李公子真情相好，见他手头愈短，心头愈热。妈妈也几遍教女儿打发李甲出院，见女儿不统口[33]，又几遍将言语触突李公子，要激怒他起身。公子性本温克[34]，词气愈和，妈妈没奈何，日逐只将十娘叱骂道："我们行户人家[35]，吃客穿客，前门送旧，后门迎新，门庭闹如火，钱帛堆成垛。自从那李甲在此，混账一年有余[36]，莫说新客，连旧主顾都断了，分明接了个钟馗老[37]，连小鬼也没得上门。弄得老娘一家人家，有气无烟，成什么模样！"杜十娘被骂，耐性不住，便回答道："那李公子不是空手上门的，也曾费过大钱来。"妈妈道："彼一时，此一时，你只教他今日费些小钱儿，把与老娘办些柴米，养你两口也好。别人家养的女儿便是摇钱树，千生万活，偏我家晦气，养了个退财白虎[38]，开了大门，七件事般般都在老身心上[39]。到替你这小贱人白白养着穷汉，教我衣食从何处来？你对那穷汉说：有本事出几两银子与我，到得你跟了他去，我别讨个丫头过活却不好？"十娘道："妈妈，这话是真是假？"妈妈晓得李甲囊无一钱，衣衫都典尽了，料他没处设法。便应道："老娘从不说谎，当真哩。"十娘道："娘，你要他许多银子？"妈妈道："若是别人，千把银子也讨了，可怜那穷汉出不起，只要他三百两，我自去讨一个粉头代替[40]。只一件，须是三日内交付与我。左手交银，右手交人。若三日没有银时，老身也不管三七二十一，公子不公子，一顿孤拐[41]，打那光棍出去。那时莫怪老身！"十娘道："公子虽在客边乏钞，谅三百金还措办得来。只是三日忒近，限他十日便好。"妈妈想道："这穷汉一双赤手，便限他一百日，他那里来银子。没有银子，便铁皮包脸，料也无颜上门。那时重整家风，孽儿也没得话讲。"答应道："看你面，便宽到十日。第十日没有银子，不干老娘之事。"十娘道："若十日内无银，料他也无颜再见了。只怕有了三百两银子，妈妈又翻悔起来。"妈妈道："老身年五十一岁了，又奉十斋[42]，怎敢说谎？不信时与你拍掌为定。若翻悔时，做猪做狗。"

　　从来海水斗难量，可笑虔婆意不良[43]；

　　料定穷儒囊底竭，故将财礼难娇娘。

　　是夜，十娘与公子在枕边，议及终身之事。公子道："我非无此心。但教坊落籍[44]，其费甚多，非千金不可。我囊空如洗，如之奈何！"十娘道："妾已与妈妈议定只要三百金，但须十日内措办。郎君游资虽罄[45]，然都中岂无亲友，可以借贷。倘得如数，妾身遂为君之所有，省受虔婆之气。"公子道："亲友中为我留恋行院，都不相顾。明日只做束装起身，各家告辞，就开口假贷路费，凑聚将来，或可满得此数。"起身梳洗，别了十娘出门。十娘道："用心作速，专听佳音。"公子道："不须分付。"公子出了院门，来到三亲四友处，假说起身告别，众人到也欢喜。后来叙到路费欠缺，意欲借贷。常言道："说着钱，便无缘。"亲友们就不招架。他们也见得是，道李公子是风流浪子，迷恋烟花，年许不归，父亲都为他气坏在家。他今日抖然要回，未知真假。倘或说骗盘缠到手，又去还脂粉钱，父亲知道，将好意翻成恶意，始终只是一怪，不如辞了干净。便回道："目今正值空乏，不能相济，惭愧！惭愧！"人人如此，个个皆然，并没有个慷慨丈夫，肯统口许他一十二十两。李公子一连奔走了三日，分毫无获，又不敢回决十娘，权且含糊答应。到第四日又没想头，就羞回院中。平日间有了杜家，连下处也没有了，今日就无处投宿。只得往同乡柳监生寓所借歇。柳遇春见公子愁容可掬，问其来历。公子将杜十娘愿嫁之情，备细说了。遇春摇首道："未必,未必。那杜媺曲中第一名姬[46],要从良时,怕没有十斛明珠,千金聘礼。那鸨儿如何只要三百两?想鸨儿怪你无钱使用,白白占住他的女儿,设计打发你出门。那妇人与你相处已久,又碍却面皮,不好明言。明知你手内空虚,故意将三百两卖个人情,限你十日。若十日没有,你也不好上门。便上门时,他会说你笑你,落得一场亵渎[47],自然安身不牢,此乃烟花逐客之计。足下三思,休被其惑。据弟愚意,不如早早开交为上。"公子听说,半晌无言,心中疑惑不定。遇春又道:"足下莫要错了主意。你若真个还乡,不多几两盘费,还有人搭救。若是要三百两时,莫说十日,就是十个月也难。如今的世情,那肯顾缓急二字的。那烟花也算定你没处告债,故意设法难你。"公子道:"仁兄所见良是。"口里虽如此说,心中割舍不下。依旧又往外边东央西告,只是夜里不进院门了。公子在柳监生寓中,一连住了三日,共是六日了。杜十娘连日不见公子进院,十分着紧,就教小厮四儿街上去寻。四儿寻到大街,恰好遇见公子。四儿叫道:"李姐夫,娘在家里望你。"公子自觉无颜,回复道:"今日不得功夫,明日来罢。"四儿奉了十娘之命,一把扯住,死也不放。道:"娘叫咱寻你。是必同去走一遭。"李公子心上也牵挂着姊子,没奈何,只得随四儿进院。见了十娘,嘿嘿无言[48]。十娘问道:"所谋之事如何?"公子眼中流下泪来。十娘道:"莫非人情淡薄,不能足三百之数么?"公子含泪而言,道出二句:

"不信上山擒虎易,果然开口告人难。

"一连奔走六日,并无铢两[49],一双空手,羞见芳卿,故此这几日不敢进院。今日承命呼唤,忍耻而来,非某不用心,实是世情如此。"十娘道:"此言休使虔婆知道。郎君今夜且住,妾别有商议。"十娘自备酒肴,与公子欢饮。睡至半夜,十娘对公子道:"郎君果不能办一钱耶?妾终身之事,当如何也?"公子只是流涕,不能答一语。渐渐五更天晓。十娘道:"妾所卧絮褥内藏有碎银一百五十两,此妾私蓄,郎君可持去。三百金,妾任其半,郎君亦谋其半,庶易为力[50]。限只四日,万勿迟误。"十娘起身将褥付公子,公子惊喜过望。唤童儿持褥而去。径到柳遇春寓中,又把夜来之情与遇春说了。将褥拆开看时,絮中都裹着零碎银子,取出兑时果是一百五十两[51]。遇春大惊道:"此妇真有心人也。既系真情,不可相负。吾当代为足下谋之。"公子道:"倘得玉成,决不有负。"当下柳遇春留李公子在寓,自出头各处去借贷。两日之内,凑足一百五十两交付公子道:"吾代为足下告债,非为足下,实怜杜十娘之情也。"李甲拿了三百两银子,喜从天降,笑逐颜开,欣欣然来见十娘,刚是第九日,还不足十日。十娘问道:"前日分毫难借,今日如何就有一百五十两?"公子将柳监生事情,又述了一遍。十娘以手加额道:"使吾二人得遂其愿者,柳君之力也。"两个欢天喜地,又在院中过了一晚。次日十娘早起,对李甲道:"此银一交,便当随郎君去矣。舟车之类,合当预备。妾昨日于姊妹中借得白银二十两,郎君可收下为行资也。"公子正愁路费无出,但不敢开口,得银甚喜。说犹未了,鸨儿恰来敲门叫道:"媺儿,今日是第十日了。"公子闻叫,启户相延道:"承妈妈厚意,正欲相请。"便将银三百两放在桌上。鸨儿不料公子有银,嘿然变色,似有悔意。十娘道:"儿在妈妈家中八年,所致金帛,不下数千金矣。今日从良美事,又妈妈亲口所订,三百金不欠分毫,只不曾过期。倘若妈妈失信不许,郎君持银去,儿即刻自尽。恐那时人财两失,悔之无及也。"鸨儿无词以对。腹内筹划了半晌,只得取天平兑准了银子,说道:"事已如此,料留你不住了。只是你要去时,即今就去。平时穿戴衣饰之类,毫厘休想。"说罢,将公子和十娘推出房门,讨锁来就落了锁。

此时九月天气。十娘才下床,尚未梳洗,随身旧衣,就拜了妈妈两拜。李公子也作了一揖。一夫一妇,离了虔婆大门。

鲤鱼脱却金钩去,摆尾摇头再不来。

公子教十娘且住片时:"我去唤个小轿抬你,权往柳荣卿寓所去,再作道理。"十娘道:"院中诸姊妹平昔相厚,理宜话别。况前日又承他借贷路费,不可不一谢也。"乃同公子到各姊妹处谢别。姊妹中惟谢月朗徐素素与杜家相近,尤与十娘亲厚。十娘先到谢月朗家。月朗见十娘秃髻旧衫,惊问其故。十娘备述来因。又引李甲相见。十娘指月朗道:"前日路资,是此位姐姐所贷,郎君可致谢。"李甲连连作揖。月朗便教十娘梳洗,一面去请徐素素来家相会。十娘梳洗已毕,谢徐二美人各出所有,翠钿金钏[52],瑶簪宝珥[53],锦袖花裙,鸾带绣履,把杜十娘装扮得焕然一新,备酒作庆贺筵席。月朗让卧房与李甲杜媺二人过宿。次日,又大排筵席,遍请院中姊妹。凡十娘相厚者,无不毕集。都与他夫妇把盏称喜。吹弹歌舞,各逞其长,务要尽欢,直饮至夜分。十娘向众姊妹一一称谢。众姊妹道:"十姊为风流领袖,今从郎君去,我等相见无日。何日长行,姊妹们尚当奉送。"月朗道:"候有定期,小妹当来相报。但阿姊千里间关[54],同郎君远去,囊箧萧条,曾无约束[55],此乃吾等之事。当相与共谋之,勿令姊有穷途之虑也。"众姊妹各唯唯而散。是晚,公子和十娘仍宿谢家。至五鼓,十娘对公子道:"吾等此去,何处安身?郎君亦曾计议有定着否?"公子道:"老父盛怒之下,若知娶妓而归,必然加以不堪,反致相累。展转寻思,尚未有万全之策。"十娘道:"父子天性,岂能终绝。既然仓卒难犯,不若与郎君于苏杭胜地,权作浮居[56]。郎君先回,求亲友于尊大人面前劝解和顺,然后携妾于归[57],彼此安妥。"公子道:"此言甚当。"次日,二人起身辞了谢月朗,暂往柳监生寓中,整顿行装。杜十娘见了柳遇春,倒身下拜,谢其周全之德:"异日我夫妇必当重报。"遇春慌忙答礼道:"十娘钟情所欢,不以贫窭易心[58],此乃女中豪杰。仆因风吹火[59],谅区区何足挂齿!"三人又饮了一日酒。次早,择了出行吉日,雇倩轿马停当。十娘又遣童儿寄信,别谢月朗。临行之际,只见肩舆纷纷而至[60],乃谢月朗与徐素素拉众姊妹来送行。月朗道:"十姊从郎君千里间关,囊中消索,吾等甚不能忘情。今合具薄赆[61],十娘可检收,或长途空乏,亦可少助。"说罢,命从人挈一描金文具至前[62],封锁甚固,正不知什么东西在里面。十娘也不开看,也不推辞,但殷勤作谢而已。须臾,舆马齐集,仆夫催促起身。柳监生三杯别酒,和众美人送出崇文门外,各各垂泪而别。正是:

他日重逢难预必,此时分手最堪怜。

再说李公子同杜十娘行至潞河[63],舍陆从舟,却好有瓜洲差使船转回之便[64],讲定船钱,包了舱口。比及下船时,李公子囊中并无分文余剩。你道杜十娘把二十两银子与公子,如何就没了?公子在院中嫖得衣衫蓝缕,银子到手,未免在解库中取赎几件穿着,又制办了铺盖,剩来只勾轿马之费。公子正当愁闷,十娘道:"郎君勿忧,众姊妹合赠,必有所济。"乃取钥开箱。公子在傍自觉惭愧,也不敢窥觑箱中虚实。只见十娘在箱里取出一个红绢袋来,掷于桌上道:"郎君可开看之。"公子提在手中,觉得沉重。启而观之,皆是白银,计数整五十两。十娘仍将箱子下锁,亦不言箱中更有何物。但对公子道:"承众姊妹高情,不惟途路不乏,即他日浮寓吴越间,亦可稍佐吾夫妻山水之费矣。"公子且惊且喜道:"若不遇恩卿,我李甲流落他乡,死无葬身之地矣。此情此德,白头不敢忘也。"自此每谈及往事,公子必感激流涕。十娘亦曲意抚慰,一路无话。不一日,行至瓜洲,大船停泊岸口,公子别雇了民船。安放行李。约明日侵晨,剪江而渡[65]。其时仲冬中旬[66],月明如水,公子和十娘坐于舟首。公子道:"自出都门,困守一舱之中,四顾有人,未得畅语。今日独据一舟,更无避忌。且已离塞北,初近江南,宜开怀畅饮,以舒向来抑郁之气,恩卿以为何如?"十娘道:"妾久疏谈笑,亦有此心,郎君言及,足见同志耳。"公子乃携酒具于船首,与十娘铺毡并坐,传杯交盏。饮至半酣,公子执卮对十娘道:"恩卿妙音,六院推首[67]。某相遇之初,每闻绝调,辄不禁神魂之飞动。心事多违,彼此郁郁,鸾鸣凤奏[68],久矣不闻。今清江明月,深夜无人,肯为我一歌否?"十娘兴亦勃发,遂开喉顿嗓,取扇按拍,呜呜咽咽,歌出元人施君美《拜月亭》杂剧上"状元执盏与婵娟"一曲[69],名《小桃红》。真个:

声飞霄汉云皆驻,响入深泉鱼出游。

却说他舟有一少年,姓孙名富字善赉,徽州新安人氏[70]。家资巨万,积祖扬州种盐[71]。年方二十,也是南雍中朋友。生性风流,惯向青楼买笑[72],红粉追欢[73],若嘲风弄月[74],到是个轻薄的头儿。事有偶然,其夜亦泊舟瓜洲渡口,独酌无聊。忽听得歌声嘹亮,凤吟鸾吹,不足喻其美。起立船头,伫听半晌,方知声出邻舟。正欲相访,音响倏已寂然。乃遣仆者潜窥踪迹,访于舟人。但晓得是李相公雇的船,并不知歌者来历。孙富想道:"此歌者必非良家,怎生得他一见?"展转寻思,通宵不寐。挨至五更,忽闻江风大作。及晓,彤云密布,狂雪飞舞。怎见得,有诗为证:

千山云树灭,万径人踪绝!
扁舟蓑笠翁,独钓寒江雪[75]。

因这风雪阻渡,舟不得开。孙富命艄公移船,泊于李家舟之傍,孙富貂帽狐裘,推窗假作看雪。值十娘梳洗方毕,纤纤玉手,揭起舟傍短帘,自泼盂中残水,粉容微露,却被孙富窥见了,果是国色天香[76]。魂摇心荡,迎眸注目,等候再见一面,杳不可得。沉思久之,乃倚窗高吟高学士《梅花诗》二句[77],道:

雪满山中高士卧,月明林下美人来。

李甲听得邻舟吟诗,舒头出舱,看是何人。只因这一看,正中了孙富之计。孙富吟诗,正要引李公子出头,他好乘机攀话。当下慌忙举手,就问:"老兄尊姓何讳?"李公子叙了姓名乡贯,少不得也问那孙富。孙富也叙过了。又叙了些太学中的闲话,渐渐亲熟。孙富便道:"风雪阻舟,乃天遣与尊兄相会,实小弟之幸也。舟次无聊,欲同尊兄上岸,就酒肆中一酌,少领清诲,万望不拒。"公子道:"萍水相逢,何当厚扰?"孙富道:"说那里话!'四海之内,皆兄弟也'。"喝教艄公打跳[78],童儿张伞,迎接公子过船,就于船头作揖。然后让公子先行,自己随后,各各登跳上涯。行不数步,就有个酒楼,二人上楼,拣一副洁净座头,靠窗而坐。酒保列上酒肴。孙富举杯相劝,二人赏雪饮酒。先说些斯文中套话。渐渐引入花柳之事[79]。二人都是过来之人,志同道合,说得入港[80],一发成相知了。孙富屏去左右,低低问道:"昨夜尊舟清歌者,何人也?"李甲正要卖弄在行,遂实说道:"此乃北京名姬杜十娘也。"孙富道:"既系曲中姊妹,何以归兄?"公子遂将初遇杜十娘,如何相好,后来如何要嫁,如何借银讨他,始末根由,备细述了一遍。孙富道:"兄携丽人而归,固是快事,但不知尊府中能相容否?"公子道:"贱室不足虑[81]。所虑者,老父性严,尚费踌躇耳!"孙富将机就机,便问道:"既是尊大人未必相容,兄所携丽人,何处安顿?亦曾通知丽人，共作计较否？"公子攒眉而答道："此事曾与小妾议之。"孙富欣然问道："尊宠必有妙策[82]。"公子道："他意欲侨居苏杭，流连山水。使小弟先回，求亲友宛转于家君之前。俟家君回嗔作喜，然后图归，高明以为何如？"孙富沉吟半晌，故作愀然之色，道："小弟乍会之间，交浅言深，诚恐见怪。"公子道："正赖高明指教，何必谦逊？"孙富道："尊大人位居方面[83]，必严帷薄之嫌[84]，平时既怪兄游非礼之地，今日岂容兄娶不节之人。况且贤亲贵友，谁不迎合尊大人之意者？兄枉去求他，必然相拒。就有个不识时务的进言于尊大人之前，见尊大人意思不允，他就转口了。兄进不能和睦家庭，退无词以回复尊宠。即使留连山水，亦非长久之计。万一资斧困竭[85]，岂不进退两难！"公子自知手中只有五十金，此时费去大半，说到资斧困竭，进退两难，不觉点头道是。孙富又道："小弟还有句心腹之谈，兄肯俯听否？"公子道："承兄过爱，更求尽言。"孙富道："疏不间亲，还是莫说罢。"公子道："但说何妨。"孙富道："自古道：'妇人水性无常[86]。'况烟花之辈，少真多假。他既系六院名姝，相识定满天下；或者南边原有旧约，借兄之力，挈带而来，以为他适之地。"公子道："这个恐未必然。"孙富道："即不然，江南子弟，最工轻薄，兄留丽人独居，难保无逾墙钻穴之事[87]。若挈之同归，愈增尊大人之怒。为兄之计，未有善策。况父子天伦，必不可绝。若为妾而触父，因妓而弃家，海内必以兄为浮浪不经之人。异日妻不以为夫，弟不以为兄，同袍不以为友[88]，兄何以立于天地之间？兄今日不可不熟思也！"公子闻言，茫然自失，移席问计："据高明之见，何以教我？"孙富道："仆有一计，于兄甚便。只恐兄溺枕席之爱，未必能行，使仆空费词说耳！"公子道："兄诚有良策，使弟再睹家园之乐，乃弟之恩人也。又何惮而不言耶？"孙富道："兄飘零岁余，严亲怀怒，闺阁离心[89]，设身以处兄之地，诚寝食不安之时也。然尊大人所以怒兄者，不过为迷花恋柳，挥金如土，异日必以为弃家荡产之人，不堪承继家业耳！兄今日空手而归，正触其怒。兄倘能割衽席之爱，见机而作，仆愿以千金相赠。兄得千金，以报尊大人，只说在京授馆，并不曾浪费分毫，尊大人必然相信。从此家庭和睦，当无间言[90]。须臾之间，转祸为福。兄请三思，仆非贪丽人之色，实为兄效忠于万一也！"李甲原是没主意的人，本心惧怕老子，被孙富一席话，说透胸中之疑，起身作揖道："闻兄大教，顿开茅塞。但小妾千里相从，义难顿绝，容归与商之。得其心肯，当奉复耳。"孙富道："说话之间，宜放婉曲。彼既忠心为兄，必不忍使兄父子分离，定然玉成兄还乡之事矣。"二人饮了一回酒，风停雪止，天色已晚。孙富教家僮算还了酒钱，与公子携手下船。正是：

逢人且说三分话，未可全抛一片心。

却说杜十娘在舟中，摆设酒果，欲与公子小酌，竟日未回，挑灯以待。公子下船，十娘起迎。见公子颜色匆匆，似有不乐之意，乃满斟热酒劝之。公子摇首不饮，一言不发，竟自床上睡了。十娘心中不悦，乃收拾杯盘，为公子解衣就枕，问道："今日有何见闻，而怀抱郁郁如此？"公子叹息而已，终不启口。问了三四次，公子已睡去了。十娘委决不下，坐于床头而不能寐。到夜半，公子醒来，又叹一口气。十娘道："郎君有何难言之事，频频叹息？"公子拥被而起，欲言不语者几次，扑簌簌掉下泪来。十娘抱持公子于怀间，软言抚慰道："妾与郎君情好，已及二载，千辛万苦，历尽艰难，得有今日。然相从数千里，未曾哀戚。今将渡江，方图百年欢笑，如何反起悲伤，必有其故。夫妇之间，死生相共，有事尽可商量，万勿讳也。"公子再四被逼不过，只得含泪而言道："仆天涯穷困，蒙恩卿不弃，委曲相从，诚乃莫大之德也。但反复思之，老父位居方面，拘于礼法，况素性方严，恐添嗔怒，必加黜逐。你我流荡，将何底止[91]？夫妇之欢难保，父子之伦又绝。日间蒙新安孙友邀饮，为我筹及此事，寸心如割。"十娘大惊道："郎君意将如何？"公子道："仆事内之人，当局而迷。孙友为我画一计颇善，但恐恩卿不从耳！"十娘道："孙友者何人？计如果善，何不可从？"公子道："孙友名富，新安盐商，少年风流之士也。夜间闻子清歌，因而问及。仆告以来历，并谈及难归之故，渠意欲以千金聘汝[92]。我得千金，可藉口以见吾父母；而恩卿亦得所天[93]。但情不能舍，是以悲泣。"说罢，泪如雨下。十娘放开两手，冷笑一声道："为郎君画此计者，此人乃大英雄也。郎君千金之资，既得恢复，而妾归他姓，又不致为行李之累[94]，发乎情，止乎礼，诚两便之策也。那千金在那里？"公子收泪道："未得恩卿之诺，金尚留彼处，未曾过手。"十娘道："明早快快应承了他，不可错过机会。但千金重事，须得兑足交付郎君之手，妾始过身，勿为贾竖子所欺[95]。"时已四鼓，十娘即起身挑灯梳洗道："今日之妆，乃迎新送旧，非比寻常。"于是脂粉香泽，用意修饰，花钿绣袄，极其华艳，香风拂拂，光采照人。装束方完，天色已晓。孙富差家童到船头候信。十娘微窥公子，欣欣似有喜色，乃催公子快去回话，及早兑足银子。公子亲到孙富船中，回复依允。孙富道："兑银易事，须得丽人妆台为信。"公子又回复了十娘，十娘即指描金文具道："可便抬去。"孙富喜甚。即将白银一千两，送到公子船中。十娘亲自检看，足色足数，分毫无爽。乃手把船舷，以手招孙富。孙富一见，魂不附体。十娘启朱唇，开皓齿道："方才箱子可暂发来，内有李郎路引一纸[96]可检还之也。"孙富视十娘已为瓮中之鳖，即命家童送那描金文具，安放船头之上。十娘取钥开锁，内皆抽替小箱[97]。十娘叫公子抽第一层来看，只见翠羽明珰，瑶簪宝珥，充牣于中[98]，约值数百金。十娘遽投之江中。李甲与孙富及两船之人，无不惊诧。又命公子再抽一箱，乃玉箫金管。又抽一箱，尽古玉紫金玩器，约值数千金。十娘尽投之于大江中。岸上之人，观者如堵。齐声道："可惜可惜！"正不知什么缘故。最后又抽一箱，箱中复有一匣。开匣视之，夜明之珠，约有盈把。其他祖母绿[99]，猫儿眼[100]，诸般异宝，目所未睹，莫能定其价之多少。众人齐声喝采，喧声如雷。十娘又欲投之于江。李甲不觉大悔，抱持十娘恸哭，那孙富也来劝解。十娘推开公子在一边，向孙富骂道："我与李郎备尝艰苦，不是容易到此，汝以奸淫之意，巧为谗说，一旦破人姻缘，断人恩爱，乃我之仇人。我死而有知，必当诉之神明，尚妄想枕席之欢乎！"又对李甲道："妾风尘数年，私有所积，本为终身之计。自遇郎君，山盟海誓，白首不渝。前出都之际，假托众姊妹相赠，箱中韫藏百宝，不下万金。将润色郎君之装[101]，归见父母，或怜妾有心，收佐中馈[102]，得终委托，生死无憾。谁知郎君相信不深，惑于浮议[103]，中道见弃[104]，负妾一片真心。今日当众目之前，开箱出视，使郎君知区区千金，未为难事。妾椟中有玉，恨郎眼内无珠。命之不辰[105]，风尘困瘁，甫得脱离，又遭弃捐。今众人各有耳目，共作证明，妾不负郎君，郎君自负妾耳！"于是众人聚观者，无不流涕，都唾骂李公子负心薄幸[106]。公子又羞又苦，且悔且泣，方欲向十娘谢罪。十娘抱持宝匣，向江心一跳。众人忽呼捞救。但见云暗江心，波涛滚滚，杳无踪影。可惜一个如花似玉的名姬，一旦葬于江鱼之腹。

三魂渺渺归水府，七魄悠悠入冥途。

当时旁观之人，皆咬牙切齿，争欲拳殴李甲和那孙富。慌得李孙二人，手足无措，急叫开船,分途遁去。李甲在舟中,看了千金,转忆十娘,终日愧悔,郁成狂疾,终身不瘥。孙富自那日受惊,得病卧床月余,终日见杜十娘在傍诟骂,奄奄而逝。人以为江中之报也。却说柳遇春在京坐监完满,束装回乡,停舟瓜步[107]。偶临江净脸,失坠铜盆于水,觅渔人打捞。及至捞起,乃是个小匣儿。遇春启匣观看,内皆明珠异宝,无价之珍。遇春厚赏渔人,留于床头把玩。是夜梦见江中一女子,凌波而来[108],视之,乃杜十娘也。近前万福[109],诉以李郎薄幸之事。又道:"向承君家慷慨,以一百五十金相助,本意息肩之后,徐图报答。不意事无终始;然每怀盛情,悒悒未忘。早间曾以小匣托渔人奉致,聊表寸心,从此不复相见矣。"言讫,猛然惊醒,方知十娘已死,叹息累日。后人评论此事,以为孙富谋夺美色,轻掷千金,固非良士;李甲不识杜十娘一片苦心,碌碌蠢才,无足道者。独谓十娘千古女侠,岂不能觅一佳侣,共跨秦楼之凤[110],乃错认李公子,明珠美玉,投于盲人,以致恩变为仇,万种恩情,化为流水,深可惜也!有诗叹云:

不会风流莫妄谈,单单情字费人参[111];

若将情字能参透,唤作风流也不惭。

人民文学出版社1984年严敦易校注本《警世通言》卷三二

【注释】

[1] 残胡:指元朝统治者。胡:古代对北方和西方少数民族的泛称。帝畿(jī):帝都,此指北京。[2] 九边:明代北方的九个边防区,即辽东、蓟州、宣府、大同、太原、延绥、宁夏、固原、甘肃。时称九镇。[3] 衣冠万国:使万国君主衣冠整齐,宋朝拜中国。垂衣:垂衣拱手,无为而治。[4] 华胥世:太平盛世。据《列子·黄帝》载,黄帝曾梦游华胥氏之国,那里是一个太平世界。[5] 金瓯:本指金的盆、盂之类。比喻国土的完整。[6] 区夏:诸夏之地。此指中原一带。[7] 金城天府:金城喻城之坚,天府喻地之富。[8] 洪武爷:明太祖朱元璋。洪武为朱元璋的年号(1368—1398)。[9] 定鼎:定都。鼎是传国重器,帝都即鼎之所在,故定都建国称为定鼎。[10] 永乐爷:指明成祖朱棣。永乐为其年号(1403—1424)。[11] 万历:明神宗朱翊(yì)钧的年号(1573—1620)。[12] 关白:日本古代官名,相当于中国的宰相。平秀吉:又叫丰臣秀吉,他曾于万历二十年(1592)出兵侵略朝鲜,次年被明朝援兵打败。[13] 西夏:亦称宁夏,旧省名。哱(bā)承恩:当时宁夏退休总兵哱拜的儿子。万历二十年(1592),他与父亲一起兴兵作乱,后被击败。[14] 播州杨应龙:播州,今贵州遵义。杨应龙当时任播州宣慰使,万历二十二年(1594)起兵作乱,次年被平定。[15] 土官:即"土司"。元、明、清时期于西北、西南地区设置的由少数民族首领充任并世袭的官职。[16] 远夷:远方国家。夷:本指边境少数民族,这里泛指外族地区和外国。[17] 纳粟入监:明清两代富家子弟捐纳粟米或银子入国子监。[18] 援例:援引纳粟入监的成例。[19] 两京:北京和南京。[20] 布政:即布政使,掌管一省民政和财政的地方官。[21] 庠(xiáng):古代的州、府、县学。[22] 坐监:在国子监读书。[23] 教坊司:原为管理宫廷音乐的官署,后来也负责管理官妓和妓院,故常作为妓院的代称。[24] 莲萼(è):莲花瓣。[25] 卓氏文君:即卓文君,汉代文学家司马相如的妻子,以美丽聪慧著称。[26] 白家樊素:唐代大诗人白居易家的歌妓。白居易赞其"樱桃樊素口,杨柳小蛮腰"。[27] 破瓜:喻妓女破身。[28] 口号:信口吟成的诗。[29] 斗筲(shāo):形容才短量浅,此处比喻酒量小。筲:竹编容器。容量一斗二升。[30] 粉面:傅粉的脸,借指美人。[31] 帮衬的勤儿:经常献殷勤。帮衬:献殷勤。勤:经常,次数多。[32] 从良:妓女

脱离乐籍而嫁人。[33] 不统口：不改口。[34] 温克：温和谦让。[35] 行（háng）户人家：即行院，旧时对妓院的隐称。[36] 混帐：搅扰，鬼混。[37] 钟馗（kuí）：传说能驱鬼邪的神话人物。也指这一人物的画像。[38] 退财白虎：破财凶神白虎，星宿名，旧时迷信以为岁中凶神。[39] 七件事：柴、米、油、盐、酱、醋、茶，指基本生活用品。[40] 粉头：妓女。[41] 孤拐：脚踝骨，这里指敲打踝骨。[42] 十斋：信佛的人每月初一、初八、十四、十五、十八、二十三、二十四、二十八、二十九、三十等十天不吃荤腥并不事屠宰，称作"十斋"。[43] 虔婆：骂人话。犹言贼婆子。此指鸨母。[44] 落籍：即脱籍。指妓女从良。旧时规定，妓女脱籍之后才可嫁人。[45] 罄（qìng）：尽。[46] 曲（qū）中：妓院中。唐宋时妓女住的地方叫坊曲。后因称妓院为曲。[47] 亵渎：侮辱。[48] 嘿（mò）：同"默"。闭口不言。[49] 铢两：形容极少。铢是两的二十四分之一。[50] 庶易为力：大概容易办成。[51] 兑（děng）：称。[52] 翠钿：镶嵌翡翠的首饰。金钏（chuàn）：即金手镯。[53] 瑶簪：玉簪。宝珥：镶嵌珠玉的耳饰。[54] 间关：行程辗转，旅途艰难。[55] 约束：行李。[56] 浮居：不固定的居处。[57] 于归：女子出嫁。语本《诗经·周南·桃夭》："之子于归，宜其室家"。[58] 贫窭（jù）：贫穷，贫乏。窭：无财备礼。亦泛指贫穷。[59] 因风吹火：顺势帮忙，出力不大。[60] 肩舆：轿子。[61] 烬（jìn）：临别时赠送的财物。[62] 描金文具：一种用金粉或银粉描画勾勒图案的梳妆匣子、奁具。[63] 潞河：大运河的北端，在今北京通州境内。[64] 瓜洲：古镇名，位于江苏扬州南，与镇江隔江相望，在大运河与长江交会处。[65] 剪江而渡：横渡。[66] 仲冬：旧历十一月，冬天的中期。[67] 六院：明初南京妓院著名的有来宾、重译、轻烟、淡粉、梅妍、柳翠六家。这里泛指妓院。[68] 鸾鸣凤奏：形容歌曲的美妙动听。[69]《拜月亭》：这里实指《拜月亭记》，为元代施惠所作的南戏。演蒋世隆与王瑞兰，陀满兴福与蒋瑞莲的姻缘故事。本文称"杂剧"，不确。说明明代对戏曲体制的分类与称谓尚不规范。[70] 徽州新安：今安徽歙县。[71] 种（zhòng）盐：制盐。此指做盐商。[72] 青楼：妓院。[73] 红粉：借指美女，此处指妓女。[74] 嘲风弄月：本指吟咏清风，玩赏风月。此指玩弄妓女。[75] "千山"四句：这首诗系据唐代柳宗元《江雪》诗改作而成。柳诗原文为："千山鸟飞绝，万径人踪灭。孤舟蓑笠翁，独钓寒江雪。"[76] 国色天香：本为形容牡丹花的香色高贵，这里借指女子容颜的美丽无比。[77] 高学士：明代诗人高启，曾为翰林院编修，故称高学士。学士：翰林学士。[78] 打跳：放下跳板。[79] 花柳之事：嫖妓的事情。[80] 入港：交谈投机。[81] 贱室：对自己妻子的谦称。[82] 尊宠：对别人的妾或外室的客气称呼。[83] 方面：独当一面的军政长官。[84] 帷薄之嫌：指不合封建礼法的男女交往。帷薄：帷幔和薄帘，均为障隔内外之具。借指内室。[85] 资斧：货财器用。亦指旅费。[86] 水性无常：像流水一样变化无常。[87] 逾墙钻穴：跳墙钻洞。指勾引妇女，偷情幽会之类的事情。[88] 同袍：指同学与朋友。语出《诗经·秦风·无衣》："岂曰无衣，与子同袍。"[89] 闺阁：指李甲家中的妻子。[90] 间（jiàn）言：挑拨离间的话。[91] 底止：到底，了结。[92] 渠：他。[93] 天：古代对丈夫的尊称。《仪礼·丧服》："夫者，妻之天也。"[94] 行李：旅人的行装。[95] 贾（gǔ）竖子：做买卖的小子。[96] 路引：通行凭证。此指国子监所发的回籍证。[97] 抽替：抽屉。[98] 充韧（rèn）：充满。[99] 祖母绿：一种通体透明的绿宝石。[100] 猫儿眼：一种内现折光的黄宝石。因状似猫眼而得名。[101] 润色：装点。[102] 收佐中馈（kuì）：收留下来帮助烧饭做家务。中馈：原指家务劳动，后也引申为室。[103] 浮议：没有根据的话。[104] 中道见弃：半路上被抛弃。[105] 不辰：生不逢时。[106] 薄幸：薄情，负心。[107] 瓜步：瓜步镇，在今江苏六合南瓜步山下。〔108〕凌波：凌驾于波涛之上，形容女子步履轻盈。〔109〕万福：古代妇女对人行礼。〔110〕共跨秦楼之凤：相传春秋时萧史擅吹箫，秦穆公将女儿弄玉嫁于他。夫妻恩爱异常。一天萧史教弄玉吹箫，招来了赤龙、紫凤，他们一齐乘龙跨凤升天了。这里比喻夫妻的恩爱、美满生活。〔111〕参（cān）：揣摩，理解。

近代文学
清

概　　述

一、清近代社会状况

崇祯十七年（1644），清兵入关，入主北京，清朝作为中国历史上最后一个封建王朝，前后共267年。清朝疆域西北到今巴尔喀什湖、楚河及塔拉斯河流域、帕米尔高原，北到戈尔诺阿尔泰、萨彦岭，东北到外兴安岭、鄂霍次克海，东到东海，包括台湾及附属岛屿，南到海南诸岛，西南到广西、云南、西藏，包括拉达克。国家版图非常辽阔，生活着50多个民族，从疆土的广大与民族的众多来说，清朝确实是空前的。清初，统治者采取了一系列恢复农村经济的措施，以缓和阶级矛盾，安定社会秩序。经过一段时期，出现了史家所称的"康乾盛世"，但很快滑向"嘉（庆）道（光）衰世"。从道光二十年（1840）鸦片战争以后，一方面是西方列强的入侵，另一面资本主义的发展，将中国历史带入近代，从鸦片战争、太平天国、中法战争、中日战争、戊戌变法、义和团运动，一直到辛亥革命，中国社会处于激烈的转型期。

清朝的统治者大力提倡程朱理学，康熙编写了《性理精义》，又重新刊行了《性理大全》等书，并加强文化专制，对文人施行笼络与高压政策，制造了庄廷鑨《明史稿》案、戴名世《南山集》案、查嗣庭案等一系列惨案；另一方面开博学鸿词科，从全国网罗文士。而在文人中则涌动着一股实学思潮，早在明清之际的黄宗羲、顾炎武等批判封建专制，提倡"天下兴亡，匹夫有责"的经世思想及实事求是的科学精神。清近代，既是游牧文化与农耕文化冲突与融合的阶段，也是中外文化冲突与融合的时期，又出现了中华多民族文化融合的高潮，在文化上有集大成的特征。例如，编纂了一系列的大型书籍，其中有《佩文韵府》《康熙字典》《全唐诗》《古今图书集成》，并撰修《明史》，编刻"三通"（《通志》《通典》《文献通考》）和续"三通"等，尤其是编纂《四库全书》，虽然在"搜检"中销毁了大量的"异类"著作，但也是保留与总结文化遗产的一项巨大的工程，具有在文化上集大成的意义。

二、清近代文学的特点

清近代文学在政治、经济、思想文化等特定的背景下，形成了集中国封建社会文学之大成的特点。郭绍虞的《中国文学批评史》中指出："清代学术有一特殊的现象，即没有它自己一代的特点，而能兼有以前各代的特点。……就文学来讲，周秦以子称，楚人以骚称，汉人以赋称，魏晋六朝以骈文称，唐人以诗称，宋人以词称，元人以曲称，明人以小说、戏曲或制艺称，至于清代的文学则于上述各种中间，或于上述各种之外，没有一种比较特殊的足以称为清代的文学，却也没有一种不成为清代文学。盖由清代文学而言，也是包罗万象兼有以前各代的特点。"清代各体小说的创作全面繁荣，而以《聊斋志异》《儒林外史》《红楼梦》为代表，攀升到中国文学史上的新高峰。《聊斋志异》是古代文言小说的集大成之作，《儒林外史》是中国古代文学史上惟一的长篇讽刺小说，《红楼梦》是中国古代小说史上成就最高的伟大作品，也是世界文学中脍炙人口的经典，正日益成为世界人民共同的精神财富。还有李渔的短篇小说集《无声戏》、署名"西周生"的长篇世情小说《醒世姻缘传》、李汝珍的《镜花缘》等。近代在"小说界革命"浪潮中出现了一批揭露黑暗政治、抨击社会时弊的小说，其中颇有影响的是被鲁迅称为"谴责小说"的《官场现形记》《二十年目睹之怪现状》《老残游记》《孽海花》四部作品。在戏剧方面，清代前期有李玉与苏州剧作家群、李渔风情喜剧《笠翁传奇十种》等，康熙年间涌现出一个戏曲创作的高潮，诞生了《长生殿》和《桃花扇》两部杰作。创作者前为洪昇，后为孔尚任，时人称"南洪北孔"。

　　清代古典文学形态再次兴盛，文士如林，流派纷呈，展示了中国古典文学进入总结期的风采。顾炎武、黄宗羲、王夫之，他们既是明清之际著名的思想家，又是学人之文的重要作家。清初以文名世的"三大家"——侯方域、魏禧、汪琬，往往是取径唐宋而展示文人的才华。桐城派由安徽桐城人方苞开创，同乡刘大櫆、姚鼐等继承发展，成为清代影响最大的散文流派。其分支阳湖文派，代表人物恽敬、张惠言都是桐城派中刘大櫆的再传子弟，他二人与李兆洛为古文中的"阳湖三家"。进入近代主要是姚门弟子——管同、梅曾亮、姚莹、刘开等在扩展桐城派势力和影响。姚门弟子之后，桐城派的延续之中为曾国藩及其弟子活动时期，形成了以曾氏为首的湘乡派。"清诗中兴"，是清代古典文学形态再次兴盛的一大特征。清初遗民诗人保持气节，志行皎然，如顾炎武、黄宗羲、王夫之及吴嘉纪、屈大均等。钱谦益、吴伟业、龚鼎孳在清初诗坛上并称"江左三大家"的。继钱谦益、吴伟业之后崛起于康熙诗坛的有王士禛、朱彝尊、施润章、宋琬、赵执信、查慎行等人，最负盛名的是王士禛，他在康熙年间主盟诗坛五十年之久。清中叶的诗坛上，诗人们对创作道路的探索，显得更为踊跃，有沈德潜的格调说、翁方纲的肌理说、袁枚的性灵说，还有厉鹗与浙诗派也颇为活跃。乾隆年间的诗坛上有所谓的"江右三大家"——袁枚、蒋士铨、赵翼，还有郑燮、黄景仁等的诗歌创作各有特色。龚自珍是在近代历史开端之际得风气之先的杰出思想家与诗人，他对晚清"诗界革命"派和南社诗人产生很大的影响，柳亚子赞扬他为"三百年来第一流，飞仙剑客古无俦"（《定盦有三别好诗余仿其意作论诗三截句》）。"清词中兴"，是清代古典文学形态再次兴盛的又一大特征。清初词坛的兴盛的主要标志是出现了阳羡词派、浙西词派等两大词派和陈维崧、朱彝尊、纳兰性德等"三大家"。清中期词坛上浙派与常州此派颇为活跃。清代浙派词前有朱彝尊，后有厉鹗。常州词派起于嘉庆年间，大畅于道光时期。常州词派张惠言开山，至周济发扬光大，蔚为宗派。清季王鹏运、朱祖谋、郑文焯、况周颐等四大词人，是常州词派的后劲，在晚清特定的历史条件下多有发展，各具特色。

清近代诗词概说

清代诗歌的数量超过了以往历代诗歌的总和，而且流派迭出，风格多样，以其绚烂丰硕的盛貌，焕发着中国古代诗歌集大成时期所特有的风采。

一、清初遗民诗

明清易代之初，大批诗人由明入清，他们中有的直接参加抗清的政治、军事斗争，甚至以身殉难；有的以流亡隐居或削发为僧保持气节，志行皎然，如顾炎武、黄宗羲、王夫之及吴嘉纪、屈大均等。

顾炎武①的诗反映现实，有明显的诗史性质，如《秋山》中描写江阴、昆山、嘉定等地人民抗清失败后被屠杀劫掠的惨状："一朝长平败，伏尸遍岗峦。"又如《哭陈太仆子龙》等系列哀悼志士友朋之作，《海上》组诗等则为残明"诗史"的重要组成部分。顾炎武的诗宗杜甫，多写兴亡之事，颇有民族意识与爱国精神，堪称"风骚诗史之遗"（顾云臣《姑诗笺注序》）。他在诗中怀念故国，表达了力图恢复明室的决心。《又酬傅处士次韵》抒写亡国悲痛，表达了不忘复国的坚定信心，勉励自己与友人老当益壮，积极投身于抗清斗争，用典娴熟，熨帖自然。作者在《精卫》中以精卫自喻，通过对话与对比，表达了自己抗清复明的决心，抒发了对那些贪图一己富贵而屈节仕清者的鄙薄之情。顾炎武的诗风沉郁苍凉，刚健古朴，沈德潜在《明诗别裁集》中评说："词必己出，事必精当，风霜之气，松柏之质，两者兼之。就诗品论，亦不肯作第二流人。"

吴嘉纪②是清初颇有特色的遗民诗人，诗中有强烈的民族正义和家国兴亡之感。《李家娘》揭露清兵破扬州时屠杀劫掠惨无人道的暴行："忆昔芜城破，白刃散如雨。杀人十昼夜，尸积不可数。"《泊船观音十首》则是故都重游时即景伤怀，一吐"亡国恨无尽"的组诗。他的诗往往能真实具体的叙写民生疾苦，尤其是反映盐场工人的苦难生活，《粮船妇》《流民船》《海潮叹》等从各方面反映了人民的悲惨命运。《临场歌》愤怒地揭露封建官吏掠夺迫害盐民的罪行，对广大盐民的悲惨遭遇寄于深深的同情。全诗以四言的形式作客观叙事，音节短促，愤激之情溢于言表，结尾"堂上高会，门前卖子。盐丁多言，箠折牙齿"四句较之于杜甫"朱门酒肉臭，路有冻死骨"，更为激切。《绝句》诗写道："白头灶户低草房，六月煎盐烈火傍。走出门前炎日里，偷闲一刻是乘凉。"运用白描和反衬手法，真实地写出了盐民暑日煎盐的艰难困苦。他的诗师法杜甫和陶渊明而能变化出之，直抒胸臆，真挚动人。

---

① 顾炎武（1613—1682），字宁人，号亭林，江南昆山（今属江苏）人。明诸生，少年时曾参加反对宦官权贵的斗争。明亡后，曾参加抗清斗争。后以死抗拒清朝大臣的荐举。他是明清之际著名的学者和思想家，与黄宗羲、王夫之并称"清初三大儒"，著有《天下郡国利病书》《日知录》《顾亭林诗文集》等。

② 吴嘉纪（1518—1684），字宾贤，号野人，江南泰州（今属江苏）人。明诸生，入清不仕，隐居家乡。著有《陋轩诗》。

屈大均①与陈恭尹、梁佩兰并称"岭南三大家",屈大均为三大家之冠。《读陈胜传》借歌颂驱除暴秦的功绩,表明自己抗清复明的强烈愿望。《摄山秋夕作》通过对摄山秋夕山林的描写,表达了不忘国难家仇的诗人极不平静的心情和努力求索的精神,其中"渐觉天鸡晓,披衣念远征"二句是点睛之笔。全诗流转自然,富有奇气,风韵颇似李白。《云州秋望》写塞北秋日景象和对汉代苏武、李陵不同的态度,表现出自己坚持民族气节,决不变节仕清的志向和豪情。《壬戌清明作》抒写明朝恢复无望的悲哀,其中"落花有泪因风雨,啼鸟无情自古今",从杜甫《春望》中的"感时花溅泪,恨别鸟惊心"化出,翻作实写,寓哀伤国变世移之意。屈大均的诗远师屈原,兼取李白、杜甫之长,多写民生疾苦,抒发爱国情感,风格雄浑奔放,笔力遒劲,想象瑰奇,不拘一格。

二、清初江左三大家

清初有一些诗人主动投降清朝或被迫在清朝应举做官,按照传统的观念属于"失节"者,如在清初诗坛上并称"江左三大家"的钱谦益、吴伟业、龚鼎孳。

钱谦益②是明末清初文坛宗主,论诗力排前后七子的模拟、公安派的粗率和竟陵派的孤峭,主张性灵、世运、学养并举,诗宗杜甫,兼采韩愈、李商隐、苏轼、元好问诸家之长,转益多师,浑融变化,自成一家,为清代诗风的转变起了先导作用。他有时感时愤世,郁塞苦闷,如《十一月初六日对文华殿,旋奉严旨革职待罪,感恩述事》《和盛集陶落叶》等,"华林惨淡如沙漠,万里寒空一归雁",其中的寒空孤雁,正是诗人自身的象征。他有时悲悼明朝,有恢复故国之意,《后秋兴》之十三写于永历帝朱由榔被俘并遇害,南明最后一个政权灭亡之后,诗中就此事而抒写亡国之痛。《淮阴舟中忆龚圣予遗事书赠张伯玉》是诗人过淮阴时所作,诗咏宋末淮阴人龚开事迹,赞叹其品节,寄寓着亡国之悲。《金陵秋兴八首次韵草堂》(龙虎新军旧羽林)作于清顺治十六年(1659)七月郑成功率水师入长江进军南京之际,诗人以欢欣鼓舞之情讴歌郑成功水师的强大军威,畅想将要展开的激战和取得的胜利,全诗境界开阔,气势磅礴,深得杜诗神韵。他的诗各体兼善,尤工近体,风格沉博艳丽。他又延揽后进,奖掖新人,王士禛、施润章、宋琬等均受其影响,堪称清诗的开山宗匠。

吴伟业的诗宗法唐人兼取宋代苏轼、陆游,大抵早年所作以才情胜,藻思清丽;及遭逢丧乱,阅历兴亡,感时伤世,激楚苍凉,风骨遒上。他在继承初唐四杰七言乐府的格律和中唐元白长庆体叙事体制基础上变化创新而成的长篇七言歌行,抑扬多姿,跌宕有致,词藻富丽,情韵悠然,开拓了中国古代叙事诗的艺术境界,后人称之为"梅村体"。其代表作品是

---

① 屈大均(1630—1696),字翁山,广东番禺人。明诸生。清兵南下,随其师陈邦彦抗清。顺治七年(1650),削发为僧,名其所居为"死庵",以示不为清廷所用之意。中年还俗,北游各地,联络志士。综观其一生,集遗民、志士、游侠、僧人、儒者于一身。著有《翁山诗外》《翁山文外》《道援堂集》等。

② 钱谦益(1582—1664),字受之,号牧斋,江南常熟(今属江苏)人。明万历三十八年(1610)进士,崇祯年间官至礼部右侍郎,南明弘光朝时任礼部尚书。清兵入南京,率群臣迎降。清顺治三年(1646),任礼部右侍郎兼管秘书院事,充修《明史》副总裁。不久托病告归,参预东南地区的抗清复明运动。著有《初学集》《有学集》《投笔集》《杜诗笺注》等。

《圆圆曲》，通过记述秦淮名妓陈圆圆悲欢离合的故事，反映了明清易代之际一段重大时事，其中"恸哭六军俱缟素，冲冠一怒为红颜""若非壮士全师胜，争得蛾眉匹马还""全家白骨成灰土，一代红妆照汗青"等点睛之笔，与全文相互映衬，叙述宛传，声情兼胜，以"一与多"及比喻、双关等手法，委婉地讽刺吴三桂为爱姬而叛明降清的罪行。吴伟业的诗歌题材广泛，内容颇为丰富，其主题之一是感叹兴亡，如《听卞玉京弹琴歌》《楚两生行》等，以歌妓艺人为中心，从见证者的角度叙述南明小朝廷的衰败覆灭；《马草行》《捉船行》以普通老百姓为中心，揭露清初统治阶级横征暴敛的恶政和下层民众的痛苦，颇似杜甫的"三吏""三别"。痛失名节的悲叹，是吴伟业诗歌的另一主题。这以清顺治十年（1653）出仕清朝为标志，在道德操守与生命保存之间，吴伟业选择了苟全生命，坠入了失节辱志的痛苦深渊，常常忏悔自赎，表现出悲痛万分的心情，直至《临终》诗中还写道："忍死偷生廿载余，而今罪孽怎消除。"又如《过淮阴有感》作于诗人被迫应诏入京途中，诗中巧妙地借淮南王刘安升天的故事，抒写了自己背明仕清的痛苦、愧疚和忏悔的心情。

三、王士禛与康熙诗坛

继钱谦益、吴伟业之后崛起于康熙诗坛的有王士禛、朱彝尊、施润章、宋琬、赵执信、查慎行等人，最负盛名的是王士禛，他在康熙年间主盟诗坛五十年之久。

王士禛论诗师法南宋严羽，以盛唐为宗，标举"神韵"："梅止于酸，盐止于咸，饮食不可无酸咸，而其美常在酸咸之外，酸咸之外者何？味外味也；味外味者，神韵也。"（《蚕尾续集序》）神韵的风格特征是清逸淡远，并注重瞬间美感（快感）的领悟。王士禛的诗歌创作大致可以分为三个阶段：一是早年从明代前后七子入手；二是"中岁逾三唐而事两宋"（此语见于俞兆晟《渔洋诗话序》转述王渔洋的话）；三是晚年又转而宗唐，编有《唐贤三昧集》。在这三次转变中，提倡神韵说是贯穿始终的。他24岁时在济南大明湖所赋《秋柳四首》，为其成名之作，大江南北和者不下数十家。《再过露筋祠》诗写道："翠羽明珰尚俨然，湖云祠树碧于烟。行人系缆月初堕，门外野风开白莲。"通过描写露筋寺塑像和寺庙周围的景色，衬托这位圣女高洁的品格，表达了诗人对她的赞叹和伤吊之情，空灵蕴藉，是最为人称道的神韵诗名作之一。《真州绝句》（江干多是钓人居）写江岸渔村暮景和渔家生活，表达了诗人对自然美的心灵感受和对和谐安定生活的向往。《秦淮杂诗》（年来肠断秣陵舟）写秦淮春景，暗寓吊亡明之意。王士禛的诗歌含蓄空灵，将鼎革后的失落与迷茫，转向超脱与玄远，追求言在意外的最佳境界，富有神韵，强化了审美特征，比较适合所谓"康乾盛世"中文人乃至统治者的接受心理，从而朝野名流多出其门，成为康熙诗坛的领袖。

康熙诗坛上还有被称为"南施北宋"的施润章、宋琬，与王士禛一道被称为"南朱北王"的朱彝尊，其诗卓然名家，为浙西诗派的开山之祖。康熙诗坛的后劲中著名的是查慎行、赵执信，人称"南查北赵"。

四、袁枚与清中叶诗坛

清中叶的诗坛上，诗人们对创作道路的探索，显得更为踊跃，有沈德潜的格调说、翁方纲的肌理说、袁枚的性灵说，还有厉鹗与浙诗派也颇为活跃。

沈德潜①论诗原本叶燮，以儒家诗教为本，倡导格调说，尊唐抑宋，认为作诗应平和雅正，怨而不怒。他以唐人为楷式，以古诗为源头，选辑《古诗源》《唐诗别裁集》《明诗别裁集》等，树立学习的范本，影响颇大。其诗歌创作也如明代前后七子，古体摹汉魏，近体法盛唐。因长期困穷科场，曾接触人世祸患，有一些诗歌讽刺官吏跋扈，反映民生疾苦，语言朴素自然。

厉鹗②继朱彝尊、查慎行为浙派盟主，主张写诗参以书卷，学习宋人，好用典故，著有《宋诗纪事》。其诗主要是写山水，以杭州和西湖风景为主。如《灵隐寺月夜》："夜寒香界白，涧曲寺门通。月在众峰顶，泉流乱叶中。一灯群动息，孤磬四天空。归路畏逢虎，况闻岩下风。"诗中写灵隐寺月夜景象和诗人的感觉，意境清冷。他写诗重学问，主空灵，将写景与宗宋合二为一，代表浙诗派的风格特点。

翁方纲③论诗倡肌理说，以学问为诗，主张"为学必以考据为准，为诗必以肌理为准"（《志言集序》）。"肌理"二字源于杜甫《丽人行》"肌理细腻骨肉匀"之句，用来论诗，包括义理与文理。"义理"为"言有物"，指以六经为代表的合乎儒家道德规范的思想与学问；文理为"言有序"，指诗律、结构、章句等作诗之法。义理为本，通变于法，以考据、训诂增强诗歌的内容，融词章、义理、考据为一。遭到袁枚"错把抄书当作诗"（《仿元遗山论诗绝句》）的批评。

袁枚的思想颇有离经叛道的色彩，表现出强烈的反传统倾向，在汉、宋之学笼罩的学术界和思想界的时代氛围中能独树一帜，开启了清代中后期个性解放的思潮："六经多创解，百氏有讨论。八十一家中，颇树一帜新"（《送嵇拙修》）；"孔、郑门前不掉头，程、朱席上懒勾留。"（《遣兴》）他论诗主性灵说："凡诗之传者都是性灵。"（《随园诗话》卷五）性灵的含意包括性情、个性和诗才。他强调情是其诗论的核心，男女是真情的本源。与明代公安三袁相比较，袁枚的性灵说有比较完整的体系。他的"性灵说"的理论核心（或主旨）是从诗歌创作的主观条件等角度出发，强调创作主体必须具备真情、个性、诗才三个方面的要素。在这三块理论基石上又生发出：创作构思需要灵感，艺术表现应具有独创性并自然天成；作品内容以抒发真情实感、表现个性为主，感情等寄予的艺术形象（意象）要灵活、新鲜、生动、有趣；诗歌作品宜以感发人心、使人产生美感为主要艺术功能等艺术主张。"自把新诗写性情"（《春日杂诗》），他的诗歌创作中有真性情诗，悼亡哀亲诗中如《哭三妹五十韵》催人泪下；《哭阿良》写父女之情极感人；《哭聪娘》哀悼亡妾："羹是手调才有味，话无心曲不同商。如何二十多年事，只抵春宵一夜长。"他的讽谕诗中颇有现实精神与批判锋芒，如《黄金台》《马嵬》《苦灾行》《捕蝗曲》等。《马嵬》将唐明皇与杨贵妃的爱情悲剧与石壕村里百姓的苦难作对比，说明民间夫妻离别的痛苦更值得同情。他的山水诗也颇有特色，《同金十一沛恩游栖霞寺望桂林诸山》运用古代神话传说中的形象，生动地描绘了桂林群山的千姿百态，构思奇特，想象丰富，充分表现了诗人卓荦不群的诗才和用笔

---

① 沈德潜（1673—1769），字确士，号归愚，长州（今江苏苏州）人。
② 厉鹗（1692—1752），号樊榭，钱塘（今杭州）人。家贫，性孤峭，以授徒吟咏终老。著有《樊榭山房集》。
③ 翁方纲（1733—1818），字正三，号覃溪，直隶大兴（今属北京）人，乾隆进士，官至内阁大学士，有《复初斋集》。

轻灵的特点。《所见》写道："牧童骑黄牛，歌声振林樾。意欲捕鸣蝉，忽然闭口立。"黄牛、林樾、鸣蝉等自然景物与牧童形象，共同构成夏日乡野的意趣，牧童的天真亦体现了诗人所谓的"赤子之心"。

乾隆年间的诗坛上有所谓的"江右三大家"——袁枚、蒋士铨、赵翼。蒋士铨论诗重性情，戒蹈袭，强调忠孝节义之心，诗歌风格沉雄遒劲。赵翼堪称清中叶性灵派的副将，其诗喜发议论，诙谐风趣，风格峭刻劲健。又有郑燮，号板桥，擅画兰竹，又工书法，为"扬州八怪"之一，人称画、诗、书为"三绝"。其诗独树一帜，多反映现实之作，表现真情深情，风格清新刚健。黄景仁，字仲则，他的诗抒写真性情，诗中有我，主观性强；多用白描手法，诗风清新。

五、龚自珍

龚自珍是在近代历史开端之际得风气之先的杰出思想家与文学家。龚自珍论文学强调"尊情"，充分表现作者的个性。他以深邃的史识为诗，撕下"盛世"的面纱，揭露了清王朝统治的腐朽本质和没落的趋势。《十月廿日夜大风，不寐，起而书怀》，写诗人听到"虓如醉虎"的风声，联想到达官贵人的专横跋扈，因而产生愤慨之情，也表达了诗人光明磊落、坚贞不屈的品质。《咏史》（金粉东南十五州）着重揭露当时官场的腐朽和士林的颓败。《己亥杂诗》（不论盐铁不筹河）对清王朝赋税繁重、横征暴敛的恶政进行真实地揭露。《西郊落花歌》通过描绘落花的奇丽壮观景象，展示诗人不随流俗的思想品格，同时对污浊现实进行深刻揭露，并表达了自己对美好未来热烈追求的愿望。全诗想象丰富，比喻新颖，笔墨酣畅，语言生动。他的诗中往往有赋诗忧国的哀怨幽情和仗剑报国的雄心壮志，所谓"一箫一剑平生意"（《漫感》）。《己亥杂诗》（故人横海拜将军）称颂林则徐肩负禁烟的重大使命，对自己新近提出的抗英意见因故不能寄达深表惋惜。《夜座》（春夜伤心坐画屏）写诗人面对着清王朝的高压政策"万籁无言"的局面而产生的愤慨，因而，诗人寄希望于风雷飙发、人才崛起，《己亥杂诗》中写道："九州风气恃风雷，万马齐喑究可哀。我劝天公重抖擞，不拘一格降人才。"龚自珍的诗歌创作追求独创，别开生面，想象奇特，色彩瑰丽，富有浪漫精神，对晚清"诗界革命"派和南社诗人产生很大的影响。

六、陈维崧与阳羡词派

词至清代而复兴，一时流派纷呈，风格多样，词人专集，多如繁星，出现所谓"中兴"的局面。清初词坛的兴盛的主要标志是出现了阳羡词派、浙西词派两大词派和陈维崧、朱彝尊、纳兰性德等"三大家"。

陈维崧推尊词体，其《词选序》是阳羡词派一篇全面抨击"词为小道"，极力提高词体地位的纲领性宣言，对词体有复兴宏扬之功。他从"天之生才不尽，文章之体格亦不尽"的论点出发，大胆地提出"为经为史，曰诗曰词，闭门造车，谅无异辙"的观念，为词争得与经、史、诗同等的地位，这对于扭转"诗庄词媚"的格局，具有重要的理论意义。陈维崧以词名世，生平所作词1 600多首，词集名《迦陵词》，亦名《湖海楼词》。以顺治十三年（1656）其父逝世，家道败落为分界线，分为前后两期。前期的词以风华绮丽见称，后期的词豪宕雄奇，苍凉激越，骨力遒劲，大大开拓了词的境界，正如赵吉士在《沁园春·题〈迦陵词〉》中所说："疑有五丁，驱来双腕，重辟词家混沌天。"陈维崧词中《贺新郎》一阕填有130余首，差不多全是后期手笔。《贺新郎》（古碣穿云罅）凭吊明末反对宦官魏忠贤及其走狗而英雄就义的颜佩伟等五烈士，阐扬五烈士为正义而献身的精神。全词血泪交迸，长歌当哭，激情洋溢，颇有振顽起懦的鼓舞作用。《贺新郎》（纤夫词）写清王朝在江南强征民夫助军运而造成空前浩劫，下片展示了一位纤夫与病中妻子临歧诀别的惨景，以词的形式写《石壕吏》与《新婚别》的主题，真切动人。《点绛唇》（夜宿临洺驿）写驿站远眺太行山势，景象开阔，进而在萧索惨淡的氛围中寄托着沦落不偶的失意之情，结尾"悲风吼，临洺驿口，黄叶中原走"，波澜壮阔，气象万千，其中蕴含着悲凉之气。陈维崧是阳羡词派的领袖，阳羡一地有词作流传至今的共达100多家，如蒋景祁、万树等都是颇为有名的词人。清词中兴，阳羡词派导夫先路。

七、朱彝尊与浙西词派

朱彝尊①为清代浙西词派之祖。龚翔麟编《浙西六家词》，包括朱彝尊、李良年、李符、沈岸登、沈皞日、龚翔麟六位词人，清初浙西派之称，因此而得流行。"不师秦七，不师黄九，倚新声玉田差近"（朱彝尊《解佩令》），朱彝尊的词以姜夔、张炎为宗，而这成为浙西词派的一面旗帜，以至形成"浙西填词者，家白石（姜夔，号白石道人）而户玉田（张炎，号玉田）"的局面。朱彝尊早年的词从情爱之作入手，没有脱离"诗庄词媚"的格局。"老去填词，一半是空中传恨"（朱彝尊《解佩令》），是他中期十数年创作实践的总结，是他对"词心"的概括之论，又是浙西派词学观念的形象化的体现。最值得称道的是他飘游关河、浪迹南北的吊古述怀词，如《消息·度雁门关》，上片写雁门关险要形势和景色，下片先写李广、李克用这两位驰名雁门关一带的历史人物，接着在"窃国真王，论功醉尉，世事都如许"的慨叹中隐含着现实的沧桑之变引起的痛苦。《卖花声·雨花台》是作者游览南京雨花台时的吊古伤今之作，起句写"衰柳白门湾"，中间写"秋草六朝寒"，尤其是末二句"燕自斜阳来又去，如此江山"，寄托着沧桑兴亡之感和故国之思。全词笔力遒劲，声调健朗，与他空灵醇雅的主导词风大不相同。

八、纳兰性德及顾贞观

与阳羡、浙西二派同时尚有一些创作成就突出但却不属于二派的作家，其中佼佼者有纳兰性德、顾贞观②等。

---

① 朱彝尊（1629—1709），字锡鬯，号竹垞，浙江秀水（今嘉兴）人。早年曾图谋抗清复明，失败后居家致力于经史、古文辞。康熙十八年（1679），举博学鸿词，授翰林院检讨，充《明史》纂修官。著有《曝书亭集》，编有《明诗综》《词综》等。

② 顾贞观（1637—1714），字华峰，号梁汾，江苏无锡人。康熙年间举人，为内阁中书。工于词，著有《弹指词》。

纳兰性德的词多抒写扈驾出巡的凄苦，与妻子的离情别绪以及"羁栖良苦"的人生感受，词分真挚自然，婉丽清新。他边塞词苍凉清怨，如《台城路》（白狼河北秋偏早）、《长相思》（山一程）等。后者是他扈从康熙东巡至关外时所作，写宿营夜中的感受，在开阔的景象中传达出浓重的乡愁和爱恋故园的痴情，真切自然。他的悼亡伤逝词哀感顽艳，很有特色。《金缕曲·亡妇忌日有感》写于他的亡妻卢氏三周年祭之时，情伤肠断，语痴入骨。《蝶恋花》四首是他"势纵语咽，凄淡无聊"（谭献语）的传世名篇，其一（辛苦最怜天上月），一字一咽，情伤肠断，极哀怨之致，可与苏轼《江城子》（十年生死两茫茫）相媲美。他的酬答词也以性灵取胜，如《金缕曲》（德也狂生耳）赠与情意相投的挚友顾贞观，表达了词人虚己下士、广结宾客的心愿，情辞兼备，超迈有神。

顾贞观著有《弹指词》，时人称其与陈维崧、朱彝尊为"词家三绝"。杜诏《弹指词序》中指出："夫《弹指》与竹垞（朱彝尊，号竹垞）、迦陵（陈维崧，号迦陵）埒名。……若《弹指》则极情之至，出入南北两宋，而奄有众长，词之集大成者也。"顾贞观"极情之至，出入南北两宋"的作品，以"以词代书"的寄于吴兆骞的《金缕曲》二首最为有名。顺治十四年（1657），江南才子吴兆骞因科场案牵连，被流放宁古塔（今黑龙江省宁安市），在塞外苦寒中煎熬二十余年。顾贞观与他友谊深厚，曾代他求助于纳兰性德出面营救。康熙十四年（1675）冬，作者怀念顾贞观，作《金缕曲》二首"以词代书"，深表关切，"二词以性情结撰而成，悲之深，慰之至，丁宁告诫，无一字不从肺腑流出，可以泣鬼神矣。"（陈廷焯《白雨斋词话》）顾贞观的词中颇多家国兴亡的感慨，如《青玉案》（天然一帧荆关画），苍茫的景色中蕴含着"水残山剩"、家国兴亡之叹，语多白描，不事雕饰，疏朗而厚实，寥廓而疑重，别具一格。

清中期词坛上浙派与常州词派颇为活跃。清代浙派词前有朱彝尊，后有厉鹗。这个词派在清中期的领袖厉鹗（1692—1752），字太鸿，号樊榭，钱塘（今杭州）人。他推衍朱彝尊的"醇雅"说，向往"清空"境界，在南宋姜夔、张炎之外再揽入北宋周邦彦，让字句更清远，声律更工整。词作以记游、写景和咏物为多，如《百字令》（秋光今夜）写富春江的月夜之景，炼字炼句，归于纯雅，清俊奇绝，意境空灵。

九、常州词派

常州词派起于嘉庆年间，大畅于道光时期。常州词派张惠言开山，至周济发扬光大，蔚为宗派。张惠言与兄弟张琦合编《词选》，成了开宗立派的旗帜。他主张尊词体，要词"与诗赋之流同类而讽诵"，提高词的地位；与浙派强调醇雅清空的格调不同，张惠言倡言意内言外、比兴寄托和"深美宏约"之致，对于扭转词风和指导风气起了积极作用。当然，也开后来常州词派附会说词的风气。他所著的《茗柯词》，辞意相洽，情韵相兼，抒发怀才不遇、飘泊无依的悲慨，例《木兰花》（杨花），借鉴苏轼《水龙吟》（似花还似非花）等词的境界，在游移不定的杨花意象中寄寓着自己"春恨"与"疏狂情性"，既不与世推移，又能洁身自好；既是愁恨绵绵，却能自我排遣，自我化解，物我交融，形神兼备。

周济①的词作幽怨之思，但有时意旨较隐晦，如《渡江云》（春风真解事）、《蝶恋花》（柳絮年年三月暮）等。后者写春光的感受，似寄托而非寄托，含意比较隐晦，而结语"烟里黄沙遮不住，河流日夜东南注"，尤其值得仔细领会。周济的词论颇值得重视，他不仅继承了张惠言词学理论的精髓，而且有较大的发展。他从艺术审美眼光推尊词体，突出词的"史"性和与时代盛衰相关的政治感慨；从创作与接受角度，阐明词"非寄托不入"和"专寄托不出"（《宋四家词选目录序论》）；在正变理论上，他以宋四家周邦彦、辛弃疾、吴文英、王沂孙为学词途径，所谓"问途碧山（王沂孙），历梦窗（吴文英）、稼轩（辛弃疾），以返清真（周邦彦）之浑化"（《宋四家词选目录序论》），使学周、吴成了时尚，既纠正浙派浅滑甜熟，也使常州派真正风靡开来，笼照晚清时期的词坛。

十、晚清四大词人

清季四大词人——王鹏运②、朱孝臧、郑文焯③、况周颐④，是常州词派后劲，在晚清特定的历史条件下多有发展，各具特色。王鹏运的词宗苏、辛，多写家国之痛、黍离之感，词风沉郁，语言工丽。《浪淘沙·自题〈庚子秋词〉后》写于八国联军入侵北京后，上片写战乱中流离失所的难民的哭声，下片写填词时"悲秋残影"的情景，充满着悲和愁。《点绛唇·饯春》通过"长亭暮，乱山无数"等所见与"鹃声苦"等所闻，蕴藏着大势已去、国事难以收拾之感，寄托着词人失望、苦闷的情怀。叶恭绰说："半塘气势宏阔，笼罩一切，蔚为词宗。"（《广箧中词》）朱孝臧有的词对维新派人物的命运寄予关心与同情，如戊戌六君子之一的刘光第遇难时，他重过刘氏故居，睹物思人而作《鹧鸪天》（野水斜桥又一时），追忆自己与刘光第昔日的友情，抒写物在人去的凄凉与惆怅。他在辛亥革命后寓居上海，颇有怀念清室之作，笼罩着清室遗老面对社会变革痛心疾首的情绪。晚清四大词人中，郑文焯最精音律。他多为纪游咏物与感怀时事、感叹身世之作。其词有的追踪姜夔，句妍意远，声韵流美；有的则近法吴文英，辞藻绮密，刻意经营中时觉艰涩。况周颐论词主"重、拙、大"，追求情真理足的词境、疑重沉着的词风，因而强调性情修养与学问积累的重要性。他所作词感情真挚，寄兴深微，其中最为人称道的是《苏武慢》（愁入云遥），以深秋听到角声为题，抒写身世凄凉之感，凄婉顿挫，真挚动人。辛亥革命后，他以清代遗老自居，词中多寄寓着眷念清室之思。总之，晚清四大词人卓然自立，代表了晚清词创作的最高境界，并且为清词发展作一结穴。

---

① 周济（1781—1839），字介存，号止庵，荆溪（今宜兴）人。他是张惠言的再传弟子，著有《味隽斋词》《词辨》《介存斋论词杂著》，并辑有《宋四家词选》。
② 王鹏运（1849—1904），字幼霞，号半塘，广西临桂（今桂林市）人。同治九年（1870）举人，先后任内阁侍读、监察御史、礼部给事中。著有《半塘定稿》等，辑有《四印斋所刻词》。
③ 郑文焯（1856—1918），字俊臣，号小坡，奉天铁岭（今属辽宁）人，汉军正黄旗籍。光绪元年（1875）举人，官内阁中书。后旅食苏州，为巡抚幕客40余年。著有《樵风乐府》。
④ 况周颐（1859—1926），字夔笙，号蕙风，广西临桂（今桂林市）人。光绪五年（1879）乡试优贡。官内阁中书，后为两江总督张之洞、端方的幕僚。著有《蕙风词》《蕙风词话》。

作 品

吴伟业

  吴伟业（1609—1672），字骏公，号梅村，别署鹿樵生、灌隐主人、大云道人，江南太仓（今属江苏）人。年幼时曾师事张溥，参加复社。明崇祯四年（1631）以会试第一、殿试第二考取进士，官至左庶子。弘光朝时任少詹事，因与马士英、阮大铖不合，辞官归里。入清后，隐居不出。清顺治十年（1653）被迫应诏北上，次年被授为秘书院侍讲，后升国子监祭酒。顺治十三年底，以奉嗣母之丧为由乞假南归，此后不复出仕。他为自己屈节仕清愧悔终生，并嘱家人于其死后敛以僧装，墓前立一圆石，题曰"诗人吴梅村之墓"。生平事迹见《清史稿》和《清史列传》本传。吴伟业为明末清初著名诗人，与钱谦益、龚鼎孳并称"江左三大家"，又为娄东诗派开创者。诗以宗法唐人为主，兼取宋代苏轼、陆游，"其少作大抵才华艳发，吐纳风流，有藻思绮合，清丽芊眠之致。及乎遭逢丧乱，阅历兴亡，激楚苍凉，风骨弥为遒上。"（《四库全书总目提要》）各体皆工，尤擅长以七言歌行体纪述明末清初时事。又工词，早岁多绮艳清丽之作，中年以后则多悲壮诧傺之响。著有《梅村家藏稿》五十八卷，传奇《秣陵春》，杂剧《通天台》和《临春阁》等。其诗集有清人程穆衡《吴梅村先生编年诗笺》和杨学沆补注（合为《吴梅村诗集笺注》）、靳荣藩《吴诗集览》、吴翌凤《吴梅村诗集笺注》三种注本，今人钱仲联作《吴梅村诗补笺》。

圆 圆 曲

【解题】

  圆圆：陈圆圆，本姓邢，名沅，字畹芬，圆圆乃其小名。明末苏州名妓，因常去看望秦淮名妓董小宛、卞玉京等，故亦被人们列入"秦淮八艳"之中。辽东总兵吴三桂纳之为妾。后吴三桂出镇山海关，李自成农民起义军攻占北京，圆圆被俘。吴三桂为此大怒，引清兵入关，攻陷北京，圆圆复归吴三桂。后随三桂至云南。晚年出家为女道士。《圆圆曲》是吴伟业梅村体诗的代表作之一，历来广为传诵。《梅村家藏稿》将此诗收入前集，编在《勾章井》之前，《勾章井》作于顺治八年（1651）九月以后，故《圆圆曲》当作于此前不久。诗中通过记述陈圆圆悲欢离合的遭遇，反映了明清易代之际一段重大时事，用比喻、双关、用典、咏叹的手法委婉地讽刺了吴三桂背明降清的罪行。全诗结构新颖，情节曲折，蝉联巧妙，表现出很高的叙事艺术。

  鼎湖当日弃人间[1]，破敌收京下玉关[2]；恸哭六军俱缟素[3]，冲冠一怒为红颜[4]。红颜流落非吾恋[5]，逆贼天亡自荒宴[6]；电扫黄巾定黑山[7]，哭罢君亲再相见[8]。相见初经田窦家[9]，侯门歌舞出如花。许将戚里空侯伎[10]，等取将军油壁车[11]。家本姑苏浣花里[12]，圆圆小字娇罗绮[13]。梦向夫差苑里游[14]，宫娥拥入君王起。前身合是采莲人[15]，门前一片横塘水[16]。横塘双桨去如飞，何处豪家强载归[17]？此际岂知非薄命，此时只有泪沾衣。薰天意气连宫掖，明眸皓齿无人惜[18]。夺归永巷闭良家[19]，教就新声倾坐客。坐客飞觞红日暮[20]，一曲哀弦向谁诉？白皙通侯最少年[21]，拣取花枝屡回顾。早携娇鸟出樊笼[22]，待得银河几时渡[23]？恨杀军书抵死催[24]，苦留后约将人误。相约恩深相见难，一朝蚁贼满长安[25]。可怜思妇楼头柳[26]，认作天边粉絮看[27]。遍索绿珠围内第，强呼绛树出雕栏[28]。若非壮士全师胜，争得蛾眉匹马还[29]。蛾眉马上传呼进[30]，云鬟不整惊魂定。蜡炬迎来在战场[31]，啼妆满面残红印[32]。专征箫鼓向秦川[33]，金牛道上车千乘[34]。斜谷云深起画楼[35]，散关月落开妆镜[36]。传来消息满江乡，乌桕红经十度霜[37]。教曲妓师怜尚在[38]，浣纱女伴忆同行[39]。归巢共是衔泥燕[40]，飞上枝头变凤凰[41]。长向尊前悲老大[42]，有人夫婿擅侯王[43]。当时只受声名累[44]，贵戚名豪竞延致[45]。一斛明珠万斛愁[46]，关山漂泊腰支细。错怨狂风扬落花，无边春色来天地。尝闻倾国与倾城[47]，翻使周郎受重名[48]。妻子岂应关大计，英雄无奈是多情。全家白骨成灰土[49]，一代红妆照汗青[50]。君不见，馆娃初起鸳鸯宿[51]，越女如花看不足[52]。香径尘生乌自啼[53]，屧廊人去苔空绿[54]。换羽移宫万里愁[55]，珠歌翠舞古梁州[56]。为君别唱吴宫曲[57]，汉水东南日夜流[58]。

《四部丛刊》本《梅村家藏稿》卷三

【注释】

[1] 鼎湖：古代传说是黄帝乘龙升天处。典出《史记·封禅书》："黄帝采首山铜，铸鼎于荆山下。鼎既成，有龙垂胡髯下迎黄帝，黄帝上骑……后世因名其处曰鼎湖。"后人常用来比喻帝王之死，这儿指崇祯皇帝自缢于煤山（今北京景山）。[2] 破敌：指吴三桂引清兵击败李自成起义军。玉关：玉门关，在今甘肃敦煌西，这里借指山海关。[3] 六军：周朝天子所统帅的军队，一军为一万二千五百人。后泛指朝廷的军队。缟素：白色衣服，借指丧服，此指着丧服。《明史·李自成传》："我大清兵入京师，下令安辑百姓，为帝（崇祯）后发丧，议谥号，遣将偕三桂追自成。"[4] 红颜：美女。指陈圆圆。[5] "红颜"以下四句：模拟吴三桂的口吻为自己降清作辩解。红颜流落：指陈圆圆为起义军所俘。一说为起义军将领刘宗敏所得，一说为李自成所得。[6] 逆贼：对李自成起义军的诬称。天亡：天意要使他们灭亡。荒宴：沉溺于宴饮。[7] 电扫：闪电般扫荡。比喻进击神速。黄巾、黑山：东汉末年张角领导的黄巾起义军和张燕领导的黑山起义军。这里借指李自成的起义军。[8] 君亲：指崇祯皇帝朱由检和吴三桂的父母亲。时吴三桂的父母已被李自成起义军杀掉。[9] 田窦：西汉外戚武安侯田蚡、魏其侯窦婴。这里借指崇祯皇帝的外戚，一说为周皇后之父嘉定伯周奎，一说为田妃之父田畹。[10] 戚里：皇帝外戚居住之处。这里借指周奎或田畹家。箜篌伎：弹箜篌的艺妓，指陈圆圆。箜篌，同"箜篌"，古拨弦乐器。[11] 油壁车：一种车壁用油涂饰的车子，一般为女子所乘。《乐府诗集·苏小小歌》："妾乘油壁车，郎骑青骢马。"[12] 姑苏：即今江苏苏州。浣花里：唐代名妓薛涛居住在四川成都西郊浣花溪。这里借指陈圆圆在苏州的住处。[13] 小字：小名。娇罗绮：形容陈圆圆长得比漂亮的丝织品还要鲜艳美丽。[14] 夫差苑：夫差与西施游乐的宫苑。夫差：春秋时吴国君王。[15] 合：该。采莲人：指西施。[16] 横塘：地名，在苏州西南。[17] 豪

家：此指周奎家或田畹家。[18] 薰天意气：形容权势大，气焰盛。宫掖：皇宫。掖：掖庭，宫中的房舍，嫔妃居住之处。二句意谓这外戚之家势焰熏天，陈圆圆虽然很美，被送进皇宫却遭到崇祯皇帝拒绝。[19] 永巷：宫中长巷，泛指后宫。此句意谓陈圆圆被遣送出宫，仍归周家或田家为家妓。[20] 飞觞：一杯接一杯不停地喝酒。[21] 白皙（xī）：面色白净。通侯：古爵位名，这里指吴三桂。吴三桂作为辽东总兵，深得崇祯帝信任，曾召对于平台，赐蟒袍玉带和尚方宝剑，受命守山海关，继而封为平西伯。[22] 娇鸟：比喻陈圆圆。[23] "待得"句：用牛郎、织女七月七日渡过银河相会的传说，借指吴三桂因军情紧急，不得不与陈圆圆分离，心里却盼望早日与她团聚。[24] 抵死：犹言"火急"。[25] 蚁贼：对李自成起义军的诬称。长安：西汉都城，即今西安。这里借指明朝都城北京。[26] 思妇楼头柳：指陈圆圆已被吴三桂纳为妾。语出唐人王昌龄《闺怨》："闺中少妇不知愁，春日凝妆上翠楼。忽见陌头杨柳色，悔教夫婿觅封侯。"[27] 粉絮：柳絮。常用来比喻未从良的妓女。此句意谓已经有夫的陈圆圆仍被当作漂泊无定、尚未从良的妓女看待。[28] 绿珠：西晋石崇的宠妾。时赵王伦专权，伦党孙秀欲得绿珠，石崇不许。孙乃矫诏捕石崇，绿珠坠楼自尽。内第：内宅。绛树：汉末著名舞妓。这里绿珠、绛树皆指陈圆圆。二句写李自成部下四处搜索，夺走陈圆圆。[29] 壮士：指吴三桂。争得：怎能。蛾眉：美女，指陈圆圆。[30] 传呼：喝道。此句意谓吴三桂部将在京城搜到陈圆圆后立即飞骑传送。[31] 蜡炬迎来：典出东晋王嘉《拾遗记》：魏文帝迎娶被选入宫的常山美女薛灵芸，未至京师数十里，蜡炬之光相继不灭。这里借指吴三桂迎接陈圆圆时的情景。据钮绣《觚賸（shèng）》记载，吴三桂听说部将飞骑传送搜得的陈圆圆后，大喜，结五彩楼，列旌旗，箫鼓三十里，亲往迎接。[32] 啼妆：东汉时代的女子为表现妩媚之态，以粉薄拭目下，看似啼痕，故称啼妆。这里借指陈圆圆的泪痕。[33] 专征：皇帝授予将帅掌握军旅的特权，不必等待皇帝命令，可以自主征伐。秦川：指今陕西、甘肃的秦岭以北平原地带。[34] 金牛道：由陕西勉县入四川剑阁的古栈道，又称石牛道。北魏郦道元《水经注·沔水一》引《本蜀论》："秦惠王欲伐蜀而不知道，作五石牛，以金置尾下，言能屎金。蜀王负力，令五丁引之，成道。秦使张仪、司马错寻路灭蜀，因曰石牛道。"[35] 斜（yé）谷：山谷名，在今陕西眉县西南。[36] 散关：即大散关，在今陕西宝鸡西南大散岭上。[37] 乌桕：树名。十度霜：十年。[38] "教曲"句：教陈圆圆唱曲的师傅为她还活在世上而欢喜。[39] 浣纱女伴：指陈圆圆早年在苏州当妓女时的同伴。用西施未入吴宫前曾在浙江绍兴的若耶溪浣纱的典故。[40] 衔泥燕：比喻地位低微的人。[41] 凤凰：比喻地位高贵的人，指陈圆圆。[42] 尊：酒杯。老大：年纪大了。[43] 擅：居。侯王：高位。[44] 声名：指陈圆圆早年当妓女时的名声。[45] 延致：聘请。[46] "一斛"句：典出宋代佚名传奇小说《梅妃传》：唐玄宗思念梅妃，适逢外国进贡珍珠，即命封一斛密赐梅妃。这里借以写圆圆受到特别的恩宠，却给自己带来无穷的哀愁。[47] 倾城、倾国：形容容貌极其美丽的女子。[48] 周郎：三国时东吴名将周瑜，其妻小乔是美女。这里"周郎"借指吴三桂。[49] "全家"句：李自成曾让吴三桂的父亲吴襄写信招降吴三桂，吴三桂听说圆圆被掠而拒降，率军击败李自成于一片石，李自成遂怒杀吴襄全家。[50] 汗青：史册。[51] 馆娃：即馆娃宫，在苏州西南方的灵岩山上。[52] 越女：指西施。[53] 香径：即采香径，亦作"采香迳""采香泾"，在灵岩山前。宋人范成大《吴郡志·古迹》："采香迳，在香山之旁小溪也。吴王种香于香山，使美人泛舟于溪以采香。今自灵岩山望之，一水直如矢，故俗又名箭泾。"[54] 屧（xiè）廊：即响屧廊，吴王夫差专为听西施的足音而在馆娃宫中造的一条长廊。《清一统志》："响屧廊，以楩梓藉其地，西施步屧绕之则有声，故名。"屧：

古代鞋子的木底,亦指木制的鞋。[55]换羽移宫:羽、宫,都是古代音乐中的五音之一,这里以音调的变化比喻朝代的变迁。[56]古梁州:指明清的汉中府,治所在今陕西南郑。吴三桂自顺治五年(1648)至顺治八年镇守汉中。[57]吴宫曲:咏叹吴宫盛衰的曲子。[58]"汉水"句:此句暗喻吴三桂的荣华富贵不会久长。陆游《归次汉中境上》:"地连秦雍川原壮,水下荆扬日夜流。"又李白《江上吟》:"功名富贵若长在,汉水亦应西北流。"汉水:源出陕西蟠冢山,其上游流经汉中后,向东南流入长江。

王士禛

王士禛(1634—1711),雍正时避帝讳,被改为士正,乾隆时又诏改士祯,字子真,一字贻上,号阮亭,别号渔洋山人,新城(今山东桓台)人。顺治十五年(1658)进士,授扬州推官。康熙朝官至刑部尚书,卒谥文简。生平事迹见《清史稿》和《清史列传》本传。士禛为康熙朝诗坛盟主,与朱彝尊并称"南朱北王"。论诗标举"神韵",发挥司空图"不着一字,尽得风流"和严羽"羚羊挂角,无迹可求"之旨。其诗缺乏深刻的社会内容,而艺术上擅长七绝,集中那些清微淡远的山水清音,最能体现"神韵"特色。其词以神韵悠然的小令为佳。著有《带经堂全集》《带经堂诗话》和《衍波词》。晚年自删其诗为《渔洋山人精华录》。通行的注本有惠栋的《渔洋山人精华录训纂》和金荣的《渔洋山人精华录笺注》。1992年齐鲁书社出版由伍铭点校并汇集惠金两家注的《渔洋山人精华录集注》。

再过露筋祠

【解题】

此诗作于顺治十七年(1660)。露筋祠:庙名,在今江苏高邮。王象之《舆地纪胜》:"露筋庙去高邮三十里。旧传有女子夜过此,天阴蚊盛,有耕夫田舍在焉。其嫂止宿,姑曰:'吾宁死,不肯失节!'遂以蚊死,其筋见焉。"作者在这首诗中通过描写露筋女塑像和祠庙周围的景色,衬托这位圣女高洁的品格,表达自己对她的赞叹和伤吊之情。诗笔不粘不脱,空灵蕴藉,是最为人称道的神韵诗名作之一。

翠羽明珰尚俨然[1],湖云祠树碧于烟。行人系缆月初堕,门外野风开白莲[2]。

齐鲁书社《渔洋山人精华录集注》卷一

【注释】

[1]翠羽明珰(dāng):珍贵的女子饰物。翠羽,翠鸟的羽毛,古代多用作饰物;明珰,用明珠制成的耳饰。俨(yǎn)然:端庄貌。一说指宛然,好像真的。[2]"行人"二句:语奉陆龟蒙《白莲》:"无情有恨何人见,月晓风清欲堕时。"

秦淮杂诗（选一）

【解题】

秦淮，河名，南源出今江苏溧水东庐山，东源出今江苏句容宝华山，流经南京城中，北入长江。古名淮水，相传秦始皇南巡时开凿方山（在今江苏南京江宁东南），以疏通淮水，故后人称之为秦淮。此诗作于顺治十八年（1661），时作者任扬州推官，客南京，馆于秦淮布衣丁继之家，因写秦淮旧事以抒兴亡盛衰之感，共二十首。本篇原为第一，描写秦淮春景，暗寓吊明亡之意。

年来肠断秣陵舟[1]，梦绕秦淮水上楼。十日雨丝风片里[2]，浓春烟景似残秋。

齐鲁书社《渔洋山人精华录集注》卷二

【注释】

[1] 秣陵：秦时改金陵为秣陵，即今之南京。[2] 雨丝风片：细雨微风。语出汤显祖《牡丹亭·惊梦》[皂罗袍]："雨丝风片，烟波画船。"

袁枚

袁枚（1715—1798），字子才，号简斋，又号仓山居士、随园老人，浙江钱塘（今杭州）人。乾隆四年（1739）进士，授翰林院庶吉士。七年改放外任，历知溧水、江浦、沭阳、江宁等县，有政声。十三年乞病辞官，移居江宁（今江苏南京），筑室小仓山。十七年重起，赴陕西任知县，未及一年，丁父忧归。自此绝意仕进，从事著述，奖掖后进。生平事迹见《清史稿》和《清史列传》本传。袁枚思想解放，痛恨假道学。论诗主性灵，求创新。自做诗用笔轻灵，形象鲜明，情韵悠然，然有时未免浮滑。为当时性灵诗派的主将，与蒋士铨、赵翼并称"乾隆三大家"。亦工古文和骈文，浅近自然，屏去雕饰。并能为笔记小说。著有《小仓山房诗文集》《随园诗话》《子不语》等，1993年江苏古籍出版社出版的《袁枚全集》收入其著作凡三十余种。

马嵬（选一）

【解题】

这首诗写于乾隆十七年（1752）作者赴陕西任知县途中。马嵬：即马嵬坡，在今陕西兴平西。唐代安史之乱起，玄宗自长安逃往成都，经过马嵬坡时，陈玄礼所率禁军杀死杨国忠，并迫使玄宗命杨贵妃自缢。白居易的《长恨歌》曾写及李杨的生离死别："六军不发无奈何，宛转蛾眉马前死。……君王掩面救不得，回看血泪相和流。"此题共四首，本篇原列第四。诗将帝妃悲剧同石壕村里百姓的苦难作对比，说明人间夫妻离别的痛苦更值得人们同情。

莫唱当年《长恨歌》，人间亦自有银河[1]。石壕村里夫妻别[2]，泪比长生殿上多[3]。

《四部备要》本《小仓山房诗集》卷八

【注释】

[1]"莫唱"二句：人们不要只对唐玄宗和杨贵妃生离死别表示同情，人间夫妻像牛郎织女遭受分离痛苦的事情还多得很。[2]石壕村：在今河南陕县东南。杜甫在《石壕吏》诗中叙写安史之乱时，县吏到石壕村抓丁服役、强行拆散一对老夫妇的情形。[3]长生殿：唐代华清宫殿名，即集灵台。白居易《长恨歌》把它写成为唐玄宗和杨贵妃定情密誓的场所："七月七日长生殿，夜半无人私语时。在天愿作比翼鸟，在地愿为连理枝。"

龚自珍

龚自珍（1792—1841），字璱（sè）人，更名易简，字伯定，又更名巩祚，号定盦，浙江仁和（今杭州）人。嘉庆二十三年（1818）举人，参加过六次会试，道光九年（1829）才中进士，历官内阁中书、宗人府主事、礼部主事等职，长期困厄下僚。十九年（1839）辞官南归，两年后暴卒于丹阳云阳书院。生平事迹见《清史稿》和《清史列传》本传。龚自珍深于经学、史学、小学、舆地之学，接受并发展了乾嘉公羊经学家经世致用的合理部分，将学术研究与现实的政治社会问题研究紧密结合，力主改革，反对外国侵略，成为近代思想界勇开风气的先驱者。梁启超谓"晚清思想之解放，自珍确与有功焉。光绪间所谓新学家者，大率人人皆经过崇拜龚氏之一时期。初读《定盦文集》，若受电然。"（《清代学术概论》）自珍又是近代文学的开山祖师。其论文学强调"尊情"，充分表现作者个性。其诗追求独创，别开生面，想象奇特，色彩瑰丽，富有浪漫精神，对晚清"诗界革命"派和南社诗人产生很大影响。其文冲破桐城古文的束缚，独抒己见，表达真情实感，具有深刻的思想性和强烈的战斗性，语言活泼多样，在当时比诗更为有名。其词"绵丽飞扬，意欲合周、辛而一之，奇作也。"（谭献《复堂日记》二）著有《定盦全集》，今人辑有《龚自珍全集》。

咏　　史

【解题】

此诗作于道光五年（1825）。题为"咏史"，实则进行深刻的社会批判，着重揭露当时官场的腐朽和士林的颓败。

金粉东南十五州[1]，万重恩怨属名流[2]。牢盆狎客操全算[3]，团扇才人踞上游[4]。避席畏闻文字狱[5]，著书都为稻粱谋[6]。田横五百人安在，难道归来尽列侯[7]？

上海古籍出版社《龚自珍全集》第九辑

【注释】

[1] 金粉:古代妇女化妆用的金钿和铅粉,这里借以形容繁华绮靡的生活。十五州:泛指长江下游苏、浙、皖一带地区。[2] 属(zhǔ):结。《国语·晋语四》:"齐秦不得其请,必属怨焉。"韦昭注:"属,结也。"名流:知名人士,此指那些依附于权贵门下的幕僚、帮闲一类人物。此句意谓名流们为了争名夺利,互相勾结排挤,结下了无穷的恩恩怨怨。[3] 牢盆:煮盐的铁制器具。《史记·平准书》:"愿募民自给费,因官器作煮盐,官与牢盆。"《本草》:"煮盐之器,汉谓之牢盆。"这里指代掌管盐务的官僚。狎(xiá)客:陪伴帝王、权贵游乐的人。操全算:意谓把持了当时左右江南经济的盐政。[4] 团扇才人:东晋豪门世族王导的孙子王珉任中书令,不懂政事,平时喜欢手执白团扇,生活放荡。这里指不学无术、流连声色的文人。踞上游:占据高位。[5] 避席:离座而起。文字狱:指统治者从著作中寻章摘句,罗织罪名,对作者加以刑戮。清代康熙、雍正、乾隆三朝屡兴文字狱,被害和受株连者甚多。[6] 稻粱谋:本指禽鸟寻觅食物,此指人谋求米粮,俗话混口饭吃。杜甫《同诸公登慈恩寺塔》:"君看随阳雁,各有稻粱谋。"[7] 田横:秦末汉初人,齐国旧贵族。楚汉相争时,他乘乱占据齐国旧地,自立为齐王。刘邦消灭项羽称帝后,他带领部下五百多人逃入海岛。刘邦派人招他投降,说:"田横来,大者王,小者乃侯耳!不来,且举兵加诛焉。"田横被迫率二客前往洛阳。终因耻于事刘,在途中慨然自刎。留在岛上的五百多人闻田横已死,亦皆自杀。事见《史记·田儋列传》。列侯:汉制,群臣异姓有功封侯者,称列侯。二句意谓像田横手下五百壮士那样的人如今到哪里去了?难道归顺朝廷的都能封王封侯吗?

己亥杂诗(选一)

【解题】

己亥为道光十九年(1839)。这年四月,作者辞去礼部主事的官职,南归故里,后来又北上迎取眷属。在南北往返途中,写成三百一十五首七绝,总名《己亥杂诗》。这是一组大型自叙诗,题材广泛,多方面地反映当时的社会现实,抒写自己的思想情怀。本篇原列第一百二十五。作者自注:"过镇江,见赛玉皇及风神、雷神者,祷祠万数,道士乞撰青词。"祷祠,祭神求福,此指祭神求福的人。青词,道士斋醮(jiào)时祭神用的文字,用朱笔写于青藤纸上,故名青词,亦称"绿章"。诗以青词的形式,巧妙地借题发挥,表达作者渴望出现社会变革的风雷,破除陈规旧例,任用优秀人才,使中国出现生气勃勃新局面的强烈愿望。

九州生气恃风雷[1],万马齐喑究可哀[2]。我劝天公重抖擞[3],不拘一格降人才[4]。

上海古籍出版社《龚自珍全集》第十辑

【注释】

[1] 九州:古代中国曾分为冀、兖、青、徐、扬、荆、豫、梁、雍等九州,后来即以"九州"代称整个中国。恃:依靠,凭借。风雷:风神、雷神,暗指变革社会的急风惊雷。[2] 喑(yīn):哑。万马齐喑:语出苏轼《三马图赞引》:"振鬣长鸣,万马齐喑。"这里借喻清王朝统

治下死气沉沉的局面。究：毕竟，终究。[3] 天公：即玉皇，道教所谓最高的天神，这里暗指清朝皇帝。抖擞：振作精神。[4] 不拘一格：不拘守一定的规格资历，即打破陈规旧例。

秋瑾

秋瑾（1875—1907），初名闺瑾，字璇卿，号旦吾，留学日本时易名瑾，字竞雄，别署汉侠女儿、鉴湖女侠、秋千，浙江山阴（今绍兴）人。光绪二十二年（1896），以父命适湖南湘潭豪绅子王子芳。二十九年春随夫入京，接触新书报，思想日趋进步。次年，为探求救国道路，毅然与封建家庭决裂，东渡日本留学，在东京参加革命社团活动，创刊《白话》杂志。三十一年春一度回国，加入光复会，六月再返日本，加入同盟会，被推为总部评议员和浙江分会主盟人，年底前回国。次年春任浙江浔溪女学教员，后去上海创办《中国女报》。三十三年春回绍兴任大通学校校长，积极联络反清志士组织"光复军"，准备与徐锡麟同时举行武装起义，事败被捕遇害。生平事迹见吴芝瑛《秋女侠传》。秋瑾是近代著名的资产阶级女革命家和女作家。所作诗词文慷慨激昂，笔力雄健，充分表现这位巾帼英雄对革命事业的赤胆忠心。著有《秋瑾集》。

黄海舟中日人索句并见日俄战争地图

【解题】

中华书局编《秋瑾史迹》中此诗题作"日人银澜使者索题，并见日俄战地，早见地图，有感。"光绪三十年（1904），日本和俄国为重新分割我国东北和朝鲜进行了一场战争，战场主要设在我国东北境内。腐败的清政府竟宣布"彼此均系友邦"，自守"局外中立"。结果俄国战败，把从我国掠夺去的部分权利转让给日本。此诗作于光绪三十一年夏作者第二次东渡日本途中。诗中抒写对清政府任凭日俄帝国主义蹂躏我国领土的强烈愤慨，表达自己的忧国深情和救时抱负。

万里乘风去复来[1]，只身东海挟春雷[2]。忍看图画移颜色[3]，肯使江山付劫灰[4]！浊酒不销忧国泪，救时应仗出群才[5]。拼将十万头颅血[6]，须把乾坤力挽回。

中华书局上海编辑所《秋瑾集》

【注释】

[1] 万里乘风：比喻雄心壮志。南朝宋代的宗悫（què），其叔父宗炳问他志向时，曾答以"愿乘长风破万里浪"的壮语，见《宋书·宗悫传》。去复来：作者于光绪三十年（1904）夏赴日留学，同年冬因事返国，这次是再赴日本，故云。[2] 挟春雷：比喻怀抱救国的壮志。[3] 忍看：作"岂忍看""不忍看"解。图画：地图。移颜色：改变颜色，指我国领土被外国帝国主义侵占。[4] 肯使：作"岂肯使"、"不肯使"解。劫灰：佛教语，能使世上一切毁灭的灾火叫劫火，劫火之后所余的灰烬叫劫灰。付劫灰：意谓遭受战争的严重破坏。[5] "救时"句：语本杜甫《诸将》（五首之五）："安危须仗出群材。"[6] 将：语助词。

陈维崧

陈维崧（1626—1682），字其年，号迦陵，江南宜兴（今属江苏）人。明左都御史陈于廷之孙，名士陈贞慧之子。年十七补诸生，次年从陈子龙学诗。国破家亡后，客游四方，漂泊湖海三十载。康熙十八年（1679），应试博学鸿词科，以一等第十名授翰林院检讨，参修《明史》。生平事迹详见徐乾学《陈检讨维崧墓志铭》、蒋永修《陈检讨迦陵先生传》及《清史稿》卷四八四本传等。才情雄富，品性真诚。诗、古文造诣俱深，骈文称大家，尤以词名世，为清初"阳羡词派"领袖。少作以风华绮丽见称，中岁以后则深婉豪宕，苍凉激越，霸悍雄劲，一往无前。词集名《迦陵词》，亦名《湖海楼词》，凡三十卷，存词一千六百数十首，人称"填词之富，古今无两"（陈廷焯《白雨斋词话》卷三）。有清康熙患立堂刻本、《清名家词》本等。

贺新郎

五人之墓[1]，再用前韵[2]

【解题】

此词凭吊五烈士墓，歌颂英烈的忠贞节操。上片以热泪濡笔，痛叙五烈士蒙难始末，推崇其慷慨就义的英勇气概；下片以唐陵汉墓之荒寒残破与五人墓前苔绣羊马、雷霆失威，虽生犹死之道旁禄蠹卿相与虽死犹生之墓中嗜义屠沽，进行层层强烈对比，进一步阐扬五烈士为正义献身的精神。全词血泪交迸，歌哭遒劲，激情洋溢，极具振顽起懦的鼓舞作用。

古碣穿云罅[3]。记当年、黄门诏狱[4]，群贤就鲊[5]。激起金阊十万户[6]，自梏霜戈激射[7]。风雨骤，冷光高下[8]。慷慨吴儿偏嗜义[9]，便提臬，谈笑何曾怕[10]。抉我目，胥门挂[11]。　　铜仙有泪如铅泻[12]，怅千秋，唐陵汉隧[13]，荒寒难画。此处丰碑长屹立[14]，苔绣坟前羊马[15]。敢轻易，霆轰电打。多少道旁卿与相[16]，对屠沽不愧谁人者[17]？野香发[18]，暗狼藉[19]。

清康熙患立堂刻本《迦陵词全集》卷二七

【注释】

[1] 五人之墓：亦称五烈士墓，在苏州虎丘山之东。明天启七年（1627）三月，宦官头目魏忠贤及江苏巡抚毛一鹭等结党矫诏，把东林党中坚周顺昌逮捕，激起苏州民众的强烈愤慨。奋起示威抗争的市民颜佩韦、杨念如、马杰、沈扬、周文元等五人惨遭杀害。吴中贤士大夫敛其尸首，合葬于虎丘东之山塘街青山绿水桥边。吴默题字"五人之墓"，张溥撰《五人墓碑记》。[2] 用前韵：仍依先一首诗词的韵字甚至包括次序。此指用同调"虎丘剑池"阕韵次。[3] 碣：石碑。此指五人墓碑。云罅（xià）：云缝。[4] 黄门：指宦官。东汉给事内廷的黄门令、中黄门诸官皆以宦官充任，后遂称宦官为黄门。诏狱：这里指伪托君主的诏命，逮捕"罪犯"。[5] 就

鲊（zhǎ）：遭迫害。鲊：本指腌制的鱼。[6] 金阊：指苏州。吴县阊门内，古有金阊亭，以位在西而与阊门近，故名。后即以金阊为苏州别名。[7] 棓（bàng）：棍棒。戈：装上长木柄的铁制横刃。激射：形容戈光剑影，锋芒四射。[8] 冷光：寒光。高下：高低错落。[9] 嗜义：重情义，伸张正义。[10] 提烹：泛指杀害。烹：古代用鼎镬煮人的酷刑。[11] "抉我目" 二句：挖下我的眼挂到胥门上。意谓我死后也要看着你们这群强盗如何灭亡。《史记·吴太伯世家》："（吴王）赐子胥属镂之剑以死。将死，曰：'……抉我眼置之吴东门，以观越之灭吴也。'" 胥门：城门名，即今苏州城西门。[12] "铜仙" 句：金铜仙人的眼泪如铅水般流泻。多以喻亡国之痛。这里重在痛惜惨遭杀害的五烈士。唐李贺《金铜仙人辞汉歌》："忆君清泪如铅水。" [13] 唐陵汉隧：指汉唐帝王的陵墓。[14] 丰碑：明指五人墓碑，隐喻五人事迹精神。[15] "苔绣" 句：苔藓布满墓前石羊、石马等陈设物。[16] 道旁：墓道旁边。卿与相：这里泛指达官显贵。[17] 屠沽：宰牲人和卖酒人。此指平民五烈士。张溥《五人墓碑记》："五人生于编伍之间，素不闻诗书之训。"[18] 野香：野花。[19] 狼藉：纵横四散。此指芳香四溢。

纳兰性德

纳兰性德（1655—1685），初名成德，字容若，号楞伽山人，满洲正黄旗人。大学士明珠之子。康熙十五年（1676）进士，选授三等侍卫，后晋为一等。出入扈从，应对称旨，极得圣祖隆遇。康熙二十四年（1685）五月底以寒疾终。生平事迹详见清徐乾学《通议大夫一等侍卫进士纳兰君墓志铭》、韩菼《进士一等侍卫纳兰君神道碑》等。才气横溢，多愁善感。能诗，擅词，尤工小令。词风真挚自然，多低徊婉转，悲凉凄恻。悼亡之作堪称绝调。词集名《饮水词》，亦称《纳兰词》或《通志堂词》，分别有嘉庆二年（1797）小仓山房刻本、光绪六年（1880）《榆园丛刻》本及民国二十六年（1937）《清名家词》本等。

长 相 思

【解题】

此词牌原系唐教坊曲名。宋以降，异名繁多，计有《山渐青》《吴山青》《长相思令》《长思仙》《忆多娇》《双红豆》等。本词当作于康熙二十一年（1682）春末，词人扈从圣祖东巡至关外时。它以具体的时空推移过程及视听感受，集中抒写了乡思的绵长深苦。上片在"山一程、水一程"的复叠咏叹中，展现出因愈益远离故园而迅速增长的愈益浓重的乡愁；下片以迁怨于物的写法，从侧面显现其爱恋故园的痴情。这浓得化不开的故园情结，昭示着词人向往宁静的生活。

山一程，水一程。身向榆关那畔行[1]。夜深千帐灯[2]。　　风一更，雪一更。聒碎乡心梦不成[3]。故园无此声。

中华书局《饮水词笺校》卷二

【注释】

[1] 榆关：即山海关。在今河北秦皇岛东北临榆境内。那畔：那边。此指关外。[2] 帐：

此指军用的篷帐。[3] 聒（guō）：闹声扰耳。乡心：思乡之情。

张惠言

张惠言（1761—1802），字皋文，号茗柯，江苏武进人。长期以训蒙童为生。嘉庆四年（1799）中进士，入翰林院，改庶吉士，后授编修。生平事迹详见清恽敬《张皋文墓志铭》及《清史稿》卷四八二《儒林传》等。精通《周易》、《仪礼》，是乾嘉时期著名经学家；善古文，为阳湖派古文的宗师之一；工词，为常州词派初祖。在词学理论方面，推尊词体，强调"意内言外"，倡导"比兴"、"寄托"，对近代词坛影响甚巨。在词创作方面，不少作品辞与意洽，情韵相兼，尤擅长抒发不遇"寒士"的悲慨。集名《茗柯词》，有嘉庆二年刻金应珪序本、道光三年（1823）刻《受经堂汇稿》本等。

木 兰 花 慢

杨　花

【解题】

此词牌始见于宋柳永《乐章集》，属南吕调。杨花即柳絮。词史上咏杨花的作品以北宋章楶（jié）的《水龙吟》（燕忙莺懒花残）及苏轼的同调次韵和词最为著名。本词殆作于嘉庆元年（1796）或稍前，乃借鉴章、苏二氏词的意境，将自己思想的"愁影"和"疏狂情性"赋予杨花，不着痕迹地寄托着作者飘零的经历、困顿的境遇、狷介的品格以及不见容于世俗的孤寂"春恨"。游转不定的杨花，正是天下寒士形象的写照，亦是此时词人的自我肖像。允称《茗柯词》的压卷。或谓是郑抡元作，误。

尽飘零尽了[1]，何人解、当花看[2]？正风避重帘，雨回深幕，云护轻幡[3]。寻他一春伴侣，只断红相识夕阳间[4]。未忍无声委地，将低重又飞还[5]。　　疏狂情性，算凄凉耐得到春阑[6]？便月地和梅，花天伴雪，合称清寒[7]。收将十分春恨，做一天愁影绕云山。看取青青池畔，泪痕点点凝斑[8]。

清道光三年刻本《受经堂汇稿》卷六《茗柯词》

【注释】

[1] 本句两个"尽"字，前一音jǐn，任由的意思；后一音jìn，终止的意思。[2] 解：懂得。以上二句本苏轼《水龙吟》："似花还似非花，也无人惜从教坠。"[3] 轻幡（fān）：指护花幡。唐郑还古《博异志》："崔玄微月夜见女伴，曰杨氏、李氏、陶氏，又绯衣小女曰阿醋，曰：诸女伴住苑中，被恶风相挠，烦处士每岁旦作一幡，上图日月五星，立苑东。崔为立幡。东风刮地，折木飞花，而苑中不动。崔乃悟女伴即众花精也。"幡：长幅下垂的旗子。[4] 断红：指落花。[5] 还：这里指向上，升起。"未忍"二句语本章楶《水龙吟》："垂垂欲下，依前被风扶起。"[6] 春阑：春尽，暮春。[7] 合称：应该说是。[8] "看取"二句：用杨花化浮萍传说及

苏轼《水龙吟》结拍："细看来，不是杨花，点点是离人泪"句意。宋傅干《注坡词》于《水龙吟·次韵章质夫杨花词》之"一池萍碎"句下曰："公旧注云：杨花落水为浮萍，验之信然。"

朱孝臧

朱孝臧（1857—1931），又名祖谋，字藿生，一字古微，号沤尹，又号彊村，祖居浙江归安（今湖州）埭（dài）溪镇，宅上彊山麓。光绪九年（1883）进士，选庶吉士，授翰林院编修，累官至侍讲学士、礼部侍郎兼署吏部侍郎。光绪三十年（1904）出任广东学政，满二岁，与总督龃龉，引疾去。辛亥革命后，寓居上海，以遗老终。生平事迹详见夏孙桐《清故光禄大夫礼部右侍郎朱公行状》、陈三立《清故光禄大夫礼部右侍郎朱公墓志铭》等。初以能诗名，师法北宋黄庭坚。四十岁时，始从王鹏运习词。初效吴文英，后又参以苏轼词法，所作清迥迈俗，"幽忧怨悱，沉抑绵邈，莫可端倪"（陈三立《朱公墓志铭》）。有《彊村语业》三卷、《彊村词剩稿》二卷、《彊村集外词》一卷。1933年，龙榆生汇刻其已刊、未刊各稿为《彊村遗书》。其平生尤致力于词籍校勘，编有《彊村丛书》，集校唐、宋、金、元人词一百六十余家，并总集五种。又以浑成为旨归，选宋名家词为《宋词三百首》，流播广泛。

乌 夜 啼

同瞻园登戒坛千佛阁[1]

【解题】

《乌夜啼》，本六朝乐府旧题。唐教坊曲《乌夜啼》即借旧曲名另翻新声而成，其后乃用为词调。本词上片勾勒戒坛黄昏时分的萧疏气象，下片着色描绘登高远眺所见北方原野的苍莽壮丽。换头九字，形象地勾画出桑干河的独特风神，末句于不动声色中透露出一腔郁勃的悲慨。

春云深宿虚坛，磬初残[2]。步绕松阴双引出朱阑[3]。吹不断，黄一线，是桑干[4]。又是夕阳无语下苍山[5]。

《彊村遗书》本《彊村语业》卷一

【注释】

[1] 瞻园：词人张仲炘（xīn）的别号。仲炘，字慕京，号次珊，又号瞻园，湖北江夏（今武昌）人。光绪三年（1877）进士，改庶吉士，授翰林院编修，官至通政司参议。有《瞻园词》三卷。戒坛：寺名，在北京西郊门头沟区马鞍山。原名万寿寺，因寺内有一大戒坛（僧徒受戒处），俗呼为戒坛寺（又称戒台寺）。千佛阁：原为一座重檐层阁建筑，登其高层可俯视桑干河。[2] 磬（qìng）：佛寺中敲击以集僧众的鸣器。[3] 松阴：戒坛寺内大戒坛附近有若干古松，如卧龙松等，枝繁叶茂，其荫覆盖一院。[4] 桑干：河名，也称浑河。源出山西马邑桑干山，流经河北西北部及京郊，注入永定河。[5] 夕阳无语：形容落日悠悠，包孕无限深意。

清近代戏曲概说

清代的戏曲顺应晚明传奇文人化、杂剧案头化的趋势继续发展，创作更为活跃。清初出现了三类作家的戏曲：一是吴伟业、尤侗等文化名流寄托心曲的抒情剧，写故国之思与怀才不遇之感；二是以李玉为首的苏州作家新编历史剧，尤其是反映市民阶层的思想情绪；三是李渔等人专事风情喜剧的创作。随着戏曲创作中社会历史意识的增强和对戏剧性的注重，康熙年间便涌现出一个戏曲创作的高潮，诞生了《长生殿》和《桃花扇》两部杰作。

一、李玉与苏州剧作家

苏州从明中叶以来便是戏曲演出最盛的地区，清初出现了以李玉为中心的苏州剧作家群，其中还有朱素臣、朱良卿、毕万后、叶雉斐等。李玉①出身微贱，入清后绝意仕进，以度曲自乐。他是明清传奇史上创作数量最多的作家，生平所作传奇42种。早期最为知名的是《一笠庵四种曲》，后期成就最高的是《清忠谱》。

《一笠庵四种曲》是指《一捧雪》《人兽关》《永团圆》《占花魁》，简称"一、人、永、占"。《一捧雪》写权奸严嵩之子严世蕃为谋取玉杯"一捧雪"而迫害太仆寺卿莫怀古，热情地歌颂了代主而亡的义仆莫诚、杀贼自尽的婢妾雪艳，严厉鞭挞了卖主求荣、助纣为虐的裱褙匠汤勤，强烈抨击了残暴贪婪的权奸。《人兽关》写苏州败落地主桂薪忘恩负义而使他的妻子变成狗，突出了谴责忘恩负义的主题。《永团圆》写金陵书生蔡文英与少女江兰芳的姻缘离合，鞭挞了嫌贫爱富、势利贪财的富商江纳。《占花魁》的本事出于《醒世恒言》中的《卖油郎独占花魁》，添入了莘瑶琴被拐沦落为妓的情节。"一、人、永、占"充分反映了世态人情，富有感染力，往往令人心折。

李玉入清后编写了许多历史题材的剧作，如《千钟戮》（又名《千钟禄》）、《清忠谱》等。《千钟戮》写明初朱棣用武力夺取帝位，建文帝乔装成和尚逃亡各地的故事，曲文苍凉凄楚，蕴藏着兴亡之悲。《清忠谱》是李玉与朱素臣、毕万后、叶雉斐共同创作的，是一部以明天启年间东林党人周顺昌和苏州民众反对魏忠贤阉党迫害的真实斗争为题材的时事剧。剧作反映了明末阉党弄权横行的黑暗政治，突出地塑造了市井细民颜佩伟等高大形象，着重表现了周顺昌等人刚正无畏的品格，如第六折《骂像》一支曲：

　　[朝天子]（生）任奸祠郁岪，任奸容桀骜。枉费了万民脂，千官钞。羞题"一柱擎天，封疆力保"，少不得倒冰山，阳光照，逆像烟消，奸祠火燎，旧郊原兀自的生荒草。怪豺狼满朝，恨鸱鸮满巢，只贻着臭名千秋笑。

周顺昌当着毛一鹭等群丑的面，酣畅淋漓地痛斥魏忠贤等奸党，突出了他大无畏的精

---

① 李玉（约1591—约1671），字玄玉，别号苏门啸侣、一笠庵主人，吴县（今属江苏）人。

神，充分显示了独特的性格。全剧主题突出，线索分明，是我国戏剧史上第一部"事俱按实"（吴伟业《清忠谱序》）的历史剧，对后来的《桃花扇》等剧颇有影响。

朱素臣①，所作传奇20种左右，以《十五贯》最负盛名。《十五贯》，一名《双熊梦》，写熊友兰、熊有蕙兄弟都是因十五贯钱而蒙受奇冤，被收监问罪，后来有幸遇到太守况钟，终于获得昭雪。作品通过熊氏兄弟的冤案，揭露了封建法律制度的残酷与腐败，批判了官吏的贪婪和武断，同时塑造了机智沉着的太守况钟、仗义勇为的富商陶复朱、奸诈毒辣的凶犯娄阿鼠等性格鲜明的人物形象，情节发展自然，妙趣横生，而场面风云变幻，一波三折，语言通俗本色，真所谓"笑有声，哭有泪，文章真率动人宜"（剧本尾曲）。

二、李渔戏剧理论与风情喜剧

李渔②是清初著名的在戏剧理论家和戏剧作家。在戏剧理论方面著有《闲情偶记》，并撰有传奇16种，今传10种，即《笠翁传奇十种》。

《闲情偶记》共分6卷，包括词曲、演习声容、居室、器玩、饮馔、种植、颐养等8个部分。《词曲部》主要讲戏剧创作，其中分结构、词采、音律、宾白、科诨、格局等六个方面，构成一个较为完整严密的体系，是对中国古代戏剧理论批评发展的全面总结。李渔强调"结构第一"，不同意"首重音律""专重辞采"。在戏剧构造方面，一是"立主脑"，在戏剧中突出主要人物和中心事件；二是"脱窠臼"，题材内容应摆脱陈套，追求新奇，重视创意，所谓"有奇事，方有奇文；未有命题不佳，而能出其锦心，扬为秀口者也"；三是"减头绪"，所谓"头绪繁多，传奇之大病也"，应该删削"旁见侧出之绪"，使戏中主线清楚。在戏剧语言方面，要求将可演性（舞台性）和可读性相结合，其宗旨是"填词之设，专为登场"。对于曲文的要求是以适应舞台演出来考虑，"既以口当优人，复以耳当听者"，使之顺口动听，具体有四点要求："贵显浅"，"重机趣"，"戒浮泛"，"忌填塞"。并且从戏剧的通俗性、娱乐性来认识宾白，将宾白与曲文看得同等重要："有最得意之曲文，即当有最得意之宾白"。总之，李渔继承前人的成就，并结合舞台实际，比较全面地总结了填词和演习方面的理论，颇为可贵。

《笠翁传奇十种》是指《怜香伴》《风筝误》《意中缘》《蜃中楼》《奈何天》《玉搔头》《比目鱼》《凤求凤》《慎鸾交》《巧团圆》，其中《风筝误》是李渔的代表作，以风筝为机缘，引发才子韩世勋与佳人淑娟、拙人戚施与丑女爱娟相互错位而又终于各得其配的婚恋故事。作品通过题放风筝引出的一系列误会，展开喜剧冲突，讽刺了社会上的冒名顶替之风。作品关目新奇，针线细密，语言生动，实现了他自己"惟我填词不卖愁，一夫不笑是吾忧"（《风筝误·释疑》）的戏剧创作的主旨。

---

① 朱素臣，名曜，素臣为其字，吴县（今属江苏）人。
② 李渔（1610—1680），字笠鸿、笠翁。兰溪（今属浙江）人。出生于雉皋（今江苏如皋），后移居杭州，流寓金陵（今南京）20年。

三、洪昇与《长生殿》

《长生殿》是洪昇的代表作，全剧50出，其剧情梗概，见于第一出《传概》中的《沁园春》："天宝明皇，玉环妃子，宿缘正当。自华清赐浴，初承恩泽。长生乞巧，永定盟香。妙舞新成，清歌未了，鼙鼓宣阗起范阳。马嵬驿，六军不发，断送红妆。　西川巡幸堪伤，奈地下人间两茫茫。幸游魂悔罪，已登仙籍，回銮改葬，只存香囊。证合天孙，情传羽客，钿合金钗重寄将。月宫会，霓裳遗事，流播词场。"

《长生殿》的情节主线是"专写钗盒情缘"，"是书义取崇雅，情在写真"（《长生殿·例言》），也就是以"情"为核心，第一出《传概》中的《满江红》是汤显祖《牡丹亭题辞》之后的又一篇"情至"的宣言："今古情场，问谁个真心到底？但果有精神不散，终成连理。万里何愁南共北，两心那论生与死。笑人间儿女怅缘悭，无情耳。　成金石，回天地；昭白日，垂青史。看臣忠子孝，总由情至。先圣不曾删《郑》《卫》，吾侪取义翻宫徵。借太真外传谱新词，情而已。"《长生殿》一方面极力歌颂唐明皇与杨贵妃的爱情，对他们给予深切的同情；另一方面又写他们"占了情场"而"弛了朝纲"的客观现实。同时，《长生殿》的作者忽视了人们不可忽视的"石壕村里夫妻别，泪比长生殿上多"（袁枚《马嵬》）。

《长生殿》是"一部闹热《牡丹亭》"（《长生殿·例言》）。剧中写安史之乱及有关社会政治情况，这使得此剧显得场面宏大、人物众多、情节波澜曲折，前半写实，后半浪漫，既是一部浪漫的爱情剧，又有历史剧的特色。在《贿权》《禊游》《权哄》《侦报》等出戏中描绘统治阶级内部的矛盾，揭露野心家安禄山、奸臣杨国忠。《进果》中将杜牧"一骑红尘妃子笑，无人知是荔枝来"的场面作了更广阔的描绘和更细致的刻画。《合围》《侦报》《陷关》《剿寇》《刺逆》《收京》等出中穿插写安禄山叛乱、李唐复国，既是"钗盒情缘"的发展变化的社会背景，又塑造了打败异族叛乱、为汉民族复国争光的英雄郭子仪，寄托了洪昇的民族意识。《骂贼》《弹词》是洋溢着憎恨民族敌人、怀念故国之情的精彩戏文。《长生殿》曲词优美，"字精句炼，罔不谐叶。爱文者喜其词，知音者赏其律。"（吴舒凫序）如《闻铃》中的［武陵花］借风声、雨声，抒写唐明皇对杨贵妃的怀念之情，缠绵悱恻，是一首优美的抒情诗。

四、孔尚任与《桃花扇》

孔尚任的《桃花扇》，全剧42出，以明末复社文人侯方域与秦淮名妓李香君的爱情故事为主线，展示南明弘光小王朝兴亡的历史面貌，作品的主旨是"借离合之情，写兴亡之感"（《桃花扇·试一出先声》）。这是一部接近历史真实的历史剧，孔尚任在《桃花扇·凡例》中说："朝政得失，文人聚散，皆确考时地，全无假借。至于儿女钟情，宾客解嘲，虽有点染，亦非乌有子虚之比。"《桃花扇》巧妙地将侯、李爱情政治化，融进了南明的政治斗争。促成侯、李结合的，原来是一场政治阴谋。《传歌》《眠香》《却奁》这几出戏，既是侯、李美满爱情的开始，又是他们卷进政治漩涡的开端。《守楼》《骂筵》两出戏，把对爱情的捍卫与权奸的斗争融为一体,构成了两次反权奸斗争的高潮。南明覆亡后,侯、李意外相逢,悲喜交加,尽情倾诉相思之苦,但此时张道士却当头棒喝:"呵呸,两个痴虫,你看国在那里?家在那里?君在那里?父在那里?偏是这点花月情根,割他不断吗!"(《入道》)使他们冷汗淋漓,猛然惊醒,斩断情根,双双入道。南明的结束,也是侯、李爱情的了断,赋予爱情深刻的政治意义,抒发了强烈的亡国之痛。"白骨青灰长艾萧,桃花扇底送南朝。不因重做兴亡梦,儿女浓情何处消。"(《入道》出下场诗)作品正是以兴亡之恨批判儿女之情。

《桃花扇》中突出地塑造了李香君、柳敬亭、苏昆生等几个下层人物的形象。李香君原是秦淮名妓,虽然身处社会下层,却能深明大义,坚定正直,不向权贵低头,不受金钱利诱,敢于怒斥权奸害民误国,如在《骂筵》一出中,她更是冒着生命危险,痛骂权奸马士英、阮大铖:

[玉交枝]东林伯仲,俺青楼皆知敬重。干儿义子从新用,绝了魏家种。冰肌雪肠原自同,铁心石腹何愁冻。吐不尽鹃血满胸,吐不尽鹃血满胸。

柳敬亭、苏昆生都是关心国事、明辨是非、有独立人格的人物。他们往往通过感慨悲歌,揭示南明亡国的原因在于政治腐败和阉党弄权,同时也抒发了深沉的故国哀思。其他的人物也各具特色,侯方域风流倜傥,关心国事,但时有动摇。史可法死守扬州,沉江殉国,留下一个悲壮的民族英雄的形象。马士英、阮大铖同为权奸,一为横行霸道,一为奸诈狡猾。杨龙友多才多艺,八面玲珑,表现出一副政治掮客的圆滑嘴脸和老于世故的复杂性格。

《桃花扇》的艺术构思巧妙新奇,作者有意"借离合之情,写兴亡之感",以侯方域、李香君的离合之情为中心线索,旨在展开南明一代的兴亡历史。前者为表,后者为里,表里一致,相辅相成。全剧情节纷繁复杂,却以侯方域和李香君的定情物桃花扇贯穿始终,一线到底,真是细针密线,环环相扣。在语言的运用上颇有独到之处,词意以明亮为主,说白抑扬铿锵,语必整练,曲词风格以淋漓酣畅、悲凉沉郁见长,诚如顾彩在《桃花扇序》中所说:"读至卒章,见板桥残照、杨柳弯腰之语,虽使柳七复生,犹将下拜而谓千古以上,千古以下,有不拍案叫绝、慷慨起舞者哉?"

五、《雷峰塔》与清中后期戏曲

到清代中叶,昆曲转入衰落时期,文人传奇的创作也趋向低潮。其间比较值得注意的传奇作家有蒋士铨、方成培等,杂剧作家有杨潮观、桂馥等。蒋士铨所作戏曲有《红雪楼十二种曲》等。《临川梦》叙写汤显祖的故事,并以"四梦"中的主要人物与为《牡丹亭》而死的娄江女子俞二娘为剧中人,歌颂汤显祖义不折腰、"气节如山不动摇"的高风亮节。杨潮观著有杂剧32种,其中《寇莱公思亲罢宴》表现戒奢崇俭的思想,是他影响最大的一个作品。桂馥著有《后四声猿》,包括《放杨枝》《题园壁》《谒帅府》《投圂中》四种。方成培改编的《雷峰塔》叙写白蛇传故事,是一部美丽的神话悲剧。造成白娘子与青年许仙婚姻悲剧的原因,是镇江金山寺法海和尚的破坏。白娘子热烈追求幸福爱情与婚姻,具有反抗封建压迫的积极意义。该剧中刻画了性格鲜明的人物形象，如忠勇坚强而又柔情似水的白娘子，嫉恶如仇而又忠义爽直的小青，软弱摇摆而又不乏良心的许宣等。全剧情节曲折，波澜起伏，人物语言准确，心理描写细腻，是清代继《长生殿》《桃花扇》之后最重要的传奇作品之一。

作 品

洪昇

洪昇（1645—1704），字昉思，号稗畦、稗村，别署南屏樵者。钱塘（今浙江杭州）人。少拜毛先舒为师，学习音韵学。康熙七年（1668）入京为国子监生，从王士禛、施闰章游，得其诗法。后遇"家难"，失去经济来源，流寓京师，困穷至极，遂寄情词曲，吟啸自适。康熙二十七年（1688），传奇《长生殿》脱稿，轰动一时。次年，因在佟皇后丧期演唱，被御史弹劾，革去监生。晚年定居故乡，愈益涂倒。康熙四十三年（1704）出游江宁，归途过乌镇，醉酒落水而死。其生平详见清王士禛《香祖笔记》、袁枚《随园诗话》、厉鹗《东城杂记·洪稗畦》、吴振棫《国朝杭郡诗辑》本传、赵执信《饴山堂诗集·怀旧诗》所附本传、陈文述《西泠怀古集·东里怀洪昉思》所附本传、《清史列传》本传，今人赵景深、张增元辑有《方志著录元明清曲家传略》。今人章培恒《洪昇年谱》考辨甚详。其思想较复杂，既维护清王朝的统治，又具有较浓厚的民族意识；既是儒家伦理道德的拥护者，又具有强烈的尚情斥理观念。艺术创作，主张"言情"。著有诗文集《啸月楼集》《稗畦集》《稗畦续集》，今存；撰有杂剧《四婵娟》（包括《谢道韫》《卫茂漪》《李易安》《管仲姬》）、传奇《长生殿》《锦绣图》《回文锦》《回龙记》《闹高唐》《孝节坊》《天涯泪》《青衫湿》《长虹桥》等，现只有《四婵娟》和《长生殿》存世。《四婵娟》有清抄本，《杂剧二集》据此影印为通行本。

长生殿（惊变）

【解题】

《长生殿》本诸唐白居易诗《长恨歌》和陈鸿传奇小说《长恨歌传》，并参以元白朴杂剧《梧桐雨》及有关传说，"经十余年，三易其稿而成。"（洪昇《〈长生殿〉例言》）初稿名为《沉香亭》，二稿更名为《舞霓裳》。全剧50出，写唐明皇与杨贵妃的爱情悲剧：唐明皇宠幸杨贵妃，政事渐荒。番将安禄山先骗取唐明皇的信任，后乘机反叛，直逼京师长安。唐明皇仓促幸蜀，扈驾将士感愤于丞相杨国忠祸国殃民，在马嵬驿兵变，逼迫唐明皇授权杀死杨国忠，赐死杨贵妃。安史之乱平定后，唐明皇十分感伤，对杨贵妃思念不已；而杨贵妃也阴魂不散，深悔自己生前的罪愆。他们的精诚感动了上苍，玉帝让杨贵妃返回仙班，并让明皇的灵魂到天界与杨贵妃团聚。作者一方面极力赞颂唐玄宗、杨贵妃的爱情，对他们给予了深切同情；另一方面，又写出了他们因"占了情场"而"弛了朝纲"的客观现实。前半部写实，情节紧凑，矛盾尖锐，如《惊变》《埋玉》等出曲折跌宕，使人惊心动魄；后半部多用想象，结构稍嫌松散，但《弹词》《闻铃》等出写得悲凉凄婉，浪漫主义色彩浓厚。而前半部的豪华热闹，又烘托了后半部的冷落凄凉，从而加强该剧的悲剧气氛。剧中人物性格鲜明,音律和谐,关目与角色处理能够与舞台演出相适应。该剧为洪昇赢得了文坛声誉,时人将其与稍后出现的《桃花扇》的作者孔尚任并称为"南洪北孔"。《长生殿》最早刊本为稗畦堂家刻本,光绪庚寅文瑞楼刊本、民国暖红室刊本及徐朔方校注本为通行本。《惊变》是《长生殿》第24出,由《小宴》和《惊变》两部分组成。作品将热闹、欢乐的关目与紧张、凄凉的关目组接在一起,既起到相互比衬的作用,让乐悲互见,增强了戏剧冲突的张力;又强化乐悲之间的因果关系,说明悲剧缘于淫乐,增强了作品的批判性。

(丑上)玉楼天半起笙歌,风送宫嫔笑语和。月殿影开闻夜漏[1],水晶帘卷近秋河[2]。咱家高力士[3],奉万岁爷之命,着咱在御花园中安排小宴,要与贵妃娘娘同来游赏,只得在此伺候。(生、旦乘辇[4],老旦、贴随后,二内侍引,行上)

[北中吕粉蝶儿][5]天淡云闲,列长空数行新雁。御园中秋色斓斑[6]:柳添黄,苹减绿,红莲脱瓣。一抹雕阑[7],喷清香桂花初绽。

(到介)(丑)请万岁爷娘娘下辇。(生、旦下辇介)(丑同内侍暗下)(生)妃子,朕与你散步一回者。(旦)陛下请。(生携旦手介)(旦)

[南泣颜回]携手向花间,暂把幽怀同散。凉生亭下,风荷映水翩翻。爱桐阴静悄,碧沉沉并绕回廊看。恋香巢秋燕依人,睡银塘鸳鸯蘸眼[8]。

(生)高力士,将酒过来[9],朕与娘娘小饮数杯。(丑)宴已排在亭上,请万岁爷娘娘上宴。(旦作把盏,生止住介)妃子,坐了。

[北石榴花]不劳你玉纤纤高捧礼仪烦[10],子待借小饮对眉山[11]。俺与你浅斟低唱互更番[12],三杯两盏,遣与消闲。妃子,今日虽是小宴,倒也清雅。回避了御厨中,回避了御厨中烹龙炰凤堆盘案[13],咿咿哑哑,乐声催趱[14]。只几味脆生生[15],只几味脆生生蔬和果清肴馔,雅称你仙肌玉骨美人餐[16]。

妃子,朕与你清游小饮,那些梨园旧曲[17],都不耐烦听他。记得那年在沉香亭上赏牡丹,召翰林李白草《清平调》三章[18],令李龟年度成新谱[19],其词甚佳,不知妃子还记得么?(旦)妾还记得。(生)妃子可为朕歌之,朕当亲倚玉笛以和。(旦)领旨。(老旦进玉笛,生吹介,旦按板介)

[南泣颜回]花繁,秾艳想容颜,云想衣裳光璨;新妆谁似,可怜飞燕娇懒[20]。名花国色[21],笑微微常得君王看。向春风解释春愁,沉香亭同依阑干。

(生)妙哉!李白锦心,妃子绣口,真双绝矣!宫娥,取巨觥来[22],朕与妃子对饮。(老旦、贴送酒介)(生)

[北斗鹌鹑]畅好是喜孜孜驻拍停歌[23],喜孜孜驻拍停歌,笑吟吟传杯送盏。妃子干一杯。(作照干介)不须他絮烦烦射覆藏钩[24],闹纷纷弹丝弄板。(又作照杯介)妃子再干一杯。(旦)妾不能饮了。(生)宫娥每跪劝。(老旦、贴)领旨。(跪旦介)娘娘请上这一杯。(旦勉饮介)(老旦、贴作连劝介)(生)我这里无语持觥仔细看,早子见花一朵上腮间。(旦作醉介)妾真醉矣!(生)一会价软哈哈柳軃花欹[25],软哈哈柳軃花欹,困腾腾莺娇燕懒。

妃子醉了。宫娥每,扶娘娘上辇进宫去者。(老旦、贴)领旨。(作扶旦起介)(旦作醉态呼介)万岁!(老旦、贴扶旦行。旦作醉态介)

[南扑灯蛾]态恹恹轻云软四肢,影濛濛空花乱双眼;娇怯怯柳腰扶难起,困沉沉强抬娇腕,软设设金莲倒褪[26],乱松松香肩軃云鬟;美甘甘思寻凤枕,步迟迟倩宫娥搀人绣帏间[27]。

(老旦、贴扶旦下)(丑同内侍暗上)(内击鼓介)(生惊介)何处鼓声骤发?(副净急上[28])渔阳鼙鼓动地来,惊破《霓裳羽衣曲》[29]。(问丑介)万岁爷在那里?(丑)在御花园内。(副净)军情紧急,不免径入。(进见介)陛下,不好了!安禄山起兵造反,杀过潼关,不日就到长安了!(生大惊介)守关将士何在?(副净)哥舒翰兵败已降贼了[30]。(生)

[北上小楼]呀,你道失机的哥舒翰,称兵的安禄山,赤紧的离了渔阳[31],陷了东京[32],破了潼关。唬得人胆战心摇[33],唬得人胆战心摇,肠慌腹热,魂飞魄散,早惊破月明花粲[34]。

卿有何策,可退贼兵?(副净)当日臣曾再三启奏禄山必反,陛下不听,今日果应臣言。事起仓卒,怎生抵敌?不若权时幸蜀[35],以待天下勤王[36]。(生)依卿所奏。快传旨,诸王百官,即时随驾幸蜀便了[37]。(副净)领旨。(急下)(生)高力士,快些整备军马,传旨令右龙武将军陈元礼统领羽林军士三千,扈驾前行[38]。(丑)领旨。(下)(内侍)请万岁爷回宫。(生转行叹介)唉!正尔欢娱,不想忽有此变,怎生是了也!

[南扑灯蛾]稳稳的宫廷宴安,扰扰的边廷造反,咚咚的鼙鼓喧,腾腾的烽火颭[39]。的溜扑碌臣民儿逃散[40],黑漫漫乾坤覆翻,碜磕磕社稷摧残[41],碜磕磕社稷摧残,当不得萧萧飒飒西风送晚,黯黯的,一轮落日冷长安。

(向内问介)宫娥每[42],杨娘娘可曾安寝?(老旦、贴内应介)已睡熟了。(生)不要惊他,且待明早五鼓同行。(泣介)天那!寡人不幸,遭此播迁,累他玉貌花容,驱驰道路,好不痛心也!

[南尾声]在深宫兀自娇慵惯,怎样支吾蜀道难?(哭介)我那妃子呵!愁杀你玉软花柔要将途路趱。

宫殿参差落照间(卢纶),渔阳烽火照函关(吴融)。
遏云声绝悲风起(胡曾)[43],何处黄云是陇山(武元衡)[44]。

清稗畦草堂刻本《长生殿》传奇

【注释】

[1]闻夜漏:言夜间寂静,可以听到受水器具承漏之声。夜漏:古代以铜壶作计时器,底穿一孔,壶中立箭,上刻度数。水漏则度数得现,以此知时间的变化。[2]近秋河:极言楼之高。秋河:银河的别称。南朝宋齐谢朓《暂使下都夜发新林至京邑赠西府同僚》诗:"秋河曙耿耿。"[3]高力士:唐玄宗最宠信的太监,曾任左监门大将军知内侍省事、骠骑大将军等职。[4]辇(niǎn):帝王所乘之车。[5]本出唱曲为南北和套。凡生所唱多为北曲,旦角则唱南曲,间有变化。[6]斓斑:颜色杂乱。[7]阑:同"栏"。[8]蘸眼:招眼,引人注意。[9]将:拿。[10]玉纤纤:形容女性手指柔长,这里借指杨贵妃的手指。[11]子待:即只待,只要。对眉山:意谓对着杨贵妃。眉山:形容女性眉毛如远山。旧题刘歆《西京杂记》:"文君娇好,眉色如望远山。"[12]浅斟低唱:语出宋柳永《鹤冲天》词:"忍把浮名,换了浅斟低唱。"这里写唐玄宗将个人享受置于国家大政之上。[13]烹龙炰(páo)凤:意为烧煮各种山珍海味。

炰：同"炮"，烧炙。盘案：放菜的器具。[14] 趱（zǎn）：催促。趱：赶。[15] 脆生生：很脆。生生：形容脆的程度。[16] 雅称（chèn）：非常合适，配称。雅：甚，很。[17] 梨园：唐玄宗时，教练宫廷歌舞艺人的地方，设在蓬莱宫旁边的宜春院内。《旧唐书·音乐一》："玄宗又于听政之暇，教太常乐工子弟三百人为丝竹之戏，音响齐发，有一声误，玄宗必觉而正之，号为皇帝弟子，又云梨园弟子，以置院近于禁苑之梨园。"[18] 草《清平调》三章：《清平调》是乐曲宫调中的一种调名。李白在长安供奉翰林时，曾奉命写了《清平调》词三首。即其一："云想衣裳花想容"；其二："一枝红艳露凝香"；其三："名花倾国两相欢"。本出戏杨贵妃所唱[南泣颜回]，就是根据李白《清平调》词的词句变化而成。[19] 李龟年：唐玄宗宠幸的乐人，善演奏，能作曲。度：谱曲。[20] 飞燕：指汉成帝的皇后赵飞燕，以美色称。[21] 名花：指牡丹。国色：指杨贵妃。[22] 觞（shāng）：酒杯。[23] 畅好是：正好是。[24] 絮烦烦：啰嗦，招人厌烦。射覆藏钩：古代的两种游戏。射覆：即猜谜。射：猜测。覆：谜。藏钩：指猜测物品藏匿之所。钩：泛指物品。[25] 一会介：一会儿。软咍（hāi）咍：软绵绵。用叠词"咍咍"形容步履体态。下文"困腾腾""娇怯怯""乱松松"等也都着意刻画杨贵妃的"软""困""娇"等醉态。柳軃（duǒ）花欹（qī）：形容杨贵妃饮醉无力的情态。軃：垂下。欹：同"攲"，偏斜。[26] 金莲：形容女子纤细之足。[27] 倩：请。[28] 副净：在本出中扮演杨国忠。[29] "渔阳"二句：语出唐白居易《长恨歌》诗。渔阳：地名，在今河北蓟县一带。这里泛指安禄山起兵之地。鼙（pí）鼓：军鼓。《霓裳羽衣曲》：唐代大型舞曲名。本名《婆罗门》，是西域乐舞的一种，开元中河西节度使杨敬述引入，据说曾经唐玄宗加工润色。[30] 哥舒翰：唐玄宗时驻守潼关的将领。[31] 赤紧：一作"吃紧"，谓紧要关头，这里形容速度之快。[32] 东京：洛阳。汉高祖都长安，光武帝都洛阳，故汉时即称长安为西京、洛阳为东京。唐沿用不变。[33] 唬（xià）：同"吓"。[34] 月明花粲：比喻环境安乐。[35] 权时：暂时。[36] 勤王：朝廷有难，起兵去援助。[37] 幸：即临幸，到达。皇帝专用词。[38] 羽林军：皇帝的警卫部队。扈驾：随从皇帝车驾，指保卫。[39] 烽火：古代边防报警的烟火，比喻战火、战争。黫（yān）：黑色。[40] 的溜扑碌：形容逃跑时的仓皇狼狈。[41] 磣（cān）磕磕：极言悲惨。磣：同"惨"。磕磕：又作"可可"，无义。[42] 每：们。[43] 遏（è）云：即响遏行云，指高亢而响亮的乐声使行云停遏。遏：阻止。《列子·汤问》："秦青善歌，能使声振林木，响遏行云。"[44] 陇山：在陕西、甘肃一带，由长安往成都，经陇山东麓而南行。

孔尚任

孔尚任（1648—1718），字聘之，又字季重，号东塘，别署岸堂、云亭山人。曲阜（今属山东）人，孔子六十四代孙。童蒙入家塾，约于康熙八年（1669）进学，屡赴乡试未第，读书石门山中。十九年捐纳国子监生。二十三年康熙帝南巡，返程至曲阜祭孔，充御前讲书官，受赏识，特擢国子监博士。二十五年随工部侍郎孙在丰赴淮扬疏浚下河，历时四年，借机游历扬州、南京等南明故地，结交名士、遗老。还朝后，经户部主事，升员外郎。三十九年以事罢官。四十一年还乡。后多次出游，终病逝于家。其生平事迹见清李桓《国朝耆献类征初编》、张维屏《国朝诗人征略》等。在儒家思想教育下，其一方面接受反清情绪，另一方面又努力用世。历史剧创作，主张"确考时地"（《〈桃花扇〉凡例》）的现实主义方法，"词必新警"（同上），说白尚雅。著述甚富，既工诗文，有《石门山集》《湖海集》

《宫词百首》《岸堂稿》《长留集》《岸堂文集》等；又谙音律，工乐府，撰《桃花扇》传奇，与顾彩合作撰《小忽雷》传奇，今皆存；还编纂《平阳府志》《阙里新志》《莱州府志》《节序同风录》等。《湖海集》以康熙刻本为通行本，《小忽雷》以暖红室刻本为通行本。

桃花扇（却奁）

【解题】

《桃花扇》全剧42出，是"借离合之情，写兴亡之感"（《桃花扇·试一出先声》）的历史悲剧，通过明末复社文人侯方域与秦淮名妓李香君的爱情故事来反映南明一代的兴亡。剧情梗概：侯方域在南京旧院与李香君结识，并订立婚约。阉党余孽阮大铖得知侯方域拮据，暗送妆奁（lián），以拉拢侯方域，结交复社。香君识破阮大铖阴谋，坚决退还妆奁，大铖怀恨。崇祯帝自缢后，马士英、阮大铖在南京拥立福王，建立南明王朝，因此得势。阮大铖诬侯方域联络左良玉反叛朝廷，迫使侯方域逃离南京。随后又强迫香君嫁其党羽田仰，香君誓死不从，血溅定情诗扇。友人杨龙友将扇上血迹点染成折枝桃花，因名桃花扇。马、阮倒行逆施，朝政腐败不堪。清兵趁机南下，南京、扬州沦陷，史可法投江殉国，南明灭亡。几经周折，侯、李又得重逢，但面对山河沦落，终于顿悟，遂双双出家。作品歌颂了坚持民族气节的主战派史可法和下层人民，鞭挞了马士英、阮大铖等的祸国殃民，具有明显的进步倾向；但由于阶级的局限和时代的需要，作品对清统治者有一定的美化，对李自成起义军采取了敌视的态度。结构上，作品结尾打破一般传奇的生旦团圆俗套，为人所称。《桃花扇》的创作历经十余年，三易其稿，于康熙三十八年（1699）六月脱稿，秋入内府演出。该剧作的成功，使孔尚任蜚声文坛，时人将其与《长生殿》作者洪昇并论，称"南洪北孔"。《桃花扇》最早刊本为康熙四十七年戊子刻本，后版本杂多，现较通行的为兰雪堂本、西园本、暖红室本、梁启超注本以及王季思、苏寰中、杨德平合注本。

《却奁》是《桃花扇》的第7出。[夜行船]前原有一段保儿的说白，节选时删除。该出写秦淮名妓李香君坚决拒绝阉党余孽阮大铖为收买侯方域而送给她的妆奁。李香君虽身处社会下层，却深明大义，坚定正直，不向权贵低头，不受金钱利诱，其守志不污的高尚气节，与侯方域的软弱动摇、杨龙友的帮闲无聊、李贞丽的平庸世俗，构成了鲜明的对比。

[夜行船]（末）人宿平康深柳巷[1]，惊好梦门外花郎[2]。绣户未开，帘钩才响，春阻十层纱帐。

下官杨文骢[3]，早来与侯兄道喜[4]。你看院门深闭，侍婢无声，想是高眠未起。（唤介）保儿[5]，你到新人窗外，说我早来道喜。（杂）昨日睡迟了，今日未必起来哩。老爷请回，明日再来罢。（末笑介）胡说！快快去问。（小旦内问介[6]）保儿，来的是那一个？（杂）是杨老爷道喜来了。（小旦忙上）依枕春宵短，敲门好事多。（见介）多谢老爷，成了孩儿一世姻缘。（末）好说。（问介）新人起来不曾？（小旦）昨晚睡迟，都还未起哩。（让坐介）老爷请坐，待我去催他。（末）不必，不必。（小旦下）

[步步娇]（末）儿女浓情如花酿，美满无他想，黑甜共一乡[7]。可也亏了俺帮衬[8]，

珠翠辉煌，罗绮飘荡，件件助新妆，悬出风流榜。

（小旦上）好笑，好笑！两个在那里交扣丁香[9]，并照菱花[10]，梳洗才完，穿戴未毕。请老爷同到洞房，唤他出来，好饮扶头卯酒[11]。（末）惊却好梦，得罪不浅。（同下）（生、旦艳妆上[12]）

[沉醉东风]（生、旦）这云情接着雨况，刚搔了心窝奇痒，谁搅起睡鸳鸯。被翻红浪，喜匆匆满怀欢畅。枕上余香，帕上余香，消魂滋味，才从梦里尝。

（末、小旦上）（末）果然起来了，恭喜，恭喜！（一揖，坐介）（末）昨晚催妆拙句[13]，可还说的入情么？（生揖介）多谢！（笑介）妙是妙极了，只有一件。（末）那一件？（生）香君虽小，还该藏之金屋[14]。（看袖介）小生衫袖，如何着得下？（俱笑介）（末）夜来定情，必有佳作。（生）草草塞责，不敢请教。（末）诗在那里？（旦）诗在扇头。（旦向袖中取出扇介）（末接看介）是一柄白纱宫扇[15]。（嗅介）香的有趣。（吟诗介）妙，妙！只有香君不愧此诗。（付旦介）还收好了。（旦收扇介）

[园林好]（末）正芬芳桃香李香，都题在宫纱扇上；怕遇着狂风吹荡，须紧紧袖中藏，须紧紧袖中藏。

（末看旦介）你看香君上头之后[16]，更觉艳丽了。（向生介）世兄有福，消此尤物[17]。（生）香君天姿国色，今日插了几朵珠翠，穿了一套绮罗，十分花貌，又添二分，果然可爱。（小旦）这都亏了杨老爷帮衬哩。

[江儿水]送到缠头锦，百宝箱，珠围翠绕流苏帐[18]，银烛笼纱通宵亮，金杯劝酒合席唱。今日又早早来看，恰似亲生自养，赔了妆奁[19]，又早敲门来望。

（旦）俺看杨老爷，虽是马督抚至亲[20]，却也拮据作客，为何轻掷金钱，来填烟花之窟[21]？在奴家受之有愧，在老爷施之无名；今日问个明白，以便图报。（生）香君问得有理。小弟与杨兄萍水相交[22]，昨日承情太厚，也觉不安。（末）既蒙问及，小弟只得实告了。这些妆奁酒席，约费三百余金，皆出怀宁之手[23]。（生）那个怀宁？（末）曾做过光禄的阮圆海。（生）是那皖人阮大铖么？（末）正是。（生）他为何这样周旋？（末）不过欲纳交足下之意[24]。

[五供养]（末）羡你风流雅望，东洛才名[25]，西汉文章[26]。逢迎随处有，争看坐车郎[27]。秦淮妙处，暂寻个佳人相傍，也要些鸳鸯被、芙蓉妆；你道是谁的，是那南邻大阮[28]，嫁衣全忙。

（生）阮圆老原是敝年伯[29]。小弟鄙其为人，绝之已久。他今日无故用情，令人不解。（末）圆老有一段苦衷，欲见白于足下。（生）请教。（末）圆老当日曾游赵梦白之门，原是吾辈。后来结交魏党，只为救护东林[30]。不料魏党一败，东林反与之水火[31]。近日复社诸生[32]，倡论攻击，大肆殴辱，岂非操同室之戈乎[33]？圆老故交虽多，因其形迹可疑，亦无人代为分辨。每日向天大哭，说道："同类相残，伤心惨目，非河南侯君，不能救我。"所以今日谆谆纳交[34]。（生）原来如此。俺看圆海情辞迫切，不觉可怜。就便真是魏党，悔过来归，亦不可绝之大甚，况罪有可原乎！定生、次尾[35]，皆我至交，明日相见，即为分解[36]。（末）果然如此，吾党之幸也。（旦怒介）官人是何说话，阮大铖趋附权奸，廉耻丧尽；妇人女子，无不唾骂。他人攻之，官人救之，官人自处于何等也？

[川拨棹]不思想，把话儿轻易讲。要与他消释灾殃，要与他消释灾殃，也隄防旁人短

长[37]。官人之意,不过因他助我妆奁,便要徇私废公;那知道这几件钗钏衣裙,原放不到我香君眼里。(拔簪脱衣介)脱裙衫,穷不妨;布荆人[38],名自香。

(末)阿呀!香君气性,忒也刚烈[39]。(小旦)把好好东西,都丢一地,可惜,可惜!(拾介)(生)好,好,好!这等见识,我倒不如,真乃侯生畏友也[40]。(向末介)老兄休怪。弟非不领教,但恐为女子所笑耳。

[前腔](生)平康巷,他能将名节讲;偏是咱学校朝堂[41],偏是咱学校朝堂,混贤奸不问青黄[42]。那些社友平日重俺侯生者,也只为这点义气;我若依附奸邪,那时群起来攻,自救不暇,焉能救人手。节和名,非泛常;重和轻,须审详。

(末)圆老一段好意,也还不可激烈。(生)我虽至愚,亦不肯从井救人[43]。(末)既然如此,小弟告辞了。(生)这些箱笼,原是阮家之物,香君不用,留之无益,还求取去罢。(末)正是"多情反被无情恼"[44],"乘兴而来兴尽还"[45]。(下)(旦恼介)(生看旦介)俺看香君天姿国色,摘了几朵珠翠,脱去一套绮罗,十分容貌,又添十分,更觉可爱。(小旦)虽如此说,舍了许多东西,到底可惜。

[尾声]金珠到手轻轻放,惯成了娇痴模样,孤负俺辛勤做老娘[46]。(生)些须东西[47],何足挂念,小生照样赔来。(小旦)这等才好。

(小旦)花钱粉钞费商量[48],(旦)裙布钗荆也不妨。

(生)只有湘君能解佩[49],(旦)风标不学世时妆。

清暖红室刻本《桃花扇》传奇

【注释】

[1] 平康深柳巷:平康、柳巷均指妓馆。平康:唐代长安里名,妓女聚居之处,后因称平康为妓家。柳巷:俗称妓馆会集处为花街柳巷。[2] 花郎:这里指卖花人。[3] 杨文骢:字龙友,贵阳人。弘光朝官常、镇二府巡抚,后从唐王起兵抗清,兵败被杀。善书画、有文才,为人豪侠自喜,推奖名士。[4] 侯兄:侯方域(1618—1654),字朝宗,河南商丘人。晚明复社重要人物,与冒辟疆、陈贞慧、吴应箕合称"四公子",以文名世。早年游金陵,阮大铖愿与之交,不肯往。后大铖得势,兴党狱,欲杀方域,方域往依高杰而免。入清后,应河南乡试,中副榜。[5] 保儿:对妓馆中佣人的称呼。[6] 小旦:角色名,这里扮演李香君假母李贞丽。[7] 黑甜共一乡:意为一齐熟睡。苏轼《发广州》诗:"一枕黑甜余。"苏轼自注:"俗谓睡为黑甜。"[8] 帮衬:帮助,资助。[9] 丁香:花名。此处借指形似丁香花蕾的衣纽,又称丁香结。[10] 菱花:指镜子。古代多用铜制镜磨光,背面缕铸图案,以菱花为最普遍,故常用"菱花"指代。[11] 扶头:一作清醒头脑,振作精神解;一作酒名。这里作前者理解。卯酒:早晨卯时前后饮的酒。[12] 生、旦:角色名。生这里扮侯方域。旦这里扮李香君,秦淮名妓。[13] 催妆拙句:前出《眠香》写杨文骢送给侯、李二人催妆诗,中有"怀中婀娜袖中藏"句,故而下文有"小生衫袖,如何着得下"的说白。[14] 藏之金屋:借用汉武帝"金屋藏娇"的典故。[15] 宫扇:按照宫中式样做成的扇子。[16] 上头:女子婚后发饰须作成人装束,称为上头。这里指成婚。[17] 尤物:绝色美人。[18] 流苏帐:以流苏为垂饰的帐子。流苏:彩色丝线或羽毛所作的垂饰。[19] 妆奁:嫁妆。[20] 马督抚:即马士英,时任凤阳总督。弘光朝以拥立功,累升大学士兼兵部尚书,总揽朝政,极为奸邪。清兵南下,被俘后被杀。杨文骢是马士英妻弟,故谓

"至亲"。[21] 烟花：宋元以来妓女之通称。[22] 萍水相交：谓偶然结识的朋友。[23] 怀宁：即安徽怀宁人阮大铖，字圆海。初依东林名士左光斗得官，不久转而投靠魏忠贤。魏党败，被废斥。南明时，与马士英拥立福王有功，任兵部尚书。清兵南下时投降，从攻仙霞岭，病死。[24] 纳交：献财物礼品以相交结。[25] 东洛才名：晋左思用十年时间写成《三都赋》，时人竞相传抄，出现洛阳纸贵景象。这里借指侯方域文学才名极高。[26] 西汉文章：西汉司马迁、司马相如等人的文学作品成就很高，这里是说侯方域的文章写得很好。[27] 争看坐车郎：相传西晋潘岳貌美，每次坐车出游，妇女争相观看，投以果饵。这里是说侯方域的风流美貌。[28] 南邻大阮：晋代有"南北阮"之说，南阮指阮籍、阮咸等人，其中阮籍又被称为大阮。这里借指阮大铖。[29] 年伯：称父之同年（同一年次科举考中的人）为年伯。阮大铖与侯方域父侯恂(xún)为同年，故方域呼其为"年伯"。[30] "圆老当日"四句：《明史·奸臣列传》："同邑左光斗为御史有声，大铖倚为重。四年春，吏科给事中缺。大铖次当迁，光斗招之。而赵南星、高攀龙、杨涟等以察典近，大铖轻躁不可任，欲用魏大中。大铖至，使补工科。大铖心恨，阴结中珰，寝推大中疏。吏部不得已，更上大铖名，即得请。大铖自是附魏忠贤。"此处杨文骢所言，歪曲事实，为阮大铖说项。赵梦白：即赵南星，字梦白，明末高邑人。熹宗时官吏部尚书，为魏忠贤所忌，矫旨削官，遣戍代州，死于戍所。魏党：即明末宦官魏忠贤为首的阉党，马士英、阮大铖为其余孽。东林：即东林党。宋代杨时在无锡建东林书院。明代顾宪成、高攀龙等人重修东林书院，作为讲学基地，激烈抨击以魏忠贤为首的政治集团，赢得许多进步知识分子和士大夫的支持与同情，被称为东林党。[31] 水火：比喻彼此不相容。[32] 复社：明天启年间代表中小地主利益的政治、文化团体，由张溥等倡导，为东林党的后劲，对阉党不断抨击，引起阉党忌恨。[33] 操同室之戈：即同室操戈，谓一家人相互倾轧。[34] 谆谆：殷勤。[35] 定生：陈贞慧字，江苏宜兴人，明亡不仕。次尾：吴应箕字，安徽贵池人，明亡后抗清，被俘牺牲。二人都是复社后期的著名人物。[36] 分解：犹言辩解，辩白。[37] 旁人短长：即他人说长道短的评论。[38] 布荆：布裙荆钗，古代贫穷妇女的服饰。[39] 忒(tuī)：太，过于。[40] 畏友：能够正言规劝人而令人敬畏的朋友。[41] 学校朝堂：指读书做官的人。[42] 不问青黄：是说不管是非黑白。[43] 从井救人：意谓无益于人而有损于己，这里指不顾自己的名节去救助别人。[44] "多情"句：语出苏轼《蝶恋花·花褪残红》词。[45] "乘兴"句：本东晋王子猷语。王子猷曾雪夜乘船访戴安道，中途折回，人问其故，答道："乘兴而来，兴尽而返，何必见戴。"[46] 孤负：即辜负。[47] 些须：即些许，意谓一点儿，少许。[48] 花钱粉钞：妇女用于花粉装饰之资，借指妆奁之资。[49] 湘君能解佩：屈原《九歌·湘君》："遗余佩兮澧浦。""湘君"谐"香君"，此句形容香君的却奁。佩：衣带之装饰物。

清近代散文概说

《清史稿·文苑传》中指出："清代学术，超汉越宋，论者至欲特立'清学'之名，而文、学并重，亦足于汉、唐、宋、明之外，别树一宗。"清代文坛，文士如林，流派纷呈，展示了中国古典散文进入总结期的风采。随着戊戌变法、辛亥革命的推动，近代散文又有新的时代特色。

一、清初遗民的学人之文

清初的散文主要分为两种：学人之文与文人之文。学人之文的主要代表是明遗民顾炎武、黄宗羲、王夫之①，他们既是明清之际著名的思想家，又是学人之文的重要作家。

黄宗羲学识渊博，尤长于史学。其散文以议论见长，文笔犀利，语言条畅，思辨力很强。他的《明夷待访录》中的《明君》，是为世间传诵的儒者之文。所谓"原君"，就是推究为君之道。对于封建君主专制，从先秦的孟子到魏晋的嵇康、阮籍乃至宋代的苏轼等都有批判，但在这方面理论之系统、言辞之激烈，还当首推此文。文章大胆地将批判的矛头直指残暴的君主，将他们斥之为"寇仇""独夫"，"天下之大害"，更难得是将批判的锋芒直逼当今君主，并提出君主的职责在于服务天下，而不是鱼肉百姓，充分体现了作者进步的民本思想。文章大胆泼辣，充满激情，而且史料翔实，论证严密，是颇有特色的儒者之文。又如《怪说》围绕着"怪"字逐层深入，回环往复，通过"复得牵黄犬出上蔡东门""复闻华亭鹤唳"等典故的巧妙运用，展示老骥伏枥的情怀和耿介坚韧的个性，是一篇构思新颖的佳作。他的《张南垣传》《柳敬亭传》是根据吴伟业原文改写的。前者写画家张南垣善于造园林假山，匠心独运，天然去雕饰；后者写明清之际的说书艺人柳敬亭，具体生动，形象逼真，寄寓着易代之悲、亡国之恨。

顾炎武论学强调"博学于文""行己有耻"，治经注重考据，倡导经世致用，开清代朴学风气。他主张"文须有益于天下"，他说："文之不可绝于天地间者，曰明道也，纪政事也，察民隐也，乐道人之善也。若此者有益于天下，有益于将来，多一篇，多一篇之益也。"顾炎武的政论文中为世所称的有《郡县论》《生员论》《与友人论学书》等。《郡县论》提出了封建专制主义体制改革的问题，观点鲜明，结构严谨，文风朴实。《生员论》大胆地揭露当时科举制度的弊端，提出了废除生员制度的设想与方案，思路开阔，逐层推进，纵横开阖，颇有气势。《与友人论学书》是一篇书信体的学术论文，该文大力批驳束书不观、崇尚空谈的风气，着重阐述了开启一代学风的思想纲领——"博学于文""行己有耻"，有破有立，先破后立，逻辑严密，气韵贯注，语言古朴雄劲，而在散句中间有俪句，显的活泼生动。顾炎武还有一些为世传诵的文章如《复庵记》《吴同知行状》以及《日知录》中

---

① 王夫之（1619—1692），字而农，号姜斋。曾隐于衡阳石船山，世称船山先生。湖广衡州（今湖南衡阳市）人。明亡后，参加抗清，南北奔走，历尽艰辛。后屏迹深山，以著述为事。后人辑为《船山遗书》《船山诗文集》。

的一些篇章。《复庵记》借明遗民范养民事迹及其居所"复庵"的记述，表达了作者对明室的眷恋与哀痛，寄托着他对反清复明的政治抱负。文章巧于构思，善于安排，层次分明，结构谨严，以叙事为主，兼及写景，在叙事与写景中充满着炽烈的情感。《吴同知行状》是一篇悼念亡友的文章，通过对抗清中牺牲的吴其沆生平事迹的叙述，赞扬了他爱国爱家的优良品质，在平静的叙事中蕴含着深厚的情感。总之，顾炎武的散文既注重社会功能，又颇有艺术价值，往往将叙事、写景、议论、抒情融为一体，结构疏放自如，文风质朴自然，深得唐宋散文的精髓。

王夫之著作宏富，长于史论，感情洋溢，恣意纵横，显示出大家气度。《桑维翰论》是《读通鉴论》中的一篇史论。桑维翰曾为后晋中书令兼枢密使，他替后晋高祖石敬瑭谋划，借契丹之力灭后唐，石敬瑭称帝后又称契丹主为父皇帝，并割让幽蓟十六州给契丹。《桑维翰论》鞭挞桑维翰的叛唐行为，表现了作者强烈的民族意识。《船山记》是一篇借物言情的山水游记，表达了作者作为遗民的山河破碎之感和丧失精神家园之痛。王夫之临终前夕，还撰写了一篇《自题墓石》，非常简略地概括了他自己的抱负与遗憾，文中"抱刘越石（刘琨）之孤愤""希张横渠（张载）之正学"，道出了平生的志向和为学旨趣，文风沉雄，语言豪壮，体现了王夫之散文的一贯特色。

二、清初三大家的文人之文

清初以文名传世的"三大家"——侯方域、魏禧①、汪琬②，往往是取径唐宋而展示文人的才华。

侯方域"天才英发，吐气自华，善于规模。绝去蹊径，不戾于古，而亦不泥于今。当今论古文，率推方域为第一，远近无异同。"（《清史列传》）他早期为文流于华藻，工力欠深，有"春花烂漫，柔脆飘扬，转目便萧索可怜"之弊。后学唐宋八大家，转益多思，并融入小说笔法，流畅恣肆，委曲详尽，颇有奇气。他散文体裁多样，议论广泛，或义正辞严，酣畅饱满；或缠绵悱恻，声情并茂；或雄辩滔滔，纵横奔放。《癸未去金陵日与阮光禄书》是他为躲避迫害而逃离南京时所写的书信，义正辞严地揭露魏阉余孽阮大铖的丑恶嘴脸，行文委婉，却冷语刺骨，处处击中要害，显示了不向权势屈服的精神。《祭吴次尾文》悼念抗战而死的好友吴应箕（字次尾），其中既蕴含着民族情感，正气凛然，又缠绵呜咽，自然真淳。他的传记之文，尤其善于刻画人物。《任源邃传》为抗清不屈的"鄙人"（布衣）立传，也颇有时代特色。作者在《李姬传》中着力写李香劝说自己不要与阮大铖交结、勉励自己珍重名节、拒绝与奸党往来等三件事，刻画了一位沦落风尘但孤标傲世，颇有正义感的秦淮名妓李香（《桃花扇》中李香君的原型）的形象，曲折生动，个性鲜明，突破陈规，以小说的笔法为散文，提炼细节，刻画神情，颇有特色。《马伶传》也是以"小说为古

---

① 魏禧（1624—1680），字冰叔、叔子，号裕斋，江西宁都人。明末诸生，明亡后绝意仕进，削发为头陀，隐居翠微峰。著有《魏叔子集》。

② 汪琬（1624—1691），字苕文，又号钝庵，长洲（江苏苏州）人。顺治年间进士，曾任户部主事、刑部郎中等。后以病假归，结庐太湖尧峰山，人称尧峰先生。康熙十八年（1679），举博学鸿词科，授编修，参与修《明史》。著有《钝翁类稿》《尧峰文抄》。

文辞",为颇具传奇色彩的戏剧演员马伶作传,叙述了他刻苦学艺的故事,情节曲折,意味深长,昭示世人要获成功就应坚定志向,长期地观察体验生活,同时借传主之口将当朝宰相顾秉谦比作严嵩,贬斥之意不言自明。文章选材集中,简繁得当,颇有章法,文笔生动流畅,说理委曲透辟,颇有唐宋八大家的遗风。

魏禧的散文多表彰民族节义之事,表现了强烈的民族意识,如《江天一传》《高士汪沨传》等。他好《左传》与苏洵的文章,所作散文风格凌厉雄杰,慷慨刚劲,叙事简洁,议论精当。魏禧的散文以人物传记为最突出,《大铁椎传》塑造了一位武艺超常、有胆有识的侠客形象,反映了作者对英雄豪杰的企慕和对人才不为世用的无限感慨。《复六松书》是一封回复给友人曾灿的短札,文中表达了一种向往志同道合的朋友之情的强烈愿望,言情言理,高度结合,情感真挚,感人至深,"肝肠火热,胆魄金坚"。

汪琬的散文简洁平实,条达疏畅,计东为汪琬所作的《生圹志》中说:"若其文章,溯宋而唐。明理卓绝,似李习之(李翱);简洁有气,似柳子厚(柳宗元)。"《送王进士之任扬州序》是送别王士禛而作,表现了挚友惜别时的难舍心情,文章虽不足二百字,但写得含蓄隽永,委婉动人。《陶渊明像赞并序》以知人论世的方法,说明《桃花源记》是虚拟之辞,揭示了陶渊明厌恶魏晋政治险恶而崇尚古朴与世无争的避世心理。《江天一传》围绕忠、孝、节、义组织材料,多角度地刻画了民间抗清义士江天一刚强不屈、有勇有谋的个性特征,文章布局灵活,叙事有法,结构严谨,又富于变化。

三、桐城派古文

桐城派是在康熙年间由安徽桐城人方苞开创,同乡刘大櫆①、姚鼐②等继承发展,成为清代影响最大的散文流派。

桐城派先驱戴名世③,主张为文以"精、气、神"为主,"言有物"为"立言之道"。这是桐城派理论的发轫。方苞、刘大櫆、姚鼐,被称为"桐城三祖"。桐城派文学理论奠基者方苞确立了桐城派的核心理论——"义法"说。什么叫做"义法"?"义即《易》之所谓'言有物'也,法即《易》之所谓'言有序'也。义以为经而法纬之,然后为成体之文。"(《又书货殖传后》)"义"是指内容(文章的意旨、论断与褒贬),内容要充实;"法"指文章的条理,有关结构(布局、章法、文辞等)等方面的问题。"有物",有益于发扬经典、辨析事理、记载史实、通达世务的作品。桐城派针对俚俗与繁芜的文风,提出了文章最高的艺术标准——"雅洁"。雅在语言上的要求,文辞要古雅、雅训;洁是言简意赅,不仅指语言上的精炼简省,而尤其强调避免枝蔓繁复,在取材布局上要求剪裁恰当。方苞所作《钦定四书文》"凡例"中说:"凡所录取,皆以发明义理、清真古雅、言必有物为宗。"

刘大櫆对"义法"理论进行丰富与拓展,将其具体化、通俗化。他论文讲求神、气、音节:"神气者,文章最精处也;音节者,文之稍粗处也;字句者,文之最粗处也。然论文

---

① 刘大櫆(1698—1779),字才甫,号海峰。
② 姚鼐(1732—1815),字姬传,号惜抱。乾隆二十八年(1763)进士,充任四库馆纂修官,后辞官告归,先后主讲于江南紫阳、钟山等书院四十多年。著有《惜抱轩文集》,编纂《古文辞类纂》等。
③ 戴名世(1653—1713),字田有,安徽桐城人。

而至于字句,则文之能事尽矣。"(《论文偶记》)"神"是首要的,居于支配地位,"气"是贯穿文章的气势韵味。为了使"神""气"易于掌握而不至于无可捉摸,又提出因声求气说:"积字成句,积句成章,积章成篇。合而读之,音节见矣;歌而咏之,神气出矣。"由字句以求音节,再由音节以求声气,音节是行文的关键,诵读能体会文章的神气,这就是为探寻"义法"奥妙揭示出门径和方法,也使理论具有较强的实践性和可操作性。

姚鼐壮大古文声势,在桐城派中地位最高。方宗诚《桐城文录序》说:"自惜抱文出,桐城学者大抵奉以为师。"姚鼐生当乾、嘉之时,以考据为特色的汉学正风行朝野。他的古文理论主要表现为:(1)提倡义理、考证、文章相济:"余尝论学问之事有三端焉,曰:义理也,考证也,文章也。是三者,苟善用之,则皆足以相济;苟不善用之,则或至于相害。"(《述庵文抄序》)"义理",指儒家的伦理,主要指程朱理学。义理是考证的导向,文章的灵魂。(2)提出"神、理、气、味、格、律、声、色"八字的散文要素:"凡文之体类十三,而所以为文者八,曰:神、理、气、味、格、律、声、色。神、理、气味者,位之精也;格、律、声、色者,文之粗也。然苟舍其粗,则精者亦胡以寓焉。"(《古文辞类纂》序目)神,精神;理,义理;气,气魄或气势;味,韵味;格,体式;律,法度;声,音调;色,辞藻。抽象的前四者要通过具体的后四者来体现和把握,并且在领悟前四者之后,摆脱后四者的束缚,从而进入"御其精者而遗其粗者"(《古文辞类纂》序目)的境界,进而将方苞、刘大櫆的古文理论系统化和细密化。(3)把握文章风格——阳刚与阴柔:"鼐闻天地之道,阴阳刚柔而已。文者,天地之精英,而阴阳刚柔之发也。"(《复鲁絜非书》)

"昔有方侍郎(方苞),今有刘先生(刘大櫆),天下文章,其出于桐城乎?"(姚鼐《刘海峰先生八十寿序》)桐城派不仅在清中叶有广泛的影响,而且在散文创作的实践上颇有自己的特点。

方苞的古文创作实践了他的理论主张,以凝练雅洁见长,开桐城派风气。例如《狱中杂记》以自己亲身经历,揭露狱中种种奸弊、秽污、酷虐,继承了《史记》等秉笔直书的传统,少发议论,详叙事实,寓论断于叙事之中,而且结构严谨,条理分明,文字准确,实践了他自己"雅洁"的古文理论。《左忠毅公逸事》侧重叙述明代反斗阉党的左光斗慧眼识英雄的卓识与以身许国、不计个人生死荣辱的可贵品质,又兼写史可法,表现了主人公的忠义精神在史可法身上的再生,谋篇严密,剪材得当,笔简语洁,生动传神。

刘大櫆师事方苞,又为姚鼐所推重,是桐城派中承上启下的人物。著有《海峰文集》,今有《刘大櫆集》。其古文,集庄、骚、左、史、韩、柳、欧、苏之长,其气肆,其才雄,波澜壮阔,颇多卓越之见。如《无斋记》是明志述怀之作,用语简洁,吐词明快,兼有《庄子·至乐》的激忿和韩愈《送穷文》的新奇。《游万柳堂记》是一篇简短的游记文,也是寓意深刻的哲理小品,通过自己三游万柳堂的所见,反映了一座园林别墅逐步衰败的过程,从中寄托着自己无限的感慨,言简意赅,主旨鲜明,前后照应,浑然一体。

在桐城派中,姚鼐的文章成就和影响最大,被推为"举天下之美,无以易乎桐城姚氏者也"(曾国藩《欧阳生文集》序),"固当为百年正宗"(曾国藩《致吴敏树书》)。姚鼐文章以"丰韵"(刘师培《论近世文学之变迁》)见长,"以神韵为宗"(方宗诚《桐城派文录》序),雅洁、明晰,富有韵味。《翰林论》借论述翰林的职责为名,寄寓着作者对社会政治愤懑不满的感情,《李斯论》通过对李斯是否以"荀卿之学乱天下"问题的辨析,揭露他"趋时""乱政"的实质,都是有感而发,寓有针砭时事之意,并带有寓浓郁于平淡的特点。《登泰山记》描绘了雪后初晴的泰山的雄奇和日出的壮美,再现了祖国山川的雄浑壮丽,看似简洁写实的游记,实则寓有作者"隐君子之高风"和"幽怀远韵"的丰富内涵,字里行间极富生气和情趣,以实写虚,寓丰富于简洁之中。《复鲁絜非书》阐明文学风格上的阴阳刚柔之说,展示了姚鼐论文的精义,发前人所未言,虚实结合,夹叙夹议,并且运用了一系列形象贴切的比喻,语意新颖,警策动人。

四、阳湖文派

阳湖派是桐城派的分支,代表人物恽敬①、张惠言均为阳湖(今江苏武进)人,都是桐城派中刘大櫆的再传子弟。他俩与李兆洛②为古文中的"阳湖三家"。

《清国史·文苑》本传说:"论者国朝文气之奇推魏禧,文体之正推方苞,而介乎奇正之间者惟敬。苞之文,学者尊之为桐城派,至敬出,学者乃别称为阳湖派云。"恽敬与张惠言共同致力于古文,调和汉学与宋学,兼采古文与骈文之长,以博雅恣肆取胜。恽敬为文颇有气势,不拘死法,讲究辞采。《谢南冈小传》为郁郁不得志的穷秀才立传,为怀才不遇的传主深自惋惜,并自责未能及时发现人才,态度真诚,立意正大,风格自然。《游庐山记》记述他自己几天中游庐山南麓所经历的景地,突出写了文会堂、欢喜亭、秀峰寺、神林浦等"娱性逸情"之处,将山水之奇美与娱情逸兴交融在一起,文笔简练,灵活自如。

张惠言的文章大致分为两个阶段:"少年辞赋,尝拟司马相如、扬雄之言;及壮,为古文,效韩氏愈、欧阳氏修。"(恽敬《张皋文墓志铭》)张惠言早年致力于辞赋创作,大赋如《黄山赋》学汉魏,小赋如《望江南花赋》以六朝为宗。后期在"经世致用"思想的指导下,张惠言的古文表现出强烈的社会现实感和锐利的批判锋芒。《书山东河工事》详尽地描述了清嘉庆二年(1797)山东黄河决口的惨状,揭露了封建官僚昏聩害民的罪行,据闻实录,冷峻客观,叙事简洁,讲求章法。《陈长生传》为一贫如洗、默默无闻的农民立传,语言朴实平易,人物形象栩栩如生。《送张文在分发甘肃序》将一位屈身下僚的官吏坚强而有操守的品质刻画得非常生动,在对张文在的极力赞扬声中表达了作者对当时吏治的深切忧虑,文章简短而不局促,奔放而不粗砺,议论严整周密,文气纡徐舒缓,是张惠言散文中备受推重之作。总之,张惠言的散文笔力纵恣,语言流畅,并富有文采,往往于雅润中见气势,缜密而有不乏典丽,这与他深厚的儒学修养有关,也与他在古文创作中融入赋的手法不无关系。

李兆洛私淑桐城派姚鼐,但他主张骈散并行,"相杂而迭用",选录战国至隋代被他认为属于骈体范文774篇,汇为规模宏大的《骈体文钞》,分32类。其文介于骈散之间,《菜根香室题壁》是一篇山水小品,主要叙述他自己为官闲暇之时修整园林的经过,由此阐释人生感悟,语言清新,颇似唐代柳宗元的《永州八记》的风格。

---

① 恽敬(1757—1817),字子居,乾隆四十八年(1783)举人,曾选富阳县令,以南昌府同知罢官,益用力于古文。有《大云山房集》。

② 李兆洛(1769—1841),字申耆,嘉庆十年(1805)进士,官安徽凤台知县,丁忧去官,主讲江阴书院二十年。有《养一斋集》。

五、龚自珍及魏源

龚自珍、魏源、林则徐等是鸦片战争前夕时代的精灵与思想界的先驱，在龚自珍的作品中还透露出反对封建专制的个性解放的色彩。

龚自珍是中国近代杰出的思想家、文学家，接受并发展了乾嘉公羊学派经世致用的合理部分，将学术研究与现实政治社会问题研究相结合，用文学作品干预时政，宣传变革，在当时的社会上产生过振聋发聩的作用。《明良论》《乙丙之际著议》《尊隐》《平均篇》等，透过封建帝国回光返照中升平的面纱，看出清王朝已经到了日薄西山、气息奄奄的"衰世"，直言不讳地对吏治腐败、贪官横行等黑暗的现实政治进行尖锐的抨击。《尊史》《古史钩沉论》《西域置行省议》《农宗》等，采用考释经文，研究历史典章制度乃至用寓言的形式来建言议政，表现出鲜明的近代"人"难得意识的觉醒和边疆防务意识。《送钦差大臣侯官林公序》《病梅馆记》等深刻地揭露了封建专制和封建思想对于人们思想禁锢和个性摧残的严重性。龚自珍的散文具有很强的论辩性和形象性，往往能淋漓尽致地阐明道理，并且将理性思维寄寓在艺术形象之中，如《明良论》中对众多官僚丑态的刻画，《尊隐》中对封建末世"日之将夕，悲风骤至"景象的形象描摹，都有形象化说理的特点。龚自珍的散文常常立意新颖，表现奇巧，如《病梅馆记》在字面上是句句写梅，字字写梅，而实质上是句句写人、字字议政，借梅言志，委婉曲折，通过开辟疗梅馆疗救病态梅树的描述，抒发了作者追求个性自由的理想。

在近代文学史上，魏源①的诗文与龚自珍齐名，并称"龚魏"。魏源的散文多是经世致用之作，如《〈海国图志〉序》首先指出《海国图志》的资料来源和基本内容，接着说明本书的编纂目的是"为师夷长技以制夷"，文章纵横自如，剖析详明，说理透辟。他有意为雄奇之文，独抒己见，并长于叙事说理，层次清楚，明白畅达而又深含寓意。

六、曾国藩及湘乡派

姚鼐卒于嘉庆二十年（1815），进入近代主要是姚门弟子——管同、梅曾亮、姚莹、刘开等在扩展桐城派势力和影响。姚门弟子之后，桐城派的延续之中为曾国藩及其弟子活动时期。

曾国藩②是所谓的"同治中兴"的"名臣"，在他幕府中广聚人才，并以坚持理学传统的桐城派为号召，使桐城古文一时复盛，后人称之为"湘乡派"。曾国藩在文学理论和创作践方面对桐城派加以修正与改造，他以"经济"药救桐城派空疏之病，其文论主张来源于姚鼐的"义理、考据、词章"之说，曾氏增加了"经济"，四者相并，以与孔门的德行、文学、言语、政事四科相比。他既以崇文药救"崇道贬文"的消极的文艺观，又以真情实感

---

① 魏源（1794—1857），字默深，湖南邵阳人。道光二十五年（1845）进士，曾官高邮知州等。在学术思想上，他与龚自珍同属今文经学派，是近代著名的启蒙思想家，曾受林则徐之托编纂叙述各国历史地理的《海国图志》。

② 曾国藩（1811—1872），字涤生。湖南湘乡人。

药救文章的空虚浮泛，更是注重缕分文章风格，崇尚阳刚之气："余昔年尝慕古文境之美者，约有八言：阳刚之美曰雄、直、怪、丽，阴柔之美曰茹、远、洁、适。蓄之数年，而余未能发为文章，略得八美之一，以副斯志。"（《求阙斋日记类抄·文艺》）他还以"文气论"超越桐城派的"义法说"："古文之法，全在气字上用功夫。"（《读书录》）他的散文创作大致实现了他的古文理论，他作文学习司马迁、韩愈，兼及班固，务求博深并讲究属文之法，气象俊伟，气势雄奇，章太炎说他文章"善叙行事，能为碑版传状，韵语深厚，上攀班固、韩愈之轮"。如《原才》论述了人才对社会发展方向的决定作用，并通过与古代理想社会的对比，对当今尸位素餐、墨守习俗者进行批判，强调陶铸人才以移风易俗；《欧阳生文集序》是应友人欧阳兆熊所请撰写的序，记述了桐城派的盛衰，上述文章均是"以雄直之气，宏通之识，发为文章"，颇有"精深博大，气势雄厚"的特点。他的家书如《字喻纪鸿儿》《字喻纪泽》等颇见情实，为世传诵。

张裕钊、吴汝纶二人得桐城"雅洁"之传，最为桐城派人推崇。真正给桐城文带来新气象的是一些反映新思想的议论文和海外游记，如黎庶昌的《游盐原记》、薛福成的《观巴黎油画记》等，以新奇的事物与略带变化的文风，形成湘乡派的一大特色。

作　品

黄宗羲

黄宗羲（1610—1695），字太冲，号南雷，学者称梨洲先生，浙江余姚人。父亲黄尊素为东林党名士，被魏忠贤所杀。黄宗羲青年时代即参加了反宦官权贵的斗争，成为复社领导人之一。明亡后，在浙东招募义兵抗清，被南明鲁王任为左副都御史。事败后隐居著述，多次拒绝清王朝的征召。黄宗羲与顾炎武、王夫之同为明清之际的大思想家、著名学者，他又与孙奇逢、李颙并称为"三大儒"。他学识渊博，尤长于史学。其散文以议论见长，文笔犀利，语言条畅，思辨力很强。著有《宋元学案》《明儒学案》《明夷待访录》《南雷文选》等。今人将其著作编为《黄宗羲全集》，1985年至1994年由浙江古籍出版社出版。

原　君

【解题】

《原君》是《明夷待访录》的首篇。原君，就是推究为君之道。作者对君主制度产生的历史作了追寻，指斥了君主专制制度的流弊，具有鲜明的民主色彩。文章大胆地把批判的矛头直指残暴的君主，将他们斥之为"寇仇""独夫""天下之大害"，更难得的是，他把批判的锋芒直逼当今君主，使其批判更具现实性。文章大胆泼辣，充满激情，而且论证严密，论据充分，是颇有特色的政论文。

有生之初[1]，人各自私也，人各自利也[2]。天下有公利而莫或兴之[3]，有公害而莫或除之。有人者出[4]，不以一己之利为利，而使天下受其利；不以一己之害为害？而使天下释其害[5]。此其人之勤劳，必千万于天下之人。夫以千万倍之勤劳，而己又不享其利，必非天下之人情所欲居也[6]。故古之人君[7]，量而不欲入者[8]，许由、务光是也[9]；人而又去之者[10]，尧、舜是也；初不欲入而不得去者[11]，禹是也。岂古之人有所异哉？好逸恶劳，亦犹夫人之情也[12]。

后之为人君者不然。以为天下利害之权皆出于我，我以天下之利尽归于己，以天下之害尽归于人，亦无不可。使天下之人不敢自私，不敢自利，以我之大私为天下之大公[13]。始而惭焉，久而安焉，视天下为莫大之产业，传之子孙，受享无穷。汉高帝所谓"某业所就，孰与仲多"者[14]，其逐利之情[15]，不觉溢之于辞矣。

此无他，古者以天下为主，君为客，凡君之所毕世而经营者，为天下也。今也以君为主，天下为客，凡天下之无地而得安宁者，为君也。是以其未得之也[16]，屠毒天下之肝脑[17]，离散天下之子女，以博我一人之产业[18]，曾不惨然[19]。曰："我固为子孙创业也。"其既得之也，敲剥天下之骨髓，离散天下之子女，以奉我一人之淫乐，视为当然。曰："此我产业之花息也[20]。"然则为天下之大害者,君而已矣!向使无君[21],人各得自私也,人各得自利也。呜呼!岂设君之道固如是乎?

古者,天下之人爱戴其君,比之如父,拟之如天,诚不为过也。今也天下之人怨恶其君,视之如寇仇,名之为独夫[22],固其所也[23]。而小儒规规焉以君臣之义无所逃于天地之间[24],至桀、纣之暴[25],犹谓汤、武不当诛之,而妄传伯夷、叔齐无稽之事,乃兆人万姓[26],崩溃之血肉,曾不异夫腐鼠[27]。岂天地之大,于兆人万姓之中,独私其一人一姓乎[28]?是故武王,圣人也;孟子之言[29],圣人之言也。后世之君,欲以如父如天之空名,禁人之窥伺者,皆不便于其言[30],至废孟子而不立[31],非导源于小儒乎?

虽然,使后之为君者,果能保此产业,传之无穷,亦无怪乎其私之也[32]。既以产业视之,人之欲得产业,谁不如我?摄缄縢[33],固扃鐍[34],一人之智力,不能胜天下欲得之者之众。远者数世,近者及身,其血肉之崩溃,在其子孙矣!昔人愿世世无生帝王家[35],而毅宗之语公主,亦曰:"若何为生我家[36]?"痛哉斯言!回思创业时其欲得天下之心,有不废然摧沮者乎[37]?是故明乎为君之职分,则唐、虞之世,人人能让,许由、务光非绝尘也;不明乎为君之职分,则市井之间[38],人人可欲,许由、务光所以旷后世而不闻也[39]。然君之职分难明,以俄顷淫乐,不易无穷之悲,虽愚者亦明之矣!

清道光刻本《明夷待访录》

【注释】

［1］有生之初:自开始有人类之时。［2］自私、自利:均指人们只顾考虑自己的生计。［3］莫或兴之:没有人举办它。莫或:没有什么人。兴:举办。［4］有人者出:有这样的人出来。［5］释:解除,去掉。［6］"必非"句:必定不是天下人情所愿意接受的。居:居其位。［7］人君:君主。［8］量:衡量,考虑。人:指就君位。［9］许由、务光:传说中的上古高士。据传唐尧要把天下让给许由,许由逃走,隐居箕山中。商汤要把天下让给务光,务光极力拒绝,负石自沉于蓼水。［10］"人而"句:已经就了君位而又离开的。去:放弃。［11］"初不欲"句:开始时不愿接受君位而又不能推却离开的。［12］亦犹夫人之情也:也同一般的人情一样啊。夫:语助词。［13］大公:普天下的公共利益。［14］某业所就,孰与仲多:我事业上的成就,与老二相比,哪个更多呢?这是西汉刘邦当了皇帝之后对自己父亲所说的话,见《史记·高祖本纪》。仲:排行第二,这里指刘邦的哥哥。［15］逐利:争利。［16］是以:因此。［17］"屠毒":残杀天下人民的生命。屠毒:屠杀、虐害。［18］博:求得。［19］曾:竟然。［20］花息:利息。［21］向使:假如。［22］独夫:一人,指众叛亲离,极端孤独的人。［23］固其所也:原是应该的。固:固然,理所当然。［24］小儒:指眼光短浅、头脑迂腐的读书人。规规焉:拘谨,死板。以:认为。"而小儒"句:一班眼光短浅的读书人还死板地认为君与臣的伦理关系是普天下都存在的,是无法逃避的。［25］至:甚至于。［26］兆人万姓:千千万万的老百姓。［27］曾:竟然。腐鼠:发臭的老鼠,比喻毫无价值的东西。［28］私:偏爱。［29］孟子之言:指孟子有关君臣、君民关系的言论。［30］便:利。［31］"至废"句:废除孟子在文庙中的牌位。明太祖朱元璋见到《孟子·尽心下》中有"民为贵,社稷次之,君为轻"的话,因感到对自己统治不利,下诏废除对孟子的祭祀。［32］私之:据(天下)为己有。［33］摄缄縢(téng):紧紧地捆好。摄:收紧。缄:结。縢:绳索。［34］固扃鐍(jiōng jué):牢牢地锁好。

固：牢固。扃：门闩。鐍：锁钥。"摄缄滕，固扃鐍。"语见《庄子·胠箧》。［35］"昔人愿"句：南朝宋顺帝刘准被迫让位于萧道成，出宫时讲了这番话。见《南史·王敬则传》。［36］"而毅宗"句：毅宗即明朝崇祯皇帝朱由检。公主指朱由检长女长平公主。李自成军攻入北京，朱由检自缢前，用剑砍长平公主，并叹息道："汝何故生我家！"见《明史·公主列传》。［37］废然：颓丧的样子。摧沮：灰心丧气的样子。［38］市井：泛指民间。［39］旷后世而不闻：在后代历史中再也没有听说过。旷：空，绝。

侯方域

侯方域（1618—1654），字朝宗，河南商丘人。少有才名，年21岁至南京应考，参加复社，广与东南名士交游。抨击魏忠贤余党，深为马士英、阮大铖等人嫉恨。南明福王立，侯方域投奔高杰、史可法部。清兵南下，返回原籍。清顺治八年（1651）被迫参加河南乡试，中副榜，并上《剿抚十议》。被时人认为大节不终，侯方域自己也深为悔恨，抑郁忧闷而卒。侯方域以散文著称，文章颇有奇气，与魏禧、汪琬并称为"清初三大家"。其文笔明白流畅，说理委曲透辟，其传记文尤善于刻画人物。著《壮悔堂文集》十卷《遗稿》一卷《四忆堂诗集》六卷，有清顺治刻增修本。

李姬传

【解题】

本篇作者以深情的笔墨，着力写了李香君告诫自己不与阮大铖交结、勉励自己珍重名节、拒绝与奸党来往这三件事，从而着力刻画了一位才貌双全、卓尔不群，虽沦落风尘，但依然孤标傲世，颇具是非正义感的秦淮歌妓李香的形象。文中的一些描述成为孔尚任创作《桃花扇》的重要素材。

李姬者名香[1]，母曰贞丽[2]。贞丽有侠气，尝一夜博[3]，输千金立尽[4]。所交接皆当世豪杰，尤与阳羡陈贞慧善也[5]。姬为其养女，亦侠而慧，略知书，能辨别士大夫贤否，张学士溥、夏吏部允彝亟称之[6]。少风调皎爽不群[7]，十三岁，从吴人周如松受歌玉茗堂四传奇[8]，皆能尽其音节。尤工《琵琶》词[9]，然不轻发也[10]。

雪苑侯生[11]，己卯来金陵[12]，与相识。姬尝邀侯生为诗，而自歌以偿之[13]。初，皖人阮大铖者[14]，以阿附魏忠贤论城旦[15]，屏居金陵[16]，为清议所斥[17]。阳羡陈贞慧、贵池吴应箕实首其事[18]，持之力[19]。大铖不得已，欲侯生为解之，乃假所善王将军[20]，日载酒食与侯生游。姬曰："王将军贫，非结客者，公子盍叩之[21]？"侯生三问，将军乃屏人述大铖意[22]。姬私语侯生曰："妾少从假母识阳羡君[23]，其人有高义，闻吴君尤铮铮[24]，今皆与公子善，奈何以阮公负至交乎？且以公子之世望[25]，安事阮公[26]！公子读万卷书，所见岂后于贱妾耶[27]？"侯生大呼称善，醉而卧。王将军者殊怏怏，因辞去，不复通[28]。

未几，侯生下第[29]。姬置酒桃叶渡，歌《琵琶》词以送之，曰："公子才名文藻，雅不减中郎[30]。中郎学不补行[31]，今《琵琶》所传词固妄[32]，然尝昵董卓[33]，不可掩也[34]。公子豪迈不羁，又失意，此去相见未可期，愿终自爱，无忘妾所歌《琵琶》词也！妾也不复歌矣！"

侯生去后，而故开府田仰者[35]，以金三百锾[36]，邀姬一见。姬固却之。开府惭且怒，且有以中伤姬，姬叹曰："田公宁异于阮公乎[37]？吾向之所赞于侯公子者谓何[38]？今乃利其金而赴之，是妾卖公子矣[39]！"卒不往。

清顺治刻增修本《壮悔堂文集》卷五

【注释】

[1] 李姬：又称香君，明末南京秦淮河边名歌妓。[2] 贞丽：姓李，字淡如，秦淮名妓，为香君养母。[3] 博：赌博。[4] 立尽：一会儿即光。[5] 阳羡：即江苏宜兴。陈贞慧：字定生，复社领袖之一。曾与顾杲、吴应箕等草《留都防乱公揭》，声讨阮大铖。明亡，隐居不出。[6] 张学士溥(pǔ)：张溥，字天如，江苏太仓人。明朝进士。复社发起人之一。夏吏部允彝：夏允彝，字彝仲，松江人。曾供职明廷吏部。与陈子龙等创建几社。明亡，起兵抗清，兵败投水自沉。亟(qì)：屡屡。[7] 风调：风度韵致。皎爽：开朗豪迈。不群：超尘拔俗，不同于一般人。[8] 周如松：明末著名昆曲家，艺名苏昆生。玉茗堂：明代戏曲家汤显祖的堂名。四传奇：汤显祖的四部代表作：《紫钗记》、《还魂记》(即《牡丹亭》)、《南柯记》、《邯郸记》。[9]《琵琶》词：明初戏曲家高明(则诚)所作《琵琶记》的唱词。[10] 发：发声，歌唱。[11] 雪苑侯生：即侯方域。雪苑：即"雪满梁苑"之意。梁苑在河南商丘，侯方域借以点明自己的乡里籍贯。[12] 己卯：明崇祯十二年(1639)。[13] 偿：回报。[14] 阮大铖：字集之，号圆海，安徽怀宁人。见本书《桃花扇》注释[23]。[15] 魏忠贤：明宦官。河间肃宁人。万历时入宫，泰昌元年(1620)被任为司礼秉笔太监，后兼掌东厂。在位专断国事，遭东林党人弹劾。遂大兴党狱，杀东林党人杨涟等。私党甚众。崇祯帝即位后畏罪自尽。论：定罪处理。城旦：本为秦汉时徒刑名称，白天防寇，夜间筑城。此处代指"徒刑"。[16] 屏居：隐藏行踪而居。[17] 清议：公正的舆论。[18] 吴应箕：字次尾，安徽贵池人。复社领袖之一。清兵破南京，起兵抗清，兵败被执，不屈死。首其事：陈贞慧、吴应箕首先揭发、声讨阮大铖的罪恶行迹。[19] 持之力：竭力坚持这样做。[20] 假：借；请托。王将军：阮大铖门客。[21] 盍(hé)：何不。叩之：请问他。[22] 屏(bǐng)人：屏退外人。[23] 假母：即养母，指李贞丽。阳羡君：指陈贞慧。[24] 吴君：指吴应箕。铮铮：刚直不阿。[25] 世望：世代为人推崇敬仰。因侯父曾参与东林党反对魏忠贤，故有此说。[26] 安事：何必侍奉。[27] 后：不如。贱妾：古代女子自谦之辞。[28] 通：交往。[29] 下第：应科举考试未中。[30] 雅：向来。中郎：东汉蔡邕，曾官左中郎将，故称。《琵琶记》即以蔡邕与赵五娘的故事为题材。[31] 学不补行(xíng)：学问虽好但不能弥补其德行上的缺陷。[32] 今《琵琶》所传词固妄：现在《琵琶记》中所记述的蔡邕的故事诚然是虚妄的。[33] 昵：亲近。董卓：汉末曾自为相国、太师，专权凶暴，为王允、吕布所杀。蔡邕曾受董卓重用，深为董卓叹息。[34] 掩：掩盖。[35] 开府：明清时称督抚为开府。田仰：马士英亲戚，南明弘光时为淮阳巡抚。[36] 锾(huán)：古代重量单位，一般认为一锾等于六两。此用指货币单位。[37] 宁(nìng)：岂，难道。[38] 向：往昔。赞：评说。[39] 卖：出卖，负心。

固：牢固。扃：门闩。鐍：锁钥。"摄缄縢，固扃鐍。"语见《庄子·胠箧》。[35] "昔人愿"句：南朝宋顺帝刘准被迫让位于萧道成，出宫时讲了这番话。见《南史·王敬则传》。[36] "而毅宗"句：毅宗即明朝崇祯皇帝朱由检。公主指朱由检长女长平公主。李自成军攻入北京，朱由检自缢前，用剑砍长平公主，并叹息道："汝何故生我家！"见《明史·公主列传》。[37] 废然：颓丧的样子。摧沮：灰心丧气的样子。[38] 市井：泛指民间。[39] 旷后世而不闻：在后代历史中再也没有听说过。旷：空，绝。

侯方域

侯方域（1618—1654），字朝宗，河南商丘人。少有才名，年 21 岁至南京应考，参加复社，广与东南名士交游。抨击魏忠贤余党，深为马士英、阮大铖等人嫉恨。南明福王立，侯方域投奔高杰、史可法部。清兵南下，返回原籍。清顺治八年（1651）被迫参加河南乡试，中副榜，并上《剿抚十议》。被时人认为大节不终，侯方域自己也深为悔恨，抑郁忧闷而卒。侯方域以散文著称，文章颇有奇气，与魏禧、汪琬并称为"清初三大家"。其文笔明白流畅，说理委曲透辟，其传记文尤善于刻画人物。著《壮悔堂文集》十卷《遗稿》一卷《四忆堂诗集》六卷，有清顺治刻增修本。

李 姬 传

【解题】

本篇作者以深情的笔墨，着力写了李香君告诫自己不与阮大铖交结、勉励自己珍重名节、拒绝与奸党来往这三件事，从而着力刻画了一位才貌双全、卓尔不群，虽沦落风尘，但依然孤标傲世，颇具是非正义感的秦淮歌妓李香的形象。文中的一些描述成为孔尚任创作《桃花扇》的重要素材。

李姬者名香[1]，母曰贞丽[2]。贞丽有侠气，尝一夜博[3]，输千金立尽[4]。所交接皆当世豪杰，尤与阳羡陈贞慧善也[5]。姬为其养女，亦侠而慧，略知书，能辨别士大夫贤否，张学士溥、夏吏部允彝亟称之[6]。少风调皎爽不群[7]，十三岁，从吴人周如松受歌玉茗堂四传奇[8]，皆能尽其音节。尤工《琵琶》词[9]，然不轻发也[10]。

雪苑侯生[11]，己卯来金陵[12]，与相识。姬尝邀侯生为诗，而自歌以偿之[13]。初，皖人阮大铖者[14]，以阿附魏忠贤论城旦[15]，屏居金陵[16]，为清议所斥[17]。阳羡陈贞慧、贵池吴应箕实首其事[18]，持之力[19]。大铖不得已，欲侯生为解之，乃假所善王将军[20]，日载酒食与侯生游。姬曰："王将军贫，非结客者，公子盍叩之[21]？"侯生三问，将军乃屏人述大铖意[22]。姬私语侯生曰："妾少从假母识阳羡君[23]，其人有高义，闻吴君尤铮铮[24]，今皆与公子善，奈何以阮公负至交乎？且以公子之世望[25]，安事阮公[26]！公子读万卷书，所见岂后于贱妾耶[27]？"侯生大呼称善，醉而卧。王将军者殊怏怏，因辞去，不复通[28]。

未几，侯生下第[29]。姬置酒桃叶渡，歌《琵琶》词以送之，曰："公子才名文藻，雅不减中郎[30]。中郎学不补行[31]，今《琵琶》所传词固妄[32]，然尝昵董卓[33]，不可掩也[34]。公子豪迈不羁,又失意,此去相见未可期,愿终自爱,无忘妾所歌《琵琶》词也!妾也不复歌矣!"

侯生去后,而故开府田仰者[35],以金三百锾[36],邀姬一见。姬固却之。开府惭且怒,且有以中伤姬,姬叹曰:"田公宁异于阮公乎[37]?吾向之所赞于侯公子者谓何[38]?今乃利其金而赴之,是妾卖公子矣[39]!"卒不往。

清顺治刻增修本《壮悔堂文集》卷五

【注释】

[1] 李姬:又称香君,明末南京秦淮河边名歌妓。[2] 贞丽:姓李,字淡如,秦淮名妓,为香君养母。[3] 博:赌博。[4] 立尽:一会儿即光。[5] 阳羡:即江苏宜兴。陈贞慧:字定生,复社领袖之一。曾与顾杲、吴应箕等草《留都防乱公揭》,声讨阮大铖。明亡,隐居不出。[6] 张学士溥(pǔ):张溥,字天如,江苏太仓人。明朝进士。复社发起人之一。夏吏部允彝:夏允彝,字彝仲,松江人。曾供职明廷吏部。与陈子龙等创建几社。明亡,起兵抗清,兵败投水自沉。亟(qì):屡屡。[7] 风调:风度韵致。皎爽:开朗豪迈。不群:超尘拔俗,不同于一般人。[8] 周如松:明末著名昆曲家,艺名苏昆生。玉茗堂:明代戏曲家汤显祖的堂名。四传奇:汤显祖的四部代表作:《紫钗记》、《还魂记》(即《牡丹亭》)、《南柯记》、《邯郸记》。[9]《琵琶》词:明初戏曲家高明(则诚)所作《琵琶记》的唱词。[10] 发:发声,歌唱。[11] 雪苑侯生:即侯方域。雪苑:即"雪满梁苑"之意。梁苑在河南商丘,侯方域借以点明自己的乡里籍贯。[12] 己卯:明崇祯十二年(1639)。[13] 偿:回报。[14] 阮大铖:字集之,号圆海,安徽怀宁人。见本书《桃花扇》注释[23]。[15] 魏忠贤:明宦官。河间肃宁人。万历时入宫,泰昌元年(1620)被任为司礼秉笔太监,后兼掌东厂。在位专断国事,遭东林党人弹劾。遂大兴党狱,杀东林党人杨涟等。私党甚众。崇祯帝即位后畏罪自尽。论:定罪处理。城旦:本为秦汉时徒刑名称,白天防寇,夜间筑城。此处代指"徒刑"。[16] 屏居:隐藏行踪而居。[17] 清议:公正的舆论。[18] 吴应箕:字次尾,安徽贵池人。复社领袖之一。清兵破南京,起兵抗清,兵败被执,不屈死。首其事:陈贞慧、吴应箕首先揭发、声讨阮大铖的罪恶行迹。[19] 持之力:竭力坚持这样做。[20] 假:借;请托。王将军:阮大铖门客。[21] 盍(hé):何不。叩之:请问他。[22] 屏(bǐng)人:屏退外人。[23] 假母:即养母,指李贞丽。阳羡君:指陈贞慧。[24] 吴君:指吴应箕。铮铮:刚直不阿。[25] 世望:世代为人推崇敬仰。因侯父曾参与东林党反对魏忠贤,故有此说。[26] 安事:何必侍奉。[27] 后:不如。贱妾:古代女子自谦之辞。[28] 通:交往。[29] 下第:应科举考试未中。[30] 雅:向来。中郎:东汉蔡邕,曾官左中郎将,故称。《琵琶记》即以蔡邕与赵五娘的故事为题材。[31] 学不补行(xíng):学问虽好但不能弥补其德行上的缺陷。[32] 今《琵琶》所传词固妄:现在《琵琶记》中所记述的蔡邕的故事诚然是虚妄的。[33] 昵:亲近。董卓:汉末曾自为相国、太师,专权凶暴,为王允、吕布所杀。蔡邕曾受董卓重用,深为董卓叹息。[34] 掩:掩盖。[35] 开府:明清时称督抚为开府。田仰:马士英亲戚,南明弘光时为淮阳巡抚。[36] 锾(huán):古代重量单位,一般认为一锾等于六两。此用指货币单位。[37] 宁(nìng):岂,难道。[38] 向:往昔。赞:评说。[39] 卖:出卖,负心。

方苞

方苞（1668—1749），字凤九，号灵皋，晚号望溪，安徽桐城人，生于上元（今南京）。康熙四十五年（1706）进士。曾因戴名世《南山集》一案牵连入狱，后得赦。官至礼部侍郎。为丈颖馆、经史馆、三礼馆总裁。方苞为散文流派桐城派的创始人。在散文理论方面，他提出了"义法"说，主张文章要有充实的内容，同时也要注重形式技巧。他以"雅洁"作为散文艺术的标准，在用语上主张"辞无芜累"。方苞的古文写作实践了他的理论主张。他的文章一般都写得简练雅洁，不枝不蔓，章法严谨，对清代古文写作有重要影响。著有《望溪文集》，刻本甚多。

左忠毅公逸事

【解题】

这篇文章记述了左光斗不为世人所知的几件逸事，赞美了左光斗知人的卓见和以国事为重、不计较个人生死荣辱的品格。本文通过简练的语言，塑造了左光斗这一动人的形象，体现了方文"雅洁"的特点。文章记事不杂，用笔精细，故而人物形象十分丰满。写左光斗、史可法狱中相见一段，尤为大气凛然。

先君子尝言[1]，乡先辈左忠毅公视学京畿[2]，一日，风雪严寒，从数骑出[3]，微行入古寺[4]。庑下一生伏案卧[5]，文方成草[6]。公阅毕，即解貂覆生，为掩户[7]。叩之寺僧[8]，则史公可法也[9]。及试[10]，吏呼名至史公，公瞿然注视[11]，呈卷，即面署第一[12]。召入，使拜夫人，曰："吾诸儿碌碌，他日继吾志事[13]，惟此生耳！"

及左公下厂狱[14]，史朝夕狱门外。逆阉防伺甚严[15]，虽家仆不得近。久之，闻左公被炮烙[16]，旦夕且死。持五十金，涕泣谋于禁卒，卒感焉。一日，使史更敝衣草屦，背筐，手长镵[17]，为除不洁者[18]，引入。微指左公处，则席地倚墙而坐，面额焦烂不可辨，左膝以下，筋骨尽脱矣。史前跪，抱公膝而呜咽。公辨其声，而目不可开，乃奋臂以指拨眦[19]，目光如炬，怒曰："庸奴！此何地也？而汝来前！国家之事，糜烂至此。老夫已矣，汝复轻身而昧大义[20]，天下事谁可支拄者！不速去，无俟奸人构陷，吾今即扑杀汝！"因摸地上刑械，作投击势。史噤不敢发声，趋而出[21]。后常流涕述其事，以语人，曰："吾师肺肝，皆铁石所铸造也！"

崇祯末，流贼张献忠出没蕲、黄、潜、桐间[22]。史公以凤庐道奉檄守御[23]。每有警，辄数月不就寝，使将士更休[24]，而自坐幄幕外[25]。择健卒十人，令二人蹲踞而背倚之，漏鼓移，则番代[26]。每寒夜，起立，振衣裳，甲上冰霜迸落[27]，铿然有声。或劝以少休，公曰："吾上恐负朝廷，下恐愧吾师也。"

史公治兵[28]，往来桐城，必躬造左公第[29]，候太公、太母起居[30]，拜夫人于堂上。

余宗老涂山[31]，左公甥也。与先君子善，谓狱中语，乃亲得之于史公云。

清咸丰元年戴钧衡刻本《望溪先生文集》卷九

【注释】

[1] 先君子：尊称已经去世的父亲。[2] 乡先辈：乡里的长辈。视学京畿（jī）：任京城地区的学政。京畿：京城管辖的地区。万历四十八年（1620）左光斗督畿辅学政。[3] 骑：一人一马。[4] 微行（xíng）：皇帝或官员装扮成普通人外出调查、考察民情。[5] 庑（wǔ）下：厢房里。生：书生。案：书案。[6] 草：草稿。成草：写成草稿。[7] 掩户：关门。[8] 叩：问。[9] 史公可法：史可法，南明时以兵部尚书、武英殿大学士督师扬州，抵御清兵，城破自杀。[10] 及试：到考试时。此指左光斗主持的院试。[11] 瞿（qú）然：惊视的样子。[12] 面署：当面写定。[13] 志事：志向事业。[14] 厂狱：东厂掌管的监狱。东厂，明代由宦官主管的特务机构。[15] 逆阉：指魏忠贤。[16] 炮烙（páo luò）：相传为商纣王所使用的一种酷刑。后泛指用烧红的金属烫灼肉体的酷刑。[17] 镵（chán）：一种类似铲子的工具。[18] 为：装作。除不洁者：清扫工。[19] 眦（zī）：眼眶。[20] 轻身而昧大义：不顾自己生命危险到狱中探望左光斗，而不明白挽救国家的大事。[21] 趋：小步紧走。[22] 流贼：对明末李自成、张献忠农民起义军的诬称。蕲（qí）、黄、潜、桐：今湖北蕲春、黄冈，安徽潜山、桐城。[23] 凤庐道：管辖凤阳府、庐州府政务的官员。道：明代制度，一省下分为若干道，负责若干州府的政务。一道的长官称道员。[24] 更休：轮流休息。[25] 幄幕：军用帐篷。[26] 番代：轮番替换。[27] 甲：铠甲。[28] 治兵：训练军队，统率军队。[29] 躬造左公第：亲自到左光斗宅拜望。[30] 候：问候。太公太母：指左光斗父母。[31] 宗老：自己宗族中的老辈。塗山：方苞的族祖方文，字尔止，号明农，又号嵞山（"嵞"即"塗"字）。

袁枚

祭妹文

【解题】

这是袁枚祭奠三妹袁机的文章。袁机卒于乾隆二十四年（1759），时袁枚人在扬州，闻病奔归，三妹已气绝。袁枚感到十分悲痛，又感到非常愧疚。时隔八年，袁枚将三妹安葬于南京阳山。回忆往昔，不觉悲从中来，因写下了这篇著名的祭文。作者回忆了幼年时期兄妹之间的往事，表现了三妹不幸的情感生活，描绘了三妹临终时的可哀情态，并从三妹的不幸中联想到自身的遭际。本篇自始至终贯注着一个"情"字，透露着作者的深情、真情。通篇以"吾""汝"相称，似作家常对语，尤使人感到真切感人。感叹词、语气词的大量运用，增加了全文的悲凉气氛，也使全文富于抒情意味。

乾隆丁亥冬[1]，葬三妹素文于上元之羊山[2]，而奠之以文曰[3]：

呜呼！汝生于浙而殁于斯[4]，离吾乡七百里矣。当时虽觭梦幻想[5]，宁知此为归骨所耶！

汝以一念之贞[6]，遇人仳离[7]，致孤危托落[8]，虽命之所存，天实为之；然而累汝至此者，未尝非予之过也。予幼从先生授经，汝差肩而坐[9]，爱听古人节义事；一旦长成，遽躬蹈之[10]。呜呼！使汝不识诗书，或未必艰贞若是。

余捉蟋蟀，汝奋臂出其间；岁寒虫僵，同临其穴[11]。今予殓汝葬汝[12]，而当日之情形，憬然赴目[13]。予九岁憩书斋，汝梳双髻，披单缣来[14]，温《缁衣》一章[15]。适先生奓户入[16]，闻两童子音琅琅然，不觉莞尔[17]，连呼则则[18]。此七月望日事也，汝在九原[19]，当分明记之。予弱冠粤行，汝掎裳悲恸[20]。逾三年，予披宫锦还家[21]，汝从东厢扶案出，一家瞠视而笑，不记语从何起，大概说长安登科[22]，函使报信迟早云尔。凡此琐琐，虽为陈迹，然我一日未死，则一日不能忘。旧事填膺，思之凄梗，如影历历，逼取便逝。悔当时不将婴婉情状[23]，罗缕纪存[24]。然而汝已不在人间，则虽年光倒流，儿时可再，而亦无可与为印证者矣。

汝之义绝高氏而归也[25]，堂上阿奶，仗汝扶持；家中文墨，眡汝办治[26]。尝谓女流中最少明经义、谙雅故者；汝嫂非不婉嫕[27]，而于此微缺然。故自汝归后，虽为汝悲，实为予喜。予又长汝四岁，或人间长者先亡，可将身后托汝；而不谓汝之先予以去也。前年予病。汝终宵刺探，减一分则喜，增一分则忧。后虽小差[28]，犹尚殗殜[29]，无所娱遣。汝来床前，为说稗官野史可喜可愕之事，聊资一欢。呜呼！今而后，吾将再病，教从何处呼汝耶？

汝之疾也，予信医言无害，远吊扬州，汝又虑戚吾心[30]，阻人走报。及至绵惙已极[31]，阿奶问："望兄归否？"强应曰："诺！"已予先一日梦汝来诀，心知不详，飞舟渡江。果予以未时还家[32]，汝以辰时气绝[33]；四支犹温，一目未瞑，盖犹忍死待予也。呜呼痛哉！早知诀汝，则予岂肯远游？即游，亦尚有几许心中言，要汝知闻，共汝筹画也。而今已矣！除吾死外，当无见期。吾又不知何日死，可以见汝；而死后之有知无知，与得见不得见，又卒难明也。然则抱此无涯之憾，天乎，人乎！而竟已乎！

汝之诗，吾已付梓[34]；汝之女，吾已代嫁；汝之生平，吾已作传[35]；惟汝之窀穸[36]，尚未谋耳。先茔在杭，江广河深，势难归葬，故请母命而宁汝于斯[37]，便祭扫也。其旁葬汝女阿印，其下两冢，一为阿爷侍者朱氏，一为阿兄侍者陶氏。羊山旷渺，南望原隰[38]，西望栖霞[39]，风雨晨昏，羁魂有伴[40]，当不孤寂。所怜者，吾自戊寅年读汝哭侄诗后[41]，至今无男[42]；两女牙牙，生汝死后，才周晬耳[43]。予虽亲在未敢言老[44]，而齿危发秃，暗里自知，知在人间尚复几日？阿品远官河南[45]，亦无子女，九族无可继者[46]。汝死我葬，我死谁埋？汝尚有灵，可能告我？

呜呼！生前既不可想，身后又不可知；哭汝既不闻汝言，奠汝又不见汝食。纸灰飞扬，朔风野大，阿兄归矣，犹屡屡回头望汝也。呜呼哀哉！呜呼哀哉！

清乾隆刻本《小仓山房文集》卷一四

【注释】

[1] 乾隆丁亥：乾隆三十二年（1767）。[2] 素文：袁枚三妹，名机，字素文，别号青琳居士。据袁枚《女弟素文传》，袁机卒于乾隆二十四年十一月，年四十。上元：县名，今属南京。羊山：即阳山，在南京市东约20公里处。[3] 奠：祭奠，向鬼神献上祭品。[4] 浙：浙江杭州。斯：这里，即羊山。[5] 觭（qí）梦：怪异的梦。觭：通"奇"。[6] 一念之贞：袁机不满周岁即许嫁如皋高氏子。后高氏子不肖，高家曾主动提出解除婚约。但袁机却囿于"从一而终"

的封建礼教，不愿毁约。婚后备受虐待，袁机忍无可忍，与高氏断绝关系，回娘家住。此即"一念之贞"。[7] 遇人：此谓嫁人。仳（pǐ）离：妇女被遗弃而离去。[8] 孤危：孤独危殆。托落：落拓，失意。[9] 差（cī）肩：并肩。[10] 遽（jù）：骤然。躬蹈：亲身履行。[11] 同临其穴：指同到埋葬蟋蟀的地方去凭吊。临：凭吊死者。[12] 殓：给死人穿衣入棺。[13] 憬然：醒悟的样子，清清楚楚地。[14] 单缣：细绢做的单衫。[15]《缁衣》：《诗经·郑风》中的一篇。[16] 奓（zhà）户：开门。[17] 莞尔（wǎn ěr）：微笑。[18] 则则：赞叹的声音。[19] 九原：指墓地。[20] 掎（jǐ）裳：拉着衣裳。[21] 披宫锦：唐代进士及第后，披宫袍以示荣耀，后遂称中进士为"披宫锦"。还家：袁枚于乾隆四年（1739）中进士，授翰林院庶吉士，冬请假南归完婚。[22] 长安：代指国都北京。登科：考中进士。[23] 婴婗（yī ní）：幼年。[24] 罗缕：详尽而有条理地。[25] 义绝：指离婚。[26] 眴（shùn）：以目示意。[27] 婉嫕（yì）：柔顺。[28] 小差（chài）：病情稍有好转。差：同"瘥"。[29] 殗殜（yè dié）：病而不甚重，半卧半坐。[30] 虑戚吾心：怕我担心。[31] 绵惙（chuò）：病情沉重，气息微弱。[32] 未时：午后一点到三点。[33] 辰时：上午七点到九点。[34] 付梓：付印。袁枚将袁机《素文女子遗稿》1卷，刻入《随园三十种》中。[35] 作传：袁枚曾作《女弟素文传》，见《小仓山房文集》卷七。[36] 窀穸（zhūn xī）：墓穴。[37] 宁：安葬。[38] 原隰（xí）：平原低洼之地。[39] 栖霞：山名，在南京东。[40] 羁魂：寄居他乡的灵魂。[41] 戊寅：乾隆二十三年（1758）。此年袁枚丧子，袁机作哭侄诗《阿兄得子不举》以悼之。[42] 至今无男：袁枚作此文时尚无子，两年后妾钟氏生子名阿迟。[43] 周晬（zuì）：周岁。[44] 亲在：其时袁枚母亲尚在。[45] 阿品：袁枚堂弟袁树，时任河南正阳县令。[46] 九族：本身以上的父、祖、曾祖、高祖，本身以下的子、孙、曾孙、玄孙，连同本身在内，合称九族，亦称九亲。

梁启超

　　梁启超（1873—1929），字卓如，号任公，别署饮冰室主人，广东新会人。光绪十五年（1889）举人。二十一年三月，与其师康有为一起发动在京参加会试的1 300多举人联名向光绪帝上万言书，请求变法。七月出任京师强学会书记，主办《中外纪闻》。二十二年任上海《时务报》主编，鼓吹维新变法。二十三年十月，应湖南巡抚陈宝箴之聘，主讲长沙时务学堂。次年入京，以六品衔办译书局，襄助康有为发动百日维新运动。失败后流亡日本，尝赴南洋、澳洲、美洲等地游历，并创办《清议报》《新民丛报》《新小说》等杂志，继续鼓吹维新变法，宣传君主立宪，反对资产阶级民主革命。民国二年（1913），出任北洋政府司法总长，次年任币制局总裁。四年秋，与其弟子蔡锷等发动倒袁护国运动。六年，参与段祺瑞讨伐张勋复辟之役，继任段政府财政总长，不久辞职。晚年专事著述和讲学，曾受聘为清华国学院导师。生平事迹见其《三十自述》、郑振铎《梁任公先生》。梁启超是近代蜚声中外的资产阶级改良派的宣传家，又是倡导"诗界革命""文界革命"和"小说界革命"颇有影响的文学家。其诗以旧风格反映新现实，多抒写反帝爱国的激情，表达改造社会的雄心。其散文打破桐城古文的清规戒律，纵笔挥洒，平易畅达，笔锋常带感情，风靡一时，号"新文体"。其词六十多首，郑振铎谓颇受陆游、辛弃疾影响。一生著述宏富，刊为《饮冰室合集》。

少年中国说（节选）

【解题】

本文作于光绪二十六年（1900）。文章驳斥了外国侵略者污蔑、讥讽我国为"老大帝国"的谰（lán）言，指出中国是一个正在开始成长的充满希望的"少年中国"。作者从资产阶级改良主义立场出发，批判了长达几千年的封建统治的腐朽，对民族的缺点也进行了深刻的剖析，展现了未来中国的光明前途，表现了作者渴望祖国富强的迫切愿望和强烈的民族自信心。文章热情奔放，气势磅礴，极尽铺张渲染之能事，具有强烈的感染力。这是梁启超的代表作之一，也是当时"新文体"的代表作之一，它标志着晚清散文发展的一个新的阶段。当然以老年、少年来比喻中国的过去和现在，并不十分恰当，过分的铺叙也使文章显得不够凝练。

日本人之称我中国也，一则曰老大帝国，再则曰老大帝国。是语也，盖袭译欧西人之言也[1]。呜呼！我中国其果老大矣乎？梁启超曰[2]：恶[3]，是何言！是何言！吾心目中有一少年中国在。

欲言国之老少，请先言人之老少。老年人常思既往，少年人常思将来。惟思既往也，故生留恋心；惟思将来也，故生希望心。惟留恋也故保守，惟希望也故进取。惟保守也故永旧，惟进取也故日新。惟思既往也，事事皆其所已经者，故惟知照例；惟思将来也，事事皆其所未经者，故常敢破格。老年人常多忧虑，少年人常好行乐。惟多忧也，故灰心；惟行乐也，故盛气。惟灰心也，故怯懦；惟盛气也，故豪壮。惟怯懦也，故苟且；惟豪壮也，故冒险。惟苟且也，故能灭世界；惟冒险也，故能造世界。老年人常厌事，少年人常喜事。惟厌事也，故常觉一切事无可为者；惟好事也，故常觉一切事无不可为者。老年人如夕照，少年人如朝阳。老年人如瘠牛[4]，少年人如乳虎。老年人如僧，少年人如侠。老年人如字典[5]，少年人如戏文[6]。老年人如鸦片烟，少年人如泼兰地酒[7]。老年人如别行星之陨石[8]，少年人如大洋海之珊瑚岛[9]。老年人如埃及沙漠之金字塔[10]，少年人如西伯利亚之铁路。老年人如秋后之柳，少年人如春前之草。老年人如死海之潴为泽[11]，少年人如长江之初发源。此老年与少年性格不同之大略也。梁启超曰：人固有之，国亦宜然。

梁启超曰："伤哉，老大也！浔阳江头琵琶妇，当明月绕船，枫叶瑟瑟，衾寒于铁，似梦非梦之时，追想洛阳尘中春花秋月之佳趣[12]。西宫南内，白发宫娥，一灯如穗，三五对坐，谈开元天宝间遗事，谱霓裳羽衣曲[13]。青门种瓜人，左对孺人，顾弄孺子，忆侯门似海珠履杂遝之盛事[14]。拿破仑之流于厄蔑[15]，阿剌飞之幽于锡兰[16]，与三两监守吏或过访之好事者，道当年短刀匹马驰骋中原，席卷欧洲，血战海楼，一声叱咤，万国震恐之丰功伟烈，初而拍案，继而抚髀[17]，终而揽镜：呜呼，面皱齿尽[18]，白发盈把，颓然老矣！若是者，舍幽郁之外无心事[19]，舍悲惨之外无天地，舍颓唐之外无日月，舍叹息之外无音声，舍待死之外无事业。美人豪杰且然，而况于寻常碌碌者耶？生平亲友，皆在墟墓，起居饮食待命于人。今日且过，遑知他日[20]，今年且过，遑恤明年[21]。普天下灰心短气之事，未有甚于老大者。于此人也，而欲望以孥云之手段[22]，回天之事功[23]，挟山超海之意气[24]，能乎不能？

呜呼，我中国其果老大矣乎？立乎今日，以指畴昔[25]，唐虞三代，若何之郅治[26]；秦皇汉武，若何之雄杰；汉唐来之文学，若何之隆盛；康乾间之武功[27]，若何之烜赫[28]。历史家所铺叙，词章家所讴歌，何一非我国民少年时代良辰美景赏心乐事之陈迹哉！而今颓然老矣！昨日割五城，明日割十城，处处雀鼠尽，夜夜鸡犬惊。十八省之土地财产[29]，已为人怀中之肉；四百兆之父兄子弟[30]，已为人注籍之奴[31]。岂所谓"老大嫁作商人妇"者耶[32]？呜呼，凭君莫话当年事，憔悴韶光不忍看！楚囚相对[33]，岌岌顾影[34]，人命危浅，朝不虑夕。国为待死之国，一国之民为待死之民。万事付之奈何，一切凭人作弄，亦何足怪！

梁启超曰：我中国其果老大矣乎？是今日全地球之一大问题也。如其老大也，则是中国为过去之国，即地球上昔本有此国，而今渐渐灭[35]，他日之命运殆将尽也。如其非老大也，则是中国为未来之国，即地球上昔未现此国，而今渐发达，他日之前程且方长也。欲断今日之中国为老大耶？为少年耶？则不可不先明国字之意义。夫国也者，何物也？有土地，有人民，以居于其土地之人民，而治其所居之土地之事，自制法律而自守之，有主权，有服从，人人皆主权者，人人皆服从者。夫如是斯谓之完全成立之国。地球上之有完全成立之国也，自百年以来也。完全成立者，壮年之事也。未能完全成立而渐进于完全成立者，少年之事也。故吾得一言以断之曰：欧洲列邦在今日为壮年国，而我中国在今日为少年国……

龚自珍氏之集有诗一章，题曰《能令公少年行》[36]。吾尝爱读之，而有味乎其用意之所存[37]。我国民而自谓其国之老大也，斯果老大矣。我国民而自知其国之少年也，斯乃少年矣。西谚有之曰："有三岁之翁，有百岁之童。"然则，国之老少，又无定形，而实随国民之心力以为消长者也。吾见乎玛志尼之能令国少年也[38]，吾又见乎我国之官吏士民能令国老大也。吾为此惧。夫以如此壮丽浓郁翩翩绝世之少年中国，而使欧西日本人谓我老大者何也？则以握国权者皆老朽之人也。非哦几十年八股[39]，非写几十年白折[40]，非当几十年差，非捱几十年俸，非递几十年手本[41]，非唱几十年喏[42]，非磕几十年头，非请几十年安，则必不能得一官，进一职。其内任卿贰以上[43]，外任监司以上者[44]，百人之中，其五官不备者[45]，殆九十六七人也，非眼盲，则耳聋，非手颤，则足跛，否则半身不遂也。彼其一身饮食步履视听言语，尚且不能自了，须三四人在左右扶之捉之，乃能度日，于此而乃欲责之以国事，是何异立无数木偶而使之治天下也！且彼辈者，自其少壮之时既已不知亚细亚、欧罗巴为何处地方，汉祖唐宗是那朝皇帝，犹嫌其顽钝腐败未臻其极[46]，又必搓磨之[47]，陶冶之，待其脑髓已涸，血管已塞，气息奄奄，与鬼为邻之时，然后将我二万里山河，四万万人命，一举而畀于其手[48]。呜呼！老大帝国，诚哉其老大也！而彼辈者，积其数十年之八股、白折、当差、捱俸、手本、唱喏、磕头、请安，千辛万苦，千苦万辛，乃始得此红顶花翎之服色[49]，中堂大人之名号[50]，乃出其全付精神，竭其毕生力量，以保持之。如彼乞儿，拾金一锭，虽轰雷盘旋其顶上，而两手犹紧抱其荷包，他事非所顾也，非所知也，非所闻也。于此而告之以亡国也，瓜分也，彼乌从而听之[51]，乌从而信之！即使果亡矣，果分矣，而吾今年既七十矣八十矣，但求其一两年内，洋人不来，强盗不起，我已快活过了一世矣；若不得已，则割三头两省之土地[52]，奉申贺敬，以换我几个衙门，卖三几百万之人民作仆为奴，以赎我一条老命，有何不可，有何难办！呜呼！今以所谓老后老臣老将老吏者[53]，其修身齐家治国平天下之手段，皆具于是矣。西风一夜催人老，凋尽朱颜白尽头。使走无常当医生[54]，携催命符以祝寿，嗟乎痛哉！以此为国，是安得不老且死，且吾恐其未及岁而殇也。

梁启超曰：造成今日之老大中国者，则中国老朽之冤业也。制出将来之少年中国者，则中国少年之责任也。彼老朽者何足道？彼与此世界作别之日不远矣，而我少年乃新来而与世界为缘。如僦屋者然[55]，彼明日将迁居他方，而我今日始入此室处。将迁居者，不爱护其窗栊，不洁治其庭庑，俗人恒情，亦何足怪。若我少年者，前程浩浩，后顾茫茫，中国而为牛马为奴为隶，则烹商箠鞭之惨酷[56]，惟我少年当之；中国如称霸宇内，主盟地球，则指挥顾盼之尊荣，惟我少年享之。于彼气息奄奄与鬼为邻者何与焉！彼而漠然置之，犹可言也；我而漠然置之，不可言也。使举国之少年而果为少年也，则吾中国为未来之国，其进步未可量也。使举国之少年而亦为老大也，则吾中国为过去之国，其澌亡可翘足而待也。故今日之责任，不在他人，而全在我少年。少年智则国智，少年富则国富，少年强则国强，少年独立则国独立，少年自由则国自由，少年进步则国进步，少年胜于欧洲则国胜于欧洲，少年雄于地球则国雄于地球。红日初升，其道大光；河出伏流[57]，一泻汪洋；潜龙腾渊，鳞爪飞扬；乳虎啸谷，百兽震惶；鹰隼试翼，风尘吸张；奇花初胎，矞矞皇皇[58]；干将发硎[59]，有作其芒[60]；天戴其苍，地履其黄；纵有千古，横有八荒[61]，前途似海，来日方长。美哉我少年中国，与天不老！壮哉我中国少年，与国无疆！

"三十功名尘与土，八千里路云和月。莫等闲，白了少年头，空悲切。"此岳武穆《满江红》词句也[62]。作者自六岁时即口受记忆，至今喜诵之不衰。自今以往，弃"哀时客"之名[63]，更自名曰："少年中国之少年"。作者附识。

1932年中华书局出版《饮冰室合集·文集之五》

【注释】

[1] 袭译：袭用翻译。[2] 梁启超：一本作任公。[3] 恶（wū）：叹词，表示惊讶与否定。[4] 瘠牛：瘦弱的牛。[5] 字典：字典富于经验、知识，但却呆板不生动。[6] 戏文：戏曲剧本内容丰富，活泼生动，与"字典"形成鲜明对照。[7] 泼兰地：英语brandy的音译，酒名，今通译作"白兰地"。性醇烈，有提神、活血等功能，与上句所说毒品"鸦片烟"正相对比。[8] 陨（yǔn）石：喻老年人生命结束。[9] 珊瑚岛：主要有大量珊瑚虫骨骼堆积成的岛屿。此处取其色泽美丽和充满旺盛生命力的特性，与上句"陨石"相对。[10] 金字塔：取其仅供观赏而无实际用途之意，与下句富于实用的"铁路"对比。[11] 死海：在巴勒斯坦、约旦和以色列之间的巴勒斯坦湖，因湖中含盐分24%以上，很多生物不能生长，故称死海。这里用来比喻老年人如同死海一样，死气沉沉，也说明已走到人生终点。与下句长江发源地生气勃勃、奔腾不息，犹如生命的开端相对比。潴（zhū）：水聚集之处。[12] "浔阳江头"六句：此用白居易《琵琶行》故事。谓长安歌女年老色衰之时追忆青春年少往事，不胜飘零之感。[13] 西宫：唐代太极宫。南内：唐代兴庆宫。白居易《长恨歌》："西宫南内多秋草。"白发宫娥：用元稹《行宫》诗意。《行宫》诗："寥落古行宫，宫花寂寞红。白头宫女在，闲坐说玄宗。"开元、天宝：唐玄宗年号。霓裳羽衣曲：本名婆罗门，源出印度，开元中传入中国。"西宫南内"六句：写老年宫娥只能回忆往日旧事，以喻老年的悲哀。[14] 青门：长安东南门。种瓜人：指汉

初邵平,秦末为东陵侯,秦亡,在长安东门外种瓜为业。孺人:指妻子。"青门"四句:写当年显官年老时回忆旧日荣华富贵,十分伤感,以喻"老大"的悲哀。[15]"拿破仑"句:拿破仑战败后被流放于厄蔑(今译厄尔巴)岛。[16]"阿剌飞"句:阿剌飞,一译阿拉比(1839—1911),埃及民族解放运动领袖,曾领导军队反抗英法殖民统治。后为英军所败,流放于锡兰岛。[17] 抚髀(bì):抚股,指慨叹英雄壮志难酬。[18] 皴(cūn):皮肤因风吹或受冻而开裂,此指皮肤生出皱纹。[19] 幽郁:深沉的忧郁。[20] 遑知:何暇知道。[21] 恤:顾及。[22] 挈云:李贺《致酒行》:"少年心事当挈云。"上千云霄,比喻志气高远。[23] 回天:《新唐书·张玄素传》:"张公论事,有回天之力。"比喻能挽回形势。[24] 挟山超海:《孟子·梁惠王上》:"挟泰山以超北海。"比喻本领超凡,具有巨大的力量。[25] 畴昔:过去。[26] 郅(zhì)治:至治,极乎治,即盛世之意。[27] 康乾:清代康熙、乾隆两朝,曾多次平定边疆的叛乱,维护了国家领土的完整统一。[28] 烜赫:形容声威极盛。[29] 十八省:清初全国共设立18个省,光绪末年已增至23个省,但习惯上仍称18省。此用以概指全国。[30] 四百兆:一百万为一兆,四百兆即四亿。这是当时中国的总人口。[31] 注籍之奴:指沦为别人的奴隶。[32] 老大嫁作商人妇:白居易《琵琶行》中之诗句。此指腐败没落的清王朝。[33] 楚囚相对:《世说新语·言语》云:"过江诸人,每至美日,辄相邀新亭,藉卉饮宴。周侯中坐而叹曰:'风景不殊,正自有山河之异!'皆相视流泪。唯王丞相(导)愀然变色曰:'当共戮力王室,克复神州,何至作楚囚相对!'"此喻清廷及古代的中国受制于强敌,窘迫无计。[34] 岌岌:极端危急。[35] 澌灭:灭亡,消灭。[36]《能令公少年行》:龚自珍诗篇名,此取其意中永葆青春之意。[37] 味:体会。[38] 玛志尼:意大利革命志士,曾创立"少年意大利党",创办《少年意大利》报,为完成意大利的独立统一事业作出了杰出贡献。[39] 哦:吟诵。八股:明清科举考试所规定的文体,形式死板,又束缚人的思想。[40] 白折:清代考卷之一。[41] 手本:明清时门生拜见老师或下级官吏进见上级官吏所用的名帖。[42] 唱几十年喏(rě):唱喏,古人相见,作揖问好。[43] 内任:在朝廷、京内任职。卿贰:卿指朝廷各部的长官,贰指副职。[44] 外任:到地方任职。监司:清代通称各省布政使、按察使及各道道员。[45] 五官不备:指年老者耳聋、眼花等。[46] 臻:至。极:顶端。[47] 搓磨:切磋琢磨。[48] 畁(bì):给予。[49] 红顶花翎:清制:文武一二品官员帽顶的顶珠,用红宝石,称红顶。花翎:清代官员的冠饰。用孔雀翎饰于冠后,以翎眼多寡为等差。[50] 中堂大人:清代对大学士的称呼,后也包括协办大学士。[51] 乌:何,哪里。[52] 三头两省:闽粤方言,指两三个省份。[53] 老后:指慈禧太后。老臣:指李鸿章等。[54] 走无常:迷信说法,阴司用活人为鬼役,专门勾摄应死者的魂魄,这种人称为走无常。[55] 僦(jiù):租赁。[56] 烹脔箠鞭:指任人宰割,受人欺凌。脔:切成小块的肉,此作动词讲,是宰割之意。箠,"棰"的异体字,木棍,此作动词讲,是捶打之意。[57] 伏流:地下水流。《水经注·河水》:"河出昆仑,伏流地中万三千里。"[58] 矞(yù)矞皇皇:形容艳丽美盛。[59] 干将(gān jiāng):古代宝剑名。硎:磨刀石。发硎:意指刀刃新磨,极为锋利。[60] 有作其芒:形容新磨的宝剑光芒四射。[61] 八荒:八方荒远之地。[62] 岳武穆:岳飞,谥武穆。[63] 哀时客:梁启超曾用之笔名。

清近代小说概说

清代各体小说的创作全面繁荣,而以《聊斋志异》《儒林外史》《红楼梦》为代表,攀升到中国文学史上的新高峰。

一、清前期小说

入清以后白话小说仍然保持着较旺盛的创编势头,顺治、康熙年间新的小说总计有上百部,其中一类是续书,如丁耀亢的《续金瓶梅》、陈忱的《水浒后传》、褚人获的《隋唐演义》、钱采的《说岳全传》等。《水浒后传》根据《水浒传》的结局,叙写梁山英雄中幸存的李俊、燕青等32人再度起义,由反抗贪官污吏,转为反抗入侵金兵,惩治祸国通敌的奸臣叛将,其中有眷念故国之情、亡国孤臣之痛;也有指斥奸佞,呼唤英雄的情绪;还有另觅"干净土"的理想寄托。另一类是作家独创的长篇世情小说,如署名"西周生"的《醒世姻缘传》。《醒世姻缘传》原名《恶姻缘》,全书100回,假托明正统至成化年间为背景,叙写一个怨仇相报的两世姻缘故事。前22回写晁源家的"前世姻缘",第23回后写由晁源转生的狄希陈的"今世姻缘",最后狄希陈梦入神界,经高僧点明因果,诵读《金刚经》,终于"福至祸消,怨除恨解"。小说以晁、狄的两世姻缘为基点,又将笔触伸向上自权臣、州官,下至地主、商人、儒林、僧道、农村无赖等各个社会阶层,暴露了现实政治的黑暗腐朽,同时也有封建道德观念和因果迷信思想的色彩。全书结构严密,语言流利酣畅,风格活泼冷峭,诙谐幽默,用山东方言写成,具有浓厚的地方色彩。

清代前期,短篇小说由改编转向独创,出现了一些短篇小说集,其中最有特色的是李渔的《无声戏》(又名《连城璧》)、《十二楼》。作品中有的反映青年男女的爱情生活,如《连城璧》中的第1回《谭楚玉戏里传情 刘藐姑曲终死节》写谭楚玉与刘藐姑生死不渝的爱情故事。有的写市民生活,如《连城璧》中的第6回《遭风遇盗致奇赢 让本还财成巨富》叙述南海小商人秦世良出海经商的经过,生动地反映了市民阶层经商致富的要求与愿望。有的揭露统治者的罪行,如《十二楼》中的《萃雅楼》写权奸严世蕃的淫恶。李渔的短篇小说善于演绎个人经验和情趣,题材新鲜,情节奇巧,然而有时失之轻佻。

二、蒲松龄与《聊斋志异》

蒲松龄的《聊斋志异》是一部文言短篇小说集。《聊斋志异》中有的作品抒写科举失意的愤懑,如《叶生》《王子安》《司文郎》。《司文郎》中写一位盲僧能以鼻代目,从焚稿的气味中嗅出文字的优劣,他嗅王生的美文,"受之以脾",而嗅余杭生的低劣之作,则恶难忍受。但放榜时,余杭生中榜而王生确名落孙山,因而盲僧说:"仆虽盲于目,帘中人并鼻盲矣!"这则故事以嬉笑怒骂的方式讽刺科场阅卷的盲目性,苦笑之中蕴藏着对一窍不通的考官的愤懑。蒲松龄是现实生活中失意者,往往需要一种幻想的满足,其中包括追求爱情的慰藉，因而《聊斋志异》中写了不少狐鬼、精灵与人相恋的故事，如《婴宁》《小谢》《连城》《青凤》等。《婴宁》写一位十分痴情的男青年王子服与狐女婴宁的爱情故事，成功地塑造了婴宁这样一位容貌绝代、笑容可掬、爱花成癖、既"憨"且"黠"的少女形象。《聊斋志异》中有的作品揭露社会弊端，颂扬反抗精神，如《促织》《窦氏》《席方平》等。《席方平》塑造了一位变鬼复仇的反抗者的形象。席方平为人刚强，为了替父报仇，魂入阴间，大闹地府。他在阴间，告到冥王，备受桎梏、杖笞、火烧、锯解等各种酷刑，决不屈服。经过软斗、硬斗、智斗等三个回合，终于告倒冥王、郡司及城隍，大获全胜，父子双双还阳。《聊斋志异》中也有展示世情，启迪人生的故事，如《画皮》《崂山道士》《镜听》等。

《聊斋志异》具有鲜明的艺术特色。就文体来说，全书近五百篇作品中有的简约记述奇闻异事如同六朝志怪小说的短章，也有的故事委婉、记事曲微如同唐代传奇的篇章，所谓"用传奇法，而以志怪"，或称之为"一书而兼二体"。《聊斋志异》交替使用写实、意象、隐喻、象征、神话等种种方法，往往是真幻错综，以幻写真，在幻想的狐鬼世界的背后隐藏着现实世界与人间省视，塑造的一个个花妖狐魅的艺术形象，往往都有鲜明的性格，如《婴宁》中的狐女婴宁天真烂漫、憨态可掬，《青凤》中青凤温柔拘谨，情意缠绵，《小谢》中小谢的活泼调皮，乐不知愁，所谓"花妖狐魅，多具人情"。《聊斋志异》情节离奇曲折，引人入胜。如《促织》写成名在县令严厉追逼下捕捉蟋蟀，成名三入绝境，后来其子精魂化为促织，因善斗而获胜，由悲而喜，喜极生悲，悲而复喜，迤逦推进，变幻无穷。《胭脂》写东昌牛医卞氏因小女胭脂与鄂秀才秋隼相恋为诱因而被毛大所杀，并由此命案而引出错综复杂的破案过程，波澜起伏，高潮迭出，冤外有冤，错中有错，跌宕多姿，扣人心弦。《聊斋志异》的语言典雅工丽而又生动活泼，精雕细刻而又自然流丽，摹声绘色，恰到好处。而且许多篇章带有诗化的倾向，如《白秋练》叙写的是慕生与白秋练爱情的波折，而自始至终以吟诗为情节。《黄英》写菊精，用陶渊明诗歌中的菊花意象做反面文章，反映"自食其力不为贪，贩花为业不为俗"的市民意识。

《聊斋志异》是古代文言小说的集大成之作，其后的不少作品深受影响，比如袁枚的《子不语》、纪昀《阅微草堂笔记》等。《子不语》，24卷，续编10卷，所记皆怪异之事。《论语·述而》："子不语怪力乱神。"书名本此。袁枚有意与孔子唱反调，颇有调侃圣人之意，多为自娱、游戏笔墨。其思想内容：人不怕鬼，人可胜鬼；不喜佛道，不信风水；嘲讽理学，鼓吹情欲；抨击吏治，褒扬循吏；贬斥八股，批判科举。纪昀《阅微草堂笔记》，其门人盛时彦序称："《滦阳消夏录》等五书（即《阅微草堂笔记》），俶诡奇谲，无所不载；洸洋恣肆，无所不言。而大旨要归于醇正，欲使人知所劝惩。"当然，《子不语》显得有些随意散漫，《阅微草堂笔记》表现得有些拘谨。

三、吴敬梓与《儒林外史》

吴敬梓①的《儒林外史》是一部长篇讽刺小说。全书除楔子外，共叙写了明代130年间

---

① 吴敬梓（1701—1754），字敏轩，号粒民、秦淮寓客、文木老人。安徽全椒人。出身科举世家，22岁中秀才，33岁迁居南京秦淮河畔，在贫苦凄凉的困境中从事《儒林外史》的创作。《儒林外史》历来有50回本、55回本、56回本等不同说法，但50回本、55回本均未见，现存最早的版本是卧闲草堂本，刊刻于清嘉庆八年（1803）。

的事，通过许多各自独立的故事，展示了封建专制下文人的群像。《儒林外史》以功名富贵和文行出处为中心，对科举制度束缚下儒林群像和儒士心态进行深刻剖析，既是一部儒林丑史，又是一部儒林痛史。《儒林外史》塑造了一批热衷功名、利禄熏心的腐儒形象，如周进、范进等。范进考了二十多次，到了54岁还是童生。由于同病相怜的周进的赏识，考取了秀才并中了举，但他脆弱的神经受不了这突如其来的强烈刺激，竟然发疯了，好久才清醒过来。通过这类悲喜剧辛辣地讽刺了令人神魂颠倒的科举制度。《儒林外史》中还塑造了一些虔诚地相信八股举业和封建礼教而害己害人的迂儒，如马二先生、王玉辉等。老秀才王玉辉的女婿病死，女儿要殉夫，他非但不加阻止，反而火上添薪，给女儿打气，说是"青史上留名"，女儿自杀后，又仰天大笑道："死的好！死的好！"这笑声中充满了凄绝与惨痛，充分暴露了封建礼教的虚伪和凶残。《儒林外史》塑造了王惠、张静斋、严贡生等官绅形象。南昌太守王惠上任后，为了达到"三年清知府，十万雪花银"的目的，使衙门里充满着"戥子声，算盘声，板子声"，一个个被他打得魂飞魄散。他们是科举制度的直接产物，出仕则大多为贪官污吏，处乡则大多为土豪劣绅，成为政治腐败与社会黑暗的根源之一。

《儒林外史》中还塑造了一些寄托着作者的理想和希望的形象，反映了他不断探索的心路历程。小说的第1回借王冕的故事"敷陈大义"，"隐括全文"，同时树立了一位不受科举制度牢笼的榜样。杜少卿是一位既有传统道德，又有名士风度的人物。他鄙薄功名，蔑视权贵，但尊重女性，要求个性解放，追求恣情任性、不受拘束的生活。迟衡山、虞育德、庄绍光等是所谓的"真儒名贤"形象，他们看重文行出处，淡泊功名利禄，追求人格的自我完善，表现出浓厚的原始儒学精神。《儒林外史》中写了金陵市井"四大奇人"：无业贫民季遐年，无意结交权贵，既以写字为生，有以写字为自娱；卖菜为生的王太，是围棋高手，卖掉菜园子后又安于做纸筒子的小贩；开茶馆的盖宽，画一手好画，又喜爱游览名胜古迹；做裁缝的荆元，弹一手好琴，也极喜欢做诗，自娱自乐，在这些市井奇人的形象上体现了作者的市民意识，从中可见他对理想的憧憬。

《儒林外史》是我国古代文学史上惟一的长篇讽刺小说。"迨吴敬梓《儒林外史》出，乃秉持公心，指摘时弊，机锋所向，尤在士林；其文又戚而能谐，婉而多讽，于是说部中乃始有足称讽刺之书。"（鲁迅《中国小说史略》）严贡生说自己"为人率真，在乡里之间，从不晓得占人寸丝半粟的便宜"，话音刚落，他家小厮跑来向报告："早上关的那口猪，那人来讨了，在家里吵哩！"此时的严贡生顾不得身旁的两个举人，竟脱口而出："他要猪，拿钱来！"言行不一，充分暴露出伪善、卑俗、狡黠、诡诈的嘴脸。至于周进撞号板、范进发疯、严监生为两根灯草而不断气等，则是以夸张的手法进行讽刺。《儒林外史》的结构形式颇有特色。它没有贯穿首尾的中心人物与主要事件，而是分别以一个或几个人物为中心，组成一个个相对独立的故事。各个故事随着有关人物的出现而展开，又随着有关人物的隐去而结束，正如鲁迅在《中国小说史略》中所说："虽云长篇，颇同短制。"《儒林外史》是一部通俗的长篇小说，其语言几乎全为白话，单纯明净，清新洗练，同时也吸收了文言语体的艺术传统，实现了白话语体的雅洁化，雅俗共赏。作者擅长白描，常常寥寥数笔就使人物穷形尽相，勾画出一个个鲜活的形象。写景中充满着自然情趣，洋溢着诗情画意。

四、曹雪芹与《红楼梦》

曹雪芹①的《红楼梦》是中国古代最优秀的长篇小说。《红楼梦》又名《石头记》《情僧录》《金陵十二钗》《风月宝鉴》等。《红楼梦》共120回，前80回为曹雪芹著，后40回由高鹗所补。《红楼梦》的版本有两大系统：一是脂评本系统，80回，抄本，书名为《脂砚斋重评石头记》；二是程刻本系统，120回，刻本，书名《红楼梦》。乾隆五十六年（1791），程伟元、高鹗印行了120回本的《红楼梦》，世称"程甲"本。次年，他们又一次印行，世称"程乙"本。

《红楼梦》以贾宝玉与林黛玉、薛宝钗的爱情婚姻悲剧为线索，以贾府为典型，描写了封建统治阶级的子孙不肖、后继无人的衰败史，表现了封建统治阶级灭亡的必然性。贾府曾是一个煊赫一时的百年望族，却因为挥霍无度终至入不敷出，出现了"寅吃卯粮，后手不接"的惨淡局面。贾府为了元妃省亲做准备，花银子好像淌海水一样，连元妃都叹道"太过奢华了"。穷奢极欲，大肆挥霍的结果，正如冷子兴所说："外面的架子虽没很倒，内囊却也尽上来了。"贾母食用的红稻米饭，竟然只能"可着头做帽子"。号称"诗礼之家"的贾府，主子中不少道德沦丧，贪婪无耻，以至于造成贾府内外矛盾重重，父子之间、母子之间、婆媳之间、夫妻之间、兄弟之间、妯娌之间、嫡庶之间乃之主子与奴才之间、奴才与奴才之间无不存在着尖锐的矛盾，因而探春说："咱们倒是一家子亲骨肉呢，一个个不象乌眼鸡似的？恨不得你吃了我，我吃了你！"贾府中的男主子中没有一个可以支撑门庭、重振家业的：贾敬求仙学道而不问世事，贾赦贪婪荒淫，贾政迂腐无才，贾珍、贾琏沉醉于声色犬马，贾蓉是无能之辈，贾环行为猥琐，贾兰年纪尚幼，在封建正统者的心目中，贾宝玉是"混世魔王"、家族叛逆。综合上述原因，再加上元春早逝而失去皇帝这座靠山，贾府便无可挽救地在内外交困中走向衰败。贾府"事败抄没"后，"子孙流散"，"破家灭族"；其中远嫁的远嫁，被捕的被捕，惨死的惨死，出家的出家，宝玉在绝望中"悬崖撒手，弃而为僧"，整个荣宁二府只"落了片白茫茫大地真干净"。

《红楼梦》写了贾宝玉、林黛玉以及一群纯洁的女孩子，从中可以依稀看到人性的真善美和一些闪现着新时代光辉的思想。贾宝玉有时津津有味地读《西厢记》，但一沾到科举程文之类就头痛不已。他本是个"无事忙"的"富贵闲人"，但听到别人劝他讲究"仕途经济"，他便直斥为"混账话"，鄙视功名利禄，厌恶科举仕宦的人生道路，表现出对封建礼教的叛逆性。并且对"男尊女卑"等封建传统观念大胆地挑战，他说："女儿是水做的骨肉，男人是泥做的骨肉，我见了女儿便清爽，见了男子便觉得浊臭逼人。"林黛玉也是一个封建叛逆者，她鄙视封建文人的庸俗，诅咒八股功名的虚伪，从不劝宝玉求取功名。她与贾宝玉的爱情，是建立在共同的思想和情趣之上的。她"焚稿断痴情"，以生命来捍卫"木石前盟"，她的死同时也是对封建婚姻制度的反抗和控诉。《红楼梦》突破了历来

---

① 曹雪芹（1715？—1764），名霑，字梦阮，号雪芹，又号芹圃、芹溪居士。祖籍东北辽阳，先世为汉人，后入满洲籍，属汉军正白旗人。祖上曹玺、曹寅、曹颙、曹頫等相继为江宁织造，前后约六十年。康熙六次南巡，有四次以江宁织造府为行宫。曹雪芹少年时代在南京经历过一段富贵繁华的贵族生活。雍正五年（1727）曹家被革职抄家，从此败落。

534　中国古代文学教程

才子佳人作品仅仅由于"怜才爱色"才引起爱情的俗套，而提出了以思想倾向的一致作为爱情基础的新的具有近代色彩的爱情观，并热情地歌颂宝黛爱情，对宝黛爱情的悲剧深感痛惜。

《红楼梦》在结构上一反以前长篇小说多是单线推进的方式而采用了错综复杂的圆形网状形式。它以贾府这样一个具有深刻典型的封建家庭作圆心，纵的方面，以贾府为代表的封建家族的兴衰历史是根轴线，而这个家族与社会上下左右联系，则形成了一条条经线；横的方面，以宝黛的爱情悲剧作轴线，而金陵十二钗及其他各色女子的爱情悲剧和命运悲剧则形成了一条条的纬线，纵横交错，相互交融，广泛地反映了特定时代的社会风貌。《红楼梦》的突出成就，还表现在其中塑造里众多血肉丰满的个性化人物形象。作者往往运用正面描写、侧面描写、环境烘托、心理刻画等多种艺术手法来塑造人物，使贾宝玉、林黛玉、薛宝钗、王熙凤、史湘云、探春、晴雯等人物形象立体丰满，栩栩如生。如书中 23 回《〈西厢记〉妙词通戏语，〈牡丹亭〉艳曲警芳心》：

> 这里林黛玉见宝玉去了，听见众姊妹也不在房中，自己闷闷的，正欲回房，刚走到梨香院墙角外，只听见墙内笛韵悠扬，歌声婉转。林黛玉便知是那十二个女孩子演习戏文呢。只是林黛玉素习不大喜看戏文，便不留心，只管往前走。偶然两句吹到耳内，明明白白，一字不落，唱道是："原来姹紫嫣红开遍，似这般都付与断井颓垣。"林黛玉听了，倒也十分感慨缠绵，便止住步侧耳细听。又唱道是："良辰美景奈何天，赏心乐事谁家院？"听了这两句，不觉点头自叹，心下自思："原来戏上也有好文章，可惜世人只知看戏，未必能领略这其中的趣味。"想毕，又后悔不该胡想，耽误了听曲子。又侧耳时，只听唱道："只为你如花美眷，似水流年……"林黛玉听了这两句，不觉心动神摇。又听到"你在幽闺自怜"等句，亦发如醉如痴，站立不住，便一蹲身坐在一块山子石上，细嚼"如花美眷，似水流年"八个字的滋味。忽又想起前日见古人诗中有"水流花谢两无情"之句，再词中又有"流水落花春去也，天上人间"之句，又兼方才所见《西厢记》中"花落水流红，闲愁万种"之句，都一时想起来，凑聚在一处。仔细忖度，不觉心痛神痴，眼中落泪。

写林黛玉与《西厢记》中杜丽娘的共鸣，心理刻画细腻生动，自然真切，进而深化了林黛玉对爱情、对青春的感受，颇有诗情画意。《红楼梦》的语言准确而传神，朴素而多彩，简洁纯净而委婉细腻，达到了炉火纯青的境界。

《红楼梦》问世后，引起了人们对它评论与研究的兴趣，并形成了一种专门的学问，人们称之为"红学"。从手抄本流传、脂胭斋评点，一直到"五四"运动以前的《红楼梦》研究，称之为"旧红学"；"五四"以后，胡适、俞平伯等人以实验主义的考证方法研究《红楼梦》，称之为"新红学"。"开谈不说《红楼梦》，纵读诗书也枉然。"《红楼梦》是中国古代小说史上成就最高的伟大作品，也是世界文学中脍炙人口的经典，正日益成为世界人民共同的精神财富。

五、《镜花缘》与其他长篇小说

在《儒林外史》《红楼梦》创作的前后,还有许多长篇小说的出现,其中较有特点的是李汝珍的《镜花缘》、李百川的《绿野仙综》、李海观的《歧路灯》。

李汝珍①所作《镜花缘》100 回,可分为前后两大部分:前半部分主要写岭南唐敖及妻兄林之祥、舵工多九公三人游历海外三十余国的奇异经历,后半部分主要写被贬下尘世的诸位花神所托生的一百名才女参加武则天所设的乡试,及考取后宴饮赋诗的情景。《镜花缘》既讽谕世态,寄寓理想,又炫耀才学,反映时尚,尤其是在同情妇女、张扬女权方面,更有特色。作者针对现实世界"男尊女卑"的现象,一方面借百花女子下凡写了一大批超群出众的女子,通过塑造"巾帼不让须眉"的才女形象,表现出男女平等的思想;另一面虚构"女儿国",让林之祥被选为女王的"妃子",遭受穿耳缠足之苦,让男性备尝现实生活中女子所受的摧残,表现了对不人道的封建恶俗的抗议。《镜花缘》驰骋想象,构思奇特,笔调诙谐,寓讽刺于幽默之中。李百川②所撰的《绿野仙踪》以明代嘉靖年间权奸严嵩当政以及平倭寇事件为背景,叙写落第举子冷于冰求仙访道、除恶济弱的经历,既剪除自然妖兽,如"斩鼋妖川江救客商",也惩治人间"妖魔",如"谈笑打权奸"等,抒写了对当时社会现实的不满与愤慨,讽刺了颓败的世态人情和堕落的儒林风气,与《儒林外史》有异曲同工之妙。有意将神怪、世情、讲史熔于一炉,结构严谨,但有时寓意浅露,并夹有一些秽亵描写,显得格调不高。李海观(1707—1790),字孔堂,号绿园,河南宝丰人。乾隆年间举人,曾任县令。他所撰的《歧路灯》叙写世家子弟谭绍闻由误入歧路至迷途知返的全过程。其用意是劝诫世家教子要严,延师要正,世家子弟交友要慎,为青年学子点亮了一盏歧路明灯。小说广泛地展示了当时中下层人物的生活状态和精神风貌,生动地刻画了一批市井浮浪子弟的形象,具有一定的现实意义和审美价值,但卫道气味较浓。

六、晚清四大谴责小说

1894 年甲午中日战争之后,中国社会和中国文学进入一个新阶段。在"小说界革命"浪潮中出现了一批揭露黑暗政治、抨击社会时弊的小说,其中颇有影响的是被鲁迅称为"谴责小说"的《官场现形记》《二十年目睹之怪现状》《老残游记》《孽海花》四部作品。

李宝嘉③的《官场现形记》共 60 回,围绕"千里为官只为财"这句封建官场的信条,揭露晚清官场的贪污、贿赂、勒索、营私、舞弊、钻营、盘剥等黑暗状况。从朝廷军机大臣、大学士到地方总督、巡抚,乃至知府、知县、吏目等,无不贪赃枉法,这一切通过书中慈禧太后之口加以概括:"通天底下一十八省,哪里来的清官!"(18 回)整个中国封建官场,没有一片净土,无官不贪赃,无处不昏暗!《官场现形记》还揭露了封建官僚们寡廉鲜

---

① 李汝珍(约 1763—约 1830),字松石,原籍直隶大兴(今属北京市),早年随兄移家江苏海州(今连云港市),长期生活淮南、淮北一带。
② 李百川(约 1720—约 1771),生平事迹不详。
③ 李宝嘉(1867—1906),字伯元,江苏武进(今属常州市)人。

耻、媚外恐洋的奴才相。两江总督文明一听到"洋人"二字,"顿时气焰矮了大半截","一样吓得六神无主了"。他将媚外恐洋当作"金玉之言,外交秘诀",因而,"江南官场上自从这位贤制军一番提倡,于是大家都明白他的宗旨所在,是见了洋人,无论这洋人如何强硬,他总是以柔媚手段去迎合他,抱定'衅不我开'四个字的主义,敷衍一日算一日,搪塞一朝算一朝。制台如此,道、府不得不然,道、府如此,州、县越发可想而知了。"《官场现形记》比较成功地刻画了一批地主乡绅、州县佐杂形象,显得有声有色,颇有生活气息。结构上,全书由许多相对独立的故事联缀而成,"其记事遂率与一人俱起,亦即与其人俱讫,若断若续,与《儒林外史》略同"。然而,"官场伎俩,本小异大同,汇为长编,即千篇一律"(鲁迅《中国小说史略》),使人感到冗长,缺乏剪裁。

吴沃尧①的《二十年目睹之怪现状》,共108回。小说以主人公"九死一生"的经历为线索,以官场和道德为经纬,联缀许多小故事,反映了自1884年中法战争至20世纪初期中国官场、商场和洋场的种种怪现状,笔锋触及到相当广阔的社会生活面,举凡贪官污吏、讼棍劣绅、奸商钱房、洋奴买办、娼妓娈童、江湖庸医,无不丑态毕露,既揭露了封建官场的黑暗,又反映了以程朱理学为灵魂的封建道德的沦丧,如作贼的知县、盗银的臬台,还有命妻子为制台"按摩"通奸以提升自己的候补道等。小说中又推出一些正面人物如吴继之、九死一生、文述农等,寄托着作者的理想与追求。吴继之由地主、官僚转变为富商,是我国小说中最早出现的新兴资产阶级形象,具有某种典型意义。小说笔锋凌厉,刚柔兼济,寓悲于喜,亦庄亦谐,辛辣而有兴味,但有时在人物塑造中有脸谱化的倾向。

刘鹗②的《老残游记》共20回,书中写一个称为老残的江湖医生铁英(号补残)在游历途中的所见所闻。作者在小说的第1回中,借老残的梦境,表达了对晚清社会政治形势的分析理解和寻找出路的设想。那颠簸于洪波巨浪中伤痕累累的大帆船,便是当时中国的象征;那船主与八个管帆的,则影射清王朝上层统治者;那满船的男男女女代表平民百姓。第1回起着笼罩全篇、揭示主题的作用,在一定程度上暴露了晚清社会的黑暗面,寄托着作者补救残局的幻想。《老残游记》与其他的晚清谴责小说不同之处,是它率先揭露"清官"的罪恶。小说中成功地塑造了两位有"清官"之名而实为酷吏的典型——玉贤、刚弼,他们以滥杀无辜、累累冤案的暴政换来了"清官""能吏"之誉。玉贤署理曹州府未到一年,就用站笼站死两千多人,真所谓"冤埋城阙暗,血染顶珠红"。《老残游记》中掺入诗与散文的笔法,文笔清丽潇洒,意境深邃高远。

《孽海花》共35回,先由金松岑写了开头六回,后又经曾朴③续写。小说以状元金雯青(以清末外交家洪钧为原型)与名妓傅彩云(以赛金花为原型)的故事为线索,描写清末上层社会文人士大夫的生活,展示晚清政治、外交及社会的各种形态,反映了日益加深的民族危机,表达了作者批判现实的精神和颇为激进的政治主张。《孽海花》中写了大大小小二百多个人物,其中有孙汶、陆皓冬、陈千秋等革命党人,有戴胜佛等维新志士,也塑造了性格泼辣、情欲似火、心态畸形的名妓傅彩云的形象,颇为鲜活。当然,作者有时过分地渲染女

---

① 吴沃尧(1866—1910),字趼人,广东南海人。
② 刘鹗(1857—1909),字铁云,别署洪都百炼生,江苏丹徒(今属镇江)人。
③ 曾朴(1872—1935),字孟朴,笔名东亚病夫,江苏常熟人。

主人公名妓傅彩云（赛金花）的风流艳事，流露出艳羡之情，表现出庸俗的趣味。《孽海花》能吸收西方文学中善于铺叙的长处，在中国小说由古典转入现代的过程中起着"桥梁"作用，而且"结构工巧，文采斐然"（鲁迅《中国小说史略》），写景状物，明丽如画，在晚清四大谴责小说中可以算得上是佼佼者。

作 品

蒲松龄

　　蒲松龄（1640—1715），字留仙，一字剑臣，自号柳泉居士，淄川（今山东淄博）人。顺治十五年（1658）以县、府、道三试第一，为诸生。次年，与张笃庆、李希梅等结郢中诗社，冀砥砺学问，以魁多士。然屡应乡试，无不铩羽而归。康熙四十九年（1710）71岁时，方援例为贡生。其间除康熙九年应宝应知县孙蕙之聘作幕年余外，长期以坐馆授徒、读书写作为事。尤以坐馆西铺毕府时间最长，达三十余年。生平事迹见张元《柳泉蒲先生墓表》、蒲箬《清故显考岁进士候选儒学训导柳泉公行述》、王洪谋《柳泉居士行略》及多种《年谱》。蒲氏才华横溢，工于著述，诗、词、文、赋、俚曲、杂著，无不当行出色。尤长于小说，是我国最伟大的短篇小说家。一生撰有短篇小说近五百篇，结集为《聊斋志异》。据康熙十八年所作《自志》，书在作者40岁左右已基本完成，以后又几经修改增补。在艺术上，《聊斋志异》可谓想象丰富、构思奇妙、情节曲折、境界瑰丽，塑造了一系列栩栩如生的感人形象，"用传奇法，而以志怪"（鲁迅《中国小说史略》），形成了独特的艺术风格。《聊斋志异》成书后，风靡海内外，被译成多种文字，"聊斋学"已成为一门国际显学。《聊斋志异》的版本极多。手稿今存半部（存二百零三篇，有影印本）。抄本有康熙抄本、康熙抄异史本（有排印本）、乾隆十六年铸雪斋抄本（有排印本）、乾隆黄炎熙选抄本等。刻本以乾隆三十一年青柯亭刻本为最早，此后通行本大多据此本翻印。

婴　宁

【解题】

　　本文"以笑立胎，以花为眼"，通过描写王子服与婴宁的爱情故事，成功地塑造了婴宁这样一位狐生鬼养、容貌绝代、笑容可掬、爱花成癖、既"憨"且"黠"的少女形象。为突出婴宁善笑与爱花的个性特征，作者处处写笑，又处处以花映带。哪里有婴宁，哪里就有鲜花，哪里就有笑声。各种各样的笑，出于天性，发乎真情，既是婴宁的防身之宝，又是她的进攻利器。而写花写笑，则又显示出作者的绝世笔力，诚如但明伦所言：小说"以拈花笑起，以摘花不笑收，写笑层见叠出，无一意冗复，无一笔雷同"。

　　王子服，莒之罗店人[1]。早孤。绝惠，十四入泮[2]。母最爱之，寻常不令游郊野。聘萧氏，未嫁而夭，故求凰未就也[3]。会上元[4]，有舅氏子吴生，邀同眺瞩。方至村外，舅家有仆来，招吴去。生见游女如云，乘兴独遨。有女郎携婢，拈梅花一枝，容华绝代，笑容可掬。生注目不移，竟忘顾忌。女过去数武[5]，顾婢曰："个儿郎目灼灼似贼[6]！"遗花地上，笑语自去。

生拾花怅然，神魂丧失，快怏遂返。至家，藏花枕底，垂头而睡，不语亦不食。母忧之，醮禳益剧[7]，肌革锐减[8]。医师诊视，投剂发表[9]，忽忽若迷。母抚问所由，默然不答。适吴生来，嘱密诘之。吴至榻前，生见之泪下。吴就榻慰解，渐致研诘[10]。生具吐其实，且求谋画。吴笑曰："君意亦复痴！此愿有何难遂？当代访之。徒步于野，必非世家。如其未字[11]，事固谐矣。不然，拼以重赂，计必允遂。但得痊瘳，成事在我。"生闻之，不觉解颐[12]。吴出告母，物色女子居里，而探访既穷，并无踪绪。母大忧，无所为计。然自吴去后，颜顿开，食亦略进。数日，吴复来。生问所谋，吴绐之曰："已得之矣。我以为谁何人，乃我姑氏女，即君姨妹行，今尚待聘。虽内戚有婚姻之嫌[13]，实告之，无不谐者。"生喜溢眉宇，问："居何里？"吴诡曰："西南山中，去此可三十里。"生又付嘱再四，吴锐身自任而去。

　　生由是饮食渐加，日就平复。探视枕底，花虽枯，未便雕落。凝思把玩，如见其人。怪吴不至，折柬招之[14]。吴支托不肯赴招[15]。生忿怒，悒悒不欢。母虑其复病，急为议姻。略与商榷[16]，辄摇首不愿，惟日盼吴。吴迄无耗[17]，益怨恨之。转思三十里非遥，何必仰息他人[18]？怀梅袖中，负气自往，而家人不知也。伶仃独步，无可问程，但望南山行去。约三十余里，乱山合沓[19]，空翠爽肌，寂无人行，止有鸟道[20]。遥望谷底，丛花乱树中，隐隐有小里落。下山入村，见舍宇无多，皆茅屋，而意甚修雅[21]。北向一家，门前皆丝柳，墙内桃杏尤繁，间以修竹[22]，野鸟格磔其中[23]。意其园亭，不敢遽入。回顾对户，有巨石滑洁，因据坐少憩。俄闻墙内有女子，长呼"小荣"，其声娇细。方伫听间，一女郎由东而西，执杏花一朵，俯首自簪。举头见生，遂不复簪，含笑拈花而入。审视之，即上元途中所遇也。心骤喜。但念无以阶进，欲呼姨氏，顾从无还往，惧有讹误。门内无人可问。坐卧徘徊，自朝至于日昃[24]，盈盈望断[25]，并忘饥渴。时见女子露半面来窥，似讶其不去者。忽一老媪扶杖出，顾生曰："何处郎君？闻自辰刻便来[26]，以至于今。意将何为？得勿饥耶？"生急起揖之，答云："将以盼亲[27]。"媪聋聩不闻。又大言之[28]。乃问："贵戚何姓？"生不能答。媪笑曰："奇哉！姓名尚自不知，何亲可探？我视郎君，亦书痴耳。不如从我来，啖以粗粝[29]，家有短榻可卧。待明朝归，询知姓氏，再来探访，不晚也。"生方腹馁思啖，又从此渐近丽人，大喜。从媪入，见门内白石砌路，夹道红花，片片堕阶上。曲折而西，又启一关，豆棚花架满庭中。肃客入舍[30]，粉壁光明如镜。窗外海棠枝朵，探入室中。裀藉几榻[31]，罔不洁泽。甫坐，即有人自窗外隐约相窥。媪唤："小荣！可速作黍[32]。"外有婢子嗷声而应[33]。坐次，具展宗阀[34]。媪曰："郎君外祖，莫姓吴否？"曰："然。"媪惊曰："是吾甥也！尊堂，我妹子。年来以家窭贫，又无三尺男，遂至音问梗塞。甥长成如许，尚不相识。"生曰："此来即为姨也，匆遽遂忘姓氏。"媪曰："老身秦姓，并无诞育。弱息仅存[35]，亦为庶产[36]。渠母改醮[37]，遗我鞠养[38]。颇亦不钝，但少教训，嬉不知愁。少顷，使来拜识。"

　　未几，婢子具饭，雏尾盈握[39]。媪劝餐已，婢来敛具[40]。媪曰："唤宁姑来。"婢应去。良久，闻户外隐有笑声。媪又唤曰："婴宁，汝姨兄在此。"户外嗤嗤笑不已。婢推之以入，犹掩其口，笑不可遏。媪瞋目曰："有客在，咤咤叱叱[41]，是何景象？"女忍笑而立，生揖之。媪曰："此王郎，汝姨子。一家尚不相识，可笑人也。"生问："妹子年几何矣？"媪未能解。生又言之。女复笑，不可仰视。媪谓生曰："我言少教诲，此可见矣。年已十六,呆痴裁如婴儿[42]。"生曰:"小于甥一岁。"曰:"阿甥已十七矣,得非庚午属马者耶[43]?"生首应之。又问:"甥妇阿谁?"答云:"无之。"曰:"如甥才貌,何十七岁犹未聘?婴宁亦无姑家[44],极相匹敌[45];惜有内亲之嫌。"生无语,目注婴宁,不遑他瞬。婢向女小语曰:"目灼灼贼腔未改。"女又大笑,顾婢曰:"视碧桃开未?"遽起,以袖掩口,细碎连步而出。至门外,笑声始纵。媪亦起,唤婢襆被,为生安置。曰:"阿甥来不易,宜留三五日,迟迟送汝归。如嫌幽闷,舍后有小园,可供消遣。有书可读。"

次日,至舍后,果有园半亩,细草铺毡,杨花糁径[46]。有草舍三楹[47],花木四合其所。穿花小步,闻树头苏苏有声,仰视,则婴宁在上。见生来,狂笑欲堕。生曰:"勿尔,堕矣!"女且笑且下,不能自止。方将及地,失手而堕,笑乃止。生扶之,阴㨰其腕[48]。女笑又作,倚树不能行,良久乃罢。生俟其笑歇,乃出袖中花示之。女接之,曰:"枯矣。何留之?"曰:"此上元妹子所遗,故存之。"问:"存之何意?"曰:"示相爱不忘也。自上元相遇,凝思成病,自分化为异物[49],不图得见颜色。幸垂怜悯。"女曰:"此大细事。至戚何所靳惜[50]?待郎行时,园中花,当唤老奴来,折一巨捆负送之。"生曰:"妹子痴耶?"女曰:"何便是痴?"生曰:"我非爱花,爱拈花之人耳。"女曰:"葭莩之情[51],爱何待言。"生曰:"我所谓爱,非瓜葛之爱[52],乃夫妻之爱。"女曰:"有以异乎?"曰:"夜共枕席耳。"女俯思良久,曰:"我不惯与生人睡。"语未已,婢潜至,生惶恐遁去。少时,会母所。母问:"何往?"女答以园中共话。媪曰:"饭熟已久,有何长言,周遮乃尔[53]?"女曰:"大哥欲我共寝。"言未已,生大窘,急目瞪之。女微笑而止。幸媪不闻,犹絮絮究诘。生急以他词掩之,因小语责女。女曰:"适此语不应说耶?"生曰:"此背人语。"女曰:"背他人,岂得背老母?且寝处亦常事,何讳之?"生恨其痴,无术可以悟之。食方竟,家中人捉双卫来寻生[54]。

先是,母待生久不归,始疑。村中搜觅几遍,竟无踪兆[55]。因往询吴。吴忆曩言,因教于西南山村行觅。凡历数村,始至于此。生出门,适相值,便入告媪,且请偕女同归。媪喜曰:"我有志,匪伊朝夕[56]。但残躯不能远涉,得甥携妹子去,识认阿姨,大好!"呼婴宁,宁笑至。媪曰:"有何喜,笑辄不辍?若不笑,当为全人。"因怒之以目。乃曰:"大哥欲同汝去,可便束装。"又饷家人酒食,始送之出,曰:"姨家田产丰饶,能养冗人。到彼且勿归,小学诗礼,亦好事翁姑[57]。即烦阿姨,为汝择一良匹。"二人遂发。至山坳,回顾,犹依稀见媪倚门北望也。

抵家,母睹妹丽,惊问为谁。生以姨女对。母曰:"前吴郎与儿言者,诈也。我未有姊,何以得甥?"问女,女曰:"我非母出。父为秦氏,没时,儿在褓中,不能记忆。"母曰:"我一姊适秦氏,良确。然殂谢已久[58],那得复存?"因审诘面庞、志赘,一一符合。又疑曰:"是矣。然亡已多年,何得复存?"疑虑间,吴生至,女避入室。吴询得故,惘然久之。忽曰:"此女名婴宁耶?"生然之。吴亟称怪事。问所自知,吴曰:"秦家姑去世后,姑丈鳏居[59],祟于狐,病瘵死。狐生女名婴宁,绷卧床上,家人皆见之。姑丈没,狐犹时来。后求天师符粘壁上[60],狐遂携女去。将勿此耶?"彼此疑参[61]。但闻室中吃吃皆婴宁笑声。母曰:"此女亦太憨生[62]。"吴请面之。母入室,女犹浓笑不顾。母促令出,始极力忍笑,又面壁移时,方出。才一展拜,翻然遽入,放声大笑。满室妇女,为之粲然[63]。

吴请往觇其异,就便执柯[64]。寻至村所,庐舍全无,山花零落而已。吴忆姑葬处,仿佛不远，然坟垄湮没，莫可辨识，诧叹而返。母疑其为鬼，入告吴言，女略无骇意；又吊其无家，亦殊无悲意，孜孜憨笑而已。众莫之测。母令与少女同寝止。昧爽即来省问[65]，操女红精巧绝伦[66]。但善笑，禁之亦不可止。然笑处嫣然，狂而不损其媚，人皆乐之。邻女少妇，争承迎之。母择吉将为合卺[67]，而终恐为鬼物，窃于日中窥之，形影殊无少异[68]。至日，使华装行新妇礼，女笑极不能俯仰，遂罢。生以其憨痴，恐漏泄房中隐事。而女殊密秘，不肯道一语。每值母忧怒，女至，一笑即解。奴婢小过，恐遭鞭楚，辄求诣母共话，罪婢投见，恒得免。而爱花成癖，物色遍戚党，窃典金钗，购佳种。数月，阶砌藩溷[69]，无非花者。

庭后有木香一架，故邻西家。女每攀登其上，摘供簪玩。母时遇见，辄诃之，女卒不改。一日，西人子见之，凝注倾倒。女不避而笑。西人子谓女意已属，心益荡。女指墙底笑而下，西人子谓示约处，大悦。及昏而往，女果在焉。就而淫之，则阴如锥刺，痛彻于心，大号而蹶。细视非女，则一枯木卧墙边，所接乃水淋窍也。邻父闻声，急奔研问，呻而不言。妻来，始以实告。爇火烛窍[70]，见中有巨蝎，如小蟹然。翁碎木捉杀之。负子至家，半夜寻卒。邻人讼生，讦发婴宁妖异。邑宰素仰生才[71]，稔知其笃行士[72]，谓邻翁讼诬，将杖责之。生为乞免，遂释而出。母谓女曰："憨狂尔尔，早知过喜而伏忧也。邑令神明，幸不牵累；设鹘突官宰[73]，必逮妇女质公堂，我儿何颜见戚里？"女正色，矢不复笑。母曰："人罔不笑，但须有时。"而女由是竟不复笑，虽故逗，亦终不笑，然竟日未尝有戚容。

一夕，对生零涕。异之。女哽咽曰："曩以相从日浅，言之恐致骇怪。今日察姑及郎，皆过爱无有异心，直告或无妨乎？妾本狐产，母临去，以妾托鬼母，相依十余年，始有今日。妾又无兄弟，所恃者惟君。老母岑寂山阿[74]，无人怜而合厝之[75]，九泉辄为悼恨。君倘不惜烦费，使地下人消此怨恫[76]，庶养女者不忍溺弃。"生诺之，然虑坟冢迷于荒草。女但言无虑。刻日，夫妻舆榇而往[77]。女于荒烟错楚中指示墓处[78]，果得媪尸，肤革犹存。女抚哭哀痛。异归，寻秦氏墓合葬焉。是夜，生梦媪来称谢，寤而述之。女曰："妾夜见之，嘱勿惊郎君耳。"生恨不邀留，女曰："彼鬼也，生人多，阳气盛，何能久居？"生问小荣，曰："是亦狐，最黠。狐母留以视妾，每摄饵相哺，故德之常不去心。昨问母，云已嫁之。"由是岁值寒食[79]，夫妻登秦墓，拜扫无缺。女逾年生一子，在怀抱中不畏生人，见人辄笑，亦大有母风云。

异史氏曰："观其孜孜憨笑，似全无心肝者；而墙下恶作剧，其黠孰甚焉。至凄恋鬼母，反笑为哭，我婴宁殆隐于笑者矣。窃闻山中有草，名'笑矣乎'[80]。嗅之，则笑不可止。房中植此一种，则合欢、忘忧[81]，并无颜色矣。若解语花[82]，正嫌其作态耳。"

1962年中华书局上海编辑所会校会注会评本（三会本）《聊斋志异》卷二

【注释】

[1] 莒（jǔ）：明清散州，今山东莒县。[2] 入泮（pàn）：考取秀才。春秋时鲁国学宫在泮水之旁，后遂称考得生员资格为入泮或游泮。[3] 求凰：指男子求偶。[4] 上元：上元节，农历正月十五。[5] 武：古以六尺为步，半步为武。[6] 个儿郎：这小伙子。个：这。[7] 醮禳（jiào ráng）益剧：意为越求神拜佛病情越重。醮禳：僧道祭神消灾的迷信活动。[8] 肌革锐减：身体很快消瘦。肌革：肌肤。[9] 投剂发表：中医的治病方法，即用药将疾病从体内表

散出来。剂:药剂。表:表散。[10]研诘:仔细询问。[11]字:女子许婚。[12]解颐:露出笑容。颐:面颊。[13]"内戚"句:意谓同母系姨表亲结婚,因血统近,对后代不利,故有嫌忌。[14]折柬:裁纸写信。[15]支托:支吾推托。[16]攉:同"榷"。[17]耗:消息。[18]仰息他人:依赖他人。仰:仰仗。息:鼻息。[19]合沓:环绕重叠。[20]鸟道:只有飞鸟可过的道路,形容道路极为险峻。[21]意甚修雅:给人以整齐幽雅的感觉。[22]修竹:细长的竹子。[23]格磔(zhé):形容鸟叫的声音。[24]日昃(zè):太阳偏西。[25]盈盈望断:望穿双眼。盈盈:形容眼波流动,明澈如秋水。[26]辰刻:上午七点至九点。[27]盼亲:探望亲戚。[28]大言:大声说话。[29]粗粝(lì):糙米,比喻粗茶淡饭。[30]肃客:请客人先进屋,表示尊敬。[31]裀藉(yīn jiè):坐垫。[32]作黍:做饭。[33]噭(jiào)声而应:高声答应。[34]展:陈述。宗阀:宗族门第。[35]弱息:幼弱的子女,这里指婴宁。[36]庶产:妾生的孩子。[37]改醮(jiào):改嫁。[38]鞠养:抚养。[39]雏尾盈握:指肥嫩的雏鸡。盈握:满一把。[40]敛具:收拾餐具。[41]咤咤叱叱:意犹嘻嘻哈哈。[42]裁:通"纔",才。[43]庚午属马:庚午年出生,属马。[44]姑家:婆家。[45]匹敌:般配。[46]杨花糁(sǎn)径:白色的杨花星星点点地散落在小路上。糁:碎米屑,引申指散落。[47]三楹:三间。[48]搊(zùn):捏。[49]化为异物:死亡的委婉说法。异物:鬼的讳词。[50]靳惜:吝惜。[51]葭莩(jiā fú)之情:亲戚情谊。葭莩:芦苇内壁的薄膜,喻指亲戚。[52]瓜葛:指亲戚。[53]周遮:形容话多。[54]捉双卫:牵着两头毛驴。卫:驴的别称。[55]踪兆:踪迹。[56]匪伊朝夕:不止一朝一夕。匪:非。伊:语助词。[57]翁姑:公婆。[58]殂谢:死亡。[59]鳏居:丧妻后独居。[60]天师:指张天师。汉代张道陵传播道教,元朝封张道陵为天师。其后世子孙在江西龙虎山从事炼丹画符等宗教活动,世人亦称为天师。[61]疑参:疑惑不定。[62]太憨生:过于娇痴。憨:痴傻。生:语助词。[63]粲然:露齿而笑。[64]执柯:做媒。[65]昧爽:黎明。省(xǐng)问:问安。旧礼子女必须早晚向父母请安。[66]女红(gōng):指女子所作的纺织、缝纫、刺绣等事。[67]择吉:挑选吉日良辰。合卺:指婚礼。[68]"窃于"二句:传说鬼在日光下没有身影,因而以此来检验婴宁是否为鬼物。[69]藩溷(hùn):篱笆和厕所。[70]爇(ruò)火:点燃灯火。[71]邑宰:县令。下文"邑令"义同。[72]笃行士:品行淳厚之士。[73]鹘(hú)突:叠韵联绵词,糊涂。[74]岑寂山阿:孤寂地居处于山坳中。[75]合厝(cuò):合葬。[76]恸(tōng):哀痛。[77]舆榇(chèn):用车子装着棺材。[78]错楚:灌木丛。[79]寒食:寒食节,在清明前二日。旧俗每年这天不生火煮饭不吃熟食。此指清明节上坟扫墓的风俗。[80]笑矣乎:传说有一种菌,因人吃了会无故发笑,便名"笑矣乎"。[81]合欢、忘忧:夜合花、萱草。传说这两种花可令人欢乐而忘记忧愁。[82]解语花:唐明皇对杨贵妃的昵称,后世用以比喻善于迎合人意的美女。

郑重声明

高等教育出版社依法对本书享有专有出版权。任何未经许可的复制、销售行为均违反《中华人民共和国著作权法》，其行为人将承担相应的民事责任和行政责任；构成犯罪的，将被依法追究刑事责任。为了维护市场秩序，保护读者的合法权益，避免读者误用盗版书造成不良后果，我社将配合行政执法部门和司法机关对违法犯罪的单位和个人进行严厉打击。社会各界人士如发现上述侵权行为，希望及时举报，本社将奖励举报有功人员。

反盗版举报电话　（010）58581897　58582371　58581879
反盗版举报传真　（010）82086060
反盗版举报邮箱　dd@hep.com.cn
通信地址　北京市西城区德外大街 4 号　高等教育出版社法务部
邮政编码　100120